國家社科基金重大項目“《荆楚全書》編纂”整理成果
湖北省荆楚文庫工作委員會資助項目

湖北文獻叢編
叢書主編◇章開沅

楚辭補注疏

戴之麟◇著
朱佩弦◇點校

華中師範大學出版社

新出圖證(鄂)字 10 號

圖書在版編目(CIP)數據

楚辭補注疏/戴之麟著;朱佩弦點校.
—武漢:華中師範大學出版社,2021.1
(湖北文獻叢編/章開沅主編)
ISBN 978-7-5622-8544-1

Ⅰ.①楚…　Ⅱ.①戴…　②朱…　Ⅲ.①楚辭研究—中國—宋代
Ⅳ.①I207.223

中國版本圖書館 CIP 數據核字(2019)第 044899 號

楚辭補注疏

戴之麟著　朱佩弦點校

責任編輯:郭志剛　**責任校對**:蕭緒旭　**封面設計**:羅明波
編 輯 室:學術出版中心　**電　話**:027-67863280
出版發行:華中師範大學出版社
社　址:湖北省武漢市洪山區珞喻路 152 號　**郵　編**:430079
電　話:027-67863426(發行部)　027-67861321(郵購)
傳　真:027-67863291
網　址:http://press.ccnu.edu.cn　**電子郵箱**:press@mail.ccnu.edu.cn
印　刷:湖北新華印務有限公司　**督　印**:劉　敏
開　本:710 mm×1000 mm　1/16　**印　張**:55.5
版　次:2021 年 1 月第 1 版　**印　次**:2021 年 1 月第 1 次印刷
定　價:298.00 元　**字　數**:980 千字

歡迎上網查詢、購書

编委会名单

總　序

在中華民族發展史上，荆楚地區貫通南北，地位顯著。《詩經·商頌·殷武》云："維女荆楚，居國南鄉。"從那時起，荆楚地區一直在全國政治格局中扮演着重要角色。像楚莊王問鼎中原，劉秀舂陵起兵建立東漢政權，赤壁之戰中孫權、劉備聯手打敗曹操大軍，兩宋時期荆湖北路成爲南北對峙的要衝之地，諸多風雲人物在歷史舞臺上演出一幕幕威武雄壯的活劇。尤其是在推翻幾千年帝制的偉業中，荆楚英傑敢爲天下先，建立首義之勳，在近代變遷中居功至偉。

與政治、經濟、軍事成就相應，荆楚地區的文化成果同樣燦爛輝煌。先秦時期以今湖北江陵爲中心的楚國，是道家的故鄉，道家同以孔子、孟子爲代表的儒家文化相互激發，在百家争鳴中鍛造華夏文化精神。二十世紀末以來出土的荆門郭店楚簡、上海博物館藏楚簡，是這一融攝過程的見證。佛教傳入中國後，一代宗師釋道安在襄陽"三教求同"，力求佛教中國化，襄陽成爲佛學重地。陳隋之際，出生於荆州華容的智顗大師精研佛法，成爲天台宗創始人。七世紀中葉，禪宗四祖道信大師將般若性空的思想和參禪念誦融爲一體，給後來弘忍大師的東山法門奠立了思想理論基礎，繼之而起的慧能又以"明心見性，見性成佛"的心地法門，演繹了佛教史上"南能北秀一統天下"的精彩神韻。在道教典籍方面，張君房編撰《雲笈七籤》，在後世得到"小《道藏》"的美譽。元明之後，武當山道教獨樹一幟，著述相當宏富。

文學領域，名家輩出。屈原、宋玉爲代表的楚國詩人，以其楚辭名揚千古，形成楚地"恢詭譎怪"、"驚采絶豔"的藝術風格。南北朝時期，襄陽柳氏在齊梁之際誕生一批文學家，柳惲爲其傑出代表，對新體詩的形成做出重要貢獻。江陵庾氏成就更高，庾信的宫體詩代表了南北朝後期文學的最高水準。唐代則出現了“風流天下聞”的孟浩然，是山水田園詩的重要作家；語奇體峻的岑參，在邊塞詩派中與高適齊名。及至明代，公安派、竟陵派皆在文壇顯示出他們的整體創作實力和理論成就。

史學方面，漢代的劉珍是《東觀漢紀》的主要作者。南北朝時期，習鑿齒作《漢晉春秋》、《襄陽耆舊記》，別開斷代史、人物傳記之生面。世居江陵的宗懍作《荆楚歲時記》，成爲該時期罕見的社會風俗史著作。宋代著名史學家宋祁，是《新唐書》的作者之一。到了明代，史學家廖道南更是寫出反映荆楚、湖湘幾千年歷史進程的巨著《楚紀》。

科技領域，荆楚著作特色鮮明。先秦時期的《二十八宿星圖》，代表了當時天文学的最高水準。湖北科技方面代表性最强的是醫學領域。“藥聖”李時珍的《本草綱目》，被達爾文譽爲“中國古代的百科全書”。“醫聖”萬全有妙手回春的本事，其《萬密齋醫學全書》至今對臨床醫學仍具有重要參考價值。茶文化方面，則推“茶聖”陸羽，他的《茶經》堪稱中國茶學最重要的經典。

荆楚地区大量的文化成果難以縷述，概而言之，都是前人社會生活的總結，是荆楚地區先民創造的精神財富。據統計，從先秦至清末民初，荆楚先賢著作以及外地人士反映荆楚歷史文化的著作不下七八千種，而流傳至今者尚有近兩千種。這些文化遺産，需要我們去系統收集，認真清理，在整理研究的基礎上彙編出版。在國内外著名學者章開沅先生的主持下，國家社科重大招標項目“《荆楚全書》編纂”於 2010 年年底啟動，揭開了系統收集整理荆楚地區先賢著作的序幕。令人欣喜的是，這一項目受到湖北省委、省政府的高度重視，省領導作出了在“《荆楚全書》編纂”基礎上編纂《荆楚文庫》的決定，並組成以章開沅、馮天瑜兩位先生爲總編輯，周百義先生爲編輯部主任的編纂機構。在學術界、出版界專家的共同努力下，《荆楚文庫》已經出版兩百多種，最終將以近兩千種的規模展現在世人面前，成爲湖北省厚重的文化名片。

在完成“《荆楚全書》編纂”項目和參與《荆楚文庫》編纂的過程中，華中師範大學課題組對荆楚先賢著作存佚狀況進行了詳盡的調查，對優秀的文化遺産已經心中有數。限於篇幅，明清以後的著述難以盡數列入《荆楚文庫》之中，其中就有一些是不可多得之作，值得引起關注。而在公私目録之外，還有一些著作收藏在各級圖書館中，或者存留在民間，價值亦不低。至於大量的檔案、碑刻、契約、宗譜之類文獻，也有收集乃至出版的必要。當然，短期内系統出版這些文獻是有困難的。於是，我們嘗試就力量所及，從其中選取較爲熟悉者先行整理，陸續推出，作爲《荆楚文庫》的補充，這對湖北古代和近代文獻的整理出版不無裨益。這是編纂《湖北文獻叢編》的大致構想。課題組成員希望通過自己的努力，爲湖北文獻的整理和研究做出應有的貢獻。

湖北文獻叢編編委會

2021 年 1 月

前　　言

《楚辭》是中國第一部浪漫主義詩歌總集，是我國詩歌史上繼《詩經》後第二座高峰。歷來論及中國古典詩歌源頭，皆以《詩經》、《楚辭》並稱。兩者無論在内容上還是形式上都對後世文學產生了巨大的影響。沈約曾指出："是以一世之士，各相慕習，源其飆流所始，莫不同祖《風》、《騷》。"其源始於戰國屈原，盛於兩漢。《楚辭》之名，漢時即有，《漢書·地理志》稱："始楚賢臣屈原被讒放流，作《離騷》諸賦以自傷悼。後有宋玉、唐勒之屬，慕而述之，皆以顯名。漢興，高祖王兄子濞於吴，招致天下娱遊子弟，枚乘、鄒陽、嚴夫子之徒，興於文、景之際，而淮南王安亦都壽春，招賓客著書，而吴有嚴助、朱買臣貴顯漢朝，文辭並發，故世傳楚辭。"《漢書·藝文志》著録有《屈原賦》二十五篇，劉向曾編集《楚辭》，收有戰國屈原、宋玉及漢代淮南小山、東方朔、王褒、劉向等人辭賦共十六卷。東漢校書郎王逸作《楚辭章句》，據劉向集《楚辭》益以自作《九思》，加以注釋，成十七卷。《章句》是現存《楚辭》注本中最古老的一部。南宋洪興祖，在《楚辭章句》的基礎上，依《章句》卷帙次第，逐篇補注，作《楚辭章句補注》，成爲後代大量楚辭研究的要籍中，影響最大、最具有代表性的著作。後來雖有朱熹《楚辭集注》、汪瑗《楚辭集解》、王夫之《楚辭通釋》等著作，或雜采洪説，或辯駁洪論，但皆是依照各自理解的選録標準，增損篇目，重作新注的《楚辭》研究著作，並没有出現針對《楚辭補注》一書作出的全面系統的補充研究著作。戴之麟《楚辭補注疏》的出現，填補了楚辭學史上近八百年的空白。

戴之麟（一八八〇—一九五九），湖北鍾祥人，一名更生，字麒生，又字芝靈。號祺生，又自號旡三欠一生。其先祖爲閩中莆田陳氏，於清初遷至鍾祥。曾祖陳文運，字科九，曾以弱冠補諸生。祖陳紹章，以樸學教授鄉里。父陳世堃，字秉彝，以入贅戴家而襲戴姓，嗜星卜、天文諸學，於醫術尤有心得。於光緒戊子年的全縣大疫，救治、全活縣民衆多。近代大翻譯家、文學家林紓曾表世堃之墓。戴之麟早年家貧，但聰慧好學，一九〇五年在時任湖北學政的李家駒主考下，入縣學爲生員。一九〇六年，入安襄鄖荆道師範學堂，一九〇七年卒業，赴省城武昌多方求仕未果，遂歸鄉從教。曾歷任縣立多級、單級兩模範小學堂堂長，一九一二年任縣立乙種農業學校校長。一九一六年參加中華編譯社國文函授部學習，得以與林紓結識。一九二三年任私立中强中學校監。一九三一年以縣堤防委員會主任委員身份從政，因堤防款項被侵吞挪占，憤然辭官。後歷任縣救濟院院長，京鍾縣立中學校務委員會主任委員，鍾祥縣第一、二、三届人民委員會委員以及中國人民政治協商會議湖北省第二届委員。並長期在荆州博物館、鍾祥文化館從事文化工作。其子戴大斗（戴逞威）爲革命烈士，曾就讀於襄陽的湖北省立第二師範學校，受到當時我黨在湖北的負責人肖楚女（時任第二師範學校教師）的進步思想的影響，於一九二五年先後加入中國共產主義青年團和中國共產黨。後參加賀龍領導的二十軍，並隨軍參加了“八一”南昌起義，不幸於起義隊伍東征途中犧牲。

可能正是因爲戴之麟原籍閩南，故他在參加中華編譯社國文函授部學習時，能與同爲閩人的林琴南先生，有較爲頻繁和親密的交往。這從其函授結業文章《世伯母戴孺人壽序》發表在林紓主編、中央編譯社發行的《文學講義》第一期（一九一八年再版）中，又於一九一九年中央編譯社發行的《文學雜誌》（林紓亦參與部分編輯工作）創刊號中，發表《與友人論文書》一篇、《郢中竹枝詞》九首即可見出一斑。林紓也在《戴秉彝墓表》中寫道：“予樂之麟之孝，因爲文以表其阡。”而通篇隻字未提與戴秉彝有何交集，以當時文壇領袖身份，親自揮毫爲國文函授部一介學生之父作墓表，足見戴之麟與林紓交情匪淺。可以看到，戴之麟本來生於書香世家，後來又參與文學函授進修，得到林紓的擡愛，得以與當時文學界、學術界的風雲人物同臺討論（僅《文學雜誌》創刊號，就發表了梁啓超、康有爲、林琴南、馬叙倫多位名家的作品），但他早年似乎並没有對文學研究產生太大的興趣。

戴之麟早年走的都是中國傳統讀書人“學而優則仕”的道路；或者說，他注重實業興國，注重知識的經世致用，所以更願意從事教育工作乃至更貼近生產實際的農業學校教育，也願意參與關乎國計民生的防汛工作。他在《與友人論文書》中就曾經指出：“夫一部十三經，惟《周易》爲四聖之書，《周禮》爲周公所著；《爾雅》、《孟子》及《左》、《公》、《穀》三傳，爲一人自著；此外如《尚書》、《論語》、《儀禮》、《禮記》，則非出自一手；《詩經》則羈人、怨婦、女侍、巷伯，手跡無不羼入。不敢致力，亦奴性太深矣。雖然，六經豈易求哉？一經有一經之例，即有一經之面目。袁隨園云：‘孟學孔子，孔學周公，三人文章，頗不相同。’隨園文人，經師輕之，今觀其言，於經學用力甚深，而舉世不知隨園通經，隨園亦以文苑中人自處，羞與章箋句釋者爲伍，豈知其窮經之術，别有在哉!”表現出很强烈的“今文經學”思想傾向，因此，他對文學傳統的“章箋句釋”的研究方式，早期並不感冒。即便是後期他從事《楚辭補注》的疏證，走上訓詁的道路，也仍較多地從生產實踐角度進行闡釋，注重研究成果的實用性（如對農作物稷、麻等物的詳細考證）。這種思想傾向，對他晚年仍然產生了不小的影響，雖然他後來長期在荆州博物館、鍾祥文化館從事文化工作，但他仍以出任縣救濟院院長、中國人民政治協商會議湖北省第二届委員等形式表達了他“修齊治平”的政治民生關懷。

直到日寇進佔鍾祥後，戴之麟因其不屈的民族氣節，不願出任偽職；更爲了抵制日寇的奴化教育，保留中華傳統文化的血脈，選擇在家自辦私塾，傳授國學課業，並由此引發了對文學研究的趣味。早在寫作《楚辭補注疏》之前的己卯、庚辰（一九三九、一九四〇年），他就完成了《填詞法述》、《千家詩志疑》等多部著作。而他對《楚辭》一書，可謂是爛熟於胸，浸淫多年。他不僅保持了每天晨讀背誦《楚辭》篇目的習慣，也長年從事《楚辭》的研究工作，《楚辭補注疏》自序云“吾寢饋五年而始熟”，並稱該書初成於一九四一年暮春，但根據鍾祥市圖書館藏《楚辭補注疏》稿本内頁眉等處的校補日期最晚至辛卯年來看，戴之麟直到一九五一年仍對該書作有補訂，其致時任鍾祥圖書館董館長的信亦稱“不佞費數十年心血，旁求博採，不聞寒暑，（《楚辭補注疏》）幸而告成”，足見其對《楚辭》研究用力之勤。曾著有《楚辭注解》八册，並寄呈毛主席，毛主席托郭沫若予以覆函，惜今不見當時信稿。他在《楚辭補注疏序》中詳細地叙述了他與《楚辭》結緣、產生疏注《楚辭補注》念頭的原因，以及著手《楚辭》研究的具體歷程：

强不知以爲知，文人之通病。四體不勤，五穀不分，又儒者恒有事。是以讀書難，解書難，注書難，疏注尤難。吾藏朱子《集注楚辭》二部，一亡友吴德祖慎先君存時所贈，一購於亡友楊君錫瓚釐卿長子自漢。比時屢擬卒讀不果，會退居蘭臺，得暇讀之，即病其注囿於時地，天文、地文，名物訓詁等有使人不能釋然處，不第閱其文之佶屈聱牙也。又古今稱善之本，莫《楚辭章句補注》，若朱子，何爲將《七諫》、《九歎》等作删而不録？亦不能無疑，當時即有意疏之，求《補注》是書而不得。清亡後二十四年，乙亥夏六，大水，吴本亡越。己卯春王，避亂，楊本置石兒行李中，失於城北二十里之般家河。自憾此生疏注之願不易價矣。既歸城中，貧民知吾有嗜古癖，凡得舊家古籍，歸吾多以廉值，於是始得《楚辭淺説》，繼得是書，繼又得《楚辭通釋》與《騷筏》，及近人《楚辭概論》。爲一一卒讀，然後知朱子去《七諫》等作之有以不明言其故，具見古人待人之厚，而疏之之意油然生。朱子《集注》二部既先後失，遂即《補注》爲之疏。謹案：是書對天文、地文，不識新理，毋怪其然。對於名物訓詁多不翔實，《七諫》中明明有“平生於國兮”，《九歎》中明明有“覽屈子之《離騷》兮”及“歎《離騷》以揚意兮”諸句，確爲東方朔、劉向遭時不偶，有感而發，《補注》偏解作屈原。至《大招》、《招魂》二篇，一爲原生招楚懷之魂，一爲原招楚懷已死之魂，篇中所言，歷歷可證。或謂爲原作，或謂作者宋玉、景差，迄莫能定（吾另有論著），則猶是吾人强不知以爲知與五穀不分之陋習。麟既閒居，己卯、庚辰既成《族譜》、《千家詩志疑》、《填詞法述》後，從事疏此，計自庚辰莫春始，至今年辛巳莫春止。初稿聿成，修正二次，終不免囿時囿地之憾。竊幸疑者闕之，名則不事鑿空。於《補注》之失，不爲曲庇；於《通釋》玄怪之説，則一不取。他日有能爲我殃梨棗，傳褀世庶乎？讀解均易不至，如吾寢饋五年而始熟，雖然，夫之之作《通釋》，適值明季，今吾丁大亂而爲此不急之務，曷勝憐乎同病也夫？

戴之麟認爲，《楚辭集注》及《楚辭補注》在名物訓詁方面，都不能令人信服，使人釋然，這都是因爲前人學者“四體不勤，五穀不分”，不貼近底層大衆生活，不能從事實際生産活動的結果。因此，他們訓詁名物往往有所錯漏。而對於某些自然現象的闡釋，往往又流於神怪之説，不能合理利用科學知識去解釋。而在很多很明顯的問題上，如《七諫》、《九歎》的作者問題，從文本中即可找到有力内證，卻一仍前錯，不加改正，這就是典型的“强不知以爲知”了。而洪興祖《楚辭補注》是最爲善本的，歷來被視爲《楚辭》闡釋史上第二座高峰。故戴之麟從此下手，專事爲其注作疏證，一掃前人注釋《楚辭》的積弊。

鍾祥市圖書館藏《楚辭補注疏》稿本中附有戴之麟致當時董館長信函一封，稱《楚辭補注疏》定稿後，曾抄三份，一份已寄呈毛主席，一份擬贈省屈原館，一份贈鍾祥縣圖書館。寄呈毛主席本渺已難尋，省屈原館整理者曾親訪探查，未見收藏該書，大約該書只是“擬贈”，最後並未贈給屈館；抑或確已捐贈，但歷經多年，輾轉流失，已難查考。現存可見的《楚辭補注疏》稿本惟鍾祥市圖書館藏本，此本戴之麟稱其“内容稍簡，且有闕文，雖經彌補，終不免”，而贈毛主席本與屈館本都“稍充詳贍”，可能較之鍾館藏本，作了仔細工整的謄抄，而不似鍾館藏本，處處都有頁眉、頁脚乃至行間之補訂，且字跡潦草，又與正文混在一起，實難辨認。鍾館藏本共計一函十二册，依洪興祖《楚辭補注》卷數次第，亦作十七卷。無現代標點，大部分内容以黑點斷開。

戴之麟的《楚辭補注疏》，主要有以下幾個方面的優點：

一、《楚辭》中名物、天文、地理、神怪之説、歷史事實、詩人行跡等，多以科學新理、新發現作闡釋，並重視實證。如：

（一）《離騷前序》中“飄風雲霓”一句，戴之麟疏云：“霓，音倪。又音鷁，義同。本作蜺。日光射空氣内所發光氣也，亦謂之虹。……虹，音洪，又音絳，義同。太陽光線與水氣相映，現於天空之彩暈也，形如半環，雨後新霽時常見之。因空氣内尚含細水點，光線反射折光以成，故方向常與太陽相對。其色彩排列之次序與太陽光帶同，紅色在外，紫色在内。虹之近邊，往往現第二虹，謂之副虹，色彩較淡，其排列之序與正虹相反。……麟按：古時科學未興，此理不明，虹蜺之説，致陷怪異，觀此可以恍然矣。”此以科學新理闡釋名物。

（二）《九歌·少司命》“登九天兮撫彗星”一句，戴之麟疏云：“星名。一星後曳長尾如彗，故名。其外質鬆散，與太陽之電，同性被驅向後致成此形。所行軌道爲狹長之橢圓或拋物線，故隱現不常。據最近測定，能預知伏見之期者約三十星，其形狀大小各異。”此以科學新理闡釋天文現象。

（三）《天問》“增城九重，其高幾里”一句，洪補引《淮南子》云：“崑崙虚中，有增城九重，其高萬一千里百一十四步二尺六寸。”戴之麟疏云：“崑崙最高峰喜馬拉雅之挨佛勒斯，高出海面二九二〇〇尺。嗣發見墨爾姑兒斯，一作額非爾士。近英空軍中印空路又發現高三萬二千至三萬四千英尺之高峰，較額峰尤高，尚無定名，則其高非誕。”此以地理新發現證成舊説。

（四）《天問》“日安不到，燭龍何照”一句，王逸注云：“言天之西北，有幽冥無日之國，有龍銜燭而照之也。”戴之麟疏云：“歐洲極北二國曰瑞典、挪威，年有三月不見日光，日所不到者，此也。四川峩山上，某寺後殿藏蟒一，不食不動不息，盤如小阜，不知始自何年。廟祝司門，人欲觀之，予錢則啓其門，呼之則微舉其頭，吾友趙鵬飛曾親見之。據此，則燭龍非子虛也。”此以地理新識及實物證神怪之説並非全出妄誕，皆有據可依。

（五）《離騷》“總余轡乎扶桑”一句，戴之麟疏云：“扶桑，神木，古謂爲日出處。其桑相扶而生，其木葉似桐，初生如筍，實如梨而赤，績其皮可爲布，扶桑國人以之製衣，亦以爲錦。見《南史》：‘國在大漢國東二萬餘里，其上多扶桑木，故以爲名。’今亦稱日本曰扶桑。麟按：吾嘗遇朝鮮人金在天，詢其紙之佳，原質爲何，答以桑皮。吾曰：‘凡木皮全斷必死，安得如許之桑，得以供造紙之用?’金曰：‘取皮之法，今歲剥左半，來年剥右半，其皮迭生，故得不死。’始悟。其紙可製履，極堅，惟不可經水。扶桑殆即此物。日與朝鮮近，在東海中，或即其國歟?”此以實證分析，證扶桑木存在及日本被稱扶桑之由。

（六）《九章·哀郢》“望長楸而太息兮”一句，戴之麟疏云：“今宜城歐家廟楸樹甚多，此尤足證當日原去國所經之路。”此以實地證屈原去國懷鄉的行跡。

二、凡涉引文，皆查明原始文獻及篇目章節，有時甚至精確到頁碼，並細述引文與原文異同。這種類似“引書考”的做法，體現了很强的現代學術特色。如《天問》“蓱號起雨，何以興之”一句，洪補曰：“《山海經》曰：‘屏翳在海東，時人謂之雨師。’……張景陽詩云：‘豐隆迎號屏。’”戴之麟則疏云：“‘屏翳在海東’，《山海經》無。……詩見《文選集評》卷七雜詩類陽作《雜詩十首》末章。……《淮南子》：‘季春三月，豐隆乃出。’或曰雲師。郭璞云：‘豐隆筮師，御雲得《大壯》卦，遂为雷師。’‘季春三月’諸句，見《淮南子》卷三《天文訓》十一頁。無‘雨師’句。”又如《遠遊》“奇傅説之託辰星兮”句，戴之麟疏云：“‘傅説之所以’句，見《淮南子》卷六《覽冥訓》。‘傅’上有‘此’字，少‘是’字。”這種習慣也體現在對其他人物、名詞的闡釋上，如《離騷》“女嬃之嬋媛兮”句，洪補僅云“《水經》引袁崧云”，戴之麟不僅就《水經》、袁崧進行了解釋，並將解釋《水經》、袁崧時涉及的全祖望、戴震、趙一清、桓伊、孫恩諸人也一併進行了介紹，極爲詳贍。雖部分與《楚辭》原旨無涉或並無多大關係，略顯繁冗贅余，但這正體現了戴之麟學術嚴謹負責的態度。

三、重視原注中細節，故往往能發前人所未發，並多有創見。如《九歌・禮魂》“傳芭兮代舞”，王逸與洪興祖皆持“香草”或“芭蕉”義，後人亦皆沿之，惟戴之麟注意到了文中散見的疑似洪興祖《楚辭考異》内容（《楚辭補注》中經常有於王注後洪補前出示之異文，學界多認爲即《楚辭考異》之内容）“芭，一作巴”，云：“此非可持以舞之物。芭，當通巴。楚有巴人之歌，宋玉‘客有歌於郢中者，其始曰下里巴人’是也。《辭源》子集五五頁一部二畫：‘謂俗調也。’傳芭者，謂傳唱巴歌也，與代舞平列，謂且歌且舞也。”又如《漁父》“漁父莞爾而笑”句，所出異文爲：“莞，一作莧。”戴之麟疏云：“莧，《説文》音桓，山羊細角也，無笑義。查《字典》八畫有莧，注音未詳，笑也。或此之訛。”再如《九歌・大司命》中“紛吾乘兮玄云”，前人皆解“吾”作第一人稱代詞，惟戴之麟云：“吾，音魚。重言之，暇豫貌，見《國語》。……謂大司命乘紛紜玄雲，暇豫來降饗祭，非將出遊戲也。”又就“君迴翔兮以下”句王注“徐迴運而來下”疏云：“徐，音習余切，緩也。以此言之，上‘吾’作‘暇豫’解，尤合。”這些創見皆具新意，且有理有據，可聊備一説。亦對考見宋本《楚辭》原貌不無裨益（洪興祖作《楚辭考異》，曾參校當時《楚辭》傳本近二十家）。

四、偏重於楚辭的文學性特徵尤其是作爲辭賦的韻律特徵研究。歷代對《楚辭》的綜合闡釋著作，都更爲注重解釋名物、疏通文義，或即便有關音韻，不過涉難字反切；若非《楚辭音》、《楚辭韻讀》之類專事楚辭韻律研究的著作，基本只是偶爾涉及楚辭的押韻問題。惟獨《楚辭補注疏》通篇討論韻讀，並以《九懷》、《九歎》、《九思》三篇爲甚，其主要形式爲“某，叶某”。

五、吸取評注本文選及清人注楚辭的經驗（如姚鼐《古文辭類纂》、林雲銘《楚辭燈》），將《楚辭》原文分段總結，以醒主題層次，便於《楚辭》原文的閱讀與理解。部分直接沿用前人成果，部分則自行總結歸納。如文中常出現的“姚鼐曰”、“吴至父曰”、“旡三欠一生曰”等，即是此例。

六、疏證内容以數字序號前後對照，便於查考。且已經解釋過的名物、字句，一般會標明“見前某篇某句疏”、“見後某篇某句疏”（“見後某篇某句疏”的出現，是因爲補訂過程中先補訂後文，然後才發現前文相同的待闡釋的内容，故云）。

但《楚辭補注疏》一書，仍有以下不足之處：

一、徵引文獻雖較爲宏富，但過分依賴辭書，且作大段徵引，不能凸顯自身創見。全書徵引較頻繁的有《辭源》（商務印書館一九一〇年初版）、《中國人名大辭典》（商務印書館一九二一年初版）、《康熙字典》（清康熙五十五年内府刊本）、林雲銘《楚辭燈》、朱駿聲《離騷賦補注》、王夫之《楚辭通釋》、賀貽孫《騷筏》、朱熹《楚辭集注》、姚鼐《古文辭類纂》、沈伯經《古文辭類纂評注》、郝懿行《山海經箋疏》、徐文靖《竹書紀年統箋》、張匡學《水經注釋地》、王筠《説文解字句讀》等書。而這其中，對《辭源》、《中國人名大辭典》、《康熙字典》的徵引尤甚，貫穿全書始終，約占全書六成左右篇幅。戴之麟僻居縣邑，所能獲取文獻自然有限，不必吹毛求疵，然過分依賴三本辭書，且大段徵引，初瞥之下，自身對《楚辭》研究的創見極容易被蓋過，無法凸顯。

二、版本意識不强，引書不注明所據版本，部分不能覈驗其引書準確性。戴之麟注明《補注》的引書出處，喜歡精確到頁碼；自己引書以作疏證，也同樣喜歡精確到頁碼和章節。這帶有現代學術特色。但是戴之麟卻並不喜歡標注所據圖書版本，且徵引的圖書，可能較爲隨意，並非彼時精善之本，往往到解放後，已渺然難尋，無法覈驗其引書的準確性。如全書中常出現的“《山海經》利集”“《莊子》貞集”等，即按《周易》“元亨利貞”編排卷帙次序，將其頁碼與整理者可見版本比照，全然難合，不知是何版本。戴之麟如粗心將頁碼或章節注錯，則無法正確校出。他在書中徵引《辭源》的内容，即經常出現此類錯誤。

三、目録學基本功較爲薄弱，多犯常識性錯誤。如《楚辭目録》中洪興祖標注相關篇目在古本《楚辭釋文》中次序時，戴之麟誤將《釋文》當作陸德明《經典釋文》，而《經典釋文》是全然不涉《楚辭》的，且《直齋書録解題》中明確指出洪興祖曾據古本《楚辭釋文》作參考文獻，戴之麟兩端皆未審。又如《離騷》中“荃不察余之中情兮”一句，洪補引《經典釋文》中《莊子音義》云：“七全切，崔音孫，香草，可以餌魚。”此爲陸德明引東晋崔撰《莊子注》的内容，戴之麟不審，疏云：“崔，當係荃字之誤。”則全然謬以千里了。再如引用沈伯經《古文辭類纂評注》時，誤將頁眉沈伯經所作評注内容當作姚鼐注釋内容，往往誤作‘姚鼐曰’。也時常將林雲銘《楚辭燈》的相關内容誤作姚鼐語（大約是戴之麟所據的《古文辭類纂》評注本，兼收了林雲銘《楚辭燈》與沈伯經《古文辭類纂評注》的内容，可能是《名家圈點箋注批評古文辭類纂》或《百大家批評新體古文辭類纂》，惜此二文獻皆未能尋得），這都是戴之麟不精古書體例，未熟习讀書門徑目録學的後果。

應該説，戴之麟的《楚辭補注疏》在楚辭學史乃至學術史上有一定的承前啓後的意義，這有兩個方面的意思：一方面戴之麟填補了近八百年的《楚辭補注》專書研究的空白，且頗有文本經典化的意味——如《詩經》經過“齊”、“魯”、“毛”、“韓”四家的整理、研究、傳承，字句各自有别，到毛詩顯而三家隱，毛詩文本成爲經典，代有注（毛亨《毛詩傳》）、箋（鄭玄《毛詩箋》）、疏證（孔穎達《毛詩正義》）那樣，楚辭在劉向、劉歆父子典校群書時，即已發現前人整理的《屈原賦》二十五篇，劉向經過增損篇目，成十六卷的《楚辭》，到王逸十七卷《楚辭章句》作注與洪興祖《楚辭章句補注》作箋，已有很强的定王逸《楚辭章句》爲定本的意識，再到戴之麟《楚辭補注疏》，已經很明顯有將劉向確定了大部分框架、王逸補足定型的楚辭文本作爲經典文本的思想傾向。因此，戴之麟實際上在《楚辭》文本經典化的道路上起到了承前啓後的推進作用；另一方面，戴之麟承襲了清代學者評注的方式，給《楚辭》正文劃分大意段落，並沿用了傳統的訓詁方法；又採用了現代學術規範的精確到頁碼篇目的引書注釋方式，并用括弧序號（一）（二）標注並對應疏證内容，傳統與現代的學術方法間雜採用，有著承前啓後的意義。

戴之麟作《楚辭補注疏》時，應該是以清道光二十六年丙午《惜陰軒叢書》仿汲古閣本（下文及書中校記皆簡稱李刻本）作爲底本的，此叢書爲三原李錫齡所輯，王雲五《叢書集成初編》所收《楚辭補注》即據此本排印。我們斷定戴之麟據李刻本爲底本的理由如下：（一）除《四庫》本外，只有戴之麟本與李刻本收有《四庫全書總目》中的《楚辭補注提要》。（二）《九歌·少司命》中"竦長劍兮擁幼艾"一句，戴之麟針對洪補引《戰國策》原文提出了質疑，提出《戰國策》原文卷四"所注無'孺子，謂幼艾美女也'"，卷三"亦無'孺子，謂幼艾美女也'"，因此發出"此見三原李錫齡校訂本，所引殆其他本乎"的質疑，説明自己所據李刻本原文就是如此，而李刻本可能引用了其他版本的《戰國策》。（三）《離騷》"扈江離與辟芷兮"句，洪補引《説文》"江蘺，蘼蕪"，他本皆作"靡"，惟李刻本及戴之麟作"蘼"。《天問》"登立爲帝，孰道尚之"句，洪補"謂匹夫而有天下者"，他本皆作"疋"，惟李刻本及戴之麟作"匹"等。據不完全統計，此類李刻本與戴本相同，而與他本都不同的異體字差異，大約有四五十例，其中尤以《離騷》中的"脩""修"、各處散見的"楚辭""楚詞"、《招魂》、《大招》中的"魂""䰟"這類差異最多。（四）《招魂》"朱塵筵些"句，王注引《詩》"肆筵設席"，他本皆作"机"，惟李刻本及戴之麟作"席"；《九懷·危俊》"望太一兮淹息"句，王注"觀天貴將上沈滯也"，他本皆作"止"，惟李刻本及戴之麟作"上"等。據不完全統計，此類李刻本與戴本相同，而與他本都不同的非異體字的差異，大約有二十多例。顯然，戴之麟所據底本即李刻本。故此次點校整理，我們以鍾祥市圖書館藏《楚辭補注疏》稿本爲底本，以李刻本、明翻宋本、清康熙間汲古閣毛表重刊宋本（書中校記皆簡稱汲古閣本）作爲主要參校本，清同治十一年金陵書局重刊汲古閣本（書中校記皆簡稱金陵書局本）以及日本寬延二年柳美啓翻刻汲古閣本（書中校記皆簡稱柳刻本）作爲輔校本。本次點校整理，遵循以下原則：

一、由於戴之麟進行了數次校訂，多有後來補充的疏證内容，因此疏證序號混亂，常有不依升序排列者。如前後文没有關聯，則將序號調整爲正序。如前後文聯繫緊密，無法調整，則依照原本次第。

二、爲便於横排美觀，凡爲一組作品的卷目（如《九歌》、《九章》等），皆將其中各篇目名稱由篇尾移到篇首。

三、書中數字，漢字與阿拉伯數字間雜採用，一仍原貌，不作統一。

四、校勘記格式，遵循《〈荆楚全書〉校點條例》。

五、戴之麟每作一條補訂或修改，後面都相應出以校補日期與地點，爲存原貌，並見戴之麟筆耕之勤，校補時地一齊歸入校勘記中。

六、由於補訂内容與錯訛較多，爲使頁面美觀，校勘記不在每頁以脚注形式出示，而出於每段末尾。

七、校勘記序號以帶圈字符①②等標示。

八、原文有闕文者，不能據參校本或戴之麟所引文獻補足的，以□標示不出校；因稿本頁眉頁脚裁邊闕文的，以□標示並出校説明。漫漶不清的，亦以□標示不出校记。

九、戴之麟所據底本原文有誤者（包括斷句、文字），如後文疏證時不涉此誤，改正出校記；如涉及此誤，不改，出校記説明。

十、戴之麟的引書内容錯誤的（包括斷句、文字），如後文疏證不涉此誤，改正出校記；如涉及此誤，不改，出校記説明。誤引他語作姚鼐語的，有書可考者，不改原文，出校説明；不明出處者，又不見於姚鼐傳世著作者，仍作"姚鼐曰"，以存疑俟考。

十一、所有相同錯誤或説明，首次出校，後面徑從或徑改，不復出校。

本書整理的源起，要追溯到華中師範大學文學院王齊洲教授二〇一三年十月二十五日發表在《荆楚文庫》官網上的《〈荆楚文庫〉書目審讀意見》一文，該文指出："《楚辭》在歷史上影響巨大，研究著作汗牛充棟，入選《文庫》的研究《楚辭》的書目不可能完全和系統。如果要求完全而系統，那麽，國家圖書館出版社新近出版的黄靈庚主編的《楚辭文獻叢刻》八十册已經擺在那裏，《文庫》只好整體搬來。竊以爲没有必要重複，《文庫》只需選擇幾種有代表性的著作就夠了，尤其要注意選擇本省學者研究《楚辭》的著作。宜城人王逸的《楚辭章句》當然要入選，洪興祖《楚辭補注》和朱熹《楚辭集注》因爲影響大，也可考慮入選。筆者去年赴鍾祥進行學術調查，在市圖書館發現民國‘鍾祥三傑’之一的戴之麟所作十二册《〈楚辭補注〉疏》，是對洪興祖《楚辭補注》的疏解，如果認定有價值，是應該考慮收入的。一者此書是湖北人所作，二者還是海内孤本，《楚辭文獻叢刻》也未收入，無人得見，整理後對學術界定有幫助。如果《〈楚辭補注〉疏》入選，洪氏的書則可不入選，因爲洪書已經包含在戴書之中。”此後王教授也曾反復在《荆楚全書》及《荆楚文庫》的編纂工作會議上提出對該書立項整理的建議，尋找並鼓勵合適的人選承接該課題。後由王教授與華中師範大學文學院高華平教授聯合提議，委派整理者於二〇一四年四月上旬再赴鍾祥調研該書，經過一週的仔細研讀，整理者認定，該書作爲湖北人所作楚辭研究著作，作爲首見的專事《楚辭補注》疏證的學術論著，一者深合《荆楚全書》專選湖北作者的編纂原則，二者在洪興祖的基礎上推進了王逸《楚辭章句》的研究，具有開創性的學術價值，應及時立項整理，以惠學林。整理者徵得鍾祥圖書館同意，將該書以照片的形式復製回來，並經過“《荆楚全書》編纂”項目負責人——華中師範大學歷史文化學院周國林教授批准，華中師範大學副校長彭南生批覆正式立項，歷兩年而整理完成。在整理過程中，整理者遇到了諸多困難。因爲該書在作者生前未能刊刻出版，存世僅鍾祥圖書館這一套手稿，且据戴之麟自述及現存稿本面貌，該書曾歷幾次大的修改，補訂内容字跡太小，部分又有漫漶，且順序雜亂，給整理帶來了不少的麻煩，但經過整理者的仔細研讀、編排，逐一克服了這些困難：整理者發現，後來補訂的小字和漫漶不清的内容，基本都是戴之麟引用其它文獻内容以疏證原注的，只需找到戴之麟徵引之圖書，並覈驗其所引章節頁碼，則難字、不清等存疑處皆可一一冰釋；此外，整理者也常與師長、同窗、同事協同研究討論，並請教古文字及古文獻整理專家，盡全力將原稿難以辨認的内容辨明，以求全書的完整性和文字内容的準確性。

本次點校整理，得到“《荆楚全書》編纂”項目組經費的大力支持，並由鍾祥市圖書館無償提供稿本，在此深表感謝！稿本第三、五、六、七、八、九、十、十一、十二册的前期電子化，由華中師範大學文學院二〇一三級古代文學碩士研究生潘志剛、李情、馮曉玉、許韓、苗貝貝、夏金曉、李旬以及二〇一二級中國古典文獻學碩士研究生盧迪完成，付出了艱辛的勞動，在此併致謝忱！全書的標點、校勘、整理，由湖北文理學院文學與傳媒學院朱佩弦老師全權負責。戴之麟先生在七十五年前表達了“他日有能爲我殃梨棗，傳禩世庶乎”的願望，今欣逢傳統文化勃興之盛世，先生之書得以問世，實爲楚辭學界之幸，湖北文化界之幸，先生可庶幾含笑九泉。由於時間倉促，整理者水平所限，書中錯漏之處，在所難免，敬祈廣大方家學者賜教指正！

朱佩弦

二〇一六年十一月六日於武昌桂子山

目　録

楚辭補注疏序

强不知以爲知，文人之通病。四體不勤，五穀不分，又儒者恒有事。是以讀書難，解書難，注書難，疏注尤難。吾藏朱子《集注楚辭》二部，一亡友吴德祖慎先君存時所贈，一購於亡友楊君錫瓚鼇卿長子自漢。比時屢擬卒讀不果，會退居蘭臺，得暇讀之，即病其注囿於時地，天文、地文、名物訓詁等有使人不能釋然處，不第閱其文之佶屈聱牙也。又古今稱善之本，莫《楚辭章句補注》，若朱子，何爲將《七諫》、《九歎》等作删而不録？亦不能無疑，當時即有意疏之，求《補注》是書而不得。清亡後二十四年，乙亥夏六，大水，吴本亡越。己卯春王，避亂，楊本置石兒行李中，失於城北二十里之殷家河。自憾此生疏注之願不易償矣。既歸城中，貧民知吾有嗜古癖，凡得舊家古籍，歸吾多以廉值，於是始得《楚辭淺説》，繼得是書，繼又得《楚辭通釋》與《騷筏》，及近人《楚辭概論》。爲一一卒讀，然後知朱子去《七諫》等作之有以不明言其故，具見古人待人之厚，而疏之之意油然生。朱子《集注》二部既先後失，遂即《補注》爲之疏。謹案：是書對天文、地文，不識新理，毋怪其然。對於名物訓詁多不翔實。《七諫》中明明有“平生於國兮”，《九歎》中明明有“覽屈子之《離騷》兮”及“歎《離騷》以揚意兮”諸句，確爲東方朔、劉向遭時不偶，有感而發，《補注》偏解作屈原。至《大招》、《招魂》二篇，一爲原生招楚懷之魂，一爲原招楚懷已死之魂，篇中所言，歷歷可證。或謂爲原作，或謂作者宋玉、景差，迄莫能定（吾另有論著），則猶是吾人强不知以爲知與五穀不分之陋習。麟既閒居，己卯、庚辰既成《族譜》、《千家詩志疑》、《填詞法述》後，從事疏此，計自庚辰莫春始，至今年辛巳莫春止。初稿聿成，修正二次，終不免囿時囿地之憾。竊幸疑者闕之，名則不事鑿空。於《補注》之失，不爲曲庇；

於《通釋》玄怪之説，則一不取。他日有能爲我殃梨棗，傳祼世庶乎？讀解均易不至，如吾寢饋五年而始熟，雖然，夫之之作《通釋》，適值明季，今吾丁大亂而爲此不急之務，曷勝憐乎同病也夫？

民國三十年重光大荒落且月古郊郢旡三欠一生識於前救濟院

楚辭補注疏凡例

一　本疏卷數盡遵《補注》原卷，不稍變更。

一　各序之疏，另列序後，各標（一）、（二）等對照以便檢查。各文之疏，依注爲之，亦標（一）、（二）等區别之。

一　天文如雷電之類，均用新説，不涉神怪。

一　地文如楚至昭王，早已遷鄀，鄀爲今之宜城，原注不察，猶指江陵，故多誤解，疏爲一一徵實。其他各地亦然，惟以清亡後四年改定爲限。

一　穀類如稷，古注疏家多誤爲皐粱或其他，吾久詢得老農，蓋另一作物，産於河湖鄉，一洗文人五穀不分之陋。

一　上、下、處三字有上去之分，焉字有陰、陽平之别，重字有平、去之殊。義自各異，原注或漏或誤，謹一一是正，不憚其煩，省翻閲也。其他重見字數多者，則注曰“見某某疏”。

一　凡有所疏，均注出處，其不注者，或係已見，或得傳聞。

一　原注未言文法，初學動興望洋之歎，而《天問》一篇，亦爲通人所苦。其實細心考之，自有脈絡可尋，大可以天文、地文、人文三者别之，至古人已經批評者仍之，以便初學，非敢詡發前人所未發也。

一　原注誤解莫過於《招魂》、《大招》、《九歌》及《九歎》等篇，均一一是正，非敢輕議古人，實欲免滋後惑。

一　國變以來，舊籍多失，宿學星散，人名地名未悉徵實，注曰“俟考”，或曰“無考”，即序所謂囿時囿地，無可如何者也，讀者諒之。如確有所見，望即示知以資加入。

欽定四庫全書總目提要

疏曰：清乾隆三十七年開四庫全書館，徵求天下書籍，十餘年而成，統計十六萬八千餘册。分鈔七分，建七閣以貯之。文淵閣在文華殿後，文溯閣在奉天行宫，文津閣在熱河避暑山莊，文源閣在圓明園，此名内廷四閣。今文源閣所藏蕩然無存，其餘三閣尚無闕失。又以江浙爲人文所聚，特於江蘇揚州之大觀堂建文匯閣，鎮江之金山寺建文宗閣，浙江西湖之孤山建文瀾閣。文宗、文匯燬於粤寇，文瀾之書亦亂，後補鈔，非當年舊帙，今改存浙江圖書館中。按：自蘆橋變亂以後，各閣僅存及補鈔者，當無殊於粤寇之遭矣。《總目提要》者，乾隆四十七年《四庫全書》成，命閣臣所撰。計二百卷，以經史子集四部爲綱，更分類屬，又分著録、存目二項。著録之書，悉有鈔本，存於閣内，存目之書，則爲四庫所不收，每書撮舉大凡，撰爲提要。諸書皆融會貫通，條舉得失，甚便於學者。其《簡明目録》二十卷，無存目，删繁就簡，尤爲切用。見《辭源》丑部一一七八頁四部二畫。

《楚辭補注》十七卷。宋(一)洪興祖撰。興祖字慶善。陸游(二)《渭南(三)集》有興祖手帖跋，稱爲“洪成季慶善”，未之詳也。丹陽(四)人。政和(五)中登上舍第(六)。南渡(七)後召試，授秘①書省(八)正字(九)。曆官提點(十)江東(十一)刑獄，知真州(十二)、饒州(十三)。後忤秦檜(十四)，編管昭州(十五)，卒。事蹟具《宋史(十六)·儒林傳(十七)》。周麟之(十八)《海陵集》(十九)有興祖《贈直敷文閣(二十)制》，極褒其編纂之功。蓋檜死乃昭雪(二一)也。案：陳振孫《書録解題》(二二)，列《補注楚辭》十七卷、《考異》一卷。稱“興祖少時，從柳展如(二三)得東坡(二四)手校十卷。凡諸本異同，皆兩出之。後又得洪玉父(二五)而下本十四五家，参校遂爲定本，始補王逸《章句》之未備者。成書，又得姚廷輝(二六)本，作《考異》，附古本《釋文》之後。又得歐陽永叔(二七)、孫莘老(二八)、蘇子容(二九)本於關子東(三十)、葉少協(三一)，校正以補《考異》之遺”云云。則舊本兼載

《釋文》，而《考異》一卷附之，在《補注》十七卷之外。此本每卷之末有汲古後人毛表(三二)字奏叔依古本是正印記，而《考異》已散入各句下，未知誰所竄亂也。又目録後有興祖《附記》，稱鮑欽止(三三)云："《辨騷》非《楚辭②》本書，不當録。班固(三四)二序，舊在《九歎》(三五)之後，今附於第一通之末"云云。此本《離騷》之末有班固二序，與所記合。而劉勰(三六)《辨騷》一篇，仍列序後，亦不詳其何故。豈但言其不當録，而未敢遽删歟？漢人注書，大抵簡質，又往往舉其訓詁，而不備列其考據。興祖是篇，列逸注於前，而一一疏通、證明、補注於後，於逸注多所闡發。又皆以"補曰"二字别之，使與原文不亂，亦異乎明代諸人妄改古書，恣情損益。於《楚辭》諸注之中，特爲善本。故陳振孫稱其用力之勤，而朱子作《集注》(三七)，亦多取其説云。

疏曰：(一)宋，朝代名。趙姓。太祖受後周禪，國號宋，都汴（今河南開封），奄有中國十八省之地（北無直隸之北部，南無雲南、貴州之南部）。傳至徽、欽，爲金人所執，是爲北宋。高宗南渡，都臨安（今浙江杭縣），保南方之地，是爲南宋。共十六主二百十七年，起民國前九五二年，訖前六三六年，爲元所滅。按：太祖名匡胤。見《辭源》寅集三六頁宀部四畫。(二)陸游《渭南集》。游，宋山陰（今浙江省屬縣）人，字務觀。乾道（宋孝宗年號）中授夔州通判，因愛蜀道風土，故題其生平所爲詩曰《劍南（劍閣以南之地）詩稿》。其詩清新刻露，而出以圓潤，能自闢一宗，故宋以後詩有劍南一派。官至寶謨閣待制。范成大帥蜀，游爲參議官，以文字交。不拘禮，人謂其放，因自號放翁。見《辭源》戌集一二六頁阜部八畫。(三)渭南，今縣名，苻秦置，明清皆屬陝西西安府，今屬陝西關中道。見《辭源》巳集一二一頁水部九畫。其集五十卷，陸游晚封渭南伯，故以名集。據其子遹跋，蓋游所自定也。其文邊幅少狹，不及詩才之壯闊，而亦不失典型。又有《逸稿》二卷，爲毛晉所編。見《辭源》巳集一二二頁水部九畫。按：亦稱《渭南文集》。(四)丹陽，地名。(甲)丹水之陽也。在今河南丹江之南。戰國時秦大敗楚師於丹陽，遂取漢中。(乙)楚之丹陽有二：一在今湖北秭歸縣東，熊繹所封，曰西楚；一在今湖北枝江縣西，楚文王徙此，曰南楚。(丙)吴之丹陽有四：一爲秦置縣，亦曰小丹陽，隋廢。今安徽當塗縣是；一爲漢置郡，治宛陵，今安徽宣城縣是；一爲吴置郡，治建業，隋廢。今江蘇江寧縣是；一爲今縣，唐置。清屬江蘇鎮江府，今屬江蘇鎮江道。見《辭源》子集八四頁丶部三畫。按：與湖名不同。又按：原書卷一第一頁作“曲阿洪興祖”。曲阿，縣名，漢置。秦時名雲陽，太史曰東南有天子氣在雲陽之間，故鑿此岡，令曲而阿，因名曲阿。漢置縣，孫吴復曰雲陽，晉復爲曲阿，梁改蘭陵，隋復爲曲阿，唐改丹陽，即今江蘇丹陽縣治。提要謂“丹陽人”者，據清縣治言；卷一作“曲阿”者，據古稱也。總之，以吴之丹陽，即今江蘇丹陽縣爲是。“提要”以上，見《辭源》辰集四八頁曰部二畫。（五）政和，宋徽宗第四年號。見《辭源·世界大事年表》三六頁上三欄。（六）上舍第，宋制。初入學者爲外舍，由外舍升内舍，由内舍升上舍，如清生員之有附生、增生、廩生也。見《辭源》子集二五頁一部二畫。（七）南渡，南宋偏安時代之稱也。宋自徽欽北狩，高宗南渡江，建都臨安，後稱南宋。係渡江而南，故曰南渡。見《辭源》子集三八九頁十部七畫。（八）秘書省正字。秘，一作祕。祕書省，掌圖籍之官署。漢桓帝置祕書監，掌監中圖書祕記。魏武帝爲魏王，置祕書令，典尚書奏事。文帝分祕書，立中書，置監令，而别以他官領祕書監。晉祕書寺與中書不相統攝。梁改爲省。隋以祕書與尚書、門下、内史、殿中爲五省，唐因之。宋以祕書爲寄禄官，無職守。元曰祕書監，明清不設此官。圖籍皆藏内府。見《辭源》午集一八六頁示部五畫。（九）正字，官名。齊祕書省有正書，北齊始置正字，隋唐因之。見《辭源》辰集一九三頁止部一畫。據此則宋尚有此官也。（十）提點江東刑獄。提點，官名。宋時有提點刑獄、提點宫觀等官。金有殿前都提點及教坊大醫諸局監提點。元司天監及諸局諸倉諸庫，並有提點。明惟有神樂觀提點，爲道士所授之官，至清初亦裁去。見《辭源》卯集一二九頁手部九畫。（十一）江東，謂長江以東之地。魏禧《日録雜説》：“江有南北，而無東西。對豫章言，則金陵居江南之東；對金陵言，則豫章居江南之右。故宋以金陵、太平、寧國、廣德爲江南東路，以今江西全省爲江南西路。”按：江東之稱，始於漢初，《史記》項羽曰“籍與江東子弟八千人，渡江而西”是也。見《辭源》巳集二十頁水部三畫。此江東當指金陵、太平等處也。（十二）真州，宋置，明廢，即今江蘇儀徵縣。見《辭源》午集一三四頁目部五畫。（十三）饒州，府名。隋置州，元爲路，明改府，清因之，屬江西，民國廢。今鄱陽縣，其舊治也。見《辭源》戌集二五三頁食部十二畫。（十四）秦檜，宋江寧人，字會之。政和間登第。靖康初爲金人所捕，高宗時脱歸。後爲相，力主和議。殺岳飛，竄張浚、趙鼎。主戰之臣，誅鋤殆盡，和議遂成。封秦、魏兩國公，進建康郡王，在相位十九年。卒，贈申王，謚“忠獻”。寧宗時追奪王爵，改謚“謬醜”。見《辭源》午集二一三頁禾部五畫。（十五）昭州，唐置，元廢。今廣西平樂縣。見《辭源》辰集二四頁日部五畫。（十六）宋史，書名，元托克托等奉敕撰，共四百九十六卷。大旨在表章道學，而文則失之太緐。南宋以後，《文苑》僅載數人，《循吏》竟不列傳，則又疏陋之病也。其總目題本紀四十七，志一百六十二，表三十二，列傳二百五十五，然卷四百七十八至卷四百八十三實爲世家六卷，總目未列，蓋偶遺也。見《辭源》寅集三六頁宀部四畫。（十七）儒林，謂儒者之所薈萃也。《史記·太史公自序》：“自孔子卒，京師莫崇庠序。唯建元、元狩之間，文辭粲如也。作《儒林傳》第六十一。”自後史書皆有《儒林傳》，始此。見《辭源》子集二三七頁人部十四畫。按：托克托等所撰《宋史》，列傳二百五十五，《儒林》列《傳》之一也。（十八）周麟之，字茂振，宋海陵人，紹興進士。歷官兵部侍郎，兼給事中。充金國哀謝使，言辭詳雅，金人爲加禮，後拜同知樞密院事。有《海陵集》。（十九）《海陵集》，《四庫全書總目》卷一百七十四《集部·别集類存目一》作“别本《海陵集》一卷”，原二十三卷，外集一卷。“此本凡詩六十三首，文四篇，即外集一卷，書賈削去標題‘外集’字，别作僞帙，以售欺耳。”[③]《四庫全書簡明目録》卷十六：“《海陵集》二十三卷，外集一卷。宋周麟之撰。”“麟之以文章任侍從，致位通顯，與王珪略同。故此集制誥居大半，吐屬雅贍，亦與珪相近。”其外集則“使金來往所作，與珪之不出國門差異。然多附會誇誕之詞，亦未能以名山大川，助筆墨之氣”也。[④]（二十）敷文閣，俟考。（二一）昭雪，謂明白洗雪其冤誣也。《五代史》：“前經推勘，已蒙昭雪。”見《辭源》辰集二四頁日部五畫。（二二）陳振孫《書録解題》。振孫，宋安吉人，字伯玉，號直齋。端平中爲浙西提舉，改知嘉興府，終侍郎。嘗仕於莆田，傳録夾漈鄭氏、方氏、林氏、吴氏舊書至五萬一千一百八十餘卷，著《直齋書録解題》，極精贍。見《中國人名大辭典》一〇八三頁十一畫。《四庫全書總目》卷八十五《史部·目録類一》作“二十二卷，《永樂大典》本”。[⑤]《四庫全書簡明目録》卷八：“《直齋書録解題》二十二卷，宋陳振孫撰。原本久佚，今從《永樂大典》録出，其書歷代典籍，分爲五十三類，而不立經史子集之名。然核其次第，實仍以四部爲先後也。其解題與晁氏相類。馬端臨作《經籍考》，以《讀書志》及此編爲藍本，則其典核可知矣。”[⑥]（二三）柳展如，俟考。（二四）東坡，地名。在今黄岡縣治東。宋蘇軾謫黄州居之，因自號東坡居士。見《辭源》辰集九九頁木部四畫。（二五）洪玉父炎，宋人，芻弟，元祐進士。官至著作郎、祕書少監。詩酷似黄庭堅，有《西渡集》。見《中國人名大辭典》六七一頁九畫。（二六）姚廷輝，名舜明，宋剡人，政和中知華亭，撫輯其民，甚著令名。累官徽猷閣待制。見《中國人名大辭典》六四一頁九畫。（二七）歐陽永叔，宋廬陵人，名修。舉進士甲科。仁宗時爲諫官，論事切直，後拜參知政事。徙青州，與王安石不合，以太子少師致仕。修博極羣書，得昌黎遺稿，苦心探索，遂以文章冠天下。嘗判滁州，號醉翁，晚號六一居士。卒，謚“文忠”。撰有《新唐書》及《新五代史》。見《辭源》辰集一九〇頁欠部十一畫。（二八）孫莘老，宋高郵人，名覺，舉進士。神宗時，修起居注，以諫青苗法忤王安石，出知廣德軍。徙湖州，累官龍圖閣直學士。見《辭源》寅集一九頁子部七畫。（二九）蘇子容，名頌，宋紳子。徙居丹陽，第進士，累遷集賢校理。富弼稱爲“古君子”，與韓琦同表其廉退。英宗時，遷度支判官。元祐中，拜右僕射，兼尚書、門下侍郎。爲相，務在使百官遵職，杜絶僥倖之源，戒疆埸之臣要功生事，巍然獨立，爲時雅望。以太子少師致仕，卒。有《新儀象法要》。見《中國人名大辭典》一七八二頁二十畫。（三十）關子東，名注，宋景仁子，號香巖居士。紹興進士，嘗教授湖州，與胡瑗之孫滌，裒瑗遺書，得《易解》、《中庸義》，藏之學宫。又録瑗言行爲一帙，汪藻爲之序。官至太學博士，卒。有《關博士集》。見《中國人名大辭典》一七六一[7]頁十九畫。（三一）葉少協，俟考。（三二）汲古後人毛表。汲古，明季常熟毛晉藏書閣名。晉喜收書，湖州[8]書舶，雲集於門，積至八萬四千册。經、史、子、集四部之書，無不翻刻，毛氏之書走天下。子扆，亦精校刊，有《汲古閣祕本書目》。其所刻書，有《汲古閣校正書目》、《汲古閣書目補遺》、《汲古閣刻版存亡考》，皆清鄭德懋撰。見《辭源》巳集二五頁水部四畫。表簡歷未詳。（三三）鮑欽止，處州龍泉人。名由，舉進士。嘗從王安石學，又親炙蘇軾，其文汪洋閎肆，詩尤高妙。高宗召對，除工部員外郎。出知海州，奉祠卒。嘗注杜甫詩，有文集五[9]十卷，見《中國人名大辭典》一六二九頁十六畫。（三四）班固，東漢人。彪長子，字孟堅，博通載籍。明帝時典校祕書，續成父之《西漢書》，時人比之遷、董。見《辭源》午集二七頁玉部六畫。（三五）《九歎》，見原書第十六。其二序見後《離騷經第一》按語疏十二。[10]（三六）劉勰，南朝梁東莞人，字彦和。天監中，兼東宫通事舍人。篤志好書，撰《文心雕龍》五十篇，論古今文體及文之工拙，沈約謂其深得文理。後出家爲沙門，改名慧地。（勰，音協，和也。）見《辭源》子集三三七頁刀部十三畫。（三七）朱子，名熹，宋婺源人。字元晦，後改字仲晦。婺源於梁陳時爲新安郡，故其署款多用新安。父松，爲政和縣尉。因僑寓建州，紹興中舉建州鄉貢，登進士。歷高、孝、光、寧四朝，累官轉運副使、焕章閣待制、祕閣修撰。卒，贈寶謨閣學士，謚曰“文”。著《楚辭集注》八卷，隨文詮釋。又《辯證》二卷，《後語》六卷。見《辭源》辰集八五頁木部二畫。麟按：後二僅見其目。[11]

校勘記：①“秘”，原誤作“祕”，今據下文“秘，一作祕”及李刻本改。②“辭”，明翻宋本、汲古閣本作“詞”。後文凡從李刻本作“辭”而他本皆作“詞”者，徑從李刻本不出校。③此句上頁眉戴之麟題校補時地云：同下年、日、地、時。按：即“己丑五月二十六日上午，新庭”。④此句上頁眉戴之麟題校補時地云：己丑後七月二十八日午間。⑤此句上頁眉戴之麟題校補時地云：己丑五月二十六日上午，新庭。⑥此句上頁眉戴之麟題校補時地云：己丑後七月二十八日上午。⑦“一七六一”，原誤作“一七六〇”，今據《中國人名大辭典》改。⑧“州”，原誤作“北”，今據《辭源》改。⑨“五”，原脱，今據《中國人名大辭典》補。⑩此句上頁眉戴之麟題校補時地云：庚寅二月四日上午。此句上頁眉戴之麟題校補時地云：丙戌六月四日上午，縣中記室。丁亥冬月二十二日午間，韓庭除。

楚辭補注目録

班孟堅(一)云：始楚賢臣屈原被讒放流，作《離騷》諸賦以自傷悼。後有宋玉(二)、唐勒(三)之屬，慕而述之，皆以顯名。漢(四)興(五)，高祖王兄子濞，於吴(六)招致天下(七)娛游子弟，枚乘(八)、鄒陽(九)、嚴夫子(十)之徒，興於文、景之際(十一)，而淮南王安(十二)都壽春(十三)，招賓客著書，而吴有嚴助(十四)、朱買臣(十五)貴顯漢朝，故世傳楚辭。

疏曰：（一）班孟堅，見“《楚辭補注》十七卷”疏三四。（二）宋玉，戰國楚人。屈原弟子，爲楚大夫。憫其師放逐，作《九辯》，述其志以悲之。按：玉爲楚人，是時楚已遷鄢，名鄢郢。鄢郢爲清之宜城縣，屬湖北襄陽道襄陽府。墓在城南三里，余曾親過其地。史遷謂“原死後，楚有宋玉、景差之徒”，則玉非原弟子矣。（三）唐勒，俟考。（四）漢，朝代名。漢高祖劉邦滅秦有天下，國號漢，都長安。奄有中國黄河、長江、珠江三流域，奉天、新疆、内蒙古、安南及朝鮮北部。傳十二主，二百十二年，起民國前二一一七年，終一九〇五年，爲王莽所篡，是爲前漢，亦稱西漢。光武中興，遷都洛陽，凡十二主，一百九十六年，起民國前一八八九年，終一六九三年，禪位於魏，是爲後漢，又稱東漢。見《辭源》巳集一四六頁水部十一畫。（五）興，起也。（六）吴，《前漢書》十四《諸侯王表第一》：“東帶江湖，薄會稽，爲荆吴。”“文穎曰：‘即今吴也。高帝六年爲荆國，十年更名吴。’師古曰：‘荆、吴，同是一國也。’”《辭源》丑集口部四畫：“㊀國名：（甲）周初泰伯居吴，在今江蘇無錫縣梅里。子孫稱王，國始大。奄有今淮泗以南至浙江嘉、湖之壤，後爲越所滅。（乙）三國時孫權據江南，奄有今江、浙、兩湖、閩、越、安南，國號吴。後爲晉滅。（丙）五代時楊行密據淮南，兼有江西，國號吴。後爲徐知誥所篡。㊁後漢時爲吴郡地，故俗稱江蘇曰吴。”①（七）下，上聲。（八）枚乘，漢淮陰人，亦稱枚叔。景帝時仕吴，上書諫吴王，不納。去之，梁孝王尊爲上客。善屬文，嘗作《七發》。武帝時，乘已年老，以安車蒲輪徵之，道卒。見《辭源》辰集一一一頁木部四畫。（九）鄒陽，漢臨淄人。景帝時與枚乘、嚴忌仕吴，以文辯②知名。吴王陰有邪謀，上書諫不聽，去之梁，從孝王游。爲羊勝等所譖下獄，上書自陳，王出之，待爲上客。見《辭源》酉集二四二頁邑部十畫。（十）嚴夫子，名忌，漢吴人。與司馬相如俱好辭賦，後入梁，受知孝王，與鄒陽、枚乘俱見尊重，而忌名尤甚，世稱嚴夫子。見《辭源》丑集一〇六頁口部十七畫。（十一）文、景之際。文帝名恒，漢高祖中子。初封代王，周勃平諸吕，迎立之。仁慈恭儉，善政多端，專務以德化民。在位二十三年，以敦朴爲天下先。海内人給家足，爲三代後賢主。見《辭源》巳集一四八頁水部十一畫。景帝，文帝子，名啓。節儉愛民，有文帝之風。惟天資刻薄，用鼂錯計，致七國之變，又戮鼂錯，殺周亞夫，不無慚德。史以文、景並稱，實愧父多矣。見《辭源》巳集一四九頁水部十一畫。（十二）淮南王安，厲王長子。爲人好書，招致賓客方術之士，作爲《内書》二十一篇，《外書》甚衆，又有《中篇》八卷，言神仙黄白之術，亦二十餘萬言，名《淮南子》。時武帝方好藝文，甚尊重之。賜几杖，不朝。其後有反謀，使宗正以符節治安。未至，自殺。見《中國人名大辭典》一四四一頁十五畫劉。參看後"楚辭補注卷第一"疏九。（十三）壽春，戰國時楚邑，今安徽壽縣。楚考烈王徙都於此。漢置縣，歷代因之。明初爲府，尋廢。見《辭源》丑集一八一頁士部十一畫。（十四）嚴助，忌子。舉賢良方正，以中大夫諭意南越，歸拜會稽太守。見《辭源》丑集一〇六頁口部十七畫。（十五）朱買臣，漢會稽吴人，字翁子。家貧好讀書，常賣薪自給，且行且讀。妻羞之，求去。買臣曰："我年五十當貴，今已四十九，汝苦日久，待我貴，當報汝。"妻不聽，去，適農夫。武帝時，嚴助貴幸，薦買臣，拜爲中大夫侍中。以東越數反，復出爲會稽太守，治樓船戰具，擊東越有功，官主爵都尉。方其乘傳入吴，見故妻與夫治道，買臣呼後車載之歸舍，置園中，妻慚忿自經死。見《辭源》辰集八六頁木部二畫。③

校勘記：①此句上頁眉戴之麟題校補時地云：戊子五月二十三日上午，捄左補録。②"辯"，原誤作"辨"，今據《辭源》改。③此句上頁眉戴之麟題校補時地云：己丑三月二十一日下午，終校圖書館。

漢(一)護左都水使者(二)光禄大夫(三)臣劉向(四)集

疏曰：（一）漢，見上"楚辭補注目録"疏四。（二）護左都水使者。都水，官名。秦漢置都水長、都水丞，主陂池灌溉，保守河渠，自太常少府及三府等，皆有其官。漢武帝以都水官多，乃置左右使者以領之。晉置都水臺，有使者一人。隋唐曰都水監。南宋以都水歸工部，不復置官。明清因之，爲工部都水司，清末始廢。見《辭源》酉集二三六頁邑部九畫。（三）光禄大夫，秦郎中令屬官有中大夫，漢武帝更名爲光禄大夫，備顧問。魏晉以後，時有增置，皆非正職。唐因隋制，以爲散官，分三等：光禄大夫，從二品；其次曰金紫光禄大夫，銀青光禄大夫。後代品秩，時有升降。明時進光禄大夫爲一品階，清光禄大夫爲正一品文官階。見《辭源》子集二五二頁儿部四畫。（四）劉向，漢宗室，字子政，楚元王四世孫。初爲諫大夫，宣帝招選名儒材俊，向以通達能屬文與焉。爲人簡易無威儀，專積思於經術，晝誦書傳，夜觀星宿，或不寐達旦。數上封事，以陰陽休咎論時政得失，語甚切直。元帝時爲中壘校尉，時外戚王氏擅權，上數欲用爲九卿，爲王氏及在位大臣所持，官終不遷。所著書有《洪範五行傳》、《列女傳》、《新序》、《説苑》等。見《辭源》子集三三六頁刀部十三畫。

後漢（一）校書郎（二）臣王逸章句一本云校書郎中。《後[①]漢·文苑傳》（三）云：逸字叔師，南郡（四）宜城（五）人。元初（六）中舉上計（七）吏，爲校書郎。順帝（八）時爲侍中（九）。著《楚辭章句》行於世。

疏曰：（一）後漢，見前"楚辭補注目録"疏四。（二）校書郎，校書謂校勘書籍，後即以名官。如後漢以蘭臺令史典校祕書，亦選他官任之。故即以郎居其任，則謂之校書郎；以郎中居其任，則謂之校書郎中。至魏始置祕書校書郎。後魏迄宋，皆置之，屬祕書省。元以後不設。與作妓女稱者迴殊。見《辭源》辰集一二三頁木部六畫。（三）《後漢·文苑傳》，文苑謂多數之能文者，史志有《文苑傳》，即取此意，皆記載文士言行。見《辭源》卯集一七〇頁文部。麟按：《後漢書》卷一百十上、下係《文苑列傳》，逸列此《傳》上。《後漢書》，宋范曄撰。曄以前撰述東漢事者頗多，如《東觀漢記》之類，凡數十種。曄採集此書，凡十紀、十志、八十列傳，合爲百篇。曄以罪被收，十志未成而死，梁劉昭用司馬彪《續漢書》之文以成之。今本共一百二十卷，有唐章懷太子李賢注。見《辭源》寅集二七四頁彳部六畫。（四）南郡，秦置。湖北舊荆州、安陸、漢陽、武昌、黄州、德安、施南諸府及襄陽府之南境，皆其地治。郢，故楚都也。隋亦置南郡於此。見《辭源》子集三八七頁十部七畫。（五）宜城，今縣名，本楚鄢地。秦昭王使白起伐楚，引蠻水灌鄢，拔之。即此城也。秦置鄢縣，漢改宜城，南朝宋廢。故城在今湖北宜城縣南。唐改率道縣曰宜城，即今治。明清皆屬湖北襄陽府，今屬湖北襄陽道。見《辭源》寅集五〇頁宀部五畫。麟按：《辭源》王逸條謂逸宣城人，誤。（六）元初，東漢安帝年號。民國前一七八九年。見《辭源》子集二四三頁儿部二畫。（七）上計，漢制。郡國每歲遣詣京師，進計簿，謂之上計。見《辭源》子集四七頁一部二畫。上應讀上聲。（八）順帝，名保，安帝子，在位一九年。民國前一七四〇年。（九）侍中，官名。漢以侍中爲加官，分掌乘輿服物，與中官共止禁中。魏晉以後，爲門下省之長官。見《辭源》子集一九三頁人部六畫。②

校勘記：①“後”，原脱，今據李刻本、明翻宋本、汲古閣本補。下文疏三徑補不出校。②此句上頁眉戴之麟題校補時地云：丙戌六月五日上午，韓宇。

離(一)騷(二)經第一
屈原。《釋文》(三)第一，無經字。麟按：清朱駿聲《補注》“經”作“賦”。

疏曰：原解：（一）離，别也。（二）騷，愁也。見第一序言。朱駿聲補曰（以下簡稱“朱補”）：“離，鳥名，倉庚。此讀爲羅網之‘羅’，故入於網即曰‘羅’字，或變作‘罹’也。王叔師則謂借爲‘禼’，非是。騷，馬擾動也。此讀爲愁憂也。《史記·列傳》：‘離騷者，猶離憂也。’”麟按：倉庚即鶯，亦名黄鸝。背灰黄色，腹灰白色，尾有黑羽。雌雄常雙飛。初春始鳴，聲宛轉清脆，俗稱黄鶯。《集韻》罹與羅同。《書·湯誥》：“罹其凶害。”《傳》：“罹，被也。”《釋文》：“罹，本亦作羅。”《類篇》：“罹，遭也。”《釋文》：“逢此百罹。罹，本又作離。”是罹即離，可注曰：“離通罹，遭也。”不必如朱解之曲而不斷。（二）騷，《唐韻》、《集韻》、《韻會》、《正韻》均音搔，解作動也，愁也。或作地名。又《集韻》、《韻會》、《正韻》均音簫，義同。又《正韻》音蘇老切，音掃。《史記·李斯傳》：“竈上騷埽。”又《黥布傳》：“大王宜騷淮南之兵。”注：“言盡舉之如掃地也。與埽通。”又《集韻》、《正韻》竝先到切，音燥，義同。又古通尤韻，音修。張衡《思玄賦》：“行積水之皚皚兮，清泉沍而不流。寒風淒其永至兮，拂雲岫之騷騷。”《文選注》：“音修。騷騷，風動貌。”是即如朱讀如愁又實無愁之解，不如直讀本音爲是。憂，《唐韻》、《集韻》竝音優。《説文》：“愁也。”人愁則形於顔面，故從心從頁，會意。或作懮，通作憂。亦無愁音。“離騷”二字係篇名，無協韻之必要，故二字均宜讀本音。賦字並當删去，經字更談不上也。（三）《釋文》，書名。唐吴興人陸德明撰，名《經典釋文》，此其簡稱，凡三十卷。諸經音讀多恃以爲依據。德明名元朗，以字行。高祖時爲國子博士兼太子中允。

九歌第二
《釋文》第三。一本《九歌》至《九思》下，皆有傳(一)字。

疏曰：（一）傳，株戀切，專去聲。又柱戀切，音瑑，訓也。賢人之書曰傳。麟按：《離騷》既非經，又非賦，《九歌》以下皆非紀載之文，去之最宜。經者，常也，法也。謂之經者，所秉以治天下之常法也。故《易》、《詩》、《書》、《三禮》、《三傳》、

《語》、《孟》等均謂之經，以其所載皆治天下之常法也。《離騷》未足語此，故去之是。

天問第三《釋文》[一]第四。

九章第四《釋文》第五。

遠游第五《釋文》第六。

卜居第六《釋文》第七。

漁父第七《釋文》第八。

九辯第八宋玉[二]。《釋文》第二。

招魂第九《釋文》第十。

大招第十屈原，或言景差[三]。《釋文》第十六。

惜誓第十一賈誼[四]。《釋文》第十五。

招隱士第十二淮南小山[五]。《釋文》第九。

七諫第十三東方朔[六]。《釋文》第十二。

哀時命第十四嚴忌[七]。《釋文》第十四。

九懷第十五王褒(八)。《釋文》第十一。

九歎第十六劉向(九)。《釋文》第十三。

九思第十七王逸(十)。《釋文》第十七。

按《九章》第四,《九辯》第八,而王逸《九章》注云"皆解於《九辯》中",知《釋文》篇第蓋[①]舊本也,後人始以作者先後次叙之爾。鮑欽止(十一)云:《辨騷》非楚辭本書[②],不當録。班孟堅二序(十二),舊在《天問》、《九歎》之後,今附[③]於第一通之末云。

疏曰:(一)《釋文》,見《離騷經第一》疏三。(二)宋玉,見前"楚辭補注目録"疏二。(三)景差,戰國時楚人。好辭賦,事頃襄王,爲公族大夫。詞章家之最古者,漢人常與宋玉並稱。差,亦作瑳。見《辭源》辰集三七頁日部六畫。(四)賈誼,漢洛陽人。李斯之學,傳於吴公,吴公傳之於誼。文帝召爲博士,越遷至大中大夫。誼請定正朔、易服色、制法度、興禮樂,爲大臣所忌,出爲長沙王太傅。人以其年少秀才,稱爲賈生。(五)淮南小山,詳後《招隱士》。(六)東方朔,詳後《七諫》。(七)嚴忌,見前"楚辭補注目録"疏十。(八)王褒,漢蜀人,字子淵。益州刺史王襄薦之,徵入都,上《聖主得賢臣頌》。宣帝時爲諫大夫,令往益州祠金馬碧雞之神,卒於道。見《辭源》午集一八頁王部。(九)劉向,見前"漢護左都水使者"條疏四。(十)王逸,見前"後漢校書郎"條原分注。(十一)鮑欽止,見上"《楚辭補注[④]》十七卷"疏三十三。(十二)班孟堅二序,麟按:似誤。查《離騷經》後列二文,其一曰"叙曰",正書以其中所云"而班固、賈逵復以所見改易前疑"及"而班固謂之'露才揚己'"諸語,與"今臣復以所識所知,稽之舊章,合之經傳,作十六卷章句"云云觀之,或曰蓋王逸原序也。序末分注,首引班孟堅云云,中引顔之推、劉子玄二人所云。顔爲南北朝人,劉爲唐人,不得云爲班序,亦不能謂爲王序。且以其中"余嘗折衷其説而論之",末又云"班孟堅、顔之推之所云,無異妾婦兒童之見,余故具論之",則宋洪興祖據以闡發王逸原序者,故曰誤也。逸文中又有"今臣復以所識所知,……作十六卷章句"諸語,已明十足乎?[⑤]其一曰《離騷贊序》,下係後於班孟堅所言,以折其非,故分。是不可謂爲孟堅二序，宜改爲洪班二序。參看後“王序”“洪論”二疏疏首。[6]

校勘記：①“蓋”，原誤作“皆”，今據李刻本、明翻宋本、汲古閣本改。②“本書”，原誤作“善本”，今據李刻本、明翻宋本、汲古閣本改。③“附”，原作“坿”，今據李刻本、明翻宋本、汲古閣本改。④“注”，原脱，今據前文補。⑤此句上頁眉戴之麟題校補時地云：丙戌六月五日午前，縣中記室。⑥此句上頁眉戴之麟題校補時地云：丁亥冬月二十一日傍晚，地同前（按：即縣中記室）。戊子五月八日上午，救左改正。庚寅二月十日上午。

楚辭補注疏卷第一

疏曰：楚辭名稱非劉向所創，蓋起於漢初。《史記·屈原列傳》言："屈原既死之後，楚有宋玉、唐勒、景差之徒者，皆好辭而以賦見稱。"司馬遷雖未以"楚辭"二字連綴成文，然楚之有所謂辭，及楚之辭，乃確爲當時最流行讀物。《漢書·朱買臣傳》言："買臣善楚辭。"又言："宣帝時，有九江被公善《楚辭》。"大概"楚辭"之名，此時方始成名。説者謂"屈宋諸騷，皆楚語，作楚聲，紀楚地，名楚物，故謂之'楚辭'。"如劉向、王褒、王逸諸人作品，諸人未必盡爲楚産，不過模擬屈宋所作風格，故亦謂之"楚辭"而已。按：以上係節譯近人鄭振鐸編《文學大綱》論楚辭一則，見是書第七章第二九四、五頁。是書爲蝴蝶裝，共四册，商務印書館出版，鄭簡歷俟考。

隋唐書《志》(一)有皇甫遵訓《參解楚辭》(二)七卷、郭璞注十卷(三)、宋處士諸葛(四)《楚辭音》一卷、劉杳《草木蟲魚疏》(五)二卷、孟奥(六)音一卷、徐邈(七)音一卷。始漢武帝(八)命淮南王安(九)爲《離騷傳》，其書今亡。按《屈原傳》云："《國風(十)》好色而不淫，《小雅》(十一)怨誹而不亂，若《離騷》者，可謂兼之矣。"又曰："蟬蜕(十二)於濁穢，以浮游塵埃之外，不獲世之滋垢，皭然泥而不滓。推此志，雖與日月争光可也。"班孟堅(十三)、劉勰(十四)皆以爲淮南王語，豈太史公取其語以作傳乎？漢宣帝(十五)時，九江被公能爲楚辭。隋有僧道騫(十六)者善讀之，能爲楚聲，音韻清切。至唐，傳楚辭者，皆祖騫公之音。

疏曰：（一）隋唐書《志》。《隋書》，唐魏徵等撰。《序論》爲徵所自作，《本紀》、《列傳》則顔師古、孔穎達修述而徵總其事。志三十，長孫無忌撰。又詔于志寧、李淳風、韋安仁、李延壽等同修。《天文》、《律曆》、《五行》三志，淳風所獨作也，今本共八十五卷。作者皆唐名臣，文筆嚴净，其十志，尤爲後人所推。論者或謂其《經籍志》不無舛誤，然漢以後文藝，惟藉是以考見源流，不以小疵爲病也。見《辭源》戌集一三五頁阜部九畫。《唐書》有新舊兩種。《舊唐書》二百卷，石晉劉昫撰，實成於趙瑩、張昭遠、賈緯、趙熙之手。昫時爲宰相，特表上之而已。宋仁宗以其卑弱淺陋，乃命重修。歐陽修撰《本紀》、《表》、《志》，宋祁撰《列傳》，謂之《新唐書》，共二百二十五卷。於《舊書》舛陋，多所補正。然書非成於一人之手，《列傳》用字奇澀，皆爲史家所詬病。宋吴縝撰《新唐書糾謬》二十卷，所駁至四百餘事，則不免有意吹求也。今兩書並行，皆列正史。見《辭源》丑集六九頁口部七畫。（二）皇甫遵訓《參解楚辭》，俟考。（三）郭璞注十卷。璞，晉聞喜人，字景純。博學有高才，詞賦爲東晉之冠。尤妙於陰陽、曆算、五行、卜筮之術，所占多奇驗，其文學幾爲術數所掩。所注書有《爾雅注》、《山海經注》、《穆天子傳注》、《楚辭注》、《子虚上林賦注》數十萬言。後爲王敦所殺。見《辭源》酉集二三四頁邑部八畫。（四）宋處士諸葛，俟考。處士，謂不仕之士也。見《辭源》申集一一二頁虍部五畫。（五）劉杳，梁人。霽弟，字士深。十三，丁父憂，哀感行路。好學，博綜群書，沈約、任昉以下，有遺忘，皆訪問焉。初知餘姚，累遷步兵校尉、著作郎官，終尚書左丞。杳治身清儉，無所嗜好，有《要[①]雅》、《楚辭草木疏》、《高士傳》、《東宫新舊記》、《古今四部書目》。見《中國人名大辭典》一四五〇頁十五畫。（六）孟奥，俟考。（七）徐邈，三國魏薊人，字景山。初爲尚書郎，時科禁酒，而邈私飲沈醉。趙達問以曹事，曰："中聖人。"曹操聞之，怒。鮮于輔解之曰："醉客謂酒清者爲聖人，濁者爲賢人，邈性修慎，偶醉言耳。"文帝時歷典州郡，所在著稱。齊王芳立，拜司空，固辭。卒，謚"穆"。見《中國人名大辭典》七九九頁十畫。（八）漢武帝，景帝中子，名徹。承文景之業，興大學，崇儒術，平南越、東越、朝鮮，下滇及西南夷，斥匈奴，通西夷諸國，版圖益廓，稱爲雄主。然以信神仙、營土木、急征斂、重刑誅，致盜賊益多，巫蠱亂起。在位五十四年，爲帝王有年號之始，以即位之年爲建元元年，民前一九八〇年。見《辭源》巳集一四八頁水部十一畫。（九）淮南王，此劉安封號。始都壽春（高帝四年以英布王此）。十年來朝，反謀。十一年十二月，子長厲王王[②]此（高帝子），傳至安。武帝元朔五年，有罪，削二縣。元狩元年，反，自殺。爲六安郡。參看前"楚辭補注目録"疏六及十二。（十）國風，諸侯各以其國之民俗歌謡貢於天子而列於樂官者，是爲國風，謂其感人如風之動物也。詩經《周南》、《召南》至《豳風》各篇，皆國風也。見《辭源》丑集一二四頁囗部八畫。麟按："好色而不淫"，指《詩經》第一《關雎》篇而言。謂文王求得后妃，動必以禮也。（十一）《小雅》，《詩》分《大雅》、《小雅》。雅者，正也。雅樂所用，故名。（《毛詩集説》）述大政爲《大雅》之體，述小政爲《小雅》之體。見《辭源》寅集一〇三頁小部。麟按："怨誹而不亂"，指《小雅·小弁》篇而言。謂幽王子宜臼，怨其父幽王而不亂也。幽王娶申后，生太子宜臼，又娶褒姒，生子伯服，於是黜申后，廢宜臼。宜臼之傅爲作此詩，以叙其悲怨之情。首句曰“弁彼鸒斯”，故曰“小弁”。見《辭源》寅集一〇〇頁小部。（十二）蟬蜕。蟬音禪，蟲之善鳴者。生於夏秋，頭短，口爲長吻，有複眼二，單眼三，四翅膜質，大都透明，前翅較大。雄者胸腹交界處，有發聲器，具小皺膜，並有大筋肉連接之，收縮振動，以發高聲。幼蟲在土中，吸樹根之汁液，蜕皮成蛹，出而登樹，再蜕皮而成蟬，其間爲期約二年。既爲成蟲，交尾後即死，雌者産卵後亦死，不過數日耳。種類頗多。有蚱蟬、茅蜩、蟪蛄等數種。見《辭源》申集一三九頁蟲部十二畫。蜕，音稅，亦讀如退。凡蟲類所脱之皮曰蜕，如蠶蜕、蛇蜕。見《辭源》申集一二四頁虫部七畫。（十三）班孟堅，見前“楚辭補注目録”疏一。（十四）劉勰，見前“《楚辭補注》十七卷”疏三六。（十五）漢宣帝，名詢，武帝子戾太子之孫。養於民間，具知閭里姦邪及吏治得失。即位後勵精圖治，用魏相丙吉爲相，趙廣漢、朱邑等爲吏，吏治稱盛。置西域都護，漢威遠及西北諸國。在位二十五年。③（十六）僧道騫，俟考。

校勘記：①“要”，原誤作“爾”，今據《中國人名大辭典》改。②“王”，原脱，今據上文“高帝四年以英布王此”補。③此句上頁眉戴之麟題校補時地云：漢宣帝，戊子正月十七日午前，補於韓左个。同前日夜，左个。

離騷經章句第一　離騷

漢校書郎臣王逸上
宋曲阿洪興祖補注
清郊郢戴之麟謹疏

《離騷經》(一)者，屈原之所作也。屈原與楚同姓，仕於懷王(二)，爲三閭大夫。三閭之職，掌王族三姓，曰昭、屈、景。《戰國策》(三)：楚有昭奚恤。《元和姓纂》(四)云：屈，楚公族芈姓之後。楚武王子瑕食采於屈(五)，因氏焉。屈重、屈蕩、屈建、屈平，並其後。又云：景，芈姓。楚有景差。漢徙大族昭、屈、景三姓於關中(六)(七)。屈原序其譜屬，率其賢良，以厲國士。入則與王圖議政事，決定嫌疑；出則監察羣下，應對諸侯。謀行職修，王甚珍(八)之。同列大夫上官、靳尚妬害其能，共譖毁之。《史記》曰：上官大夫與之同列。又曰：用事臣靳尚。（“用事臣”句，見同上句，原文作“又因厚幣用事者臣靳尚”。見《史記》八十四《屈原賈生列傳第二十四》原本傳。）王乃疏屈原。疏，一作逐。屈原執履(九)(十)忠貞而被讒衺，一作邪。憂心煩亂，不知所愬(十一)，乃作《離騷經》。離，别也。騷，愁也。經，徑也。言己放逐離别，中心愁思，猶依道徑，一云陳直徑，一云陳道徑。以諷諫君也。太史公曰：離騷者，猶離憂也。（“離騷”句，見同上“上官大夫”句。）班孟堅曰：離，猶遭也，明己遭憂作辭也。顔師古(十二)云：憂動曰騷。余按：古人引《離騷》未有言“經”者，蓋後世之士祖述其辭，尊之爲經耳，非屈原意也。逸説非是。故上述唐、虞(十三)、三后(十四)之制，下序桀(十五)、紂(十六)、羿(十七)、澆(十八)之敗，冀君覺悟，反於正道而還己也。是時，秦(十九)昭王(二十)使張儀(二一)譎詐懷王，令絶齊交；又使誘楚，請與俱會武關(二二)，遂脅一作脇。與俱歸，拘留不遣，卒客死於秦(二三)。《史記》曰：屈平既絀，其後秦欲伐齊，齊與楚從親，惠王患之，乃令張儀詳去秦，厚幣委質(二四)事楚。詳(二五)與佯同。又曰：秦昭王與楚婚，欲與懷王會。屈平曰：“秦，虎狼之國，不可信，不如無行。”懷王卒行。入武關，秦伏兵絶其後，因留懷王。（“屈平既絀”及“又曰”諸句，均見同上“上官大夫”句。）然則使張儀譎詐懷王，令絶齊者，乃惠王，非昭王也。其子襄王(二六)，復用讒言，遷屈原於江南(二七)。《史記》曰：懷王長子頃襄王立，令尹子蘭使上官大夫短屈原於頃襄王，王怒而遷之。（“懷王長子”諸句，亦同“上官大夫”，惟此係撮取。）①屈原放在草野，草，一作山。復作《九章》，援天引聖，以自證明，終不見省(二八)。不忍以清白久居濁世，遂赴汨淵自沈而死。《前漢・地理志》(二九)：長沙(三十)有羅縣(三一)。《荆州記》(三二)曰：縣北帶汨水(三三)，水源出豫章(三四)艾縣(三五)界，西流注湘。沿湘西北，去縣三十里，名爲屈潭，屈原自沈處。汨，音覓。《離騷》之文，依《詩》取興(三六)，引類譬喻，故善鳥香草，以配忠貞；惡禽臭物，以比讒佞；靈修美人，以媲於君；媲，配也，匹詣切。虙妃(三七)佚女(三八)，以譬賢臣；虬(三九)龍(四十)鸞(四一)鳳(四二)，以託君子；飄(四三)風雲(四四)霓(四五)，飄，一作飆②。以爲小人。其辭温而雅，其義皎(四六)而朗。一作明。凡百君子，莫不慕其清高，嘉其文采③，哀其不遇，而愍(四七)其志焉。愍，一作閔。魏文帝(四八)《典論》(四九)云：優游按衍(五十)，屈原尚之，窮侈極妙，相如(五一)之長也。然原據託譬喻其意，周旋綽有餘度，長卿、子雲(五二)不能及。宋子京(五三)云：《離騷》爲辭賦之祖，後人爲之，如至方不能加矩，至圓不能過規矣。④

疏曰：（一）《離騷經》，見前《離騷經第一》疏。（二）懷王，名槐，威王子，在位三十年。（三）《戰國策》，書名。劉向裒合先秦諸人所記戰國時事，並爲一篇，名《戰國策》，又名《長短書》。太史公作《史記》，多采其文。有漢高誘注三十三卷本，宋鮑彪注十卷本，元吴師道注十卷本，今以高注爲通行。亦稱《國策》。見《辭源》卯集七〇頁戈部十二畫。（四）《元和姓纂》，書名。唐林寶撰，十八卷。其書以《唐韻》二百六部排比諸姓，各載受氏之源，與諸家之譜系。鄭樵《通志》之《氏族略》，全祖其文。蓋古氏族之書，如《姓苑》、《姓源》之類，已多散佚，惟此書可爲依據也。見《辭源》子集二四六頁儿部二畫。（五）屈，無考。（六）漢徙大族昭、屈、景三姓於關中。事在高祖九年冬。（七）關中，地名，即今陜西省。《關中記》："東函谷，南武關，西散關，北蕭關，居四關之中，故曰關中，亦曰四塞。"見《辭源》戌集九四頁門部十一畫。（八）珍，音真。寶也。寶貴之物皆曰珍。《禮》："儒有席上之珍以待聘。"引申之，故凡寶貴之皆曰珍。麟按：此言爲王寶貴之也。見《辭源》午集二四頁玉部五畫。（九）執履。執音汁，持守也。（十）履讀如里，鍾祥讀如女，行爲也。（十一）愬，與訴同，告訴也。見《辭源》卯集四四頁心部十畫。《離騷經》，麟按：顔師古説是。（十二）師古，唐萬年人，字籀（音宙）。少博覽好屬文，太宗拜爲中書侍郎。帝以五經傳習日訛，詔師古校定之。後又爲太子注《漢書》，時人謂爲班孟堅之忠臣。官至祕書監弘文館學士。見《辭源》戌集二二二頁頁部九畫。（十三）唐、虞、三后。唐，朝代名。帝堯，陶唐氏也。堯帝，嚳子，在位百年，禪位帝舜。民國前四千二百六十八年。見《辭源》丑集六八頁口部七畫。虞，音愚，此朝代名。舜受堯禪爲天子，是爲有虞氏。民國前四一六六年。後禪位於禹。舜名重華，顓頊子，窮蟬後，在位四十八年。地即今山西平陸縣之虞城。見《辭源》申集一一四頁虍部七畫。麟按：虞，舜先封國，其後子孫仍封此，故以爲有天下之號。猶堯始封於唐，即帝位後即以爲國號。唐，今直隸唐縣。（十四）三后，麟按：《離騷》中有"湯禹儼而祇敬兮，周論道而莫差"二語，此蓋指湯、禹、文也。（十五）桀、紂、羿、澆。桀，音傑。《謚法》："賊人多殺曰桀。"此夏末王。見《辭源》辰集一二七頁木部六畫。（十六）紂，直有切。《謚法》："殘忍捐義曰紂。"殷帝辛焚炙忠良，刳剔孕婦，故天下謂之"紂"。見《辭源》未集四〇頁系部三畫。（十七）羿，音詣，夏時有窮之君。奪夏相位，恃其善射，不修民事，爲寒浞所殺。（十八）澆，音驕，寒浞子。一作奡，即力能盪舟者。《論語》："羿善射，奡盪舟。"奡，音傲。見《辭源》丑集二四七頁大部九畫。（十九）秦昭王。秦，齊寅切，讀勤，古國名。嬴姓，伯益之後，在甘肅秦州。春秋時奄有今陝西省，故亦稱陝西曰秦。又朝代名，始皇併六國，代周有天下之號。傳三主十五年，爲漢所滅。起民國前二一五七年，終二一四二年。見《辭源》午集二一二頁禾部五畫。麟按：此指前者言。（二十）昭王，名稷，即昭襄王，武王異母弟，惠文王子，在位五十七年。《秦本紀》作昭襄王。使張儀譎詐懷王事，在周赧王二年，楚懷王十六年。（二一）張儀，戰國時魏人。相秦惠王，以連横之策説六國，使背從約而事秦。惠王卒，六國復合從，儀出相魏，卒。見《辭源》寅集二三二頁弓部八畫。（二二）武關，地名。戰國時爲秦之南關，即春秋少習也，在今陝西商縣東，漢高祖由此入秦降子嬰。見《辭源》辰集二〇〇頁止部四畫。（二三）懷王死於秦事，在頃襄王三年，周赧王十九年。見《楚辭淺説》六九頁五行。（二四）委質，一作委贄。[5]《左傳》："策名委質，貳乃辟也。"古人相見，必執贄以爲禮，如卿羔、大夫雁是也。見《辭源》丑集二六三頁女部五畫。（二五）詳，與佯同，詐也。見《辭源》酉集三二頁言部六畫。（二六）襄王，名横。（二七）江南，長江之南也。唐置江南道，東臨海，西臨蜀，南極嶺，北帶江。領潤、常、蘇、湖、杭、睦、歙、婺、越、台、括、建、福、宣、饒、撫、虔、池、洪、吉、袁、郴、江、鄂、岳、潭、衡、永、道、邵、朗、澧、辰、巫、施、思、南、黔、費、夷、溱、播、珍等州，爲今浙江、福建、江西、湖南及江蘇、安徽、湖北之大江以南、四川東南部、貴州東北部之地。宋置江南東西路，則僅今之江蘇、安徽、江西三省。清初置江南省，轄今江蘇、安徽二省，名曰江南，實兼轄江北。康熙時分爲江蘇、安徽二省，江南布政使領江、揚、淮、徐、通、海六屬。見《辭源》巳集二〇頁水部三畫。麟按：汨羅，在今湖南湘陰縣北，實在長江以南，故云。（二八）省，音惺，視也，察也。《論語》"吾日三省吾身"是也。秦昭王與楚婚事，在懷王二十四年，周赧王十年。見《楚辭淺説》六七頁七八行。（二九）《前漢・地理志》，《前漢書》篇名。《前漢書》，班固作。（三十）長沙羅縣。長沙，府名。秦置郡，漢置國，其地域皆包今湖南全省。明置長沙府，僅湘江下游之地而已。清因之，民國廢。今長沙縣，其舊治也。又今縣名，本臨湘縣，隋改，與善化並爲湖南省治，長沙府亦治此。民國廢府，以善化縣併入，仍爲省治。將軍巡按使湘江道皆駐之，其城外以清光緒三年開爲商埠。見《辭源》戌集六九頁長部。（三一）羅，國名，熊姓，在宜城縣西山中。後徙南郡枝江縣。今湖廣襄陽府宜城縣西二十里羅川城，乃羅故城。其在岳州府平江縣南三十里之羅城，是後徙處也。楚遷之枝江，今枝江縣，屬荆州府。又自枝江遷長沙，今長沙府湘陰縣東六十里亦有羅城，見《左傳快讀》二卷二十頁頁眉注，羅縣或即此歟？（三二）《荆州記》，南朝宋盛弘之撰。[6]（三三）汨，右從日。與羅水合爲汨羅江，在今湖南湘陰縣北，西流入湘。《水經注》謂之汨羅淵，又謂之屈潭。

見《辭源》巳集二四頁水部四畫。（三四）豫章，艾縣。豫章，古地名。《左傳》："蔡侯、吴子、唐侯伐楚。合舟於淮汭，自豫章與楚夾漢。"其地在淮南、江北之界。漢移其名於江南，置郡，隋廢。即今江西南昌縣。（三五）艾縣，豫章郡屬縣。《後漢書》第三十二[⑦]《郡國志第四》"艾"下注："《左傳·哀二十年》：'吴公子慶忌所居。'"豫章，清爲道治，屬江西省。[⑧]（三六）興，喜應切。情之感物而發者謂之興，故《詩》之先言他物以引起所詠之事而發者謂之興。"詩六義"之一也。（三七）虙妃，佚女。虙，扶斛切，姓也。與伏、宓並通，伏羲亦作虙犧，宓子賤亦作虙子賤。見《辭源》申集一一二頁虍部五畫。虙妃，一作宓妃。司馬相如賦："若夫青琴宓妃之徒，絶殊離俗，姣冶嫺都。"注：宓妃，伏羲氏女，溺死洛水，遂爲洛水之神。見《辭源》寅集三八頁宀部五畫。"若夫青琴宓妃之徒"諸句，見相如《子虚賦》，注爲："如淳：'諫獵。'"[⑨]（三八）佚，音移疾切。佚女，美女也。見《辭源》子集一八三頁人部五畫。（三九）虬，龍，鸞，鳳。虬，同虯，音觩。《説文》："龍子有角者。"又音樛，義同。見《康熙字典》申集中虫部一、二畫。（四十）龍，音閭容切。舊説謂鱗蟲之長，能興雲雨，利萬物，故爲四靈之一。又《易》："飛龍在天，大人造也。"後因以喻君上。又《左傳》："深山大澤，實生龍蛇。"故喻非常之人，皆曰"龍"，如"伏龍鳳雛"、"荀氏八龍"，皆是也。見《辭源》亥集一四二頁龍部。"深山大澤"二句，見《春秋左傳注疏》卷三十四《襄公二十一年》"秋，樂盈出奔楚"傳。[⑩]（四一）鸞，音鑾，鳥名，古稱。似鳳，五彩而多青色，見《談薈》。《初學記》："雄曰鳳，雌曰凰，其雛爲鸞鷟。"（四二）鳳，音逢去聲。鳳凰，瑞鳥，有聖王出則鳳凰見，雄者曰鳳，雌者曰凰。《大戴禮》："有羽之蟲三百六十，而鳳凰爲之長。"鸞鳳，善類之喻，又英俊之喻。《後漢書》："枳棘非鸞鳳所棲，百里豈大賢之路。"李白詩："皎皎鸞鳳姿。"麟按：句出《太白集》卷九《古近體詩四十三首·贈瑕丘王少府》。[⑪]又伉儷之喻，盧儲《催妝》詩："早教鸞鳳下妝樓。"見《辭源》亥集六八頁鳥部三畫，九〇頁一九畫。（四三）飄，音標。《玉篇》："旋風也。"又必遥切，疾風。又音瓢，義同。又吹也，又落也。《莊子·達生》篇："雖有忮心者不怨飄瓦。"注："落也。"按："注：'落也'"，又通作漂。《前漢·楊惲傳》："漂然皆有節概，知去就之分。"又通作縹。《前漢·楊雄傳》："縹縹有淩雲之志。"又音剽，曹植《感節賦》："乘風雲而遠飄。"見《康熙字典》戌集下風部十一畫。一作飆，或作颷，訛作飈，音義同。風，夫翁切。空氣受熱而漲，遇冷而縮，因漲縮而流動成風。《莊子》："大塊噫氣，其名爲風。"按："大塊噫氣"，見《莊子·内篇·齊物論》，原文"大"上有"夫"字。[⑫]見《辭源》戌集二二七頁風部。（四四）雲，音云，地面濕潤之氣，升至高處遇冷而凝成細微水點，浮游於空中也。又濕潤之風行至冷地，或温空氣與冷空氣混合，皆能成雲，在地面低處則爲霧。見《辭源》戌集一六二頁雨部四畫。（四五）霓，音倪。又音鷁，義同。本作蜺。日光射空氣内所發光氣也，亦謂之虹。見《辭源》戌集一七四頁雨部八畫。虹，音洪，又音絳，義同。太陽光線與水氣相映，現於天空之彩暈也，形如半環，雨後新霽時常見之。因空氣内尚含細水點，光線反射折光以成，故方向常與太陽相對。其色彩排列之次序與太陽光帶同，紅色在外，紫色在内。虹之近邊，往往現第二虹，謂之副虹，色彩較淡，其排列之序與正虹相反。《禮》："季春，虹始見。""季春"句，見《禮記》十五《月令》篇。[13]又"長橋如虹"，故亦謂橋曰虹。陸游詩："獨吹長笛過垂虹。"見《辭源》申集一一七[14]頁虫部三畫。又虹蜺謂虹與副虹也，《爾雅疏》："虹雙出，色鮮盛者爲雄，雄曰虹；闇者爲雌，雌曰蜺。"《春秋元命苞》："虹蜺者，陰陽之精。"按：蜺即副虹。見同上集、部三[15]畫。麟按：古時科學未興，此理不明，虹蜺之説，致陷怪異，觀此可以恍然矣。（四六）皎，音矯，白也，明也。《詩》："月出皎兮。"見《辭源》午集一一三[16]頁白部六畫。"月出"句，見《詩經》卷三《陳風·月出》篇。[17]（四七）愍，一作閔，音閔，憂也。《左氏·昭元年》"楚公子圍聘於鄭"（見《杜林左傳》）[18]《左傳》："吾代二子愍矣。"又憐恤也，《謚法》："使民悲傷曰愍。"見《辭源》卯集三六頁心部九畫。（四八）魏文帝，曹操長子，名丕。篡漢，都洛陽，爲三國魏之始祖。性好文學，博聞强識，以著述爲務。即位後，蜀與吴亦相繼稱帝，凡兩伐吴，皆無功。在位六年。見《辭源》亥集四八頁鬼部八畫。（四九）《典論》，文篇名。三國魏曹丕作，凡十二篇。論古者經典、文事。見《文選集評》卷十三論類《典論·論文》題注。一作二十篇。（五十）按衍。按音案，《説文》："下也。"《廣韻》："抑也。"見《康熙字典》卯集中手部六畫。衍音演，又去聲，水行旁推曲暢之貌。麟按：此謂心欲按抑，求如水行旁推曲暢也。衍，見《辭源》申集一五六頁行部三畫。（五一）相如，姓司馬，漢成都人，字長卿。文帝時爲文園令。武帝召爲郎，通西南夷，有功。長於辭賦，所作有《子虚》、《上林》、《大人》等賦，豐贍富麗，漢魏六朝之文人多倣之。見《辭源》丑集一九頁口部二畫。（五二）子雲，姓揚名雄，漢成都人。少好學，長於辭賦，多倣司馬相如。成帝時，召對承明庭，奏《甘泉》、《河東》、《長楊》、《校獵》四賦。爲人好古樂道，不慕榮利，獨以文章名世。所著有《太玄》、《法言》、《方言》等書。見《辭源》卯集一三一頁手部九畫。（五三）宋子京，名祁，宋雍丘人。與兄庠同舉進士，呼曰"二宋"，以大小别之。修《唐書》十餘年，出入以藁自隨，累至工部尚書。卒，謚"景文"。見《辭源》寅集三六頁宀部四畫。[19]

校勘記：①此句上頁眉戴之麟題校補時地云：戊子九月十八日上午，捄左補録。②“飆”，明翻宋本、汲古閣本作“飈”。後文凡從李刻本作“飆”而他本皆作“飈”者，徑從李刻本不出校。③“采”，原作“彩”，今據李刻本、明翻宋本、汲古閣本改。後文凡作“彩”而他本皆作“采”者，徑改不出校。④此句上頁眉戴之麟題校補時地云：同上（按：即戊子九月十八日上午），校政廳。⑤此句上頁眉戴之麟題校補時地云：同上（按：即戊子九月十八日）午前，一甲教室。⑥此句上頁眉戴之麟題校補時地云：丁亥六月二十九日午間，韓左个。⑦“三十二”，原誤作“二十二”，今據《後漢書》改。⑧此句上頁眉戴之麟題校補時地云：己丑五月四日午後，新庭。⑨此句上頁眉戴之麟題校補時地云：己丑四月十一日午後，新庭。⑩此句上頁眉戴之麟題校補時地云：己丑四月十二日上午，新庭。⑪此句上頁眉戴之麟題校補時地云：己丑六月十日午後，新庭。⑫此句上頁眉戴之麟題校補時地云：己丑五月二十九日上午，新庭。⑬此句上頁眉戴之麟題校補時地云：月日同“月出”句。按：即“己丑五月二十二日午前，新寢。”⑭“七”，原誤作“六”，今據《辭源》改。⑮“三”，原誤作“四”，今據《辭源》改。⑯“三”，原誤作“二”，今據《辭源》改。⑰句上頁眉戴之麟題校補時地云：己丑五月二十二日午前，新寢。⑱此句上頁眉戴之麟題校補時地云：己丑四月十日午後，圖書館。⑲此句上頁眉戴之麟題校補時地云：丙戌六月六日午前縣中校，政廳。戊子八月二十七日午前，縣中。此句旁行間戴之麟題校補時地云：丁亥五月十三日午前，韓左个。己丑三月二十二日午前，終校圖書館。

帝高陽之苗裔兮①，德合天地稱帝。苗(一)，胤(二)也。裔(三)，末也。高陽，顓頊(四)有天下之號也。《帝繫》(五)曰：顓頊娶於騰隍氏(六)女而生老僮，是爲楚(七)先。其後熊繹(八)事周成王(九)，封爲楚子，居於丹陽(十)。周幽王(十一)時，生若敖(十二)，奄(十三)征南海(十四)，北至江(十五)、漢(十六)。其孫武王(十七)求尊爵於周，周不與，遂僭號稱王。始都於郢(十八)，是時生子瑕，受屈(十九)爲客卿(二十)，因以爲氏(二一)。屈原自道本與君共②祖，俱出顓頊胤末之子孫，是恩深而義厚也。［補］曰：皇甫謐(二二)曰：高陽都帝丘(二三)，今東郡(二四)濮陽是也。張晏(二五)曰：高陽，所興之地名也。劉子玄《史通》(二六)云：作者自叙，其流出於中古(二七)。《離騷經》首章，上陳氏族(二八)，下列祖(二九)考(三十)；先述(三一)厥(三二)生，次顯名(三三)字(三四)，自叙發跡，實基於此。降及司馬相如(三五)，始以自叙爲傳(三六)。至馬遷(三七)、揚③雄(三八)、班固(三九)，自叙之篇，實煩於代(四十)。**疏曰：**（一）苗，音描，又叶繆。（二）胤，音孕。（三）裔，音曳。凡草初生曰苗。胤，子孫相承續也。又繼也，嗣也，由也。裔者，衣裾之末，衣之餘也，故以爲遠末子孫之稱。見《辭源》申集一四頁五畫，一五頁“苗裔”條。（四）顓，音專，謹貌。又蒙也。又與專通，獨也。頊，音旭。頊頊，自失貌。顓頊，古帝名，黄帝之孫。年十歲，佐少昊，二十即帝位。初國於高陽，故號高陽氏。都於帝丘，即今直隸濮陽縣。在位七十八年。《白虎通》：“顓者，專也。頊者，正也。能專正天人之道，故謂之顓頊。”見《辭源》戌集二二二頁頁部九畫。（五）《帝繫》，《大戴禮》篇名，言帝祖孫傳代之繫屬也。見《辭源》寅集一七六頁巾部六畫。（六）騰隍氏，俟考。（七）楚，粗上聲，國名。周成王封熊繹於楚，居丹陽，在今湖北秭歸縣。春秋戰國時奄有今兩湖、兩江、浙江及河南南部，後爲秦所滅。參看前“《楚辭補注》十七卷”疏四。又灌木名，即牡荆也。故楚亦稱荆，今通稱湖南湖北曰楚。見《辭源》辰集一五五頁木部九畫。（八）熊繹，鬻熊曾孫。（九）周成王，姓姬，名誦。武王子，在位三十七年。（十）丹陽，昔有以江蘇丹陽當之者，非。以當時楚境尚未擴至吴地也。詳見前“《楚辭補注》十七卷”疏四。（十一）幽王，名宫湦，在位十一年，宣王子。嬖褒氏，生伯服，廢申后及太子宜臼。申后與犬戎攻之，殺於驪山之下。見《辭源》丑集五〇頁口部五畫。（十二）若敖，複姓。《姓纂》云：“出芈姓。楚子熊鄂生熊儀，謂之若敖，後以爲姓。”見《辭源》申集一七頁若部五畫。（十三）奄，烏檢切，大有餘也。《詩》：“奄有四方。”（十四）海，黑改切，百川之所匯歸也。近陸曰海，遠陸曰洋。又《爾雅》：“九夷、八狄、七戎、六蠻，謂之四海。”古謂中國四境皆有海環之，故稱中國爲海内，外國爲海外。又西北謂大澤曰海，如裏海、鹽海之類。麟按：當時無今所稱爲海之境之大，殆如《爾雅》所謂之海，以“奄征南海，北至江、漢”言之，南海蓋指南蠻所在各水也。海注見《辭源》巳集八八頁水部七畫。江、漢，詳後。（十五）江，音基腔切，水名，爲中國最大之川。源出青海巴顏喀喇山南麓，流經雲南、四川、湖北、湖南、江西、安徽，至江蘇崇明縣入海，共長九千九百六十里，俗稱長江，其下流曰揚子江。又大川之通稱。（十六）漢，音黑按切。水名，亦曰東漢水。流貫舊漢中、興安、鄖陽、襄陽、安陸、漢陽六府之境，入江之大川也。源出陜西寧羌縣北嶓冢山，初名漾水，東流經沔縣爲沔水，受沮水，東流經襄城，受褒水，始爲漢水。東經南鄭、城固、洋縣，又東南經西鄉受牧馬河，東入石泉。又東南經漢陰、紫陽，東流折東北經安康、河陽，受洵河，東南經白④河。又東入湖北鄖縣，受堵水，東南經均縣，受均水。又東南經光化、穀城、襄陽，折東北受淯水。又東南經宜城、鍾祥、京山，至潛江分津，右出爲東津河。又東經天門、沔陽，折東北至漢川，受溳水、澴水。又東南由漢陽入於江。東津河自潛江、監利南流折東，經沔陽，又東北至漢陽，爲沌水，亦入於江。見《辭源》巳集一四七頁水部十一畫。麟按：所指江、漢，泛言當時隨、絞、州、蓼等國。（十七）武王，名通，熊繹十六世孫，於周桓王十六年求尊號。（十八）郢，矣領切。地名，春秋楚都也。即今湖北江陵縣北十里之紀南城。《水經注》："江陵西北有紀南城，楚文王自丹陽徙此，班固言楚之郢都也。"又即今江陵縣東北三里之故郢城，楚平王城郢都之即此。見《辭源》酉集二三一頁邑部七畫。（十九）屈，無考。（二十）客卿，以他國之人爲官也。麟按：以本國人爲客卿，與本解異，蓋尊之之辭。（二一）氏，音是，氏族也。古建國則有姓，其支系别之爲氏，以次則曰孟孫、仲孫、叔孫、季孫之類。或又以官，以邑，以王父之謚與字爲之，故惟貴族有氏，平民則無。《左氏·襄公十一年》"四月，諸侯伐鄭"傳："墜命亡氏。"麟按：此句見《春秋集解·襄公二第十五》，墜作隊。隊、墜通。[⑤]言削奪爵邑而爲平民也。後世但有姓無氏，姓氏不復分，而姓亦謂之氏矣。（二二）皇甫謐。皇甫，複姓。謐，音密，静也，安也。《姓譜》云："周太史皇父之後。宋有皇甫充石，公族也，後改父爲甫。"見《辭源》午集一一〇頁白部四畫。謐，晉朝歌人，字士安。年二十，不好學，游蕩無度，或以爲癡。母對之出涕，謐乃感激，就鄉人受書，勤力不怠。居貧，躬自教稼，帶經而農，遂博綜典籍百家之言。沈静寡欲，自號玄晏先生。徵辟皆不就，隱居終身。著《高士傳》以見志。見《辭源》午集一一一頁白部四畫。（二三）帝丘，今東郡濮陽。帝丘，古地名，今直隸濮陽縣西南。漢置濮陽縣之地。《漢書·地理志》："濮陽，古帝邱，顓頊墟。春秋時爲衛都。"見《辭源》寅集一七五頁巾部六畫。麟按：此説指濮陽，即今濮陽西南也。（二四）東郡，秦取魏地置。東郡，前直隸大名府、山東東昌府及長清縣以西皆是，治濮陽。據此則濮陽東郡屬也。（二五）張晏，三國魏中山人。字子傳，有《西漢書音釋》四十卷。見《中國人名大辭典》十一畫九四八頁張部。（二六）劉子玄《史通》。子玄，名知幾。知柔弟，唐人。與知柔俱以善文辭知名。擢進士第，累遷鳳閣舍人，兼修國史，擢太子率更令。開元初，遷左散騎常侍，以功封居巢縣子。知幾領國史垂三十年，自負史才，著《史通》内外四十九篇，譏評古今。又别撰《劉氏家史》及《譜考》。議者高其博，嘗言史有三長：才、學、識，世罕兼之，時以爲篤論。會子貺抵罪，知幾爲請於執政，玄宗怒，貶安州别駕。卒，謚"文"。有集。見《中國人名大辭典》十五畫劉部一四五一頁。（二七）中古，稍近於上古之時代謂之中古。《易》："易之興也，其於中古乎?"蓋指夏商之際而言，如周公稱中古之聖人是也。今歷史上所定時代，其説不一，大致自漢唐以迄宋明，皆可謂之中古。歐洲自西羅馬滅亡，以迄哥倫布發現新世界爲中古時代。見《辭源》子集六八、九頁丨部三畫。麟按：此當指夏商而言。分期各異者，蓋以分時之時人言也。

“易之興也”二句，見《周易·繫辭下第八》（注：卷四）第六節首。[6]（二八）族，音祚木切，屬也。謂子孫共相聯屬也。父、子、孫爲三族，高祖至玄孫之親爲九族。又同姓之親，自三從（音誦）以外，皆稱爲族，如族伯、族叔、族兄弟，皆謂五服以外之親也。見《辭源》卯集一九五[7]頁方部七畫。（二九）祖考。祖，租五切，父之父也。凡先祖、始祖，亦通謂之祖。見《辭源》午集一八六頁示部五畫。（三十）考，可襖切，老壽也。《詩》：“周王壽考。”又父死曰考。又與攷通。見《辭源》未集一三一頁考部。麟按：此考指下句伯庸，祖指本句帝高陽。“周王”句，見《詩·大雅·棫樸第四》章。[8]（三一）述，音術，謂遵循也。《中庸》第十八章[9]：“父作之，子述之。”凡終人之事，纂人之言，皆曰述。見《辭源》酉集一七七頁辵部五畫[10]。麟按：此謂叙述厥生也。（三二）厥，音菊曦切，其也。見《辭源》子集四〇七頁厂部十畫。（三三）名字。名，迷盈切，稱號也。所以區别事物而確定其分際義類也。如名分、名義等是。《論語·子路篇第十三》：“必也正名乎?”又人之名也。《禮》：“幼名冠（音貫）字。”見《辭源》丑集二八頁口部三畫。麟按：此從後解。（三四）字，讀如自，表字也。《禮記》卷一《曲禮上第一》：“男子二十，冠而字。”字者，表其名之義，如孔子之子名鯉字伯魚是也。又：“女子許嫁，笄而字。”故許嫁亦曰字。《易》卷一《屯》六二：“女子貞，不字。”見《辭源》寅集七頁子部三畫。（三五）司馬相如，見前“離騷經章句第一”疏五一[11]。（三六）傳，音逐院切，紀載世迹以傳於世也。如《史記》之列傳。（三七）馬遷，即司馬遷之簡稱。漢人，談子，字子長。生龍門，耕牧河山之陽。年十歲，誦古文。二十而南游江淮，上會稽，探禹穴，窺九嶷，浮沅湘；北涉汶、泗，講學齊魯之郊，過梁楚以歸。仕爲郎中，奉使巴蜀，遷爲太史令。李陵降匈奴，武帝甚怒，遷極言陵忠，下腐刑（即宫刑，去前陰）。乃紬金匱石室之書，上起黄帝，下止獲麟（漢武帝時），作《史記》百三十篇。序事辨而不華，質而不俚，劉向、揚雄皆稱爲良史之材。見《中國人名大辭典》一八六頁司部五畫。（三八）揚雄，見“離騷章句第一”疏五十二[12]。（三九）班固，見前“《楚辭補注》十七卷”疏三十四。（四十）代，音渡礙切，世也。王者易姓受命謂之代，如言漢代、唐代。父子相繼亦謂之代，如言三代，謂曾祖、祖、父也。麟按：此從前解。[13]

校勘記：①此句上頁眉戴之麟注云：以後注疏低本文一格，以醒眉目。後題校補日期云：辛卯三月九日上午，苗圃、事左个。②“共”，原誤作“並”，今據李刻本、明翻宋本、汲古閣本改。③“揚”，明翻宋本、汲古閣本作“楊”。本書後凡“揚雄”他本作“楊”者不復出校。④“白”，原誤作“北”，今據

《辭源》改。⑤此句上頁眉戴之麟題校補時地云：己丑四月二十八日上午，新庭。⑥此句上頁眉戴之麟題校補時地云：己丑四月九日午後，新庭。⑦“五”，原誤作“四”，今據《辭源》改。⑧此句上頁眉戴之麟題校補時地云：戊子十月十日上午，捄左補録。⑨此句上頁眉戴之麟題校補時地云：戊子十月九日午後，捄左補録上《中庸中》。己丑四月九日午後，新庭。己丑五月七日午後，新庭。⑩“酉集一七七頁辵部五畫”，原誤作“申集一七八頁辵部六畫”，今據《辭源》改。⑪“一”，原作“四”，以前文已調整疏證順序，改作“一”。⑫“二”，原作“五”，以前文已調整疏證順序，改作“二”。⑬此句上頁眉戴之麟題校補時地云：同上時、地。按：即“己丑五月七日午後，新庭。”

朕皇考曰伯庸。朕(一)，我也。皇，美也。父死稱考。《詩》曰：既右烈①考(二)。伯庸，字也。屈原言我父伯庸，體有美德，以忠輔楚，世有令名，以及於己。［補］曰：蔡邕(三)云：朕，我也。古者上下共之，咎繇(四)與帝舜(五)言稱朕，屈原曰“朕皇考”。至秦獨以爲尊稱，漢遂因之。唐五臣注《文選》(六)云：古人質，與君同稱朕。又以伯庸爲屈原父名，皆非也。原爲人子，忍斥其父名乎？**疏曰：**（一）朱《補注》曰：“朕，舟縫也。《爾雅》訓我，訓身。蓋發聲之辭，與卬言同。秦始皇二十六年，始專以朕爲天子之號。”按：伯庸原注爲字也，實無父名之解。《補注》引“五臣注云”又以爲父名爲非，實誤。即云作爲父名，正足見古人之質。質，樸也。皇考亦然，今人於已死祖父母，猶得稱王父王母，即此義。（二）“既右烈考”，見《詩·周頌·雝》篇之卒章。（三）蔡邕，東漢陳留人，字伯喈。靈帝時拜郎中，與楊賜等奏定六經文字，立碑太學門外。尋以事免官。董卓辟爲祭酒，累遷中郎將，後以卓黨死獄中。所著詩賦、碑銘、書記等，凡百四篇。見《辭源》申集七八頁艸部十一畫。（四）咎繇，一作皋陶，人名。虞舜時爲獄官之長，《書》：“帝曰：‘皋陶，汝作士。’”（五）舜，虞帝之號。國號虞，姓姬。性至孝，父頑母嚚，弟象傲。……堯聞其孝，妻以二女，使攝位三十年。受禪爲天子，都於蒲阪，今山西永濟縣，在位四十八年。南巡，崩於蒼梧之野，年百有十歲。見《辭源》申集一一五頁虍部七畫。（六）五臣注《文選》。《文選》，書名，梁昭明太子蕭統選録秦、漢、三國以下各朝之詩文，凡六十卷。唐顯慶中，李善受曹憲《文選》之學，爲之作注。至開元六年，吕延祚復集吕延濟、劉良、張銑、吕向②、李周翰五人，共爲之注，進於朝。故世傳有李善注、五臣注二本。南宋以後，多合刻之，稱《六臣注文選》。見《辭源》卯集一七一頁文部。

校勘記：①“烈”，原誤作“列”，今據下文疏二、李刻本、明翻宋本、汲古閣本改。②“向”，原誤作“白”，爲承襲《辭源》之誤，今徑改。

攝提貞于孟陬兮，太歲在寅曰攝提（一）格。孟，始也。貞（二），正也。于，於也。正月爲陬（三）。［補］曰：並出《爾雅》（四）。陬，側鳩切。**疏曰：**（一）攝提，星名。《史記·天官書》：“大角者天王帝庭，其兩旁各有三星鼎足句之，曰攝提。攝提者，直斗杓所指，以見時節，故曰攝提格。”見《辭源》卯集一五三頁手部十八畫。朱補曰：（二）“貞讀爲正。古大撓作甲子，但以紀旬，不以紀年月。年月，自有《爾雅·歲陽》《歲名》《月陽》《月名》也。屈子之生，當在楚宣王二十七年著雍攝提格之歲，畢陬之月，後世所謂戊寅年甲寅月。沈於頃襄王七年著雍執徐之歲，厲畢之月，後世所謂戊辰年戊午月，計年五十有一。或以攝提星名，三三相聚如鼎足，在大角左，右夾亢池，隨斗柄以指十二辰者當之，非是。”按：後世有斗柄指寅之説，徵之天文亦是。攝提星既在大角旁，隨斗杓以指辰，當然之事，則或言未必非也。（三）陬，音鄒。（四）《爾雅》，書名，凡十九篇。訓詁名物，通古今之異言，爲五經之錧鎋，唐以後始列爲經部。《經典釋文》以《釋詁》一篇爲周公所作，其他或言孔子所增，子夏所足，叔孫通所益，梁文所補，先儒亦無定論。清邵晉涵引證鄭君之言，謂爲孔子門人所作。見《辭源》巳集二二三頁爻部十畫。麟按：晉涵，《辭源》酉集二百二十六頁邑部五畫：清餘姚人，字與桐，一字二雲。乾隆三十六年進士，累官至侍講學士。性嗜學。於《四庫》、《七略》，無不推極本原，實事求是。著有《爾雅正義》。”[①] 子夏，姓卜，名商，孔子弟子，列四科文學之中。[②] 叔孫通，《辭源》子集四一四頁又部六畫：“漢薛人，爲博士。説高祖定朝儀，采古禮與秦儀雜用之，漢之朝廟典禮，皆其所定。”[③]

校勘記：①此句上頁眉戴之麟題校補時地云：己丑六月十九日午後，新庭。庚寅二月四日午後。②此句上頁眉戴之麟題校補時地云：己丑六月二十二日下午。③此句上頁眉戴之麟題校補時地云：己丑三月二十二日午前，終校又圖書館。

惟（一）庚寅吾以降（二）。庚寅，日也。降，下也。《孝經》（三）曰：故親生之膝下。寅爲陽正，故男始生而立於寅。庚爲陰正，故女始生而立於庚。言己以太歲（四）在寅，正月始春，庚寅之日，下母之體而生，得陰陽之正中也。［補］曰：《天問》（五）云：皆歸䠶[①]鞠，而無害厥躬。何后益[②]作革，而禹播降？《九歎》(六)云：赴江湘之湍(七)流兮，順波湊(八)而下降。徐徘徊於山阿兮，飄風來之匈匈。降，呼攻切，下也。見《集韻》(九)。《説文》(十)曰：元氣(十一)起於子。男左行三十，女右行二十，俱立於巳(十二)，爲夫婦。褢(十三)妊於巳，巳爲子，十月而生。男起巳至寅，女起巳至申(十四)。故男年始寅，女年始申也。《淮南子》注同。**疏曰：**朱曰：（一）"惟，詞也。"（二）"降，讀若洪。"是也。（三）《孝經》，書名。孔子爲曾子陳孝道而作，凡十八章。舊有鄭康成注今文，孔安國注古文。自唐玄宗御注用今文，而古文遂晦。宋朱熹撰《孝經刊誤》，取古文《孝經》，分爲《經》一章，《傳》十四章，又刪經文二百二十二字。自此以後，治《孝經》者，又有今、古文兩派。元吴澄撰《孝經定本》，又改今文《孝經》爲《經》一章，《傳》十二章。由是古文、今文皆有改本矣。今注疏本《孝經正義》，即玄宗御注、邢昺疏者，凡三卷。見《辭源》寅集一一頁子部四畫。（四）太歲，星名，即木星也。約十二歲而一周天，故古人以其經行之躔次紀年。《爾雅》云："太歲在甲曰閼逢。"又："在寅曰攝提格。"是也。術數家以太歲所在爲凶方，忌掘土建築。《論衡》曰："抵太歲凶，負太歲亦凶。"是漢時已有此説矣。見《辭源》丑集二三三頁大部一畫。麟按：術數家言多驗，惟科學家不信。"抵太歲凶"二句，見是書卷二十四《難歲篇》。[③]（五）《天問》，第三篇名。（六）《九歎》，漢劉向作，王逸云向"追念屈原忠信之節，故作《九歎》。歎者，傷也，息也。"見《辭源》子集九五頁乙[④]部一畫。（七）湍，讀如貪，疾瀨也。急流曰湍，《孟子》："性猶湍水也。"（八）湊，音輳，與輳通，聚也。《説文》："水上人所會也。"見《康熙字典》巳集上七六頁水部九畫，又《辭源》巳集一二五頁水部九畫。（九）《集韻》，書名，舊題宋丁度撰，凡十卷。書成於治平四年，司馬光始奏上，計自度之受詔，已三十一年，蓋經多人之手而成者。其書務從廣博，所收"或作"之字最備，而注釋頗畧。《四庫提要》譏其蕪雜，《古今韻略》亦謂其繁簡失當，尚出《廣韻》之下。見《辭源》戌集一四八頁隹部四畫。案：度，字公雅，逢吉子。仁宗時累官至端明殿大學士。卒，謚"文簡"。[⑤]（十）《説文》，書名，一作《説文解字》。漢許慎撰，以小篆分五百四十部，推究六書之義，自來言小學者宗之。南唐徐鉉、徐鍇，尤精此書，鉉於宋雍熙時重加刊定，益以未收之字爲新附字，世稱大徐本；鍇著《説文繫傳》，世稱小徐本。清之中葉，研究此書者尤多，最著者如段玉裁之《説文解字注》，王筠之《説文釋例》，《説文句讀》，朱駿聲之《説文通訓定聲》，桂馥之《説文義證》等書，皆精核詳博，有功小學者也。本十五篇，鉉等以篇帙繁重，每卷分上、下，爲三十卷。見《辭源》酉集三八頁言部七畫。段玉裁，清金壇人。字若膺，一字懋堂。乾隆舉人，官知縣。講求古義，尤精小學。著有《説文解字注》三十二卷。嘉慶時王念孫序謂其於古音之條理，察之精，剖之密，而訓詁之道大明。⑥王筠，《中國人名大辭典》一三五頁王部："清安丘人，字貫山，號菉友。道光舉人，官山西寧鄉知縣，博涉經史，尤深《説文》之學，所著《説文句讀》，折衷段玉裁、桂馥之説，獨闢門徑，論者稱二家之勁敵。又有《説文釋例》、《説文繫傳校録》、《鄂宰四稿》、《禹貢正字》、《禮記讀》、《儀禮鄭注句讀刊誤》、《四書説略》。卒年七十有一。"與後《七諫·自悲》"借浮雲以送予兮"注"王筠"係兩人。⑦朱駿聲，《中國人名大辭典》六畫二六九頁："清吴縣人，字豐芑，號允倩。道光中以舉人授黟縣訓導，時詔海内文學士獻所著書，駿聲呈所自釋《説文通訓定聲》，賞國子監博士銜。旋升揚州府教授，引疾未之官。寓居黟，著書甚富，諸經皆有成稿。"桂馥，《中國人名大辭典》八〇九頁十畫："清曲阜人，字未穀，一字冬卉。乾隆進士，知永平縣。以分隸、篆刻擅名，精於考證碑版。嘗取《説文》與諸經之義相疏證，成《説文義證》。（張之洞《書目答問·小學第三》：'五十卷。'）又繪許慎以下至二徐、吾丘衍之屬，爲《説文系統圖》。題書室曰"十二篆師精舍"。又有《札樸》、《繆篆分韻》、《晚學集》。"⑧《説文繫傳（四十卷，附校勘記三卷，南唐徐鍇作）校録》三十卷，《書目答問·小學第三》："王筠作。《説文釋例》二十卷、《説文句讀》三十卷，亦筠作。""《説文通訓定聲》十八卷，《柬韻》一卷。附《説雅》十九篇、《古今韻準》一卷。朱駿聲作。"⑨（十一）元氣，大化之氣也。《漢書》："升靈台，望元氣。"《白虎通》："地者，元氣所生，萬物之祖。"見《辭源》子集二四四頁儿部二畫。麟按："升靈台"二句，見《後漢書》卷三《明帝紀》"永平二年春正月，宗祀光武皇帝於明堂"下。⑩（十二）男左行三十，女右行二十，俱立⑪於巳。左行者，地支⑫十二自子丑寅卯辰巳午未申酉戌亥順數三十次，至於巳。右行亦以地支十二自子亥戌酉申未午巳辰卯寅丑子亥戌酉申未午巳數之，適二十。故云。（十三）褢，音乎乖切，袖也。與懷通。見《新字典補編》八八頁衣部十畫。（十四）男左行，起巳，順次午未申酉戌亥子丑寅，適十月。女右行，起戌酉申，適十月。

校勘記：①"躭"，原誤作"躬"，爲承襲李刻本之誤，今據明翻宋本、汲古閣本改。②"益"，原誤作"羿"，今據李刻本、明翻宋本、汲古閣本改。③此句上頁眉戴之麟題校補時地云：庚寅三月十八日夜。④"乙"，原誤作"丿"，今據《辭源》改。⑤此句旁行間戴之麟題校補時地云：己丑六月二十五日午間。⑥此句旁行間戴之麟題校補時地云：己丑六月十九日午後。⑦此句上頁眉戴之麟題校補時地云：己丑後七月八日午後。⑧此句上頁眉戴之麟題校補時地云：同上朱駿聲。⑨此句上頁眉戴之麟題校補時地云：己丑四月十日午後，圖書館。⑩此句上頁眉戴之麟題校補時地云：己丑四月二十八日午後，新庭。⑪“立”，原誤作“至”，據上文改。⑫“地支”，原誤作“天干”，今徑改。下文徑改不出校。

皇覽揆余初度(一)兮，皇，皇考也。覽，觀也。揆(二)，度也。初，始也。覽，一作鑒。一本“余”下有“于”字。五臣云：我父鑒度我初生之法度。**疏曰：**朱補曰：“(一) 初度，言始生時器度也。即下文‘不改此度’、‘周容爲度’、‘和調度’及《懷沙》(篇名)‘常度’之‘度’，猶今云意度、態度、度量也。與《橘頌》篇‘嗟爾幼志，有以異兮’同意。舊注（原本“肇錫余以嘉名”注）謂‘始生年時，度其日月，皆合天地正中’，似失之”云云，甚是。麟按：(二) 揆，度也。度字應讀鐸，謀也。《詩》：“周爰咨度。”《左傳》：“諮禮爲度。”謂其父伯庸觀其初生態度（本音）而謀取名之義也。度，量也。量，音亮。《正韻》：“能容之謂量。”“周爰咨度”，見《詩・小雅・皇皇者華》第四章。[①]“咨禮爲度”句，見《左氏・襄公四年》“春，楚師爲陳叛故”傳。

肇錫余以嘉名。肇(一)，始也。錫(二)，賜也。嘉，善也。言父伯庸觀我始生年時，度其日月，皆合天地之正中，故賜[②]我以美善之名也。**疏曰：**朱補曰：“(一) 肇，讀爲庫。(二) 錫，讀爲賜。《儀禮》云：‘爰字孔嘉。’”麟按：肇，音趙。庫同肇，直讀趙音，不必如朱謂“肇，讀庫”，反予人以不識也。錫，音裼。《説文》：“銀鉛之間。從金，易聲。”《爾雅・釋詁》曰：“賜也。”引申之也。錫本有溻音，《集韻》解作“予也，本作賜”，義同。不如讀本音之直也。朱補《儀禮》二句，亦可刪去。“爰字孔嘉”，見《儀禮・士冠禮》篇。[③]

校勘記：①此句上頁眉戴之麟題校補時地云：戊子十月十日上午，捄左補録。②“賜”，原作“錫”，據李刻本、明翻宋本、汲古閣本改。③此句上頁眉戴之麟題校補時地云：丁亥十一月二十三日午後一時，韓庭除。同上（按：即己丑四月十日）午後，韓寢。

名余曰正則兮，正，平也。則，法也。

姚鼐曰：淵源綿遠遞出，正則、靈均爲名、字寓言，即内美、實際，即香草、真種子。乃一篇之骨。[①]

字余曰靈均。靈，神也。均，調也。言正平②可法則者，莫過於天；養萬物均調者，莫神於地。高平曰原，故父伯庸名我爲平以法天，字我爲原以法地。言己上能安君，下能養民也。《禮》曰：子生三月(六)，父親名之，既冠而字之。名所以正形體、定心意也；字者所以崇仁義、序長幼也。夫人非名不榮，非字不彰，故子③生，父思善應而名字之，以表其德、觀其志也。五臣（見前“朕皇考”句疏六）云：靈(一)，善也。均(二)亦平也。言能正法則，善平理。［補］曰：《史記》：屈原，名平。《文選》以平爲字，誤矣。正則以釋名平之義，靈均以釋字原之義。名有五(三)，屈原以德命也。《禮記》曰：三月之末(五)，父執子之右手，咳而名之。又曰：既冠以字之，成人之道也。《士冠禮》(四)云④：賓字之曰：昭告爾字，爰字孔嘉。字雖朋友之職，亦父命也。**疏曰：**朱補曰：“劉向《九歎·靈懷》云：‘兆出名曰正則兮，卦發字曰靈均。’注：‘生有形兆，伯庸名我爲正則以法天。筮而卜之。卦曰坤，字我曰靈均以法地。’按：兆爲卜，卦謂筮也。（一）靈讀爲令，實爲良善也。（二）均，亦平也。《周官》有‘均人’、‘土均’，此‘均’讀若‘扃’。”麟按：靈解爲善，是。（三）“名有五”者，《左傳·桓公六年》“九月丁卯，子同生”傳：“申繻曰：‘名有五，有信，有義，有象，有假，有類。以名生爲信，以德命爲義，以類命爲象，取於物爲假，取⑤於父爲類。’”（四）《士冠禮》，《儀禮》篇名。冠讀去聲。（五）“三月之末”三句，見《禮記·内則篇第十二》。（六）“子生三月”同。“屈原名平”，見《史記》八十四《屈原賈生列傳第二十四》原本傳。⑥

校勘記：①此句出沈伯經《古文辭類纂評注》，爲沈氏於頁眉所作評注，非姚鼐語。②“正平”，原作“平正”，今據李刻本、明翻宋本、汲古閣本改。③“子”下，原衍“始”字，今據李刻本、明翻宋本、汲古閣本删。④“云”，原脱，今據李刻本、明翻宋本、汲古閣本補。⑤“取”，原誤作“即”，今據《左傳》改。⑥此句上頁眉戴之麟題校補時地云：戊子九月十八日上午，捄左補録。

紛吾既有此内美兮，紛(一)，盛貌。五臣曰：内美(二)，謂忠貞。**疏曰：**王夫之《楚辭通釋》曰：“（一）紛，不一之貌。（二）内美，得天之美命，爲親所嘉予。”宜從原注，原自謂吾盛有此内美也。賈修齡《楚辭淺説》謂天賦之美，是。予音與，與“與”義同。王夫之《楚辭通釋》，《楚辭概論》二八九頁第六篇十三：“清王夫之撰，十四卷。這書依王逸《章句》，删去《七諫》以下五篇，而加入江淹的《山中楚辭》、《愛遠山》二篇，及他自己的《九昭》一篇，共四十四篇，各爲分段立釋；其分段一視文意的起止爲斷。他以《九歌·禮魂》一章爲前十章所通用，看‘終古無絶’一語，知爲送神的曲。《天問》一篇，似乎兼采楊誠齋的《天問天對解》，亦間有補前人所不及的地方。《遠游》一篇，專取後世談玄者鉛汞，龍虎，三花，五炁之説作解。書中説到義理處多半附會。”夫之，湖南衡陽人也。崇禎舉人，明亡後不仕。著有《船山全集》凡三百二十四卷，學者稱“船山先生”，以居衡陽之石船山而名。[①]賈修齡《楚辭淺説》一卷，卷首有民國二十二年四月武昌張士瑲序。賈，大冶人。[②]

姚鼐曰：自“紛吾”至“彭賢遺則”，一篇《小離騷》，歷提潔己、愛君、讒斥、自沈，作全局之總，分三節。[③]以上自修。

又重[(一)]之以修[④]能。修[(二)]，遠也。言己之生，内含天地之美氣，又重有絶遠之能，與衆異也。言謀足以安社稷，智足以解國患，威能制强禦，仁能懷遠人也。[補]曰：重，儲[⑤]用切，再也，非輕重之重。能[(三)]，本獸名，熊屬，故有絶人之才者，謂之能。此讀若耐，叶韻。**疏曰：**（一）重，有從、衆二音。義通，不必如原注之泥（去聲）也。《説文》曰：“柱用切，厚也。”即與“輕重”重義同。《廣韻》：“直[⑥]容切。複也，疊也。”與“重，再也”義同，蓋音雖有平去之分，義固可通釋也。（《廣韻》不可讀爲從，可讀爲衆。）朱補曰：“重讀爲緟（有從、衆二音），增益也。（二）修，飾也，治也。下文‘好修’、‘信修’皆同。（三）能，讀爲態，姿有餘也。按：巧藝高材曰態，經傳多借能字爲之，下文‘授能’同。”王夫之《通釋》曰：“重，直龍切，加也。修能，志正道、學正學而成材也。”意蓋解爲又加之以志正道、學正學而成材也。材、才同，即上注所謂能也。

姚鼐曰：上節拈内美香草，揭芳潔志行，作總頭。接寫忠懇迫切，即貲此以自獻也。處處看將内美提起。[⑦]麟按：上，原作本，應在“紛吾”句後，以誤移本句後，改“上”。

校勘記：①此句上頁眉戴之麟題校補時地云：己丑後七月二十二日午前。②此句上頁眉戴之麟題校補時地云：己丑八月十二日午前。③此句出沈伯經《古文辭類纂評注》，爲沈氏於頁眉所作評注，非姚鼐語。④“修”，明翻宋本、汲古閣本作“脩”。本書後凡“修”他本作“脩”者不復出校。⑤“儲”，原誤作“補”，今據李刻本、明翻宋本、汲古閣本改。⑥“直”，原誤作“盂”，今據《廣韻》改。⑦此句出沈伯經《古文辭類纂評注》，爲沈氏於頁眉所作評注，非姚鼐語。

扈江離與辟芷兮，扈，被(一)也。楚人名被爲扈。江離、芷，皆香草名。辟(二)，幽也。芷(三)幽而香。《文選》離作蘺。五臣云：扈，披也。[補] 曰：扈，音户。《左傳》云：九扈爲九農正，扈民無淫者也。扈，止也。① 江離，説者不同。《説文》曰：江蘺(四)，蘼② 蕪(五)。然司馬相如賦云：被以江離，糅(六)以蘼蕪。乃二物也。《本草》蘼蕪一名江離。江離非蘼蕪也。猶杜若一名杜蘅，杜蘅非杜若也。蘼蕪見《九歌》郭璞云：江離似水薺。張勃(七)云：江離出海水中，正青，似亂髮。郭恭義(八)云：赤葉。未知孰是。辟，匹亦切。白芷(九)，一名白茝，生下澤，春生，葉相對婆娑，紫色，楚人謂之葯。**疏曰：**朱補曰："（一）被，作披。江離，今川芎也。（二）辟，讀爲僻。仄也，幽也。（三）芷，當作茝。茝、芷，古今字，今白芷也。"王夫之《通釋》曰："（四）江離，大葉芎藭，葉似芹者。辟，辟績爲裳。芷，白芷。一名茝，一名葯，一名虈。"麟按：《本草·江離》下有"芎藭苗也"四字。《辭源》草部六畫："茳蘺，草名，即蘼蕪也。一作江離。又髮菜亦名江離。"（五）蘼蕪，多年生草。莖高尺許，葉爲羽狀複葉。夏月開小花五瓣，色白，爲複傘形花序，有清香。《爾雅》作蘪蕪，亦名蘄茝。又名茳蘺、髮菜。苔類，産於暖地之溪澗中，長七八寸，黑色如亂髮，亦稱生髮，供食。統諸説觀之，大率江離即蘼蕪也。司馬相如賦云别爲二物，猶未之考也。參看後《九歌·少司命》"秋蘭兮蘼蕪"疏。（六）糅，音狃，雜也。《史記》"同糅玉石兮"，言玉與石相錯雜也。見《辭源》未集三六頁米部九畫。"同糅"句，見《史記》八十四《屈原賈生列傳第二十四》原本傳《懷沙賦》。③（七）張勃，俟考。（八）郭恭義，晉人。曾著《廣志》二卷，見《玉函山房輯佚書》子編雜家類，惟作"義恭"。④（九）白芷。《辭源》（白部）："一年生草，野生。莖高五寸許，葉卵圓，對生，花色白而微黄，根入藥。一名白茝。古以其葉爲香料。"此句蓋謂披江離爲衣，辟績白芷爲裳，衣裳皆香潔也。辟作幽解似曲。"被以江離"二句，見相如《上林賦》，"離"作"蘺"。⑤

校勘記：①"[補] 曰"至"止也"，原脱，今據李刻本、明翻宋本、汲古閣本補。②"蘼"，明翻宋本、汲古閣本作"靡"。③此句上頁眉戴之麟題校補時地云：戊子九月十九日上午，捄左補録。④此句上頁眉戴之麟題校補時地云：己丑四月二十六日午後，新庭。⑤此句上頁眉戴之麟題校補時地云：丁亥六月十六日午間，韓左个。

紉秋蘭以爲佩。紉(一)，索也。蘭(二)，香草也，秋而芳。佩(三)，飾也，所以象德。故行清潔者佩芳，德仁明者佩玉，能解結者佩觿，能決疑者佩玦，故孔子無所不佩也。言己修身清潔，乃取江離、辟芷，以爲衣被；紉索秋蘭，以爲佩飾；博采衆善，以自約束也。［補］曰：紉，女鄰切。《方言》曰：續，楚謂之紉。《説文》云：繟(五)繩也。古者男女皆佩容臭。臭，香物也。又曰：佩帨茝蘭，則蘭芷之類，古人皆以爲佩也。相如賦云：蕙圃衡蘭(六)。顔師古云：蘭，即今澤蘭也。《本草注》云：蘭草、澤蘭，二物同名。蘭草一名水香。李云都梁是也。《水經》云：零陵郡都梁縣西小山上，有渟水，其中悉生蘭草，緑葉紫莖。澤蘭，如薄荷，微香，荆、湘、嶺南人家多種之。此與蘭草大抵相類。但蘭草生水旁，葉光潤尖長，有歧，陰小紫，花紅白色而香，五六月盛。而澤蘭生水澤中及下隰地，苗高二三尺，葉尖，微有毛，不光潤，方莖紫節，七月①八月開花，帶紫白色，此爲異耳。《詩》云：士與女方秉蕑兮(七)。陸機云：蕑(四)，即蘭也，其莖葉似藥草。澤蘭廣而長節，節中亦高四五尺，漢諸池苑及許昌宫中皆種之。《文選》云：秋蘭被涯(八)。注云：秋蘭，香草。生水邊，秋時盛也。《荀子》云：蘭生深林。《本草》亦云：一種山蘭，生山側，似劉寄奴，葉無椏，不對生，花心微黄赤。《楚辭》有秋蘭、春蘭、石蘭，王逸皆曰香草，不分别也。近時劉次莊（劉次莊，見下“結幽蘭而延佇”疏。）《樂府集》云：《離騷》曰：紉秋蘭以爲佩。又曰：秋蘭兮青青，緑葉兮紫莖（見後《九歌·少司命》）。今沅、澧所生，花在春則黄，在秋則紫，而春黄不若②秋紫之芬馥也。由是知屈原真所謂多識草木鳥獸，而能盡究其所以情狀者歟。麟按：此下引黄魯直《蘭説》與此無關，删去。③**疏曰：**朱補曰：“《方言》云：‘（一）擘，楚謂之紉。’（二）蘭，今澤蘭也。凡經傳言蘭皆非今所謂蕙蘭、建蘭。”王夫之《通釋》曰：“蘭，緑葉紫莖，類蔞蒿④。六月開花，至秋結穗，以子種之，葉甚香，兼衆芳爲裳。（三）佩，言集古今之美以服躬也。”麟按：《辭源》申集一〇五頁艸部十七畫：“蘭，常緑多年生草，俗稱草蘭。多生浙東，故又名甌蘭。葉細長而尖，長尺許，有平行脈，由根叢生。春日開花，淡黄緑色，瓣上有細紫點，無紫點者謂之素心蘭，皆一莖一花。幽香清遠，種類甚多。其一莖數花者爲蕙，俗名蕙蘭，亦春開。别一種，至秋始開，亦一莖數花，以産於福建，故名建蘭。”又：“香草名，通稱蘭草，（四）一名蕑，多年生草，山野自生，庭院亦栽植之。高三尺許，葉平滑有光澤，鋸齒甚細，下部之葉三裂，上部尖長。花冠爲管狀，色淡紫，列爲頭狀花序。香氣清遠，古人刈而佩之，謂之都梁香，古所謂蘭，皆謂此也。”合諸説觀之，甌蘭、建蘭則以地名也，春蘭、秋蘭則以時名也。其名蘭者均指一莖一花者無異，其香清遠，則亦無殊。紉以爲佩者，言綴之以爲佩帶也。《辭源》未集四六頁系部三畫：“綴之曰紉。”（五）繟，音闡。《説文》：“帶緩也。”

一莖，郢俗謂一箭。城中所有者，均移於東北鄉客店坡花山一帶。當春開花，翌歲雖猶生，但不開花，殊不可解。此外有孔子蘭，以孔子誕日前後開花而名。（六）“蕙圃衡蘭”，見《文選》七《子虛賦》，上有“其東則有⑤”四字。⑥（七）“士與”二句，見《詩・溱洧》章。（八）“秋蘭被涯”，見《文選》卷三張平子《東京賦》。⑦

校勘記：①“月”，原脱，今據李刻本、明翻宋本、汲古閣本補。②“若”，原誤作“及”，今據李刻本、明翻宋本、汲古閣本改。③此處删去數句爲：“黄魯直《蘭説》云：蘭生深山叢薄之中，不爲無人而不芳，含香體潔，平居與蕭艾同生而不殊。清風過之，其香藹然，在室滿室，在堂滿堂，所謂含章以時發者也。然蘭蕙之才德不同，蘭似君子，蕙似士夫。槩山林中十蕙而一蘭也。《離騷》曰：予既滋蘭之九畹，又樹蕙之百畝。《招魂》：光風轉蕙泛崇蘭。以是知楚人賤蕙而貴蘭矣。蘭蕙叢出，蒔以沙石則茂，沃以湯茗則芳，是所同也。至其發華，一幹一華而香有餘者蘭，一幹五七華，而香不足者蕙也。蕙雖不若蘭，其視椒、樧則遠矣。其言蘭蕙如此，當俟博物者。”④“蔄”，原誤作“蘭”，今據《楚辭通釋》改。⑤“有”，原脱，今據《文選》補。⑥此句上頁眉戴之麟題校補時地云：戊子三月八日午間，韓左个。⑦此句上頁眉戴之麟題校補時地云：己丑四月二十三日午後，新庭。

汩余若將不及兮，汩（一），去貌，疾若水流也。不，一作弗。［補］曰：五臣云，歲月行疾，若將追之不及（二）。汩，越筆切。《方言》云：疾行也，南楚之外曰汩。**疏曰：**朱補曰：“（一）汩，讀𣱱。《論語》云：‘（二）見善如不及。’”𣱱音颮，《説文》：“水流也。”王夫之《通釋》曰：“汩，聿也。語助詞，音越筆反。‘若將不及’，志業既正，欲及時利見也。”麟按：汩若王解，應曰發語詞，如《詩》云“繄我獨亡”①之類。惟《楚辭》一部，汩在句首者無二見，似宜從舊解，謂時日之去如流水，有志正學，猶將不及，始與下句“恐年歲之不吾與”合。“見善如不及”，見《論語》下《季氏》篇。②

恐年歲之不吾與。言我念年命汩然流去，誠欲輔君，心中汲汲，常若不及。又恐年歲忽過，不與我相待，而身老耄也。［補］曰：恐（一），區用切，疑也，下並同。《論語》曰：日月逝矣，歲不我與（《下論・陽貨》篇）。**疏曰：**（一）恐，懼也。謂恐懼年歲之不吾與，非疑也。朱補曰：“‘歲不我與’，與讀爲与，賜予也。”麟謂：當如原解。[③]

校勘記：①此句出《左傳·隱公元年》，非《詩經》。②此句上頁眉戴之麟題校補時地云：丙戌六月七日午前，縣中校政廳。③此句上頁眉戴之麟題校補時地云：庚寅二月五日上午。

朝搴阰[(一)]之木蘭[(二)]兮，搴，取也。阰，山名。［補］曰：搴[(三)]，音蹇。《説文》：攓，拔取也，南楚語，引"朝攓阰之木蘭"。阰，頻脂切，山在楚南。《本草》云：木蘭皮似桂而香，狀如楠樹，高數仞。任昉《述異記》[(四)]云：木蘭川在潯[①]陽江也，地多木蘭。**疏曰：**朱補曰："（一）阰，當作陛，高阜也。《説文》：'陛，升高階也。'乃升高阜之轉注。（二）木蘭，香木，似枏（即楠字），皮似肉桂。《玉篇》：'梍，木蘭也。'" 王夫之《通釋》曰："木蘭，香木，辛夷之白者。"麟按：《辭源》辰集七八[②]頁木部："木蘭，木名。亦名杜蘭，亦名林蘭，又謂之木蓮。陶弘景謂生於零陵山谷中間，《楚辭》'朝搴阰之木蘭'是也。《白樂天集》謂生於巴峽，樹大者高五六丈，涉冬不凋。葉似桂而厚大，花如蓮花，有紅、黃、白數種，四月始開，二十日即謝。其木肌細而心黃（今見者心實不黃，表裏均烏），民呼爲黃心樹云云。今植物學家所言木蘭形態，即俗所稱之紫玉蘭。"此係落葉亞喬木，樹高數丈而不易成長。葉與花瓣皆爲倒卵形，一幹一花，皆著木末。春初開花，九瓣，大而厚，色白，未開時裹以厚苞，其苞密生細毛。花落後始生嫩葉，南方多種之庭園。又一種花瓣内白外紫者，俗稱紫玉蘭，植物學家謂即木蘭。辛夷即木筆，花初發尖銳如筆，北人呼爲木筆，係落葉喬木。高數丈，葉似柿葉而狹長，春初開花，有紫、白二色，大如蓮花，香味馥郁，白者稱爲玉蘭。今植物學家謂辛夷、玉蘭皆爲白色，惟玉蘭九瓣而長，辛夷六瓣而短闊，以此爲別。亦名迎春花。據此，則木蘭蓋以形色差異而有木筆、辛夷、玉蘭等名也。阰不必作楚南山名解，（三）搴亦不必如《説文》"拔取"解。蓋謂朝取高阜之木蘭。梍，考《字典》不載，只棍，音皮，徐鍇曰："連檐木，在椽之端者。"蓋即俗所謂撩檐條子，用以勒瓦之物也，亦無木蘭之解。朱補本未知所據。（四）任昉《述異記》。昉，梁博昌人。字彥昇，八歲能屬文。初仕齊爲太學博士，王儉、沈約皆稱之。武帝時爲義興、新安太守，爲政清省，吏民便之。卒，謚"敬"。有《文章緣起》一卷，《述異記》二卷。按《隋書·經籍志》載任昉《文章始》一卷，稱有録無書，故後人疑爲僞託。又按《隋志》有祖沖之《述異記》十卷，《唐志》以昉之《述異記》即沖之之書，亦誤。且其中舛誤勦竊之處甚多，殆並出於僞託。[③]

夕攬洲之宿莽。攬(一)，采[④]也。水中可居者曰洲。草冬生不死者，楚人名曰宿莽(二)。言己旦起陞山采木蘭，上事太陽，承天度也；夕入洲澤采取宿莽，下奉太陰，順地數也。動以神祇自敕誨也。木蘭去皮不死，宿莽遇冬不枯，以喻讒人雖欲困己，己受天性，終不可變易也。攬，一作擥，一作擥。洲，一作中洲。［補］曰：攬，盧敢切，取也。莽，莫補切。《爾雅》云：卷施(三)草拔心不死，即宿莽也。**疏曰：**朱補曰："（一）攬，當作擥，撮持也。（二）莽，讀若莫。《爾雅》：'（三）卷施草拔心不死。'郭注：'猶宿莽也。'或疑即《周禮・翦氏》之莽草，藥物殺蟲者，恐非。"麟按：木斷心或不死，去皮無不死者。蓋植物生長，全賴皮之運輸滋養料，皮去則生機絶也。舊學家不明此理，無怪其然。以上句木蘭爲專物，宿莽宜如卷施爲物專名方合。卷施，《玉篇》作卷葹。

校勘記：①"潯"，明翻宋本、汲古閣本作"尋"。②"八"，原誤作"五"，今據《辭源》改。③此句上頁眉戴之麟題校補時地云：戊子正月十七日午前，節《中國人名大辭典》，見二二四頁。④"采"，原誤作"取"，今據李刻本、明翻宋本、汲古閣本改。

日月忽其不淹兮，淹(一)，久也。忽，《釋文》作曶。**疏曰：**朱補曰："（一）淹，讀爲倓，安也。下文'淹留'同。"倓，音談。淹，鄂讀焉，俗讀安。合謂日月倏忽，其不久留也。

春與秋其代序(一)。代，更(二)也。序，次也。言日月晝夜常行，忽然不久。春往[①]秋來，以次相代。言天時易過，人年易老也。**疏曰：**朱補曰："（一）序，讀爲叙。"王夫之《通釋》："'春秋代序'，喻國之盛則有衰。"麟按：朱王二義皆可删。（二）更，平聲，改也。

校勘記：①"往"，原誤作"去"，今據李刻本、明翻宋本、汲古閣本改。

惟草木之零落兮，零、落，皆墮(一)也，草曰零，木曰落。零，一作苓(二)。**疏曰：**（一）墮，朱補作墜，義同。（二）苓，《辭源》申集一四頁艸部五畫："與零通。"

恐美人之遲暮。遲，晚也。美人（一），謂懷王也。人君服飾美好，故言美人也。言天時運轉，春生秋殺，草木零落，歲復盡矣。而君不建立道德，舉賢用能，則年老耄晚暮，而功不成，事不遂也。［補］曰：屈原有以美人喻君者，“恐美人之遲暮”是也；有喻善人者，“滿堂兮美人”（二）是也；有自喻者，“送美人兮南浦”（三）是也。**疏曰：**朱補曰：“（一）美人謂衆賢同志者。《詩》：‘彼美人兮，西方之人兮。’暮當作莫，下文‘將暮’同。”麟按：美人，原注指懷王是。朱主暮宜作莫，與“汩及”作𣱵，均係古字，亦不必。（二）“滿堂兮美人”，見後《九歌・少司命》。（三）“送美人兮南浦”，見後《九歌・河伯》。補謂美人自喻，非。① “彼美人兮”二句，見《詩・簡兮》。

校勘記：①此句上頁眉戴之麟題校補時地云：庚寅二月五日上午。

不撫壯而棄穢兮，年德盛曰壯。棄，去也。穢，行之惡也，以喻讒邪。百草爲稼穡之穢，讒佞亦爲忠直之害也。《文選》無“不”字。五臣云：撫（一），持也。言持盛壯之年，廢棄道德，用讒邪之言，爲穢惡之行。［補］曰：撫，芳武切。不撫壯而棄穢者，謂其君不肯當年德盛壯之時遠讒佞也。五臣注誤。**疏曰：**朱補曰：“《禮記》：‘三十曰壯。’穢當作薉，蕪也。下文‘蕪穢’同。”麟按：（一）撫，存撫也。壯，彊也，盛也。故人之彊盛者稱壯士，或稱壯夫。此謂不撫存年德壯盛之士，而廢棄穢污之流也。五臣洪補似均誤。“三十曰壯”，見《曲禮上第一》。

何不改此度（一）？改，更（二）也。言願令君甫及年德盛壯①之時，修明政教，棄去讒佞，無令害賢，改此惑誤之度，修先王之法也。甫及，一作撫及，一作務及。《文選》云：何不改其此度。一云②“何不改乎此度也”。五臣云：何不早改此法③度，以從忠正之言。**疏曰：**朱補曰：“此二句言若非自愛，年富力强，不願同流合污，何爲而不改其度乎？（一）度，即上文‘初度’之度。”麟按：朱補本此句“改”字下多“乎”字，是所解與前注均欠合。上句既謂其君不撫存年德壯盛之人，而廢棄行爲蕪穢之流，此句度字，即指上句態度而言，必無疑義。“改此度”者，改不撫壯棄穢之度也。“何不改乎此度”者，何爲不改更此不撫壯棄穢之度也。（二）更，平聲。

校勘記：①“盛壯”，原誤作“壯盛”，今據李刻本、明翻宋本、汲古閣本改。②“云”，原誤作“作”，今據李刻本、明翻宋本、汲古閣本改。③“法”，原脱，今據李刻本、明翻宋本、汲古閣本補。

乘騏驥以馳騁兮，騏(一)驥(二)，駿馬也，以喻賢智。言乘駿馬，一日可致千里。以言任賢智，則可成於治也。乘，一作椉，《文選》作策。馳，一作駝。［補］曰：駝即馳字，下同。**疏曰：**朱補曰：“《説文》：（一）‘騏，馬青驪也。’句亦見《惜往日》篇。”驪，音離，馬色純黑者。《禮》：“夏后氏尚黑，戎事乘驪。”（二）驥，音冀。合言之，千里馬也。

來吾道[①]夫先路。路，道也。言己如得任用，將驅先行，願來隨我，遂爲君導入聖王之道也。《文選》作“導夫先路(一)”。一本句末有“也”字。五臣云：言君能任賢人，我得申展，則導引入先王之道路。**疏曰：**朱補曰：“此二句言若得時而駕，願與衆賢並進輔治，胥同志以偕來，吾將爲先路之導也。”麟按：（一）先路，前車也。《周書·顧命》曰：“先路在左塾之前。”舊説似兩歧。上句謂君能改度任用賢才，如乘騏驥以馳騁，吾可來導引於先途也。吾者，原自吾也。[②]

校勘記：①“道”，原作“導”，今據李刻本、明翻宋本、汲古閣本改。後文凡作“導”而他本皆作“道”者，徑改不出校。②此句上頁眉戴之麟題校補時地云：己丑正月八日上午，正寢。

昔三后(一)之純粹兮，后，君也。謂禹、湯、文王也。至美曰純(二)，齊同曰粹(三)。**疏曰：**朱補曰：“（一）三后，軒轅、顓頊、帝嚳也。衆芳，如黄帝之風后、力牧、常先、大鴻，見《史記》(《史記·五帝本紀第一》)[①]。高陽之重、該、修、熙、句龍，見《左傳》。高辛之咸黑、柞卜、赤松，見《路史》及《列仙傳》。（二）純讀爲媋，凝一不襍也。（三）粹，精潔不襍也。《易·文言》曰：‘剛健中正，純粹精也。’”麟按：三后，宜從原注。蓋懷王中人以下，未可語上，第可語於禹、湯、文王也。下句朱補仍原注可知。“高陽之重、該”句，見《春秋左傳》卷五十三《昭公二十九年》“秋，龍見于絳郊”傳，“高陽”作“少皞氏”。[②]

固衆芳之所在。衆芳，喻群賢。言往古夏禹、殷湯、周之文王，所以能純美其德而有聖明之稱者，皆舉用衆賢，使居顯職，故道化興而萬國寧也。五臣云：三王所以有純美之德，以衆賢所在故也。

校勘記：①此句上頁眉戴之麟題校補時地云：戊子九月十六日上午，捄左補録。②此句上頁眉戴之麟題校補時地云：己丑四月十二日午間，新庭。

雜申椒(一)與菌桂兮，申(二)，重也。椒，香木也。其芳小，重之乃香。菌，薰也。葉曰蕙，根曰薰。五臣云：雜，非一也。申，用也。椒、菌桂皆香木。［補］曰：菌，音窘。《博雅》云：菌，薰也，其葉謂之蕙。則菌與蕙一種也。下文别言蕙茝，又云：矯菌桂以紉蕙。則菌桂自是一物。《本草》有菌桂，花白蘂黄，正圓如竹。菌，一作箘，其字從竹。五臣以爲香木是矣，其以申爲用則非也。《淮南子》曰：申茮、杜茝，美人之所懷服(三)。**疏曰：**朱補曰："（一）椒當作茮，香木。其實菉。或曰：（二）申，山名，《西山經》有申山。按：《中山經·琴鼓之山》：'其木多椒。'《北山經·景山》：'其草多秦椒。'菌讀爲箘，箘桂，梫也。正圓如竹，空中，生交趾、桂林，今肉桂也。凡經言桂者，皆非今之木犀，唐以後始名木犀爲桂花。"（三）"申茮"句，見《淮南子》卷十八《人間訓》。

豈維(一)紉夫蕙茝？紉，索也。蕙(二)、茝，皆香草，以諭①賢者。言禹、湯、文王，雖有聖德，猶雜用衆賢，以致於治，非獨索蕙茝，任一人也。故堯有禹、咎繇、伯夷、朱虎、益、夔，殷有伊尹、傅説，周有吕、旦、散宜、召、畢，是雜用衆芳之效也。［補］曰：《本草》云：薰草一名蕙草，生下濕地。陶隱居(三)云：俗人呼鷰(四)草，狀如茅而香，爲熏草，人家頗種之。引《山海經》云：薰草麻葉而方莖，赤花而黑實，氣如蘼蕪，可以已厲(五)。又《廣志》（見後"吾令鴆爲媒兮"疏三②）云：蕙草緑葉紫花。陳藏器（陳藏器，《中國人名大辭典》一一〇五頁十一畫："唐鄞人，精於醫。開元中爲三原縣尉，嘗言人肉可療羸疾，故後之孝子多行之 。嘗以《神農》本經挂漏尚多，因廣集藥名，爲《本草拾遺》。"）③云：此即是零陵香，生零陵山谷。《南越志》名燕草。黄魯直説與此異，已見上。（今删）椒與菌桂木類也，蕙茝草類也，以言賢無小大，皆在所用。茝，白芷也，昌改切。**疏曰：**（一）維，音惟，語詞。與惟、唯通。朱補曰："（二）蕙，熏也。其葉曰蕙，今零陵香也。《中山經》：'升山，其草多蕙。'《西山經》：'天帝之山，下多菅蕙。'按：許慎《説文》不録蕙字，張揖《廣雅·釋草·薰草》：'蕙，草也。'顧野王《玉篇》：'蕙，香草，生下濕地。'《廣韻》：'蕙，蘭屬。'疑字當作蕙，蕙，籒文惠字也。茝、芷，古今字。”麟按：《辭源》申集八一頁艸部十二畫：“蕙亦稱蕙草，俗名佩蘭。多年生草，南方各省多種之。莖方，葉橢圓，端尖，對生。秋初開紅花，香氣如蘼蕪。結黑實。古言佩此，可已疫癘。一名薰草，以產於湖南之零陵縣者爲最著，故又名零陵香，與蘭屬之蕙不同。”“升山”句，考《中山經》第55條，“蕙”上尚有“藷與”二字。④“天帝”二句，《西山經》75條。“天帝之山”下尚有“上多棕枏”四字。⑤顧野王，南北朝吴郡人，字希馮。通天文、地理、卜筮、篆隸、奇字。撰有《玉篇》及《輿地志》等書。初仕梁，後入陳，仕至黄門侍郎。卒，贈祕書監、右衛將軍。《玉篇》，三十卷。⑥（三）陶隱居，即弘景。詳下“吾令鴆爲媒兮”疏三。⑦（四）鷰，與燕同。見《康熙字典補遺》亥集鳥部。（五）“薰草”諸句，見《山海經》第二《西山經》，原文首句作“有草焉，名曰熏草。”⑧

校勘記：①“論”，原作“喻”，今據李刻本、明翻宋本、汲古閣本改。後文凡作“喻”而他本皆作“論”者，徑改不出校。②“三”，原作“七”，以後文已調整疏證順序，改作“三”。後文凡涉此疏者徑改不出校。③此句上頁眉戴之麟題校補時地云：己丑六月二十二日午間。④此句上頁眉戴之麟題校補時地云：丁亥十一月二十三日夜，韓左个。⑤此句上頁眉戴之麟題校補時地云：戊子二月十三日夜，韓左个。⑥此句上頁眉戴之麟題校補時地云：己丑五月八日午間，新庭。⑦此句上頁眉戴之麟題校補時地云：庚寅二月七日午前。⑧此句上頁眉戴之麟題校補時地云：戊子十月二十日上午，捄左補録。

彼堯舜之耿介兮，堯、舜，聖德之王也。耿，光也。介，大也。［補］曰：耿，古迥、古幸二切。既遵道（一）而得路。遵，循也。路，正也。堯、舜所以有光大聖明之稱者，以循用天地之道，舉賢任能，使得萬事之正也。夫先三后者，據近以及遠，明道德同也。五臣云：循用大道。［補］曰：上言三后，下言堯、舜，謂三后遵堯、舜之道以得路也。路，大道也。**疏曰：**朱補曰：“（一）遵道，率由三后之道也。《書·洪範》：‘遵王之道。’‘遵王之路。’”麟按：“彼堯舜”句合此句，蓋謂彼堯舜有光大功德，既由遵率大道而得治國之路，非謂堯舜率由三后之道，如朱説之謬也，蓋文法中之一開耳；下“何桀紂”二句，係一合，如此解方是。

何桀紂之猖披兮，桀、紂（一），夏（二）、殷失位之君。猖披，衣不帶之貌。猖，一作昌，《釋文》作倡。披，一作被。五臣云：昌披，謂亂也。［補］曰：《博雅》云：裮被，不帶也。被音披。**疏曰：**朱補曰："據王注是。猖披讀爲襄披也。愚按當讀爲倀跛。倀，狂也。跛，行不正也。"麟按：（一）紂，直有切。上聲，俗讀去聲非。（二）夏，上聲。俗讀去聲，是春夏之夏，亦非。凡作朝代、國名者，皆當讀上聲，大也。倀，音敕秧切。跛，音播上聲。衣不帶，引申之即亂也，即狂而行不正也。不必如朱故爲立異。

姚鼐曰：遞影君之失道。

夫唯[①]捷徑以窘步。捷(一)，疾也。徑，邪道也。窘(二)，急也。言桀、紂愚惑，違背天道，施行惶遽，衣不及帶，欲涉邪徑，急疾爲治，故身觸陷阱，至於滅亡，以法戒君也。唯，一作維。五臣云[②]：言桀、紂苦人使亂，用捷疾邪徑急步而理之。［補］曰：桀、紂之亂，若衣披不帶者，以不由正道，而所行蹙迫耳。《左傳》曰：待我不如捷之速也(三)。捷，邪出也。《論語》曰：行不由徑(四)。徑，步道也。**疏曰：**朱補曰："（一）捷，讀爲疌。（二）窘，迫也。"麟按：此合上句皆譬喻，謂桀紂所行昏亂，不由正道，如行捷徑以致滅亡，如步履窘迫也。朱故生異，舊注欠詳。（三）"待我"句，見《左氏·成公五年》"梁山崩"傳。（四）"行不由徑"句，見《論語》上《雍也》篇。

校勘記：①"唯"，原作"惟"，今據李刻本、明翻宋本、汲古閣本改。②"云"，原作"曰"，今據李刻本、明翻宋本、汲古閣本改。後文凡作"曰"而他本皆作"云"者，徑改不出校。

惟(一)夫黨(二)人之偷樂兮，黨，朋(三)也。《論語》曰：朋而不黨(五)。偷(四)，苟且也。一無"夫"字。**疏曰：**朱補曰："（一）惟，凡思也。（二）黨，讀爲攩。（三）朋，群也。（四）偷，當作媮，巧黠也。"麟按：偷，透平聲，薄也。《論語》："則民不偷。"謂黨人天性刻薄，一意淫樂也。麟按：（五）"朋而不黨"，見《論語》下《衛靈公》篇，朋作群。樂音落。偷即不作薄解，仍原注苟且解，作苟且偷安逸樂，可也。

姚鼐曰：次節提黨人，即讒人也。逗被斥事。[①]

路幽昧以險隘。路，道也。幽昧，不明也。險隘，諭傾危。言己念彼讒人相與朋黨，嫉妬忠直，苟且偷樂，不知君道不明，國將傾危，以及其身也。［補］曰：小人朋黨，偷爲逸樂，則中正之路塞矣。隘，狹也。《遠游》云：悲世俗之迫阨。相如《大人賦》作迫隘，阨、隘一也。**疏曰：**此亦譬喻句，謂黨人造亂淫樂，如行幽昧險隘也。

校勘記：①此句出沈伯經《古文辭類纂評注》，爲沈氏於頁眉所作評注，非姚鼐語。

豈余身之憚殃兮，憚(一)，難也。殃，咎也。一無“身”字。［補］曰：小人用事，則賢人被殃。憚，徒案切。忌難也。**疏曰：**（一）憚，音但，懼也。原意蓋謂非余身之懼咎殃也。恐皇輿之敗績。皇，君也。輿，君之所乘，以喻國也。績，功也。言我欲諫争者，非難身之被殃咎也，但恐君國傾危，以敗先王之功。五臣云：言我所以不難殃咎諫争者，恐君行事之失。［補］曰：皇輿宜安行於大中至正之道，而當幽昧險隘之地，則敗績矣。《左傳》曰：大崩(一)曰敗績。**疏曰：**朱補曰：“《左傳》：‘子産云：若未嘗登車射御，則敗績覆厭是懼。’”麟按：此亦喻句也。合上句，大意謂豈余身之懼咎殃，恐君國至大崩也。“子産云”，見《左傳·襄三十一年》“子産論尹何爲邑”傳。（一）大崩，曰敗績。見《左傳注疏》卷九《莊十一年》“夏，宋爲乘丘之役故”傳。[①]

校勘記：①此句上頁眉戴之麟題校補時地云：戊子六月二十三日午後，捄廳補録。

忽奔走以先後兮，及前王之踵武。踵(一)，繼也。武，跡也。《詩》曰：履帝武敏歆(二)。言己急欲奔走先後，以輔翼君者，冀及先王之德，繼續其跡[①]而廣其基也。奔走先後，四輔之職也。《詩》曰：予聿有奔走，予聿有先後(三)。是之謂也。忽，一作急。［補］曰：忽，疾貌。奔，舊音布頓切。相導前後曰先後。先，先見切。踵，亦跡也。**疏曰：**朱補曰：“踵，足跟也。”麟按：（一）踵，追也，追繼前王之跡也。（二）“履帝”句，見《詩·生民》章。（三）“予聿有先後”二句，見《詩·緜》章，二聿字作曰。

校勘記：①“跡”，原作“蹟”，今據李刻本、明翻宋本、汲古閣本改。

荃不察余之中情兮，荃(一)，香草，以諭君也。人君被服芬香，故以香草爲諭。惡數指斥尊者，故變言荃也。察，一作揆。中，一作忠。［補］曰：荃與蓀同。《莊子》云：得魚而忘荃(二)。《音義》云：七全切，崔(三)音孫，香草，可以餌魚。疏云：蓀，荃也。陶隱居云：東間溪側有名溪蓀者，根形氣色極似石上菖蒲，而葉正如蒲，無脊，詩詠多云蘭蓀，正謂此也。**疏曰：**朱補曰："（一）荃，芥脆也。注謂香草，是别一義。或曰字亦作蓀，似石菖蒲而無劍脊。或謂之白昌。"麟按：《類篇》蓀亦作荃，音銓。古人多用荃、蓀爲連語，實一物也。朱説本此。（二）"得魚而忘荃"，見《莊子·雜篇四·外物》，荃作筌。麟按：筌音詮，取魚竹器；荃，香草，與此無涉。①（三）崔，當係荃字之誤。

反信讒而齌怒。齌，疾也。言懷王不徐徐察我忠信之情，反信讒言而疾怒己也。齌，一作齊。［補］曰：齌，音齌，又音妻。《説文》云：齌，炊餔(一)疾也。《釋文》：齊，或作齌，並相西切。五臣云：齊，同也。反信讒人，與之同怒於我。**疏曰：**朱補曰："《詩》云：'君子信讒。'齊讀爲齌，如炊餔之疾也。"麟按：（一）餔，音逋，食也。《孟子》："徒餔啜也。"此句解如原注可也。"君子信讒"，見《詩·小弁》章；"徒餔啜也"，見《離婁》篇上。

校勘記：①此句上頁眉戴之麟題校補時地云：丁亥七月十八日上午，韓左个。

余固知謇謇之爲患兮，謇(一)謇，忠貞貌也。《易》曰：王臣謇謇(二)，匪躬之故。［補］曰：今《易》作蹇蹇，先儒引經多如此，蓋古今本或不同耳。**疏曰：**（一）謇，音九輦切。《廣韻》："正言也。"《韻會》："直言貌。"《後漢·魯丕傳》："廣納謇謇，以開四聰。"《廣雅》雖有"口吃，難於言"之訓，不如直解爲直言，合於諫懷王之爲愈。（二）"王臣"二句，見《易·蹇卦》。又按：《後漢書》卷五十五《卓魯魏劉列傳第十五》丕本傳"廣納"上原文有"陛下既"三字。①

姚鼐曰：激宕。

忍而不能舍也。舍(一)，止也。言己知忠言謇謇諫君之過，必爲身患，然中心不能自止而不言也。《文苑》無"而"字。一本"忍"上有"余"字，一無"也"字。五臣云：恐君之敗，故忍此禍患而不能止。［補］曰：顔師古云：舍，尸夜切，訓止息，人之屋舍，及星辰次舍，其義皆同。《論語》曰：不舍晝夜(二)。謂曉夕不息耳。今人音捨，非也。**疏曰：**朱補曰："（一）舍，讀爲捨，釋也。"麟按：朱解亦通，不過不可用解"不舍晝夜"之"舍"字耳。（二）"不舍"句，見《論語·子罕②》篇。

校勘記：①此句上頁眉戴之麟題校補時地云：己丑五月九日上午，新庭。②"子罕"，原誤作"泰伯"，今據《論語》改。

指九天以爲正兮，指(一)，語也。九天(二)，謂中央八方也。正(三)，平也。五臣云：九，陽數，謂天也。［補］曰：《九章》云：所作忠而言之兮，指蒼天以爲正。《淮南子》九天(四)：中央鈞天，東方蒼天，東北變天，北方玄天，西北幽天，西方昊天，西南朱天，南方炎天，東南陽天。又《廣雅》（《廣雅》，詳下"畦留夷與揭車兮"疏。）①：九天：東方皞天，南方赤天，西方成天，餘同。**疏曰：**朱補曰："（一）指，手示也。（二）九天，九重天也。第一宗動天，二恒星天，三填星天，四歲星天，五熒惑天，六日輪天，七太白天，八辰星天，九月輪天也。《天問》篇云：'天有(五)九重，孰營度之？'（三）正，讀爲貞，猶問也。"麟按：《辭源》丑集二一五頁大部一畫："天，諸星羅列之空間也。廣遠無可推測，因人在地球，故視爲包圍地球之大團體，而與地爲對待之稱。其實地球亦運行於天空中，且爲甚小之一部分。"以此言之，天原氣體，非實物也。《淮南子》"九天"，朱駿聲"九天"，皆援神怪之説也。傳曰："氣之清輕上浮者爲天。"又云："天積氣耳。"（見《列子》卷一《天瑞第一》）②是。朱補指，手示也，是謂以手指指天也。（四）"九天"諸句，見《淮南子》卷三《天文訓》。麟按：係節取。（五）"天有"，各本作"圜則"。

夫唯靈修之故也。靈(一)，神也。修(二)，遠也。能神明遠見者，君德也，故以諭君。言己將陳忠策，内慮之心，上指九天，告語神明，使平正之，唯用懷王之故，欲自盡也。唯，一作惟。一無"也"字。五臣云：靈修，言有神明長久之道者，君德也。言我指九天，欲爲君行正平之道，而君不用我，故將欲自盡。［補］曰：王逸言：自盡者，謂自竭盡耳。五臣説誤。**疏曰：**朱補曰："（一），靈，讀爲令，實爲良善也。（二）修，治也。猶'亂曰'之'美政'。言誠欲輔君於善治，以效厥忠，不憚蹇蹇言之者，匪躬之故也。"麟按：舊注謂靈修指君言是，合上句讀，指天以爲正者，正爲君德之故，以自明其心跡耳。

校勘記：①此句上頁眉戴之麟題校補時地云：己丑三月二十二日下午，圖書館。②此句旁行間戴之麟題校補時地云：庚寅二月十三日上午。

曰黄昏以爲期兮，羌中道而改路。［補］曰：一本有此二句(一)，王逸無注；至下文“羌内恕己以量人”始釋羌義，疑此二句後人所增耳。《九章》曰：昔君與我誠言兮，曰黄昏以爲期。羌中道而回畔兮，反既有此他志。與此語同。**疏曰：**（一）按：王夫之《通釋》亦有此二語。

姚鼐曰：三節引到自沈，表出寧死不渝定守，看其拈定香草。[①]

校勘記：①此句出沈伯經《古文辭類纂評注》，爲沈氏於頁眉所作評注，非姚鼐語。

初既與余成言兮，初，始也。成，平也。言，猶議也。［補］曰：成言(一)，謂誠信之言，一成而不易也。《九章》作誠言。**疏曰：**（一）成言，成説也。《詩》：“與子成説。”謂初既與余有成約，任其謀國政也。“與子成説”，見《詩·擊鼓》章。

後悔遁而有他。遁，隱也。言懷王始信任己，與我平議國政，後用讒言，中道悔恨，隱匿其情，而有他志也。遁，一作遯。他，一作佗。五臣云：悔，改；遯，移也。改移本情，而有他志。**疏曰：**朱補曰：“俗本此二句上有‘曰黄昏以爲期兮，羌中道而改路’二語。按：‘昔君與我成言兮，曰黄昏以爲期。羌中道而回畔兮，反既有此他志。’見《抽思》篇。《離騷》通篇無用五韻者，下文‘羌内恕己’王逸始注：‘羌，楚人語詞。’則此爲後人竄入無疑，今删。《詩》：‘與子成説。’又云：‘之死矢靡他。’”麟按：“路”與上句“怒”爲韻，“余固知”四句爲韻，合“黄昏”二句一韻，實三韻。即曰“余固知”二句爲韻，亦只四韻，蓋此二句與下二句爲韻（他、化，叶）。重見語，《楚辭》原不止上二句，不删爲是。“與子成説”，見上句疏；末句“之死矢靡他”，見《詩·柏舟》章。他，音拖。

余既不難(一)夫離別兮，近曰離(二)，遠曰別。一無“夫”字。**疏曰：**朱補曰：“（一）難，讀爲艱，土難治也。引申爲凡不易之詞。（二）離，讀爲冎，俗作另，剔人肉置其骨也。別字從此。凡分、解、別、另等字，皆引申之誼，習用不察，少見則怪耳。”麟按：難，不易也。不必讀作艱，以非當叶之處。（艱原讀干，俗作尖。）離無冎音，咼音寡，亦作剮，或作另。

傷靈修(一)之數(二)化(三)。化，變也。言我竭忠見過，非難與君離別也。傷念君信用讒言，志數變易，無常操也。五臣云：傷，惜也。［補］曰：數，所角切。化，音花，下同。**疏曰：**朱補曰：“（一）靈修，善治也。（二）數，計也，引申爲多而不一之意。（三）化，讀匕。”麟按：靈修，指懷王也，見上。數，當讀如所角切。匕，音呼戈切，音訶，叶他韻。若化讀如“補曰”花，則上句“他”，宜特阿切方合。

姚鼐曰：以上事君不合，忠悃藹然。①

校勘記：①此句上頁眉戴之麟題校補時地云：戊子四月十一日午後，縣中終校。

余既滋蘭之九畹兮，滋(一)，蒔(二)也。十二畝曰畹(三)，或曰田之長爲畹也。五臣云：滋，益也。《釋文》(四)作蓺，音栽。［補］曰：《說文》田三十畝曰畹。於阮切。**疏曰：**朱補曰：“（一）滋，讀爲蒔，更別種也。（二）分秧勻插曰蒔。（三）畹，許慎曰三十畝，班固曰二十畝，此注十二畝，未知孰是。”麟按：此殆各時各地異制，或十二畝，或二十畝，或三十畝。如斛或作十斗，或作五斗也。（四）《釋文》，見前《離騷經第一》疏三。許慎，見後《惜誦》“魂中道而無杭”疏。

又樹蕙之百畝(一)。樹，種也。二百四十步(二)爲畝。言己雖見放流，猶種蒔衆香，修行仁義，勤身自勉，朝暮不倦也。五臣云：蘭蕙喻行，言我雖被斥逐，修行彌多。《釋文》：畝作晦。［補］曰：畝，莫後切。《司馬法》：六尺爲步，步百爲畝。秦孝公之制，二百四十步爲畝。畹或曰十二畝，或曰三十畝，九畹蓋多於百畝矣。然則種蘭多於蕙也。此古人貴蘭之意。**疏曰：**朱補曰：“‘滋蘭’下八句，言己先語植衆賢，冀可同心輔治，己一人不用，尚不足悲，而悲衆賢必至從俗浮沈，如下文所言‘蘭芷不芳’、‘荃蕙化茅’也。忠君愛國，藹如仁人之言。”麟按：（一）程頤曰：“古者百畝，止當今之四十畝，今之百畝，當古之二百五十畝。”以此言之，補注方通。蓋一人一家之力，決不能種物至百畝之多，且更無種蘭、蕙如此多之理。不過如原注“種蒔衆香”，朱注謂“培植衆賢”，可耳。九畹、百畝，蓋亦泛言極多之意。又按：（二）步，上當加“方”字方合，不然則只言邊線，非面積也。

畦留夷與揭車兮，畦，共呼種之名。留夷(一)，香草也。揭車(二)，亦芳草，一名芞輿。五十畝爲畦也。揭，一作藒。《文選》作蕾荑、藹車(三)。［補］曰：畦，音攜。揭、藒、藹，並丘謁切。相如賦云：雜以留夷(四)。張揖(五)曰：留夷，新夷。顏師古(六)曰：留夷，香草，非新夷，新夷乃樹耳。一云：留夷，藥名。《爾雅》：藒車，芞輿。《本草拾遺》(見下句疏五)①云：藒車味辛，生彭城，高數尺，白花。芞，音迄。**疏曰：**朱補曰：“（一）留夷，即辛夷樹，其花甚香，見《後漢書·馮衍傳》注。或曰即芍藥。《廣雅》謂之攣夷，一名餘容也。（二）揭，讀爲藒。藒車，黄葉白花，味辛。”麟按：辛夷、芍藥二物，花均不甚香。凡植物之葉，至秋或老方黄，係其變色。或初生即黄，亦非正色。所云“黄葉”，非。（三）蕾荑、藹車，李善本作留夷、揭車。②（四）“雜以留夷”句，見相如《上林賦》。③（五）張揖，後魏清河人，字稚讓，太和中官博士。所著《埤蒼》、《古今字詁》已佚，存者有《廣雅》，一名《博雅》。《辭源》寅集二一三頁广部十二畫：“《廣雅》，書名，凡十卷。因《爾雅》舊目，博採漢儒箋注及《三倉説義》諸書以增廣之，故曰‘廣雅’。隋曹憲爲之音釋，避煬帝諱，改名《博雅》，至今二名並稱，實一書也。清王念孫有《廣雅疏證》十卷，極精核。”（六）顏師古，見前“離騷經章句第一”疏十二。

雜杜衡與芳芷。杜衡(一)、芳芷，皆香草也。言己積累衆善，以自潔飾，復植留夷、杜衡，雜以芳芷，芬香益暢，德行彌盛也。衡，一作蘅。［補］曰：《爾雅》杜、土鹵。注云：杜衡也，似葵而香。《山海經》(二)云：天帝山(三)有草，狀似葵，其臭(四)如蘼蕪，名曰杜衡。《本草》(五)云：葉似葵，形如馬蹄，故俗云馬蹄香。**疏曰：**朱補曰：“按（一）蘅當作衡，即《爾雅》杜，土鹵。根葉似細辛，俗謂之馬蹄香，與杜若異。”麟按：《辭源》辰集九五頁木部三畫：“杜衡，多年生草，常生山中陰地，葉爲心臟形，葉腳凹陷頗深，有長柄，冬月根際開紫花，有管狀花被，根莖可入藥，與杜若殊。”參看後《九歌·雲中君》“華采衣兮若英”疏二。（二）《山海經》，《辭源》寅集一三五頁山部：“書名，始見於《史記》，而未言爲何人所作，其卷首有劉秀校上奏，稱爲伯益所作，王充《論衡》，《吳越春秋》，亦同此説。然書中多夏商以後地名，必周秦間人所述，非出於伯益矣。所述山水，多參以神怪，即列子所謂‘大禹行而見之，伯益知而名之，夷堅聞而志之’也。晉有郭璞注，又有《圖贊》、明楊慎有《補注》，清郝懿行又有《箋疏》。古以此書列於道藏，或入於地理書，清《四庫目録》入小説家類，蓋以其書皆志怪之説也。凡十八篇。”按：“大禹行而見之”諸句，見《列子·湯問第五》，原文末句無“也”字。④（三）“天帝山”諸句，攷《山海西經》15條，節録。“山”上有“之”字，“草”下有“焉”字，“狀”上有“其”字，中又去“上多”—“已痔”四十四字。⑤（四）臭，音尺救切。氣之通於鼻者皆曰臭，與音抽去聲異。（五）《本草》，《辭源》辰集八二頁木部一畫：“書名，相傳爲神農所作，載藥三百六十五味，分上中下三品，其書始於《後漢》所載，郡縣多漢時地名也。陶弘景爲《別録》，唐初修改謬誤，至四百余種，陳藏器著《本草拾遺》（“畦留夷”句注），明李時珍又著《本草綱目》，取諸家之説，删繁除複，訂補謬誤，凡五十二卷。”

校勘記：①“五”，原作“四”，以後文已調整疏證順序，改作“五”。②此句旁頁邊戴之麟題校補時地云：己丑四月二十三日燈下，新庭。③此句上頁眉戴之麟題校補時地云：丁亥四月二十五日午後，韓左个。④此句上頁眉戴之麟題校補時地云：己丑五月初八日下午，新庭。⑤此句上頁眉戴之麟題校補時地云：戊子二月十三日夜，韓左个。

冀枝葉之峻茂兮，冀（一），幸也。峻（二），長也。《文選》作葰。五臣云：茂盛貌，音俊。［補］曰：相如賦云：實葉葰茂①（三）。葰，音峻。**疏曰：**朱補曰：“（一）冀，讀爲覬。（二）峻，高也。”（三）“實葉峻茂”，見相如《上林賦》。《文選》本峻作葰，茂作楙。②

願竢時乎吾將刈。刈（一），獲也。草曰刈，穀曰獲。言己種植衆芳，幸其枝葉茂長，實核成熟，願待③天時，吾將獲取收藏，而饗其功也。以言君亦宜蓄養衆賢，以時進用，而待仰其治也。《文選》竢作俟。**疏曰：**朱補曰：“（一）刈，俗乂字。《周語》：‘艾人必豐，以艾爲之。’”麟按：《周語上》篇末原文無“以艾爲之”四字。注：艾音刈，報也，豐厚也。

校勘記：①“茂”，李刻本、明翻宋本、汲古閣本作“楙”，以下文疏證曰

"《文選》本峻作葰，茂作楙"，今不改。②此句上頁眉戴之麟題校補時地云：丁亥五月十二日午後，韓左个。③"待"，原誤作"代"，今據李刻本、明翻宋本、汲古閣本改。

雖萎絶其亦何傷兮，萎(一)，病也。絶，落也。［補］曰：萎，草木枯死也，於危切。**疏曰：**朱補曰："（一）萎，讀爲痿。此句原自喻也。《左傳》：'一扶汝，庸何傷？'"麟按：痿，邕危切，音逶。又於僞切，音萎。輾轉音也，解亦同。"一扶汝"二句，見《左傳·文公十八年》"五月戊戌①，齊人弒其君商人"傳，扶作抶。

哀衆芳之蕪穢。言己所種芳草，當刈未刈，蚤有霜雪，枝葉雖蚤萎病絶落，何能傷於我乎？哀惜衆芳摧折，枝葉蕪穢而不成也。以言己修行忠信，冀君任用，而遂斥棄，則使衆賢志士失其所也。五臣云：言我積行，爲讒邪所害見逐②，亦猶植芳草爲霜露所傷而落。雖如是，於我亦何能傷，但恐衆賢志士，見而蕪穢不自修也。［補］曰：蕪，荒也。穢，悪也。**疏曰：**朱補曰："此句喻衆賢，如下文所云'委厥美以從俗'也。"麟按：上句謂雖自萎絶，其亦何傷？此句謂衆芳之蕪穢可哀，以喻衆賢，不必如各注之辭費。

姚鼐曰：以上言以道事君，見疑而不改。

校勘記：①"戌"，原誤作"午"，今據《左傳》改。②"逐"，原誤作"斥"，今據李刻本、明翻宋本、汲古閣本改。

衆皆競進以貪婪兮，競(一)，並也。愛財曰貪，愛食曰婪(二)。以，一作而。［補］曰：並逐曰競。婪，盧含切。**疏曰：**朱補曰："（一）競，逐也。猶下文之'追逐'。（二）婪，從女，愛色曰婪。"麟按：（一）競，争也。謂衆皆競争而貪婪也。（二）婪，從愛色解是。

憑不猒①乎求索。憑，滿也。楚人名滿曰憑(一)。言在位之人，無有清潔之志，皆並進取，貪婪於財利，中心雖滿，猶復求索，不知猒(二)飽也。憑，一作凴。［補］曰：憑，皮冰切。索(三)，求也。《書序》(四)曰：八卦之説，謂之八索。徐邈讀作蘇故切，則索亦有素音。**疏曰：**朱補曰："（一）憑，當作馮，讀爲畐，下文'喟憑心'同。厭讀爲猒，飽也。索讀爲索，下文'上下求索'同。"麟按：畐，"答"古作此。又古文福字。朱謂憑當如馮，讀爲畐，不知所謂。（二）猒，音於監切。（三）索，音色，同索，求也。素、索亦輾轉音義也。（四）《書序》，孔安國作。"八卦"二句，見《古文尚書》原序，《書序》則冠於各篇首者也。②

校勘記：①"猒"，原作"厭"，今據李刻本、明翻宋本、汲古閣本改。②此句上頁眉戴之麟題校補時地云：同上日、地，午後。按：此前頁校補年月各不同，未知孰指，此後凡此類校補日期同上或下而未能確定準確日期者，徑録原文，不妄作揣測。

羌内恕己以量人兮，羌，楚人語詞也。猶言卿何爲也。以心揆（一）心爲恕。量，度也。［補］曰：羌，去羊切，楚人發語端也。《文選》注云：羌，乃也。一云歎聲也。量，力香切。**疏曰：**（一）揆，度也。度，音鐸。

各興心而嫉妬。興，生也。害賢爲嫉，害色爲妬。言在位之臣，心皆貪婪，内以其志恕（一）度他人，謂與己不同，則各生嫉妬之心，推棄（二）清潔（三），使不得用也。故《外傳》（四）曰：太山之鴟（五）（六），嗚嚇鴛（七）雛（八）。此之謂也。興心，《文選》誤作與心。五臣云：貪婪之人，乃内恕於己，以量度他①人，謂與己同貪。若否，則各生嫉妬之心，讒譖之，使不得進用。［補］曰：貪婪之人，不知其非，自恕以度人。謂君子亦有競進求索之心，故各興心而嫉妬也。**疏曰：**（一）上句"恕"，寬也。即補曰"自寬恕以度人也"。（二）推棄"棄"字，朱補本作去，（三）潔作絜。"使不得"句，無"進"字，多一"也"字。②（四）《外傳》，《辭源》戌集二〇四頁韋部八畫："韓嬰推詩人之意，爲内外傳數萬言，所謂'韓詩'是也。……今惟《外傳》十卷行世。《外傳》者，雜引古事古語，而證以詩詞，非説經之書也。"（五）"太山之鴟"二句，《外傳》無。（六）鴟，音蚩，鳶也。詳後《天問》"鴟龜曳銜"疏一。（七）鴛，音冤。（八）雛，音初，乳子也，俗所謂兒也。鴛鴦，鳥名。體小於鴨，嘴扁平而短，趾有蹼。雄者羽毛美麗，頭有紫黑色羽冠，翼之上部黄褐色；雌者全體蒼褐色。胸臆灰白，棲息於池沼之上。雄曰鴛，雌曰鴦，常偶居不離，故以喻夫婦之和睦。

姚鼐曰：帶讒嫉影下，定守不渝。③

校勘記：①“他”，明翻宋本、汲古閣本作“它”。後文凡從李刻本作“他”而别本作“它”者，徑從李刻本不出校。②此句上頁眉戴之麟題校補時地云：庚寅二月五日午間。③此句上頁眉戴之麟題校補時地云：丁亥七月十一日午前，韓左个。

忽馳騖以追逐兮，五臣云：忽，急也。馳(一)，一作駝(二)。［補］曰：騖，亂馳也。**疏曰**：（一）馳，音池，車馬疾驅也。（二）駝、馳，古今字。非余心之所急。言衆人所以馳騖惶遽者，争追逐權貴，求財利也，故非我心之所急。衆人急於財利，我獨急於仁義也。

老冉冉其將至兮，七十曰老。冉冉，行貌。五臣云：冉冉，漸漸也。**疏曰**：朱補曰：“《論語》：‘不知老之將至。’”麟按：此句見《論語》上《述而》篇。恐脩名之不立。立，成也。言人年命冉冉而行，我之衰老，將以來至，恐脩(一)身建德，而功不成名不立也。《論語》曰：君子疾没世而名不稱焉(二)。屈原建志清白，貪流名於後世也。［補］曰：脩名，脩潔之名也。屈原非貪名者，然無善名以傳世，君子所恥，故孔子曰(三)：伯夷、叔齊餓於首陽之下，民到於今稱之。脩與修同，古書通用。**疏曰**：朱補曰：“（一）脩，讀爲儵，長也，遠也。”麟按：儵，音叔。《説文》：“疾也。”《類篇》：“長也。”《集韻》：“音抽，足病。”音均異，不知朱補何謂脩當讀此。（二）“君子”句，見《論語》下《衛靈》篇。（三）“孔子曰”等句，見《論語》下《季氏》篇。

朝飲(一)木蘭(二)之墜露(三)兮，墜，墮也。**疏曰**：（一）飲，去聲。（二）木蘭，見上“朝搴”句疏二。（三）露，音路。近地水汽，夜著於草木等易散熱之物體，因冷而凝結如珠者。著，讀如作。

姚鼐曰：再兩提香草，合下句，自解自盟，死志決矣。①

夕餐秋菊(一)之落(二)英(三)。英，華也。言己旦飲香木之墜露，吸正陽之津液；暮食芳菊之落華，吞正陰之精蘂，動以香净，自潤澤也。餐，一作湌。五臣云：取其香潔以合己之德。［補］曰：飲，啜也，音蔭。餐，吞也，七安切。秋花無自落者(四)，當讀如“我落其實，而取其華”(五)之落。魏文帝(六)云：芳菊含乾坤之純和，體芬芳之淑氣。故屈原悲冉冉之將老，思湌②秋菊之落英，輔體延年，莫斯之貴。**疏曰**：朱補曰：

“（一）菊，讀爲蘜，日精也。黄華，大於錢。古所謂菊，皆非今五色之秧菊。”麟按：（二）落，墜也。又初也。[③]（三）英，衣京切。葉亦謂之英。（四）“秋花無自落者”。秋花，係專指菊花。秋日之華，若桂開不久即落。菊華味苦，不可食。其葉和麵粉炸以油，香脆可口，今人猶多喜食之。[④]（五）“我落其實”二句，見《左傳·僖公十五年》“十一月壬戌，晉侯及秦伯戰於韓，獲晉侯”傳，惟“華”[⑤]作“材”。（六）魏文帝，見前“離騷經章句第一”疏四八。[⑥]“芳菊”諸句，見丕《與鍾繇九日送菊書》，原文作“惟芳菊紛然獨菲，非天……孰能如此？”[⑦]

校勘記：①此句上頁眉戴之麟題校補時地云：丁亥七月十一日午前，韓左个。②“湌”，原作“餐”，今據李刻本、明翻宋本、汲古閣本改。③此句上頁眉戴之麟題校補時地云：丙戌六月八日上午，韓正寢。④此句上頁眉戴之麟題校補時地云：辛卯四月七日上午，苗圃。⑤“華”，原誤作“實”，今據《左傳》改。⑥此句上頁眉戴之麟題校補時地云：戊子四月十一日午後，救院終校。⑦此句上頁眉戴之麟題校補時地云：己丑四月二十九日午後，新庭。

苟余情其信姱以練要兮，苟，誠也。練，簡也。五臣云：苟，且；姱(一)，大；練(二)，擇也。且信大擇道要而行。［補］曰：信姱，言實好也，與信芳、信美同意。姱，苦瓜切。要，於笑切。**疏曰：**朱補曰：“（一）姱，當作嫵，好也，媚也。下同。（二）練，讀爲柬，擇也。”麟按：練，熟精也。因熟絲之義，引申之爲更事之名，如閱歷曰歷練，曰老成練達。蓋謂余情誠姱好，以練達知要也。五臣苟解爲且，朱解練讀柬，解爲擇，均不合。

長顑頷[①]亦何傷？顑頷，不飽貌。言己飲食清潔，誠欲使我形貌信而美好，中心簡練，而合於道要，雖長顑頷，飢而不飽，亦何所傷(一)病也。何者？衆人苟欲飽於財利，己獨欲飽於仁義也。［補］曰：言我中情實美，又擇要道而行，雖顏色憔悴，形容枯槁，亦何傷乎？彼先口體而後仁義，豈知要者。或曰：有道者，雖貧賤，而[②]容貌不枯，屈原何爲其顑頷也？曰：當是時，國削而君辱，原獨得不憂乎？顑，虎感切。頷，户感切。又上古湛切，下魚檢切。顑頷，食不飽，面黄貌。頷[③]，一作頜[④]，音同。**疏曰：**麟按：（一）傷，害也。上句謂余情誠信姱練要，雖長不飽，亦何害乎？

校勘記： ①“頷”，明翻宋本、汲古閣本作“頷”。本段後凡作“頷”者皆同此，不復出校。②“貧賤，而”，原脱，今據李刻本、明翻宋本、汲古閣本補。③“頷”，原脱，今據李刻本、明翻宋本、汲古閣本補。④“頷”，明翻宋本、汲古閣本作“頷”。

擥木根以結茝兮，擥，持也。根(一)以喻本。《文選》擥作掔。［補］曰：掔，啓妍切，亦持也。《荀子(二)》云：蘭槐(三)之根(四)，是爲芷。注云：苗名蘭槐，根名芷。然則木根與茝皆喻本也。**疏曰：**（一）根，音跟。植物莖幹最下部分，吸收養分之處也。長大而僅有其一者，曰單根，多數叢生者，曰複根。複根之中較粗者曰主根，較細者曰支根。又凡物之下部皆曰根。（二）荀子，《辭源》申集三〇頁艸部六畫：名況，戰國趙人。時人相尊，亦曰荀卿，漢人或稱曰孫卿。其學以孔子爲標準，倡性惡之説，謂人性皆惡，不以禮儀矯正之，則不能爲善。其旨與孟子異。（三）蘭，詳上“紉秋蘭以爲佩”句疏二。槐，《植物學大辭典》一二六三頁十四畫：“豆科，槐屬。産於東部亞細亞，落葉喬木。高二三十尺，葉爲一回羽狀複葉，互生。小葉皺奇而形小，下面帶白色。初夏梢頭成穗，各花排列爲大圓錐花序，蝶形花冠，黄白色。雄蕊十枚，各自離生，雌蕊一枚。果實爲長莢，於各種子間有縊①，如連珠狀。木質堅密，供建築及器具之用，花芽用爲染料。又常栽培於庭園間以供觀賞，名見《本草經》。《群芳譜》曰：‘槐，一名櫰，有數種。有守宫槐，一名紫槐，似槐，幹弱，花紫，晝合夜開②。有白槐，似柟而葉差小。有櫰槐，葉大而黑。其葉細而色青緑者，直謂之槐。功用大略相等，木有極高大者，材實重可作器物。有青黄黑白數色，黑者爲豬屎③槐，材④不堪用，四五月開黄花，未開時狀如米粒，採取曝乾，炒過煎水，染黄甚鮮。其青槐花無色，不堪用，七八月結實作莢，如連珠，中有黑子，以子多者爲好。’”（四）“蘭槐之根”句，見《荀子》卷一《勸學篇第一》。

校勘記： ①“縊”下，原衍“痕”字，今據《植物學大辭典》删。②“晝合夜開”，原誤作“晝開夜合”，今據《植物學大辭典》改。③“屎”，原誤作“尿”，今據《植物學大辭典》改。④“材”，原誤作“木”，今據《植物學大辭典》改。

貫薜荔之落蘂。貫，累也。薜荔(一)，香草也，緣木而生。蘂(二)，實也。累香草之實，執持忠信貌也。言己施行，常擥木引堅，據持根本，又貫累香草之實，執持忠信，不爲華飾之行也。五臣云：貫，拾也。蘂，花心也。言我持木之本，佩結香草，拾其花心，以表己之忠信。［補］曰：薜，蒲計切。荔，郎計切。《山海經》：小華之山，其草多薜荔，狀如烏韭(三)，而生於石上。注云：亦緣木生。《管子》云：薜荔白芷，麋蕪椒連，五臭所校。校謂馨烈之鋭(四)。《前漢·樂章》云：都荔遂芳(五)。謂都良、薜荔俱有芬芳也。花外曰萼(六)，内曰蘂。蘂，花鬚頭點也。**疏曰：**朱補曰："（一）薜荔，萆荔也。《西山經·小華之山》：'其草有萆荔，狀如烏韭，而生石上，亦緣木而生，食之已心痛。'注：'香草也。'疑即今當歸，非《禮記·月令》之'荔挺，馬藺也。'"麟按：薜，音敝。荔，音麗，下從三刀。常緑灌木，蔓生，莖長數尺，葉橢圓。花細，隱於花托中。實上鋭下平，如杯，内空色紅，曝乾擣碎，可作涼粉。亦名木蓮，不言其香，蓋可食之物也。（二）蘂，音汝委切。本作惢，亦作蕊。植物傳種之器官也，有雌雄之别，雄蕊著於雌蕊，則雌蕊漸長，結爲果實。本非實。實，草木子也。（三）烏韭，《植物學大辭典》七九一頁十畫："羊齒門羊齒類，水龍骨科，骨碎補屬。多生於山麓之向陽乾地。常緑草本，根莖堅硬，横卧地下。自此生葉，葉柄堅硬而滑澤，呈圓柱狀。葉身稍帶革質，較長於葉柄，全部爲橢圓狀披針形，裂片細，畧呈四回羽狀。其中軸瘦長，於葉身前面之處稍扁平，而有淺溝路。至生殖時期，則細裂片之末端有一二細小子囊羣，其苞膜略呈半圓形，前方廣開。名見《神農本草經》。又有石髪、石衣、石苔、石花、石馬騘、鬼麗等名。蘇恭曰：'烏韭，石苔也。又名石髪，生巖石之陰不見日處，與卷柏同類。'陳藏器曰：'烏韭，生大石及木間陰處，青翠茸茸者。似苔而非苔也。'又即麥門冬也。名見《本草綱目》。"按：《本草綱目》五十二卷，明李時珍字東璧[①]號瀕湖作。[②]（四）"薜荔白芷"四句，見《管子》十九《地員第五十八》，原文"校謂"句係注，"鋭"作"氣"，是。[③]（五）"都荔遂芳"，見《前漢書》二十二《禮樂志第二·安世房中歌》第六章。[④]（六）萼，音鄂。《辭源》申集五四頁艸部九畫："花未開時所藉以保護者。在花瓣外部，數片輪生，亦稱萼片。色多緑，形狀各因種類而異，有離萼、合萼、宿萼等之别。"荔，草名，似蒲而小，根可作刷。荔挺，即荔枝，與荔異。常緑喬木，産於閩粤，四川亦有之。幹高三四丈，葉爲羽狀複葉，有透明之小點。果實外皮有龜甲紋，肉色白，味甘多汁。種類名目甚多，其核細如豌豆，殼亦如丹砂。上有緑線一條者，謂之掛緑，尤爲珍貴。當歸，《辭源》午集七四頁田部八畫："多年生草，野生。莖高二三尺，葉爲羽狀複葉，質厚深緑，有光澤。夏秋之交，開小白花，爲複傘形花序。根可入藥，《爾雅》謂之山蘄。"麟按：《本草》當歸無"已心疾"之言，自别爲一物。萆音劈，萆荔不知是否萆薢。《本草·萆薢》："氣味苦、平，無毒。主腰脊痛强，骨節風、寒、濕周痹，惡瘡不瘳，熱氣。傷中，恚怒，陰痿[⑤]失溺，老人五緩，關節老血。”亦“可已心疾”之文。馬藺，《辭源》亥集六頁：“草名，植於庭除，高二三尺，葉如線而捩。夏間抽莖，花冠裂開作線狀，色淡紫，其根可製刷，亦名蠡實。”花冠，花瓣之總稱。有十字花冠，蝶形花冠，舌狀花冠，脣狀花冠之别。花序，花排列莖上之次序也。下部或周圍之花，先開者曰無限花序，如穗狀花序，總狀花序，頭狀花序，繖形花序等是。頂端或中心之花先開者，曰有限花序，如單頂花序，卷繖花序，歧傘花序等是。[⑥]

校勘記：①“璧”，原誤作“湖”，今徑改。②此句上頁眉戴之麟題校補時地云：己丑七月二日午後。③此句上頁眉戴之麟題校補時地云：戊子五月十一日午前，捄左補録。④此句上頁眉戴之麟題校補時地云：戊子七月十九日上午，捄䣕補撰。⑤“痿”，原誤作“疾”，今據《神農本草經》改。⑥此句上頁眉戴之麟題校補時地云：同上（按：即戊子七月十九日）午前，縣中記室。

矯菌桂[(一)]以紉蕙[①]兮，矯，直也。五臣云：矯，舉也。舉此香木以自比。［補］曰：《九章》云：擣木蘭[(二)]以矯[(三)]蕙。**疏曰：**朱補曰：“（一）菌，讀爲箘。”麟按：菌，音窘。菌桂一説出交趾，圓如竹。箘桂，桂類，以其皮捲成圓筒形，而略似竹，故有此名，即肉桂，《本草》作菌。《辭源》未集一四七頁肉部：“肉桂，常緑喬木，古稱牡桂，亦名箘桂，産於廣西桂平縣者曰潯桂，産於猺山内者曰猺桂，俗訛作瑶桂。産於安南者曰安桂，亦稱邊桂。”菌、箘，一也。入藥。（二）蘭，見上“紉秋蘭”句疏二。（三）矯，以五臣解爲是。菌桂，參看上“雜申椒”句分注疏二。

索胡繩之纚纚。胡繩[(一)]，香草也。纚纚，索好貌。言己行雖據履根本，猶復矯直菌桂芬香之性，紉索胡繩，令之澤好，以善自約束，終無懈倦也[(二)]。［補］曰：《説文》：索[(三)]，昔各切。草有莖葉，可作繩索。纚[(四)]，所綺切。**疏曰：**朱補曰：“（一）胡繩，蔓生布地，即《爾雅》之傅横目。或謂之結縷，俗呼鼓箏草。”麟按：（二）“終無懈倦也”，朱補作“終無懈已”。結縷草，多年生之小草，莖細長，匍匐地面，隨處生細根，如線相結，故有此稱。葉細長而尖，長二寸餘。花小，爲穗狀花序。（三）索，思郝切，求也。蓋謂求美好之胡繩也。（四）纚，音屣。

校勘記：①“蕙”，原誤作“蘭”，今據李刻本、明翻宋本、汲古閣本改。

謇吾法夫前修兮，非世俗之所服。言我忠信謇謇者，乃上法前世遠賢，固非今時俗人之所服行也。一云：謇，難也。言己服飾雖爲難法，我倣前賢以自修(一)潔，非本今世俗人之所服(二)佩。《文選》謇作蹇(三)，世作時。五臣云：蹇，難也。前修，謂前代修習道德之人。服，用也。言我所以遭難者，吾法前修道德之人①，故不爲代俗所用。［補］曰：謇，又訓難易之難，非蹇難之字也。世所傳《楚辭》，惟王逸本最古，凡諸本異同皆當以此爲正。又李善(四)注本有以世爲時爲代，以民爲人之類，皆避唐諱(五)，當從舊本。**疏曰**：朱補曰：“（一）修，飾也。（二）服，佩服。與下‘初服’同。”麟按：（三）蹇，發語詞。《辭源》酉集一三四頁足部十畫：“發語詞。”引“蹇誰留兮中洲”爲證，是。解作蹇我法前代修習道德之人，宜非世俗之所服用，不必如各注曲解也。（四）李善，唐江夏人。淹貫古今，不能屬辭，人號爲書簏。顯慶中，兼沛王侍讀，爲《文選注》，敷衍淵洽，表上之。居汴、鄭間，教授諸生，四遠至，傳其業，號“文選學”。見《辭源》辰集八九頁木部三畫。（五）唐諱，唐太宗諱也。太宗名世民，故以民爲人、世爲時。②

校勘記：①“服，用也”至“吾法前修道德之人”，原脱，今據李刻本、明翻宋本、汲古閣本補。②此句上頁眉戴之麟題校補時地云：己丑三月二十二日下午，終校圖書館。

雖不周於今之人兮，周(一)，合也。**疏曰**：朱補曰：“（一）周，讀爲賙。詩云：‘哀今之人。’”麟按：賙，音周，通作周。“哀今”句，見《詩·十月之交①》章。

願依彭咸之遺則。彭咸，殷賢大夫，諫其君不聽，自投水而死。遺(一)，餘也。則，法也。言己所行忠信，雖不合於今之世，願依古之賢者彭咸餘②法，以自率厲也。［補］曰：顔師古云：彭咸，殷之介士，不得其志，投江而死。按屈原死於頃襄之世，當懷王時作《離騷》，已云：“願依彭咸之遺則”。又曰：“吾將從彭咸之所居”。蓋其志先定，非一時忿懟而自沈也。《反離騷》(二)曰：棄由(三)、聃(四)之所珍兮，摭彭咸之所遺。豈知屈子之心哉！**疏曰**：朱補曰：“（一）遺，讀爲貤，重次第物也。遺、貤，雙聲字。”麟按：貤，音移，又音異。（二）《反離騷》，漢揚雄作。（三）由，即許由。（四）

聃，即老子。由，上古高士，堯以天下讓之，不受，隱於箕山。聃，姓李，名耳。聃，其謚也，故亦稱老聃，周守藏室之史也。孔子適周，問禮於老子。所著書亦名《老子》，爲道家之祖。

姚鼐曰： 至死只爲守此内美也，小離騷束。[③④]

校勘記： ①“十月之交”，原誤作“七月”，今據《詩經》改。②“餘”，原作“遺”，今據李刻本、明翻宋本、汲古閣本改。③此句上頁眉戴之麟題校補時地云：丁亥七月十一日午前，韓左个。④此句出沈伯經《古文辭類纂評注》，爲沈氏於頁眉所作評注，非姚鼐語。

長太息（一）以掩涕兮，哀民生之多艱。艱，難也。言己自傷所行不合於世，將効（二）彭咸沈身於淵，乃太息長悲，哀念萬民受命而生，遭遇多難，以隕（三）其身。申生（四）雉經（五），子胥（四）沈江，是謂多難也。五臣云：太息掩涕，哀此萬姓，遭輕薄之俗，而多屯（六）難。［補］曰：掩涕，猶抆（七）淚也。《遠游》曰：哀民生之長勤。與此意同。

疏曰： 朱補曰：“‘長太息’句，亦見《遠游》篇。《詩》云：‘鮮民之生。’”麟按：（一）太息，大聲歎也。（二）効，系貌切，俗效字，功也。此當作效，音同，學也，謂摹仿之也。（三）隕，音允，與殞同，殪也。殪，音翳，死也。（四）申生，詳後《惜誦》“晉申生之孝子兮”下句注。子胥，詳《天問》“勳闔夢生”疏。[①]（五）稚經“經”，去聲。縊死曰稚經，言其屈頭閉氣，如稚之爲也。即俗曰釣死——繫繩或帶於頸而死，婦女求死多如此。（六）屯，音豬春切，難也。（七）抆，音吻。又去聲，義同拭。“鮮民之生”，見《詩・小[②]雅・蓼莪》章。

姚鼐曰： 自“長太息”至終篇，分四段。本段又是提頭，至“昭質未虧”截。亟拈好修守死申暢之，寫出全幅精神。保固内美，爲後幅之綱。[③]

校勘記： ①此句上頁眉戴之麟題校補時地云：戊子二月十七日午前，韓左个。②“小”，原誤作“大”，今據《詩經》改。③此句出沈伯經《古文辭類纂評注》，爲沈氏於頁眉所作評注，非姚鼐語。

余雖好修姱（一）以鞿羈兮，鞿（二）羈，以馬自喻。韁在口曰鞿，革絡頭曰羈，言爲人所係累（三）也。五臣云：言我雖習前人之大道，而爲讒人所銜勒。［補］曰：鞿，居依切。羈，居宜切。下文云：余獨好修以爲常。修姱，謂修潔而姱美也。**疏曰：**朱補曰："（一）姱，當作嫭。（二）鞿，即羈字，馬駱頭也。鞿以羈之，猶《詩》'言授之縶，以縶其馬'，所縶之索爲縶，以索縶之，即爲縶也。"麟按：（三）累，朱補作纍，義同。鞿、羈，原注、朱補均可。"言授之縶"二句，見《詩·周頌·有客》章。

謇朝誶而夕替。誶(一)，諫也。《詩》曰：誶予不顧(二)。替(三)，廢也。言己雖有絶遠之智①，姱好之姿，然以爲讒人所鞿羈而係累矣。故朝諫謇(四)謇於君，夕暮而身廢棄也。［補］曰：誶，音邃，又音信，今《詩》作訊。訊，告也。**疏曰：**朱補曰："（二）《詩·墓門》'歌以誶之'、'誶予不顧'，《正月》'莫肯用誶'②，毛本皆作訊。《爾雅·釋詁》：'（一）誶，告也。'本亦作訊。訊、誶，形聲俱近。（三）替，讀若腆。明陳第《屈宋古音義》以爲簪字，讀若侵，誤也。侵、艱，尤乖古韻。"陳第，《中國人名大辭典》十一畫一〇八八頁："明連江人，字季立，號一齋。萬歷時諸生。都督俞大猷召致幕下，教以兵法。起家京營，出守古北口。歷薊鎮游擊將軍，在鎮十年，邊備修飭，致仕歸。善詩，所居世善堂，藏書極富。有《毛詩古音考》、《伏羲先天圖贊》、《尚書疏衍》、《屈宋古音義》、《寄心集》、《一齋詩集》、《五嶽兩粵游草》。"③麟按：（四）謇，發語詞，同上"謇吾法夫前修兮"之"謇"。《墓門》、《正月》，皆《詩》篇名。

校勘記：①"智"，原誤作"志"，今據李刻本、明翻宋本、汲古閣本改。②按：此出《詩·小雅·雨無正》，非《詩·小雅·正月》。③此句上頁眉戴之麟題校補時地云：己丑六月二十二日午間。

既替余以蕙纕兮，纕(一)，佩帶也。［補］曰：纕，息羊切。下云：解佩纕以結言。**疏曰：**朱補曰："（一）纕，讀爲囊，香囊也。下同。"麟按：纕本有囊音。《集韻》、《韻會》均思將切。佩帶解原不差，謂既已廢替余，因佩帶蕙之香草，不必迂曲作囊也。

又申之以①攬茝。又，復也。言君所以廢棄己者，以余帶佩②衆香，行以忠正之故也。然猶復重引芳茝(一)，以自結束，執志彌篤也。一云：又申之攬(二)茝。五臣云：申，重也。攬，持也。**疏曰：**（一）茝，朱補作芷，見上"豈維紉夫蕙③茝"疏二④及"扈江離與辟芷兮"疏三。（二）攬，音羅敢切。

校勘記：①“以”，汲古閣本作“㠯”。後文凡從李刻本作“以”而他本作“㠯”者，徑從李刻本不出校。②“帶佩”，原誤作“佩帶”，今據李刻本、明翻宋本、汲古閣本改。③“蕙”，原誤作“佩”，今據前文改。④“二”，原作“一”，以前文已調整疏證順序，改作“二”。

亦余心之所善兮，雖九死其猶未悔。悔，恨也。言己履行忠信，執守清白，亦我中心之所美善也。雖以見過支解(一)九死，終不悔恨。五臣云：九，數之極也。以此遇害，雖九死無一生，未足悔恨。**疏曰：**（一）支解，解其四支，古時酷刑也。支、肢同。

怨靈修之浩蕩兮，上政迷亂則下怨，父行悖惑則子恨。靈修(一)，謂懷王也。浩猶浩浩，蕩猶蕩蕩，無思慮貌也。《詩》曰：“子之蕩兮”(二)。［補］曰：今《詩》作湯(三)。湯，蕩也。孔子曰：《詩》可以怨(四)。孟子曰：“《小弁》之怨(五)，親親(六)也。”親之過大而不怨，是愈疏也。屈原於懷王，其猶《小弁》之怨乎？**疏曰：**朱補曰：“（一）靈修，善治也。言己欲輔君以善治，過於浩蕩之大道而君不悟，能無怨乎？”麟按：朱解不如原注之善，宜從原注。（二）“子之蕩兮”，見《詩·宛丘》章。（三）湯，音商。（四）“《詩》可以怨”，見《論語》下《陽貨》篇。（五）“《小弁》”句，見《孟子·告子下》。《小弁》，《詩》篇名。（六）親、親，上、去聲。砌印切，愛也。靈修，詳上“夫唯靈修之故也”注。

終不察夫民心。言己所以怨恨於懷王者，以其用心浩蕩，驕敖[①]放恣，無有思慮，終不省察萬民善惡之心，故朱紫相亂，國將傾危也。夫君不思慮，則忠臣被誅；忠臣被誅，則風俗怨而生逆暴，故民心不可不熟察之也。民(一)，一作人。五臣云：浩蕩，法度壞貌。言我怨君法度廢壞，終不察衆人悲苦。**疏曰：**朱補曰：“（一）民，屈子自謂。”麟按：“民心”民字，非屈子自謂也。《孟子》中《萬章上》引《書·泰誓》曰：“天視自我民視，天聽自我民聽。”《大學·傳之十》章釋“治國平天下”云：“民之所好好之，民之所惡惡之，此之謂民之父母。”蓋爲政者無一不當察夫民心，而懷王不爾，故云。[②]

校勘記：①“敖”，原作“傲”，今據李刻本、明翻宋本、汲古閣本改。

②此句上頁眉戴之麟題校補時地云：己丑正月七日上午，新居正寢。

衆女嫉余之蛾眉兮，衆女，謂衆臣(一)。女，陰也，無專擅之義，猶君動而臣隨也，故以喻臣。蛾眉，好貌。蛾，一作娥。［補］曰：《反離騷》云：知衆嫭之嫉妬[①]兮，何必揚纍之蛾眉。此亦班孟堅、顏之推以爲露才揚己之意。夫冶容誨淫，目挑心與，孟子所謂不由其道(二)者，而以汙[②]原，何哉？詩人稱莊姜之賢曰螓首蛾眉(三)(四)，蓋言其質之美耳。師古云：蛾眉，形若蠶蛾眉也。**疏曰：**（一）衆臣，朱補本作臣衆。（二）“不由其道”句，見《孟子》上《滕文公下[③]》“周霄”章曰：“晉國亦仕國也”節，原文作“又惡不由其道，不由其道而往者”。[④]（三）“螓首娥眉”，見《詩·碩人》章。螓，音秦，似蟬而小。《方言》云：“有文者謂之螓。”螓首者，言美人之額，方廣如螓也。郝懿行曰：“今驗此蟬，棲霞人呼桑蠽蟟，順天人呼咨咨。其形短小，方頭廣額，體兼彩文。鳴聲清婉，若咨咨然。”蠽音姊列切。（四）蛾眉，《辭源》申集一二五頁虫部七畫：“蠶蛾觸鬚，細而長曲，故以比美人之眉，後遂爲美人之代名詞。”

謠諑謂余以善淫。謠，謂毁也。諑，猶譖也。淫(一)，邪也。言衆女嫉妬蛾眉美好之人，譖而毁之，謂之美而淫，不可信也；猶衆臣嫉妬忠正，言己淫邪不可任也。以，一作之。五臣云：讒邪之人，謂我善爲淫亂。［補］曰：謠，音遥。《爾雅》：徒歌謂之謠，謂謡言也。諑，竹角切。《方言》云：諑，愬也，楚以南謂之諑。言衆女競爲謡言，以譖愬我，彼淫人也，而謂我善淫，所謂恕己以量人。**疏曰：**朱補曰：“（一）淫，讀爲婬，私逸也。”麟按：婬、淫同。

姚鼐曰：縈帶讒惑。

校勘記：①“妬”，原作“妒”，今據李刻本、明翻宋本、汲古閣本改。後文凡作“妒”而他本皆作“妬”者，徑改不出校。②“汙”，原誤作“誣”，今據李刻本、明翻宋本、汲古閣本改。③“下”，原誤作“上”，今據《孟子》改。④此句上頁眉戴之麟題校補時地云：己丑正月七日上午，正寢。

固時俗之工巧兮，偭規矩而改錯。偭，背也。圓曰規(一)，方曰矩(二)。改，更也。錯，置也。言今世之工，才知强巧，背去規矩，更造方圓，必失堅固、敗材木也。以言佞臣巧於言語，背違[①]先聖之法，以意妄造，必亂政治(三)、危君國也。五臣云：規矩，法則也。［補］曰：偭，音面。賈誼云：偭梟獺以隱處(四)。錯，音措。**疏曰：**朱補曰："錯讀爲措，下文'錯輔'同。"麟按：（一）規，所以爲圓之器，如近日幾何所用兩腳規。（二）矩，所以爲方之具，如昔日木工所用曲尺。爲圓爲方，所不能棄，猶人作事，不能違法則，故以爲喻。（三）政治，朱本作化。（四）"偭梟獺"句，見誼作《惜誓》，即後文第十一。

姚鼐曰："固時俗"八句，以定守曉世。②

校勘記：①"背違"，原誤作"違背"，今據李刻本、明翻宋本、汲古閣本改。②此句上頁眉戴之麟題校補時地云：丁亥七月十一日午前，韓左个。

背繩墨以追曲兮，追(一)，猶隨也。繩墨(二)，所以正曲直。［補］曰：背，違也。墨，度名也，五尺曰墨。追，古隨字。**疏曰：**朱補曰："《禮記》云：'繩墨誠陳，不可欺以曲直。'（一）追，讀如'追逐其章'之'追'，借爲'彫'也。"麟按：追，音堆，治玉名也。引申之爲雕，治曲木也。（二）繩墨，即木工用之墨斗，其制截竹爲盒，中盛絲緜，和之以墨，兩側輔以竹或木片，一端貫以橫木，捲苧麻繩於其上，穿過墨盒，接以形之鐵，用以伸縮而正曲直。不可曰"五尺曰墨"也。"繩墨誠陳"二句，見《禮・經解篇第二十六》。"追逐"句，見《詩・大雅・棫樸》篇。

競周容(一)以爲度。周，合也。度(二)，法也。言百工不循繩墨之直道，隨從曲木，屋必傾危而不可居也。以言人臣不修仁義之道，背棄忠直，隨從枉佞，苟合於世，以求容媚，以爲常法，身必傾危而被刑戮也。［補］曰：偭規矩而改錯者，反常而妄作；背繩墨以追曲者，枉道以從時。**疏曰：**朱補曰："（一）周容，猶周旋容悦也，便佞之態。周讀爲匊。（二）度，態度也。"麟按：便讀駢，皮妍切。匊，見上"雖不周於今之人兮"疏一。此句原解是。

忳鬱邑余侘傺兮，忳(一)，憂貌。侘傺(二)，失志貌。侘，猶堂堂，立貌也。傺，住也，楚人名住曰傺。邑，一作悒。一本注云：忳，自念貌。五臣云：忳鬱，憂思貌。悒，不安也。［補］曰：忳，徒渾切，悶也。鬱邑，憂貌。下文曰：曾歔欷余鬱邑兮。五臣以忳鬱爲句絶，誤矣。侘，敕加切。傺，丑利切。又上敕駕切，下敕界切。《方言》

云：傺，逗也，南楚謂之傺。郭璞云：逗，即今住字。**疏曰：**朱補曰：“（一）忳，當作屯，難也。（二）侘傺，當作吒瘵，與鬱邑同，爲雙聲連語。失志之貌，不當又以立、住爲訓。此句亦見《惜誦》篇。”麟按：吒，音陟駕切，噴也，叱怒也。瘵，音債，病也。又肺勞病俗稱癆瘵。按之此句，義均不合。屈子蓋謂心憂而不快慰，且自獨立徘徊也。

吾獨窮困乎此時也。言我所以忳忳而憂，中心鬱邑，悵然住[①]立而失志者，以不能隨從世俗，屈求容媚，故獨爲時人所窮困。憂，一作自念。一無“也”字。**疏曰：**此句朱補本無“吾”字，原注“窮困”句下有“也”字，删“憂”下九字。

校勘記：①“住”，原誤作“佇”，今據李刻本、明翻宋本、汲古閣本改。

寧溘死以流亡兮，溘，猶奄也。以，一作而。奄，一作晻。下注同。［補］曰：溘，奄忽也，渴合切。**疏曰：**朱駿聲補曰：“句亦兩見《悲回風》篇。”

余不忍爲此態也。言我寧奄然而死，形體流亡，不忍以中[①]正之性，爲邪淫[②]之態。一無“也”字。**疏曰：**朱補曰：“《左傳》：‘余不忍其訽。’”見《春秋左傳·昭二十[③]年》“秋，宋華、向之亂”。[④]

校勘記：①“中”，原誤作“忠”，今據李刻本、明翻宋本、汲古閣本改。②“邪淫”，原誤作“淫邪”，今據李刻本、明翻宋本、汲古閣本改。③“十”下，原衍“二”字，今據《左傳》删。④此句上頁眉戴之麟題校補時地云：戊子三月二十三日上午，救院後廳。

鷙鳥之不羣兮，鷙[（一）]，執也。謂能執伏衆[①]鳥，鷹[（二）]鸇[（三）]之類也，以喻中正。［補］曰：鷙，脂利切，擊[②]鳥也。《月令》[（四）]曰：鷹隼[（五）]蚤[（六）]鷙[（七）]。**疏曰：**（一）鷙，音至。鳥類之猛者曰鷙。（二）鷹，音膺，鷙鳥也。嘴長於鳶，自根即鉤曲。兩翼張度至二尺五寸。背晴褐色，腹白色，有黄褐色横紋。腳四趾，其三向外，其一能向前後回轉，皆有鉤爪，勁而有力。眼甚鋭敏，盤旋空中，無微不矚，獵者多畜之以逐禽兔。一名鴂鳩。（三）鸇，音氈，鷙鳥。似鷂，羽色青黄，燕頷，鉤喙。向風摇翅，常擊食鳩、鴿、燕、雀。（四）《月令》，《禮》篇名。（五）隼，音筍，鳥名。鷹類中最小者，毛色斑紋與鷹同，惟胸腹灰白，略帶赤色。（六）蚤，音早，齧人跳蟲也。（七）鷙，音鷙，猛鳥也。不詳形狀。鳶，亦鳥名。

姚鼐曰：“鷙鳥”八句，以定守自盟。

自前世（一）而固然。言鷙鳥執志剛厲，特處不羣，以言忠正之士，亦執分守節，不隨俗人，自前世固然，非獨於今，比干（二）、伯夷（三）是也。李善《文選》世作代③。**疏曰：**（一）李善《文選》“世”作“代”。朱駿聲本將原注竄改無意義。（二）比干，殷紂叔父，諫紂不聽，爲紂剖心而死。（三）伯夷，商末孤竹君長子，與其弟叔齊同讓國，隱首陽山餓死。世作代，係避唐太宗諱。

校勘記：①“衆”，原誤作“羣”，今據李刻本、明翻宋本、汲古閣本改。②“擊”，原誤作“鷙”，今據李刻本、明翻宋本、汲古閣本改。③“李善《文選》世作代”，原脱，今據李刻本、明翻宋本、汲古閣本補。

何方圜之能周兮，夫孰異道而相安。言何所有圜鑿受方枘而能合者？誰有異道而相安耶？言忠佞不相爲謀（一）也。圜（二），一作圓。周，一作同。一云方鑿受圓枘。**疏曰：**朱補曰：“（一）《論語》云：‘道不同，不相爲謀。’”麟按：“道不”句，見《論語》下《衛靈公》篇。（二）圜、圓同。微異，圓爲形容字，圜爲名物字。如言圓錐、圓球，皆宜作圓；如言平、圜、橢圓，皆應作圜。惟俗多通用。

屈心而抑志兮，抑（一），案（二）也。［補］曰：案，讀若①按。**疏曰：**（一）抑，音億，按也。（二）案、按，均阿漢切。互音，不必曰讀按，當曰解如按，抑也。②

校勘記：①“若”，原脱，今據李刻本、明翻宋本、汲古閣本補。②此句上頁眉、句旁頁間、句下頁腳戴之麟題校補時地云：丁亥五月十四日午前。丁亥十一月二十六日午後，油坊。同上日午後，韓寢。戊子正月二十五日午間，韓左个。戊子三月二十二日，朱補校訖，蘭臺。戊子四月十一日傍晚，救院左个終校又。戊子八月二十七日午後，縣中。己丑三月二十二日下午，終校新庭。

己丑八月十九日上午終校。庚寅二月五日午後。

忍尤而攘詬。尤(一)，過也。攘(二)，除也。詬(三)，恥也。言己所以能屈案心志，含忍罪過而不去者，欲以除去恥辱，誅讒佞之人，如孔子(四)誅少正卯(五)也。《釋文》(六)詬作詾。［補］曰：詬、詾，並呼漏切，又古豆切。《禮記》曰：以儒相詬病(七)。詬病[①]，恥辱也。**疏曰：**朱補曰："（一）尤，讀爲訧，過也。（二）攘，讀爲囊。囊詬，猶包羞也。"麟按：攘，日陽切，有郎音。《辭源》卯集一五二頁手部十七畫："舍也。"又有除意。依上句意氣，如朱解可也。（三）詬，有苟、構二音。苟上、構去，漏、豆均去聲，必有一誤。又辱也。恥自内生，辱自外至，亦有别也。解作罪過可也。（四）孔子，魯定、哀公時人，名丘，字仲尼，卒年七十三歲，爲集大成之聖人。（五）少正卯，魯之聞人，孔子爲政誅之，曰："天下有大惡五，而盜竊不與焉。心逆而險、行僻而堅、言僞而辯、記醜而博、順非而澤，少正卯兼有之，不可以不除。"見《家語・始誅第二》。麟按：少正，複姓，與作官名異。又聞佛家言：少正卯諳於道家言，孔子借故誅之，此爲儒道水火之始。孔子無所不容，不應如佛家言。訧，原音尤，不必作讀如訧。詾，同詬，恥辱也，故可通用。（六）《釋文》，見《離騷經第一》疏三。（七）"以儒"句，見《禮記》五十九卷《儒行第四十一》[②]。

校勘記：①"詬病"，原脱，今據李刻本、明翻宋本、汲古閣本補。②"《禮記》五十九卷《儒行第四十一》"，原誤作"《曲禮》十九卷《投壺第四十》"，據《禮記》改。

伏清白以死直兮，固前聖之所厚(一)。言士有伏清白之志，以死忠直之節者，固乃前世聖王之所厚哀也。故武王(二)伐紂(三)，封比干(四)之墓，表商容(五)之閭也。［補］曰：比干諫而死，孔子稱仁焉(六)，厚之也。**疏曰：**朱補曰："（一）厚，讀爲㫗，多也，重也。"《字典》："厚，胡口切，上聲。"《玉篇》："不薄也。"古文爲垕、𠷓，又增厚，同厚本字。朱作㫗，無考，蓋即厚也。（二）武王，周文王子，名發，在位十九年。（三）紂，商末之君。無道，爲周武王所滅。比干諫而死。（四）比干，見上"自前世而固然"疏二。（五）商容，紂大夫，以直諫死。（六）"孔子稱仁"，見《論語》下《微子》篇。

姚鼐曰：以上見排同列，言讒人之害己而將擠於死。[①]

校勘記：①此句上頁眉戴之麟題校補時地云：戊子七月五日午間，捄廳補録。

悔相道之不察兮，悔，恨也。相，視也。察，審也。[補] 曰：相，息亮切。

姚鼐曰："悔相道"四句，假悔词作一曲。

延佇乎吾將反。延，長也。佇(一)，立貌。《詩》曰：佇立以泣(二)。言己自悔恨，相視事君之道不明審察①，當若比干伏節死義，故長立而望，將欲還反，終己之志也。[補] 曰：佇，直吕切，久立也。異姓事君，不合則去；同姓事君，有死而已。屈原去之，則是不察於同姓事君之道，故悔而欲反也。**疏曰：**朱補曰："（一）佇，當作眝，長眙也。經史凡朝中佇立、延竚字，皆當作眝。《孟子》：'曾子曰：寇退吾將反。'"麟按："寇退吾將反"，見《孟子·離婁》篇下。（二）"佇立以泣"，見《詩·燕燕》章。

校勘記：①"察"，明翻宋本作"當"。

回朕車以復路兮，回，旋也。路，道也。回，一作迴。**疏曰：**迴、回同。及行迷之未遠。迷，誤也。言乃旋我之車，以反故道，及己迷誤欲去之路，尚未甚遠也。同姓無相去之義，故屈原遵道行義，欲還歸也。**疏曰：**朱補曰："二句檃括《易·復卦》語"。"故屈"二句，朱作"故欲還也"一句。

步余馬(一)於蘭皋兮，步，徐行也。澤曲曰皋(二)，《詩》云：鶴鳴于九皋(三)。[補] 曰：皋，九折澤也。一云：澤中水溢出所爲坎。《招魂①》曰：皋蘭被徑。**疏曰：**朱補曰："（一）《左傳》：'左師見夫人之步馬者'"。麟按："左師見夫人之步馬者"，見《左傳·襄公二十六年》"秋，宋公杀其世子痤。""步馬者"下有"問之"二字。（二）皐，音高，本作臯，俗作皐。《玉篇》："澤也。"《前漢書·賈山傳》："江臯河瀕。"注："臯，水邊淤地也。"麟按：蘭臯，蓋河畔曲岸多蘭者。（三）"鶴鳴于九臯"，見《詩·鶴鳴》章。

姚鼐曰："步余馬"以下，決志以斷所守也。又曰：上皆夾貫死志而主在堅守内美。②

馳椒丘且焉止息。土高四墮(二)曰椒丘。言己欲還，則徐步我之馬於芳澤之中，以觀聽懷王。遂馳高丘(一)而止息，以須君命也。馳，一作駝。五臣云：椒丘，丘上有椒(三)也。行息依蘭椒，不忘芳香以自潔也。［補］曰③：司馬相如賦云：椒丘之闕(四)。服虔(五)云：丘名。如淳(六)云：丘多椒也。按椒，山顛④也。此以椒丘對蘭皋，則宜從如淳、五臣之説。焉，語助，尤虔切。**疏曰：**朱補曰："《爾雅》：'再成鋭上为融邱。'謂鐵頂者。椒讀爲鐵，雙聲假借，今之尖字也，此王注意。愚按屈意當與蘭皋同，椒亦香木。"麟按：原注第一句朱本作"土高曰丘，四墮曰椒"，(一)"丘"下無"也"字以下等句。鐵音尖，山鋭而高也，椒音焦，無尖音，又非叶，朱説不可從。(二)墮音呼規切，又與惰通。(三)椒樹，似茱萸，有針刺，葉堅而滑澤，蜀人作茶，吴人作茗。今成皋山中有椒，謂之竹葉椒。東海諸島，亦有椒樹，子長而不圓，味似橘皮，島上獐鹿食此肉，此椒木香。椒丘蓋如五臣、如淳所謂多椒之邱也。(四)"椒丘之闕"，見相如《上林賦》，原文"椒丘"上有"出乎"二字。(五)服虔，東漢滎陽人，字子慎。有雅才，善著文論，作《春秋左氏傳解》。靈帝時官九江太守。(六)如淳，三國魏馮翊人，爲陳郡丞，注《漢書》。

校勘記：①"魂"，明翻宋本、汲古閣本作"䰟"。後文凡從李刻本作"魂"而他本皆作"䰟"者，徑從李刻本不出校。②此二句出沈伯經《古文辭類纂評注》，爲沈氏於頁眉所作評注，非姚鼐語。③"曰"，原作"云"，今據李刻本、明翻宋本、汲古閣本改。後文凡作"云"而他本皆作"曰"者，徑改不出校。④"顛"，原作"巔"，今據李刻本、明翻宋本、汲古閣本改。

進不入以離(一)尤(二)兮，退將復修吾初服。退，去也。言己誠欲遂進，竭其忠誠，君不肯納，恐重遇禍，故將復去，修吾初始清潔之服也。一無"復"字。五臣云：尤，過也。［補］曰：《九章》云：欲儃佪以干傺兮，恐重患而離尤。離，遭也。曹植(三)《七啓》(四)曰：願反初服，從子而歸。**疏曰：**朱補曰："(一)離，讀爲罹，即羅字也。(二)尤，讀爲訧。《書·召誥》：'知今我初服。'"(三)曹植，三國魏操三子，字子建，封陳王。卒，謚曰思，故亦曰陳思王。十歲善屬文，援筆立成，爲操所愛，文帝忌而疏之。所著①詩文有《曹子建集》，凡十卷。(四)《七啓》，文篇名。文以"七"名始於漢枚②乘之《七發》，設七事以起發楚太子也。後人多仿之，如《七諫》、《七激》、《七辯》、《七依》皆是。《召誥》，《尚書》篇名。

校勘記：①“著”，原誤作“注”，今徑改。②“枚”，原誤作“梅”，今徑改。

製芰荷以爲衣兮，製，裁也。芰(一)，蔆(二)也，秦人曰薢茩(三)。荷(四)，芙蕖也。［補］曰：芰，奇寄切，生水中，葉浮水上，花黄白色。**疏曰：**《辭源》申集六頁艸部四畫：“（一）芰，音忌，菱也。四角曰芰，兩角曰菱。按楊慎《丹鉛總録》(五)因《楚辭》有‘緝芰荷爲衣’之語，謂菱葉不可爲衣，遂釋芰爲芡，又因《爾雅》、《説文》蔆、菱皆有薢茩、英光等名，徐鍇遂謂芰爲決明之菜，非水中之菱，楚屈到嗜芰即此。而慎又襲其説，皆不足據。”據此，則芰四角菱也。（二）菱，離繩切，本作蔆，果類植物。種陂塘中，莖端出葉，略成三角形，浮於水面，柄上具浮囊。夏月開小白花，四瓣色白。實有四角，三角，兩角，故謂之菱角。或青或紅，生熟皆可食。蔆、蔆、蔆均通。麟按：菱初色紅，中青，老褐，非或青或紅也。（三）薢，音皆，又上去二聲，意義並同。茩，音苟，《辭源》申集八七頁艸部十三畫：“薢茩，芰也。又決明子亦曰薢茩，見《説文通訓定聲》。”據此則芰即薢茩。決明子，一名薢茩，薢茩非決明子也。（四）荷，《辭源》申集三四頁艸部七畫：“核我切，多年生草，一名芙蕖。產於淺水，葉大而圓，柄細長。夏月開花，或紅或白，實白曰蓮，地下莖曰藕，皆爲食品。”麟按：芰荷皆非製衣之物，喻言服香潔或畫此於其上也。（五）《丹鉛總録》，麟按：《辭源》子集八一頁丶部三畫：“《丹》，書名，明楊慎撰。撰者爲《丹鉛録》、《餘録》、《續録》、《摘録》。《總録》則門人梁佐編，共六十九卷。明代諸儒，惟楊慎最爲博洽，然不免僞託古書以佐其辨論，故陳耀文，胡應麟等力攻之。然平心而論，明代考訂之書，尚罕其匹也。”①麟按：慎字用修，明武宗時新都人。世宗時充經筵講官，天啓初追謚文憲。②

櫱芙蓉以爲裳。芙蓉，蓮華也。上曰衣，下曰裳。言己進不見納，猶復裁製芰荷，集(一)合芙蓉(二)，以爲衣裳，被服愈潔，修善益明。櫱，一作集。［補］曰：《爾雅》曰：荷，芙蕖。注云：别名芙蓉。《本草》云：其葉名荷，其華未發爲菡萏，已發爲芙蓉。芰，荷葉也，故以爲衣。芙蓉，華也，故以爲裳。《反離騷》云：衿芰茄之緑衣，被芙蓉之朱裳。是也。《北山移文》(三)曰：焚芰製而裂荷衣③。蓋用此語。薢茩，音皆苟。又上胡買切，下胡口切④。**疏曰：**朱補曰：“（一）集，讀爲櫱。（二）芙蓉，當作夫容。此秋花，拒霜也，非複言菡萏。《淮南・墬形》篇：‘屈龍生容華。’高誘注：‘芙蓉，草花也。’《湘君》篇云‘搴芙蓉兮木末’，則爲荷華。”麟按：朱謂芙蓉非荷是，謂

“搴芙蓉”爲荷非，蓋芙蓉花多著於幹巔，故曰木末。芙蓉，《辭源》申集三頁艸部四畫：“芙，音扶；蓉，音容。落葉灌木，幹高四五尺，葉掌狀淺裂，柄長互生。秋半開花，大而美麗，有紅白黄等色。又蓮花亦稱芙蓉，故芙蓉又稱木蓮，亦名木芙蓉。”據此芙蓉與荷不同，且上句既云“製芰荷以爲衣”，斷無再用同物以爲裳之理，此即實際言之，已屬不可，況爲寓言乎？雧，古集字。（三）《北山移文》，六朝齊孔稚珪作。珪字德璋，山陰人，風韻清疏，好文詠，飲酒七八斗，庭内草萊不除，中有蛙鳴，曰：“吾以此當兩部鼓吹。”仕至都官尚書。麟按：芰、荷明爲二物，“芰，荷葉也”句亦非。⑤緁音捷，又即入切，音喋。朱謂讀爲緁，更不可。⑥

校勘記：①此句上頁眉戴之麟題校補時地云：戊子二月四日午後，韓左个。②此句上頁眉戴之麟題校補時地云：五日午前又。③“衣”，原誤作“裳”，今據李刻本、明翻宋本、汲古閣本改。④“薜苫”至“下胡口切”，原脱，今據李刻本、明翻宋本、汲古閣本補。⑤此句上頁眉戴之麟題校補時地云：戊子六月七日上午，捄左窗外。⑥此句上頁眉戴之麟題校補時地云：己丑五月十日上午，新庭。

不吾知其亦已兮，苟余情其信芳。五臣云：言君不知我，我亦將止。然我①情實美。［補］曰：芳（一），敷方切，香草也。**疏曰：**朱補曰：“《論語》曰：‘居則曰不吾知也。’又：‘莫己知也，斯已而已矣。’”麟按：（一）“芳，香草也”當作“草香也”。見《辭源》申集一一頁草部四畫，並謂“引申之，凡物之有芳香者皆曰芳，如德行之美曰芳，聲譽之美亦曰芳”，是。“居則曰”句，見《論語》下《先進》篇。又“莫己知也”二句，見《論語》下《憲問》篇。

校勘記：①“我”，原脱，今據李刻本、明翻宋本、汲古閣本補。

高余冠之岌岌兮，岌岌（一），高貌。［補］曰：岌，魚及切。**疏曰：**朱補曰：“（一）岌，當作馺。”麟按：馺，音思答切。《辭源》亥集一二頁馬部四畫：“馬行相及也。又馬迅疾貌。”無高意，不知朱補何據，岌岌或謂危也。

長余佩之陸離。陸離（一），猶嵾嵯（二），衆貌也。言己懷德不用，復高我之冠，長我之佩，尊其威儀，整其服飾，以異於衆也。［補］曰：許慎云：陸離，美好貌。顔師古云：陸離，分散也。《九章》云：帶長鋏之陸離兮，冠切雲之崔嵬。**疏曰：**朱補曰："（一）陸離，雙聲連語，美好貌。"麟按：（二）嵾，音參，本作嵾。嵯，音磋，連語，不齊貌。據此則謂所佩之美好，且分散或不齊也。

芳與澤其雜糅[一]兮，芳，德之臭[二]也。《易》曰：其臭如蘭[三]。澤，質之潤也。玉堅而有潤澤。糅，雜也。［補］曰：糅，女救切。**疏曰：**朱補曰："（一）糅，當作粈。此句亦見《思美人》篇、《惜往日》篇。"麟按：（二）臭，音尺救切。氣之通於鼻者皆謂之臭，故香物曰臭，與音喜宥切，解爲惡氣者異。粈，音義均同糅。（三）"其臭如蘭"，見《易・繫辭上傳》。

唯昭質其猶未虧。唯，獨也。昭，明也。虧，歇也。言我外有芬芳之德，内有玉澤之質，二美雜會，兼在於己，而不得施用，故獨保明其身，無有虧歇而已。所謂道行則兼善天下，不用則獨善其身。虧[一]，一作虧，其字從兮。五臣云：唯獨守其明潔之質，猶未爲自虧損也。**疏曰：**朱補曰："（一）虧，讀若柯。"麟按：虧，音窺。柯，《字典》叶于希切，音衣。朱注未詳其意。

忽反顧以游目兮，忽，疾貌。游，一作遊。

姚鼐曰："忽反顧"至"浪浪"爲一段，開出"游目四荒"寬境，且提且勒。[①②]

將往觀乎四荒。荒，遠也。言己欲進忠信，以輔事君，而不見省，故忽然反顧而去，將遂游目往觀[一]四荒之外，以求賢君也。五臣云：觀四荒之外，以求知己者。［補］曰：《爾雅》：觚竹[二]、北户[三]、西王母[四]、日下[五]謂之四荒，皆四方昏荒之國。禮失而求諸野，當是時國無人，莫我知者，故欲觀乎四荒[六]，以求同志，此孔子浮海居夷之意。然原初未嘗去楚者，同姓無可去之義故也。賈誼《弔屈原》云：瞝九州而相其君兮，何必懷此都。失之[③]矣。**疏曰：**朱補曰："《詩》云：'且往觀乎？'或曰：（一）觀，猶示也。讀如《考工記》'以觀四國'之觀。""且往"句，見《詩》卷三《鄭風・溱洧》篇。[④]麟按：（二）觚竹，即孤竹。《辭源》酉集一〇頁角部五畫："古北荒之國，見《爾雅》。亦作孤竹。"同寅集一五頁子部五畫："古國名，神農氏之後，今直隸盧[⑤]龍至朝陽一帶之地。《史記索隱》：'孤竹君，商湯所封。應劭曰：姓墨胎氏。'又複姓。

《通志》：‘商之諸侯也。夷、齊讓國，其後遂以國爲氏。’”《通志》，《辭源》酉集一八六頁辵部七[⑥]畫：“書名，宋鄭樵撰。仿通史之例，爲之紀傳。年表均非其所注意，書之精華，蓋在二十略，採摭浩博，議論警闢。雖不能一一精密，然瑕不掩瑜，自足以資考鏡，凡二百卷。清乾隆時敕修《續通志》五百二十七卷，《皇朝通志》二百卷。”又：“各省之志書，亦稱通志。”與此不同。[⑦]（三）北户，南荒之君。《爾雅疏》云：“即日南郡是也。颜师古曰：‘言其在日之南，所谓北户以向日者。’”（四）西王母，古國名，西戎也。《淮南子》：“在流沙之瀕（即濱字）。”（五）日下，東荒之國也。《爾雅疏》曰：“日下者，謂日所出處其下之國也。”合爲四荒。注云：“孤竹在北，北户在南，西王母在西，日下在東。”麟按：（六）將往觀者，往而游觀以隱耳，非求賢君以知己者，亦非禮失而求諸野也。果如上注，非屈子之心矣。洪補賈誼“何必懷此都耶”，皆失之矣。示，視也。《論語·八佾》篇：“其如示諸掌乎？”故觀可云“猶視也”。[⑧]

校勘記：①此句出沈伯經《古文辭類纂評注》，爲沈氏於頁眉所作評注，非姚鼐語。②此句上頁眉戴之麟題校補時地云：丁亥七月十一日午前，韓左个。③“之”，原脱，今據李刻本、明翻宋本、汲古閣本補。④此句上頁眉戴之麟題校補時地云：己丑九月二十日午前。⑤“盧”，原誤作“廣”，今據《辭源》改。⑥“七”，原誤作“六”，今據《辭源》改。⑦此句旁行間戴之麟題校補時地云：己丑後七月九日午前。⑧此句上頁眉戴之麟題校補時地云：三十七年一月七日午前，韓左个。按：係指民國三十七年。

佩繽紛其繁飾兮，繽紛，盛貌。繁（一），衆也。［補］曰：繽，匹賓切。**疏曰：**朱補曰：“繁，當作緐。”麟按：（一）繁、緐古今字。[①]芳菲菲其彌章。菲菲，猶勃勃（一）。芬（二），香貌也。章，明也。言己雖欲之四方荒遠，猶整飾儀容，佩玉繽紛而衆盛，忠信勃勃而愈明，終不以遠故改其行。五臣云：佩忠信芳香之行，彌加明潔。**疏曰：**朱補本將（一）“勃勃”下加“也”字，（二）“芬”改爲“芳”，誤。原注無“也”字，句未斷，合“芬香貌”三字，謂菲菲猶勃勃，狀芳香之貌也。芬，音紛，《辭源》申集五頁艸部四畫：“草初生香分布也。凡食品之類，香者皆曰芬。”

校勘記：①此句上頁眉戴之麟題校補時地云：戊子六月七日上午，救左窗外。

民生各有所樂兮，余獨好脩以爲常(一)。言萬民[①]稟天命而生，各有所樂，或樂諂佞，或樂貪淫，我獨好脩正直以爲常行也。《文選》民作人。脩，一作循。[補]曰：樂，魚教切，欲也。下文云：汝何博謇而好脩。又曰：苟中情其好脩。皆言好自脩潔也。**疏曰：**朱補曰："（一）常，當作恒，漢人避諱改耳，如田常、常山之比。"麟按：漢文帝名恒，故諱田恒爲田常，恒山爲常山。田恒，齊人；恒山，山名。如此，始與下懲韻叶。

校勘記：①"民"，原誤作"物"，今據李刻本、明翻宋本、汲古閣本改。

雖體解吾猶未變兮，豈余心之可懲。懲(一)，艾也。言己好修[①]忠信，以爲常行，雖獲罪支解，志猶[②]不艾也。豈，一作非。《文選》可作何。五臣云：言我執忠貞之心，雖遭支解，亦不能變，於我心更何所懼。懲，懼也。[補]曰：解，古蟹切。《說文》：懲，㣻也。㣻與艾並[③]音乂。謂懲創也。以可爲何，以懲訓懼，皆非是。**疏曰：**(一)懲，音澄，戒也。麟按：懲作戒懼解是，屈子蓋謂"雖體解不變"，其志其心猶何所懼也。[④]

校勘記：①"修"，原作"脩"，今據李刻本改。後文凡作"脩"而李刻本作"修"者，皆改從不出校。②"猶"，原誤作"又"，今據李刻本、明翻宋本、汲古閣本改。③"並"，原誤作"皆"，今據李刻本、明翻宋本、汲古閣本改。④此句上頁眉戴之麟題校補時地云：丙戌六月十日午前，縣中校廳。

女嬃之嬋媛兮，女嬃(一)，屈原姊也。嬋媛，猶牽引也，一作撣援。[補]曰：《說文》云：嬃，女字也，音須。賈侍中說：楚人謂女曰嬃，前漢有呂[①]嬃，取此爲名。嬋媛，音蟬爰。《水經》(二)引袁崧(三)云：屈原有賢姊，聞原放逐，亦來歸，喻令自寬全。鄉人冀其見從，因名曰秭歸(四)。縣北有原故宅，宅之東北，有女嬃廟，擣衣石猶存。秭與姊同。觀女嬃之意，蓋欲原爲甯武子之愚(五)，不欲爲史魚之直(六)耳，非責其不能爲上官、椒蘭也。而王逸謂女嬃罵原以不與衆合、不承君意誤矣。**疏曰：**朱補曰："（一）《水經注》：'秭歸縣有女嬃廟，屈原賢姊聞原放逐，亦來歸，因名之曰秭歸。'《說文》：'嬃，女字也。'賈侍中(七)曰：'楚人謂姊爲嬃。'舊說皆同王逸。或云：《易》：'歸妹以須。'注：'須，女之賤者。'《漢書·廣陵王胥傳》：'胥迎李巫女嬃，使下神祝詛。'《天文》：‘北方宿女四星，亦曰須女，其光微小，故織女爲貴，須女爲賤。’愚按：《易》、《漢書》、《天文》皆借須爲嬬，媵妾也。《漢書・吕后紀》‘后女弟吕嬃’，亦是嬬字。嬃之爲原姊，古説相承，不宜立異。嬋當作嬗，讀爲撣；媛讀爲猨。疊韻連語，猶扶將也。又按：《離騷》分三大段，此爲第二段起。”（二）《水經注》，《辭源》巳集八頁水部：“書名。《水經》，舊題漢桑欽撰，然證以書中地理，實三國時人。其注則後魏酈道元作。宋時已佚五卷，明以來傳刻舛誤尤多，清全祖望、戴震、趙一清均有校勘之本，又沈炳巽有《集釋訂訛》。”後魏，同上書寅集二四八頁六畫彳部：“朝代名，北朝之一，姓拓跋氏。晉時拓跋珪自立爲代王，國號魏，都平城（今山西大同）稱帝，史稱後魏。有今直隸、山東、山西、甘肅及江蘇、河南、陝西之北部，奉天西部。傳至孝文帝，遷洛，改姓元氏，故又稱元魏。凡十二主，一百四十九年。起民國前一五二六，訖前一三七八。分爲東西魏，爲高氏、宇文氏所篡。”[②]沈炳巽，《中國人名大辭典》四九三頁七畫沈部：“清歸安人，炳震弟，字繹旃。著《水經注集釋訂譌》，歷九年而成。雖不能盡出前人範圍，亦頗有鉤索考證之功。”桑欽，同上八一〇頁十畫桑部：“漢河南人，字君長。從平陵塗惲受《古文尚書》、《毛詩》，撰有《水經》。”全祖望，同書二三二頁六畫全部：“清鄞人，字紹衣，一字謝山。雍正舉人，乾隆初舉鴻博，會成進士選庶吉士，不與鴻博試，散館以知縣用，遂不復出。爲人負氣忤俗，有風節。於學靡不貫串，而尤以網羅文獻，表章忠義爲事。家居後，修黄宗羲《宋元學案》，校《水經注》，續選《甬上耆舊詩》。所撰有《丙辰公車徵士小録》、《漢書地理志稽疑》、《經史問答》、《句餘土音》、《鮚琦亭集》。”戴震，同上書一七一七頁十八畫戴部：“明馬平人，博覽群書，淵源理學。崇禎時以鄉薦任常山教諭，建青雲樓，立館舍以造士。後陞開化知縣，土寇竊發，被執不屈，死之。”又：“清休寧人，字東原，乾隆舉人。少從婺源江永游，禮經制度名物及推步天象，皆洞徹原本。既乃究精漢儒傳注及《説文》諸書，由聲音文字以求訓詁，由訓詁以尋求義理，實事求是，不主一家。四庫館開，薦充纂修，旋賜同進士出身，授庶吉士。性介特，無嗜好，惟喜讀書，館中有奇文疑義，輒就諮訪，以積勞致疾卒官。有《詩經二南補注》、《毛鄭詩考證》、《考工記圖》、《孟子字義疏證》、《方言疏證》、《原善》、《原象》、《句股割圜記》、《策算聲韻考》、《聲類表》、《儀禮正誤》、《爾雅文字考》、《屈原賦注》、《九章補圖》、《古曆考》、《曆問》、《水地記》、《東原文集》等書。所校《大戴禮記》、《水經注》，尤精核。”篇中引即此人。[③]趙一清，同上書一三八七頁十四畫：“清仁和人，昱子，字誠夫。國子監生，學於全祖望。著《水經注釋》及《刊誤》，最稱精審，又有《東潛文鈔》。”（三）袁崧，《中國人名大辭典》八四三頁十畫作“山松”，晉喬[④]孫，一稱崧。少有才名，博學能文，著《後漢書》百篇。襟情秀遠，善音樂，舊歌有《行路難》曲，辭頗疏質，山松好之，爲文其辭句，每因酒酣縱歌之，聽者莫不流涕。初羊曇善唱樂，桓伊能挽歌，及山松《行路難》繼之，時人謂之三絶。歷官吴郡太守，孫恩之亂，山松守滬瀆城，城陷被害。羊曇，《中國人名大辭典》二七九頁六畫羊部："晉泰山人，謝安之甥，爲安所重。安卒後，輟樂彌年。行不由西州路，嘗因大醉，不覺至州門，左右白曰：'此西州門。'曇悲感不已，以馬策叩扉，誦曹子建詩曰：'生存華屋處，零落歸山邱。'慟哭而去。"桓伊，同上書、頁、畫桓部⑤："晉宣族子，字叔夏，小字野王。有武幹，標格簡率。歷淮南太守，豫州刺史，甚得物情。與謝玄等共破苻堅，以功進右將軍，封永修縣侯，徵拜護國將軍。性謙素不伐，善音樂，爲江左第一。卒，謚烈。"⑥孫恩，同上書七五八頁同畫孫部："晉瑯琊人，秀之族，字靈秀。世奉五斗米道，傳其叔父泰妖術。泰謀爲亂，見誅。恩逃於海，聚合亡命入寇，陷會稽。時東土諸郡，疾會稽世子縱暴，多殺長吏以應。旬日之間，衆數十萬，恩自號征東將軍，號其黨曰長生人。尋爲謝琰、劉牢之所敗，逃入海。自是頻年入寇，元興初寇臨海，太守辛景討破之，窮蹙赴海死。"滬瀆，《辭源》巳集一四一頁十一畫水部："水名，在江蘇上海縣東北。《吴郡記》：'松江東瀉海曰滬海，亦謂之滬瀆。'"（四）秭歸，《辭源》午集二一五頁禾部五畫："今縣名，漢置。北周改長寧，隋復名，即今湖北秭歸縣治。宋徙，明廢，故城在今秭歸縣南。民國改歸州，曰秭歸，屬湖北荆南道。""歸妹以須"，見《易·歸妹卦》。嬬，音須，義同嬃。嬗音禪，撣音彈。嬋、嬗，媛、援音同。朱謂當作此讀，抑嬗、援或别有音歟？麟按：（五）"寧武子（八）之愚"，見《論語》上《公冶長》篇。（六）"史魚（九）之直"，見《論語》下《衛靈》篇。（七）賈侍中，晉人，名謐，字長孫。韓壽子，賈充外孫。充無嗣，以謐爲後。賈后專恣，謐權過人主，負其驕寵，奢僭踰度，一時貴游豪戚，及浮競之徒，莫不盡禮事之。歷位侍中，與后謀誣陷太子。及趙王倫廢后，以詔召謐於殿前，斬之。《漢書·廣陵王胥傳》，《前漢書》列傳第三十三卷。胥，武帝子，李姬生，在位六十四年，以罪誅，國除。賈后，平陵人，充女，惠帝后，名南風。害愍懷太子，爲趙王倫賜金屑死。趙王倫，昔八王之一。（八）寧武子，名俞，春秋衛大夫。仕文公。有道之時，無事可見；成公無道，至於失國，乃能周旋其間，不避艱險，卒保其身，以濟其君。孔子稱之曰："邦有道則智，邦無道則愚。其智可及也，其愚不可及也。"賈謐見《中國人名大辭典》一三三四頁十三畫，甯俞見同書一一七七頁十二畫。（九）史魚，《辭源》丑集一三頁口部二畫："春秋衛大夫，名鰌。靈公不用蘧伯玉而任彌子瑕，死以尸諫，靈公乃進伯玉而退子瑕。"孔子稱之曰："直哉史魚！"

姚鼐曰："民生"句以上，窮無可入，欲變而不能。此句則曰幻出女嬃一詈，文勢又拓。

申申其詈予。申申，重也。言女嬃見己施行不與衆合，以見放流，故來牽引數怒，重詈我也⑦。詈⑧，一作罵。予，一作余。五臣云：牽引古事，而罵詈我。［補］曰：《論語》曰：申申如也(一)。申申，和舒之貌。女嬃詈原，有親親(二)之意焉。《九歌》云："女嬋媛兮爲余太息"，是也。予，音與，叶韻。**疏曰：**（一）"申申如也"，見《論語》上《述而》篇。（二）親親，上親字讀去聲，愛也。

校勘記：①"吕"，原誤作"女"，今據李刻本、明翻宋本、汲古閣本改。②此句上頁眉戴之麟題校補時地云：己丑後七月十四日午後。③此句下頁腳戴之麟題校補時地云：己丑後七月十六日上午。④"喬"，原誤作"裔"，今據《中國人名大辭典》改。⑤此指同"桑欽"條，即《中國人名大辭典》八一〇頁十畫桓部。原文"桓"誤作"木"，今據《中國人名大辭典》改。⑥此句上頁眉戴之麟題校補時地云：丁亥七月二十日上午，韓左个。⑦"故來牽引數怒，重詈我也"，原誤作"故來牽引古事，而罵詈我也"，今據李刻本、明翻宋本、汲古閣本改。⑧"詈"，原脱，今據李刻本、明翻宋本、汲古閣本補。

曰鮌婞(一)直以亡身兮，曰，女嬃辭也。鮌(二)，堯臣也。《帝繫》(三)曰：顓頊後五世而生鮌。婞，很也。鮌，亦作鯀，一作骸。《文選》亡作方。［補］曰：婞，下頂切。東坡曰：《史記》：殛鮌於羽山(四)(五)，以變東夷。《楚辭》：鮌婞直以亡身。則鮌蓋剛而犯上者耳。若小人也，安能以變四夷之俗哉？如左氏之言，皆後世流傳之過。《九章》亦云：行婞直而不豫兮，鮌功用而不就。**疏曰：**朱補曰："（一）婞，音脛。"麟按：《字典》有下頂切，下耿切二音，無脛音。脛，奚挺切。（二）鮌，音袞，堯時崇伯名，禹之父也。爲四凶之一，治水無功，舜殛之於羽山。《辭源》未集一二〇頁羽部："在山東郯城縣東北，接江蘇贛榆縣界。《禹貢》'蒙羽其藝'是也。郭璞《山海經注》謂即舜殛鮌處，上有二泉，會爲羽潭。即《左傳》所謂'其神化爲黄熊，入於羽淵'也。"（見下句疏四）《一統志》及孫星衍《尚書疏》皆從此説。《一統志》，《辭源》子集七頁一部："紀輿地之書也，元明清皆有之。《元一統志》一千卷，岳璘等撰，已佚。《明一統志》九十卷，李賢等撰。清康熙、乾隆、嘉慶時，疊次修輯，今通行者爲乾隆二十九年所修之本，凡五百卷。”孫星衍，《中國人名大辭典》七五七頁十畫孫部：“清陽湖人，字淵如。乾隆進士，授編修，和珅知其名，欲一見，卒不往，改刑部主事。歷官山東督糧道，引疾歸。累主鍾山書院，深究經史文字音訓之學，旁及諸子百家，皆心通其義。研精金石碑板，工篆隸，尤精校勘。輯刊《平津館叢書》、《岱南閣叢書》，世稱善本。文在六朝漢魏間，與同里洪亮吉齊名。有《尚書今古文注疏》、《周易集解》、《夏小正傳校正》、《魏三體石經殘字考》、《倉頡篇》、《孔子集語》、《史記天官書考證》、《寰宇訪碑録》、《平津館金石萃編》、《孫氏家藏書目内外編》、《續古文苑》、《問字堂》、《岱南閣》、《五松閣》、《平津館文稿》、《芳茂山人詩録》。”① （三）《帝繫》，《大戴禮》篇名。胡渭謂《舜典傳》云：“（四）羽山，東裔徐州之地太近，非荒服放流之宅。蓬萊縣（見下句疏一）東南有羽山，《寰宇记》云‘即殛鲧处’，与孔傳合，当從《寰宇记》说。”胡渭，同上孫書六九六頁九畫胡部，渭作渭：“清德清人，初名渭生，字朏明，號東樵。年十五爲縣學生，入太學，篤志經義，尤精輿地學。尚書徐乾學奉詔修一統志，廷渭分纂。渭著《禹貢錐指》二十卷，圖二十七篇，精覈典贍，爲宋以來注《禹貢》者之冠。又撰《易圖明辨》、《周易揆方》、《洪範正論》、《大學翼真》，一掃漢儒附會宋儒變亂之習。康熙中獻書行在，聖祖嘉獎之。卒年八十二。”渭，音扶。② （五）“殛鲧于羽山”二句，見《史記》一《五帝本紀第一》“帝顓頊高陽者”節。

終然殀乎羽之野。蚤死曰殀。言堯使鮌（一）治洪水，婞③很自用，不順堯命，乃殛之羽山，死於中野。女嬃比屈原於鮌，不順君意，亦將遇害也。殀（二），一作夭。一云：羽山之野。［補］曰：羽山，東裔，在海中。妖，殁也，於矯切。鮌遷羽山，三年然後死，事見《天問》。《左傳》曰：其神化爲黄熊（三）（四），入於羽淵。**疏曰：**朱補曰：“（一）鮌，當作鯀。《詩》：‘終然允臧。’羽山，當在今山東蓬萊縣海中。《南山經》：‘距山東一千一百四十里曰羽山。’”麟按：（二）殀，當從王補解作歿。羽山，詳上句疏。惟《孟子》作“殛鯀於羽山”，洪注則以爲“鯀遷羽山，三年然後死”，與此句語氣雖宜，不合於《孟子》，《孟子》在前，宜以《孟子》爲是。（三）能，儺孩切，獸名，熊屬，見《説文》。《山海經注》作熊，一也。原注“亦將遇害也”，朱本無“也”字。“終然允臧”，見《詩・定之方中》章，惟“然”作“焉”。（四）“其神化爲黄能”，見《左・昭七年》“三④月，公如楚”傳，能作熊。

校勘記：①此句上頁眉戴之麟題校補時地云：戊子九月十六日上午，梂左補録。②此句下頁腳戴之麟題校補時地云：己丑後七月十七日午前，縣廳。

③“婞”，原誤作“倖”，今據李刻本、明翻宋本、汲古閣本改。④“三”，原誤作“二”，今據《左傳》改。

汝何博謇而好修兮，紛獨有此姱節(一)。女嬃數諫屈原，言汝何爲獨博采往古，好修謇謇，有此姱異之節，不與衆同，而見憎惡於世也。《文選》作蹇。五臣云：汝何博采古道，於蹇①難之世，好修直節，獨爲姱大之行。［補］曰：博謇當如逸説。紛，盛貌。姱，苦②瓜切，好也。**疏曰：**朱補曰：“（一）節當作飾，方合古韻，亦與前後文義一貫。”麟按：飾，音識，本與下文服韻合。然飾考之《辭源》戌集二四三頁食部五畫，一謂物既成而加以文采也；二服裝曰飾；三刷治而潔清之亦曰飾；四假託也；五與飭通，成備也。證之於此，均未合，不如直捷謂節當叶飾也。

校勘記：①“蹇”，原誤作“謇”，今據李刻本、明翻宋本、汲古閣本改。②“苦”，原誤作“古”，今據李刻本、明翻宋本、汲古閣本改。

薋菉葹以盈室兮，薋(一)，蒺藜也。菉(二)，王芻也。葹(三)，枲耳也。《詩》曰：楚楚者薋(四)。又曰：終朝采菉(五)。三者皆惡草，以喻讒佞盈滿於側者也。［補］曰：今《詩》薋作茨，菉作緑。薋音甆。《爾雅》亦作茨，布地蔓生，細葉，子有三角刺人。《易》：據于蒺藜(六)。言其凶傷。《詩·牆有茨》(七)：以刺梗穢。菉，音録，《爾雅》云：菉，王芻。菉，蓐也。《本草》云：藎草，葉似竹而細薄，莖亦圓小，生平澤溪澗之側，俗名菉蓐草。葹，商支切，形似鼠耳，詩人謂之卷耳，《爾雅》謂之苓耳，《廣雅》謂之枲耳(八)，皆以實得名。《本草》：枲耳一名葹。**疏曰：**朱補曰：“（一）薋，草多貌，非借爲茨也。（二）菉，今淡竹葉。葹，今蒼耳，《本草》謂之地葵。《詩》曰：‘百室盈止。’”麟按：薋，音義並從朱解。菉，王芻也，即藎。《辭源》申集九四頁艸部十四畫：“習印切，越年生草，野生。細莖貼地，長一二尺。葉爲長卵形，端尖，有平行脈。秋初開花，紫褐色，爲長穗狀花序。莖葉煮汁，可染黄色，故又名黄草。”（三）葹，即卷耳。《辭源》子集四〇一頁㔾部六畫：“一年生草，生於園圃道旁等處。莖葉皆有微毛，莖高者尺許，葉作長卵形，對生，無柄。春開白花，爲歧傘花序。嫩葉可爲茹。”“百室盈止”，見《詩·良耜》章。（四）“楚楚者薋”，見《詩·楚茨》章。（五）“終朝采菉”，見《詩·采緑》章。菉與緑，薋與茨均異。（六）“據于蒺藜”，見《易》下《困卦·六三》。①（七）《墻有茨》，見《詩·墻有茨》章。（八）葈耳，參看後《九思·哀歲》“枲耳兮充房”疏。

判獨離[②]而不服。判，别也。女嬃言衆人皆佩薋、菉、枲耳，爲讒佞之行，滿於朝[(一)]廷，而獲富貴，汝獨服蘭蕙，守忠直，判然離别，不與衆同，故斥棄也。**疏曰：**朱補本“别”下多“皃”字。皃，古貌字。麟按：上爲喻句，謂讒佞如菉葹之多，盈滿於室，屈原獨自離異而不服從衆人也。（一）朝，音曹。

校勘記：①此句上頁眉戴之麟題校補時地云：丁亥六月二十七日上午，韓左个。②“離”，原誤作“立”，今據李刻本、明翻宋本、汲古閣本改。

衆不可户説兮，孰云察余[(一)]之中情。屈原外困羣佞，内被姊詈，知世莫識，言己之心志所執，不可户説[(二)]人告，誰當[①]察我中情之善否也。［補］曰：《管子》曰：聖人之治於世[(三)]，不人告也，不户説也。《淮南子》曰：口辨而户説之[(四)]。**疏曰：**朱補曰：“‘衆不可户説’以下四句，亦女嬃之詞。（一）余，余其弟也。下‘不予聽’，女嬃自余也。”麟按：（二）説，當讀暑衛切。《辭源》酉集三七頁言部七畫：“以言語諭人，使從己也。”原姊謂衆人既不可説之使從己，孰能察余之中情？余，姊自余也，非余原也。（三）“聖人之治世”等句，見《管子卷第十四・水地第三十九》。（四）“口辨”句，見《淮南子》卷一《原道訓》，原文“口”上有“雖”字。[②]

校勘記：①“當”，原誤作“能”，今據李刻本、明翻宋本、汲古閣本改。②此句上頁眉戴之麟題校補時地云：丁亥七月三日午前，韓左个。己丑三月二十三日上午，終校新庭。

世並舉而好[(一)]朋[(二)]兮，夫何煢[①][(三)]獨而不予聽。朋，黨也。［補］曰：《説文》：朋，古鳳字，鳳飛，羣鳥從[(四)]以萬數[(五)]，故以爲朋黨字。煢，孤也。《詩》曰：哀此煢獨[(六)]。言世俗之人，皆行佞僞，相與朋黨，並相薦舉。忠直之士，孤煢特獨，何肯聽用我言，而納受之也。煢，一作煢[②]。予，一作余。［補］曰：煢，渠營切，今《詩》作惸。聽，平聲。**疏曰：**（一）好，去聲。朱補曰：“（二）朋，讀爲倗，輔也。（三）煢，讀爲惸，實爲窘迫也。煢、窘一聲之轉，女嬃言世皆相援，而爲倗黨，汝何甘自孤特而不聽余之諫乎？《周書》曰：‘無虐煢獨。’”麟按：倗，音朋，義並同。

（四）從，音衆。（五）數，音朔，上聲。焭、惸同，當如孤解，不必如朱補解也。（六）“哀此焭獨”，見《詩·正月》章。“無虐焭獨”，見《書·洪範》篇。又按：二句原係分注，此合爲一。

姚鼐曰：女嬃之言止此，以下承游觀，接寫卻掉開四荒，就湘沅本地生出舜廟，陳詞勢更寬展。③④

校勘記：①“焭”，李刻本作“𤇾”，明翻宋本、汲古閣本作“茕”。按：此或焭、𤇾形近致誤抄，以二者爲異體字，今不改。②“𤇯”，李刻本、明翻宋本、汲古閣本作“煢”。按：此或𤇯、煢形近致誤抄，以二者爲異體字，今不改。③此句出沈伯經《古文辭類纂評注》，爲沈氏於頁眉所作評注，非姚鼐語。原文與此少異。④此句上頁眉戴之麟題校補時地云：丁亥七月十一日午前，韓左个。

依前聖以節中兮，節，度（一）。《文選》以作之。**疏曰：**朱補曰：“節，讀爲折。《惜誦》篇云：‘令五帝以折中兮。’或曰：《禮記·三年問》：‘故先王焉，爲之立中制節。’”麟按：朱補本原注只採“節，度也”三字，“節”、“折”音相近，義如朱引《三年問》解。（一）“度”下宜加“也”字别之。《三年問》，《禮記》篇名。

姚鼐曰：就舜廟放筆歷陳前古治亂，照出每念不忘，存君興國之本心。①②

喟憑（一）心而歷茲。喟，歎也。歷，數也。言己所言，皆依前世聖人之法，節其中和，喟然舒憤懣之心，歷數前世成敗之道，而爲此辭也。憑，一作凴，一作馮。五臣云：中，得也。歷（二），行也。憑，滿也。言我依前代聖賢節度，而不得用，故歎息憤懣，而行澤畔矣。［補］曰：喟，丘③愧切。《方言》云：憑，怒也，楚曰憑。注云：恚盛貌，引《楚辭》康回憑怒。皮冰切。《列子》曰：帝馮怒（三）。《莊子》曰：侅溺於馮氣（四）。《説文》云：馮，懣也。並音憤。喟憑心而歷兹者，歎逢時之不幸也。歷，猶逢也。下文云：委厥美而歷茲者。意④與此同。**疏曰：**朱補曰：“（一）憑，當讀爲畐。”麟按：畐，見前“憑不厭乎求索”句疏。朱補本原注“爲此辭也”，“也”字上有“者”字。以下無“歷”原注⑤。（二）歷，音離檄切，避清高宗諱作歴。《辭源》辰集二〇三頁止部十二畫：“過也。如經歷、閱歷，謂已經過之事跡也。”過讀平聲。蓋謂經過此危邦，憤懣滿中，不禁太息也。（三）“帝馮怒”，見《列子·湯問第五》，馮作憑。注：大也。（四）“侅溺於馮氣”，見《莊子·雜篇九⑥·盜跖》，溺作逆，馮作憑。注云：憑氣，怒氣也。[⑦]

校勘記：①此句出沈伯經《古文辭類纂評注》，爲沈氏於頁眉所作評注，非姚鼐語。原文與此少異。②此句上頁眉戴之麟題校補時地云：時地同上。按：即“丁亥七月十一日午前，韓左个。”③“丘”，原作“邱”，今據李刻本、明翻宋本、汲古閣本改。後文凡作“邱”而他本皆作“丘”者，徑改不出校。④“意”，原脱，今據李刻本、明翻宋本、汲古閣本補。⑤“注”，原誤作“作”，今據《離騷賦補注》改。⑥以郭象《莊子注》、王先謙《莊子集解》考之，《盜跖》爲《雜篇》第七，總篇第二十九，未知戴之麟此爲誤抄或闕字，存而不妄改。⑦此句上頁眉戴之麟題校補時地云：丁亥七月十八日上午，韓左个。

濟沅湘以南征兮，濟，渡也。沅(一)、湘(二)，水名。征，行也。［補］曰：沅，音元。《山海經》云：湘水出帝舜葬東，入洞庭下(五)。沅水出象郡(三)鐔(四)城西，東注江，合洞庭中(六)。《後漢·志》：武陵郡有臨沅縣，南臨沅[①]水，水源出牂牁且蘭縣，至郡界分爲五谿。又零陵郡陽朔山，湘水出。《水經》云：沅水下注洞庭(七)，方會於江。《湘中記》(八)云：湘水之出於陽朔，則觴爲之舟，至洞庭，則日月若出入於其中。**疏曰：**朱補曰：“（一）沅，出今貴州平越府，至湖南常德府，入洞庭湖。（二）湘，出今廣西桂林府海陽山，經湖南長沙府磊石山，分爲二派，又合而入於洞庭湖。”麟按：朱補本原注僅“沅湘，水名也”五字。沅，音元。《辭源》巳集二九頁水部四畫：“今名沅江，湖南巨川也。其源最遠者出貴州都勻縣西之雲霧山，曰馬尾河，屈曲東流爲清水江，由鎮遠入湖南境，爲沅水。至黔陽，合潕水。又東北經辰谿、瀘谿、沅陵、桃源、常德各縣，分數道入洞庭湖。自常德以東，通巨艦；常德以西至鎮遠，通小舟。”湘，音箱。同集一二七頁同部九畫：“一名湘江，湖南巨川也。與灕水同發源廣西靈川縣之海陽山，曰灕湘。合流至興安縣，歧而東北。入湖南，至零陵合瀟水，曰瀟湘。至衡陽合蒸水，曰蒸湘。合沅水，曰沅湘。又北流至長沙，入洞庭湖。夏秋水盛，自湖溯湘，可直達水源，並有空其舟拽入灕水，順流直下西江者。”（三）象郡，秦置，今廣東舊雷州、廉州、高州諸府，廣西舊慶遠、太平及梧州府之南境，以至安南之地。（四）鐔，音桑。灕，音離。（五）“湘水出舜葬東”等句，見本經貞集卷十三五十四頁，“東”下有“南陬，西環之”五字。（六）“沅水”諸句，見上同卷次、頁，“西”下有“入”字，“江”下有“入下雋西”四字。[②]（七）洞庭，湖名，在湖南境。長二百里，廣百里。華容、南縣、安鄉、漢壽、沅江、湘陰各縣環之。巴陵縣城，當其入江之口。烏江以東，五嶺之越城、萌渚、都龐、騎田以北之水，如湘、資、沅、澧等皆匯之。湖中小山甚多，君山最著。冬春水淺，夏秋盛漲，一望瀰漫。麟按：近淤爲平地者不小，已設一縣治，不似當時廣大也。兒時聞先祖吉昌言此山周六十里，先祖曾游其上，風景最佳。③君山，《辭源》巳集一二七頁水部九畫："湘：湘山，一名君山，亦曰洞庭山。在湖南岳陽縣西南洞庭湖中，正對縣城西門之岳陽樓。《水經注》：'是山，湘君之所游處，故曰君山。湘君，舜二妃也。君山有湘妃廟。'秦始皇浮江至湘山祠，逢大風，伐湘山樹，赭其山。即此。"④（八）《湘中記》，羅含作。見《後漢書二十二・郡國志四》"零陵郡"條"零陵陽朔山，湘水出"注。近人游國恩《楚辭概論・參考書目索引》則注曰甄烈，未知孰是。⑤羅含，《中國人名大辭典》一七四八頁十九畫羅部："晉耒陽人，字君章。弱冠，州三辟不就，後爲州主簿。桓温極重其才，以爲江左之秀。累遷廷尉、長沙相。致仕卒。"

就重華而敶（一）詞。重華，舜名也。《帝繫》曰：瞽叟生重華，是爲帝舜，葬於九疑（二）（疑，一作嶷）山，在沅、湘之南。言己依聖王法而行，不容於世，故欲渡沅、湘之水南行，就舜敶詞自説，稽疑聖帝，冀聞祕⑥要，以自開悟也。一作陳辭。［補］曰：敶，列也。先儒以重華爲舜名。按《書》云：有鰥在下曰虞舜（三），與帝之咨禹一也，則舜非謚也，名也。又曰：若稽古帝舜，曰重華，與堯爲放勳一也，則重華非名也，號也。羣臣稱帝不稱堯，則堯爲名；帝稱禹不稱文命，則文命爲號。伊尹稱尹躬暨湯，則湯號也。湯自稱予小子履，則履名也。《楚辭》屢言堯、舜、禹、湯，今辨于⑦此。天下明德，皆自虞帝⑧始，其於君臣之際詳矣。故原⑨欲就之而敶詞也。**疏曰：**（一）敶，原古文陳字，不知朱本何以謂陳讀敶。（二）九疑，見後"九疑繽其並迎"疏。（三）"有鰥"句，見《書・堯典》。

校勘記：①"沅"，原誤作"元"，爲承襲李刻本之誤，明翻宋本、汲古閣本亦誤作"元"，據金陵書局本改。②此句上頁眉戴之麟題校補時地云：戊子二月十四日午後，韓左个。③此句下頁脚戴之麟題校補時地云：己丑後七月十八日午前。④此句上頁眉戴之麟題校補時地云：同上地，午間。⑤此句旁頁間戴之麟題校補時地云：己丑三月二十三日午後，新庭。⑥"祕"，原作"秘"，今據李刻本、明翻宋本、汲古閣本改。⑦"于"，原作"於"，今據李刻本、明翻宋本、汲古閣本改。後文凡作“於”而他本皆作“于”者，徑改不出校。⑧“帝”，原誤作“舜”，今據李刻本、明翻宋本、汲古閣本改。⑨“原”，原脱，今據李刻本、明翻宋本、汲古閣本補。

啓《九辯》與《九歌》兮，啓，禹子也。《九辯》、《九歌》，禹樂也。言禹平治[二]水土，以有天下，啓能承先志，纘叙其業，育養品類，故九州之物，皆可辯數[一]，九功之德，皆有次序，而可歌也。《左氏傳》[三]曰：六府三[①]事[十一]，謂之九功。九功之德，皆可歌也，謂之《九歌》。水、火、金、木、土、穀，謂之六府；正德、利用、厚生，謂之三事。［補］曰：《山海經》云：夏后[四]上[五]三嬪[七]於天，得《九辯》與[②]《九歌》以下[六]。注云：皆天帝樂名，啓登天而竊以下，用之。《天問》亦云：啓棘賓商，《九辯》、《九歌》。王逸不見《山海經》，故以爲禹樂。五臣又云：啓，開也。言禹開樹此樂，謬矣。《騷經》《天問》多用《山海經》。而劉勰《辨騷》[十二]以康回傾地、夷羿彃日爲譎怪之談，異乎經典。如高宗夢得説[九]，姜嫄履帝敏[十]之類，皆見於《詩》、《書》，豈誣也哉。**疏曰：**朱補曰：“《大荒西經》云：‘夏后開上三嬪於天，得《九辯》與《九歌》以下。’郭注：‘皆天帝樂名。《開筮》曰：昔彼《九冥》，是與帝《辯》同宫之序，是爲《九歌》。’又曰：‘不得竊《辯》與《九歌》以國於下。’按：‘啓’作‘開’者，漢人避景帝諱。郭注所引《易》，《歸藏》文也。黄帝得《河圖》[八]，商人因之曰《歸藏》，其書有《啓筮》篇，屈子蓋用《歸藏》語。”麟按：（一）數，當讀朔上聲。朱補本原注只載至“謂之三事”。（二）平治“治”字平聲。（三）《左傳》傳字上聲。（四）夏后“夏”字、（五）上嬪“上”字、（六）以下“下”字皆上聲。（七）嬪，音頻，《説文》：“服也，服事也。”謂上三事於天也。（八）《河圖》，《辭源》巳集四五[③]頁水部五畫：“伏羲氏王天下，龍馬負圖出於河，遂則其文以畫八卦。其文一、六居下，二、七居上，三、八居左，四、九居右，五、十居中。”参看後《株昭》“神章靈篇兮”疏。（九）“高宗夢得説”事，詳《書・説命》。説，音曰。（十）姜嫄、履帝、武敏，見《詩・生民》章。敏，音閔，足大指名。雖皆荒渺之説，然天地之大，無所不有，存而不論，可也。（十一）“六府三事”等句，見《左傳・文公七年》“郤缺請歸衛田”傳。（十二）劉勰，見前“《楚辭補注》十七卷”疏三六。《辨騷》，見後班孟堅《離騷贊序》後。[④]

夏康娱以自縱。夏康[一]，啓子太康也。娱，樂也。縱，放也。**疏曰：**朱補曰：“（一）夏康，啓子太康、仲康也。”麟按：夏，當讀遐上聲，大也，朝代名。與作時季解之夏、讀去聲者不同。太康、仲康，皆娱縱，如朱補解亦可。

校勘記：①“三”，原誤作“之”，今據李刻本、明翻宋本、汲古閣本改。②“與”，原脱，今據李刻本、明翻宋本、汲古閣本補。③“五”，原誤作“二”，今據《辭源》改。④此句上頁眉戴之麟題校補時地云：己丑後七月十八日午前。

不顧難(一)以圖後兮，五子(二)用失乎家巷。圖，謀也。言太康不遵禹、啓之樂，而更作淫聲，放縱情慾，以自娱樂，不顧患難，不謀後世，卒以失國，兄弟五人，家居閭巷，失尊位也。《尚書序》曰：太康失國（原序國作邦），昆弟五人，須于洛汭(三)，作《五子之歌》，此佚篇也。巷，一作居。［補］曰：《書》云：太康尸位(四)，以逸豫滅厥德，黎民咸貳，乃盤游無度，畋(五)于有洛之表(六)，十旬弗反。有窮后羿(七)，因民弗忍，距(八)于河。厥弟五人，御其母以從(九)，徯(十)于洛之汭。五子咸怨，述大禹之戒以作歌。逸不見全《書》，故以爲佚①篇，他皆放此。難，乃旦切。巷(十一)，里中道也。此言太康娱樂放縱，以至失邦耳。逸云：不遵啓②樂，更作淫聲。未知所據。且太康不反，國人立其弟仲康，仲康死，子相立，則五子豈有家居閭③巷之理？蓋仲康以來，羿勢日盛，王者備位而已。五子之失乎家巷，太康實使之。**疏曰：**朱補曰：“（一）難，讀爲艱。（二）五子，太康、仲康、武觀等五人也。考《左·昭元傳》：‘夏有觀、扈。’《楚語》：‘啓有五觀。’《墨子·非樂》篇云：‘於武觀曰：啓子淫溢康樂，野于飲食，將將銘莧磬以力，湛濁于酒，愉食于野，萬舞奕奕，章聞于天，天用弗式。’又《周書·嘗麥解》云：‘其在啓之五子，忘伯禹之命，假國無正，用胥興作亂，遂凶厥國。皇天哀禹，賜以彭壽，思正夏略。’《竹書紀年》云：‘啓十一年，放季子武觀于西河。十五年，武觀以西河叛，彭伯壽征西河，武觀來歸。’西河，今山西汾州府，而今太原府榆次縣有武觀城。啓十一年，乃太康三年，十五年，乃太康七年。是啓之第五子，嘗封於觀，今直隸大名府也，故稱五觀，亦曰武觀。非《書序》、《離騷》所謂五子，總言‘昆弟五人’者。按：王符《潛夫論·五德志》篇云：‘太康、仲康更立。兄弟五人，皆有昏德，不堪帝事，降須洛汭。’夏都，今山西解州夏縣。羿之亂，太康避居洛汭，今河南陳州府太康縣。羿代夏政不數年，寒浞殺羿，時夏德雖衰，王號未改。太康立二十九年而崩，弟仲康立，嘗命臣允征浞黨羲和。仲康立十三年而崩，子相立，遷都今山東曹州府濮州。相立二十八年，浞子澆滅之，遂爲漢之新莽，夏祚以絶。厥後四十年，夏舊臣伯靡乃佐相子少康，滅浞，誅澆，復禹之績，而爲漢之光武也。家衖，即《爾雅》所云‘宫中衖謂之壺’，言失河北之家而居河南也。”[4]麟按：（三）洛，水名。出陝西定邊縣東南白於山，東南流經保安、甘泉，南流入鄜縣，納沮水。又南流至朝邑南，合渭水，東入於河。《周禮》：“雍（去聲）州，其浸渭洛。”是也。按：洛河舊受漆沮水入渭，故洛與漆沮二名可以通稱。自鄭渠廢後，二水隔絶，各自入渭。明時洛水嘗改流入河，後復故，并築隄障之。汭者，水曲流也。《辭源》巳集七一頁水部六畫：“洛汭，洛水入河處，舊在河南鞏縣，今在汜水縣西北。”（四）“太康尸位”諸句，見《夏書・五子之歌》。[5]（五）畋，音田，田獵也。（六）表，陂矯切。《玉篇》：“外也。”（七）有窮后羿，《辭源》午集二三二頁穴部十畫：“窮石，古地名，説者各異。一云在河南，即窮谷。《晉地記》：‘河南有窮谷，羿滅夏，自鉏遷於此。’鉏即今河南滑縣，羿蓋由此遷於河南也。一云在山東，《水經注》：‘平原鬲縣故城西，故有窮后羿國。’即今德縣境。一云在安徽，《路史》（宋羅泌作）：‘今壽之安豐有窮谷窮水，即窮石。’在今安徽英山縣境。”麟按：以第一説爲是。后，君也。羿，名也。《晉地記》，係《晉太康地記》簡稱。《玉海》卷十五《地理書》據《唐志》謂十卷，太康三年撰，此見“晉太康地記”條。下“晉地道記”條據《隋志》則謂元康三年，六卷。未知孰是。[6]（八）距，音巨。《辭源》酉集一二六頁足部五[7]畫：“抗也。”（九）從，讀去聲。（十）徯，音奚，待也。（十一）巷，與衖同，俗讀如弄。又里中道之曲者，小者曰巷。又古人謂所居之宅亦曰巷，如顔子在陋巷。麟按：此句蓋謂失乎家居也。難不可如朱讀艱，艱音異義同也。且此難字，宜讀去聲，如原解。扈，音户。王符謂五子皆有昏德，以各實事證之，不確。仲康蓋猶能命允征羿黨也。新莽簒漢，故以喻澆；光武中興，故以喻少康。王符，《辭源》午集一六頁玉部：“符，東漢臨涇人。爲人耿介，不同於俗。志意藴積，隱居著書，以譏當時之得失。不欲章其名，號曰《潛夫論》。”新莽，《辭源》午集一七頁玉部：“漢孝元皇后之姪，字巨君。平帝時，爲大司馬，秉政。陽爲恭儉以收人望，稱宰衡，加安漢公。弑平帝，立孺子嬰。莽攝政，號假皇帝，臣民謂之攝皇帝。尋簒漢位，國號新。法令煩苛，赤眉緑林諸盜同時蠭起。光武與兄伯升乃起兵討之，莽敗被殺，在位十五年。”漢光武，名秀，高祖九世孫。王莽簒漢，盜賊蠭起，光武起於春陵（春陵，今湖北棗陽縣東），破莽軍於昆陽。旋即帝位，定都洛陽。平銅馬諸賊，降赤眉，討公孫述、隗囂等，天下大定。又留心文學，重氣節之士，内治亦盛。在位二十三年。昆陽，《辭源》辰集八頁日部四畫：“縣名，戰國魏邑。漢置縣，北齊廢，即今河南葉縣治。漢光武大破莽兵百萬於此，後封傅俊爲侯。”[8]公孫述，《中國人名大辭典》三六頁四畫公部：“後漢茂陵人，字子陽。哀帝時爲清水長，太守以其能，使兼攝五縣，政事修理，奸盜不發。王莽天鳳中自立爲蜀王，都成都。建武初自立爲天子，號成家。建元龍興，盡有益州之地。述性苛細，察於小事，敢誅殺而不見大體。大司馬吴漢、輔威將軍臧宫攻之，郡邑皆降。述被刺，洞胸墮馬，左右輿入城死。漢夷述妻子，盡滅公孫氏。”隗囂，《辭源》戌集一三六頁阜部十畫：“東漢成紀人，字季孟。王莽末，據隴西，稱西州上將軍。初封更始，旋屬光武，後又叛附公孫述。光武西征，囂奔西城而死。”⑨

校勘記：①“佚”，原誤作“逸”，今據李刻本、明翻宋本、汲古閣本改。②“啓”，原誤作“禹”，今據李刻本、明翻宋本、汲古閣本改。③“間”，原誤作“里”，今據李刻本、明翻宋本、汲古閣本改。④此句上頁眉戴之麟題校補時地云：丁亥六月二十七日午後，韓左个。⑤此句上頁眉戴之麟題校補時地云：己丑正月八日上午，正寢。⑥此句上頁眉戴之麟題校補時地云：己丑三月二十三日午前，圖書館。⑦“五”，原誤作“六”，今據《辭源》改。⑧此句上頁眉戴之麟題校補時地云：己丑後七月十八日午後。⑨此句旁頁邊戴之麟題校補時地云：己丑後七月十八日午後。

羿淫游①以佚(一)畋②兮，羿，諸侯也。畋，獵也，一作田。［補］曰：羿，五計切。《説文》云：帝嚳，射官也，夏少康滅之。（帝嚳，踞少康時間甚遠。補未深思，故下誤。）賈逵(二)云：羿之先祖也，爲先王射官。帝嚳時有羿，堯時亦有羿，羿是善射之號。此羿，商時諸侯，有窮后也。**疏曰：**朱補曰：“佚田，讀爲泆畋。”麟按：（一）佚，移疾切，與逸通，不勞也。泆，亦移疾切，但解爲放恣義，與佚異。朱本謂佚讀爲泆，泆或有别音歟？又按：此係言夏事，逵謂此羿商時諸侯，商當作夏方合。（二）賈逵，《辭源》酉集九八頁貝部六畫：“漢平陵人，字景伯。弱冠能誦《左氏傳》及五經本文。永平中，獻《左氏傳解詁》三十篇、《國語解詁》二十一篇。明帝重其書，寫藏祕館，命與班固並校祕書。章帝時，使選公羊嚴、顏諸生高才者二十人，教以《左氏》，由是《左傳》始盛行。”

又好(四)射夫封狐。封(一)狐，大狐也。言羿爲諸侯，荒淫游戲，以佚畋獵，又射③大狐(三)，犯天之孽(二)，以亡其國也。［補］曰：射，食亦切，弓弩發也。《天問》云：帝降夷羿，革孽夏民。馮珧利決，封豨是射。**疏曰：**朱補曰：“（一）封，讀爲豐。”麟按：朱補本原注無（二）“犯天”二句，“又射”句（三）“射”字下多“殺”字。封、豐音同。（四）好，去聲。

校勘記：①“游”，明翻宋本、汲古閣本作“遊”。後文凡從李刻本作“游”而他本皆作“遊”者，徑從李刻本不出校。②“畋”，原誤作“田”，今據李刻本、明翻宋本、汲古閣本改。③“射”下，李刻本、明翻宋本、汲古閣本原有“殺”字，以下文疏證曰“‘又射’句‘射’字下多‘殺’字”，今不補。

固亂流其鮮終兮，鮮(一)，少也。固，一誤作國。鮮，一作尠。**疏曰：**朱補曰：“鮮，讀爲尟。《詩》云：‘鮮克有終。’”麟按：《辭源》亥集五六頁魚部六畫：“（一）音蘚，少也。”鮮音義同，尟音義亦同，朱解未得其故。“鮮克有終”，見《詩·蕩》章。①

浞又貪夫厥家(一)。浞，寒浞，羿相(二)也。婦謂之家。言羿因夏衰亂，代之爲政，娛樂畋獵，不恤民事，信任寒浞(三)，使爲國相。浞行媚於内，施賂於外，樹之詐慝而專其權勢。羿畋將歸，使家臣逢蒙(四)射而殺之，貪取其家，以爲己妻。羿以亂得政，身即滅亡，故言鮮終。［補］曰：浞，食角切。傳曰：以德和民，不聞以亂(五)；以亂易亂，其流鮮終。浞、澆之事是也。**疏曰：**朱補曰：“（一）《左傳》：‘女有家。’”麟按：（二）相，當讀去聲。（三）寒，音韓，國名。夏時浞所封，今山東濰縣東有寒亭，古寒國也。浞，音齪，人名。夏時寒國之君，殺羿而代其位。（四）逢蒙，《辭源》酉集一九二頁辵部七畫：“古之善射者。《漢書·藝文志》有《逢門射法》二篇。注：‘師古曰：即逢蒙。’”蒙作門。“《孟子》：‘逢蒙學射於羿，盡羿之道，思天下惟羿爲愈己，於是殺羿。’”麟按：逢，當作逄，六畫，音龐，姓也。《顏氏家訓》云：“凡姓讀如龐者，皆作逄也。”與逢音符容切音義均異。原注作羿家臣，《孟子》（見《離婁下》）作“學射於羿”者，故後世謂弟子侮師長者曰逢蒙。或始學射，繼臣其家歟？家，本音加，此當叶姑。《辭源》丑集二〇〇頁大部：“大姑，女之尊稱。漢曹世叔之妻班昭（固妹）稱大家②。”故當叶姑。（五）“不聞以亂”等句，見《左·隱四年》“衛州吁弑其君完”傳，與此小異。③

校勘記：①此句上頁眉戴之麟題校補時地云：上午，韓寢。②“家”，原誤作“姑”，今據《辭源》改。③此句上頁眉戴之麟題校補時地云：丁亥六月二十七日午後，韓左个。

澆身被服强圉(一)兮，澆，寒浞子也。强圉，多力也。澆，一作奡。一云被於彊圉。［補］曰：澆，五弔切。《論語》曰：羿善射(二)，奡盪舟，俱不得其死然。奡即澆也，五耗切（耗讀去聲），聲轉字異（按：五弔切，傲。五到切，傲聲未轉）。《詩》曰：曾是彊禦(三)。彊禦，彊梁也。**疏曰：**朱補曰："（一）圉，讀爲禦。《詩》云：'曾是彊禦。'《傳》：'强梁，禦善也。'《爾雅》：'太歲在丁曰强圉。'"麟按：《辭源》寅集二三五頁弓部八畫解同原注："强梁，强横也。""彊禦，豪强有勢力之人也。"此當從原注之解。（二）"羿善射"三句，見《論語》下《憲問》篇。（三）"曾是彊禦"，見《詩·大雅·蕩蕩上帝》篇。①

縱欲而不忍。縱，放也。言浞取羿妻而生澆，彊梁多力，縱放其情，不忍其慾，以殺夏后相也。一本"欲"下有"殺"字。［補］曰：《左傳》云：昔有過澆(一)，殺斟灌，以伐斟尋(二)，滅夏后相。杜預(三)曰：相失國，依於二斟，爲澆所滅。**疏曰：**（一）"昔有過澆"諸句，見《左·哀元年》"春王正月，公即位。楚子、陈侯、随侯、许男围蔡"傳。②（二）斟，音針。《辭源》卯集一七八頁斗部九畫："斟尋，古國名，見《左傳》。今山東濰縣東有斟亭。斟灌，古國名，見《左傳》。今山東壽光縣東北有斟灌城。"（三）杜預，晉杜陵人，字元凱。泰始中爲河南尹，羊祜舉以自代，拜鎮南大將軍，伐吴平之。功成之後，修經籍，作《春秋左傳集解》。嘗對武帝曰："臣有《左傳》癖。"後贈征南大將軍，故亦稱杜征南。

校勘記：①此句上頁眉戴之麟題校補時地云：丁亥六月二十七日午前，韓左个。②此句上頁眉戴之麟題校補時地云：时地又。丁亥六月二十七日午後，韓左个。次日上午，牆陰。

日康娱而自忘兮，康，安也。而，一作以。厥首用夫顛隕。首，頭也。自上下曰顛。隕，墜也。言澆既滅殺夏后相，安居無憂，日作淫樂，忘其過惡，卒爲相子少康所誅，其頭顛隕而墜地。自此以上，羿、澆、寒浞之事，皆見於《左氏傳》。夫，一作以。一無"夫"字。［補］曰：顛(一)，倒也。《釋文》作巔。隕，從高下也。《左傳》云：昔有夏之方衰(二)，后羿自鉏(三)遷于窮石，因夏民以代夏政。恃其射也，不修民事，而淫(四)于原獸。寒浞，伯明氏之讒①子弟也，信而使之，以爲己相。浞行媚于内，施賂於外，愚弄其民，而虞羿于田，樹之詐慝，以取其國家，内外咸服。羿猶不悛，將歸自田，家衆殺而亨之，靡奔有鬲(五)氏。浞因羿室，生澆及豷，恃其讒慝詐僞，而不德於民，使澆用師，滅斟灌(六)及斟尋(七)氏。靡自有鬲氏收二國之燼，以滅浞，而立少康。少康滅澆於過(八)，后杼滅豷(九)於戈，有窮由是遂亡。《論語兼義》(十)云：羿逐后相自立，相依二斟，夏祚猶尚未滅。及寒浞殺羿，因羿室而生澆，澆長大，自能用師，始滅后相，相死之後，始生少康，少康生杼，杼又年長，始堪誘豷，方始滅浞而立少康。計太康失邦，及少康紹國，向有百載乃滅有窮。而《夏本紀》云仲康崩，子相立，相崩，子少康立，都不言羿、浞之事，是馬遷(十一)之疏也。**疏曰：**朱補曰："（一）顛，讀爲趚、爲蹎，或爲槙。"麟按：隕，音允。《辭源》戌集一三六頁阜部十畫："從高下也。"（二）"昔有夏之方衰"等句，見《左·襄四年》"冬，無終子嘉父使孟孫如晉"傳。（三）鉏，音習余切。《辭源》戌集二〇頁金部五畫："國名。"不注今地。按《史記卷二·夏本紀第二》"子帝少康立"注："《括地志》云：'故鉏城在滑州衛城縣東十里。'"② （四）淫，音移琴切，過（音戈）也。凡過甚者皆曰淫。（五）鬲，《史記卷二·夏本紀第二》"子帝少康立"注："故鬲城在洛州密縣界。杜預云：'國名，今平原鬲縣也。'"（六）斟灌，故城在青州壽光縣東五十四里。（七）斟尋，故城今青州北海縣是也。見《括地志》。又云：故鄩城，在洛州鞏縣西南五十八里。③ （八）過，《竹書紀年統箋》卷之三："帝相八年，寒浞殺羿，使其子澆居過。"注曰："《晉地道記》：'東萊掖縣有過鄉，北有過亭，是古過國。'《括地志》：'故過鄉在萊州掖縣西北二十里。'《史記索隱》：'過，猗姓國。'"戈，見同上"二十年，寒浞滅戈"注："杜氏曰：'在鄭宋之間。'"係禹後。④ （九）豷，音翳。趚，音顛。《説文》："走頓也。"又音電，《類篇》："走也。"與顛音同義異。蹎，音顛。《説文》："跋也。又蹷躓也。"與顛音⑤同義異。槙，音巔，與顛通。《集韻》雖有軫音，真音，惟一作木密解，一作木根相迫迮解。與顛義又不合，不知朱補何以云然。（十）《論語兼義》，俟考。（十一）馬遷，即司馬遷，原複姓，因便於行文去司字，猶諸葛亮之作葛亮也。

校勘記：①"讒"，原誤作"殘"，今據李刻本、明翻宋本、汲古閣本改。②此句下頁腳戴之麟題校補時地云：戊子八月二十四日上午，抹左補録。③此句下頁腳戴之麟題校補時地云：戊子八月二十四日上午，抹左補録。④此句上頁眉戴之麟題校補時地云：戊子六月二十八日午後，抹驪補録。⑤"音"，原脱，據上下文意補。

夏桀之常違兮，桀(一)，夏之亡王也。五臣云：言常(二)背天違道。**疏曰：**朱補曰："《周書》前《大匡》云：'有常不違。'"麟按：(一) 桀，音傑。見前"離騷經章句第一"疏十五。桀無道，湯舉兵伐而代之，夏亡，故曰"夏之亡王也"。夏讀上聲。《大匡》，《管子》第十八篇名，考無"有常不違"句，或古文《周書》篇名。(二) 常，音裳，恒也，久也。謂桀恒久違天道也。或解作夏桀之違常道亦可。①

乃遂(一)焉而逢殃。殃(二)，咎(三)也。言夏桀上倩於天道，下逆於人理，乃遂以逢殃咎，終爲殷(四)湯所誅滅。**疏曰：**朱補曰："(一) 遂，聆遂也，地名。《國語》：'其亡也，回禄信于聆遂。'《竹書紀年》：'聆遂災。'聆作聆誤。隧，即遂之俗。《墨子・非攻》篇：'天使陰暴毁有夏之城，命融隆火於夏之城間。'按：據《竹書》是湯征昆吾之年也。明年，桀出奔三朡，獲之焦門，放於南巢。"麟按：(二) 殃，音央，禍也，害也。(三) 咎，音臼，災也。(四) 殷，衣斤切，朝代名。商王盤庚遷都殷墟，改號曰殷，後人亦謂商爲殷，即湯所都之亳。亳，音薄，今縣名，屬河南省。聆遂，今地無考，待考。《史記六十九・蘇秦列傳第九》："《正義》曰：'在蘇州吴縣西北四十餘里萬安山前。遂，西南山太湖，夫差賜姑蘇於干遂。相去四十餘里。'"《竹書紀年》，《辭源》未集二頁竹部："書名，晉太康二年，汲郡人發魏襄王冢，得古書七十五篇，中有《竹書紀年》十三篇。見《晉書・束皙傳》。沈約作注，《隋志》亦載其名，然證以諸書所引，與今本多不相符，注文亦多勦取《宋書・符瑞志》，蓋又依託之僞本也。"昆吾，《辭源》辰集八頁日部四畫："古國名。(甲) 今直隸開縣有昆吾故城。昆吾國，己姓，爲夏伯。其後成湯滅之。(乙) 周穆王伐昆戎，昆吾獻赤刀。後轉爲伊吾，今新疆哈密地。"②

校勘記：①此句上頁眉戴之麟題校補時地云：丁亥六月二十日午前，韓左个。②此句上頁眉戴之麟題校補時地云：己丑後七月二十日午前。

后辛之菹醢兮，后，君也。辛，殷之亡王紂(一)名也。藏菜曰菹，肉醬曰醢。菹，一作葅。五臣云：葅醢，肉醬也。[補] 曰：菹，臻魚切。《説文》：酢菜也。一曰麋鹿爲菹①，虀菹之稱，菜肉通。醢，音海。《爾雅》曰：肉謂之醢。**疏曰：**麟按：(一) 紂，直有切。俗讀去聲，誤。詳同上桀。

殷宗(一)用而不長。言紂爲無道，殺比干(二)，醢梅伯(三)。武王杖(四)黄鉞(五)，行天罰，殷宗遂絶，不得長久也。而，一作之。［補］曰：《禮記》云：昔殷紂亂天下(六)，脯(七)鬼侯以饗諸侯。《史記》曰：紂醢九侯，脯鄂(八)侯(九)。《淮南子》云：醢鬼②侯(十)之女，葅梅伯之骸(十一)。**疏曰：**朱補曰："殷有中宗、高宗。"中宗，即大戊，殷帝雍己之弟。賢臣巫咸、臣扈共輔佐之，大修成湯之政，商道復興。號中宗，在位七十五祀。崩，子仲丁立。高宗，即武丁，殷帝小乙之子。得傅説，修政行德，天下咸驩，殷道復興，號爲高宗。在位五十九祀而崩，子祖庚立。③麟按：（一）宗，音租翁切。古人尊稱所自出之祖曰宗，引申之爲宗祀、宗社。此謂殷之宗廟禋祀，不久即滅亡，非指中宗、高宗也。（二）比干，紂諸父。諫紂不聽，爲紂所殺。（三）梅伯，商紂時諸侯，忠直而數諫紂，紂怒殺之，葅醢其身。（四）杖，音丈，應讀上聲。老人所執以扶行也。又持也。此謂持。（五）鉞，《辭源》戌集二二頁金部五畫："音越，大斧也。"亥集一〇九頁黄部："黄鉞，天子之儀仗。《書》：'王左杖黄鉞。'注：'斧也。'以黄金爲飾。"（六）"昔殷紂"等句，見《禮記·明堂位第十四》。（七）脯，音甫，乾肉也。鬼侯即九侯，同子集九一頁乙部一畫："九，讀爲仇。一作鬼。殷時諸侯。紂以西伯昌（即文王）、九侯、鄂侯爲三公。九侯有好女，入之紂。九侯女不喜淫，紂殺之，而醢九侯。見《史記》：'徐廣曰：鄴縣有九侯城。'《括地志》：'安陽縣西南有九侯城。'按：鄴、安陽，皆屬今河南省。"麟按：據此則九侯、鬼侯一也。（八）鄂，音莪鶴切，紂時國名。《國策》："鬼侯、鄂侯、文王，紂之三公也。"見《辭源》二四〇頁邑部九畫："鄂即今之武昌縣。"（九）"紂醢九侯，脯鄂侯"，係摘取《史記卷三·殷本紀第三》"紂怒，殺之"諸句語。④（十）"醢鬼侯"二句，見《淮南子》卷二《俶真訓》。⑤（十一）骸，音諧，脛骨也。又形體之總稱也。

校勘記：①"菹"，原作"葅"，今據李刻本、明翻宋本、汲古閣本改。後文凡作"葅"而他本皆作"菹"者，徑改不出校。②"鬼"，原誤作"九"，今據李刻本、明翻宋本、汲古閣本改。③此句上頁眉戴之麟題校補時地云：己丑後七月二十一日下午。④此句上頁眉戴之麟題校補時地云：戊子八月二十四日上午，捄左補録。⑤此句上頁眉戴之麟題校補時地云：戊子六月十七日午前，捄廳補録。

湯(一)禹(二)儼而祇(三)敬兮，儼，畏也。祇，敬也。儼，一作嚴。［補］曰：《禮記》曰：儼若思(四)。儼亦作嚴，並魚檢切。**疏曰：**（一）湯，他岡切。商開國君，名履。謚也，除殘去虐曰湯。帝嚳子契之後。革夏命，在位三十年。（二）禹，音羽，夏開國君。《辭源》丑集一八三頁夂部七畫："父鯀，堯時治水無功，誅死。禹續鯀之業，疏九河，……洪水以平。初封夏伯，故曰伯禹。受舜禪爲天子，因所封國爲有天下之號。姓姒氏。"姒音似，應讀上聲。（三）祗，音脂，與祈音奇爲地之神不同。（四）"儼若思"，見《禮記・曲禮篇第一》。

姚鼐曰：此等語與六經同風。[①]

周論道而莫差。周，周家也。差，過也。言殷湯、夏禹、周之文王，受命之君，皆畏天敬賢，論議道德，無有過差，故能獲夫神人之助，子孫蒙其福祐也。五臣云：湯、禹、周文，皆儼肅祗敬，論議道德，無有差殊，故得永年。［補］曰：道，治道也。言周則包文、武矣。差，舊讀作[②]蹉(一)。五臣以爲差殊，非是。**疏曰：**朱補曰："《考工記》：'坐而論道，謂之王公。'"麟按：（一）蹉[③]，音雌阿切，過也。差，誤也。差、蹉義同音異。叶頗，當讀如洪補音。[④]

校勘記：①此句上頁眉戴之麟題校補時地云：丁亥七月十一日午前，韓左个。②"作"，原脱，今據李刻本、明翻宋本、汲古閣本補。③"蹉"，原誤作"磋"，據上文改。下"差、蹉義同音異"同。④此句上頁眉戴之麟題校補時地云：戊子正月二十五日夜，韓左个。

舉賢而授(一)能兮，一云舉賢才。[①]循繩墨而不頗。頗，傾也。言三王選士，不遺幽陋[②]，舉賢用能，不顧左右；行用先聖法度，無有傾失。故能綏萬國，安天下也。《易》曰：無平不頗也。五臣云：無有頗僻。循，一作脩。頗，一作陂。［補］曰：《思玄賦》注引《楚辭》：遵繩墨而不頗。遵，亦循也，作脩非是。《易・泰卦》云：無平不陂。陂，一音頗，滂禾切。**疏曰：**朱補曰："（一）授，當作援。《禮記・儒行》云：'其舉賢援能有如此者。'"麟按：援，音爰，引也。謂引進之也。授，音侍宥切，付也。又授官曰授，授能者，謂除能者以官，付之以政也。惟朱補舉《禮記》爲證，作援引之援，亦可。除，音廚。拜官曰除。《漢書》："君除吏盡未？吾亦欲除吏。"凡言除者，除去故官，就新官也。《思玄賦》，漢張衡作。"君除吏"二句，見《漢書卷五十二・竇田灌韩传第二十二》。[③]

校勘記：①此句上頁眉戴之麟題校補時地云：戊子八月二十八日午前，縣中。②“陋”，原誤作“隱”，今據李刻本、明翻宋本、汲古閣本改。③此句上頁眉戴之麟題校補時地云：丁亥十一月七日夜，韓左个。

皇天無私阿(一)兮，竊愛爲私，所私爲阿(二)。一云所祐爲阿。**疏曰：**朱補曰：“（一）私阿，讀爲厶倚。”麟按：厶，曲於切，古私字。倚，音輢。因也，又恃也。與（二）阿音義均不合。[①]

覽民德焉錯輔。錯(一)，置也。輔(二)，佐也。言皇天神明，無所私阿。觀萬民之中有道德者，因置以爲君，使賢能輔佐，以成其志。故桀爲無道，傳與湯；紂爲淫虐，傳與文王。德，一作悳。《文選》民作人。［補］曰：焉，語助。錯，七故切。上天佑之，爲生賢佐，故曰錯輔。**疏曰：**朱補曰：“（一）錯輔，讀爲措俌。《左・僖五》傳：‘《周書》曰：皇天無親，惟德是輔。’”麟按：（一）錯、措，均鸁誤切。（二）輔、俌，均扶武切。俌，輔也；輔，助也。義亦近。措、錯義同。朱云又不知義之所在。“皇天”二句，見《周書・蔡仲之命》。

校勘記：①此句上頁眉戴之麟題校補時地云：己丑五月十日午前，新庭。己丑九月十四日上午。

夫維聖哲以茂行兮，哲，智也。茂，盛也。［補］曰：行，下孟切。**疏曰：**朱補本以作之。

姚鼐曰：此處從古入身，遂將芳潔見嫉之概，哭訴一番，文有控勒。[①②]

苟[③](一)得用(二)此下(三)土。苟，誠也。下(三)土，謂天下也。言天下之所立者，獨有聖明之智，盛德之行，故得用事天下，而爲萬民之主。［補］曰：睿作聖，明作哲。聖哲之人，以有甚盛之行，故能使下(三)土爲我用。《詩》曰：奄(四)有下土。**疏曰：**朱補曰：“（一）苟者，茍之誤字。自急敕也。與《儀禮》‘賓爲茍敬’，《禮記》‘茍日新’同。或曰敬之誤字也。（二）用，讀爲巃，兼有也。”麟按：（三）三“下”字，均讀上聲，底下也。與讀去聲解作自上而下者曰下不同。（四）奄，音倚檢切。覆也，大有餘也。苟，宜作誠解。巃，音籠，兼有也。與用音容去聲，音義均不近。朱謂用讀爲巃，不知所指。“奄有下土”，見《詩・閟宫》章。

校勘記：①此句出沈伯經《古文辭類纂評注》，爲沈氏於頁眉所作評注，非姚鼐語。②此句上頁眉戴之麟題校補時地云：丁亥七月十一日午前，韓左个。③“苟”，李刻本、明翻宋本、汲古閣本作“茍”。以下文疏證曰“苟者，茍之誤字”，今不改。

瞻前而顧後兮，瞻，觀也。顧，視也。前謂禹、湯，後謂[①]桀、紂。［補］曰：《説文》：瞻，臨視也。顧，還視也。**疏曰：**朱補曰：“《論語》曰：‘瞻之在前。’《詩》云：‘不顧其後。’”麟按：“瞻之在前”，見《論語》上《子罕》篇。“不顧其後”，見《詩・角弓》章。相觀民之計極。相，視也。計(一)，謀也。極，窮也。言前觀湯、武之所以興，顧視桀、紂之所以亡，足以觀察萬民忠佞之謀，窮其真僞也。民，一作人。［補］曰：相，息亮切。言觀民之策，此爲至矣。計，策也。極，至也。相觀，重言之也。下文亦曰：覽相觀於四極，與《左傳》尚猶有臭(二)、《書》弗遑暇食(三)語同。**疏曰：**朱補曰：“（一）計，讀爲既，實爲訖，猶終也。謂興亡之究竟。”麟按：計，音吉詣切，無訖音。凡會集其事，核其多寡，皆曰計，即究竟意也。不必如朱補讀如訖。（二）“尚猶有臭”，見《左・僖四年》“晉侯殺其世子申生”傳。（三）“弗遑暇食”，見《書・無逸》。弗作不。

校勘記：①“謂”，原誤作“爲”，今據李刻本、明翻宋本、汲古閣本改。

夫孰非義(一)而可用兮，孰非善而可服(二)。服，服事也。言世之人臣，誰有不行仁義，而可任[①]用；誰有不行信善，而可服事者乎？言人非義則德不立，非善則行不成也。五臣云：服，用也。**疏曰：**朱補曰：“（一）義，讀爲誼。（二）服，亦用也。義、善謂臣，用、服謂君。”麟按：義、誼，古音義均同，不必如朱補本解也。

校勘記：①“任”，原脱，今據李刻本、明翻宋本、汲古閣本補。

阽余身而危死兮，阽，猶危也。或云：阽，近也。言己盡忠，近於危殆。一本

“死”下有“節”字。［補］曰：阽(一)，音簷，臨危也。《小爾雅》(二)曰：疾甚謂之阽。《前漢》注云：阽，近邊欲墮之意。**疏曰：**朱補曰：“（一）阽，臨危也。臨於危而未傾也。”麟按：謂身危而將死也。（二）《小爾雅》，《辭源》寅集一〇七頁小部：“書名。《漢·藝文志》有《小爾雅》一篇，無撰人名氏。今所傳本，則《孔叢子》第十一篇内鈔出别行者，疑非《漢志》所稱舊本。其書分《廣詁》、《廣言》、《廣訓》、《廣義》、《廣名》、《廣服》、《廣器》、《廣物》、《廣鳥》、《廣獸》十章，而益以《度》、《量》、《衡》爲十三章。頗可以資考據，然時有錯迕，如謂‘鵠中者謂之正’、‘四尺謂之仞’之類，皆與經文牴牾。”“阽，近邊”句，考《漢書》卷二十四上《食貨志》“安有为天下阽危者”句注，爲“師古曰：‘阽危者，欲墜之意也。’”與此小異。①

覽(一)余初其猶未悔。言己正言危行，身將死亡，上觀初世伏節之賢士，我志所樂，終不悔恨也。五臣云：今觀我之初志，終竟行猶未爲悔。**疏曰：**朱補曰：“‘覽余初’，即上文‘覽揆余初度’之‘初’。言己既有内美，又重修能，終不自貶。”麟按：（一）覽，藍上聲，周視也。謂反觀己之初衷，雖死猶尚不悔恨也。作不自貶，語意似不足。

校勘記：①此句上頁眉戴之麟題校補時地云：戊子九月二十九日上午，揉左補録。

不量鑿而正枘兮，量，度也。正，方也。枘所以充鑿。［補］曰：量，力香切。鑿，音漕，穿孔也。枘，而鋭切，刻①木端所以入鑿。《淮南子》云：良工漸乎矩鑿之中(一)。**疏曰：**（一）“良工”句，見《淮南子》十《繆稱訓》。

固前修以菹醢。言工不量(一)度(二)其鑿(三)，而方正其枘(四)，則物不固而木破矣。臣不度君賢愚，竭其忠信，則被罪過②，而身殆也。自前世修名③之人，以獲菹醢，龍逄(五)、梅伯(六)是也。菹，一作葅。五臣云：邪佞在前，忠賢何由能進。［補］曰：《九辯》云：圜鑿而方枘兮，吾固知其鉏(七)鋙(八)而難入。夫邪佞在前，而己以正直當之，其君不察，得罪必矣。**疏曰：**麟按：（一）量，平聲。（二）度，音奪。朱補曰：“（三）鑿，木穿也。（四）枘，即内字。入也，猶柄也。《史記》：‘持方柄欲納圜凿，其能入乎？’此其諠也。”（五）龍逄，原爲關龍逄。夏桀爲長夜之飲，龍逄嘗引黄圖以諫，立而不去。桀曰：子又妖言矣。殺之。按："關龍"一作"豢龍"，謂爲古豢龍氏之後。（六）梅伯，見上"殷宗用而不長"疏。（七）鉏，音助吕切。（八）鋙，音魚吕切。與齟齬同，不相入之貌。"枘，即内字"與"猶柄也"矛盾。内，音納，入也。如原解可。"持方柄"句，《史記》七十四《孟子荀卿列傳第十四》孟子本傳下原文"圓"作"圜"，"圜"同"圓"。④

校勘記：①"刻"上，原衍"切"字，今據李刻本、明翻宋本、汲古閣本删。②"罪過"，原誤作"過惡"，今據李刻本、明翻宋本、汲古閣本改。③"名"，原誤作"明"，今據李刻本、明翻宋本、汲古閣本改。④此句上頁眉戴之麟題校補時地云：戊子九月二十三日上午，救左補録。

曾歔欷余鬱邑兮，曾(一)，累也。歔欷(二)，懼貌。或曰：哀泣之聲也。鬱邑(三)，憂也。曾，一作增。邑，一作悒。[補]曰：歔，許居切。欷，香衣、許毅二切。**疏曰：**朱補曰："（一）曾，讀爲增，絫也。（二）歔欷，歎息也。（三）鬱邑，愁瀐也。"麟按：曾與增音同，嘗也。已然之詞，謂嘗已歎息而憂愁也。絫、累，古今字。哀朕時之不當。言我累息而懼、鬱邑而憂者，自哀生不當舉賢之時，而值菹醢之世也。[補]曰：當(一)，平聲。**疏曰：**朱補曰："（一）當，相值也。""言我"二句，宜如原解。

攬茹蕙以掩(一)涕(二)兮，茹，柔耎(三)也。攬，一作擥，《文選》作擥。五臣云：茹，臭(四)也。蕙，香草。以喻忠正之心。[補]曰：茹，《文選》音汝。《玉篇》(五)云：茹，柔也，一曰菜茹。五臣以茹爲香，誤矣。《吕氏春秋》(六)曰：以茹魚驅蠅（"以茹魚"諸句，見是書《功名》篇，原文上有"雖工不能"四字）①，蠅愈至而不可禁。則茹又爲臭敗之名，非香也。**疏曰：**麟按：（一）掩，音奄，遮也。（二）涕，音體，又去聲。目汁出曰涕。蕙，見上"紉秋蘭"句疏。（三）耎，音軟。《玉篇》："柔也。"（四）臭，音尺救切。凡氣之總名，即氣也。如《詩》云"無聲無臭"。又抽去聲，臭腐也。此"臭"宜從尺救切，義宜從《玉篇》。解作香亦通，蓋蕙香草也。（五）《玉篇》，《辭源》午集九頁玉部："書名，梁顧野王撰。三十卷。《説文》討篆籀之源，《玉篇》疏隸變之流。於文字訓詁，所係甚重。惟是書經梁之蕭愷、唐之孫强、宋之陳彭年屢加增改，已盡失舊觀。所通行之《重修玉篇》，絶非顧氏原書。清黎庶昌出使日本，得唐寫零本四卷，刻入《古逸叢書》内，共兩册。原本注文甚詳，重修之本皆删去，所增者僅大字。原本次第，多與《説文》同；重修之本，則皆凌亂，惜所存不過十之一二矣。”蕭愷，同下書一六五四頁十七畫蕭部：“梁子顯子。才學譽望，時論以方其父。太清初遷御史中丞。侯景亂，愷於城内遷侍中，尋卒。”孫强，《中國人名大辭典》七六〇頁十畫孫部：“唐富春人。一作彊。上元末處士。梁顧野王著《玉篇》，至唐有孫强增加字，謂之上元本。”陳彭年，同上書一〇八九頁十一畫陳部：“宋南城人，字永年。幼嗜學，年十三，著《皇綱論》萬餘言，爲名輩所賞。南唐主李煜聞之，召入宫，令幼子仲宜與之游。金陵平，師事徐鉉爲文，第雍熙進士。後附王欽若、丁謂，仕至兵部侍郎。性博聞强記，於朝廷典禮，無不參預，深爲真宗所重。卒，謚文僖。有《文集》、《唐記》、《江南别録》，又奉敕編宋《重修廣韻》。”② 《古逸叢書》，《辭源》丑集七頁口部二畫：“清黎庶昌在日本時所刻，凡二十六種。皆搜采我國遺籍之在日本者，仿原本精雕，爲近世叢書之冠。”庶昌，《中國人名大辭典》一五八一③頁十五畫黎部：“清遵義人，字蒓齋，廩貢生。同治間上萬言書，以縣令發兩江，官至川東道。兩使日本，影鈔唐宋舊籍，成《古逸叢書》，皆中土不傳之本。自著有《拙尊園叢稿》。”④ （六）《吕氏春秋》，書名。舊題秦吕不韋撰，考之《史記》，實其賓客之所集也。凡十二紀、八覽、六論。十二紀，即《禮記》之《月令》。八覽，亦稱《吕覽》。是書大抵以儒術爲主，而參以道家、墨家，其持論頗爲不苟。今本凡二十六卷。

霑余襟之浪浪。霑，濡也。衣眥（一）謂之襟。浪浪，流貌也。言己自傷放在草澤，心悲泣下，霑濡我衣，浪浪而流，猶引取柔耎香草，以自掩拭，不以悲放失仁義之則也。［補］曰：《爾雅》：衣眥謂之襟。襟，交領也。浪，音郎。**疏曰：**（一）眥，音劑。又集義切。

姚鼐曰：以上言以此心正於舜重華而無愧，又安能不爲善也。

校勘記：①此句上頁眉戴之麟題校補時地云：己丑十月二十八日午前。②此句下頁脚戴之麟題校補時地云：己丑後七月二十日午前。③“一”，原誤作“〇”，今據《中國人名大辭典》改。④此句上頁眉戴之麟題校補時地云：己丑後七月二十日午間。

跪敷衽以陳辭兮，敷（一），布也。衽（二），衣前也。陳（三）辭（四）於重華，道羿、澆以下也。故下句云：發軔(五)於蒼梧(六)也。辭，一作詞。［補］曰：跪(七)，巨委切。《爾雅》疏云：衽，裳際也。**疏曰：**朱補曰：“（一）敷，岐也。（二）衽，衣裣也。（三）陳，讀爲敶，列也。（四）辭，讀爲詞。”麟按：衽，音任，係去聲。又上聲，義同。《辭源》申集一六五頁衣部四畫：“俗作袵，衣襟也。謂衣之兩旁掩裳際處。朝祭喪服，衣與裳殊。衽屬衣，其幅之燕尾，殺（音曬）而下垂而放之，即所謂衣襟。深衣不殊。衽屬裳，其幅之燕尾殺而上縫之，以合前後，亦曰衽。見《説文通訓定聲》。”（五）軔，音仞，以木支輪而止其轉者，故車始啓行曰發軔。（六）蒼梧，見下“朝發軔於蒼梧兮”句疏。岐，音式支切。《玉篇》：“亦施字。”《説文》：“敷也。”裣，音今。《廣韻》：“與衿同。”陳、敶，古今字。辭、詞同，音義均無殊。（七）跪，音巨委切。古時兩膝著地，以尻著足跟而稍安者曰坐，直其腰股而勢危者曰跪。尻，音考平聲，脊骨盡處也。

姚鼐曰：陳辭重華，明己之不能改爲不善耳。乃歷引君國善敗爲喻，此實者虛之之法。若移此文於“三后純粹”一段，則文法平實無奇觀矣。①

耿吾既得此中正；耿(一)，明也。言己上覩禹、湯、文王修德以興，下見羿、澆、桀、紂行惡以亡，中知龍逄、比干執履忠直，身以菹醢。乃長跪布衽，俛(二)首自念，仰訴於天，則中心曉明，得此中正之道，精合真人(三)，神與化游。故設乘雲駕龍，周歷天下，以慰己情，緩幽思也。五臣云：明我得此中正之道。［補］曰：言己所以陳詞於重華者，以吾得中正之道，耿然甚明故也。《反離騷》云：吾馳江潭之汎溢兮，將折衷乎重華；舒中情之煩或(四)兮，恐重華之不纍(五)與。余恐重華與沈江而死，不與投閣而生(六)也。**疏曰：**（一）耿，音古幸切。（二）俛，音夫武切。与俯、頫並同，仰之反面，身屈首垂而向下也。即低頭。（三）真人，《辭源》午集一三四頁目部五畫：“修真得道之人也。《莊子》：‘關尹、老聃乎，古之博大真人哉！’真人之名始此，其後道家於成仙者，率奉以真人之號。”（四）或，惑本字。《字典》：“《孟子》：‘無或乎王之不智也。’”《史記》賈誼《鵩鳥賦》：“衆人或或。”本作或，後加心以別之。（五）纍，音力追切。《説文》：“綴得理也。”又不以罪死曰纍。（六）“投閣而生”，係莽大夫劉歆事。“無或乎王之不智也”，見《孟子》下《告子上》。“關尹”二句，見《莊子·雜篇·天下》。②

校勘記：①此句上頁眉戴之麟題校補時地云：丁亥七月十一日午前，韓左个。②此句上頁眉戴之麟題校補時地云：戊子七月二十一日上午，捄曬補録。

駟玉虬以椉鷖兮，有角曰龍，無角曰虬(一)。鷖(二)，鳳皇[①]别名也。《山海經》云：鷖身有五采(三)，而文如鳳。鳳類也，以爲車飾。虬，一作虯。椉(四)，一作乘。鷖，一作翳。［補］曰：言以鷖爲車，而駕以玉虬(五)也。駟，一乘四馬也。虬，龍類也，渠幽切。《説文》云：龍子有角者。相如賦云：六玉虬(六)。謂駕六馬，以玉飾其鑣勒(七)，有似玉虬也。鷖，於計、烏雞二切。《山海經》云：九疑山有五彩之鳥(八)，飛蔽一鄉。五彩之鳥，翳鳥也。又云：蛇山有鳥，五色，飛蔽日，名鷖鳥。**疏曰：**朱補曰："（一）虬，當作虯。許慎云：'龍子有角者。'按：龍雄有角，雌無角。龍子一角者蛟，兩角者虯，無角者螭也。（二）鷖，讀爲翳。《海内經》：'北海之内，虵（同蛇）山有五采之鳥，飛蔽一鄉，名曰鷖鳥。'郭注：'鳳屬。'"麟按：朱補本取原注，只"有角"以下二十三字。（四）椉，讀平聲。（五）玉虬，亦飾也。一乘"乘"字去聲。（六）"六玉虬"，見相如《上林賦》。（七）鑣，音卑妖切，馬銜也。《爾雅》："馬勒旁鐵。"勒，音羅劾切，馬絡頭也。有嚼口者曰勒，無曰羈。蛇、虵，均音時耶切。螭，音敕伊切。《辭源》申集一三五頁虫部十一畫："若龍而黄，無角。古文雕刻多仿其形以爲飾，如螭首、蟠螭之類。"鷖、翳通，彩、采同。（八）原注所引"九疑山"諸句，均節《山海經》第十八卷《海内經》語。"蛇山"諸句同，"鷖身"二句亦同。係撮取之句。[②]

溘埃風余上征。溘，猶掩也。埃，塵也。言我設往行游[③]，將乘玉虬，駕鳳車，掩塵埃而上(一)征，去離(二)世俗，遠(三)羣小也。［補］曰：《遠游》云：掩浮雲而上征。故逸云：溘，猶掩也。按溘，奄忽也，渴合切。征，行也。言忽然風起，而余上征，猶所謂忽乎吾將行耳。**疏曰：**（一）上，讀上聲，自下而上也。（二）離，音梨，遠别也。此讀去聲，謂去也。（三）遠，讀去聲，去之也。麟按：此句即如洪解，當解作"忽然若風之急起，而余上行，離去乎塵埃也"方可。

姚鼐曰：此下承"往觀乎四荒"極言之，而卒歸於不可，所謂"發乎情，止乎理義"。[④]

校勘記：①"皇"，原作"凰"，今據李刻本、明翻宋本、汲古閣本改。②此句上頁眉戴之麟題校補時地云：戊子正月十八日上午，韓左个。③"游"，原作"遊"，今據李刻本、明翻宋本、汲古閣本改。後文凡作"遊"而他本皆作"游"者，徑改不出校。④此句上頁眉戴之麟題校補時地云：丁亥七月十一日午前，韓左个。

朝發軔於蒼梧兮，軔，搘輪木也（參看上“跪敷”句分注）。蒼梧（一），舜所葬也。搘（二），一作支。［補］曰：軔，音刃。《戰國策》云：陛下（三）嘗軔車於趙（四）矣。軔，止車之木，將行則發之。五臣以軔爲車輪，誤矣。《山海經》云：蒼梧山（五）舜葬于陽，帝丹朱葬于陰。《禮記》曰：舜葬于蒼梧之野（六）。注云：舜征有苗而死，因葬焉。蒼梧於周，南越之地，今爲郡。如淳曰：舜葬九嶷。九嶷在蒼梧馮乘縣，故或曰：舜葬蒼梧也。**疏曰：**朱補曰：“（一）蒼梧，在今湖南永州府寧遠縣之南、桂陽州藍山縣之西。《禮記·檀弓》：‘舜葬于蒼梧之野。’”麟按：蒼梧亦曰九嶷。（二）搘，音支，支撐也。陛，音弼禮切，天子階也。（三）陛下，天子之稱（《獨斷》）。天子必有近臣執兵立陛側以戒不虞，人臣與天子言，不敢直斥，故呼在陛下者而告之，因卑達尊之意也。“陛下”句，見《國策》卷第七《秦五》“楼啎”節後。① （四）趙，音肇，國名。周穆王封造父於趙，故地在今山西趙城縣。其後與韓、魏分晉，得今直隸南部、山西北部地，卒滅於秦。麟按：朱補本原注只載“軔，支輪也”。（五）“蒼梧山”二句，見《山海經》貞集卷十四十五頁，“山”上有“之”字，下有“帝”字。②（六）“舜葬于蒼梧之野”，見《禮記》上《檀弓上》。③

夕余至乎縣圃；縣圃（一），神山，在崑崙（二）之上。《淮南子》（三）曰：崑崙縣圃，維絶，乃通天。言已朝發帝舜之居，夕至縣圃之上，受道聖王，而登神明之山。縣，一作懸。一無“絶”字。一本乃作絶。［補］曰：縣，音玄。《山海經》云：槐江之山（四），上④多琅玕（五）金玉，其陽（六）多丹粟（七），陰（八）多金銀，實惟帝之平圃（九）。南望崑崙，其光熊熊（十），其氣魂魂（十一）。西望大澤，后稷（十二）所潛（十三）。平圃，即懸圃也。《穆天子傳》（十四）云：春山之澤，清水出泉，温和無風，飛鳥百獸之所飲食，先王之所謂縣圃。《水經》云：《崑崙説》曰：崑崙之山三級：下曰樊桐，一名板松；二曰玄圃，一名閬（十五）風；上曰層城，一名天庭。層，音增。《淮南子》言傾宫旋室（十六），懸圃、閬風、樊桐，在崑崙閶闔之中。樊，音飯。又曰：崑崙之丘，或上倍之，是謂涼風之山，登之而不死；或上倍之，是謂懸圃之山，登之乃靈，能使風雨；或上倍之，乃維上天，登之乃神，是謂太帝之居。東方朔《十洲記》（十七）曰：崑崙山有三角：一角正北，上干北辰星之燿，名閬風巔；其一角正西，名曰玄圃臺；其一角正東，名曰崑崙宫。玄與縣古字通。《天問》曰：崑崙縣圃，其居安在。**疏曰：**朱補曰：“《水經·河水注》：‘昆侖之山三級，中曰（一）玄圃，一名閬風。’《穆天子傳》：‘春山之澤，清水出泉，温和無風，……玄圃。’縣，亦作玄。按：（二）崑崙山即《穆天子傳》之春山，《山海經·西山經》之鍾山，《水經·河水注》之陰山，《釋典》之須彌山，今滿洲謂之枯爾坤山也。

在甘肅嘉峪關外，西域河水所出。”麟按：縣圃，即玄圃。《辭源》未集八九頁系部十畫指爲仙人所居地也。相傳在崑崙山上有五城十二樓，亦作懸圃。崑崙，參看後“邅吾導夫崑崙兮”疏。山名，一作昆侖，亞洲最大山脈之一，起自帕米爾東境之葱嶺，沿西藏、新疆之境，東走入内地。東西之綿亙，約經度四十度。分西、中、東三部，西崑崙起帕米爾，分二支。一經後藏，爲哈喇崑崙山脈；一由後藏、新疆間，迤東經青海、前藏間，爲唐古喇大山脈；唐古喇大山脈之北爲中崑崙，亦曰北巴顔哈喇山脈。横貫青海全部。江河之源，皆出於此。（江出山陽，河出山陰。）由中崑崙分支東北走爲祁連、賀蘭諸山，至綏遠、察哈爾境爲陰山。又東屬於内興安嶺，分布於滿洲、朝鮮。長白山脈，其著者也。我國古史所謂崑崙山，專指崑崙山之南部，在甘肅、新疆之間者也。中崑崙之南端直下者爲横斷山脈，又東入内地爲東崑崙，分爲二支，一曰北嶺，自巴顔哈喇分出，東至四川爲岷山。岷山又分二支，相並東來。一支爲漢南諸山，至荆山而極；一支爲終[5]南、桐柏、大别諸山，至天柱山而極。一曰南嶺，自横斷山脈分出，東南入雲南，東出而爲雲嶺。又東爲苗嶺、五嶺、武夷山、仙霞嶺，至東海濱而極。逾海而舟山群島起焉，臺灣及日本四島皆其餘脈也。按：東崑崙山脈，古説分北條、中條、南條三派。北條自陝西汧山起，北行達河套，東行至山西接太行山脈，又東屬於恒山。中條自西傾山起，盤結黄河長江間，爲華山、嵩山，東迤爲大别山脈。南條自岷山、巴山二脈，逾江而南，至於衡山，直至長江下游而止。與今説稍異。又有指喜馬拉雅山爲崑崙山者，如《元史》稱太祖駐大雪山，時雪深二丈，詔封崑崙山爲玄極山是也。與廣西之山、日本之島、山東牟平縣東南之山不同。（三）《淮南子》，書名。漢淮南王劉安撰[6]，二十一卷。《漢志》有内外篇，今所傳二十一篇，其内篇也。高誘序此書，大較歸之於道，號曰《鴻烈》，故《宋史・藝文志》作《淮南鴻烈解》，蓋并高誘之注而言。諸書引用或指本文，亦曰《淮南鴻烈解》，則誤之甚也。（四）“槐江之山”等句，見《山海經》卷二《西山經》四十五[7]條。[8]槐，音懷。琅，音郎。玕，音干。（五）琅玕，《辭源》午集二九頁玉部七畫：“《書》：‘厥貢球琳琅玕。’注云：‘石而似玉。’疏云：‘石而似珠。’《山海經》云：‘崑崙山有琅玕樹。’”（六）陽，音洋，山南也，又水北也。（七）丹粟，查《山海經》：“崦嵫之山，其上多丹木，其葉如穀，其實大如瓜，赤樹而黑理，食之已癉，可以禦火。”又“峚山之上多丹木，圓葉赤莖，黄花赤實，其味如飴，食不飢。”未知是否此物。（八）陰，衣金切。山之北曰陰，又水南也。（九）平圃，郭璞云即玄圃也。畢沅曰：“在今甘肅張掖縣北雞山。”（十）熊，音雄。熊熊，光貌。（十一）魂，音渾。魂魂，多貌。猶芸芸也。（十二）后稷，名棄，周之始祖。（十三）潛，音齊鹽切，涉水也。又藏也。（十四）《穆天子傳》，《辭源》午集二二三頁禾部十一畫：“書名，晉太康二年，汲縣人不準盜發魏襄王墓，始得此書。見《晉書·束晳傳》。書中所紀，爲周穆王西行事，小説書之最者也。晉郭璞爲之注，凡六卷。”“春山之澤”諸句，見是書“天子北升于春山之上”節。[⑨]（十五）閬，音浪，與朗同，高也。亦讀如郎。陰山，在綏遠特别區域，横障漠北。起寧夏賀蘭山，亙烏喇特歸化城之境，蜿蜒而東，隨地易名，蓋數千里。地學家謂之陰山山脈。須彌，山名。見佛經。亦作修迷樓，其義爲妙高，亦曰雪山，即今之喜馬拉雅山也。須、修之與喜，彌、迷之與馬，樓之與拉，皆一音之轉。滿洲，地名。本曰滿住，乃文殊之音轉，以佛名爲名也。明之中葉，有建州衛酋長李滿住者，由朝鮮（音昭仙，取朝日鮮明義也）咸鏡道移居興京，其後清太祖統其部落，以滿住爲尊號，是爲滿洲汗。至太宗始以滿洲爲部族之名，旋又用爲國號。世人因東三省爲太祖太宗所經略，遂稱其地爲滿洲焉。三省者，奉天、吉林、黑龍江也。麟按：枯爾坤山，滿洲語即崑崙山。（十六）“傾宮旋室”諸句及“崑崙之丘”諸句，見《淮南子》卷四《地形訓》。[⑩]（十七）《十洲記》，詳下“總余轡乎扶桑”句疏。“崑崙山”諸句，見是書《方丈洲》第四則，原文與此少異。[⑪]

校勘記：①此句上頁眉戴之麟題校補時地云：己丑四月十五日午前，新庭。②此句上頁眉戴之麟題校補時地云：丙戌六月十一日午前，韓正寢。戊子二月十四日午後，韓左个。③此句上頁眉戴之麟題校補時地云：戊子六月二十八日上午，捄廳補録。④“上”，原脱，今據李刻本、明翻宋本、汲古閣本補。⑤“終”，原誤作“江”，今據《辭源》改。⑥“撰”，原誤作“傳”，今徑改。⑦“五”，原誤作“六”，今據《山海經》改。⑧此句上頁眉戴之麟題校補時地云：丁亥七月十九日午前，韓左个。⑨此句上頁眉戴之麟題校補時地云：己丑十月二十八日午前。⑩此句上頁眉戴之麟題校補時地云：丁亥七月十九日午前，韓左个。⑪此句上頁眉戴之麟題校補時地云：己丑九月二十一日午前。

欲少留此靈瑣兮，靈以喻君。瑣(一)，門鏤(二)也，文如連瑣，楚王之省(三)閤(四)也。一云：靈，神之所在也。瑣，門有青瑣也。言未得入門，故欲小住門外。瑣，一作璅。五臣云：璅，門閣也。［補］曰：瑣，先果切。上文言夕余至乎縣圃，則靈瑣，神之所在也。神之所在，以喻君也。《漢舊儀》(五)云：黄門令日暮入對青瑣、丹墀拜。《音義》云：青瑣，以青畫户邊鏤也。**疏曰：**朱補曰：“（一）瑣，讀爲𦨤，門户疏窗也 。靈瑣，猶言神居也 。”瑣，連也。鏤玉爲連環，不絶曰瑣，瑣即後世之鎖字，後以金鐵爲之，因稱鎖也。古人於宮門上鏤作連環文，故稱宮門曰瑣。（二）鏤，音漏，雕刻也。𦩷，音梳。（三）省，音史梗切。生上聲，宮禁曰省。（四）閤，音鴿，與閣音義同，庋藏之所。又官署也。（五）《漢舊儀》，一作《漢官舊儀》。《辭源》巳集一四九頁水部十一畫："書名，漢衛宏撰，一卷。《補遺》一卷。原本久佚，《四庫》著録者乃從《永樂大典》中抄出。所記皆西漢典禮，本曰《漢舊儀》，後人輾轉傳寫，與應劭《漢官儀》混淆爲一，遂妄增官字於書名中，非其舊也。"

日忽忽其將暮。言己誠欲少留於君之省閤，以須(一)政教，日又忽去，時將欲暮，年歲且盡，言己衰老也。**疏曰：**朱補曰："王注此二句誤。"麟按：（一）須，音需，待也。朱補謂王注此二句誤，未詳其義。

姚鼐曰：以下頻用"吾令"，都成幻想，非實情也。①

校勘記：①此句出沈伯經《古文辭類纂評注》，爲沈氏於頁眉所作評注，非姚鼐語。

吾令羲和弭節兮，羲和，日御也。弭，按也。按節，徐步也。［補］曰：《山海經》：東南海外(一)，有羲和之國，有女子名曰羲和，是生十日(二)，常浴日於甘淵(三)。注云：羲和，天地始生，主日月者也。故堯因是立羲和之官，以主四時。虞世南(四)引《淮南子》云：爰止羲和(五)，爰息六螭(六)，是謂懸車。注云：日乘車，駕以六龍，羲和御之，日至此而薄於虞淵，羲和至此而迴。弭，止也，彌耳切。**疏曰：**（一）"東南海外"諸句，見《山海經》第十五《大荒南經》末上二條，原文作"東南海之外，甘水之間，有羲和之國，有女子名曰羲和，方浴日于甘淵。"①（二）十日，參看下"總余轡乎扶桑"及《天問》"羿焉彃日"疏。（三）甘淵，郝懿行《箋疏山海經》第十五《大荒南經》六頁"東南海之外，……方日入浴于甘淵"，分書引《藝文類聚》、《初學記》及李賢注《後漢書・王符傳》，引此經並作"浴日于甘泉"，謂疑避唐諱，改淵爲泉耳，不指實地。虞淵，見下注。（四）虞世南，唐餘姚人，字伯施。太宗時爲弘文館學士，後以銀青光禄致仕。太宗稱其有五絶：德行、忠直、博學、文詞、書翰也。世南學書於浮屠智永，丰趣秀逸，爲世祕愛。嘗奉太宗命，寫《列女傳》於屏風。暗疏之，無一字謬。見《辭源》申集一一五頁虍部七畫。智永，《辭源》辰集三八頁日部八畫："南北朝陳之永欣寺僧。俗姓王，會稽人，號永禪師。善書，能兼諸體，草書尤勝。臨書三十年，得真草千文八百餘本，浙東諸寺，各施一本。”[②]（五）“爰止羲和”三句，見《淮南子》卷三《天文訓》，原文作“爰止其女，爰息其馬”，“懸”作“縣”，“縣”、“懸”同。（六）螭，音癡。若龍而黄，無角。

姚鼐曰：先以倏忽周流、茫無著傍開其端。[③④]

望崦嵫而勿迫。崦嵫（一），日所入山也，下有蒙水（以下崦嵫，疏言當在今甘肅）[⑤]，水中有虞淵。迫，附也。言我恐日暮年老，道德不施，欲令日御按節徐行，望日所入之山，且勿附近，冀及盛時遇賢君也。勿，一作未。［補］曰：崦，音淹。嵫，音兹。《山海經》曰：鳥鼠同穴山（二）西南曰崦嵫。又云：西曰崦嵫之山。（“西曰”句作“西南三百六十里曰崦嵫之山”。）[⑥]《淮南子》云：日入崦嵫（三），經細柳，入虞淵之汜。

疏曰：朱補曰：“《西山經》：‘（一）崦嵫之山，其上多丹木。’《穆天子傳》：‘升於弇山。’（“升於”句，見是書“天子賓于西王母”節，上有“天子遂驅”四字。）《列子·湯問》亦作弇山。按崦嵫，當作弇兹。言遠望此山，姑勿驅車急促，使日遠入也。”麟按：朱補本將原注“遇賢君也”下刪。（二）鳥鼠同穴，山名，在甘肅渭源西。《書》：“導渭自鳥鼠同穴。”孔傳：“鳥鼠共爲雌雄，同穴處此山，遂名山曰鳥鼠。”《爾雅》：“……其鳥名鵌，其鼠名鼵。”按是山或以爲一，或以爲二，似仍以一山爲是。鵌，音徒。似鵽而小，黄黑色。穴入地三四尺，鼠在内，鳥在外，見《爾雅》郭注。今在首陽縣鳥鼠同穴山中。鵽，音掇。大如鴿，似雌雉[⑦]，鼠腳無後指，歧尾。爲鳥憨急，羣飛，出北方沙漠地。鼵，音突。《爾雅注》：“鼵，如人家鼠而尾短。”首陽縣，在今甘肅隴西縣西南，有關在其上。崦嵫，山名，在甘肅天水縣西。麟按：崦嵫謂日所入山非也。日爲恒星之一，具吸力，地球及諸行星均環繞之，以成歲時也。又行星中之地球，繞日而行，自轉以分晝夜，向日爲晝，背日爲夜。古人不知，故以早爲日出，暮爲日入，豈知日題[⑧]據近人測之，其直徑爲二百五十萬七千七百五十二里，安有如此大之地窟而容其出入乎？《穆天子傳》，見上“夕余至縣圃”疏。《列子·湯問》，《辭源》子集三一九頁刀部四畫：“《列子》，書名，舊本題周列禦寇撰，然書中多稱子列子，必爲傳其學者所追記，非自作之書。唐天寶元年，詔號爲《沖虛真經》。宋景德中，又加稱《沖虛至德真經》。晉張湛爲之注，凡八卷。”《湯問》，篇名。[⑨]“鳥鼠同穴山”諸句，考《山海經》第二《西山經》“西次四經之首”條，作“又西二百二十里，曰鳥鼠同穴之山”，下截去“其上多白虎”十餘句。[⑩]（三）“日入崦嵫”諸句，見《淮南子》卷三《天文訓》“至于蒙谷”句注，“汜”字作“地”。[⑪]

校勘記：①此句旁行間戴之麟題校補時地云：戊子五月三十日午前，捄庭補録。②此句上頁眉戴之麟題校補時地云：己丑後七月二十日午間。③此句上頁眉戴之麟題校補時地云：丁亥七月二十日上午，韓左个。④此句出沈伯經《古文辭類纂評注》，爲沈氏於頁眉所作評注，非姚鼐語。⑤此句上頁眉戴之麟題校補時地云：己丑九月十九日上午。⑥此句旁頁邊戴之麟題校補時地云：戊子五月二十九日上午，捄庭補録。⑦“稚”，原誤作“雄”，今據《辭源》改。⑧按：疑“題”當作“體”。⑨此句上頁眉戴之麟題校補時地云：戊子四月十二日午前，救院左个及縣中。庚寅二月六日午前。⑩此句旁頁邊戴之麟題校補時地云：丁亥五月十五日午前。⑪此句旁頁邊戴之麟題校補時地云：戊子六月三日午後，捄庭補録。

路曼曼其修遠兮，修(一)，長也。《釋文》曼作漫。五臣云：漫漫，遠貌。［補］曰：曼、漫，並莫半切。《集韻》(二)：曼曼，長也，謨官切。**疏曰**：朱補曰：“(一)修，讀爲儵。句亦見《遠游》篇。”麟按：儵，音叔。《説文》：“疾也。”《類篇》：“長也。”《集韻》：“音抽。”《類篇》足病，以叔音言，有長之義；以抽音近修言，則爲足病。兩皆不全合。朱補不知義之所在，又於原注只載首三字。(二)《集韻》，舊題丁度撰。見上“惟庚寅吾以降”疏九。[①]《類篇》，《辭源》戌集二二四頁頁部十畫：“書名，舊題宋司馬光撰，實王洙、胡宿等所修纂而光奏進之者。共十五卷，每卷各分上中下三篇，故亦稱四十五卷。凡分部五百四十四，收五萬三千一百六十五字。蓋與《集韻》同時並修，《集韻》爲韻書，此則爲字書，兩書相輔而行，特去《集韻》重文之濫雜者耳。”[②]王洙，《中國人名大辭典》一〇八頁四畫王部：“宋宋城人，字原叔。舉進士，累官侍講學士。汎覽博記，至圖讖、算數、音律、訓詁、篆隸之學，無所不通。著《易傳》及雜文十餘篇。卒謚文。”胡宿，同上書六九五頁九畫胡部：“宋晉陵人，字武平。登進士第，累遷湖州守。時前守滕宗諒大興學校，費錢數千緡。及去，寮吏共非之。宿誚曰：‘君輩佐滕侯，盍不早正？乃俟其去而非之，豈昔人分謗之意乎？’時湖學爲東南最，宿之力爲多。築石塘百里防水患，民號曰胡公塘。歷樞密副使，治平間以太子少師致仕，卒謚文恭。”[③]

吾將上下而求索。言天地廣大，其路曼曼，遠而且長，不可卒至，吾方上下左右，以求索賢人，與己合志者也。［補］曰：索(一)，所各[④]切。**疏曰**：朱補曰：“（一）

索，讀爲索。”麟按：索，参看上原注“憑不厭乎求索”疏。

校勘記：①此句上頁眉戴之麟題校補時地云：戊子八月二十九日上午，捄左校。②此句上頁眉戴之麟題校補時地云：丁亥三月八日午前，韓左个。③此句下頁腳戴之麟題校補時地云：己丑後七月二十日午後。王洙同。④“各”，明翻宋本、汲古閣本作“格”。

飲余馬於咸池兮，咸池，日浴處也。［補］曰：飲，於禁切。《九歌》云：與女①沐兮咸池。逸云：咸池，星名，蓋天池也。《天文大象賦》(一)云：咸池浮津而淼(二)漫。注云：咸池三星，天潢(三)南，魚鳥之所託也。又《七諫》(四)云：屬天命而委之咸池。注云：咸池，天神。按下文言扶桑，則咸池乃日所浴者也。**疏曰：**麟按：（一）《天文大象賦》，《玉海》卷三《天文書下》“唐天文大象賦”下謂：“《蓺文志・天文類》：黄冠子李播（淳風之父）《天文大象賦》一卷。”“《中興書目》:《大象賦》一卷。題張衡撰，李淳風注。備述衆星名義，如古賦之體。一本云《大象賦》楊炯撰，畢懷亮注。”②（二）淼，音眇，大水也。（三）天潢，星名。《史記》:“王良旁有八星絶漢，曰天潢。”亦作天横。麟按：咸池解爲星名，或解爲天池，皆荒渺之談。原意以爲古有此咸池之説，欲飲馬於其地，其水清潔耳，不必固求其解。又朱補本原注只載首六字，“日浴處也”又作“日所浴也”。咸池，即曰天池，以日體之大，浴能容乎？（四）《七諫》，東方朔作，見後第十三卷。

總余轡乎扶桑。總，結也。扶桑(一)，日所拂木也。《淮南子》曰：日出湯谷，浴乎咸池，拂于扶桑，是謂晨明；登于扶桑，爰始將行，是謂朏明。言我乃往至東極之野，飲馬於咸池，與日俱浴。以潔己身；結我車轡于扶桑，以留日行，幸得不老，延年壽也。［補］曰：《山海經》云：黑齒之北，曰湯谷，有扶木，九日居下枝，一日居上枝，皆戴烏。郭璞云：扶木，扶桑也。天有十日，迭出運照。東方朔《十洲記》(二)云：扶桑在碧海中，葉似桑樹，長數千丈，大二千圍(三)，兩兩同根，更相依倚，是名扶桑。《淮南子》云：扶木在陽州(四)(五)，日之所曊(六)。曊，猶照也。《説文》云：榑桑，神木，日所出。榑，音扶。湯與暘(七)同。**疏曰：**朱補曰：“《海内東經》:‘湯谷上有扶桑，十日所浴。’”麟按：（一）扶桑，神木，古謂爲日出處。其桑相扶而生，其木葉似桐，初生如筍，實如梨而赤，績其皮可爲布，扶桑國人以之製衣，亦以爲錦。見《南史》:“國在大漢國東二萬餘里，其上多扶桑木，故以爲名。”今亦稱日本曰扶桑。麟按：吾嘗遇朝鮮人金在天，詢其紙之佳，原質爲何，答以桑皮。吾曰：“凡木皮全斷必死，安得如許之桑，得以供造紙之用?”金曰：“取皮之法，今歲剥左半，來年剥右半，其皮迭生，故得不死。”始悟。其紙可製履，極堅，惟不可經水。扶桑殆即此物。日與朝鮮近，在東海中，或即其國歟？拂，音敷物切，拭也。（二）東方朔《十洲記》，《辭源》子集三七四頁十部：“書名，舊題漢東方朔撰。十洲者，祖洲、瀛洲、玄洲、炎洲、長洲、元洲、流洲、生洲、鳳麟洲、聚窟洲也。又後附以滄海洲、方丈洲、扶桑、蓬丘、崑崙五條。詞條豐蔚，有助文章。《文選注》、《經典釋文》皆引其書爲證，蓋六朝詞人所依托也。凡一卷。”“扶桑”諸句，見是書《方丈洲》第一則，“海”下有“之”字。“中”下節去“地方萬里，……多林木”諸句。“葉似”句，原“皆如桑”，下作“又有椹樹，長者數千丈，大二千餘圍。”③ “日出湯谷”諸句，見《淮南子》三《天文訓》。④（三）圍，音韋。五寸曰圍，或曰一抱曰圍，又徑尺爲圍。（四）陽州，俟考。（五）“扶木在陽州”二句，見《淮南子》卷四《墬形訓》。⑤（六）曊，音霏。晜或作此。晜，音弗。《博雅》：“曝也。”晜、曬，乾物也。揚，楚通語也。又音忿、音拂，義並同。（七）暘，音陽。《説文》：“日出也。”原意亦謂高潔之地也。麟按：日爲恒星，安有十日迭出之事乎？參看後《天問》“羿焉彈日”注疏。“黑齒之北”諸句，見《山海經》第九《海外東經》“黑齒國”條。原文作“在黑齒北，居水中，有大木”，下同，無“皆戴烏”句。⑥

校勘記：①“女”，原作“汝”，今據李刻本、明翻宋本、汲古閣本改。②此句上頁眉戴之麟題校補時地云：己丑三月十七日下午，新庭。③此句上頁眉戴之麟題校補時地云：己丑九月二十一日午前。④此句上頁眉戴之麟題校補時地云：午後韓寢。⑤此句上頁眉戴之麟題校補時地云：戊子五月十日午前，抹左補録。己丑三月二十三日午前，終校圖書館。⑥此句上頁眉戴之麟題校補時地云：戊子五月三十日午前，抹庭補録。

折若木以拂日兮，若木（一）在崑崙西極，其華照下地。拂（二），擊也。一云蔽也。［補］曰：《山海經》：南海之内（三），黑洲①之間，有木名曰若木，若水出焉。又曰：灰野（四）之山，有樹青葉赤華，名曰若木，日所入處，生崑崙西，附西極也。然則若木有二，而此乃灰野之若木歟？《淮南子》曰：若木在建木西（五），末有十日，其華照下地。注云：若木端有十日，狀如連珠。華，光也，光照其下也。一云：狀如蓮華。《天問》云：羲和之未揚，若華何光？**疏曰：**朱補曰：“（一）若，讀爲叒，即榑桑也。按《大荒北經》：‘洞野之山，上有赤樹，素葉赤華，名曰若木。若水出焉。’王注當指此。又按《海内經》（《大荒北經》、《海内經》，皆《山海經》篇名。）：‘南海之内，黑水、青水之間，有木名若木。’然此皆非屈子所用，此蓋與《悲回風》‘折若木以蔽光’同意。（二）拂，讀爲茀，蔽也。”麟按：若水，即今之雅龍江。黄帝之子昌意，降居若水。鴉龍江，一作雅礱江。源出青海巴顔哈喇山，東南流經川邊境，行崇山峻嶺之間。下流爲打沖河，亦名瀘水，南入金沙江。麟按：巴顔哈喇山，即崑崙之一峰也。黑水，《書》：“華陽黑水惟梁州。”又：“導黑水至於三危，入於南海。”按：即今怒江，其上游曰哈喇烏蘇河。哈喇，黑也；烏蘇，水也。麟按：上地皆在西南，朱補則以若木即榑桑，榑桑在東，與此不合。且即前“將往觀乎四荒”、後“覽相觀於四極兮”，一句總冒，一句挽結，中間所言，當是四方，此當是西方，自應以洪補爲是。（三）“南海之内”等句，見《山海經・海内經》第八條，惟“洲”作“水”，“水”下有“青水”二字。（四）灰野，山名，在大海之中。一作洞野。此數句見《山海經》第十七《大荒北經》。叒，音而灼切，即若。榑桑，若木。《説文》：“日初出東方暘谷，所登榑桑若木也。”徐曰：“叒亦木名，東方自然之神木。”據此則亦指東方，未合。朱補謂讀若叒，又何也？（五）“若木在建木西”諸句，見《淮南子》卷四《墬形訓》。②

聊逍遥以相羊。聊，且也。逍遥（一）、相羊（二），皆游也。言己總結日轡，恐不能制，年③時卒過，故復轉之西極，折取若木，以拂擊日，使之還④去，且相羊而游，以俟君命也。或謂拂，蔽也，以若木鄣⑤蔽日，使不得過也。逍遥，一作須臾。羊，一作佯。［補］曰：逍遥，猶翱翔也。相羊，猶徘徊也。**疏曰：**朱補本（一）“逍遥”作“消摇”，（二）“相羊”作“徜徉”。⑥

校勘記：①“洲”，李刻本、明翻宋本、汲古閣本作“水”。以下文疏證曰“惟‘洲’作‘水’，‘水’下有‘青水’二字”，今不改。②此句上頁眉戴之麟題校補時地云：戊子五月十日午前，梂左補録。③“年”，原誤作“平”，今據李刻本、明翻宋本、汲古閣本改。④“還”，原誤作“過”，今據李刻本、明翻宋本、汲古閣本改。⑤“鄣”，原作“障”，今據李刻本、明翻宋本、汲古閣本改。⑥此句上頁眉戴之麟題校補時地云：戊子八月二十八日午後，梂廳。

前（一）望舒使先驅兮，望舒，月御也。月體光明，以喻臣清白也。［補］曰：

《淮南子》曰：月御曰望舒，亦曰纖阿。《史記·周本紀》(二)云：百夫(三)荷(四)罕旗(五)以先驅。顔師古云：先驅，導路也。李善云：先驅，前驅也。《周禮》：王出入，則辟(六)左右而前驅(七)。**疏曰：**朱補本於原注只載至"清白"止，謂"(一)前，讀爲歬"。歬，即古前字。無他音，不知何謂。(二)《周本紀》，見《史記》卷四頁六，句上有"及期"二字。[①](三)百夫，統百人之帥長也。見《書·牧誓》。(四)荷，音褐。讀上聲，作去聲非。(五)罕旗，九斿之旗也。即張衡賦(衡賦爲《東京》，見《文選》卷三)。[②]之"雲罕九斿"。按：參旗九星九旒，九星在參、畢之間，故以罕喻旗，見《説文通訓定聲》。斿，音游。《辭源》卯集一九一頁方部五畫："旗之直幅附於竿者謂之縿，其旁綴横幅附於縿而飛揚者謂之斿。古言'旗之九斿'，二斿即九幅或十二幅也。"(六)辟，音闢，除也。除去左右，即近世重要之人出入，禁止行人也。(七)"王出入"句，《周禮》無，惟《周官注釋·夏[③]·虎賁氏》僅有"虎賁氏掌先後王而趨"語，與此相似。[④]

後飛廉使奔屬(一)。飛廉(二)，風伯也。風爲號令，以喻君命。言己使清白之臣，如望舒(三)先驅求賢，使風伯奉君命於後，以告百姓。或曰：駕乘龍雲，必假(四)疾風之力，使奔屬於後。[補]曰：屬，音注，連也。《吕氏春秋》(見上"攬茹蕙以掩涕兮"疏)曰：風師曰飛廉。應劭(五)曰：飛廉，神禽，能致風氣。晉灼(六)曰：飛廉，鹿身，頭如雀，有角，而蛇尾豹文。《河圖》(七)曰：風者，天地之使，乃告號令。**疏曰：**朱補本原注"以告百姓"以下均不載。謂"(一)屬，逮也，猶隨也。"逮也，隨也。連，亦可引申之也。假乘龍雲，所乘之車，畫雲龍也。(二)飛廉，主風之官也。如羲和爲日御，即堯舜[⑤]羲和爲測日之官。(三)望舒同，非所謂神人也。逮，音代，追也。(四)假，借也。(五)應劭，東漢汝陽人，字仲遠。篤學博覽，删定律令，著《漢官儀》十四卷，撰《風俗通》以辨物類名號。見《辭源》卯集五五頁心部十三[⑥]畫。(六)晉灼，《中國人名大辭典》八〇四頁十畫："晉河南人，仕爲尚書郎，著《漢書音義》。"(七)《河圖》，見上"啓《九辯》與《九歌》兮"疏。

校勘記：①此句上頁眉戴之麟題校補時地云：戊子八月二十一日傍晚，捄左補録。②此句上頁眉戴之麟題校補時地云：己丑四月二十三日午後，新庭。③"夏"，原誤作"春"，今據《周禮》改。④此句上頁眉戴之麟題校補時地云：丁亥七夕午後，韓左个。⑤按：疑"舜"當作"命"。⑥"三"，原誤作"五"，今據《辭源》改。

鸞皇爲余先戒兮，鸞(一)，俊鳥也。皇，雌鳳(二)也。以喻仁智之士。先，一作前。五臣云：鸞皇，靈鳥。［補］曰：《山海經》：女牀山有鳥(三)，狀如翟，而五采畢備，聲似雉而尾長，名曰鸞，見則天下安寧。《瑞應圖》(四)曰：鸞者，赤神之精，鳳皇之①佐也。《爾雅》曰：鶠(五)鳳，其雌皇。皇或作凰。爲，去聲。**疏曰：**朱補本原注載首十四字，"之士"下加"也"字。(一)鸞鳳，見前"離騷經章句第一"疏。(二)鳳，音附甕切。(三)"女牀山"諸句，見《山海經》第二《西山經》"西次二經之首"條，原文作"西南三百里，曰女牀之山。其獸多虎、豹、犀、兕。有鳥焉，其狀如翟而五采文，名曰鸞鳥，見則天下安寧。"與此少異。② (四)《瑞應圖》，《隋・經籍志》有《瑞應圖》二卷，又《讚》二卷。麟按：《玉函山房輯佚書》載有此書，歷城馬國翰竹吾自序云："《瑞應圖》一卷，孫柔之撰。按崔豹《古今注》：'孫亮作流離屏風，鏤作《瑞應圖》，凡一百二十種。'此圖之緣起也。柔之不詳何人，或孫亮之族歟？……《開元占經》引有注語，未知誰作。觀其亟言宋事，又述及沈約《宋書》，則知梁、陳間儒之所爲矣。"此書止一卷，疑實蓋較隋時又散失多矣。(五)鶠，音匽。《説文》："一曰鳳皇也。"《爾雅注》："言百鳥見之偃伏也。"由此言之，鸞、鶠、鳳皇，實一物也。

雷師告余以未具。雷爲諸侯，以興(一)於君。言己使仁智之士，如鸞皇，先戒百官，將往適道，而君怠墮，告我嚴裝未具。余，一作我。［補］曰：《春秋・合誠圖》(二)云：軒轅主雷雨之神。一曰：雷師，豐隆也。**疏曰：**朱補本原注"未具"下未載。(一)興，讀去聲。猶《詩》比興之興，先言他物，以引起所咏之事也。(二)《春秋・合誠圖》，見同上《瑞應圖》書，原云魏宋均注，不明言著作人，内載"賁居子曰"等句，下分注"孫瑴《古微書》"。攷之《辭源》口部二畫："《古微書》，書名。明孫瑴編，三十六卷。取五經緯之佚文，各爲編次，以存原書之梗概，挂漏舛誤，均所不免。而據所採摭，頗資異聞，亦有因以考見古義者。凡《尚書緯》十一部，《春秋緯》十六部(下略)。"此即其中之一，宋均在前，瑴或不没其注歟？③

校勘記：①"之"，原誤作"鸞"，今據李刻本、明翻宋本、汲古閣本改。②此句下頁脚戴之麟題校補時地云：戊子五月二十九日午後，捄庭補録。③此句上頁眉戴之麟題校補時地云：戊子四月七日清晨，救院東个。

吾令鳳鳥飛騰兮，繼之以日夜。言我使鳳鳥明智之士，飛行天下，以求同志，續(一)以日夜，冀(二)相逢遇也。《文選》云：吾令鳳皇①飛騰(三)兮，又繼(四)之以日夜。[補] 曰：《山海經》云：丹穴之山有鳥焉(五)，其狀如雞，五彩而文，曰鳳鳥。是鳥也，飲食則自歌自舞，見則天下大康寧。上言鸞皇，鸞，鳳皇之佐(六)；而皇，雌鳳也。以喻賢人之同類者，故爲命先戒百官。此云鳳鳥，以喻賢人之全德者，故令飛騰，以求同志也。**疏曰：**朱補本原注截至"冀相逢遇也"止，又於末句作"逢遇之"。(一) 續，音俗，連也。斷而復連也。(二) 冀，音記，欲也。麟按：引申之爲期望也。(三) 騰，音滕，跳躍也。又升也。凡上升皆曰騰。又馬奔躍也。(四) 繼，音記，續也。(五) "丹穴之山有鳥焉"諸句，見《山海經》第一卷《南山經》第二七條，係節録。(六) 佐，音左去聲，輔也，貳也。

校勘記：①"皇"，原誤作"鳥"，今據李刻本、明翻宋本、汲古閣本改。

飄風屯其相離兮，回風爲飄(一)。飄風，無常之風，以興邪惡之衆。屯(二)其相離(三)，言不與己和合也。[補] 曰：《爾雅》注云：飄風，旋風。屯，徒昆切，聚也。**疏曰：**朱補曰："(一) 飄風盤旋而起，即《莊子》所謂'羊角'。王注'無常之風'，則謂借爲飈也。(二) 屯，讀爲笹，猶聚也。離，讀爲麗，實爲丽，猶附也。"麟按：朱補本只載首十四字。飄，音漂。飈，音標，暴風也。屯，音豚。麟按：(三) 離，當解作"離騷"之"離"，謂遭逢飄風，屯如其難進也。屯，當音如徒昆切，難也。飄風，見前"離騷經章句第一"疏。《莊子》，《辭源》申集三五頁艸部七畫："書名，周莊周撰，都十餘萬言。自《漢·藝文志》以來，皆列於道家，與老子並稱爲道家之祖。唐天寶元年，詔號爲《南華真經》。《世説新語》謂注《莊子》者數十家，向秀於舊注外，別爲解義，惟《秋水》、《至樂》二篇未竟而卒。郭象以秀義不傳於後，遂竊爲己注，自注《秋水》、《至樂》二篇，又易《馬蹄》一篇。則今所傳之郭象注，實向秀所作。"同集三六頁同畫："莊周，戰國蒙人，嘗爲漆園吏。其學無所不窺，然其要本歸於老子之言，故其著書十餘萬言，大率皆寓言也。楚威王聞其賢，迎以爲相，辭不就。《莊子》即其所著書也。"羊角，見《莊子·内篇·逍遥游》，原句作"摶扶搖羊角而上者"，注謂"羊角之紋團紐而上，鵬之盤風似之"。①向秀，《辭源》丑集三二頁口部三畫："晉河内人，字子期。少爲山濤所知，與嵇康、吕安友善。注《莊子》，發明奇致，未竟而卒。有郭象者，竊爲已注，其後秀所注之別本出，故《莊子》有向郭二注，其義一也。"②按郭象係晉人，見《玉函山房輯佚書》經編，曾著《論語體略》一卷。③

帥雲霓而來御。雲霓，惡氣，以喻佞人。御，迎也。言己使鳳鳥往求同志之士，欲與俱共事君，反見邪惡之人，相與屯聚，謀欲離己。又遇④佞人相帥來迎，欲使我變節以隨之也。帥(一)，一作率。［補］曰：御(二)，讀若迓。霓，五稽、五歷、五結三切，通作蜺。《文選》云：雲(三)旗拂霓(四)。又云：俯而觀乎雲霓(五)。沈約(六)《郊居賦》云：雌霓連蜷。並讀作側（即仄）聲。司馬温公(七)云：約賦但取聲律便美，非霓不可讀爲平聲也。《爾雅》：蜺爲挈貳。《説文》：霓，屈虹，青赤或白色，陰氣也。郭氏(八)云：雄曰虹，謂明盛者；雌曰蜺，謂暗微者。虹者，陰陽交會之氣，雲薄漏日，日照雨滴，則虹生也。**疏曰：**朱補曰："（一）帥，讀爲達，先導也。（二）御，讀爲迓。"麟按：朱補本只載原注至"以隨之"。（三）雲、（四）霓，均見前"離騷經章句第一"疏。"雲旗拂霓"，見《文選》三《張平子東京賦》，注："拂，至也。"（五）"俯而"句，見《文選》四《張平子南都賦》。⑤（六）沈約，《辭源》巳集三一頁水部四畫："梁武康人，字休文。能詩文，著述最富。仕於武帝，官至侍中。所著有《宋書》等，又撰《四聲韻譜》。分字爲平上去入四聲，自約始。"（七）司馬温公，《辭源》丑集一九頁口部二畫："宋陝州夏縣涑水鄉人，名光，字君實。寶元初進士，歷仕仁宗、英宗，至神宗時，以論安石新法之害，出居洛。高太后臨朝，光入爲相，盡改新法。在相位八月而卒，贈太師温國公，謚文正。著《資治通鑒》，詳於治亂興亡之迹，爲中國編年史之最善者也。世亦稱爲涑水先生。"（八）郭氏，當係璞，曾注《爾雅》。見前"楚辭補注卷第一"疏。⑥

校勘記：①此句上頁眉戴之麟題校補時地云：庚寅三月八日下午。②此句旁行間戴之麟題校補時地云：己丑七月二十八日上午。③此句上頁眉戴之麟題校補時地云：己丑四月二十六日午後，新庭。④"遇"，原誤作"與"，今據李刻本、明翻宋本、汲古閣本改。⑤此句上頁眉戴之麟題校補時地云：丁亥七月二十二日上午，韓左个。⑥此句上頁眉戴之麟題校補時地云：戊子八月二十九日上午，捄左校。

紛總總其離合兮，紛，盛多貌。總總，猶僔僔(一)，聚貌。五臣云：紛，亂也。**疏曰：**朱補曰："《逸周書》云：'殷政總總若風草。'"麟按：朱補本於原注只載首十一字，於"貌"下加"也"字。（一）僔，祖本切，尊上聲。《説文》："聚也。"《逸周書》，《辭源》酉集一九七頁辵部八畫："書名，舊題《汲冢周書》，謂晉太康（武帝年號）二年，汲郡人得於魏安釐王冢中者。然考漢魏人所著書，引此書頗多，蓋漢時已有之，非出於汲冢也。陳振孫《書録解題》以爲戰國時人所爲。今本凡十卷，宋以來已無善本，蓋亡失脱爛久矣。"

斑陸離其上下。斑，亂貌。陸離(一)，分散也。言己游觀天下，但見俗人競爲讒佞，僔僔相聚，乍離乍合，上(二)下(三)之義，斑然散亂，而不可知也。斑，一作班。［補］曰：斑，駁文也。下，音户。**疏曰：**朱補曰："（一）陸離，雙聲連語，猶参差也。"麟按：朱補本於原注只載首句至"不可知也"，"也"上又加"之"字。麟又按：（二）上，應讀上聲，自下而上升也。（三）下，應讀去聲，自上而下降也。若作上聲，當曰叶，惟義欠合。参差，讀村癡，不齊貌，雙聲。詳後"恐鵜鴂之先鳴兮"疏。①

姚鼐曰：引到天上。

校勘記：①此句旁頁邊戴之麟題校補時地云：己丑後七月二十三日午前。

吾令帝閽開闗(一)兮，帝，謂天帝。閽(二)，主門者也。［補］曰：《説文》云：閽，常①以昏閉門隸(三)也。**疏曰：**朱補曰："（一）闗，横持門户之木也。"麟按：朱補本原注只載首八字，去"也"字。（二）閽，音昏。（三）隸，音麗，賤者之稱。

姚鼐曰：既近帝閽，天聽宜不遠矣，遂陳説芳潔見嫉之旨。②

倚閶闔(一)而望予。閶(二)闔，天門也。言己求賢不得，疾(三)讒惡佞，將上訴(四)天帝，使閽人開闗，又倚天門望而距(五)我，使我不得入也。［補］曰：《天文大象賦》曰：儼(六)閶闔以洞開。注云：宫牆兩藩正南開，如門象者名閶闔門。《淮南子》曰：排閶闔，淪(七)天門。注云：閶闔，始升天之門也。天門，上帝所居紫微宫(八)門也。《説文》云：閶，天門也。闔，門扇也。楚人名門曰閶闔。《文選》注云：閶闔，天門也。王者因以爲門。屈原亦以閶闔喻君門也。予，音與，叶韻。**疏曰：**朱補曰："（一）闔，門扇也。《左傳》：'以枚數闔。'《管子》：'入觀閭閈，不可以無闔……'按闔亦門也。《騷》言帝閽，漢人因有'閶，天門'之訓，望文生義耳。"麟按：朱補本原注只載首七句。"以枚"句，見《春秋左傳注疏》卷三十五《襄公二十一年》"齊莊公朝"傳"識其枚"句疏。③"入觀閭閈"諸句，攷《管子·八觀第十三》，僅有"入州里，觀習俗，……閭閈不設"諸句，與之近似。篇首只有"閭閈不可以無闔"一語，上文無"入觀"二字。④（二）閶，音昌，門也。闔，音盍，門扇也。《禮》："乃修闔扇。"注："用木曰闔，用竹曰扇。”（三）疾，惡也。（四）訴，音素，告也。（五）距，與拒同，抵禦也。（六）儼，音嚴上聲。恭也，敬也。《天文大象賦》，見上“飲余馬於咸池兮”疏一[⑤]。[⑥]（七）淪，音倫，水波也，率也，没也。（八）紫微宫。紫微，星座名，天帝之座也。天子之所居，蓋以天帝座演而爲天子之居也。“排閶闔，淪天門”，見《淮南子》卷第一《原道訓》。“乃修闔扇”，見《禮記·月令第六》。[⑦]

校勘記：①“常”，原誤作“嘗”，今據李刻本、明翻宋本、汲古閣本改。②此句出沈伯經《古文辭類纂評注》，爲沈氏於頁眉所作評注，非姚鼐語。③此句旁頁間戴之麟題校補時地云：己丑四月十二日午前，新庭。④此句上頁眉戴之麟題校補時地云：戊子二月二十日上午，韓左个。⑤“一”，原作“二”，以前文已調整疏證順序，改作“一”。⑥此句旁行間戴之麟題校補時地云：己丑三月二十三日下午，圖書館。⑦此句上頁眉戴之麟題校補時地云：己丑四月十五日上午，新庭。

時曖曖其將罷兮，曖曖，昏昧貌。罷[（一）]，極也。罷，一作疲。［補］曰：曖，日不明也，音愛。罷，音皮。**疏曰：**朱補曰：“（一）罷，讀爲疲。”麟按：朱補本原注只載首七字，加入“罷，讀爲疲”四字，可以不必。麟又按：罷宜讀本音本亞切，已也，休也。謂時既昏昧，其將休止也。

結幽蘭而延[（一）]佇[（二）]。言時世昏昧，無有明君，周行罷極，不遇賢士，故結芳草，長立有還意也。而，一作以。五臣云：結芳草自潔，長立而無趣[（三）]向。［補］曰：劉次莊[（四）]云：蘭喻君子，言其處於深林幽[（五）]澗之中，而芬芳郁烈之不可掩，故《楚辭》云云。**疏曰：**朱補本原注只載至“有還意也”。（一）延，音讀若賢，長行也。引長其進行之路。不及時而達者亦曰延。（二）佇，音宁，久立也。麟按：原注解上句鑿，蓋謂時既昏昧將休，遂結幽蘭而久立不進也。（三）趣，同趨。（四）劉次莊，《中國人名大辭典》一四四二頁十五畫：“宋長沙人，字中叟。熙寧（神宗年號）進士。博洽淹貫，詞翰絶倫。元祐（哲宗年號）中謫居新淦，築室東山寺前，俯瞰清流，自謂有濠梁閒趣，因號戲魚翁。崇寧（徽宗年號）中，官至殿中侍御史。次莊臨摹古帖，最得其真，有《法帖釋文》。”（五）幽，衣樛切。風景清勝曰幽。

世溷濁而不分兮，溷(一)，亂也。濁(二)，貪也。[補] 曰：溷，胡困切。**疏曰：**(一) 溷，又音患，義同。(二) 濁，音濯，水不清也。謂世溷亂不清，皂白不分也。

好蔽(一)美而嫉(二)妬(三)。言時世君亂臣貪，不別善惡，好(四)蔽美德，而嫉妬忠信也。五臣云：蔽，隱也。**疏曰：**朱補本不載"也"以下六字。(一) 蔽，音閉，障隔也。(二) 嫉，音疾，害賢曰嫉。謂爲其賢於己而惡之也。(三) 妬，與妒同，篤誤切。凡娼嫉皆曰妬，以己不如人而嫉之也。又婦人相忌嫉曰妬。(四) 好，去聲。

朝吾將濟於白水兮，濟，渡也。《淮南子》言：白水(一)出崑崙之山，飲之不死。於，一作乎。[補] 曰：《河圖》曰：崑山[①]出五色流水，其白水入中國，名爲河也。五臣云：白水，神泉。**疏曰：**朱補曰："《海内東經》：'(一) 白水出蜀，而東南注江。'又《大荒南經》：'有白水山，白水出焉。'又《水經》：'白水出朝陽縣西，東入於淯。'皆非此白水。""白水出朝陽縣西"二句，見《水經注釋地》卷二十九"白水"條。[②]麟按：蜀，音屬。郡名，秦置。今四川舊成都、龍安、潼川、雅州四府，邛州及保寧府之劍閣以西，皆其地。即古蜀國。治今之成都縣，自漢至隋皆因之。朝陽縣，漢置，劉宋廢。故城在今河南鄧縣東南八十里。又有東朝陽，故城在今山東章邱縣西北。又今縣，清置塔子溝廳，後改朝陽縣，又升府，屬直隸，民國仍爲縣，屬熱河道。本内蒙古喀喇沁土默特奈曼敖汗旗地，縣治即古龍城。據此則蜀即今四川，所謂朝陽縣出白水，與此亦不合。原注明曰白水出崑崙，入中國，名爲河，當指黄河也，不必復引他水以實之。淯，音育，水名，俗稱白河。源出河南嵩縣西南攻離山，東南流逕南陽，至湖北襄陽縣合唐河入漢。朱補本原注只載首十八字。"白水出崑崙之山"諸句，惟"飲之不死"句見《淮南子》第四《墜形訓》，"白水"作"黄水"，無首句。[③]

登閬風而緤馬。閬風(一)，山名，在崑崙之上。緤，繫也。言己見中國溷濁，則欲渡白水，登神山，屯車繫馬，而留止也。白水潔净，閬風清明，言己修清白之行，不懈怠也。緤，一作絏[④](二)。[補] 曰：閬，音郎，又音浪。道書云：閬野者，閬風之府是也。崑崙上有九府，是爲九宫。餘説已見縣圃下。緤，音薛。《左傳》曰：臣負羈紲[⑤](三)。紲，馬韁[⑥]也。馬，滿補切(四)。**疏曰：**朱補曰："(一) 閬風，即縣圃，崑崙山之中層也。"(二) 絏，逸列切。與曳同，引也。紲，與絏同，與緤同。緤，息孑切，音曳，牽引牲畜之繩也。紲，有馬韁之訓，引申之爲牽牲之繩。既可牽，當可繫，故原注曰“縶也”。（三）“臣負羈紲”，見《左・僖二十四年》“春王正月”傳。⑦（四）馬，滿補切，係叶韻。

校勘記：①“山”，原作“崙”，今據李刻本、明翻宋本、汲古閣本改。②此句上頁眉戴之麟題校補時地云：戊子五月九日傍晚，拯左補録。③此句上頁眉戴之麟題校補時地云：丁亥六月二十一日午後，韓左个。④“絏”，原誤作“拽”，今據李刻本、明翻宋本、汲古閣本改。下文疏證徑改不出校。⑤“紲”，原作“緤”，今據李刻本、明翻宋本、汲古閣本改。⑥“韁”，原作“繮”，今據李刻本、明翻宋本、汲古閣本改。⑦此句上頁眉戴之麟題校補時地云：丁亥八月四日午後，韓左个。

忽反顧以流涕兮，哀高丘之無女。楚有高丘（一）之山。女（二）以喻臣。言己雖去，意不能已，猶復顧念楚國無有賢臣，心爲之悲而流涕也。或云：高丘，閬風山上也。無女，喻無與己同心也。舊説：高丘，楚地名也。五臣云：女，神女，喻忠臣。［補］曰：《離騷》多以女喻臣，不必指神女。**疏曰：**朱補曰：“（一）或謂高丘即高唐，亦無根據。疑仍指閬風而言，《爾雅》所謂‘三層昆侖丘’也，以喻在高位之臣。”麟按：以上“登閬風”句言，高丘當指閬風無疑。（二）女，叶與。

姚鼐曰：以上言君不可求，而歸罪於左右之障蔽；以下言求所以通君側之人，皆指楚之君臣。①

校勘記：①此句上頁眉戴之麟題校補時地云：丁亥七月十一日午後，韓左个。

溘吾游此春宫兮，溘，奄也。春宫，東方青帝舍也。溘，一作𡏖（一）。［補］曰：𡏖，塵也，無奄忽義。**疏曰：**朱補本只載原注首十字。（一）𡏖，音藹，塵合也。按之此句不合，當作奄忽義。謂高丘既無賢女，惟忽反游東方青帝舍也。

折瓊枝以繼佩。繼，續也。言己行游，奄然至於青帝之舍，觀萬物始生，皆出於仁義，復折瓊枝以續佩（一），守仁行義，志彌固也。［補］曰：瓊，玉之美者。傳曰：

南方有鳥(二)，其名爲鳳，天爲生樹，名曰瓊(三)枝，高百二千①仞，大三十圍，以琳琅爲實。《後漢》注云：瓊枝玉樹(四)，以喻堅貞。下文云：折瓊枝以爲羞。**疏曰：**朱補本原注只載至"志彌固也"。(一）佩，音步隊切，帶所繫之物也。（二）引《莊子》"積石爲樹"五句，與洪補大同小異，"高二千仞"作"其高一百二十仞"。(三）瓊，音焭，美玉也。引申之謂樹之美如玉，折之以續佩也。（四）"瓊枝玉樹"二句，見琴川毛氏本《後漢書》五十九《張衡列傳第四十九》衡傳《思玄賦》"佩夜光與瓊枝"句注，"貞"下有"也"字。

校勘記：①"千"，李刻本、明翻宋本、汲古閣本作"十"。以下文疏證曰"'高二千仞'作'其高一百二十仞'"，今不改。

及榮華之未落兮，榮華，喻顔色。落，墮(一)也。[補]曰：游春宫折瓊枝，欲及①榮華之未落也。**疏曰：**朱補曰："木謂之榮，草謂之華。《爾雅·釋草》二句傳寫誤到。"麟按：(一）墮，音惰，又音隳，毁壞也。

相下女之可詒。相，視也。詒，遺也。言己既修行仁義，冀得同志，願及年德盛時，顔貌未老，視天下賢人，將持玉帛而聘遺之，與俱事君也。詒，一作貽。[補]曰：相，息亮切。下女，喻賢人之在下②者。詒，音怡，通作貽(一)。**疏曰：**朱補曰："（一）貽，當作詒。"（朱補本"詒"作"貽"。）讀爲遺，實爲饋。詒、遺雙聲，下文'受詒'同。"麟按：朱補本原注只載首四十五字。下宜讀上聲，詒宜讀去聲，不必如朱補本之曲也。③

校勘記：①"及"，原脱，今據李刻本、明翻宋本、汲古閣本補。②"下"下，原衍"位"字，今據李刻本、明翻宋本、汲古閣本删。③此句上頁眉戴之麟題校補時地云：戊子四月十一日傍晚，院事。

吾令豐隆椉雲兮，豐隆，雲師，一曰雷師。下注同。椉，一作乘。[補]曰：《九歌·雲中君》注云：雲神豐隆。五臣曰：雲神屏(一)翳(二)。按豐隆或曰雲師，或曰雷師。屏翳或曰雲師，或曰雨師，或曰風師。《歸藏》云：豐隆，筮(三)雲氣而告之，則雲師也。《穆天子傳》云：天子升崑崙，封豐隆之葬。郭璞云：豐隆筮師，御雲得大壯卦，遂爲雷師。《淮南子》曰：季春三月(四)，豐隆乃出，以將其雨。張衡《思玄賦》云：豐隆軯[①]其震霆，雲師䨴(五)以交集。則豐隆，雷也；雲師，屏翳也。《天問》曰：萍號起雨。則屏翳，雨師也。《洛神賦》(六)云：屏翳收風。則風師也。又《周官》有飌師、雨師。《淮南子》云：雨師灑道，風伯掃塵(七)，説者以爲箕、畢二星。《列仙傳》云：赤松子，神農時爲雨師。《風俗通》(八)云：玄冥爲雨師。其説不同。據《楚辭》，則以豐隆爲雲師，飛廉爲風伯，屏翳爲雨師耳。**疏曰：**麟按：朱補本原注只載"豐隆，雲師"四字。(一)屏，音萍，蔽也。又音丙，除也。(二)翳，音壹計切，華蓋也。又凡隱蔽之皆曰翳。(三)筮，音誓，以蓍草占休咎之術也。(四)"季春"三句，見《淮南子》第三《天文訓》。(五)䨴，音徒感切，同霮。(六)《洛神賦》，三國魏曹植子建作，今按無"屏翳收風"句。(七)"雨師"二句，見《淮南子》卷一《原道訓》，原文"雨"上有"令"字，"風"上有"使"字。[②] (八)《風俗通》，一作《風俗通義》。《辭源》戍集二三二頁風部："書名，原名《風俗通義》。漢應劭撰，十卷。作《風俗通》，省文也。原本三十卷，卷爲一篇，分子目一百三十四，其《姓氏》一篇，自宋已佚，然散見《永樂(明成祖年號)大典》中，後人裒爲一篇，附録於末。其書考論典禮，類《白虎通義》；糾正流俗，類《論衡》。自序云謂之《風俗通義》者，言通於流俗之過謬，而事該之於義理也。"麟按："玄冥"句，是書卷八《雨師》則，原文此有"鄭大夫子産禳於玄冥雨師也"句。[③]

求宓妃之所在(一)。宓妃，神女，以喻隱士。言我令雲師豐隆，乘雲周行，求隱士清潔若宓妃者，欲與并心力也。宓，一作虙。五臣云：虙妃以喻賢臣。［補］曰：《漢書·古今人表》有宓羲[④]氏。宓，音伏，字本作虙。《顔氏家訓》(二)云：虙字从虍，宓字从宀，下俱爲必。孔子弟子宓子賤，即虙羲之後，俗字以爲宓，或復加山。《子賤碑(三)》云：濟南伏生(四)，即子賤之後。是知虙之與伏，古來通用，誤以爲密，較可知矣。《洛神賦》注云：宓妃(五)，伏犧氏女，溺洛水(六)而死，遂爲河神。**疏曰：**朱補本原注只載"宓妃"至"并心力也"。(一)在，叶只。(二)《顔氏家訓》，《辭源》戍集二二二頁頁部九畫："書名，隋顔之推撰，二卷，凡二十篇。述立身治家之法，辨正時俗之謬，以訓子孫者。亦兼論字畫音訓，並考正典故，品第文藝，故《四庫總目》列之子部雜家類。"(三)碑，音悲，豎石也。其用不一，古以之識日影。(四)伏生，《辭源》子集一七二頁人部四畫："濟南人，名勝。秦時曾爲博士。文帝時，求能治《尚書》者，伏生年已九十餘，使鼂錯往受之，得二十九篇，即《今文尚書》是也。"[⑤]濟南，《辭源》巳集一六三頁水部十四畫："府名。漢置濟南郡，後魏曰齊州，宋升爲濟南府，清爲山東省治，民國廢。今歷城縣，其舊治也。”[⑥]（五）宓妃，参看前“離騷經章句第一”疏。（六）洛水“洛”，音落。洛水，即洛河。出陜西定邊縣東南白於山，一出陜西雒南縣西冢嶺山，均流入於河。参看上“不顧亂以圖後兮”二句疏。

校勘記：①“軿”，原誤作“軒”，爲承襲李刻本之誤。今據明翻宋本、汲古閣本及《文淵閣四庫全書》本《文選·張衡思玄賦》改。②此句上頁眉戴之麟題校補時地云：丁亥七月二十日上午，韓左个。③此句上頁眉戴之麟題校補時地云：己丑六月五日午前，新寢。④“羲”，原作“犧”，今據李刻本、明翻宋本、汲古閣本改。下文“即虙羲之後”同。⑤此句上頁眉戴之麟題校補時地云：己丑七月二十八日上午。⑥此句上頁眉戴之麟題校補時地云：年月日同上。按：即“己丑七月二十八日上午”。

解佩纕以結言兮，纕[(一)]，佩帶也。［補］曰：《洛神賦》云：願誠素之先達兮，解玉珮而要[(二)]之。亦此意。**疏曰：**朱補曰：“（一）纕，讀爲囊。”麟按：朱補本原注只載首四字。纕，音襄。既不須叶，何必讀囊。（二）要，音邀，求也。《洛神賦》，曹植作。

吾令蹇修以爲理。蹇修，伏羲氏之臣也。理[(一)]，分理也，述禮意也。言己既見宓妃，則解我佩帶之玉，以結言語，使古賢蹇修而爲媒理也。伏羲時[①]敦朴，故使[(二)]其臣也。五臣云：令蹇修爲媒，以通辭理。［補］曰：宓妃，伏犧[②]氏之女，故使其臣以爲理也。**疏曰：**朱補曰：“（一）理，讀爲使。使，從也。猶曰伻也。”麟按：朱補本將原注“五臣”以下等句不載，末句“也”字亦删去。（二）使，讀上聲，用也。若作伻解，則宜讀去聲。伻，音普[③]耕切。理，音里。《辭源》午集二九頁玉部七畫：“媒也。”引此句爲證。又治事曰理，謂令蹇修以治理其事也。不必作媒解，亦不必作使者解，較爲直捷。[④]

校勘記：①“時”，原誤作“氏”，今據李刻本、明翻宋本、汲古閣本改。②“犧”，原作“羲”，今據李刻本、明翻宋本、汲古閣本改。③“普”，原誤作“連”，今據《康熙字典》改。④此句上頁眉戴之麟題校補時地云：丁亥十一月二十八日夜，韓左个。

紛總總其離合兮，忽緯繣其難遷。緯繣(一)，乖(二)戾(三)也。遷，徙也。言蹇修既持其佩帶通言，而讒人復相聚毀敗，令其意一合一離，遂以乖戾而見距絶。言所居深僻，難遷徙也。［補］曰：緯(四)，音徽。繣，呼麥切，又音畫。《博雅》作𢽾(五)慉(六)，《廣韻》作徽(七)繣。此言隱士忽與我乖剌，其意難移也。**疏曰：**朱補曰："（一）緯繣，雙聲連語字。可作𢽾劃，乖剌之意。"雙聲，《辭源》戌集一五三頁隹部十畫："字之發聲彼此類者，謂之雙聲字。反切之上一字，與所切之字，必爲雙聲。如東爲德紅切，德字從舌頭發聲，而收聲於紅字，則成東字之音。東音亦由舌頭發聲也。"①麟按：朱補本將洪補不載。畫，本有呼麥切之音。（二）乖，音姑盃切，背也。（三）戾，音麗，違背也。（四）緯，音冑。又音偉。（五）𢽾，音揮，乖剌也。右本作支。（六）慉，音呼麥切，乖戾也。（七）徽，音揮，善也。

校勘記：①此句上頁眉戴之麟題校補時地云：己丑七月四日午後。

夕歸(一)次(二)於窮石(三)兮，次，舍也。再宿爲信，過信爲次。《淮南子》言弱水(四)出於窮石，入於流沙(五)也。［補］曰：郭璞注《山海經》云：弱水出自窮石，窮石今之西郡刪丹，蓋其别流之原。《淮南子》注云：窮石，山名，在張掖也。《左傳》曰：后羿自鉏遷于窮石(六)。**疏曰：**朱補曰："（一）歸，讀爲饋。（二）次，髮髢也。《周禮·追師》'爲副編次'之'次'。歸次，如今俗花髻盤有結髮髮子也。下文'濯髮'猶洗耳，言其不受而示潔。王叔師以過信爲解，於朝夕字難通。（三）窮石山，在今甘肅甘州府山丹縣西南，亦名女几山，即后羿國地也（參看上"不顧亂以圖後兮"疏）。"麟按：《辭源》午集二三二頁穴部十畫："山名，今日祁連山。在甘肅山丹縣西南，古亦謂蘭門山。"與朱説小同，惟不言爲后羿國，羿國以在山東之窮谷爲是。（四）弱水，《辭源》寅集二三〇頁弓部七畫："即今甘肅之張掖河。古之言弱水者不一，《山海經》：'西海之南，流沙之濱，有大山曰崑崙之邱，其下有弱水之淵環之。'注云：'其水不勝鴻毛。'《史記》：'安息①長老傳聞條支有弱水，而未嘗見。'《漢志》：'臨羌縣西塞外有弱水。'《後漢書》：'大秦國西有弱水流沙。'《十六國春秋》：'乞伏孔子擊吐谷渾覓地於弱水南。'後魏太武擊蠕，蠕自栗水西行至菟園水，又循弱水西行至涿邪山。《史記正義》：'弱水有二源，皆出女國北之阿耨達山，南流匯於女國東，非毛舟不可濟。南流入海。'（此即上弱水注，係撮取）《唐書》：'東女國有弱水南流，縫革爲船。'所言皆非《禹貢》之弱水。"弱，音若。"西海"諸句，見《山海經》第十六《大荒西經》，係節録。②"安息長老"諸句，《史記評林》卷一百二十三《大宛列傳第六十三·條支傳》原文"水"

下“而”上，有“西王母”三字。[③]“臨羌”句，考《前漢書》卷二十八下《地理志》“金城郡”條“臨羌”注，作“西北至塞外，有西王母石室……”二十七字，下方接“有弱水”三字，此係撮取。[④]“大秦國西有弱水流沙”，見《後漢書》卷一百十八《西域傳第七十八・大秦國傳》，係撮取之句。[⑤]“東女國”諸句，係撮取《唐書》一百九十七《列傳第一百四十七・東女國傳》，“有”上有“其王所居名康延川，中”諸字，“絳革”二字作“用牛皮”三字，“船”作“舩”。[⑥]“弱水出於”二句，見《淮南子》第四《墬形訓》，原本“窮石”下有“至於合黎，餘波”六字，句末無“也”字，“於”作“自”。[⑦]（五）流沙，詳下“忽吾行此流沙兮”疏。髻，音計，總髮也。挽髻而束之於頂也。又音吉，竈神也。髲，音被。取他人髪以益己髪曰髲。朱以歸次爲髻髲，謂如王解實誤。麟按：王解不誤。“夕歸次”者，先日之夕；“朝濯髮”者，詰旦之朝也。屈子當時雖屬盤髻，斷無以他人髪爲己髪之假飾之理，從原注爲是。《十六國春秋》，《辭源》子集三七六頁十部：“書名，魏崔鴻撰。原書在北宋時已佚，今所傳之本，蓋明嘉靖屠喬孫、項琳之僞本也。惟其文皆聯綴古書，非由杜撰。考十六國事者，固宜以此編爲總匯。凡一百卷，又《漢魏叢書》本十六卷，亦非崔鴻原書。”《史記正義》，唐張守節作。《唐書》，見前“楚辭補注卷第一”疏一。“后羿”二句，見《左・襄四年》“春，楚師爲陳叛故”傳。[⑧]“弱水出自窮石”，見《海内西經》“河水出東北隅”傳注。（六）“后羿”句，見《左傳注疏》卷二十九《襄公四年》“無終子嘉父使孟樂如晉”傳。[⑨]

朝濯髮乎洧盤。洧[(一)]盤，水名。《禹大傳》[(二)]曰：洧盤之水，出崦嵫之山。言宓妃體好清潔，暮即歸舍[(三)]窮石之室，朝沐洧盤之水，遁[(四)]世隱居，而不肯仕也。盤，一作槃。［補］曰：洧，于軌切。**疏曰：**朱補曰：“《北山經》：‘（一）繡山，洧水出焉，東流注於河。’與鄭之溱洧別。”洧，音羽壘切。發源河南登封縣東陽城山，東流至新鄭縣，會溱水爲雙洎河，入於賈魯河。（二）《禹大傳》，俟考。（三）舍，去聲，止也。（四）遁，音鈍，逃也。朱補本原注自“也”字以下不載。繡，音秀。《北山經》，《山海經》篇名。繡山在題首山之北一百里，見《山海經》第三《北山經》“《北次三經》之首”條。[⑩]

校勘記：①“息”，原誤作“西”，今據《辭源》改。②此句上頁眉戴之麟題校補時地云：戊子十月十八日上午，捄左補録。③此句下頁脚戴之麟題校補時地云：己丑四月十三日午後，新庭。下注同。④此句旁頁邊戴之麟題校補時地云：戊子九月二十九日上午，捄左補録。⑤此句上頁眉戴之麟題校補時地云：

戊子十月八日上午，拺左補録。⑥此句下頁脚戴之麟題校補時地云：己丑四月十六日上午，新庭。⑦此句上頁眉戴之麟題校補時地云：丁亥七月二十一日午後，韓左个。戊子五月十日午前，拺左補録。⑧此句上頁眉戴之麟題校補時地云：丙戌六月十二日午前，韓寢。⑨此句上頁眉戴之麟題校補時地云：戊子六月二十三日午後，拺廳補録。⑩此句上頁眉戴之麟題校補時地云：戊子五月二十九日上午，拺庭補録。

保厥美以驕(一)傲兮，倨(二)簡曰驕，侮慢曰傲(三)。傲，一作敖。**疏曰：**朱補曰："（一）驕，讀爲喬、爲高。神女無夫，故曰驕傲。"（二）倨，音踞，舉豫切。喬本橋，又與驕通，高超乎流俗者也。（三）傲，音敖去聲，慢也，倨也。麟按：此驕傲二字，當作自高貴超乎流俗解。驕，音嬌，自矜也。朱補本原注只載首八字。

日康娱以淫游。康(一)，安也。言宓妃用志高遠，保守美德，驕傲侮慢，日自娱樂以游戲自恣(二)，無有事君之意也。五臣云：淫，久也。言隱居之人，日日安樂久游，無意以匡君。［補］曰：《説文》云：淫，私逸也。《爾雅》：久雨謂之淫。故淫亦訓久。**疏曰：**朱補曰："（一）康，讀爲康，安居之意。淫，浸淫不止也，放濫之意。"麟按：（二）恣，音資四切，縱也。康，音康，虚也，空也。屋康㝗也。㝗，音郎，空虚也。又音朗。康本有康音，不必云"讀爲"。雖有他音，義則不同。

雖信美(一)而無禮(二)兮，來違棄而改求。違，去也。改，更(三)也。言宓妃雖信有美德，驕傲無禮，不可與共事君。來復棄去，而更求賢也。棄，一作弃。［補］曰：此孔子所謂隱者，子路所謂潔身亂倫。**疏曰：**朱補曰："（一）信美，猶《詩》云'洵美且好'。（二）無禮，猶《論語》云'不仕無義'也。"麟按：（三）更，讀平聲。又按無禮，原謂宓妃不與爲禮，乃違棄而改求。上"驕傲"係自矜貴意，"淫游"係久游不顧意。若謂宓妃爲驕淫無禮之人，屈子肯求之乎？必無之事也。朱補本原注只載至"求賢也"。"洵美且好"，見《詩・叔于田》章。"潔身亂倫，不仕無義"，見《論語》下《陽貨》篇。

覽相觀(二)於四極(一)兮，覽相，一作求覽。［補］曰：相，去聲。周流乎天余乃下。言我乃復往觀視四極，周流求賢，然後乃來①下也。一云：周流天乎。一無

“乎”字。[補] 曰：《爾雅》：東至於泰(三)遠，西至於邠(四)國，南至於濮鉛，北至於祝栗（泰遠、邠國、濮鉛、祝栗，《爾雅注》謂“四方極遠之國也”，無所考)②，謂之四極。邠，《説文》作汃(五)。汃，西極之水也。又《淮南子》云：東方東極之山曰開明之門(六)，南方南極之山曰暑門，西方西極之山曰閶闔之門，北方北極之山曰寒門。下，音户。**疏曰：**朱補曰：“天之（一）四極亦曰四和，亦曰四游。《周髀算經》云：‘日月運行，四極之道。’又云：‘欲知北極樞，璿周四極。’皆指天行之東西南北言，故曰‘周流’，非《爾雅·釋地》之四極也。（二）覽相觀，三疊字，猶《詩》‘儀式型文王之典’，《左傳》‘繕完葺牆’，亦三疊。《易》曰：‘周流六虚。’”麟按：（三）泰，一作太。（四）邠，一作豳。（五）汃，音邠。下，音户，係叶。四游，《辭源》丑集一一三頁口部二畫：“《爾雅疏》：‘二十八宿之外，上下東西，各有萬五千里，是謂四游。’《尚書·考靈曜》：‘地有四游，常動而人不知。’”《尚書·考靈曜》，係明孫穀論次《古微書·尚書緯》之一。樞，音姝，北極第一星也。璿，音旋。“周流六虚”，見《易·繫辭下傳》八章。“繕完葺牆”，見《左傳·襄公三十一年》“子産壞晉館垣”傳。《周髀算經》，《辭源》丑集五一頁口部五畫：“書名。是書爲相傳古本，莫知誰作，其算法爲切股之祖，其推步即蓋天之術。凡二卷，趙爽爲之注。《音義》一卷，李籍作。”（六）“東方東極之山曰開明之門”諸句，見《淮南子》四《墬形訓》。“儀式型”句，見《詩·周頌·我將》篇，“型”作“刑”。③

姚鼐曰：一勒。

校勘記：①“來”，原脱，今據李刻本、明翻宋本、汲古閣本補。②此句上頁眉戴之麟題校補時地云：己丑後七月三日上午。③此句上頁眉戴之麟題校補時地云：丁亥六月二十八日午前，韓左个。

望瑤臺之偃蹇(一)兮，石次玉曰瑤(二)。《詩》曰：報之以瓊瑤(三)。偃蹇，高貌。[補] 曰：《説文》云①：瑤，玉之美者。**疏曰：**朱補曰：“（一）偃蹇，疊韻連語。《左傳》：‘彼皆偃蹇。’”麟按：（二）瑤，音遥。朱補本原注只載“偃蹇，高貌”四字。（三）“報之以瓊瑤”，見《詩·木瓜》篇。“彼皆偃蹇”，見《春秋集解·哀六年》“春，晉伐鮮虞”傳。②

見有娀之佚女。有娀(一)，國名。佚，美也。謂帝嚳(三)之妃，契母簡狄也。配聖帝，生賢子，以喻貞賢也。《詩》曰：有娀方將[五]，帝立子生商。《吕氏春秋》[七]曰：有娀氏有美女，爲之高臺而飲食之。言已望見瑶臺高峻，睹有娀氏③美女，思得與共事君也。佚，《釋文》作妷。[補]曰：娀，音嵩。李善引《吕氏春秋》曰：有娀④氏有二佚女，爲九成[四]之臺。《淮南子》曰：有娀在不周[二]之北[六]，長女簡翟，少女建疵。注云：姊妹二人在瑶臺也。佚，音逸。**疏曰：**朱補曰："（一）有娀，在今山西蒲州府永濟縣。而《淮南·墬形訓》則曰'在不周之北'。佚，讀爲懿也。"麟按：（二）不周，山名。在崑崙山西北。《山海經》："太荒之隅，有山而不合，名曰不周。"蓋因山之不合，遂生共工觸山之神話。《水經注》謂不周山爲"葱嶺、于闐二水之限"，雖出臆度，大較相近，蓋即今崑崙山脈也。永濟，與蒲州府同治（治，府縣駐在所也）。（三）嚳，音哭，古帝名，即高辛氏。（四）成，重也。重，音從。（五）"有娀方將"二句，見《詩·長發》章。（六）"有娀"諸句，見《淮南子》卷四《墬形訓》。⑤（七）《吕氏春秋》，見上"攬茹蕙以掩涕兮"疏六。

校勘記：①"云"，原脱，今據李刻本、明翻宋本、汲古閣本補。②此句上頁眉戴之麟題校補時地云：戊子三月二十三日午前，救後庭。③"氏"，原脱，今據李刻本、明翻宋本、汲古閣本補。④"娀"，原誤作"嵩"，今據李刻本、明翻宋本、汲古閣本改。⑤此句上頁眉戴之麟題校補時地云：戊子六月十七日午間，抹廳補録。

吾令鴆爲媒兮，鴆[一]，運日也。羽有毒[二]可殺人，以喻讒佞賊害人也。[補]曰：鴆，直禁切。《廣志》[三]云：其鳥大如鴞，紫緑色，有毒，食蛇[四]蝮[五]，雄名運日，雌名陰諧，以其毛歷[六]飲卮[七]，則殺人。**疏曰：**朱補曰："《中山經》琴鼓之山、玉山皆云'其鳥多鴆'，瑶碧之山：'有鳥狀如雉，恒食蜚，名曰（一）鴆。'注：'此非食虵之鴆。'"麟按：（二）毒，音杜沃切。物之能害人者皆曰毒。鴆，沉去聲。亦作酖，毒鳥也。又曰同力鳥，狀似鶚，紫黑色，赤喙黑目，頸長七八寸，好食蛇。巢下數十步，草木不生。鳴聲如擊腰鼓，其羽畫（音獲）酒，飲之立死，廣東有之。見《蟲薈》。《本草集解》："陶弘景曰：'鴆鳥出廣之深山中，啖蛇。人誤食其肉，立死。昔人用鴆毛爲毒酒，故名鴆酒。頃不復爾。'蘇恭曰：'鴆鳥出商州以南江嶺間，其肉腥有毒，不堪啖。云羽畫殺人，亦是浪證。'"麟按：以上諸説觀之，以蘇説爲近，餘皆傳聞之説耳。（三）《廣志》，晉郭義恭撰，二卷。見《玉函山房輯佚書》子編雜家書目。①陶弘景，《辭源》戊集一二五頁阜部八畫：“南北朝時秣陵人，字通明。齊高帝時嘗爲諸王侍讀，後隱於句容句曲山，自號華陽隱居，晚號華陽真逸，又曰華陽真人。好神仙，善辟穀導引之術。年八十五，無病而卒。或傳其仙去，謚貞白先生。”《蟲薈》，《辭源》申集一四〇頁虫部十二畫：“書名。清方旭撰，凡五卷。旭爲浙江之建德縣人，唐之睦州也，故原題稱睦州。内分《羽蟲》、《毛蟲》、《昆蟲》、《鱗蟲》、《介蟲》五類，著録一千三十九種。每種稱引古籍，間附案語，均極精密。惟言‘雄雞生卵’，及‘科斗月大生前足，月小生後足’等語，則狃於舊聞，未通生物之原理。然無害爲記載動物之良書也。”《本草集解》(考古醫書無之，今所有者近人汪忍庵作。按弘景曾作《本草集經》七卷，以本文義求之，“解”當係“經”字之誤)。②、蘇恭，均俟考。（四）蛇，音時耶切。爬蟲類，體爲長圓筒狀，修尾無足，以肋骨自由伸縮而行。全體有鱗紋透明之表皮，年年更脱，謂之蛇蜕（音退），舊以入藥。舌分裂兩歧，齒曲如鈎，其有毒者，别具毒牙二，自能起伏。常穴居土中，喜乾燥之地，亦有産於水中者。種别甚多，可大别爲有毒、無毒二種。麟按：有毒者頭方，無毒者頭圓。（五）蝮，音覆，毒蛇。多居濕地，長尺餘，頭大，形如三角，頸細，毒牙如管狀，全體灰暗有褐色斑紋，至尾則驟短小。其毒最烈。（六）歷，音離檄切，經過也。謂以其毛經過酒中，人飲之將死也。（七）卮，音支，酒器也。蜚，音匪，害蟲名。體輕如蚊，羣集稻花上，食之，令稻不生。媒，音梅，謀合二姓以成昏覯也。相因而至亦曰媒。朱補本將原注改爲“鴆，惡也。羽有毒，殺人。以喻讒賊。”虵，古蛇字。

姚鼐曰：再勒。

鴆告余以不好。言我使鴆鳥爲媒，以求簡狄(一)，其性讒賊，不可信用，還詐(二)告我言不好也。五臣云：忠賢，讒佞所疾(三)，故云不好。［補］曰：好，讀如好人提提(四)之好。夫鴆之不可爲媒審矣，屈原何爲使之乎？《淮南》言：暉日知晏(五)，陰諧知雨，蓋類小人之有智者。君子不逆詐(六)，不億不信，待其不可用，然後棄之耳。堯之用鯀是也。暉與運同③。**疏曰：**朱補本原注只載首二十六字。麟按：（一）簡狄，有娀氏長女，爲帝嚳妃。堯時與其妹娣浴於玄丘之水，有玄鳥含卵（音羅上聲），過而墜之，五色甚好。簡狄得而含之，誤吞之，娠而生契，爲殷商之祖。（二）詐，音滓亞切。欺也，譎也。（三）疾，音截逸切，憎恨也。（四）“好人”句，見《詩・葛屨》篇。（五）“暉日知晏”三句，見《淮南子》第十《繆稱訓》。④（六）“君子不逆”二句，見《論語》下《憲問》篇。

校勘記：①此句上頁眉戴之麟題校補時地云：丁亥七月二十日午後，韓左个。②此句旁頁邊戴之麟題校補時地云：己丑六月二十日下午。③“同”，原作“通”，今據李刻本、明翻宋本、汲古閣本改。④此句上頁眉戴之麟題校補時地云：丁亥六月二十一日午前，韓左个。

雄鳩(一)之鳴逝兮，逝(二)，往也。《釋文》雄作鳩。[補] 曰：《説文》云：鳩①，鶻鵃也。《爾雅》云：鶌鳩，鶻(三)鵃(四)。注云：似山鵲(五)而小，短尾，青黑色，多聲。《月令》(六)：鳴鳩拂(七)其羽。即此也。**疏曰：**朱補本原注只載“逝，往也”三字。(一) 鳩，音九平聲。狀如野鴿，頭小，胸凸，尾短，兩翼長大，善飛。其特性能自嗉囊分洩一種乳汁，自口吐出，以養其雛。如祝鳩，斑鳩之屬是也。(二) 逝，音誓。(三) 鶻，音骨。(四) 鵃，音張流切。《玉篇》：“斑鳩也。”(五) 鵲，音七約切。尾長六七寸，與身相等。背黑，有紫緑色光澤。肩腹及翼之下，羽皆白色。嘴腳皆黑。俗以其鳴聲爲吉祥，亦稱喜鵲。性最惡濕，故又謂之乾鵲。(六)《月令》，《禮記②》篇名。(七) 拂，音敷勿切，拭也，過擊也。謂欲去其塵埃，擊而過之，若拭除也。麟按：凡鳥恒以口含其羽往復之，若拂拭也。羽，余乳切。鳥毛每本密生小枝，有細鉤相聯絡，不易分裂且常有光澤，故亦用爲裝飾品。

余猶惡其佻巧。佻，輕也。巧，利也。言又使雄鳩銜(一)命而往，其性③輕佻巧利，多語言而無要實，復不可信用也。五臣云：雄鳩多聲。言使辯捷之士，往聘忠賢，我又惡其輕巧而不信。[補] 曰：佻，吐凋切，又土了切。《爾雅》云：佻，偷(二)也。**疏曰：**朱補本原注只載首句至“不可信用也”，又將“用”字删去。(一) 銜，音諧讒切。凡口含物曰銜。(二) 偷，音透平聲，苟且也，薄也。

校勘記：①“鳩”，原脱，今據李刻本、明翻宋本、汲古閣本補。②“禮記”，原誤作“曲禮”，今徑改。後文凡涉此誤者，徑改不出校。③“性”，原誤作“佐”，今據李刻本、明翻宋本、汲古閣本改。

心猶豫而狐疑兮，[補] 曰：猶，由、柚二音。《顏氏家訓》曰：《尸子(一)》云：五尺犬爲猶。《説文》①：隴西(二)謂犬子爲猶。吾以爲人將犬行，犬好豫在人前，待人不得，又來迎候，此乃豫之所以爲未定也。故謂不決曰猶豫。或以《爾雅》曰：猶，如麂(三)，善登木。猶，獸名也。既聞人聲，乃豫緣木。如此上(四)下，故稱猶豫。《水經》引郭緣生(五)《述征記》云：河津冰始合，車馬不敢過，要須狐行，云此物善聽，冰下無水乃過，人見狐(六)行，方渡。按《風俗通》(七)云：里語稱狐欲渡河，無如尾何。且狐性多疑，故俗有狐疑之説，未必一如緣生之言也。然《禮記》曰：決嫌疑(八)，定猶豫。《疏》云：猶是玃属，豫是虎属。《説文》云：豫，象之大者。又《老子》(九)曰：豫兮若冬涉川(十)，猶兮若畏四隣。則猶與豫，皆未定之辭。**疏曰：**（一）尸子，尸音詩。周時魯人（麟按：《後漢書・吕强傳》"《尸子》曰"注："……十九篇陳道德仁義之紀，一篇言九州險阻，水泉所起也。"作晉人。）②，名佼。秦相商鞅師之，鞅死，逃入蜀。著書二十篇，《漢書・藝文志》列入雜家，後亡九篇。魏黄初中續之，至南宋而全佚，清章宗源剌取書傳，輯成集本，孫星衍校刊之。（二）隴西。隴，音聾。郡名，秦置。今甘肅舊蘭州鞏昌、秦州諸府州之地，治狄道，即今甘肅狄道縣治。晉徙置，在今甘肅隴西縣西南。隋廢。今俗稱甘肅爲隴西，以在隴山之西，故云。（三）麂，音几。獸名，麞屬。牡者有短角，毛褐色，腳短力勁，善跳越，其革柔輭，可製手套、表袋等物。（四）上，音上，上聲。（五）郭緣生，《中國人名大辭典》一〇五七③頁十一畫："晉人，嘗著《述征記》及《續述征記》。"（六）狐，音胡，獸名。似犬而小，體瘦，頭尾皆長，以蹠行，性狡猾。穴居山野，盜食食物。生十四五年，皮可爲裘。俗傳狐壽千年，能祟人，妄也。蹠，音隻，與跖同，腳掌也。祟，音粹，神禍也。雜家，九流之一。《漢書・藝文志》："雜家者流，蓋出於議官。兼儒墨、合名法。"後世著録家沿其名而變其意，於寥寥不能成類者，併入雜家，而雜之義益廣。《四庫書目》從黄虞稷説，於雜家釐爲六類：立説者謂之雜學；辨正者謂之雜考；議論而兼叙述者，謂之雜説；旁究物理，臚陳纖鎖者，謂之雜品；類輯舊文，塗兼衆軌者，謂之雜纂；合刻諸書，不名一體者，謂之雜編。黄初，魏文帝年號。（七）《風俗通》，見上"吾令豐隆乘云兮"疏。（八）"決嫌疑"二句，見《禮記注疏》卷第一《曲禮上》"龜爲卜"節，原文作"所以使民決嫌疑，定猶與也"，與、豫古通。④（九）老子，《辭源》未集一二八頁老部："姓李氏，名耳，字伯陽，謚曰聃，故亦稱老聃。所著書亦曰《老子》，分上下二篇，言道德之意五千餘言。今所傳本，有漢河上公注與魏王弼注二家。參看上"願依彭咸之遺則"疏。（十）"豫兮若涉冬川"二句，見《道德經》第十五章。

欲自適而不可。適，往也。言己令鴆爲媒，其心讒賊，以善爲惡；又使雄鳩銜命而往，多言無實。故中心狐疑猶豫(一)，意欲自往，禮又不可，女當須媒，士必待介(二)也。**疏曰：**朱補曰："（一）猶豫，雙聲連語，不決也。與《易》之'由豫'、

《漢·霍光傳》之‘猶與’、《後漢·竇武傳》之‘冘與’皆同。《老子》：‘豫兮若冬涉川，猶兮若畏四鄰。’或説猶、豫，二獸，皆多疑。穿鑿附會。”麟按：朱補本於原注上“銜命而往”四字不載，又將“也”字删去。（二）待，音殆，竢也。猶俗言蕙（俗作等）待。介，音皆械切，傳賓主之言者曰介。古者主有擯，客有介。又因此以交於彼者皆謂之介。擯，音鬢，與儐同，導賓者也。又出接賓曰擯。涉，音石葉切，徒行濟水也。又凡渡水皆謂之涉。

校勘記：①“説文”下，原衍“曰”字，今據李刻本、明翻宋本、汲古閣本删。②此句上頁眉戴之麟題校補時地云：己丑五月九日下午，新庭。③“七”，原誤作“六”，今據《中國人名大辭典》改。④此句上頁眉戴之麟題校補時地云：己丑四月九日午後，新庭。

鳳皇既受詒兮，詒(一)，一作詔(二)。五臣云：詒，遺(三)也。言我得賢人如鳳皇者。受遺玉帛，將行就聘(四)。**疏曰：**（一）詒，音怡，又去聲，贈遺也。又與貽通，傳遺也。（二）詔，音照，告也。謂教導之也。又詔書也，古時上命其下皆曰詔。（三）遺，音欲類切，投贈也，去聲，與詒音義均同。又音怡，亡失也，餘也。若作詔，與文意不合。（四）聘，音品去聲，諸侯使大夫問於諸侯曰聘。又昏禮由媒妁致幣帛通問亦曰聘。[①]

恐高辛之先(一)我。高辛，帝嚳有天下號也。《帝繫》（《大戴禮》篇名）曰：高辛氏爲帝嚳。帝嚳次妃有娀氏女生契。言己既得賢智之士若鳳皇，受禮遺將行，恐帝嚳已先我得娀簡狄也。遺，一作遣。五臣云：帝嚳，喻諸國賢君。［補］曰：皇甫謐云：高辛都亳(二)，今河南偃師是。張晏云：高辛，所興之地名也。**疏曰：**朱補曰：“（一）《詩》云：‘不自我先。’”麟按：朱補本原注不載此句，只載“高辛，……簡狄也。”（二）亳，音薄。“不自我先”，見《詩·正月》章。皇甫謐、張晏，分見本文首句疏二二、二五[②]。

校勘記：①此句上頁眉戴之麟題校補時地云：□□□□□□午間，縣中記室。按：此頁眉截邊，闕六字。②“二二、二五”，原作“二一、二四”，以前文已調整疏證順序，改作“二二、二五”。

欲遠集而無所止兮，集，一作進。**疏曰：**集，音輯。聚也，會也。進，即印切。登也，升也，前也。聊浮游(一)以逍遥(二)。言己既求簡狄，復後高辛[①]，欲遠集它方，又無所之，故且游戲觀望[②]以忘憂，用以自適也。**疏曰：**朱補曰："浮游、逍遥，皆疊韻連語。逍遥，可作趙遙。"麟按：朱補本上句原注不載，此句只載"言己……以忘憂"，下加一"也"字。（一）浮游，猶言周流也。（二）逍遥，一作逍摇，徜徉自得也。

校勘記：①"高辛"，原誤作"帝嚳"，今據李刻本、明翻宋本、汲古閣本改。②"觀望"，原脱，今據李刻本、明翻宋本、汲古閣本補。

及少康之未家兮，留有虞之二姚(一)。少康(二)，夏后相之子也。有虞(三)，國名，姚姓，舜後也。昔寒浞使澆殺夏后相，少康逃奔有虞，虞因妻（去聲）以二女，而邑於綸(四)，有田一成(五)，有衆一旅(六)，能布其德，以收夏衆，遂誅滅澆，復禹之舊績。屈原設至遠方之外，博求衆賢，索宓妃則不肯見，求簡狄又後高辛，幸[①]若少康留止有虞，而得二妃，以成顯功，是不欲遠去之意也。［補］曰：二姚事見《左傳》。杜預云：梁(七)國有虞縣。皇甫謐云：今河東(八)大[②]陽西山上有虞城。姚，音遥。《説文》云：虞舜居姚虚（同墟），因以爲姓。**疏曰：**朱補曰："王注洛神、簡狄，皆喻賢人，獨此（一）二姚，又以喻君，究嫌牽離。朱子《集注》，則全以爲喻君，尤非。按佚女、二姚，喻賢；高辛，喻他國之君。（二）少康，喻頃襄王。時懷王留秦，太子質於齊未歸。"麟按：朱補本原注只載"少康，……不欲遠去"，下加"貌"字，而去"之意也"三字。（三）虞，音愚。《辭源》申集一一四頁虍部七畫："舜之先國於虞，其後子孫仍封此，即今山西平陸縣之虞城。後武王以封仲雍之後，是爲西[③]虞。春秋時，晉假道於虞以伐虢，是也。又禹封舜子商均於虞，即今河南虞城縣。少康自有仍奔虞，虞思妻之以二姚，是也。"（四）綸，音倫。《魯哀元年》"吴伐越"傳"綸"注："今虞縣東南三十里，故虞城。"見《左傳快讀》。綸，《竹書紀年箋注》卷之三"帝相二十八年，少康自綸還於夏邑"注："《通典》：'宋州虞城縣有綸城，即少康邑，在縣東南三十五里也。'"與《左》注少異。[④]（五）成，音城。方十里爲成。（六）旅，音吕。軍之五百人爲旅。（七）梁，音良。戰國七雄之一，即魏也。因徙都大梁，故稱梁。（八）河東，戰國時梁有河東地，見《孟子》，秦漢時置郡。黄河流經山西西境成南北綫，故山西境内在黄河以東者，統稱河東。[⑤]

校勘記：①“幸”，原脱，今據李刻本、明翻宋本、汲古閣本補。②“大”，原誤作“太”，今據李刻本、明翻宋本、汲古閣本改。③“西”，原脱，今據李刻本、明翻宋本、汲古閣本補。④此句上頁眉戴之麟題校補時地云：戊子六月二十八日午後，球廳補録。⑤此句上頁眉戴之麟題校補時地云：戊子六月十二日午前，救左補録。

理弱而媒拙兮，弱，劣[一]也。拙[二]，鈍[三]也。五臣云：我欲留聘二姚，又恐道理弱於少康，而媒無巧辭。**疏曰：**朱補曰：“理，即‘蹇修以爲理’之理。”麟按：朱補本原注只載“拙，鈍也”三字。（一）劣，音埒，律悦切。（二）拙，音輟。（三）鈍，音遯。理，以朱解爲是，蓋總上理與媒也。恐導言之不固。言己欲效少康，留而不去，又恐媒人[一]弱鈍，達言於君不能堅固，復使回移也。**疏曰：**朱補本於原注删去末“也”字。麟按：（一）媒人當作理與媒，上下文方合。①

校勘記：①此句上頁眉戴之麟題校補時地云：戊子八月二十九日午前，縣中一上教室校。

世溷濁而嫉賢兮，世，一作時。**疏曰：**溷濁、嫉，音義分見前“世溷濁”句及“好蔽美”句疏。好蔽美而稱惡。稱[一]，舉也。再言世溷濁者，懷、襄二世不明，故羣下好蔽忠正之士，而舉邪惡之人。美，一作善。［補］曰：再言世溷濁者，甚之也。屈原作此，在懷王之世耳。惡，去聲。言可美者蔽[二]之，可惡者稱之。**疏曰：**朱補曰：“（一）稱，讀爲偁。”麟按：朱補本原注只載“稱，舉也。……而舉邪惡之人”。（二）蔽，音閉，障隔也。又掩飾也。偁，稱本字，不必謂“稱，讀爲”也。惡，解作不好，與美對舉。補作去，叶耳。

閨中既以邃遠兮，小門謂之閨。邃，深也。一無“以”字。［補］曰：《爾雅》：宫中之門謂之闈，其小者謂之閨。邃，雖遂切。**疏曰：**朱補本原注只載“小門，謂之閨。邃，深也”八字。

姚鼐曰：“跪敷衽”四句，是蒼茫特起之舉。“閨中”四句，迷離總束，與起四句又自爲一段之首尾。

哲王又(一)不寤。哲，智也。寤，覺也。言君處（上聲）宮殿之中，其閨深遠，忠言難通，指語不達，自明智之王，尚不能覺悟善惡之情，高宗(二)殺孝己(三)是也。何況不智之君，而多闇蔽，固其宜也。［補］曰：《説文》：寐覺而有信（信，査《説文》七篇下宀部“寤”注，作言，是。）①曰寤。閨中既以邃遠者，言不通羣下之情；哲王又不寤者，言不知忠臣之分。懷王不明而曰哲王者，以明望之也。太史公所謂冀幸君之一悟，俗之一改也。韓愈《琴操（去聲）》云：臣罪當誅兮，天王聖明。亦此意。**疏曰：**朱補曰：“尋叔師此注，是。（一）‘又’字當作‘猶’也。”麟按：朱補本只載原注，補全删。（二）高宗，殷君，小乙子，號武丁，此其廟號也。在位二十九年。（三）孝己，高宗子。以爲不孝而殺之，其實孝己孝子也。

姚鼐曰：以上言以道誘掖楚之君臣，卒不能悟。

校勘記：①此句上頁眉戴之麟題校補時地云：丁亥十一月二十九日上午，韓左个。

懷朕情而不發兮，余焉能忍與此終古。言我懷忠信之情，不得發用，安能①久與此闇(一)亂之君，終古而居乎？意欲復去也。一本“忍”下有“而”字。《釋文》：古(二)，音故。［補］曰：此言當世之人，蔽美稱惡，不能與之久居也。《九歌》曰：長無絶兮終古。《九章》曰：去終古之所居。終古，猶永古也。《考工記》注曰：齊人之言終古(三)，猶言常也。《集韻》：古音估者，故也；音故者，始也。**疏曰：**朱補曰：“《考工記》：‘于焉終古登阤也。’注：‘齊人之言終古，猶常也。’按：楚語。”麟按：朱補本原注只載“言我……志欲復去也。”（一）闇，音暗，昏時也。引申之爲昏暗也。（二）古，音故，與寤叶，不必再叶估也。阤，音豸，武蟻切。阪也，崖際也。麟又按：古世也。（三）終古者，終世也，即時代之終了也。“齊人”句，見《周禮注疏》卷第三十九《考工記》“輪已崇”節“輪已庳”句注。“楚語”下當脱簡。②

姚鼐曰：以上言將以此中道適於茲世。其於楚也，則如天閽之不通，是哲王不寤也。其於異國，則世無賢君，相從驕傲，或有賢而非我偶，如佚女之不可求，是閨中邃遠也。

校勘記：①“能”，原誤作“得”，今據李刻本、明翻宋本、汲古閣本改。②此句上頁眉戴之麟題校補時地云：己丑四月九日午後，新庭。

索蕢茅以筳篿兮，索(一)，取也。蕢(二)茅，靈草也。筳，小折竹也。楚人名結草折竹以卜(三)曰篿。《文選》蕢作瓊。五臣云：筳，竹筭也。［補］曰：索，所革切。蕢，音瓊。《爾雅》云：葍，蕢茅。注云：蕢、葍一種，花有赤者爲蕢。筳，音廷。篿，音專。《後漢・方術傳》(四)曰：挺專折竹。注云：挺，八段竹也。音同。**疏曰：**朱補曰："此爲第三段起。(一)索，讀𡩋。(二)瓊，俗本作蕢，則即葍，今旋覆花，非是。"麟按：朱補①本原注只載"索，取也。……曰篿筳"，下接"篿，音專。筳，音廷"六字。(三)卜，音補屋切。問龜曰卜，謂欲知事之吉凶，灼龜以取兆也。又凡預兆皆曰卜，如以蟲鳥之鳴卜陰晴是也。(四)《後漢・方術傳》，《辭源》寅集二四九頁彳部："《後漢》，書名，宋范曄撰。……凡十紀、十志、八十列傳，合爲百篇。曄以罪被收，十志未成而死，梁劉昭用司馬彪《續漢書》之文以成之。今本共一百二十卷，有唐章懷太子李賢注。"《方術傳》係其傳之一。②命靈氛爲余占之。靈氛，古明占吉凶者。言己欲去則無所集，欲止又不見用，憂懣不知所從，乃取神草竹筳，結而折之，以卜去留，使明智靈氛占其吉凶也。**疏曰：**朱補本於原注去末"也"字。

校勘記：①"補"，原誤作"讀"，今徑改。②此句上頁眉戴之麟題校補時地云：戊子二月三日午後，韓左个。

曰兩美其必合兮，孰信修而慕之(一)？靈氛(二)言以忠臣而就明君，兩美必合，楚國誰能信明善惡，修行忠直，欲相慕及者乎？己宜以時去也。**疏曰：**朱補曰："(一)二之字爲韻。兩美必合，當係筳篿之繇辭。或曰以下四句，皆原問卜之詞。'曰勉'下，乃靈氛之言，亦通。"麟按：朱補本於原注末句"去"①下加一"之"字。(二)氛，音芬，氣也。繇，音胄，卦兆之占辭也。

校勘記：①"去"，原誤作"時"，今據《離騷賦補注》改。

思九州(一)之博大兮，豈唯是其有女(二)？言我思念天下博大，豈獨楚國有臣而可止乎？思，古文思，亦作恖。唯，一作惟。［補］曰：女，細呂切。**疏曰：**朱補本於原注末句"有"字作"君"字，去"而"字。(一)九州，見後《大司命》"紛總總兮九州"句疏。麟按：(二)此女字，指楚國而言，非專指楚君或楚臣也。

姚鼐曰：靈氛言止此句以下至"申椒不芳"，答詞。

曰勉遠逝而無狐疑兮，一無"狐"字。**疏曰：**朱補曰："《詩》云：'逝將去女。'"麟按：此句見《詩·碩鼠》章。孰求美而釋(一)女？五臣云：靈氛曰但勤力遠去，誰有求忠臣而不擇取汝者也。［補］曰：再舉靈氛之言者，甚言其可去也。**疏曰：**麟按：（一）釋，音適。捨也，放也。謂不肯釋放也。

何所獨無芳草兮，草(一)，一作艸(一)，舊作卉(二)。［補］曰：《爾雅》云卉、草，疏云，别二名也。《文選》注云：卉，百草總名，楚人語也。**疏曰：**（一）草、艸，古今字。（二）卉，音諱上聲。又去聲。爾何懷乎故宇？懷，思也。宇，居也。言何所獨無賢芳之君，何必思故居而不去也。此皆靈氛之詞。爾，一作尒。宇，一作宅。注同。［補］曰：若作宅，則與下韻叶。**疏曰：**朱補曰："靈氛之詞，至下'申椒不芳'止。上'有女'讀本字，此'釋女'讀若'汝'，言天下有好賢之君，捨汝何求乎？"麟按：朱補本於原注首句上加"爾，汝也"三字。

世幽昧以昡曜兮，昡(一)曜，惑亂貌。世，一作時。昡，一作眩。［補］曰：昡，日光也，其字從日。眩，目無常主也，其字從目。並熒絹切。《淮南》云：嫌疑肖象者(二)，衆人之所眩耀。**疏曰：**依原解，（一）昡宜從眩，音穴絹切，目無常主，猶俗云眼花也。（二）"嫌疑肖象者"二句，見《淮南子》卷十三《汎論訓》。①

孰云察余(一)之善惡。屈原答靈氛曰：當世之君，皆闇昧惑亂，不分善惡，誰②當察我之善情而用己乎？是難去之意也。善惡，一作中情。《文選》善，作美。**疏曰：**朱補曰："此下尚是靈氛之詞。余，余屈原也。與女須'孰云察余之中情'同。"麟按：朱補本於原注末句去"也"字。余，余屈原也。代名詞，代屈原言也。（一）余，音予，我也。

校勘記：①此句上頁眉戴之麟題校補時地云：丁亥七月三日午後，韓左个牆陰。②"誰"，原作"孰"，今據李刻本、明翻宋本、汲古閣本改。

民好惡其不同兮，民，一作人(一)。**疏曰：**（一）此唐人避太宗諱也。太宗名世民，凡民作人，仿此。惟此黨人其獨異。黨(一)，鄉黨，謂楚國也。言天下萬民之所好惡，其性不同，此楚國尤獨異也。五臣云：好，愛。惡，憎也。［補］曰：好、惡，並去聲。黨，朋黨，謂椒、蘭之徒也。**疏曰：**朱補曰："（一）黨，讀爲攩。黨人，倗攩之人，言讒佞也。前後文皆同。"麟按：朱補本原注只載"黨，鄉黨，……尤獨異也"。攩，音黨。擊也，遮遏也。倗，音朋，同類也。兩字音並同朋黨，攩義異，倗義亦異，朱解不知何指。黨人，應從洪説爲是。近人解黨字，尚黑也。謂以黑暗爲尚，國家一有黨人發現，其國未有不亂而因以滅亡者也。如漢、唐、宋、明之黨禍是也。

户服(一)艾以盈要兮，艾(二)，白蒿也。盈，滿也。或言艾非芳[①]草也。一名冰臺。［補］曰：要與腰同。《爾雅》：艾，冰臺。注云：今艾蒿。**疏曰：**朱補本原注只載首七字。（一）服，佩也。（二）艾，音俄蓋切。多年生草，莖白色，高四五尺，葉互生，長卵形，爲羽狀分裂，皆生白毛，甚密。夏秋之交開小花，淡褐色。結實纍纍，嫩葉可食。乾後揉之，則成艾絨。醫者灼以治病，謂之灸（音久，與炙音隻者不同），亦用作印泥。麟按：艾有香氣，可避穢惡，但此宜從或言。

謂幽蘭其不可佩。言楚國户服白蒿，滿其要(一)帶，以爲芬芳，反謂幽蘭臭惡，爲不可佩也。以言君親愛讒佞，憎遠(二)忠直，而不肯近也。其，一作兮，一作之。五臣云：言楚國皆好讒佞，謂忠正不可行於身也。**疏曰：**朱補本原注只載"言楚國……而不肯近也"，又去"肯"字。（一）要，平聲。（二）遠，讀去聲。

校勘記：①"芳"，原作"香"，今據李刻本、明翻宋本、汲古閣本改。

覽察草木其猶未得兮，察，視也。草(一)，一作艸，一作卉。猶，一作獨(二)。**疏曰：**朱補本原注只載首三字。（一）艸、草、卉，均見上"何所"句疏。（二）獨，亦可通。

豈珵美之能當？珵(一)，美玉也。《相玉書》言：珵大六寸，其耀自照。言時人無能知臧(二)否，觀衆草尚不能别其香臭，豈當知玉之美惡乎？以爲草木易别於禽獸，禽獸易别於珠玉，珠(三)玉易别於忠佞，知人最爲難也。五臣云：豈能辨玉之臧否而當之乎？玉喻忠直。［補］曰：珵美，猶《九章》言蓀美也。珵，音呈。一曰珮珩(四)也。**疏曰：**朱補曰："（一）珵，疑即珽字，笏也。玉笏之首，不抒者也，凡六寸，通下玉笏，共長三尺。一説當即《晉語》所謂‘楚之白珩’。”麟按：朱補本原注只載“珵，美玉……知人最爲難也”，又去“爲”、“也”二字。《相玉書》，俟考。（二）臧，音張，善也。珽，音挺，玉笏也。（三）珠，音朱，蚌殼内所生之物。其始因有砂泥等物竄入蚌體，受其刺激，常以膜緣摩擦消除其圭角，其所分泌之真珠質，即附加於物體之面，久之圭角消平，物體漸大，光潤滑澤，遂成真珠。笏，音忽。一名手板，朝見時所執者，有事則書於上備遺忘。古者自天子至士子，皆執笏，以玉及象竹爲之。後世惟品官執笏，以象牙及木爲之。抒，音杼，通杼，薄也。《周禮·冬官·考工記·輪人》：“凡爲輪，行澤者欲杼，故泥不附。”注謂削薄其踐地者。又剎也，《周禮·冬官·考工記·玉人》：“大圭長三尺，杼上終葵首，天子服之。”又長也，揚子《方言》：“豐人杼首。”剎，古殺字，音曬，減削也。（四）珮，音佩，玉佩也。本作佩，或從珮，玉之帶也。《三禮圖》：“凡玉佩上有雙衡，衡長五寸，博一寸。下有雙璜，璜徑三寸。衡牙蠙珠，以納其間，上下爲衡，半璧爲璜。璜中横以衡牙，以蒼珠爲瑀。”珩，音行，何彭切，佩上玉也。古之玉佩，上爲珩，下爲璜。《三禮圖》，《辭源》子集三九頁一部二畫：“舊《三禮圖》凡六本。《隋書》列鄭玄、阮諶等《三禮圖》；《唐書》有夏侯伏朗、張鎰等《三禮圖》；《崇文總目》有梁正《三禮圖》。皆不傳於後。今所存者，有聶氏《三禮圖》，宋聶崇義所撰。崇義在周顯德中，奉詔參定郊廟祭禮，因取六本舊圖，重加考訂，别爲《三禮圖》。《夢溪筆談》、《集古録》等，譏其與經注多所違異，是蓋諸家相沿之誤，不盡出於崇義也。書凡二十卷，有通志堂刊本。又明劉績亦撰《三禮圖》，則與舊圖大異，蓋本諸陳祥道《禮書》、林希逸《考工記解》等，而取諸《宣和博古圖》者爲尤多，凡四卷。”①

校勘記：①此句上頁眉戴之麟題校補時地云：□□十月四日下午。按：此頁眉截邊，闕二字。

蘇（一）**糞**（二）**壤吕充**（三）**幃兮**，蘇，取也。充，猶滿也。壤，土也。幃（四）謂之幐。幐，香囊也。吕，一作以。［補］曰：《史記》：樵蘇後爨（五）。蘇，取草也。又《淮南子》曰：蘇援世事（六）。蘇，猶索也。幃，許歸切，下同。《爾雅》云：婦人之褘（七），謂之縭（八）。注云：即今之香纓（九）也。褘，邪交落帶繫於體，因名爲褘。幐音騰。**疏曰：**朱補曰“（一）蘇，讀爲穌。（二）糞，棄除也。《周禮·草人》：‘凡糞種（十）。’注：‘凡糞，皆煮取汁也。’《老子》：‘卻走馬以糞。’注：‘糞田也。’”“卻走”句，見《淮南》卷六《覽冥訓》，注謂老子詞也，“卻”上有“故”字。攷老子《道德經》無此語。①（三）充，讀爲窒。塞也，實也，滿也。充、窒，雙聲字。《周書・糴匡》：'宫不幃。'" 麟按：朱補本原注只載"蘇，取也。……香囊也"，第二句去"猶"字。蘇，音速烏切，與穌同。充，音出邕切，義與窒同，窒無充音，不必讀作窒。窒音銍，又音迪鬐切。（四）幃，音揮，又音韋。單帳也，又香囊也。（五）"樵蘇"句，見《史記》九十二《淮陰侯列傳第三十二》。② （六）"蘇援世事"，見《淮南子》十九《脩務訓》。（七）褘，音揮。（八）褵，音離。糞，糞古字，音忿。《糴匡》，《周書》篇名。③ （九）縷，音嬰。（十）"凡糞種"，見《周禮注疏》十六《地官・司徒下》，與原文少異。④

謂申椒其不芳。言蘇(一)糞土以滿香囊，佩而帶之，反謂申椒(二)臭而不香，言近小人遠(三)君子也。**疏曰：**朱補曰："以上皆靈氛之詞。"麟按：（一）朱補本原注"蘇"字作"取"。（二）申椒，見上"雜申椒"句疏。⑤ （三）遠，去聲。《論語》："糞土之牆不可杇也。"上糞壤蓋援此也。見《論語》上《公冶長》篇。

校勘記：①此句上頁眉戴之麟題校補時地云：己丑三月十七日上午，新庭。②此句上頁眉戴之麟題校補時地云：戊子九月二十六日上午，捄左補録。③此句上頁眉戴之麟題校補時地云：丁亥六月二十一日午間，韓左个。④此句上頁眉戴之麟題校補時地云：戊子六月二十八日午前，捄左補録。⑤此句上頁眉戴之麟題校補時地云：丁亥七月十一日午前，韓左个。

欲從靈氛之吉占兮，心猶豫(一)而狐疑(二)。言己欲從靈氛勸去之吉占，則心中①狐疑，念楚國也。[補] 曰：靈氛之占，於異姓則吉矣，在屈原則不可，故猶豫而狐疑也。**疏曰：**朱補本原注不載洪補。（一）猶豫、（二）狐疑，見上"心猶豫"句疏。

姚鼐曰：又一節蟬聯而下，再托一勸，乃即就故君處諷以屈己求合，如是則將變節矣，恰剔起堅守内美來。②

校勘記：①"心中"，原誤作"中心"，今據李刻本、明翻宋本、汲古閣本改。②此句出沈伯經《古文辭類纂評注》，爲沈氏於頁眉所作評注，非姚鼐語。原文與此少異。

巫咸將夕降兮，巫咸(一)，古神巫也。當殷中宗(二)之世。降，下也。[補] 曰：

《書序》云：伊陟(三)贊於巫賢①(四)。《前漢·郊祀志》云：巫咸(五)之興自此始。説者曰：巫咸，殷賢臣。一云名咸，殷之巫也。《説文》曰：巫，祝也。古者巫咸初作巫。《山海經》曰：巫咸國在女丑(六)北。又曰：大荒之中，有靈山(七)，巫咸、巫即、巫盼(八)、巫彭、巫姑、巫真、巫孔、巫抵、巫謝、巫羅十巫從此升降。《淮南子》曰：軒轅丘(九)在西方，巫咸在其北。注云：巫咸知天道，明吉凶。據此則巫咸之興尚矣，商時又有巫咸也。《莊子》曰：鄭有神巫，曰季咸。又有巫咸②袑(十)（《南華經解·外篇·天運》"巫咸袑曰"，按注謂"袑即招字之訛，巫咸明於天，此蓋托言巫咸相招致咎耳。舊乃音超，以爲人名，可笑。古來止有巫咸，那得又有巫咸袑邪？"以上下文意言之，注是。)③，皆取此名。言夕降者，神降多以夜，陳寶(十一)之類是也。**疏曰：**朱補曰："《書序》：'伊陟贊於巫咸。'《説文》：'古者巫咸初作巫。'又《海外西經》：'巫咸國在登葆山，羣巫所從上下也。'"麟按：巫，音無，祝也。以舞降神爲人祈禱者也。咸，音諧讒切。徧也，皆也，悉也，引也。(一) 巫咸，《辭源》寅集一六一頁工部四畫："帝堯醫，見郭璞《巫咸山序》。又殷賢臣，《書》：'巫咸乂王家。'二説殷中宗相，始作巫者，見《世説》。又《列子》：'有神巫曰季咸，知人生死存亡，期以歲月旬日如神。'"(二) 殷中宗。殷，衣巾切，朝代名。商王盤庚遷都殷墟，改號曰殷，即湯所都之亳。中宗名太戊，雍己弟，在位七十五年。中宗（中宗，參看前"殷宗用而不長"疏。)④，廟號也。舊制皇帝崩，升祔太廟，追尊爲某祖某宗，謂之廟號。祖稱有德，宗稱有功也。(三) 伊陟，太戊之賢相，伊尹之子也。(四) 巫賢，祖乙之賢相，巫咸之子也。"伊陟贊於巫賢"，見《尚書注疏第七⑤·商書·咸有一德》，"賢"作"咸"。⑥ (五) 巫咸有二，此指以神道事太戊者也。(六) 女丑，國名，在丈夫國北。見《山海經》第七《海外西經》。⑦"巫咸國在女丑北"，見《山海經》卷七《海外⑧西經》。"大荒之中"諸句，見同上書卷十六《大荒西經》，係節録。⑨ (七) 靈山，《辭源》戌集雨部十六畫："二、道家以蓬萊山爲靈山。三、今縣名。本隋南賓縣，唐改名，明清皆屬廣東廉州府。今屬廣東欽廉道。"與此不合。其一謂即釋家靈鷲山之舊稱，在中印度摩揭陀國王舍城之東北，似與此合。⑩ (八) 盼，音分，日光也。(九) 軒轅丘，史稱黄帝生於軒轅之丘。麟按：《史記一·五帝本紀第一》"黄帝"句"生"作"居"。《辭源》酉集一四六頁車部三畫："注：'在河南新鄭縣。'"又"古代傳説國名，在窮山之際，其不壽者八百歲，見《山海經》（按：見是書第七《海外西經》)。"又《山海經》："西王母之山，有軒轅臺。""軒轅"二句，見《淮南子》卷四《墬形訓》，原文"北"下有"方"字。⑪"西王母之山"二句，見《山海經》第十六《大荒西經》，係節録。⑫"鄭有神巫，曰季咸"，見《莊子·内篇·應帝王》。⑬ (十) 袑，音迢，人名。見《莊子》。(十一) 陳寶，神名。麟按：《史記二十八·封禪書第六》曰："秦文公獲若石於陳倉北阪城，祠之，其神來常以夜，光輝若流星。從東方來，集於祠城，若雄雉。其聲殷殷，以一牢祠之，名曰陳寶。"故云。登葆山，《山海經箋疏》第七《海外西經》"巫咸國"條注："懿行案：《大荒南經》作登備山。葆、備，聲之轉也。《淮南·墬形訓》作保。"麟按：兩處均不注實地。保，"巫咸國"下引《太平御覽》七百九十卷引《外國圖》曰："昔殷帝大戊使巫咸禱於山河，巫咸居於此，是爲咸氏。去南海萬千里。"即此國也。以此言之，巫咸國既在登葆山，此山即孛，在南海萬千里也。⑭

懷椒糈而要之。椒(一)，香物，所以降神。糈(二)，精米，所以享神。言巫咸將夕從天上來下(三)，願懷椒糈要之，使占茲吉凶也。糈，俗作糈。［補］曰：糈音所，祭神米也。孟康曰：椒糈，以椒香米饡也。要，伊消切。**疏曰：**朱補曰："糈，見《山海經》。要，讀爲就，實爲造。"麟按：（一）椒，音蕉，木名。（二）糈，亦音胥。原解是，朱補本非。"要，讀爲就，實爲造"，音義均不合。（三）"從天上來下"，近於荒渺耳。巫咸既有實地，又云山或軒轅丘，自係即其地來下，何必謂天上乎？天非實物也。椒，見上"雜申椒與菌桂兮"疏。

校勘記：①"賢"，李刻本、明翻宋本、汲古閣本作"咸"。以下文疏證曰"見《尚書注疏第七·商書·咸有一德》，'賢'作'咸'"，今不改。②"咸"，原脱，今據李刻本、明翻宋本、汲古閣本補。③此句上頁眉戴之麟題校補時地云：戊子七月二十三日上午，捄曬補録。④此句下頁脚戴之麟題校補時地云：己丑後七月二十四日午間。⑤"七"，原誤作"八"，今據《尚書注疏》改。⑥此句上頁眉戴之麟題校補時地云：戊子六月二十三日上午，捄曬補録。⑦此句下頁脚戴之麟題校補時地云：戊子九月十六日上午，捄左補録。⑧"外"，原誤作"内"，今據《山海經》改。⑨此句上頁眉戴之麟題校補時地云：後上三日午前，地同。⑩此句旁行間戴之麟題校補時地云：戊子五月二十二日上午，捄左補録。⑪此句上頁眉戴之麟題校補時地云：丁亥六月二十日午後，韓左个。⑫此句上頁眉戴之麟題校補時地云：戊子六月二十日午間，捄曬補録。⑬此句上頁眉戴之麟題校補時地云：丁亥七月二十二日午後，韓左个。⑭此句下頁脚戴之麟題校補時地云：己丑後七月二十四日下午。

百神翳其備降兮，九疑(一)繽其並迎(二)。翳，蔽也。繽(三)，盛也。九疑，舜所葬也。言巫咸①得己椒糈，則將百神蔽日來下；舜又使九疑之神，紛然來迎，知己之志也。疑，一作嶷。［補］曰：翳，於計切。嶷與疑同。迎，魚慶切，迓也。《漢紀》(四)曰：望祀虞舜於九嶷。張揖(五)曰：九嶷在零陵營道縣。文穎(六)曰：九疑半在蒼梧，半在零陵。顏師古(七)云：疑，似也，山有九峰，其形相似。《水經》云：峰秀數郡之間(八)，異嶺同勢，游者疑焉。**疏曰：**朱補曰："《海内經》：'（一）南方蒼梧之邱，蒼梧之淵，其中有九疑山。'在今湖南寧遠縣之南，藍山縣之西南。（二）迎，讀爲逆，迎也。迎、逆，雙聲。'九疑'句，亦見《湘夫人》篇。"麟按：九疑，《辭源》子集九五頁乙部一畫："在湖南寧遠縣南六十里。"迎，無逆音，不必讀作，原注作魚慶切是。（三）繽，批因切。（四）《漢紀》，後漢荀悦撰，三十卷。獻帝以班固《漢書》文繁難省，乃令悦依《左傳》體爲之，可以考證《漢書》舛謁之處頗多。見《辭源》巳集一四八頁水部二畫。（五）張揖，見上"畦留夷"句疏。（六）文穎，《中國人名大辭典》五七頁："後漢，字叔良，注《前漢》一百三十卷。"（七）顏師古，見前"離騷經章句第一"疏。（八）"峰秀數郡之間"三句，見《水經注釋地》卷三十八，原文上有"蒼梧之野"四字，"間"下有"羅巖九舉，各導一溪，岫壑負阻"十二字。②

校勘記：①"咸"，原脱，今據李刻本、明翻宋本、汲古閣本補。②此句旁頁邊戴之麟題校補時地云：戊子五月十日平旦，救左補録。

皇剡剡其揚靈兮，皇，皇天也。剡剡，光貌。［補］曰：剡，以冉切。《九歌》云：横大江兮揚靈。**疏曰：**朱補本原注只載首八字。告余以吉故。言皇天揚其光靈，使百神告我，當去就吉善也。五臣云：告我去當吉。［補］曰：靈氛之占，筵篿折竹而已。至百神備降，九嶷並迎，告我使去，則可以去矣。**疏曰：**朱補本原注只載首十八字。

曰勉陞降以上下兮，勉(一)，强(二)也。上謂君，下謂臣，陞，一作升。［補］曰：升降上(三)下(四)，猶所謂經營四荒(五)、周流六漠(六)耳，不必指君臣。**疏曰：**朱補曰："（一）勉，勥也。"麟按：（二）强，上聲。勥，古强字。（三）上，上聲。（四）下，去聲。此句如補解爲是，謂勉力陞上降下也。猶唐白居易《長恨歌》所謂上天下地，求之徧也。（五）四荒，見上"將往觀乎四荒"疏。（六）六漠，見《遠游》"周流六漠"注。

求榘矱之所同。榘，法也。矱(一)，度也。言當自勉强上求明君，下索賢臣，與己合法度者，因與同志共爲治也。榘，一作矩(二)。矱，一作彠(三)。五臣云：此巫咸之言。[補] 曰：榘，俱雨切。矱，紆縛[①]、烏郭二切。《淮南子》曰：知榘矱[②]之所周(四)。注云[③]：榘，方也。彠，度法也。**疏曰：**朱補云："矩，當作巨，方之度也。矱，當作蒦，高之度也。"麟按：朱補本原注只載"榘，法也。……共爲化也"。化，原作治。(一) 又將矱下加"於縛切"三字。(二) 矩，拘上聲，所以爲方之器也，如曲尺，引申之爲法度也。(三) 彠，古矱字。(四)"知榘矱"句，見《淮南子》卷十三《氾論訓》。原文"知"上有"而以"二字，"周"下有"者也"二字，"矱"作"彠"。[④]

校勘記：①"縛"，原誤作"薄"，今據李刻本、明翻宋本、汲古閣本改。②"矱"，李刻本、明翻宋本、汲古閣本作"彠"。以下文疏證疏此曰"'矱'作'彠'"，今不改。③"云"，原脱，今據李刻本、明翻宋本、汲古閣本補。④此句上頁眉戴之麟題校補時地云：丁亥六月二十一日午前，韓左个。

湯禹嚴而求合兮，嚴(一)，敬也。合，匹[①]也。嚴，一作儼(二)。[補] 曰：自此以下，皆屈原語。**疏曰：**朱補本原注只載首六字。(一) 嚴，宜黔切。(二) 儼，音嚴上聲，義同。

摯咎繇而能調。摯(一)，伊尹名，湯臣也。咎(二) 繇(三)，禹臣也。調，和也。言湯、禹至聖，猶敬承天道，求其匹合，得伊尹、咎繇，乃能調(四) 和陰陽，而安天下也。一作臯陶。[補] 曰：《天問》曰：帝乃降觀，下逢伊摯。即伊尹也。**疏曰：**朱補曰："調、同爲韻，學《車攻》詩，而實誤也。《車攻》'佽矢柴蓋'句中韻、《韓非子·揚權》、東方朔《繆諫》，亦皆韻同、調，又學《離騷》而誤。或説'調'皆當作'詷'，共也。存疑。"麟按：朱補本原注只載"摯，伊尹名，……而安天下"。"天下"下尚有"也"字。(一) 摯，音至，至也。(二) 咎，本音臼，又與臯通。(三) 繇，本音由，又音摇，與陶同。(四) 調，叶通。與上"同"韻，下四句"媒"、"疑"韻，皆二句爲韻，不必作詷。《車攻》，《詩》篇名。韓非子，戰國時韓之諸公子。喜刑名法術之學，而歸本於黄老。與李斯並事荀卿，斯自以爲不如。後使於秦，爲李斯所讒，仰藥死。嘗作《孤憤》、《五蠹》、内外《儲説》、《説林》、《説難》等五十五篇，十餘萬言。今所傳《韓非子》二十卷，《揚權》系其篇名是也。東方朔，詳後《七諫》疏，《繆諫》亦其篇名。[②]

校勘記：①“匹”，原誤作“正”，今據李刻本、明翻宋本、汲古閣本改。②此句上頁眉戴之麟題校補時地云：己丑七月二日下午。

苟(一)中情其好修兮，又何必用夫行媒。行媒(二)，喻左右之臣也。言誠能中心常好善，則精感神明，賢君自舉用之，不必須左右薦(三)達(四)也。一無“又”字。五臣云：苟，且也。**疏曰：**朱補曰：“言君誠中心好善，則特達之知，不必左右爲之先容也。”麟按：朱補本原注全載，惟將末句“也”改爲“之”。（一）苟，誠也，當如朱補説。（二）媒，音枚，謀合二姓以成昏媾也。宜讀如迷，與下句“疑”叶。（三）薦，音即宴切，舉也。（四）達，音惰曷切。薦也，進也。

説操築於傅巖兮，説，傅説也。傅巖(一)，地名。[補]曰：説，音悦。操，七刀切。築(二)，擣也。**疏曰：**朱補曰：“傅巖在今山西解州平陸縣，當時高宗（殷君）即以地命之氏。《孟子》曰：‘傅説舉於版築之間。’”麟按：朱補本原注只載首八字。（一）傅巖，古地名，《史記》作傅險。今山西平陸縣東有聖人窟，殷時傅説版築處。（二）築，音竹。“傅説”句，見《孟子·告子下》“舜發”章。①

武丁用而不疑。武丁，殷之高宗也。言傅説抱道懷德，而遭遇刑罰，操築作於傅巖。武丁思想賢者，夢得聖人，以其形像求之，因得傅説，登(一)以爲公，道用大興，爲殷高宗也。《書序》曰：高宗夢得説(二)，使百工營求諸野，得諸傅巖，作《説命》(三)，是佚篇也。[補]曰：《孟子》曰：傅説舉於版築之間(四)。《史記》云：説爲胥靡(五)，築於傅險，見於武丁。武丁曰：是也。遂以傅險姓之，號曰傅説。險與巖同。徐廣(六)曰：《尸子》(七)云：傅巖在北海之洲。孔安國(八)曰：傅氏之巖，在虞(九)、虢(十)之界，通道所經，有澗水壞道，常使胥靡刑人築護此道。説賢而隱，代胥靡築之，以供食也。**疏曰：**朱補本原注只載“武丁，……爲殷高宗”。將“宗”下“也”字删去。（一）登，音燈，進也。（二）“高宗夢得説”，見《尚書注疏第九》②《商書·説命序》。③（三）《説命》三篇，今載《書經》，非佚篇。佚，音移疾切，與逸通。久散失之古書皆曰佚書。（四）“傅説”句，見上句疏。（五）胥靡，刑徒也。胥，音粟於切。庶人在官者，七曰胥。靡，音敏議切。“説爲胥靡”等句，見《史記三·殷本紀第三》，“是也”下節去“得而與之語，果聖人，舉以爲相，殷國大治”諸句，“遂”上有“故”字。（六）徐廣，《中國人名大辭典》七九五頁十畫：“晉邈弟，字野民。家世好學，至廣尤精，百家數術，無不研覽。累遷祕書監。劉裕受禪，廣哀感涕泗，謝晦謂曰：‘徐公將無小過。’廣曰：‘君爲宋朝佐命，身乃晉室遺老，憂喜之事，固不同時。’因更欷歔，遂乞歸。嘗撰《車服儀注》及《晉紀》，《答禮問》百餘條。年過七十，尤歲讀五經一遍。”④（七）《尸子》，詳上“心猶豫而狐疑”分句疏。（八）孔安國，見後《惜誦》“戒六神與嚮服”疏。（九）虞，音愚。此係指周武王以封仲雍之後，爲西虞，今山西平陸縣。（十）虢，音谷擭切。此指東虢，在今河南滎澤縣之虢亭，虢叔所封地，後爲鄭桓公所滅。一曰北虢，亦虢仲之後，在今山西之平陸縣。

校勘記：①此句上頁眉戴之麟題校補時地云：戊子三月二十三日午間，朱補閱訖。②“九”，原誤作“十二”，今據《尚書注疏》改。③此句上頁眉戴之麟題校補時地云：戊子六月二十三日上午，捄廳補録。④此句上頁眉、句旁頁間、句下頁脚戴之麟題校補時地云：丙戌六月十三日□午，韓庭除。丁亥五月十六日午前，韓左个。丁亥十一月二十九日夜，韓左个。戊子正月二十六日午前，縣中。戊子四月十三日午前，縣中終校。戊子八月二十八日午間，縣中。戊子八月二十九日晡，捄左校。戊子九月十六日上午，捄左補録。己丑三月二十三日午後，終校圖書館。庚寅二月七日午間。按：此页眉截边，阙一字。

呂望之鼓刀兮，呂，太公之氏（一）姓（二）也。鼓，鳴也。或言呂望太公，姜姓也，未遇之時，鼓刀屠於朝歌也。［補］曰：《史記》云：太公望呂尚者，東海上人，本姓姜氏，從其封姓，故曰呂尚。《戰國策》云：太公望，老婦之逐夫，朝歌（三）之廢屠，文王用之而王。注云：呂尚爲老婦之所逐，賣肉於朝歌，肉上生臭不售，故曰廢屠。《淮南子》曰：太公之鼓刀。注云：太公，河內（四）汲（五）人，有屠釣（六）之困。**疏曰：**朱補曰：“太公望，四岳之苗裔，呂氏也，姜姓也。鼓當作皷，讀若屬，擊也，鳴也。與锺鼓之鼓音義俱别。”麟按：朱補本原注只載首十字。（一）氏，音是上聲，氏族也。見上“帝高陽之苗裔兮”疏。（二）姓，音性，生也。古者因生以賜姓，所以表其所生，爲婚姻之别也。《辭源》丑集二六二頁女部五畫：“三代之前，姓氏分而爲二。男自稱氏，婦人稱姓。氏所以别貴賤，貴者有氏，賤者有名無氏。故姓可呼爲氏，氏不可呼爲姓。姓，所以别婚姻。故有同姓、異姓、庶姓。三代之後，姓氏合而爲一。皆所以别婚姻，而以地望明貴賤。於文女生爲姓，故姓之字多從女，如姬、姜、嬴、姒、媯、姞之類是也。”“太公望呂尚者”諸句，《史記》卷三十二《齊太公世家第二》“東海上人”下節去“其先……苗裔也”諸句，下接“本姓”句。[①]（三）朝歌，地名。故城在今河南淇縣。“太公望，老婦之逐夫”三句，見《戰國策》卷第七《秦五》。原文作“太公望，齊之逐夫”。注云：“太公呂尚望，爲老婦之逐。”下節去“子良……不庸”二句，與此少異。[②]（四）河内，大河以内總謂之河内。《史記正義》：“古帝王之都多在河東、河北，故呼河北爲河内，河南爲河外。”（五）汲，音急。汲，有作郡名，晉置，尋廢，今河南汲縣。有作縣名，漢置。明、清皆爲河南衛輝府治，今爲河南河北道治。此汲未知孰是。（六）釣，音弔，俗讀平聲誤。四岳，堯時臣也。“太公之鼓刀”，見《淮南子》卷十三《氾論訓》。

遭周文而得舉。言太公避紂，居東海(一)之濱，聞文王作(二)興(三)，盍往歸之。至於朝歌，道窮困，自鼓刀而屠，遂西釣於渭(四)濱。文王夢得聖人，於是出獵而遇之，遂載以歸，用以爲師，言吾先公望子久矣，因號爲太公(五)望。或言周文王夢天帝立令狐(六)之津，太公立其後。帝曰：昌（文王名）賜汝名師。文王再拜，太公亦再拜。太公夢亦如此。文王出田（獵也，同畋），見識所夢，載與俱歸，以爲太師也。［補］曰：《天問》云：師望在肆(七)，昌何識？鼓刀揚聲，后[③]何喜？注云：吕望鼓刀在列肆，文王親往問之，對曰：下屠(八)屠(九)牛，上屠屠國。**疏曰**：（一）東海，考《辭源》所載均不合。朱補曰：“孟子云：（二）‘聞文王化興，曰：‘盍歸乎來化！’”今本誤爲“作”。麟按：朱補本原注只載“言太公……用爲師”。“用”字下有“以”字。（三）興，起也。（四）渭，音胃，水名，即渭河，源出甘肅渭源縣西北鳥鼠山東南，流至清水縣，入陝西境，經鳳翔，納雍水。東流經省治。南納黑水澇河，及豐、滻、滈、灞諸水。北納涇水、沮水。東北流至朝邑，納洛水。東流至潼關，入黄河。（五）太公，父之稱也。《漢書》：“高祖五日一朝太公。”太公，又古人通稱祖曰太公。《後漢書・李固傳》“自太公以來”，注謂祖郃也。又俗通稱曾祖曰太公。麟按：此太公殆指王季也。“高祖五日一朝太公”，見《前漢書》卷一下《高帝紀第一下》，原文“五日”上作“上歸櫟陽”，下作“五日一朝太公”。此係撮取。[④]（六）令狐，《辭源》子集一六二頁人部三畫：“春秋地名。趙盾袭秦師於此，故城在山西猗氏縣，今名令狐村。”[⑤]（七）肆，市也。（八）下屠“屠”字，屠宰之人也。（九）屠牛“屠”字，殺也。上屠喻賢臣。屠國“屠”字，治也。“聞文王化（作“作”)”，見《孟子》下《離婁上[⑥]》篇。

校勘記：①此句上頁眉戴之麟題校補時地云：戊子七月五日午後，球廳補録。②此句下頁脚戴之麟題校補時地云：戊子八月二十六日上午，牆陰。

③“后”，原誤作“帝”，今據李刻本、明翻宋本、汲古閣本改。④此句上頁眉戴之麟題校補時地云：戊子十月二日上午抹左補録。⑤此句上頁眉戴之麟題校補時地云：己丑後七月二十日午後。⑥“離婁上”，原誤作“告子下”，今據《孟子》改。

甯戚之謳歌兮，甯戚(一)，衛(二)人。**疏曰：**（一）春秋時衛人。甯，音佞，姓也，與寧同。衛成公子季歷食采於甯，以邑爲氏，戚殆其後與？戚，音切①激切。（二）衛，音喻贅切，國名。周武王封其弟康叔於衛，至秦二世時始滅。今自直隸大名府開州以西，至河南之衛輝府懷慶，皆衛地也。

齊桓聞以該(一)輔(二)。該，備也。甯戚修德不用，退而商賈（音古，坐貿也），宿齊(三)東門外。桓公(四)夜出，甯戚方飯牛，叩角而商歌(五)，桓公聞之，知其賢，舉用爲客卿(六)，備，輔佐也。［補］曰：《淮南子》云：甯戚欲干(七)齊桓公，困窮無以自達。於是爲商旅，將任(八)車以商(九)於齊，暮宿於郭門之外，飯（讀上聲）牛車下（上聲），望見桓公，乃擊牛角而商歌。桓公聞之曰：異哉，歌者非常人也。命後車載之。《三齊記》載其歌曰：南山矸(十)，白石爛，生不遭堯與舜禪(十一)，短布單衣適至骭(十二)，從昏飯牛薄(十三)夜半，長夜漫漫(十四)何時旦(十五)。桓公召與語，悦之，以爲大夫(十六)。矸，與岸同。一作南山粲②。屈原舉吕望、傅説、甯戚之事，傷今之不然也。**疏曰：**朱補曰：“《吕③覽》（吕不韋書名）高注謂戚所歌乃《詩·碩鼠》之詞，而劉向《别録》有‘出東門兮厲石斑’七韻，别有‘南山矸，白石爛’六韻，又有‘滄浪之水白石粲’六韻。皆不類春秋人語。（一）該，讀爲晐，實爲葡具也。（二）輔，讀爲俌。”麟按：朱補本原注只載“該，備也。……備，輔佐也”。（三）齊，前倪切，國名。周武王封太公望於齊。戰國初，其臣田氏篡國，爲七雄之一。後爲秦所併，當今山東省，故亦稱山東省曰齊。（四）桓，音丸，謚也。辟土服遠曰桓。桓公，名小白，春秋諸侯五霸之首。周莊王十一年，以兄襄公無道奔莒。襄公被弑，歸國即位。鮑叔牙薦管仲，任以爲相，尊周室，攘夷狄，九合諸侯，一匡天下，終其身爲盟主。後管仲死，用豎刁、易牙、開方等，怠於政事。及卒，諸公子争立，霸業遂衰。該，音改平聲。（五）商歌，謂悲歌也。商，音詩央切，五音之一，於四時爲秋，秋者，悲也，故曰商歌。（六）客卿，以他國之人爲官也。客，音可赫切，主之對也。卿，音欺英切，官名。三代之時，天子、諸侯皆置之，分上卿、中卿、下卿三級。秦漢有九卿。北魏於正卿之下又置少卿，歷朝因之，清末乃廢。民國官秩有上卿、中卿、少卿三級。（七）干，音歌安切，求也。“甯戚欲干齊桓公”等句，見《淮南子》卷十二《道應訓》。（八）任，音壬，負也，擔也。（九）商，行賈也。（十）矸，音旰，石淨貌。又音岸。（十一）禪，音膳，代也。（十二）骭，音幹，脛骨也。其骨兩根在前者名骭骨，在後者名輔骨。（十三）薄，音博，補郝切，迫也，逼近也。（十四）漫漫，音瞞，長也。（十五）旦，明也。（十六）大夫，官稱也。三代之官，以卿、大夫、士三者爲等級，而大夫又分上、中、下三等。秦漢以來，尚有御史大夫、光禄大夫、大中大夫諸名，但爲官稱，與三代殊制。隋唐至明清，大夫遂爲文散官之稱。如光禄大夫、榮禄大夫之類，隨級異名，專爲封贈之用。民國文官官秩有上大夫、中大夫、少大夫。粲，音次按切，鮮明也。大，音鐸艾切。《碩鼠》，《詩》篇名。滄浪，水名，在今湖北均縣北三十里，見《均州志》。均縣，民國前稱州，即漢水至均之别名。滄，音倉；浪，音郎。晐，音該，咸也，備也。通作該、賅。俌，音甫，輔也。《爾雅·釋詁》："比，俌也，與輔通。"《别録》，《隋·經籍志》作《七略别録》，二卷，向作。

校勘記：①“切”，原誤作“胡”，今據《辭源》改。②“粲”，原誤作“餐”，今據李刻本、明翻宋本、汲古閣本改。③“吕”，原誤作“禰”，今據《離騷賦補注》改。

及年歲之未晏兮。晏(一)，晚(二)。**疏曰：**朱補本於“晚”下加“也”字。（一）晏，音燕。（二）晚，音武遠切，日暮也。時亦猶其未央。央，盡也。言己所以汲汲欲輔佐君者，冀及年未晏晚，以成德化也。然年時亦尚未盡，冀(一)若三賢(二)之遭遇也。其，一作而。［補］曰：《説文》央，久也。《詩》曰：夜未央(三)。**疏曰：**（一）冀，音記，欲也。又望也。（二）三賢，指傅説、吕望、甯戚三人。朱補本原注只載“央，盡也。……遭遇也”。而下補曰：“《詩》云：‘（三）夜未央。’”此句見《詩·庭燎》章。央，音秧，中也，半也，盡也。

恐鵜鴂之先鳴兮，鵜(一)鴂(二)，一名買鵤，常以春分鳴也。鵜，一作鷤(三)。五臣云：鷤鴂，秋分前鳴，則草木凋落。［補］曰：鵜，音提。鴂，音決。一音弟桂，一音殄絹。《反離騷》云：徒恐鷤鴂(四)之將鳴兮，顧先百草爲①不芳。顔師古云：鷤鴂，一名買鵤②，一名子規，一名杜鵑(五)，常以立夏鳴，鳴則衆芳皆歇。鴂與鴂同，鵤音詭。《思玄賦》云：恃知己而華予兮，鶗鴂鳴而不芳。注云：以秋分鳴。李善云：《臨海異物志》(六)：䳏鴂，一名杜鵑。至三月鳴，晝夜不止。服虔曰：䳏鴂，一名鵙(七)，伯勞也。順陰陽氣而生。按《禽經》(八)云：巂(九)周，子規也。江介曰子規，蜀右曰杜宇。又曰：䳏鴂鳴而草衰。注云：䳏鴂，《爾雅》謂之鵙，《左傳》謂之伯趙。然則子規、䳏鴂，二物也。《月令》：仲夏鵙始鳴。説者云：五月陰氣生於下，伯勞夏至，應陰而鳴。《詩》曰：七月鳴鵙(十)。箋云：伯勞鳴，將寒之候也，五月則鳴，豳地晚寒。《左傳》：伯趙氏司至也(十一)。注云：伯勞以夏至鳴，冬至止。陸佃《埤雅》(十二)云：陰氣至而鵙鳴，故百草爲之芳歇。《廣韻》(十三)曰：䳏鴂，關西曰巧婦，關東曰鶗(十四)鴂，春分鳴則衆芳生，秋分鳴則衆芳歇。未詳。**疏曰：**朱補曰："（一）鵜，讀爲巂，子規也。莫（古暮字）春始鳴，若云不如歸去。（二）鴂，讀爲鵙，伯勞也。五月始鳴，應陰而殺物，賊害之鳥也。二鳥皆遇春而鳴，故曰百草不芳。《漢書·揚雄傳》反騷作鷤搗，師古注亦以爲一鳥，皆失之。鷤、鵜、巂，雙聲；鴂、鵙，雙聲；搗、鵙，疊韻。"麟按：朱補本原注只載首十二字，又"鵜，音題。鴂，音決"六字。題，原作提。鵜，子規也，即杜鵑也。亦稱杜宇，嘴扁平，上嘴末端少曲，口大，尾長，背黑灰色，腹白，有横行黑線。不自營巢，生卵於鶯巢，而鶯爲之孵育。鳴聲淒厲，能動旅客歸思。好食毛蟲，有益於森林。鴂，伯勞也，鳴禽，一名鵙，體大於雀，背灰褐色，胸腹部茶色，尾及翼黑褐色。雄者翼有白點，嘴短而强，上嘴鈎曲，端尖，側緣有齒狀缺刻。性威猛，捕昆蟲、小鳥等爲食，好以其物貫於棘枝之上而徐食之。麟按：據此，則鵜、鴂實二鳥也。（三）鷤，音壇，鵙子。又音啼，子規也。又音第，布穀也。（四）搗，音貴。（五）鵑，音涓。（六）《臨海異物志》，《舊唐書》卷四十六《經籍》"海"下有"水土"二字，載沈瑩撰，一卷。（七）鵙，音鵙。鵙，音臭，尺救切。（八）《禽經》，《辭源》午集二〇四頁示部八畫："書名，一卷，舊本題師曠撰，晉張華注。皆依托也。然陸佃《埤雅》以下所引《禽經》，今本乃皆不載，又僞本中之僞本矣。以左圭《百川學海》所收，即此本，知其僞在南宋之末。"（九）巂，音髓。音義各均不同，不知朱何以謂鷤、鵜、巂爲雙聲。搗、鵙爲疊韻。按：《學詩指南》上卷第三章云："雙聲而不同韻，如李群玉詩：'方穿詰曲崎嶇路。'詰曲、崎嶇，皆二字同音不同韻是也。疊韻，同音而又同韻，如杜詩：'卑枝低結子，接葉暗窠鶯。'卑枝、接葉，皆二字同音又同韻是也。"又按：必二字義近，二字發聲同，如躊躇、仿佛，是謂雙聲；彷徨、倉皇，韻同義近，是謂疊韻。朱也謂二字同異，故云。[③]（十）"七月鳴鵙"，見《詩·七月》篇。（十一）"伯趙氏"句，見《左·昭十七年》"夏六月甲戌朔"傳。[④]（十二）《埤雅》，《辭源》丑集一五五頁土部八畫："書名，宋陸佃撰。二十卷，釋魚、釋獸、釋鳥、釋蟲、釋馬、釋木、釋草、釋天，凡八篇。大抵畧形狀而詳名義。初名《物性門類》，後易今名，言爲《爾雅》之補也。"

（十三）《廣韻》，《辭源》寅集二一四頁广部十二畫："書名，原本爲隋陸法言撰。本名《切韻》，凡五卷。唐孫愐重爲刊定，改名《唐韻》。至宋大中祥符重修，賜名《大宋重修廣韻》，則爲宋陳彭年、邱雍等奉勅撰，非陸氏原書。惟分類二百六部，尚仍其舊。今存之韻書亦惟此爲近古耳。"陸佃，《中國人名大辭典》一一一五頁十一畫："宋山陰人，字農師。居貧，苦學。映月讀書，嘗受經王安石，而不以新法爲是。擢熙寧甲科，補國子監直講。安石以佃不附己，專付之經術，不復咨以政。徽宗時爲尚書右丞，每欲參用元祐人才，讒者遂詆佃名在黨籍，罷知亳州卒。佃長於禮家，名數之説有《埤雅》、《禮象》、《春秋後傳》、《鶡冠子注》、《陶山集》諸書。"（十四）鸋，音寧。

使夫百草爲之不芳。言我恐鵜鴂以先春分鳴，使百草華英摧落，芬芳不得成也。以喻讒言先至，使忠直之士蒙(一)罪過也。草，一作艸，一作卉，一無"夫"字，一無"爲"字。［補］曰：《爾雅》疏云：百卉猶百草也。《詩》云：百卉具腓(二)。**疏曰：**朱補本原注只載"言我之被罪過也"。麟按：（一）被原作蒙，受也，即被也。有心爲之爲罪，失之不意爲過。（二）"百卉具腓"，見《詩·四月》章。腓，音肥，病也。具，音局裕切，設備也。與俱通。

校勘記：①"爲"，原誤作"而"，今據李刻本、明翻宋本、汲古閣本改。②"鵍"，原誤作"鵤"，今據李刻本、明翻宋本、汲古閣本改。下文"鵍音詭"同。③此句上頁眉戴之麟題校補時地云：己丑後七月二十三日午前。④此句上頁眉戴之麟題校補時地云：戊子二月二十三日上午，韓左个。

何瓊(一)佩(二)之偃蹇兮，偃蹇(三)，衆盛貌。佩，一作珮。**疏曰：**（一）瓊，音煢，美玉也。（二）佩，音布昧切，帶所繫之物也。又繫於襟帶之間皆曰佩。珮本佩，音義同。[1]朱補曰："（三）偃蹇，疊韻連語，前訓高，此訓衆盛，皆是也。"麟按：朱補本原注只載首五字，"貌"作"皃"，古貌字。偃，音煙上聲。蹇，音搴，紀展切，發語詞也。偃蹇，夭撟也。沿用爲傲慢之意。又凡物之高者、盛者皆曰偃蹇。與原注義同。

衆薆然而蔽之，言我佩瓊玉、懷美德，偃蹇而盛，衆人薆(一)然而蔽之，傷不得施用也。五臣云：薆，亦盛也。［補］曰：薆，音愛。《方言》(二)云：掩翳，薆也。注云：謂薆蔽也。**疏曰：**朱補曰："薆，當作愛，蔽不見也。《爾雅》釋言：'（一）薆，隱也。'《詩·静女》:'薆而不見。'毛本借'愛'。"麟按:朱補本原注只載"言我……施用也"。《静女》,《詩》篇章名,見《邶風》。(二)《方言》,《辭源》卯集一八七頁方部:"書名,凡十三卷,舊題漢揚雄撰。《漢志》不載,雄本傳亦不言其著有此書,宋洪邁頗疑爲僞托。其書即一名一物,詳其語言之異同。訓詁家多資以考證古義,如孫炎之注《爾雅》,杜預之注《左傳》,已援引之。其爲漢人所著書,蓋無疑也。清杭世駿有《續方言》二卷,採註疏《説文》、《釋名》諸書以補其闕。引據典核,亦極有根柢。"毛本即《毛詩》,《辭源》辰集二一八頁毛部:"即《詩經》,以其書爲毛公所傳,故稱《毛詩》。(稱毛本本此)《漢書·藝文志》有《毛詩》三十九卷、《毛詩故訓傳》三十卷。但稱毛公,不著其名。鄭玄《詩譜》始稱大毛公、小毛公。據陸璣《草木蟲魚疏》,大毛公爲毛亨,漢魯國人。小毛公爲毛萇,漢趙國人。今所傳者,即《漢志》之《故訓傳》。《四庫提要》定爲毛亨撰。自後漢鄭玄爲之箋,齊、魯、韓三家之詩遂廢,獨《毛詩》存。唐有孔穎達疏,共四十卷。"

校勘記:①此句上頁眉戴之麟題校補時地云:戊子四月十四日午前,縣中終校。

惟此黨人之不諒兮,諒(一),信。一作亮。**疏曰:**朱補曰:"(一)諒,當作倞,讀爲諒。"麟按:朱補本原注只載首二字,於"信"下加"也"字。諒、亮、倞音義同,音量,信也。麟又按:此當作原諒解,謂黨人之不原諒也。恐嫉妬而折(一)之。言楚國之人,不尚忠信之行,其嫉妬我正直,必欲挫(二)折而敗毁①之也。**疏曰:**朱補本原注全載,三句作"恐嫉妬我正直",四句作"欲必折挫而敗也"。(一)折,音浙,挫也。(二)挫,音徂卧切,屈辱也。

校勘記:①"毁",原誤作"壞",今據李刻本、明翻宋本、汲古閣本改。

時繽紛其變易兮,其,一作以。五臣云:繽紛,亂也。**疏曰:**"繽紛"與上"佩繽紛其繁飾兮"作盛貌解不同。又何可以淹(一)留。言時世溷濁,善惡變易,不可以久留,宜速去也。**疏曰:**朱補曰:"(一)淹,讀爲倓,安也。"麟按:倓音談,如作安解,欠合。①

校勘記：①此句上頁眉戴之麟題校補時地云：同上，韓寢。

蘭芷變而不芳兮，荃(一)蕙化而爲茅(二)。言蘭芷之草，變易其體，而不復香，荃蕙化而爲菅(三)茅，失其本性也。以言君子更爲小人，忠信更爲佞僞也。五臣云：茅，惡草，以喻讒臣。［補］曰：上云“謂幽蘭其不可佩”，以幽蘭之别於艾也。謂申椒其不芳，以申椒之别於糞壤也。今曰蘭芷不芳，荃蕙爲茅，則更與之俱化矣。當是時，守死而不變者，楚國一人而已，屈子是也。**疏曰：**朱補曰：“化，讀爲匕，茅菅也。”麟按：朱補本原注只載“言蘭芷……更爲佞僞”，又於“言蘭芷”上加“荃、蕙，皆香草也”六字，“佞僞”下去原有“也”字。（一）荃，音銓，與蓀同，詳上“荃不察余之中情兮”疏。（二）茅，模肴切，叶謀，草名。有白茅、黄茅、菁茅、青茅數種。（三）菅，音姦，多年生草，一名菅茅，葉細長而尖，有平行脈，如白茅。秋開青白花，殼有長芒，實尖而黑，長分許，常黏人衣根。短硬如細竹，可爲刷帚。此自别爲一物，未可混解。茅爲菅茅，本句茅蓋泛言也。匕，《唐韻》、《集韻》、《韻會》並古文“化”字，不必云“化”讀爲“匕”。

何昔日之芳(一)草兮，草，一作艸，一作卉。**疏曰：**（一）芳，音敷汪切，草香也。引申之，凡物之有芳香者皆曰芳。

今直爲此蕭(一)艾也。言往昔芬芳之草，今皆直爲蕭艾(二)而已。以言往日明智之士，今皆佯(三)愚，狂惑不顧。一無“蕭”字，一無“也”字。［補］曰：顔師古云：《齊書》(四)太祖云：詩人采蕭。蕭，即艾也。蕭 自是香蒿(五)，古祭祀所用，合脂爇之以享神者。艾即今之灸(六)病者。名既不同，本非一物。《詩》云：彼采蕭兮(七)，彼采艾兮。是也。《淮南》曰：膏(八)夏紫芝(九)(十)，與蕭艾俱死。蕭艾賤草，以喻不肖。**疏曰：**朱補曰：“（一）蕭，蒿也。（二）艾，冰臺也。”麟按：朱補本原注只載“言往……今皆佯愚”。“佯愚”下原有“狂惑不顧”四字。蕭，音西幺切。（三）佯，音羊，詐也。（四）《齊書》，蕭子顯作，太祖即蕭道成。①（五）蒿，音好平聲，草名，艾類。有杜蒿、牡蒿、白蒿、茵陳蒿等數種。艾，音餓蓋切，見上“户服艾以盈要兮”疏。（六）灸，音九，又去聲，治病之法。以艾燃火，按而灼之也。（七）“彼采蕭”二句，見《詩·采葛》篇。（八）膏，夏木名，其理密，白如膏。膏音高，脂也。凝者曰脂，釋者曰膏。（九）芝音之，菌類，寄生於已枯之樹木，其體如菌狀。蓋之上面，有雲紋，黑褐色，下面淡褐色，有細孔。柄紫赤，其質堅硬光滑。有青、赤、黄、白、黑、紫六色，古以爲瑞草。一名靈芝。麟又按：是物實不寄生於枯樹，寄生於枯樹者，菌也。吾曾得芝三次，一吾昔長多級模範小學，居室中每日必掃除，每晚門必加鍵。某晨至門，甫見地面磚縫有是物。蓋太直徑四寸，無根，莖長三寸許，光澤堅潔可愛，蓋作雲狀。一得於先祖奉先公墓碑側，四圍數寸，地俱無草。某年（約清亡後丙午、丁未二年）清明掃墓，突見之，攜歸。亦無根，惟蓋上有青草二。蓋亦雲狀，有銀白紋數道，莖亦光潔。一得於城東四十里龍泉寺之磚瓦斷殘中，時同趙鵬飛君，君以爲異數。所謂芝草無根者，是也。前二者毁於清亡後二十四年季夏大水，後一者失於國亂。余無一異人事，謂爲瑞草者，實非。謂爲寄生於枯樹根，亦非也。（十）"膏夏紫芝"二句，見《淮南子》二《俶真訓》。

校勘記：①此句上頁眉戴之麟題校補時地云：丁亥六月十七日午前，韓左个。

豈其有他故兮，莫好修之害也。言士民所以變曲爲直者，以上不好(一)用忠正之人，害其善志之故。一無"也"字。五臣云：明智之士佯愚者，爲君不好修潔①之士，而自損害。［補］曰：時人莫有好自修潔者，故其害至於荃蕙爲茅，芳草爲艾也。**疏曰：**朱補本原注只載"言士……之故"。（一）好，去聲。

姚鼐曰：巫咸言止"好修之害"句以下，答辭。巫咸勸其詭道以避害，引他賢變易者以爲證也。"蘭爲可恃"以下，答繽紛變易意。"茲佩可貴"以下，答升降求合意。言他人雖變，我則不能改也。

校勘記：①"潔"，明翻宋本、汲古閣本作"絜"。

余以蘭爲可恃兮，蘭，懷王少(一)弟(二)，司馬(三)子蘭也。恃(四)，怙(五)也。［補］曰：《史記》：秦昭王(六)欲與懷王會，屈平曰："秦虎狼之國，不可信，不如無行。"懷王稚子子蘭勸王行："奈何絶秦歡。"懷王卒行，入武關，秦伏兵絶其後，因留懷王。子頃襄王立，以其弟子蘭爲令尹(七)。然則子蘭乃懷王少子，頃襄之弟也。**疏曰：**朱補曰："蘭只是香草，非有指斥。子蘭正是上官大夫、靳尚一流人，豈當在衆芳之列？"麟按：朱補本原注只載首十三字。（一）少，去聲。（二）弟，上聲。（三）司馬，官名。

周時爲六卿之一，曰夏官。大司馬掌軍旅之事。楚至是時稱王已久，故宜置是官。（四）恃，音市上聲，依賴也。（五）怙，音户，恃也。（六）“秦昭王”諸句，見《史記八十四·屈原賈生列傳第二十四》原本傳。首句“秦昭王”上截去“時”字，下截去“與楚婚”三字。[①]（七）令尹，官名。春秋楚國執政者之稱。蘭爲指斥子蘭、靳尚一流人，朱補本似固，不然，下句接不去。

羌(一)無實而容長。實，誠也。言我以司馬子蘭(二)懷王之弟，應薦賢達能，可怙而進，不意内無誠信之實，但有長大之貌。浮華而已。五臣云：無實，無實材。［補］曰：長，平聲。**疏曰：**朱補曰：“蘭不實。”麟按：朱補本原注只載“實，誠也。……浮華而已”。（一）羌，發語詞。（二）蘭本不實，但長不過尺，不得云容長，不如以蘭爲子蘭一流人爲是。

校勘記：①此句上頁眉戴之麟題校補時地云：戊子九月十八日上午，捄左補録。

委厥美以從(一)俗兮，委，棄。**疏曰：**朱補本於“棄”下加一“也”字，是。（一）從，去聲，隨也。苟得列乎衆芳。言子蘭棄其美質正直之性，隨從諂佞，苟欲列於衆賢之位，無進賢之心也。［補］曰：子蘭有蘭之名，無蘭之實，雖與衆芳同列，而無芬芳也。**疏曰：**朱補曰：“此節只是一意，即前文所謂‘哀衆芳之蕪穢也’。言蘭既委厥美以從俗，是虚有國香之名，苟且列於芳草而已，不足貴也。疑指昭睢一人。”麟按：朱補本原注只載“言子蘭……之心也”。國香，《辭源》丑集一二五頁口部八畫：“謂蘭也。《左傳》：‘以蘭有國香，人服媚之如是。’”麟又按：後世國花仿此，如日本以櫻爲國花，是。朱補本謂疑指昭睢一人，與前蘭實指蘭意又矛盾。“以蘭有國香”二句，見《左氏·宣公三年》“冬，鄭穆公卒”傳。[①]

校勘記：①此句上頁眉戴之麟題校補時地云：己丑四月十日午後，圖書館。

椒(一)專(三)佞(四)以慢慆兮，椒，楚大夫子椒也。慆，淫也。慢(二)，一作謾。《釋文》作嫚。慆(五)，一作謟。［補］曰：《古今人表》(六)有令尹子椒。慆，它刀切。

《書》曰：無即慆淫(七)。注云：慆，慢也。**疏曰：**朱補曰："(一) 椒亦只是香木，非有指斥，泛謂衆賢之晚節不終者耳。(二) 慢，惰也。謟當作慆，讀爲滔，慢也。《詩》云：'天降慆德。'《左傳》云：'天道不謟。'" 麟按：朱補本原注只載首十字。(三) 專，音朱淵切，擅也。(四) 佞，音乃[①]定切，巧諂捷給也。謂子椒專擅巧諂，以傲慢慆淫也，曾是椒爲香木而能爲之乎？"天降慆德"，見《詩・蕩》篇。(五) 慆即謟，故謂當作慆。既謂當作慆，即不必引《傳》云"天道不謟"矣。慆、謟均音叨，義亦同。慢、謾、嫚，音義均同。朱補本謂椒非有指斥，亦誤。(六)《古今人表》，《漢書》中之篇，分圣人、仁人、智人、愚人，共爲九等，始自上上，終於下下。自太昊、伏羲至陳勝、吴廣之徒而止，自來史評多譏之。[②] (七) "無即慆淫"，見《書・湯誥》篇。"天道不慆"，見《左傳・昭公二十六年》"晏嬰止齊侯禳彗"傳。

榝又欲充夫佩幃。榝(一)，茱萸(二)也，似椒而非，以喻子椒似賢而非賢也。幃，盛(三)香之囊，以喻親近。言子椒爲楚大夫，處(四)蘭芷之位，而行淫慢佞諛之志，又欲援引面從不賢之類，使居親近，無有憂國之心，責之也。夫，一作其。五臣云：子椒列大夫位，在君左右，如茱萸之在香囊，妄充佩帶，而無芬芳。[補] 曰：榝，音殺。《爾雅》曰：椒榝醜莍(五)。注云：榝，似茱萸而小，赤色。子椒佞而似義，猶榝之似椒也。子蘭既已無蘭之實而列乎衆芳矣，子椒又欲以似椒之質，充夫佩幃也。**疏曰：**朱補曰："(一) 榝，一名藙，今吴茱萸也。與山茱萸小異。" 麟按：朱補本原注只載"榝，茱……責之也"。榝，《爾雅》既謂似茱萸，當非茱萸也。惟察近醫處方（俗曰開藥單），多於 (二) 茱萸上加"吴"字，以別於所謂山茱萸者。蓋榝則山茱萸，次於吴地所産也。山，一作食。吴茱萸，《辭源》丑集四〇頁四畫："落葉亞喬木，隨處産生，高丈餘，葉爲羽狀複葉，橢圓而厚，對生。夏初開小花，淡緑色，爲短圓錐花序。結實纍纍，紫赤色。莖入藥。亦稱茱萸。以産於吴地者爲佳，故名。食茱萸，亦落葉亞喬木，高丈餘，枝多刺，葉爲羽狀複葉，端尖，鋸齒甚細。夏開淡緑色細花。實圓而黄黑，味辛辣，供食。《禮記》所謂三牲用藙即此（《爾雅》謂吴茱萸）。近時於瘟疫盛行時，以其實充帷佩以避之，殆遺製歟。" (三) 盛，音成，置也。(四) 處，音楚。(五) 醜莍，《爾雅注》："莍，萸子聚生成房貌。今江東亦呼莍榝。"《音義》："榝，所黠切。"《字林》云："似茱萸，出淮南。"《本草》云："茱萸，一名榝。" 案：今樹極似茱萸，唯子赤細。莍，音求。《説文》云："榝、椒實裹如裘也。" 一音巨六反。萸，所留反，又所于反。茱，音珠。萸，以朱反。椒，見上"馳椒丘且焉止息"疏。

校勘記：①"乃"，原誤作"涓"，今據《康熙字典》改。②此句旁行間戴之麟題校補時地云：戊子二月三日午後，韓左个。

既干進而務入兮，干，求。而，一作以。**疏曰：**朱補曰："干讀爲迁。"麟按：朱補本"求"下加"也"字，是。迁，音古寒切，進也。與干音同，義不相近。又何芳之能祗。祗(一)，敬也。言子椒苟欲自進，求入於君，身得爵(二)禄(三)而已，復何能敬愛賢人，而舉用之也？**疏曰：**朱補本原注末句"也"字作"乎"。（一）祗，音支。（二）爵，音雀，位也。《書》："列爵爲五。"謂公、侯、伯、子、男也。後世援用以封有功者。（三）禄，音鹿，俸也，居宦所給廩也。麟按：即今在官所得月薪。"列爵爲五"，見《書·武成》篇。①

校勘記：①此句上頁眉戴之麟題校補時地云：己丑三月二十四日，終校新庭。

固時俗之流從兮，一作從流。一本"從"誤作"徙"(一)。**疏曰：**（一）徙，音喜，移也。又孰能無變化。言時世俗人隨從(一)上化(二)，若水之流。二子①復以諂諛之行，衆人誰有不變節而從之者乎？疾之甚也。五臣曰：固此諂佞之俗，流行相從，誰能不變節隨時以容身乎？**疏曰：**朱補曰："《禮記·射義》曰：'不從流俗。'化，讀若貨，借爲匕也。"麟按：朱補本原注只載"言時……疾之甚也"。（一）從，讀去聲。（二）化，叶回。又叶希，去聲。又叶呼卧切，則化自有貨音。匕，古化字，不必云借爲也。此處化字，似宜叶回。《射義》，《禮》篇名。②

校勘記：①"二子"，原誤作"流俗"，今據李刻本、明翻宋本、汲古閣本改。②此句上頁眉戴之麟題校補時地云：丁亥十一月三十日上午，韓左个。

覽椒蘭其若茲(一)兮，又況揭車與江離。①言觀子椒、子蘭變志若此，況朝廷衆臣，而不爲佞媚以容其身耶？揭，一作藒。離，一作蘺(二)。［補］曰：子椒、子蘭宜有椒蘭之芬芳，而猶若是，況衆臣若揭車、江離②者乎？揭車、江離，皆香草，不若椒蘭之盛也。《列子》曰：臭過椒蘭[三]。《荀子》曰：椒蘭苾芬[四]。**疏曰：**朱補曰："《書》曰：'（一）卜陳惟若茲。'（二）蘺，讀若羅。"麟按：朱補本原注只載"言觀……容其身耶?""離"作"蘺"。苾，音弼，馨香也。"卜陳"句，見《書·大誥》篇。（三）"臭過椒蘭"，見《列子·湯問第五》。（四）"椒蘭苾芬"，見《荀子卷十三·禮論篇第十九》，苾芬作芬苾。③

校勘記：①此句上頁眉戴之麟題校補時地云：戊子八月三十日上午，捄左校。②"離"，原作"蘺"，今據李刻本、明翻宋本、汲古閣本改。③此句上頁眉戴之麟題校補時地云：丁亥後二月二十五日午間。

惟茲佩之可貴兮，之，一作其。委厥美而歷茲。歷，逢也。言己内行忠直，外佩衆香，此誠可貴重，不意明君棄①其至美，而逢此咎[一]也。［補］曰：上云委厥美以從俗，言子蘭之自棄也，此云委厥美而歷茲，言懷王之見棄也。**疏曰：**朱補曰："上委厥美是自棄其美，此委厥美是人棄其美。"麟按：朱補本原注只載"歷，逢也。……逢此咎也"。（一）咎，音臼，愆也，過也。

校勘記：①"棄"，明翻宋本、汲古閣本作"弃"。後文凡從李刻本作"棄"而他本皆作"弃"者，徑從李刻本不出校。

芳菲菲而難虧兮，虧[一]，歇。而，一作其。虧，一作虧。**疏曰：**朱補本"歇"下加"也"字，下八字不載。（一）虧、虧、虧，音義同。芬至今猶未沫。沬[一]，已也。言己所行純美，芬芳勃勃，誠難虧歇，久而彌盛，至今尚[二]未已也。芬芳，一作芬芬。勃，一作浡。［補］曰：《説文》云：芬，艸①初生，其香分布。沬，音昧，微晦也。《易》曰：日中見沬[三]。《招魂》曰：身服義而未沬。**疏曰：**朱補曰："（一）沬，讀爲散，香將已而漸少也。或曰讀爲弭，止也。弭、沬雙聲字。"麟按：朱補本原注只載"沬，已也。……未已也"。（二）"尚"作"猶"。麟又按：散，音薇，通作微。《説文》云："妙也。"注："徐鉉曰：'從山從耑省。耑，物之初生之題，尚微也。'"與茲叶第，義不近，不如讀爲叶微，不必云讀爲某或某也。（三）"日中見沬"，見《易經》下《豐卦》。②

校勘記：①“艸”，原作“草”，今據李刻本、明翻宋本、汲古閣本改。②此句上頁眉戴之麟題校補時地云：丁亥六月十六日午後，韓左个。

和調度以自娱(一)兮，聊(二)浮游而求女。言我雖不見用，猶和調己之行度，執守忠貞，以自娱樂，且徐徐浮游，以求同志也。五臣云：汝(三)，同志人也。度，法度也。［補］曰：和調，重言之也。女，紐吕切。**疏曰：**朱補本原注只載“言我……以求同志”。麟按：原注“同志”下有“也”字。（一）娱，音虞，樂也。（二）聊，音料平聲，姑且也。（三）汝，即女之本字，女讀上聲。

姚鼐曰：“和調度”四句，仍將從靈氛也。至於遠游自流，則天上海外之幻想，非靈氛所稱九州相君之旨矣，非真從其占也。

及余飾之方壯兮，周流觀乎上下。上(一)謂君，下(二)謂臣也。言我願及年德方盛壯之時，周流四方，觀(三)君臣之賢，欲往就之也。［補］曰：高余冠之岌岌兮，長余佩之陸離，所謂余飾(四)之方壯也。周流觀乎上下，猶言周流乎天余乃下也。下，音户。**疏曰：**朱補曰：“（一）上謂天，（二）下謂地，即上文所謂‘勉升降以上下’也。或曰：（三）觀亦示也。”麟按：朱補本原注只載“上謂君，……欲往就之”。原注“就之”下有“也”字。（四）飾，音識，服裝曰飾。上、下，朱解是。惟下音户，係上聲，讀若虎。示，即觀也。《論語》上《八佾》篇：“其如示諸斯乎？”示字是。

姚鼐曰：以上皆巫咸之詞。

靈氛既告余以吉占兮，［補］曰：靈氛告以吉占，百神告以吉故，而此獨曰靈氛者，初疑靈氛之言，復要巫咸，巫咸與百神無異辭，則靈氛之占誠吉矣。然原固未嘗去也，設辭以自寬(一)耳。**疏曰：**（一）寬，音款平聲，宥也。謂寬宥其過失，引申之爲寬慰也。

姚鼐曰：言承靈氛，則巫咸在其内矣。又曰：靈氛欲其去，既答以去之無益，巫咸欲其留以求合，尤有所不能，故不得已，仍從靈氛之吉占。而卒不忍，則死從彭咸而已。

歷吉日乎吾將行。言靈氛既告我以吉占，歷善日吾將去君而遠行也。五臣曰：歷(一)，選也。［補］曰：《上林賦》(二)云：歷吉日以齊(三)戒。張揖曰：歷，算①也。行，胡朗切，叶韻。**疏曰：**朱補本原注末句去"也"字。（一）歷，上"委厥美而歷茲"注謂"逢也"，不如仍注爲逢之較直當。（二）《上林賦》，漢武帝時蜀人司馬相如作。（三）齊，音皆，同齋。

校勘記：①"算"，明翻宋本、汲古閣本作"筭"。

折瓊枝以爲羞兮，羞(二)，脯(一)。［補］曰：張揖云：瓊樹(五)生崑崙西，流沙濱，大三百圍(三)，高萬仞(四)，其華食之長生。羞、脩，二物也，見《周禮》(六)。羞致滋味(七)，脩，則脯也。王逸、五臣以羞爲脩，誤矣。**疏曰：**（一）朱補本於原注"脯"下加"也"字，是。（二）羞，音脩。《説文》云："進獻也。"又食物之有滋味者。又羞出於牲及禽獸，以備滋味，謂之庶羞，蓋泛指肉食也。與脯之爲乾肉固異，此則不過謂肉食耳。（三）圍，音韋。五寸曰圍，或言一抱曰圍。（四）仞，音刃。古以周尺八尺爲仞，合營造尺六尺四寸八分。或曰七尺，或曰四尺。麟按：（五）崑崙有亙古未化之雪，瓊枝蓋即指此。世上焉有大三百圍、高萬仞之樹枝乎？枝猶如此，幹之高大，將又何如？此必無者也。（六）《周禮》，《辭源》丑集五〇頁口部五畫："書名，周公居攝以後作，擬周室之官制，書成而未實行者。分天官、地官、春官、夏官、秋官、冬官六篇。秦火後，漢河間獻王得之山巖屋壁之中，而失《冬官》一篇，因以《考工記》補之。西漢之季，杜子春習《周禮》，能略識其字。光武以後，鄭興、鄭衆皆以《周禮解詁》著。鄭康成乃集諸儒之説，爲《周禮注》。注中所引故書，乃初獻於祕府之藏本，其民間傳寫不同者，則爲今書。唐賈公彦爲之疏，凡四十二卷。"（七）"羞致滋味"句，見《周禮注疏》卷四《膳夫》"凡其死生"節注，原作"致滋味乃爲羞"。

精瓊爢以爲粻。精，鑿也。爢(一)，屑也。粻，糧也。《詩》云：乃裹餱(二)糧(三)。言我將行，乃折取瓊枝，以爲脯腊，精鑿玉屑，以爲儲糧，飲食香潔，冀以延年也。五臣云：精，擣也。取其清潔而延壽。［補］曰：爢，音糜。《文選》音靡。《反離騷》云：精瓊靡與秋菊①芳，將以延夫天年。應劭云：精，細也。瓊，玉之華也。《周禮》有食玉。注云：玉，陽精之純者，食之以禦水氣。鄭司農云：王齊當食玉②屑(四)。粻，音張，食米也。鑿，音作，精細米也。《左傳》：粢食不鑿(五)。**疏曰：**朱補曰："（一）爢，讀爲糜。"麟按：朱補本原注只載"我……以延年也"。"潔"乃作"絜"，又將"爢，音糜"、"粻，音張"、"精，鑿也"、"爢，屑也"、"粻，糧也"，加於"我將"句上。絜，音結，與潔同，清也。䊳，音糜，碎粻曰䊳，與靡音義同。（二）餱，音侯，乾糧也。（三）“乃裹餱糧”，見《詩·公劉》篇。乃，原作迺，音義同。（四）“食玉屑”，見《周禮·天官》：“王齊，則共玉食。”鄭氏衆曰：“王齊當食玉屑。”③（五）“粢食不鑿”，見《左傳·桓公二年》“臧哀伯諫納郜鼎”傳。

校勘記：①“菊”，原作“蘭”，今據李刻本、明翻宋本、汲古閣本改。②“注云”至“食玉”，原脱，今據李刻本、明翻宋本、汲古閣本補。③此句上頁眉戴之麟題校補時地云：戊子五月十六日午前，捄左補録。

爲余駕飛龍兮，雜瑶象以爲車。象，象牙也。言我駕飛龍（一），乘明智之獸，象玉之車，文章雜錯，以言己德似龍玉，而世莫之識也。五臣云：飛龍喻道，瑶象以比君子之德。言我遠游，但駕此道德以爲車。［補］曰：《易》曰：飛龍在天（二）。許慎云：飛龍有翼。瑶，美玉也。言以瑶象爲車，而駕以飛龍也。上“爲”，去聲。**疏曰：**朱補曰：“《周禮·庾人》云：‘（一）馬八尺以上爲龍。’《禮記·月令》：‘駕蒼龍。’”麟按：朱補本原注只載“象，象牙也。……而世俗莫識也”。末句原作“而世莫之識也”。龍，音閭容切。古本有之，如世所畫狀，西人謂無是物。後在某地發見全架龍骨，方悟此物之種絶，如非洲之袋鼠是也。此謂車上畫飾耳，即下句尤可知。（二）“飛龍在天”，見《易》上經《乾卦》。

何離（一）心之可同兮，吾將遠逝以自疏。言賢愚異心，何可合同，知君與己殊志，故將遠去自疏，而流遁（二）於世也。五臣云：忠佞兩心不可同，吾將遠去。自疏遠也。［補］曰：疏，所葅切。**疏曰：**朱補曰：“（一）離，讀爲冎。”麟按：朱補本原注只載“言賢……而流遁也”。末句“也”字上有“於世”二字。（二）遁，音鈍，逃也。

姚鼐曰：上宓妃有娀一節猶言求女，靈氛、巫咸二節亦以求女爲言，欲其擇君而事也。至此節，則知求女之不可矣，姑遠游以自疏，遨游娱樂，如《遠游》一篇之旨，而卒亦不忍，則死從彭咸焉而已也。

邅（一）吾道夫崑崙（二）兮，邅，轉也。楚人名轉曰邅。《河圖·括地象》（三）言：崑崙在西北，其高萬一千里，上有瓊玉之樹也。［補］曰：邅，池戰切。《禹本紀》言：崑崙山高三千五百餘里，日月所相避隱爲光明也。其上有醴泉華池。（考《史記》本紀，無《禹本紀》。《史記》有《夏本紀第二》，其中叙禹事，無“崑崙山……”諸言。)①《河圖》云：崑崙，天中柱也，氣上通天。《水經》云：崑崙虛在西北，去嵩高五萬里，地之中也，其高萬一千里。河水出其東北陬。《爾雅》曰：西北之美者，有崑崙虛(四)之璆琳琅玕焉。又曰：三成爲崑崙丘。注云：崑崙山三重，故以名云。昔人引《山海經》，西海之南(五)，流沙之濱，赤水之後，黑水之前，有大山，名崑崙之丘。其下有弱水之淵環之。又曰：鍾山西六百里(六)，有崑崙山，所出五水。今按：《山海經》内崑崙虛在西北(七)，帝之下都，方八百里，高萬仞。山有木禾，面有九井，以玉爲檻，面有五門，門有開明獸守之，百神之所在。郭璞曰：此自别有小崑崙也。《淮南子》云：崑崙虛中，有增城九重(八)，上有木禾，珠樹、玉樹、琁樹、不死樹在其西，沙棠、琅玕在其東，絳樹在其南，碧樹、瑶樹在其北。東方朔《十洲記》：崑陵即崑崙，中狹上廣，故曰崑崙。山有三角，其一角正東，名曰崑崙宫，其處有積金爲墉城，面方千里，城上安金臺五所，玉樓十二。《神異經》(九)云：崑崙有銅柱焉，其高入天，所謂天柱也。圍三千里，圓周如削，下有回屋，仙人九府所治(十)。又一説云：大五嶽者，中嶽崑崙，在九海中，爲天地心，神仙所居，五帝所理。凡此諸説，誕實未聞也。**疏曰：**朱補曰：“(一)邅，當作𨗨，趁也。或作僐，運轉也。《西山經》云：‘昆侖之丘實爲帝之下都。’在今甘肅塞外。西域有三山，一名阿克坦齊禽，一名巴爾布哈，一名巴顔喀拉，總名枯爾坤。枯爾坤者，譯言，即昆侖也。《禹貢》：‘昆侖、析枝、渠搜。’”麟按：朱補本原注只載首九字，“曰”②作“爲”。(二)崑崙，參看上“夕余至乎縣圃”疏。(三)《河圖·括地象》，《辭源》卯集一〇七頁手部六畫《括地象圖》條下云：“《尚書緯·刑德放》：‘禹長於地理，水泉九州，得《括地象圖》，故堯以爲司空。’按：讖緯書有《河圖·括地象》，書久佚。孫瑴掇輯殘遺，入《古微書》。”(四)虛、墟同。(五)“西海之南”諸句，見《山海經》卷十六《大荒西經》，與此小異。(六)“鍾山西”等句，《山海經》無。③(七)“崑崙墟在西北”諸句，見《山海經》卷十一④《海内西經》。山有“山”字作“上”，五門“五”字作“九”，“木禾”下節去“長五尋，大五圍”六字。⑤(八)“崑崙虛中”七句，見《淮南子》卷四《墬形訓》，係節引。⑥(九)《神異經》，見後《天問》“八柱何當”疏。(十)“崑崙”諸句，見《神異經》之《中荒經》，“崑崙”下有“之山”二字，“回屋”下有“方百丈”三字，“所治”作“治之”。⑦**路修(一)遠以周流。**言己設去楚國遠行，乃轉至崑崙神明之山，其路遥遠，周流天下，以求同志也。**疏曰：**朱補本原注只去末句“也”字。(一)修，音休，長也。

校勘記：①此句上頁眉戴之麟題校補時地云：己丑六月二十一日午後。

②“曰”，原誤作“原”，今據《離騷賦補注》改。③此句上頁眉戴之麟題校補時地云：丁亥十一月三十日黄昏，韓左个。④“十一”，原誤作“七”，今據《山海經》改。⑤此句上頁眉戴之麟題校補時地云：戊子正月十九日上午，韓左个。⑥此句上頁眉戴之麟題校補時地云：戊子七月十七日午間，捄驪補録。⑦此句上頁眉戴之麟題校補時地云：己丑九月二十一日午前。

揚雲霓之晻藹兮，揚（一），披也。晻藹，猶蓊欝，蔭貌也。一本“揚”下有“志”字。藹，《釋文》作濭，一作靄。五臣云：揚，舉也。雲霓，虹也（詳前“離騷經章句①第一”疏），畫之於旌（二）旗（三）。晻藹，旌旗蔽日貌。［補］曰：晻藹，暗也，冥也。晻，烏感切。藹、靄、濭，並於蓋切。**疏曰：**朱補曰：“（一）揚，讀爲昜，開也。”麟按：朱補本原注只載首九字，將“也”字删去，可。昜，古揚②字，固有開説，又曰飛揚。《字典》“揚”注：“飛舉也。”從之較妥。披，各書無此解。（二）旌，音精。《説文》：“析羽注旄首，所以進士卒。”旄，音毛，《説文》：“幢也。”（三）旗，音奇，熊虎爲旗，將軍所建，象其猛如虎，與衆期其下也。幢，音撞，旌旗之屬。③

鳴玉鸞之啾啾。鸞（一），鸞鳥也。以玉爲（二）之，著於衡（十），和著於軾（八）。啾啾，鳴聲也。言己從崑崙（三）將遂陞（四）天，披雲霓（五）之蓊（七）欝，排讒佞之黨羣，鳴玉鸞（六）之啾啾，而有節度也。五臣云：玉，馬佩也。鸞，車鈴也。言我去國，亦守節度而行。［補］曰：許慎云：鸞以象鳥之聲。《詩》云：和鸞雝雝（十一）。注云：在軾曰和，在鑣曰鸞。《禮記》曰：君子在車（十二），則聞鸞和之音。注云：鸞在衡，和在式。《正義》云：鸞在衡，和在式，謂常所乘之車。若田獵之車，則鸞在馬鑣（九）。《韓詩外傳》曰：升車則馬動（十三），馬動則鸞鳴，鸞鳴則和應。啾，音揫。《埤倉》（十四）云：衆聲也。**疏曰：**朱補曰：“（一）鸞，讀爲鑾，鈴也。《韓詩外傳》曰：‘在衡。’《詩·烈祖》箋曰：‘在鑣。’《漢書·司馬相如傳》注曰：‘在軏。’”麟按：朱補本原注只載“鸞，鸞鳥也。……有節度也”。（二）“爲”作“作”。（三）“崑崙”作“昆侖”。（四）“陞”作“升”。（五）雲霓，旌旗飾也。言旌旗上所畫之物爲雲霓也。（六）玉鑾，則車飾之鈴也。非若原注謂“披雲霓之蓊欝，排讒佞之黨羣”也。（七）蓊，音翁上聲，盛貌。（八）軾，音拭，輿前横木也。乘車者有所敬，則俯而憑之，經傳多作式。（九）鑣，音瀌，馬銜也，馬勒旁鐵。（十）衡，音行，車轅端横木也。（十一）“和鸞雝雝”，見《詩·蓼蕭》篇。（十二）“君子在車”二句，見《禮記·玉藻》篇。（十三）“升車則馬動”三句，攷《韓詩外傳》無此語。惟查《荀子》卷十三《禮論》篇，“和鸞之聲”注有此三語，且其上有“鸞在衡，和在軾前”七字，不知何據。[④]（十四）《埤倉》，《辭源》丑集一五五頁土部八畫：“倉作蒼，書名，魏張揖撰。隋唐《經籍志》並稱三卷，今存一卷，大抵從諸書所引，搜採成帙，以許氏《説文》部居編次者。”參看上“畦留夷與揭車兮”疏五[⑤]。

校勘記：①“章句”，原誤作“注疏”，今據前文改。後文凡涉此誤者，徑改不出校。②“揚”，原誤作“陽”，今據上文“揚，讀爲易，開也”改。③此句上頁眉戴之麟題校補時地云：戊子四月十四日午前，縣中終校。④此句上頁眉戴之麟題校補時地云：己丑三月二十二日傍晚，新庭。⑤“五”，原作“三”，以前文已調整疏證順序，改作“五”。

朝發軔於天津兮，天津（一）（二），東極箕、斗之間，漢津也。［補］曰：《爾雅》：析木謂之津，箕、斗之間，漢津也。注云：箕，龍尾。斗，南斗。天漢之津梁。疏云：天河在箕、斗二星之間，隔河須津梁（三）以渡，故謂此次爲析木之津。《天文大象賦》云：天津横漢以摛（四）光。注云：天津九星，在虚危北，横河中，津梁所渡。**疏曰：**朱補曰：“（一）天津，九星在虚危之北，横天河中，亦曰天漢，亦曰漢津。蔡邕有《漢津賦》。此疑借以言楚之漢水也。漢水，今名東漢水，出陝西寧羌州，北境嶓冢山，東流至湖北漢陽縣漢口，而合岷江。與出甘肅秦州嶓冢山，今名西漢水者别。”麟按：朱補本原注只載首十一字。（二）津，音晉平聲，濟度處也。（三）梁，音良，橋也。（四）摛，音笞，發也。朱補本謂爲借以言楚之漢水，是。《天文大象賦》，見上“飲余馬於咸池兮”疏一[①]。[②]

夕余至乎西極。言己朝發天之東津，萬物所生，夕至地之西極（一），萬物所成，動順陰陽之道，且亟（二）疾也。［補］曰：《上林賦》云：左蒼梧，右西極。注引《爾雅》，西至于豳國（三），爲西極。又《淮南》曰：西方西極之山（四），曰閶闔之門。**疏曰：**朱補曰：“《説文》：‘汃，（一）西極之水也。’《爾雅》曰：‘西至汃國，謂四極。’今本《爾雅·釋地》作邠國，《文選·上林賦》注作豳國，皆非。《海外東經》：‘帝令豎亥步，自東極至於西極，五億十選。’西極、西皇、西海，疑皆喻秦。時六國昏弱，惟秦爲强，游説之士多歸之。然於楚爲仇，義不容往。”麟按：朱補本原注只載“言己……且亟疾也。”（二）亟，疾速也。（三）豳，音彬，國名，周公劉所居也。在今陝西邠縣。邠、汃音義均同豳。西極，泛言西方邊極，非有專指也。朱補指爲喻秦，亦非。蓋仇，原不當作是想也。（四）“西方西極之山”二句，見《淮南子》四《墬形訓》。

校勘記：①“一”，原作“二”，以前文已調整疏證順序，今改作“一”。②此句上頁眉戴之麟題校補時地云：己丑五月十二日午後，新庭。

鳳皇翼其承旂兮，翼，敬也。旂（一），旗也。畫（二）龍虎爲旂也。《文選》翼作紛。［補］曰：《周禮》：交龍爲旂，熊虎爲旗。《左傳》曰：三辰旂旗（三）。《爾雅》有鈴曰旂。旂，渠希切。旗，渠之切。**疏曰：**朱補曰：“《周禮》：‘司常交龍爲旂。’《爾雅·釋天》：‘有鈴曰旂。’（一）按帛上畫兩龍斿耑、箸衆鈴者謂之旂。與畫熊虎之旗，聲義皆別。此句亦見《遠游》篇。”麟按：朱補本原注只載首九字。虎作虵，去末句“也”字。（二）畫，音獲，繪也。司常，官名。見《周禮注疏》卷二七《宗伯》。斿，音由。斿之直幅附於竿者，謂之縿。其旁綴橫幅附於縿而飛揚者，謂之斿。古言斿之九斿，或十二斿，即九幅或十二幅也。耑，音都剜切，與端通，物之首也。虵，即蛇字。縿，音衫。承，朱補本作乘。箸同著，音灼。衣充之以絮曰著，引申之爲安置也，俗作着。承，不宜如朱補本作乘。（三）“三辰旂旗”，見《左傳·魯桓公二年》“哀伯諫納郜鼎”。①

高翱（一）翔（二）之翼翼。翼翼（三），和貌。言己動順天道，則鳳皇來随我車，敬承旂旗，高飛翱翔，翼翼而和，嘉忠正②、懷有德也。之，一作而。五臣云：鳳皇承旂，引路飛翔，翼翼然扶衛於己。［補］曰：古者旌旗皆載於車上，故逸以承旂爲來随我車。《遠游》注云：俊鳥夾轂而扶輪是也。五臣以爲引路，誤矣。《淮南》曰：鳳皇曾游③萬仞之上，翱翔四海之外（四）。注云：鳥之高飛，翼一上一下曰翱，直刺不動曰翔。**疏曰：**麟按：朱補本原注只載“翼翼，……懷有德也。”而將原注“翼一上”二句加“補曰”二字，以爲己補。（一）翱，音敖。（二）翔，音祥。（三）翼，音弋。（四）“鳳皇”二句，見《淮南子》卷六《覽冥訓》。原文“鳳凰”下去四十一字，“四海”下加“之外”二字，“逝”作“遊”。

校勘記：①此句上頁眉戴之麟題校補時地云：戊子正月二十六日午後，韓左个。②“正”，原作“貞”，今據李刻本、明翻宋本、汲古閣本改。③“遊”，李刻本、明翻宋本、汲古閣本作“逝”。以下文疏證曰“原文‘鳳凰’下去四十一字，‘四海’下加‘之外’二字，‘逝’作‘遊’”，今不改。

忽吾行此流沙兮，流沙(一)，沙流如水也。《尚書》曰：餘波入于流沙。五臣云：流沙，西極也。［補］曰：《山海經》：流沙出鍾山西行(三)。注云：今西海居延澤(二)，《尚書》所謂流沙者，形如月生五日。張揖云：流沙，沙與水流行也。顏師古曰：流沙但有沙流，本無水也。**疏曰：**朱補曰：“流沙在今甘肅嘉峪關外安西州燉煌縣西境，白龍堆之西。《大荒西經》：‘西南海之外，流沙出焉。’又《海内經》：‘流沙出鍾山西行，又南行昆侖之墟。’《穆天子傳》：‘四牥牛二百以行流沙。’”麟按：朱補本原注只載首十六字。《辭源》巳集八〇頁水部六畫：“（一）流沙，沙漠之古稱。《書·禹貢》：‘餘波入于流沙。’《地理志》（《地理志》係《前漢書》第二十八卷，各《志》之第八。“流沙”句，見《志》“張掖郡”則。）[①]以流沙爲張掖居延澤。《楚辭》：‘流沙千里。’王逸注：‘流沙，沙流如水也。’按：流沙泛指西北方之沙漠而言，原不能指定一處。惟《禹貢》之流沙，係專指弱水所入者而言，即今西蒙古額濟納旗之地，在甘肅毛目縣附近。謂流沙即居延澤，實誤。蓋（二）居延澤即南海，《淮南子》云‘弱水……餘波入於流沙，南至南海’是也。因其爲流沙迤南之澤故耳。”燉煌，燉亦作敦，今縣名，漢置。爲敦煌郡治，唐廢，清復置縣，屬甘肅安西州，今屬甘肅安肅道。毛目，今縣名，在甘肅高臺縣邊墻外，清毛目縣丞治此。民國改縣，屬甘肅邊關道，東、北均界額濟納旗。黑河、白河由此合流，北入於居延。麟按：流沙當如原解，亦係泛指，或言燉煌，或言毛目，蓋以流沙所在地，而廣袤各即所見言之也。嘉峪關在今甘肅酒泉縣嘉峪山西麓。明洪武（太祖年號）初，馮勝下河西，乃棄瓜沙，以嘉峪關爲中外巨防，築城置戍（音樹）防也。鍾山，即昆侖。《淮南子》：“譬若鍾山之玉。”《辭源》謂即此也。（三）“流沙出鍾山西行”句，見《山海經》卷十一《海内西經》第六條。[②]

遵赤水而容與。遵，循也。赤水(一)，出崑崙山。容與(二)，游戲貌。言吾行忽然過此流沙，遂循赤水而游戲，雖行遠方，動以潔清[③]自洒[④]飾也。［補］曰：《博雅》云：崑崙虛，赤水出其東南陬(三)，河水出其東北陬，洋水出其西北陬，弱水出其西南陬。河水入東海，三水入南海。《穆天子傳》曰：遂宿于崑崙之阿，赤水之陽。《莊子》曰[⑤]：黄帝游乎赤水之北(四)，登乎崑崙之丘。**疏曰：**朱補曰：“《海内西經》：‘（一）赤水出昆侖之東南隅。’又：‘流沙之濱，赤水之後，黑水之前，有大山，名曰昆侖之丘，其下有弱水之淵環之。’又《大荒南經》郭注曰：‘赤水出昆侖山，流極於氾天之山。’又《穆天子傳》：‘宿於昆侖之阿，赤水之陽。’注：‘赤水東北流。’（二）容與，雙聲連語，猶夷猶也。”麟按：朱補本原注只載“遵，循也。……自灑飾也。”（三）陬，音鄒，隅也。夷猶，猶亦作由，遲疑不決也。容與，《辭源》寅集六六頁宀部七畫：“閒暇自得之貌。”麟又按：容與，當作遲疑不決解，但與夷由原解不同，若作閒暇自得解，則與屈原意不合，殆可輾轉引申之耳。若作遊戲解，更誤。（四）“黄帝游乎赤水之北”二句，《穆天子傳》無。“宿於昆侖之阿”二句同。

校勘記：①此句上頁眉戴之麟題校補時地云：己丑六月二十一日午後。②此句上頁眉戴之麟題校補時地云：丁亥六月二十三日午前，韓左个。③“潔清”，原誤作“清潔”，今據李刻本、明翻宋本、汲古閣本改。④“洒”，原作“灑”，今據李刻本、明翻宋本、汲古閣本改。下文疏證徑改不出校。⑤“遂宿”至“《莊子》曰”，原脱，今據李刻本、明翻宋本、汲古閣本補。按：故下文疏證曰“‘黄帝游乎赤水之北’二句《穆天子傳》無”。

麾蛟(一)**龍**(二)**使梁**(三)**津兮，**舉手曰麾。小曰蛟，大曰龍。或言以手教曰麾。津(四)，西海也。蛟龍，水虫也。以蛟龍爲橋，乘之以渡，似周穆王(五)之越海，比鼉黿以爲梁也。使，一作以。五臣曰：麾，招也。[補]曰：麾，許爲切。《廣雅》曰：有鱗曰蛟龍，有翼曰應龍，有角曰虯①龍，無角曰螭龍。郭璞曰：蛟似蛇，四足，小頭，細頸，卵生，子如三斛瓮，能吞人，龍屬也。《説文》曰：津，水渡也。**疏曰：**朱補曰：“麾，當作麾。《楚詞·守志》注云：‘（一）龍無角曰蛟。’《抱朴子》云：‘母龍曰蛟。’按：蛟一角，乳於山而伏於淵，其卵自孕也。又《廣雅》云：‘有麟曰蛟，（二）龍有翼曰應龍。’（三）梁，水橋也。（四）津，濟渡處也。”麟按：朱補本原注只載首十字。麾宜如原解，謂指麾也。麟又按：上説解蛟各異，尚爲有是物。近人乃謂爲鯪鯉（俗名穿山甲），並無此物矣。不知古有伐蛟之令。近來常見山際冬無雪地，次年夏季，每至潰裂，是物即出，則與古説卵於山、伏於淵合。據故老云，蛟爲雌稚與蛇交，遺卵於地，每雷一次，即陷入地一次，積久蛟生，不待孵化，亦與説卵自孕合。又前清季年，吾戚高丹林先生（嘗官通城、通山教官）曾見蛟於襄陽縣，屬石灰窰地，狀如郭璞所云，但頭爲馬狀。相傳此蛟隨漢漲，經窰地，誤入石灰窰中。窰中灰多水漲，熱烈淹死，水退後見此，則未可謂無是物也。津，非西海。蓋原喻欲遁赤水，欲指使蛟龍於渡處作橋梁也。（五）周穆王，《辭源》丑集五一頁口部五畫："昭王子，名滿。即位時年已五十餘，立五十五年而崩。《書》有《君牙》、《冏命》、《吕刑》三篇，皆穆王之事。髦年欲肆其心，周行天下。祭公謀父作《祈招》之詩以止王心，没於祈宫。"《抱朴子》，《辭源》卯集九五頁手部五畫："書名，晉葛洪撰，洪自號抱朴子，因以名其所著之書，内篇論神仙吐納符籙尅治之術，統爲道家言。外篇則論時政得失、人事臧否，詞旨辨博，饒有名理。凡八卷。"《楚詞·守志》，係後《九思》末篇名。"龍無角曰蛟"，見是篇"乘六蛟兮蜿蟬"句注。[②]

詔西皇使涉予。詔（一），告也。西皇，帝少皞（二）也。涉，渡也。言我乃麾蛟龍，以橋西海，使少皞來渡我[③]。動[④]與神獸聖帝相接，言能渡萬民之厄也。予，一作余。[補] 曰：少皞以金德王，白精之君，故曰西皇。《遠游》注云：西皇所居，在西海之津。予（三），我也，上聲。**疏曰：**朱補曰："（一）詔，當作誥，讀爲告。秦時始造詔字以當誥，爲上告下之文。"麟按：朱補本原注只載"詔，告也。……萬人之厄"。原注"人"作"民"，"厄"下有"也"字。詔當作誥，是。（二）少皞，即少昊，古帝之號，名摯，修太昊之德，故曰少昊，以金德王，故亦曰金天氏。皞，何老切，音皓。皞音同昊。（三）予，上叶。

校勘記：①"蚪"，原作"虬"，今據李刻本改。後文凡作"虬"而李刻本作"蚪"者，徑改不出校。②此句上頁眉戴之麟題校補時地云：己丑五月十二日午前，新庭。③"我"下，原衍"也"字，今據李刻本、明翻宋本、汲古閣本删。④"動"，原脱，今據李刻本、明翻宋本、汲古閣本補。

路修遠以多艱兮，艱，難也。**疏曰：**朱補曰："凡用難者，乃艱之借字。"麟按：艱，皆山切，音間。騰（一）衆車使徑待（二）。騰，過也。言崑崙之路，險阻艱難，非人所能由，故令衆車先過，使從邪徑（三）以相待也。以言己所行高遠，莫能及也。待，一作侍。**疏曰：**朱補曰："（一）騰，奔馳也。"麟按：朱補本原注只載"騰，過也。……遠莫能及。"麟又按：原注"遠"上有"高"字，"及"下有"也"字。騰，音滕。（二）待，叶持，與下期韻。（三）徑，音經去聲，直也。又行也。謂使衆車奔馳，且行且待，不可謂待於邪路也。昔澹臺滅明者，尚不由邪，曾是屈子而顧爲之也耶？[①]

校勘記：①此句上頁眉戴之麟題校補時地云：丁亥十一月三十日夜，韓左个。戊子八月三十日午前，縣中校。

路(一)不周以左轉兮，不周，山名，在崑崙西北。轉(二)，行也。五臣云：左轉者，君子尚左。［補］曰：《山海經》：西北海之外(三)，大荒之隅，有山而不合，名曰不周。注云：此山形有缺，不周匝，因名之。西北不周，風自此出也。《淮南子》云：西北方不周之山(四)，曰幽都之門。又曰：崑崙之山(五)，北門開，以納不周之風。《大人賦》曰：回車朅來兮，絶道不周。張揖曰：不周山在崑崙東南二千三百里。以《山海經》、《淮南子》考之，不周當在崑崙西北，逸説是也。《遠游》曰：歷太皓（同皞）以右轉。太皓①在東方，自左而之右，故下云遇蓐收乎西皇也。此云：路不周以左轉，不周在西北海之外，自右而之左，故曰指西海以爲期也。五臣説非是。**疏曰：**朱補曰："（一）路，讀爲絡，猶繞也。《大荒西經》云：'有山而不合，名曰不周負子。'《西山經》：'不周之山，東望泑澤，河水所潛也。'是周字當讀爲匊。（二）轉，運也，移也，徙也。"麟按：朱補本原注只載首十二字，於"崙"下加"山"字，"崑崙"作"昆侖"。泑澤，《水經》："河東注於泑澤。"注："即所謂蒲②昌也。"《辭源》巳集五四頁水部五畫："按：即今新疆之羅布淖爾。"泑，音乙九切。匊，音周，徧也。通作周，與周音義同。朱補謂周當作匊，未知所在。河，黄河也。潛，音齊鹽切，藏也。凡不使人見皆曰潛，引申之謂河源發地也。路，魯誤切，猶道也，所以通往來者也。引申之，行也，過也，謂行過不周也。（三）"西北海之外"數句，見《山海經》第十六卷《大荒西經》。③（四）"西北方不周之山"諸句，見《淮南子》四《墬形訓》。（五）"崑崙之山"諸句見同上，原文無首四字。④

指西海以爲期(一)。指(二)，語也。期，會也。言已使語衆車，我所行之道，當過不周山而左行，俱會西海之上也。過不周者，言道不合於世也。左轉者，言君行左乖，不與已同志也。［補］曰：《博物志》云：七戎(三)、八⑤蠻(四)、九夷(五)、八狄(六)，謂之四海。言皆近海。漢張騫(七)渡西海，至大秦(八)，大秦之西鳥遲國，鳥遲國之西，復言有海。西海之濱，有小崑崙⑥，高萬仞，方八百里。**疏曰：**朱補曰："《詩》云：'（一）秋以爲期。'（二）指，手語也。"麟按：朱補本原注只載"指，語也。……同志也"。"俗"原作"世"。（三）戎，音如融切。西方外國也。七戎，《後漢書八十七·西羌⑦傳七十七》："及平王之末，……往往有戎，於是渭首有狄、豲、邽、冀之戎，涇北有義渠之戎，洛川有大荔之戎，渭南有驪戎，伊、洛間有楊拒、泉皐之戎，潁首以西有蠻氏之戎”云云，已有六……其後“陸渾戎自瓜州遷於伊川，允姓戎遷於渭、汭，東及軒轅。在河南山北者號曰陰戎”，合之爲七，殆即此乎？[⑧]（四）八蠻，蠻，音模頑切，南夷之稱，謂南方之蠻國數有八也，見《周禮・職方氏》。《爾雅》李巡注：“一天竺，二咳首，三僬僥，四跂踵，五穿胸，六儋耳，七狗軹，八旁春。”（五）夷，音怡，東方外國也。九夷者，東方之夷種有九也。《後漢書》：“夷有九種，曰畎夷、於夷、方夷、黄夷、白夷、赤夷、玄夷、風夷、陽夷。”《爾雅》李巡注：“一玄菟，二樂浪，三高麗，四滿飾，五鳧臾，即扶餘，六索家，七東屠，八倭人，九天鄙。”按此，則滿洲、朝鮮、日本，皆古九夷地。（六）狄，音敵，北方之種族。《禮》：“北方曰狄。”八狄，俟考。《禮記注疏》卷第十二《王制》[⑨]：“北方曰狄，其類有五。”引李巡注《爾雅》云：“一曰月支，二曰穢貊，三曰匈奴，四曰單于，五曰白屋。”則只有五。[⑩]“秋以爲期”，見《詩・氓之蚩》篇。（七）張騫，漢武帝時漢中人。建元中爲郎，後奉使至大宛、康居、大夏，西北國始通於漢。渡西海者，殆指此事。（八）大秦，《辭源》丑集二〇〇頁大部：“我國古時稱羅馬帝國爲大秦。舊説西戎稱中國爲秦。羅馬人長大平正，有類中國，故名。”烏遲國，無考。《博物志》，《辭源》子集三九五頁：“書名，舊本題晉張華撰，證以裴松之《三國志注》及他書所引，今所得本已非原本，蓋好事者掇取各書之引《博物志》者成之也。凡十卷。宋李石有《續博物志》十卷，亦剽掇説部爲之。”[⑪]

校勘記：①“皓”，原作“皡”，今據李刻本、明翻宋本、汲古閣本改。②“蒲”，原誤作“清”，今據《水經注》改。③此句上頁眉戴之麟題校補時地云：丁亥六月二十三日午前，韓左个。④此句上頁眉戴之麟題校補時地云：丁亥六月二十一日午後，韓左个。⑤“八”，李刻本、明翻宋本、汲古閣本作“六”。以下文疏證已疏八蠻，今不改。⑥“崙”下，原衍“山”字，今據李刻本、明翻宋本、汲古閣本删。⑦“羌”，原誤作“域”，今據《後漢書》改。⑧此句上頁眉戴之麟題校補時地云：己丑三月二十四日傍晚，新庭。⑨“卷第十二《王制》”，原誤作“卷第十《檀弓下》”，今據《禮記注疏》改。⑩此句旁頁邊戴之麟題校補時地云：己丑四月九日午後，新庭。⑪此句上頁眉戴之麟題校補時地云：丁亥六月二十日上午，韓左个。

屯余車其千乘兮，屯[(一)]，陳也。五臣云：屯，聚也。車所以載己。言君子以德自載，亦如車焉。聚千乘者，言道德之多，並運於己，所在可馳走。［補］曰：屯，徒渾切。乘(二)，實證切。**疏曰：**朱補曰："（一）屯，讀爲𨻶。"麟按：朱補本原注只載首三字。屯，謂車陳聚也。（二）乘，四馬，古者乘車，駕以四馬，故一車曰一乘也。千乘言衆賢聚也。

齊玉軑[①]而並馳。軑(一)，錮也。一云車轄(二)也。言乃屯𨻶(三)我車，前後千乘，齊以玉爲車轄，並馳左右。言從己者衆，皆有玉德，宜輔千乘之君也。即道千乘之國也(四)。［補］曰：軑，音大。《方言》云：輪，韓、楚之間謂之軑。齊，同也，言齊驅並進。**疏曰：**朱補曰："《方言》云：'輪，韓楚之間謂之軑。'《説文》云：'（一）軑，車轄也。'《詩》'節彼南山'疏及《廣韻》皆引《説文》作車轄也。按：輨者，轂外之金。（二）轄者，軸耑之鍵，疑訓輪，近是。"麟按：朱補本"軑"作"軑"[②]，音大。原注只載"轄也。……千乘之君"。去"君"下"也"字。軑，音地，又音大，地名。此當從地音。譌作軑。《字典》："按字書並無軑字。"《集韻》收軑字，音義並同軑。《字彙》又譌作軑。據此，軑當作軑，不宜從犬。（三）𨻶，朱補本作陳，似故與原注異也。"節彼南山"，見《詩・小雅・節南山》篇。（四）"道千乘之國"，見《論語》上《學而》篇。

校勘記：①"軑"，李刻本、汲古閣本誤作"軑"，據明翻宋本、金陵書局本改。下文作"軑"者同，不復出校。原文初從李刻本作"軑"，後涂改作"軑"，疑據朱駿聲《離騷賦補注》改定。②"軑"、"軑"，原誤作"馱"、"馱"，今據《離騷賦補注》改。

駕(一)八龍(二)之婉婉兮，婉婉(三)，龍貌。五臣云：八龍，八節(四)之氣也。婉，於阮[①]切，《釋文》作蜿，於元切。**疏曰：**朱補曰："劉向《九歎》用《易》'六龍'，非是。"麟按：朱補本原注只載首四字。（一）駕，七亞切，音嫁，以馬駕車也。（二）八龍，車飾也。龍，馬也。故有豢龍氏、御養氏，皆養馬之官也。原注"龍"下遺"飛"字，此蓋謂駕車八馬，行遠如龍之飛也。五臣説非。（三）婉婉，龍行貌。（四）八節，謂冬至、夏至、春分、秋分、立春、立夏、立秋、立冬也。節，音即噎切，時也。《玉海》："五日爲一候，三候爲一氣。故一歲有二十四氣，每月二氣。在月首者爲節氣，在月中者爲中氣。"八節與八龍無涉。

載雲旗之委蛇(一)。言己乘八龍，神智之獸，其狀婉婉（解見上句），又載雲旗(二)，委蛇而長也。駕八龍者，言己德如龍，可制御八方也。載(三)雲旗者，言己德如雲，能潤施萬物也。蛇，一作移。一作逶迤。五臣云：言我所往，皆與神游，故可御氣爲駕，載雲爲旗也。［補］曰：《文選》注云：其高至雲，故曰雲旗。委，於爲切。蛇，弋支切。**疏曰：**朱補曰："（一）委移，雙聲連語，猶旖旎也。旗皃二語，亦見《遠游》篇。"麟按：朱補本原注只載"言己……潤施也"。"蛇"作"移"，"乘"作"駕"，"雲"下加"雨"字，"潤施"下原有"萬物"二字。（二）雲旗者，旗上繪雲也。諸説未免辭費。（三）載，音再，設也。陳設繪雲之旗也。"其高至雲"二句，見《文選》卷三《張平子東京賦》"雲旗拂霓"句注，原句末有"也"字。②

校勘記：①"阮"，原誤作"玩"，今據李刻本、明翻宋本、汲古閣本改。②此句上頁眉戴之麟題校補時地云：庚寅四月三日傍晚。

抑志而弭節兮，神高馳之邈邈。邈邈(一)，遠貌。言己雖乘雲龍，猶自抑案，弭節徐行，高抗志行，邈邈而遠，莫能追及。一云：邁高馳，五臣云：抑志按①節，徐行以候世人，其邈遠莫能逮(二)及也。**疏曰：**朱補曰："《爾雅》：'邈邈，悶也。'"麟按：朱補本原注只載"邈邈，……莫能逮及"。"貌"②下加"也"字，不必。（一）邈，音模岳切。（二）逮，音待。

校勘記：①"按"，原誤作"弭"，今據李刻本、明翻宋本、汲古閣本改。②"貌"，原誤作"邈"，今據《離騷賦補注》改。

奏(一)《九歌》而舞《韶》兮，《九歌》，《九德》之歌，禹樂也。《韶》，《九韶》，舜樂也。《尚書》簫韶九成(二)(三)是也。［補］曰：《周禮》有《九德》之歌(四)，《九磬》之舞(五)。啓樂有《九辯》、《九歌》。又《山海經》：夏后開(六)（禹子）始歌《九招（與韶通）》(七)。開，即啓也。《竹書》云：夏后啓舞《九韶》。**疏曰：**朱補曰："《大荒西經》云：'開焉得始歌《九招》。'郭注：'《竹書》曰：夏后開舞《九招》也(八)。'韶，當讀爲招，亦天帝樂名，非舜樂。"麟按：朱補本原注只載"《九歌》，……九成是也"。"韶"下去"九韶"二字，"書"下加"曰"字。（一）奏，音子候切，作樂也。又樂一更端曰奏。故（二）九成謂之九奏。（三）"簫韶九成"，見《虞書·益稷謨》。（四）

“《九德》之歌”二句，見《周禮·春官·大司樂》“凡樂”節。[①]（五）舞，音武，執干戚羽籥之屬，屈伸俯仰以爲容也。《九歌》之奏，《九韶》之舞，不過謂其音節之美如之耳，非謂即奏《九歌》而舞《韶》也。專指似迂。（六）啓作開，漢人避景帝諱啓故也。[②]（七）“夏后開”句，見《山海經》第十六《大荒西經》“大荒之中，有山名曰大荒”條，原文作“夏后開，開上三嬪於天，得《九辯》與《九歌》以下。……開焉得始歌《九招》。”[③]（八）“夏后開舞《九韶》”，見《竹書紀年注箋》卷三“帝啓十年，帝巡狩，舞《九韶》于大穆之野”注。[④]

聊假日以媮樂。言己德高智明，宜輔舜、禹以致太平，奏《九德》之歌、《九韶》之舞，而不遇其時，故假日游戲媮[⑤]樂而已。假(一)，一作暇。［補］曰：顔師古云：此言遭遇幽厄，中心愁悶，假延日月，苟爲娱樂耳。今俗猶言借日度時。故王仲宣(二)《登樓賦》云：登兹樓以四望兮，聊假日以消憂。今之讀者改“假”爲“暇”，失其意矣。李善注仲宣賦，引《荀子》多暇日，亦承誤也。媮，樂也，音俞。**疏曰：**朱補曰：“（一）假，讀爲叚，借也。《論語》云：‘假我數年。’”麟按：朱補本原注只載“言己……而已。”叚，音賈，與假同，借也。當作假，不可作暇。（二）王仲宣，名粲，三國魏高平人。樓在湖北當陽縣城上。時避亂於荆州。爲建安七子之一。“假我數年”，見《論語》上《述而》篇。

校勘記：①此句上頁眉戴之麟題校補時地云：同上文日午前，捄左補録。②此句上頁眉戴之麟題校補時地云：戊子五月十五日午間，捄左補録。③此句旁頁邊戴之麟題校補時地云：戊子五月三十日午前，捄庭補録。④此句上頁眉戴之麟題校補時地云：戊子六月二十八日午後，捄廳補録。⑤“媮”，原誤作“娱”，今據李刻本、明翻宋本、汲古閣本改。

陟陞(一)皇之赫戲兮，皇，皇天也。赫戲(二)，光明貌。一無“陟”字。陞，一作升。［補］曰：《西京賦》(三)云：叛赫戲以煇煌。赫戲，炎盛也。戲與曦同。**疏曰：**朱補曰：“《莊子·秋水》篇云：‘跐黄泉而登大皇。’或疑《水經·濟水》注‘三皇山亦名三室山’，即《海内南經》之三天子鄣山也。在今安徽徽州府歙縣。（一）升，亦陟也。（二）赫戲，猶險巇也，雙聲連語。”麟按：朱補本原注只載首九字。安徽在東，原已指西海爲期，以西海既不可去，猶念本國，忽轉而東。時楚考烈王已遷壽春，故云。

證以下句尤合。壽春，楚邑，屬安徽，似宜從朱説作三皇山，赫戲亦然。濟，音即啓切，水名。亦稱沇水，源出河南濟源縣西、王屋山下。鄣，音章。《莊子》，見後《天問》"何惡輔弼"疏。(三)《西京賦》，張衡作。

忽臨(三)睨夫舊鄉。睨(四)，視也。舊鄉，楚國也。言己雖升崑崙(一)，過不周，渡(二)西海，舞《九韶》，陞天庭，據光曜，不足以解憂，猶顧視楚國，愁且思也。[補]曰：睨，五計切。**疏曰：**朱補曰："《禮記》云：'睨而視之。'"麟按：朱補本原注只載"睨，視也。……愁且思也"。(一)"崑崙"作"昆侖"。(二)"渡"作"度"。(三)臨，音林，居上視下也。(四)睨，斜視也。"睨而視之"，見《禮記·中庸》篇。①

校勘記：①此句上頁眉戴之麟題校補時地云：丙戌六月十四日午前，韓庭除。

僕夫悲余馬懷兮，僕，御也。懷，思也。**疏曰：**朱補曰："我馬瘏矣，我僕痡矣。"麟按：朱補本原注全載。"我馬"二句，見《詩·卷耳》篇。瘏，音徒，病也。痡，音鋪，又音敷，病也。蜷局顧而不行。蜷(一)局(二)，詰屈不行貌。屈原設去世(三)離俗，周天帀(四)地，意不忘舊鄉，忽望見楚國，僕御悲感，我馬思歸，蜷局詰屈而不肯行，此終志不去(五)，以辭自見，以義自明也。五臣云：蜷局回顧而不肯行。[補]曰：蜷，音拳，蟲形詰屈也。行，胡郎切，叶韻。**疏曰：**朱補曰："(一)蜷，當作卷，或作觠，或作卷。(二)局，曲也，亦雙聲連語。"麟按：朱補本原注載"蜷局，……以義自明也"。(三)去世"世"作"時"。(四)"帀"作"匝"。(五)不去"去"作"失"。局，音巨欲切。卷、觠、拳音義均同蜷。

姚鼐曰：欲遠逝以自疏，有浩然長往之意。末言蜷局不行，則睠睠君國，不能忘也。

亂曰：亂(一)，理也。所以發理辭指，總撮其(二)要也。屈原舒肆憤懣，極意陳(三)詞，或去或留，文采紛華，然後總(四)括一言，以明(五)所趣(六)之意也。[補]曰：《國語》云："其輯(七)之亂(八)。"輯，成也。凡作篇章既成，撮其大要以爲亂辭也。《離騷》有亂有重，亂者，總理一賦之終；重者，情志未申，更作賦也。**疏曰：**朱補曰："(一)亂，終也。《禮記》：'復亂以武。'《論語》云：'《關雎》之亂。'"麟按：朱補本原注只載

“亂，理也。……以明所趣”。原注（二）“其”，朱作“行”，（三）“陳”作“陳”，（四）“總”作“結”，（五）“以明所趣之意也”作“以明所趣”，似在故與爲異。（六）趣，音娶，有定向而疾行以赴之也。又意味也。蓋謂以明其所向也。（七）輯，音集，編輯也。“《關雎》之亂”，見《論語》上《泰伯[①]》篇。“復亂以武”，見《禮記·樂記第十九》。（八）“其輯之亂”，見《國語·魯語》哀公八年“齊閭丘來盟”傳。

校勘記：①“泰伯”，原誤作“八佾”，今據《論語》改。

已矣哉，國無人(五)莫我知兮，已矣，絶望之辭。無人，謂無賢人也。《易》曰：闚(一)其户，闃[①](二)其无[②](三)人。屈原言已矣，我獨懷德不見用者，以楚國無有賢人知我忠信之故，自傷之辭。一無“哉”字。［補］曰：《論語》曰：已矣乎，吾未見好德如好色者也。孔安國曰：已矣，發端歎辭。**疏曰：**朱補曰：“《詩·北門》云：‘已焉哉，天實爲之，謂之何哉。’《論語》云：‘已矣(四)乎，吾未見好德如好色者也。’《左傳》云：‘國有人焉。’又‘朝無人焉’，又‘子毋謂秦無人’。《論語》云：‘莫我知也夫。’”麟按：朱補本於原注“之詞”下加[③]“也”字，又去“易曰”三句，“屈原”句作“屈原言已矣者”，“知我忠信之故”下加“也”字。“自傷之詞”下又加“也”字。似皆漫無斟酌。（一）闚，音窺，小視也。（二）闃，曲棫切，静無人也。（三）无與無同。（四）已矣，非發端歎辭，其句見《論語》上《子罕》篇。“國有人”句，見《左傳注疏》卷三十五《襄公二十三年》“乙亥，臧紇斬鹿門之關以出，奔邾”傳。[④]“朝無人焉”亦然。“子無謂”句，見《左傳·文公十三年》“晋人使士會歸晋”。“莫我知”句，見《論語》下《憲問》篇。麟又按：朱子《集注》本（五）“人”下有“兮”字，較佳，宜從。“闚其户”二句，見《易》下經《豐卦》。

又何懷乎故(一)都(二)？言衆人無有知己，已復何爲思故鄉念楚國也。**疏曰：**此正反言懷之極也。懷，音乎乖切，思念也。（一）故，音固，舊也。（二）都，音篤烏切，區域之名。小曰邑，大曰都。又凡邑有宗廟先君之主曰都，無曰邑。又四邑爲都，方四十里。又天子所居。此指楚王之所居地也。

校勘記：①“闃”，明翻宋本、汲古閣本作“闐”。②“无”，明翻宋本、汲古閣本作“無”。③“加”，原誤作“去”，今據《離騷賦補注》改。④此句上頁眉戴之麟題校補時地云：戊子六月二十三日午後，捄廳補録。

既莫足與爲美政兮，吾將從(六)彭咸(七)之所居(二)。言時世之(三)君無道，不足與共行美德、施(四)善政(一)者，故我(五)將自沈汨淵(八)，從彭咸而居處也。**疏曰：**朱補曰："（一）善政，猶前文所云靈修也。[①]《論語》云：'何如斯，可以從政矣。子曰：尊五美。'（二）居，讀爲凥，處也。"麟按：朱補本原注第一句（三）"之"作"人"，第二句去（四）"施"字，（五）"故我"句又去"故"字。麟又按：（六）從，去聲。（七）彭咸，殷賢臣，諫其君不聽，投水死。（八）汨，音覓。汨淵，即汨羅，見前"離騷經章句第一"疏。"何如斯，可"三句，見《論語》下《堯曰》篇。[②]

校勘記：①此句上頁眉戴之麟題校補時地云：戊子三月二十三日上午，朱補閱訖，救濟院後進。②此句上頁眉戴之麟題校補時地云：戊子九月二日上午，捄左校。

賀貽孫曰[①]**：**《離騷》開首云"朕皇考曰伯庸"，即子長所謂人窮反本也。未有知有君不知有父者，竭智盡忠，不過求無媿於皇考而已。況"庚寅吾以降"，天既授我以剛德，而父復命我以正則乎？若曰吾非不知爲上官大夫、令尹子蘭所爲，可以保禄而固寵，但保禄而固寵，是叛父也，是違天也。不敢叛父，不敢違天，是以不敢欺君誤國云爾。即此數行真實語，是《離騷》一篇本領，是屈子一生本領。近世假人，僥倖説不來，剽竊説不去。

又曰："汨余若將弗及兮"六句，自傷易老，讀之惕然。忽接以"惟草木之零落兮，恐美人之遲暮"，以草木自喻，以美人指懷王。蓋自傷未既，忽傷美人，謂吾老君亦將老矣，不獨情思悽惻，而轉折映帶之妙，不啻駿馬蓦澗。至後而求宓妃，求有娀，求二姚，復歸咎於"理弱媒拙"、"閨中邃遠"，則明明以美人況懷王矣。而又[②]云"指九天以爲正，夫惟靈修之故也"，靈修，婦人悦其夫之稱。既以美人況君，又以靈修況君者，親暱之至也。其自擬曰蘭，曰蕙，曰椒，曰桂，曰芙蓉，曰木蘭，曰秋菊，曰薜荔，曰胡繩，非所謂"其志潔，其稱物芳"者耶？而曰"荃不揆予之中情"，則又以芳草況懷王矣。既以芳草自況，又以芳草況君者，愛慕之至也。反復纏綿，顛之倒之，無往不妙。

又曰：“惟黨人之偷樂兮，路幽昧以險隘。”“偷樂”二字，寫盡小人情狀。蓋小人亦非有意悞君，但其識量不遠，惟知目前快意，後日皇輿敗績，禍國禍身，所不及計。不獨“幽昧險隘”從“偷樂”而生，而“恕己量人”，亦“偷樂”之所必至也。蓋“偷樂”則必“恕己”，謂吾所爲者，苟如是，斯可矣，吾何以異於人哉？“偷樂”則必“量人”，謂人所爲者不過如是，斯已矣，人何以異於吾哉？千古小人皆從不好名，不立異。一班庸人做去，被屈子無意描出，不覺失笑。後面“固世俗之工巧兮，偭繩墨而改錯”：世俗之人即庸人，所謂黨人也。黨人無遠識而有小慧，初不過“偷樂”而已，偷樂既久，工巧遂出，謡諑善淫，險絶亦復工絶。淫女以貞女爲淫，邪人以正人爲邪。偏是淫邪人有此伎倆，能令聽讒者易疑又易信，能令受讒者不敢辯又不能辭，此其所以爲工巧也。下文“委厥美以從俗，既干進而務入”：“從俗”是中士病根；“務入”二字，形容奔競人尤刻毒。然此種變態，無非爲“偷樂”所誤。可見當時賢者皆爲“偷樂”喪其生平，又不獨小人也。篇中穿插呼應，如草線灰蛇，令讀者不測。

又曰：“變與不變”二意，是通篇柱子。大凡君子所以成其爲君子，不過“好修”；“好修”，故不變。小人所以成其爲小人，不過“偷樂”，“偷樂”，故易變。蓋小人未嘗不慕爲君子，但以“偷樂”故畏禍畏死漸度變易，至於爲小人而不自覺耳。“偭繩墨而改錯，背規矩而追曲”，未嘗不知有繩墨規矩也。固畏禍畏死遂變而改錯追曲耳。又有一輩賢者，初入朝端，風裁可觀。一經懲創，遂爾委蛇，於是“蘭芷變而不芳”矣，“荃蕙化而爲茅”矣。蘭既難恃，椒亦專佞，以至揭車江蘺、盡沫芬菲；蕭艾芳草，無不漸靡。平日慷慨自命，至此盡逐臭矣。然豈賢者初心哉？故始曰“時繽紛以變易”，又[③]曰“孰能無變化”。“變化”二字，如此用極奇。此段文字，淋漓痛快，最妙在舍蕭艾而獨責芳草，謂賢者且變，則小人可知矣。非恕蕭艾也，其責芳草乃所以深責蕭艾耳。又曰“覽椒蘭其若茲兮，又況揭車與江蘺”，謂大賢且變，則小賢又無論矣。非恕揭車與江蘺也。恕揭車與江蘺，乃所以重惜椒蘭耳。寬一步，愈緊一步，文情甚裕，文氣甚厚。至於君子則始終好修而已。曰“民生各有所樂兮，余獨好修以爲常”；又曰“豈其有他故兮，莫好修之害也”。屈子一生，至性過人，多憂少樂。所樂者惟“好修”而已。即小人所害我者，亦不過此“好修”而已。然吾自樂此，豈以害我而變其常哉？故又曰“亦吾心之所善兮，雖九死其猶未悔”；曰“雖體解吾猶未變兮，豈予心之可懲”；曰“阽予身而危死兮，覽予初其猶未悔”；曰“芳菲菲而難虧兮，芳至今猶未沫”。反復言之，無非此“不變”二字。不變是屈子一生欛柄，亦是千古忠臣欛柄。“不變”則“好修”之事畢矣。不獨屈子自處“不變”，又望吾君以“不變”，故其責讓懷王曰“羌中道而改路”；曰“後悔遁而有他”；曰“傷靈修之數化”；即此三語，可痛可哭。可見庸主未嘗無一日之明，但易變耳。惟其易變，所以爲庸也。蓋小人“偷樂”，亦以“偷樂”誘吾君，君子“好修”，亦以“好修”導吾君。“好修”，常也；“偷樂”，變也。變不可以勝常，是故小人之變有窮，而君子之變無窮也。若其行文斷如復斷，亂如復亂，愈斷愈續，愈亂愈整，方續方斷，方整方亂，惟漢人五言古能得其法。魏晉以下，知者鮮矣。

又曰：芳草之不幸也，始則爲小人所擯；擯而不已，則爲小人所笑；笑而不已，則遂爲小人所用矣。至爲小人所用，豈復有芳草哉？“予既滋蘭之九畹兮，又樹蕙之百畝。畦留夷與揭車兮，雜杜衡與芳芷。冀枝葉之峻茂兮，願俟時乎吾將刈。”此數語即本傳所謂率其賢良，以厲國士也。蓋一君子用事，必援引衆君子同朝，搜羅建置，臣力已竭而今已矣，從前苦心盡付一夢矣。故接以“雖萎絶絶其亦何傷兮，哀衆芳之無所（按：無所原本作蕪穢）。”謂人才難得，我一人不足惜，所惜者，我去之後，衆君子亦從此去矣。如此熱腸，真堪痛哭。所謂始則爲小人所擯者，此也。“既替予以蕙纕兮，又申之以攬茝”二語尤悲。蓋小人原不喜芳草，故當其去也，即以此相決絶。謂汝所志者芳草，芳草何裨世用？亦姑贈汝芳草，以成汝之志云爾。蓋厭棄之甚，聊以相謔，所謂擯而不已，則爲小人所笑者，此也。至“蘭芷變而不芳兮，荃蕙化而爲茅。何昔日之芳草兮，今直爲此蕭艾也？豈其有他故兮，莫好修之害也。予以蘭爲可恃兮，羌無實而容長。委厥美以從俗兮，苟得列於衆芳。椒專佞以慆慢兮，榝又欲充夫佩幃。既干進以務入兮，又何芳之能祗？固時俗之流從兮，又孰能無變化？覽椒蘭其若茲兮，又況揭車與江蘺。”此一段尤令人撫膺長慟。小人之不能不附君子以成小人也，即小人亦知之。使必欲舉君子之黨而空之，非小人之桀者也。小人之桀者，知君子之不可盡去也，於是籠以智術，縻以虛文，怵以威燄，誘以功名，久之，甘爲所用而不自知，則君子皆化爲小人矣。人才有限，用則在朝，舍則在野。不在朝而在野，尚何想望於異日，若并君子亦化爲小人，天下事尚忍言哉？所謂笑而不已，則遂爲小人所用者，此也。故君子與其爲小人所用，寧爲小人所擯；與其爲小人所喜，寧爲小人所笑。

又曰：常怪屈子不畏死而畏老，不傷無年而傷無名。既視死如歸矣，則殤子與彭祖皆死也，又況於死後之虛名耶？乃其言曰“沛鬱予（原作“汩余”）若將弗（原作“不”）及兮，恐年歲之不吾與”；又曰“老冉冉其將至兮，懼修名之不立”；又曰“及年歲之未晏兮，時亦猶夫未央”。反復流連，與日月不淹，美人遲暮，鵜鴂先鳴，百草不芳，同一感慨，何耶？蓋屈子一生好修。彼其從彭咸也，必有所以俱死者；倘不即從彭咸，亦必有挾以俱老者。苟無所挾以俱老，則老之可畏甚於死；無所挾以俱死，則無名之可傷甚於無年。此屈子所以三致意也。

袁崧曰：屈姊有賢德，原放逐後，亦來歸慰，令之自寬。篇中所引“女嬃之嬋媛兮，申申其詈予”，即其相慰之語也。自“鮌[4]婞直以亡身”至“汝何煢獨而不予聽”八句，呢喃絮叨，無限親愛，酷肖婦人姑息口氣。無端插此一段作波瀾，妙甚。尤妙在不作答語，便接以“依前聖以節中”云云。蓋吾行吾意，付之不辯也，筆法高絶，《史記》聶政姊一段波瀾，從此脱出。

賀貽孫曰：“予固知謇謇之爲患兮，忍而不能舍也”；曰“寧溘死以流亡兮，予不忍爲此態也”；曰“懷朕情而不發兮，予焉能忍而與此終古”。忽而忍，忽又不忍。即此忍與不忍，具見至性過人。反復言之，無限淒惻。不忍與小人共終古一語，更爲深摯。此老眼中，真看小人不上，即此便有死意。蓋君子之與小人，當其得志，則放之流之，不欲與同中國，及其失意，則死以避之，不忍與共終古。噫，可謂嚴矣。[5]

又曰：“駟玉虯以椉鷖兮，溘埃風余上征。朝發軔於蒼梧兮，夕余至於縣圃。欲少留此靈瑣兮，日忽忽其將暮。吾令羲和弭節兮，望崦嵫而勿[6]迫。路漫漫其修遠兮，吾將上下而求索。飲余馬於咸池兮，總余轡乎扶桑。折若木以拂日兮，聊逍遥以相羊。前望舒使先驅兮，後飛廉使奔屬。鸞皇爲余先戒兮，雷師告余以未具。吾令鳳鳥飛騰兮，繼之以日夜。飄風屯其相離兮，帥雲霓而來御。紛總總其離合兮，班陸離其上下。吾令帝閽開關兮，倚閶闔而望余。時曖曖其將罷兮，結幽蘭而延佇。”二十八句，忽作天上之遊，憑空設想，惝怳變幻，迥出常情。蓋當心煩意亂時，人間不可居，故求之天上。然雷師告余未具，則雷師亦嫉余矣。帝閽倚閶闔而望余，則帝閽亦嫉余矣。“黄昏爲期”，“中道改路”，既不能結主，曖曖將罷；結蘭延佇，復不得見帝矣。人間天上，無非小人用事，亦安往而不得放逐哉？即此一段，已具宋玉《招魂》一篇大意矣（《招魂》非玉作，另有論著）。“朝吾將濟於白水兮，登閬風而緤馬”，則天上又難托足，將尋白水閬風，逃於無人之鄉，然未免有情，誰能恝然。“忽反顧以流涕兮，哀高丘之無女”，則又以求女喻求君。蓋人間天上，白水閬風，俱不可往，不得不復求之吾君也。然求虙妃則驕傲不可與爲偶矣，求有娀則佻巧不可與作媒矣，求二姚則又“理弱媒拙”，“導言不固”矣。“閨中既邃遠，哲王又不悟”，求女求君，無一可者，讀至此段，愈纏綿愈淒惻，不由人不哭。“保美驕傲”，“信美無禮”二語，極寫美人挾勢挾色之狀。美而無禮，雖美弗貴。蓋屈子一生以禮自處，不得不以禮望人也。豐隆作媒，奇絶。豐隆，雷師也。雷性剛暴，不可爲媒。鴆媒口毒，適足自讒。鳩則佻巧，一鳴即逝，亦非善媒。偶之驕傲者去之，媒之佻巧者亦去之。所謂擇配先擇媒，慎之至也。及舍鴆鳩而求媒於鳳凰。然鳳凰德盛，不知爲媒曲折。又受高辛之詒，而先我以喻。求之小人，適以見賣；求之君子，又爲他人所賣，則不特佻巧不足憑，即盛德亦不可恃矣。“理弱媒拙”四字尤妙。大凡小人智力相雄，别爲一黨，耳目布置，無非使勢使乖之人。故凡“理弱媒拙”者，不問而知其爲君子也。行文低徊反復，愈讀而味愈無窮。⑦

又曰：“索藑茅以筳篿兮，命靈氛爲予占之”，蓋無聊之極，强作此迂濶事。“何所獨無芳草兮，爾何懷乎故宇”，勉强慰藉，愈令人難聽。“欲從靈氛之吉占兮，心猶豫而狐疑。巫咸將夕降兮，懷椒糈以要之。”疑靈氛而信巫咸，疑神而信鬼，疑卜而信祝，蓋心煩意亂，不知所從，故多端以自慰耳。“靈氛既告予以吉占兮，歷吉日兮吾將行”，則又因巫咸之語，復信靈氛，遂爲屈子指點天上路矣。屈子初意，天上亦有上官子蘭一班小人，及往復人間，舉目不堪，畢竟天上較優。此數語是屈子絶命詞，非真有天上可往也。“折瓊枝以爲羞兮，精瓊爢以爲糧”，死猶不忘芳潔也。“爲予駕飛龍兮”至“聊暇日以娱樂”二十八句，寫天上遊趣，殊覺熱鬧，然亦鋪張死趣。可謂甘死如飴矣。“陟陞皇之赫戲兮，忽臨睨夫舊鄉。僕夫悲余馬懷兮，蜷局顧而不行。”將死不忘君父，魂魄猶念念楚國也。“亂曰”以後三十三字，絃急柱促，不忍多讀。既曰“忽臨睨夫故鄉”，又曰“何懷乎故都”，憤懣之極，總是不忍忘楚國一意，激言之耳。“吾將從彭咸之所居”，與前段“願依彭咸之遺則”相應。前但微示死端，此則直指汨羅之游。蓋至此而“好修”之事果終矣。上《離騷經》評，見《騷筏》。

校勘記：①此句上頁眉戴之麟題校補時地云：己丑三月二十四日午前，終校圖書館。②“又”，原脱，今據《騷筏》補。③“又”上，原衍“既”字，今據《騷筏》删。④“鯀”，原誤作“鮀”，今據《騷筏》改。⑤此句上頁眉戴之麟題校補時地云：戊子四月十四日日晡，救宇終校。己丑八月二十一日午前。庚寅二月八日上午。⑥“勿”，原誤作“無”，今據《騷筏》改。⑦此句上頁眉戴之麟題校補時地云：戊子正月二十六日夜，倚枕。

鄭振鐸曰：《離騷》與《九章》之爲屈原的作品，批評家都没有異詞。我們在他們裏面可以看出屈原的豐富的想象、幽沉的悲思，與他的高潔的思想。《離騷》不惟爲上古的最偉①大的作品，也是中國全部文學史上罕見的巨作。司馬遷以爲"離騷者，猶離憂也"，班固以爲"離，猶遭也。騷，猶憂也"。二説中，以班固之説較明。離騷，英人譯爲"*Fallen into Sorrow*"，其意義極明白。《離騷》的全譯本在英文中有 Legge 教授所譯的一本。《離騷》全部共三百七十餘句，自叙他的生平與他的志願。他的理想既不能實現，於是他最後只好説："已矣哉！國無人莫我知兮，又何懷乎故都！既莫足與爲美政兮，吾將從彭咸之所居！"在《離騷》中，屈原的文學天才發展到極高點，他把一切自然界，把歷史上一切已往的人物，都用他的最高的想像力，融冶於他的彷徨幽苦的情緒之下。試看："跪敷衽以陳辭兮，……余焉能忍而與此終古。"在這一小段中，他把許多的歷史的人物、神話上的人物，如羲和、如望舒、如飛廉、如豐隆、如宓妃、如有娀之佚女、如少康、如有虞之二姚，許多神話上的地名，如咸池，如扶桑，如春宫，如窮石，如洧盤，許多禽鳥與自然界的現象，如鸞鳳，如飄風，如雲霓，如鴆都會集在一處，使我們不但不覺其繁複可厭，卻反覺得他的有趣，如在讀一段極美麗的神話，不知不覺的被他帶到他的想像之國裏去，而如與他同遊。這種藝術的手段，實是很可驚異的！上見《文學大綱》三〇〇及三〇二頁。

校勘記：①"偉"，原脱，今據《文學大綱》補。

賈修齡曰：第一節（"帝高陽"句至"夕攬洲之宿莽"）言己本質之美，及行爲之檢也。"汩余"二句，此憂其身也。

第二節（"日月"句至"夫唯捷徑以窘步"）言己爲左徒時之能導懷王以正道也。"惟草木"二句，此憂其君也。"彼堯舜"二句，言唐虞可法。"何桀紂"二句，言桀紂可鑒。

第三節（"忽奔走以先後兮"至"傷靈修之數化"）言己之盡忠君國，而懷王不知，反信上官大夫之讒而被疏也。此三節蓋以修其身、憂其君、憂其國爲眉目也。"指九天"二句，此屈子呼天之詞也。

第四節（"余既滋蘭之九畹兮"至"愿依彭咸之遺則"）言己所植之善類皆已化爲黨人，而己志則終不可變也。"雖萎絶"二句，此哀其俗也。

第五節（"長太息以掩涕兮"至"固前圣之所厚"）言己雖以被讒去職，而終不改其度，以至於被遷漢北也。"長太息"二句，此哀其民也。此二節蓋以哀其俗、哀其民爲眉目也。

第六節（“悔相道之不察兮”至“豈余心之可懲”）申言雖被遷漢北，而始志仍不可變也。“悔相道”二句，此言被遷漢北之後，遂欲退隱也。“雖體解”二句，此明本志也。

第七節（“女嬃之嬋媛兮”至“夫何煢獨而不予聽”）言女嬃之諷己改節也。

第八節（“依前聖以節中兮”至“霑余襟之浪浪”）言歷觀往事，而知治道之重與己志之不可屈。即就第二節意引而申之，爲追溯懷王時事之總結束。“殷宗用之不長”以上，言桀、紂、羿、澆等之所以敗。“湯禹儼”四句，言湯禹周之所以興。“皇天無私阿兮”八句，此追述爲懷王所陳之治道，而借陳詞於虞舜以出之也。“阽余身”二句，此明本志也。六、八兩節蓋以明本志爲眉目也。“不量鑿”二句，此所謂“怨誹而不亂”也。此八節皆實寫其經過之事迹也。屈子於懷王朝有實事可指，故實言之也。

第九節（“跪敷衽以陳詞兮”至“好蔽美而嫉妬”）言頃襄初即位時，己雖多方求合而卒爲姦回所阻也。“欲少留”二句以下，始入頃襄王朝。“世昏濁”二句，此言時俗之蔽美也。

第十節（“朝吾將濟於白水兮”至“余焉能忍與此終古”）言賢才遺棄，舉朝無一正人，以致不能助己也。“心猶豫”二句，此所謂“好色而不淫”也。“世溷濁”二句，此言時俗之蔽美也。此二節蓋以時俗蔽美爲眉目也。“閨中”二句，此所謂冀幸君之一悟、俗之一改也。

第十一節（“索藑茅以筳篿兮”至“謂申椒其不芳”）言卜之靈氛，靈氛勸其去而之他而已，則以爲不可去也。“曰兩美”八句，此皆靈氛之詞。“世幽昧”二句，此屈子答詞，言誰能用己也。“民好惡”二句，此嫉黨人也。“覽察”二句以前多用芳草，重氣類；以後多用瓊玉，重孤操。

第十二節（“欲從靈氛之吉占兮”至“又況揭車與江離”）言卜之巫咸，巫咸勉其留以求合而已，則以爲不可留也。“甯戚”二句，此言己與頃襄王亦有可合之道，而借巫咸之言以出之也。“惟此黨人”二句，巫咸之言止此。此嫉黨人也。十一、十二兩節，蓋以嫉黨人爲眉目也。“時繽紛”二句，此屈子答詞，言何可留也。“時繽紛以變易”與“時幽昧以眩曜”正相對。“何昔日”二句，此所謂“哀衆芳之蕪穢”也。“余以蘭”二句，蘭椒俱有所指，此子蘭聞之，所以大怒也。

第十三節（“惟茲佩之可貴兮”至“蜷局顧而不行”）言己雖欲去楚，而終不忍去也。“僕夫”二句，此言終不能去也。此五節皆虛寫其理想之事實也。屈子於頃襄王朝，無實事可指，故虛言之也。

第十四節（“亂曰”至末句）總結全篇之意。屈原之死志，起於懷王時，而決於頃襄王時。總計《離騷》二千四百餘言，可分爲十四節。經之以事實，緯之以情感。事實則爲左徒也，見疏也，去職也，被遷也，召回也，或勸以去也，或勸以留也。情感則憂其君也，憂其國也，哀其俗也，哀其民也，明本志也，嫉黨人也。事實雖複雜，而要以被讒見疏爲綱。情感雖委曲，而要以存君興國爲的。此則史遷所稱著《騷》之由與淮南王所稱可與日月争光之志也。乃班固獨謂爲“露才揚己，忿懟沈江”，豈知言哉？上見《楚辭淺説》。

姚鼐曰：“哀衆芳之蕪穢”，以上言以道事君，見疑而不改。“長太息”二句，疑誤倒，蓋“涕”與“替”爲韻。“固前聖之所厚”，以上言讒人之害而將擠於死。“高余冠”八句，言吾挾此美德，將適四方乎？若居楚國，芳菲彌章，安能使人之不忌乎？爲常“常”字當作“恒”，避漢諱改（按：如此始與下“懲”叶）。“豈余心之可懲”以上言欲退隱不涉世，患而不能也。“女嬃”二句，即《漁父》篇之義。又揚子雲《反離騷》所云“棄由、聃之所珍”者，屈子於此已解其難。“夫何煢獨而不予聽”以上設爲女嬃辭，所謂慎毋爲善也。“啓《九辯》”下十六句，皆言失道君之致禍。“湯禹”四句，皆言得道君之致福。啓之失道，載《逸書・武觀》篇，《墨子》所引是也。屈子以與澆並斥爲“康娱”。王逸誤以夏康連讀，解爲太康，僞作古文者遂有“太康尸位”之語，其失始於逸也。“霑余襟之浪浪”以上言以此心正於舜而無愧，又安能不爲善也。“溘埃風余上征”，此下承往觀乎四荒極言之，而卒歸於不可。所謂發乎情，止乎理義。虙妃者，蓋后羿之妻，《天問》所謂“妻彼洛濱”者是也。言方令蹇修爲理，而彼乃難於遷而歸我，而反適無道之羿，相從於驕傲無禮，何足顧耶？羿自鉏遷於窮石，窮石是羿國，凡《淮南子》、《山海經》之類，多依《楚辭》妄爲附會，皆不足據。上言相下女，故虙妃、有娀二姚皆下土女，非謂神也。（麟按：此指“吾令豐隆”至“而稱惡”而言。）“余焉能忍與此終古”以上言將以此中正適於兹世。其於楚也，則如天閽之不通，是哲王不悟也。其於異國，則世無賢君，相從驕傲。或有賢而非我偶，如佚女之不可求，是閨中邃遠也。“謂申椒其不芳”以上皆靈氛之詞。靈氛第言世之幽昧而已。巫咸則言黨人之害益深，中材畏而從之矣。是既無復同志之人，而居此則必遭其折害而死，其勢益危矣。（麟按：此指“欲從靈氛”至“其好修之害也”而言）。“周流觀乎上下”以上皆巫咸之辭。“靈氛既告”句，言承靈氛，則巫咸在其内矣。“吾將遠游”等句上虙妃、有娀一節，猶言求女。靈氛、巫咸二節，亦以求女爲言。欲其擇君而事也。至此節，則知求女之必不可矣，姑遠逝以自疏，遨游娱樂，如《遠游》一篇之旨，而卒亦不忍，則死從彭咸而已也。

王夫之曰：“字余曰靈均”，以上序所自出及生日名字，以自表著。言己與楚同姓，情不可離；得天之令辰，命不可褻；受父之鑒賜，名不可辱也。“夕攬中州之宿莽”，以上述己素修之志業，及任三閭，官左徒，急於效能修職之勤勞無怠如此。“何不改乎此度也”，以上言己所必諫之故，以國勢之將危也。“及前王之踵武”，此上自述其違衆憂國以强諫之情，宜爲君之所鑒諒，以信己不疑，而前王可繼也。“傷靈修之數化”，此上序懷王始信己説，繼而内惑鄭褎，外聽上官靳尚、張儀之邪説，己力争而不勝，爲被放之由。“哀衆芳之蕪穢”，以上言己欲匡君立政，博求賢才，置之君側，冀其大用，竢時之可爲，以張大楚國。己既不得於君，讒人指爲朋黨，驅逐皆盡，使衆芳萎靡。在己之萎絶何傷，而羣賢坐絀，此周公鴟鴞取子之悲所不能已。李、杜戮而黨錮興，趙、朱斥而道學禁，蓋古今之通恨也。“非余心之所急”，以上言小人以私心絜度而猜疑，因譖己而一空善類。余非不能興衆正竭力以争勝，而固非所欲，是以屈而見放。“長顑頷亦何傷”，承上言所不屑與小人馳鶩争勝者，己之秉忠貞而樹賢於國，唯以國勢寖衰，將有危亡之憂，而君有[①]喪邦之恥，隳其令名。是以願竢時以有爲，初非欲與雞鶩争食。故雖見放廢，飲墜露，餐落英，食貧不飽，且恬安之。雖哀衆芳之蕪穢，然願與同志者安守義命，終不與小人争得失也。此言（“擥木根……彭咸之遺則”）己不屑與小人争，而衆邪醜正，亂國是[②]，妬賢能，誅逐異己。君子孤尚姱修，志與道殊，進不屑與競，退必不能與同，唯誓依彭咸，以死自靖而已。“雖九死其猶未悔”，自此以下，反復言其直道不容、所憂不釋之情。此言（指“長太息”七句）小人艱險，朝問己與同謀議，夕即謗毁。雖清操孤尚，在濁世而不能伸，若良馬受賤工之銜勒。然亦何至倏忽變遷，執我仇仇，而反予來赫，若此之酷哉？雖然，此背憎鬼蜮之常態，君子不幸與奸佞同朝，必逢其害，固勢所必然。素料其然而自信無悔，則雖死不足爲己傷也。“夫孰異道而相安”，承上言小人險詖害政，所恃者君之明察耳，乃君之不慧，喜佞曲而惡忠直。聽羣小之妒，誣我以罪。彼小人之所以惑君者，唯顛倒是非，巧徇君志，而與俗委順，故能得上下之歡心以容身，則余懷貞而匪舌是出，獨受其窮困矣。余之寧死而不爲此態者，忠佞殊途，忠之不能容佞，猶佞之不能容忠，如鷙鳥不能與燕雀爲羣，非特臭味之殊，抑國家之安危之所自決，判於毫釐，必不能毁方爲圓，委曲因時以求兩可。君之不察，且怪我之獨與衆異而絀之，則我遭時不幸，非徒邪佞之與居，而實君心之先迷也。“唯昭質其猶未虧”，上言誓死不能與姦佞並立，此（指“屈心……未虧”）又設爲兩全之説，以己非不念及引身歸隱之計，以潔己而全身，亦嘗往復思惟，使隱忍以遠譏謗，奚必抗直以死爲？前聖之所難言，固將悔己不熟察於進退語默之道，而及今禍之未及，歸休於蘭皋椒邱，以避謡諑，荷衣蓉裳，服芳自潔，君雖不知，而吾道自存，高冠長佩，可自旌異，清濁雜處，昭質自全，此亦奚其不可？而吾豈未嘗念及此耶？下乃決其不忍然。“豈余心之可懲”，此上原述己志已悉，自女嬃以下至末，復設爲愛己者之勸慰及鬼神之告以廣言之，言己悲憤之獨心，人不能爲謀，神不能爲決也。“循繩墨而不頗”，以下備陳三代之興衰，見主聖而後臣可直；及其昏亂，則不可救藥也。自“鮌婞直以亡身”以下至此（指“固前修以菹醢”），皆女嬃責原之詞，欲其度時中節，以免於患，勿憑其忠耿以游於亂邦。……原非不知，而心有不安於此者，故設爲其姊之勸戒，而後詳答以不然之故。其立言之善，即於女嬃責己之中，寓三代善惡興亡之炯戒，則所以諷諫懷王者即在於是。昔人謂“小雅怨誹而不傷，《離騷》有之”，誠不誣也。自“耿吾既得此中正”以下，皆答女嬃之言。玉虬，白龍。鷖，鳳類。喻己所欲進之君者，施行之美，若乘龍駕鳳以登天。嘉謀已定，惟竢君之用，則可以遠征而高舉。……言己欲少俟，而國勢危蹙，如日將暮，乃抑必得同志之賢，以匡君而贊大謀，故猶須之時日，上下求索，徧在廷在野而冀遇之。“飄風”至[③]“延佇”，言求仕者相帥旅進，挾策之士來若飄風，世族之子炫若雲霓，總總陸離，雜然並進。己爲三閭大夫，掌三族之黜陟而鑒督羣下，故得盡閱旅進者。而因以求同志之士，夙夜不倦，願與結蘭相贈，以共匡楚國，非孤尚煢獨而不聽人也。“世昏濁……無女”，言己念賢人之見嫉於濁世，故於流俗毀譽之外，高視遠望，冀遇卓然超逸之士，與相匹合，同心效國。而在位者杳無其人，雖欲與同而不得也。“溘吾游此……而改求”，言草澤之士，隱深遠避，保身潔己，傲世而自怡，雖其志行可嘉，而無君臣之禮，又不我助。不能違之，而仍求之四方之賢者。如下文所云。“覽相觀……又不寤”，此喻四方之賢者，原欲爲君致之，與己匹合共匡君也。鴆，毒鳥。鳩，拙鳥。言欲因人招致，而非鴆則鳩，不能爲道志以致賢；欲自往求，又恐佻巧小人之謗己外結黨援，以是疑而不能往。於是高辛……如女嬃所責也。自“耿吾既得此中正”以下至此（“懷朕情”二句），皆答女嬃之詞。言責我以煢獨而違衆，不如並舉[④]而好朋，……非己所能爲之一説也。“世幽昧”以下，極言楚君臣之不足有爲，以見不可復留之意。此段（“索藑茅……其不芳”）但述卜意，不置辨者，素志自定，不待辨析而明也。此（“湯禹嚴……以該輔”）言古今同然之矩矱，君敬以求賢，誠於好修，則賢者自相叶合，不待媒而應矣。前言高丘、下土、四方之士而不得，傷小人多而君子無援。此謂君苟決於敬信，又何藉於同朝之推挽，而讒人豈能離間？則原之不用，實懷王之昏昧，終不可輔。援古證今，得失成敗之矩昭然矣。“及年歲……之不芳”，承上言舜、禹、高宗、湯、文、齊桓，急於用賢，雖當國勢方興之際，常懷後時之憂，恐一失事理，而賢者亦無救其後。今楚何時，而王猶不寤，非天下之至愚者乎！周流觀上下，游神物外，體天地之和也。承上言舉國若狂，衆芳皆變，原獨秉幽姿，安能委棄素志以歷此濁世乎？昭質未虧，當高蹈冥飛，放志江湖，自適以觀化也。自“曰勉陞降”以下至此（“惟茲佩……上下”），皆巫咸降福之言，託於神告，以明其自審以處放廢者。從俗求容，既義所不可；求賢自輔，而君德已非，風俗盡變；若委質他國，又心之所不忍爲；惟退而閒居，忘憂養性，以自貴其生。審彼二術，唯此差堪自慰，所以不從女嬃之詈，不聽筳篿之占，如下文所云，退居漢北，終懷王之世，抑《遠游》一篇所由作也。“吾將遠逝以自疏”以下，皆養生之旨，（麟按：此説不合。《遠游》更力闡其説，尤爲穿鑿附會。）與《遠游》相出入。

校勘記：①“有”，原誤作“子”，今據《楚辭通釋》改。②“是”，原誤作“見”，今據《楚辭通釋》改。③“至”，原誤作“之”，今據《楚辭通釋》改。④“舉”，原誤作“已”，今據《楚辭通釋》改。

張皋文曰：“願竢時乎吾將刈”、“延佇乎吾將返”、“吾將上下而求索”、“吾將遠逝以自疏”、“吾將從彭咸之所居”五句爲層次。又曰：“彭咸之遺則”，謂其道也；“彭咸之所居”，謂其死也。不可混。

吴至父曰：魏文帝《典論》云：“優游案衍，屈原尚之。窮侈極妙，相如之長也。然原據托譬喻，其意周旋，綽有餘度，長卿、子雲不能及。”（此已見前《離騷經章句第一》“而閔其志焉”①句下分注。）

校勘記：①“而閔其志焉”，原誤作“以諷諫君也”，今據前文改。

浦二田曰：讒諂蔽明，係心君國，行廉志潔，懷沙自沈，太史公論之詳矣。愚特點出“内美”主句，嗜古者迴翔百遍，讀之能令凡骨潛换，勝於飲瀣餐霞。又曰：愚謂不必求異求深立解。

叙曰：昔者孔子叡（一）聖明喆（二），音哲。天生不羣，羣，一作王。定經術，删《詩》、《書》，一云俾定經術，乃删詩書。正禮樂，制作《春秋》，以爲後王法。門人三千，罔不昭達。臨終之日，則大義乖而微言（三）絶。其後周室衰微，戰國（四）並①争，道德陵②遲（五），譎（六）詐萌生。於是楊、墨、鄒、孟、孫、韓(七)之徒，各以所知著造傳(八)記，或以述古，或以明世。八字一作咸以名世。而屈原履忠被譖，憂悲愁思，一云憂愁思憤③。獨依詩人之義而作《離騷》，上以諷諫，下(九)以自慰。遭時闇亂，不見省納，不勝(十)憤懣，遂復作《九歌》以下凡二十五篇。楚人高其行義，瑋(十一)其文采，以相教傳。或作傳教。至於孝武帝(十二)，恢廓(十三)道訓，使淮南王安(十四)作《離騷經章句》，則大義粲④然。後世雄俊，莫不瞻慕，一作仰。舒肆妙慮，一云攄舒妙思。纘述其詞。逮至劉向(十五)，顏師古讀如本字。典校經書，分爲十六卷。孝章(十六)即位，深弘⑤道藝，而班固、賈逵(十七)復以所見改易前疑，各作《離騷經章句》。其餘十五卷，一作篇。闕而不說。又以壯爲狀(十八)，一作扶。義多乖異，事不要括。一作撮。今臣復以所識所知，稽之舊章，合之經傳，八字一云稽之經傳。作十六卷章句。雖未能究其微妙，然大指(十九)之趣，略可見矣。且人臣之義，以忠正爲高，以伏節爲賢。故有危言以存國，殺身以成仁。是以伍子胥(二十)不恨於浮江，比干(二一)不悔於剖心，然後忠立而行成，忠，一作德。榮顯而名著。著，一作稱。若夫懷道以迷國，詳愚而不言，詳與佯同，詐也。顛則不能扶，危則不能安，婉娩(二二)以順上，婉娩，一作娩娩⑥，一作偭俛。逡巡以避患，雖保黄耇，終壽百年，蓋志士之所恥，愚夫之所賤也。今若屈原，膺(二三)忠貞之質，體清潔之性，直若砥矢(二四)，言若丹青(二五)，進不隱其謀，退不顧其命，此誠絶世之行，俊彦之英也。而班固謂之“露才揚己”，一作班賈。“競於羣小之中，怨恨懷王(二六)，譏刺椒、蘭(二七)，苟欲求進，强巨姜切。非(二八)其人，不見容納，忿恚(二九)自沈”，是虧其高明，而損其清潔者也。昔伯夷、叔齊(三十)讓國守分，一作志。不食周粟，遂餓而死，豈可復謂有求於世而怨望哉。一作恨怨⑦。且詩人怨主刺。一作諫。上曰：“嗚呼！小子，未知臧否，匪面命之，言提其耳！”(三一)風諫之語，於斯爲切。然仲尼論之，以爲大雅(三二)。引此比彼，屈原之辭，優游婉順，寧以其君一有爲字。不智之故，欲提攜其耳乎！而論者以爲“露才揚己”、“怨刺其上”、“强非其人”，殆失厥中矣。夫《離騷》之文，依託《五經》(三三)以立義焉：“帝高陽之苗裔”，則“厥初生民，時惟姜嫄”也(三四)；“紉秋蘭以爲佩”，則“將翱將翔，佩玉瓊琚”也(三五)；“夕攬洲之宿莽”，則《易》“潛龍勿用”也(三六)；“駟玉虬而乘鷖”，則“時乘六龍以御天”也(三七)；“就重華而敶詞”，則《尚書》咎繇之謀謨也(三八)；“登崑崙而涉流沙”，則《禹貢》之敷土也(三九)。故智彌盛者其言博，才益多者其識遠。多，一作劭。屈原之辭，誠博[⑧]遠矣。自一有“孔丘”字。終没以來，名儒博達之士著造辭賦，莫不擬則其儀表，祖式其模範，取其要妙，竊其華藻，所謂金相(四十)玉質，百世無匹，世，一作歲。名垂罔極，永不刊滅者矣。[⑨]

疏曰：此爲王逸原序，參考前目“九思第十七”按語“班孟堅二序”分注。(一)喻歲切，與睿同。深明也、通也。(二)古哲字。(三)微妙之言也。《漢書·藝文志》：“仲尼没而微言絶，七十子喪而大義乖。”按：喪，去聲。(四)時代名。列國争戰，故曰戰國。周威王二十三年(民國前二三一四年)，韓、趙、魏三家分晉，與秦、楚、齊、燕並爲七國。自後至秦滅六國，其間皆爲戰國之時云。(五)與陵夷同，謂衰頹也。(六)音決，欺詐也。(七)楊即楊朱，戰國時人，講“爲我”之學，與墨子“兼愛”相反，孟子斥其爲“無君”。墨即墨翟，戰國時宋人，倡“兼愛”之説，流行頗盛，當時與儒家並稱。孟子稱其“摩頂放踵，利天下爲之”，斥爲“無父”。鄒即鄒衍，見後《九歌·大司命》“紛總總九州”句疏。孟即孟子，名軻，戰國鄒人。倡仁義，主息兵，與上諸人學説不同。孫即孫臏，戰國齊人，孫武之後，與龐涓俱學兵法於鬼谷子。涓爲魏將，嫉臏之能，刖其足。齊淳于髡使魏，載臏歸，威王以爲師。魏攻齊，臏設計困涓，涓志窮，自刎，臏由是名高。韓即韓非子，見前《離騷》“摯臯陶而能調”疏。(八)去聲。(九)上聲。(十)平聲。(十一)音韋，玉名，珍奇也。(十二)見前“楚辭補注卷第一”疏八。(十三)音擴，大也。(十四)見前“楚辭補注目録”疏一二。(十五)見前“漢護左都水使者光禄大夫臣劉向集”疏四。(十六)名炟[⑩]，後漢明帝之子，在位十三年。(十七)固，見前“《楚辭補注》十七卷”疏三四。逵，見前《離騷》“羿淫游以佚畋兮”疏。(十八)壯，大也。狀，形也。義異。(十九)意旨也。指、旨同。(二十)見前《離騷》“長太息以掩涕兮”疏。(二一)見前《離騷》“自前世而固然”疏二。(二二)婉，音宛，順也。娩，音晚，義同。合言之，謂婦容宛順也。(二三)音應平聲，受也。(二四)音紙，磨石也，又平也。矢，音始，箭也，又直也。(二五)謂畫也，畫有著色，故名丹青，此引申爲分明也。(二六)名槐，威王子，在位三十年。(二七)

椒，楚大夫子椒；蘭，令尹子蘭。（二八）訾也，言人不是也。（二九）郁睡切。恨也，怒也。（三十）見同上二一。（三一）見《詩·抑》篇。（三二）宏大不群之義也。（三三）《詩》、《書》、《易》、《禮》、《春秋》也。（三四）首見《離騷》首句，次見《詩·生民》篇。（三五）首《離騷》原句，次見《詩·有女同車》篇。（三六）首《離騷》原句，次即《易·乾卦》第二句。（三七）首《離騷》原句，次即《易·乾卦》“彖曰”第八句。（三八）首《離騷》原句，次《尚書》篇名。（三九）首《離騷》原句，次《尚書》篇名。（四十）音香，質也。

校勘記：①“並”，汲古閣本作“竝”。後文凡從李刻本作“並”而他本作“竝”或“并”者，徑從李刻本不出校。②“陵”，原誤作“凌”，今據李刻本、明翻宋本、汲古閣本改。③“憒”，原誤作“懷”，今據李刻本、明翻宋本、汲古閣本改。④“粲”，原作“燦”，今據李刻本、明翻宋本、汲古閣本改。⑤“弘”，原誤作“閎”，今據李刻本、明翻宋本、汲古閣本改。⑥“娩娩”，原誤作“婉婉”，今據李刻本、明翻宋本、汲古閣本改。⑦“恨怨”，原誤作“怨恨”，今據李刻本、明翻宋本、汲古閣本改。⑧“博”，原誤作“薄”，今據李刻本、明翻宋本、汲古閣本改。⑨此句上頁眉戴之麟題校補時地云：丙戌六月十五日上午，韓庭除。丁亥十一月一日午前，韓左个。⑩“炟”，原誤作“烜”，今徑改。

注曰：①班孟堅序云：“昔在孝武(一)，博覽古文。淮南王安(二)叙《離騷傳》，以《國風》(三)好色而不淫，《小雅》(四)怨誹而不亂，若《離騷》者，可謂兼之。蟬蜕(五)濁穢之中，浮游塵埃之外，皭然泥而不滓；推此志，雖與日月爭光可也。斯論似過其真(六)。又説：五子(七)以失家②巷，謂五子胥也。及至羿、澆、少康、貳姚、有娀佚女(八)，皆各以所識(九)有所增損，然猶未得其正也。故博采經書傳(十)記本文以爲之解。且君子道窮，命矣。故潛龍不見是而無悶(十一)。《關雎》(十二)哀周道而不傷。蘧瑗(十三)持可懷之智，甯武(十四)保如愚之性，咸以全命避害，不受世患。故《大雅》(十五)曰：既明且哲，以保其身。斯爲貴③矣。今若屈原，露才揚己，競乎危國羣小之間，以離讒賊。然責數(十六)懷王，怨惡(十七)椒、蘭，愁神苦思，强非(十八)其人，忿懟不容，沈江而死，亦貶絜狂狷(十九)景行之士。多稱崑崙、冥婚宓妃虛無之語(二十)，皆非法度之政，經義所載。謂之兼《詩》風雅，而與日月爭光，過(二一)矣！然其文弘④博麗雅，爲辭賦宗。後世莫不斟酌其英華，則象(二二)其從容。自宋玉、唐勒、景差之徒(二三)，漢興，枚乘、司馬相如、劉向、揚雄(二四)，騁極文辭，好(二五)而悲之，自謂不能及也。雖非明智之器，可謂⑤妙才者也。”政與正同。（麟按：此洪氏所注。）顏之推(二六)云：“自古文人常陷輕薄。屈原露才揚己，顯暴君過。”劉子玄(二七)云：“懷、襄不道，其惡存於楚賦。”讀者不以爲過，蓋不隱惡故也。愚嘗折衷(二八)其説而論之曰：或問：古人有言：殺其身有益於君則爲之。屈原雖死，何益於懷、襄？曰：忠臣之用心，自盡其愛君之誠耳。死生、毁譽，所不顧也。故比干以諫見戮，屈原以放自沈。比干(二九)，紂諸父也。屈原，楚同姓也。爲人臣者，三諫不從則去之。同姓無可去之義，有死而已。《離騷》曰：阽余身而危死兮，覽余初其猶未悔。則原之自處審矣。或曰：原用智⑥於無道之邦，虧明哲保身之義，可乎？曰：愚如武子，全身遠害可也。有官守言責，斯用智矣。山甫明哲(三十)，固保身之道。然不曰夙夜匪解⑦，以事一人乎！士見危致命，況同姓，兼恩與義，而可以不死乎！且比干之死，微子之去，皆是也。屈原其不可去乎？有比干以任責，微子(三一)去之可也。楚無人焉，原去則國從而亡。故雖身被放逐，猶徘徊而不忍去。生不得力爭而強諫，死猶冀其感發而改行，使百世之下，聞其風者，雖流放廢斥，猶知愛其君，眷眷而不忘，臣子之義盡矣。非死爲難，處死爲難。屈原雖死，猶不死也。後之讀其文，知其人，如賈生(三二)者亦鮮矣。然爲賦以弔之，不過哀其不遇而已。余觀自古忠臣義士，慨然發憤，不顧其死，特立獨行，自信而不回者，其英烈之氣，豈與身俱亡哉！仍羽人於丹丘，留不死之舊鄉，超無爲以至清，與太初而爲鄰，此《遠游》之所以作，而難爲淺見寡聞者道(三三)也。仲尼(三四)曰：樂天知命，故不憂。又曰：樂天知命，有憂之大者。屈原之憂，憂國也；其樂，樂天也。《離騷》二十五篇，多憂世之語。獨《遠游》曰：道可受兮不可傳，其小無内兮其大無垠。無淈滑而魂兮，彼將自然。壹氣孔神兮，於中夜存。虛以待之兮，無爲之先。此老、莊、孟子所以大過(三五)人者，而原獨知之。司馬相如(三六)作《大人賦》，宏放高妙，讀者有凌雲之意。然其語多出於此。至其妙處，相如莫能識也。太史公(三七)作傳，以爲其文約，其辭微，其志絜(三八)，其行廉，其稱文小而其指極大，舉類邇而見義遠。其志絜⑧，故其稱物芳。其行廉，故死而不容自疏。濯淖汙泥之中，以浮游塵埃之外，推此志也，雖與日月爭光可也。斯可謂深知己者。揚子雲(三九)作《反離騷》，以爲君子得時則大行，不得時則龍蛇。遇不遇，命也，何必沈身哉！屈子之事，蓋聖賢之變者。使遇孔子，當與三仁(四十)同稱雄，未足以與(四一)此。班孟堅、顏之推所云，無異妾婦兒童之見。余故具論之。

疏曰：此文原本分書於前序之後，余嘗折衷其説而論之句上。援引班孟堅、顏之推、劉知[⑨]幾三人所言，末云班孟堅、顔之推所云，顔爲南北朝人，劉爲唐時人。顯爲洪興祖所作，即前序。加以申辨，何得云班孟堅二序?[⑩]（一）見前“楚辭補注[⑪]卷第一”疏八。（二）見前“楚辭補注目録”疏及“楚辭補注卷第一”疏。（三）、（四）、（五）均見同上（二）疏。（六）平聲。（七）見前《離騷》“五子用失乎家巷”疏。（八）羿，見前《離騷》“羿淫游以佚田兮”疏。澆，見同上“澆身被服强圉兮”疏。少康，見同上“夏康娱以自縱”疏。貳姚，見同上“留有虞之貳姚”疏。有娀佚女，見同上“見有娀之佚女”疏。（九）音十。見識也。（十）文體之一。參看前《離騷經第一》“九歌第二”疏一，及《離騷》第一句疏三六[⑫]。（十一）見《易經·乾卦》，音齊鹽切，藏也，凡不使人見皆曰潛。（十二）《詩·周南》第一篇名。（十三）字伯玉，春秋衛靈公時人。行年五十，而知四十九年之非。與孔子善，曾通使孔子，以君子稱之。（十四）名俞，春秋衛大夫。文公有道之時，無事可見。成公無道之時，至於失國，乃能周旋其間，不避艱險，卒保其身，以濟其君。孔子稱爲“邦有道則知，邦無道則愚”。（十五）見“楚辭補注卷第一”疏十一。（十六）上聲，責也。謂責數其罪也。（十七）去聲。（十八）訾也，言人不是也。（十九）音絹。小心狷介，不敢行也。（二十）崑崙，見前《離騷》“邅吾道夫崑崙”疏。虙妃，虙、伏、宓同。見前“離騷經章句第一”疏三七[⑬]。（二一）平聲。（二二）則，法也。象，亦法也。（二三）見前“楚辭補注目録”疏二及三。（二四）枚乘，見前“楚辭補注目録”疏八。司馬相如，見前“離騷經章句第一”疏五一[⑭]。劉向，見“漢護左都水使者”疏。揚雄，見同司馬相如。（二五）去聲。（二六）顔之推，南北朝臨沂人，字介。早傳家業，博覽羣書，無不該洽。好飲酒，不修邊幅。初仕梁，爲湘東王參軍。后奔北齊，領中書舍人。善於文字，號爲稱職。齊亡，入周爲御史上士。隋開皇中，太子召爲學士，甚見禮重，尋以疾卒。有文三十卷、《家訓》二十篇行世。（二七）見前《離騷》第一句疏二六[⑮]。（二八）一作折中，謂損太過以補不及，使得中道也。《惜誦》篇朱子注衷作去聲。（二九）見前《離騷》“自前世而固然”疏二。（三十）周之樊侯，宣王時爲卿士，輔佐中興，詩人美之。《古今人表》作中山父，史亦稱樊仲甫。（三一）殷紂庶兄，名啓。紂淫亂，數諫不聽，遂去之。周公誅武庚，命微子代殷後，國於宋。（三二）見前目録“惜誓第十一⑯”疏四。（三三）上聲，言也。（三四）孔子字。（三五）平聲。（三六）見上疏二四。（三七）見《離騷》第一句疏三七[⑰]。（三八）同潔。（三九）見上疏二四。（四十）微子、箕子、比干也。見《論語》下《微子》篇。（四一）去聲，參加也。

校勘記：①此句上頁眉戴之麟注云：此宜低一格分雙行寫。後題校補時地云：戊子六月八日午前，縣中校改。②“家”，原脱，今據李刻本、明翻宋本、汲古閣本補。③“貴”，原誤作“安”，今據李刻本、明翻宋本、汲古閣本改。④“弘”，原作“宏”，今據李刻本、明翻宋本、汲古閣本改。⑤“謂”，原誤作“爲”，今據李刻本、明翻宋本、汲古閣本改。⑥“智”，原誤作“志”，今據李刻本、明翻宋本、汲古閣本改。⑦“解”，原作“懈”，今據李刻本、明翻宋本、汲古閣本改。⑧“其行廉”至“其志絜”，原脱，今據李刻本、明翻宋本、汲古閣本補。⑨“知”，原誤作“子”，今徑改。⑩此句上頁眉戴之麟題校補時地云：庚寅二月十日上午。⑪“補注”，原誤作“注疏”，今據前文改。後文凡涉此誤者徑改不出校。⑫“六”，原作“五”，以前文已調整疏證順序，改作“六”。⑬“七”，原作“八”，以前文已調整疏證順序，改作“七”。⑭“一”，原作“二”，以前文已調整疏證順序，改作“一”。⑮“六”，原作“四”，以前文已調整疏證順序，改作“六”。⑯“十一”，原誤作“十五”，今據前文改。⑰“七”，原作“六”，以前文已調整疏證順序，改作“七”。

離騷贊序

班孟堅

《離騷》者，屈原之所作也。屈原初事懷王，甚見信任。同列上官大夫妬害其寵①，讒之王，王怒而疏屈原。屈原以忠信見疑，憂愁幽思而作《離騷》。離，猶遭也。騷，憂也。明己遭憂作辭也。是時周室已滅(一)，七國(二)並争。屈原痛君不明，信用羣小，國將危亡，忠誠之情，懷不能已，故作《離騷》。上陳堯、舜、禹、湯、文王之法，下(三)言羿、澆、桀、紂之失，以風(四)。懷王終不覺寤②，信反間(五)之説，西朝(六)於秦。秦人拘之，客死不還。至于襄王，復用讒言，逐屈原。在野又作《九章》賦以風(七)諫，卒不見納。不忍濁世，自投汨羅。原死之後，秦果滅楚(八)。其辭爲衆賢(九)所悼悲，故傳於後。

疏曰：（一）周赧王五十九年入秦，盡獻其地，尋崩，周亡。（二）齊、楚、燕、韓、趙、魏、秦，是謂七國。（三）上聲。（四）與諷同，譬諭而不直言也。讀去聲，俗讀上聲非。（五）間，音干，去聲。《孫子》："反間者，因其敵間而用之。"注："杜牧曰：'敵有間來闚我，我必先知之，或厚賂誘之，反爲我用。或佯爲不覺示以僞情而縱之，則敵人之間，反爲我用也。'"麟按：即間諜，今所謂偵探也。（六）音曹。（七）同（四）。（八）秦始皇二十三年，王翦率兵六十萬伐楚。二十四年，楚亡。（九）指劉向、揚雄、東方朔、賈誼、王褒諸人。

校勘記：①"寵"，原誤作"能"，今據李刻本、明翻宋本、汲古閣本改。②"寤"，原作"悟"，今據李刻本、明翻宋本、汲古閣本改。

辨　騷

劉　勰

自風雅（一）寢（二）聲，莫或抽緒（三），奇文蔚（四）起，其《離騷》哉！故以軒翥（五）詩人之後，奮飛辭家之前，豈去聖之未遠，而楚人之多才乎！昔漢武（六）愛騷，而淮南（七）作傳，以爲《國風》好色而不淫，《小雅》怨誹而不亂。若《離騷》者，可謂兼之。蟬蛻穢濁之中，浮游塵埃之外，皭一作皭。然涅而不緇，雖與日月争光可也。班固以爲露才揚己，忿懟沈江。羿、澆、二姚，與左氏不合；《離騷》用羿、澆等事，正與左氏合。孟堅所云，謂劉安説耳。崑崙、懸圃（八），非經義所載，然而文辭麗雅，爲辭賦之宗，雖非明哲，可謂妙才。王逸（九）以爲詩人之提耳，屈原婉順。《離騷》之文，依經立義：駟虯①（十）乘鷖，則時乘六龍；崑崙流沙，則《禹貢》敷土（十一）。名儒辭賦，莫不擬其儀表，所謂金相玉振，百世無匹者也。及漢宣（十二）嗟歎，以爲皆合經術。揚雄（十三）諷味，亦言體同詩②雅。四家舉以方經，而孟堅謂不合傳（十四）體，褒貶（十五）任聲，抑揚過實，可謂鑒而弗精，翫而未覈（十六）者也。將覈其論，必徵（十七）言焉。故其陳堯、舜之耿介（十八），稱禹、湯之祗敬（十九），典誥（二十）之體也。譏桀、紂之猖狂（二一），傷羿、澆之顛隕（二二），規諷（二三）之旨也。虯龍（二四）以諭君子，雲霓[二五]以譬讒邪，比興[二六]之義也。每一顧而掩涕，歎君門之九重[二七]，忠怨[③]之辭也。觀茲四事，同於風雅者也。至於託雲龍[二八]，説迂怪[二九]，豐隆求虙妃[三十]，鴆鳥媒娀女[三一]，詭[三二]異之辭也。康回傾地[三三]，夷羿彃日[三四]，木夫九首[三五]，土伯三目[三六]，譎[三七]怪之談也。依彭咸之遺則[三八]，從子胥以自適[三九]，狷狹[四十]之志也。士女雜坐，亂而不分，指以爲樂[四一]，娛酒不廢，沈湎日夜，舉以爲歡[四二]，荒淫之意也。此皆宋玉之辭，非屈原意。自漢以來，靡麗之賦，勸百而諷一，其流至於齊、梁而極矣，皆自宋玉倡之。摘此四事，異乎經典者也。故論其典誥則以彼，語其夸誕則如此。固知《楚辭》者，體慢於三代，而風雅於戰國，乃雅頌之博徒，而辭賦之英傑也。此語施於宋玉可也。觀其骨鯁[四三]所樹，肌膚[四四]所附，雖取鎔經意，亦自鑄偉辭。故《騷經》《九章》[四五]，朗麗以哀志；《九歌》《九辯》，綺靡以傷情；《遠游》《天問》，瓌詭而惠巧；《招魂》《大招》，耀豔而深華；《卜居》標放言之致，《漁父》寄獨任之才。故能氣往轢古，辭來切今，驚采絶豔，難與並能矣。自《九懷》[四六]已[④]下，遽躡其跡，而屈、宋逸步，莫之能追。故其叙情怨，則鬱伊[四七]而易感；述離居，則愴快[四八]而難懷；論山水，則循聲而得貌；言節候，則披文而見時。枚、賈[四九]追風以入麗，馬、揚[五十]沿[⑤]波而得奇，其衣被[五一]辭人，非一代也。故才高者菀[五二]其鴻裁，中巧者獵其豔辭，吟諷者銜其山川，童蒙者拾其香草。若能憑軾以倚雅頌，懸轡以馭楚篇，酌奇而不失其貞，玩華而不墜其實，則顧眄可以驅辭力，欬[⑥]唾[五三]可以窮文致，亦不復乞靈於長卿[五四]，假寵於子淵[五五]矣。一云，獨任當作獨往。讚曰：不有屈原，豈見《離騷》。驚才風逸，壯志煙高。山川無極，情理實勞。金相玉式，豔溢錙毫[五六]。煙，一作雲。[⑦]

疏曰：（一）見前“楚辭補注卷第一”疏一〇、十一。（二）七飲切，息也。（三）抽，音瘳，引也。緒，音叙，絲端也。此謂引其端緒也。（四）烏貴切，文深密貌。（五）軒，音掀，車前高也。翥，朱豫切，飛舉也，謂高飛也。（六）見前“楚辭補注卷第一”疏八。（七）淮南，見同上疏九，“以爲”至“争光可也”，分見上洪論各疏。

（八）見前《離騷》“夕余至乎縣圃”疏。（九）見前“後漢校書郎臣王逸章句”注。（十）見前《離騷》“駟玉虬”句疏。（十一）流沙，見前《離騷》“夕歸次於窮石兮”疏。《禹貢》，《尚書》篇名。敷，音孚，布也。（十二）見前“楚辭補注卷第一”疏一五。（十三）見前“離騷經章句第一”疏五二。（十四）見前“九歌第二”疏一。（十五）褒，與褒同，音報平聲，揚善也。貶，音褊，非刺之也。（十六）音核，考事得實曰覈。（十七）音征，證明也。（十八）見前《離騷》“彼堯舜之耿介兮”疏。（十九）見前《離騷》“湯禹儼而祗敬兮”疏。（二十）顛上聲，經也，法也，常也。此謂經也，如《堯典》《舜典》。誥，音告，告誡之文也，如《書·湯誥》等。（二一）見《離騷》“何桀紂之猖披兮”疏。（二二）見前《離騷》“羿淫游以佚田兮”，“澆身被服强圉兮”疏。（二三）規，音谷逶切，以法正人也。諷，音奉，不用正言以感人也。參看《離騷贊序》疏四。（二四）見前“離騷經章句第一”疏三九、四〇。（二五）見同上疏四四[8]。（二六）詩之二體。比，以彼喻此也。興，音幸，謂先言他物以引其所詠之詞也。（二七）平聲。（二八）、（二九）見前“離騷經章句第一”疏。（三十）見前《離騷》“吾令豐隆椉雲兮”二句疏。（三一）見同上“見有娀之佚女”，“吾令鴆爲媒兮[9]”二句疏。（三二）音癸，奇異也。（三三）見後《天問》“康回馮怒”二句疏。（三四）見後《天問》“羿焉彃日”句疏。（三五）見後《招魂》“一夫九首”二句疏。（三六）見後《招魂》“土伯九約”、“參目虎首”二句疏。（三七）音決。欺詐也，權術也。（三八）見前《離騷》“愿依彭咸之遺則”句疏。（三九）見後《悲回風》“浮江淮而入海兮[10]”句疏。（四十）狷，音絹，褊急也。狹，音狎，隘也，廣之對。（四一）、（四二）均見《招魂》。（四三）喻正直也。《説文》曰：“鯁，魚骨也。食骨留咽中爲鯁。”鯁，音梗。（四四）肌，音飢，膚肉也。膚，音夫，謂身體之表皮也。（四五）《離騷》、《九章》、《九歌》、《九辯》、《遠游》、《天問》、《招魂》、《大招》、《卜居》、《漁父》，皆篇名。（四六）王褒作，以下即《九歎》、《九思》。（四七）不舒貌，《後漢書》：“智士鬱伊於下。”（四八）愴，音創，悲傷也。怏，音央去聲，又上聲，悵也。（四九）枚乘，見前“楚辭補注目録”疏。賈逵，見《離騷》“羿淫游”句疏。（五十）馬即司馬遷，揚即揚雄。（五一）覆也。歐陽修文“衣被羣生”，言仁覆天下也。此引申爲被覆文人也。（五二）音宛，又音怨，薈萃之處也。又與菀通，茂木貌。（五三）欬，音慨，逆氣也。俗言欬嗽。一作咳。唾，音兔臥切，口液也，又吐去也。（五四）即司馬相如，見前“離騷經章句第一”疏五一。（五五）即王褒，見前“九懷第十五”疏八。（五六）音甾，本作錙，古衡名，六銖也。此殆古通緇，黑色也。毫，音豪，長鋭毛也。筆用毫爲之，故謂之毫。錙引申爲墨，合言之，謂筆與墨也。[11]

校勘記：①“蚪”，明翻宋本、汲古閣本作“虬”。後文凡從李刻本作“蚪”而他本皆作“虬”者，徑從李刻本不出校。②“詩”，原誤作“風”，今據李刻本、明翻宋本、汲古閣本改。③“怨”，原誤作“恕”，今據李刻本、明翻宋本、汲古閣本改。④“已”，原作“以”，今據李刻本、明翻宋本、汲古閣本改。⑤“沿”，明翻宋本、汲古閣本作“沿”。⑥“欬”，原作“咳”，今據李刻本、明翻宋本、汲古閣本改。⑦此句上頁眉戴之麟題校補時地云：戊子四月望日午後，救院左个終校。戊子九月二日午前，縣中校。⑧“四”，原作“三”，以前文已調整疏證順序，今改作“四”。⑨“兮”，原誤作“氏”，今據前文改。⑩“兮”，原誤作“下”，今據前文改。⑪此句上頁眉戴之麟題校補時地云：丙戌六月十七日午前，地不一。

楚辭補注疏卷第二

九歌章句第二　離騷

《九歌》者，屈原之所作也。昔楚國南郢之邑，沅、湘之間(一)，其俗信鬼而好(二)祠。祠，一作祀。《漢書》曰：楚地信巫鬼，重淫祀(三)。《隋①志》曰：荆(四)州尤重祠祀。屈原制《九歌》，蓋由此也。其祠，必作歌樂鼓舞(五)以樂(六)諸神。一無歌字。屈原放逐，竄(七)伏其域，懷憂苦②毒，愁思沸鬱。出見俗人祭祀之禮，歌舞之樂，其辭鄙陋。因爲作《九歌》之曲(八)。王逸注《九辯》云：九者，陽之數，道之綱紀也。五臣云：九者，陽數之極。自謂否(九)極，取爲歌名矣。按：《九歌》十一首，《九章》九首。皆以九爲名者，取簫韶九成(十)、啓《九辯》《九歌》之義。《騷》經曰：奏《九歌》而舞韶兮，聊假日以媮③樂。即其義也。宋玉《九辯》以下皆出於此。上陳事神之敬，下見己之冤(十一)結，託之以風(十二)諫。故其文意不同，章句雜錯，而廣異義焉。一云：故其文辭意周章雜錯。

疏曰：(一)楚，見前《離騷》首句疏，郢同。麟按：其後昭王遷鄀，名曰鄀郢，爲今湖北宜城縣。又遷河南陳留，安徽壽春，亦曰郢。陳留，楚襄王所遷。壽春，考烈王所遷。南郢，蓋謂鄀郢。沅湘，見前《離騷》“濟沅湘以南征兮”疏。(二)好，音號，喜也。祠，音詞，祭名。春曰祠，後用爲祭祀之通稱。(三)淫，音移琴切，溢也，過也。禮非其可祭而祭之，名曰淫祀。(四)荆，音京。荆州，今湖南、湖北及四川舊遵義、重慶二府，貴州舊思南、銅仁、思州、石阡等府及廣西之全縣、廣東之連縣，皆其地。見後《漁父》“滄浪之水清兮”疏六④。(五)舞，音武，樂舞也。執干戚羽籥之屬，屈伸俯仰以爲容也。(六)音洛，歆之也。(七)竄，音爨，逃匿也。(八)曲，音屈，樂曲也。(九)否，音鄙，穢惡也。(十)簫，音蕭，舜樂名。韶亦作箾韶，時遥切。成，音城，終也。樂一終謂之一成，九成謂九變也。(十一)冤，音鴛，屈也，枉屈也，仇恨也。（十二）風，見前《離騷贊序》疏四。

校勘記：①“隋”，原誤作“舊”，今據李刻本、明翻宋本、汲古閣本改。②“苦”，原誤作“困”，今據李刻本、明翻宋本、汲古閣本改。③“婾”，原誤作“娯”，今據李刻本、明翻宋本、汲古閣本改。④“六”，原作“五”，以後文已調整疏證順序，改作“六”。

東皇太一一本自《東皇太一》至《國殤》上皆有“祠”字。

五臣云：每篇之目皆楚之神名。所以列於篇後者，亦猶《毛詩》(一)題章之趣(二)。太一，星名，天之尊神。祠在楚東，以配東帝，故云東皇。［補］曰：《漢書·郊祀志》云：天神，貴者太一。太一佐(三)曰五帝(四)。古者天子以春秋祭太一東南郊(五)。《天文志》（《前漢書》各志之一，係是書第二十六卷）曰：中宮天極星，其一明者，太一常居也。《淮南子》曰：太微(六)者，太一之庭(七)；紫宮者，太一之居。説者曰：太一，天之尊神，曜魄寳也。《天文大象賦》注云：天皇大帝一星在紫微(八)宮内，勾陳(九)口中。其神曰曜魄寳，主御羣靈，秉萬機神圖也。其星隱而不見。其占以見則爲災也。又曰：太一一星，次(十)天一南，天帝之臣也。主使十六龍，知風雨、水旱、兵革、飢饉、疾疫。占不明反移爲災(十一)。**疏曰**：（一）《毛詩》即《詩經》，以其書爲毛公所傳，故稱《毛詩》。《漢書·藝文志》有《毛詩》二十九卷，《毛詩故訓傳》三十卷。毛公，見前《離騷》“衆薆然而蔽之”疏。（二）題章之趣。趣，音娶，意味也。麟按：《詩》篇名列每篇後，故云。（三）佐，音左去聲，輔也，貳也。（四）五帝，謂天帝也。《河圖》云：“東方蒼帝，神名靈威仰，精爲青龍；南方赤帝，神名赤熛怒，精爲朱雀；中央黄帝，神名含樞紐，精爲麒麟；西方白帝，神名白招拒，精爲白虎；北方黑帝，神名叶光紀，精爲玄武。”（五）郊，音交，邑外謂之郊。又祭名，冬至祀天於南郊，夏至祀地於北郊，故謂祀天地爲郊。此蓋指都之東南外地也。（六）太微，星垣名，三垣之一。班固賦：“仿太紫之圓方。”麟按：固賦名《兩都》。①（見固作《兩都賦》，詳《文選》卷一。）—②太即太微，紫謂紫微。紫微垣形圓，太微垣形方。垣音袁，星之區域，如天市垣及上二垣。（七）“太微者”二句，見《淮南子》卷三《天文訓》，句末有“也”字。③（八）紫微，星座名，三垣之一。《晉書》：“紫微垣十五星。一曰紫微，天帝之座也，天子之所居。”《漢書·成帝紀》：“流星光燭地，貫紫微宫。”（九）勾陳，星名，天一神名。

《史記二十八・封禪書第六》："古者天子三年一用太牢，祠三一：天一，地一，泰一。"《索隱》天一、太一，宋均以爲均"北極神之别名"。宋均，《中國人名大辭典》七畫三四九頁："後漢安衆人，字叔庠。建武中爲九江太守，郡多虎暴，常募設檻穽而猶多傷害，均曰：'今爲民害，咎在殘吏，其務退姦貪、進忠善，可一去檻穽。'其後虎皆東游渡江而去。明帝朝拜尚書令，旋出爲河内太守，政化大行，以疾乞免。[④]（十）次，位也。（十一）災，音哉，水旱曰災。太牢，牛、羊、豕皆備也。一説牛爲太牢。

校勘記：①此句上頁眉戴之麟題校補時地云：己丑六月五日上午，新寢。②此句上頁眉戴之麟題校補時地云：己丑七月七日下午。③此句上頁眉戴之麟題校補時地云：戊子五月十一日平明，捄左補録。④此句上頁眉戴之麟題校補時地云：戊子七月五日上午，捄廳補録。

吉日兮辰良，日謂甲乙（一），辰謂寅卯（二）。［補］曰：沈括（三）存中云：吉日兮辰良，蓋相錯成文，則語勢矯健。如杜子美（四）詩云：紅豆（五）啄餘鸚鵡（六）粒，碧梧（七）棲（八）老鳳凰（九）枝。韓退之（十）云：春與猿（十一）吟兮，秋鶴（十二）與飛。皆用此體也。**疏曰**：（一）甲乙泛言日也，如某日或甲或乙。（二）寅卯泛言時也，如言寅時、卯時。（三）沈括，《辭源》巳集三一頁水部四畫："宋湖州人，名括。嘉祐進士，累官翰林學士，後謫秀洲卒。博學無所不通，著有《夢溪筆談》、《長興集》等書。"（四）杜子美，詳後《涉江》"淹回水而凝滯"句疏。杜詩原意，蓋謂鸚鵡啄食紅豆餘粒，鳳凰老實，棲在桐樹枝也。如詩言不惟矯健，且亦調聲之故。韓詩原意蓋謂秋與鶴飛。（五）紅豆，亦名相思子。産於嶺南，木質蔓生，幹高丈餘，葉爲羽狀複葉。秋開小花，花冠爲蝶形，色白或淡紅，實成夾子，大如豌豆，微扁，色鮮紅，亦有半紅半黑者。相傳有人没於邊，其妻思之，哭於樹下而卒，故名。唐以來，詩人多詠之。《廣東新語》："相思子，木理似槐。大者斜鋸之有細花雲，亦曰雞翅木，以其紋似也。""紅豆"二句，見杜作《秋興》第八首，惟"紅豆"二字作"香稻"。《錢注杜詩》十五云："草堂本作紅豆，一作紅稻，一作紅飯。"[①]（六）鸚，音罌。鵡，音武，鳥名。産熱帶地，毛色純白，嘴大而短，上嘴鈎曲，覆其下嘴，舌肥厚，善學人語。足二趾向前，二趾向後。又一種名鸚哥，色彩甚美，羽毛有緑、赤、紫、黑等色，眼周圍裸出，尾頗長，亦能爲人言。（七）梧，音吾。梧色碧，故曰碧梧。碧，音必。落葉喬木，幹端直，色青，高三丈許。葉濶大，有深缺刻，背有毛。夏日開黄色小花，雌雄同株。果爲蓇葖，熟則裂開爲葉狀，種子生於邊緣，可食。其材可製器具，樹皮可取油。（八）棲，音西，鳥止也。引申之，凡棲息之所，皆謂之棲。（九）鳳凰，見前“離騷經章句第一”疏四二。（十）退之名愈，唐昌黎人。文章宏深奥衍，佐佑六經，卓然成一家言。後學之士，取爲師法，稱爲韓文。門人李翰編其文爲《昌黎集》。（十一）猿，音于元切，同猨，獸名。形狀類人，能坐能立，四肢皆如手，各有五指。前肢長於後肢，無尾。性慧善模，故温和相愛。有獮猴、長尾猴等數種，與猴爲同屬。惟猴類有頰嗛，且有臂疣及短尾，猿類無之。以人類學言，猿類人，猴類犬，是爲猿猴之别。（十二）鶴，音貉，鳥名。種類甚多，最貴者爲丹頂鶴，高三尺餘，嘴及頸腳皆長，翼大，飛翔至捷。體純白，頂赤，額頰及自咽喉至頸黑色，翼尖，亦黑尾，羽白。喜食魚，聲高朗。産東三省及西伯利亞等處。至冬遷居温帶地，春歸舊土，候鳥也。

穆將愉兮上皇。穆(一)，敬也。愉，樂(二)也。上皇，謂東皇太一也。言己將修祭祀，必擇吉良之日，齋戒恭敬，以宴(三)樂天神也。［補］曰：愉，音俞。**疏曰：**（一）穆，音目。（二）樂，音洛。（三）宴，音倚顯切，以酒食相饗也。

校勘記：①此句上頁眉戴之麟題校補時地云：己丑六月九日午後，新庭。

撫長劍①(一)兮玉珥，撫，持也。玉珥(二)，謂劍鐔也。劍者，所以威不軌(三)，衛有德，故撫持之也。［補］曰：撫，循也，以手循其珥也。《博雅》曰：劍珥謂之鐔。鐔(四)，劍鼻，一曰劍②口，一曰劍環。珥，耳飾也。鐔所以飾劍，故取以名焉。珥，音餌③。鐔，覃、淫二音。**疏曰：**（一）劍，音記念切。古兵器名，兩刃而有脊，自脊至刃，謂之臘，或又謂之鍔。刃以下與柄分隔者，謂之首。首以下把握之處曰莖。莖端施環曰鐔。（二）玉珥，蓋以玉飾劍把握之處也。（三）軌，音宄，法也，則也。（四）鐔，音尋，同淫，又音潭，同覃，謂劍柄下端。古劍之鐔有作覆盂形者，旁有孔，吹之作聲。刃，音日印切，兵器鋭利之處，猶俗言刀口也。

璆鏘鳴兮琳琅。璆、琳琅(一)，皆美玉(二)名也。《爾雅》曰：有璆琳琅玕(三)焉。鏘，佩聲也。《詩》曰：佩玉鏘鏘(四)。言己供神有道，乃使靈巫常持好劍以辟邪，要垂衆佩周旋而舞，動鳴五玉(五)鏘鏘而和，且有節度也。或曰：糾鏘鳴兮琳琅。糾，錯也。琳琅，聲也。謂帶劍佩衆多，糾錯而鳴，其聲琳琅也。鏘，《釋文》作鎗。［補］曰：璆，渠幽切。鏘，七羊切。《禮記》曰：古之君子必佩玉(六)，進則揖之，退則揚之，然後玉鏘鳴也。琳，音林。琅，音郎。俗作瑯。《爾雅》曰：西北之美者，有崑崙虚之璆琳琅玕焉。璆琳，美玉名。琅玕，狀似珠也。《本草》云：琅玕，是石之美者，明瑩若珠之色。此言帶劍佩玉，以禮事神也。**疏曰：**（一）琳琅，本石之次於玉者，此蓋謂其佩玉之聲也。非名詞，係狀詞。（二）玉，音獄入聲，俗誤讀去聲。石之美者多産於崑崙山，與砂礫同存河底，其質温潤縝密，光澤如脂肪，半透明，有軟玉、硬玉之别。軟玉爲輝石類，在火中易熔解，以純潔乳白色者爲貴。硬者爲角閃石類，較難熔解，色多鮮緑，翡翠即屬此類。二者硬度皆低於水晶，尤低於寶石，琢之成器，自古以爲貴重之物。輝石，鑛物學名詞。養化鐵、苦土及石灰之矽酸化合物，爲深成巖及火山巖之主要成分。結晶畧近六角形，粗短如柱，抑或成塊成粒，頗類角閃石。透明或半透明，有玻璃及珍珠光。普通色黑，亦有緑、褐、白等色，白色中有緑斑者頗貴重。通稱曰玉。角閃石，亦鑛物學名詞，其成分爲鈣、鎂與矽酸鹽之化合物，常含鈉、鉀、鉛之質料。有白、灰、緑、樱、黑、石青、黄玫瑰、紫各色，爲兩軸正交之結晶，常生於石灰石、花[4]崗石及火山之熔石内。（三）玕，音干，美石之次於玉者也。麟按：（四）“佩玉鏗鏘”，見《詩・終南》篇。（五）五玉，五等諸侯所佩之玉也。一作五瑞，以五玉爲節信也。有二説，一，謂五等諸侯之圭璧。《尚書》疏：“公執桓圭，侯執信圭，伯執躬圭，子執穀圭，男執蒲璧。”二，《白虎通》：“何謂五瑞，珪、璧、琮、璜、璋。”五玉，就二説觀之，皆非屈原所得佩，此則泛指祭者之所佩耳。（六）“古之君子必佩玉”等句，見《禮記・玉藻第十三》，中間删去“右徵角”六句。

校勘記：①“劍”，明翻宋本、汲古閣本作“劒”。後文凡從李刻本作“劍”而他本皆作“劒”者，徑從李刻本不出校。②“劍”，原誤作“珥”，今據李刻本、明翻宋本、汲古閣本改。③“餌”，原作“耳”，今據李刻本、明翻宋本、汲古閣本改。④“花”，原誤作“火”，今據《辭源》改。

瑶席兮玉瑱，瑶(一)，石之次玉者。《詩》云：報之以瓊瑶(二)。瑱，一作鎮。［補］曰：瑶，音遥。一曰，美玉也。瑱，壓也，音鎮。下文云白玉兮爲鎮，是也。《周禮》：玉鎮(三)，大寶器。故書作瑱。鄭司農(四)云：瑱，讀爲鎮。**疏曰：**（一）瑶，仙草也。東方朔《與友人書》：“十洲三島，相期拾[1]瑶草。”麟按：此極言席之可貴，如拾瑶草爲之耳。若作石解，不合。蓋席亦未可以玉飾也。（二）“報之以瓊瑶”，見《詩・木瓜》篇。（三）玉鎮，見《周禮菁華》四卷二十三頁“弁師”節，旁注云：“所以塞耳者。”[2]（四）鄭司農，《辭源》酉集二四九頁邑部十二畫：“鄭衆，東漢開封人，字仲師。

少力學，明《三統曆》，作《春秋難記條例》，兼通《易》、《詩》。永平初，辟司空府，以明經給事中持節使匈奴，虜欲令拜，衆不爲屈，匈奴中傳其義氣壯勇。章帝時爲大司農，以清正稱，其後受詔作《春秋》，删十九篇。經學家稱爲鄭司農，亦稱先鄭。”東方朔，詳後《七諫第十三》。

盍將把兮瓊芳。盍，何不也。把，持也。瓊(一)，玉枝也。言己修飾清潔，以瑶玉爲席（解見上），美玉爲瑱。靈巫何持乎？乃復把玉枝以爲香也。五臣云：靈巫何不持瓊枝以爲芳香，取美潔也。［補］曰：盍，音合。**疏曰：**（一）瓊，音煢③，方士用以鍊藥之物也。《黄庭經》“惟待九轉八瓊丹”注：“八瓊者，朱砂、雄黄、空青、硫黄、雲母、戎鹽、硝石、雌黄也。”麟按：據此，瓊非玉枝，蓋指八瓊，以爲芳香耳。

校勘記：①“拾”，原誤作“指”，今據《與友人書》改。②此句上頁眉戴之麟題校補時地云：戊子二月十七日午間，韓左个。③“煢”，原誤作“熒”，今據《康熙字典》改。

蕙肴(一)蒸兮蘭藉(二)，蕙肴，以蕙草蒸肉也。藉，所以藉飯食也。《易》曰：藉用白茅也(三)。蒸，一作荿，一作烝。［補］曰：肴，骨體也。蒸，進也。荿、烝並同。《國語》曰：親(四)戚(五)宴饗(六)，則有殽烝①。注云：升體解節折之俎。藉，薦也，慈夜切。**疏曰：**（一）肴，音爻，與殽同。魚肉之類，熟而食之曰肴。或作餚。（二）藉，薦也。謂以草爲襯墊也。麟按：此謂蒸肉用蕙蘭襯墊之，取其香潔。（三）“藉用白茅也”，見《易上經·大過》。（四）親，九族也。（五）戚，外戚也。如母黨、妻黨是。（六）“親戚宴饗”二句，見《國語》魯宣公十六年《周語》“晉侯使隋會聘于周”傳。

奠桂酒兮椒漿。桂酒(一)，切桂置酒中也。椒漿，以椒置漿中也。言己供待彌敬，乃以蕙草蒸肴，芳蘭爲藉，進桂酒椒漿，以備五味也。五臣云：蕙、蘭、椒、桂，皆取芬芳。［補］曰：《説文》：奠，置祭也。漢樂歌曰：奠桂酒，勺(二)椒(三)漿(四)(五)。《周禮》：四飲(六)之物，三曰漿。**疏曰：**（一）桂，古惠切，常緑亞喬木，有肉桂、菌桂、巖（音黯）桂等之别，如藥品中附桂之桂指肉桂，詩詞中蘭桂之桂指巖桂。麟按：此蓋指巖桂之花，近人猶有置之酒中，以取芳香者。（二）勺，音職約切，挹取也。通作酌。（三）椒，音蕉。（四）漿，音將，水米汁相將也。俗亦謂麵粉調水曰漿。又飲類之總名，如水漿、酒漿。(五)“奠桂酒”二句，上句見《漢書》本志第二《禮樂志·郊祀歌·練時日第一》；下句見同上《赤蛟第十九》，惟“奠”作“尊”。② (六)“四飲”，詳《周禮·天官·冢宰》：“一曰清、二曰醫、三曰漿、四曰酏。”注：“醫一作釀，釀粥爲醴也 。”見《冢宰》“酒正”條。

校勘記：①“殽烝”，原作“肴蒸”，今據李刻本、明翻宋本、汲古閣本改。②此句上頁眉戴之麟題校補時地云：戊子八月七日午間，縣中補録。

揚枹兮拊鼓，揚，舉也。拊(一)，擊也。枹，一作桴。[補] 曰：枹，房尤切，擊鼓槌(二)也。**疏曰：**(一) 拊，音撫。(二) 槌，音除帷切，與搥同。①

疏緩節兮安歌，疏(一)，希(二)也。言肴膳酒醴既具，不敢寧處，親舉枹擊鼓，使靈巫緩(三)節(四)而舞，徐歌相和(五)，以樂神也。五臣云：使曲節希緩而安音清歌。[補] 曰：疏與踈同。**疏曰：**(一) 疏，音梳。(二) 希，音稀。間(去聲)歇也。見《論語》下《先進》篇“鼓瑟希”注。(三) 緩，音澣。(四) 節，音即噎切。音調緩急之度曰節，如言節奏。又樂器也，拍板之屬，所以節樂者。麟按：此謂按樂節間歇緩和安歌以樂神。(五) 和，讀去聲。

陳(一)竽(二)瑟(三)兮浩倡。陳，列也。浩(四)，大也。言己又陳列竽瑟，大倡(五)作樂，以自竭盡也。[補] 曰：《禮記》：鍾、磬、竽、瑟以和之(六)。竽，笙類。三十六簧。瑟，琴類，二十五絃。**疏曰：**(一) 陳，池寅切。(二) 竽，音于，長四尺二寸。(三) 瑟，音師櫛切，讀如失，樂器。古爲五十絃，後改二十五絃，絃各有柱，可上下移動，以定音之清濁高下也。(四) 浩，音昊。(五) 倡，音昌。與唱通，音齒漾切，發歌也。高呼而延長其聲，謂之唱。(六)“鐘、磬”句，見《禮記·樂記第十九》。

校勘記：①此句上頁眉戴之麟題校補時地云：戊子正月二十二日下午，歸自城外，韓左个。

靈偃蹇兮姣服，靈，謂巫(一)也。偃蹇(二)，舞貌。姣，好也。服(三)，飾也。姣，一作妖。服，一作服。[補] 曰：古者巫以降神。“靈偃蹇兮姣服”，言神降而託①於巫也。下文亦曰：靈連蜷兮既留。偃蹇，委曲貌。一曰衆盛貌。《方言》曰：好，或謂之姣。注云：言姣潔也。姣與妖並音狡。舨，與服同。**疏曰：**（一）巫，音無，祝也。以舞降神，爲人祈禱者也。麟按：此謂巫美服而舞，偃蹇委曲。（二）蹇，音搴，紀展切。（三）服，非飾也。

芳菲菲兮滿堂。菲菲(一)，芳貌也(二)。言乃使姣好之巫，被服(三)盛飾，舉足奮袂(四)，偃蹇而舞。芬芳菲菲，盈滿堂室也。**疏曰：**（一）菲，音敷尾切，此音敷威切。麟按：（二）芳貌也“也”字可删。（三）被服，被字讀披。（四）袂，音米藝切，袖也。一説袪末曰袂。按：析言之，則袪口曰袂。統言之，則袪亦曰袂。袪，音去平聲，衣袂也。

校勘記：①“託”，原作“托”，今據李刻本、明翻宋本、汲古閣本改。後文凡作“托”而李刻本作“託”者，皆改從不出校。

五音紛兮繁會，五音，宫、商、角、徵(一)、羽也。紛，盛貌。繁，衆也。五臣云：繁會，錯雜也。**疏曰：**（一）徵，音紙。君欣欣兮樂康。欣欣，喜貌。康，安也。言己動作衆樂，合會五音，紛然盛美。神以歡①欣，猒(一)飽喜樂，則身蒙慶祐，家受多福也。屈原以爲神無形聲，難事②易失。然人竭心盡禮③，則歆(二)其祀而惠以祉。自傷履(三)行忠誠以事於君，不見信用而身放棄，遂以危殆也。五臣云：君，謂東皇也。欣欣，和悦貌。[補]曰：此章以東皇喻君。言人臣陳德義禮樂以事上，則其君樂康無憂患也。**疏曰：**（一）猒，同厭，音乙劍切，足也，滿也。（二）歆，音欣，悦也。（三）履，音里，踐也。麟按：此謂東皇太一樂享其祭也。

校勘記：①“歡”，原誤作“欣”，今據李刻本、明翻宋本、汲古閣本改。②“事”，原誤作“得”，今據李刻本、明翻宋本、汲古閣本改。③“禮”，原誤作“力”，今據李刻本、明翻宋本、汲古閣本改。

賀貽孫曰：《東皇太乙》，尊神也。《九歌》中獨此章詞意莊重，蓋尊神之前，不敢以褻語進也。“穆將愉兮上皇”，深静可想，於玄元無朕中，有顰笑不假之意。“偃蹇”二字，描寫尊神欲降不降之狀（麟按：原注謂指靈巫舞狀），如將見之。“芳菲菲兮滿堂”，則滿眼鬼神，不獨有形可見，且有氣可（缺）接矣。（乙，宜作一）。

姚鼐曰：《九歌》詞艷而意婉，皆托詞以寓諷。令人密詠恬吟，自有入情處，可謂絶世文情。又曰：《九歌》近風，《九章》近雅，各見章法。各章大抵以神比君，有望君心之一悟。其妙處在不即不離間。若必指定何人何事，失之遠矣。又曰：全首從“愉上皇”説，中間鋪叙而以“樂康”結之，用意在此，意莊而詞綺，甚佳。

雲中君

雲神豐隆也。一曰屏(一)翳(二)。已見《騷經》。《漢書·郊祀志》有雲中君。**疏曰：**（一）屏，音平，蔽也。（二）翳，音繄，華蓋也。又凡隱蔽之皆曰翳。

浴(一)蘭湯兮沐(二)芳，蘭(三)，香草也。［補］曰：《本草》：白芷(四)一名芳香。樂府(五)有《沐浴子》。劉次莊(六)云：《楚辭》曰：新沐者必彈冠，新浴者必振衣。（見《漁父》）又曰：與汝沐兮咸池，晞汝髮兮陽之阿。（見《少司命》）皆潔濯之謂也。李白(七)亦有此作，其辭曰：沐芳莫彈冠，浴蘭莫振(八)衣。處(九)世忌太潔，至人貴藏暉。與屈原意異。**疏曰：**（一）浴，澡身也。（二）沐，洗頭也。（三）蘭，詳前《離騷》“紉秋蘭”句。（四）芷，詳同前“扈江離”句疏。古以其葉爲香料。（五）樂府，詳後《遠游序》疏。（六）劉次莊，見前《離騷》“結幽蘭而延佇”句疏。（七）李白，唐人，字太白，生於蜀昌明之青蓮鄉，號青蓮居士。天才英特，賀知章見其文，歎爲謫仙。言於玄宗，供奉翰林，甚見愛重。後坐事，長流（罪名）夜郎，遇赦得還。所爲詩，高妙清逸，與杜甫並稱詩宗。按舊史傳稱李白爲山東人，本於杜詩。山東者，乃唐時關東通稱，杜詩或指其所寓而言。齊魯之稱山東，實自元始，今東省通志徑收白爲山東人，誤也。見《唐音癸籤》。“沐芳莫彈冠”四句，見《李太白文集》卷六樂府三十八首《沐浴子》，胡震亨曰：“梁、陳間曲也。”① 《唐音癸籤》，《四庫全書簡明目録》卷二十集部詩文評類十五頁作三十三卷，明胡震亨撰。凡十集，此其十集也。前九集皆録唐詩，此集則專録詩話，凡分七目，於唐三百年詩派之源流，已約略備具矣。（八）振，音正，拂拭也。謂抖擻之以去塵。抖，音斗；擻，音叟。（九）處，音楚，居也，位置也。引申之爲處理也。②

華采衣兮若英(一)。華采，五色采也。若，杜若(二)也。言己將修饗祭以事雲神，乃使靈巫先浴蘭湯，沐香芷，衣(三)五采，華衣飾以杜若之英，以自潔清也。［補］曰：華，户花切。荀卿(四)《雲賦》云：五采備而成文，衣(三)華采之衣，以其類也。《本草》：杜若，一名杜蘅，葉似薑而有文理，味辛香。今復别有杜蘅，不相似。按杜蘅，《爾雅》所謂“杜土鹵”者也。杜若，《廣雅》所謂③“楚蘅”者也。其類自别。古人④多雜引用。《爾雅》曰：榮而不實者謂之英。**疏曰：**（一）英，叶秧。（二）杜，音獨五切。杜若，多年生草，産於林野陰地，莖高一二尺，葉似蘘荷，夏日中心抽莖尺許，頂端開花，六瓣，色白，爲圓錐花序。實圓，青黑色，與杜蘅科屬不同。《本草綱目》混爲一種，非。參看前《離騷》“雜杜衡與芳芷”疏。衡，一作蘅，音行，何彭切。麟按：據此則杜若、杜蘅當爲二物。若英爲若之英，當爲杜若，非杜蘅矣。《本草綱目》，《四庫全書總目》卷一百四作五十二卷，明李时珍撰。時珍字東璧，蘄州人。官楚王府奉祠正事。是編取神農以下諸家《本草》，薈稡成書，複者芟之，缺者補之，譌者糾之，凡一十六部，六十二類，一千八百八十二種。每藥標正名爲綱，附釋名爲目，次以集解、辨疑、正誤。《明史・方技傳》極稱之，蓋集《本草》之大成者無過於此矣。⑤（三）兩“衣華采”之上“衣”字，去聲。（四）荀卿，見前《離騷》“擥木根以結茝兮”疏。

校勘記：①此句上頁眉戴之麟題校補時地云：己丑六月十日午後，新庭。②此句上頁眉、句旁頁邊、句下頁腳題校補時地云：丁亥五月十九日午前，韓左个。丁亥十二月三日午前，韓左个。同上午後，韓寢。戊子正月二十八日午間，韓左个。戊子四月十六日平明，救後庭。戊子九月二日午後，縣中校。己丑三月二十四日下午一時，終校圖書館。己丑八月二十二日午間。庚寅二月十日上午。③“所謂”，原脱，今據李刻本、明翻宋本、汲古閣本補。④“人”，原誤作“文”，今據李刻本、明翻宋本、汲古閣本改。⑤此句上頁眉戴之麟題校補時地云：己丑五月二十六日上午，新庭。

靈連蜷兮既留，靈(一)，巫也。楚人名巫爲靈子。連蜷(二)，巫迎神導引貌也。既，已也。留，止也。一本“靈”下有“子”字。［補］曰：蜷，音拳。《南都賦》(三)云：蛾(四)眉連卷。連卷(五)，長曲貌。**疏曰：**（一）靈，音鈴。以玉事神，故或從玉，或從巫。（二）蜷，蟲行詰屈也。（三）《南都賦》，張平子衡作。（四）蛾，音莪，蠶蛹所化也。其觸鬚細而長曲，故以比美人之眉。麟按：（五）連蜷，謂巫之導引，如蟲行詰屈也。**爛昭昭兮未央。**爛(一)，光貌也。昭昭，明也。央(二)，已也。言巫執事肅敬，奉迎導引，顔貌矜莊，形體連蜷，神則歡喜，必留而止。見其光容爛然昭明，無極已也。**疏曰：**（一）爛，音瀾，去聲，明也。（二）央，盡也。

謇將憺兮壽宫，謇(一)，辭也。憺，安也。壽宫，供神之處也。祠祀皆欲得壽，故名爲壽宫也。言雲神既至於壽宫，歆饗酒食，憺然安樂，無有去意也。［補］曰：憺，徒濫切。漢武帝(二)置壽宫神君。臣瓚(三)曰：壽宫，奉神之宫。**疏曰：**（一）謇，音紀展切，發語辭也。（二）漢武帝，見前“楚辭補注卷第一”疏八。（三）臣瓚，劉孝標《類苑》謂是于瓚，酈道元《水經注》謂是薛瓚，姚察《訓纂》謂是傅瓚。據《中國人名大辭典》，謂于瓚爲庾翼主簿，是東晉人，而臣瓚所注《漢書》採衆家音義，自服虔、孟康以外，並因晉亂湮滅，不傳江左，是非于瓚可知；《穆天子傳》目録有“祕書校書郎中傅瓚校”，今《漢書音義》，臣瓚所案多引《汲書》，疑即傅瓚。瓚時職典校書，故稱臣，則爲漢人。從姚察説是。劉孝標，《辭源》子集三三六頁刀部十三畫：“劉峻，南朝梁人，字孝標。幼孤，性好學，聞人有異書，輒往借之，人謂之書淫。嘗著《廣絶交論》，……後注《世説新語》，卒謚元靖先生。”不言《類苑》。姚察，《中國人名大辭典》六四一頁九畫：“隋僧垣子，字伯審。勵精學業，聞見該博。陳太建初爲通直散騎常侍，報聘於周。沛國劉臻竊訪《漢書》疑事十餘條，並爲剖晰，皆有經據。臻曰：‘名下定無虚士。’累遷度支吏部尚書，入隋授秘書丞，敕成梁陳二史，未畢。臨亡，戒子思廉續成之。”①

與日月兮齊光。齊，同也。光，明也②。言雲神豐隆，爵位尊高，乃與日月同光明也。夫雲興而日月闇③(一)，雲藏而日月明，故言齊光也。齊，一作争。**疏曰：**（一）闇，音昏，與昏同，日冥也。日入爲昏。

校勘記：①此句上頁眉戴之麟題校補時地云：己丑六月二十二日下午。②“光，明也”，原脱，今據李刻本、明翻宋本、汲古閣本補。③“闇”，原誤作“昏”，今據下文疏證、李刻本、明翻宋本、汲古閣本改。

龍駕兮帝(一)服，龍駕，言雲神駕龍也。故《易》曰：雲從龍(二)。帝，謂五方之帝也。（見上《東皇太一》疏）言天尊雲神，使之乘龍，兼衣青黄五采之色，與五帝同服也。五臣云：言神駕雲龍之車。**疏曰：**（一）帝泛指帝王也。謂雲神駕龍車，服帝王服也，不必附會爲五帝之服。蓋尊之之辭，非謂其華美耳。①（二）“雲從龍”，見《易》上經《乾卦》。②聊翺游兮周章。聊（一），且也。周章，猶周流也。言雲神居無常處，動則翺（二）翔，周流往來，且游戲也。五臣云：翺游、周章，往來迅（三）疾（四）貌。**疏曰：**（一）聊，音料，平聲。（二）翺，音敖。（三）迅，音信，又音濬。（四）疾，音截逸切，皆急速也，敏捷也。

校勘記：①此句上頁眉戴之麟題校補時地云：丁亥六月二十七日午前，韓左个。②此句旁行間戴之麟題校補時地云：丁亥五月十九日午前，地同。

靈皇皇兮既降（一），靈，謂雲神也。皇皇，美貌。降，下也。言雲①神來下，其貌皇皇，而美有光明也。**疏曰：**（一）降，宜叶紅。猋遠舉兮雲中。猋，去疾貌也。雲中，雲神所居也。言雲神往來急疾，飲食既飽，猋然遠舉，復還其處也。［補］曰：猋，卑遥切，群犬走貌。《大人賦》（一）曰：猋風涌（二）而雲浮（三）。李善引此作焱，其字从火，非也。**疏曰：**（一）《大人賦》，漢司馬相如作。（二）涌，音勇，騰也，泉上溢也。（三）浮，扶尤切，汜也，沉之反。

姚鼐曰：從雲著想，見縹緲之致，一結亦是不忘君之意。②

校勘記：①“雲”，原誤作“靈”，今據李刻本、明翻宋本、汲古閣本改。②此句上頁眉戴之麟題校補時地云：丁亥七月望日午前，韓左个。

覽（一）冀州（二）兮有餘，覽，望也。兩河（三）之間曰冀州。餘，猶他也。言雲神所在高邈（四），乃望於冀州，尚復見他方也。五臣云：言神所居高絶，下覽冀州，横望四海（五），皆有餘而無極。冀州，堯（六）所都。思有道之君，故覽之。［補］曰：《淮南子》曰：正中冀州（七），曰中土。注云：冀，大也。四方之主。又曰：殺黑龍以濟冀州（八）。注云：冀，九州中。謂今四海之内。**疏曰：**（一）覽，音羅敢切，周視也。（二）冀，讀如記，欲也。古九州之一，今直隸、山西二省及河南黄河以北，奉天遼河以西之地。《釋名》：“冀州地有險易，帝王所都，亂者冀治，弱者冀强也。”（三）兩河，據上言冀州之地界，蓋指黄河、遼河，或指河内、河東而言。①（四）邈，音模岳切，遠也，渺也。(五) 四海，《爾雅》："九夷、八狄、七戎、六蠻，謂之四海。""九夷"等見《離騷》"指西海以爲期"疏。(六) 堯，古唐帝。(七) "正中冀州"句，見《淮南子》第四《墬形訓》。② (八) "殺黑龍"句，見《淮南子》第六《覽冥訓》。③

横四海兮焉(一)窮。窮(二)，極也。言雲神出入奄(三)忽，須臾(四)之間，横行四海，安有窮極也。[補] 曰：《禮記》云：以横④(五)於天下(六)。注云：横，充也。**疏曰：**(一) 焉，音煙，安也。(二) 窮，音渠容切。(三) 奄，音倚檢切，忽也，遽也。(四) 須臾，少頃也。須，音需；臾，音俞。(五) 横，音胡盲切，縱之對。又謂旁側也。(六) "以横於天下"，見《禮記・孔子閒居第二十九》。

校勘記：①此句上頁眉戴之麟題校補時地云：戊子四月二十八日上十一時，縣中。②此句上頁眉戴之麟題校補時地云：丁亥六月二十一日午後，韓左个。③此句上頁眉戴之麟題校補時地云：戊子五月十二日平明，掓左補録。④"横"下，原衍"行"字，今據李刻本、明翻宋本、汲古閣本删。下文疏證徑删不出校。

思夫(一)君兮太息(二)，君謂雲神。五臣曰：夫君，謂雲神，以喻君也。言夫君所居高遠，下制有國，我之思君，終不可見，故歎息而憂心也。[補] 曰：《記》曰①：夫，夫也。爲習於禮者。上夫，音扶。**疏曰：**(一) 夫音扶，是也。發語詞也，指雲中君也。意近此字，不可如五臣解。(二) 太息，大聲歎也。

極勞心兮忡忡。忡忡，憂心貌。屈原見雲一動千里，周徧四海，想得隨從(一)，觀望四方②，以忘己憂思，而念之終不可得，故太息而歎，心中煩勞而忡忡也。或曰：君，謂懷王也。屈原陳序雲神，文義略訖(二)，愁思復至，哀念懷王暗昧不明，則太息增歎，心每忡忡，而不能已也。忡，一作忡。[補] 曰：忡，敕中切。《説文》忡，憂也。引《詩》憂心忡忡(三)。《楚辭》作忡。此章以雲神喻君(四)，言君德與日月同明，故能周覽天下，横被(五)六合而懷王不能如此，故心③憂也。**疏曰：**(一) 隨從"從"字宜讀縱。(二) 訖，音基乙切，止也，終也，盡也。(三) "憂心忡忡"，見《詩・草蟲》篇。(四) 君，非謂懷王，雲中君也。祭者非原，不可如注解，觀其前小序自見。(五) 被，音並義切，覆也，及也。

姚鼐曰：二句以迎神既失所望，而繫思終不釋作結。[④]（此宜移“雲中君”後。）

校勘記：①“《記》曰”，原脱，今據李刻本、明翻宋本、汲古閣本補。②“方”，原誤作“海”，今據李刻本、明翻宋本、汲古閣本改。③“心”，原脱，今據李刻本、明翻宋本、汲古閣本補。④此句出林雲銘《楚辭燈》，非姚鼐語。

賀貽孫曰：各章俱有觖望惆悵，惟恐神不來之意。獨《雲中君》不恨其不來，而恨其易去，蓋雲之去來甚疾，不若諸神之難降，但降而不留耳。“翺翔周章”四字，畫出雲之情狀。“靈皇皇兮既降，猋遠舉兮雲中”，出没無端，俊甚快甚。“覽冀州兮有餘，横四海兮焉窮”，有俯天下滄海一粟之意。高人快士，相見時不令人親，去後常令人思。勞心忡忡，亦雲神去後之思也。

湘　君

劉向《列女傳》：舜陟方死於蒼梧〔一〕，二妃死於江、湘之間，俗謂之湘君。《禮記》：舜葬於蒼梧之野〔七〕，蓋二妃未之從也。注云：《離騷》所歌湘夫人，舜妃〔二〕也。韓退之《黄陵廟〔四〕碑》云：湘旁有廟，曰黄陵。自前古立，以祠堯之二女、舜二妃者。秦〔六〕博士〔五〕對始[①]皇帝云：湘君者，堯之二女，舜妃者[②]也。劉向、鄭玄亦皆以二妃爲湘君。而《離騷》、《九歌》既有湘君，又有湘夫人。王逸以爲湘君者，自其水神。而謂湘夫人，乃二妃也。從舜南征三苗，不及，道死沅、湘之間。《山海經》曰：洞庭之山〔八〕，帝之二女居之。郭璞疑二女者，帝舜之后〔三〕，不當降小水爲其夫人，因以二女爲天帝之女。以余考之，璞與王逸俱失也。堯之長女娥皇，爲舜正妃，故曰君。其二女女英，自宜降曰夫人也。故《九歌》辭謂娥皇爲君，謂女英帝子，各[③]以其盛者，推言之也。禮有小君、君母，明其正，自得稱君也。**疏曰：**（一）蒼梧，見前《離騷》“朝發軔于蒼梧兮”疏。（二）妃，音霏，匹也。天子之妃曰后，又次於后者曰妃。（三）后，音厚。《白虎通》：“商以前皆曰妃，周始立后。”故次，后、妃互言之。（四）黄陵廟，在今湖北宜都縣，諸葛武侯亦有《記》，共三百餘字。詳《宜昌縣志》。（五）博士，官名。秦置，掌通古今。兩漢太常屬官，皆有博士，漢武帝置五經博士，掌以五經教子弟。[④]晉又置國子博士，歷代因之。唐有太學國子諸博士，與律學博士、算學博士等并爲教授之官。明清有國子博士、太常博士，而以五經博士爲聖賢後裔世襲官。（六）秦，見前“離騷經章句第一”疏。王夫之曰：“王逸謂湘君水神，湘夫人舜之二妃。或又以娥皇爲湘君，女英爲湘夫人，其説始於秦博士對始皇之妄説，《九歌》中並無此意。《孟子》言‘舜卒於鳴條’，則《檀弓》卒葬蒼梧之説，亦流傳失實，而九疑象田、湘山淚竹，皆不足採。安得堯女舜妻爲湘水之神乎？蓋湘君者，湘水之神，而夫人其配偶也。《山海經》言洞庭之山，帝之二女居之。帝，天帝也。洞庭之山，吴太湖中山，非巴陵南湖，郭璞之疑近是。湘水出廣西興安縣之海陽山，北至湘陰，合八水爲洞庭，楚人南望而祀之。”麟按：夫之湖南人，説當足據。惟謂帝爲天帝可，既謂湘君爲水神，夫人其配，何以處“帝之二女”一言乎？麟又按：吾安陸府知府嵩佳桂蔭及其配富察氏，於清宣統三年十月五日殉難，里人立祠祀之，始爲木主，繼塑偶相，香火甚盛，遠至黄皮，亦有來祀。舜二妃，湘人祀以爲神，亦意中事，夫之説未可。且謂洞庭爲吴太湖中山，又非，山遠在吴中，湘人何爲而祀之乎？總之湘君指爲娥皇可，湘夫人指爲女英可；謂湘君爲水神可，謂湘夫人爲其配可；謂洞庭爲太湖中山則不可。此吾亡友吴德祖主，箸作當自作注，吾亦力贊之，且試行也。（七）“舜葬蒼梧之野”，見《禮記·檀弓上第三⑤》。（八）“洞庭之山”二句，見《山海經》貞集卷五《中山經·中次十二經》第七條，首句下節去“其上多黄金”四句。⑥

校勘記：①“始”，原脱，今據李刻本、明翻宋本、汲古閣本補。②“者”，原脱，今據李刻本、明翻宋本、汲古閣本補。③“各”，原誤作“名”，今據李刻本、明翻宋本、汲古閣本改。④此句上頁眉戴之麟題校補時地云：丁亥七月二十一日上午，韓左个。⑤“檀弓上第三”，原誤作“曲禮上第一”，今據《禮記》改。⑥此句上頁眉戴之麟題校補時地云：己丑後七月三日午後。

君不行兮夷猶，君，謂湘君也。夷猶，猶豫（一）也。言湘君所在，左沅、湘（二），右大江（三），苞（四）洞庭（五）之波，方數百里，羣鳥所集，魚鼈（六）所聚，土地肥饒，又有險阻，故其神常安，不肯游蕩，既設祭祀，使巫請呼之，尚復猶豫也。**疏曰**：（一）猶豫，見前《離騷》“心猶豫而狐疑”句疏。（二）沅、湘，見同上“濟沅湘兮南征”句疏。（三）大江，即今長江也。詳下“使江水安流”句疏。（四）苞，音包，裹也。（五）洞庭，見同“沅、湘”。（六）鼈，音筆孑切，俗作鱉。魚屬，長四五寸，背褐色，腹白，口尖。背甲圓，邊緣柔輭成肉裙。産於淡水，食小魚及甲売類。肉多滋養分，其甲舊以入藥。俗曰腳魚。

蹇誰留兮中洲？蹇，辭也。留，待也。中洲，洲中也。水中可居者曰洲。言湘君蹇然難行，誰留待於水中之洲乎？以爲堯用二女妻(一)舜，有苗(二)不服，舜往征之，二女(三)從而不反，道①死於沅、湘之中，因爲湘夫人也。所留，蓋謂此堯之二女也。五臣云：誰將留待於中洲乎？欲神之速至也。［補］曰：逸以湘君爲湘水神，而謂留湘君於中洲者，二女也。韓退之則以湘君爲娥皇，湘夫人爲女英。留，止也。**疏曰：**（一）妻，去聲，以女嫁之也。（二）苗，音描，種族名，古三苗裔。相傳爲盤弧子孫，或謂黄帝曾孫大明之後。今湘南、貴州最多，廣西、雲南、四川亦有之。麟按：近已雜入其他人種，如今湖南苗人中有姓韓者，相傳韓信後，避亂入洞中，變易其“韓”作“韩”，以爲姓氏②。（三）二女，即娥皇、女英也。“誰留”者，指與祭之人，誰何能久留待，如五臣所云。誰能久留待於中洲，望神之速降也。韓退之以湘夫人爲娥皇、女英爲湘君，是。

校勘記：①“道”，原誤作“遂”，今據李刻本、明翻宋本、汲古閣本改。②“氏”，原誤作“是”，今徑改。

美要眇兮宜修，要眇，好貌。修(一)，飾也。言二女之貌，要眇而好，又宜修飾也。眇，一作妙。一本“宜”上有“又”字。［補］曰：要，於笑切。眇，與妙同。《前漢》傳曰：幼眇之聲(二)。亦音要妙。此言娥皇容德之美，以喻賢臣。**疏曰：**（一）修，音羞，整治也。此謂湘君容德之美，人宜倣之整治己之德容。若言二女之貌，既要眇而復宜修飾，則褻矣。謂指臣下亦不可。（二）“幼眇”二句，麟按《前漢書》卷五十三《景十三王傳第二十三》中山靖王傳原文“幼”上有“每聞”二字，其注爲“師古曰：‘幼，音一笑反，眇音妙。幼眇，精微也。’”與此異。①

沛吾乘兮桂舟。沛(一)，行貌。舟，船也。吾(二)，屈原自謂也。言己雖在湖澤之中，猶乘桂木之船，沛然而行，常香净也。五臣云：我復乘桂舟以迎神。舟用桂者，取香潔之異。乘，一作椉。［補］曰：《孟子》曰：如水之就下(三)，沛然誰能禦之。沛，普賴切。桂舟，迎神之舟。屈原因以自喻。**疏曰：**（一）沛，盛大貌。又疾貌。（二）吾，主祭者也。各歌皆爲楚俗祠神之辭，屈原代作，不宜即指屈原。謂迎神桂舟盛大，乘之疾行也。（三）“如水之就下”，見《孟子》上《梁惠王》。

校勘記：①此句上頁眉戴之麟題校補時地云：戊子十月六日上午，捄左補録。

令沅湘兮無波，沅、湘，水名。**疏曰：**見前《離騷》“濟沅湘兮南征”句疏。使江水兮安流！言己乘船，常恐危殆。願湘君令沅、湘無波涌，使江(一)水順徑徐流，則得安也。[補] 曰：沅、湘已見《騷經》。《水經》及《荆州記》云：江出岷(二)山，其源若甕(三)口，可以濫觴(四)。潛行地底數里，至楚都(五)遂廣十里，名爲南江(六)。初在犍爲(七)，與青衣水(八)、汶水(九)合。東北至巴郡(十)，與涪水(十一)、漢(十二)水、白水(十三)合。至長沙(十四)，與澧水(十五)、沅水、湘水合。至江夏(十六)，與沔水(十七)合。至潯陽(十八)，分爲九道，東會①於彭澤(十九)，經蕪湖(二十)，名爲中江。東北至南徐州(二一)，名爲北江，而入海也。**疏曰：**（一）江，見前《離騷》第一句疏十五②。（二）岷，音民，山名。一作汶山，亦名汶焦山。在今四川松潘縣北，自巴顔喀拉山脈東北分出，北與西頃山止隔洮河之谷，其跗曰羊膊嶺，岷江所出。《禹貢》“岷山導江”，即指此山之幹脈。分爲二支，一支夾岷江南下，曰岷山，山脈中間起頂爲大雪山，其南端有峨眉之秀峰；一支東行者，曰巴山之脈，其南端有巫山十二峰，約束大江，成三峽之險，所謂巫峽也。麟按：江源，上二説各異，大約謂江源岷山者，其次源也，巴山南麓則其初源。當時考者未詳也。（三）甕，音翁，去聲，陶器汲瓶也。（四）濫觴。濫，音勒淡切，水延漫也。觴，音商，酒巵之總名。爵，實曰觴，虚曰觶。濫觴，言其發源之始，僅泛濫一觴之微也。今凡謂建設曰濫觴。（五）楚都，約指江陵，屬湖北。（六）南江，今縣名。明置，清屬四川保寧府，今屬四川嘉陵道。麟按：南江，殆即江陵，時屬四川耳。（七）犍爲。犍，音建，平聲。犍爲，郡名，有二：甲、漢郡，治僰道，宋、齊及隋因之，在今四川宜賓縣；乙、後漢郡，晉、宋因之，在今四川彭山縣西北。（八）青衣，水名，即古沫水，亦曰平羌江。水蓋以縣得名。源出今四川蘆山縣西北，東南流經洪雅、夾江縣，至樂山縣入岷江。《漢書·地理志》“青衣縣”下云：“大渡水，東南至南安，入渽（音哉，水名）。”《前漢·地理志》：“水出蜀郡汶江縣徼外。”是青水兼有大渡之名。（九）汶，音問，又讀與婚同。亦名汶江，即四川之岷江也。蜀後主登觀坂看汶水之流，即此。（十）巴郡，秦置，今四川境内舊保寧、順慶、夔州、重慶四府及瀘州，皆其地治。巴即今四川巴縣，唐時廢。（十一）涪，音浮，水名，一稱内水。源出四川松潘縣東北雪欄山，東南流經平武、江油、彰明、端陽、三臺、射洪、遂寧，至合川縣，與嘉陵江合。（十二）漢，見前《離騷》第一句疏③十六④。（十三）白，步額切，水名。源出四川松潘縣東境，曰白水河。東流入甘肅文縣，爲東川河。東北合清江，東南入於白水江，漢白水羌居此。按清江及白水江，古亦稱白水，源流多誤混。（十四）長沙，見前“離騷經章句第一”疏三十⑤。（十五）澧，音力米切，水名。源出湖南桑植縣西北栗山，東南流至大庸，改東北流，經慈利、石門、臨澧、澧縣，納漊水、渫水、涔水，東南流至安鄉，由南洲入於洞庭湖。（十六）江夏，郡名。甲、漢置，在今雲夢縣東南。乙、後漢置，在今湖北黄岡縣西北。丙、晉置，今湖北安陸縣治。丁、劉宋置，南齊因之，在今湖北武昌縣西南黄鵠山上。戊、北魏置，在今河南沁陽縣地。己、隋置，元廢，今湖北武昌縣。又縣名，隋置，清爲湖北省治，民國改爲武昌縣。麟按：安陸縣，縣當爲府。此指安陸府及漢陽府而言，以沔經沔陽，入漢口，在二府區域内也。若安陸縣，位安陸府東，偏在天門、應城、雲夢、京山各縣之北。（十七）沔，音免，即漢水，經沔陽，故曰沔水。入江處謂之沔口，即今漢口，屬漢陽府。（十八）潯，音尋。潯陽，江名。在江西九江縣北，即大江也。沈約曰：“尋本水名，在江北，南流入大江。漢因以名縣，而江遂得潯陽之稱。”唐白居易送客作《琵琶行》，即此。（十九）彭澤，今縣名。漢置，故城在今江西湖口縣東三十里。三國吴孫權於此置郡，尋廢。晉陶潛爲令於此。隋改置龍城縣於東界，旋又改龍城名，仍爲彭澤，故城在今縣東四十里。五代南唐時，徙今治。明、清皆屬九江府。今屬江西潯陽道。因山爲城，俯瞰小孤山，采⑥石以上江路之阨塞處也。（二十）蕪，音無。蕪湖，今縣名，漢置，南朝宋廢，故城在今安徽蕪湖縣東。五代時，南唐復置，即今治。清屬安徽太平府，今爲安徽蕪湖道治。地當魯港與長江會口，清光緒二年，《中英煙臺會議條約》訂定開作商埠，商業甚盛。各埠貿易皆進口多而出口少，惟此獨異。茶米均於此輸出，爲貿易大宗。湘贛木商亦至此改編排筏，故木市亦盛。（二一）南徐，州名。晉南渡後，僑置徐州於京口，宋改曰南徐，即丹徒縣。合上句，謂神饗其修潔，令湘無波，江亦安流也。

校勘記：①“會”，原作“滙”，今據李刻本、明翻宋本、汲古閣本改。②“五”，原作“四”，以前文已調整疏證順序，改作“五”。③“疏”，原脱，今徑補。④“六”，原作“五”，以前文已調整疏證順序，改作“六”。⑤“三十”，原作“三十一”，以前文已調整疏證順序，改作“三十”。⑥“采”，原誤作“米”，今據《嘉慶彭澤縣志》改。

望夫(一)君兮未來，君，謂湘君。未，一作歸。**疏曰：**（一）夫當解如上《雲中君》“思夫君兮”之“夫”字較好，不然下文何以云“駕飛龍兮北征”諸語乎？吹參差兮誰思！參差，洞簫(一)也。言己供修祭祀，瞻望於君，而未肯來，則吹簫作樂，誠欲樂君，當復誰思念也。五臣云：謂神肯來斯，而我作樂，吹聲(二)參差，當復思誰，言思神之甚。一作篸差。［補］曰：《風俗通》(三)云：舜作簫，其形參差，象鳳翼。參差，不齊之貌。初簪、叉宜二切。此言因吹簫而思舜也。《洞簫賦》(四)云：吹參差而入道德。洞簫，簫之無底者。篸差，竹貌。**疏曰：**（一）簫，音蕭。洞簫，無底者也，今通稱單管之簫，管端開豁者稱洞簫，與古簫稱參差者不同。《辭源》未集二七頁竹部十四畫："簫，樂器，古今之制不同。古比竹爲之，大者二十三管，小者十六管，即今之排簫（其形不齊，故名）；今專稱單管者爲簫，上開山①口，五孔前出，一孔後出，出音孔二，相對旁出，即古之笛也。"亦名尺八，亦名豎笛。據此則參差爲排簫，非洞簫。（二）"而我作樂，吹聲參差"，聲字似誤。（三）《風俗通》，即《風俗通義》，見前《離騷》"吾令豐隆棄云兮"疏八②。（四）《洞簫賦》，王褒子淵作，見《文選》卷十七。

校勘記：①"山"，原誤作"上"，今據《辭源》改。②"八"，原作"六"，以前文已調整疏證順序，改作"八"。

駕飛龍兮北征，征，行也。屈原(一)思神畧畢(二)，意念楚國，願駕飛龍(三)北行，亟(四)還歸故居也。**疏曰：**麟按：《九歌》明言屈子改易俗作，何得動指（一）屈原？後凡言吾者，皆代祭者而言。蓋湖在洞庭之南，神既未來，故駕而北征迎神，且轉而就道洞庭。原非祭者，何得云其（二）思神畧畢？（三）飛龍，車飾也。（四）亟，音器，急也。

邅吾道兮洞庭。邅，轉也。洞庭，太湖也。言己(一)欲乘龍(二)而歸，不敢隨從大道，願轉江湖之側，委曲之徑，欲急至也。五臣云：轉道於洞庭湖上而直歸。［補］曰：邅，池戰切。《文選》音陟連切，原欲歸而轉道於洞庭者(三)，以湘君在焉故也。《山海經》曰：洞庭之山(十八)，帝之二女居之。是常游于江淵，澧、沅之風，交瀟湘之間①，出入多飄風暴雨(四)。注云：言二女游戲(五)江之淵(六)府，則能鼓動三江，令風波之氣共相交通。又曰：湘水出帝舜葬東(二十)，入洞庭下。注云：洞庭地穴，在長沙巴陵也。《水經》云：四水(七)同注洞庭(十九)，北會大江，名之五渚(八)。《戰國策》：秦與荆戰(二一)，大破之，取洞庭五渚。是也。湖水廣員(九)五百餘里，日月若出没於其中。湖中有君山(十)，潛(十一)通吴之苞山。郭景純《江賦》云"苞(十二)山洞庭，巴陵地道，潛陸旁通，幽岫(十三)窈(十四)窕(十五)"者也。按吴(十六)中太湖(十七)，一名洞庭。而巴陵之洞庭，亦謂之太湖。逸云：太湖，蓋指巴陵洞庭耳。**疏曰：**（一）“言己”之“己”，亦祭者，非屈原。言祭者欲轉道洞庭而迎神也。（二）“乘龍”之“龍”，舟飾也。乘龍舟至洞庭迎神，非欲歸楚都也，不然與祠祀不合。（《文選注》）。（三）“原欲歸”之説，（四）二女“出入多飄風暴雨”及（五）“二女游戲”等語，更屬荒渺，不可從。二女果爲神，神正直者，何至若是？（六）淵，音須絹切，深也。（七）四水，湘、資、沅、澧也。湘、沅、澧分見前。資，《辭源》酉集九六頁貝部六畫：“資水在湖南境，有二源，西源出武岡縣西之唐糾山，南源曰夫夷水，出廣西興安縣之越城嶺。東北流經邵陽城北，又北經新化、益陽、沅江各縣，入洞庭湖。夏秋水盛，自湖溯資，可達武岡縣。春冬水淺，僅至邵陽。水中多灘，新化以上至邵陽以下，迄於渠江口，尤爲險惡云。”（八）渚，音煮，小洲也。五渚者，四水與洞庭也。（九）員，音圓，又與幀通。幅幀，亦作幅員，廣員即幅幀也。幀，音員。幅幀，地之境域也。幅言其廣，廣，面積也。幀言其周，周，四圍也。（十）君，音軍，山名。一名湘山，亦名洞庭山。在湖南岳陽縣西南洞庭湖中，正對縣城西門之岳陽樓。《水經注》：“是山湘君之所游處，故曰君山。”上有湘君廟。（十一）潛，齊鹽切，不見也。（十二）苞，音包。攷《文選》卷十二賦類《江賦》，是句“苞”作“包”。注引郭璞《山海經注》曰“洞庭地穴，在長沙巴陵吴縣南，太湖中有苞山，山下有洞庭穴”云云，據此則苞山在洞庭湖中矣。[②]（十三）岫，音袖，山穴也。（十四）窈，音杳，深遠也。（十五）窕，音掉，幽閒也。（十六）吴，詳後《國殤》“操吴戈兮”句疏。麟按：後人稱江蘇曰吴中者，以此。（十七）太湖，湖名，古震澤。亦名具區，又有笠澤、五湖等名。跨江蘇、浙江二省，湖中小山甚多，東西二洞庭山最著。水石之勝，天然入畫，世稱爲洞天福地。（十八）“洞庭之山”諸句，見《山海經》貞集五卷二十九頁，“間”作“淵”，下有“是在九江之間”一句，“出入”下有“必以”二字，第一句“山”下截去“其上”至“芎藭”諸句。[③]（十九）“四水同注”諸句，見《水經注釋地》卷三十八“又北過下雋縣西”條注，原文上有“凡此”二字，“庭”下有“北”字，“名”作“右”，是。以下言苞山，亦多節録。[④]（二十）“湘水出舜葬東”二句，見《山海經[⑤]》卷十三《海内東經》“岷三江”條，“東”下截去“南陬，西環之”五字。[⑥]（二一）“秦與荆戰”句，見《國策三・秦策》“張儀説秦王”節語，原作“秦與荆人戰，大破荆，襲郢，取洞庭、五都、江南。”[⑦]

校勘記：①“間”，李刻本、明翻宋本、汲古閣本作“淵”。以下文疏證曰“‘洞庭之山’諸句，見《山海經》貞集五卷二十九頁，‘間’作‘淵’”，今不改。②此句下頁腳戴之麟題校補時地云：己丑六月二十七日下午。③此句上頁眉戴之麟題校補時地云：戊子二月十六日午前，韓左个。戊子六月二十日午間，球廳補録。④此句上頁眉戴之麟題校補時地云：戊子五月十日平明，救左補録。⑤“山海經”，原誤作“淮南子”，今徑改。⑥此句上頁眉戴之麟題校補時地云：補録日時，同“洞庭之山”條。⑦此句上頁眉戴之麟題校補時地云：己丑正月七日上午，新居正寢。

薜荔(一)柏兮蕙(二)綢，薜荔，香草。柏，榑壁也。綢(三)，縛束也。《詩》曰：綢繆束楚(四)。是也。柏，一作拍。榑，一作搏。［補］曰：柏、拍並音博。綢，儔、叨二音。**疏曰：**（一）荔，音麗。薜荔見前《離騷》“貫薜荔之落蘂”疏。（二）蕙，見同上“豈維紉夫蕙茝”疏。（三）綢，按此亦言舟飾也。以薜荔香草爲舟之壁，以蕙束之也。如下注以爲原家，則斷無上下均言舟，中間忽雜以家之理。且原亦非祭者，不知王逸何以每章將其加入。（四）“綢繆”句，見《詩·綢繆》篇。

蓀橈(一)兮蘭旌。蓀，香草也。橈，船小楫也。屈原言己居家（誤，詳上句疏）則以薜荔榑（音扶）飾四壁，蕙草縛屋，乘船則以蓀爲楫櫂①，蘭爲旌旗，動②以香潔自修飾也。蓀，一作荃。旌，一作旍。［補］曰：蓀、荃，見《騷經》。橈，而遥切。《方言》云：楫，謂之橈，或謂之櫂(二)。《周禮》云：析羽爲旌(三)。《爾雅》云：注旄首曰旌，旍與旌同。諸本或云：乘荃橈。乘，一作承。或云③：采荃橈兮蘭旗。皆後人增改，或傳寫之誤耳。**疏曰：**（一）橈，音饒。（二）櫂，稚效切。皆舟旁撥水之具，所以進船者也。短曰楫，長曰櫂。楫，音接。（三）“析羽爲旌”，見《周禮·春官宗伯·司常》。

校勘記：①“櫂”，原誤作“橈”，今據李刻本、明翻宋本、汲古閣本改。②“動”，原脱，今據李刻本、明翻宋本、汲古閣本補。③“乘荃橈”至“或云”，原脱，今據李刻本、明翻宋本、汲古閣本補。

望涔陽兮極浦，涔(一)陽，江碕名，近附郢(二)。極，遠也。浦，水涯也。［補］曰：涔，音岑。碕，音祈，曲岸也。今澧州有涔陽浦。《水經》云：涔水出漢中(三)南縣東南旱山，北至沔陽(四)縣南，入于沔。涔水，即黄水也。《集韻》：涔，郎丁切，水名。其字从令。引《楚辭》望涔陽兮極浦(五)。未詳。《説文》云：浦，瀕也。《風土記》(六)：

大水，有小口别通，曰浦。**疏曰：**（一）涔，七畫。作涔，八畫，《字典》不收此字。（二）郢，音矣領切。見前《離騷》首句疏。（三）漢中，府名，戰國楚地。秦置漢中郡，統前陜西漢中、興安及湖北鄖陽諸府。蜀漢以後，始專以漢中府爲漢中郡。唐升興元府爲山南西道節度治。明改漢中府，屬陜西，清因之，民國廢。今南鄭縣，其舊治也。南縣或即南鄭歟？（四）沔陽，縣名。沔，音免。漢置，隋廢，故城在今陜西沔縣。蜀漢劉備設壇場於沔陽，即漢中王位。非湖北沔陽縣，湖北縣本南朝梁郡，隋廢，元復置府，明改州，清因之，民國改縣。濱漢水。（五）浦，音普。（六）《風土記》，晉周處作，見《文選》二六卷二十八頁。①“涔水出漢中南縣東南”諸句，見《水經注釋地》卷三十二“涔水”條。②

橫大江兮揚靈。靈，精誠也。屈原思念楚國（誤，詳上），願乘輕舟，上望江之遠浦，下附郢之碕，以渫（一）憂患，橫度③大江，揚己精誠，冀能感悟懷王使還己也。五臣曰：言我遠游此浦，將橫絶大江，揚其精誠於君側。［補］曰：橫大江兮揚靈，以湘君在焉故也。**疏曰：**（一）渫，音泄，與洩通，通也，又除去也。麟按：此謂祭者迎神，將橫渡大江，表白其精誠，冀湘君之來降，作屈原等解非。

校勘記：①此句上頁眉戴之麟題校補時地云：戊子四月七日午後，救庭左个。②此句上頁眉戴之麟題校補時地云：戊子五月六日傍晚，救左補録。③“度”，原作“渡”，今據李刻本、明翻宋本、汲古閣本改。

揚靈兮未極（一），極，已（二）也。**疏曰：**（一）未極，無終止也。（二）已，止也。女嬋媛兮爲余太息。女（一）謂女嬃，屈原姊也。嬋媛（二），猶牽引也。言己遠揚精誠，雖欲自竭盡，終無從達，故女嬃牽引而責數之，爲已太息悲毒，欲使屈原改性易行，隨風俗也。五臣云：言我揚精誠未已，女嬃牽引時事，以爲不變節從俗，終不可爲，而爲我歎①息也。［補］曰：嬋媛已見《騷經》。**疏曰：**（一）女，巫也，用以降神者也。（姚鼐曰：女嬋媛兮，謂巫者耳，舊注指女嬃大誤。）謂女巫樂舞牽引降神，見祭者之誠，於神之未來，爲之大聲歎息也。原注皆誤。（二）嬋媛，見前《離騷》“女嬃之嬋媛兮”句疏。②

校勘記：①“歎”，原作“太”，今據李刻本、明翻宋本、汲古閣本改。後文凡作“太”而他本皆作“歎”者，徑改不出校。②此句上頁眉戴之麟題校補時地云：戊子四月十六日上午，縣中終校。戊子九月二日午後，縣中校。己丑三月二十五日上午，終校新庭。

横流涕兮潺湲，潺湲，流貌。屈原感女嬃之言，外欲變節，而意不能改，内自悲傷，涕泣横流也。[補] 曰：潺，仕連、鉏山二切。湲，音爰。**疏曰：**此言祭者見神未來迎，恐不得將至，感涕横流也。若原注謂屈原既在祀神，女嬃何來而與言？此必無之事也。總而言之，原注美原之忠，無在不加牽合，不覺其言之過耳。隱(一)思君兮陫側。君(二)，謂懷王也。陫，陋也。言己雖見放棄，隱伏山野，猶從側陋之中，思念君也。[補] 曰：隱，痛[①]也。《孟子》曰[②]：惻隱之心(三)。陫，符沸切。《說文》：隱也。**疏曰：**此謂涕流潺湲，因潛思湘君，心中隱痛也。（一）隱，潛也。（二）君，非懷王也。題爲“湘君”，何得漫指乎？（三）“惻隱之心”，見《孟子》上《公孫丑上》。

姚鼐曰：思君悱惻，一篇主意在此，言及忠信，正與此意相映發。

校勘記：①“痛”，原誤作“病”，今據李刻本、明翻宋本、汲古閣本改。②“曰”，原脱，今據李刻本、明翻宋本、汲古閣本補。

桂櫂兮蘭枻(一)，櫂(二)，楫也。枻，船旁板也。一作栧。五臣云：桂蘭，取其香也。[補] 曰：櫂，直教切。枻，音曳。楫謂之枻，一曰柂也。**疏曰：**（一）枻作柂是。柂，同柁，即舵字，音徒可切，上聲。《玉篇》：“正船木[①]也，設於船尾。”《釋名》：“舟尾曰柂。柂，拖也。後見拖曳也；且弼正船，使順流不他戾也。”麟按：此（二）櫂當作楫、枻當作柂解，其他互解可也。若以枻爲櫂，是又楫也，斷無一句重言之理。《釋名》，見後《惜誦》“余釋階而登天兮”疏三[②]。[③]

斲冰兮積雪。斲(一)，斫(二)也。言己乘船，遭天盛寒，舉其櫂楫，斲斫冰(三)凍，紛然如積雪(四)，言己(五)勤苦也。一云斲曾冰。五臣云：言志不通，猶乘舟，值天盛寒，斲斫冰凍，徒爲勤苦，而不得前也。**疏曰：**（一）斲，音琢。（二）斫，音灼，擊也。謂以刃擊之也。（三）冰，卑膺切，水遇寒而凝也。（四）雪，音粟曦切，雨遇寒氣而凝也。麟按：（五）己，亦謂迎神之祭者也。

校勘記：①"船木"，原誤作"木船"，今據《玉篇》改。②"三"，原作"七"，以前文已調整疏證順序，改作"三"。③此句上頁眉戴之麟題校補時地云：戊子九月六日上午，捄左補録。

采薜荔兮水中，薜荔之草，緣(一)木而生。**疏曰：**薜荔，見前《離騷》"貫薜荔之落蘂"疏。(一)緣，音圓，因也，循也。麟按：薜荔蔓生，附木而發生也。此合下句，取譬恐神不來，猶采薜荔於水，不可得耳。搴芙蓉兮木末。搴，手取也。芙蓉，荷華也，生水中。屈原言己執忠信之行，以事於君，其志不合，猶入池涉水而求薜荔，登山緣木而采芙蓉，固不可得也。[補]曰：搴，音蹇。**疏曰：**此謂祭者乘舟迎神，當冰雪時，迎恐不得，猶緣采薜荔水中，搴芙蓉木末也。

心不同兮媒勞，言婚姻所好，心意不同，則媒(一)人疲(二)勞，而無功也。屈原(三)自喻行與君異，終不可合，亦疲勞而已也。**疏曰：**(一)媒，音枚，謀合二姓以成昏媾也。又相因而至亦曰媒。麟按：此亦喻言，謂心恐不與神通，雖有巫之謀合，相因而至，亦徒勞而已。(二)疲，音皮，勞乏也。指祭者言。(三)原亦誤。恩不甚兮輕(一)絶。言人交接初淺，恩不甚篤，則輕相與離絶。言己(二)與君同姓共祖，無離絶之義也。五臣曰：事君之道，亦類(三)此焉。**疏曰：**(一)輕，棄也。(二)己言原非是。(三)類，音淚，相似也。麟按：此謂祭者慮恩情與神不篤，恐遭棄絶耳。

石瀨兮淺淺，瀨，湍(一)也。淺淺，流疾[①]貌。[補]曰：瀨，落蓋切。《説文》曰：水流沙上也。《文選》注云：石瀨，水激石間，則怒成湍。淺，音牋。**疏曰：**(一)湍，讀如貪，急流也。飛龍兮翩翩(一)。屈原憂愁[②]，頫(二)視川水(三)，見石瀨淺淺，疾流而下，將有所至；仰見飛龍，翩翩而上，將有所登。自傷棄在草野，終無所登至也。五臣云：下視水石，淺淺而流；仰觀飛龍，翩翩而舉。物皆遂性，我獨不然也。[補]曰：《説文》云：翩，疾飛也。**疏曰：**(一)翩，音篇。(二)頫，音夫武切，俯本字，低頭也。麟按：此謂舟行之疾，若龍飛舉，適值石瀨之疾流也。(三)言原頫視仰見，皆非。

校勘記：①"疾"，原作"急"，今據李刻本、明翻宋本、汲古閣本改。

②“愁”，原誤作“思”，今據李刻本、明翻宋本、汲古閣本改。

交不忠兮怨長，交，友也。忠，厚也。言朋友相與不厚，則長相怨恨。言己[一]執履忠信，雖獲罪過，不敢怨恨於衆人也。**疏曰：**此喻言，祭者自譬祀神之意不誠，猶與人交不厚而怨長也。（一）己指原非。期不信兮告余以不閒。閒，暇也。言君嘗與己期[一]，欲共爲治[三]，後以讒言之故，更告我以不閒暇，遂以疏遠己也。余，一作我。五臣云：言君與臣下爲友，而臣爲不忠，則怨而責之，己爲不信，則以爲閑爾①。疾其君初欲與己爲治，後遂相背焉。［補］曰：此言朋友之交，忠則見信，不忠則生怨。臣忠於君，則君②宜見信，而③反告我以不閒，所謂羌中道而回④畔兮，反既有此它志也。此原[二]陳己之志於湘君也。閒，音閑。**疏曰：**（一）期，要約也。此亦代祭者言，恐祀神所定日期不信，而神反告祭者以不閒也。原注皆非。（二）原爲代作歌者，何爲陳己志於湘君，又何得言君嘗與己期。（三）欲共爲治，後以讒言之故，更告我以不閒暇乎？

校勘記：①“閑爾”，原作“閒耳”，今據李刻本、明翻宋本、汲古閣本改。②“則君”，原脱，今據李刻本、明翻宋本、汲古閣本補。③“而”，原脱，今據李刻本、明翻宋本、汲古閣本補。④“回”，汲古閣本作“迴”。後文凡從李刻本作“回”而他本作“迴”者，徑從李刻本不出校。

鼂騁騖兮江皋，鼂[一]，以喻盛明也。澤曲曰皋[二]。言己願及鼂，明己年盛時，任重馳[三]驅[四]，以行道德也。鼂，一作朝。［補］曰：鼂，陟①遥切，早也。騁，音逞。騖，音務。《説文》曰②：騁，直馳也。騖，亂馳也。**疏曰：**（一）鼂，古朝字。此言乘舟迎神，鼂發行於江皋。代祭者言也。（二）皋，音高。（三）馳，音池，疾驅也。（四）驅，音區，行也。夕弭[一]節[二]兮北渚。弭，安也。渚[三]，水涯也。夕以喻衰，言日夕將暮，己已衰老，弭情安意，終志草壄[四]也。五臣云：喻己盛少之時，願驅馳於君前，及衰謝之日，反安意於草野，自歎之辭。［補］曰：騁騖、弭節，不出江皋北渚之間，自傷不得居朝廷也。渚，沚也。《爾雅》：小洲曰渚③。《韓詩章句》[五]：水一溢[六]而爲渚。**疏曰：**（一）弭，音米。息也、止也。（二）節，音即噎切，符節也。古使臣執以示信之物。（三）渚，音煑。此蓋言祭者夕則止節於北渚，待神之降，非原謂己處在草壄，自歎之辭也。（四）壄，音也，古野字。一作埜。（五）《韓詩外傳》，《文選》卷五一《四子講德論》“苟有至道”節注薛君作，不言其名字，參看《九章·哀郢》“悲江介之遺風”句疏。④薛君，參見清桂馥未谷《晚學集》卷一：“《韓詩》有薛君章句，蓋魏之薛夏也。魚豢《魏略》：‘薛夏，字宣聲，天水人。博學有才。黄初中爲祕書丞，帝每與夏推論書傳，未嘗不終日也。每呼之不名，而謂之薛君。’馥謂薛君之稱由此而起。或據《宰相世系表》，漢御史大夫薛廣德之曾孫方邱，字夫子，謂《章句》爲方邱作。案：方邱，西漢⑤人，終漢之世，稱《韓詩》者未有道及，大可疑也。”據此則薛君當爲魏之薛夏無疑。（六）溢，音逸，出於外曰溢。

校勘記：①“陟”，原誤作“時”，今據李刻本、明翻宋本、汲古閣本改。②“《説文》曰”，原脱，今據李刻本、明翻宋本、汲古閣本補。③“渚”，明翻宋本、汲古閣本作“陼”。④此句上頁眉戴之麟題校補時地云：戊子五月六日上午，救左補録。⑤“漢”，原誤作“夏”，今據《晚學集》改。

鳥次兮屋上，次，舍(一)也。再宿(二)曰信，過(三)信曰次。**疏曰：**（一）舍，止也。（二）宿，歇也。（三）過，音戈。此言朝夕所見物也。水周兮堂下。周，旋也。言己所居，在湖澤之中，衆鳥舍止我之屋上，流水周旋己之堂下，自傷與鳥獸魚鼈(一)同爲伍(二)也。［補］曰：下，音户(三)。**疏曰：**（一）鼈，詳上“君不行兮夷猶”疏。亦非原言與之爲伍也。（二）伍，音五，與衆雜處也。（三）户，上聲。此代祭者言己至湘君所在，見水周繞堂下也。

捐(一)余(二)玦兮江中，玦，玉佩也。先王所以命臣之瑞，故與環即還，與玦即去也。［補］曰：捐，音沿。玦(三)，古穴切，如環(四)，而有缺。《左傳》曰：佩以金玦(五)，棄其衷也。《荀子》曰：絶人以玦(六)。皆取棄絶之義。《莊子》曰：緩佩玦者(七)，事至而斷。《史記》曰：舉佩玦以示之(八)。皆取決斷之義。**疏曰：**（一）捐，棄也，即投也。（二）余，祭者也。（三）玦，音決，玉佩也。半環曰玦。（四）環，音鐶，胡頑切，璧屬。《爾雅》“肉好若一謂之環”，謂邊孔適等也。麟按：此合下三句，皆言投物期神之必來也。（五）“佩以金玦”，見《左傳·閔公二年》“晉侯使太子伐東山皋落氏”傳。（六）“絶人以玦”二句，見《荀子卷十九·大畧篇第二十七》。按原文只上句。（七）“緩佩玦者”二句，見《莊子》下三《田子方》篇。（八）“舉佩玦”句，見《項羽本紀》。

遺余佩兮醴浦。遺(一)，離也。佩，瓊琚之屬也。言己雖見放逐，常思念君，設欲遠去，猶捐玦佩置於水涯，冀君求己，示有還意。佩，一作珮。醴，一作澧。五臣云：捐、遺，皆置也。玦、珮，朝服之飾，置於江、澧二水之涯者，冀君命己，猶可以用也。[補] 曰：捐玦遺佩，以詒湘君。與《騷經》解佩纕以結言同意，喻求賢也。遺，平聲。《方言》注云：澧水，今在長沙。《水經》云：澧水，出武陵(二)充縣(三)，注於洞庭。按《禹貢》曰：又東至於澧。《史記》作醴。孔安國(四)、馬融(五)、王肅(六)皆以醴爲水名。鄭玄(七)曰：醴，陵名也。長沙有醴陵(八)縣。澧、醴，古書通用。今澧(九)州有佩浦，因[①]《楚辭》爲名也。**疏曰：**（一）遺，音怡，亡失也；音異，投贈也。澧、醴，均音禮。（二）武陵，郡名，漢置，五代時廢，今湖南常德府。又今縣名，隋置，清爲湖南常德府治，民國改縣。（三）"澧水，出武陵充縣"二句，《水經注釋地》卷三十七"澧水"條，首句同，下作"西歷山東過其縣南"，無"注於洞庭"句。[②]（四）孔安國，見後《惜誦》"戒六神與嚮服"疏。（五）馬融，《辭源》亥集五頁："東漢茂陵人，字季長。安帝時爲校書郎，桓帝時爲南郡太守。才高博洽，著述甚富，爲世通儒，諸生常千數。坐高堂，施絳帳，前授生徒，後列女樂，以次相傳，鮮有入其室者。盧植、鄭玄，皆其徒也。"（六）王肅，《辭源》午集一七頁玉部："魏東海人，字子雍，王朗子。官至中領軍散騎常侍。善賈逵、馬融之學，不好鄭氏。采會同異，爲《尚書》、《詩》、《論語》、《禮》、《左氏傳》之解，又撰其父朗所作之《易》解，皆列於學官。《孔子家語》，亦肅所僞託。"（七）鄭玄，見《辭源》酉集二四八頁邑部十二畫："東漢高密人，字康成。少爲鄉嗇夫，以不樂爲吏，遂造太學受業，博通諸經及《三統曆》、《九章算術》等。後事扶風馬融游學十餘年乃歸，會以黨事禁錮，遂隱修經業，杜門不出。黨禁解，徵辟皆不就。著書凡百餘萬言，弟子自遠方至者數千人。時孔融爲北海相，深敬之，告高密縣爲特立一鄉，曰鄭公鄉。廣辟門衢，號爲通德門。獻帝建安五年卒，年七十四。經學家稱鄭衆爲先鄭，因稱玄爲後鄭，亦曰鄭君。所著之書，今存者有《毛詩箋》，《周禮》、《儀禮》、《禮記》注，其《易》注及《春秋》之《鍼膏肓》、《發墨守》、《起廢疾》，皆後人所輯佚書，殘缺不完矣。"（八）醴陵，縣名。後漢置，隋廢，唐復置，清屬湖南長沙府，今屬湖南湘江道。麟按：道府之制，民國先廢府，後廢道。此句義見上句疏。（九）澧，詳上《九歌》"使江水兮安流"句疏。

校勘記：①"因"，原誤作"用"，今據李刻本、明翻宋本、汲古閣本改。②此句上頁眉戴之麟題校補時地云：戊子五月九日傍晚，捄左補録。

采芳洲兮杜若(一)，芳洲，香草藂生水中之處。［補］曰：藂，音叢(二)。**疏曰：**（一）杜若，詳前《離騷》“雜杜衡與芳芷①”疏及前《雲中君》“華采衣兮若英”疏。（二）叢，聚也，灌木曰叢。一作蘐。將以遺(一)兮下女(二)。遺，與也。女，陰也。以喻臣，謂己之儔匹。言己願往芬芳絶異之洲，采取杜若，以與貞正之人，思與同志，終不變更(三)也。五臣云：欲將己之美，投於賢臣者，思與同志，復爲治道。［補］曰：遺，去聲。既詒湘君以佩玦，又遺下女以杜若，好賢不已也。《騷經》曰：相下女之可詒。**疏曰：**（一）遺、詒，音義均見上句疏。（二）下女，祭者迎神同行之女巫，對神謙言之耳。謂捐玦遺佩之不已，復采杜若芳草與女巫，再投與湘君神也。（三）更，平聲。

姚鼐曰：下女，不敢斥言君也，亦寓美人遲暮之意。麟按：此誤同注。

旹不可兮再得，言日不再中，年不再盛也。旹(一)，一作時。**疏曰：**（一）旹，古時字。此言求神之時易失，恐難復得也。聊逍遥兮容與。逍遥，游戲(一)也。《詩》曰：狐裘逍遥(二)。言天時不再至，人年不再盛，己年既老矣，不遇於時，聊且逍遥而游，容與而戲，以待天命之至也。五臣云：自言憂愁，欲以决死，死不再生，何由復遇。逍遥容與，待君之命，冀得盡其誠心焉。**疏曰：**此蓋謂祭者泊舟之後，從容休息，以待神之必降；非謂原之待君命也。果如原注，此何時乎，尚忍從容（一）游戲乎？吾有以知其必不然矣。（二）“狐裘逍遥”，見《詩·羔裘》篇。狐，原作羔。②

校勘記：①原文“芷”誤作“茝”，據前文改。②此句上頁眉戴之麟題校補時地云：戊子九月三日上午，捄左校。己丑三月二十五日午前又，新庭。

賀貽孫曰：“君不行兮夷猶”，“夷猶”二字，摹想湘君欲降不降之狀，又自嫵媚。較《東皇》“偃蹇”不同。“蹇誰留兮中洲”，猜疑惝恍全在“誰留”二字。及久望不來，即衆女亦代爲歎息，至於“流涕潺湲，思君悱惻”，豈“斲冰積雪”，寒不得行，雖蘭枻桂櫂，皆無所用乎？天下安有采薜荔者不於木而於水，搴芙蓉者不於水而於木之事哉？觖望既久，遂生癡想，然亦付之癡想而已。“心不同兮媒勞，恩不甚兮輕絶”，“交不忠兮怨長，期不信兮告予以不閒”；蓋神既不來，終不敢一語怨神，但自怨其積誠未至，譬如求女求君者，心本不同，恩本不甚，交本不忠，期本不信耳。即此數語，忠厚已極。然皆《騷》中正意，卻借正意作喻語，主客互换，可謂奇絶。至於神終不來，不得已而“捐玦江中”、“遺佩澧浦”，蓋自傷微賤，不能躬致於神。但投之江、澧，若捐棄而遺亡者，以庶幾湘君之一顧，而又采杜若以獻其下女，使達吾殷勤而已。然豈敢委而遽去哉？“時不可再得，聊逍遥容與”，静以俟之，猶庶幾神之一降，孤忠眷念，死而後已。讀至此而不痛哭者，其人可知矣。《湘君》與《湘夫人》二篇，尤多委折者。女神雖降，然事女神者不敢以其難降而懈吾誠敬，猶之庸主雖難悟，然事庸主者不敢以其難悟而忘吾忠愛也。“令沅湘兮無波，使江水兮安流”二語，若出俗筆，必在迎神之後，即是祝史祈請語矣。此在迎神之前，則頌語非祝也。《九歌》中皆有頌無祝，事神者但求神之來享而已，非以邀福；事君者但冀君之感悟而已，非以邀寵也。占地高甚。麟按：此評語中牽及屈原，亦非。

湘夫人

賀貽孫曰[①]**：**《湘夫人》一章，皆觖望神不肯降之詞。開口云“帝子降兮北渚”，翻從神降説起，憑空想像，無限迷癡，妙極。“目渺渺而愁予”，“渺”字纖妙，蓋凝眸之極，有似於渺也。“洞庭波兮木葉下”七字，可敵宋玉悲秋一篇。謝莊《月賦》云“洞庭始波，木葉微落”，化用此語，遂爲全賦生色。“思公子兮未敢言”，注不出，想不得，與古詩“盈盈一水間，脈脈不得語”，皆相思譜中佳話。用以降神，奇極。“聞佳人兮召予”至“靈之來兮如雲”此段更奇。“佳人”，指湘夫人也。不言召湘夫人，反欲湘夫人召余；不言湘夫人騰駕而來，反欲駕而與湘夫人偕逝。憑空設想，荒唐無理，幻絶妙絶。蓋迎神不降，以此語邀神，猶云“汝若不至，吾將從汝逝矣。築室湘水，與汝爲鄰，汝將安往乎？”至此而靈之來也，或如雲矣。此語代巫者癡想，妙絶。“捐袂江中，遺褋澧浦”，即前篇遺珮捐玦之意，然較親暱矣。“搴杜若以遺遠”者，亦遺下女之意。蓋既不敢自致於湘君、湘夫人，並不敢遺其侍女之貴者近者，但以遺其下者遠者而已，恭之至也。“時不可驟得”，較“不可再得”尤爲遲迴顧望，忠愛之情愈溢於言外矣。

校勘記：①此句上頁眉戴之麟題校補時地云：丁亥七月二十一日上午，韓左个。

帝子降兮北渚，帝子(一)，謂堯女也。降，下也。言堯二女娥皇、女英，隨舜不反，没於湘水之渚，因爲湘夫人。［補］曰：此言帝子之神，降於北渚，來享其祀也。

帝子，以喻賢臣(二)。**疏曰：**（一）子，古時男女之通稱，如男曰男子，女曰女子，故二女得稱帝子也。麟按：毛表以湘君爲娥皇，女英爲湘夫人，帝子自宜爲女英。（二）補以帝子喻賢臣，非。①

姚鼐曰：首言帝子，猶織女爲天孫耳；後言九疑，爲與湘水近。故曾無娥皇、女英之説，齊東野人之語，不足辨也。又曰：起筆飄渺，神情欲活，如此風姿，不易得也。全用芳香點綴生情，亦取衆芳之比也。如雲之從，尚思遠者。求賢如不及之意於此可見。麟按：末句亦惑於王逸之説，非是。

目眇眇兮愁予。眇(一)眇，好貌。予(二)，屈原自謂也。言堯二女儀德美好，眇然絶異，又配帝舜，而乃没命水中。屈原自傷，不遭值堯、舜，而遇②闇(三)君，亦將沈身湘③流，故曰愁我也。予，一作余。五臣云：其神儀德美好，愁我失志焉。［補］曰：眇眇，微貌。言神之降，望而不見，使我愁也。以况思賢而不得見也。予，音與。**疏曰：**（一）眇，音秒，一目小也，偏盲也。《易》："眇能視。"麟按：上句爲祭者望帝子庶幾降乎北渚，非真降也。此句謂祭者側目而望，愁其仍不降也。（二）予，指主祭迎神者。予宜讀叶與，不可曰音，後多倣此。（三）闇，音暗，與暗同。"眇能視"，見《易上經·履卦》。④

校勘記：①此句上頁眉戴之麟題校補時地云：丁亥七月望日午前，韓左个。②"遇"，原誤作"遭"，今據李刻本、明翻宋本、汲古閣本改。③"湘"，原誤作"江"，今據李刻本、明翻宋本、汲古閣本改。④此句上頁眉戴之麟題校補時地云：丙戌六月十八日，韓庭石上。

嫋嫋兮秋風，嫋嫋，秋風摇木貌。［補］曰：嫋①，長弱貌，奴鳥切。洞庭波兮木葉下。言秋風疾，則草木摇，湘②水波，而樹葉落矣。以言君政急則衆民愁，而賢者傷矣。或曰：屈原見秋風起而木葉墮(一)，悲歲徂盡，年衰老也。五臣云：喻小人用事，則君子棄逐。［補］曰：《淮南》云：見一葉落(二)，而知歲之將暮。又曰：桑葉落而長年悲(三)。下，音户。**疏曰：**此言迎神之祭者目中所見之景物，舊注皆非。（一）墮，音呼規切，俗作隳，毁壞也。又音惰，墜也，落也。（二）"見一葉"句，見同下③十六《説山訓》。④（三）"桑葉落"句，見《淮南子·説山訓》篇，原文"桑"上有"故"字，"悲"下有"也"字。

校勘記：①“嫋”下，原衍“嫋”字，今據李刻本、明翻宋本、汲古閣本删。②“湘”，原誤作“湖”，今據李刻本、明翻宋本、汲古閣本改。③“下”，原作“上”，以已調整疏證順序，改作“下”。④此句上頁眉戴之麟題校補時地云：丁亥六月二十一日上午，韓左个。

白薠兮騁望，薠(一)，草，秋生，今南方湖澤皆有之。騁(二)，平也。薠，或作蘋。一本此句上有“登”字，皆非也。［補］曰：薠，音煩。《淮南子》云：路無莎(三)薠(四)。注云：薠，狀如葴。葴(五)，音針，見《爾雅》。又《説文》云：青薠似莎者。司馬相如賦注云：似莎而大(六)，生江湖，雁所食。**疏曰：**（一）薠，同蘩，白蒿也。《辭源》午集九七頁白部：“一名艾蒿，多年生草，葉作羽狀分裂，畧似青蒿而粗，葉背密生白毛，自初生至秋，白於衆蒿，故名。爲小頭狀花序，排列如穗。《爾雅》謂之皤蒿，形與蔞蒿相同，惟白蒿陸生，蔞蒿水生。”參看前《離騷》“今直爲此蕭艾”句疏五①。②（二）騁，音逞，直馳也。古上從由，下從丂。（三）莎，音蓑，一年生草。産道旁及園圃中甚多，莖三角形，高尺許，葉細長而硬，多由根出。夏日莖頂别生三葉，開黄褐色小花，成穗葉，可爲笠及蓑衣。舊稱其根即香附子，今博物家析爲二種。麟按：騁望，直視也。香附子，即俗曰回頭青草地下莖。（四）“路無莎薠”，見《淮南子》卷六《覽冥訓》。（五）葴，《釋草》“馬藍”注：“今大葉冬藍是也。”又“葴，寒漿”注：“今酸漿菜，江東呼曰苦葴。”（六）“似莎而大”，見相如《子虚賦》。詳《前漢書》五十七上“薜莎③青薠”句注。④

與佳期兮夕張。佳，謂湘夫人也。不敢指斥尊者，故言佳也。張，施也。言己願以始秋薠草初生平望之時，修設祭具，夕早灑⑤掃，張施帷帳，與夫人期歆饗之也。一本“佳”下有“人”字。一云：與佳人兮期夕張。五臣云：佳期，謂湘夫人言己願以此夕設祭祀，張帷(一)帳(二)，冀夫人之神來此歆饗，以喻張設忠信以待君命。［補］曰：《説文》云：佳，善也。《廣雅》云：佳，好也。張，音帳，陳設也。《周禮》曰：凡邦之張事(三)。《漢書》曰：供張東都門外(四)。言夕張者，猶黄昏以爲期之意。**疏曰：**（一）帷，音余違切，幔也，幕也，以幅帛圍繞障蔽之也。（二）帳，音智漾切，張也，張施於牀也。麟按：此言冀神之降，與訂吉日，而設祭帳，庶幾旦暮來降，歆饗之也。（三）“凡邦”句，《周禮》無傳，《周官注釋》卷三《掌次》有“掌次掌王次之法，以待張事”，與此相近。（四）“供張”句，見《漢書》疏廣、疏受傳。

校勘記：①“五”，原作“三”，以前文已調整疏證順序，改作“五”。②此句上頁眉戴之麟題校補時地云：丁亥七月二十一日上午，韓左个。③“莎”，原誤作“荔”，今據《漢書》改。④此句上頁眉戴之麟題校補時地云：戊子七月二十六日上午，捄廳補録。⑤“灑”，原作“洒”，今據李刻本、明翻宋本、汲古閣本改。

鳥萃兮蘋中，萃，集(一)。一本“萃”上有“何”字。五臣云：蘋(二)，水草。［補］曰：萃，音遂。**疏曰**：(一)集下宜加“也”字别之，後多倣此。(二)蘋，音頻，隱花植物，生於淺水，四葉合成一葉，如田字，故又名田字草。莖細長，入於地中，葉柄甚長，近根處有極堅之囊狀物，大如豆，中生胞子。“萃”上有“何”字是。罾何爲兮木上。罾，魚網也。夫鳥當集木巔，而言草中，罾當在水中，而言木上，以喻所願不得，失其所也。［補］曰：罾，音增。**疏曰**：此恐神之不來，此次來迎，猶鳥之萃蘋，罾施木上，徒勞而無得也。

沅有茝(一)兮醴有蘭，言沅(二)水之中有盛茂之茝，澧(三)水之内有芬芳之蘭，異於衆草，以興湘夫人美好亦異於衆人也。茝，一作芷。醴，一作澧。五臣云：蘭、芷，喻己之善。［補］曰：《水經》云：澧水，又東南注於沅水(四)，曰澧口，蓋其枝瀆耳。引沅有芷兮澧有蘭。或曰：澧州有蘭江，因此爲名。**疏曰**：(一)茝，音綵，香草，藭芎苗也。字亦作芷。參看前《離騷》“豈維紉夫蕙茝”疏。此亦言祭者迎神舟中所見之物也。(二)沅、(三)澧，分見“令沅湘”二句疏。(四)“澧水，又東南”諸句，見《水經注釋地》三十七“又東過作唐縣北”條注。①

思公子兮未敢言。公子，謂湘夫人也。重以卑説尊，故變言公子也。言己想若舜之遇二女，二女雖死，猶思其神，所以不敢達言者，士當須介，女當須媒也。五臣云：公子，謂夫人喻君也。未敢言者，欲待賢主。［補］曰：諸侯之子，稱公子，謂子椒、子蘭也。思椒、蘭，宜有蘭、茝之芬芳。未敢言者，恐逢彼之怒耳。此原陳己之志於湘夫人也。《山鬼》云：思公子兮徒離憂。**疏曰**：原注皆不切事實，此蓋謂思神之切，未敢公言陳明也。

校勘記：①此句上頁眉戴之麟題校補時地云：戊子五月十日平明，捄左補録。

荒忽兮遠望，觀流水兮潺(一)湲(二)。言鬼神荒忽，往來無形，近而視之，仿(三)佛①(四)若存，遠而望之，但見水流而潺湲也。荒，一作慌。忽，一作惚。［補］曰：慌，《釋文》、《文選》並音荒。此言遠望楚國，若有若無，但見流水之潺湲耳。荒忽，不分明之貌。**疏曰：**（一）潺，讀如讒。（二）湲，音員。麟按：此接上言望神之來，又恐其不來，遠望荒忽不明，但見水之流動而已。（三）仿，音紡。（四）佛，音拂。仿，一作彷。彷彿，見不審貌，一作髣髴。②**麋何食兮庭中？**麋，獸名，似鹿也。食，一作爲。［補］曰：麋(一)，音眉。《月令》曰：麋③角解。疏云：麋陰獸，情淫而游澤。**疏曰：**（一）麋，似鹿而大，牡青黑色，牝黑色。牡角有枝，每年脱换，年增一枝，其枝末分簇並與鹿同。目下有兩孔，能夜視。《蟲薈》："即今之沙鹿。"《蟲薈》，詳前《離騷》"吾令鴆爲媒兮"句疏。

校勘記：①"仿佛"，李刻本、明翻宋本、汲古閣本作"彷彿"。以下文疏證曰"仿，一作彷"，今不改。②此句上頁眉戴之麟題校補時地云：戊子正月二十八日午後，縣中辦公廳前。戊子四月十七日上午，救左个終校。十一日，韓左个。③"麋"，原誤作"鹿"，今據李刻本、明翻宋本、汲古閣本改。

蛟何爲兮水裔？蛟(一)，龍類也。麋當在山林，而在庭中，蛟當在深淵，而在水涯，以言小人宜在山野，而陞朝廷，賢者當居尊官，而爲僕隸也。裔，一作裛。［補］曰：裔，邊也，末也。蛟在水裔，猶所謂神龍失水而陸居也。**疏曰：**此二句意同"鳥萃兮蘋中"，言遠望神降，恐其不來，如麋食庭中，蛟在水裔，必無之事。視前望更切矣。（一）蛟，詳前《離騷》"麾蛟龍使梁津①兮"疏。②**朝馳余馬兮江皋，**一云朝馳③騁兮江皋。**疏曰：**此言神若不來，將朝馳馬於江曲以迎之。**夕濟兮西澨。**濟，渡也。澨，水涯也。自傷驅馳④不出湘、潭之間。［補］曰：澨，音逝。《説文》曰：澨，埤(一)增水邊土⑤，人所居者。**疏曰：**（一）埤，音皮，墻也，又下濕也。此言神再不來，夕將濟夫西澨以待之，期其必降也。

校勘記：①"梁津"，原誤作"津梁"，今據前文改。②此句上頁眉戴之麟題校補時地云：丁亥十二月四日上午，韓庭除。③"馳"，原脱，今據李刻本、明翻宋本、汲古閣本補。④"驅馳"，原誤作"馳驅"，今據李刻本、明翻宋本、汲古閣本改。⑤“土”，原誤作“上”，爲承襲李刻本之誤，據《説文解字》、明翻宋本、汲古閣本改。

聞佳人(一)兮召予，予(二)，屈原自謂也。**疏曰：**（一）佳人，指湘夫人也。（二）予，迎神之祭者。謂思念之誠，彷彿若聞湘夫人之召也。將騰駕兮偕逝。偕(一)，俱也。逝，往也。屈原幽居草澤①，思神念鬼，冀湘夫人有命召呼，則願命駕騰馳而往，不待侶偶也。五臣云：冀聞夫人召我，將騰馳車馬，與使者俱往，喻有君命亦將然矣。［補］曰：佳人以喻賢人，與己同志者。**疏曰：**（一）偕，音皆。此言若神來降，將同駕而往奉其祀也，非屈原之思神。

校勘記：①“澤”，原作“野”，今據李刻本、明翻宋本、汲古閣本改。

築(一)室兮水中，葺(二)之兮荷蓋。屈原困於世，願築室水中(五)，託附神明而居處也。一本云以荷蓋。五臣云：願築室結茨於水底，用荷葉蓋之，務清潔也。［補］曰：築，版(四)築也。葺，七入切。《説文》：茨(三)也。**疏曰：**（一）築，音竹，擣也，擣土使堅實也。引申之修治也。（二）葺，音緝，修補也，以草覆屋也。（三）茨，音慈，以茅蓋屋也。（四）版，音補綰切，與板通，築墻版也。麟按：版長短各二，短者即闊，約長一尺，長者約三尺餘。施築之初，將二短二長板合成，於其長板上，各有二孔，貫圓横木置地面，撮土其中，擣之使堅，既堅，版爲活罩，脱之，再移實土築之如初。麟按：此謂祭者言神仍不降，惟築室水中，蓋以荷葉，終俟之，不來不已。蓋視前益切矣，此文之一層深一層者。謂（五）原築室水中居之，非。

蓀壁兮紫(一)壇，以蓀草飾室壁(二)，累紫貝(三)爲室壇(四)。蓀，一作荃。［補］曰：《荀子》曰：東海則有紫紶魚鹽焉(五)。紫，紫貝也。《相貝經》(六)曰：赤電黑雲謂之紫貝。郭璞曰：今之紫貝，以紫爲質，黑爲文點。陸機(七)云：紫貝，其白質如玉，紫點爲文。《本草》云：貝類極多，而紫貝尤爲世所貴重。《淮南子》曰：腐鼠在壇(八)。注云：楚人謂中庭爲壇。《七諫》曰：雞鶩滿堂壇兮。注云：高殿敞陽爲堂，平場廣坦爲壇。音善。**疏曰：**（一）紫，咨此切，青赤相間色也。（二）壁，卑激切，居室之内垣，以避禦風寒者也。（三）貝，布霈切。軟體物中之腹足、瓣腮二類，今皆稱貝類。外殼爲石炭質，頗堅硬，古人以爲貨幣。紫貝，一名文貝，與貝子爲近屬，形亦相似。潄質白如玉，有紫斑，光潔可愛，大者至尺餘。古人貨幣所用，以此爲最貴。畫家多以之研物，亦稱研螺。（四）壇，音彈，祭場也。擇平坦之地，以土填築之也。古以祀遠祖之所也。麟按：此謂築室水中，内垣以蓀飾之，並以紫貝爲粉飾祀神之所，冀其降耳。（五）“東海則有”句①（六）《相貝經》一卷，見《舊唐書・經籍志下第二十七》農家類，不著撰人姓名。②（七）陸機，《辭源》戌集一二七頁阜部八畫：“晉吴郡人，字士衡。少有異才，文章冠世，服膺儒術，非禮不動。祖遜、父抗，世爲吴將相。吴滅，機閉門勤學十年。太康末，與弟雲俱入洛。張華素重其名，曰：‘伐吴之役，利獲二俊。’後事成都王穎，穎起兵，假機後將軍，河北大都督牽秀等忌之，謂機有異志，遂被誅。”（八）“腐鼠在壇”，見《淮南子》十七《説林訓》。③

匊芳椒兮成堂。布香椒於堂上。一云：播(一)芳④椒(二)兮盈⑤堂。［補］曰：匊，古播字，本作䆐。《漢官儀》(三)曰：椒房，以椒塗壁，取其温⑥也。**疏曰：**（一）播，音波去聲，布也，揚也。（二）椒，音交。此爲花椒，非番椒、胡椒。落葉灌木，山野自生（今多種家中隙地墻陰），高丈許，有刺，香氣甚烈。葉爲羽狀複葉，對生，春日開小花，黄緑色，雌雄異株。實圓小，熟則色赤，裂開，黑子外現。實及莖之皮部，皆爲香料。以多生於秦嶺，故亦名秦椒，又名山椒。《爾雅》：“椴，大椒。”即此。麟按：此以椒皮香料塗布堂壁以歆神也。（三）《漢官儀》，《辭源》巳集一四八頁水部十一畫：“《漢官儀》，書名，宋劉攽撰。採西漢官制，略同《陞官圖》法，爲游戲適情之作，凡三卷。”⑦

校勘記：①此爲戴之麟頁眉補疏，未疏證完畢，至此而止。②此句上頁眉戴之麟題校補時地云：己丑四月十六日上午，新庭。③此句上頁眉戴之麟題校補時地云：丁亥六月二十一日上午，韓左个。④“芳”，原誤作“香”，今據李刻本、明翻宋本、汲古閣本改。⑤“盈”，原誤作“滿”，今據李刻本、明翻宋本、汲古閣本改。⑥“温”，原誤作“暖”，今據李刻本、明翻宋本、汲古閣本改。⑦此句上頁眉戴之麟題校補時地云：戊子二月三日午後，韓左个。

桂棟兮蘭橑，以桂木爲屋棟(一)，以木蘭爲榱也。［補］曰：《爾雅》：棟謂之桴(二)。注：屋穩也。橑，音老。《説文》：椽也。一曰：星橑，檐①前木。《爾雅》曰：桷謂之榱(三)。**疏曰：**（一）棟，音妬甕切，即俗大樑，當屋南北之中。（二）桴，音浮，《説文》訓爲眉棟，即《禮經》之“楣”。五架之屋，正棟曰棟，次棟曰眉棟，又謂之桴也。（三）榱，音疏錘切，屋椽也。謂自高而下，層次排列如有等衰也。衰，音催。麟按：此謂屋之棟橑，亦皆以香木爲之。

辛夷楣兮药房。辛夷，香草，以作户楣。葯，白芷也。房，室也。五臣云：以馨香爲房之飾。［補］曰：《本草》云：辛夷(一)，樹大連合抱，高數仞。此花初發如筆，北人呼爲木筆。其花最早，南人呼爲迎春。逸云香草，非也。楣，音眉。《説文》云：秦名屋櫋(二)聯也。《爾雅》：楣謂之梁。注云：門户上横梁（俗曰天檻）。［補］曰：《本草》：白芷，楚人謂之葯。《博雅》曰：芷，其葉謂之葯，渥、約二音。**疏曰：**（一）辛夷，落葉喬木。葉似柿葉而狹長，花有紫白二色，大如蓮花，香味馥郁。白者俗稱玉蘭，今植物學家謂辛夷、玉蘭皆爲白色，惟玉蘭九瓣而長，辛夷六瓣而短闊，以此爲别。狀如筆，故名木筆。開於春初，故又名迎春。麟按：今所見之辛夷，無如彼説高數仞者，其幹之高，丈之左右耳。或湘、沅間不同乎？參看《離騷》“朝搴阰之木蘭兮”疏。（二）櫋，音眠，亦檐也。檐，音皮，《説文》：“梠也。”俗曰連檐木之在椽之端者。麟按：楣，當以門楣爲是。

校勘記：①“檐”，明翻宋本、汲古閣本作“簷”。後文凡從李刻本作“檐”而他本皆作“簷”者，徑從李刻本不出校。

罔薜荔兮爲帷(一)，罔，結也。言結薜荔(二)爲帷帳。［補］曰：罔，讀若①網。在旁曰帷。**疏曰：**（一）帷，音余違切。（二）薜荔，見前《離騷》“貫薜荔之落蘂”疏。擗蕙櫋兮既張。擗，柎(一)也。以柎蕙覆櫋屋。擗，一從木，一作擘。柎，一作析。櫋，一作槾(二)。五臣云：罔結以爲帷帳，擗析以爲屋聯，盡張設於中也。［補］曰：擗，普覓切，一音覓。櫋，音緜②，又彌堅切。**疏曰：**《字典》：“（一）柎與析同。析，音錫。”《説文》：“破木也。”（二）槾，音瞞，杇也。《玉篇》：“所以塗也。”麟按：此當作楣解，謂帷已張掛於香楣之上也。

校勘記：①“若”，原作“如”，今據李刻本、明翻宋本、汲古閣本改。後文凡作“如”而他本皆作“若”者，徑改不出校。②“緜”，明翻宋本、汲古閣本作“綿”。

白玉兮爲鎮，以白玉鎮(一)坐席也。鎮，一作瑱。一本“爲”上有“以”字。**疏曰：**（一）鎮，音震，壓也。疏(一)石蘭兮爲芳。石蘭(二)，香草。疏，布陳也。一本“兮”下有“以”字。一云：疏石蘭以爲芳。五臣云：疏布其芳氣。**疏曰：**（一）疏，音梳。（二）石蘭，似蘭而小，生澗邊，雉食其花輒碎。又石韋一名石蘭，見《本草》。石韋，隱花植物，山地自生。其地下莖有茶褐色之鱗片。葉深緑，闊寸餘，長六七寸，質勁厚，背面密布褐色之粉末，並生子囊羣。葉柄甚長。可栽於盆中，以資玩賞。麟按：此石蘭未可混指石韋，以其草不香也。又按：此謂以石蘭香草疏布室中，以爲芳香，備點綴也。點綴，襯飾也，即俗所謂擺設也。

芷葺兮荷屋，葺，蓋屋也。一本“葺”下有“之”字。五臣云：以芷草及荷葉葺以蓋屋也。**疏曰：**此取其香潔也。繚之兮杜衡。繚，縛束也。杜衡，香草。一本“兮”下有“以”字。衡，一作蘅。［補］曰：繚，音了，纏也。謂以荷爲屋，以芷覆之，又以杜衡繚之也。五臣云(一)：束縛杜衡(二)，置于水中，非是。**疏曰：**（一）補駁五臣説是。（二）杜衡，見前《離騷》“雜杜衡與芳芷”疏。

合百草兮實[1]庭，合百草之華，以實庭中。五臣云：百草(一)，香草。實，滿也。**疏曰：**（一）百草者，極言之，狀其多也。建(一)芳馨兮廡門。馨(二)，香之遠聞者，積之以爲門廡也。屈原生遭濁世，憂愁困極，意欲隨從鬼神，築室水中，與湘夫人比鄰而處。然猶積聚衆芳以爲殿堂，修飾彌盛，行善彌高也。［補］曰：廡，音武。《説文》曰：堂下周屋也。廡門，謂廡與門也。**疏曰：**（一）建，音堅，去聲，立也，置也。（二）馨，音希經切。麟按：原注謂屈原意欲築室水中，與湘夫人鄰居，又非。此蓋祭者築室水中既畢，又以多數香草實於中庭，並置廡門，使芳芬遠聞，欣神之來降也。

校勘記：①“實”，原誤作“盈”，今據李刻本、明翻宋本、汲古閣本改。

九嶷(一)繽(二)兮並迎，九嶷，山名，舜所葬也。嶷，一作疑。［補］曰：迎，去聲。**疏曰：**（一）九疑山，在湖南寧遠縣南六十里。《史記》：“舜葬於江南九疑。”《水經注》：“山羅岩九舉，各導一溪。岫壑負阻，異嶺同勢，游者疑焉，故曰九疑。”參看前《離騷》“九疑繽其並迎”疏。（二）繽，音批因切，盛貌。此言既在室中，九疑在望，若將并迎之來耳。“舜葬”句，見《史記一・五帝本紀第一》“帝嚳高辛者”篇，“山羅岩[①]九舉”諸句[②]。**靈之來兮如雲**。言舜使九嶷之山神，繽然來迎二女，則百神侍送，衆多如雲也。如，一作若。[補] 曰：《詩》云：有女如雲。言衆多也。**疏曰：**湘夫人既肯來降，從之者自當如雲，非舜使九疑山神來迎也。“有女如雲”，見《詩・出其東門》篇。

校勘記：①“岩”，原文誤作“列”，今據上文改。②此爲戴之麟行間補疏，未疏證完畢，至此而止。句上頁眉戴之麟題校補時地云：戊子九月十七日上午，捄左補録。

捐(一)**余袂兮江中**，袂，衣袖也。[補] 曰：袂，彌蔽切。**疏曰：**(一) 捐，音義均見《湘君》。**遺余褋兮醴浦**。褋，襜(三)襦(四)也。屈原託與湘夫人共鄰而處，舜復迎之而去，窮困無所依，故欲捐棄衣物，裸(二)身而行，將適九夷(五)也。醴，一作澧。五臣云：褋，禮襜袖襦也。袂、褋，皆事神所用，今夫人既去，君復背己[①]，無所用也，故棄遺之。[補] 曰：遺，平聲。褋，音牒。《方言》曰：禪衣，江、淮、南楚之間謂之褋。捐袂遺褋與捐玦遺佩同意(一)。玦珮，貴之也。袂褋，親之也。**疏曰：**(一) 補謂此與《湘君》捐玦遺佩意同，是也。惟此謂湘夫人若仍迎不降，祭者將捐遺此二物以要其必來。未經説透，是仍失之。遺，宜讀去聲。至謂屈原將 (二) 裸而行，尤爲無稽之談，不可從。(三) 襜，音幨，衣蔽前也，又衣掖下也。《方言》：“襜謂之祴。”祴，音亦，祴縫，衣祴下也。(四) 襦，音儒，短衣也，若今之小襖。《禮》卷五《内則第十二》：“衣不帛襦袴。”《左傳注疏》卷五十一《昭公二十五年》“有鴝鵒來巢”傳“徵褰與襦”句疏引《正義》曰：“《内則》云：‘童子不衣襦袴。’”與此不同。[②]裸，音卵，赤體也。(五) 九夷，詳前《離騷》“指西海以爲期”疏。

校勘記：①“己”，原誤作“之”，今據李刻本、明翻宋本、汲古閣本改。②此句上頁眉戴之麟題校補時地云：己丑四月十二日午後，新庭。

搴汀洲兮杜若，將以遺兮遠者。汀(一)，平也。遠者，謂高賢隱士也。言己雖欲之九夷絶域之外，猶求高賢之士，平洲香草以遺之，與共修道德也。者，一作渚。五臣云：搴(二)，取也。杜若，以喻誠信。遠者，神及君也。[補] 曰：汀，他丁切，水際平地。遺，去聲。既詒湘夫人以袂褋，又遺遠者以杜若，好賢不已也。舊本者音渚(三)。《集韻》：者，有覩音。**疏曰：**（一）汀，音廳。（二）搴，音愆。又上聲。麟按：此謂神仍不來，將取汀杜以送至遠渚，待神之降。（三）渚，音煮，小洲曰渚也。

時不可兮驟得，驟(一)，數(二)。**疏曰：**（一）驟，音臭，頻數也。（二）數，音朔，下宜加“也”字。謂時去之速，不可頻得也。聊逍遥兮容與。言富貴有命，天時難值，不可數得，聊且游戲，以盡年壽也。與，一作冶。［補］曰：不可再得則已矣。不可驟得，猶冀其一遇焉。**疏曰：**此云姑且逍遥容與，待其必來，猶《湘君》末句意，原注非。

姚鼐曰：結處二章略同，猶《三百篇》分章之例，略换幾字，而用意各别，絶妙筆法也。①

校勘記：①此句上頁眉戴之麟題校補時地云：丁亥七月望日午前，韓左个。

大(十一)司命

《周禮·大宗伯(一)》：以槱(二)燎(三)祀司中、司命。疏引《星傳》(十)云：三台(五)，上台司命，爲太尉(四)。又文昌宫第四曰司命。按《史記·天官書》：文昌(六)六星，四曰司命。《晉書·天文志》：三台六星，兩兩而居，西近文昌二星，曰上台，爲司命，主壽。然則有兩司命也。《祭法》：王立七祀(七)，諸侯立五祀(八)，皆有司命。疏云：司命，宫中小神。而《漢書·郊祀志》：荆巫有司命。説者曰：文昌，第四星也。五臣云：司命，星名。主知生死，輔天行化，誅惡護①善也。《大司命》云：乘清氣兮御陰陽。《少司命》云：登九天兮撫彗星(九)。其非宫中小神②明矣。**疏曰：**（一）大宗伯，官名，古六卿之一。《周禮·春官》有大宗伯。宗伯掌邦禮，治神人和上下，舊稱禮部尚書爲大宗伯，侍郎爲宗伯，本此。（二）槱，音酉，積火燎之也。（三）燎，音料，庭燎也。又音里曉切，縱火也。麟按：此謂然，庭燎也。（四）太尉，秦官，掌武事，此指星名。（五）三台，星名，謂上台、中台、下台也。共六星，兩兩相比，在斗魁之下。亦作三能，亦稱三階，又稱泰階。《周禮疏》：“三台，一名天柱。上台司命，爲太尉；中台司中，爲司徒；下台司禄，爲司空。”故亦稱三公爲三台。（六）文昌，星名。《史記》：“斗魁戴匡六星，曰文昌宫。”又星命家以文昌爲吉星，主大貴，見《張果星宗》。（七）七祀，見《禮記·祭法第二十三》。《禮》：“王爲羣姓立七祀，曰司命，曰中霤，曰國門，曰國行，曰泰厲，曰户，曰竈。”（八）五祀，其説有五：一，句芒、蓐收、玄冥、祝融、后土；二，門、户、行、竈、中霤；三，司命、中霤、門、行、厲；四，門、井、户、竈、中霤；五，禄、郊、宗、祖、報。並見《小學紺珠》。（九）彗星，詳《少司命》。麟按：司命説有二，文昌亦有二，此加（十一）大字，當屬上台中之上台二星，少司命則文昌四星。（十）《星傳》，《玉海》卷二據《晉志》云：“三皇邁德，七曜順軌，黄帝創受《河圖》，始明休咎，故其《星傳》尚有存焉。”其徑曰“黄帝”，因以爲黄帝作也。同卷《漢荆州占》又引“《後漢志》注引《荆州星經》”，據《周禮疏》謂“按：武陵太守《星傳》云：‘角有大民小民，文昌第一曰上將。’又案：‘石氏《星傳》’”云云，則《星傳》未知確屬何人作也。以意度之，確黄帝作，後説乃未加察耳。③

校勘記：①“護”，原誤作“化”，今據李刻本、明翻宋本、汲古閣本改。②“神”，原誤作“星”，今據李刻本、明翻宋本、汲古閣本改。“小”，明翻宋本、汲古閣本作“少”，非。③此句上頁眉戴之麟題校補時地云：己丑三月十九日傍晚，新庭。

廣開兮天門，［補］曰：漢樂歌云：天門開，詄(一)蕩(二)蕩(三)。《淮南子》注云：天門(四)，上帝所居紫微宫門也(五)。**疏曰：**（一）詄，音逸。詄蕩，《漢書》謂“天體堅清之貌”(六)。（二）蕩，音惰朗切。蕩蕩，廣大貌。（三）“天門開”句，見《前漢書》卷二十二《禮樂志二·郊祀歌·天門十一》。①（四）天門，星名。《宋史》：“東方角宿二星爲天闕，其間則天門也。”麟按：天爲氣體，何自有門，又何可居，此不過藉以神其説耳。（五）“天門”句，見《淮南子》卷一《原道訓》“淪天門”句注。②（六）“天體堅清之貌”，見《漢書》卷二十二《禮樂志二·郊祀歌·天門十一》“天門開”二句注。“貌”作“狀”，“狀”下有“也”，“清”，一作“青”。③

紛吾(一)乘兮玄雲。吾，謂大司命(二)也。言天尊重司命，將出游戲，則爲大開禁門，使乘玄(三)雲而行。［補］曰：漢樂歌云：靈之車(四)，結玄雲。**疏曰：**（一）吾，音魚。重言之，暇豫貌，見《國語》。（二）大司命，詳本文末。（三）玄，音穴員切，黑色也。謂大司命乘紛紜玄雲，暇豫來降饗祭，非將出游戲也。（四）“靈之”二句，見

《前漢書》二十二《禮樂志第二・郊祀歌・練時日》。④

校勘記：①此句上頁眉戴之麟題校補時地云：戊子七月十七日上午，救廳補録。②此句上頁眉戴之麟題校補時地云：戊子六月三日午後，捄庭補録。③此句下頁腳戴之麟題校補時地云：己丑後七月二十三日夜，救後庭中。④此句上頁眉戴之麟題校補時地云：戊子七月十九日上午，捄廳補録。

令飄風兮先驅，迴(一)風爲飄。**疏曰：**（一）迴、回同。使涷雨兮灑塵。暴雨爲涷雨。言司命爵(一)位尊高，出則風伯、雨師先驅，爲軾路也。灑，一作洒(二)。軾，一作戒(三)。［補］曰：涷，音東。《爾雅》注云：今江東呼夏月暴雨爲涷雨。灑，所買切。《淮南子》曰：令雨師灑道(四)，風伯掃塵。自此已①上，皆喻君也。**疏曰：**（一）爵，音雀，官爵也，謂公、侯、伯、子、男也。（二）洒，省字。（三）軾作戒是。戒，備也。猶人君或尊官出行之戒備，辟止行人也。（四）"令雨師"二句，見《淮南子》卷一《原道訓》。以上謂祭者祀神之初，望天門早開，使司命下降，當以風伯先驅，雨師灑塵，非喻君也。

姚鼐曰：已上叙迎大司命之意。②麟按：已、以同，後倣此。

校勘記：①"已"，原作"以"，今據李刻本、明翻宋本、汲古閣本改。②此句出林雲銘《楚辭燈》，非姚鼐語。

君(一)迴翔兮以下，迴，運也。言司命行有節度，雖乘風雨，然徐(二)迴運而來下也。迴，一作回。以，一作來。［補］曰：迴翔，猶翺翔也。下，音户。**疏曰：**（一）君，謂大司命也。（二）徐，音習余切，緩也。以此言之，上"吾"作"暇豫"解，尤合。

踰(一)空桑(二)兮從(三)女。空桑，山名。司命所經。屈原修履忠貞之行，而身放棄，將愬(四)神明，陳己之冤結，故欲踰空桑之山，而要司命也。［補］曰：《山海經》云：東曰空桑之山(五)。注云：此山出琴瑟材。《周禮》：空桑之琴瑟(六)。是也。《淮南》曰：舜之時(七)，共工振滔洪水，以薄空桑。注云：空桑，地名，在魯(八)也。女，讀作汝。親之之詞，喻欲從①君也。**疏曰：**（一）踰，音俞，越也。（二）空桑，古地名。今河南杞縣西有空桑城，伊尹生於此。見《寰宇記》上云。（三）從，音衆。（四）愬，音速誤切，告訴也。麟按：上句謂祭者冀神之來下，此句謂若不來下，祭者將遠踰空桑以從之。（五）“東曰空桑之山”，見《山海經》利集四卷四十五頁，“東”下有“次二經之首”五字。[②]（六）“空桑之琴瑟”，見《周禮菁華》三卷二十七“大司樂”節。[③]（七）“舜之時”三句，見《淮南子》卷八《本經訓》。[④]（八）在魯，無考。魯爲今之山東曲阜縣。

校勘記：①“從”，原誤作“重”，今據李刻本、明翻宋本、汲古閣本改。②此句上頁眉戴之麟題校補時地云：戊子二月十六日午前，韓左个。③此句上頁眉戴之麟題校補時地云：同上月、地，次日午間。④此句上頁眉戴之麟題校補時地云：戊子六月十八日午間，捄廳補録。

紛總總兮九州，總[(一)]總，衆貌。[補] 曰：堯時九州，見《禹貢》[(二)]。商九州，見《爾雅》[(三)]。周九州，見《周禮》[(四)]。鄒衍[(五)]云：赤縣神州内自有九州[(六)]。中國外如赤縣神州者九，乃所謂九州也。《淮南》曰：天地之間九州[(七)]，東南神州[①]曰農土，正南次州曰沃土，西南戎州曰滔土，正西弇州曰并土，正中冀州曰中土，西北台州曰肥土，正北濟州曰成土，東北薄州曰隱土，正東揚州曰申土。弇，音奄。**疏曰：**（一）總，不與緫通。緫，音忽，義作微也，亦所不可混。（二）《禹貢》九州，兗、冀、青、徐、豫、荆、揚、雍（去聲）、梁，此爲夏制，即堯九州也。（三）《爾雅》九州，曰冀、豫、徐、雍、荆、揚、幽、兗[②]、營，或謂爲商制。（四）《周禮》九州，曰揚、荆、豫、青、兗、雍、幽、冀、并，此爲周制。創制九州，或以爲人皇氏，或以爲黄帝，或以爲顓頊。（五）鄒衍，戰國時齊臨淄人。燕昭王築碣石宫師事之，昭王崩，惠王信讒下獄，夏月爲之下霜。北方有地美而寒，不生五穀，衍吹律暖之而禾黍滋。事見《列子》。《史記》鄒作騶。（六）赤縣神州，《史記》謂即中國。麟按：近分全球爲五大洲，在東半球者曰亞細亞洲、歐羅巴洲、阿非利加洲、海洋洲（前作澳大利亞洲，亦作濠州），在西半球者曰亞美利加洲，又分亞美利加洲爲南北二洲。就中以亞洲爲最大，是知鄒衍之言相差不遠，惟此九州，蓋即舊制言之。鄒衍所言見《史記》七十四《孟子荀卿列傳第十四》孟子傳下。[③]（七）“天地之間”諸句，見《淮南子》四《墬形訓》。

何壽夭[(一)]兮在予！予，謂司命。言普天之下，九州之民，誠甚衆多，其壽[(二)]

考夭折，皆自施行所致。天誅加之，不在於我也。［補］曰：此言九州之大，生民之衆，或壽或夭，何以皆在於我？以我爲司命故也。言人君制生殺與奪之命也。予，音與。**疏曰：**此合上文，言若不見神，將遍歷九州，命之壽夭，在己何與？即置死生於度外，期神必降也。（一）夭，音杳，短折也。原音妖，草盛貌。又災也。此不盡天年之謂，與壽字對。（二）壽，音授，久也。謂年高大也。

姚鼐曰：已上叙九州壽夭所以在司命之故。④

校勘記：①“東南神州”，原脱，今據李刻本、明翻宋本、汲古閣本補。②“兗”，原誤作“冀”，今據《爾雅》改。③此句上頁眉戴之麟題校補時地云：戊子九月二十三日上午，捄左補録。④此句出林雲銘《楚辭燈》，非姚鼐語。

高飛兮安翔，言司命執持天政，不以人言易其則度，復徐飛高翔（一）而行①。**疏曰：**此喻言祭者自謂迎神行遠安往，如鳥之高飛，將何往也？（一）翔，音詳，回飛也。又行而張拱如鳥舒翼，亦曰翔。乘清氣兮御（一）陰陽。陰主殺，陽主生。言司命常乘天清明之氣，御持萬民死生②之命也。清，一作精。［補］曰：《易》云：時乘六龍以御天（二）。《莊子》曰：乘天地之正（三），御六氣之辨。乘，猶乘車。御，猶御馬也。**疏曰：**（一）御，音魚遽切，駕御車馬也。麟按：此接上句，謂將駕乘天地清明之氣，置或陰或陽而不顧也。（二）“時乘”句，見《易·乾卦》。（三）“乘天地”二句，見《南華經》元集《逍遥游》，“御”上有“而”字。③

校勘記：①“行”，原誤作“下”，今據李刻本、明翻宋本、汲古閣本改。②“死生”，原誤作“生死”，今據李刻本、明翻宋本、汲古閣本改。③此句上頁眉戴之麟題校補時地云：戊子二月十九日上午，韓左个。

吾（一）與君（二）兮齋速，吾，屈原自謂也。齋，戒也。速，疾也。［補］曰：齋速（三）者，齋戒以自敕也。**疏曰：**（一）吾，祠大司命者。（二）君，指大司命。謂求之上下，必得與之疾行，或將導迎天帝之乎九坑，雖感蹙遫，可也。（三）速，音蘇屋切。一作遫，音同，蹙遫也，猶言局促。《禮》：“見所尊者齋遫。”

導帝之兮九坑。言己願修飾，急疾齋戒，侍從於君，導迎天帝，出入九州之山。冀得陳己情也。導(一)，一作道。坑，一作阬。《文苑》作岡。［補］曰：之，適也。坑，音岡，山脊也。《周禮·職方氏》：九州山鎮，曰會稽(二)、衡山(三)、華山(四)、沂山(五)、岱山(六)、嶽(七)山、醫無閭(八)、霍山(九)、恒山(十)也。《淮南》曰：天地之間(十八)，九州八極，土有九山，山有九塞(十七)。何謂九山①？會稽、泰山、王屋(十一)、首山(十二)、太華、岐山(十三)、太行(十四)、羊腸(十五)、孟門(十六)也。原言司命代天操生殺之柄，人君亦代天制一國之命，故欲與司命導帝適九州之山，以觀四方之風俗，天下之治亂。**疏曰：**(一)導，音盜，與道同，引之也。(二)會稽，山名。會與檜同。古防山，又曰棟山。在浙江紹興縣東南十三里。《周禮》："揚州鎮山曰會稽。"《越絶書》："禹更名茅山曰會稽。"春秋越王句踐以甲楯五千棲於會稽，今之越王故城，即其地也。(三)衡，音行，又與横通。山名，五嶽之一，在湖南衡山縣西北三十里。舜南巡狩，至於南嶽，漢武帝移南嶽之名於霍山，隋文帝始復以衡山爲南嶽。山有七十二峰，跨舊長沙、衡州二府境，回雁爲首，嶽麓爲足，宇内之名山也。又會稽山亦有此名。(四)華，音化，山名。西嶽曰華山，在今陝西華陰縣，以其有少華山，故又名太華。其山削成而四方，其高五千仞，其廣十里。《水經注》："華山遠而望之，若華狀。"(五)沂，音逆旂切，山名。在山東沂水縣北，其陰爲臨朐，其陽爲沂水。(六)岱，音代，即泰山也。在今山東泰安縣北，周一百六十里，高四十餘里。羣峰得名者甚多，而丈人峰在山頂，特出羣峰之表，又有東、西、南三天門，東、中、西三溪等處，爲山之最勝。其餘峰巒溪洞，不可勝紀。(七)嶽，音岳，山高而尊者也。即泰、華、衡、恒、嵩五嶽也。(八)醫無閭，醫一作毉，同醫。山在奉天北鎮縣西十里，爲陰山山脈之分支，西與直隸朝陽之松嶺相接。舜封十二山，以此山爲幽州之鎮。(九)霍，音忽郭切，山名。在山西霍縣西南，遞高三十里，主峰高百丈有奇，盤踞二百里，南接趙城、洪洞二縣。即古太岳也，亦曰霍太山，今謂之中鎮。又安徽霍山縣西亦有此山。(十)恒，音何朋切，山名。在直隸曲陽縣西北，亦曰北嶽。亘舊保定府西境、大同府東境。按自漢以來，皆祀恒山於曲陽，明人乃定山西渾源之玄嶽爲恒山，清始改岳祀於渾源。(十一)王屋在山西陽城縣西南，南跨河南清縣，西跨垣曲縣界。《寰宇記》："山高八千尺，廣數百里。三十六洞，小有爲羣洞之尊；四十九山，王屋爲衆山之最。"一名天壇山，濟水所出。(十二)首山，在今河南襄城縣南。"黄帝採首山之銅，鑄三鼎"即此。(十三)岐山有二：(甲)在岐山縣西北。顔師古曰："其山兩岐，俗謂箭括嶺。"《寰宇記》："時人亦謂爲鳳凰堆。或云其峰高峻，狀若天柱，因又名天柱山。"按《清一統志》謂岐山在縣東北，今從《清會典圖》。(乙)在今山西介休縣，《禹貢》"治梁及岐"是也。(十四)太行，亦曰五行山，連亘河南、河北道，山西冀寧道及直隸界。山以百數，隨地異名，實皆古太行也。《述征記》："太行山首始河内，北至幽州，凡百嶺，連亘十三州之界。"《括地志》："太行山連亘河北諸州，凡數千里，始於懷而終於幽，爲天下之脊。"按今地學家以河汾以東，碣石以西，長城、黄河之間諸山爲太行山脈。山西晉城縣南有太行山，乃山脈之主峰也。（十五）羊腸，阪名，在今山西交城縣東南。戰國時爲趙之要塞，有羊腸阪。《水經注》："羊腸坂在晉陽西北，漢積粟在斯，謂之羊腸倉。石蹬縈委，如羊腸然，故名。"凡徑之小而曲者亦稱羊腸。坂，音反，俗曰斜坡。（十六）孟門有二：一在龍門山北黄河兩岸，山西吉縣、陝西宜州之間。山勢緜延相接，其在河中者實爲巨阨。堯時洪水，河出孟門之上，故禹特治之。漢賈讓曰："大禹治水，山陵當路者毁之，故鑿龍門、辟伊闕。"孟門，即龍門之上口也。二在太行山東。《左傳》："齊侯伐晉，取朝歌，入孟門，登太行。"《史記》："殷紂之國，左孟門，右太行。"凡諸書與太行連舉者，皆是。杜預云："孟門，晉隘道。"蓋太行隘道之名，疑即今河南輝縣之白陘，爲太行山第三陘也。隘，倚賣切，隘阻之地也。陘，音形，山形連延，中忽斷絶者名陘。（十七）九塞，古險要之地也。又《淮南子》："九塞，太汾、澠阨、荆阮、方城、殽阪、井陘、令疵、句注、居庸。"《淮南子》"九塞"注："太汾在晉。澠阨，今宏農澠池是也。荆阮、方城皆在楚。殽阪，宏農郡澠池殽欽吟是也。井陘在常山，通太原關是也。令疵在遼西。句注在鴈門，陰館句注是也。居庸在上谷沮陽之東，通渾都關是也。"② 麟按：此謂祠祀者欲隨大司命之神，隨帝之九坑，以觀四方之風俗也。（十八）"天地之間，九州八極"諸句，見《淮南子》四《墬形訓》。"殷紂之國"三句，見《史記六十五・孫子吴起列傳第五》吴起傳。③

校勘記：①"何谓九山"，原脱，今據李刻本、明翻宋本、汲古閣本補。②此句上頁眉及行間戴之麟題校補時地云：戊子四月十七日上十時，縣中三下教室，課文終校。戊子九月三日午前，縣中校。己丑三月十七日夜，新庭。③此句旁行間戴之麟題校補時地云：戊子六月十七日燈下，挄左補録。

靈衣兮被被，被(一)被，長貌，一作披。［補］曰：被，與披同。**疏曰**：（一）被，音劈漪切。麟按：此謂靈之衣紛披也。靈隨從之巫，言巫之衣亦紛披也。① 玉佩兮陸離。言己得依隨② 司命，被服神衣，被被而長，玉佩衆多，陸離(一)而美也。**疏曰**：（一）陸離，見前《離騷》"長余佩之陸離"疏。麟按：此承上言，不但靈衣紛披，所佩帶之玉，亦衆盛也，非屈原也。

校勘記：①此句上頁眉戴之麟題校補時地云：己丑八月二十三日午前。庚寅二月十一日上午。②“隨”下，原衍“大”字，今據李刻本、明翻宋本、汲古閣本删。

壹陰兮壹陽，陰，晦也。陽，明也。**疏曰：**晦，音誨，昏也，暗也，昧也。麟按：此謂經行之時，或暗或明，不一其狀也。衆莫知兮余(一)所爲。屈原言己得配神俱行，出陰入陽。一晦一明，衆人無緣知我所爲作也。［補］曰：此言司命開闔變化，能制萬民之命，人君亦當如此也。**疏曰：**麟按：（一）余，祠神者也。言衆不知祠神者所爲也，補注尤非。

折疏麻兮瑶華，疏麻(一)，神麻也。瑶華，玉華也。［補］曰：謝靈運詩云：折麻心莫展(二)。又云：瑶華未敢折(三)。説者云：瑶華，麻花也。其色白，故比於瑶。此花香，服食可致長壽，故以爲美，將以贈遠。江淹雜擬詩云：雜珮[①]雖可贈，疏華竟無陳。李善云：疏華，瑶華也。**疏曰：**（一）麻，模牙切。此謂胡麻，穀類植物，即脂麻，俗謂芝麻，亦曰油麻。莖方，有稜凹，葉圓鋭有光澤，秋間白花。節節結角，長者寸許，四稜、六稜、七稜、八稜不同。子有黑白二種，皆可壓油。相傳漢張騫得其種於西域，故謂之胡麻。麟按：此可作飯。《續齊諧記》：永平中劉晨、阮肇入天台山採藥，見二女，顔容絶妙，便唤劉、阮姓名，因邀至家，設胡麻飯與食之。原注故以爲神麻。永平，東漢明帝年號，又晉惠帝亦稱之。（二）“折麻”句，見《文選集評》卷五詩游覽類靈運《從斤竹澗越嶺溪行》。（三）“瑶華”句，見同上卷七詩雜詩類靈運《南樓中望所遲客》，遲，待也，“敢”作“堪”。[②]《續齊諧記》，梁吴均著，不言卷數。考其中無劉、阮事。[③]將以遺兮離居。離居，謂隱者也。言己雖出陰入陽，涉歷殊[④]方，猶思離居隱士，將折神麻，采玉華，以遺與之。明己行度如玉，不以苦樂易其志也。［補］曰：遺，去聲。離居，猶遠者也。自此以下，屈原陳己之志於司命也。**疏曰：**此代祠神者謂同大司命同行，得折神麻以贈昔日同里而居别離之人，以示敬也。

校勘記：①“珮”，原作“佩”，今據李刻本、明翻宋本、汲古閣本改。②此句上頁眉戴之麟題校補時地云：己丑三月二十一日下午，新庭。③此句上頁眉戴之麟題校補時地云：後左四日午後，地同。④“殊”，原誤作“疏”，今據李刻本、明翻宋本、汲古閣本改。

老冉(一)冉兮既極，極，窮也。極，一作終。**疏曰：**（一）冉，音染。冉冉，行貌。[①]不寖近兮愈疏。寖(一)，稍也，疏遠也。言履行忠信，從小至老，命將窮矣，而君猶疑之，不稍親近，而日以疏遠也。寖，一作侵，一作浸。兮，一作而。愈，一作踰。**疏曰：**（一）寖，古浸字，音祲，子鴆切。又音侵，侵淫、漸漬也。是浸、寖皆音侵，此引申之爲漸漸也。侵，七音切，漸進也。麟按：此合上句，謂祠者求神不得，如老之既窮，不得近而漸愈疏遠也。踰，音俞，通作逾，越也，度也。注不可從。

校勘記：①此句旁頁邊戴之麟題校補時地云：丁亥五月二十日午前。

乘龍兮轔轔，轔(一)轔，車聲。《詩》云：有車轔轔(二)也。《釋文》作軨(一)，音鱗[①](一)。［補］曰：今《詩》作鄰。**疏曰：**（一）三字音同轔。又盛貌。（二）“有車轔轔”，見《詩·車鄰》篇。高駝(一)兮沖天(二)。言己雖見疏遠，執志彌堅，想乘神龍，轔轔然而有節度，抗志高行，沖天而驅，不以貧困有枉橈也。駝，一作馳。［補］曰：《史記》云：一飛沖天(三)。沖，持弓切，直上飛也。《集韻》作翀，與沖通[②]。此言司命高馳而去，不復留也。**疏曰：**朱《集注》本（一）駝作飛，尤合。駝，音陀，無作馳驅解者。麟按：此合上句，本欲司命之降，或導同天帝，周游九坑，以觀民風，又慮年易老，乃神恐不來，亦徒歎如乘龍沖天。乃必無之事，亦不得已極思也。（二）天宜叶聽。（三）“一飛沖天”，見《史記·滑稽列傳》。

校勘記：①“鱗”，李刻本、明翻宋本、汲古閣本作“轔”。以下文疏證曰“三字音同轔”，今不改。②“通”，原作“同”，今據李刻本、明翻宋本、汲古閣本改。

結桂枝兮延竚，延，長也。竚，立也。《詩》曰：竚立以泣(一)。《釋文》延作迊(二)。［補］曰：竚，久立也。直吕切。**疏曰：**（一）“竚立以泣”，見《詩·燕燕》篇，“竚”作“佇”。（二）迊，考《字典》無此字，只有延字，音丑梴切，安步也。此二字連語，謂久立也。謂神既不降，只有依結桂枝，永久安立以待也。羌愈思兮愁人。言己乘龍沖天，非心所樂，猶結木爲誓，長立而望，想念楚國，愁且思也。［補］曰：此言司命既去，猶結桂枝以延望。喻君捨己不顧，益憂思也。**疏曰：**此謂祭者結桂延竚，望神之降，又恐不降以思，愈思人愈愁也。

愁人兮奈何，願若今兮無虧。虧(一)，歇也。言己愁思，安可奈何乎。願身行善，常若於今，無有歇也。**疏曰：**（一）虧，音窺，缺也。此言祭者奈何愁思，惟願自今無有缺望，神當來享也。

固人命兮有當，孰離合兮可爲？言人受命而生，有當貴賤貧富者，是天禄也。己獨放逐離别，不復會合，不可爲思也。［補］曰：君子之仕也，去就有義，用捨有命。屈子於同姓事君之義盡矣。其不見用，則有命焉。或離或合，神實司之，非人所能爲也。一云：孰離合兮不可爲。**疏曰：**此祭者自咎神之不來，因人命之當，雖或離或合，如上文所云離合之迹，亦何所爲也？非指屈原行事。

姚鼐曰：末二句已上，叙《大司命》正旨，而以順受其正結之。①

校勘記：①此句出林雲銘《楚辭燈》，非姚鼐語。

賀貽孫曰：《大司命》，亦尊神，故一切娱神邀神之語俱不敢進，惟從神降後鋪張其威權氣燄，壽夭在握而已。然終無所祈請，可謂達矣。“一陰兮一陽，衆莫知兮余所爲”，讀此二語，令人大夢忽醒：陰陽不測如此，邀福者胡爲哉？“老冉冉兮既極，不侵近兮愈疏”，又因神去後而思之慕之，忠愛深摯，本是《騷》中正意，借以作喻，妙甚。“愁人兮奈何？愿若今兮無虧。固人命兮有當，孰離合兮可爲。”謂司命去矣，愁思無益，惟有自守無虧，以順受其正而已。且人命各有所當，神既司之矣，則或離或合，終當聽之自然，豈人力可爲哉？此即孟氏所云“吾之不遇魯侯，天也”。通篇似歸功司命，而不怨、不尤、不諂、不瀆之意，自在言外。勁骨定識，令人拜服。麟按：此評乃作屈原，與前篇主意未免矛盾，仍不可從。

少司命

疏曰：此别大司命而言之，亦尊大司命言之，故曰少。少，去聲。

秋蘭兮麋蕪，羅生兮堂下。言己供神之室，空閑清净，衆香之草，又環其堂下，羅列而生，誠司命君所宜幸集也。秋，一作穐(一)，下同。麋(二)，一作蘪(二)。[補]曰：《爾雅》曰：蘄(三)茝，蘪蕪(四)。郭璞云：香草，葉小如萎(五)狀。《山海經》云：臭如蘪蕪(六)。《本草》云：芎藭，其葉名蘼(二)蕪，似蛇床[①](七)而香，騷人借以爲譬，其苗四五月間生，葉作叢，而莖細，其葉倍香。或蒔(八)於園庭，則芬香滿徑，七八月[②]開白花。《管子》曰：五沃之土(九)生蘼蕪。相如賦云：穹窮(十)昌蒲(十一)，江離蘪蕪。師古云：蘪蕪，即穹窮苗也。下，音户。**疏曰：**（一）穐，秋古字。（二）蘪、麋、蘼，音義同。（三）蘄，音其，草名，當歸也。《爾雅》："薜，山蘄。……薜，白[③]蘄。"山蘄即馬尾當歸，白蘄即蠶頭當歸，見《説文通訓定聲》。一説即古芹字，見《經典釋文》。（四）蘼蕪，見前《離騷》"扈江離與辟芷兮"疏。（五）萎，音烏麾切，草木病也。（六）"臭如蘪蕪"，見《山海經》卷二第九段，原文"蘪"作"蘼"。[④]（七）蛇，音時牙切。蛇床，多年生草，濕地甚多。莖初卧地，後昂起。高尺餘，葉作羽狀，分裂互生。夏月開小花，色白五瓣，爲複傘形花序，花瓣尖端微曲。子黄黑色，如黍米，入藥。（八）蒔，音時，更種也。農人分秧，故亦曰蒔秧。麟按：蘪，同蘼。揚子《方言》"蘼，無也"，注謂"草穢蕪也"，蘼蕪似不宜作芎藭之苗解。且以下句"秋蘭兮青青"證之，尤爲不合，以"青青"非植物也。此蓋言秋蘭之多，蘼蕪不治也。下云"羅生"二字，更足證明。又按：注首句言己供神之室，亦非，此代祠神者，言所祠祀神室外之時景物也。（九）"五沃之土"句，見《管子》十九《地員[⑤]篇五十八》，無"生蘼蕪"句，只其句下有"蓮與蘼蕪"字樣。[⑥]（十）"穹窮"二句，見《文選》卷七司馬長卿《子虚賦》，原文"穹窮"、"昌"、"江離"作"芎藭"、"菖"、"茳蘺"。[⑦]（十一）昌蒲。昌，即菖，多年生草，生於水邊，葉有平行脈，花小，色淡黄，爲肉穗花序。有大小二種，大者長三四尺，氣味香烈，葉上有脊如劍狀，俗於端午日剪其葉作劍，以懸門上，《本草》謂之白菖，亦曰泥菖蒲。小者高尺餘，葉纖細無中肋，曰細葉菖蒲，亦曰石菖蒲，以瓦盆栽之，置案頭，以供玩賞。最纖細者，葉長僅三四寸，根可入藥，一寸九節者良。

姚鼐曰：用志在宜爲民正處，以美人比萬民，以秋蘭興芳潔也。詞意飄渺，芳艷絶倫。又曰：全用比興，意詞更摇曳入情，獨結處三句正説，全意俱醒。

校勘記：①“床”，李刻本、金陵書局本作“牀”。②“月”下，原衍“間”字，今據李刻本、明翻宋本、汲古閣本删。③“白”，原誤作“北”，今據《爾雅》改。④此句上頁眉戴之麟題校補時地云：同上。按：即丁亥七月一日上午，韓左个牆陰。⑤“員”，原誤作“圓”，今據《管子》改。⑥此句上頁眉戴之麟題校補時地云：丁亥六月二十日午前，韓左个。⑦此句上頁眉戴之麟題校補時地云：丁亥七月一日上午，韓左个牆陰。

緑葉兮素(一)枝，芳菲菲兮襲予。襲，及也。予(二)，我也。言芳草茂盛，吐葉垂華，芳香菲菲，上及我也。枝，一作華。五臣云：四句皆喻懷忠潔也。［補］曰：襲，音習。予，上聲。**疏曰：**（一）素，音訴，白色。又質也，空也，豫也，故舊也，現在也。與枝連言均不合，以華爲是，蓋秋蘭所開花色也。（二）予，祠祀司命者也。①

校勘記：①此句上頁眉戴之麟題校補時地云：己丑三月二十二日午前，終校圖書館。

夫人自有兮美子，夫人，謂萬民也。一云：夫人兮自有美(一)子。［補］曰：夫，音扶。《考工記》曰：夫人而能爲鎛也。夫人，猶言凡人也。**疏曰：**（一）美，迷履切，外觀之善也。蓀何以兮愁苦！蓀，謂司命也。言天下萬民，人人自有子孫，司命何爲主握①其年命，而用思愁苦也。以，一作爲。五臣云：蓀，香草，喻司命。言凡人各自有美愛臣子，司命何爲愁苦而司主之，蓋自傷也。［補］曰：此言愛其子者，人之常情，非司命所憂，猶恐不得其所。原於君有同姓之恩，而懷王曾莫之恤也。蓀亦喻君。《騷經》曰：荃不察余之中情，是也。**疏曰：**麟按：祀神不外祈、報二意，此民間秋祀報神。謂祀神之人，皆有美子，非有他求，何事司命之代爲愁苦也？亦明其心，冀神之必來享也。

校勘記：①“握”，原脱，今據李刻本、明翻宋本、汲古閣本補。

秋蘭兮青青，緑葉兮紫莖(一)。言己(二)事神崇敬，重種芳草，莖葉五色，芳香益暢也。一本“蘭”下有“生”字。［補］曰：《詩》云：緑竹青青(三)。青青，茂盛也，音菁。**疏曰：**此重言祀神之時也。（一）莖，音何萌切，植物體之中軸也。植物學家謂草本者曰草莖，木本者曰木莖，木莖亦曰幹，皆由幼芽長成，或出地上，或在地中。有直立莖、匍匐莖、塊莖、鱗莖等。麟按：蘭屬草莖植物。（二）己，亦當作祀神者，非屈原也。（三）“緑竹青青”，見《詩·淇奥》篇。

滿堂兮美人，忽獨與余(一)兮目成(二)。言萬民衆多，美人並會，盈滿於堂，而司命獨與我睨而相視，成爲親親也。五臣云：滿堂，喻天下也。謂天下亦有善①人，而司命獨與我相目結成親親者，爲我修道德爾，謂初與己善時也。**疏曰：**滿堂美人，言與祭之人，滿堂皆佳善也。第二句，言恍忽司命之來，獨屬目於余。（一）余，主祠祀者自余也。（二）目成，以目通意也。如世俗男女相悦之事，多以目通意。未免褻神。

校勘記：①“善”，原誤作“萬”，今據李刻本、明翻宋本、汲古閣本改。

入不言兮出不辭，言神往來奄忽，入不語言，出不訣(一)辭，其志難知。辭，一作詞。**疏曰：**（一）訣，音決，别也。將長别而贈言曰訣。乘回風(一)兮載雲旗(二)。言司命之去，乘風載(三)雲，其形貌不可得見。五臣云：司命初與己善，後乃往來飄忽，出入不言不辭，乘風載雲，以離於我，喻君之心與我相背也。**疏曰：**（一）回風，飄風也。（二）雲旗，旗上繪雲也。謂神之來享或去，若載雲旗而倏忽也。五臣説非。（三）載，音再，飾也。

悲莫悲兮生别離，屈原(一)思神畧畢，憂愁復出，乃長歎曰：人居世間，悲(二)哀莫痛與妻子生别(三)離(四)，傷己當之也。［補］曰：《樂府》有《生别離》(五)，出於此。**疏曰：**（一）此謂祭者思神之來，又恐其去，如世人之别離，非屈子自傷與妻子生離也。誠是忠如屈子，而悲妻子乎？與題情不合，更無論矣。（二）悲，音筆伊切，痛也。有聲而無淚曰悲。（三）别，筆揭切。（四）離，音荔。（五）《生别離》，《辭源》丑集口部二畫“古别離”條注謂梁簡文帝作。①樂莫樂兮新相知。言天下之樂，莫大於男女始相知之時也。屈原言己無新相知之樂，而有生②别離之憂也。五臣云：喻己初近君而樂，後去君而悲也。**疏曰：**此代主祭者言神之來如新相知之友，天下可樂之事，無有如此者，曾是祀神而可邪思乎？原注大錯，觀下“儵而來”句自明。

校勘記：①此句上頁眉戴之麟題校補時地云：戊子七月十日午間，採左補録。②“生”，原誤作“新”，今據李刻本、明翻宋本、汲古閣本改。

荷衣兮蕙帶，儵(一)而來兮忽而逝(二)。言司命被服香净，往來奄①忽，難當值也。儵，一作倏。來，一作倈。五臣云：言神倏忽往來，終不可逢，以喻君。［補］曰：《莊子》疏曰：儵爲有，忽爲無(三)。**疏曰：**（一）儵，倏本字，俗作倏。倏忽，言其疾速，非意計所及也。（二）逝，音誓，往也，去也。（三）“儵爲有，忽爲無”，見《莊子·應帝王》篇“南海之帝爲儵”二句疏，兩“爲”字各作“而”。②

校勘記：①“奄”，原誤作“儵”，今據李刻本、明翻宋本、汲古閣本改。②此句上頁眉戴之麟題校補時地云：丁亥六月二十七日上午，韓左个牆陰。

夕宿兮帝郊(一)，帝，謂天帝。**疏曰：**（一）郊，音交。距國百里謂之郊，此言帝居也。君誰須兮雲之際？言司命之去，暮宿於天帝之郊，誰待於雲之際乎？幸其有意而顧己。五臣云：須，待也。冀君猶待己而命之。**疏曰：**此謂恐司命之去宿帝居，誰將能待於雲之際乎？猶俗之望人或留人，將“誰待”作“誰事”耳，望之切也。原注、五臣均非。

與女遊①兮九河，衝風至兮水揚波。王逸無注。古本無此二句。《文選》遊(一)作游，女(二)作汝，風至作飆(三)起。五臣云：汝，謂司命。九河，天河也。衝(四)飆②，暴風也。［補］曰：此二句，《河伯》章中語③也。**疏曰：**（一）遊、游同。（二）女、汝同。（三）飆，音標。（四）衝，音充。向前直行曰衝。

校勘記：①“遊”，原誤作“游”，今據下文、李刻本、明翻宋本、汲古閣本改。②“飆”，原誤作“風”，今據李刻本、明翻宋本、汲古閣本改。③“語”，原誤作“句”，今據李刻本、明翻宋本、汲古閣本改。

與女沐兮咸池，咸池，星名，蓋天池也。一作咸之淹(一)。[補] 曰：咸池(二)見《騷經》。**疏曰：**（一）淹，鐸我切，音柁，與沱同。淡淹，隨波貌。（二）咸池，見前《離騷》"飲余馬於咸池兮"注。晞女髮兮陽之阿。晞，乾也。《詩》曰：匪(一)陽不晞。阿(二)，曲隅(三)，日所行也。言己願託司命，俱沐咸池，乾髮陽阿，齋戒潔己，冀蒙①天祐也。五臣云：願與司命共爲清潔，喻己與君俱行政教，以治於國。[補] 曰：晞，音希。《淮南》曰：日出湯谷(四)，浴於咸池，拂於扶桑，是謂晨明；登於扶桑，是謂朏明；至於曲阿，是謂旦明。《遠游》曰：朝濯髮於湯谷兮，夕晞余身兮九陽。**疏曰：**（一）匪，音非上聲，非也。（二）阿，音厄歌切。（三）隅，音虞，邊側之地曰隅。麟按：此合上二句，皆祭者望神之切，揣度之詞，謂司命將誰待乎？或待某與女游九河乎？或與沐咸池乎？或沐咸池之後，晞髮於陽之阿乎？此皆望神未來，揣度之詞，觀下文"望美人兮未來"自明。各注總緣未顧題旨，故誤多類此。"匪陽不晞"，見《詩·湛露》篇。（四）"日出湯谷"諸句，見《淮南子》三《天文訓》。

姚鼐曰：意象恍惚，得神靈之概，非徒然者可比。

校勘記：①"蒙"，原誤作"沐"，今據李刻本、明翻宋本、汲古閣本改。

望美人兮未來，美人，謂司命。**疏曰：**《詩·簡兮》篇"西方美人"蓋此所本。望，本音亡，又去聲。視遠也，又冀希也。臨(一)風怳兮浩歌。怳，失意貌。言己思望司命，而未肯來。臨疾風而大歌，冀神聞之而來至也。五臣云：以喻望君之使未至，臨風怳然而大歌也。浩(二)，大也。[補] 曰：怳，懒(三)怳(四)也，許往切。**疏曰：**（一）臨，音林，及也。謂正當其時也，如臨行、臨别。（二）浩，音昊。此代祭者，言望司命未來，惟有當風大歌而已。（三）懒，音敞，或省作惝，驚貌。（四）怳，音虎廣切。

孔蓋兮翠旍，言司命以孔雀(一)之翅爲車蓋，翡(二)翠(三)之羽爲旗旍(四)，言殊飾也。旍，一作旌。一本此句上有"揚"字。[補] 曰：相如賦云：宛雛孔鸞(五)。孔，孔雀也。顔師古曰：鳥赤羽者曰翡，青羽者曰翠。《周禮》曰：蓋之圜(六)也，以象天(七)。漢樂歌曰：庶旄(八)翠旌(九)。**疏曰：**（一）孔雀，鳥名。形畧如雉，體長三尺餘，翼短小，雄者特壯麗，尾有長羽，能開張作傘狀，金色，有翠緑斑紋，作眼球形排列於上，極絢爛。產於熱帶地，吾國園囿所蓄，多由印度羣島及暹羅輸入。（二）翡，音菲。

（三）翠，音措位切，鳥名。産越南等處，與魚狗同類而體畧大，羽亦較美麗，可爲飾品，今首飾之點翠，即用其羽也。《埤雅》亦謂“翠鳥雄赤曰翡，雌青曰翠”，亦名鷸。參看後《招魂》“砥室翠翹”及“翡翠珠被”疏。（四）旍，與旌同，旗之有鈴者也。（五）“宛雛孔鸞”，見相如《子虛賦》。“宛”作“鵷”，上有“則有”二字。（六）圜，古圓字。（七）“蓋之”句，見《周禮》卷六《考工記・輈人》第四節，“天”下有“也”字。[①]（八）旄，音毛。旗之注旄牛尾於干者曰旄。此合下二句，謂祭者望神之切，若乘車建旗，擁劍擁艾，上九天而撫彗星也，至末句猶言宜爲民正而終望其來也。（九）“庶旄翠旌”，見《前漢書二十二・禮樂志第二・安世房中歌》第一章。[②]

登九天兮撫[③]彗星。[④]九天（一），八方中央也。言司命乃陞九天之上，撫（二）持彗星（三），欲掃除邪惡，輔仁賢也。五臣云：飛登於天，撫掃彗星，言願將忠正美行還於君前，翦讒賊矣。［補］曰：《左傳》曰：天之有彗（四），以除穢也。《爾雅》：彗星爲欃槍。彗，祥歲切。偏指曰彗。自此以下，皆喻君也。**疏曰：**（一）九天。《太玄經》：“九天，一爲中天，二爲羨天，三爲從天，四爲更天，五爲睟天，六爲廓天，七爲減天，八爲沈天，九爲成天。”又九重之天也，參看前《離騷》“指九天以爲正兮”及《天問》“九天之際”疏。又神名。按此非後二説。（二）撫，音拊，循也。（三）彗，音叙鋭切，星名。一星後曳長尾如彗，故名。其外質鬆散，與太陽之電，同性被驅向後致成此形。所行軌道爲狹長之橢圓或拋物綫，故隱現不常。據最近測定，能預知伏見之期者約三十星，其形狀大小各異。古或謂之孛，或謂之長星。麟按：此或臨祭之時，適有彗星，神之不來，或彷彿來而復若登九天而循彗星軌道以行也。余曾見一次。會逢世變、世益污穢或將陸沈，舊學家多謂爲除穢或世變，新學家則不信，何也？（四）“天之有彗”二句，見《左傳・昭公二十六年》“齊有彗星”傳。

校勘記：①此句上頁眉戴之麟題校補時地云：丁亥六月十五日上午，韓左个牆陰。②此句上頁眉戴之麟題校補時地云：戊子七月十九日上午，捄驪補録。③“撫”，原誤作“擁”，今據李刻本、明翻宋本、汲古閣本改。④此句上頁眉戴之麟題校補時地云：丁亥七月四日午後，韓左个。

竦長劍（一）兮擁（二）幼艾，竦，執也。幼，少也。艾，長也。言司命執持長劍，以誅絶凶惡，擁[①]護萬民長少，使各得其命也。《釋文》竦，作慫。［補］曰：竦、慫，並息拱切。竦，立也。《國語》曰：竦善抑惡[三]。慫，驚也。《孟子》曰：知好色[四]，則慕少艾。說者曰：艾，美好也。《戰國策》云：今爲天下之工，或非也，乃與幼艾。又齊王有七孺子[五]。注云：孺子，謂幼艾美女也。《離騷》以美女喻賢臣，此言人君當遏惡揚善，佑賢輔德[②]也。或曰：麗姬，艾封人之子也。故美女謂之艾。猶姬貴姓，因謂美妾爲姬耳。**疏曰：**（一）劍，見前《東皇太一》"撫長劍兮玉珥"疏。（二）擁，音紆鞏切，從也。麟按：此謂神之來去，手中豎把長劍，隨從有青年，非謂美女也。近時廟宇正神之側，多有少年侍者可見。（三）"竦善抑惡"，見文十四年《楚語》"莊王使士亹傅太子葴"傳，原文作"而爲之聳善而抑惡焉"，句乃節取。（四）"知好色"句，見《孟子》中《萬章上》。（五）"齊王有七孺子"諸句，見《戰國策》卷四 31 頁《齊》，原文作"齊王夫人死，有七孺子者"，所注無"孺子，謂幼艾美女也"句。[③]"今爲天下"三句，見《戰國策》卷三《趙》"建信君貴於趙"傳，"非也"下節"社稷"三句，"與"作"予"。"或非也"下有"社稷"十六字，"乃與幼艾"注："趙岐曰：艾，美好。"亦無"孺子，謂幼艾美女也"。此見三原李錫齡校訂本，所引殆其他本乎？

蓀獨宜兮爲民正。言司命執心公方，無所阿私，善者佑之，惡者誅之，故宜爲萬民之平正也。蓀，一作荃。五臣云：蓀[一]，香草，謂神也，以喻君。［補］曰：正，音征，叶韻。**疏曰：**（一）蓀，音孫，亦作荃，一物也。此謂何以祀此神而誠如斯？以神獨宜能爲民之平正，使民得由亂反之正也。

校勘記：①原文"擁"誤作"撫"，據《惜陰軒叢書》本、明翻宋本、汲古閣本改。②原文"佑賢輔德"作"佑輔賢德"，據《惜陰軒叢書》本、明翻宋本、汲古閣本改。③此句上頁眉戴之麟題校補時地云：庚寅三月二十日夜。丁亥七夕午前，韓左个。同上地，後一日午前。

賀貽孫曰：少司命，位稍降於大司命，故其詞亦稍暱。"芳菲菲兮襲余"較"芳菲菲兮滿堂"，更爲親暱。"夫人自有美子，蓀何以兮愁苦"，舊注云："蓀，汝也，謂巫者自汝也。"此解甚妙，蓋巫者要結鬼神，自儆自詰，故作疑詞，謂彼神意中自有所謂美者而愛之，汝何以愁苦而望神之親汝乎？情妒之語，入樂章中，奇絶。"滿堂兮美人，忽獨與余兮目成"，情中癡景，寫來趣甚。既與余目成矣，又不言不辭，乘風載旗，舍而他去，悲孰甚焉？回思昔日新相知之樂，可復得哉？怨望之極。即《騷經》中"初既與余成言兮，後悔遁而有他”之意，蓋屈子失意之人，遇事感觸，往往假他題目寫己不平，故不覺其言之沉痛如此。“悲莫悲兮生别離，樂莫樂兮新相知”二語，遂種千古情根，啜其餘唾，至今猶香。“君誰須兮雲之際”，與《湘君》章“蹇誰留兮中洲”，皆情中猜疑語，妙不可言。至“與女游九河”、“與女沐咸池”，長與神偕逝矣。雖欲舍我而去，得乎？“望美人兮未來”，蓋神去之後，復冀其親己也。“臨風怳兮浩歌”，真有咫尺難離之意。“登九天兮撫彗星，慫長劍兮擁幼艾”，則又從其威光氣燄處頌之。“蓀獨宜兮爲民正”，從情艷語後，忽作莊語，筆意不測如此。麟按：評語多失，與原注同，已分詳各注不贅。①

校勘記：①此句上頁眉戴之麟題校補時地云：戊子四月十七日午後，縣中終校。

東　君

《博雅》曰：朱明耀靈。東君，日也。《漢書·郊祀志》有東君。

暾將出兮東方，謂日始出東方，其容暾暾而盛大也。［補］曰：暾，他昆切。

姚鼐曰：叙迎日神。①

照吾檻（一）兮扶桑。吾（二），謂日也。檻，楯也。言東方有扶桑（三）之木，其高萬仞，日出，下浴於湯谷，上拂其扶桑，爰始而登，照曜四方，日以扶桑爲舍檻，故曰：照吾檻兮扶桑也。［補］曰：檻，闌也。户黤切。楯，音盾。**疏曰：**（一）檻，闌檻也。軒窗下爲櫺曰闌，以板曰軒，曰檻。麟按：今人以門上横木爲天檻，下横木曰地檻，每當日出則曰日照門檻矣。（二）此吾，祠神者自吾也。謂日初出，照吾祠神舍檻，來自扶桑也。考《佛祖統記》卷第三十六云：“（三）扶桑在東海，去東岸一萬里，海水碧色甘香，扶桑在碧海中，地方萬里，大帝太真所治。材木如桑，兩兩同根，更相倚扶，故名扶桑。仙人食其椹，體作金色。今慧深云去東三萬里，當是遠人不測此中地里，故言若此。”又曰：“齊②東昏侯寶卷，明帝次子。永光三年，扶桑國僧慧深來京師，言其國在大漢東（海外多稱中國爲漢者，存舊稱也）三萬里。宋大明五年（宋孝武年號），罽賓國沙門五人，至其國流傳佛法。”③《佛祖統紀》，《四庫總目》卷一百四十五子部釋家類十六頁："五十四卷，宋僧志磐撰。志磐咸淳中住四明東湖，詳載天台一宗源流，分本紀八卷，世家二卷，列傳十三卷，表二卷，志三十卷，全仿正史之例。"④

校勘記：①此句出林雲銘《楚辭燈》，非姚鼐語。②"齊"，原誤作"晉"，今據《佛祖統紀》改。③此句上頁眉戴之麟題校補時地云：丁亥十二月五日午前，韓左个。④此句上頁眉戴之麟題校補時地云：己丑五月二十八日上午，新庭。

撫（一）余（二）馬兮安驅，余，謂日也。［補］曰：《淮南》曰：日至悲泉（三），爰止其女，爰息其馬，是謂懸車。車，日所乘也。馬，駕車者也。御之者①羲和也。女，即羲和。馬，即六龍。見《騷經》注。**疏曰：**（一）撫，據也。（二）余，亦祭者也。謂據馬舍日神而安驅，心誠於日也。麟按：日爲恒星，終古不動者，其動者地也。地球自轉分晝夜，公轉分四時。地球向日爲晝，背則爲夜，古人不明此理，故多有神話及無稽之談也。（三）"日至悲泉"四句，見《淮南子》三《天文訓》，"日至"作"至于"，"懸"作"縣"。②

夜皎（一）皎兮既（三）明。言日既陞天，運轉而西，將過太陰，徐撫其馬，安驅而行。雖幽昧之夜，猶皎皎而自明也。皎，一作皎。［補］曰：皎字从日，與皎同。此言日之將出，羲和（二）御之，安驅徐行，使幽昧之夜，皎皎而復明也。［補］曰：舊本明音亡。**疏曰：**（一）皎，音矯。（二）羲和，測日計歲之官，詳《書·堯典》。麟按：此合上句，謂日已出，夜已明。（三）既，已也。非謂日既陞天，將西過太陰也，觀"既"字自明。祭者早夜乘馬而至祠神之所，謂日將出，夜已明，撫馬尚安驅乎？明其誠於祀日也。

姚鼐曰：已上叙日出佳景。③

校勘記：①"者"，原誤作"有"，今據李刻本、明翻宋本、汲古閣本改。②此句上頁眉戴之麟題校補時地云：丁亥六月二十二日上午，韓左个牆陰。③此句出林雲銘《楚辭燈》，非姚鼐語。

駕龍輈兮乘雷，輈（一），車轅（二）也。［補］曰：震，東方也，爲雷，爲龍。日出東方，故曰“駕龍乘雷”也。《春秋命歷序》(三)曰：皇伯登扶桑，日之陽，駕六龍以上下。《淮南》曰：雷以爲車輪(四)。注云：雷，轉氣也。輈，張留切。《方言》曰：轅，楚、韓之間謂之輈。**疏曰：**（一）輈，音侜。大車謂之輈，與轅皆駕車者也。（二）轅，音袁，駕車之木。施於輿底軸上，左右各一、外出向前者。古大車、柏車、羊車皆用轅，兵車、田車、乘車則用輈。輈一而轅二，輈曲而轅直，其用則同也。轅端壓牛領者謂之鬲，俗曰鬲頭。此合下句，皆言來祠神者車馬之盛，非謂日所乘駕也。（三）《春秋命歷序》，孫穀《古微書》中《春秋緯》六部之一。《古微書》，詳前《離騷》“雷師告余以未具”句疏。“轅，楚”句，見《方言》第九卷十四節。《方言》，揚雄作，十三卷。① （四）“雷以爲”句，見《淮南子》一《原道訓》。載雲旗兮委蛇。言日以龍爲車轅，乘雷而行，以雲爲旌旗，委(一)蛇而長。委，一作逶。蛇(二)，一作虵。**疏曰：**（一）委，音烏詭切。（二）蛇、虵同，音移，從容自得之貌。此合上句，謂所駕之車上畫龍，行時其聲若雷；所載之旗上繪雲，行時從容不迫也。

校勘記：①此句上頁眉戴之麟題校補時地云：庚寅二月十九日傍晚。

長太息兮將上，心低佪兮顧懷。言日將去扶桑，上而升天，則俳(一)佪(二)太息，顧念其居也。低，一作俳，一作儃(三)。［補］曰：低佪，疑不即進貌。出不忘本，行則思歸，物之情也。以諷其君迷不知復也。上，上聲，升也。**疏曰：**（一）俳，音牌，與徘通。徘徊，不進貌。又流連往復也。（二）佪，音回。佪，一作回。（三）儃，音蟬。儃佪，猶低佪也。麟按：此謂觀祭者見車服之盛，太息不已，低佪往復，顧而懷之，非謂日也。觀下二句自明。

羌聲色兮娛人，娛(一)，樂也。一作色(二)聲(三)。**疏曰：**（一）娛，音虞。（二）色，指車旗。（三）聲，謂音樂。非俗謂聲色也。觀者憺兮忘歸。憺(一)，安也。言日色光明，旦耀①四方，人觀見之，莫不娛樂，憺然意安，而忘歸也。［補］曰：東方既明，萬類皆作，有聲者以聲聞，有色者以色見，耳目之娛，各自適焉。以喻人君有明德，則百姓皆注(二)其耳目也。**疏曰：**（一）憺，音淡。此言觀祭者見聲容之盛，娛樂安然而忘歸也。（二）注，音註，意所向也。

姚鼐曰：已上叙見日作樂，召巫以悦神。② 按：此指下“緪瑟兮交鼓”至“靈之來兮蔽日”等句。

校勘記：①“燿”，原作“耀”，今據李刻本、明翻宋本、汲古閣本改。②此句出林雲銘《楚辭燈》，非姚鼐語。

緪瑟(一)兮交鼓，緪，急①張絃也。交鼓(二)，對擊鼓也。緪，一作縆。[補]曰：緪，古登切。《長笛賦》(三)曰：縆瑟促(四)柱。**疏曰**：(一)瑟，見《東皇太一》“陳竽瑟兮浩倡”疏，下竽同。(二)鼓，宜作鼓，擊也，又彈也。《論語·先進》篇“鼓瑟希”之“鼓”是也。此謂祀神作樂，急張瑟弦而彈之，非對擊鼓也。不然“緪瑟”二字，似覺不諧。(三)《長笛賦》，馬融作。(四)促，音趨旭切，短促也。

簫鐘②(一)兮瑤簴(二)，王逸無注。簫，一作蕭。[補]曰：《儀禮》(三)有笙磬、笙鐘(四)。《周禮》笙師共其(五)鐘笙之樂。注云：鐘笙，與鐘聲相應之笙。然則簫鐘，與簫聲相應之鐘歟？簴，其吕切。《爾雅》木謂之虡，縣③鐘磬之木也。瑤簴，以美玉爲飾也。**疏曰**：(一)簫，見前《湘君》“吹參差兮誰思”疏。此謂以鐘之紐末，懸於簴上以擊之。(二)簴，音巨，與虡同，懸鐘磬之架也。(三)《儀禮》，《辭源》子集二三五頁人部十三畫：“書名。《儀禮》出殘闕之餘，漢代所傳篇第先後不同者，凡有三本：一戴德本，一戴聖本，一劉向《别録》本。《别録》本，即鄭氏所注，今傳世本也。其經文亦有二本：高堂生所傳者爲今文，魯恭王壞孔子宅而得者爲古文，漢鄭玄注，蓋參用二本，唐賈公彦爲之疏。凡十七卷，即注疏本也。”(四)笙磬、笙鐘，見《儀禮·大射儀第七·樂人》“宿縣”節。④(五)“共其”句，見《周禮菁華》三卷四十頁“笙師”節。⑤

校勘記：①“急”，原誤作“即”，今據李刻本、明翻宋本、汲古閣本改。②“鐘”，明翻宋本、汲古閣本作“鍾”。③“縣”，原作“懸”，今據李刻本、明翻宋本、汲古閣本改。④此句上頁眉戴之麟題校補時地云：戊子五月十六日上午，捄左補録。⑤此句上頁眉戴之麟題校補時地云：戊子二月十七日午間，韓左个。

鳴篪兮吹竽，篪、竽，樂器名也。言己願供修香美，張施琴瑟，吹鳴篪竽，列備衆樂，以樂大神。篪，一作箎。[補]曰：箎，與篪同，並音池。《爾雅》注云：箎以竹爲之，長尺四寸，圍三寸，一孔上出，一寸三分，名翹，横吹之。小者尺二寸。《廣雅》

云：八孔。竽，已見上。**疏曰：**見上，指前《東皇太一》"陳竽瑟兮浩倡"注。思靈保兮賢姱。靈，謂巫也。姱，好貌。言己思得賢好之巫，使與日神相保樂也。［補］曰：古人云：詔靈保，召方相(一)。説者曰：靈保①，神巫也。姱，音户，叶韻。舊苦胡切。未詳。**疏曰：**（一）方相，古之像神以逐疫者。四目爲方相，兩目爲倛。送葬亦用之。見《周禮》夏官之屬："主敺疫者也。狂夫四人，蒙熊皮，黄金四目，玄衣朱裳，執戈揚盾。"注："方相，猶言放想，可畏怖之狀。"

校勘記：①"保"下，原衍"者"字，今據李刻本、明翻宋本、汲古閣本删。

翾飛兮翠曾，曾，舉也。言巫舞工巧，身體翾然若飛，似翠鳥之舉也。［補］曰：翾，小飛也，許緣切。曾，作滕切，《博雅》曰：翻(一)，翥(二)飛也。**疏曰：**（一）翻，音增。《廣雅》曰："舉也。"據此，則曾、翻蓋音義同也。（二）翥，讀若著，飛舉也。展詩兮會舞。展，舒①。［補］曰：展詩(一)，猶陳詩也。會舞(二)，猶合舞也。**疏曰：**（一）展詩，歌詩也，作樂時所歌之詩也。展，音輾，放寬也。（二）舞，見前《九歌》疏五。

校勘記：①"舒"，原誤作"詩"，今據李刻本、明翻宋本、汲古閣本改。

應律兮合節，言乃復舒展詩曲，作爲雅頌之樂，合會六律(一)，以應舞節(二)。［補］曰：應，於證切。漢樂歌曰：展詩應律鋗(三)玉鳴(四)。**疏曰：**（一）律，音栗。律吕，古以正聲音之器，黄帝時伶倫造之。截竹爲筒，陰陽各六筒，有長短，則聲音有清濁高下。各樂器之音，皆以此比較而定。陽者爲律，黄鐘、太簇、姑洗、甤賓、夷則、無射，謂之六律。陰者爲吕，大吕、夾鐘、中吕、林鐘、南吕、應鐘，謂之六吕。合而言之，亦謂之十二律。古時審音，以律爲率。（二）節，音即噎切，樂器也。拍板之屬，所以節樂者。《清會典圖》："編竹形如箕，以圓竹二，上合下開，劃之發聲，以節樂也。"麟按：今之拍板，係以木片二，長各約六七寸，闊各約二寸，貫以繩，跨手大、二指間，左右之以節樂。又音調緩急之度曰節，如言節奏。（三）鋗，音久懸切，鳴玉聲也。（四）"展詩"句，見《漢書》卷二十二《禮樂志・郊祀歌・天地八》。①靈之來兮蔽日。言日神悦喜②，於是來下，從其官屬，蔽(一)日而至也。**疏曰：**（一）蔽，音臂，障隔也。

校勘記：①此句上頁眉戴之麟題校補時地云：戊子十月一日上午，捄左補録。②“悦喜”，原誤作“喜悦”，今據李刻本、明翻宋本、汲古閣本改。

青雲衣兮白霓(一)裳，言日神來下，青雲爲上衣，白蜺爲下裳也。日出東方，入西方，故用其方色以爲飾也。[補] 曰：霓見《騷經》。**疏曰：**（一）霓、蜺同，詳前“離騷經章句第一”疏。

姚鼐曰：日神作用。[①][②]

舉長矢兮射天狼。天狼，星名，以喻貪殘。日爲王者，王者受命，必誅貪殘，故曰舉長矢(一)，射天狼，言君當誅惡也。射，一作鉃。[補] 曰：射，食亦切。《晉書(二)·天文志》云：狼一星在東井南，爲野將，主侵掠(三)。**疏曰：**（一）矢，音式旨切，箭也。此言日神之降，手舉長箭，其光直射照天狼也。（二）《晉書》，書名，唐房喬等撰。貞觀中以何法盛等十八家晉史未善，乃敕喬與褚遂良等重撰，預其事者二十一人，《類例》出於敬播，《天文》、《曆律》則李淳風爲之。修史出於衆手，自《晉書》始。太宗自爲《宣武紀》與陸機、王羲之二人傳論，故原本題“太宗御撰”。共爲紀十、志二十、列傳七十，其載記三十，則記胡羯、氐、羌、鮮卑十六國事者，缺前涼、西涼。當時修史者，多文詠之士，好採詭異以廣聞見，學者譏之，文多駢四儷六，亦非作史之體也。（三）掠，音略，奪取也。

校勘記：①此句出林雲銘《楚辭燈》，非姚鼐語。②此句上頁眉戴之麟題校補時地云：丙戌六月十九日上午，韓庭牆陰。

操余弧兮反淪降，言日誅惡以後，復循道而退，下入太陰之中，不伐其功也。[補] 曰：操，持也，七刀切。弧，音胡。《説文》曰：木弓也。一曰往體寡、來體多曰弧。淪，没也。降，下也，户江切，叶韻。《晉志》(一)曰：弧，九星，在狼東南，天弓也，主備盜賊。《天文大象賦》（見前《離騷》“飲余馬於咸池”疏）[①]注云：弧矢九星，常屬矢[②]而向狼，直狼多盜賊，引滿則天下兵起。《河東賦》(二)云：玃(三)天狼之威弧。《思玄賦》(四)云：彎威弧之拔剌兮，射嶓(五)冢[③]之封(六)狼。**疏曰：**此喻日神一舉持弧矢光射天狼，天狼之光，顧反隱不見，如淪降也。(一)《晉志》，共二十，此指天文，爲《晉書》中志。《晉書》，唐房玄齡等撰。此外紀十、列傳七十，載記三十，原本題爲"太宗御撰"。④（二）《河東賦》，漢揚雄作。（三）玃，音矍，本作攫，俱碧切，搏也。(四)《思玄賦》，漢張衡作。（五）嶓，音波，山名。有二：一在陝西寧羌縣北，漢水所出。《禹貢》梁州："岷、嶓既藝，又導嶓冢至於荆山。"《水經注》："《漢中記》曰：'嶓冢以東，水皆東流，嶓冢以西，水皆西流，故俗以嶓冢爲分水嶺。'"二在甘肅天水縣西南，西漢水所自出，《漢書・地理志》謂即《禹貢》之嶓冢。攷《隋書》卷三十三《經籍志》有《漢水記》五卷，庾仲雍撰，無《漢中記》。⑤（六）封，音夫邕切，大也。

援北斗兮酌桂漿。斗，謂玉爵。言誅惡既畢，故引玉斗酌酒漿，以爵命賢能，進有德也。[補] 曰：援，音爰，引也。《詩》云：酌以大斗(一)。斗，酒器也。又曰：維北有斗(二)，不可以挹酒漿。此以北斗(三)喻酒器者，大之也。斗，舊音主。射天狼、酌桂⑥漿，以諷其君不能遏惡揚善也。**疏曰：**此合下二句，送神之詞也。謂酌酒酬神之來享也。(一)"酌以大斗"，見《詩・行葦》篇。(二)"維北有斗"二句，見《詩・大東》篇。(三)北斗，星名，參看後《遠游》"舉斗柄以爲麾"疏。

校勘記：①此句上頁眉戴之麟題校補時地云：己丑三月十七日下午，新庭。②"常屬矢"，原誤作"嘗束矢"，今據李刻本、明翻宋本、汲古閣本改。③"冢"，明翻宋本、汲古閣本作"嫁"。後文凡從李刻本作"冢"而他本皆作"嫁"者，徑從李刻本不出校。④此句上頁眉戴之麟題校補時地云：戊子二月三日午後，韓左个。⑤此句上頁眉戴之麟題校補時地云：戊子七月十二日午間，球左補録。⑥"桂"，原誤作"酒"，今據李刻本、明翻宋本、汲古閣本改。

撰余轡兮高駝翔，駝，一作馳，一無此字。[補] 曰：撰，雛免切，定也，持也。《遠游》曰：撰余轡而正策。反淪降者，喻人君退託不自有其功。高馳①翔者，喻制世馭民於萬物之上。**疏曰：**此"余"合上二句"余"字，皆代東君自余也。謂東君之去，持轡而高駝如鳥之飛翔，篇中各注多誤，總緣拋卻本題不論耳。杳冥冥兮以東行。言日過太陰，不見其光，出杳杳，入冥冥，直東行而復出。或曰：日月五星，皆東行也。一云：翔杳冥兮。一無"以"字。[補] 曰：杳，深也。冥，幽也。日出東方，猶帝出乎震也。行，胡岡切，叶韻。**疏曰：**日，原不動之恒星，日月五星，各繞之以行者。此以神言，亦謂來饗既畢，而東行至於杳冥不可見，臨送猶眷顧不已也。

姚鼐曰：已上叙送日神作結。[②]

校勘記：①“馳”，原作“駝”，今據李刻本、明翻宋本、汲古閣本改。②此句出林雲銘《楚辭燈》，非姚鼐語。

賀貽孫曰：日神君象，故《東君》一首，詞氣嚴重，與諸篇不同。惟“靈之來兮蔽日”一句，微寓感諷，日神蔽日語，意奇甚，藉叢煬竈未足以喻也。至“舉長矢兮射天狼，操余弧兮反淪降”，則一人當陽，威光遠熠。“援北斗”，“酌酒漿”，可以酣醉太平矣。頌而不諂，尤見身分。麟按：“忘歸”以上，言祠東君者初來服飾之盛。以下至“合節”，言舉行祠祀樂舞之備。再下四句，言東君來饗。末三句，言送神、見神之去。原解及賀評多誤。

河　伯

《山海經》曰：中極之淵[(一)]，深三百仞[(二)]，唯[①]冰夷都焉。冰夷，人面而乘龍。《穆天子傳》[(三)]云：天子西征，至於陽紆[(四)]之山，河伯、無夷之所都居。冰夷、無夷，即馮夷也。《淮南》又作馮遲。《抱樸子·釋鬼篇》曰：馮夷以八月上庚日渡河溺死，天帝署爲河伯。《清泠傳》曰：馮夷，華陰[(五)]潼鄉隄首[(六)]人也。服八石[(七)]，得水仙，是爲河伯。《博物志》云：昔夏禹觀河，見長人魚身出曰：吾河精。豈河伯也？馮夷得道成仙，化爲河伯，道豈同哉？**疏曰：**（一）“中極”諸句，見《山海經》十二《海内北經》。“中”作“從”，“唯”作“維”，“都”上有“恒”字，“面”上無“而”字，“乘”下有“兩”字。（二）仞，音刃。古以周八尺曰仞，合營造尺六尺四寸八分。又或謂七尺，或謂四尺。（三）《穆天子傳》，見前《離騷》“夕余至乎縣圃”疏。（四）陽紆，澤名，亦作楊紆。《周禮》：“冀州藪曰楊紆。”《淮南子》：“秦之陽紆。”《穆天子傳》：“至於楊紆之山。”《山海經》作楊華之山。畢沅注：“今名楊華藪，在陝西華陰縣東。”是也。見《辭源》戌集阜部九畫。（五）華陰，今縣名。漢置，清屬陝西同州府，今屬陝西關中道。（六）潼，音同，一作梓潼，水名。源出四川平武縣山溪，東南流經梓潼、鹽亭，入於涪江。古名馳水，亦曰歧江、潼江、馬閣水。潼鄉隄首，殆其附近鄉聚之名耳。（七）八石，即八瓊。見前《東皇太一》“盍將把兮瓊芳”疏。

校勘記： ①“唯”，原作“惟”，今據李刻本、明翻宋本、汲古閣本改。

與女游兮九河，河[一]爲四瀆[二][三]長，其位視大夫[二四]。屈原亦楚大夫，欲以官相友，故言女[二三]也。九河：徒駭[四]、太史[五]、馬頰[六]、覆鬴[七]、胡[八]蘇[九]、簡、絜[十]、鉤磐[十一]、鬲津[十二]也。［補］曰：女，讀作汝，下同。九河名，見《爾雅》。《書》曰：九河既道[十七][十九]。注云：河水分爲九道[二十]，在兖州[十三]界。又曰：又北播爲九河[十八]，同爲逆河，入於海。注云：分爲九河，以殺[十四]其溢[十五]。漢許商[十六]上書云：古記九河之名，有徒駭、胡蘇、鬲津，今見在成平[二一]東光[二二]鬲縣界中。自鬲津以北至徒駭，其間相去二百餘里。是知九河所在，徒駭最北，鬲津最南，蓋徒駭是河①之本道，東出分爲八枝也。**疏曰：**（一）河，專指者爲黄河，又水之通稱。此九河通稱，非專指四瀆長之黄河也。（二）四瀆，江、河、淮、濟是也。（三）瀆，音讀，謂獨流入海也。今濟奪於河、淮，入於運。四瀆中，惟江、河入海。（四）徒駭，乃黄河經流，在直隸舊河間府地方。《爾雅釋文》：“李云：‘禹疏九河，以徒衆起，故曰徒駭。’孫云：‘禹疏九河，此河功難，衆懼不成，故曰徒駭。’”駭，音蟹，驚起也，引申之爲懼。（五）太史，《爾雅釋文》：“李、孫云：‘禹大使徒衆於此通水，故曰太史，或云史官記事之處。’”（六）馬頰，《辭源》亥集九頁馬部：“古九河之一。今以馬頰名者有二：一即王莽河，亦曰石碑河，在直隸滄縣磚河之南，爲宣惠河支流，東北入於海；一爲運河支流，行馬頰河故道，由山東聊城縣東北流經舊濟南、武定二府，至海豐，自月河口入於海。”②（七）覆鬴，鬴，一作釜，未詳。（八）（九）胡蘇，《爾雅・釋水》注：“胡，下也。蘇，流也。孫炎[二五]曰：‘水流多數，胡蘇然。’”又《漢書》“徒駭、胡蘇”注：“下流急疾之貌也。”在今直隸東光縣東南，有胡蘇亭。于欽《齊乘》[二六]曰：‘滄州南有大③連澱，即胡蘇河也。’（十）簡、絜，俟考。（十一）鉤磐，已湮塞。故道在今東光之南，鬲縣之北，見《書》疏。即今直隸東光縣之南，山東德縣之北。（十二）鬲津，以水多阨狹，可隔以爲津而横渡，故名。今以鬲津名者，爲四女寺減水河，乃運河支津，由山東之恩縣、德縣東北流經舊河間、天津、武定諸府，會宣惠河，由海豐之大沽口入於海。俗稱老黄河，亦稱古黄河，實西漢以前及北宋時黄河故瀆也。又有新鬲津河，在山東之平原陵縣，入於篤馬河。（十三）兖，音沿上聲，古九州之一。《禹貢》：“濟河惟兖州。”李巡[二七]曰：“濟河間其氣專質，厥性信謹，故曰兖。兖，信也。”《釋名》：“兖州取兖水。”兖水，即沇水。山東舊東昌府及兖州、濟南、青州之西北境，直隸舊大名府及正定、河間之東南境，皆古兖州之地。周、漢皆置兖州。後漢兖州刺史治昌邑，故城在今山東金鄉縣西北。魏移廪邱，故城在今山東范縣東南。劉宋時移治瑕邱，後代遂以其地爲兖州。明升爲府，屬山東，清因之，民國廢。今滋陽縣，舊府治也。（十四）殺，音所壞切，減削也。（十五）溢，音逸，出於外也。（十六）許商，漢長安人，字長伯。從周湛受《尚書》，善爲算，著《五行論歷》，位至九卿。（十七）“九河既道”與（十八）“又北播爲九河”三句，並見《禹貢》。（十九）道，音導，引也。（二十）九道之道，讀上聲，路也。“本道”道字同。（二一）成平，《前漢書二十八上・地理志》縣名，屬渤海郡，注有“虖池河民曰徒駭，河莽曰澤亭”二語。④（二二）東光，今縣名。漢置，清屬直隸河間府，今屬直隸津海道。鬲，音歷。麟按：（二三）女，指巫代祠河伯者，指語之謂與巫同游於九河，以求河伯之來饗也。指河伯非。（二四）“其位視大夫”等語亦非。視，音市，比也。（二五）孫炎，《辭源》寅集子部一八頁七畫：“字叔然，生漢魏間。授學鄭玄之門人，稱東州大儒。徵爲祕書監不就，作《爾雅音義》，爲反切之始。”⑤（二六）《齊乘》，《四庫全書總目》卷六十八史部地理類一三十二頁作“六卷。元于欽撰。欽字思容，益都人。歷官兵部侍郎。是書專記三齊輿地，凡分八類，曰《沿革》，曰《分野》，曰《山川》，曰《郡邑》，曰《古蹟》，曰《亭館》，曰《風土》，曰《人物》。敘述簡核而淹貫，在元代地志之中最有古法。”⑥（二七）李巡，《中國人名大辭典》七畫三九三頁：“後漢汝陽人。靈帝時爲中常侍，時宦官縱横，巡獨守清忠，不争權威。見諸博士試甲乙科，争第高下，至有行賄定蘭臺漆書經字，以合其私文者，乃白帝與諸儒共刻五經文於石，於是詔蔡邕等正其文字。五經一定，争者用息。”⑦

衝風起兮横波。衝，隧也。屈原設意與河伯爲友，俱游九河之中，想蒙神祐⑧，反遇隧(一)風，大波涌起，所託無所(二)也。一本“横”上有“水”字。五臣云：衝風，暴風也⑨。[補] 曰：《詩》云：大風有隧(三)。**疏曰：**（一）隧，音遂，回也。謂回風也。麟按：此言祭河伯者之所見，非屈原。屈原代之言也。（二）“所託”句下“所”字，處所也。⑩（三）“大風有隧”，見《詩・采桑》篇。

校勘記：①“河”，原誤作“海”，爲承襲李刻本之誤，今據明翻宋本、汲古閣本改。②此句上頁眉戴之麟題校補時地云：戊子二月三日午前，韓左个。③“大”，原誤作“人”，今據《齊乘》改。④此句上頁眉戴之麟題校補時地云：戊子七月十四日上午，捄左補録。⑤此句上頁眉戴之麟題校補時地云：己丑五月二十五日午前，新寢。⑥此句上頁眉戴之麟題校補時地云：己丑五月二十七日上午，新庭。⑦此句上頁眉戴之麟題校補時地云：己丑六月二十二日午間。

⑧“祐”，原作“佑”，今據李刻本、明翻宋本、汲古閣本改。⑨“也”，原脱，今據李刻本、明翻宋本、汲古閣本補。⑩此句上頁眉戴之麟題校補時地云：己丑五月十二日午後，新庭。

乘水車兮荷蓋，駕兩龍兮驂螭。言河伯以水爲車，驂駕螭龍，而戲游也。一本“螭”上有“白”字。[補] 曰：《括地圖》(一)云：馮夷常乘雲車，駕二龍。《史記》曰：水神不可見(二)，以大魚蛟龍爲候。《博物志》(三)曰：水神乘魚龍。驂，蒼含切，在旁曰驂。驂，兩騑也。螭，丑知切。《説文》云：如龍而黄。北方謂之地螻。一説無角曰螭。一音離。《集韻》：螹(四)螭(五)，龍無角。**疏曰：**此謂祭者與巫求神，初時所乘之車，上張荷蓋，如水行之速；駕車之馬，如龍螭之蜿蜒而行。古人所謂“車如流水馬如龍”，是也。(一)《括地圖》，查《辭源》卯集一〇七頁手部六畫有《括地志》、《括地象圖》，無《括地圖》名。《括地志》，唐魏王泰命著作郎蕭德言、祕書郎顧胤等撰。分計州郡，緟輯疏録，凡五百五十卷，序畧五卷。今佚。《括地象圖》，見前《離騷》“邅吾道夫崑崙兮”疏。此云《括地圖》，殆簡稱乎?[①]按《玉海》十四載有此名，標名多“漢”與“雜”各一字，不言作者姓名。[②]（二）“水神不可見”二句，見《史記六・秦始皇本紀第六》。[③]（三）《博物志》，見同上“指西海以爲期”疏[④]。（四）螹，音漸，又音才廉切，即螭也。(五) 螭、螭同。

校勘記：①此句上頁眉戴之麟題校補時地云：己丑三月二十五日午後，圖書館。②此句上頁眉戴之麟題校補時地云：戊子九月二十四日上午，救左補録。③此句上頁眉戴之麟題校補時地云：丁亥六月十三日上午，韓左个。④“疏”下，原衍“九”字，考前文，《博物志》並未標注疏證序號，故删。

登崑崙兮四望，崑崙(一)山，河源所從[①]出。[補] 曰：《援神契》(《援神契》，詳後《九章・惜誦》“登崑侖兮食玉英”疏。)[②]云：河者，水之伯。上應天河。《山海經》云：崑崙山有青河(二)、白河、赤河、黑河，環(三)其墟(四)。其白水出其東北陬(五)，屈向東南流，爲中國河。《爾雅》曰：河出崑崙虚，色白，所渠(六)并千七百一川。色黄，百里一小曲，千里一曲直。《淮南》曰：河出崑崙(七)，貫渤海，入禹所導積石山也。**疏曰：**(一) 崑崙，分見前《離騷》“夕余至乎縣圃”及“邅吾道夫崑崙兮”疏。(二)“崑崙山”等句，《山海經》無。[③]（三）環，音胡頑切，圍也。（四）虚，同墟。（五）陬，音鄒，隅也。（六）渠，音羣余切，水所居也。麟按：此謂求神之切，恍若登崑崙上四望也。（七）“河出”等句，見《淮南》卷四《墬形訓》。“崑崙”下原有“東[④]北陬”三字，句末無“也”字。心飛揚兮浩蕩。[⑤]浩蕩，志[⑥]放貌。言己設與河伯俱游西北，登崑崙萬里之山，周望四方，心意飛揚，志欲陞[⑦]天，思念浩蕩，而無所據[(一)]也。**疏曰：**此接上言祠祀者心神不覺飛揚而浩蕩也。亦誠思惝怳之狀。（一）據，音倨，依也，引申之爲憑據。無所據，猶言無所憑依也，即惝怳不定之貌。

校勘記：①“從”，原脱，今據李刻本、明翻宋本、汲古閣本補。②此句上頁眉戴之麟題校補時地云：戊子八月九日上午，捄左補録。③此句上頁眉戴之麟題校補時地云：丁亥六月二十日午後，韓左个。④“東”，原誤作“南”，今據《淮南子》改。⑤此句上頁眉戴之麟題校補時地云：戊子五月二十一日午前，韓左个。⑥“志”，原誤作“忠”，爲承襲李刻本之誤，明翻宋本、汲古閣本亦誤。據柳刻本及金陵書局本改。⑦“陞”，原作“升”，今據李刻本、明翻宋本、汲古閣本改。

日將暮兮悵[(一)]忘歸，言崑崙之中，多奇怪珠玉之樹[(三)]，觀而視之，不知日暮。言己心樂志説[①]，忽忘還歸也。［補］曰：此言登崑崙以望四方，無所適從，惆[(二)]悵歎息，而忘歸也。悵，失志也。**疏曰：**（一）悵，音暢，亦作惝。（二）惆，音抽。惆悵，悲哀也。麟按：此言求神之切，至俟至日將暮，猶悲哀而忘歸。前二解均誤。（三）“奇怪珠玉之樹”，尤非。或如雲南大理所産之石，上作樹木樓臺各狀。否則謂崑崙之雪，經年不融，山上之樹，枝葉綴冰如珠耳。惟[(一)]極浦兮寤懷。寤，覺也。懷，思也。言己[(二)]復徐惟念河之極浦，江之遠碕[(三)]，則中心覺寤[②]，而復愁思也。［補］曰：惟，思也。極浦，所謂望涔陽兮極浦是也。**疏曰：**（一）惟，音維，獨也。此言心無别望，獨寤懷極浦，望河伯之來饗。（二）己，係指祠祀者，非屈原也。（三）碕，音奇，曲岸也。與倚通，石矼也。矼，音腔，聚石爲步以渡水者。通作杠，即今石橋也。麟按：今山溪水淺處有用石蹬濟人者，杠或指此也。

校勘記：①“説”，原作“悦”，今據李刻本、明翻宋本、汲古閣本改。②“寤”，原作“悟”，今據李刻本、明翻宋本、汲古閣本改。

魚鱗屋兮龍堂，紫貝闕兮朱宮。言河伯所居，以魚鱗蓋屋，堂畫蛟龍之文，紫貝作闕，朱丹其宮，形容異制，甚鮮好也。《文苑》作珠宮。［補］曰：河伯，水神也。故託魚龍之類，以爲宮室闕(一)門觀也。**疏曰：**（一）闕，曲嘰切。謂爲二臺於門外，作樓觀於上，中央闕而爲道，故謂之闕。亦曰象魏，古爲頒布發令之所。又後世以爲天子所居之通稱。麟按：此緬想河伯所居之美麗耳。

姚鼐曰：得所在矣。①

校勘記：①此句出林雲銘《楚辭燈》，非姚鼐語。

靈何爲兮水中，言河伯之屋，殊好如是，何爲居水中而沈没也。［補］曰：此喻賢人處非其所也。**疏曰：**補語非。乘白黿(一)兮逐文魚。大鼈(二)爲黿，魚屬也。逐，從也。言河伯游戲，遠出乘龍，近出乘黿，又從鯉魚也。一無"文"字。［補］曰：黿，音元。《紀年》(三)曰：穆王(四)三十七年，征伐起①師。至九江，叱黿鼉以爲梁。陶隱居(五)云：鯉魚形既可愛，又能神變，乃至飛越山湖，所以琴高(六)乘之。按《山海經》：睢水東注江(七)，其中多文魚。注云：有斑采也。又《文選》云：騰文魚以警乘(八)。注云：文魚，有翅，能飛。逸以文魚爲鯉，豈亦有所據乎？**疏曰：**（一）黿，爬蟲。狀似鼈而甚大，頭有磊塊，故俗稱癩頭。黿背青黃色，居於江湖，古以其肉爲珍味。（二）鼈，見前《湘君》"君不行兮夷猶"疏。（三）《紀年》，即《竹書紀年》，見前《離騷》"乃遂焉而逢殃"疏。（四）穆王，見同上"麾蛟龍使梁津兮"疏。（五）陶隱居，見同上"吾令鴆"句疏。（六）①琴高，《辭源》午集三二頁玉部八畫："周時趙人。能鼓琴，浮游冀州涿郡間。後入涿水取龍子，與諸弟子期某日當返，諸弟子齋潔待於水旁，高果乘鯉而出，觀者萬餘人。留一月，復入水去。見《列仙傳》。"②借用爲鯉魚之稱。③山名，在安徽涇縣東北二十里。山有兩巖，相傳爲琴高控鯉上升之所。②（七）"睢水東注江"二句，見《山海經》第五《中山經》"中次八經"條，原文作"睢水出焉，東南流注於江，其東多丹粟，多文魚"。③（八）"騰文魚"句，見李善注《文選》卷十九賦類情曹子建《洛神賦》。④

校勘記：①"起"，原誤作"趙"，今據李刻本、明翻宋本、汲古閣本改。②此句上頁眉戴之麟題校補時地云：己丑五月二十五日午前，新寢。③此句上頁眉戴之麟題校補時地云：戊子五月三十日午前，捄庭補録。④此句上頁眉戴之麟題校補時地云：己丑四月二十四日上午，新庭。

與女游兮河之渚，流澌紛兮將來下。流澌，解冰也。言屈原願與河伯游河之渚，而流澌紛然相隨來下，水爲汙①濁，故欲去也。或曰：流澌，解散。屈原自比流澌者，欲與河伯離别也。[補] 曰：渚，洲也。澌，音斯。從仌者(一)，流冰也。從水者，水盡也。此當從仌。下，音户。**疏曰：**（一）從仌者，即澌，音同。麟按：此言祭者與巫謂神或不來，將游河渚以俟神，將隨流澌下降享祀也。原注謂原願與河伯游，非。

校勘記：①"汙"，明翻宋本、汲古閣本作"污"。後文凡從李刻本作"汙"而他本皆作"污"者，徑從李刻本不出校。

子交手兮東行，子(一)，謂河伯也。言屈原與河伯别，子宜東行，還於九河之居，我亦欲歸也。一本"子"上有"與"字。[補] 曰：《莊子》曰：河伯順流而東行(二)。**疏曰：**（一）子，謂巫。此言祭者謂與巫迎神既至，將轉而東行，攜手以歸祠祀也。（二）"河伯"句，見《莊子·秋水》篇。①送美人兮南浦。美人(一)，屈原自謂也。願河伯送己南至江之涯，歸楚國也。[補] 曰：江淹(二)《别賦》云：送君南浦，傷如之何。蓋用此語。**疏曰：**此言祀神既畢，將神送之南浦。（一）美人，稱河伯也。原注謂爲屈原，大非。（二）江淹，南朝梁考城人，字文通。官至金紫光禄大夫。少以文章著顯，晚年才思微退，詩文無佳句，時人謂之才盡。見《辭源》巳集二一頁水部三畫。

校勘記：①此句上頁眉戴之麟題校補時地云：丁亥六月二十五日午前，韓左个。

波滔滔(一)兮來迎，魚鄰①鄰(二)兮媵(三)予(四)。媵，送也。言江神聞己將歸，亦使波流滔滔來迎，河伯遣魚鄰鄰侍從，而送我也，鄰，一作鱗。[補] 曰：滔，土刀切，水流貌。《詩》曰：滔滔江漢(五)。媵，以證切。予，音與。屈原託江海之神送迎己者，言時人遇己之不然也。杜子美(六)詩云：岸花飛送客，牆②燕語留人。亦此意。**疏曰：**（一）滔，音叨，水漫漫大貌。（二）鄰，音鱗，比也。通作鱗。鄰鄰，言比連之多也。（三）媵，音孕。此言送神將去，河波漫大，如來迎接。既送神後，河間魚多，如將送予。（四）予，祭者自予也。較是。（五）“滔滔江漢”，見《詩·四月》篇。（六）杜子美，見前《東皇太一》“吉日兮辰良”疏。“岸花飛送客”二句，見《錢注杜詩》八册卷十八《近體詩六十一首》之《發潭州》。原詩“牆”作“檣”，是謂舟上帆檣也。③

姚鼐曰：已上敘得見河伯而即别，不能遂其游之樂，悵悵不已。④⑤

校勘記：①“鄰”，明翻宋本、汲古閣本作“隣”。②“牆”，李刻本、明翻宋本、汲古閣本作“檣”。以下文疏證曰“原詩‘牆’作‘檣’”，今不改。③此句上頁眉戴之麟題校補時地云：己丑六月九日午後，新庭。④此句出林雲銘《楚辭燈》，非姚鼐語。⑤此句上頁眉戴之麟題校補時地云：戊子四月十八日上午，救左終校。

賀貽孫曰：作《河伯》水神之歌，其文蕩漾亦猶作《雲中君》雲神之歌，其辭輕矯也。“靈何爲兮水中”六字，又可爲弔汨羅詩文粉本。

山　鬼

《莊子》曰：山有夔（一）。《淮南》曰：山出嘄陽（二）。楚人所祠，豈此類乎？**疏曰：**（一）夔，音逵。木石之怪，如龍有角，鱗甲光如日月，見則其邑大旱。（二）嘄，音堅堯切。嘄陽，一作梟揚。見後《哀時命》“使梟揚先導兮”疏。

若有人兮山之阿，若有人，謂山鬼也。阿（一），曲隅也。**疏曰：**（一）阿，音厄歌切。被薜荔（一）兮帶女羅。女羅（二），菟絲（三）也。言山鬼仿佛若人，見於山之阿，被薜荔之衣，以菟絲爲帶也。薜荔、菟絲，皆無根，緣物而生。山鬼亦晻①忽無形，故衣之以爲飾也。羅，一作蘿。[補]曰：《爾雅》云：唐蒙女蘿。女蘿，菟絲。《詩》云：蔦與女蘿（四），施于松上。《吕氏春秋》云：或謂菟絲，無根也，其根不屬地，茯苓是也。（“或謂”諸句，見是書《精通》篇。“或”上有“人”字，“根”下有“菟絲非無根”五字，“地”作“也”，“是”下無“也”字。）《抱朴子》云：菟絲之草，下有伏菟之根，無此菟則絲不生於上，然實不屬也。**疏曰：**（一）薜荔，見前《離騷》“貫薜荔之落蘂”疏。（二）女蘿，地衣類植物，亦名松蘿。古誤以菟絲爲女蘿，菟絲屬顯花類，女蘿屬隱花類，二者迥異。《本草綱目》及《爾雅義疏》等辨之甚明。松蘿全體分細枝無數，狀如線，長數尺，黄緑色。一名女蘿。（三）菟絲，寄生之蔓草，屬旋花科。無葉，緑質，莖細長略黄，常纏絡於他植物上。葉退化成鱗片，夏季開淡紅色小花。結實，子可入藥。古名唐蒙，亦名女蘿，實與女蘿爲二物。麟按：古文人不明根莖之别及無根不能生長之理（芝草在例外），其實有根。近時名曰寄生，或曰氣生，謂寄生他物或空氣中也。② （四）"蔦與女蘿"二句，見《詩・頍弁》篇。

校勘記：①"晻"，原誤作"踚"，今據李刻本、明翻宋本、汲古閣本改。②此句上頁眉戴之麟題校補時地云：戊子四月二十八日上八時，縣中終校。

既含睇兮又宜笑，睇，微眄貌也。言山鬼之狀，體含妙容，美目盼然，又好口齒，而宜笑也。五臣云：山鬼美貌，既宜含視，又宜發笑。［補］曰：睇，音弟，傾視也。一曰：目小視也。《説文》云：南楚謂眄曰睇。眄，眠①見切。《詩》曰：巧笑倩(一)兮，美目盼(二)兮(三)。《大招》曰：靨輔奇牙，宜笑嘕只。山鬼無形，其情狀難知。故含睇宜笑，以喻姱美；乘豹從狸，以譬猛烈；辛夷(四)杜衡(五)，以況芬芳，不一而足也。**疏曰：**（一）倩，音千去聲，美在口輔也。（二）盼，音攀去聲，目黑白分明也。（三）"巧笑"二句，昔人謂爲逸詩，今見《詩・衛風・碩人》篇。（四）辛夷，見前《離騷》"朝搴②阰之木蘭"疏。（五）杜衡，見同上"雜杜衡與芳芷"③疏。

子(一)慕予(二)兮善窈窕。子，謂山鬼也。窈窕(三)，好貌。《詩》曰：窈窕淑女(四)。言山鬼之貌，既以姱麗，亦復慕我有善行好姿，故來見其容也。善，一作譱(五)。五臣云：喻君初與己誠而用之矣。［補］曰：窈，音杳。窕，徒了切。《方言》云：美狀爲窕，美心爲窈。注云：窈，幽靜。窕，閑都也。**疏曰：**（一）子，指山鬼。（二）予，主祭者也。（三）窈窕，宜從《方言》。（四）"窈窕淑女"，見《詩・關雎》篇。（五）譱，古善字。

姚鼐曰：婉然是山鬼與他神不同。"子慕予"一句，首尾呼應。

校勘記：①"眠"，原誤作"眼"，今據李刻本、明翻宋本、汲古閣本改。②"搴"，原誤作"見"，今據前文改。③"芷"，原誤作"茝"，今據前文改。

乘赤豹兮從文狸，狸，一作貍。五臣云：赤豹、文貍，皆奇獸也。將以乘騎侍從者，明異於衆也。乘，一作棄(一)。［補］曰：從，隨行也，才用切。豹(二)有數種，有赤豹，有玄豹，有白豹。《詩》曰：赤豹黄羆(三)。陸機(四)云：毛赤而文黑，謂之赤豹。貍(五)有虎斑文者，有貓斑者。《河伯》云：乘白黿兮逐文魚。《山鬼》云：乘赤豹兮從文貍。各以其類也。**疏曰：**（一）棄，古乘字。（二）豹，音爆，獸名。産亞非兩洲，似虎而小，毛黄褐色，背有黑色圓斑，俗稱金錢豹。行走迅速，捕食牛羊雞豕等物，其皮甚貴。（三）"赤豹黄羆"，見《詩·韓弈》篇。（四）陸機，見前《湘夫人》"蓀壁兮紫壇"疏。（五）貍，音里，獸名。貓屬。種類甚多，有貓貍、香貍、九節貍、玉面貍等數種。或專稱貓貍爲貍。與貍通。辛夷車兮結桂旗。辛夷(一)，香草也。言山鬼出入，乘赤豹，從文貍，結桂(二)與辛夷以爲車旗，言其香潔也。《文選》桂誤作旌。［補］曰：以辛夷香木爲車，結桂枝以爲旌旗也。**疏曰：**（一）辛夷，見上"既含睇"句疏。（二）桂，見前《離騷》"矯菌桂以紉蘭"疏。

被石蘭兮帶杜衡，石蘭(一)、杜衡(二)，皆香草。衡，一作蘅。**疏曰：**（一）石蘭，見前《湘夫人》"疏石蘭兮爲芳"①疏。（二）杜衡，見同上"雜杜衡與芳芷"疏。麟按：此祭者自謂被帶香潔也。折芳馨兮遺所思。所思(一)，謂清潔之士，若屈原者也。言山鬼修飾衆香②，以崇其善。屈原履行清潔，以厲其身。神人同好，故折芳馨(二)相遺，以同其志也。五臣云：所思，謂君也。喻己被帶忠信，又以嘉言而納於君也。［補］曰：遺，去聲。**疏曰：**此祭者自謂折物以遺所祭山鬼，山鬼即（一）所思。屈原既非祭者，山鬼何爲而思之乎？（二）馨，音希經切，香氣遠聞也。

校勘記：①"《湘夫人》'疏石蘭兮爲芳'"，原誤作"《離騷》'疏石蘭以爲芳'"，今據前文改。②"香"，原誤作"芳"，今據李刻本、明翻宋本、汲古閣本改。

余處(一)幽篁兮終不見天，言山鬼所處，乃在幽篁之内，終不見天地，所以來出歸有德也。或曰：幽篁，竹林①也。五臣云：幽，深也。篁，竹叢也。［補］曰：篁，音皇。《漢書》云：篁竹之中(二)。注云：竹田曰篁。《西都賦》(三)云：篠(四)簜(五)敷衍，編②町(六)成篁。注云：篁，竹墟名也。**疏曰：**（一）處，讀楚上聲，居也。麟按：此祭者自謂初來祠祀，獨處幽篁中，天不可見。觀下句可明，非謂山鬼所處也。（二）"篁竹之中"二句，見《漢書》卷六十四《嚴朱吾丘……傳》第三十四上《嚴助傳》，注係師古。[3]（三）《西都賦》，班固作。麟按：賦中無此二句。（四）篠，音小，細竹也。（五）簜，音蕩，大竹也。（六）町，音挺，田區畔埒也。

姚鼐曰：設境幽悄，悚然可想愁悶之態。思而不得，故至於怨。前後原是一串，何至以子椒混入，生出許多枝葉乎？

路險難兮獨後來。言所處既深，其路險阻又難，故來晚暮，後諸神也。五臣云：言己處江山竹叢之間，上不見天，道路險阻，欲與神游，獨在諸神之後，喻己不得見君。讒邪填塞，難以前進，所以索居於此。［補］曰：來，音釐(一)。**疏曰：**此祭者自明來後之故。鬼神無形可見，何以見其後來？且其祠祀，斷非一時一地同舉，故可斷爲祭者自明來意。（一）"來，音釐"者，宜曰叶。

校勘記：①"林"，原誤作"枝"，今據李刻本、明翻宋本、汲古閣本改。②"編"，原誤作"綿"，今據李刻本、明翻宋本、汲古閣本改。③此句上頁眉戴之麟題校補時地云：己丑二月十七日午後一時，新庭。

表獨立兮山之上，表(一)，特也。言山鬼後到，特立於山之上，而自異也。**疏曰：**（一）表，宜作表，詳衣部。此言祭者後來，特立山上，以延山鬼之來。觀首句"若"字可見。雲容容兮而在下。**疏曰：**容，音余龍切，飛揚之貌。又苟且求容也。此從前解。

杳冥冥(一)兮羌晝晦，言山鬼所在至高邈(二)，雲出其下，雖白晝猶暝晦也。五臣云：表，明也。雖明然自異，立於山上，終被雲鄣[1](三)蔽(四)其下，使不通也。容容，雲出貌。杳，深也。晦，暗也。羌，語詞也。言雲氣深厚，冥冥使晝日昏暗。一云：日窈冥兮羌晝晦。［補］曰：此喻小人之蔽賢也。下，音户。**疏曰：**（一）冥，音銘，昏昧不明也。（二）邈，音模岳切，遠也，渺也。（三）鄣，音章。又與障同，至漾切，隔也。（四）蔽，音閉，障隔也。麟按：容容，宜解作飛揚之貌。此句謂祭者獨立山上，雲飛揚其下，晝必爲之晦也。東風飄兮神靈雨。飄，風貌。《詩》曰：匪風飄兮(一)。言東風飄然而起，則神靈應之而雨。以言[2]陰陽通感，風雨相和。屈原自傷獨無和也。飄，一作飄飄。五臣云：自傷誠信不能感君也。**疏曰：**（一）"匪風"句，見《詩·匪風》章。此句謂山鬼來享，如和風甘雨之降也。五臣所言，當改爲祠祀者自傷誠信不能感神方合。③

校勘記：①“鄣”，原作“障”，今據李刻本、明翻宋本、汲古閣本改。②“言”，原誤作“明”，今據李刻本、明翻宋本、汲古閣本改。③此句上頁眉戴之麟題校補時地云：庚寅二月十二日午前。

留靈修兮憺(一)忘歸，靈修(二)，謂懷王也。**疏曰：**（一）憺，音含去聲，安也。又音淡，定也。麟按：（二）靈修，稱山鬼。謂山鬼留饗祭祀之誠，安而將忘歸也。歲既晏兮孰華予。晏(一)，晚也。孰，誰也。言己宿留懷王，冀其還己，心中憺然，安而忘歸，年歲晚暮，將欲罷老，誰復當令我榮華也。五臣云：言君若能除去讒邪，我則可進，留止於君所，不然則歲晏衰老，孰能榮華我乎？［補］曰：留，止也。不必讀爲宿留之留。此言當及年德盛壯之時，留於君所。日月逝矣，孰能使衰老之人復榮華乎？自此以下，屈原陳己之志於山鬼也。予，音與。**疏曰：**（一）晏，音倚諫切。麟按：屈原非祭者，何緣向山鬼而陳己志？此謂祀鬼之時，歲已云晏，而鬼肯來饗，非常榮幸，孰有過於予乎？各解均非是。

采三秀兮於山間，三秀，謂芝(一)草也。［補］曰：《爾雅》茵芝注云：一歲三華，瑞草也。茵，音因。《思玄賦》云：冀一年之三秀。近時王令逢原(二)作《藏芝賦序》云：《離騷》、《九歌》，自詩人所紀之外，地所常産，目所同識之草盡矣，而芝復獨遺。説者遂以《九歌》之三秀爲芝，予以其不明。又其辭曰：適山而采之。芝非獨山草，蓋未足據信也。余按《本草》引《五芝經》云：皆以五色生於五岳。又《淮南》云：紫芝生於山(三)，而不能生於盤石之上，則芝正生於山間耳。逢原之説，豈其然乎？**疏曰：**（一）芝不擇地而生，吾曾見三次：一産於舊府黌校長室地磚縫；一産於吾祖奉先公墓碑側；一産於吾邑城東四十里龍泉寺亂磚間，均無根。謂專生山間，不能生於盤石之上非。謂爲瑞草，亦恐未必。詳見前《離騷》“今直爲此蕭艾”疏。（二）王逢原，《增補千家詩》云：“宋人，謝疊三之友。”原一作源。是書清王晉升編，京都文和堂書林重輯。上有《李笠翁對韻》，共二卷。①（三）“紫芝生於山”二句，見《淮南》卷十六《説山訓》。②

石磊磊兮葛蔓蔓。言己欲服芝草以延年命，周旋山間，采而求之，終不能得。

但見山石磊磊，葛(一)草蔓蔓。或曰：三秀，秀材之士隱處者也。言石葛者，喻所在深也。五臣云：芝草，仙藥，采不可得，但見葛石爾③。亦猶賢哲④難逢，諂諛者衆也。［補］曰：磊，衆石貌。魯猥切。《詩》曰：葛之覃(二)兮(三)，施(四)于中谷。又曰：南有樛木(五)，葛藟纍之。蔓，莫干切，俗作蔓。**疏曰：**（一）葛，音割，多年生草。莖細長，蔓生。葉爲複葉，闊大。秋日開花，紫赤色花冠，蝶形，結實成莢。根外紫内白，入藥擣碎，取汁製成白粉，謂之葛粉，爲小粉中最佳之品，可製種種食物。莖之纖維，可織葛布，古時夏布多以此爲之，故亦謂夏衣曰葛。（二）覃，音潭，及也，延也。（三）"葛之覃兮"二句，見《詩·葛覃》篇。（四）施，音異，延也。麟按：此合上句，謂祭者恐山鬼不肯久留，但願再採三秀，又恐不得，只見石磊葛蔓而已。芝非採不可得之物，説見上句疏。（五）"南有樛木"二句，見《詩·樛木》篇。

校勘記：①此句上頁眉戴之麟題校補時地云：己丑六月二十一日午間。②此句上頁眉戴之麟題校補時地云：己丑三月十七日夜，新庭。③"爾"，原作"耳"，今據李刻本、明翻宋本、汲古閣本改。後文凡作"耳"而他本皆作"爾"者，徑改不出校。④"哲"，原誤作"者"，今據李刻本、明翻宋本、汲古閣本改。

怨公子兮悵忘歸，公子(一)，謂公子椒也。言己所以怨公子椒者，以其知己忠信，而不肯達，故我悵然失志而忘歸也。［補］曰：怨椒蘭蔽賢，如葛石之於三秀，故悵然忘歸也。**疏曰：**此由望而生怨，謂山鬼若不久留饗祭，將悵然忘歸，必久待之也。（一）"公子"及下"君"皆指山鬼，互言之。非謂椒、蘭及楚懷也。

姚鼐曰：舊注以靈修爲懷王，以公子爲子椒者，真刻舟之劍耳。

君思我兮不得閒。言懷王時思念我，顧不肯以閒暇之日，召己謀議也。五臣云：君縱相思，爲小人在側，亦無暇召我也。［補］曰：閒(一)，音閑。**疏曰：**（一）閒，讀音爲閑，俗語爲寒，叶，是。麟按：此謂山鬼勿推委不閒，而不顧念祭者也。

山中人兮芳杜若，山中人(一)，屈原自謂也。**疏曰：**芳杜若，詳前《離騷》"雜杜衡"句疏。（一）山中人，不可謂屈原自謂，以原非祀山鬼者，此祭者自謙。謂祠祭所陳芬芳杜若，清潔石泉，極其誠敬，冀其久留。合下句觀之自明。飲石泉(一)兮蔭松(二)柏(三)。言己雖在山中無人之處，猶取杜若以爲芬芳，飲石泉之水，蔭(四)松柏之木，飲食居處，動以香潔自修飾也。五臣云：飲清潔之水，蔭貞①實之木。**疏曰：**解見上句疏。（一）石泉，泉水多發於石罅，故稱石泉。（二）松，常緑喬木。幹聳直多節。皮或粗厚，裂爲龜甲狀，或光滑。葉如針。花單性，雌雄同株。雌花叢生於枝頂，下有多數黄色粉之雄花叢。結成毬果，經一二年始熟，木材爲用至繁。種類甚多，有赤松、黑松、白松、海松、五鬚松等。（三）柏，有側、扁之分。側柏，常緑灌木。莖高六七尺至丈餘，葉與扁柏差同而皆直立。花亦單性，實爲毬果，稍似菱形。鱗片之端，尖而拳曲。庭園多植之。扁柏，常緑喬木。高者十餘丈，柏類中之最普通者。葉小如鱗，與莖密接，全不舒放。花單性，雌雄同株，實如毬。質理緻密，可製家具。其實即柏子仁，可作藥，舊亦稱側柏。（四）蔭，倚禁切，樹陰也。又日景也。又凡庇護人及託庇於人者，皆謂之蔭。君思我兮然疑作。言懷王有思我時，然讒言妄作，故令狐疑也。五臣云：讒邪在旁，起其疑惑。作，起也。［補］曰：然，不疑也。疑，未然也。君雖思我，而爲讒者所惑，是非交作，莫知所決也。**疏曰：**此祭者謂山鬼留饗，切勿念己，以致游移遲迴，或信或疑也。

校勘記：①“貞”，原誤作“真”，今據李刻本、明翻宋本、汲古閣本改。

靁填填(一)兮雨冥冥(二)，靁，一作雷。［補］曰：填，音田。**疏曰：**（一）填填，厚重貌。（二）冥冥，幽昧也。又晦暗也。猨(一)啾啾兮又夜鳴。又，一作狖(二)。五臣云：填填，雷聲。冥冥，雨貌。啾啾(三)，猨聲。皆喻讒言也。［補］曰：啾，小聲也。狖，似猨，余救切。**疏曰：**（一）猨，音袁。見前《東皇太一》“吉日兮辰良”疏。（二）狖，音袖，獸名，猴屬。（三）啾，即優切。

風颯颯(一)兮木蕭蕭(二)，言己在深山之中，遭雷電暴雨，猿狖號呼，風木摇動，以言恐懼失其所也。或曰①：雷爲諸侯，以興於君。雲雨冥昧，以興佞臣。猨猴善鳴，以興讒言。風以喻政，木以喻民。雷填填者，君妄怒也。雨冥冥者，羣佞聚也。猨啾啾者，讒夫弄口也。風颯颯者，政煩擾也。木蕭蕭者，民驚駭也。蕭蕭，《文苑》作搜搜。［補］曰：颯，蘇合切。搜搜，動貌，與蕭同。**疏曰：**（一）颯颯，風聲。（二）蕭，西么切。蕭蕭，風動葉聲。麟按：原注忘卻祀祠本旨，故所言皆非。思公子兮徒離憂。言己怨子椒(一)不見達，故遂去而憂愁也。五臣云：思子椒不能用賢，使國若此，但使我罹其憂愁。離，羅(二)也。**疏曰：**此合上三句，謂祭山鬼者因留饗山鬼，至於夜間，風雨交作，猨木齊鳴，恐山鬼終不久留，徒遭憂思也。（一）公子謂子椒非。（二）羅、罹同，遭也。

校勘記：①“曰”，原作“謂”，今據李刻本、明翻宋本、汲古閣本改。

賀貽孫曰：《山鬼》篇另抽新意，不作佞鬼語，却作鬼佞人之詞，更奇。“若有人兮山之阿”，無端説鬼，徜恍幻妙。“被薜荔兮帶女羅”，鬼中安得有此高士？“既含睇兮又宜笑”，鬼中安得有此美人？“子慕予兮善窈窕”，鬼趣也。[①]“折芳馨兮遺所思”，鬼韻也。“乘赤豹兮從文狸”，鬼馬也。“辛夷車兮結桂旗”，鬼輿從也。憑空點綴，字字奇絶。“余處幽篁兮終不得見天”二句，忽爾感慨，在鬼中尚見天路之險，則人世又可知矣。“表獨立”二句，意氣孤傲，有俯視一世之意。“杳冥冥”二句，陰森怕人。“留靈修”二句，又無端設想，謂鬼欲留人，恐歲晏無與歡笑，幻極！奇極！前《湘夫人》篇乃人望神之來，欲築室水中與神同居；此則鬼望人之來而欲留之同居。二意皆荒唐無禮，妙甚。“怨公子”二句，既怨其不來，而又恕其不閒。蓋忠厚之至，不忍疑人以薄也。此語出山鬼口中，特奇。“山中人”二句，竟是高士行徑，妙絶。“君思我”句，意凡三折，謂君豈不思我乎？但忽而然也，忽又疑矣。然，謂信也。屈子一生失意，全被此七字所苦，故言之有味。“靁填填兮”三句，滿目幽苦，陰氣迫人。“思公子”句，則姑付之無可奈何而已。麟按：此評多誤於原注，已分疏於原文中。

校勘記：①此句上頁眉戴之麟題校補時地云：丁亥七月望日午前，韓左个。

國殤

謂死於國事者。《小爾雅》(一)曰：無主之鬼謂之殤。**疏曰：**（一）《小爾雅》，見前《離騷》“阽余生而危死”疏二。

操吴(一)戈兮被犀甲，戈(二)，戟(三)也。甲(五)，鎧(六)也。言國殤始從軍之時，手持吴戟，身被犀鎧而行也。或曰：操吾科。吾科，楯(七)之名也。［補］曰：操，持也。《説文》云：戈，平頭戟也。《考工記》曰：吴越[①](八)之劍。又曰：吴越之金錫。《爾雅》

曰：南方之美者，有梁山(九)之犀(四)象焉。《考工記》曰：犀甲，壽百年。《荀子》曰：楚人鮫(十)革犀兕(十一)以爲甲(十二)，鞈如金石。鞈，堅貌，音夾。**疏曰：**（一）吴，見後《天問》"吴獲迄古"疏。麟按：此泛指江南各地也。（二）戈，音鍋，古兵器名。狀如雞鳴，故漢亦謂之雞鳴。其刃向前者，謂之援；援之下垂而附於柲者，謂之胡；其後端曰内。舊説皆以爲直刃，程瑶田據所見古戈，其胡與内皆穿孔二，所以纏縛於柲，與戟同，皆横刃也。程瑶田，《辭源》午集二一七②頁禾部六畫："清歙縣人，字易疇。乾隆時舉人，官太倉州學正。淹貫經術，著有《通藝録》行世。"（三）戟，俗作戟，基隙切，古兵器。其制與戈畧同，所異於戈者，援畧昂起而内亦有刃也。柲，音祕，柄也。（四）犀，音西。獸名，較象畧小。角生鼻端，爲用甚廣。其皮皺襞極堅厚，古人恒用以製甲。（五）甲，音夾，戎衣也。古戰時著之以禦兵刃者。用革或鐵葉爲之，其製不一。通常三屬連綴之，上如披肩者，謂之披髆；中綴於當胸者曰胸鎧；下垂於兩旁者曰腿裙。其重至四五十斤。火器盛行後，不復用。犀甲，以犀革爲甲也。（六）鎧，音愷，甲也。《周禮・司甲》疏："古用皮謂之甲，今用金謂之鎧。"麟按：古時銀、銅、鐵、錫皆謂之金，"今用金"之"金"則止言鐵葉也。（七）楯，音盾，與盾通。戰時以禦兵刃者，即干也，俗謂之藤牌。此物以藤條織之，足蔽一人之身，橢圓形。戰時兵左手持此，右手執刀刃凫行，用以斫敵之馬足者。吾少時曾見之。今與戈、甲皆不用矣。（八）越，音粤，國名。即於越，夏少康之後，封於會稽。春秋之季滅吴，奄有江蘇、浙江及山東之一部，後爲楚所滅。今稱浙江省曰越。又種族名，古時江、浙、閩、粤之地，爲越族所居，謂之百越。如於越在浙江，閩越在福建，揚越在江西，南越在廣東，駱越在安南，皆百越也。亦作粤。（九）梁山，據《辭源》辰集一三五頁木部七畫，共有八，其七均在西北，惟一在福建漳浦縣南，亦曰梁岳，閩中之望也。又名圓山。盤亘百里，高千仞，有九十九峰，大峰十二，漳江繞之，與所稱東南合，又犀象多産於東南熱帶地，尤合。《寰宇記》指陝西之梁山，恐非。（十）鮫，音交。即沙魚，魚之胎生者，一名鮫，長者達二丈餘。體爲梭形，後部漸細，以達於尾。骨骼柔輭，皮厚色黑，鱗爲顆粒狀，粗糙而堅，口與鼻孔皆在腹面，鰓孔裸出，無鰓蓋，胸腹兩鰭闊大如翅，尾鰭兩葉，大小懸殊。産於熱帶下之海洋，凶暴無敵。其鰭曝乾爲魚翅，入饌。皮可飾刀劍，磨治骨角。種類甚多，背淡灰色，腹白，長八九尺者曰白沙；藍色長丈許者，曰青沙；背茶色微紅，體側有紅斑長三尺許者，曰虎沙；腹左右有鋸狀突起長四尺許者，曰鋸沙；頭有横骨作丁字形，眼在其兩端，長二丈許者曰雙髻沙。以上數種，皆現今所常見者。（十一）兕，音似。獸名，犀之雌者。頂只一角，文理細膩，其皮堅厚，可以製甲。（十二）"楚人"二句，見《荀子卷十・議兵篇第十五》。③

姚鼐曰：各本皆無《國殤》、《禮魂》二首。吴至父云：《國殤》、《禮魂》應補。玆依其刻補録。

車錯轂兮短兵接。錯，交也。短兵，刀劍也。言戎車相迫，輪轂交錯，長兵不施，故用刀劍，以相接擊也。［補］曰：錯，倉各切。《詩傳》云：東西爲交(一)，邪行爲錯。《司馬法》(二)曰：弓(三)矢(四)、圍殳(五)、矛(六)、守戈、戟助，凡五兵，長以衛短，短以救長。**疏曰：**（一）“東西”二句，見《詩・小雅五・北山之什・楚茨》第三章“獻酬交錯”句傳。《詩傳》，朱子作，曰“集傳”。或曰子夏、毛公等作。[④]（二）《司馬法》，舊題司馬穰苴撰。穰苴，齊景公將軍。（三）弓，音宫，武器。所以激矢，使及遠也。以堅韌之木爲幹，内附以角，外附以筋，以絲爲絃張之。弓把曰弣，弓梢曰弰，兩端架弦之處曰峻，弣兩旁曲處曰弓淵，亦謂之隈。古傳黄帝臣揮作弓。《荀子》：“倕作弓。”《山海經》：“少昊生般，般是始爲弓矢。”（四）矢，音式旨切，箭也。剡木爲之，一端嵌尖鐵作➛形，一端中凹側凸，附羽。貫弓絃用時，控滿其絃射之。（五）殳，音殊，兵器。長一丈二尺，無刃。（六）矛，音謀，兵器名。長柄有刃，用以刺敵者。長二丈，曰酋矛；二丈四尺，曰夷矛；三隅曰厹矛。厹音求，三棱矛也。“倕作弓”，見《荀子・解蔽》篇。[⑤]“少昊生般”二句，見《山海經》第十八《海内經》。[⑥]

校勘記：①“越”，李刻本、明翻宋本、汲古閣本作“粤”，下文同。以下文疏證已疏“越”，今不改。越、粤同。②“七”，原誤作“六”，今據《辭源》改。③此句上頁眉戴之麟題校補時地云：戊子五月十一日午前，捄左補録。④此句上頁眉戴之麟題校補時地云：己丑五月十三日上午，新庭。⑤此句上頁眉戴之麟題校補時地云：己丑三月八日夜，新庭。⑥此句上頁眉戴之麟題校補時地云：戊子十月十八日上午，捄左補録。

旌蔽日兮敵若雲，言兵士竞路趣(一)敵(二)，旌旗蔽天，敵多人衆[①]，來若雲(三)也。**疏曰：**（一）趣，音娶，有定向而疾行以赴之也。（二）敵，音狄，仇也。又當也，抵拒也。此從一解。（三）雲，見前“離騷經章句第一”疏。矢交墜兮士争先。墜(一)，墮(二)也。言兩軍相射，流矢交墮，壯夫奮怒，争先在前也。墜，一作隧(三)。［補］曰：隧與墜同。**疏曰：**（一）墜，音垂去聲，落也。（二）墮，音呼規切，俗作隳，毁壞也。又音惰，落也。（三）隧，音遂。[②]

校勘記：①“敵多人衆”，原誤作“敵人衆多”，今據李刻本、明翻宋本、汲古閣本改。②此句上頁眉、句旁頁邊戴之麟題校補時地云：丁亥五月二十一日午前，韓左个。丁亥十二月六日午前，韓庭除。戊子正月二十九日午前，縣中辦公廳。戊子四月十八日上九時，縣中終校。六月二十日，韓寢。戊子九月三日午後，縣中校。己丑三月二十五日午後，終校圖書館。庚寅二月十二日午前。

凌(一)余(二)陣兮躐余行，凌，犯也。躐，踐也。言敵家來，侵凌我屯陣，踐躐我行伍也。躐，一作躐。［補］曰：顔之推云：《六韜》(三)有天陳、地陳、人陳、雲鳥之陳。《左傳》有魚麗之陳。行陳之義，取於陳列耳。俗作阜傍(四)車，非也。躐、躐，並音獵。行，胡岡切。**疏曰：**（一）凌，音陵。（二）余，代國殤自余也。下注各“己”字同。（三）《六韜》，書名。《太公六韜》，五卷，見《隋・經籍志》、晁公武《讀書志》。《六韜》，兵家權謀之書也，元豐中，以《六韜》、《孫子》、《吴子》、《司馬法》、《黄石公三畧》、《尉繚子》、《李衛公對問》，頒行武學，號曰“七書”。《六韜》，謂《文韜》、《武韜》、《龍韜》、《虎韜》、《豹韜》、《犬韜》也，亦作弢。按：《六韜》，舊題周吕望撰，然文義不類三代，蓋因《莊子》“金版六弢”之語而附會成書者也。陸德明《經典釋文》言：“《太公六韜》，文、武、龍、虎、豹、犬。”則當時已有此書，其作僞在唐以前矣。麟按：德明，唐人。韜，音叨，藏也。又兵法也。弢同。陳，音正，同陣。傍，古旁，今去人作旁，傍則爲依傍之傍，音棒。晁公武《讀書志》，《欽定四庫全書總目》卷八十五作“《郡齋讀書志》四卷，宋晁公武撰，《後志》二卷，亦公武所撰。……公武，字子止，鉅野人，冲之之子，官至敷文閣直學士。”《孫子》，一卷，《總目》作周孫武撰，謂其列傳載十三篇。《漢書・藝文志》乃載《孫子兵法》八十二篇，圖九卷，爲百代談兵之祖，確武所自著，非後人嫁名也。《吴子》，一卷，《總目》作周吴起撰，《漢書・藝文志》載四十八篇，《隋志》作一卷，《讀書志》作三卷，持論頗不詭於正。《司馬法》，詳上“車錯轂”句疏。《黄石公三畧》，《總目》：“三卷，《隋書・經籍志》云‘下邳神人撰，成氏注’，唐宋《藝文志》所載並同，其源出於太公圯上老人以一編書授張良者，即此。自漢以來，言兵法者，往往以黄石公爲名。”《尉繚子》，五卷，《總目》周尉繚撰，其人當六國時，不知其本末，或曰魏人，或曰齊人，鬼谷子之弟子，《漢志》作二十九篇，《隋志》作五卷，《唐志》作六卷，並入於雜家，然《漢志》兵形勢家内别有《尉繚子》三十一篇，今只兵家二十四篇，則後來已有亡失，非完本矣。《李衛公對問》，《總目》作“三卷，唐司徒并州都督衛國景武公與太宗論兵法之語，後人録以成書者。”

且謂其書“雖僞，必出於有學識謀畧者之手”云。

左驂(一)殪兮右刃傷。殪，死也。言己所乘左驂馬死，右騑(二)馬被刃(三)創也。［補］曰：殪，壹計切。驂，見《遠游》。創，初良切。**疏曰：**（一）驂，音參，駕三馬也。《詩·國風·鄘風第九·干旄》篇“良馬驪之”疏：“夏后氏駕兩，謂之麗，殷益以一騑，謂之驂。”參看前《河伯》“駕兩龍兮驂螭”疏。（二）騑，音非，驂馬也，一轅四馬，中兩馬曰服，旁兩馬曰驂，亦曰騑。一説：左曰驂，右曰騑。（三）刃，音日印切，兵器鋭利之處，猶俗曰刀口。“驂，見《遠游》”，係指“驂連蜷以驕驁”句注。

霾(一)兩輪(二)兮縶四馬，縶，絆也。《詩》曰：縶之維之(三)。言己馬雖死傷，更霾車兩輪，絆(四)四馬，終不反顧，示必死也。霾，一作埋。［補］曰：霾，讀若埋。縶，陟立切。**疏曰：**（一）霾，音模楷切，大風揚塵土，從上下也。此引申作埋。（二）輪，音倫，車輪也，用堅木爲平圓形，其内周以貫軸者曰轂，外周曰牙，亦謂之輞，拄於轂與輞之間者曰輻。一車兩輪，所以夾輔車旁而旋轉進行也。馬，叶母。（三）“縶之維之”，見《詩·白駒》篇。（四）絆，音半，馬縶也，繫足曰絆。援[①]玉枹兮擊鳴鼓。言己愈自厲怒。勢氣益盛。援，一作摇。枹(一)，一作桴(二)。［補］曰：援，音爰，引也。《左傳》：郤克傷於矢(三)，左并轡，右援枹[②]而鼓。**疏曰：**（一）枹，音孚，擊鼓杖也。（二）桴，音浮，義同。（三）“郤克傷于矢”，見《左·成二年》“六月癸酉，季孫行父、……及國佐盟于袁婁”傳。郤克，春秋時晉大夫。

校勘記：①“援”，原誤作“拔”，今據李刻本、明翻宋本、汲古閣本改。②“枹”，原誤作“桴”，今據李刻本、明翻宋本、汲古閣本改。

天時墜兮威靈怒，墜(一)，落也。言己戰鬬，適遭天時，命當墮[①](一)落。雖身死亡，而威神怒健，不畏憚也。墜，一作隧(一)。《文苑》(二)作懟。**疏曰：**（一）墜、墮、隧，均詳上“墜”字疏。（二）《文苑》，麟按：此指《古文苑》，非各史之《文苑傳》也。《古文苑》，書名，未署編輯者姓名，《書録解題》稱“世傳孫洙巨源得之佛寺經龕中，唐人所藏”，所録詩賦雜文，自東周至於西齊，凡二百六十餘首，皆史傳、文選所不録，唐以前散佚之文，頗賴是書以傳，凡二十一卷。嚴(一)殺盡兮棄原壄(二)。嚴，壯也。殺，死也。言壯士盡其死命，則骸[②]骨棄於原壄，而不土葬也。［補］曰：壄，古野字。又叶韻。**疏曰：**（一）嚴，宜黔切，厲也。謂敵嚴厲盡殺而棄諸原壄也。（二）壄，叶暑。

校勘記：①“墮”，原誤作“墜”，今據李刻本、明翻宋本、汲古閣本改。②“骸”，原誤作“駭”，今據李刻本、明翻宋本、汲古閣本改。

出不入兮往不反，言壯士出鬬，不復顧入，一往必死，不復還反（一）也。**疏曰：**此壯士合前，言各壯士，皆指國殤。（一）反，同返，古字。平原忽兮路超（一）遠。言身棄平原山壄之中，去家道甚遠也。一云平原路兮忽超遠。**疏曰：**（一）超，音敕妖切，躍而過之也，此謂遠也。

帶長劍兮挾秦弓，言身雖死，猶帶劍持弓，示不舍（一）武也。［補］曰：《漢書·地理志》云①：秦（二）地迫近戎狄（三），以射獵爲先。又秦有南山檀（四）柘（五），可爲弓幹。**疏曰：**（一）舍，音捨，去也。（二）秦，見前“離騷經章句第一”疏。（三）戎，西方外國；狄，北方外國也。（四）檀，木名，有黄檀、白檀二種，常緑喬木，産廣東、雲南等處，葉爲長卵形，端尖，無花瓣，萼裂爲四片，實爲核果，其木堅重、清香，以爲香料、藥料，上者製爲扇柄、小匣等物，古以其皮色之異分爲黄檀、白檀。麟按：又有檀木，不香，秦地所有者，殆此，故可爲弓。（五）柘，音蔗，落葉灌木，産北地，幹疏直，木裏有紋，葉厚而尖，稍硬於桑葉，亦可飼蠶，實如桑椹而圓，材皮煎汁可染黄赤色。首身離兮心不懲。懲（一），忎也。言己雖死，頭足分離，而心終不懲忎。身，一作雖。［補］曰：懲，音澄。忎，音乂。**疏曰：**（一）懲，創之也。此殆國殤，謂身首分離而心終不爲創傷也。創，音瘡，傷也。原注謂頭足分離，亦非。

校勘記：①“云”，原脱，今據李刻本、明翻宋本、汲古閣本補。

誠既勇兮又以武，終剛强兮不可凌。言國殤（一）之性誠以勇猛（二），剛强之氣不可凌犯也。**疏曰：**（一）殤，音商，未成人喪也。不滿八歲以下，皆爲無服之殤。（二）猛，音萌上聲，健犬也。此取健義。

身既死兮神以靈，子魂魄兮爲鬼(一)**雄**(二)。言國殤既死之後，精神强壯，魂魄(三)武毅(四)，長爲百鬼之雄傑也。一云，魂魄①毅。一云：子魄毅。［補］曰：《左傳》曰：人生始化曰魄(五)，既生魄，陽曰魂，用物精多則魂魄强。疏云：人稟五常以生，感陰陽以靈。有身體之質，名之曰形。有嘘吸之動，謂之爲氣。氣之靈者曰魄。既生魄矣，其内自有陽氣也。氣之神者曰魂。魂魄，神靈之名，本從形②氣而有。附形之靈爲魄，附氣之神爲魂。附形之靈者，謂初生之時，耳目心識，手足運動，嗁③呼爲聲，此則魄之靈也。附氣之神者，谓精神性識，漸有所④知，此則附氣之神也。魄在於前，魂在於後，魄識少而魂識多。人之生也，魄盛魂强。及其死也，形銷氣滅。聖人緣生以事死，改生之魂曰神，改生之魄曰鬼。合鬼與神，教之至也。魂附於氣，氣又附形。形强則氣强，形弱則氣弱。魂以氣强，魄以形强。《淮南子》曰：天氣爲魂(六)，地氣爲魄。注云：魂，人陽神。魄，人陰神也。**疏曰：**（一）鬼者，歸上聲，人死曰鬼。《禮記陳澔集説》經文堂板《祭義二十四》有曰："衆生必死，死必歸土，此之謂鬼。"（二）雄，音熊，長也，豪也。（三）魂，音渾。魄，音拍。（四）毅，音疑既切，果決也。（五）"人生始化曰魄"諸句，見《左・昭七年》"子産止厲"傳。（六）"天氣爲魂"二句，見《淮南子》第九《主術訓》。

賀貽孫曰：獨寫其生平雄毅之概以動之。"首身⑤離兮心不懲"，即《騷經》中"雖體解吾猶未變"之意，亦自況也。**疏曰：**賀謂原自況，非。

校勘記：①"魄"，明翻宋本、汲古閣本作"䰟"。後文凡從李刻本作"魄"而他本皆作"䰟"者，徑從李刻本不出校。②"形"，原誤作"神"，今據李刻本、明翻宋本、汲古閣本改。③"嗁"，明翻宋本、汲古閣本作"啼"。後文凡從李刻本作"嗁"而他本皆作"啼"者，徑從李刻本不出校。④"所"，原誤作"可"，今據李刻本、明翻宋本、汲古閣本改。⑤"身"，原誤作"雖"，今據《國殤》及《騷筏》改。

禮 魂

禮，一作祀。魂，一作䰟。或曰：禮魂，謂以禮善終者。**疏曰：**王夫之曰："凡前十章，皆各以其所禮之神而歌之。此章乃前十章之所通用，而言終古無絶，則送神之曲也。舊説謂以禮善終者，非是。以禮而終者，各有子孫以承祀，别爲孝享之詞，不應他人祭非其鬼。而篇中更不言及所祭者，其爲通用明矣。魂亦神也。神統魂魄，而專言魂者，天地山川之神，既未成乎魄；山鬼、國殤雖魂魄具，而魄滯於化，魂反於虚，尤可得而禮，故求諸陽而陰自應之。”麟按：王説頗是。

成禮兮會鼓[①]，言祠祀九神，皆先齋戒，成其禮敬，乃傳歌作樂，急疾[(一)]擊鼓，以稱[(二)]神意也。成，一作盛。**疏曰：**（一）疾，音截逸切，敏捷也。（二）稱，音秤，副也，即合也。傳芭兮代舞，芭，巫所持香草名也。代，更[(一)]也。言祠祀作樂，而歌巫持芭而舞，訖以復傳與他人更用之。芭，一作巴。［補］曰：芭，卜加切。司馬相如賦云：諸柘巴且[(二)]。注云[②]：巴且草，一名巴焦[(三)]。**疏曰：**（一）更，平聲，讀庚。（二）“諸柘巴且”，見司馬相如《子虚賦》。（三）巴焦，一作芭蕉，多年生植物。高八九尺，莖輭，重皮相裹，外青裏白。葉最長大，中肋之兩側，有平行之側脉。三年以上著花，由葉心出花梗，花瓣大小不整，色淡黄，簇生於巨苞之腋間。實肉質而長，非生於熱帶者不熟。麟按：此非可持以舞之物。芭，當通巴。楚有巴人之歌，宋玉“客有歌於郢中者，其始曰下里巴人”是也。《辭源》子集五五頁一部二畫：“謂俗調也。”傳芭者，謂傳唱巴歌也，與代舞平列，謂且歌且舞也。姱女倡兮容與。姱，好貌。謂使童稚好女先倡而舞，則進退容與而有節度也。與，一作冶。［補］曰：姱，音夸。倡[(一)]，讀作唱。**疏曰：**（一）倡，與唱通。

校勘記：①“鼓”，明翻宋本、汲古閣本作“皷”，下文“急疾擊鼓”同。②“注云”，原脱，今據李刻本、明翻宋本、汲古閣本補。

春蘭兮秋菊，菊，一作鞠[①][(一)]。［補］曰：古語云：春蘭秋菊，各一時之秀也。**疏曰：**（一）鞠、菊，古今字。蘭，詳前《離騷》“紉秋蘭”句疏。王夫之謂“蘭春生秋華”者非。有二種：春生者，普通種也；秋生者，特别種也。又有孔子蘭，以孔子生日前後花而名。菊，音居郁切，春由宿根生，夏至後分植，深秋開花，莖略帶木質，葉有缺刻，花冠周圍爲舌狀，中部爲管狀，列爲頭狀花序，種類至繁，李時珍謂有九百品。陶弘景列爲兩種，莖紫氣香而味甘者，爲真菊；莖青而作艾氣，苦不堪食者，名苦薏，即野菊也。王夫之謂爲“大菊、蘧麥也”，亦非。蘧麥，即瞿麥。長無絶兮終古。言春祠以蘭，秋祠以菊，爲芬芳長相繼承[(一)]，無絶於終古[(二)]之道也。**疏曰：**

（一）承，音池蠅切，繼也。（二）終古，久遠也。

校勘記：①“鞠”，李刻本、明翻宋本、汲古閣本作“鞠”。以下文疏證曰“鞠、菊，古今字”，今不改。

賀貽孫曰：《湘夫人》篇妙於繁，《禮魂》篇妙於簡，二十七字，包括無窮。首三句情文悉備。“傳芭兮代舞”，無限節目，他人數十字不能了者，五字了之。“春蘭兮秋菊，長無絶兮終古”，即廟食無替之意耳。寫得風華掩映，才人多情。惟《九歌》方不愧此語耳。

楚辭補注疏卷第三

天問章句第三　離騷

《天問》者，屈原之所作也。何不言問天？天尊不可問，故曰天問也。屈原放逐，憂心愁悴（一）。一作瘁（二）。彷徨（三）山澤，一作川澤。經歷陵陸。嗟號昊旻，仰天歎息。見楚有先王之廟及公卿祠堂，圖畫天地山川神靈（四），琦（五）一作瑰（六）。瑋僪佹（七），一作譎詭（八）。及古賢聖①怪物行事。周流罷倦，罷，音皮②。休息其下，仰見圖畫，因書其壁，何而問之，何，一作呵。以渫（九）憤懣，舒瀉愁思。楚人哀惜屈原，因共論述，故其文義不次序云爾。《天問》之作，其旨遠矣。蓋曰遂古以來，天地事物之憂，不可勝窮。欲付之無言乎？而耳目所接，有感於吾心者，不可以不發也。欲具道其所以然乎？而天地變化，豈思慮智識之所能究哉？天固不可問，聊以寄吾之意耳。楚之興衰，天邪人邪？吾之用捨，天邪人邪？國無人，莫我知也。知我者其天乎？此《天問》所爲作也。太史公讀《天問》，悲其志者以此。柳宗元（十）作《天對》，失其旨矣。王逸以爲文義不次序，夫天地之間，千變萬化，豈可以次序陳哉。序，一作敘。**疏曰：**（一）悴，音瘁，憂傷也。又憔悴、衰弱、不振之意，亦簡稱悴。（二）瘁，音同悴，病也，勞也。（三）彷，音旁，徨，音皇，徘徊也，亦作仿徨。（四）"圖畫"句，畧如七七事變後，各地壁間，日寇所作漫畫。（五）琦，音奇，玉之可珍者。又不凡也，如瑰琦，猶言奇偉也。（六）瑰，音姑隈切，石次玉者，偉奇之意。（七）僪，音玦，佹，音詭，與詭同，奇異也。（八）譎，音決。譎諫，不直言而詭譎其詞，使聞者自悟也。詭，音癸，奇異也。僪，狂也。（九）渫，音泄，除去也，又通也。麟按：其文有次，詳後。不過其事實有難索解者爾。（十）柳宗元，唐河東人，字子厚，少警敏絶倫，文章卓偉，由進士累官監察御史，坐王叔文黨，貶永州司馬，徙柳州刺史，爲文益進，韓愈謂其雄深雅健，似司馬子長云。子長，係遷字。

校勘記：①“賢聖”，原誤作“聖賢”，今據李刻本、明翻宋本、汲古閣本改。②“皮”，原作“疲”，今據李刻本、明翻宋本、汲古閣本改。

曰：遂古之初，誰傳道之？遂，往也。初，始也。言往古太始之元，虛廓無形，神物未生，誰傳道此事也。[補] 曰：《列子》：殷湯(一)問於夏革曰：“古初有物乎？”夏革曰：“古初無物，今惡得物？自物之外，自事之先，朕(二)所不知也。”《周禮》訓方氏誦四方之傳道。道，猶言也。傳道，世世所傳説往古之事也。**疏曰：**（一）“殷湯”諸句，見《列子·湯問第五》。（二）朕，音岑上聲，見前《離騷》“朕皇考曰伯庸”疏。

上下未形，何由考之？言天地未分，溷沌無垠，誰考定而知之也？考，一作知。定，一作述。[補] 曰：《列子》曰：有形者生於無形(一)，則天地安從①生？故曰：有太易，有太初，有太始，有太素。氣形質具而未相離，故曰渾淪。又曰：一者，形變之始也。清輕者上爲天，濁重者下爲地，冲和氣者爲人。**疏曰：**（一）“有形者”諸句，見《列子·天瑞第一》。太易者，未見氣也。太初者，氣之始也。太始者，形之始也。太素者，質之始也。

校勘記：①“從”，原誤作“以”，今據李刻本、明翻宋本、汲古閣本改。

冥昭瞢闇，誰能極之？言日月晝夜，清濁晦明，誰能極知之？[補] 曰：冥，幽也，所謂窈冥之門也。昭，明也，所謂大明之上也。瞢(一)，母豆切，目不明也。闇，音暗，閉門也。此言幽明之理，瞢闇難知，誰能窮極其本原乎？**疏曰：**（一）瞢，木平聲，《字典》本有數音，無母豆切，豆或登字之誤。《廣韻》作武登切。《集韻》、《韻會》並彌登切。

馮翼惟像，何以識之？言天地既分，陰陽運轉①，馮馮翼翼，何以識知其形像乎？[補] 曰：《淮南》言天墬未形(一)，馮馮(二)翼翼(三)，洞洞灟灟(四)，故曰大昭。注云：馮翼，無形之貌。又曰：古未有天地之時(五)，惟像(六)無形，窈窈冥冥(七)，芒芠漠閔(八)，澒濛鴻洞(九)，莫知其門。**疏曰：**（一）“天墬未形”四句，見《淮南子》三《天文訓》。墬，籀文地字，《字典》古作墜，音弟。《釋名》：“地，底也，其體底下，載萬物也。”（二）馮，音憑。馮馮，盛滿也。（三）翼，音弋。翼翼，壯健貌，又蕃蕪貌。

（四）洞，音同。洞洞，質慤貌。濁，音燭，恭也。《淮南子·天文訓》注："馮翼洞濁，無形之貌。"上各義皆不合。（五）"古未有天地"諸句，見同上七《精神訓》。（六）像，音象，習養切，形象也，肖似也。（七）窈，音杳，猶窅窅也，深也。冥，音銘。（八）芒，音亡。芠，音文。芒芠，無形也。漠，音莫，閔，音敏，無訓，殆亦無形之貌。（九）澒，音汞，呼孔切。濛，音蒙。澒濛，元氣未分貌。鴻，音洪。鴻洞，猶鴻荒，謂太古也。

校勘記：①"轉"，原誤作"動"，今據李刻本、明翻宋本、汲古閣本改。

明明闇闇[①]，惟時何爲？言純陰純陽，一晦一明，誰造爲之乎？［補］曰：此言日月相推[(一)]，晝夜相代，時運不停，果何爲乎？**疏曰：**（一）推，音退平聲，以手向外擠物前進也，引申之爲進行也。

校勘記：①"闇闇"，原作"暗暗"，今據李刻本、明翻宋本、汲古閣本改。

陰陽三合，何本何化？謂天地人三合成德，其本始何化所生乎？［補］曰：《天對》[(一)]云：合焉者三，一以統同。吁炎吹冷，交錯[(二)]而功。引《穀梁子》云：獨陰不生[(三)]，獨陽不生，獨天不生，三合然後生。逸以爲天地人，非也。《穀梁》注云：古人稱萬物負陰而抱陽，冲氣以爲和。然則傳所謂天，盡名其冲和之功，而神理所由也。會二氣之和，極發揮之美者，不可以柔剛滯其用，不得以陰陽分其名，故歸於冥極，而謂之天。凡生類稟[(四)]靈知於天，資[(五)]形於二氣，故又曰獨天不生，必三合而形神生理具矣。**疏曰：**（一）《天對》，唐柳宗元作。（二）錯，音雌郝切，相互之義。東西爲交，邪行爲錯。（三）"獨陰不生"諸句，見《穀梁·魯莊三年》"五月，葬桓王"傳。穀梁子，戰國時秦孝公時人，子夏弟子。唐楊士勛《穀梁傳疏》謂："名俶，一名赤，字元始。"（四）稟，音懍，受也。（五）資，音咨，託也。

圜則九重，孰營度之？言天圜而九重，誰營度[(一)]而知之乎？［補］曰：圜，與圓同。《説文》曰：天體也。《易》曰：乾元用九[(二)]，乃見天則。《淮南》曰：天有九重[(三)]，人亦有九竅[(四)]。《天對》曰：無營以成，沓[(五)]陽而九。運輠[(六)]渾淪，蒙以圜號。積[①]陽爲天。九[(七)]，老陽數也。營，經營也。度，量度也。**疏曰：**（一）度，音奪。

（二）“乾元用九”二句，見《易上經·乾卦》。（三）“天有九重”二句，見《淮南子》卷三《天文訓》，“地”原作“有”。重，音從，層也。九重，清初西洋人陽瑪諾著《天問畧》，謂九重天者，日月五星凡七重，是爲日天、月天、金星天、木星天之類，第八重爲二十八宿天，第九重爲宗動天，此天常静不動，諸天之動，皆以此天爲宗，即上帝之所居也。九天，參看前《九歌·少司命》“登九天兮撫彗星”疏。（四）九竅，《周禮·疾醫》“兩之以九竅之變”注：“陽竅七，陰竅二。”按：陽竅七，謂眼、耳、鼻、口。陰竅二，謂前後陰也。麟按：眼、耳、鼻各二竅，合口一竅，爲七竅。前陰，即外腎竅；后陰，指肛門竅也，各一竅，合爲九竅。竅，音吃叫切，穴也，空也。引申之，凡通孔皆謂之竅。陽瑪諾，《中國人名大辭典》一二一三頁十二畫陽部：“明波而都瓦[②]爾國人，萬歷間來中國傳教，有《天問畧》。”（五）沓，音踏，合也。揚雄賦：“出入日月，天與地沓。”此二句見《漢書》卷八十七上雄本傳《校獵賦》。（六）輠，音果，又音夥，又音后瓦切。轂，轉也。（七）九，紀有切，數名。《易》以陽爻爲九，如初九、上九之類。

校勘記：①“積”，原誤作“極”，今據李刻本、明翻宋本、汲古閣本改。②“瓦”，原誤作“民”，今據《中國人名大辭典》改。

惟茲何功？孰初作之？言此天有九重，誰功力始作之邪？**疏曰：**重，音從。邪，同耶。

斡維（一）焉（二）繫？天極焉加（三）？斡，轉也。維，綱也。言天晝夜轉旋，寧有維綱[①]繫綴（四），其際極安所加乎？斡，一作筦。［補］曰：《説文》云：斡，轂（五）端沓也。揚雄、杜林云：軺車輪，斡也。顔師古《匡謬正俗》（六）云：《聲類》（七）、《字林》（八）並音管。賈誼《服鳥賦》云：斡流而遷。張華《勵志詩》云：大儀斡運。皆爲轉也。《楚辭》云：筦維焉繫？此義與斡[②]同字，即爲筦。故知斡、管[③]二音不殊。近代流俗音烏活切，非也。《淮南》曰：帝張四維（九），運之以斗，東北爲報德之維，西南爲背陽之維，東南爲常羊之維，西北爲蹏通之維。注云：四角爲維也。先儒説云：天是太虚，本無形體，但指諸星運轉以爲天耳。天如彈丸，圍圜三百六十五度（十）四分度之一。旁行四表之中，冬南夏北，春西秋東，皆薄（十一）四表（十二）而止。張衡《靈憲》云：八極（十三）之維，徑二億三萬二千三百里。維謂四維，極謂八極也。一説云：北極，天之中也。《天官書》（十四）曰：中宫天極星，其一明者，太一常居也。《太玄經》（十五）曰：天圜地方（十六），極植中央。**疏曰：**（一）維，音惟，係也。（二）焉，音煙，安也。（三）加，音家。王夫之曰："托也。"（四）綴，音竹衛切，連也，緝也，縫布帛之類，使相連屬也。（五）轂，音谷，車輪中心圜木，輻輳其外，軸貫其内，端以鐵裹之，謂之轄，亦謂之軑。其中穿孔以貫轂者，曰藪。藪在輻以内者，畧大，曰賢。在輻以外者，畧小，爲軹。《周禮》："轂也者，以爲利轉者也。"（六）《匡謬正俗》，書名，唐顏師古撰，八卷，前四卷論諸經訓詁、音釋，後四卷論諸書字音、字義，及俗語相承之異，攷據極爲精詳。（七）《聲類》，詳《惜誦》"背膺胖[④]以交痛"疏，五百二十字，以五聲命字，不立諸部。見商務書館三十五年出版《東方雜誌》第四十二卷第一號。（八）《字林》，見《惜誦》"背膺胖以交痛兮"疏二[⑤]。（九）"帝張四維"諸句，見《淮南子》第三《天文訓》，惟宋本"運之以斗"下四句在本文前。（十）度，音渡，圜之分角曰度。全圜共爲三百六十度，每度六十分，每分六十秒。（十一）薄，音亳，逼近也。（十二）表，音彼夭切，外也。（十三）八極，言八方極遠之地也。《淮南子》："八紘之外，乃有八極。"《後漢書》："恢弘大道，被之八極。"注："《淮南子》曰：'九州之外有八寅，八寅之外有八紘，八紘之外有八极。'"此數句，見是書卷四《墬形訓》，句係節取。"恢弘大道"二句，見《後漢書》卷二《明帝紀》"永平二年春正月辛未，宗祀光武皇帝於明堂"下。（十四）《天官書》，《史記》八書之一。（十五）《太玄經》，《辭源》丑集二三五[⑥]頁大部一畫："揚雄撰，晉范望注[⑦]，十卷。雄作《法言》，擬《論語》，作此，則擬《易》。"（十六）"天圜地方"，按：此係古説，今已證明其不然。天，材煙切，諸星羅列之空間也。廣遠無可推測，因人在地球，故視爲包圍地球之大圜體，而與地爲對待之稱。其實地球亦運行於天空中，且爲甚小之一部分。形圜者，天原氣體，周圍地球，見其爲圜耳。張衡，後漢安、順帝時西鄂人，字平子，善屬文，作《兩京賦》，構思十年乃成，尤精天文曆算，作渾天儀，機巧尤爲後世所稱。

校勘記：①"維綱"，原誤作"綱維"，今據李刻本、明翻宋本、汲古閣本改。②"斡"，汲古閣本作"幹"。③"管"，原誤作"筦"，今據李刻本、明翻宋本、汲古閣本改。④"胖"，原誤作"胖"，今據後文《惜誦》改。下文徑改不出校。⑤"二"，原作"三"，以後文已調整疏證順序，改作"二"。⑥"五"，原誤作"四"，今據《辭源》改。⑦"揚雄撰，晉范望注"，原誤作"揚雄傳，晉范望撰"，今據《辭源》改。

八柱何當？東南何虧？言天有八山爲柱，皆何當值？東南不足，誰虧缺之也？

虧，一作虧。[補] 曰：《河圖》言：崑崙者，地之中也。地下有八柱，柱廣十萬里，有三千六百軸，互相牽制。名山大川，孔穴相通。《淮南》云①：天有九部八紀(一)，地有九州八柱。《神異經》(二)云：崑崙有銅柱焉(三)，其高入天，所謂天柱也。《素問》(四)曰：天不足西北(五)，故西北方陰也，而人右耳目不如左明也。地不滿東南，故東南方陽也，而人左手足不如右强也。又曰：天不足西北，左寒而右涼；地不滿東南，右熱而左溫。注云：中原地形，西北高，東南下。今百川滿湊(六)東之滄海(七)，則東西南北高下可知。**疏曰：**(一)"天有九部八紀"二句，《淮南》無。(二)《神異經》，《辭源》午集一九一頁示部五畫："書名，舊題東方朔撰，晉張華注，與《隋志》所載符，則其依託已久矣。所記荒外之言，不可究詰，而文采縟麗，詞賦家恒所引用，要亦六朝文士所爲也。凡一卷。"(三)"崑崙有"句，見《神異經·中荒經》第一則，"崑崙"下有"之山"二字。(四)《素問》，醫書之最古者，記黄帝與岐伯問答之語，其書雖未必出於上古，然亦周秦間人傳述舊聞，非漢以後書也，注者甚多，唐王冰注最早，凡二十四卷。(五)"天不足西北"諸句，見下"何所冬暖"疏二。(六)湊，音輳，聚也。(七)滄海，滄音倉。《十洲記》曰："滄海島在北海中，水皆蒼色，仙人謂之滄海也。"又郡名，後爲真番郡，即今奉天興東道之地，或謂滄海郡，當在今朝鮮南部。麟按：此當指後解。又按：崑崙爲地球之脊。脊高，故東南低下，水瀦爲海，並非虧缺也。按："滄海島在北海中"諸句，見是書《聚窟洲》第一則，原文首句下有"地方……五千里"二十二字，方接下二句。"天不足西北"六句，見《素問·陰陽應象大論》。

校勘記：①"云"，原誤作"言"，今據李刻本、明翻宋本、汲古閣本改。

九天之際，安(一)放安屬？九天，東方皞天，東南方陽天，南方赤天，西南方朱天，西方成天，西北方幽天，北方玄天，東北方變天，中央鈞天。其際會何分，安所繫屬乎？皞，亦作昊。變，一作欒，一作鸞。[補] 曰：際，邊也。傳曰：九天之際(二)，曰九垠(三)；九天之外，曰九陔(四)。放，上聲。《孟子》曰：遵海而南(五)，放於琅邪①(六)。放，至也。屬，附也，音注。**疏曰：**(一)安，音阿干切，何也。(二)"九天之際"二句，俟考。(三)垠，音銀，厓也，岸也。(四)陔，音該。九陔，九天之上也。(五)"遵海而南"諸句，見《孟子·梁惠王下②》篇。遵，音足均切，遁也。(六)琅邪，一作瑯琊，音郎牙，郡名，秦置，今山東舊兗、青、沂、萊四府東南郡及膠州之地。此指山言，在今山東諸城縣東南。秦始皇南登瑯琊作臺，刻石頌功德。漢置瑯琊縣，在山下，本春秋齊邑，越王句踐徙都瑯琊，即此。非安徽滁縣西南十里之瑯玡山。

校勘記：①“邪”，原作“玡”，今據李刻本、明翻宋本、汲古閣本改。下文疏證徑改不出校。②“下”，原誤作“上”，今據《孟子》改。

隅隈多有，誰知其數？言天地廣大，隅隈衆多，寧有知其數乎？［補］曰：隅(一)，角也。《爾雅》：厓(二)内爲隩(三)，外爲隈(四)。《淮南》曰：天有九野(五)，九千九百九十九隅，去地五億萬里。注云：九野，九天之野。一野，千一百一十一隅。**疏曰：**（一）隅，音虞，邊側之地曰隅。（二）厓，音宜鞋切，與崖、涯並通。（三）隩，音奥，水隈岸也。（四）隈，音煨，水曲也。又山曲處亦曰隈。（五）“天有九野”諸句，見《淮南子》三卷《天文訓》。

天何所沓？十二焉分？沓，合也。言天與地合會①何所？十二辰誰所分别乎？［補］曰：沓，徒合切。《靈憲》(一)云：天體於陽，故圜以動。地體於陰②，故平以静。動以行施，静以合化③，堙鬱構精，時育④庶類，斯謂天元。天何所沓，言與地合也。《左傳》曰：日月所會是謂辰(二)，故以配(三)日。注云：一歲(四)日月十二會，所會爲辰。十一月辰在星紀、十二月辰在元枵之類是也。若歲在鶉火，我周(五)之分野，實沈之虚(六)，晉(七)人是居，則十二辰(八)所次也。**疏曰：**（一）《靈憲》，《隋書》卷三十四《經籍志》謂一卷，張衡作。衡歷見上“斡維焉繫”疏。（二）“日月所會”諸句，見《左·文公七年》“閏月，不告朔”傳。（三）配，音胚去聲，匹也。（四）歲，須鋭切，即太歲星名，即木星也，約十二歲而一周天，故古人以其經行之躔次紀年。（五）周，朝代名。（六）虚，同墟。（七）晉，國名。（八）十二辰，即中國古時所分降婁、大梁、實沈、鶉首、鶉火、鶉尾、壽星、大火、析木、星紀、玄枵、娵訾各星次也。當各宫命名之初，皆從其所值星宿之名，但因春秋分點，歲有所差，遂致宫與星離，名存實失。例如，白羊第一點，今已退至雙魚宿；天秤第一點，今已退至室女宿矣。近天文學家，名十二宫，黄道全周均分爲十二段，謂之十二宫，其名爲白羊、金牛、陰陽（一作雙子）、巨蟹、獅子、雙女（一作室女）、天秤、天蝎、人馬、摩羯、寶瓶、雙魚。白羊與天秤二宫，太陽至此，晝夜停匀。自白羊至雙女，爲南六宫；自天秤至雙魚，爲北六宫。入白羊宫轉北，入天秤宫轉南。太陽至巨蟹宫初度後，漸轉於南，至摩羯宫初度後，漸轉於北。此四宫皆呼爲轉宫。金牛、獅子、天蝎、寶瓶，此四宫皆呼爲定宫。陰陽、雙女、人馬、雙魚，此四宫呼爲二體宫。見《辭源》子集三七一頁十部，據《明譯天文書》。麟按：日月四時，均以日、月、地球運轉而成，日爲恒星，不動者也，月繞地球，地球繞日。地球自轉一周，向日爲晝，背日爲夜，一日成。地球繞日而行，約三十日一周，而一月成矣。又月與地球共轉，轉至南回歸綫，極熱，轉至北回歸綫，極寒，而春夏秋冬四時成矣。地球繞太陽一周，須三百六十五日又四分日之一。曆法用以紀歲，故陰陽曆均以十二月爲一歲。惟陽曆以太陽最卑點摩羯宫十度起算，陰曆以近立春之月朔起算，稍不同耳。麟按：舊曆係以月繞地球而言，故稱陰曆，新曆係以地球繞日而言，故稱陽曆。天圜以動，地方以静之説，久已不合，非今日始矣。

校勘記：①“合會”，原誤作“會合”，今據李刻本、明翻宋本、汲古閣本改。②“陰”，原誤作“方”，今據李刻本、明翻宋本、汲古閣本改。③“合化”，原誤作“化合”，今據李刻本、明翻宋本、汲古閣本改。④“育”，原誤作“有”，今據李刻本、明翻宋本、汲古閣本改。

日月安屬？列星①安陳？言日(一)月(二)衆星，安所繫屬，誰陳(三)列也。［補］曰：《列子》曰：天，積氣耳(四)。日月星宿(五)，亦積氣中之有光曜②者。《靈憲》曰：星也者，體生於地，精成於天，列居錯跱(六)，各有攸屬。**疏曰：**（一）日，俗稱太陽，爲太陽系之主體，直徑二百五十萬七千七百五十二里，距地球二億七千四百二十九萬里。（二）月，即太陰，爲地球之衛星，直徑六千四百五十九里，距地球七十一萬六千三百七十九里，以一月自轉一周，二十七日七小時四十三分繞地球一周。俗以日月對舉，稱日曰太陽，故稱月曰太陰，因具有吸引力，均繞日而行，歲時以成也。參看前《離騷》“望崦嵫而勿迫”疏。（三）陳，音池寅切，布也，列也。（四）“天，積氣耳”三句，見《列子》卷一《天瑞第一》。（五）宿，音秀，星也。列宿，衆星也。（六）跱，音痔，具也，引申之爲跱立也。

校勘記：①“星”，原誤作“宿”，今據李刻本、明翻宋本、汲古閣本改。②“曜”，原作“耀”，今據李刻本、明翻宋本、汲古閣本改。

出自湯谷，次於蒙汜。次，舍(一)也。汜，水涯也。言日出東方湯谷之中，暮入西極蒙水之涯也。［補］曰：《書》云：宅嵎①夷(二)，曰暘谷。即湯谷也。《爾雅》云：西至日所入，爲太②蒙。即蒙汜也。《説文》云：暘，日出也。或作湯，通作陽。汜，音似。《淮南》曰：日出於暘谷(三)，浴於咸池(四)，拂於扶桑，是謂晨明。登於扶桑，爰始將行，是謂朏(五)明。至於曲阿，是謂旦明。至於曾泉，是謂早食。至於桑野，是謂晏食。至於衡陽，是謂隅中。至於昆吾，是謂正中。至於鳥次，是謂小還。至於悲谷，是謂餔時。至於女紀，是謂大還。至於淵隅(六)，是謂高舂。至於連石，是謂下舂。至於悲泉，爰止其女，爰息其馬，是謂懸車。薄於虞淵(七)，是謂黄昏。淪於蒙谷，是謂定昏。日入於虞淵之汜，曙於蒙谷之浦，行③九州七舍，舍有五億萬七千三百九里。注云：自暘谷至虞淵，凡十六所，爲九州七④舍。**疏曰：**（一）舍，音捨，止也，又居室也，音射。（二）“宅嵎夷”，見《書・堯典》。（三）“日出於暘谷”諸語，見《淮南子》三《天文訓》。（四）咸池諸地，亦無實在可考，大抵皆荒渺之談。（五）朏，音斐，月未盛之明也。（六）淵隅、虞淵異。按：此説以日爲行星，與近天文家言不合。

校勘記：①“嵎”，原誤作“隅”，今據李刻本、明翻宋本、汲古閣本改。下文疏證徑改不出校。②“太”，原作“大”，今據李刻本、明翻宋本、汲古閣本改。後文凡作“大”而他本皆作“太”者，徑改不出校。③“行”，原脱，今據李刻本、明翻宋本、汲古閣本補。④“七”，原誤作“九”，今據李刻本、明翻宋本、汲古閣本改。

自明及晦，所行幾里？言日平旦而出，至暮而止，所行凡幾何里乎？［補］曰：《論衡》(一)云：日晝行千里(二)，夜行千里。行太陰則無光，行太陽則能照。《物理論》(三)云：極南爲太陽，極北爲太陰。**疏曰：**（一）《論衡》，書名，漢王充撰，凡三十卷，大旨詳於《自紀》一篇，蓋内傷時命之坎坷，外疾世俗之虚僞，故發憤著書，其言多激。然定謁砭俗，亦殊有裨於風教。袁崧《後漢書》謂蔡邕見之，以爲談助。蓋其論辨之新穎，固有足多者。（二）“日晝行千里”諸句，見是書十一卷《説日篇第二》，則此説尤臆。月本無光，借日以爲光，晦則地球背日所致，明則地球向日，非行也。晦，音誨，昏也。（三）《物理論》，晉傅元撰，見張之洞《書目答問》子部目。

夜光何德，死則又育？夜光，月也。育，生也。言月何德於天，死而復生也。一云：言①月何德，居於天地，死而復生。［補］曰：《博雅》(一)云：夜光謂之月。皇甫謐曰：月以宵曜，名曰夜光。《書》有旁死魄，哉生明(二)，既生魄②。死魄，朔(三)也。生魄，望(四)也。先儒云：月光生於日所照，魄生於日所蔽，當日則光盈，就日則光盡。**疏曰：**（一）《博雅》，即《廣雅》，見前《離騷》“畦留夷與揭車”疏。“夜光”句，見是書卷九、四頁《異③祥》篇。皇甫謐，見前《離騷》首句疏。（二）“旁死魄，哉生明”，見《書·今考定武成》。旁，音蒲陽切，依也。《辭源》：“旁死魄，陰曆每月之初二日。《書》：‘惟一月壬辰，旁死魄。’初一爲死魄，初二與之旁近，故曰旁死魄。”旁，本訓依，引申之爲旁近也。見《辭源》卯集一九二④頁方部六畫。哉生明，哉，音咨哀切，始也。陰曆每月之初三日，月始生光，故謂之哉生明。（三）朔，音疏涯切，始也。日月相會曰朔，約在陰曆每月初一日前後，故謂初一日爲朔日。（四）望，音亡，又去聲。日月相對曰望，在陰曆每月十五日前後，故謂十五日爲望日。本作朢，今多借用瞻望之望，實兩字也。麟按：死謂暗，即生魄也；育謂生，即生明也，謂月何德，暗而又明也，其故已詳上。“先儒”四句，與近説頗合，但不若“向日之光爲晝，背日之光爲夜”簡明耳。

校勘記：①“言”，原脱，今據李刻本、明翻宋本、汲古閣本補。②“既生魄”，原脱，今據李刻本、明翻宋本、汲古閣本補。③“異”，原誤作“貞”，今據《廣雅》改。④“二”，原誤作“三”，今據《辭源》改。

厥利維何，而顧菟在腹？言月中有菟，何所貪利，居月之腹，而顧望乎？菟，一作兔(一)。［補］曰：菟，與兔同。《靈憲》(二)曰：月者，陰精之宗，積而成獸，象兔，陰之類，其數偶(三)。《蘇鶚演義》(四)曰：兔十二屬，配卯位，處望日，月最圓，而出於卯上。卯，兔也。其形入於月中，遂有是形。《古今注》云：兔口有缺。《博物志》(五)云：兔望月而孕，自吐其子。故《天對》云：玄陰多缺，爰感厥兔。不形之形，惟神是類。**疏曰：**（一）兔，音秃誤切，獸名，尾短耳大，上唇厚，中有縫裂，上達於鼻前，足短，善走，産於温帶者，毛多白色及黄褐色，可以製筆。菟，音兔，與兔通。麟按：此二句，亦係不明真象所言。近説謂月球近，已可通，並已有人居處，當發無線電時，曾得其字，並謂其凹凸處爲地面凹凸所映而致，非桂兔等物也。丁亥七月六日、新曆八月二十一日《大剛報》載：“美天文探險家三人（係英文）已用火箭船，十三小時至月球，四日方見手指，蓋測得地球非全圓形，將來每周將探得情形報告一次。”（二）《憲靈》，見上“天何所沓”疏一。（三）偶，音耦，雙數也。（四）《蘇鶚演義》，《辭源》申集一〇三頁艸部十六畫作《蘇氏演義》，“唐蘇鶚撰，二卷，原本久佚。四庫著録者係《永樂大典》中録出，書中所言，與崔豹《古今注》、馬縞《中華古今注》多相出入，非《永樂大典》僅存，則豹書之出縞書，猶可考見。縞書之襲此書，竟無從而驗也。然縞書所未載者，尚幾及半，則亦考證家所必資”。麟按：崔爲晉人，馬爲五代人，當云縞書之出豹書，不當云豹書之出縞書也。卯，音姥皦切，十二支之第四位。處，讀上聲。《古今注》，考證名物之書，晉崔豹撰，三卷。又《中華古今注》，三卷，五代馬縞撰。兩書相同之處十之九，不過敘次稍有先後，且與《蘇鶚演義》亦同者五六，蓋書爲僞托，編書亦勦襲而得之也。（五）《博物志》，見前《離騷》“指西海以爲期”疏。

女岐無合（一），夫焉（二）取九子？女岐（三），神女，無夫而生九子也。《天對》云：陽健陰淫，降施蒸摩，岐靈而子，焉以夫爲？**疏曰：**（一）合，音曷閤切，配也。（二）焉，音煙，何也。（三）岐，音即，與跂同，足多趾也。

伯强何處？惠氣安在（一）？伯强，大厲，疫（二）鬼（三）也，所至傷人。惠氣，和氣也。言陰陽調和則惠氣行，不和調[1]則厲鬼興，二者當何所在乎？［補］曰：强，巨良切。惠，順也。**疏曰：**（一）在，宜叶止。（二）疫，音役，傳染病之流行廣者，皆曰疫。（三）鬼，古偉切，人死曰鬼，衆生必死，死必歸土，故謂之鬼。

校勘記：①“和調”，原誤作“調和”，今據李刻本、明翻宋本、汲古閣本改。

何闔而晦？何開而明？言天何所闔（一）閉而晦（二）冥，何所開發而明曉乎？［補］曰：闔，閉户也。開，闢户也。陰闔而晦，陽開而明。**疏曰：**（一）闔，音合，閉也。（二）晦，音誨，陰曆每月之末日也，又昏也，暗也，昧也，此從後解。麟按：此亦不明真象之言。天何有門户而閉開乎，其明其晦之故，皆由於地球向日背日之所致也。

角宿未旦，曜靈安藏？角（一）亢（二），東方星。曜靈，日也。言東方未明旦之時，日安所藏其精光乎？《釋文》藏作臧。［補］曰：宿，音秀。藏，與臧同[1]。《爾雅》曰：壽星，角亢也。注云：數起角亢，列宿之長。《國語》曰：辰角見而雨畢（三）。注云：辰角，大辰蒼龍之角。見者，朝見東方，建戌（四）之初，寒露（五）節也。此言角宿未旦者，指東方蒼龍之位耳。《天對》云：孰旦孰幽（六），繆躔（七）於經，蒼龍（八）之寓，而迋[2]彼角亢。迋，欺也，具往切。亢，音剛。**疏曰：**（一）角，音吉嶽切，星名，二十八宿之一，今清明節子正一刻九分之中星。（二）亢，星名，二十八宿之一，今穀雨節子正一刻之中星。（三）“辰角見”諸句，見《國語·周語》宣公元年“定[3]王使單襄公聘于宋”傳，“辰”上有“夫”字。（四）建戌，九月也。（五）寒露，九月節名。（六）幽，音衣樛切，不明也。（七）繆，音矛，又音里擾切，與繚同，繆繞相纏結也。躔，音廛，踐也，又次也，星次爲躔。（八）蒼龍，東方七宿之名，即角、亢、氐、房、心、尾、箕七宿也。麟按：此亦囿時之見，陽光無所藏，地球背之而不見耳。

校勘記：①“藏，與臧同”，明翻宋本、汲古閣本作“臧，與藏同”。②“迋”，原誤作“廷”，今據李刻本、明翻宋本、汲古閣本改。③“定”，原誤作“宣”，今據《國語》改。

不任汩鴻，師何以尚之？汩（一），治也。鴻（二），大水也。師，衆也。尚，舉也。言鮌[①]才不任治鴻水，衆人何以舉之乎？師，一作鮌。［補］曰：汩，音骨[②]。《國語》曰：禹決汩九川（三）。汩，通也。《荀子》曰：禹有功（四），抑下鴻。鴻，即洪水也。《堯典》（五）曰：湯湯（六）洪水方割（七），蕩蕩（八）懷（九）山襄（十）陵。下民其咨（十一），有能俾乂（十二）。僉曰：於（十三），鮌（十四）哉。帝曰：吁（十五），咈（十六）哉。方（十七）命圮（十八）族。岳曰：异（十九）哉，試可乃已。帝曰：往欽哉，九載績用弗成。异，舉也。**疏曰：**（一）汩，音覓，治水也，從日不從曰，從曰音谷，流貌，又亂也。從日，日聲，音本近，自篆變爲隸，形復相混，故古籍之用此字，從日從曰，多不能辨。（二）鴻、洪通。（三）“禹決汩九川”，見《國語》周靈王二十二年“穀洛鬭”傳。（四）“禹有功”二句，見《荀子·成相篇二十五》。（五）《堯典》，《書經》篇名。（六）湯湯，流貌，音商。（七）割，音葛，害也。（八）蕩蕩，廣大貌，音惰朗切。（九）懷，抱也。（十）襄，音相，上也，上讀上聲。（十一）咨，音資，謀也。（十二）乂，治也。（十三）於，音烏，歎詞。（十四）鮌，音衮，一作鯀，堯時崇伯名，禹之父也，爲四凶之一，治水無功，舜殛之于羽山。（十五）吁，音旭紆切，疑怪聲。（十六）咈，符勿切，違也，戾也。（十七）方，音坊，逆也。（十八）圮，音否，毁也，右從戊己之己。（十九）异，音怡，已也，發歎詞。

校勘記：①“鮌”，原作“鯀”，今據李刻本、明翻宋本、汲古閣本改。②“骨”，原誤作“谷”，今據李刻本、明翻宋本、汲古閣本改。

僉曰何憂[①]？何不課而行之？僉（一），衆也。課（二），試也。言衆人舉鮌治水，堯知其不[②]能，衆人曰：何憂哉？何不先試之也。曰，一作荅。**疏曰：**（一）僉，音七淹切。（二）課，音庫卧切。行叶去聲，治也，謂何不使其試治也。

校勘記：①“憂”，原誤作“功”，今據李刻本、明翻宋本、汲古閣本改。②“不”，原作“弗”，今據李刻本、明翻宋本、汲古閣本改。

鴟（一）龜（二）曳銜，鮌何聽焉？言鮌治水，績用不成，堯乃放殺之羽山，飛鳥水蟲，曳銜而食之。鮌何能復不①聽乎？［補］曰：鴟，處脂切。一名鳶也。曳，牽也，引也。聽，從也。此言鮌違帝命而不聽，何爲聽鴟龜之曳銜（三）也？《天對》云：方陟元子，以胤功定地。胡離厥考，而鴟龜肆喙。**疏曰：**（一）鴟，即角鴟，猛禽，形與梟同，惟耳邊有長毛，似角，全身褐色，有白斑，頭稍如貓，眼圓大，帶赤黄色，周圍有粗剛毛圈，亦名鴟鵂，又稱怪鴟，俗稱貓頭鷹，視力甚强，暗中覩物，而晝反否。（二）龜，音姑追切，爬蟲，腹背皆有甲，僅露頭尾四足出入之孔，甲之表面蔽以表皮變成之紋片，雌者背甲隆凸，雄者否，頭似蛇，有鱗，色緑，性遲鈍，耐飢渴，壽至百歲外。古用龜以卜，故稱靈物，以爲介蟲之長，種類甚多，最著者爲水龜、蠵龜、玳瑁等。（三）曳，音異。銜，音含。麟按：此喻言鮌性如鴟之猛、龜之鈍，帝何竟聽衆言而用之乎？與下二句互勘自明。

校勘記：①“復不”，原誤作“不復”，今據李刻本、明翻宋本、汲古閣本改。

順欲成功，帝何刑焉？帝，謂堯也。言鮌設能順衆人之欲（一），而成其功，堯當何爲刑戮之乎？［補］曰：《書》云：方命圮族（二）。《國語》云：鮌述①帝命（三）。則所謂順欲者，順帝之欲也。《天對》云：盜堙息壤（四），招帝震怒。賦刑②在下，投棄於羽③（五）。《山海經》云：鮌竊帝之息壤（六），以堙洪水，帝令祝融（七）殺鮌於羽郊。**疏曰：**（一）欲，謂順衆人之欲，及順帝之欲，皆可。（二）“方命圮族”，見《書・堯典》。（三）“鮌述帝命”，見《國語》第十四《晉語八》“簡公”條，“鮌”上有“昔者”二字。“述”作“違”較妥。（四）盜，音導，竊也。堙，音因，塞也。息壤，地名，在今湖北江陵縣南，即《山海經》“鮌竊帝之息壤，以堙洪水”之處也。《輿地紀勝》：“江陵府南門有息壤，元和中，裴宇牧荆州，掘之，得石城，與江陵城同，中徑六尺八寸，徙棄之。是年，霖雨不止，遂埋之。”一九五三年三月十八日上午（即丁酉）皆曾其地踏查，地在南門右腋，周圍石闌，上爲禹王宫荒址，成蔓草叢莽處矣。（五）羽山，在山東郯城縣，東北接江蘇贛榆縣界，《禹貢》“蒙羽其藝”是也。郭璞《山海經》注謂即舜殛鯀處，上有二泉，會爲羽澤，即《左傳》所謂“其神化爲黄熊，入于羽淵”也。《一統志》及孫星衍《尚書》疏皆從此説。胡渭謂：“《舜典》傳云：‘羽山東裔，徐州之地太近，非荒服放流之宅。蓬萊縣東南有羽山。’《寰宇記》云‘即殛鮌處’，與孔傳合，當從《寰宇記》説。”麟按：《孟子》作“舜殛鮌於羽山”，此作“堯”，異。（六）“鮌竊帝之息壤”諸句，見《山海經》卷十八《海内經》末條，“洪水”、“帝令”之中，有“不待帝命”四字。（七）祝融，火神也。虞翻曰：“祝大融，明也。”韋昭曰：“祝，始也。”《禮・月令》：“孟夏之月，其神祝融。”《通鑒》：“顓頊之孫黎爲火正，曰祝融。”麟按：祝融爲火神，有功德於人，歿後人遂爲火神，猶吾清季安陸府太守嵩佳（姓）桂蔭（名）同其婦富察氏（均旗人），清亡殉節，邑人建祠（今爲二中所有）祀之是也。《輿地紀勝》，書名，宋王象之撰，郡自爲編，諸邑次之，山川人物，詩章文翰，皆附見焉。東南十八路則倣范曄《郡國志》條例，以在所爲首。清乾隆中修四庫書時，是書尚無傳本，僅著名其中：《輿地碑》四卷。其後阮元始得影宋鈔本於江南，凡二百卷，尚闕一卷。虞翻，三國餘姚人，字仲翔，少好學，嘗以所著《易》示孔融，融曰：“聞延陵之禮樂，覩君子之治《易》，乃知東南之美者，非特竹箭也。”後放棄南方，嘗“自恨疏節，骨體不媚，生無可與語，死以青蠅爲弔客，使天下有一知己，足以無恨”云。韋昭，詳後《七諫・怨世》“親讒諛而疏賢聖兮”疏一④。《寰宇記》，書名，宋樂史撰，合輿圖所稱，考尋始末，始於東京，迄於四裔，並紀人物藝文，開後來方志之體，原本二百卷，後闕一百十三卷至一百十九卷，存一百九十三卷，亦稱《太平寰宇記》，《文獻通考》作“太平寰宇志”。

校勘記：①“述”，李刻本、明翻宋本、汲古閣本作“違”。以下文疏證曰“‘述’作‘違’較妥”，今不改。②“刑”，原誤作“形”，今據李刻本、明翻宋本、汲古閣本改。③“羽”下，原衍“山”字，今據李刻本、明翻宋本、汲古閣本删。④“‘親讒諛而疏賢聖兮’疏一”，原誤作“‘親讒佞而疏聖賢兮’疏二”，今據後文改。

永遏在羽山，夫何三年不施？永，長也。遏，絶也。施，舍也。言堯長放鮌於羽山，絶在不毛之地，三年不舍其罪也。一無“山”字。施，一作弛。［補］曰：遏，猶遏絶苗民之遏。施，舍①也。通作弛，音豕。**疏曰：**遏，音阿葛切，絶也。施，音式淌切，用也。麟按：此謂鮌之衆大，堯何絶之至三年之長久不用刑也？堯蓋仁人，不忍其死，待至三年之長，不改其行，方始施刑也。羽山，見上句疏五。

校勘記：①“舍”，原誤作“捨”，今據李刻本、明翻宋本、汲古閣本改。

伯禹愎鮌，夫何以變化？禹，鮌子也。言鮌愚很，愎而生禹，禹小見其所爲，何以能變化而有聖德也？愎，一作腹。注同。一本“何”下有“故”字。［補］曰：愎，弼力切，戾也。《詩》云：出入腹我(一)。腹，懷抱也。《天對》云：氣孽宜害，而嗣續(二)得聖，汙塗(三)而蕖夫(四)，固不可以類。**疏曰：**此謂伯禹之聖、剛愎之鮌，是父是子，何以變易不同也。（一）“出入腹我”，見《詩・蓼莪》篇。（二）嗣續，謂後嗣也。（三）汙塗，謂汙泥也。（四）蕖夫，謂荷也。蕖，音渠。蕖夫，荷花之别名。

纂就(一)前緒，遂成考功。父死稱考。緒，業也。言禹能纂代鮌之遺業，而成考父之功也。［補］曰：纂，作管切，集也。緒，音叙，絲耑也。記曰：禹能修鮌①之功(二)。**疏曰：**（一）就，音劑宥切，能也。此謂禹能纂修前業，遂成其父之功。（二）“禹能修鮌之功”，見《禮記・祭法二十三②》。

校勘記：①“鮌”，原誤作“禹”，今據李刻本、明翻宋本、汲古閣本改。下文疏證徑改不出校。②“三”，原誤作“五”，今據《禮記》改。

何續初繼業，而厥謀不同(一)？言禹何能繼續鮌業，而謀慮不同也。［補］曰：《洪範》言鮌堙洪水，汩陳(二)其五行(三)。帝乃震怒，不畀(四)洪範九疇(五)，彝倫攸斁，鮌則殛死；禹乃嗣興，天乃錫禹洪範九疇，彝倫攸叙。《孟子》曰：禹之治水(六)，水之道也。鮌堙洪水，而禹行其所無事，雖承父業，其謀不同也。**疏曰：**（一）厥謀不同者，鮌堙洪水，禹則順水之性而導之也。（二）汩，音谷，亂也。陳，布也。（三）五行，金、木、水、火、土也，分行四時，各有其德。（四）畀，音比去聲，與也。（五）洪範，《周書》篇名，箕子叙天地之大法，陳於武王者也。九疇，《書・洪範》：“天乃錫禹洪範九疇，彝倫攸叙，初一曰五行，次二曰敬用五事，次三曰農用八政，次四曰協用五紀，次五曰協用皇極，次六曰乂用三德，次七曰明用稽疑，次八曰念用庶徵，次九曰嚮用五福、威用六極。”按：洪範九疇，謂治天下之大法，其類有九也。相傳禹治水成功，神龜負書出於雒，禹因而第之，以成九類。《漢書·五行志》云“初一曰五行”以下六十五字，皆雒書本文。（六）“禹之治水”二句，見《孟子》中《離婁》篇下。

洪泉極深，何以寘①(一)之？言洪水淵(二)泉極深大，禹何用寘塞而平之乎？［補］曰：寘與填同。《淮南》曰：凡鴻②水淵藪(三)，自三百仞以上，二億三萬三③千五百五十里，有九淵(四)，禹乃以息土填洪水，以爲名山。注云：息土(五)不耗減④，掘之益多，故以填洪水也。《天對》云：行鴻下隤⑤(六)，厥丘乃降。焉填絶⑥淵，然後夷(七)於土。**疏曰：**（一）寘，古文填字，音填，滿也，加也。（二）淵，音紆絹切，回水也。《管子》：“水出地而不流者，命曰淵。”又深也。（三）“凡洪水淵藪”諸句，見《淮南子》四《墬形訓》。藪，音叟，大澤曰藪。又澤無水曰藪。又物之所聚也。（四）九淵，謂淵有九也，各因其形狀而别之。《列子·黄帝第二》：“鯢旋之潘爲淵，止水之潘爲淵，流水之潘爲淵，濫水之潘爲淵，沃水之潘爲淵，氿水之潘爲淵，雍水之潘爲淵，汧水之潘爲淵，肥水之潘爲淵，是爲九淵焉。”潘，音盤，即淵也。（五）息土，麟按：非息壤，詳上“順欲成功”句，謂土之能生長者。《路史》（羅泌著，六卷）：“息生之土，長而不窮。”柳宗元《息壤記》：“永州龍泉寺東北陬有堂，堂之地隆然負磚甓而起者，廣四步，高一尺五寸，始之爲堂也，夷之而又高，凡持臿者盡死。”《史記·天官書》及《漢志》有地長之占而亡其説。甘茂（秦人）盟息壤，蓋其地有是類也。昔之異書有記洪水滔天，鮌竊帝之息壤（此係石質，無生長，與上異）以堙洪水，帝乃令祝融殺鮌於羽山。又一説，息壤埋荆州禹王宫下土中，形方正，上鋭下廣，非土非木，非金非石（據土人云，確是石城），其文若篆。清康熙元年，荆州旱，有人掘得之，乃大雷雨，旋困於潦，因建禹王殿於上，見《孤賸》（書名），《辭源》“孤”作“觚”，酉集一〇頁角部五畫：“清鈕琇撰，記明末清初雜事，隨所至之地，録其見聞，其文幽艷悽動，頗有唐人小説之遺。凡八卷，《續編》四卷。”（六）隤，音徒回切，降也，散也。（七）夷，音逸尼切。

校勘記：①“寘”，原作“寊”，今據李刻本、明翻宋本、汲古閣本改。下文徑改不出校。②“鴻”，原作“洪”，今據李刻本、明翻宋本、汲古閣本改。下文“行鴻下隤”同。③“三”，原誤作“五”，今據李刻本、明翻宋本、汲古閣本改。④“減”，原脱，今據李刻本、明翻宋本、汲古閣本補。⑤“隤”，原誤作“潰”，今據李刻本、明翻宋本、汲古閣本改。⑥“絶”，原誤作“厥”，今據李刻本、明翻宋本、汲古閣本改。

地方九則，何以墳之？墳(一)，分也。謂九州之地，凡有九品，禹何以能分别之乎？墳，一作憤。[補] 曰：班孟堅云：坤作地勢，高下九則。劉德(二)云：九則(三)，九州土田上中下九等也。《天對》云：從民之宜，乃九於野，墳厥貢藝(四)，而有上中下。**疏曰：**(一) 墳，音汾，又音憤，故一作憤，以此爲音。上寘字解爲鎮，不但義諧，而韻亦叶矣。(二) 劉德，漢景帝第三子，立爲河間王，修學好古，實事求是。從民間得善書，必爲好寫與之，留其真，得書多與漢朝等，皆古文先秦舊書。被服造次，必於儒者，山東諸儒多從之游。卒謚獻。(三) 九則，即上上、上中、上下、中上、中中、中下、下上、下中、下下也。(四) 貢，音公去聲，獻其土物也，又田賦名。藝，音擬袂切，準的也，又分别之也，合诸侯而藝貢事。

河海應龍，何盡①何歷(一)？有鱗曰蛟龍，有翼曰應龍。歷，過也。言河海所出至遠，應龍過歷游之，而無所不窮也。或曰：禹治洪水時，有神②龍以尾畫地，導水所注當決者，因而治之也。一云：應龍何畫，河海何歷。[補] 曰：《山海經》云：應龍處南極(二)，殺蚩尤與夸父，不得復上，故下數旱，旱而爲應龍之狀，乃得大雨。《山海經圖》云：犂丘山有應龍者，龍之有翼也。昔蚩尤禦黄帝，令應龍攻於冀州之野。女媧之時，乘雷車服駕應龍。夏禹治水，有應龍以尾畫地，即水泉流通。《天對》云：胡聖爲不足，反謀龍知，畚鍤(三)究勤，而欺畫厥尾。畫，音獲。**疏曰：**(一) 歷，叶勒。(二)“應龍處”諸句，見本經貞集十四卷六十頁。蚩尤，黄帝時之諸侯，好兵喜亂，作刀戟大弩，暴虐天下。帝徵諸侯之師征之，戰於涿鹿，蚩尤作大霧，帝爲指南車破之，遂戮蚩尤。夸父，上古人名，不量力，欲追日影，逐之於暘谷，渴死，棄其杖，膏肉所浸，化爲鄧林，見《山海經·大荒北經》“大荒之中”則注。一説神獸也，見《淮南子》注。夸，音誇，大也，又自大也。(三) 畚，音本，盛土器，以草索爲之，筥屬也。鍤，音插，鍫也，起土之具，亦作臿插。

校勘記：①“盡”，原誤作“畫”，今據李刻本、明翻宋本、汲古閣本改。②“神”，原誤作“應”，今據李刻本、明翻宋本、汲古閣本改。

鯀何所營？禹何所成？言鯀治(一)洪水，何所營度，禹何所成就乎？[補] 曰：汩陳其五行，此鯀所營也。六府三事允治(二)，此禹所成也。**疏曰：**此亦二句爲韻。“治洪水”(一) 治字，平聲，治理也。度，音奪，揣度也。(二) 六府，金、木、水、火、土、穀也。三事，正德、利用、厚生。“允治”治字，去聲，音自，己理也，與前治字音池義亦異。

康回馮怒，墜何故以東南傾？康回，共工名也。《淮南子》言共工與顓頊争爲帝不得(一)，怒而觸不周之山，天維絶，地柱折，故東南傾也。墜，一作地。一無“以”字。［補］曰：馮，皮膺切。《列子》曰：帝馮怒(二)。注云：馮，大也。《春秋傳》曰：震電馮怒(三)。注云：馮，盛也。《方言》云：馮，怒也，楚曰馮。注云：恚盛貌。引康回馮怒。然則馮、馮一也。《列子》曰：共工氏與顓頊争爲帝，怒而觸不周之山，折天柱，絶地維，故天傾西北，日月星辰就焉；地不滿東南，百川水潦歸焉。注云：共工氏興霸於伏羲、神農之間，其後苗裔恃其强，與顓頊争爲帝。又《淮南》言：共工之力觸不周之山(四)，使地東南傾。注云：非堯時共工。傾，猶下也。**疏曰：**（一）共，音恭，水官也。《書・堯典》：“共工方鳩僝功。”鄭玄曰：“共工，水官名，其人名氏未聞，先祖居此官，故以官氏也。”按：共工世居江淮之間，顓頊之衰，共工欲霸九州，帝使辛侯（即高辛）滅之，然子孫猶不失其官，堯時與驩兜、三苗、鮌相比，是曰四凶。舜流共工於幽州，其官始易他氏。“共工與顓頊争爲帝”諸句，見《淮南子》三《天文訓》，係節取。顓頊，見前《離騷第一》首句疏。不周，山名，在崑崙山西北。《楚辭》“路不周以左轉兮，指西海以爲期”，見前《離騷》末。《淮南子》卷三《天文訓》：“昔者共工與顓頊争爲帝，怒而觸不周之山。”按：《山海經》：“大荒之隅，有山而不合，名曰不周。”蓋因山之不合，遂生共工觸山之神話。《水經注》謂不周山爲葱嶺、于闐二水之限，雖出臆度，大較相近，蓋即今崑崙山脉也。據此，江淮與崑崙相距甚遠，轉戰何由即至不周之山。無論無絶大之頭而觸之使崩，即有絶大之頭，何自而觸之乎？麟按：此蓋喻言共工不循常道，滅絶四維，猶頭觸不周之山，而天維以絶，地柱以折。維、柱均喻言紀綱也。（二）“帝馮怒”及“共工氏”諸句，均見《列子・湯問第五》。（三）“震電馮怒”，見《左傳注疏》卷四十三《昭公五年》“冬十月，楚子以諸侯及東夷伐吴”傳。（四）“共工之力”諸句，見《淮南》卷一《原道訓》，原文“共”上有“昔”字。

九州安錯？川谷何洿？錯，厠也。洿，深①也。言九州(一)錯厠，禹何所分别之？川谷於地，何以獨洿深乎？安，一作何。［補］曰：錯，七故切，置也。《天對》云：州②錯富媪(二)，爰定於趾③。《國語》曰：疏爲川谷(三)，以導其氣。蔡邕《月令章句》曰：衆流注海曰川。《爾雅》云：水注川曰谿，注谿曰谷。《集韻》：洿音户，水深謂之洿。舊音烏，無深義，亦不叶韻。**疏曰：**(一) 九州，見前《大司命》"紛總總兮九州"疏。錯，音措，安也。厠，音次，間也，次也。洿，穢也，又水濁不流也。麟按：錯，當作置。洿，當作穢濁。謂九州何人始置，川流何穢濁不清。(二) 富媪，地神也，地畜寶藏，故曰富媪。《漢書》二十二卷《禮樂志·郊祀歌》："帝臨上云：'后土富媪，昭明三光。'"张晏注："媪，老母稱也，坤爲母，故稱媪。海内安定，富媪之功耳。"媪，音懊。麟又按："州錯"二句，謂九州既已錯置，地之藴藏甚富，非地神也。(三) "疏爲川谷"二句，見《國語》襄公二十三年"穀洛鬭"傳。

校勘記：①"深"，原誤作"澤"，今據李刻本、明翻宋本、汲古閣本改。②"州"，原誤作"川"，今據李刻本、明翻宋本、汲古閣本改。③"阯"，原作"阯"，今據李刻本、明翻宋本、汲古閣本改。

東流不溢，孰①知其故？言百川東流，不知滿溢，誰有知其故也。[補] 曰：《列子》云：渤海之東(一)，不知幾億萬里，有大壑焉，實惟②無底之谷，名曰歸墟，八紘(二)九野之水，天漢之流，莫不注之，而無增無減焉。《莊子》曰：天下之水(三)，莫大於海，萬川歸之，不知何時止而不盈；尾閭泄之，不知何時已而不虚。《天對》云：東窮歸墟，又環西盈。脉穴土區，而濁濁清清。墳壚(四)慘③疏，滲渴而升。充融有餘，泄漏復行。器運浟浟，又何溢爲？**疏曰：**溢，音逸，出於外曰溢。(一) "渤海之東"諸句，見《列子·湯問第五》。渤海，渤，音勃，渤海鬝入遼東半島、山東半島間之内海也，中有大灣二：入於東北者，曰遼東灣，遼東半島爲其東壁；入於西南者，曰直隸灣，山東半島突出於其東。兩半島之間，與黄海相通處曰直隸海峽，北曰老鐵山角，南曰登州頭廟羣島，聯絡兩間，爲天然之門户。此海長八百十二里，闊四百七十六里。太古前，兩半島之山脉，本相聯絡，此海亦爲陸地，迨後漸次陷落，遂成此海，廟羣島乃陷落之餘峰也。(二) 八紘④，《淮南子》卷四《墬形訓》："八殥之外，而有八紘，亦方千里。"注："紘，維也，維絡天地而爲之表，故曰紘也。"九野，謂九州也。又九天亦曰九野。天漢，天河也。(三) "天下之水"諸句，見《莊子》上十《秋水》篇。尾閭，謂海水所歸也。麟按：水爲輕氣、養氣化合之液體，無色，無臭，在攝氏寒暑表百度則沸，冷至零度則凝爲冰，過熱則又化爲水，遇大熱則化爲汽，飛拂空中，遇冷又化爲水，不溢之故，此也。又水性趨下，高岸爲谷，亦爲水不溢之故。東流者，東南地下也。墳，音父吻切，土膏肥也。壚，音盧，黑剛土也。滲，音森去聲，下漉也。浟，音由，流貌。

校勘記：①“孰”，原誤作“誰”，今據李刻本、明翻宋本、汲古閣本改。②“惟”，原誤作“爲”，今據李刻本、明翻宋本、汲古閣本改。③“慘”，明翻宋本、汲古閣本作“燦”。④“紘”，原誤作“絃”，今徑改。

東西南北，其修孰多？修，長也。言天地東西南北，誰爲長乎？**疏曰：**修，音休，古修、脩不分，脩後作肉解，從月，脯也，肉條割而乾之也。地體扁圓略如球形，近人故名地球，直徑赤道最長，兩極稍短，面積約十五億一千七百萬方里，在天空中本爲一行星，繞太陽而轉，由自轉以生晝夜，由公轉以生四時。天乃積氣，無長可言，舊注爲時所囿，不可從也。

南北順墮，其衍（一）幾何？衍，廣大也。言南北墮長，其廣差幾何乎？墮，《釋文》作“隋”。一作“墮”。［補］曰：《爾雅》云：蟦（二）小而橢。橢，音妥，又徒禾切，狹而長也。《疏》引南北順橢，其修①幾何。墮與橢同，通作隋。《淮南子》云：闔四海之内（三），東西二萬八千里，南北二萬六千里。注云：子午爲經，卯酉爲緯，言經短緯長也。又曰：禹乃使大章步自東極至於西極，二億三萬三千五百里七十五步。使豎亥步自北極至於南極，二億三萬三千五百里七十五步。注云：海内有長短，極内等也。《軒轅本紀》云：帝令豎亥步自東極至於西極，得五億十選九千八百八步，南北二億三萬一千三百里。豎亥左手把算，右手指青丘北，東盡泰遠，西窮邠國，東西得二萬八千里，南北得二萬六千里。《靈憲》曰：八極之維，徑二億三萬二千三百里，南北則短減千里，東西則廣增千里。自地至天，半於八極，則地之深亦如之。《博物志》曰：《河圖》：天地南北三億三萬五千五百里，東西二億三萬三千里。其説不同，今並存之。**疏曰：**（一）衍，音演，延長延廣曰衍。（二）蟦，音責，小貝也。（三）“闔四海之内”諸句，見《淮南子》四《墬形訓》。“禹乃使大章”諸句同。經，音徑，直也。又東西爲經，南北爲緯，是東西長南北短也。東西二萬八千里，南北二萬六千里，是乃言經短緯長，何耶？不亦誤乎？選，萬也。八極，言八方極遠之國也。《淮南子》四《墬形訓》：“八紘之外，乃有八極。”

校勘記：①“修”，原誤作“衍”，今據李刻本、明翻宋本、汲古閣本改。

崑崙縣圃（一），其尻安在？崑崙，山名也，在西北，元氣所出。其巔曰縣圃，乃上通於天也。尻，一作居。《天對》云：積高於乾(二)，崑崙攸居。蓬首虎齒(三)，爰穴爰都。［補］曰：縣，音玄。尻，與居同①。**疏曰：**（一）崑崙、縣圃，均詳前《離騷》“夕余至乎縣圃”疏。縣，一作懸。在，叶只。上讀上聲。（二）乾，音奇延切，卦名，天也。（三）蓬首虎齒，未詳。

校勘記：①“尻，與居同”，原誤作“居，與尻同”，今據李刻本、明翻宋本、汲古閣本改。

增城九重，其高幾里？《淮南》言崑崙之山九重(一)，其高萬二千里也。二或作五。［補］曰：《淮南》云：崑崙虛中(二)，有增城九重，其高萬一千里百一十四步二尺六寸。注云：增，重也。有五城十二樓，見《括地象》。此蓋誕，實未聞也。**疏曰：**（一）“崑崙之山”二句，原書無全是者，殆約言。（二）“崑崙虛中”諸句，見《淮南子》四《墬形訓》，原文作“崑崙虛以下地中”云云。虛，同墟。增，音曾。重，音從。誕，音旦，妄也。麟按：崑崙最高峰喜馬拉雅之挨佛勒斯，高出海面二九二〇〇尺。嗣發見墨爾姑兒斯，一作額非爾士。近英空軍中印空路（約在乙酉夏仲）又發現高三萬二千至三萬四千英尺之高峰，較額峰尤高，尚無定名，則其高非誕。

四方之門，其誰從焉？言天四方，各有一門，其誰從之上下(一)？一云誰其從焉。［補］曰：《淮南》言崑崙虛旁(二)，有四百四十門，門間四里，里間九純，純丈五尺①。此云四方之門，蓋謂崑崙也。又云東北方方土之山曰蒼門，東方東極之山曰開明之門，東南方波②母之山曰陽門，南方南極之山曰暑門，西南方編駒之山曰白門，西方西極之山曰閶闔之門，西北方不周之山曰幽都之門③，北方北極之山曰寒門。凡八極之雲，是雨天下。八門之風，是節寒暑。逸説蓋出於此。然與④上下文不屬，恐非也。**疏曰：**（一）“其誰從之上下”，上讀上聲，下讀去聲。（二）“崑崙虛旁”諸句及“東北方方土之山”諸句，見《淮南子》卷四《墬形訓》，語有增減。虛，同墟。麟按：此謂增城之門有四，誰從而出入上下乎？

校勘記：①“尺”，原誤作“寸”，今據李刻本、明翻宋本、汲古閣本改。②“波”，原誤作“沙”，今據李刻本、明翻宋本、汲古閣本改。③“之門”，原脱，今據李刻本、明翻宋本、汲古閣本補。④“與”，原誤作“於”，今據李刻本、明翻宋本、汲古閣本改。

西北辟啓，何氣通焉？言天西北之門，每常開啓，豈元氣之所通？辟，一作闢，一作開。[補] 曰：辟，與闢同。《淮南》云：崑崙虛(一)，五嶺横其西北隅①(二)，北門開以納不周之風。按不周山在崑崙②西北，不周風自此出也。**疏曰：**(一)“崑崙虛”諸句，見《淮南子》卷四《墬形訓》，原文“崑崙虛”下有“以下北”八十七字。(二)“五嶺横其西北隅”作“横維其南北之隅”。五嶺，非大庾等及“謂八嶺之途五路也”，大概如服虔注《漢書·張耳傳》曰：“山嶺有五耳。”

校勘記：①“五嶺横其西北隅”，李刻本、明翻宋本、汲古閣本作“五横維其西北隅”。金陵書局本作“玉横維其西北隅”，證以《淮南子》，當從金陵書局本。以下文疏證曰“‘五嶺横其西北隅’作‘横維其南北之隅’”，今不改。②“崙”下，原衍“山”字，今據李刻本、明翻宋本、汲古閣本删。

日安不到，燭龍何照？言天之西北，有幽冥無日之國，有龍銜燭而照之也。[補] 曰：《山海經》云：鍾山之神(一)，名曰燭陰，視爲晝，瞑爲夜，吹爲冬，呼爲夏，不飲不食，不喘不吸①，身長千里，人面蛇身，赤色。注云：即燭龍也。《淮南》云：燭龍在鴈門北(二)，蔽於委羽之山，不見日，其神人面龍身而無足。《雪賦》(三)云：爛兮若燭龍銜曜照崑②山。李善引《山海經》云：西北海之外(四)，赤水之北，有章尾山，有神人面蛇身而赤，其瞑乃晦，其視乃明，是燭九陰，是謂燭龍。《詩含神霧》(五)曰：天不足西北，無陰陽消息，故有龍銜火精，以照天門中者也。**疏曰：**歐洲極北二國曰瑞典、挪威，年有三月不見日光，日所不到者，此也。四川峩眉山上，某寺後殿藏蟒一，不食不動不息，盤如小阜，不知始自何年。廟祝司門，人欲觀之，予錢則啓其門，呼之則微舉其頭，吾友趙鵬飛曾親見之。據此，則燭龍非子虛也。唯謂“其瞑乃晦，其視乃明，是燭九陰”則非。“其瞑乃晦”，謂瞑其目如晦，開其目則明也。(一)“鍾山”二句，見《山海經》第八《海外北經》，唯“不喘”以下作“不息”，息爲風。“身長千里”下有“在無臂國之東，其爲物”八字。(二)“燭龍在鴈門北”諸句，見《淮南子》卷四《墬形訓》。(三)《雪賦》，謝惠連作。(四)“西北海之外”諸句，見《山海經》第十七《大荒北經》，惟“蛇身而赤”下有“直目正乘”四字，“其視乃明”下有“不食、不寢、不息，風雨是謁”十字。九陰，山名，見《山海經》十七《大荒北經》，在大荒之中。

(五)《詩含神霧》，明孫瑴《古微書》詩緯三部之一。《古微書》，詳《離騷》"雷師告余以未具"疏。

校勘記： ①"吸"，李刻本、明翻宋本、汲古閣本作"息"。以下文疏證曰"唯'不喘'以下作'不息'"，今不改。②"崑"，原誤作"坤"，今據李刻本、明翻宋本、汲古閣本改。

羲和之未揚，若華何光？羲和(一)，日御也。言日未出之時，若木何能有明赤之光華乎？和，《釋文》作龢。揚，一作陽。《天對》云：惟若之華，稟羲以耀。［補］曰：羲和、若木，已見《騷經》。**疏曰：** 此蓋囿於神話，所解非。(一)羲和，測日之官。龢，古和字。揚，發起也。華，美觀也。謂羲和未發起測日之法，其觀何由光華乎？

何所冬暖？何所夏寒？暖，温也。言天地之氣，何所(一)有冬温而夏寒者乎？［補］曰：《素問》：天不足西北(二)，左寒而右涼。地不滿東南，右熱而左温。其故何也？岐伯曰：陰陽之氣，高下之理，太少之異也。注云：高下謂地形，太少謂陰陽之氣，盛衰之異。西方涼，北方寒，東方温，南方熱，氣化猶然矣。又曰：東南方陽也(三)，陽者其精降於下，故右熱而左温。西北方陰也，陰者其精奉於上，故左寒而右涼。是以地有高下，氣有温涼，高者氣寒，下者氣熱。注云：以氣候驗之，中原地形，所居者悉以居高則寒，處下則熱。中華之地，凡有高下之大者，東西南北各三分也。其一者，自漢蜀江南至海也。二者，自漢江北至平遥縣也。三者，自平遥北山北至蕃界北海也。故南分大熱，中分寒熱兼半，北分大寒。南北分外，寒熱尤極，大熱之分其寒微，大寒之分其熱微。又東西高下之別亦三矣。其一者，自汧源縣西至沙州①。二者，自開封縣西至汧源縣。三者，自開封縣東至滄②海也。故東分大温，中分温涼兼半，西分大涼。大温之分，其寒五分之二。大涼之分，其熱五分之二。温涼分外，温涼尤極，變爲大暄大寒也，約其大凡如此。然九分之地，寒極於東北，熱極於西南。中原地形，西北高，東南下，一爲地形高下，故寒熱不同；二則陰陽之氣有少有多，故表温涼之異爾。又曰：至高之地(四)，冬氣常在；至下之地，春氣常在。注云：高山之巔，盛夏冰雪；污下川澤，嚴冬草生。常在之義足明矣。《淮南子》曰：南至委火炎風之野(五)，北方之極，有凍寒積冰，雪雹霜霰，漂潤羣水之野。又曰：南方有不死之草(六)，北方有不釋之冰。**疏曰：** (一)所，疏阻切，處所也。謂何處冬暖，何處夏寒也。麟按：地之寒暖，日光爲之，近日之地熱，反之則寒。惟近世探險家南不能越南冰洋，其冰亘古不化，則不但夏寒矣。又瑞典、挪威近北極，日至北回歸綫，晝夜常明者數月，植物數日成熟，則冬暖矣。又崑崙山雪及日本富士山雪有亘古未化者，夏之不熱，亦可見矣。（二）“天不足西北”諸句，見《素問・五常正大論篇第七十》。（三）“東南方陽也”諸句，見同上，惟注小異。（四）“至高之地”諸句，見《素問・六元正紀大論第七十一》“春氣”節，“至”上有“故”字。（五）“南至委火”諸句，見《淮南子》卷五《時則訓》。（六）“南方有”二句，見《淮南子》卷四《墬形訓》。

校勘記：①“州”，原作“洲”，今據李刻本、明翻宋本、汲古閣本改。②“滄”，原脱，今據李刻本、明翻宋本、汲古閣本補。

焉有石林？何獸能言？言天下何所有石木之林，林中有獸能言語者乎？《禮記》曰：猩猩能言(一)，不離禽獸也。［補］曰：石林與能言之獸，各指一物，非必林中有此獸也。《吴都賦》(二)云：雖有石林之岝崿，請攘臂而靡之。雖①有雄虺之九首，將抗足而跐之。注引《天問》云：焉有石林。此本南方楚圖畫，而屈原難問之，於義則石林當在南也。按《天問》所言，不獨南方之物，但《吴都賦》以石林與雄虺同稱，則當在南耳。《天對》云：石胡不林，往視西極。按《淮南》云：西方之極(三)，石城金室。未見石林所出也。《爾雅》曰：猩猩小而好嗁。《山海經》：鵲山有獸(四)，狀②如禺，捷類獮猴，被髮垂地，名曰猩猩。又曰：猩猩知人名(五)，其爲獸如豕而人面。**疏曰：**（一）“猩猩能言”，見《禮記・曲禮上第一》。猩，音星，獸名，猿類，體長四尺許，赤褐色，形狀類人，面稍裸出，手垂及地，牡者顎有鬚，下趾頗短，故不善行立，産於蘇門答獵、婆羅洲諸島。其産於非洲者黑猩猩，長五尺許，毛黑而面黄，鼻小而口大，能以全足底附地直立。又大猩猩，長七尺以上，黑褐色，面部亦黑，體格魁碩，容貌猙惡，性猛而有力，土人最畏之，古謂其能人言。禽，音琴，飛鳥總名也；獸，音壽，走獸總名也，猶飲食二字，古原不分，故曰“不離禽獸也”。（二）《吴都賦》，左思作。石林，《後漢書》：“金山石林，殷啓乎其中。”注：“石林，大石山也，一名萬安山，在河南郡境。”麟按：近今曾見雲南省大理府所出之石，人物亭塔皆有，樹木猶多。此謂石林，或當時人見而畫於壁間，屈子以爲烏有，呵而問之。岝，音窄。崿，一作咢，音諤，皆高峻貌。靡，音敏蟻切，又音麋，與摩通。跐，音此，蹈也，履也，蹋也。（三）“西方之極”二句，見《淮南子》五《時則訓》。石城，疊石爲城也，鍾祥其一，惟今已非舊。金室，衆傳湖北襄陽府屬之武當山（在均州）上有祖師殿，明永樂時勅修，係以金爲之。凡燒香，是山皆見其光焕然。以愚言之，殆佳銅耳，稱以金，珍之也，亦沿金銀銅鐵錫古稱乎？世焉有如許之金，而以之造室耶？（近聞其縣貪官污吏，夥同毀賣，省府正在究查，約55年事）“金山石林”二句，見《後漢書卷九十上·馬融列傳第五十五上》，係其《蒐狩頌》中語。嘑、啼通。（四）“鵲山有獸”諸句，見《山海經》第一《南山經》，係節録，原文“鵲”作“䧿”，音義同。禺，音遇，獸名，即果然，長尾猴也，亦作猓然，產於非洲、印度等處，面白頰黑，毛白有黑文，尾長於身，性機敏，善羣居，羣中必有一酋長，他皆奉令，有急則相奔赴。獮猴，獮音彌，猴屬，又名沐猴，亦稱猢猻。面赤色，有頰嗛，毛灰褐色，臀疣裸出，尾短，性善怒，產川廣山中，畜之可馴。被，與披同。鵲山，《辭源》亥集鳥部八畫："鵲岸，地名，今安徽銅陵縣有鵲頭山。"或即其省稱也。（五）“猩猩知人名”二句，見《山海經》第十《海内南經》，“猩猩”作“狌狌”，同。

校勘記：①“䧿”，原誤作“𪓟”，今據李刻本、明翻宋本、汲古閣本改。②“狀”，原誤作“獸”，今據李刻本、明翻宋本、汲古閣本改。

焉有虬龍，負熊以游？有角曰龍，無角曰虬。言寧有無角之龍，負熊獸以游戲者乎？［補］曰：虬，見《騷經》。熊，形類大豕，而性輕捷，好攀緣①上高木，見人則顛倒自投地②而下。《天對》云：有虬螑蛇（一），不角不鱗。嬉夫③玄熊（二），相待以神。

疏曰：（一）虬，見前“離騷經章句第一”疏。螑蛇，一作委蛇。蛇，音移。（二）熊，音雄，猛獸名，產寒帶之地，毛色或黄或黑，項下有白色，形如新月，足粗大，前短後長，能攀援登樹。麟按：此係當時漫畫，作虬龍負熊游戲狀，原謂焉有此事也。

校勘記：①“緣”，原作“援”，今據李刻本、明翻宋本、汲古閣本改。②“地”，原脱，今據李刻本、明翻宋本、汲古閣本補。③“夫”，原誤作“大”，爲承襲李刻本之誤，據《天對》及明翻宋本改。

雄虺九首，儵忽焉在？虺（一），蛇別名也。儵忽，電光也。言有雄虺，一身九頭，速及電光，皆何所在乎？一無“速”字。［補］曰：虺，許偉切。《國語》曰：爲虺弗摧（二），爲蛇將若何？虺，小蛇也。然《爾雅》云：蝮虺①博三寸，首大如擘②。則虺亦有大者，其類不一。《招魂》：南方曰，雄虺九首，往來儵忽。儵忽，疾急貌。《天對》

曰：儵忽之居，帝南北海。注云：儵忽，在《莊子》甚明，王逸以爲電，非也。按《莊子》云：南海之帝爲儵，北海之帝爲忽。乃寓言爾，不當引以爲證。**疏曰：**（一）虺，音卉，毒蛇也，大者長八九尺，虎頭大眼，色如土，見人則昂頭迎之，性極毒，見《蟲薈》。舊與蝮蛇混爲一種，俗稱土虺蛇。（二）"爲虺"二句，見《國語》哀公十一年《吴語》"吴王夫差起師伐越"傳。摧，音崔，滅也。蝮，音覆，毒蛇，多居濕地，長尺餘，頭大，形如三角，頸細，毒牙如管狀，全體灰暗，有褐色斑紋，至尾則驟短小，其毒最烈。儵，音叔，與倏同，俗作倐。補以逸言爲非，誤。原意蓋謂虺之行速，將何所在？逸注未透，未可據《莊子》以實之。"南海之帝"二句，見《莊子·内篇七·應帝王》。寓言，有所寄托之言也，即假托之言也。寓，音遇，托也。

校勘記：①"虺"，原誤作"蛇"，今據李刻本、明翻宋本、汲古閣本改。②"擘"，原誤作"臂"，今據李刻本、明翻宋本、汲古閣本改。

何所不死？長人何①守？《括地象》曰：有不死之國。長人，長狄。《春秋》云：防風氏也（一）。禹會諸侯，防風氏後至，於是使守封嵎之山也。一云：何所不老。［補］曰：《山海經》：不死民在交脛國東（二），其人黑色，壽不死。注云：圓②丘上有不死樹，食之乃壽，有赤水，飲之不老。又大荒之山（三），日月所入，有人三面，一臂奇右，其人不死。《淮南子》曰：西方之極（四），石城金室，飲氣③之民，不死之野。《國語》：仲尼曰：昔禹致羣神於會稽之山（五），防風氏後至，禹殺而戮之，其骨節專車。又曰：山川之守（六），足以綱紀天下者，其守爲神。客曰："防風氏何守也？"仲尼曰："汪芒氏之君，守封嵎之山者也。爲漆姓，在虞、夏、商爲汪芒氏，於周④爲長狄，今爲大人。"客曰："人長之極幾何？"仲尼曰："長者不過十之，數之極也。"注云：十之三丈，則防風氏也。今湖州武康縣東有防風山，山東二百步有禹山⑤，防風廟在封、禺二山之間。《穀梁》：文公十一年，叔孫得臣敗狄於鹹，長狄也。射其目，身横九畝。**疏曰：**（一）"防風氏也"諸句，見《春秋》魯哀公九年"春，楚子圍徐"傳，無即《國語·魯語》所云，亦係節取。防風氏，古國名，今浙江武康縣是。封禺山，禺，一作嵎。《史記一百三十·太史公自序第七十》"作《東越列傳》第五十四"守封禺句注："徐廣曰：'在武康縣南。'"麟按：武康，明清皆屬湖州府，民國屬浙江錢塘道。以此言之，則一山也。（二）"不死民"諸句，見《山海經》第六《海外南經》"交脛國"傳，"人"上有"爲"字。交脛國，在貫胸國之東，貫胸國條注言脚脛曲戾相交，故名。《竹書紀年》稱其於黄帝五十九年來貢，或謂交脛即交趾。《山海經》第六《海外南經》："一曰在载國東。”郝懿行案：“《竹書紀年》云：‘黄帝五十九年，貫匈氏來賓。’《博物志》云：‘穿匈人去會稽萬五千里。’”懿行並謂穿、貫[⑥]，音並同。麟按：匈、胸，音義亦同。戴，音秩，本音耋。（三）“大荒之山”諸句，見《山海經》第十《大荒西經》“大荒之中”條，原文“人”下有“焉”字，“一臂”上有“是顓頊之子”五字，無“奇右”二字，“其”作“三面”之“三”字。（四）“西方之極”諸句，見《淮南子》卷五《時則訓》。（五）“昔禹致羣神”諸句，見《國語·魯語》哀公元年“吴伐楚”傳，“昔禹”上有“丘聞之”三字。（六）“山川之守”諸句，見同上，“守”作“靈”。鹹，音咸。

校勘記：①“何”，原誤作“是”，今據李刻本、明翻宋本、汲古閣本改。②“圓”，原作“圜”，今據李刻本、明翻宋本、汲古閣本改。③“氣”，原誤作“食”，今據李刻本、明翻宋本、汲古閣本改。④“周”，原誤作“今”，今據李刻本、明翻宋本、汲古閣本改。⑤“山”，原誤作“廟”，今據李刻本、明翻宋本、汲古閣本改。⑥“貫”，原作闕符，今據郝懿行《山海經箋疏》補。

靡蓱九衢，枲華安居？九交道曰衢。言寧有蓱[(一)]草，生於水上無根，乃蔓[①]衍於九交[②]之道，又有枲[(二)]麻[③]垂草華榮[④]，何所有此物乎？蓱，一作荓。［補］曰：此謂靡蓱與枲華皆安在也。《爾雅》萍蓱注云：水中浮蓱也。《山海經》曰：宣山上有桑焉[(三)]，其枝四[⑤]衢。注云：枝交互四出。又少室之山有木，名帝休，其枝五衢。注云：言樹枝交錯，相重五出，有象路衢。《天對》云：有蓱九歧[⑥]，厥圖以詭。注云：衢，歧也。逸以爲生九[⑦]衢中，恐謬。《魏都賦》[(四)]云：尋靡蓱於中逵。蓋用逸説也。李善云：靡，蔓也。枲，相里切。《爾雅》有枲麻，麻有子曰枲。《天對》云：浮山孰産？赤華伊枲。引《山海經》浮山有草焉[(五)]，其葉如麻。赤華，即枲華也。**疏曰：**（一）蓱，音瓶，水面浮生之小植物，一名水萍，亦稱浮萍，葉狀體扁平而小，面背俱青，有一鬚根下垂。又有葉狀體較大而面青背紫、下垂多數鬚根者，爲紫萍，一名藻，俗稱紫背浮萍。萍，即蓱。據此，則原所見者紫萍，其根鬚多歧者也。（二）枲，牡麻也，大麻之不結實者。大麻，一稱火麻（一稱泥麻，白者曰白麻），一年生草，植於園圃，莖高七八尺，葉作掌狀深裂（按：非是葉圓少椭）。其花雌雄異株，收穫及功用各異。雄曰枲麻，亦曰牡麻；雌曰苴麻，亦曰子麻。夏至前後開花，雄花色淡緑，多花粉；雌花色緑，甚小。牝花於花落後即枯，而漚其皮，纖維柔韌，可織夏布，俗稱水麻。苴麻至秋乃刈，亦可織麻布，惟粗硬不潔白，喪服用之，俗稱秋麻。其實謂之蕡，古以供籩豆之實，子可食，古爲九穀之一。《禮》“食麻與犬”是也。見《辭源》丑集二〇二頁大部。

葉作尖長形，與吾邑之麻兩種皆異。吾邑之麻，一僅稱麻，或曰泥麻，以其色稍暗也，或曰白麻，潔白者也，殆即《辭源》所謂牡麻。一曰唐麻，殆即《辭源》所謂雌麻，一曰苴麻，一曰子麻。泥麻花黄或白，夏末始熟，剥漚其皮，供爲繩索及織物之用。唐麻一年可三刈，俗謂頭道見秧，二道見糠，三道見霜者也。有子，與泥麻同。泥麻子藏莢同，畧如脂麻。枲子花均細，聚作叢狀。惟枲多係野生，取其地下莖截斷，置窖中即生。吾曾藝之並知其剥法，惜未知漚之時度，失敗。花開時長，生放枝葉之間，纍纍簇聚，月餘僅見白蕊。（三）“宣山上”諸句，見《山海經》第五《中山經·中次一十一山經》“又東五十里”條，原文“宣山”上有“又東五十里曰”六字。宣山，畢沅注曰：“案《水經注》，山在今河南泌陽縣界，今失名。”見此注下。“少室之山”諸句，見同上《中次七經》“又東五十里”條，原文“少”上有“曰”字，中間删去“百草木成囷，……葉狀如楊”等句。少室山，在河南登封縣北太室山之西，高十六里，周三十里，凡三十六峰，潁水源出焉。（四）《魏都賦》，左思太沖作，見《文選》卷六。魏，曹操國名，都鄴，相州是也，今屬河南。（五）“浮山有草”諸句，見《山海經》第二《西山經》，原文作：“又西百二十里，曰浮山，多盼木，枳葉而無傷，木蟲居之。有草焉，名曰薰草。麻葉而方莖[8]，赤華而黑實。”浮山有二：（甲）在今安徽盱眙縣西一百二十里；（乙）在廣東增城博羅境。

校勘記：①“蔓”，原作“曼”，今據李刻本、明翻宋本、汲古閣本改。②“交”，原誤作“州”，今據李刻本、明翻宋本、汲古閣本改。③“麻”，原誤作“華”，今據李刻本、明翻宋本、汲古閣本改。④“華榮”，原誤作“榮華”，今據李刻本、明翻宋本、汲古閣本改。⑤“四”，原誤作“曰”，據柳刻本、《山海經》改。⑥“歧”，原誤作“衢”，今據李刻本、明翻宋本、汲古閣本改。⑦“九”，原脱，今據李刻本、明翻宋本、汲古閣本補。⑧“莖”，原誤作“苗”，今據《山海經》改。

一蛇吞象，厥大何如？《山海經》云：南方有靈蛇，吞象，三年然後出其骨。一或作靈。大或作骨。［補］曰：《山海經》：南海内有巴蛇（一），身長百尋，其色青黄赤黑，食象，三歲而出其骨，君子服之，無心腹疾，在犀牛西也。注云：今南方蚺蛇，亦吞鹿，消盡，乃自絞於樹，腹中骨皆穿鱗甲間出，亦此類也。楊大年（二）云：逸注《楚辭》，多不原所出，或引《淮南子》，而劉安所引，亦本[1]《山海經》。其注巴蛇事，文句頗謬戾，乃知逸憑他書，不親見《山海經》也。《吴都賦》（三）云：屠巴蛇，出象骼。**疏**

曰：（一）“南海内有”諸句，見《山海經》第十《海内南經》，惟原作“巴蛇食象，三歲而出其骨，君子服之，無心腹之疾”，與所引小異，注亦不同。巴，音逋鴉切。象，音相上聲，哺乳類動物，陸産之最大者，身長至一丈二尺，高稱（去聲）之。鼻長八尺許，形如圓筩，屈伸自在，食物時，皆以鼻送之於口，鼻端小塊，突起如人指，故能拾至微之物。上齒六，上顎二門齒極長，突出口外，爲用甚廣，力强，性温順，産於印度及非洲等熱帶地。蚺，音髯，蛇類之最大者，長者至三四丈，有斑紋，殺人畜而吞食之，肉可食，膽爲藥。（二）楊大年，《中國人名大辭典》一二八二頁十三畫：“楊億，宋浦城人，字大年。年十一，太宗聞其名，詔送闕下，試詩賦，授秘書省正字，後賜進士第。真宗時兩爲翰林學士，官終工部侍郎兼史館修撰，卒謚文。性耿介，尚名節，文格雄健，尤長典章制度，喜誨誘後進。勑與王欽若等纂《册府元龜》一千卷，有《括蒼》、《武夷》、《潁陰》、《韓城》、《退居》、《汝陽》、《篷山》、《冠鰲》等集。”（三）《吴都賦》，左思作。屠，音徒，殺也。骼，音格，禽獸之骨也。

校勘記：①“本”，原誤作“有”，今據李刻本、明翻宋本、汲古閣本改。

黑水玄趾，三危安在？玄趾、三危，皆山名也，在西方，黑水出崑崙山也。趾，一作沚。［補］曰：言黑水、玄趾、三危，皆安在也？《書》曰：導黑水至於三危(一)，入於南海。張揖云：三危山在鳥鼠之西，黑水出其南。《天對》云：黑水淫淫，窮於不姜。玄趾則北，三危則南。《西京賦》云：昆明靈沼，黑水玄阯(二)。言昆明靈沼，取象於黑水、玄阯也。李善云：黑水、玄阯，謂昆明靈沼之水沚。非是。**疏曰：**（一）“道黑水”諸句，見《書·禹貢》。黑水，《書·禹貢》：“華陽黑水惟梁州。”道，與導同。黑水，殆即今怒江，其上游曰哈喇烏蘇河。哈喇，黑也。烏蘇，水也。玄，音穴員切，黑色無光澤者。玄趾，俟考。三危，山名，在今甘肅敦煌縣南，三峰峰峙如危欲墜，故名。舜“竄三苗于三危”即此一説。三危，爲西藏之地。（二）“黑水玄趾”諸句，見《文選》卷二張衡《西京賦》“黑水”句注。

延年不死，壽何所止？言仙(一)人稟命不死，其壽獨何所窮止也？［補］曰：《素問》云：上古(二)有真人，壽敝天地，無有終時。中古之時，有至人者，益其壽命而强者也，亦歸於真人。其次有聖人者，形體不敝，精神不散，亦可以百數。**疏曰：**（一）仙，音先。道家以辟穀修養，能長生不老者曰仙。（二）上古，謂遠古之時代也。

古人本以書契以前爲上古。《易》："上古結繩而治。"後世所稱上古、中古，皆因時代而異。今歷史上多以上自洪荒，下至三代及秦爲上古。歐洲則自紀元前以迄西羅馬滅亡爲上古時代，即中國三代至晉宋之時也。中古，見前《離騷》"帝高陽之苗裔兮"疏。至人，猶言聖人，謂其德至極之人也，《莊子》："至人無己。"聖人，人格至高者之稱，如文王、周公、孔子等是。敝，音幣，壞也。"壽敝"二句，謂壽與天地並，天地不壞，壽亦不壞也。數，音朔上聲。真人，謂修真得道之人也。《莊子》貞集《天下篇》曰："關尹老聃乎，古之博大真人哉!"真人之名始此，其後道家於成仙者，率奉以真人之號。"至人無己"，見《莊子》卷一《逍遥游》。

鯪魚何所？鬿堆焉處？鯪魚(一)，鯉也。一云鯪魚，鯪鯉也，有四足，出南方。鬿堆，奇獸也。鯪，一作陵。所，一作居。鬿，一作魁。[補]曰：鯪，音陵。《山海經》：西海中近列姑射山(二)，有陵①魚，人面人手，魚身，見則風濤起。《天對》云：鯪魚人貌，邇列姑射。是也。陶隱居云：鯪鯉形似鼉而短小，又似鯉魚，有四足。《吴都賦》云：陵鯉若獸。注引鯪魚曷止，與逸説同。鬿，音祈②。堆，多回切。《山海經》云：北號山有鳥(三)，狀如雞而白首，鼠足，名曰鬿雀，食人。《天對》云：鬿雀峙北號，惟人是食。注云：堆，當爲雀，王逸注誤。按字書，䳇音堆，雀屬也，則鬿堆即鬿雀也。**疏曰：**(一)鯪魚，即鯉魚也，即土鯪魚，産於廣東，與鯽絶相似，池中多畜之。麟按：此常見之物，必非屈子所問，所問者必俗所稱鯪鯉。鯪鯉，獸名，俗稱穿山甲。産於爪哇、蘇門答臘等熱帶地，體長三尺餘，全身披角質之鱗甲，晝常伏處，遇敵，其體忽捲，縮如球，入夜始出。前肢較長，後肢扁平，多肉，有强力，性好食蟻，與食蟻獸同形，亦相類，惟口吻較短，尾易毛爲甲耳。(二)"西海中"諸句，見《山海經》貞集十二卷五十二頁，係節取，無末句。列姑射，山名。《山海經》："列姑射在海河洲中。"注："山有神人，河洲在海中，河水所經者，莊子所謂藐姑射之山也。"畢沅曰："《莊子》姑射之山，在今山西，非此山也，郭注誤。"(三)"北號山有鳥"諸句，見《山海經》利集四卷四十九頁，原文"山"上有"之"字，下去"臨於……是食人"六十一字，"鳥"下又去"焉"字，"狀"上去"其"字，"足"下去"而虎爪其"四字，"雀"下去"亦"字。北號，據原書上曰"又東次四經之首，曰北號之山，臨於北海"，下條云"又南三百里曰旄山"，則此山臨北海，在旄山之北三百里也。

校勘記：①"陵"，原誤作"鯪"，今據李刻本、明翻宋本、汲古閣本改。②"祈"，原作"祁"，今據李刻本、明翻宋本、汲古閣本改。

羿焉彃①日(一)？烏焉解羽(二)？《淮南》言堯時十日並出(三)，草木焦枯，堯命羿仰射十日，中其九日，日中九烏皆死，墮其羽翼，故留其一日也。彃，一作彈，一作斃。[補]曰：《山海經》：黑齒之北(四)，曰湯谷，居水中，有扶木，九日居下枝，一日居上枝，皆戴烏。注云：羿射十日，中其九，《離騷》所謂羿焉射日，烏焉解羽？傳曰：天有十日(五)，日之數，十也。此言九日居下枝，一日居上枝者。《大荒經》云：一日方至(六)，一日方出。明天地雖有十日，自使以次迭出運照；而今俱見，爲天下妖，故羿稟天命，洞其靈誠，仰天控弦，而九日潛退也。《歸藏易》云：羿彃十日(七)。《説文》云：彃，射也，音畢。引芎焉彃日。芎與羿同。然則彃或作彈，蓋字之誤耳。《淮南》又云：羿除天下之害(八)，死而爲宗布。注云②：羿，古之諸侯，此堯時羿，非有窮后羿。又云：日中有踆烏(九)。踆，猶蹲也。《春秋元命苞》(十)云：陽成於三，故日中有三足烏者，陽精也。《天對》云：大澤千里，羣烏是解。注云：烏當爲鳥，後人不知，因配上句改爲烏也。《山海經》云：大澤方千里(十一)，羣鳥之所生及所解。又《穆天子傳》曰：比③至曠原之野(十二)，飛鳥之所解其羽。然以文意考之，烏當如字，宗元改從鳥，雖有所據，近乎鑿矣。**疏曰：**(一)上句謂日之爲物，非羿之所能射，壁畫何以有此？(二)下句謂烏之解羽，亦屬能事，壁畫何爲作此也？至《元命苞》説，尤不足信，宗元之穿鑿，更不必論矣。(三)"堯時十日"諸句，見《淮南子》卷八《本經訓》，係約言十日，參觀前《離騷經》"總余轡乎扶桑"疏。(四)"黑齒之北"諸句，見《山海經》卷九四十二頁《海外東經》，係節録。(五)"天有十日"句，見《素問》卷二六節《藏象論篇第九》，惟無下句。(六)"一日方至"諸句，見《山海經・海外東經》"下有湯谷，則一日居上枝"。按："日之數，十"下無"也"字。天命"天"字作"堯"。(七)"羿(原文下有"焉"字)彃十日"，見《歸藏・啓筮》篇"瞻彼"節，原文作"羿善射，彃十日"。《歸藏》，辭源辰集二〇五頁止部十四畫："古《易》名，黄帝作。《周禮》：'太卜掌三易之法，一曰連山，二曰歸藏，三曰周易。'一説殷易《歸藏》，以《坤》爲首，象萬物之莫不歸藏於地，故名。"(八)"羿除天下之害"諸句，見《淮南子》十三《氾論訓》。(九)"日中有踆烏"，見同上七《精神訓》。(十)《春秋元命苞》，係明孫瑴所編《古微書》春秋緯十六部之一。(十一)"大澤方千里"諸句，見《山海經》十七《大荒北經》"有始州之國，有丹山"下。原文作"有大澤方千里，羣鳥所解"。前十一《海内西經》"大澤方百里"注謂《穆天子傳》引此經作如此云。(十二)"比至曠原之野"二句，見是書卷四、四頁。

校勘記：①"彃"，原誤作"蹕"，今據李刻本、明翻宋本、汲古閣本改。

②“云”，原脱，今據李刻本、明翻宋本、汲古閣本補。③“比”，原誤作“北”，今據李刻本、明翻宋本、汲古閣本改。下文疏證徑改不出校。

禹之力獻(一)功，句絶。降省下土四方。言禹以勤力獻進其功，堯因使省迨(二)下土四方也。一無“四方”二字。［補］曰：降，下也。省，察也。《書》曰：惟荒(三)度土功(四)。**疏曰：**（一）獻，音憲，進也。（二）迨，音待，及也。（三）荒，音呼汪切，大也。《書傳》謂“大治度水土之功”。下讀上聲。（四）“惟荒度土功”，見《書・益稷謨》篇。度，音奪。

焉得彼嵞山女，而通之於台桑(一)？言禹治水，道娶塗山氏之女，而通夫婦之道於台桑之地。焉，一作安。一云：焉得彼塗山之女，而通於台桑。塗，《釋文》作涂。［補］曰：嵞，音塗。《說文》云：會稽山也。一曰：九江當嵞①也。《書》曰：娶于塗山(二)，辛壬癸甲。疏引《左傳》禹會諸侯于塗山(三)。杜預云：塗山，在壽春東北。《蘇鶚演義》云：塗山有四：一者會稽，二者渝州，三者濠州，四者《文字音義》云嵞山，古國名。夏禹娶之，今宣州當塗縣也。塗山氏女，即女嬌也。《史記》曰：辛壬娶塗山(四)，癸甲生啓。《吕氏春秋》曰：禹娶塗山氏女(五)，不以私害公，自辛至甲四日，復往②治水。故江、淮之俗，以辛壬癸甲爲嫁娶日也。《淮南》曰：禹治鴻水(六)，通轘轅山，化爲熊，謂塗山氏曰：欲餉，聞鼓聲乃來。禹跳③石，誤中鼓，塗山氏往，見禹方作熊，慚而去。至嵩高山下，化爲石，方生啓。禹曰：歸我子。石破北方而生啓④。**疏曰：**（一）台桑，俟考。（二）“娶于塗山”二句，見《書・益⑤稷謨》。（三）“禹會諸侯於塗山⑥”，見《左・哀七年》“春，宋師侵鄭”傳。杜預，見前《離騷》“縱欲而不忍”疏。壽春，見前《楚辭目録》補注疏。《蘇鶚演義》，見“厥利惟何”疏。會稽，見前《大司命》“導帝之兮九坑”疏。又縣名，隋置，唐以後因之，明清後與山陰並爲浙江紹興府，民國廢，爲紹興縣。渝州，州名，音俞，隋置，尋廢，唐復置，宋改恭州，後升爲重慶府，明清因之，即今四川巴縣治。濠州，隋置，明廢，今安徽鳳陽縣是。《文字音義》，《玉函山房輯佚書總目・經編小學類書目》上有“開元”⑦二字，下曰一卷，原闕。宣州，唐置，宋廢，今安徽宣城縣是。當塗，縣名：（甲）漢置，在今安徽懷遠縣東南，即禹所娶塗山氏國也。（乙）晉時僑置，在今安徽⑧銅陵縣北。（丙）隋時移置，即今縣，清爲安徽太平府治，今屬安徽蕪湖道。（四）“辛壬娶塗山”二句，見《史記二・夏本紀第二》，原文“辛壬”上有“予”⑨字，此二語必誤，萬無甫聚四日即生子之理。若以女有穢行，禹豈肯娶，史或不詳其年月，概言爲辛壬年而娶，癸甲年生啓，既生四日，禹即往治水耳。（五）“禹娶塗山氏女”諸句，俟考。（六）“禹治鴻水”諸句，俟考。轘轅山，在河南偃師縣東南，接鞏、登封二縣界。《元和志》：“山路險阻，凡十二曲，將去復還，故曰轘轅。沛公南攻，出轘轅，略南陽。漢靈帝置八關以備黄巾，此其一也。”轘，音患，又平聲。嵩，高山，五嶽之一，在河南登封縣北，古曰外方，亦曰太室，其西曰少室。《史記》：“昔三代之君，皆在河洛之間，故嵩高爲中嶽。”高二十里，周一百三十里。少室山，見上“靡蓱九衢”疏。《淮南》禹生啓事係神話，不可信，惟人化熊事，以虎入河化爲鯉雀、入大水爲蛤及繁昌父女化爲江猪白雞諸事言之，容或有之也。舊傳清道、咸間，有父女避亂分奔，後遇他縣，女已成人，父適無偶娶之，嗣悉爲父⑩女，自羞投江死，化爲魚，父曰江猪，女曰白雞，至今江中大水，猶時見之，故易其原縣名曰繁昌。繁昌，今屬安徽省，原名失，此事少時聞於先祖吉昌公。

校勘記：①“螽”，原作“塗”，今據李刻本、明翻宋本、汲古閣本改。②“復往”，原誤作“往復”，今據李刻本、明翻宋本、汲古閣本改。③“跳”，原誤作“疏”，今據李刻本、明翻宋本、汲古閣本改。④“生啓”，明翻宋本、汲古閣本作“啓生”。⑤“益”，原誤作“禹”，今據《尚書》改。⑥“塗山”，原誤作“會稽”，今徑改。⑦“開元”，原脱，今據《玉函山房輯佚書》補。⑧“徽”，原誤作“懷”，今徑改。⑨“予”，原脱，今據《史記》補。⑩“父”，原誤作“婦”，今徑改。

閔（一）妃匹合，厥（二）身是繼。閔，憂也。言禹所以憂無妃匹者，欲爲身立繼嗣①也。［補］曰：《左傳》云：嘉偶②曰妃（三）。《爾雅》云：妃，匹也，對也。**疏曰：**（一）閔，音敏。（二）厥，音菊穢切，其也。（三）“嘉偶曰妃”，見《左·桓公二年》“曲沃伐翼”傳。偶，音耦，雙數曰偶。妃，音非。

校勘記：①“嗣”，原誤作“續”，今據李刻本、明翻宋本、汲古閣本改。②“偶”，原誤作“耦”，今據李刻本、明翻宋本、汲古閣本改。

胡維嗜（一）不同味，而快鼂飽？言禹治水道娶者，憂無繼嗣耳。何特與衆人同嗜欲，苟欲飽快一朝之情乎？故以辛酉日娶，甲子日去，而有啓也。一本“嗜”下有“欲”字。一本“快”下有“一”字。一云：胡維嗜欲同味。維，一作爲。鼂，一作晁，一作朝。［補］曰：鼂、晁，並音朝莫[①]之朝。此言禹之所嗜，與衆人異味。衆人所嗜，以厭足其情欲；禹所嗜者[②]，拯民之溺耳。**疏曰：**（一）嗜，音侍。麟按：此必壁畫禹娶妻生子圖。原呵而問之，謂禹所以道娶者，憂身之無繼，原非同衆人嗜欲而飽一朝之情。如注云“辛酉”二句疏。

校勘記：①“莫”，原作“暮”，今據李刻本、明翻宋本、汲古閣本改。②“禹所嗜者”，原誤作“禹之所嗜”，今據李刻本、明翻宋本、汲古閣本改。

啓代益作后，卒然離蠥。益，禹賢臣也。作，爲也。后，君也。離，遭也。蠥，憂也。言禹以天下禪(一)與益，益避啓於箕山之陽[①]。天下皆去益而歸啓，以爲君。益卒不得立，故曰遭憂也。蠥，一作孼，一作孼。［補］曰：蠥，魚列切。《孟子》曰：禹薦益於天(二)，益避禹之子於箕山之陰。朝覲訟獄者，不之益而之啓，曰：吾君之子也。謳歌者不謳歌益而謳歌啓，曰：吾君之子也。《書》曰：啓與有扈戰于甘之野(三)。説者曰：有扈氏與夏同姓，啓[②]繼世以有天下，有扈不服，大戰於甘，故曰卒然離蠥也。《汲冢書》云：益爲啓所殺。非也。《天對》云：彼呱克臧，俾姒作夏。獻后益於帝，諄諄以不命。復爲叟[③]耆，曷戚曷孼。**疏曰：**（一）禪，音善，讓也。箕山，在河南登封縣東南，堯時巢父、許由隱於箕山，其後伯[④]益避禹之子於箕山之陰（逸注作陽，與此異），即此。亦名崿嶺。（二）“禹薦益於天”諸句，見《孟子》中《萬章上》。（三）“啓與有扈”句，見《甘誓》書序。甘，音歌擔切。《竹書紀年統箋》卷之三、十二頁：“王率師伐有扈，大戰于甘。”注：馬融曰：“甘，有扈氏南郊地名。”《前漢志》扶風鄠縣有扈谷亭，《後志》有甘亭，據此則甘在鄠縣南。有扈，古國名，今陝西鄠縣，爲后啓所滅，其子孫以國爲氏，周太史扈多即其後。《風俗通》云：“扈，有扈氏之後也。”扈，音户。卒，同猝。《汲冢書》，晉太康二年，汲郡人不準盜發魏襄王墓，或言安釐王冢，得竹書數十車，又《荀勖傳》：“領祕書監，得汲郡冢中古文竹書，詔勖撰次之，以爲中經，列在秘書。”《隋書·經籍志》有《汲冢書》并《竹書同異》一卷。《唐書·藝文志》有《汲冢圖書》十卷。汲，音急。姒，音似，續也。諄諄，誨之不倦也。諄，音肫。

校勘記：①“陽”，原誤作“陰”，今據李刻本、明翻宋本、汲古閣本改。②“啓”，原脱，今據李刻本、明翻宋本、汲古閣本補。③“叟”，原誤作“壽”，今據李刻本、明翻宋本、汲古閣本改。④“伯”，原誤作“作”，今徑改。

何啓惟憂，而能拘是達？言天下所以去益就啓者，以其能憂思道德，而通其拘隔。拘隔者，謂有扈氏叛啓，啓率六師以伐之也。［補］曰：惟，思也。拘，執也。禹嘗薦益於天矣，啓賢能敬承繼禹之道，憂思天下，因民心之歸，代益作后；因民心之不予，以伐有扈，是能變通而不拘執也。**疏曰：**六師，謂天子之六軍也。《周禮》："凡制軍，萬有二千五百人爲一軍，王六軍，大國三軍，次國二軍，小國一軍。"予，音與，歸也。

皆歸䠶䩱，而無害厥躬。䠶，行也。䩱，窮也。言有扈氏所行，皆歸於窮惡，故啓誅之，長無害於其身也。䠶，一作射。䩱，一作鞠。［補］曰：凡能取中(一)皆曰射。䩱，窮也，音菊。此言啓之所爲，皆歸於中理而窮情，夫孰①能害之者。**疏曰：**（一）中，讀去聲。此二句，補解是。

校勘記：①"孰"，原誤作"誰"，今據李刻本、明翻宋本、汲古閣本改。

何后益作革，而禹播降？后，君也。革，更(一)也。播(二)，種也。降，下也。言啓所以能變更益，而代益爲君者，以禹平治水土，百姓得下種百穀，故思歸啓也。［補］曰：據上所言，則啓固賢矣。然禹之播降，待益作革，然後能成功。特天與子則與子，故益不有天下耳。焚山澤，奏鮮食，所謂作革也。稷降播種而曰禹播降者，水土平然後嘉穀可殖故也。降，乎攻切，見《騷經》。《天對》云：益革民艱，咸粲厥粒。惟禹授以土，爰稼萬億。**疏曰：**（一）更，音庚。（二）播，讀波去聲，又上聲，無平聲。麟案：此二句，不易常解，蓋言啓已有繼君之道，何須益之變更舊法，而況已有禹之播降乎？降，見前《騷經》"惟庚寅吾以降"句疏。

啓棘賓商，《九辯》《九歌》。棘，陳也。賓，列也。《九辯》、《九歌》(一)，啓所作樂也。言啓能修明禹業，陳列宫商之音，備其禮樂也。［補］曰：《史記》：契佐禹治水有功(二)，封於商，興於唐、虞、大禹之際①。此言賓商者，疑謂待商以賓客之禮。棘，急也。言急於賓商也。《九辯》、《九歌》，享賓之樂也。**疏曰：**（一）《九辯》，以《九歌》例之，當非享賓之樂。《九歌》，《辭源》子集九四頁乙部一畫："禹時樂。《左傳》：'水、火、金、木、土、穀，謂之六府；正德、利用、厚生，謂之三事；六府三事，謂之九功。九功之德，皆可歌也，謂之九歌。'"據此，則非享賓之樂，補説未可從。張炎《詞源·古今譜字》有蕤賓宫，第二爲蕤賓商，俗名中管小石調。言啓承禹道，功成樂作，陳用《九辯》、《九歌》，調爲蕤賓商也。麟按：此律爲芒種聲午之氣，氣尤合。“水、火”等句，見《左傳·文公七年》“郤缺請歸衛田”傳。（二）“契佐禹治水”諸句，按《史記三·殷本紀第②三》，僅有“契長而佐禹治水有功”一句，無下二句。

校勘記：①“際”，原誤作“降”，今據李刻本、明翻宋本、汲古閣本改。②“第”下，原衍“十”字，今據《史記》删。

何勤子屠母，而死分竟地？勤，勞也。屠，裂剥也。言禹愊①剥母背而生，其母之身，分散竟地，何以能有聖德，憂勞天下乎？地，一作墜。［補］曰：愊(一)，判也，音腷。《史記·楚世家》：陸終生子六人，坼(二)剖而産焉。于②竇曰：前志所傳，修己背坼而生禹，簡狄胷剖而生契，歷代久遠，莫足相證。魏(三)黄初五年，汝南屈雍妻生男，從右胳下水腹上出，而平和自若，母子無恙。《詩》云：不坼不副(四)，無災無害。原詩人之旨，明古之婦人，常有坼剖而産者矣。又有因産而遇災害者，故美其無害也。禹母事出《帝王世紀》(五)。禹以勤勞修鮌之功，故曰勤子也。上云《九辯》、《九歌》，言啓以禹故，得享備樂。何以修已生禹而反遇災害邪③？言坼剖而産，則有之，死分竟地，未必然也。竟地猶言竟天也④。唐叚成式云：迸分竟地。蓋用此語。**疏曰**：（一）愊，音愎。（二）坼，音策，裂也。于竇，于，一作干，晉新蔡人，字令升，少勤學，博覽書記，以才器召爲著作郎，著《晉記》三十卷，直而能婉，咸稱良史，又作《搜神記》三十卷，劉惔稱爲“鬼之董狐”。（三）魏，曹丕有國之號。黄初，即其紀元之名。汝南，郡名，漢置，河南舊汝寧、陳州二府及安徽舊穎州府皆是，治平輿，在今河南汝南縣東南，晉移治懸瓠城，即今汝陽縣治，金時郡廢。胳，音各，腋下也。（四）“不坼不副”二句，見《詩·大雅·生民之什》第二章。（五）《帝王世紀》，《玉海》卷四十七《藝文》雜史類：“皇甫謐撰，十卷。《中興書目》云：‘九卷，闕“周中”一卷。’”叚成式，字柯古，文昌子。以蔭爲校書郎，博學强記，多奇篇祕籍，終大常少卿，有《爾雅雜俎》。麟按：此指啓母生啓事，即《淮南》禹化熊謂塗山氏等語觀之，化石者爲禹，生啓者爲氏，可知謂啓之生，何至勤苦而害其母，至於死分化而竟地乎？如以爲禹母，禹母修已生禹，只聞愊背，未聞其死也。

校勘記：①“愊”，原誤作“腷”，今據李刻本、明翻宋本、汲古閣本改。

下文疏證徑改不出校。②“于”，金陵書局本作“干”。③“邪”，原作“耶”，今據李刻本、明翻宋本、汲古閣本改。後文凡作“耶”而他本皆作“邪”者，徑改不出校。④“也”，原誤作“地”，今據李刻本、明翻宋本、汲古閣本改。

帝降夷羿，革孽夏民。帝，天帝也。夷羿，諸侯，弑夏后相者也。革，更(一)也。孽，憂也。言羿弑夏家，居天子之位，荒淫田獵，變更夏道，爲萬民憂患。《天對》云：夷羿滔淫，割(二)更后相。夫孰作厥孽，而誣帝以降。［補］曰：《左氏》云：在帝夷羿(三)，冒于原獸，忘其國恤，而思其麀牡，武不可重，用不恢于夏家。**疏曰：**（一）更，音庚。（二）割，害也。誣，音無，枉也。（三）“在帝夷羿”諸句，見《左·襄四年》“魏絳論和戎”傳。冒，音耄，謂勇往無所顧忌也。原，音元，野也。麀，音攸，牝鹿也。牡，音母，獸之屬於陽性者。恢，音灰，大也。

胡䠶①夫河伯，而妻彼雒(一)嬪？胡，何也。雒嬪，水神，謂虙②妃也。傳曰：河伯化爲白龍(二)，游於水旁，羿見䠶之，眇③其左目。河伯上訴天帝，曰：爲我殺羿。天帝曰：爾何故得見䠶？河伯曰：我時化爲白龍出游。天帝曰：使汝深守神靈，羿何從得犯？汝今爲④蟲獸，當爲人所䠶，固其宜也。羿何罪歟？深，一作保。羿又夢與雒水神虙妃交接也。一本“胡”下有“羿”字。䠶，一作射。［補］曰：䠶，食亦切，下同。妻，心計切。此言射河伯、妻雒嬪者，何人乎？乃堯時羿，非有窮羿也。革孽夏民，封豨是射，乃有窮羿耳。《淮南》云：河伯溺殺人(三)，羿射其左目。注云：堯時羿射十日，繳大風，殺窫窳，斬九嬰，射河伯。**疏曰：**（一）雒，音洛，水名，與洛通。《禹貢》伊洛之洛，本作雒，與渭洛之洛是二字。魏以後乃并伊雒之雒，亦改爲洛。嬪，音頻，婦也。（二）“河伯化爲白龍”諸句，俟考。王夫之《通釋》曰：“古諸侯司河祀者。羿射殺河伯而奪其妻有雒氏。”麟按：此説較確，蓋此前後，皆叙夏事，不應如補謂“此堯時羿，非有窮羿”，亦不宜如原注，係神話也。有窮，即窮石，見前《離騷》“不顧難⑤以圖後兮”疏。（三）“河伯溺殺人”諸句，見《淮南子》十三《氾論訓》，注語無“堯時羿射十日”。王夫之《通釋》曰：“相傳十日並出，羿射落其九，當亦喻言。或堯承摯亂，天下僭爲帝者不一，羿滅其九，《莊子》謂‘堯伐叢枝、胥敖’是也。”麟按：此雖揣度之辭，卻有至理，況又有事實足徵乎！窫，音札。窳，音愈，國名，又獸名。繳，音灼，以繩係矢而䠶也。九嬰，水火无修，玄武也。“堯伐叢枝、胥敖”，見《莊子·人間世》，原文“堯”上有“昔者”二字。

校勘記：①“躾”，原作“射”，今據李刻本、明翻宋本、汲古閣本改。下文“羿見躾之”同。②“慮”，明翻宋本、汲古閣本作“宓”。後文凡從李刻本作“慮”而他本皆作“宓”者，徑從李刻本不出校。③“眇”，原誤作“睹”，今據李刻本、明翻宋本、汲古閣本改。④“爲”，原誤作“雖”，今據李刻本、明翻宋本、汲古閣本改。⑤“難”，原誤作“亂”，今據前文改。

馮珧利決，封豨是躾。馮，挾也。珧，弓名也。決，躾韝(一)也。封豨，神獸也。言羿不修道德，而挾弓躾韝，獵捕神獸，以快其情也。躾，一作射。［補］曰：馮，音憑。珧，音遥。《爾雅》：弓以蜃(二)者謂之珧。注云：用蜃飾弓兩頭，因取其類以爲名。又曰：蜃小者珧。注云：王①珧，即小蚌也。《説文》云：珧，蜃甲也，所以飾物。《儀禮》有決遂。注云：決，猶闓(三)也。以象骨爲之，著右大擘指以鉤弦。闓，體也。遂，躾韝也。以韋爲之，所以遂弦也。《説文》云：韝，射臂決也。封，大也。豨，虛豈切。《方言》云：豬，南楚②謂之豨。《淮南》云：堯時封豨、長蛇(四)，皆爲民害，堯使羿斷修蛇，禽封豨。此言有窮羿亦封豨是射，而反爲民害也。《左傳》曰③：樂正后夔生伯封(五)，實有豕心，貪惏無厭，忿纇無期，謂之封豕，有窮后羿滅之。此則窮奇、饕餮之類，以惡得名者。**疏曰**：（一）韝，音鉤，同韝，射韝也，又臂衣也。（二）蜃，音是忍切，蛤類之總稱。（三）闓，音開，與決同。“射者用具，以象骨爲之，著右大指以鉤弦”者，見《儀禮·鄉射禮》“司射適堂西，抉遂”注。（四）“堯時封豨、長蛇”諸句，見《淮南子》第八《本經訓》，係節取，原文“長”作“修”。修，長也。禽，與擒同。（五）“樂正后夔”諸句，見《左·昭二十八年》“春，公如晉”傳，原文“夔”下有“取之”二字。樂正，官名。正，平聲，長也。長，上聲，謂樂官之長也。夔，音逵，舜臣名，典樂之官也。惏，音嵐，貪也。纇，音耒，戾也。窮奇，惡獸名，狀如虎，有翼，見《山海經》，古以爲凶人之號。《左傳·文十八年》“莒弑其君庶其”傳曰：“少皞氏有不才子，天下之民謂之窮奇。”饕餮，音滔鐵，貪也，惡獸名。古鐘鼎彝器，多琢刻其形以爲飾。《吕氏春秋》：“周鼎饕餮，有首無身是也。”借爲凶人之號，貪財爲饕，貪食爲餮。《神異經》七頁《西南荒經》第二則曰：“西南方有人焉，身④多毛，頭上戴豕，貪如狼惡，好自積財，而不食人穀，强者奪老，弱者畏羣而擊單，名曰饕餮。”餮，一作飻，後亦謂貪嗜飲食曰饕餮。

校勘記：①“王”，原脱，今據李刻本、明翻宋本、汲古閣本補。②“南楚”，原誤作“楚南”，今據李刻本、明翻宋本、汲古閣本改。③“曰”，原脱，今據李刻本、明翻宋本、汲古閣本補。④“身”，原誤作“貪”，今據《神異經》改。

何獻(一)蒸肉之膏，而后帝不若？蒸。祭也。后帝，天帝也。若，順也。言羿獵射封豨，以其肉膏祭天帝，天帝猶不順羿之所爲也。蒸，一作烝。［補］曰：冬祭曰蒸。膏，脂也。《詩》曰：皇皇后帝。謂天帝也。《天對》云：夸夫[①]快殺，鼎豨以慮飽。馨膏腴(二)帝[②]，叛德恣力。胡肥台舌喉[③]，而濫厥福。**疏曰：**（一）獻，音憲，進也，下奉上曰獻。“皇皇后帝”，見《詩·閟宫》篇。（二）膏腴，音高俞，凝者曰膏，釋者曰脂。脂，音之。腴，腹下肥也。凡肉肥突處曰肥。台，音怡，我也。

校勘記：①“夫”，原作“父”，今據李刻本、明翻宋本、汲古閣本改。②“帝”，原脱，今據李刻本、明翻宋本、汲古閣本補。③“舌喉”，原誤作“喉舌”，今據李刻本、明翻宋本、汲古閣本改。

浞娶純狐，眩妻爰謀(一)。浞，羿相(二)也。爰，於也。眩(三)，惑也。言浞娶於純狐(四)氏女，眩惑愛之，遂與浞謀殺羿也。［補］曰：寒浞(五)，見《騷經》。**疏曰：**（一）謀，叶迷或下“揆之”之字。叶舟亦可。（二）相，去聲。（三）眩，音衒。（四）純狐，未詳。（五）寒浞，見《騷經》“浞又貪夫厥家”疏。浞，音鋜。

何羿之䠶革，而交吞揆之？吞，滅也。揆，度(一)也。言羿好䠶獵，不恤政事法度，浞交接國中，布恩施德而吞滅之也。一無“革”字。［補］曰：《禮》云：貫革之射(二)。《左傳》云：蹲甲而射之(三)，徹七札焉。言有力也。羿之射藝如此，唯不恤國事，故其衆交合而吞滅之，且揆度其必可取也。**疏曰：**（一）度，音奪，謀也。（二）“貫革之射”，見《禮記》卷七第十九[①]“散軍而郊射”節，原文作“左射《貍首》，右射《騶虞》，而貫革之射息也”。貫，音冠，去聲，中也。中，音衆，引申之，穿透也。革，音隔，獸皮去毛者也。（三）“蹲甲”二句，見《左·成十六年》“六月甲午晦，……楚殺其大夫公子側”傳。蹲，音族穩切，聚也。徹，音尺，通也。札，音紥，甲葉也。

校勘記：①“十九”，原誤作“九三”，今據《禮記》改。

阻窮西征，巖(一)何越焉？阻，險也。窮，窘也。征，行也。越，度也。言堯放鮌羽山(二)，西行度越岑巖之險，因墮死也①。［補］曰：羽山東裔。此云西征者，自西徂東也。上文言永遏在羽山，夫何三年不施，則鮌非死於道路，此但言何以越巖險而至羽山耳。**疏曰：**（一）巖，音菴，陽平聲。越，音括。（二）羽山，見前《離騷》"終然殀乎羽之野"疏。

校勘記：①"也"，原作"焉"，今據李刻本、明翻宋本、汲古閣本改。

化爲黄熊，巫何活焉？活，生也。言鮌死後化爲黄熊，入於羽淵，豈巫醫所能復生①活也？一本"化"下有"而"字。［補］曰：《左傳》曰：昔堯殛鮌于羽山(一)，其神化爲黄熊，以入於羽淵，實爲夏郊，三代祀之。《國語》作黄能。按熊，獸名。能，奴來切，三足鼈②也。説者曰：獸非入水之物，故是鼈也。一云既爲神，何妨是獸。《説文》云：能，熊屬，足似鹿。然則能既熊屬，又爲鼈類。東海人祭禹廟，不用熊肉及鼈爲膳，斯豈③鮌化爲二物乎？抑亦以《左傳》、《國語》不同，兼存之也。**疏曰：**（一）"昔堯殛鮌于羽山"諸句，見《左・昭七年》"鄭子産聘于鄭"傳。羽淵，即羽潭，在羽山上。三代，夏商周也。麟按：此合上二句，又言禹事，原注似誤，王夫之解亦荒渺。禹治水至嵞山，嵞山在今當塗縣，屬安徽。既娶塗山，欲通軒轅山，化爲熊。軒轅山，在河南。嵞山與軒轅東西顯然。阻窮者，即夫之所謂道路險遠也。西征者自嵞山而西通軒轅山也，言其險阻，禹何以化熊而能越？既化爲熊，巫又何以能復禹原身乎？此即俗傳詰問之詞，謂不實有其事也。嵞山，參看上"焉得彼嵞山女"疏。

校勘記：①"生"，原誤作"化"，今據李刻本、明翻宋本、汲古閣本改。②"鼈"，明翻宋本、汲古閣本作"鱉"。③"豈"，原文誤作"其"，今據李刻本、明翻宋本、汲古閣本改。

咸播秬黍，莆雚是營。咸，皆也。秬黍，黑黍也。雚(一)，草名也。營，耕也。言禹平治水土，萬民皆得耕種黑黍於雚蒲之地，盡爲良田也。一作黄雚，一作莆雚。［補］曰：《詩》云：維秬維秠(二)。《爾雅》曰：秬，黑黍。秠，一稃二米。秠亦黑黍，但中米異耳。秬，音巨。《説文》：黍，禾屬而黏也。莆，疑即蒲字①。蒲，水草，可以作席。李商隱詩云：直是滅雚莆(三)。與圖同韻。雚，亂也，音丸，與萑同。《左氏》云：

萑苻之澤(四)。是也。以莆爲黄，以藿爲雚，皆字之誤耳。《天對》云：維莞維蒲(五)，維菰維蘆。**疏曰：**（一）雚，與萑通，初生者爲菼，長大爲薍，成則爲萑。薍，五患切，或謂之荻。（二）“維秬維秠”，見《詩·大雅·生民》章。秠，音丕。稃，音敷，又音浮，米外之硬壳也，可以炊爨。（三）“直是”句，俟考。（四）“萑苻之澤”，見《左·昭二十年》“鄭公孫僑卒”傳，“萑苻”上有“取人於”②三字。苻，音扶，草名，莖似莒，葉圓有毛，子如耳璫，赤色，叢生，亦名鬼目草。藿，音霍，豆葉也。又香草名，野生，庭院亦多種之，莖方有節，中空，葉爲卵形，端尖，有缺裂，自莖端至下部，對生甚密，夏秋之間開花，花冠爲脣形，莖葉香氣頗烈，可入藥。莆，音府，蓮莆，堯時瑞草，又通蒲。莞，音桓，草也，可爲席，即蒲也。蒲，音婆吾切，生水澤中，長五七尺不等，叢生，花生莖頂，結如臘形，葉可織席，花可止血，又可製印泥，俗名毛臘燭。麟按：葉，當作莖。菰，音姑，蔬類植物。生於陂澤，高五六尺，葉如蒲葦。春秋雨季，中心生白苔，狀如藕而軟，曰菰菜，俗謂之茭白。秋間開花，長成穗結，實如米，謂之菰米，亦曰雕胡米，色白而滑膩，儉歲以爲飯。古本作苽，爲六穀之一。蘆，音盧，多年生草。生於陂澤，莖高丈許，中空，葉細長而尖，有平行脉。秋開細花，甚繁密，成大圓錐花序。其莖可以製簾葺屋，或用爲薪。萌芽可食，略如竹筍，俗稱蘆筍，可入藥。（五）此對尤不合，删之可也。

校勘記：①“莆，疑即蒲字”，原誤作“蒲，疑即莆字”，今據李刻本、明翻宋本、汲古閣本改。②“取人於”，原誤作“取於人”，今據《左傳》改。

何由并投(一)，而鮌疾修盈？疾，惡也。修，長也。盈，滿也。由，用也。言堯不惡鮌而戮殺之，則禹不得嗣興，民何得投種五穀乎？乃知鮌惡長滿天下也。［補］曰：并，並也。言禹平水土，民得並種五穀矣，何由鮌惡長滿天下乎？所謂蓋前人之愆(二)。**疏曰：**（一）投，音頭，舉而徙之也。麟按：此謂禹賢，有治水蓺土之功，其父鮌即有罪，宜赦，何爲并共工三人舉而投之羽山，以鮌之惡長滿盈也。疾，宜作蠱害解，《字典》疾無惡義。惡，去聲，嫉惡也。（二）愆，音騫，過也，罪也。

白蜺嬰(一)茀，胡爲此堂？蜺，雲之有色似龍者也。茀，白雲逶移若蛇者也。言此有蜺茀，氣逶移相嬰，何爲此堂乎？蓋屈原所見祠堂也。［補］曰：蜺，雌虹也。茀，音拂。《説文》云：霈，雲貌，疑即此茀字。《天對》云：王子怪駭，蜺形茀裳。**疏**

曰：（一）嬰，音衣輕切，如相嬰解，謂加也，又繞也。麟按：與下矛盾，以下注爲是。白蜺嬰茀之事，何爲繪此堂乎？王子，即下注王子僑，謂見其事可怪可駭也。

安得夫良藥，不能固（一）臧？臧，善也。言崔文子學仙於王子僑，子僑化爲白蜺而嬰茀，持①藥與崔文子，崔文子驚怪，引戈擊蜺，中之，因墮其藥，俯而視之，王子僑之尸也。故言得藥不善也。一本"夫"上有"失"字。［補］曰：崔文子（二）事見《列仙傳》（三）。**疏曰：**（一）固，本然之詞。臧，音張。（二）崔文子，《中國人名大辭典》十一畫九〇三頁云："春秋時人，一説爲秦時泰山人，好黄老術，自言三百歲，嘗賣藥都市，後民間大疫，死者萬計，文子作黄散赤丸以與病者，飲之即活，後至蜀中賣藥，人望之如神仙云。"王子僑，僑一作喬，見後《遠游》"吾將從王喬而娱戲"疏。戈，見前《國殤》"操吴②戈"句疏。麟按：此謂何由得來良藥之事，不能得藥，固本善也。中，去聲。（三）《列仙傳》，書名，舊本題劉向撰③，記古來仙人凡七十一人，各係以傳。《書録解題》謂不類西漢文字，必非向撰。《東觀餘論》謂是書雖非向筆，而"書詳語約，詞旨明潤"，疑東京人作，二卷。

校勘記：①"持"，原誤作"拂"，今據李刻本、明翻宋本、汲古閣本改。②"吴"，原誤作"吾"，今據前文改。③"撰"，原誤作"傳"，今徑改。

天式從（一）横，陽離爰死。式，法也。爰，於也。言天法有善陰陽從①横之道，人失陽氣則死也。［補］曰：從，即容切。**疏曰：**（一）從，音宗，直也。作即容切誤。式，音識。法，即道也。

校勘記：①"從"，原作"縱"，今據李刻本、明翻宋本、汲古閣本改。後文凡作"縱"而他本皆作"從"者，徑改不出校。

大鳥何鳴，夫焉（一）喪厥體？言崔文子取王子僑之尸，置之室中，覆之以弊①（二）筐②，須臾（三）則化爲大鳥而鳴，開而視之，翻飛而去，文③子焉能亡子僑之身乎？言仙人不可殺也。喪，一作喪。**疏曰：**（一）焉，音煙。喪，去聲。（二）弊，音幣，壞也。筐，音匡，盛物竹器也，方者曰筐。（三）臾，音俞。翻，音旛，與翻同，飛也。

校勘記：①"弊"，原誤作"獘"，今據李刻本、明翻宋本、汲古閣本改。下文疏證徑改不出校。②"筐"，李刻本、明翻宋本、汲古閣本作"篚"。以下文疏證曰"筐，音匡"，今不改。③"文"，原脱，今據李刻本、明翻宋本、汲古閣本補。

蓱[①]號起雨，何以興之？蓱，蓱翳[(一)]，雨師名也。號，呼也。興，起也。言雨師號呼，則雲起而雨下，獨何以興之乎？蓱，一作荓，一作萍。[補] 曰：蓱，音瓶。號，乎刀切。《山海經》：屏翳在海東，時人謂之雨師。《天象賦》[(二)]云：太白降神於屏翳。注云：其精降爲雨師之神。《博雅》作荓翳。張景陽[(三)]詩云：豐隆迎[②]號屏。顏師古云：屏翳，一曰荓號。《大人賦》[(四)]云：召屏翳，誅風伯，刑雨師。注云：屏翳，天神使也。**疏曰**：（一）蓱翳，見前"雲中君"疏。"屏翳在海東"，《山海經》無。（二）《天象賦》，見前《離騷》"飲余馬於咸池"疏一。太白，星名，即金星也。（三）張景陽，見後《九懷·思忠》"痻辟摽兮永思"疏。詩見《文選集評》卷七雜詩類陽作《雜詩十首》末章。豐隆，雷師也。《淮南子》："季春三月，豐隆乃出。"或曰雲師。郭璞云："豐隆筮師，御雲得《大壯》卦，遂为雷師。""季春三月"諸句，見《淮南子》卷三《天文訓》十一頁。無"雨師"句。（四）《大人賦》，司馬相如作。使，去聲，受命而聘問之人曰使。與音始作用解異。

校勘記：①"蓱"，原誤作"萍"，今據李刻本、明翻宋本、汲古閣本改。②"迎"，原脱，今據李刻本、明翻宋本、汲古閣本補。

撰體協脅，鹿何膺之？膺，受也。言天撰十二神鹿[(一)]，一身八足兩頭，獨何膺受此形體乎？一云：撰體脅鹿，何以膺之？[補] 曰：撰，具也，雛綰切。協，合也。脅，虛業切。《説文》云：兩膀[(二)]也。膺，於陵切。《書》云：永膺多福[(三)]。膺，當也，受也。《天對》云：氣怪以神，爰有奇軀，脇屬支偶，尸[(四)]帝之隅。**疏曰**：（一）鹿，見下"驚女採薇，鹿何祐[①]"疏。（二）膀，音旁。麟按：脅胸之兩旁，有肋骨處也。膀，俗稱肩胛曰肩膀，臂曰膀子，亦作髈，又爲膀胱之膀，與脅異。兩膀之膀，當爲脅字之誤。協，檄牒切。協脅，殆如晉文之駢脅也。（三）"永膺多福"，見《書·畢命》篇。（四）尸，音師，主也。

校勘記：①“祐”，原誤作“喜”，今據後文改。

鼇戴山抃，何以安之？鼇[一]，大龜也。擊手曰抃。《列仙傳》云：有巨靈之鼇[二]，背負蓬萊之山而抃舞，戲滄海之中，獨何以安之乎？戴，一作載。抃，《釋文》作拚。[補]曰：鼇，音敖。抃，音卞。《列子》云：五山之根[三]，無所連箸，帝命禺强使巨鼇十五，舉首而戴之，迭爲三番，六萬歲一交焉，五山始峙而不動。張衡賦云：登蓬萊而容與兮，鼇雖抃而不傾。《玄中記》[四]云：即巨龜也。一云：海中大鼈。**疏曰**：（一）鼇，海中大龜也，俗作鰲。鼇抃，歡欣鼓舞之意。龜，音姑追切，見上“鴟龜曳銜”疏。（二）“有巨靈之鼇”諸句，俟考。蓬萊，仙山名。《史記》卷二十八①《封禪書》云：“自威、宣、燕昭使人入海求蓬萊、方丈、瀛洲。此三神山者，其傳在渤海中，去人不遠，……而去。蓋嘗有至者，諸仙人及不死之藥皆在焉，其物禽獸盡白，而黄金銀爲宫闕。”麟按：近以日本三島當之。又縣名，唐置，明清皆爲山東登州府治。滄海，見上“八柱②何當”疏。（三）“五山之根”諸句，見《列子·湯問第五》，與原文有删節。禺强，《莊子·大宗師》：“禺强得之。”注云：“北方之神，即真武也。”五山，《後漢書卷五十九·張衡傳第四十九》“鼇雖抃而不傾”句注據《列子》所云“一曰代輿，二曰員嶠，三曰方壺，四曰瀛洲，五曰蓬萊”爲證。“登蓬萊”二句，見張衡《思玄賦》。（四）《玄中記》，郭氏作。鼈，音筆孑切，俗作鱉，見前《九歌·湘君》“君不行兮夷猶”句疏。

校勘記：①“八”，原誤作“一”，今據《史記》改。②“柱”，原誤作“極”，今據前文改。

釋[一]舟陵行，何以遷之？釋，置也。舟，船也。遷，徙也。舟釋水而陵行，則何能遷徙也？言龜所以能負山若舟船者，以其在水中也。使龜釋水而陵行，則何以能遷徙山乎？[補]曰：《列子》云：龍伯之國有大人[二]，舉足不盈數步而暨五山之所，一釣而連六鼇，合負而趣歸其國，灼其骨以數焉。此言鼇在海中，其負山若舟之負物，今釋水而陸，反爲人所負，何罪而見徙也。《天對》云：惡釋而陵，殆或①謫[三]之。龍伯負骨，帝尚窄之。**疏曰**：（一）釋，音適。陵，音綾，大阜曰陵，引申之，陸也。陵行，即陸行也。（二）“龍伯之國”諸句，見《列子·湯問第五》，“龍”上有“而”字。內“侵滅龍伯之國使阨”句注：“《河圖玉版》云：‘從崑崙以北九萬里，得龍伯之國，人長四十丈，生萬八千歲始死。'" 按：趣，音促，催也。（三）謫，音折，譴責也。麟按：此爲喻句，言俗傳鼇之戴山，猶置舟陸行，何能遷動，此必無之事也。

校勘記：①"或"，原誤作"後"，今據李刻本、明翻宋本、汲古閣本改。

惟澆在户，何求于嫂？澆，古多力者也。《論①》曰：澆盪舟(一)。言澆無義，淫佚其嫂，往至其户，佯有所求，因與行淫亂也。［補］曰：澆，堯弔切，見《騷經》。**疏曰：**（一）"澆盪舟"，見《論語》下《憲問》章。澆作奡，本作驕，通作奡，見前《離騷》"澆身被服强圉兮"疏。盪，音蕩，移行也。淫，音移琴切，男女不以禮交也。佚，音逸，不勞也。佯，音羊，詐也。

校勘記：①"論"下，原衍"語"字，今據李刻本、明翻宋本、汲古閣本删。

何少康逐犬，而顛隕厥首？言夏少康(一)因田獵放犬逐獸，遂襲殺澆而斷其頭。［補］曰：《説文》：顛，倒也。俗作巔，下同。隕(二)，從高下也。**疏曰：**（一）少康，夏中興之主，后相之子，相爲寒浞所殺，其后方娠，走有仍，生少康，少康長，與舊臣靡滅浞，復禹舊績。襲，音習，掩其不備也。（二）隕，音允，又音運。

女歧(一)縫裳，而舘①同爰止。女歧，澆嫂也。舘，舍也。爰，於也。言女歧與澆淫佚，爲之縫裳，於是共舍而宿止也。**疏曰：**（一）歧，音祁。舘，音貫，又上聲，原作館，客舍也，又舍之也。

校勘記：①"舘"，李刻本、明翻宋本、汲古閣本作"館"。以下文疏證曰"原作館"，今不改。

何顛易厥首，而親以逢殆？逢，遇也。殆，危也。言少康夜襲得女歧頭，以爲澆，因斷之，故言①易(一)首，遇危殆(二)也。一本"顛"下有"隕"字。"殆"上有"天"字。**疏曰：**（一）易，音亦，變更也。（二）殆，音待，宜叶始。

校勘記：①"言"，原誤作"曰"，今據李刻本、明翻宋本、汲古閣本改。後文凡作"曰"而他本皆作"言"者，徑改不出校。

湯謀易旅，何以厚之？湯，殷(一)王也。旅(二)，衆也。言殷湯欲變易夏衆，使之從己，獨何以厚待之乎？［補］曰：《書》云：攸徂[①]之民(三)，室家相慶，曰：徯予后，后來其蘇。湯之厚其衆，以德而已。**疏曰**：（一）殷，詳前"乃遂焉而逢殃"及"巫咸將夕降兮"疏。王，衆人歸往之謂。（二）旅，音吕。（三）"攸徂之民"四句，見《書·仲虺之誥》篇。攸，音移囚切，所也，又語助詞，又疾走貌。徂，音叢吾切，往也。慶，音器映切，賀也。徯，音奚，又上聲，義同待也。后，音厚，君也，大約商以前君亦稱后也。蘇，音速烏切，死而復生曰蘇，又息也。

校勘記：①"徂"，原誤作"阻"，今據李刻本、明翻宋本、汲古閣本改。

覆舟斟尋，何道取之？覆(一)，反也。舟，船也。斟尋(二)，國名也。言少康滅斟尋氏，奄若覆舟，獨以何道取之乎？［補］曰：斟，職深切。《左傳》云：有過澆殺斟灌(三)，以伐斟尋，滅夏后相。注云：二斟，夏同姓諸侯，相失國，依於二斟，爲澆所滅。然則取斟尋者，乃有過澆，非少康也。《天對》云：康復舊物，尋焉保之？覆舟喻易，尚或[①]艱之。承逸之誤也[②]。取，此苟切。**疏曰**：（一）覆，音福，引申之爲翻也。（二）斟尋，見《左傳》，今山東維縣東有斟亭。斟灌同，今山東壽光縣東北有斟灌城。（三）"有過澆"諸句，見《左·哀[③]元年》"吴人越"傳，"有"上有"昔"字。過，音戈，夏諸侯國名。按：東萊掖[④]縣北有過鄉，或其地。又戈在宋鄭之間。

校勘記：①"或"，原誤作"何"，今據李刻本、明翻宋本、汲古閣本改。②"也"，原脱，今據李刻本、明翻宋本、汲古閣本補。③"哀"，原誤作"襄"，今據《左傳》改。④"掖"，原誤作"攝"，今據杜預《春秋左傳集解》改。

桀伐蒙山，何所得焉？桀，夏(一)亡王也。蒙山，國名也。言夏桀征伐蒙山之國，而得妹[①]嬉也。［補］曰：《國語》云：昔夏桀伐有施，有施人以末[②]嬉女焉。注云：有施，嬉姓之國；末嬉，其女也。**疏曰**：（一）夏，上聲。禹有天下之號，都安邑，今山西解縣，奄有黄河、揚子江兩流域及奉天省。傳位於啓，爲傳子之始，凡十七主四百二十二年，爲商所滅。起民國前四一一六年，終三六九五年。又國名，即禹封地，在今河南禹縣。桀，音傑，《謚法》："殘忍多殺曰桀。"桀，名癸。蒙山，有數處，一在今山東費（音比）縣西北，一在今四川雅安名山蘆山三縣界，一在雲南，一在廣西，當時中國疆域未至雲廣，以在山東者近是。妺，音末。嬉，見下。一作末喜。施，音式漪切，地俟考。

校勘記：①"妺"，原誤作"妹"，今據明翻宋本改。②"末"，原誤作"妹"，今據明翻宋本改。

妺嬉何肆，湯何殛焉？言桀得妺嬉，肆(一)其情意，故湯放之南巢(二)也。妺，一作末。殛，一作極。［補］曰：妺，音末。嬉，音喜。《説文》云：殛，誅也。引《書》殛鯀于羽山(三)。或作極，音義同。**疏曰：**（一）肆，音四，放也。（二）南巢，地名，在今安徽巢縣。湯伐桀，放之南巢，即此。（三）"殛鯀于羽山"，見《虞書・舜典》。

舜閔在家，父何以鱞？舜(一)，帝舜也。閔(二)，憂也。無妻曰鱞。言舜爲布衣，憂閔其家。其父頑母嚚，不爲娶婦，乃至於鱞也。［補］曰：鱞，古頑切，經傳多作鰥。《書》曰：有鰥在下(三)，曰虞舜。此言舜孝如此，父何以不爲娶乎？**疏曰：**（一）舜，音恕韻切，虞帝之號。（二）閔，音敏，又傷念也。鱞，同鰥，音關，大魚也。父，即瞽瞍。頑，音吾還切，無知而妄爲也。母，後母也。嚚，音銀，口不道忠信之言也。頑，身不則德義之經也。虞，音愚，其先爲舜先國名，見前《離騷經章句第一》疏。麟按：鱞，宜叶矜，一作鰥。（三）"有鰥在下"句，見《書・堯典》。

堯不姚告，二女何親？姚(一)，舜姓也。言堯不告舜父母而妻(二)之，如令告之，則不聽，堯女當何所親附乎？一云：女何所親。［補］曰：《書》云：女于時觀厥刑于二女(三)，釐降二女于嬀汭，嬪于虞。二女，娥皇、女英也。《孟子》曰：舜不告而娶(四)，爲無後也。君子以爲猶告也。又《萬章》曰：舜之不告而娶，則吾既得聞命矣。帝之妻舜而不告，何也？曰：帝亦知告焉，則不得妻也。伊川(五)程頤曰：舜①不告而娶，固不可。堯命瞽②使舜娶，舜雖不告，堯③固告之爾。堯之告也，以君治之而已。**疏曰：**（一）姚，音遥。（二）妻，去聲，嫁女也。（三）"女于時"諸句，見《書・堯典》。女，去聲。刑，音形，通作型，常也，法也。釐，音貍，理也。降，音將去聲，下也，謂下嫁也。嬀，音潙，水名，在今山西永濟縣南六十里。汭，音芮，水之隈曲處也。嬪，音頻，婦也，謂使之爲婦也。（四）“舜不告”諸句，見《孟子》中《萬章》篇上。（五）伊川，即伊河，即今河南之嵩縣及伊陽也。宋程頤宅於嵩縣西北耙樓山麓，世遂稱爲伊川先生。頤（音怡），洛陽人，字正叔，顥之弟。哲宗初，擢崇政殿説書，在經筵。與蘇軾不合，遂出管勾西京國子監。紹聖中，以元祐諸臣被貶。頤少與兄顥學於周敦頤，生平以誠爲本，以窮理爲主，晚年著《易傳》及《春秋傳》等，死謚正公。治，音池。麟按：即孟子言觀之，堯固不告矣。伊川何以爲此，故亂人聽聞乎？删之可耳。

校勘記：①“舜”，原誤作“禹”，今據李刻本、明翻宋本、汲古閣本改。②“瞽”，原誤作“鮌”，今據李刻本、明翻宋本、汲古閣本改。③“堯”，原脱，今據李刻本、明翻宋本、汲古閣本補。

厥萌在初，何所億焉！言賢者預見施行萌(一)牙①之端，而知其存亡善惡所終，非虚億也。億，一作意。［補］曰：億，度也。《論語》曰：億則屢中(二)。意與億音義同。**疏曰：**（一）萌，音氓，草芽也。凡草木始生，皆曰萌。度，音多入聲，揣度也。（二）“億則屢中”，見《論語》下《先進》篇。屢，音吕。中，音仲。

校勘記：①“牙”，原作“芽”，今據李刻本、明翻宋本、汲古閣本改。

璜臺十成，誰所極焉？璜(一)，石次玉者也。言紂(二)作象箸，而箕子歎，預知象箸必有玉杯，玉杯必盛熊蹯豹胎，如此，必崇廣宫室。紂果作玉臺十重，糟丘酒池，以至於亡也。［補］曰：《左傳》曰：夏后氏之璜(三)。璜，美玉也。郭璞注：《爾雅》云：成，猶重也。《淮南》曰：桀、紂爲璇①室(四)、瑶臺、象廊、玉牀。**疏曰：**（一）璜，音黄，玉名。逸謂石次玉者，補謂爲美玉，殆皆類玉。麟按：爲臺，至小面積非四方丈不可焉，有如此大之美玉，不過如後代帝王陵寢殿陛，以多方佳石砌之，或鋪陳耳。如吾邑明獻陵各處階柱，皆以礌石，《興都志》稱以玉爲之，是已以逸説爲是。（二）紂，音走，《謚法》：“殘忍捐義曰紂。”殷帝辛（紂名）焚炙忠良，刳剔孕婦，故天下謂之紂。象箸“象”，見上“一蛇吞象”疏。《南越志》：“象牙長丈餘，脱其牙則深藏之，削木代之可得，不爾，窮其主，得乃已也。”麟按：“削木代之”諸語，不可解。聞其牙長丈餘，埋之土中，久可長大，故可爲牀。若箸，其小焉者也。箸，音除去聲，俗曰筷子。箕子，殷之太師，諫紂被②囚，佯狂爲奴，武王滅商，箕子率五千人避之朝鮮而君之，至高麗肅宗時，命搜訪箕子之墓而祀之，即今平壤之箕子陵也。預，音余據切，先料也。盛，音成，裝也。蹯，音煩，獸足也，一曰熊掌，謂其足掌也。豹，見前《山鬼》“徙赤豹兮乘文狸”疏。麟按：虎豹並稱，猶麒麟、鳳皇也。虎，雌也；豹，雄也。虎每産子三，二虎一豹，其渡必先負豹雛，次負虎雛，將先置彼岸之豹，返負其原處置之，三負虎雛置之彼岸，然後返至原處取豹，不然，虎雛每爲豹雛所食。胎，音他哀切，凡孕而未生者，皆曰胎。重，平聲。糟丘，糟，音遭，酒滓也。丘，音秋，小阜也。積糟成丘，荒於酒之徵也。（三）“夏后氏之璜”，見《左・定四年》“三月，公會劉子、晉侯、……于召陵，侵楚”傳。（四）“桀、紂”二句，見《淮南子》卷八《本經訓》，惟“璇”原作“琁”，音旋，美玉也，或作璿。瑶，音遥。麟按：此亦謂以美玉爲飾也。又按：此二句謂璜臺既爲十成，何所止極也。《南越志》，《隋書》卷三十三《經籍志》謂：“八卷，沈氏撰。”沈，名懷遠。

校勘記：①“璇”，明翻宋本、汲古閣本作“琁”。②“被”，原誤作“補”，今據《辭源》改。

登立爲帝，孰道尚之？言伏羲(一)始畫八卦，修行道德，萬民登以爲帝，誰開導而尊尚之也？［補］曰：登立爲帝，謂匹①夫而有天下者，舜、禹是也。《史記》：夏、商之君皆稱帝(二)。《天對》曰：惟德登帝，帥以首之。逸以爲伏羲，未知何據。**疏曰：**（一）伏羲，古帝名，風姓，有聖德。象日月之明，故稱太昊；教民佃漁畜牧，養犧牲以充庖廚，故又曰庖犧。始畫八卦，造書契，都陳，在位一百十五年，傳十五世，凡一千二百六十年，而神農氏作，或作宓羲，亦作虙羲。伏，音服。宓、虙同。羲，音曦，犧同。登，音燈上聲。帝，當諂切，君也。《説文》：“諦也。”德合天地者稱帝。帝者，諦也。言天蕩然無心，忘於物我，公平通達，舉事審諦，故謂之帝也。（二）“夏、商之君皆稱帝”，此語恐未合。王者，天下歸往之謂，禹湯未聞稱帝，古所謂帝者五：伏羲、神農、軒轅、堯、舜也；禹、湯、文、武，則爲三王，其上則謂之皇。皇，大也，如天皇、地皇、人皇是也。世運遞降，故由皇而帝，由帝而王、而霸，秦始皇合皇、帝而稱之，妄也。“登立爲帝”，逸説爲是，以下文女媧證之。女媧，伏羲妹也。麟按：此謂伏羲登立爲帝，其道德之高，孰能尚之？又按：《通志》卷三上《三王紀三上》十一頁背案語云："臣謹案：高氏云周武王爲天子，始貶帝號稱王，今攷《左傳》云'宋祖帝乙，鄭祖厲王'，司[②]馬遷《本紀》夏商皆稱帝，周始稱王。"此殆補所據也。

校勘記：①"匹"，明翻宋本、汲古閣本作"疋"。②"司"，原誤作"史"，今據《通志》改。

女媧有體，孰制匠之？傳言女媧[(一)]人頭蛇身，一日七十化，其體如此，誰所制匠而圖之乎？[補]曰：媧，古華切。古天子，風姓也。《山海經》云：女媧之腸，化爲神，處栗廣之野[(二)]。注云：女媧，古神女帝，人面蛇身，一日中七十變，其腸化爲此神。《列子》曰：女媧氏蛇身人面[(三)]，牛首虎鼻，此有非人之狀，而有大聖之德。注云：人形貌自有偶與禽獸相似者，亦如相書龜背、鵠步、鳶肩、鷹喙耳。《淮南》云：黄帝生陰陽[(四)]，上駢生耳目，桑林生臂[①]手。此女媧所以七十化也。**疏曰：**（一）女媧氏，上古之帝，伏羲同母女弟。制，音職藝切，成法曰制，又造也，定也。匠，音集漾切，今爲工之通稱，本爲木工。麟按：此謂女媧有此異體如蛇，如《班超傳》稱其"虎頭燕頷"，孰造作之？造，猶生也，蓋謂不有此相，如堂壁所畫。一日七十化其腸，亦言女媧爲帝，憂勤天下。一日七十化其腸，如後世云"一日九迴其腸"耳。（二）"女媧之腸，化爲神，處"諸句，見《山海經》卷十六《大荒西經》第二條，惟"女帝"二字，原文作"女而帝者"四字。（三）"女媧氏蛇身"諸句，見《列子卷二·黄帝第二》，原作"庖犧氏、……神農氏、夏后氏"，下同。相書，辨人之官體容色，以決禍福之書也，如近世所傳之《麻衣相》、《相理衡真》等。相，去聲。（四）"黄帝生陰陽"諸句，有不易解處，見《淮南子》卷十七《説林訓》。

校勘記：①"臂"，原誤作"擘"，今據李刻本、明翻宋本、汲古閣本改。

舜服厥弟，終然爲害。服，事也。言舜弟象[(一)]，施行無道，舜猶服而事之，然象終欲害舜[①]也。[補]曰：此言舜德足以服象，而象終爲害也。《書》云：父頑母嚚象傲[(二)]，克諧以孝。《史記》云：舜父瞽叟[②]盲[(三)]，而舜母死，瞽叟更娶妻而生象，愛後妻子，常欲殺舜。舜順事父，及後母與弟，日以篤謹。**疏曰：**（一）象，讀上聲。（二）"父頑"諸句，見《書·堯典》。嚚，音銀，口不道忠信之言也。傲，音敖去聲，慢也，倨也。克，音客，能也。諧，音骸，合也，調也。（三）"舜父瞽叟"諸句，見

《史記一·五帝本紀第一》，“象”下節去“象傲。瞽叟”四字。叟，一作瞍。盲，音萌，目無眸子也。瞍同叟。弟，上聲。象害舜事，詳《孟子》中《萬章》篇。其爲《孟子》不載者，爲毒之以酒，爲舜妹知而傾之，故得不死，見袁子才《隨園詩話》。服弟，以補解爲是。

校勘記：①“舜”，原脱，今據李刻本、明翻宋本、汲古閣本補。②“叟”，原誤作“瞍”，今據李刻本、明翻宋本、汲古閣本改。下文疏證徑改不出校。

何肆犬體(一)，而厥身不危(二)敗？言象①無道，肆其犬豕之心，燒廩(三)寘②井，欲以殺舜，然終不能危敗舜身也。一云：何得肆其犬豕。一云：何肆犬豕。［補］曰：《列女傳》云：瞽瞍與象謀殺舜(四)，使塗(五)廩，舜告二女。二女曰：“時唯其戕汝，時唯其焚汝，鵲如汝裳衣③，鳥工往。”舜既治廩，戕旋階，瞽叟焚廩，舜往飛。復使浚井，舜告二女。二女曰：“時亦唯其戕汝，時其掩汝。汝去裳衣，龍工往。”舜往浚井，格其入出，從掩，舜潛出。**疏曰：**（一）體以作豕者爲是。（二）危，音吴羸切，安之反，又傷害之也。（三）廩，音里飲切，米藏曰廩。寘，古文填字，音田，塞也。（四）“瞽瞍與象謀殺舜”諸句，俟考。（五）塗，音徒，以彩色敷於器物曰塗，引申之，修治也。二女，娥皇、女英也。時，是也。戕，音情，殺也；音牆，兵器也。此當從情音。鵲，見前《離騷》“雄鳩之鳴逝兮”疏。麟按：此統言裳作鳥狀，如鳥之工作，以利在廩上降下也。或曰：舜攜雨傘往，瞽瞍焚廩，舜張傘下墜，得無害也。或曰：以笠。大約皆如今之降落傘，下如鳥飛狀也。旋，音徐員切，曲也。旋階，曲階也。《孟子》作捐階。捐，去也。階，梯也。謂去其梯使舜不得下，因焚廩而殺之也，較旋階合。浚，音峻，深也。浚井，俗曰淘井。龍工，如龍工作，赤裸其身也。潛，音齊言切，不使人見也。《列女傳》，書名，漢劉向作，七卷。又《續傳》一卷，不知誰作，或曰班昭，或曰項原，皆無確據。凡分《母儀》、《賢明》、《仁智》、《貞順》、《節義》、《辯通》、《孽嬖》七目。《四庫》著録題《古列女傳》。又《古今列女傳》三卷，明解縉等奉勅撰，上卷皆歷代帝妃，中卷諸侯大夫妻，下卷士庶人妻，自有虞迄於元明，去取頗審慎，有成祖所製序。

校勘記：①“象”下，原衍“雖”字，今據李刻本、明翻宋本、汲古閣本删。②“寘”，原作“寘”，今據李刻本、明翻宋本、汲古閣本改。③“裳衣”，原誤作“衣裳”，今據李刻本、明翻宋本、汲古閣本改。

吴(一)獲迄古，南嶽是止。獲，得也。迄，至也。古，謂古公亶父也。言吴國得賢君，至古公亶父之時，而遇太①伯，陰讓避王季，辭之②南嶽之下，採藥於是，遂止而不還也。［補］曰：迄，許訖切。《史記》：古公亶父有長子曰太伯(二)，次曰虞仲，少子季歷。古公曰：我世當興者，其在昌乎？長子泰伯、虞仲，知古公欲立季歷以傳昌，乃二人亡如荆蠻，文身斷髮，以讓季歷。太伯之犇（古奔字）荆蠻，自號句吴，荆蠻義之，從而歸之千餘家，立爲吴太伯。太伯卒，弟仲雍立。仲雍，即虞仲也。**疏曰：**（一）吴，音吾，國名。周初，泰伯居吴，在今江蘇無錫縣梅里，子孫稱王，國始大，奄有今江淮以南至浙江嘉湖之境，後爲越所滅。南嶽，《爾雅》以霍山當之，在安徽霍山縣西，即天柱山。邢昺以爲經所謂霍乃指衡山，一山而二名。漢武帝移嶽神於天柱，始名天柱爲霍，漢以後衡霍始分。郭據注作時，霍山爲言耳。麟按：衡山爲南嶽，地在湖南，太伯之吴當以霍山爲是，以至無錫途所必經，故泛言。不過吴之稱號，始於泰伯，而逸以爲“吴得賢君，至古公亶父之時，而遇太伯”云云，殊欠明白，古謂時耳。此二句，倒裝言之，謂泰伯、虞仲止於南嶽，國號曰吴，得獲終古垂名。與下二句語氣尤合。（二）“古公亶父”諸句，見《史記》卷四《周本紀第四》，係節録。文身，畫文於身也。斷髮，截其髮也，古南蠻之俗如此。荆，音京，楚國舊號。蠻，音模頑切，南蠻之稱。句，音鉤，吴語之發聲也。

校勘記：①“太”，原作“泰”，今據李刻本、明翻宋本、汲古閣本改。②“之”，原誤作“至”，今據李刻本、明翻宋本、汲古閣本改。

孰期去斯，得兩男子？期(一)，會也。昔古公有少子，曰王季，而生聖子文王，古公欲立王季，令天命及文王。長子太伯及弟仲雍去而之吴，吴立以爲君。誰與期會，而得兩男子，兩男子，謂①太伯、仲雍也。去，一作夫。**疏曰：**（一）期，望也，引申之爲逆料也。謂此兩男子，孰逆料而有斯也。太，一作泰。

校勘記：①“謂”，原脱，今據李刻本、明翻宋本、汲古閣本補。

緣(一)鵠飾玉，后帝是饗(二)。后帝，謂殷湯也。言伊尹始仕，因緣烹鵠鳥之羹，修玉鼎，以事於湯。湯賢之，遂以爲相也。［補］曰：《史記》：阿衡欲干湯而無由(三)，乃爲有莘氏媵臣，負鼎俎，以滋味説湯，致於王道。《淮南》云：伊尹憂天下之不治，調和五味，負鼎俎而行(四)。注云：負鼎俎，調五味，欲其調陰陽，行其道。《孟子》云：吾聞以堯、舜之道要湯(五)，未聞[1]割烹也。伊尹負鼎干湯，猶太公屠釣之類，於傳有之。孟子不以爲然者，慮後世貪鄙之徒，託此以自進耳。若謂初無負鼎之説，則古書皆不可信乎？**疏曰：**（一）緣，因也，音原。鵠，音胡沃切，鳥名，似雁而大，全體色白，故或稱爲白鳥。頸長，嘴根有瘤，色黄赤，故又謂之黄鵠，飛翔甚高，鳴聲宏亮，俗曰天鵝。按：鵠與鶴古字通用，如《楚辭》"黄鵠一舉"，《後漢書》"大儀鵠髮"，劉孝標《辨命論》"龜鵠千里"，各本或作鵠，或作鶴，實皆指鶴而言，字當作鶴，與鵠不同。飾玉"飾"，音識，物既成而加以文彩也。玉，見前《東皇太一》"璆鏘鳴兮"句疏。（二）饗，音享，大飲賓客也，以牲饗客也。（三）"阿衡欲干湯而無由"諸句，見《史記》卷三《殷本紀第三》。（四）"伊尹憂天下之不治，調和五味，負鼎俎而行"諸句，詳見《淮南子》第二十《泰族訓》。（五）"吾聞以堯、舜"諸句，見《孟子》中《萬章上》。大儀鵠髮[2]，《辭源》亥集鳥部"鵠髮"條解見《後漢書·吴良傳》，大儀爲良字。考同文書局版是書卷五十七列傳第十七《良傳》，大儀謂其字，是；無"鵠髮"二字，其中只有"曰"一節"鬚髮浩然"二語，與之義近。

校勘記：①"聞"下，原衍"以"字，今據李刻本、明翻宋本、汲古閣本删。②"鵠髮"，原誤作"鴻鵠"，今據上文改。

何承謀夏桀，終以滅喪？言湯遂承用伊尹之謀，而伐夏桀，終以滅亡也。一無"夏"字。喪，一作亹。［補］曰：此言伊尹承事湯以謀夏桀也。喪，去聲。**疏曰：**二句，補解是。合上句，謂伊尹進不以道，何以承事湯能謀夏桀，終以滅亡之也？

帝乃降觀，下逢伊摯。帝(一)，謂湯也。摯(二)，伊尹名也。言湯出觀風俗，乃憂下民，博選於衆，而逢伊尹，舉以爲相也。乃，一作力，注同。**疏曰：**（一）帝，見上"登立爲帝"疏。以帝稱湯，原追加耳，蓋自禹以下，已稱王也。湯，見前《離騷》"湯禹儼而祗敬兮"疏。（二）摯，音至。伊尹初耕於莘野，湯三聘，始往相湯伐桀，遂王天下，湯尊之爲阿衡。湯崩，其孫太甲無道，伊尹放之於相宫，三年，太甲悔過，復歸於亳。此又即孟子言以致問也，與上要湯事異。

何條放致罰，而黎服大說？條，鳴條也。黎，衆也。説，喜也。言湯行天之罰，以誅於桀，放之鳴條之野，天下衆民大喜悦也。服，一作伏。［補］曰：《書》云：伊尹相湯伐桀(一)，遂與桀戰於鳴條之野。又曰：造攻自鳴條(二)，朕載自亳。注云：鳴條在安邑之西。《史記》：桀敗於有娀之虚，犇於鳴條(三)。此言條放者，自鳴條放之也。致罰者，《湯誥》所謂致天之罰也。黎，謂羣黎百姓也。湯以臣放君，而黎民悦服者，代虐以寬故也。《天對》云：條伐巢(四)放，民用濆①厥疣，以夷於膚，夫曷②不謡？**疏曰：**（一）“伊尹相湯伐桀”二句，普通《書》無，見《尚書注疏》第七③《商書·湯誓》中，截去“升自陑”三句。（二）“造攻自鳴條”二句，見《書·伊訓》，“載”作“哉”，哉亦訓始。載，音在，始也。安邑，今縣名，夏禹都安邑，漢置縣，即今夏縣。安邑縣之地，後魏分安邑爲南安邑、北安邑二縣，旋改北安邑爲夏縣，隋去南字，爲安邑縣，即今縣也，清屬山西解州，今爲山西河東道治。造，音字老切，始也。（三）“桀敗於有娀之虚（同墟），犇（古奔字）於鳴條”，見《史記》卷二《殷本紀第二》。娀，古國名，見前《離騷》“見有娀之佚女”疏。有娀氏女簡狄，帝嚳次妃，契之母也。罰，音伐，撻擊之也。黎，音犂，黑也，民衆之首皆黑，故謂民曰黎民，亦曰黎首。（四）巢，見上“妹嬉何肆”疏。疣，音尤，結肉也，皮膚上之贅生物，故亦曰贅疣。謡，音遥，徒聲歌也，一説有章曲曰歌，無章曲曰謡。又憑虚搆詞謂之謡，如謡言、謡傳，宜叶由。

校勘記：①“濆”，原誤作“續”，今據李刻本、明翻宋本、汲古閣本改。②“曷”，原作“何”，今據李刻本、明翻宋本、汲古閣本改。③“七”，原誤作“八”，今據李刻本、明翻宋本、汲古閣本改。

簡狄在臺，嚳何宜？玄鳥致貽，女何喜？簡狄，帝嚳(一)之妃也。玄(二)鳥，燕也。貽(三)，遺也。言簡狄侍帝嚳於臺上，有飛燕墮遺其卵，喜而吞之，因生契也。一云：帝嚳何宜。貽，一作詒。喜，一作嘉。［補］曰：《詩》云：天命玄鳥(四)，降而生商。玄鳥，鳦也。湯之先祖，有娀氏女簡狄，配高辛氏。天使鳦下而生商者，謂鳦遺卵，簡狄吞之而生契，爲堯司徒而有功，封之於商也。嚳，苦篤切。《天對》云：嚳狄禱禖(五)，契形於胞，胡乙①鷇之食，而怪②焉以嘉。以《詩》考之，非史氏之妄也。**疏曰：**（一）嚳，音酷。（二）玄，音穴員切。燕，乙見切，鳥名。體小翼大，尾甚長，分歧如翦，喙短口濶，頷肥大，背黑腹白，每年春分前後，來自暖地，巢於人家屋梁，秋分復去。(三)貽、詒、遺，音義同。(四)“天命”二句，見《詩·玄鳥》篇。商，音詩史切，約即亳。鳦、乙通。卵，魯夥切，俗曰蛋。契，音洩，一作卨。司徒，官名。始於少昊，唐虞以後因之，周時爲六卿之一，曰地官大司徒，掌以禮教導民。漢改丞相爲大司徒，與大司馬、大司空並列三公，後去大字，稱司徒，歷代因之。明廢，清時稱户部尚書爲大司徒。(五)楳，音枚，古求子祭名，祀先楳之神也。鷇，音遘，又音寇，雛鳥須母哺而食者曰鷇。

校勘記：①“乙”，原誤作“鳦”，今據李刻本、明翻宋本、汲古閣本改。②“怪”，原誤作“告”，今據李刻本、明翻宋本、汲古閣本改。

該秉季德，厥父是臧。該(一)，包[①]也。秉，持也。父，謂契也。季，末也。臧，善也。言湯能包持先人之末德，修其祖父之善業，故天祐[②](二)之以爲民主也。[補]曰：《天對》云：該德胤(三)考，蓐收於西，爪虎手鉞，尸刑以司慝。《左氏傳》：少皞[③]氏有四叔(四)：曰重、曰該、曰修、曰熙。使該爲蓐收，世不失職，遂濟窮桑。宗元所云謂此也。按此當與下文相屬，下云斃於有扈，則秉季德者，謂夏啓也。該，兼也。言能兼秉大禹之末德，猶曰恒秉季德耳。恒，豈亦[④]人名乎？厥父是臧，言爲父所善以有天下也。**疏曰**：(一)該，音歌哀切，備也，兼也。秉，音丙。(二)祐，音右，神助也。(三)胤，音寅去聲，繼也，嗣也。(四)“少皞氏”諸句，見《左·昭二十九年》“公至自乾侯，處于鄆”傳。窮桑，魯地，又少昊號也。合下二句觀之，補解爲是。

校勘記：①“包”，明翻宋本、汲古閣本作“苞”。②“祐”，原作“佑”，今據李刻本、明翻宋本、汲古閣本改。下文疏證徑改不出校。③“皞”，原作“昊”，今據李刻本、明翻宋本、汲古閣本改。下文疏證徑改不出校。④“豈亦”，原誤作“亦豈”，今據李刻本、明翻宋本、汲古閣本改。

胡終斃(一)於有扈，牧夫牛羊？有扈，澆國名也。澆滅夏后相，相之遺腹子曰少康，後爲有仍牧正，典主牛羊，遂攻殺澆，滅有扈[①]，復禹舊跡，祀夏配天也。[補]曰：《書序》曰：啓與有扈戰于甘之野(二)。《淮南》曰：有扈氏爲義而亡(三)。注云：有扈，夏啓之庶兄，以堯、舜與賢，啓獨[②]與子，故伐啓，啓亡之。《左傳》：少康滅澆於過(四)。非有扈也。逸説非是。《地理志》曰：扶風(五)鄠縣是扈國。此言禹得天下以揖讓，而啓用兵以滅有扈氏，有扈遂爲牧豎也。《天對》云：牧正矜（六）矜，澆扈爰③踣。承逸之誤也。**疏曰：**（一）獘，困也。有扈，見上“啓代益作后④”疏。有扈與澆，顯然爲二，未可混也。此謂啓既能承先人末德，子孫即宜安享其國，何及其身，有扈不服，威侮五行，怠棄三正，反爲其困獘？馴至其後，少康且爲仍牧正，牧夫牛羊也。（二）“啓與有扈”句，見《書序》，作《甘誓》。（三）“有扈氏”諸句，見《淮南子》十一《齊俗訓》。（四）“少康滅澆於過”諸句，見《左・襄四年》“春，楚師爲陳叛故”傳。（五）扶風，郡名，本漢右扶風，漢以後曰扶風郡，魏置岐州，今陝西鳳翔等處。今縣名，唐置，明清皆屬鳳翔府，今屬陝西關中道。鄠，音户，今縣名，本夏之扈國，秦鄠邑，漢置縣，明清皆屬陝西西安府，今屬陝西關中道。（六）矜，音兢，重言之，自持貌。踣，音匐，又普候切，與仆同。

校勘記：①“滅有扈”，原脱，今據李刻本、明翻宋本、汲古閣本補。②“獨”，原誤作“猶”，今據李刻本、明翻宋本、汲古閣本改。③“爰”，原誤作“遂”，今據李刻本、明翻宋本、汲古閣本改。④“后”，原誤作“革”，今據前文改。

干協時舞，何以懷之？干，求也。舞，務也。協，和也。懷，來也。言夏后相既失天下，少康幼小，復能求得時務，調和百姓，使之歸己，何以懷來之也？［補］曰：《書》云：三旬，苗民逆命（一），帝乃誕敷文德，舞干羽于兩階。七旬，有苗格。協，合也。言舜以時合舞于兩階，而有苗格也。《莊子》曰：執干而舞（二），干，盾也。《天對》云：階干以娛，苗革而格。不迫以死，夫胡狃厥賊？**疏曰：**（一）“三旬，苗民”諸句，見《書・大禹謨》。旬，音巡，十日也。苗，見《湘君》“蹇誰留兮中洲”疏。誕，音但，發語詞。羽，音余乳切，樂舞所執之器也，以雉尾爲之。階，音皆，登堂道也。格，音歌赫切，感動也。（二）“執干而舞”，見《莊子・讓王》篇。盾，音吮，俗謂之藤牌，詳前《國殤》“操吴戈兮被犀甲”疏。狃，音柳，習也。麟按：此以補解爲是。

平脅曼膚，何以肥之？言紂爲無道，諸侯背畔，天下乖離，當懷憂癯（一）瘦①，而反形體曼澤，獨何以能平脅肥盛乎？一本“平”②上有“受”字。［補］曰：受，即紂也。曼，音萬。李善云：曼，輕細也。《天對》云：辛后駭狂，無憂以肥。肆蕩弛③（二）厥體，而充膏於肌。**疏曰：**（一）癯，音劬，瘠也。瘐，音庾。賢人失志，懷憂病也。（二）弛，音豕，放也。麟按：此闕疑可也。

校勘記：①“瘐”，李刻本、明翻宋本、汲古閣本作“瘦”。以下文疏證曰“瘐，音庾”，今不改。②“平”，原脱，今據李刻本、明翻宋本、汲古閣本補。③“弛”，明翻宋本、汲古閣本作“弛”。

有扈牧豎，云何而逢？言有扈氏本牧豎之人耳，因何逢遇而得爲諸侯乎？一曰：其爰何逢。一曰：其云何逢。［補］曰：此言啓滅有扈之國，其後子孫遂爲民庶，牧夫牛羊，其初以何道而得爲諸侯也。豎，童僕之未冠（一）者，巨庾切。**疏曰：**此以逸説爲直捷。（一）冠，去聲。擊牀先出，其命何從？言啓攻有扈之時，親於其牀上，擊而殺之。其先人失國之原，何所從出乎？一云：其何所從。**疏曰：**此亦當闕疑。

恒秉季德，焉得夫朴牛？恒，常也。季，末也。朴，大也。言湯常能秉持契之末德，修而弘之，天嘉其志，出田獵，得大牛之瑞（一）也。［補］曰：《説文》云：特牛，牛父也，言其朴特。朴，匹角切。一曰平豆切，無樸音。**疏曰：**（一）瑞，音睡，祥也。

何往營班禄，不但還來？營，得也。班，徧也。言湯往田獵，不但驅馳[①]往來也，還輒以所獲得禽獸，徧施禄惠於百姓也。［補］曰：《詩》云：經之營之（一）。營，度也。《記[②]》曰：請班諸兄弟之貧者（二）。班，分也。言湯田獵禽獸，往營所以施禄惠於百姓者，不但還來而已，必有所分也。**疏曰：**（一）“經之營之”，見《詩·靈臺》篇。度，音奪。（二）“請頒諸兄弟之貧者”，《史記》無，僅《後漢書》五十四列傳十四《馬援傳》有“請頒散昆弟”之語，倣宋本《禮記》卷第二《檀弓上第三》二十二頁有此句。禄，音六，俸也，引申之謂食物也。此宜以補解爲是。

校勘記：①“驅馳”，原誤作“馳驅”，今據李刻本、明翻宋本、汲古閣本改。②“記”上，原衍“史”字，今據李刻本、明翻宋本、汲古閣本删。

昏微遵迹，有狄不寧。昏，闇也，遵，循也。迹，道也。言人有循闇微之道，爲婬泆夷狄之行者，不可以安其身也。謂晉大夫解居父也。遵，一作循。有，一作佚。**疏曰：**婬、淫通，私逸也。泆，音逸，淫佚也。

何繁鳥萃棘，負子肆情？言解居父聘吴，過陳(一)之墓門，見婦人負其子，欲與之淫泆，肆其情欲。婦人則引《詩》刺之曰：墓門有棘(二)，有鴞萃止。故曰繁鳥萃棘也。言墓門有棘，雖無人，棘上猶有鴞，汝獨不愧也。［補］曰：《列女傳》：陳辯女者，陳國採桑之女也。晉大夫解居甫使於宋，道過陳，遇採桑之女，止而戲之曰："女爲我歌，吾將舍女。"乃爲歌曰："墓門有棘，斧以斯之。夫也不良，國人知之。知而不已，誰昔然矣。"又曰："爲我歌其二。"女曰："墓門有楳，有鴞萃止。夫也不良，歌以訊止[①]。訊予不顧，顛倒思予。"大夫曰："其棘則是，其鴞安在？"女曰："陳小國也，攝乎大國之間，因之以饑饉，加之以師旅，其人且亡，而況鴞乎？"大夫乃服而釋之。**疏曰：**（一）過陳"過"，音戈，經過也。陳，音池寅切，國名，周初封舜之後胡公於陳，春秋之際，爲楚所滅，今河南舊開封府以東，南至安徽亳州，皆其地。（二）"墓門有棘"諸句，見《詩・墓門》篇。墓，音暮，死人葬身地也，平者曰墓。棘，音亟，小棗叢生者，木堅色赤。棘粗而長者，曰馬棘；色白者，曰白棘；實酸者，曰樲棘，見《本草》。鴞，音囂，與梟同，鷙鳥也。甫，同父，"使宋"，逸注作"聘吴"。宋，索統切，國名，周微子所封地，在今河南商邱縣，春秋時爲十二諸侯之一，至戰國爲齊所滅，與楚、魏三分其地。斧，音甫，斫木之器，神農氏所作。斯，音私，折也，離也。楳，古梅字，模回切，大木也，一名枏，見《爾雅》。《詩》"有條有枚"疏："似豫章。"屬落葉喬木，早春開花，色有紅白二種，白者初開時，微帶緑色，亦謂之緑萼梅。葉後花而生，卵形而尖，邊有鋸齒。果實味酸，立夏後熟，生者青色，謂之青梅；熟者黄色，謂之黄梅。麟按：緑萼梅與紅白梅，與結實者不同。結實者，花較後，緑、白、紅梅，只花而不實，結子甚小，不可食，花清香，老幹疏枝，文人所特愛。又一種黄者亦然，開近臘月，故有臘梅之名。攝，音式摺切，迫也，俗曰夾在也。因，音市斤切，仍也。饑，音飢，穀不熟也。饉，音僅，菜不熟也。師，音尸，軍之通稱，古軍旅以二千五百人爲師，《周禮》五旅爲師，今以步兵二旅，馬兵、礮兵各一團，工程、輜重各一營，軍樂一連爲一師，即舊制一鎮也。旅，音吕，軍之五百人爲一旅，今陸軍編制，以步兵二團爲一旅，即舊制一協也。又兵隊之通稱，此是。釋，音適，捨也。

校勘記：①“止”，原誤作“之”，今據李刻本、明翻宋本、汲古閣本改。

眩[一]弟竝淫，而危害厥兄。眩，惑也。厥，其也。言象爲舜弟，眩惑其父母，並爲淫泆之惡，欲共危害舜也。害，一作虞[二]。［補］曰：眩弟，猶惑婦也，言舜有惑亂之弟也。**疏曰：**（一）眩，音衒。竝，並本字，陛挺切，謂其相齊也。泆，音逸，放恣也，古與溢同，水滿而泛濫也。（二）虞，音愚，憂也，度也，備也。又安也，樂也。無害義，作害是。麟按：此原行文，故曰“眩弟”、“厥兄”也。

何變化以作詐[一]，後嗣而逢長？言象欲殺舜，變化其態，内作姦詐，使舜治廩，從下焚之；又命穿井，從上寘之，終不能害舜。舜爲天子，封象於有庳，而後嗣子孫，長爲諸侯也。一云：而後嗣逢長。《天對》云：象不兄龔[二]，而奮以謀蓋。聖孰凶怒，嗣用紹厥愛。［補］曰：《孟子》云：仁人之於弟[三]，不藏怒，不宿怨。封之有庳，富貴之也。**疏曰：**（一）詐，音滓亞切，欺也，僞也。嗣，音寺，繼也，續也，凡有統系而繼承之者，皆曰嗣。（二）龔，音恭，義同。奮，音僨，鳥張翼也，引申之，凡猛然用力，皆謂之奮。紹，音市擾切，繼也。（三）“仁人之於弟”諸句，見《孟子》中《萬章》篇上，惟“弟”下去“也”字。藏，音慈昂切，匿也。宿，音夙，留也。庳，音婢，屋卑也。有庳，古地名，今湖南道縣有庳亭。按：《水經注釋地》卷三十八、六頁八九行云：“應水又東南流，逕有庳墟南。王隱曰：‘應陽縣，本泉之北部，東五里有庳墟，言象所封也。’”惟“庳”作“鼻”，與《水經》所注小異。

成湯東巡，有莘爰極。有莘[一]，國名。爰，於也。極，至也。言湯東巡狩，至有莘國，以爲婚姻也。［補］曰：莘，所申切。**疏曰：**（一）有莘，在今陝西郃陽縣東南，今曰有莘里，即古莘國。《寰宇記》：“武王母太姒，即此國之女。”又在河南陳留縣東，伊尹耕於有莘之野，即此，實華陽渭涘之莘。又在山東曹縣北有莘城，亦古莘國，春秋城濮之戰，晉侯登有莘之墟以觀師，即此。或亦謂伊尹耕處。按：此有莘，以在陳留者爲是。婚姻，音昏因。娶婦曰婚，經史通作“昏”。姻，壻家也。妻父曰婚，壻父曰姻，今男女之家，皆曰姻。

何乞彼小臣，而吉妃是得？小臣[一]，謂伊尹也。言湯東巡狩[二]，從有莘氏乞匄伊尹，因得吉善之妃，以爲内輔也。［補］曰：《孟子》曰：伊尹耕於有莘之野[三]，湯三使往聘之。《史記》曰：阿衡欲干湯而無由(四)，乃爲有莘氏媵臣。《列女傳》云：湯妃，有莘氏之女(五)，明而有序。《左傳》以后稷(六)之妃爲吉人，與此吉妃同意。**疏曰：**(一)小臣，自稱謙詞，此指伊尹爲莘臣也。(二)巡狩。巡，音句，視也。狩，音獸，職也。巡狩者，巡迴視察諸侯職守也。乞，音欺乙切。匄，音蓋，皆求也。輔，音父，助也。(三)“伊尹耕於有莘之野”二句，見《孟子》中《萬章》篇上。聘，品去聲，訪也，耳聞其人而敬禮之，以幣帛致意也。(四)“阿衡欲干湯”二句，見上“緣鵠飾玉”疏。阿，尼歌切，倚也，古以爲官名，言所倚賴之人也，如阿衡、阿保。衡，音何彭切，平也。媵臣，媵，音孕，送也，以姪娣送女曰媵，有莘嫁女於湯，送以伊尹，故曰媵臣。(五)“湯妃，有莘氏之女”二句，俟考。(六)后稷，虞舜時農官。棄掌其事，因亦稱棄爲后稷，周之始祖也。母姜嫄，踐巨人之跡而有娠生子，以爲不祥，初欲棄之，因名棄。堯時爲農師，舜時爲后稷，十五傳而至武王，遂有天下。吉，音基一切，凶之對，善也，利也。

水濱之木，得彼小子。夫何惡之，媵有莘之婦？小子，謂伊尹。媵，送也。言伊尹母姙(一)身，夢神女告之曰：“臼竈生鼃，亟去無顧。”居無幾何，臼竈中生鼃，母去東走，顧視其邑，盡爲大水，母因溺死，化爲空桑之木。水乾之後，有小兒嗁水涯，人取養之。既長大，有殊才。有莘惡伊尹從木中出，因以送女也。一無“彼”字。[補]曰：濱，水際也。送女從嫁曰媵。《列子》曰：伊尹生乎空桑(二)。注云：伊尹母居伊水之上，既孕，夢有神告之曰：“臼水出而東走，無顧。”明日，視臼水出，告其鄰，東走十里，而顧視其邑，盡爲水，身因化爲空桑。有莘氏女子採桑，得嬰兒於空桑之中，故命之曰伊尹，而獻其君，令①庖人養之。長而賢，爲殷湯相。與注說小異，故并録之。**疏曰：**(一)姙，音任，又音壬，與妊同，身懷孕也。臼，音咎，舂米器也。古掘地爲臼，今以石爲之，名曰碓窩。竈，音躁，炊物之所也。鼃，音蛙，古文蛙字。溺，泥檄切，没也，死於水曰溺。空桑，古地名，今河②南杞縣西有空桑城，伊尹生於此，見《寰宇記》。乾，音干。嗁，古啼字。涯，音宜鞋切，又音鴉，水際也。長，上聲。殊，音蜀于切，異也。(二)“伊尹生乎空桑”諸句，見《列子》卷一《天瑞第一》。伊水，即今河南之嵩縣及伊陽也，亦稱伊川，或曰伊河，出河南盧氏縣東南悶頓嶺東北，流經嵩縣、伊陽、洛陽、偃師③，入於洛。庖人，官名，《周禮》天官之屬，掌膳脩之官也。庖，音蒲肴切。麟按：此空桑非地名，蓋謂化爲中空之桑木，伊尹自其内出也。

校勘記： ①“令”，原誤作“命”，今據李刻本、明翻宋本、汲古閣本改。②“河”，原誤作“湖”，今徑改。③“師”，原誤作“氏”，今徑改。

湯出重泉，夫何辠尤？重泉(一)，地名也。言桀拘湯於重泉，而復出之，夫何用罪法之不審也？［補］曰：辠，古罪字。尤，過也。《前漢志》(二)：左馮翊有重泉。《史記》曰：夏桀不務德，百姓弗堪，乃召湯而囚之夏臺，已而釋之。**疏曰：**（一）重泉，古地名，漢置縣，今改稱里，故城在今陝西蒲城縣南五十里，見《漢一統志》。（二）《前漢志》，即《地理志》，見《漢書》第二十八卷，各志之一。“左馮翊有重泉”，左馮翊，郡名，漢置，爲三輔之一，今陝西舊西安府北部，及舊同州府商州之地。《漢書》注：“馮，輔也。翊，佐也。”馮，音憑。翊，音弋。“夏桀不務德”諸句，見《史記》卷二《夏本紀第二》，“不務德”句下節去“而武傷百姓”五字。堪，音渴淹切，勝（平聲）也。囚，音習尤切，禁錮也。夏臺，夏時獄名，夏桀囚湯之處，在今河南鞏縣西南。麟按：重泉，在陝西；夏臺，在河南。夏都安邑，爲今河東道屬縣，當以夏臺爲是，或既出獄而往重泉歟？此謂湯雖獄，自重泉而出，緣何辠尤也？

不勝心伐帝，夫誰使挑之？帝，謂桀也。言湯不勝衆人之心，而以伐桀，誰使桀先挑之也？挑，一作祧(一)。［補］曰：帝謂帝履癸，即桀也。挑，徒了切。《倉頡篇》(二)云：挑，招呼也。《書》曰：造①攻自鳴條(三)，朕載自亳。《天對》云：湯行不類，重泉是囚。違虐立辟，實罪德之由。師憑怒以②割，癸祧而讎。**疏曰：**（一）祧，音挑，遠祖廟爲祧。（二）《倉頡篇》，《辭源》子集二〇九頁人部八畫：“古字書，秦相李斯作，取史籀大篆省改，所謂小篆也。然中多古字，漢時能通此書者已鮮，故宣帝時召齊人通倉頡説者，張敞從受之。《藝文志》又言：‘漢時閭里書師，合《倉頡》、《爰歷》、《博學》三篇，斷六十字以爲一章，凡五十五章，并爲《倉頡篇》。’則此非李斯之原本。”（三）“造攻自鳴條”諸句，見《書·伊訓》篇。《孟子》中《萬章》篇上作“天誅造攻自牧宫，朕載自亳”，與此小異。

校勘記： ①“造”，原誤作“告”，今據李刻本、明翻宋本、汲古閣本改。②“以”，原脱，今據李刻本、明翻宋本、汲古閣本補。

會鼂争盟，何踐(一)吾期？言武王(二)將伐紂，紂使膠鬲視武王師。膠鬲問曰：

欲以何日至殷？武王曰：以甲子日。膠鬲還報紂。會天大雨，道難行，武王晝夜行。或諫曰：雨甚，軍士苦之，請且休息。武王曰：吾許膠鬲以甲子日至殷，今報紂矣。吾甲子日不到，紂必殺之。吾故不敢休息，欲救賢者之死也。遂以甲子日朝誅紂，不失期也。一作會晁請盟。[補] 曰：鼂、晁，並朝夕之朝。《詩》云：肆伐大商(三)，會朝清明。注云：會，甲也。箋曰：會，合也。天期①已至，兵甲之强，師率之武，故今伐殷，合兵以清明。《書・牧誓》曰：時甲子昧爽，武王朝至于商郊牧野，乃誓。**疏曰：**（一）踐，音餞，履也，又實行也。麟按：争盟，頗難索解，以清明爲是，以會師之期適逢清明，何所爲也，乃實行踐前與膠鬲所言之日也。（二）武王，名發，文王子，周始王。《謚法》："止戈爲武。"膠鬲，紂臣。膠，音交，所以黏合器物者，以動物之皮角煮而成之。鬲，音歷，鼎屬，古時盛饌用鼎，常飪用鬲。《爾雅》："欵足者謂之鬲。"欵足，謂空足，鼎之足相去疏濶也。又音隔，讀多從隔音。盟，音萌，誓約也。（三）"肆伐大商"二句，見《詩・大明》篇。率，音律，一定之限制曰率。又同帥。《牧誓》，《書》篇名。誓，音逝，約束也，集將士而戒之曰誓，如《泰誓》、《牧誓》。昧爽，即昧旦，天將明未明之時也。昧，暮佩切，闇也。爽，霜上聲，明也。牧野，古地名。《通鑒地理今釋》："牧，一作坶，紂之南郊，在今河南淇縣南。"坶，與牧同。

校勘記：①"期"，原誤作"氣"，今據李刻本、明翻宋本、汲古閣本改。

蒼鳥羣飛，孰使萃之？蒼(一)鳥，鷹也。萃，集也。言武王伐紂，將帥勇猛如鷹鳥羣飛，誰使武王集聚之者乎？《詩》曰：惟師尚父(二)，時惟鷹揚也。蒼，一作倉。[補] 曰：《詩》注：鷹，鷙鳥也，如鷹之飛揚。按《詩》鷹揚指尚父，此云羣飛者，士以類從也。**疏曰：**（一）蒼，音倉，通倉，深青色。又髮斑白也。鷹，見《離騷》"鷙鳥之不"句疏。（二）"惟師尚父"二句，見《詩・大明》篇。尚父，即吕尚，相武王滅商，尊之爲師尚父。鷙，音至，鳥類之猛者曰鷙。

到擊紂①躬，叔旦不嘉。旦，周公名也。嘉，善也。言武王始至孟津(一)，八百諸侯不期而到，皆曰紂可伐也。白魚入於王舟，羣臣咸曰：休哉。周公曰：雖休勿②休。故曰：叔旦不嘉也。到，一作列。[補] 曰：《六韜》云：武王東伐，至於河上，雨甚雷疾。周公旦進曰："天不祐周矣！意者，吾君德行未備，百姓疾怨邪？故天降吾災，請還師。"太公曰："不可。"武王與周公旦望紂之陣，引軍止之。太公曰："君何不馳也?”周公曰：“天時不順，龜燋不兆，占筮不吉，妖而不祥，星變又凶，固旦待之，何可驅也?”《天對》云：頸紂黄鉞，旦孰喜之？余謂武王之事，太公佐之，伯夷諫之。佐之者，以救天下之溺；諫之者，以懲萬世之亂。武未盡善，叔旦不嘉，其意一也。《爾雅疏》曰：到者，自遠而至也。周公，武王弟，故曰叔旦。**疏曰：**（一）孟津，津名，在河南孟縣南，今曰河陽渡。孟，音暮更切。津，即因切，濟渡處也。休，音希優切，美善也，慶也。《六韜》，見前《國殤》“凌余陣兮”句疏。疾，截逸切，急遽也。災，音哉，水旱曰災。還，音旋。燋，音椒，又音樵，義同灼。麟按：即灼龜木也。《周禮》：“菙氏掌共燋契，以待卜筮。”兆，直擾切，灼龜坼也，古以龜卜視坼裂之文，以定吉凶，故凡以占驗吉凶者，皆謂之兆。占，支奄切，候也，視也，謂侯兆以知吉凶。筮，音誓，以蓍草占休咎之術也。妖，衣驕切，異也。鉞，音越，大斧也。伯夷，見後《橘頌》“行比伯夷”句注。按：此二句，叔謂遠往擊紂，適逢雷雨，不善。非事不善也，夷齊叩馬而諫，實以爲不善也。

校勘記：①“紂”，原誤作“朕”，今據李刻本、明翻宋本、汲古閣本改。②“勿”，原誤作“未”，今據李刻本、明翻宋本、汲古閣本改。

何親揆發足（一），周之命以咨嗟（二）？揆，度也。言周公於孟津揆度天命，發足還師而歸，當此之時，周之命令已行天下，百姓咨嗟歎而美之也。一無“何”字①，一曰周命咨嗟。**疏曰：**麟按：（一）足，《朱子集注》作“定”，雖較此爲是，要之皆難索解，闕疑可也。（二）咨，音資。嗟，發歎聲，即些切，歎詞。

校勘記：①“一無‘何’字”，原脱，今據李刻本、明翻宋本、汲古閣本補。

授殷天下，其位安施（一）？言天始授殷家以天下，其王位①安所施用乎？善施若湯也。位，一作德。《天對》曰：位庸茈（二）民，仁克莅之。**疏曰：**（一）施，宜叶拖。（二）茈，弼義切，與庇同，蔭也，覆也。莅，音利，與涖同，臨也。反成②乃亡，其罪伊（一）何？言殷王位已成，反復亡之，其罪惟何乎？罪若紂也。乃，一作及。**疏曰：**（一）伊，是也，彼也。罪，祚餒切，干犯法律也，有心爲之之失也。

校勘記：①“位”，原脱，今據李刻本、明翻宋本、汲古閣本補。②“成”，原誤作“存”，今據李刻本、明翻宋本、汲古閣本改。

争遣伐器，何以行(一)之？伐器，攻①伐之器也。言武王伐紂，發遣干戈攻伐之器，争先在前，獨何以行之乎？［補］曰：争遣伐器，謂羣后以師畢會也。**疏曰：**（一）行，宜叶杭。第一句，補解是。謂武王何德，能行動羣后，發征伐之器而争來也。

校勘記：①“攻”，原誤作“征”，今據李刻本、明翻宋本、汲古閣本改。

竝驅擊翼，何以將之？言武王三軍，人人樂戰，并載(一)驅載馳，赴敵争先，前歌後舞，鳧藻讙呼，奮擊其翼，獨何以將率之也？鳧藻讙呼，一云如鳥喿(二)呼。［補］曰：《六韜》云：翼其兩旁，疾擊其後。擊翼，蓋兵法也。**疏曰：**（一）載，音再，語助詞，則也。驅，音區，軍旅先行也。馳，音池，車馬疾行也。赴，音仆，趨也。鳧，音扶，水鳥，如鴨而小，俗謂野鴨，常棲息湖澤中，雄者毛羽甚麗，頸緑色，翼長，惟不甚迅速，能飛翔空中，爲十字形排列，體肥多脂，肉供食品，味甚美。藻，音早，水草之總稱。凡海菜之屬皆名海藻。大别爲紅藻、褐藻、緑藻三種。鳧藻，言得其所也。《後漢書・杜詩傳》：“將帥和睦，士卒鳧藻。”注言歡悦如鳧戲藻。讙，音歡，諠譁也。又與歡同，喜悦也。將，音漿，偕也。按：有統領之意。（二）喿，音蘇到切，鳥羣飛也，本作噪。①

校勘記：①此句上頁眉戴之麟題校補時地云：丁亥十二月十日午前，韓左个。己丑八月二十八日午前。庚寅二月十四日上午。

昭后成游，南土爰底。爰，於也。底，至也。言昭王(一)背成王(二)之制而出游，南至於楚(三)，楚人沈之，而遂不還也。［補］曰：《左傳》：齊侯(四)伐楚(五)，曰：“昭王南征而不復，寡人是問。”對曰：“昭王之不復，君其問諸水濱。”注云：昭王，成王孫，南巡狩涉漢，船壞而溺。《史記》：昭王之時(六)，王道微缺，南巡狩不返，卒於江上。其卒不赴(七)告，諱之也。成游，謂成南征之游，猶所謂斯游遂成也。底，音旨。**疏曰：**（一）昭王，康王子，名瑕。（二）成王，武王子，名誦。即位年幼，周公攝政，制禮作樂，營東都洛邑，周室之事大成。故謚曰成。（三）楚，見前《離騷》首句疏。

（四）齊桓公，見同上“齊桓聞以該輔”疏。桓公，齊侯也。（五）“齊侯伐楚”諸句，見《左・僖四年》“春正月，公會齊侯，盟于召陵”傳。（六）“昭王之時”諸句，見《史記》四《周本紀第四》。（七）赴，音敷務切，告喪也，後作訃。

厥利惟何，逢彼白雉（一）？厥，其也。逢，迎也。言昭王南游，何以利於楚乎？以爲越裳氏（二）獻白雉，昭王德不能致，欲親往逢迎之。［補］曰：《後漢書》曰：交阯（三）之南，有越裳國，周公居攝，越裳重（四）譯（五）而獻白雉。**疏曰：**（一）雉，直履切，鳥名，形狀習性與雞相類。雄者甚美麗，目赤，尾甚長。雌則否。棲息山野，食穀類嫩葉及蟲，漫及木稼，故爲害鳥。今沿漢吕后諱，雉曰野雞。白，殆其色白者異於常雉也。（二）越裳氏，古國名，安南，上古百粤之地。自秦漢至唐，入於中國版圖。宋以後爲藩國。明時嘗改爲行省，後仍爲藩屬。至清光緒十二年，爲法蘭西所併。（三）交阯，阯，一作趾，地名。昔唐堯南撫交趾，係指五嶺以南一帶之地而言。漢置交趾部，殆專指今安南北部之東京州至交趾之名稱。舊説謂足相鄉（即向）之義。按：古代希臘，稱世界人類，有①對住者（南北相對）、隣住者（東西相隣）等名。交阯，蓋即對住者之意，乃北方民族以之稱南方民族，謂一南一北，足趾相對，非真其人之足相鄉也。“交阯”諸句，見《後漢書卷八十六・南蠻西南夷列傳第七十六・南蠻》，係撮取。②（四）重，音從。（五）譯，翻也。俗曰繙譯。例如以中語文繙英語文，或以英語文繙中語文也。重譯者，謂偏方絶域，言語不通。必輾轉相譯，以得其意也。

校勘記：①“有”，原誤作“人”，今據《辭源》改。②此句上頁眉戴之麟題校補時地云：戊子二月八日上午，捄庭補録。

穆王（一）巧梅，夫何爲周流（二）？梅，貪也。言穆王巧於辭令，貪好攻伐，遠征犬戎，得四白狼、四白鹿。自是後夷狄不至，諸侯不朝。穆王乃更巧辭周流，而往説之，欲以懷來也。一云：夫何周流。梅，一作瑇。［補］曰：《方言》云：梅，貪也，亡改切，其字從手。賈生云：品庶每生，是也。《集韻》云：梅，母罪切，慙也。挴，母亥切，貪也。諸本作梅。《釋文》每磊切，其字從木，傳寫誤耳。瑇，玉名，音媒，亦非也。《左傳》云：穆王欲肆其心（三），周行天下，將必有車轍①（四）馬跡焉。祭公謀父（五）作《祈招》（六）之詩，以止王心，王是以獲没於祇宫（七）。《史記》云：周穆王得驥、温驪、驊騮、騄耳（八）之駟，西巡狩，樂而忘歸。徐偃王（九）作亂，造父（十）爲穆王御，長驅歸周以救亂(十一)。巧悔，言巧於貪求也。**疏曰：**（一）穆王，昭王子，名滿。即位時年已五十餘，又五十五年而崩。《書》有《君牙》、《冏命》、《吕刑》三篇，皆穆王之言。髦年欲肆其心，周行天下。（二）第二句，一本無何字。（三）“穆王欲肆其心”諸句，見《左・昭十二年》“伐徐”傳。“穆王”上有“昔”字，參看後《七諫・沈江》“偃王行其仁義兮”疏。（四）輒，宜作轍，車輪之迹也。與輒音同義異。輒，車耳也。又獨也，特也。猶即也，則也。又不動貌。（五）祭，音瘵，姓也。周公子祭伯後，謀父其名也。（六）《祈招》，逸《詩》篇名。（七）祇宫，在陝西華縣境。《穆天子傳》：“吉日丁酉，天子入于南鄭。”郭璞注云：“今京兆鄭縣也。”鄭縣即今華縣。《竹書紀年》（《紀年統箋》卷八）云：“穆王元年，築祇宫於南鄭。”②南鄭，今縣名，明清爲陝西漢中府治，今爲陝西漢中道治。本戰國秦邑，故褒國之附庸。鄭桓公死於犬戎，其民南奔，因稱南鄭。漢置縣。祇，音脂，與祗音奇異義。（八）驥至騄耳，皆良馬名。（九）徐偃王，周穆王時徐子稱王號，爲偃王。《水經注》：“偃王治國仁義著聞，欲舟行上國，乃導溝陳、蔡之間，得朱弓矢，以得天瑞，自稱徐偃王。江、淮諸侯從者三十六國。周王聞之，遣使至楚，令伐之，偃王愛民不鬬，遂爲楚敗。”（十）造父以御八駿之功，封趙城，爲趙國之祖。趙，今山西趙城縣。（十一）“周穆王得驥、温驪、驊騮、……歸周”諸句，見《史記卷五・秦本紀第五》。③

校勘記：①“輒”，明翻宋本、汲古閣本作“轍”。②此句上頁眉戴之麟題校補時地云：戊子六月二十八日午後，拺廳補録。③此句上頁眉戴之麟題校補時地云：戊子八月二十五日上午，拺左補録。

環理天下，夫何索求？環，旋也。言王者當修道德以來四方，何爲乃周旋天下，而求索之也？《天對》曰：穆懵(一)祈招，猖洋以游，輪行九野，惟怪之謀。［補］曰：穆王事見《竹書(二)・穆天子傳(三)》。後世如秦皇(四)、漢武(五)，託巡游以求神僊，皆穆王啓之也。志足氣滿，貪求無厭，適以召亂。**疏曰：**（一）懵，暮鄧切，悶也，心不明了也。（二）《竹書》即《竹書紀年》，見前《離騷》“乃遂焉而逢殃”疏。（三）《穆天子傳》，見同上“夕余至乎縣圃”疏。（四）秦，見前“離騷經章句第一”疏。秦皇，即始皇。姓吕名政，爲秦代之初帝，在位三十六年。（五）漢武，見前“楚辭補注卷第一”疏，與秦始皆好神仙者，補故謂爲穆王啓之也。厭，音煙，足也。

妖夫曳衒，何號于市？妖(一)，怪也。號(二)，呼也。昔周幽王(三)前世有童謡(四)曰：檿弧(五)箕服(六)，實亡周國。後有夫婦賣是器，以爲妖怪，執而曳(七)戮(八)之於市也。［補］曰：曳，牽也，引也。衒，熒絹切，行且賣也。曳衒，言夫婦相引，行賣於市(九)也。褒姒(十)事見《國語》(十一)。**疏曰：**（一）妖，音衣驕切，異也，孽也。（二）號，平聲。（三）周幽王，見前《離騷經》首句疏。（四）謡，音遥。凡憑虚構詞，謂之謡。（五）檿弧，山桑弓也。檿，音掩，山桑也。弧，音胡，木弓也。（六）箕服，箕當作萁，音支，草名，似荻而細。古者盛箭之器，以此草織之。服，音伏，承矢器也。（七）曳，音異。（八）戮，音六，辱也。（九）市，上聲。（十）褒姒，見下二句。（十一）《國語》，書名。周左邱明作，三國吴韋昭注。分國紀事，爲史之一體，《史通》謂之國語家。今本二十一卷。

周幽誰①誅，焉得夫褎②姒？褎(一)姒，周幽王后也。昔夏后氏之衰也，有二神龍止於夏庭而言曰：余褎之二君也。夏后布(二)幣(三)糈(四)而告之，龍亡而漦在，櫝而藏之。夏亡傳殷，殷亡傳周，比三代莫敢③發也。至厲王(五)之末，發而觀之，漦(六)流於庭，化爲玄黿(七)，入王後宫。後宫處妾(八)遇之而孕，無夫而生子，懼而棄之。時被戮夫婦夜亡，道聞後宫處妾所棄女啼聲，哀而收之，遂奔褎。褎人後有罪，幽王欲誅之，褎人乃入此女以贖罪，是爲褎姒，立以爲后，惑而愛之，遂爲犬戎(九)所殺也。［補］曰：藏，一作弆。弆即藏也。**疏曰：**（一）褎，國名，音報平聲。原作褒。夏禹分封之國，故城在今陝西褒城縣東南。（二）布，補誤切。陳列也。（三）幣，音獘，帛也。古爲餽贈之常物。（四）糈，音胥，糧也。又精米也。（五）厲王，穆王四世孫，名胡。用小人，行暴政，捕殺謗己者，國人襲之，出奔於彘。（六）漦，音時。龍所吐沫也。（七）黿，見前《河伯》"乘白黿兮逐文魚"疏。（八）處，上聲。處妾，未與人交之妾也。（九）犬戎，西戎總名。亦名畎夷。又名昆夷。《漢書》注引《山海經》："黄帝生苗龍，苗龍生融吾。融吾生弄明，弄明生白犬。白犬有二牝牡，是爲犬戎。"麟按："黄帝"數句，見本經貞集卷十七、七十四頁，無"二"字，注云："言自相配合也。"④

校勘記：①"誰"，原誤作"雖"，今據李刻本、明翻宋本、汲古閣本改。②"褎"，李刻本、明翻宋本、汲古閣本作"褒"。以下文疏證曰"原作褒"，今不改。③"敢"，原誤作"啓"，今據李刻本、明翻宋本、汲古閣本改。④此句上頁眉戴之麟題校補時地云：戊子二月十六日上午，韓左个。

天命反(一)側(二)，何罰(三)何佑(四)？言天道神明，降與人之命，反側無常，善者佑之，惡者罰之。**疏曰：**（一）反，甫晚切。轉也，覆也。（二）側，札色切，傾也。（三）罰，音伐。出金贖罪曰罰。又撻擊之也。（四）佑，音又，助也。麟按：此二句側與佑叶。佑有以音，側有起音。

齊桓九會(一)，卒然身殺(二)。言齊桓公(三)任管仲，九合諸侯，一匡天下。任豎(四)刁、易牙(五)，子孫相殺，蟲流出户。一人之身，一善一惡，天命無常，罰佑之不恒也。會，一作合。［補］曰：卒，終也。《論語》曰：桓公九合諸侯(六)，不以兵車，管仲之力也。《國語》曰：兵車之屬六(七)，乘車之會三。孫明復(八)《尊王發微》曰：桓公之會十有五，十三年會北杏(九)，十四、十五年會鄄(十)，十六、二十七年會幽①，僖元年會檉(十一)，二年會貫(十二)，三年會陽穀(十三)，五年會首止(十四)，七年會甯母(十五)，八年會洮(十六)，九年會葵丘(十七)，十三年會鹹(十八)，十五年會牡丘(十九)，十六年會淮(二十)是也。孔子止言其九者，蓋十三年會北杏，桓始稱霸，其功未見。十四年會鄄，又是伐宋諸侯。僖八年會洮，十三年會鹹，十五年會牡丘，十六年會淮者，有兵車，故僅言其會之盛者九焉。《史記》曰：管仲(二一)病，桓公問曰："易牙何如?"對曰："殺子以適君，非人情，不可。""開方何如?"曰："倍親以適君，非人情，難近。""豎刁何如?"曰："自宫以適君，非人情，難親。"管仲死，桓公卒近用三子，三子專權。桓公卒，易牙與豎刁殺羣吏而立公子無詭。桓公病，五公子各樹(二二)黨争立。及桓公卒，遂相攻，以故宫中莫敢棺。桓公尸在牀上六十七日，尸蟲出於户。無詭(二三)立，乃棺赴。按小白（桓公名）之死，諸子相攻，身不得歛，與見殺無異，故曰卒然身殺，甚之也。**疏曰：**麟按：（一）會，作合是。合，曷閤切。讀瞎，陽平。（二）殺，師瞎切，故叶。（三）齊桓公，參看前《離騷》"齊桓聞以該輔"疏。周莊王十一年，以兄襄公無道奔莒。襄公被殺，歸國即位。（四）豎，音樹。（五）易牙，亦作狄②牙。以滋味説齊桓公，桓公用爲寺人。或謂滋味爲殺其子爲之。（六）"桓公九合"二句，見《論語》下《憲問》篇。（七）"兵車之屬六"二句，見《國語》六《齊語》"桓公曰：'吾欲南伐'"傳。③（八）孫明復，名復。明復其字。宋平陽人，居泰山。以《春秋》教授，召爲國子監直講，遷殿中丞，與胡瑗不合，在大學常相避。瑗治經不如復，而教養諸生過之。著《尊王發微》十二篇。十三、十四、十五、十六、二十七等年，以文推之，均指魯莊公。（九）北杏，春秋齊地，在今山東東阿縣北。桓公以諸侯而主天下會盟之政，自北杏始。東阿，《漢書·地理志》："都尉治。"應劭曰："衛地也。有西故稱東。"屬東郡，縣名。以此約之，西阿當亦衛地。④（十）鄄，音絹，邑名，即鄄城。漢置縣，明廢。故城在今山東濮縣，曹操領兗州治此。（十一）檉，音赬。杜注《左氏》卷五《僖公上第五》元年八月“公會齊侯、……邾人于檉”傳注：“檉，宋地。陳國陳縣西北有檉城。”陳屬河南。[5]（十二）貫，音冠去聲。即貫城，地名，春秋宋邑。隋置蒙澤縣，故城在今山東曹縣南。（十三）陽穀，今縣名。春秋齊邑，隋置縣。清屬山東兗州府，今屬山東東臨道。（十四）首止，春秋衛地，今河南睢縣東南有首鄉，即首止。桓公率諸侯會王世子於此。（十五）甯母，春秋地名，今山東魚臺縣有泥母亭，即春秋甯母地。泥，讀如甯。甯，音佞，又與寧同。（十六）洮，音叨，水名，在今甘肅。一名巴爾西河，源出甘肅臨潭縣西北之西傾山東南，至縣治東南折，北流經岷縣、狄道、臯蘭入黄河。（按：當時桓公之力，恐不及此）（十七）葵丘，春秋齊地名，在今山東臨淄縣西。齊襄公使連稱、管至父戍葵丘者也。又爲宋地，今河南考城縣有葵丘聚，其地有盟臺，亦名盟臺鄉。即桓公會諸侯之地。（十八）鹹，音咸。《前漢書》二十七《五行志》十四頁五行文公“敗狄於鹹”注曰：“魯地。”[6]（十九）牡丘，春秋地名，在今山東茌平縣東北。（二十）淮，音懷，水名，古四瀆之一。源出河南省之桐柏山，東流入安徽境，瀦於江蘇、安徽之洪澤湖，其下游本由江蘇漣水縣入海。金元以來，黄河自淮陰縣清江入淮。淮水下流，遂爲黄河所占。清咸豐初，黄河北徙淮水下游，亦淤其幹流，遂自淮陰縣合於運河。此淮未詳所在。（二一）管仲，名夷吾，字敬仲。“管仲病”諸句，見《史記》三十二《齊太公世家第二》，係撮取。[7]（二二）樹，立也。五公子，公子雍、懿公、公子元、公子昭、公子潘。（二三）詭，音癸。《左傳》作虧。

校勘記：①“幽”，原誤作“淮”，今據李刻本、明翻宋本、汲古閣本改。②“狄”，原誤作“秋”，今據《中國人名大辭典》改。③此句上頁眉戴之麟題校補時地云：戊子五月十五日午前，捄左補録。④此句上頁眉戴之麟題校補時地云：己丑六月二十三日下午。⑤此句旁頁邊戴之麟題校補時地云：己丑四月十日午後，新庭。⑥此句上頁眉戴之麟題校補時地云：戊子五月十四日上午，捄左補録。⑦此句上頁眉戴之麟題校補時地云：戊子九月十九日上午，捄左補録。

彼王紂之躬，孰使亂惑？惑，妲己（一）也。**疏曰：**（一）妲，音怛。有蘇氏女，紂惑之，因亡。有蘇，見下“殷有惑婦，何所譏”疏。何惡輔弼，讒諂是服？服，事也。言紂憎輔（一）弼（二），不用忠直之言，而事用諂讒之人也。諂一作讇（三）。［補］

曰：服(四)，行也，用也。武王數紂曰："賊虐諫輔，崇信姦回(五)。"《莊子》(六)曰：好言人之惡謂之讒，希意導言謂之諂。**疏曰：**（一）輔，音父，助也。後世通稱宰相曰輔。（二）弼，音陛逸切，輔也。輔弼，宰相之稱謂，左輔右弼也。（三）讇，音義均同諂。（四）服，宜如補作用解。（五）回，邪也。（六）《莊子》，見前《離騷》"飄風屯其相離兮"疏。"好言人之惡"二句，見《莊子·雜篇·漁父》，原"希意"句在上，下云"不擇是非而言謂之諛"一句。①

校勘記：①此句上頁眉戴之麟題校補時地云：戊子先妣逝世五周日午後，韓左个。

比干何逆，而抑沈之？比干，聖人，紂諸父也。諫紂，紂怒，乃殺之剖其心也。［補］曰：抑(一)沈(二)，猶《九章》云情沈抑而不達也。**疏曰：**（一）抑，音億，按也，抑之使下也。（二）沈，音池淫切，没也。謂抑按而下至沈没也。雷開阿①順，而賜封之？雷開，佞人也，阿(一)順於紂，乃賜之金玉而封(二)之也。一云：雷開何順，而賜封金。**疏曰：**（一）阿，音厄歌切，比也，瞻徇也。（二）封，夫邕切。王者以土地與人，立爲諸侯曰封，引申之爲褒美之辭。麟按：封與沈叶，讀如分。②何聖人之一德，卒其異方？聖人，謂文王也。卒，終也。言文王仁聖，能純一其德，則天下異方(一)，終皆歸之也。［補］曰：文王順紂而不敢逆，武王逆紂而不肯順，故曰異方。或曰：下文梅伯受醢，箕子佯狂。此異方也。**疏曰：**（一）方，音坊，術也，法也。與下狂叶，當從或曰爲是。

校勘記：①"阿"，原誤作"何"，今據李刻本、明翻宋本、汲古閣本改。②此句旁頁邊、句上頁眉戴之麟題校補時地云：丁亥五月二十三日午前，韓左个。戊子九月五日午間，縣中校。

梅伯受醢(一)，箕子詳(二)狂(三)。梅伯，紂諸侯也。言梅伯忠直，而數諫紂，紂怒，乃殺之，葅醢其身。箕子見之，則被髮詳狂也。詳，一作佯。［補］曰：梅，音浼，紂諸侯號。《淮南子》曰：醢鬼(四)侯之女(五)，葅(六)梅伯之骸(七)。《史記》曰：箕子，紂親戚也(八)。紂爲淫泆，箕子諫不聽。或曰："可以去矣。"箕子曰："爲人臣，諫不聽而去，是彰[九]君之惡，而自說於民，吾不忍爲也。”乃被髮詳狂而爲奴[十]，遂隱而鼓琴[十一]以自悲。故傳之曰《箕子操》[十二]。詳，詐也，與佯同。**疏曰：**（一）醢，音海，肉漿也。又凡人物經臠割者皆曰醢。（二）詳，音習陽切。佯，音羊，詐也，僞爲狂者也。（三）狂，音渠王切，病也，猶言癡癲。（四）鬼，歸上聲，姓也。黄帝時有鬼臾區，此或其後歟？（五）“醢鬼侯”二句，見《淮南子》第二《俶真訓》。（六）菹，與葅同音，捉於切。酢菜也，俗謂之鹽菜。與齋義同，細切曰齋，全物曰葅。（七）骸，音諧，形體之總稱。（八）“箕子，紂親戚也”諸句，見《史記卷三十八・宋微子世家第八》，原文“箕子”下有“者”字，中間節去“紂始爲象箸，……不可振也”諸句。按：中間係指第一句下、第二句上。①（九）彰，音章，著也。（十）奴，音訥吾切，古罪人之女，從坐而没入於官，以給使役，謂之奴婢。後引申爲僕隸之稱。（十一）琴，音禽，樂器，伏羲所作。古爲五絃，後用七絃。長三尺六寸三分，損益之各爲徽識，而飾以金玉之圓點，謂之“徽”。全絃凡十三徽，以指按而彈之，凡十三音也。（十二）《箕子操》，操讀去聲，琴曲也。《風俗通》：“其遇悲塞幽愁而作者，命其曲曰操。言遇菑遭害，怨恨失意，猶守禮義也。”操，持守也。

校勘記：①此句上頁眉戴之麟題校補時地云：戊子八月十九日傍晚，球左補録。

稷維元子，帝何竺[一]之？元，大也。帝，謂天帝也。竺，厚也。言后稷之母姜[二]嫄[三]，出見大人之迹，怪而履[四]之，遂有娠[五]而生后稷。后稷生而仁賢，天帝獨何以厚之乎？竺，一作篤。一云帝何竺、鳥何燠，竝無“之”字。［補］曰：《爾雅》云：竺，厚也，與篤同。《詩》曰：厥初生民[六]，時維姜嫄。生民如何，克禋[七]克祀[八]，以弗無子。履帝武[九]敏[十]歆[十一]。攸[十二]介[十三]攸止。載震[十四]載夙[十五]。載生載育，時維后稷。注云：姜嫄之生后稷，乃禋祀上帝於郊[十六]禖[十七]，而得其福。《史記》曰：周后稷，名棄[十八]。其母有邰[十九]氏女，曰姜原。爲帝嚳元妃。姜原出野，見巨人迹。心忻[二十]然悦，欲踐之。踐之而身動如孕者，居期而生子。《左氏》曰：微子啓[二一]，帝乙之元子。説者曰：元子，首子也。姜嫄爲帝嚳元妃，生后稷。簡狄爲次妃，生契[二二]。故曰稷維①元子也。**疏曰：**（一）竺，音都沃切。（二）姜，基央切，姓。（三）嫄，音元。（四）履，音離矣切，踐也。（五）娠，音申，女妊身動也。（六）“厥初生民”諸句，見《詩・生民》篇。（七）禋，音因，又音煙，潔祀也。（八）祀，音似，祭也。（九）武，音舞，足跡也。（十）敏，音閔，足大指名。（十一）歆，音欣，動也。(十二)攸，音移囚切，所也。又語助詞。(十三)介，皆械切。(十四)震，音振，動也。(十五)夙，音宿，恭肅也。(十六)郊，音交，祭名，祀天地也。此引申爲祭。(十七)禖，音梅，古求子祭名，祀先禖之神也。(十八)“周后稷，名棄”諸句，見《史記卷四·周本紀四》。②(十九)郃，音胎，古國名。周先祖棄封此，在今陝西武功縣境。(二十)忻，音義同欣。(二一)“微子啓”句，見《魯哀九年》“夏，楚人伐陳”傳。詳宋版《春秋》二十九，三十三页。③(二二)契，音思孑切。契封於商，賜姓子氏。别作卨。

校勘記：①“維”，原誤作“爲”，今據李刻本、明翻宋本、汲古閣本改。②此句上頁眉戴之麟題校補時地云：戊子八月二十八日上午，捄左補録。③此句上頁眉戴之麟題校補時地云：戊子二月二十三日清辰，韓左个。

投之於冰上，鳥何燠之？投(一)，棄也。燠，温也。言姜嫄以后稷無父而生，棄之於冰(二)上，有鳥以翼覆薦(三)温之，以爲神，乃取而養之。《詩》曰：誕(四)寘(五)之寒冰，鳥覆翼之。燠，一作懊。［補］曰：燠，音郁，熱也，其字從火。懊(六)，貪也，無熱義。《詩》曰：不康禋祀(七)，居然(八)生子。誕寘之隘(九)巷，牛羊腓(十)字(十一)之。誕寘之平林，會伐平林。誕寘之寒冰，鳥覆翼之。鳥乃去矣，后稷呱(十二)矣。注云：大鳥來，一翼覆之，一翼藉之。《史記》曰：初欲棄之(十三)，因名曰棄。及爲成人，遂好耕農。帝堯聞之，舉爲農師。逸云：后稷無父而生。按：稷以帝嚳爲父。特姜嫄感巨迹而生，有神靈之徵(十四)耳。天命玄鳥，降而生商。亦猶是也。**疏曰：**(一)投，音頭，擲也。(二)冰，卑膺切，水遇寒而凝也。(三)薦，音即宴切，藉也。又藁曰薦。(四)誕，音但，發語詞。(五)寘，音至，置也。(六)懊，音襖，有所恨也。康，樂也，安也。(七)“誕寘①之寒冰”及“不康禋②祀”各句，見《詩·生民》篇。(八)居然，安然也。今謂事之效果非初意所及者曰居然。(九)隘，音倚賣切，陋也。又狹也。(十)腓，音肥。(十一)字，乳也。(十二)呱，音姑，小兒啼聲也。(十三)“初欲棄之”諸句，見《史記四·周本紀第四》，“曰棄”下節去“棄爲兒時”二十一字，“耕農”之下節“相地之宜”十五字。③(十四)徵，音增，證也。

校勘記：①“寘”，原誤作“置”，今據前文改。②“禋”，原誤作“煙”，今據前文改。③此句上頁眉戴之麟題校補時地云：戊子九月十八日上午，捄左補録。

何馮弓挾矢，殊能將之？馮，大也。挾，持也。言后稷長大，持大强弓，挾箭矢，桀(一)然有殊(二)異，將相之才。馮，一作憑。［補］曰：此與下文相屬，馮如馮珧之馮。武王多才多藝，言馮弓挾矢，而將之以殊能者，武王也。《天對》云：既岐①(三)既嶷(四)，宜庸(五)將焉。用逸説也。**疏曰：**此當以補解爲是。（一）桀，音義同傑，雋桀也。與《謚法》"賊人多殺曰桀"異。（二）殊，音蜀於切，絶也。（三）岐，音奇，峻也。（四）嶷，音宜，又音逆，峻茂之貌。謂后稷幼時已頭角嶷然，異於常兒也。（五）庸，音容，用也。麟按：此即逸説，姑解之仍宜從補解，合下二句言之。既驚帝切激，何逢長之？帝，謂紂也。言武王能奉承后稷之業，致天罰，加誅於紂，切激(一)而數(二)其過，何逢後世繼嗣之長也。驚，一作敬。切，一作功。［補］曰：此言武王伐紂，震驚而切責之，不顧君臣之義。惟紂無道，故武王能逢天命以永其祚(三)也。**疏曰：**（一）激，音擊。言論過直曰激。（二）數，上聲。（三）祚，音胙，歲也。

校勘記：①"岐"，明翻宋本、汲古閣本作"歧"。後文凡從李刻本作"岐"而他本皆作"歧"者，徑從李刻本不出校。

伯昌号衰，秉鞭作牧。伯昌，謂文王也。秉(一)，執也。鞭(二)以喻政。言紂號令既衰，文王執鞭持政，爲雍州(三)(四)之牧也。［補］曰：号與號同。《孔叢子》(五)：羊客(六)問於子思(七)曰："古之帝王，中分天下，而二公(八)治之，謂之二伯(九)。周自后稷封爲王者之後，子孫據國，至太王、王季，皆爲諸侯矣，焉得爲西伯乎？"子思曰："吾聞殷王帝乙(十)之時，王季以九命(十一)作伯，受圭(十二)瓚(十三)秬(十四)鬯(十五)之賜，故文王因之，得專征伐。此以諸侯爲伯，猶周(十六)、召(十七)之君爲伯也。"《西伯戡(十八)黎(十九)》注云：文王爲雍州之伯。《史記》：紂以西伯爲三公(二十)(二一)，賜弓矢斧(二二)鉞(二三)，使得專征伐。《周官》(二四)曰：牧(二五)以地得民(二六)。**疏曰：**（一）秉，音丙。（二）鞭，音編，馬策也。此喻掌政權也。（三）雍州，古九州之一。《書》："黑水西河爲雍州。"應劭曰："雍，壅也。"四面有山，壅塞爲固也。又爲西北之位，陽所不及，陰所壅閼也。今陝西、甘肅二省及青海額濟納之地皆是。惟陝西之舊漢中、興安、商州，甘肅之舊階州爲古梁州域。東晉南朝嘗僑置雍州於湖北襄陽，西魏改爲襄州。（四）雍，去聲。（五）《孔叢子》，書名。舊題陳勝博士孔鮒撰，凡二十一篇。末爲《連叢子》上下二篇，題漢孔臧撰，凡三卷。皆後人依託之書，因亦綴合孔氏遺文，故自來書目皆著録。叢，音從。（六）“羊客”諸句，見《孔叢子》卷上《居衛第七》，但原文未言羊客何國人。[①]（七）子思，孔子孫，名伋。（八）公，姑翁切。五等爵之第一等曰公。（九）伯，音百。五等爵之第三位曰伯。麟按：此謂長也。（十）帝乙，太丁子，紂之父，在位三十七年。（十一）九命，周之官秩，自一命至九命，凡九等。上公九命爲伯，侯伯七命，子男五命。王之三公八命，其卿六命，其大夫四命，公之孤四命，其卿三命，其大夫再命，其士一命。侯伯之卿大夫士亦如之。子男之卿再命，其大夫一命，其士不命。凡宫室、車旗、衣佩、禮儀，各視其命之數。見《周禮·典命》。（十二）圭，姑睽切。玉之剡上方下者。國有大事，執以爲瑞信之物。亦謂之瑞玉。形制大小，因爵位及所用之事而異。有大圭、鎮圭、信圭、桓圭、琬圭之别。（十三）瓚，字岸切，禮器。祼祭所用之勺也。以圭爲柄曰圭瓚，以璋爲柄曰璋瓚，統名曰玉瓚。其勺大小不同，而制無大異。（十四）秬，音巨，黑黍也。（十五）鬯，音悵，祭祀所用酒也。以鬱金釀秬黍爲之，謂之秬鬯。（十六）周，周公，名旦。（十七）召，召公，名奭。（十八）戡，音堪，克也，勝也。（十九）黎，音犂，種族名。即後漢之俚人，粵俗呼山嶺爲黎，俚人居其中，因譌爲黎。今居瓊州之五指山，其在廣西者，亦稱狸，見《廣東通志》。麟按：當時中國威力，地域不能及如是之遠杳。黎之外有黎州，今四川清溪縣。黎城，今山西潞安府。黎陽，今河南濬縣。黎之爲黎，西伯所戡，以上爲是。究屬何黎，懸不可揣也。（二十）三公，《書》立太師、太傅、太保，兹惟三公，此周之三公也。西漢以大司馬、大司徒、大司空爲三公。東漢以太尉、司徒、司空爲三公。（二一）“紂以西伯爲三公”諸句，見《史記卷三·殷本紀第三》，原文第一句作“以西伯昌、九侯、鄂侯爲三公”，中節去“九侯……紂乃許之”諸句，本句下有“爲西伯”三字。[②]（二二）斧，音甫，兵仗也。（二三）鉞，音越，大斧也。（二四）《周官》，即《周禮》，見前“折瓊枝以爲羞兮”疏。（二五）牧，音目。官名，州長也。《禮》：“九州之長，入於天子之國曰牧。”故相沿稱知州曰牧。（二六）“牧以地得民”，見《周禮注疏》卷二《太宰》“以九兩”節。

校勘記：①此句上頁眉戴之麟題校補時地云：己丑三月十七日夜，新庭。②此句上頁眉戴之麟題校補時地云：戊子八月十八日上午，球左補録。

何令徹彼岐社，命有殷國？徹（一），壞也。社（二），土地之主也。言武王既誅紂，令壞邠（三）岐之社，言已受天命而有殷國，因徙以爲天下之大社也。一云：命有殷之國。［補］曰：此言文王秉鞭作牧以事紂，而武王伐殷以有天下也。《論語》曰：三分天下有其二(四)，以服事殷，周之德可謂至德也已矣。謂文王也。《詩》曰：廼(五)立冢(六)土(七)，戎(八)醜(九)攸行。冢土，大社，美太王之社，遂爲大社也。《記》曰：王爲羣姓立社，曰大社(十)。岐在右扶風(十一)美陽(十二)中水鄉，因岐山(十三)以名，太王自豳遷焉。**疏曰：**（一）徹，音敕揭切。（二）社，市野切。（三）音郴、彬，見《離騷》"夕余至乎西極"疏。（四）"三分天下"諸句，見《論語》上《泰伯》篇。（五）廼，音義同乃。（六）冢，音拄勇切，封土爲社也。諸侯立社曰國社。（七）"廼立冢土"諸句，見《詩·緜》篇。（八）戎，音如融切，西方曰戎。（九）醜，音丑，類也，衆也。（十）"王爲羣姓立社，曰大社"，見《禮記·祭法第二十三》。① （十一）右扶風，郡名。漢置爲三輔之一，今陝西關中道西部之地。《漢書》注："扶，助也。風，化也。"參看前"胡終弊於有扈"疏。（十二）美陽，《前漢書》二十八上《地理志》縣志屬"右扶風"注云："《禹貢》岐山在西北中水鄉，周太王所邑。有高泉宮，秦宣太后起也。"② （十三）岐山，見前《九歌·大司命》"導帝之兮九坑"疏。

校勘記：①此句上頁眉戴之麟題校補時地云：丁亥七夕午前，韓左个。②此句旁頁邊戴之麟題校補時地云：戊子七月十四日上午，捄左補録。

遷藏就岐，何能依？言太王始與百姓徙其寶藏(一)，來就岐下，何能使其民依倚而隨之也？太王，一作文王。［補］曰：按《詩》云：度其鮮(二)原，居岐之陽(三)。注云：文王謀居善原廣平之地，亦在岐山之南。《説文》云：岐，周文王所封也。然太王居邠，狄(四)人侵之，始邑於岐山之下，則遷藏就岐，蓋指太王也。《天對》曰：踰(五)梁(六)橐囊，羶仁蟻萃。**疏曰：**（一）藏，字浪切，藏物之所曰藏。麟按：即《孟子·梁惠》篇觀之，遷藏就岐，當屬太王。（二）鮮，平聲。（三）陽，山南也。（四）狄，音敵，北方種族名。（五）踰，音俞，通作逾，越也。（六）梁，音良，山名，在今陝西乾縣西北。"度其鮮原"二句，見《詩·皇矣》篇。殷有惑婦，何所譏？惑婦，謂妲己也。譏，諫也。言妲己惑誤於紂，不可復譏諫也。［補］曰：《國語》曰：殷辛伐有蘇(一)，有蘇氏以妲己女(二)焉(三)。**疏曰：**（一）蘇，音速烏切。有蘇，古國名，《路史》己姓國，今河南濟源縣西北有古蘇城，即紂伐處。（二）女，去聲，以女與之也。（三）"殷辛伐有蘇"二句，見《國語七·晉語一》"獻公伐驪戎"傳。①

校勘記：①此句上頁眉戴之麟題校補時地云：戊子五月十五日午前，捄左補録。

受賜兹醢，西伯上告。茲，此也。西伯，文王也。言紂醢梅伯，以賜諸侯，文王受之，以祭告語於上天也。［補］曰：《史記》：紂醢九侯(一)，脯(二)鄂(三)侯，西伯聞之竊歎，紂囚西伯羑里(四)。**疏曰：**（一）九侯，見前《離騷》“殷宗用而不長”疏。（二）脯，音甫，乾肉也。古者殺人，或以其骨肉爲脯，醢爲最酷之刑也。（三）鄂，音諤，殷時國名。一、春秋楚邑名，今湖北武昌縣。二、晉邑名，今山西寧山縣境。麟按：以山西之鄂爲近。（四）羑里，古地名，今河南湯陰縣有牖城。《漢書·地形志》云即羑里。字音相近，古通用也。羑，音酉。“紂醢九侯”諸句，係節録，見《史記卷三·殷本紀第三》。[①]麟按：《漢書》第二十八卷係《地理志》，無《地形志》之稱，“湯陰”作“蕩陰”。[②]何親就上帝，帝罰殷之命以不救？上帝，謂天也。言天帝親致紂之罪罰，故殷之命不可復[③]救也。一云：上帝之罰。［補］曰：此言紂爲無道，自致天討，故不可救也。《天對》云：孰盈癸惡(一)，兵躬殄(二)祀。**疏曰：**此解以補爲是。（一）癸，夏桀名。此明言殷之命，當曰紂辛，乃言癸惡，《天對》大誤。（二）殄，音填，上聲，絶也。

校勘記：①此句上頁眉戴之麟題校補時地云：戊子八月十八日上午，捄左補録。②此句上頁眉戴之麟題校補時地云：戊子四月二十日上午，院左終校。③“復”，原誤作“挽”，今據李刻本、明翻宋本、汲古閣本改。

師望在肆，昌何識？師望，太公也。昌，文王名也。言太公在市肆(一)而屠，文王何以識知之乎？識，一作志(二)。［補］曰：識與志同。**疏曰：**麟按：（一）肆，音四，陳貨鬻物之所。（二）志，又同誌，記也，此當解作認識之識，入聲，叶上聲。鼓刀揚聲，后何喜？后，謂文王也。言吕(一)望鼓刀在列肆，文王親往問之，吕望對曰：“下屠(二)屠牛(三)，上屠(四)屠國(五)。”文王喜，載與俱歸也。《天對》曰：奮力屠國，以髀(六)髖(七)厥商。**疏曰：**（一）吕，太公姓也，音旅。（二）屠，音徒，宰殺牲畜者謂之屠。下屠屠字，謂人也。（三）屠牛屠字，宰殺也。（四）上屠屠字，喻宰輔也。（五）屠國屠字，喻宰治國家也。（六）髀，音俾，股也。又膝上之大骨也，上端如杵，接於髀樞，下端如鎚，接於骱骨，見《刺灸心法》。（七）髖，音寬，髀上骨也。亦作臗。在軀幹下部，連接兩股之端者。《刺灸心法》：“骨盤之面也，其與髀骨相連處名曰髀樞。”麟按：此喻言分割商紂也。

武發殺殷，何所悒？言武王發欲誅殷紂，何所悁(一)悒而不能久忍也？［補］曰：悒，音邑，憂也，不安也。《天對》云：發(二)殺曷逞(三)，寒民于烹。**疏曰：**（一）悁，音娟，忿也。又憂也。（二）發，周武王名。（三）逞，平聲。言何所忿憂也。載尸集戰，何所急？尸，主也。集，會也。言武王伐紂，載文王木主(一)，稱太子(二)發，急欲奉行天誅，爲民除害也。［補］曰：《史記》：武王東觀兵至於盟津(三)(四)，爲文王木主，載以車中軍。武王自稱太子發，言奉文王以伐，不敢自專。［補］曰：《記》云：祭祀之有尸也(五)，宗廟之有主也，示民有事也。主有虞主(六)、練主(七)。尸，神象①也，以人爲之。然《書序》云：康王(八)既尸天子，則尸亦主也。**疏曰：**（一）木主，即今人書已死人之姓名於其上者也。以木爲之，名曰牌位。（二）太子，周時天子及諸侯之嫡子。或謂太子，或稱世子。秦漢仍之，金元時天子之庶子亦稱太子，如四太子兀朮之類是也。明以後天子之嫡子稱皇太子，親王之嫡子稱世子。（三）盟津，即孟津，見前“到擊紂躬”疏。尸，讀如詩。（四）“武王東觀兵”諸句，見《史記四·周本紀四》。②（五）“祭祀之有”諸句，見《禮·坊記第三十》。（六）虞主，虞祭所立之主也。《公羊傳》：“虞主用桑，練主用栗。”此二句見《公羊》第一册《文公二年》“丁丑，作僖公主”傳。③練，連去聲，古喪服小祥，主人練冠，故小祥之祭亦曰練。（七）練主，或練祭所爲之木主也。（八）康王，名釗，成王子。能修文武之業，刑措不用四十餘年，稱盛世焉。

校勘記：①“象”，原作“像”，今據李刻本、明翻宋本、汲古閣本改。②此句上頁眉戴之麟題校補時地云：戊子九月十八日上午，捄左補録。③此句上頁眉戴之麟題校補時地云：己丑後七月五日午後。

伯林雉經(一)，維其何故？伯，長也。林，君也。謂晉(二)太子申生(三)爲後母驪姬所譖，遂雉經而自殺。一無“何”字。［補］曰：《左傳》：晉獻公(四)伐驪戎(五)，驪戎男女以驪姬，歸，生奚齊。驪姬嬖(六)，欲立其子。使太子居曲沃(七)，姬謂太子曰：“君夢齊姜(八)，必速祭之。”太子祭於曲沃，歸胙(九)於公。姬毒而獻之，泣曰：“賊由太子。”太子奔新城(十)，十二月戊申，縊於新城。《國語》云：雉經於新城之廟(十一)。注云：雉經，頭槍(十二)而懸死也。**疏曰：**（一）雉經，《釋名》：“屈頸閉氣，如雉之爲也。”經，去聲。（二）晉，音即印切，國名。周武王封弟叔虞於唐，其子徙居晉。在今山西太原縣東北，春秋時奄有今山西平陽、太原以東及直隸廣平、大名之地，後爲大夫韓、趙、魏三家所分，今稱山西省曰晉以此。（三）申生事，見《左・莊公二十八年》“晉伐驪戎”及《僖四年》“初，晉獻公”諸傳。[①]（四）獻公，名詭諸，武公子，在位三十六年。（五）驪，音離。驪戎，周時國名，姬姓。今陝西臨潼縣有驪戎城，故驪戎國。（六）嬖，音閉，賤而得君之寵幸曰嬖。（七）曲沃，地名，春秋晉地。《漢書》："河東郡聞喜，故曲沃。"即今山西聞喜縣。東周之初，晉昭侯封其叔父成師於曲沃，後遂代有晉國。（八）齊姜，申生生母也。（九）胙，音祚，祭肉也。（十）新城，《辭源》卯集斤部九畫："地名，在今河南商邱縣，原宋地，殆后併於晉也。"餘郡縣名均與此不合，考《左傳快讀・僖四年》"晉侯殺其世子申生，太子奔新城"句注，新城即曲沃。[②]（十一）"雉經"句，見僖四年《晉語》"反自稷桑"傳，"雉經"上有"申生乃"三字。謂"《漢書》：'河東'"諸句，係指第二十八卷《地理志》。[③]（十二）槍，音鏘，抵也。

校勘記：①此句上頁眉戴之麟題校補時地云：戊子五月二十二日上午，捄左補録。②此句上頁眉戴之麟題校補時地云：戊子六月十二日午前，捄左補録。③此句上頁眉戴之麟題校補時地云：丁亥七月八日午前，韓左个。

何感天抑(一)墜，夫誰畏懼？言驪姬讒殺申生，其冤感天，又讒逐羣公子(二)，當復誰畏懼也？墜，一作墬，一作墜。[補] 曰：墜即地字。《左傳》云：狐突(三)(四)適下國，遇太子曰："夷吾無禮，余得請於帝矣。"又曰："帝許我罰有罪矣，敝於韓(五)。"此言申生之冤感天抑地，而誰畏懼之乎？**疏曰：**（一）抑，音億，屈也。感天抑地，即俗謂冤天屈地也。（二）羣公子，即惠公夷吾、文公重耳。（三）狐突，晉大夫。（四）狐突事，見《左・僖公十年》"晉侯改葬共太子"傳。（五）韓，音寒，即韓原，地名。《括地志》云："同州韓城縣南。"爲古韓國，今屬陝西。在山西河津、萬泉之間。

皇天集命，惟何戒之？言皇天集禄命而與王者，王者何不常戒慎而畏懼也？[補] 曰：《詩》云：天鑒(一)在下(二)，有命既集。此言何所戒慎而致天命之集也。**疏曰：**（一）鑒與鑑同，音監，照也。（二）"天鑒在下"二句，見《詩・大明》篇。受禮天下，又使至代之？言王者既已修行禮義，受天命而有天下矣，又何至使異姓代之乎？一無"又"字。代(一)，一作伐。[補] 曰：受禮天下，言受王者之禮於天下也。有德則興，無德則亡，三代之王，是不一姓，可不慎乎？**疏曰：**（一）代與戒叶，作伐非。

初湯臣摯(一)，後茲承輔。言湯初舉伊尹，以爲凡(二)臣耳。後知其賢，乃以備輔(三)翼(四)承(五)疑(六)，用其謀也。承，一作丞。［補］曰：《孟子》曰：湯之於伊尹(七)，學焉而後臣之。於此異者，此言伊尹初爲媵臣，後乃以爲相耳。孟子言湯尊德樂道，不以臣禮待之也。**疏曰：**（一）摯，伊尹名。（二）凡，音符感切，庸也。輕微之稱。（三）輔，官名。師保疑丞，謂之四輔。又府史胥徒也。參看前《離騷》“齊桓聞以①該輔”及上“何惡輔弼”疏。（四）翼，音弋，輔也。（五）承，池蠅切。與丞通，佐也。（六）疑音宜，四輔之一。前曰疑，後曰丞，見《尚書大傳》。朱子曰：“疑者，想是有疑即問之義。”合左輔右弼爲四輔。（七）“湯之於伊尹”諸句，見《孟子》上《公孫丑》章下。何卒官湯，尊食宗緒？卒，終也。緒，業也。言伊尹佐(一)湯命，終爲天子，尊(二)其先祖，以王者禮樂祭祀，緒業流於子孫。《天對》云：湯摯之合，祚以久食。［補］曰：官湯，猶言相湯也。尊食，廟食也。**疏曰：**（一）佐與相義近。（二）尊，音祖温切。

校勘記：①“以”，原誤作“欲”，今據前文改。

勳闔夢生，少離散亡。勳(一)，功也。闔，吴王闔廬也。夢，闔廬祖父壽夢也。壽夢卒，太子諸樊立。諸樊(二)卒，傳弟餘祭。餘祭卒，傳弟夷末。夷末卒，太子王僚(三)立。闔廬，諸樊之長子也。次不得爲王，少離散亡放在外，乃使專設①諸刺王僚，代爲吴王。子孫世盛，以伍子胥(四)爲將(五)，大有功勳也。［補］曰：《史記》：吴壽夢卒(六)，有子四人：長諸樊，次餘祭，次夷昧，次季札(七)。公子光者，諸樊之子也。以爲吾父兄弟四人，當傳至季子，季子即不受國，光父先立，即不傳季子，光當立。遂弑(八)王僚，代立爲王，是爲吴王闔廬。《天對》云：光徵夢祖，憾離以厲。傍(九)偟(十)激覆，而勇益德邁。**疏曰：**（一）勳，音薰。（二）樊，音凡。（三）僚，音聊。（四）伍子胥，春秋時楚人，名員。父奢兄尚，爲平王所殺，子胥奔吴，中道乞食。卒佐吴伐楚入郢，時平王已卒，乃掘其墓，出其尸，鞭之三百。後吴敗越，越王句踐請和，夫差許之，子胥諫不聽，太宰嚭讒之，夫差使使賜子胥屬鏤之劍，子胥告其舍人曰：抉吾眼，懸吴東門之上，以觀越寇之入滅吴也。夫差聞之大怒，取子胥尸，盛以鴟夷革(十一)浮之江。後九年，越滅吴。見《史記·吴世家》及《越王句踐世家》。②（五）將，去聲。（六）“吴壽夢卒”諸句，見《史記》三十一《吴太伯世家第一》，非原文，間有節去。（七）札，音紮。（八）弑，音試，下殺上也。（九）傍，音蒲昂切。（十）偟，音皇。猶徘徊也。一作彷徨，音義同。（十一）子胥鴟夷，參看後《涉江》“伍[3]子逢殃”疏。

校勘記：①“設”，原脱，今據李刻本、明翻宋本、汲古閣本補。②此句上頁眉戴之麟題校補時地云：戊子九月十九日上午，捄左補録。③“伍”，原誤作“吴”，今據後文改。

何壯武厲，能流厥嚴？壯，大也。言闔廬少小散亡，何能壯[1]大厲其勇武，流其威嚴也。［補］曰：闔廬用伍子胥、孫武[一]，破楚入郢[二]。**疏曰：**（一）孫武，春秋時齊人，以兵法見吴王闔廬，用爲將。西破强楚，北威齊晉，遂霸諸侯。著《孫子》十三篇，爲兵家所祖。（二）郢，見前《離騷》“帝高陽之苗裔兮”疏。麟按：此指平王所城之郢。

校勘記：①“壯”，原誤作“長”，今據李刻本、明翻宋本、汲古閣本改。

彭鏗斟雉，帝何饗？彭鏗，彭祖也。好和滋味，善斟雉羹[一]，能事帝堯，堯美而饗食之。［補］曰：斟，勺也，諸深切。鏗，可衡切。饗有香音。《神仙傳》[二]云：彭祖姓籛名鏗[1]，帝顓頊[三]之玄孫[四]，善養性，能調鼎，進雉羹於堯，堯封於彭城[五]。歷夏經殷至周，七百六十七歲而不衰。籛，音翦。**疏曰：**（一）羹，音庚。湯之和味而雜以菜蔬肉臛者也。（二）《神仙傳》，書名，晉葛洪撰。所録八十四人，惟容成公與彭祖二條，與《列仙傳》重出，餘皆補《列仙傳》所未載，凡十卷。（三）顓頊，見上“康回憑怒”疏。（四）玄孫，曾孫之子也。《爾雅》注：“玄者，言親屬微昧也。”（五）彭城，縣名。古大彭氏之地。秦置縣，元廢。今江蘇銅山縣治。又郡名，本兩漢彭城國，南朝劉宋爲郡，唐廢。故城即銅山縣治。

校勘記：①“鏗”下，原衍“上古陸終氏之子”一句，今據李刻本、明翻宋本、汲古閣本删。

受命永多，夫何久長？言彭祖進雉羹於堯，堯饗食之以壽考。彭祖至八百歲，猶自悔不壽，恨枕高而唾遠也。［補］曰：《莊子》曰：彭祖得之[一]，上及有虞[二]，下及五伯[三]。又曰：吹呴[四]呼吸[五]，吐故納新，熊經[六]鳥伸[七]，爲壽而已矣。此導引之士，美形之人，彭祖壽考者之所好也。《天對》云：鏗羹於帝，聖孰嗜味。夫死自暮，而誰饗以俾壽。**疏曰：**（一）“彭祖得之”諸句，見《莊子·大宗師》篇。（二）有虞，見上“舜閔在家”疏。（三）五伯，見後《抽思》“望三五以爲像兮”疏二。（四）呴，音吁，與嘔同。嘘吹之也。（五）“吹呴呼吸”諸句，見《莊子》上八《刻意》篇。（六）熊經，或即導引之法，所謂熊戲，所以養生已病也。華佗語弟子吴普曰：“熊戲者，正仰，以兩手抱膝下，舉頭，左辟地七，右亦七。蹲地，以手左右托地。”（七）鳥伸，伸，一作申。若鳥之嚬呻，言道家鍊氣時之狀也。

中央共牧，后何怒？牧，草名也，有實。后，君也。言中央之州，有歧首之蛇，争共食牧草之實，自相啄(一)噬(二)。以喻夷狄相與忿争，君上何故當怒之乎？牧，唐本作牧（牧、牧同，不知何以有此。），注同，一作枚。［補］曰：《爾雅》曰：中有枳(三)首蛇焉。枳首，歧頭蛇也。《韓非子》(四)曰：蟲有螝者(五)，一身兩口，争食相齕，遂相殺也。《古今字詁》(六)云：螝，古虺(七)字。《天對》云：螝齧已毒，不以外肆。**疏曰：**（一）啄，音都屋切。又竹角切。（二）噬、齧同，音臬。（三）枳，音紙。（四）《韓非子》，見前《離騷》“摯臯陶而能調[①]”疏。（五）“蟲有”四句，見《韓非子·説林下第二十三》，“螝”原作“就”，注云：“或作蚘。”蚘，音蛔，人腹中長蟲也。螝，音潰。就，無蟲義，殆蚘之訛歟？[②]（六）《古今字詁》，後魏清河人張揖著。《中國人名大辭典》九五五頁本傳謂其已佚，《玉函山房輯佚書》總目經編小學類，是書一卷，不言已失。[③]（七）虺，音卉，毒蛇也。大者長八九尺，扁頭大眼，色如土，見人則昂頭逐之，性極毒。見《蟲薈》。《蟲薈》，見前《九歌·湘夫人》“麋何爲兮庭中”疏。

校勘記：①“調”，原誤作“通”，今據前文改。②此句上頁眉戴之麟題校補時地云：己丑三月二十八日午前，終校新庭。③此句上頁眉戴之麟題校補時地云：戊子五月六日上午，救左補録。

螽蛾微命，力何固？言螽蛾有蛪毒之蟲，受天命，負力堅固。屈原以喻蠻夷自相毒蛪，固其常也。獨當(一)憂秦吴耳。一作𧒂蟻。［補］曰：螽，音峰。《傳》曰：螽蠆(二)有毒(三)，而况國乎？蛾，古蟻字。《記》曰：蛾子時術(四)之(五)。是也。蛪，音若，痛也。《天對》云：細腰羣螫(六)，夫何足病。**疏曰：**麟按：當屈原時，吴滅已久，（一）“獨當”句誤。（二）蠆，音恥寨切。蠍屬，與蠆通，又作蠆。（三）“螽蠆有毒”二句，見《左・僖二十二年》“秋八月丁未，及邾人戰于升陘”傳。（四）術，音述，技術也。凡推行之方法皆曰術。（五）“蛾子時術之”，見《禮記・學記篇第十八》。（六）螫，音釋。蛇類及昆蟲類之含有毒腺者，用毒牙或尾針刺人曰螫。

驚女采薇，鹿何祐？祐，福也。言昔者有女子采薇(一)菜，有所驚而走，因獲得鹿，其家遂昌熾，乃天祐之。祐(二)，一作佑。**疏曰：**（一）薇，音微，一年生草，莖高二三尺，尖端卷曲如旋渦。葉有二種，一爲緑色，差類蕨葉；一爲褐色，形細者，其上着生多數胞子囊，嫩時可食。（二）祐，叶以。鹿，音禄，獸名。生森林中，四肢細長，性質温順。雄者生有枝之角，每年脱换，年增一枝，既老則否，壯時毛茶褐色，有白星斑紋，俗稱梅花鹿，雌者無角，毛色較淡，種類甚多。

北至回水，萃何喜？萃，止也。言女子驚而北走，至於回水之上，止而得鹿，遂有禧(一)喜也。**疏曰：**（一）禧，音僖，福也，吉也。

兄有噬犬，弟何欲？兄，謂秦伯也。噬犬，齧犬也。弟，秦伯弟鍼(一)也。言秦伯有齧犬，弟鍼欲請之。［補］曰：噬，音筮。**疏曰：**（一）鍼，音斟，亦作針。所以縫布帛之器也，又刺也。

易之以百兩，卒無禄。言秦伯不肯與弟鍼犬，鍼以百兩金易之，又不聽，因逐鍼而奪其爵(一)禄(二)也。［補］曰：《春秋》昭元年，夏，秦伯之弟鍼出奔晉。《傳》曰：罪秦伯也。《晉語》曰：秦后子來仕(三)，其車千乘。后子，即鍼也。《天對》注云：百兩，蓋謂車也。逸以爲百兩金，誤矣。兩，音亮，車數也。**疏曰：**（一）爵，音雀，位也。所以賞有功也。《書・武成》曰：“列爵維五。”謂公、侯、伯、子、男也。（二）禄，音鹿，俸也。居官所給廩也。禮位定然後禄之。（見《王制第五》）（三）“秦后子”二句，見《國語・晉語八第十四①》。

校勘記：①“四”，原誤作“六”，今據《國語》改。

薄暮雷電，歸何憂？言屈原書壁，所問略訖，日暮欲去，時天大雨雷電，思念復至。自解曰：歸何憂乎？［補］曰：薄(一)暮，日欲晚，喻年將老也。雷(二)電(三)，喻君暴怒也。歸何憂者，自寬之詞。**疏曰：**（一）薄，音亳，迫也，逼近也。薄暮者，迫近日暮也。（二）雷，音壘，電氣盪激空氣所發之大聲也。（三）電，音殿，萬物所具之一種感應力也。有陰陽二種，摩擦則發光。俗曰閃，其聲即電也。

厥嚴不奉，帝何求？言楚王惑信讒佞，其威嚴當日墮(一)，不可復奉成(二)，雖從天帝求福，神無如之何。**疏曰：**（一）墮，音惰，墜也，落也。（二）成，宜作承。伏匿穴處，爰何云？爰，於也。吾將退於江濱，伏匿穴處耳，當復何言乎？《天對》云：合行違匿同若所，咿(一)嚘(二)忿毒竟誰與？**疏曰：**（一）咿，音伊，强笑噱也。（二）嚘，音憂，語未定貌。又小兒語聲。

荆勳作師，夫何長？荆，楚也。師，衆也。勳，功也。初，楚邊邑之處女，與吴邊邑處女争采桑於境上，相傷，二家怒而相攻，於是楚爲此興師，攻滅吴之邊邑，而怒始有功。時屈原又諫，言我先爲不直，恐不可久長也。一云：夫何長先。［補］曰：《史記》：吴王僚九年，公子光伐楚，拔居巢(一)、鍾離(二)。初，楚邊邑卑梁氏之處女，與吴邊邑之女争桑，二女家怒相滅，兩國邊邑長聞之，怒而相攻，滅吴之邊邑。吴王怒，故遂伐楚，取兩都而去(三)。荆勳作師，夫何長，言楚雖有功，吴復伐楚，非長久之策也。此楚平王時事，屈原徵往事以諷耳。**疏曰：**（一）居巢，巢一作鄛，地名。秦縣，故城在今安徽巢縣。（二）鍾離，古國名。漢置縣，三國魏廢。晉置郡，北齊兼置縣，金廢郡，明廢縣。今安徽鳳陽府有鍾離故城。吴王壽夢會魯侯於此，南北朝時鍾離常爲重鎮，明太祖亦生於此。（三）“吴王僚”諸句，見《史記卷三十一・吴太伯世家第一》，“吴王僚”三字係撮取上文言之。①

校勘記：①此句上頁眉戴之麟題校補時地云：己丑四月十三日傍晚，新庭。

悟過改更，我又何言？欲①使楚王覺悟，引過自與，以謝於吴，不從其言，遂相攻伐。言禍起於細微也。悟，一作寤(一)。［補］曰：更，音庚。太史公曰：屈平雖放流，睠(二)顧楚國，繫心懷王，不忘欲反，冀幸君之一悟，俗之一改也。其存君興國而欲反復之，一篇之中，三致意焉。然終無可奈何，故不可以反，卒以此見懷王之終不悟也(三)。**疏曰：**（一）寤，音誤，寐覺也。（二）睠，音眒。睠睠，勤厚之意。（三）“屈平”諸句，見《史記》原本傳。

校勘記：①“欲”上，原衍“言”字，今據李刻本、明翻宋本、汲古閣本删。

吴光争國，久余是勝。光，闔廬名也。言吴與楚相伐，至於闔廬之時，吴兵入郢都，昭王出奔。故曰“吴光争國，久余是勝”，言大勝我也。［補］曰：楚昭王十年，吴王闔廬伐楚，楚大敗，吴兵遂入郢。懷王與秦戰，爲秦所敗，亡其六郡(一)，入秦不返。故屈原徵荆勲作師，吴光争國之事諷之。**疏曰：**（一）六郡，《漢書》：“漢興，六郡良家子選給羽林期門。以材力爲官，名將多出焉。”注謂“隴西、天水、安定、北地、上郡、西河”。麟按：與此不合。①

校勘記：①此句上頁眉戴之麟題校補時地云：丁亥七月十三日午前，韓左个。

何環(一)穿自閭(二)社(三)丘陵，爰出子文？子文，楚令尹也。子文之母，鄖(四)公之女，旋穿閭社，通於丘陵以淫，而生子文，棄之夢中(五)，有虎乳之，以爲神異，乃取收養焉。楚人謂乳爲穀(六)，謂虎爲於菟，故名鬬穀於(七)菟(八)，字子文，長而有賢仁之才也。一云：何環閭穿社，以及丘(九)陵(十)，是淫是蕩，爰出子文。［補］曰：《左傳》：初，若敖娶於䢵，生鬬伯比。若敖卒，從其母畜於䢵，淫於䢵子之女，生子文焉。以其女妻(十一)伯比，實爲令尹(十二)子文。《天對》注曰：爰出子文。哀今無此人，但任子蘭也。**疏曰：**（一）環，胡頑切。凡物成圓形者，皆名曰環。（二）閭，律余切，古者二十五家爲閭。《周禮》五家爲比，五比爲閭。後以爲聚居者之通稱。又里門也，二十五家侣居，名其里門曰閭。（三）社，市野切，土地神主也。二十五家爲一社，鄰里鄉黨以謀其公共之事者也。（四）鄖，音云，春秋漢南國名。《左傳》：“鄖人軍於蒲騷。”在今湖北安陸縣境。亦作䢵。（五）夢中，即雲夢澤，在今湖北大江之南，春秋䢵子之女棄女於此。（六）穀，音遘，《左傳》作穀。字異而音義並同。（七）於，音烏。（八）菟，音徒。（九）丘，同邱，欺幽切，土阜也。四方高、中央下曰丘。（十）陵，音綾，大阜曰陵。（十一）妻，去聲。麟按：䢵、夢，今均不在大江之南，在漢之東，江之北。（十二）令尹，官名，春秋楚國執政者之稱。“初，都敖娶于䢵”諸句，見《左·

宣公四年》"楚令尹越椒作亂"傳。麟按：棄女，女當作子。"鄖人軍于蒲騷"，見《左傳注疏》卷六[①]《桓公十一年》"楚屈瑕將盟貳、軫"傳。[②]

校勘記：①"六"，原誤作"七"，今據《左傳注疏》改。②此句上頁眉戴之麟題校補時地云：戊子六月二十三日午後，捄驪補録。

吾告堵敖以不長。堵敖，楚賢人也。屈原放時，語堵敖曰："楚國將衰，不復能久長也。"一本"以"下有"楚"字。［補］曰：《左傳》：楚子滅息，以息(一)姬歸(二)，生堵敖及成王焉。楚子，文王也。莊公十九年，杜敖生。二十三年，成王立。杜敖，即堵敖也。《天對》注云：楚人謂未成君而死曰堵敖。堵敖，楚文王兄也。今哀懷王將如堵敖不長而死，以此告之。逸注以堵敖爲楚賢人，大謬。然宗元以堵敖爲文王兄，亦誤矣。**疏曰**：（一）息，今縣名，春秋息國。後周置息州，明降爲縣，屬南光州，清因之，今屬河南汝陽道。（二）楚子滅息，以息嬀歸，補"嬀"作"姬"，亦誤。見《左・莊公十四年》"秋七月，楚入蔡"傳。

何試上自予，忠名彌(一)彰？屈原言我何敢嘗試君上，自干忠直之名，以顯彰後世乎？誠以同姓之故，中心懇(二)惻(三)，義不能已也。試，一作誡。予(四)，一作與。彰，一作章。《天對》云：誠若名不尚，曷極而辭？［補］曰：予，音與。**疏曰**：（一）彌，音弭平聲。（二）懇，音墾，誠悃也。（三）惻，音測，誠懇也。（四）予義同與，惟不若逸解作我之是。

叙曰：昔屈原所作，凡二十五篇，世相教傳，而莫能説《天問》，以其文義不次，又多奇怪之事。自太史公口論道之，多所[①]不逮。至於劉向、揚雄，援引傳記一作經傳。以解説之，亦不能詳悉。所闕(一)者衆，日無聞焉。既有[②]解（原缺二字）詞，一作説。乃復多連蹇(二)其文，一云：乃復支連其文。濛澒其説，上莫孔、下乎孔切。濛澒，大水也。澒，一作鴻，音同。故厥義不昭，微指(三)不哲[③]，自游覽者，靡不苦之，而不能照也。今則稽之舊章，合之經傳，以相發明，爲之符(四)驗，章決句斷，事事可曉，俾後學者永無疑焉。**疏曰**：（一）闕，音缺，義同。（二）蹇，音搴。連蹇，言語不便利也。(三)指，同旨。(四)符，音扶，以竹爲之，書文字其上，剖而爲二，各存其一，合之以爲徵信者也。又或以木及金玉爲之。④

校勘記：①“所”，原誤作“在”，今據李刻本、明翻宋本、汲古閣本改。②“有”，原誤作“又”，今據李刻本、明翻宋本、汲古閣本改。③“晢”，原誤作“晳”，今據李刻本、明翻宋本、汲古閣本改。④此句上頁眉戴之麟題校補時地云：丙戌六月二十五□午，韓庭。按：此處頁眉裁邊，闕一字。

賀貽孫曰：《天問》一篇，靈均碎金也，無首無尾，無倫無次，無斷無案，倏而問此，倏而問彼，倏而問可解，倏而問不可解，蓋煩懣已極，觸目傷心，人間天上，無非疑端，既以自廣，實自傷也。其詞與意，雖不如諸篇之曲折變化，然自是宇宙間一種奇文。舊注云：“靈均見楚有先王廟及公卿祠堂，圖畫天地山川神靈，琦瑋僪佹，及古聖賢怪物行事，因書其壁，呵而問之。楚人哀之，因共輯述。”吾不知今之擬《天問》者，果何所感觸耶？豈無病而吟，不哀而哭耶？然《離騷》與《九歌》、《九辯》難擬，《天問》易擬，以《天問》中有古事可搜求，攤書滿架，即可成篇也。惟其易學，所以不及諸篇。然則爲文者當爲其不易擬者，擬古文者亦擬其不易擬者，斯可矣。

游國恩曰：屈原作品中最奇怪的一篇便是《天問》。《離騷》、《九章》等篇在文學史上都有絶大的影響，只有這篇《天問》，後人竟少有①理會他的。摹仿風氣盛行的漢魏，儘管摹仿“楚辭”，儘管摹仿《子虛》、《上林》和《七發》……獨不敢摹仿《天問》。一直到了千一百年後，纔有一個好奇的柳宗元來作一篇《天對》，替屈原解答了一百幾十個疑問。然而後來的讀者和注家依然望而生畏，依然怕理會他；所以我謂《天問》這篇東西簡直是文學史上的怪物。不料這篇怪物近來竟有人懷疑他是僞託的。三年前胡適之先生在《讀楚辭》裏曾説：“《天問》文理不通，見解卑陋，全無文學價值。我們可斷定此篇爲後人雜湊起來的②。”比時徐旭生先生作了一篇《天問釋疑》來替他解釋，同時陸侃如先生在《讀楚辭》裏也駁過他。(並見《努力·讀書雜誌》第四期。)他們把胡先生的懷疑解釋了，假設③也推翻了，可以説是維護屈原作品的功臣。但我還是要補充一點意見。胡先生所以要懷疑《天問》是後人雜湊的，也許是上了王逸的當。王逸《天問序》云：“楚人哀惜屈原，因共論述，故其文義不次序云爾。”這話好像説《天問》是後人所綴輯的，並非屈原自作。其實王逸的話荒謬可笑的地方很多，比如他在

《天問序》裏前面説："屈原放逐，彷徨山澤。"後面又説："見楚有先王之廟及公卿祠堂。"前面已經説："《天問》者，屈原之所作也。"後面又説："楚人哀惜屈原，因共論述。"這樣含糊而又矛盾的話，已經够使讀者墮入五里霧中了，我們還能相信他嗎?④王船山云："統一篇而繫⑤之以'曰'，則原所自撰成章可知。"(《楚辭通釋》)這話真可闢王逸的謬了。⑥按：《天問》的名，最早見於《史記·屈原傳贊》。贊云："太史公曰：'余讀《離騷》、《天問》、《招魂》、《哀郢》，悲其志。'"我想：司馬遷距屈原時甚近，現在流傳的屈賦雖不免有後人僞託的，然而至少見於《史記》的這幾篇總可信。胡先生在《讀楚辭》裏不是曾經承⑦認《離騷》是屈原作的嗎？爲何獨把這篇與《離騷》並舉的《天問》否認呢？況且文理不通的原因不一定是因爲後人雜湊；試想這篇晦澀難懂，幾百年後没人理會的《天問》，能保無文字上的脱誤嗎？古代的神話與傳説，現在書缺有間，我們不知道的很多，《天問》中費解的句子，真是不通的嗎？自清代屈復(一)把他校訂一番，已經很有條理可尋，再經毛西河(二)補注一番，意義更覺明顯。洪興祖説："天地之間，千變萬化，不可以次序陳。"大概屈原作《天問》時，牢騷滿腹，想到什麽便説什麽，未必顧到什麽條理不條理；比如杜樊川(三)的《杜秋娘》詩，篇末説到"地盡有何物，天外復何之？指何爲而捉？足何爲而馳？耳何爲而聽？目何爲而窺?"初看起來，不倫不類，很可笑。這也是因爲胸中憤懣極了，隨便發洩出來的，那裏想到文學上的修辭呢？況且其中非毫無次序，王船山在《楚辭通釋》裏説："篇内事雖雜舉，而自天地山川，次及人事，追述往古，終之以楚先，未嘗無次序存焉。"所以我謂《天問》一篇，無論如何都不能否認。《天問》本是懷疑的産物，屈原如何會作出這篇東西呢？我以爲有兩原因：第一是南北民族思想的差⑧異，第二是他自身經驗的結果。我們北方民族素來相信天神，他們以爲天是有意識的，是能爲人們的禍福的，這種觀念古書裏記載極多，其在文學中表現的，我單舉《詩經》來做例。《邶風·北門》云："已焉哉！天實爲之，謂之何哉!"《小雅·節南山》云："昊天不傭，降此鞠訩。昊天不惠，降此大戾。"《小雅·雨無正》云："浩浩昊天，不駿其德。降此饑饉，斬伐四國。"《大雅·抑》云："昊天孔昭，我生靡樂。視爾⑨夢夢，我心慘慘。誨爾諄諄，聽我藐藐。"此外如《秦風》的《黄鳥》，《小雅》的《正月》，《大雅》的《皇矣》、《板》、《蕩》、《桑柔》、《雲漢》、《瞻卬⑩》、《召旻》等篇，莫不滿篇的天神皇帝。像《十月》所謂"下民之孽，匪降自天。噂沓背憎，職競由人"一類的思想算是僅見。一部《詩經》，屈原大概讀的爛熟，所以《天問》的體裁竟完全與《詩經》相同；但也許是他有意的摹仿，亦未可知。可是南方民族的思想是革新的，是很解放的⑪，他並不受北方守舊思想的影響。譬如老子便是一個代表，他説："天地不仁，以萬物爲芻狗。"又説："以道莅天下，其鬼不神。"看他懷疑天神的權力，處處與北方民族思想相抵觸。這種潛移默化的結果，就是一遇著不合常理的事情，便要發生疑問，《天問》便是那些疑問的結晶。至於屈原生平的遭遇多是逆境，這種逆境在他人或者可以忍受過去，在感情熱烈的屈原便受不得了。他以爲像我這樣熱心爲國，反被讒人離間，所謂“正道直行，竭忠盡智”的人，竟没有好結果，可見天道真是無憑的了。但他又轉念一想：天道真是無憑的嗎？所以終於忍不住要問。《史記·屈原傳》云：“夫天者，人之始也；父母者，人之本也。人窮則反本，故勞苦倦極，未嘗不呼天也；疾痛慘怛，未嘗不呼父母也。”這幾句話不啻説明他作《天問》的動機。關於《天問》的時代，向來没有確切的證明。朱子以爲是屈原初放時所作（見《楚辭辨證》），這大概是根據王逸的話。王逸説：“屈原放逐，憂心愁悴；彷徨山澤，經歷陵陸。……見楚有先王之廟，及公卿祠堂，圖畫天地、山川、神靈，琦瑋僑佹，及古聖賢怪物行事，周流罷倦，休息其下。仰見圖畫，因書其壁。呵而問之，以渫憤懣，舒寫愁思。”因此他便在“薄暮雷電，歸何憂”兩句底下注言：“屈原書壁，所問畧訖，日暮欲去，時天大雨雷電，思念復至，自解曰：‘歸何憂乎？’”毛西河更把“厥嚴不奉，帝何求”兩句連着來講，他説：“薄暮雷電，呵而問時之境也。……言薄暮雷電，可以歸矣。何以憂不能自已也？爲君所放，不得事君，使我不能奉承其威嚴；不知君固何所求於我也。”毛氏這兩箇解釋把屈原放逐一事附會上去，實在太牽强了。王船山謂“此數語似言舜事。舜‘納于大麓，烈風雷雨勿迷’，其德可以事上帝，而不能得瞽叟之心”。這説較爲近是。毛氏又以“荆勳作師”一句爲指懷王大興師伐秦，敗於丹淅，復悉發國中兵擊秦，戰於藍田一事。按：此事在懷王十七年（民前三一二年），依毛説，《天問》必作於懷王十七年以後。但洪興祖謂“荆勳作師”是指平王事，王船山又謂是指靈王事，所以《天問》的時代是很難確定的。據我看，《天問》中絶無放逐的痕跡，至多只能説他帶有憤懣和失意的情態罷了。所以説他是放逐後的作品，是靠不住的。但他究竟是什麽時候所作的呢？據我推測，大概是屈原頭一回被讒去職以後，放於漢北以前所作。這也許就是上官大夫奪稿未遂，因而讒他的那回事。（《史記》載此事的結果，屈原被逐，作《離騷》，是終言其事，説詳《論離騷》一章。）在他的作品中，這篇要算最早。我的理由是：一、屈原是一箇熱腸人，爲左徒時，懷王很信任他，正是很高興的時候，不料被上官大夫一讒，便去了職；他驟然遇着這個意外的打擊，自然是很懊喪的。由懊喪而懷疑，由懷疑而發問，所以此篇單及善惡因果的問題，而没有一句悲傷的話，就是爲了這箇緣故。二、從屈原作品進步的程序看來，《天問》也應該在最早。因爲他通篇以四言爲主，與《詩經》的形式無甚分别，後來他覺得這種形式太束縛不適用，纔改用“騷體”爲文。（參看第一篇。）所以在《天問》的時代没有確實的證明以前，定他爲第一次被讒去職時所作，大約不至於十分離經。《天問》的文學價值在《楚辭》中爲最低。但他卻有絶好的一點，爲《楚辭》各篇中所不及，這便是錯綜變化，最不單調。關於這點又可分作兩方面來説：（甲）句法的變换。——篇中每節中約有四句，每四句中包含一箇或數箇問題；其問句的位置及多寡極變化無定。我把他們歸納起來，共得下列十二例：（子）第一句問例。——“何聖人之德，卒異其方，梅伯受醢，箕子佯狂?”“何環穿閭社，以及邱陵；是淫是蕩，爰出子文?”（丑）第二句問例。——“皇天集命，惟何戒之？受禮天下，又使至代之?”“兄有噬犬，弟何欲？易之以百兩，卒無禄。”“悟[12]過改更，我又何言？吴光争國，久余是勝。”（寅）第三句問例。——“纂就前緒，遂成考功；何續初繼業，而厥謀不同?”“閔妃匹合，厥身是寄；胡爲嗜不同味，而快朝飽?”（卯）第四句問例。——“出自暘谷，次於蒙汜；自明及晦，所行幾里?”（辰）第一、第三兩句問例。——“夜光何德，死則又育？厥利維何，而顧菟在腹?”“比干何逆，而抑沈之？雷開何順，而賜封之?”（巳）第一、第四兩句問例。——“何馮弓挾矢，殊能將之？既驚帝切激，何逢長之?”（午）第二、第三兩句問例。——“白蜺嬰茀，胡爲此堂？安得夫良藥，不能固藏?”“惟澆在户，何求於嫂？何少康逐犬，而顛隕厥首?”（未）第二、第四兩句問例。——“明明暗暗，惟時何爲？陰陽三合，何本何化?”“鴟龜曳銜，鮌何聽焉？順欲成功，帝何刑焉?”（申）第三、第四兩句問例。——“天式縱横，陽離爰始。大鳥何鳴，夫焉喪厥體?”（酉）第一、第二、第四三句問例。——“何闔而晦？何開而明？角宿未旦，曜靈安藏?”“鮌何所營？禹何所成？康回憑怒，地何以東南傾?”（戌）第二、第三、第四三句問例。——“圜則九重，孰營度[13]之？惟茲何功，孰初作之?”“女岐無合，夫焉取九子？伯强何處？惠氣安在?”（亥）四句全問例。——“斡維焉繫？天極焉加？八柱何當？東南何虧?”“天何所沓？十二焉分？日月安屬？列星安陳?”（乙）句法的參差。——篇中雖以四言（上謂均是四言誤）爲主（此言是），但最短的有三言，最長的有七言，又有五言及六言。他們都是四句[14]一韻的（此不盡合），每韻之中除最普通的全爲四言外，其餘的句子大半參差不齊，錯雜相間。現在歸納起來，共得下列二十例。（一）第一句用五言例。——“彼王紂之躬，孰使亂惑？何惡輔弼，讒諂是服?”“何環穿閭社，以及丘陵。是淫是蕩，爰出子文?”（二）第二句用五言例。——“女岐無合，夫焉取九子？伯强何處？惠氣安在?”（三）第三句用五言例。——“日安不到，燭龍何照？羲和之未揚，若華何光?”“白蜺嬰茀，胡爲此堂？安得夫良藥，不能固藏?”（四）第四句用五言例。——“夜光何德，死則又育？厥利維何，而顧菟在腹?”“水濱之木，得彼[15]小子。夫何惡之，媵有莘之婦?”（五）一、三兩句用五言例。——“何憑弓挾矢，殊能將之？既驚帝切激，何逢長之?”（六）

一、四兩句用五言例。——“啓代益作后，卒然離孽。何啓惟憂，而能拘是達?”（七）二、三兩句用五言例。——“皆歸射鞠，而無害厥躬。何后益作革，而禹[16]播降?”“恒秉季[17]德，焉得夫朴牛？何往營班禄，不但還來?”（八）三、四兩句用五言例。——“帝降夷羿，革孽夏民。胡射夫河伯，而妻[18]彼洛嬪?”“湯出重泉，夫何罪尤？不勝心伐帝，夫誰使挑之?”（九）二、三、四三句用五言例。——“女岐縫裳，而館同爰止。何顛易厥首，而親以逢殆?”（十）第一句用六言例。——“何聖人之一德，卒異其方。梅伯受醢，箕子佯狂?”（十一）第三句用六言例。——“伯昌号衰，秉鞭作牧。何令徹彼岐社，命有殷國?”“該秉季德，厥父是臧。胡終弊於有扈，牧夫牛羊?”（十二）第四句用六言例。——“鯀何所營？禹何所成？康回憑怒，地何以東南傾?”“舜服厥弟，終然爲害。何肆犬豕，而厥身[19]不危[20]敗?”（十三）第二句用五言，第四句用六言例。——“不任汩鴻，師何以尚之？僉曰何憂，何不課而行之?”（十四）第三句用六言，第四句用五言例。——“馮珧利玦，封豨是射。何獻蒸肉之膏，而帝后不若?”“眩弟並淫，危害厥兄。何變化以作詐，而後嗣逢長?”（十五）第三句用五言，第四句用七言例。——“受兹賜醢，西伯上告。何親就上帝，罰殷之命以不救?”（十六）一、四兩句用五言，第二句用六言例。——“永遏在羽山，夫何三年不施？伯禹腹鯀，夫何以變化?”（十七）一、二兩句用五言，三、四兩句用六言例。——“禹之力獻功，降省下土方。焉得彼塗山女，而通之於台桑?”（十八）二、四兩句用三言例。——“簡狄在臺，嚳何宜？玄鳥致貽，女何喜?”“遷藏就岐，何能依？殷有惑婦，何所譏?”（十九）二、四兩句用三言，第三句用五言例。——“兄有噬犬，弟何欲？易之以百兩，卒無禄?”（二十）第二句用三言，第三句用五言例。——“吾告堵敖，以不長。何試上自予，忠名彌彰?”此外篇中所用的疑問代名詞及疑問副詞，形容詞等也極複雜，有的用“誰”，有的用“孰”，有的用“何”，有的用“焉”、“安”，有的用“幾”、“胡”，時時變幻，至無一定：我以爲《天問》唯一的好處便在這一點。所以孫鑛[(四)]評他道：“或長言，或短言，或錯綜，或對偶，或一事而累累反復，或數事而融成一片。其文或陗險，或淡宕，或佶倔，或流利，諸法備盡，可謂極文章之變態。”（《評點[21]楚辭》）這真能了解他的藝術了。所以説他全無文學價值，大概不對罷。

疏曰：（一）屈復，《古今人名大辭典》五六三頁：“清蒲城人，字見心，號悔翁。年十九，試童子第一。忽棄去，走京師，學詩者多從之游。其論詩於賦、比、興之外，專以寄託爲主。乾隆初，吏部尚書楊超曾舉應鴻博科，超不曾見復，復亦不報謝，人兩重之。有《楚辭新注》、《弱水集》。”[22]（二）毛西河，《辭源》辰集二一八頁毛部：“清蕭山人，字大可，本名甡，字初晴，明季諸生。明亡，祝髮竄身山谷，讀書土室中。爲人好譏議，品目嚴峻，一時士流多忌之。康熙己未召試博學鴻詞，授翰林院檢討，纂修《明史》，後以病乞歸。博覽載籍，於學無所不窺，工詩古文詞，其所撰述凡數百卷，説經好辨駁，多與宋儒相枘鑿，而雄辯足以濟之。其文亦縱横博辯，傲睨一世。晚年性樂《易》，好獎借後進，學者稱西河先生。"㉓（三）杜樊川，名牧，唐佑孫，字牧之。善屬文，第進士。歷殿中侍御史，内供奉。時劉從諫守澤潞，何進滔據魏博，驕蹇不循法度。牧追咎長慶以來朝廷措置無術，復失山東，嫌已不當位而言，實有罪，故作罪言，后澤潞平，略如其策。會昌中，遷中書舍人。牧剛直有奇節，不爲齪齪小謹，敢論列大事，指陳利病尤切。詩情致豪邁，人號爲小杜，以别於杜甫。有《樊川集》。杜秋娘，唐金陵女子，年十五爲李錡妾。錡滅入宫，穆宗命爲皇子傅姆。漳王廢，賜歸故鄉。㉔（四）孫鑛，明昇幼子，字文融，號月峰。萬曆會試第一，爲文選郎中，澄清銓法，名籍甚。累進兵部侍郎，加右都御史。代顧養謙經略朝鮮，還遷南京兵部尚書，時採鑛使横出，妖人噪衆爲亂，鑛請以重典治之，被劾乞歸。有《孫月峰評經》、《今文選》、《書畫跋跋》。㉕

校勘記：①"有"，原脱，今據游國恩《楚辭概論》補。②"的"，原誤作"者"，今據《楚辭概論》改。③"設"，原誤作"使"，今據《楚辭概論》改。④此句上頁眉戴之麟題校補時地云：戊子四月二十日上九時，縣中終校。⑤"繫"，原誤作"係"，今據《楚辭概論》改。⑥此句上頁眉戴之麟題校補時地云：己丑三月二十八日午前，終校圖書館。⑦"承"，原脱，今據《楚辭概論》補。⑧"差"，原誤作"義"，今據《楚辭概論》改。⑨"爾"，原誤作"我"，今據《楚辭概論》改。⑩"卬"，原誤作"仰"，今據《楚辭概論》改。⑪"的"，原誤作"者"，今據《楚辭概論》改。⑫"悟"，原誤作"悔"，今據《楚辭概論》改。⑬"度"，原誤作"奪"，今據《楚辭概論》改。⑭"句"，原誤作"言"，今據《楚辭概論》改。⑮"彼"，原誤作"夫"，今據《楚辭概論》改。⑯"禹"，原誤作"降"，今據《楚辭概論》改。⑰"季"，原誤作"彝"，今據《楚辭概論》改。⑱"妻"，原誤作"棄"，今據《楚辭概論》改。⑲"身"，原誤作"躬"，今據《楚辭概論》改。⑳"危"，原誤作"爲"，今據《楚辭概論》改。㉑"點"，原誤作"定"，今據《楚辭概論》改。㉒此句上頁眉戴之麟題校補時地云：己丑後七月八日午間。㉓此句上頁眉戴之麟題校補時地云：己丑七月二十八日午前。㉔此句上頁眉戴之麟題校補時地云：己丑後七月八日午後。㉕此句上頁眉戴之麟題校補時地云：己丑九月二十二日午前。

无三欠一生曰：此篇文章甚長，歷來文家均不選入讀本，謂其文不次序云爾。其實細心按之，可以天文、地文、人文三大段括之。自首句至“靈曜安藏”，則所呵而問之者爲天文。自“不任汩鴻”至“烏焉解羽”，則所呵而問之者爲地文。自“禹之力獻功”至末句，則所呵而問之者爲人文。首段八句，總冒下文三層。末段“薄暮雷電，歸何憂”以下，誠如原注所云呵而問之。以後情形，並非難以次序。其文義不次序如王逸所云也，蓋原所見畫壁既緐且雜，多不經見，如吾邑昔時府縣廟十二司壁畫及日虜來域漫畫，寓譏諷、警惕、怒駭各意，不顧事理所爲，不禁觸其愁懷，呵而問之，因書其壁，其後楚人見而集録，以志原之幽憤。其文詞誠與原生平所爲文殊（《招魂》、《大招》多四言），古奥要無以異，而其各句所用焉、何、誰、安等字均係疑問詞，亦有變幻，不見板滯，學者潛心，自各有得，不可謂其語無倫次，置而不讀。近人有謂盡四言，與原各作風格不同，非原作者大非。全篇固多四字句，其實並非全爲四字句，且可考見上古歷史與宇宙間不少知識，證明日醜來鍾壁畫，悉祖吾國，正宜讀之，以廣見聞也。茲將《楚辭概論》所論此文者，録之於前，以資探索。游，臨川人。《概論》分六篇：一、總論。二、《九歌》探索。三、屈原。[①] 四、宋玉。五、《楚辭》的餘響。六、《楚辭》的注家。惟對於屈大夫所處時地，終未明瞭。係商務印書館“國學小叢書”之一，民國十九年十月出版，計一册。[②]

校勘記：①此句上頁眉戴之麟題校補時地云：同上，韓正寢。丁亥七月十一日上午，韓左个牆陰。②此句上頁眉、句旁頁間戴之麟題校補時地云：丁亥十二月十二日午前，韓左个。己丑後七月五日午前。

楚辭補注疏卷第四

九章章句第四　離騷

《九章》者，屈原之所作也。屈原放於江南之壄(一)。思君念國，憂心罔極，故復作《九章》。《史記》云：上官大夫短屈原於頃襄王，王怒而遷之，乃作《懷沙》之賦。則《九章》之作，在頃襄[①]時也。章者，著也，明也。言己所陳忠信之道，甚著明也。卒不見納(二)，委(三)命自沈。楚人惜而哀之，世論其辭，以相傳焉。卒，《釋文》作悴。《騷經》之辭緩，《九章》之辭切，淺深之序[②]也。五臣云：九義與《九歌》同。**疏曰：**（一）壄，古野字。（二）納，儺拉切，收納也。（三）委，烏詭切，棄置也。

校勘記：①"襄"下，原衍"王"字，今據李刻本、明翻宋本、汲古閣本刪。②"序"，原誤作"義"，今據李刻本、明翻宋本、汲古閣本改。

惜　誦 一作惜論。

此章言己以忠信事君，可質(一)於明神，而爲讒邪所蔽，進退不可，惟博采(二)衆善以自處(三)而已。**疏曰：**（一）質，正也，讀去聲。就正以定其是非當否也。（二）采，同採，取也。（三）處，上聲。[①]

校勘記：①此句上頁眉戴之麟題校補時地云：丙戌六月二十六日上午，韓庭。

惜誦以致愍兮，惜(一)，貪也。誦(二)，論也。致，至也。愍(三)，病也。言己貪忠信之道，可以安君。論之於心，誦之於口，至於身以疲病，而不能忘。愍，一作愍。［補］曰：愍，音敏。惜誦者，惜其君而誦之也。**疏曰：**（一）惜，音昔，憐也，愛也。（二）誦，音頌，讀也。讀之而有音節者曰誦。（三）愍，憂也，又憐恤也。麟按：此謂愛憐其君，發爲歌誦，以致其憂思也。發憤以杼情。憤(一)，懣也。杼，渫(二)也。言己身雖疲(三)病，猶發憤懣，作此辭賦，陳(四)列利害，渫己情思，以風(五)諫君也。杼，一作舒。［補］曰：杼，渫水槽(六)，音署。杜預(七)云：申杼舊意。然《文選》(八)云：抒情素(九)。又曰：抒下情而通諷諭。其字遂从手。上與、丈呂二切。**疏曰：**（一）憤，墳上聲。（二）渫，音泄，洩也。（三）疲，音皮，勞乏也。（四）陳，池寅切，布也，列也。（五）風與諷同，去聲。（六）槽，音曹，水道也。麟按：此謂憂思至於憤懣，而作此以抒渫其情思也。上“署”當“書”之誤。①（七）杜預，見前《天問》“焉得彼塗山女”疏。（八）《文選》，見前《離騷》“朕皇考曰伯庸”疏。（九）素，音訴。麟按：此素與愫同，真情也。“抒情素”句，見李善注《文選》卷47頌類王褒《聖主得賢臣頌》，原文作“雖然，敢不略陳愚心而杼情素”。“抒下情”句，見李善注《文選》卷一賦類班固《兩都賦序》，原文作“或以抒下情而通諷諭”。②

校勘記：①此句上頁眉戴之麟題校補時地云：己丑五月十五日午間，新庭。②此句上頁眉戴之麟題校補時地云：己丑四月二十八日午後，新庭。

所作忠而言之兮，言己所陳忠信之道，先慮(一)於心，合於仁義，乃敢爲君言之也。作，一作非。一本“忠”下有“心”字。［補］曰：作，爲也。下文云：作忠以造怨。**疏曰：**（一）慮，呂豫切，謀思也。指蒼天以爲正。春曰蒼(一)天。正，平也。設君謂己作言非邪，願上指蒼天，使正平之也。夫天明察，無所阿(二)私，惟德是輔，惟惡是去，故指之以爲誓也。［補］曰：正，音征。叶韻。**疏曰：**（一）蒼，雌①岡切，深青色也。（二）阿，厄歌切，比也，瞻徇也。

校勘記：①“雌”，原誤作“雄”，今據《辭源》改。

令五帝以枏中兮，五帝(一)，謂五方神也。東方爲太皞，南方爲炎帝，西方爲少昊，北方爲顓頊，中央爲黄帝。枏，猶分也。言己復命五方之帝，分明言是與非也。一本作折中。［補］曰：�，與析同。按《史記索隱》(二)解折中於夫子，引此爲證。（此見《史記》四十七《孔子世家第十七》。）云：折中，正也。安均(三)云：折，斷也。中，當也。言欲折斷其物而用之，與度相中當也，故言折中也。中，陟仲切。**疏曰：**（一）五帝，參看前《九歌》"東皇太一"疏。（二）《史記索隱》，唐河内人司馬貞作。貞，字子正。（三）安均，俟考。逸解遺中字，補説當。

戒六神與嚮服。六神，謂六宗之神也。《尚書》：禋于六宗。嚮，對也。服，事也。言己願復令六宗之神，對聽己言事可行與否也。一云：以鄉(一)服。［補］曰：《孔叢子》(二)云：宰我問禋於六宗。孔子曰：所宗者六：埋少牢(三)於太昭(四)，祭時也；祖(五)迎于坎(六)壇(七)，祭寒暑也；主于郊(八)宮，祭日也；夜明，祭月也；幽禜(九)，祭星也；雩(十)禜，祭水旱也。禋于六宗，此之謂也。孔安國(十一)、王肅(十二)用此説。又一説云：六宗：星、辰、風伯、雨師、司中、司命。一云：乾坤六子。顔師古(十三)用此説。一云：天地四時。一云：天宗三，日月星辰；地宗三，泰山河海。一云：六爲地數，祭地也。一云：天地間游神也。一云：三昭(十四)、三穆(十五)。王介甫(十六)用此説。一云：六氣之宗，謂太極沖和之氣。蘇子由(十七)云：捨《祭法》不用，而以意立説，未可信也。**疏曰：**（一）鄉，與嚮同，去聲。（二）《孔叢子》，見前《天問》"伯昌号衰"①疏。（三）少牢，祭祀燕享謂羊曰少牢。牢，音勞，牲也。（四）太昭，《淮南子》卷三《天文訓》："天墜未形，馮馮翼翼，洞洞灟灟，故曰大昭。"麟按：太，古多作大，《淮南》作大。②（五）祖，租五切，祭名。出行之時，以祭路神也。（六）坎，可感切，穿地以祭也。（七）壇，音彈，祭場也。擇平坦之地，以土填築之也。（八）郊，音交，祭名。冬至祀天於南郊，夏至祀地於北郊，故祀天地爲郊。（九）禜，音榮，祭名。爲壇域而祭，以除去凶災也。《周禮》："太祝……掌六祈以同鬼神示，……四日禜。"（十）雩，音于，請雨祭也。（十一）孔安國，漢之大儒，孔子十二世孫。師事申公，治《古文尚書》。以今文字讀之，承詔作《書傳》。又作《古文孝經傳》、《論語訓辭》。官至諫大夫，臨淮太守。（十二）王肅，東海人，字子雍，王朗子。官至中領軍、散騎常侍。善賈逵、馬融之學，不好鄭氏。采會同異，爲《尚書》、《詩》、《論語》、《禮》、《左氏傳》之解，又撰其父朗所傳之《易》解，皆列於學官。《孔子家語》亦肅所僞託。（十三）顔師古，見前"離騷經章句第一"疏。（十四）昭，音招，宗廟之次也。古宗廟之制，太祖之廟居中，二世、四世、六世居左，謂之昭；三世、五世、七世居右，謂之穆。（十五）穆，音目。亦作佋穆。（十六）王介甫，即安石，宋臨川人，號半山，博覽詳記。神宗時爲相，封荆國公。謀改革政治，行新法，無效而卒。（十七）蘇子由，名轍，宋眉山人，洵次子。

與兄軾同舉進士，累官翰林學士、門下侍郎。徽宗時致仕，築室於許，號潁濱遺[3]老，卒謚文定。文章高雅平正，中有奇氣，與軾齊名。“宰我問禋於六宗”諸句，見《孔叢子》卷上《論書第二》。[4]“太祝掌六祈”諸句，見《周禮注疏》二十五《春官宗伯》“大祝”節。[5]

校勘記：①“伯昌号衰”，原誤作“既驚帝切激”，今據前文改。②此句上頁眉戴之麟題校補時地云：戊子五月二十八日上午，捄左補録。③“遺”，原誤作“逸”，今徑改。④此句上頁眉戴之麟題校補時地云：己丑五月十七日夜，新庭。⑤此句上頁眉戴之麟題校補時地云：戊子六月二十八日上午，捄廳補録。

俾山川以備御兮，俾(一)，使也。御，侍也。**疏曰：**（一）俾，箄倚切。命咎繇使聽直。咎(一)繇(二)，聖人也。言己願復令山川之神備列而處，使御知己志，又使聖人咎繇聽我之言忠直與否也。夫神明照人心，聖人達人情，故屈原動以神聖[1]自證明也。命，一作會。使，一作以。［補］曰：舜舉咎繇，不仁者遠，惟茲臣庶(三)，罔或干(四)予正(五)，故使之聽直。**疏曰：**（一）咎，與皐通。（二）繇，與陶通。虞舜臣也。（三）庶，衆也。（四）干，犯也。（五）正，定也。麟按：此借言得命，直如咎繇，以聽斷政治也。

姚鼐曰：已上指天爲誓，所謂“發憤以抒情”者。[2]

校勘記：①“聖”，原誤作“明”，今據李刻本、明翻宋本、汲古閣本改。②此句出林雲銘《楚辭燈》，非姚鼐語。

竭忠誠以事君兮，竭，盡(一)。一本“君”下有“子”(二)字。**疏曰：**（一）“盡”下應加“也”字。（二）“君”下“子”字，可不須加。反離羣而贅肬。羣，衆也。贅(一)肬(二)，過也。言己竭盡忠信，以事於君，若人有贅肬之病，與衆别異，以得罪謫也。［補］曰：贅，之芮切。肬，音尤，瘤腫也。《莊子》曰：附贅懸肬(三)。**疏曰：**（一）贅，餘剩也。（二）肬，一作疣。皮膚上之贅生物，表面有較滑者，有凹凸者，又有軟性、硬性之别，多由表皮與真皮特别成長而發。麟按：此原自謂己盡忠誠以事君，衆邪反離間，視爲若皮膚外之贅疣也。（三）“附贅懸肬”，見《莊子》上一《駢拇》篇。

忘儇媚以背衆兮，儇，佞也。媚(一)，愛也。背，違也。言己修行正直，忘爲佞媚之行，違背衆人，言見憎惡也。［補］曰：儇，隳緣切。《説文》：慧也，一曰利也。言己忘佞人之害己，爲忠直以背衆。背，音佩。**疏曰：**（一）媚，音寐，諂也，親順也。麟按：此原自謂不知佞諂，寧違衆也。待明君其知之。須賢明之君，則知己之忠也。《書》曰：知人則哲(一)。秦繆[①]公(二)舉由余(三)，齊桓[②](四)任管仲(五)，知人之君也。一本無"明"字。**疏曰：**（一）哲，陟嗑切，智也，謂賢智之人也。"知人則哲"，見《書·臯陶謨》。（二）秦穆公，春秋五霸之一，名任好。秦自周平王時，襄公有岐西之地，始列爲諸侯。至穆公時，用百里奚、蹇叔等，修政治，惠人民，敗晉惠公，納晉文公。襄王時伐戎，益國二十，開地三千里，遂霸西戎。惠王命爲西方諸侯伯。（三）由余，本晉人，亡入戎。戎王使覘秦，穆公以爲賢，因留不遣，爲謀伐戎之策，開地千里，遂伯西戎。[③]（四）齊桓、（五）管仲，見前《天問》"齊桓九會[④]"疏。

校勘記：①"繆"，原作"穆"，今據李刻本、明翻宋本、汲古閣本改。後文凡作"穆"而他本皆作"繆"者，徑改不出校。②"桓"下，原衍"公"字，今據李刻本、明翻宋本、汲古閣本删。③此句上頁眉戴之麟題校補時地云：丁亥六月十一日午前，韓左个。④"會"，原誤作"合"，今據前文改。後文凡涉此誤者，徑改不出校。

言與行(一)其可迹兮，出口爲言，所履爲迹(二)。**疏曰：**（一）行，事也。（二）迹，即益切，與跡、蹟同，凡功業可見者皆曰迹。又循實而考之，亦曰迹。麟按：此原自謂所言所事，皆可實考也。情與貌其不變。志願爲情，顔色爲貌。變，易(一)也。言己吐口陳辭，言與行合，誠可循迹。情貌相副(二)，内外若一，終不變易也。**疏曰：**（一）易，讀入聲。（二）副，音赴，稱也。稱，讀去聲。

故相臣莫若君兮，言相視臣下，忠之與佞(一)，在君知之明也。［補］曰：相，視也。息亮切。傳曰：知臣莫若君(二)。**疏曰：**（一）佞，溺定切，巧諂捷給也。（二）"知臣"句，見《史記卷三十二·齊太公世家第二》"管仲對桓公"，惟"若"作"如"。[①]所以證之不遠。證(一)，驗也。言君相臣動作應對，察言觀行，則知其善惡所證驗之迹，近取諸身而不遠也。一本"知"下有"而"字。**疏曰：**（一）證，蒸去聲，考驗也。

姚鼐曰：已上追叙前此失位之後，惟冀君自悟，以爲可恃。②③

校勘記：①此句上頁眉戴之麟題校補時地云：己丑六月九日午後，新庭。②此句出林雲銘《楚辭燈》，非姚鼐語。③此句上頁眉戴之麟題校補時地云：戊子正月二十九日夜，韓正寢。戊子四月二十日上十二時，救左終校。己丑二月二十八日午後，終校圖書館。庚寅二月十五日午前。

吾誼先君而後身(一)兮，言我所以修執忠信仁義者，誠欲先安君父，然後乃及於身也。夫君安則己安，君危則己危也。［補］曰：誼(二)，與義同。人臣之義，當先君而後己。**疏曰：**（一）身，即己也。（二）誼，疑詈切。羌(一)衆人之所仇(二)。羌，然辭也。怨耦(三)曰仇。言在位之臣，營私爲家，己獨先君後身，其義相反，故爲衆人所仇怨。一本"羌"下有"然"字。一本"仇"下有"也"字。**疏曰：**（一）羌，欺央切，語詞也。（二）仇，音求，與讎通。（三）耦，音偶，雙者曰耦。①

校勘記：①此句上頁眉戴之麟題校補時地云：戊子九月五日午後，縣中校。

專惟君而無他兮，惟(一)，一作思，一作爲。**疏曰：**（一）惟，思也。謂心專思於君，不知其他也。又衆兆之所讎。兆(一)，衆也。百萬爲兆。父怨曰讎(二)。言己專心思欲竭忠情以安於君，無有他志，不與衆同趨(三)，故爲衆所怨讎，欲殺己也。兆，一作人。一本"讎"下有"也"字。**疏曰：**（一）兆，直擾切，此引申爲人也。（二）讎，音酬，仇敵也。（三）趨，向也。

壹(一)心而不豫兮，豫(二)，猶豫也。**疏曰：**（一）壹，專也。（二）豫，音預，獸名。猶豫並稱，其性多疑，故喻人之臨事不決者曰猶豫。羌不可保也。保(一)，知也。言己專壹忠信，以事於君，雖爲衆人所惡，志不猶豫，顧君心不可保知，易傾(二)移也。一本此句與下文，皆無"也"字。**疏曰：**（一）保，補襖切。（二）傾，向也。

疾親君而無他兮，疾，惡(一)。**疏曰：**（一）惡，去聲，下宜加"也"字。有招禍(一)之道(二)也。招，召也。言己疾惡讒佞，欲親近君側，衆人悉欲來害己①，有招(三)禍之道，將遇咎(四)也。**疏曰：**（一）禍，上聲，害也。（二）道，上聲。（三）招，音昭，自取也。麟按：此原自謂所疾惡者，親近君側之讒佞，而無他心，將自有取禍之道也。（四）咎，音臼，災害也。

姚鼐曰：已上根上文“背衆”、“待明君”二句，推言前此所以見疏於君之後，不能再得君之故。②此下皆兩兩相較，略似《卜居》。③④

校勘記：①“己”，原脱，今據李刻本、明翻宋本、汲古閣本補。②此句出林雲銘《楚辭燈》，非姚鼐語。③此句出吴至父，非姚鼐語。④此句上頁眉戴之麟題校補時地云：己丑八月二十七日上午。

思君其莫我忠兮，言衆人思君，皆欲自利，無若己欲盡忠信之節。忠，一作知。［補］曰：此言君不以我爲忠也。**疏曰：**補解是。忽忘身之賤貧。言己憂國念君，忽忘身之賤(一)貧(二)，猶願自竭。**疏曰：**麟按：此原自言君果知我無他，雖至貧賤而不悔，淡然若忘也。（一）賤，音餞，貴之反。（二）貧，音頻，富之反，窮乏也。

事君而不貳兮，貳(一)，二也。而，一作其。**疏曰：**（一）貳，音義同二。迷不知寵之門。迷，惑也。言己事君，竭盡誠信，無有二心，而不見用，意中迷惑，不知得遇寵(一)之門户，當何由之也。［補］曰：《老子》曰：寵爲不寵(二)，非君子之所貴也。屈原惟不知出此，故以信見疑，以忠被謗(三)。**疏曰：**（一）寵，沖上聲，愛也，恩也，尊榮也。麟按：此有希望寵幸之意，謂迷惑不知希望寵幸之門徑也。（二）“寵爲不寵”二句，考老子《道德經》無此語。（三）謗，布浪切。毁也，惡也。斥人之惡曰謗。

忠何罪以遇罰兮，罰(一)，刑(二)。**疏曰：**（一）罰，伏襪切，音伐，出金錢贖罪。又撻擊之也。（二）刑，音形，罰總名也。舊刑律以死、流、徙、杖、笞爲五刑。又殺也。麟按：罰、刑以此有别，惟此當解作見罪之意。“刑”字下宜别以“也”字。亦非余心之所志。言己履行忠直，無有罪過，而遇放逐，亦非我本心宿志(一)所望於君也。一本此句末與下文皆有“也”字。**疏曰：**（一）宿，音夙，素也。麟按：宿志，謂素志也。

行不羣以巓越兮，巓(一)，殞(二)。越(三)，墜。**疏曰：**（一）巓，音顛，山頂也。（二）殞，音隕，歿也。與隕同。（三）越，音粤。注曰：殞墜，引申之謂所行不合於衆，用以殞墜也。“殞”、“墜”下宜各加“也”字别之。又衆兆之所咍。咍(一)，笑也。楚人謂相啁(二)笑曰咍。言己行度不合於俗，身以巓墜，又爲人之所笑也。或曰：衆兆之所異。言己被放而顛越者，行與衆殊異也。［補］曰：咍，呼來切。《説文》云：蚩(三)，笑也。**疏曰：**（一）咍，叶異。（二）啁，音嘲。或與調通，嘲笑也。（三）蚩，音鴟，與嗤同。

紛逢尤(一)以離謗兮，紛，亂貌(二)也。尤，過也。［補］曰：紛，衆貌。言尤謗之多也。離，遭也。疏曰：（一）尤，音牛。（二）“貌”下“也”字可删。謇不可釋。謇(一)，辭也。釋(二)，解也。言己逢遇亂君，而被罪過，終不可復解釋而説也。一本句末有“也”字。**疏曰：**（一）謇，紀展切，音蹇。（二）釋，音適。上“又衆兆”句末亦有“也”字。

情沈抑而不達兮，沈(一)，没(二)也。抑，按也。**疏曰：**（一）沈，池淫切。（二）没，暮訥切。又蔽而莫之白。言己懷忠貞之情，沈没胷臆，不得白達，左右壅蔽(一)，無肯白(二)達己心也。一本句末有“也”字。［補］曰：情沈抑而不達，人君不知其用心也。又蔽而莫之白，羣臣莫肯明已所存也。**疏曰：**（一）蔽，音閉，掩飾也。（二）白，布額切。麟按：此叶逼。

心鬱(一)邑余侘(二)傺(三)兮，鬱邑，愁貌(四)也。侘，猶堂堂立貌(四)也。傺，住也。楚人謂失志悵然住立爲侘傺也。心，一作忳(五)。**疏曰：**（一）鬱，紆屈切。（二）侘，荼去聲。（三）傺，恥藝切。侘傺，失志貌。（四）二“貌”字下二“也”字均可去。（五）忳，音屯。悶也，亂也，憂也。又莫察余之中情。言己懷忠不達，心中鬱邑，惆悵住立，失我本志，曾(一)無有察我之中情也。**疏曰：**（一）曾，音層，乃也。

固煩(一)言不可結詒兮，詒，遺(二)也。《詩》曰：詒我德音(三)也。固，一作故。

一本結下有“而”字。[補]曰：詒，音怡。贈(四)言也。**疏曰：**(一)煩，音凡，與繁同，不簡也。(二)遺，去聲。(三)“詒我德音”，係逸詩。(四)贈，層去聲。凡以物送人皆曰贈。願陳志而無路。願，思也。路，道(一)也。言己積思累日，其言煩多，不可結續，以遺於君，欲見君陳己志，又無道路也。[補]曰：《思美人》曰：媒絶路阻兮，言不可結而詒。**疏曰：**(一)道，上聲。

退静默(一)而莫余知兮，進呼號又莫吾聞。言己放棄，所在幽遠，衆無知己之情也。[補]曰：號，大呼也。音豪。**疏曰：**(一)默，音墨。静也，不語也。

申侘傺之煩惑兮，申(一)，重(二)也。言衆人無知己之情，思念惑亂，故重侘傺，悵(三)然失意也。**疏曰：**(一)申，音身。(二)重，平聲。(三)悵，音暢。一作惝。失意也。中悶瞀之忳忳。悶(一)，煩也。瞀，亂也。忳忳，憂貌也。言己憂心煩悶，忳忳然無所舒(二)也。中，一作心。[補]曰：瞀，音茂。忳，徒昆切，悶也。**疏曰：**(一)悶，音暮困切，懣也。(二)舒，音書。伸也，開也。

姚鼐曰：已上叙此番遇罰來歷，所謂“誦而致愍”者，乃通篇題目之正面也。①

校勘記：①此句出林雲銘《楚辭燈》，非姚鼐語。

昔余夢登天兮，魂中道而無杭。杭(一)，度(二)也。《詩》曰：一葦(三)(四)杭之。魂，一作寬。杭，一作航。[補]曰：杭與航同。許慎(五)曰：方，兩小船並，與共濟爲航。**疏曰：**(一)杭、航，並何昂切。(二)度，同渡，過河也。(三)“一葦杭之”，見《詩·河廣》章。(四)葦，音偉。草名，大葭也。即蘆也。(五)許慎，東漢汝南人，字叔重。官至太尉南閣祭酒。少博通經籍，馬融嘗推敬之，時人謂之語曰：“五經無雙許叔重。”著《説文解字》十四篇，推究六書之義，分部類從，至爲精密，後世言小學者皆宗之。《儒林傳》言“爲郡功曹，舉孝廉。再遷，除洨長。”故亦稱洨長，或稱南閣祭酒。

吾使厲神占之兮，厲神，蓋殤鬼也。《左傳》曰：晉侯(一)夢大厲，搏(二)膺(三)而踊(四)也。[補]曰：《禮記》：王立七祀(五)有泰厲，諸侯有公厲，大夫有族厲。注曰：

厲主殺罰。**疏曰：**（一）晉侯，即景公獳，見《左快讀·成十年》“丙午，晉侯獳卒”傳。（二）搏，音博，擊也。（三）膺，衣競切，胷也。（四）踊，音勇，跳也。（五）七祀，見前《九歌》“大司命”疏。曰有志極而無旁。旁，輔也。言厲神爲屈原占之曰：人夢登天無以渡，猶欲事君而無其路也。但有勞極心志，終無輔佐(一)。**疏曰：**（一）佐，子卧切。輔也，貳也。輔貳之者皆曰佐。

終危獨以離(一)異兮，言己行忠直，終身危殆，與衆人異行之故也。**疏曰：**（一）離，别也。曰君可思而不可恃。恃，怙也。言君誠可思念，爲竭忠謀，顧不可怙恃，能實任己與不(一)也。**疏曰：**（一）不，音否，不與也。

故衆口其鑠金兮，鑠，銷(一)也。言衆口所論，萬人所言，金性堅剛，尚爲銷鑠，以喻讒言多，使君亂惑也。［補］曰：鑠，書藥切。鄒陽(二)曰：衆口鑠金(三)，積毀銷骨。顔師古曰：美金見毀，衆共疑之，數被燒煉，以至銷鑠。**疏曰：**（一）銷，音宵，鑠金也，與消同。（二）鄒陽，見前“楚辭補注目録”疏。（三）“衆口鑠金”，見《古文觀止》西漢文鄒陽《上梁王書》。①初若是而逢(一)殆。殆(二)，危也。言己志行忠信正直，性若金石，故爲讒人所危殆。**疏曰：**（一）逢，符容切，遇也，值也。（二）殆，音待，危也。宜叶紙。

校勘記：①此句上頁眉戴之麟題校補時地云：戊子三月五日上午，捄廳補録。

懲於羹者而吹整兮，言人有歠羹而中(一)熱，心中懲忞(二)，見整則恐而吹之，言易改移也。獨己執守忠直，終不可移也。一無“者”字。一云：懲於熱羹者。一云：懲熱於羹。整，一作韲，一作齏。［補］曰：懲，戒也。整，音賫。鄭康成云：凡醓醬所和，細切爲整。一曰：擣薑蒜辛物爲之。故曰整曰受辛也。**疏曰：**（一）“中熱”中字，讀去聲，受也。（二）忞，音乂，懲也。麟按：朱子《集注》作“懲熱羹而吹整兮”。何不變此志也？何不改忠直之節，隨從吹整之志也。一云：何不變此之志。一本自此句至又何以爲此援，並無“也”字。

欲釋階而登天兮，釋，置(一)也。登，上也。人欲上天，而釋其階(二)，知其無由登也。以言我欲事君，而釋忠信，亦知終無以自通也。［補］曰：《釋名》(三)云：階，梯也。《孟子》所謂完廩(四)捐(五)階是也。《易》曰：天險不可升(六)。《語》曰：猶天之不可階而升(七)。欲釋階而登天，甚言其不可也。**疏曰：**（一）置，音至，舍也。（二）階，音皆。（三）《釋名》，書名，漢劉熙撰，八卷。以同聲相諧，推論稱名辨物之意，可資以考見古音，所釋器物亦古，因以推求古人制度。别本或題《逸雅》。（四）"完廩"句，見《孟子》中《萬章上》篇。（五）捐，卷平聲，棄也。（六）"天險不可升"，見《易》上《坎卦》。（七）"猶天之不可階而升"，見《論語》下《子張》篇。猶有曩之態也。曩(一)，曏也。言欲使己變節而從俗，猶曏(二)者欲釋階登天之態(三)也，言己所不能履行也。"猶有"一作"又猶"。［補］曰：謂懲羹吹整之態。**疏曰：**（一）曩，郎上聲，昔也。（二）曏，音向，曩也。（三）態，音貸，狀態也。①

校勘記：①此句上頁眉戴之麟題校補時地云：戊子四月二十日午間，縣中終校。

衆駭(一)遽(二)以離心兮，又何以爲此伴也？伴，侶(三)也。言己見衆人易移，意中驚駭，遂離己心，獨行忠直，身無伴侶，特立於世也。一無"衆"字。［補］曰：言衆人見己所爲如此，皆驚駭遑(四)遽，離心而異志也。**疏曰：**（一）駭，音蟹，馬驚也。（二）遽，音詎，懼也。（三）侶，音旅，徒伴也。（四）遑，音皇，心不定貌。

同極而異路兮，又何以爲此援也？路，道也。言衆人同欲極志事君，顧忠佞之行，異道而殊趨(一)也。援，引也。言忠佞之志，不相援引而同也。［補］曰：援，于願切。接援，救助也。**疏曰：**（一）趨，取平聲，向也。

姚鼐曰：已上根"蔽而莫之白"句，以明人情之疏，君所以不察之故。①

校勘記：①此句出林雲銘《楚辭燈》，非姚鼐語。

晉申生(一)之孝子兮，一無"晉"字。**疏曰：**（一）申生，見下。父信讒而不好(一)。好，愛也。申生，晉獻公太子也。體性慈孝。獻公娶後妻孋(二)姬，生子奚齊，立爲太子。因誤申生使祭其母於曲沃，歸胙(三)於獻公。孋姬於酒肉置鴆(四)其中，因言曰：胙從外來，不可信，乃以酒賜小臣，以肉食犬，皆斃(五)。姬乃泣曰：賊由太子。於是申生遂自殺。故曰：父信讒而不愛也。[補]曰：《禮記》曰：晉獻公將殺其世子申生(六)，公子重耳(七)謂之曰：子盍言子之志於公乎？世子曰：不可。君安驪姬，是我傷公之心也。然則盍行乎？曰：不可。君謂我欲弒君也，天下豈有無父之國哉，吾何行如之？使人辭於狐突曰：申生有罪，不念伯氏之言也，以至於死，申生不敢愛其死。雖然，吾君老矣，子少，國家多難。伯氏不出而圖吾君，伯氏苟出而圖(八)吾君，申生受賜而死。再拜(九)稽(十)首，乃①卒。是以爲恭世子也。**疏曰：**（一）好，宜叶厚。（二）孋，音離，與驪通。原爲驪，此援《史記》作孋。（三）胙，祭肉也。（四）鴆，見前《離騷》"吾令鴆爲媒兮"疏。（五）斃，音避。踣也，仆也。此引申爲死。（六）"晉獻公"等句，見《禮記·檀弓上第三》。又見《左·僖公四年傳》。（七）重耳，即文公，申生異母弟。（八）圖，同吾切，謀也。（九）拜，布怪切，拜手也，俗曰作揖。（十）稽，音啓，拜首至地也。

校勘記：①"乃"，原誤作"而"，今據李刻本、明翻宋本、汲古閣本改。

行婞直而不豫兮，婞(一)，很也。豫，厭也。豫，一作斁(二)。**疏曰：**（一）婞，荷耿切，與倖同。（二）斁，音亦，厭也。鮌功用而不就。鮌，堯臣也。言鮌行婞很勁直，恣心自用，不知厭足，故殛之羽山。治(一)水之功，以不成也。屈原履行忠直，終不回曲，猶鮌婞很，終獲罪罰。[補]曰：申生之孝，未免陷父於不義。鮌績(二)用不成，殛於羽山。屈原舉以自比者，申生之用心善矣，而不見知於君父，其事有相似者。鯀①以婞直忘身，知剛而不知義，亦君子之所戒也。**疏曰：**（一）治，宜讀平聲。（二）績，音積，功業也，事也。

校勘記：①"鯀"，原作"鮌"，今據李刻本、明翻宋本、汲古閣本改。

吾聞作忠以造怨①兮，忽謂之過言。始吾聞爲君建立忠策(一)，必爲羣佞所怨，忽過之耳，以爲不然，今而後信。**疏曰：**（一）策，音册，籌也，謀也。

校勘記：①"怨"，原誤作"謗"，今據李刻本、明翻宋本、汲古閣本改。

九折臂而成醫兮，吾至今而知其信然。言人九折臂(一)，更歷方藥，則成良醫，乃自知其病。吾被放棄，乃信知讒佞爲忠直之害也。一云：九折臂而爲良醫。一云：吾至今而知其信然。一云：吾今而知其然。［補］曰：《左氏》云：三折肱(二)知爲良醫。《孔叢子》(三)云：宰我(四)問曰："梁丘據(五)遇虺毒，三旬而後瘳(六)。大夫衆賓，復獻攻療之方，何也？"夫子曰："三折肱爲良醫(七)。梁丘子遇虺毒而獲療(八)，諸有與之同疾者，必問所以已(九)之之方焉。衆人爲此，故各言其方，欲售之，以已人之疾也。"**疏曰：**（一）臂，筆義切。自肩至腕曰臂。（二）肱，姑薨切。臂之第二節，自肘至腕謂之肱。（三）《孔叢子》，見前《天問》"伯昌号衰"疏。（四）宰我，春秋魯人。名予，字子我，簡稱我。孔子弟子，列言語之科。（五）梁丘據，春秋齊景公嬖大夫。"宰我問：梁丘據"諸句，見《孔叢子》卷上《嘉言第一》。① （六）瘳，音抽，病瘉也。（七）"三折肱"，見《左・定公十三年》"秋，晉趙鞅……歸于晉侯"傳。（八）療，音料，治病也。（九）已，音以，止也。

校勘記：①此句上頁眉戴之麟題校補時地云：己丑三月十七日夜，新庭。

矰弋機而在上兮，矰(一)繳(二)，射矢(三)也。弋(四)，亦射也。《論語》曰：弋不射(五)宿。弋，一作隿。［補］曰：矰，音增。《淮南》云：矰繳機(六)而在上(七)，罛罟(八)張而在下，雖欲翱(九)翔(十)，其勢焉得。注云：矰弋，射鳥短矢也。機，發也。**疏曰：**（一）矰，以生絲繫矢以射鳥雀者也。（二）繳，音灼，以繩繫矢而射也。（三）矢，箭也。（四）弋，音亦，義同繳。（五）射，音石。（六）機，吉衣切，所以捕魚鳥也。（七）"矰繳機"二句，見《淮南子》卷二《俶真訓》，原文"矰"上有"今"字。① （八）罟，音古，網也。（九）翱，音敖，敖游也。（十）翔，音祥，回飛也。"弋不射宿"，見《論語》上《述而》篇。罻羅張而在下。罻羅，捕鳥網也。言上有罥(一)繳弋射之機，下有張施罻羅之網，飛鳥走獸，動而遇害。喻君法繁②多，百姓動觸刑罰也。［補］曰：罻，音尉。《記》曰：鳩(二)化爲鷹(三)，然後設罻羅。下，音户。**疏曰：**（一）罥，音睊，掛也。（二）鳩，見前《離騷》"雄鳩之鳴逝兮"疏。（三）"鳩化爲鷹"，見《禮記・王制第五》。③

校勘記：①此句上頁眉戴之麟題校補時地云：戊子五月十日午前，球左補録。②"繁"，原作"緐"，今據李刻本、明翻宋本、汲古閣本改。③此句旁頁邊戴之麟題校補時地云：丁亥五月二十四日午前，韓左个。

設張辟以娛君兮，辟，法也。娛(一)，樂也。［補］曰：辟，毗亦切。《説文》云：法也，節制其罪也。**疏曰：**（一）娛，音虞。願側身而無所。言君法繁多，讒人復更設張峻(一)法，以娛樂君，己欲側(二)身竄(三)首，無所(四)藏匿也。**疏曰：**（一）峻，音俊。峭也，急也。此引申爲危法也。（二）側，音仄。（三）竄，措玩切，逃匿也。麟按：此謂願置身君側而無處所也。（四）所，處也。讀去聲。

欲儃佪以干傺兮，儃(一)佪，猶低佪也。干，求也。傺(二)，住也。言己意欲低佪留待於君，求其善意，恐終不用，悵然立住。［補］曰：儃，知然切。儃佪，不進貌。干傺，謂求仕而不去也。**疏曰：**（一）儃，音蟬。（二）傺，恥藝切。恐重患而離尤。尤，過也。言己欲求君之善意，恐(一)重得患禍，逢罪過也。［補］曰：恐，去聲。重，儲用切。增，益也。離，遭也。**疏曰：**（一）恐，讀去聲，疑也。慮及意外曰恐。

欲高飛而遠集兮，君罔謂汝①何之？罔，無也。言己欲遠集(一)他國，君又誣罔我，言汝遠去何之(二)乎？［補］曰：言欲高飛遠集，去君而不仕，得毋②(三)謂我遠去欲何所適(四)也。**疏曰**：（一）集，止也。麟按：此原自喻己欲遠去如鳥之高飛而遠止，君毋乃謂我將何之也。（二）之，往也。（三）罔、毋義同。上句尤讀尼，與之叶。（四）適，音釋。往也，至也。

校勘記：①“汝”，原誤作“欲”，今據李刻本、明翻宋本、汲古閣本改。②“毋”，李刻本、明翻宋本、汲古閣本作“無”。以下文疏證曰“罔、毋義同”，今不改。

欲橫奔而失路兮，堅志而不忍。言己意欲變節易操，橫行失道，而從佞僞(一)，心堅於石，而不忍爲也。一云：蓋志堅而不忍。**疏曰：**（一）僞，爲去聲。詐也，爲之而非真也。

背膺牉以交痛兮，膺，胷也。牉，分也。一本“牉”下有“合”字。一云：背膺敷(一)牉其交痛。[補]曰：牉，音判。《傳》曰：夫妻牉合也。《字林》(二)云：牉，半也。**疏曰：**（一）敷，音符，饒足也。言其交痛有餘也。（二）《字林》，書名。《隋書·經籍志》："《字林》七卷，晉弦令吕忱撰。《字林音義》五卷，宋揚州督護吴恭撰。"唐書學博士掌教諸生，以《石經》、《説文》、《字林》爲顓業，見《唐書·百官志》。顓，音義同專。"夫妻"句，見《禮·喪服傳》、《説文》第七篇"片"注。[①] 心鬱結而紆軫。紆(一)，曲也。軫(二)，隱也。言己不忍變心易行，則憂思鬱結，胸背[②]分裂(三)，心中交引而隱痛也。結，一作約(四)。[補]曰：紆，縈(五)也。軫，痛也。**疏曰：**（一）紆，音迂。心之鬱結曰紆。（二）軫，音診。（三）裂，音列，破也。（四）約，乙却切，不侈然自放曰約。（五）縈，音榮，繞也。

姚鼐曰：已上根"煩言不可結而詒"句，以明讒人之毒，君所以必罰之故。[③]

校勘記：①此句上頁眉戴之麟題校補時地云：己丑六月二十六日午前。②"背"，原誤作"臂"，今據李刻本、明翻宋本、汲古閣本改。③此句出林雲銘《楚辭燈》，非姚鼐語。

檮木蘭以矯蕙兮，矯，猶糅也。檮(一)，一作擣。矯(二)，一作撟(三)。糅(四)，一作揉(五)。[補]曰：檮，音擣，斷木也。撟，舉手也。《釋文》：古昴切。**疏曰：**（一）檮，本音濤，無知貌。音倒，刺也。（二）矯，讀如皎，揉曲使直也。（三）撟，音義同。（四）糅，音狃，雜也。（五）揉，音柔，摩擦曰揉。糳申椒以爲糧。申，重也。言己雖被放逐，而棄居於山澤，猶重糳蘭蕙，和糅衆芳以爲糧。食飲有節，修善不倦也。糳，一作鑿。[補]曰：《左傳》曰：粢(一)食不鑿(二)。鑿，精細米。《説文》曰：糲(三)米一斛(四)舂九斗，曰糳。並音作。**疏曰：**（一）粢，音咨，穀之供祭祀者。（二）"粢食不鑿"，見《左·桓公二年》"臧哀伯諫納郜鼎"傳。（三）糲，音勵。粗也，米不精也。（四）斛，胡禄切，量器名。古謂十斗曰斛，今以五斗爲斛。

播江離與滋菊兮，播，種也。《詩》曰：播(一)厥百穀(二)。滋(三)，蒔(四)也。**疏曰：**（一）播，波去聲。（二）"播厥百穀"，見《詩·載芟》章，又《良耜》篇。（三）滋，音兹。（四）蒔，音時，又音侍，分種也。願春日以爲糗芳。糗，糒也。言己乃種江離，蒔香菊，采之爲糧，以供春日之食也。[補]曰：糗，去[①]久切，乾飯屑也。

《孟子》曰：飯(一)糗茹(二)草(三)。江離與菊，以爲糗糒，取其芳香也。糒(四)，音備。**疏曰：**（一）飯，上聲，食也。（二）茹，音如，去聲，食也。（三）“飯糗茹草”，見《孟子》下《盡心》篇下。（四）糒，乾飯以爲行軍之糧者也。

校勘記：①“去”，原誤作“古”，今據李刻本、明翻宋本、汲古閣本改。

恐情質之不信兮，情，志也。質，性也。質(一)，一作志。**疏曰：**（一）質，之乙切。凡物類之本體皆曰質。故重著以自明。言我修善不懈(一)，恐君不深照己之情，故復重深陳飲食清潔，以自著明也。［補］曰：重，直用切。**疏曰：**（一）懈，皆隘切，怠也。

矯茲媚(一)以私處(二)兮，矯，舉也。茲，此也。《釋文》作橋，居表切。［補］曰：撟，本從手，舉手也。**疏曰：**（一）媚，讀若寐，諂也。（二）處，上聲，居也。願曾思而遠身。曾，重也。言己舉此衆善，可以事君，則願私居遠處(一)。唯重思而察之。［補］曰：曾，音增。**疏曰：**（一）處，當讀上聲。

姚鼐曰：已上提出自己本領，方結得住。①

朱子曰：此篇全用賦體，無他寄託。其言明切，最爲易曉。而其言作忠造怨、遭讒畏罪之意，曲盡彼此之情狀。

校勘記：①此句出林雲銘《楚辭燈》，非姚鼐語。

涉 江

此章言己佩服殊異，抗志高遠，國無人知之者，徘徊(一)江之上，歎小人在位，而君子遇害也。**疏曰：**（一）徘徊，不進貌。又流連往復也。一作俳佪、裵回。徘，音裴。徊，音回。

余幼好(一)此奇服兮，奇，異也。或曰：奇服，好(二)服也。**疏曰：**（一）好，去聲。（二）注“好”，上聲。年既老而不衰。衰(一)，懈也。言己少好奇偉之服，履忠直之行，雖老不懈。五臣云：衰，退也。雖年老而此心不退。**疏曰：**（一）衰，疏追切。盛之對，凡由盛而漸減殺者曰衰。殺，音塞。

帶長鋏之陸離兮，長鋏，劍名也。其所握長劍，楚人名曰長鋏也。五臣云：陸離（一），劍（二）低昂貌。［補］曰：鋏，古挾切。《莊子》曰：韓（三）、魏（四）爲鋏（五）。注云：鋏，把也。《史記》曰：彈劍[①]而歌曰（六）：長鋏歸來乎！《文選》注云：鋏，刀身劍鋒也，有長鋏、短鋏。**疏曰：**（一）陸離，參看前《離騷》"長余佩之陸離"疏。（二）劍，見前《九歌·東皇太一》"撫長劍兮玉珥"疏。（三）韓，見前《天問》"何感天抑墜"疏。（四）魏，音謂，國名。戰國初，晉大夫魏斯與韓、趙共分晉地，國號魏，有今河南北部、山西西南部之地。後滅於秦。（五）"韓、魏爲鋏"，見《莊子·説劍》篇。[②]（六）"彈劍"諸句，見《史記七十五·孟嘗君列傳第十五》。[③]

姚鼐曰：所以爲奇服之飾。[④]

冠切雲之崔嵬。崔嵬，高貌也（一）。言己内修忠信之志，外帶長利之劍[⑤]，戴崔嵬[⑥]之冠（二），其高切（三）青雲也。嵬，一作巍。五臣云：切雲，冠名。［補］曰：崔，音摧。嵬、巍，並五回切。**疏曰：**（一）貌下"也"字宜删。（二）冠，音官，所以加於首者，今稱曰帽。句首冠字宜讀去聲，戴也。謂戴切雲之冠也。（三）切，七噎切，貼近也。[⑦]

校勘記：①"劍"，原誤作"鋏"，今據李刻本、明翻宋本、汲古閣本改。下文疏證徑改不出校。②此句上頁眉戴之麟題校補時地云：丁亥六月二十五日午後，韓左个。③此句上頁眉戴之麟題校補時地云：戊子九月二十日上午，球左補録。④此句出林雲銘《楚辭燈》，非姚鼐語。⑤"長利之劍"，原誤作"長劍之利"，今據李刻本、明翻宋本、汲古閣本改。⑥"嵬"，原誤作"巍"，今據李刻本、明翻宋本、汲古閣本改。⑦此句上頁眉戴之麟題校補時地云：戊子九月六日上午，球左校。

被明月兮珮寶璐。在背曰被。寶璐，美玉也。言己背被明月之珠，要（一）珮[①]（二）美玉，德寶兼備，行度清白也。珮，一作佩。五臣云：被，猶服也。明月，珠名。［補］曰：《淮南》曰：明月之珠，不能無纇（三）（四）。注云：夜光之珠，有似月光，故曰明月。

璐，音路。《説文》云：玉名。**疏曰：**（一）要，與腰通，音邀。腰，古皆作要。（二）珮，音佩。《玉篇》："玉佩也。本作佩，或從[②]玉。"《廣韻》："玉之帶也。"《三禮圖》："凡玉佩，上有雙衡，衡長五寸，博一寸。下有雙璜，璜徑三寸。衡牙蠙珠，以納其間。上下爲衡，半璧爲璜。璜中横以衡牙，以蒼珠爲瑀。"《三禮圖》，《辭源》子集三十九頁一部二畫："舊《三禮圖》，凡六本。《隋書》列鄭玄、阮諶等《三禮圖》，《唐書》有夏侯伏朗、張鎰等《三禮圖》，《宋史》載唐開皇中敕撰《三禮圖》，皆不傳於後。今所存者，有聶氏《三禮圖》，宋聶崇義所撰。崇義在周顯德中，奉詔参定郊廟祭禮，因取六本舊圖，重加考訂，别爲《三禮圖》。《夢溪筆談》、《集古録》等譏其與經注多所違異，是蓋諸家相沿之誤，不盡出於崇義也。書凡二十卷，有通志堂刊本。又明劉績亦撰《三禮圖》，則與舊圖大異，蓋本諸陳祥道《禮書》、林希逸《考工記解》等，而取諸《宣和博古圖》者爲尤多，凡四卷。"[③]按：《玉函山房輯佚書》經編目載：後漢鄭玄、阮諶等著，一卷。[④]（三）纇，音末，疵也。（四）"明月之珠"二句，見《淮南子》十三《氾論訓》。

校勘記：①"珮"，明翻宋本、汲古閣本作"佩"。②"從"，原誤作"作"，今據《玉篇》改。③此句上頁眉戴之麟題校補時地云：戊子四月二十日午間，縣中又校。己丑五月二十七日午後，新庭。④此句上頁眉戴之麟題校補時地云：己丑五月三日傍晚，新庭。

世溷濁而莫余知兮，溷[(一)]，亂也。濁[(二)]，貪也。一無"兮"字。**疏曰：**（一）溷，魂去聲。（二）濁，音獨，水不清也。吾方高馳[(一)]而不顧。言時世貪亂，遭君蔽闇[(二)]，無有知我之賢，然猶高行抗志，終不回曲也。一本句末有"兮"字。五臣云：言我冠帶佩服，莫不盛美，加之忠信貞潔，而遭世溷濁，無相知者。顧世上如此，故高馳不顧[(三)]，願駕虯螭[(四)]而遠去也。**疏曰：**（一）馳，音池，疾驅也。（二）闇，音暗，隱晦貌。（三）顧，音故。回視也，又眷念也。（四）虯螭，見下句疏。

駕青虯[(一)]兮驂[(二)]白螭[(三)]，虯、螭，神獸，宜於駕乘。以喻賢人清白，宜可信任也。五臣云：虯、螭皆龍類。[補]曰：虯見《騒經》。螭見《九歌》。**疏曰：**（一）虯，見前"離騒注疏第一"疏。（二）驂，見前《九歌·國殤》"左驂殪兮右刃傷"疏。（三）螭，見《九歌·河伯》"駕兩龍兮驂螭"疏。

吾與重華游兮瑤之圃，重華，舜名。瑤(一)，玉也。圃(二)，園也。言己想侍虞舜，游玉園，猶言遇聖帝升清朝也。游，一作游。一云：瑤，石次玉也。［補］曰：《山海經》云：槐江(三)之山，上多琅(四)玗(五)金玉，實惟帝之平圃。**疏曰：**（一）瑤，音遥。（二）圃，音補。（三）槐江山，在泰器之山西三百二十里，見同原文。（四）琅，音郎，潔白之喻。（五）玗，音干，美石之次於玉者也。一云：石似珠玉。“槐江之山”等句，見《山海經》卷二《西山經》第四十五①條，此係節録。②

姚鼐曰：已上自叙素行之端直。③

校勘記：①“五”，原誤作“六”，今據《山海經》改。②此句上頁眉戴之麟題校補時地云：丁亥六月二十三日午後，韓左个。③此句出林雲銘《楚辭燈》，非姚鼐語。

登崑崙兮食玉英(一)，猶言坐明堂(二)，受爵位。崑崙，一作崐崘。食，一作湌(三)。五臣云：瑤圃、玉英，皆美言之。［補］曰：《爾雅》：西北之美者，有崐崘虛(四)之璆(五)琳(六)琅玕焉。《援神契》(七)曰：玉英(八)，玉有英華之色。**疏曰：**（一）英，叶央。（二）明堂，明政教之堂也。古祀上帝，祭先祖，朝諸侯，養老尊賢，凡關於大典禮者，皆於此行之。（三）湌，雌安切。義與餐通，又與飧通。暮食也，水和飯也。（四）虛，同墟。（五）璆，音求，與球同。玉之美者，可以爲磬。（六）琳，音林，美玉也。（七）《援神契》，書名，《孝經緯》也。言孝道之至，行乎陰陽，通乎鬼神，上下古今，若執符契，故以爲名。原書已失，今所傳《援神契》則等諸雜讖矣。按是書，宋均注，分上下二卷。“賁居子曰”出孫瑴《古微書》，載《玉函輯佚書》中。①（八）“玉英”句，見是書下卷十二頁“事神明得”二句下，“英”作“瑛”。

姚鼐曰：未濟時，先徘徊一番。②

校勘記：①此句上頁眉戴之麟題校補時地云：己丑八月八日上午。②此句出林雲銘《楚辭燈》，非姚鼐語。

與天地兮同壽，與日月兮同光。言己年與天地相敝(一)，名與日月同耀。一云：同壽齊光。一云：比壽齊光。五臣云：言若得值於此時，而我年德冀(二)如是也。［補］曰：《莊子》曰：吾與日月參光(三)，吾與天地爲常。**疏曰：**（一）敝，音幣，壞也。(二)冀，音記，望也。(三)“吾與日月”二句，見《莊子》上四《在宥》篇。

哀南夷之莫吾知兮，屈原怨毒楚俗，嫉害忠貞，乃曰哀哉南夷之人，無知我賢也。[補]曰：《國語》云：楚爲荆蠻(一)(二)。**疏曰：**(一)蠻，横頑切。麟按：南夷，原蓋指所歷之地而言，非斥其生長之祖國也。(二)“楚爲荆蠻”，見《國語·晉語》襄公二十七年“宋之盟”傳。旦余①濟乎江湘。旦，明也。濟，渡也。言己放棄，以明旦之時始去，遂渡江湘之水。言明旦者，紀時明，刺(一)君不明也。乎，一作於。**疏曰：**(一)刺，讀如次，責之也。如譏刺、諷刺。

校勘記：①“余”下，原衍“將”字，今據李刻本、明翻宋本、汲古閣本删。

乘鄂渚而反顧兮，乘，登也。鄂(一)渚(二)，地名。[補]曰：楚子熊渠，封中子紅於鄂。鄂州，武昌縣地是也。隋以鄂渚爲名。**疏曰：**(一)鄂，音諤。今爲湖北鄂城縣，而以前之江夏縣改爲武昌縣。(二)渚，音煮，小洲也。熊渠即楚熊繹四世孫，當周夷王時。

姚鼐曰：方濟時，又徘徊一番。既濟後，又計度自慰一番。①

欸秋冬之緒風。欸，歎也。緒，餘也。言己登鄂渚高岸，還望楚國，向秋冬北風，愁而長歎，心中憂思也。五臣云：秋冬之風，摇落萬物，比之讒佞，是以歎焉。[補]曰：欸，音哀。《方言》(一)云：欸，然也。南楚凡言然者，曰欸。**疏曰：**(一)《方言》，見前《離騷》“衆薆然而蔽之”疏。麟按：近人章太炎有《新方言》一册。

校勘記：①此句出林雲銘《楚辭燈》，非姚鼐語。

步余馬兮山皋，邸余車兮方林。邸，舍(一)也。方林(二)，地名。言我馬强壯①，行於山皋，無所驅馳；我車堅牢(三)，舍於方林，無所載任也。以言己才德方壯，誠可任用，棄在山野，亦無所施也。邸，一作柢。[補]曰：邸，典禮切。柢無舍義。《風賦》(四)云：邸蕚(五)葉而振氣。注云：邸，觸也。**疏曰：** (一)舍，上聲，止也。

（二）方林，以山臯例之，當亦泛指所止之林地也。（三）牢，音勞。堅，固也。（四）《風賦》，宋玉作。（五）蕚，《文選》本作華。

姚鼐曰： 此叙南游經歷荒遠慘愴之景。[②③]

校勘記： ①“强壯”，原誤作“壯强”，今據李刻本、明翻宋本、汲古閣本改。②此句出沈伯經《古文辭類纂評注》，爲沈氏於頁眉所作評注，非姚鼐語。③此句上頁眉戴之麟題校補時地云：丁亥六月七日午後，韓左个。

乘舲船余上沅兮，舲船，船有窗[①]牖者。［補］曰：舲，音靈。《淮南》云：“越舲蜀[②]艇[(一)]。”注云：舲，小船也。《釋文》作柃[(二)]。［補］曰：上，謂溯[(三)]流而上也。上，上聲。**疏曰：**（一）“越舲蜀艇”，見《淮南子》卷二《俶真訓》。（二）柃，音零。《説文》：“木也。”《玉篇》：“可染物。”又音領，義同。無船義，不可從。（三）溯，音素，與泝同，沿水行也。齊吴榜以擊汰。吴榜，船櫂[(一)]也。汰，水波也。言己始去乘窗舲之船，而上沅、湘之水，士卒齊舉大櫂而擊水波，自傷去朝堂之上，而入湖澤之中也。或曰：齊悲歌，言愁思也。［補］曰：《字書》：艅[(二)]，船也。吴，疑借用。榜，北孟[③]切，又音謗，進船也。汰，音太。**疏曰：**（一）櫂，稚效切。舟旁撥水之具，所以進船者也。短曰楫，長曰櫂。此宜從逸説，當時沅、湘近吴，蓋櫂或出自吴人也。（二）艅，音吾，船名。

校勘記： ①“窗”，明翻宋本、汲古閣本作“牕”。下“乘窗舲之船”同。②“蜀”，原誤作“吴”，今據李刻本、明翻宋本、汲古閣本改。下文疏證徑改不出校。③“孟”，原誤作“猛”，今據李刻本、明翻宋本、汲古閣本改。

船容與而不進兮，淹回水而疑滯。疑，惑也。滯[(一)]，留也。言士衆雖同力引櫂，船猶不進，隨水回流，使已疑惑有還意也。疑，一作凝。五臣云：容與，徐動貌。淹[(二)]，留也。疑滯者，戀[(三)]楚國也。［補］曰：江淹[(四)]賦[(五)]云：舟凝滯於水濱。杜子美[(六)]詩云：舊客舟凝滯。皆用此語。其作疑者，傳寫之誤耳。**疏曰：**（一）滯，音彘，凝也。謂凝聚而不流通也。麟按：此宜叶帶，謂船之不進，以回水之凝滯，非有還意。蓋既被放逐，焉可隨意反還也。（二）淹，衣詹切，漬也。（三）戀，慮院切，心所係念而不釋也。同念。（四）江淹，見前《九歌·河伯》“送美人兮南浦”疏二。[①]

（五）此賦名《别》，《評李善注文選》卷十六賦哀傷類。[②]（六）杜子美，唐襄陽人。名甫，審言之孫。居杜陵，少貧，舉進士不第。玄宗時以獻賦得待制集賢院，肅宗時爲右拾遺。因事被黜，尋起爲工部員外郎。甫博極羣書，善爲詩歌，涵深汪洋，千態萬狀，謂自有詩以來未有如子美者。其墓在襄陽城南五里許峴山頭，清季麟留學襄師，曾過謁之，與張柬之墓爲鄰。

校勘記：①此句上頁眉戴之麟題校補時地云：丁亥六月九日午後，韓左个。②此句旁頁邊戴之麟題校補時地云：己丑四月二十四日上午，新庭。

朝發枉陼兮，枉陼(一)，地名。陼(二)，一作渚。**疏曰：**（一）枉陼，見下句注。（二）陼，音煮，小洲也。與渚同。夕宿辰陽。辰陽(一)，亦地名也。言己乃從枉陼，宿辰陽，自傷去國日已遠也。或曰：枉，曲也。陼，沚(二)也。辰，時也。陽，明也。言己將去枉[①]曲之俗。而趨時明之鄉也。［補］曰：《前漢》：武陵郡有辰陽(三)。注云：三山谷辰水所出，南入沅七百五十里。《水經》云：沅水東逕[②]辰陽縣東南(四)，合辰水。舊治在辰水之陽，故取名焉。《楚辭》所謂夕宿辰陽也。沅水又東，歷小灣，謂之枉渚。**疏曰：**（一）辰陽，戰國楚地。漢置縣，屬武陵郡，故城在今湖南辰谿縣西。麟按：或説迂曲不合，補曰直捷可從。（二）沚，音止，小渚曰沚。（三）"武陵郡"諸句，見《漢書》二十八卷上《地理志》"豫章郡"條。[③]（四）"沅水東逕"二句，見《水經》卷三十七"沅水出牂牁"節注，原文"東南"作"南東"，"沅水"下有"又"字。[④]

校勘記：①"枉"，原誤作"江"，爲承襲李刻本之誤，今據明翻宋本、汲古閣本改。②"逕"，原作"經"，今據李刻本、明翻宋本、汲古閣本改。下文疏證徑改不出校。③此句上頁眉戴之麟題校補時地云：戊子九月二十九日上午，捄左補録。④此句旁行間戴之麟題校補時地云：己丑後七月二日上午。

苟余心其端直兮，苟(一)，誠也。其，一作之。五臣云：苟，且也。**疏曰：**（一）苟，宜從誠解。《論語·里仁》篇曰："苟志於仁矣。"注："誠也。"雖僻遠之何傷？僻(一)，左也。言我惟行正直之心，雖在遠僻[①]之域，猶有善稱，無害疾也。故《論語》曰子欲居九夷(二)也(三)。僻，一作辟。五臣云：原自解之辭。**疏曰：**（一）僻，音癖。非平正通達人所共由者謂之僻，左義無取。（二）九夷，見前《離騷》"指西海以爲期”疏。（三）“子欲居九夷”，見《論語》上《子罕》篇。

校勘記：①“遠僻”，原誤作“僻遠”，今據李刻本、明翻宋本、汲古閣本改。

入漵浦余儃佪兮，漵浦(一)，水名。儃(二)佪(三)，一作邅(四)迴(五)。五臣云：漵亦浦類。邅，轉。迴，旋也。［補］曰：漵，徐吕切。**疏曰：**（一）漵浦，漵水濱也。今縣名，唐置。清屬湖南辰州府，今屬湖南辰沅道。漵水，古名序水，亦曰序濱，又謂之雙龍江。源出湖南漵①浦縣東南頓家山，西北流經辰溪縣南，入於沅水。（二）儃，音蟬。（三）佪，音回。猶低佪也。（四）邅，音旃。（五）迴，音回。麟按：此謂低佪不進也。迷不知吾所如。迷，惑也。如，之也。言己思念楚國，雖循(一)江水涯，意猶迷惑，不知所之也。一本“吾”下有“之”字。**疏曰：**（一）循，音旬，依之往也。

校勘記：①“漵”，原脱，今據《辭源》補。

深林杳以冥冥兮，山林草木茂盛。一曰：杳(一)杳以冥冥。杳，一作晦。冥冥，一作冥寞。五臣云：冥冥，暗貌。**疏曰：**（一）杳，夭上聲，冥貌。猨狖之所居。非賢士之道徑。一本此句上有“乃”字。五臣云：猨狖，輕捷之獸。喻國之昏亂，邪巧生焉，非賢智所能處也。［補］曰：猨(一)狖(二)，見《九歌》。**疏曰：**（一）猨，猿本字。（二）狖，音柚。見前《九歌·東皇太一》“吉日兮辰良”疏。

山峻高以蔽日兮，言險阻危傾(一)也。以，一作而。**疏曰：**（一）傾，音區營切，側也。下幽晦以多雨。言暑濕泥濘(一)也。［補］曰：此言陰氣盛而多雨也。**疏曰：**（一）濘，寧上聲，泥水迂積道上也。

霰雪紛其無垠兮，涉(一)冰凍之盛寒。［補］曰：《詩》云：如彼雨(二)雪(三)，先集維①霰(四)。霰，霙(五)也。一曰：雨雪雜。垠，音銀，畔岸也。**疏曰：**（一）涉，石葉切，經也。（二）雨，去聲。（三）“如彼”二句，見《詩·頍弁》篇。（四）霰，細宴切。俗曰雪珠，又曰雪花，又曰淩子子。雨點降下時遇下層空氣，冷度在冰點以下所凝結而成者。與雪本爲一物，特其形異耳。（五）霙，音英，雨雪雜下也。一説雪花曰霙。雲霏霏(一)而承(二)宇(三)。室屋沈没，與天連也。或曰：日以喻君，山以喻臣，霰雪[②]以興(四)殘賊，雲以象佞人。山峻高以蔽日者，謂臣蔽君明也。下幽晦以多雨者，羣下專擅施恩惠也。霰雪紛其無垠者，殘賊之政害仁賢也。雲霏霏而承宇者，佞人並進滿朝廷也。[補]曰：霏，芳微切。《詩》：雨雪霏霏。**疏曰：**（一）霏，音菲，雨雪貌。此句見《詩·采薇》篇。（二）承，接也。（三）宇，音禹，屋邊也。猶言簷下。（四）興，去聲。情之感物而發者謂之興，故詩之先言他物以引起所詠之事者曰興。詩六義之一也。

姚鼐曰：日以喻君，山以喻臣，霰雪以興讒賊，雲以象佞人。

校勘記：①"維"，原誤作"爲"，今據李刻本、明翻宋本、汲古閣本改。②"雪"，原脱，今據李刻本、明翻宋本、汲古閣本改。

哀吾生之無樂兮，遭遇[①]讒佞，失官(一)爵也。**疏曰：**（一）官，音冠，職也。謂各守其職，爲國家治事者也。幽獨處(一)乎山中。遠離親(二)戚(三)，而斥逐也。**疏曰：**（一）處，上聲。親戚，孔穎達疏《孟子》"親戚畔(四)之"(五)曰："（二）親謂内親，（三）戚謂外戚。"古人於父子兄弟皆得稱親戚，舉"《韓詩外傳》：'曾子親戚既没(六)，欲孝無從。'此謂父母也"爲證。麟按：是也。惟近世以來自宜以注爲當，猶昔者飲食、禽獸不分，今則飲屬茶水，食屬飯食；禽謂飛禽，獸謂走獸，不可混也。（四）畔，音叛，義同，背也。（五）"親戚"句，見《孟子》上《公孫丑下》。（六）"曾子"二句，《外傳》無考。

校勘記：①"遇"，原誤作"逢"，今據李刻本、明翻宋本、汲古閣本改。

吾不能變心而從俗兮，終不易(一)志，隨枉(二)曲也。**疏曰：**（一）易，入聲，改變也。（二）枉，紆怳切，邪曲也。固將愁苦而終窮。愁思無聊(一)，身困窮也。**疏曰：**（一）聊，料平聲，賴也。如言民不聊生，謂無所賴藉以爲生也。[①]

校勘記：①此句上頁眉戴之麟題校補時地云：同上午前，韓寢左个。

接輿髡首兮，桑扈臝行。接輿，楚狂接輿(一)也。髡，剔也。首，頭也。自刑身體，避世不仕(二)也。桑扈，隱士也。去衣裸裎，効(三)夷狄也。言屈原自傷不容於世，引此隱者以自慰(四)也。臝，一作裸。［補］曰：《論語》曰：楚狂接與，歌而過(五)孔子(六)。《揚子》曰：狂接輿之被其髮也(七)。《莊子》曰：嗟來桑户(八)乎(九)。髡，音坤，去髮也。臝，力果切，赤體也。**疏曰：**（一）接輿，《高士傳》："姓陸，名通。春秋楚人。"（二）仕，事矣切，仕宦也。（三）効，俗效字，本義功也。（四）慰，音尉，安也。（五）過，平聲。（六）"楚狂接與，歌而過孔子"，見《論語》下《微子》篇。（七）"狂接輿"句，見揚子《法言·淵騫》篇，卷第十一，"被"作"披"。（八）桑扈，《莊子·大宗師》作子桑户與孟子反、子琴張友，其死，孔子使子貢往侍事焉，或編曲，或鼓琴，相和而歌云云，蓋春秋時人。[①]（九）"嗟來"句，見《莊子·大宗師》篇。

校勘記：①此句旁頁邊戴之麟題校補時地云：戊子五月一日上午，救左補録。

忠不必用兮，賢不必以。以，亦用也。［補］曰：《語》曰：不使大臣怨乎不以(一)。左氏曰：師能左右之曰以(二)。**疏曰：**（一）"不使"句，見《論語》下《微子》篇。（二）"師能"句，見《左·僖二十六年》"冬，楚人伐宋"傳，"師"上有"凡"字。[①]

校勘記：①此句上頁眉戴之麟題校補時地云：丁亥十二月十二日午前，韓左个。

伍子逢殃(一)兮，伍子，伍子胥也。爲吴王夫差臣，諫令伐(二)越，夫差不聽，遂賜劍而自殺。後越竟滅吴，故曰逢殃。［補］曰：子胥，伍員也。《史記》：越王句踐率其衆以朝吴(三)，吴王喜。惟子胥懼曰：是棄吴也。諫不聽，賜子胥屬鏤(四)之劍以死。將死，曰：抉(五)吾眼，置吴東門之上，以觀越之滅吴也。《莊子》曰：伍員流于江(六)。鄒陽曰：子胥夷(七)(八)。**疏曰：**（一）殃，音央，禍也。（二）伐，音罰，征伐也。凡師有鐘鼓曰伐。（三）"越王句踐"諸句，係撮舉。詳見《史記》卷四十一《越王句踐世家第十一》。[①]（四）屬鏤，劍名。屬，音蜀。鏤，音漏。（五）抉，音決，挑也。（六）"伍員流于江"，見《莊子菁華》下卷八《外物》篇。（七）鴟夷，革囊也，本以盛酒者。亦作鴟鶇，又省稱鴟。《史記》注："取馬革爲鴟夷。鴟夷，榼形。"《黎②士宏筆記》："秦鞏間人。割牛羊去其首，割肉空中，爲皮袋，大者受一石，小者受二三斗，俗曰混沌，即古之鴟夷。"鴟，音蚩。參看前《天問》"勳闔夢生"疏。黎士宏，俟考。（八）"子胥鴟夷"，見《古文觀止》兩漢文鄒陽《上梁王書》。③

比干菹[一]醢[二]。比干，紂之諸父也。紂惑妲己，作糟丘酒池，長夜之飲，斷斮[三]朝涉，刳[四]剔[五]孕婦。比干正諫，紂怒曰：吾聞聖人心有七孔。於是乃殺比干，剖其心而觀之，故言菹醢也。一云：比干，紂之庶[六]兄。菹，一作葅[七]。**疏曰：**（一）菹，捉於切。（二）醢，音海，酒肉醬也。（三）斮，音琢，斬也。（四）刳，音枯，剖也。（五）剔，音惕，解也。謂分解其骨與肉也。（六）庶，音恕，支庶也。庶兄，庶母所生之兄也。（七）葅，音蛆。酢菜也，又醢也。

校勘記：①此句上頁眉戴之麟題校補時地云：戊子八月二十日午前，捄左補録。②"黎"，原誤作"蔡"，今據《辭源》改。下文徑改不出校。③此句上頁眉戴之麟題校補時地云：戊子七月五日上午，捄廳補録。

與前世而皆然兮，謂行忠直，而遇患[一]害，如比干、子胥者多也。**疏曰：**（一）患，音宦，害也。吾又何怨乎今之人。自古有迷亂之君，若紂、夫差，不用忠信，滅國亡身，當何爲復怨今之君乎？五臣云：此自抑[一]之詞。**疏曰：**（一）抑，音億，按也。麟按：此謂屈原之自懲抑也。

余將董道而不豫兮，董，正也。豫，猶豫也。言己雖見先賢執[一]忠被害，猶正身直行，不猶豫而狐疑也。**疏曰：**（一）執，守也。固將重[一]昏而終身。昏，亂也。言己不逢明君，思慮交錯[二]，心將重亂，以終年命。**疏曰：**（一）重，平聲。（二）錯，音雌郝切，雜也。

亂曰：鸞鳥鳳皇，日以遠兮。鸞、鳳[一]，俊[二]鳥也。有聖君則來，無德則去，以興[三]賢臣難進易退也。**疏曰：**（一）鸞、鳳，見前《離騷經章句第一》疏。（二）俊，作韻切，與儁雋並通。才智過人者曰俊，凡事物傑出者皆謂之俊。（三）興，去聲。

燕雀烏鵲，巢堂壇兮。燕(一)雀(二)烏(三)鵲(四)，多口妄鳴，以喻讒佞。言楚王愚闇，不親仁賢，而近①讒佞也。[補] 曰：壇(五)，音善，見《九歌》。**疏曰：**(一) 燕，見前《天問》"玄鳥致詒，女何喜"疏。(二) 雀，音爵，小鳥名。褐色，有黑斑。古通爵。俗呼麻雀。(三) 烏，音污，鳥名。《小爾雅》："純黑而反哺者謂之烏。"麟按：似鴉而略小。(四) 鵲，見前《離騷》"雄鳩之鳴逝兮"疏。(五) 壇，見前《九歌·湘夫人》"蓀壁兮紫壇"疏。

校勘記：①"近"，原誤作"進"，今據李刻本、明翻宋本、汲古閣本改。後文凡作"進"而他本皆作"近"者，徑改不出校。

露申辛夷，死林薄兮。露，暴(一)也。申，重(二)也。叢木曰林。草木交錯曰薄。言重積辛夷，露而暴之，使死於林薄之中，猶言取賢明君子，棄之山野，使之顛墜也。**疏曰：**(一) 暴，音義同曝，曬也。(二) 重，平聲。

腥臊並御，芳不得薄兮。腥臊，臭惡也。御(一)，用也。薄，附也。言不識味者，並甘臭(二)惡。不知人者，信任讒佞。故忠信之士，不得附近而放逐也。[補] 曰：臊，音騷。《周禮》曰：豕盲視而交睫(三)，腥。犬赤股而躁，臊(四)。《左傳》曰：薄而觀之(五)。薄，迫也，逼近之意。如字，一音博。下文忽翺翔之焉薄，瞭杳杳而薄天，並同。**疏曰：**(一) 御，魚遽切，進也。(二) 臭，音秀，氣味也。(三) 睫，音接，目旁毛也。即眼瞼上下緣所生之細毛，眼瞼閉合時則互相交叉，其用有二：一以防塵埃之撲入，一以禦强光之侵射。(四) "豕盲視"二句，見《周禮注疏》卷四《天官·內饔》"辨腥、臊、羶、香"節，"視"作"眂"。(五) "薄而觀之"，見《左·僖二十三年》晉公子重耳出亡事實傳。

陰陽易位，時不當兮。陰，臣也。陽，君也。言楚王惑蔽羣佞，權臣將代君，與之易(一)位。自傷不遇明時①，而當暗世。[補] 曰：陰陽易位，言君弱而臣强也。當，平聲。**疏曰：**(一) 易，入聲，變易也。

校勘記：①“時”，原誤作“君”，今據李刻本、明翻宋本、汲古閣本改。

懷信侘傺，忽乎吾將行(一)兮。言己懷忠信，不合於衆，故悵然住立，忽忘居止，將遂遠行之他方也。一無“忽”字。**疏曰：**（一）行，協杭。

姚鼐曰：已上叙明知被放，皆因己端直所致，奈不能棄道以自全。①

校勘記：①此句出林雲銘《楚辭燈》，非姚鼐語。

哀　郢

此章言己雖被放，心在楚國，徘徊而不忍去，蔽於讒諂，思見君而不得。故太史公(一)讀《哀郢》而悲其志也。**疏曰：**（一）太史公，漢司馬談爲太史令，子遷繼之，皆稱太史公。其説有二：一謂遷尊其父，故稱太史公；一謂太史令掌天文及國史，其職尊貴，與三公等，故貴爲太史公。二人皆漢武帝時人。參看前《楚辭》第一句疏三七①。

校勘記：①“七”，原作“六”，以前文已調整疏證順序，改作“七”。

皇天之不純(一)命兮，德美大稱皇天，以興(二)君也。**疏曰：**（一）純，音醇，純一不雜也。（二）興，去聲。何百姓之震愆。震(一)，動(二)也。愆(三)，過也。言皇天不純一其施，則萬物夭傷；人君不純一其政，則百姓震動以觸(四)罪也。**疏曰：**（一）震，去聲。（二）動，上聲。（三）愆，欺焉切。（四）觸，處旭切，犯也。

民離散而相失兮，方仲春而東遷。仲春，二月也。刑德合會，嫁娶之時。言懷王不明，信用讒言而放逐己，正以仲春陰陽會時，徙(一)我東行，遂與室家相失也。一無“方”字。**疏曰：**（一）徙，音喜，遷也。

去故鄉而就遠兮，遵江夏以流亡。遵，循也。江夏，水名也。言己東行，循江夏之水而遂流亡，無還鄉之期也。［補］曰：前漢(一)有江夏郡(二)。應劭(三)曰：沔(四)水自江别至南郡華容爲夏水，過郡入江，故曰江夏。《水經》云：夏水出江(五)，流於江陵縣東南。注云：江津豫章口，東會中夏口，是夏水之苔江之汜也。所謂過夏首而西浮，顧龍門而不見也。又云：又東至江夏雲杜(六)縣，入於沔。注云：應劭曰：江别入沔，爲夏水源，夫夏之爲名，始於分江，冬竭夏流，故納厥稱。既有中夏之目，亦苞大夏之名矣。當其決入之所，上[①]謂之賭口焉。鄭玄注：《尚書》滄浪之水，言今謂之夏水。劉澄之著《永初山川記》云：夏水古文以爲滄浪，漁父所歌也。因此言之，水應由沔。今按夏水，是江流沔，非沔[②]入夏。假使沔注夏，其勢西南，非《尚書》又東文。余亦以爲非也。自賭口下沔水，兼通夏目(七)，而會於江，謂之夏汭。故《春秋傳》：吴伐楚，沈尹戍(八)奔命於夏汭也。杜預曰：漢水曲入江，即夏口矣。**疏曰：**（一）前漢，即西漢。（二）江夏郡，漢置，在今湖北雲夢東南。（三）應劭，見前《離騷》“後飛廉使奔屬”疏。（四）沔，音免。（五）“夏水出江”諸句、“又東至江夏”諸句，均見《水經注釋地》卷三十二“夏水”條，“苔”字作“首”，是。[③]（六）雲杜，即今吾鄰縣京山。（七）夏目，“目”字當是“口”誤。目，又名稱也。劉澄之蓋以應劭注“既有中夏之目”而誤也。（八）沈尹戍，楚莊王之曾孫，沈諸梁之父。見《左・昭四[④]年》“楚城州來”傳。

校勘記：①“上”，明翻宋本、汲古閣本作“土”。②“沔”，原誤作“河”，今據李刻本、明翻宋本、汲古閣本改。③此句上頁眉戴之麟題校補時地云：戊子五月九日傍晚，掖左補録。④“四”，原誤作“十八”，今據《左傳》改。

出國門而軫(一)懷兮，軫，痛也。懷，思也。**疏曰：**（一）軫，音診。甲之鼂吾以行(一)。甲，日也。鼂，旦也。屈原放出郢門，心痛而思，始去，正以甲日之旦而行。紀時日清明者，刺君不聰明也。鼂，一作晁。［補］曰：鼂、晁，並讀爲朝暮之朝。馮衍賦(二)云：甲子之朝兮，汩(三)吾西征(四)。注云：君子舉事尚早，故以朝言也。**疏曰：**（一）行，叶杭。（二）馮衍賦，賦名《顯志》。衍，詳後《遠游》“高陽邈以遠兮”疏。（三）汩，音覓，去貌。疾若水流也。（四）征，正平聲，行也。

發郢都而去閭兮，荒忽其焉極。言己始發郢，去我閭里，愁思荒忽(一)，安有窮極之時。一無“都”字。一本“荒”上有“怊”(二)字。其，一作之。［補］曰：前漢南郡江陵縣，故楚郢都。楚文王自丹陽(三)徙此。後九世平王城之。後十世秦拔我郢，徙東郢。閭，里門也。荒忽，見《九歌》。**疏曰：**（一）荒與慌同，讀上聲，昏也。荒忽，見前《九歌·湘夫人》"荒忽兮遠望"注。（二）怊，音超，悵恨也。（三）丹陽，楚有二：一在今湖北秭歸縣東，熊繹所封，曰西楚；一在今湖北枝江縣西，楚文王徙此，曰南楚。麟按：楚自昭王已遷都，謂之鄢郢。原在懷王時，此郢當是都，不得指爲故都。

楫齊揚以容與兮，楫，船櫂也。齊(一)，同也。揚，舉也。［補］曰：楫，音接。**疏曰：**（一）齊，一作參。哀見君而不再得。言己去乘船，士卒齊舉楫櫂，低佪容與(一)，咸有還①意。自傷卒去，而不得再事於君也。**疏曰：**（一）容與，閒暇自得之貌。②

校勘記：①"還"，原誤作"退"，今據李刻本、明翻宋本、汲古閣本改。②此句上頁眉戴之麟題校補時地云：己丑三月二十八日午後又。

望長楸(一)而太息(三)兮，長楸，大梓(二)。太，一作歎。［補］曰：楸，音秋。**疏曰：**（一）楸，落葉喬木，幹直上聳，至高處分枝，葉似桐，三尖或五尖。（按：此誤。楸葉長尖，梓葉似桐。）夏開黄緑色細花，結實莢，長尺餘，下垂，熟則裂開，其材可爲棋局。（二）梓，音子，落葉亞喬木。高二丈餘，葉掌狀，淺裂。夏開脣形花，淡黄、微紫。（按：楸花微紫，梓花色黄。）實長尺許，似豇豆莢（較細），木材頗有用。二木作棺均佳，梓爲尤，古帝王多用之，故其棺謂爲梓宫也。麟按：今宜城歐家廟楸樹甚多，此尤足證當日原去國所經之路。（三）太息，大聲嘆也。涕(一)淫淫其若霰。淫淫，流貌也(二)。言己既望楚都，見其大道長樹①，悲而太息，涕下淫淫，如雨(三)霰也。**疏曰：**（一）涕，音體，又去聲。目汁出曰涕。（二）麟按："貌"下"也"字可删，後倣此。（三）雨，去聲。②

校勘記：①"樹"，原誤作"林"，今據李刻本、明翻宋本、汲古閣本改。②此句上頁眉戴之麟題校補時地云：戊子九月六日午前，縣中一上教室校。

過夏首而西浮兮，夏首，夏水口也。船獨流爲浮也。［補］曰：《荀子》(一)曰：夏首之南有人焉(二)。**疏曰：**（一）《荀子》，見前《九歌·雲中君》"華采衣兮若英"疏。（二）"夏首"句，見《荀子》卷十五《解蔽篇第二十一》。顧龍門而不見。龍門，楚東門也。言己從西浮而東行，過夏水之口，望楚東門，蔽而不見，自傷日以遠也。［補］曰：《水經》云：龍門(一)，即郢城之東門。又伍端休《江陵記》云：南關三門，其一名龍門，一名脩門。脩門(二)，見《招魂》。**疏曰：**（一）“龍門”句，見《水經》卷三十二“夏水出江，流於江陵縣東南”注，原文句末有“也”字。[①]（二）見《招魂》“入脩門些”疏。麟按：當屈原時，楚遷都久，未可實以江陵。伍端休《江陵記》，未詳。

校勘記：①此句旁行間戴之麟題校補時地云：己丑後七月二日午前。

心嬋媛而傷懷兮，嬋(一)媛(二)，猶牽引也。**疏曰：**（一）嬋，音禪。（二）媛，音袁。眇(一)不知其所蹠(二)。眇，猶遠也。蹠，踐也。言己顧視龍門不見，則心中牽引而痛，遠視眇然，足不知當所踐蹠也。其，一作余。一無“其”字。《文苑》作“所他”。［補］曰：蹠，音隻。**疏曰：**（一）眇，音秒。麟按：此引申爲難辨識也。（二）蹠，叶灼。

順風波以從流兮，焉洋洋(一)而爲客。洋洋，無所歸貌也。言己憂不知所踐，則聽(二)船順風，遂洋洋遠客，而無所歸也。［補］曰：洋洋，水盛貌。焉(三)，讀如“且焉止息”之焉。**疏曰：**（一）洋，音羊。（二）聽，去聲。（三）焉，讀煙，安也，何也。

淩陽侯之氾濫兮，淩(一)，乘也。陽侯，大波之神。濫，一作灠。［補］曰：《戰國策》云：塞漏舟而輕陽侯之波(二)，則舟覆矣。《淮南》云：武王伐紂(三)，渡於孟津，陽侯之波，逆流而擊。注云：陽侯，陵陽國侯也。其國近水，溺死於水，其神龍爲大波，有所傷害，因謂之陽侯之波也。應邵[①](四)曰：陽侯，古之諸侯。有罪自投江，其神爲大波。氾，孚梵切。**疏曰：**（一）淩，音陵，歷也。（二）“塞漏舟”二句，見《战国策》第二十七卷《韩二》“谓公叔曰”段。（三）“武王伐紂”四句，見《淮南子》卷六《覽冥訓》。[②]（四）邵，本作劭。忽翱翔之焉(一)薄。薄，止也。言己遂復乘大波而游，忽然無所止薄也。之，一作而，一作兮。**疏曰：**（一）焉，讀煙。[③]

校勘記：①“邵”，明翻宋本、汲古閣本作“劭”。②此句上頁眉戴之麟題校補時地云：戊子五月十三日上午，捄左補録。③此句上頁眉戴之麟題校補時地云：丁亥七月五日午前，韓左个。

心絓結而不解兮，絓，懸(一)。［補］曰：絓，礙也。音畫。**疏曰：**（一）“懸”下宜加“也”字，宜從“懸”解。思蹇産而不釋。蹇産，詰(一)屈(二)也。言己乘船蹈①波，愁而恐懼，則心肝縣(三)結，思念詰屈，而不可解釋(四)也。［補］曰：山曲曰嵃嵼(五)，義與此同。**疏曰：**（一）詰，欺一切。（二）屈，曲也。（三）縣，平聲。（四）釋，音索。（五）嵃嵼，音義同蹇産。

校勘記：①“蹈”，原誤作“踏”，爲承襲李刻本之誤，今據明翻宋本、汲古閣本改。

將運舟而下浮兮，運(一)，回也。**疏曰：**（一）運，行也。上(一)洞庭(二)而下(三)江。言己憂愁，身不能安處(四)也。**疏曰：**（一）上，上聲。（二）洞庭，見前《離騷》“濟湘沅以南征兮”疏。（三）下，去聲。（四）處，上聲。

去終古(一)之所居兮，遠離先祖之宅(二)舍(三)也。**疏曰：**（一）終古，常也，又謂久遠也，又謂古昔也。此從一解。（二）宅，音澤，居也。（三）舍，試夜切，居室也。今逍(一)遥(二)而來東。遂行游戲，涉江湖也。**疏曰：**逍遥，徜徉自得也。（一）逍，音消。（二）遥，音摇。亦作摇。

姚鼐曰：已上追叙被放，自起行將至南行，水路所經，步步可哀。①

校勘記：①此句出林雲銘《楚辭燈》，非姚鼐語。

羌靈魂之欲歸兮，精(一)神(二)夢(三)游①，還故居也。羌，一作唴(四)。［補］曰：羌，發聲也。唴，丘亮切。於義不通。**疏曰：**（一）精，音晶，心神也。（二）神，舌寅切。精氣爲神。（三）夢，蒙去聲。睡時依身體内外之刺激感覺中，惹起半意識之狀態曰夢。（四）唴，丘尚切。秦晉謂小兒泣不止也，又哭極音絶也。故補云然。何須臾(一)而忘反。倚住顧望，常欲去也。**疏曰：**（一）須臾，猶少頃也。須，音需。臾，音余。

校勘記：①“游”，原誤作“魂”，今據李刻本、明翻宋本、汲古閣本改。

背夏浦而西思兮，背(一)水鄉家，念親屬(二)也。**疏曰：**（一）背，音輩，違反也。（二）屬，音蜀，系屬也。哀故(一)都(二)之日遠。遠離郢都，何遼(三)遼也。**疏曰：**（一）故，舊也。（二）都，篤烏切。凡邑有宗廟先君之主曰都。（三）遼，音僚，遠也。

登大墳(一)以遠望兮，想見宮闕(二)與廊廟(三)也。水中高者爲①墳，《詩》曰：遵彼(四)汝(五)墳。**疏曰：**（一）墳，音汾。又水涯也。（二）闕，音曲嘁切。（三）廊廟，猶言朝廷。（四）“遵彼”句，見《詩・汝墳》篇。（五）汝，如語切，水名。源出河南嵩縣之老君山，東流經汝州、許州、汝寧、光州入淮。聊以舒(一)吾憂心。且展(二)我情，渫(三)憂思也。**疏曰：**（一）舒，散也。（二）聊且舒展也。（三）渫，音泄，與洩通。

校勘記：①“爲”，原誤作“曰”，今據李刻本、明翻宋本、汲古閣本改。

哀州土之平樂兮，閔(一)惜鄉邑之饒富也。［補］曰：樂，音洛。**疏曰：**（一）閔，音敏，傷念也。①悲江介之遺風(一)。遠涉大川，民俗異也。介，一作界。［補］曰：薛君(二)《韓詩章句》曰：介，界也。曹子建(三)詩云：江介多悲風。注云：介，間也。**疏曰：**（一）遺風，流風遺俗也。風當叶分。（二）薛君，後漢建武初爲博士，永平中爲千乘太守，有異迹。世習《韓詩》，父子以章句著名。字公子，淮陽人。《玉函山房輯佚書總目》經編詩類載是書二卷，下署漢薛。漢則爲漢作無疑。或作薛綜，非。②（三）曹子建，名植。見前《離騷》“進不入以離尤兮”疏。“江介”句係其《雜詩六首》中第五首第七句，見《文選》卷二十九③詩類雜詩。

校勘記：①此句上頁眉戴之麟題校補時地云：己丑四月五日下六時後，新庭。②此句上頁眉戴之麟題校補時地云：戊子五月六日上午，救左補録。③“二十九”，原誤作“七”，今據《文選》改。

當陵陽之焉(一)至兮，意欲騰馳，道安極也。陵，一作淩。［補］曰：前漢丹陽郡(二)，有陵陽仙人。陵陽(三)，子明所居也。《大人賦》(四)云：反大壹(五)而從(六)陵陽。**疏曰：**（一）焉，讀煙。（二）漢丹陽郡，治宛陵，今安徽宣城縣是。（三）陵陽，山名，在安徽宣城城内黟山之支峰也。岡巒盤曲，自敬亭而南，隱起爲三峰，環繞縣治。相傳爲陵陽子明得仙之地。（四）《大人賦》，相如作。[①]（五）大壹，即大一，山名。亦作大乙。大當爲太，即終南山也。在今陝西鄠縣南。（六）從，音衆。淼(一)南渡之焉(二)如(三)？淼，滉(四)，彌望無際極也。渡，一作度。一云：淼，瀁(五)，彌(六)望無極集也。**疏曰：**（一）淼，音眇，大水也。（二）焉，讀煙。（三）如，往也。（四）滉，户廣切，水深廣貌。（五）瀁，音養，無涯際也。（六）彌，弭平聲，遍也。

姚鼐曰：鼐疑懷王放屈子於江南，在今江西饒信[②]地，處郢之東，蓋作《哀郢》時也。頃襄再遷之，乃在辰、湘之間，處郢之南，作《涉江》時也。《招魂》曰：“路貫廬江兮，左長薄。”廬江，古即彭蠡之水，故山曰廬山。漢初廬江郡猶在江南，後乃移郡江北。《地志》云：“廬江，出陵陽東南，北入江。”蓋彭蠡東源出今饒州東界者，古陵陽界及此。故屈子曰“當陵陽之焉至”，不意其忽至此也。其後陵陽南界乃益狹，乃僅有今南陵、銅陵縣耳。“運舟下浮”者，乘流下也。“上洞庭下江”者，言其處地之上下，非屈子是時已南入洞庭也。

校勘記：①此句上頁眉戴之麟題校補時地云：戊子九月六日午間，縣中補録。②“信”，原誤作“陽”，今據《古文辭類纂》改。

曾不知夏之爲丘兮，夏(一)，大殿(二)也。丘，墟也。《詩》云：於我乎夏屋渠(三)渠(四)。懷王信用讒佞，國將危亡，曾不知其所居宫殿當爲墟也。［補］曰：夏，大屋。《揚子》曰：震風淩雨(五)，然後知夏屋之爲帡幪(六)也。**疏曰：**（一）夏，諧雅切，大也。（二）殿，音電，堂之高大者。天子之堂曰殿，釋、道祀其神靈之室亦均稱殿。（三）渠，羣余切。渠渠，深廣貌。（四）“于我乎夏屋渠渠”，見《詩・權輿》篇。（五）“震風淩雨”二句，見揚子《法言・吾子卷第二》，“淩”原文作“陵”。[①]（六）帡幪，猶覆庇之意。在旁曰帡，在上曰幪。帡，音瓶。幪，音蒙。孰兩東門之可蕪。孰，誰也。蕪(一)，逋(二)也。言郢城兩東門，非先王所作邪(三)？何可使逋廢而無路?［補］曰：《説文》云：蕪，薉(四)也。疏曰：(一）蕪，音無，草腐爛曰蕪。又衆草叢生之處也。又雜亂也。(二）逋，波烏切。逃亡也，欠也。此宜從荒蕪意。(三）邪，同耶。(四）薉，音義同穢。麟按：此謂兩東門之安可聽其荒蕪也。

校勘記：①此句上頁眉戴之麟題校補時地云：戊子六月二日午後，捄庭補録。

心不怡之長久兮，怡(一)，樂貌也。**疏曰：**（一）怡，音饎。憂與愁①其相接。接，續也。言己念楚國將墟，心常含戚，憂愁相續，無有解(一)也。其，一作之。**疏曰：**（一）解，皆矮切，釋也。

校勘記：①“愁”，原誤作“憂”，今據李刻本、明翻宋本、汲古閣本改。

惟郢路之遼遠兮，楚道(一)逶(二)迤(三)，山谷隘也。**疏曰：**（一）道，路也。逶迤，邪去貌。（二）逶，委平聲。（三）迤，同迆，音矣爾切。江與夏之不可涉(一)。分隔兩水，無以渡也。**疏曰：**（一）涉，不葉切，徒行渡水也。

忽(一)若不信兮，始從細微，遂見疑也。一本“若”下有“去”字。**疏曰：**（一）忽，速也。至今九年而不復。放且九歲，君不覺也。［補］曰：《卜居》言：屈原既放，三年不得復見。此云：至今九年(一)而不復。按：《楚世家》、《屈原傳》、《六國世表》、劉向《新序》云：秦欲吞滅諸侯，屈原爲楚東使於齊，以結强黨。秦國患之，使張儀之楚，賂貴臣上官大夫、靳尚之屬，及令尹子蘭、司馬子椒，内賂(二)夫人鄭袖，共譖屈原。屈原遂放於外，乃作《離騷》。當懷王之十六年，張儀相楚，十八年楚囚張儀，復釋去之(三)。是時屈平既疏，不復在位，懷王悔不用屈原之策，於是復用屈原。屈原諫懷王曰：何不殺張儀？懷王使人追①之不及。三十年，秦昭王②欲與懷王會，屈平曰：不如無行。懷王卒行。當頃襄王之三年，懷王卒於秦。頃襄王聽讒，復放屈原。以此考之，屈平在懷王之世，被绌復用。至頃襄即位，遂放於江南耳。其云既放三年，謂被放之初。又云九年而不復，蓋作此時放已九年也。**疏曰：**（一）近人游國恩《楚辭概論》(《萬有文庫》第一集一千種，《國學小叢書》)曰：“從來研究《楚辭》的人，都根據‘九年不復’句，認《哀郢》爲第二次放逐後第九年作的，差不多没有異議。陸侃如先生卻謂九字是表無定數的静字，他舉《離騷》的‘九天’、‘九畹’、‘九死’，《惜誦》的‘九折臂’等句爲例。其實這裏九年的九字，與《離騷》等篇的九字不同。古書中的九字，固然也有很多是表多數的，但這裏的九年卻是實數。他又謂屈原處於這種逆境，未必能把年數記的很清楚；屈原是一箇好動的人，未必能忍耐這種生涯到八九年，那更是太迂拘了。”（二）賂，音路。遺也，以財與人也。（三）之，往也。

校勘記：①“追”，原誤作“逐”，今據李刻本、明翻宋本、汲古閣本改。②“王”，原脱，今據李刻本、明翻宋本、汲古閣本補。

慘（一）鬱鬱而不通兮，中心①憂滿，慮閉塞也。通，一作開。**疏曰：**（一）慘，參上聲。傷也，痛也。蹇侘傺而含（一）慼（二）。悵然住立，内結毒（三）也。**疏曰：**（一）含，音函。銜也，包容也。懷而未吐之義。（二）慼，音戚。宜叶促。（三）毒，杜沃切，痛苦也。

姚鼐曰：已上叙被放九年中，無日不以憂國憂民爲心。②

校勘記：①“中心”，原誤作“心中”，今據李刻本、明翻宋本、汲古閣本改。②此句出林雲銘《楚辭燈》，非姚鼐語。

外承歡（一）之汋約兮，汋約，好貌。［補］曰：汋，音綽。**疏曰：**（一）承歡，迎合其歡樂之意也。諶荏弱而難持。諶，誠也。言佞人承君歡顔，好其諂言，令之汋約然，小人誠難扶持之也。［補］曰：諶，音忱，信也。荏（一），音稔。《語》曰：色厲而内荏（二）。**疏曰：**（一）荏，日飲切，柔也。（二）“色厲而内荏”，見《論語》下《陽貨》篇。

姚鼐曰：形容邪佞之態，最爲精切。①

校勘記：①此句出沈伯經《古文辭類纂評注》，爲沈氏於頁眉所作評注，非姚鼐語。

忠湛湛而願進兮，湛湛，重厚貌。[補] 曰：《詩》曰：湛湛露斯(一)。注云：湛湛，茂盛貌。丈減切。相如賦云：紛湛湛其差錯(二)。注云：湛湛，積厚之貌，徒感切。**疏曰：**（一）“湛湛”句，見《詩·湛露》篇。（二）“紛湛湛”句，見相如《大人賦》，《前漢書》五十七下。原文“錯”下有“兮”字。[①] 妬被離而鄣之。言己體性重厚，而欲願進，讒人妬(一)害，加被離析，障而蔽之。被(二)，一作披。[補] 曰：被，讀披。《反離騷》曰：亡春風之被離。鄣(三)，音章，壅(四)也。《記》曰：鯀鄣洪水(五)。**疏曰：**（一）妬，與妒同音義。婦人相忌嫉曰妒，引申之凡媢嫉皆曰妒。（二）被、披，音義同。劈漪切，分拆也。被音避者，卧具也。（三）鄣，與障同。（四）壅，音雍。又上去聲，義並同。（五）“鯀鄣洪水”，見《禮記·祭法第二十三》，“水”下有“而殛死”三字。[②]

校勘記：①此句上頁眉戴之麟題校補時地云：戊子七月二十六日上午，捄靨補録。②此句上頁眉戴之麟題校補時地云：戊子二月二十一日夜，韓左个。

堯舜之抗(一)行兮，行(二)，下孟(三)切。**疏曰：**（一）抗，音伉，高尚也。（二）行，去聲。（三）孟，讀如悶。瞭杳杳而薄天。一無“瞭”字。一云：杳冥冥(一)而薄(二)天。[補] 曰：瞭，音了，目明也。杳杳，遠貌。**疏曰：**（一）冥冥，謂遠空也。音銘。（二）薄，音毫。迫也，逼近也。

衆讒人之嫉妬兮，被以不慈(一)之僞(二)名。[補] 曰：堯、舜與賢而不與子，故有不慈之名。《莊子》曰：堯不慈(三)，舜不孝。言此者，以明堯、舜大聖，猶不免讒謗，況餘人乎？**疏曰：**（一）慈，音磁。愛之篤，上愛下曰慈。堯子丹[①]朱不肖，以帝位與舜；舜子均又不肖，以帝位與禹，故曰不慈。此言其實僞耳。（二）僞，爲去聲。爲之而非其真也。（三）“堯不慈”二句，見《莊子·盜跖》篇。

校勘記：①“丹”，原脱，今徑補。

憎(一)愠(二)惀(三)之脩美兮，脩(四)，一作修。[補] 曰：愠，紆粉切，心所愠積也。惀，力允切，思求曉知謂之惀。**疏曰：**（一）憎，嫉惡也。（二）愠，含怒也。

（三）惀，音魯本切，思也。又論去聲，懣也。補音從力允切，義從本音，非。麟按：此當從去聲，義爲懣。謂憎惡、愠怒、憤懣修美之人也。（四）脩、修古不分，後世始分脩爲脯脩之脩。好(一)夫人之忼慨。《釋文》作磕(二)。苦蓋切。[補] 曰：忼，苦朗切，忼(四)慨(三)，憤意。君子之愠惀，若可鄙(五)者；小人之忼慨，若可喜者，惟明者能察之。**疏曰：**（一）好，去聲。（二）磕，同磕，音嘅，兩口相擊聲。别作磕。（三）慨，可愛切，高抗憤激也。又悲也，又感歎也。磕無以上各義，不知所指。（四）忼，可浪切，義同慨。（五）鄙，卑旨切，輕薄之也。

衆踥蹀而日進兮，踥(一)，一作躞(二)，一作踕，一作倢偞。[補] 曰：踥，思葉切。蹀，音牒。踥蹀，行貌。**疏曰：**（一）踥，音妾。踥蹀，競進貌。（二）躞，音燮。與踥合，義同。美超遠而逾邁。此皆解於《九辯》之中。

姚鼐曰：已上痛叙讒人嫉妬之害，妨賢誤國，使君不能察，致己有生離之慘。以下叙死期將至，冀得歸骨作結。①

校勘記：①此句出林雲銘《楚辭燈》，非姚鼐語。

亂曰：曼余目以流觀(一)兮，曼，猶曼曼，遠貌。[補] 曰：《説文》：引也。音萬。**疏曰：**（一）流觀，目移視也。視不端諦曰流，音留。冀壹反(一)之何時？言己放遠，日以曼曼，周流觀視，意欲一還，知當何時也。**疏曰：**（一）反，甫晚切，還也。與返同。

鳥飛反故鄉兮，思故(一)巢(二)也。[補] 曰：《淮南》云：鳥飛反(三)鄉(四)，狐死首丘，各哀其所生。**疏曰：**（一）故，舊也。（二）巢，岑肴切。鳥居木上也，俗名曰窩。（三）反，同返。（四）“鳥飛”二句，見《淮南子》十七《説林訓》。狐死必首丘。念舊居也。[補] 曰：《記》曰：樂(一)，樂(二)其所自生(三)，禮不忘其本。古人有言曰(四)：狐死正丘首(五)，仁也。《廣志》(六)曰：狐死首丘，豹死首山。**疏曰：**（一）樂，音約，音樂也。（二）第二“樂”，讀落，歡樂也。（三）“樂，樂其所自生”諸句，見《禮・檀弓上第三》。（四）“古人有言”句，見《禮記・檀弓上第三①》。注：“丘是狐窟穴根本之處，雖狼狽而死，意猶嚮此丘。”今人以反葬故鄉爲歸正首丘本此。（五）首，音手。嚮也，第一。（六）《廣志》，《玉函山房輯佚書總目》子編雜家類："二卷，晉郭義恭作。"②

校勘記：①"檀弓上第三"，原誤作"樂記第十九"，今據《禮記注疏》改。②此句上頁眉戴之麟題校補時地云：戊子五月六日上午，救左補録。

信非吾罪（一）而棄逐（二）兮，我以忠信而獲過也。**疏曰：**（一）罪，祚餒切，干犯法律也。又有心爲之之非曰罪。（二）逐，音軸，屏斥也。何日夜而忘之？晝夜念君，不遠離也。

朱子曰：屈原被放，適會凶荒，人民離散，而原亦在行中，閔其流離，因以自傷。

吴至父曰：向疑此篇爲頃襄王徙陳時作。徙陳在襄王二十一年；屈原遷逐，蓋在襄王初年，不能至徙陳時尚在也。然篇内百姓震愆，離散相失，及兩東門之可蕪，皆非一身放逐之感。且必皆實事，非空言。殆懷王失國之恨歟？①

校勘記：①此句上頁眉戴之麟題校補時地云：丁亥七月十三日上午，韓左个牆陰。

抽　思

此章言己所以多憂者，以君信諛（一）而自聖，眩於名實，昧於施報，己雖忠直，無所赴（二）愬，故反復其辭，以泄（三）憂思也。**疏曰：**（一）諛，音臾，諂也。（二）赴，音仆，趨也。（三）泄，音曳。散也，漏也。游國恩《楚辭概論》曰："以《抽思》爲屈原在懷王時斥居漢北所作，最早林雲銘、蔣驥都是這樣主張，（蔣氏謂漢北之居或亦謫宦於斯，棄置閒地，不一定是放逐。）這也是不錯的。因爲篇中有這幾句：'有鳥自南兮，來集漢北'、'南指月與列星'、'狂顧南行'，三箇'南'字，便可看出他是放在郢都之北。（朱子《集注》釋'自南集北'爲屈子自喻生於夔峽而仕於鄢郢；釋'狂顧南行'爲自江入湖、入湘，都因王逸以《九章》皆頃襄王放於江南所作而誤。林、蔣諸人已詳辨之。）但何以知道他是懷王時放的呢？《抽思》説：'數惟蓀之多怒兮，傷余心之懮懮。'王船山《楚辭通釋》云：'"蓀之多怒"，謂懷王輕於喜怒。'這顯然是指懷王疏他、罰他，以至於放他，與頃襄王無關。《抽思》又説：‘昔君與我成言兮，曰：“黄昏以爲期。”羌中道而回畔兮，反既有此他志。’王船山曰：‘懷王初與己謀國，既爲奸佞所惑，背己而從異説。’黄文焕也謂這話與《騷經》相應，明明是追敘他當初爲左徒時，懷王很信任他，以見王之反復無常，也與頃襄王無關。《抽思》又説：‘兹歷情以陳辭兮，蓀詳聾而不聞。’‘初吾所陳之耿著兮，豈不至今其庸亡？何獨樂斯之蹇蹇兮？願蓀美之可完。’這裏所説的陳辭、完美，很有拳拳自媚的意思，也與頃襄王無關。由此可知《抽思》的確是懷王時作的了。《抽思》的時代既如上述，但他究在懷王那一年呢？林氏、蔣氏都謂在懷王十八年後，陸侃如先生卻謂在懷王十六年。他説：‘《抽思》所記的是懷王時事，因爲這篇是懷王時的作品。懷王朝的放逐有兩個可能的時期：一是十六年，一是二十四年，因爲這兩箇都是親秦政策實行時期。依《新序》，他的放逐是在張儀至楚時。張儀至楚是十六年的事。這十六年本是兩個可能時期中的一個。故我們若定這年爲屈原初放的時期，是一些阻礙也遇不着的。’但我謂懷王放逐屈原的時期，當以二十四年爲妥，《抽思》就是這年秋日所作，（篇中有‘悲秋風之動容’一句可證。）我的理由有二：一、《抽思》説‘數’、説‘兹’、説‘初’、説‘至今’，是係諫君失敗不止一次的口氣，懷王十六年以前的見疏，是爲憲令事被讒，並不是諫諍。他平生第一次諫君失敗，是爲懷王十六年張儀至楚一事，在本傳裏可以考見的。《抽思》若作於是年，便不該有幾次諫君的語氣。他説：‘初吾所陳之耿著兮，豈不至今其庸亡？’這是説十六年時候，我曾諫你不要絶齊親秦，你不聽我的話，以至於受騙喪師，現在你又要上他的當了，我當初的話你怎麽就忘記了呢？這話説得很明白。所以我斷定《抽思》一篇是懷王二十四年的作品。洪興祖《楚辭補注》據《新序·節士》篇，謂懷王十六年放屈原，十八年復召回，故有使齊及諫釋張儀事。按《史記》屈傳，並無十六年放逐事，《新序》未可遽信。屈傳云：‘是時屈原既疏，不復在位，使於齊，顧反，諫懷王曰，“何不殺張儀？”’這可證明他前此並未放逐。《抽思》既説漢北，又説異域，又説郢路遼遠，明明是放逐在外的話；故知不是懷王十六年作的。但他卻的確不是頃襄王時的作品，故可斷定他爲懷王二十四年所作。”麟按：篇中有“望孟夏之短夜兮”句，游謂斷爲二十四年秋所作，亦未爲是。或是二十四年秋被放途中，經許多迂回，直至翌夏而作，即《懷沙》篇首句“滔滔孟夏”可以見矣。[①] 林雲銘，清侯官人，字西仲。順治進士，官徽州府通判。有《莊子因》、《挹奎樓集》、《吴山瞉音》等書。見《中國人名大辭典》五八八頁八畫。林作又有《楚辭燈》。蔣驥，清武進人，字涑塍。生康熙時。有《山帶閣注楚辭》、《楚辭餘論》、《楚辭説韻》等。明以來説《楚辭》者，此書最爲翔實。此外，明有錢塘之蔣驥，清又有金壇蔣驥，見《中國人名大辭典》一五四三頁十五畫蔣。不言有

《楚辭》著作，宜以武進人爲是。黄文焕，明福建永福人。字維章，天啓進士。崇禎中由山陽知縣擢翰林院編修，坐鉤黨與黄道周同下詔獄。獲釋，流寓南都以終。有《詩經考》、《陶詩析義》、《楚辭聽直》、《赭留集》。②

校勘記：①此句上頁眉戴之麟題校補時地云：丁亥七月十四日上午，韓左个牆陰。丁亥十二月十三日午前，韓左个呵凍又。②此句上頁眉戴之麟題校補時地云：己丑九月二十一日上午。

心鬱鬱之憂思兮，哀憤結縎(一)，慮煩冤也。一無“心”字。**疏曰：**（一）縎，音骨。《説文》：“結也。”《博雅》：“結縎，不解也。”《博雅》，書名，即《廣雅》，見前《離騷》“畦留夷與揭車兮”疏五①。獨永(一)歎乎增(二)傷。哀悲太息，損(三)肺(四)肝(五)也。**疏曰：**（一）永，長也。（二）增，加也。（三）損，孫上聲，傷也。（四）肺，讀如廢。人體内部呼吸空氣以清血液之要件，在胸腔内，分左右兩扇。左長而小，分二葉；右短而大，分三葉。色淡紅微灰，外包肺膜，内含多數肺胞。藉氣管支總匯於氣管上部，界於鎖骨下部，接於穹隆狀之横膈膜，中包心臟。有肺動脈與肺静脈通於心臟，以流動血液。（五）肝，音干。人體内部分泌膽汁之大腺也。上面隆凸，下面凹陷。分左右兩扇，貼於横膈膜下。色赤褐，與肝動脈通。内含多數肝細胞，從血液中釀出膽汁，由輸膽管而入。膽囊又能造一種糖料，以補養身體。麟按：此借謂損傷人身也。

校勘記：①整理者按：“五”，原作“三”，以前文已調整疏證順序，改作“五”。

思蹇產(一)之不釋兮，心中詰屈(二)，如連(三)環(四)也。**疏曰：**（一）蹇産，曲折也。《玉篇》作巉嵼。（二）詰屈，言艱澀也。（三）連環，環之連屬而不可解者。（四）環，音胡頑切。凡物成圈形者，皆曰環。曼(一)遭(二)夜之方長。憂不能眠，時難曉也。**疏曰：**（一）曼，音萬，長也。（二）遭，逢也。

悲秋風之動容兮，風爲政令。動，摇也。言風起而草木之類摇動，君令下而百姓之化行也。一本云悲夫。[補] 曰：《九辯》曰：悲哉秋之爲氣也！蕭瑟(一)兮草木摇落而變衰。意與此同。**疏曰：**（一）蕭瑟，蕭條瑟縮也。何回極之浮浮。回，邪也。

極，中也。浮浮，行貌。懷王爲回邪之政，不合道中，則其化流行，羣下皆効(一)也。[補]曰：極，至也。《詩》曰：江漢浮浮(二)。浮浮，水流貌。此言回邪盛行，猶秋風之搖落萬物也。**疏曰：**（一）効，俗效字，效法也。（二）"江漢浮浮"，見《詩·江漢》篇。

數惟蓀之多怒兮，數，紀也。蓀，香草也。以喻君。蓀，一作荃。[補]曰：數，所矩切，計也。惟，思也。言計思其君多妄怒，無罪而受罰也。傷余心之懮懮。懮，痛貌也。言己惟思君行，紀數其過，又多忿(一)怒(二)，無罪受罰，故我心懮懮而傷痛也。[補]曰：懮，音憂。《説文》云：愁也。**疏曰：**（一）忿，撫吻切。恨也，怒也。（二）怒，楚誤切，氣憤也。

姚鼐曰：已上提出己之憂，君之怒，爲下文作引。①

校勘記：①此句出林雲銘《楚辭燈》，非姚鼐語。

願搖起而横奔兮，言己見君妄怒，無辜(一)而受罰，則欲搖動而奔(二)走。**疏曰：**（一）辜，音姑，罪也。（二）奔，本平聲，走也。謂疾趨以赴之也。覽民尤以自鎮。尤，過也。鎮(一)，止也。言己覽觀衆民，多無過惡而被(二)刑罰，非獨己身自鎮止而慰(三)己也。[補]曰：鎮，音珍。**疏曰：**（一）鎮，原智印切，壓也。珍，係叶。（二）被，受也。（三）慰，音未，安也。

結微(一)情以陳(二)辭兮，結續妙思，作辭(三)賦(四)也。**疏曰：**（一）微，未平聲，小也。（二）陳，池寅切，述也。（三）辭，習慈切。言之成文者曰辭。（四）賦，音付。文體之一，分古今二體。矯(一)以遺(二)夫美人(三)。舉與懷王，使覽照也。[補]曰：遺，去聲。**疏曰：**（一）矯，紀表切，高舉也。（二）遺，與也。（三）美人，指懷王。①

校勘記：①此句上頁眉、句旁頁間、句下頁脚戴之麟題校補時地云：丙戌六月二十七日，韓庭窗下。丁亥五月二十六日午前，韓左个牆陰。丁亥十二月十三日午前，韓左个。戊子正月三十日午前，縣中辦公廳。戊子四月二十日午後，縣中終校。己丑三月二十八日上午，終校新庭。己丑八月三十日午前。庚寅二月十七日上午。

昔君與我誠言兮，始君與己謀政務(一)也。誠(二)，一作成。**疏曰：**（一）務，無附切，事務也。（二）誠，宜作成。曰黄昏以爲期。且待日没閒静時也。［補］曰：《淮南》曰：薄於虞淵(一)，是謂黄昏。黄昏，喻晚節也。《戰國策》(二)云：行百里者，半於九十(三)。此言末路之難。**疏曰：**（一）“薄於”二句，見《淮南子》三《天文訓》，“薄”作“至”。據注謂《太平御覽》作“薄”。（二）《戰國策》，見前“離騷經章句第一”疏。（三）“行百里者，半於九十”，見《國策》卷三《秦》二十七章。

羌中道(一)而回畔(二)兮，信用讒人，更狐疑也。**疏曰：**（一）道，路也。（二）畔，背也。反(一)既有此他志(二)。謂己不忠，遂外疏(三)也。［補］曰：志，音之，叶韻。**疏曰：**（一）反，轉也。（二）志，心之所之也。（三）疏，音梳，遠也。親之對。

憍吾以其美好兮，握(一)持(二)寶(三)玩(四)，以侮(五)余也。一無“其”字。［補］曰：此言懷王自矜伐也。憍，矜也。《莊子》曰：虚憍而恃氣(六)。讀若驕。**疏曰：**（一）握，音渥，搤持也。在外爲（二）持，在内爲握。（三）寶，音保，珍也，又錢幣曰寶。（四）玩，誤换切，弄也，戲也，又珍也。（五）侮，音武，慢易也。（六）“虚憍”句，見《莊子·達生[①]》篇。覽余以其脩姱。陳列好色，以示(一)我也。覽(二)，一作鑒(三)。脩，一作修。［補］曰：姱(四)，好也，亦有户音。**疏曰：**（一）示，音謚。本作 示，今通作示，垂示也，以事告人曰示。（二）覽，藍上聲，觀也，謂周視也。（三）鑒，與鑑同，從“照”字義者。今多作鑒。鑑，音監，照也。（四）姱，本音誇，好也。又後五切，音户，叶韻。

校勘記：①“達生”，原誤作“田子方”，今據《莊子》改。

與余言而不信兮，外若親(一)己，内懷(二)詐也。一作途(三)言。**疏曰：**（一）親，近也。（二）懷，藏也。（三）途，道路也，與塗同。蓋爲余而造怒(一)。責(二)其非職(三)，語横暴也。蓋(四)，一作盍(五)。［補］曰：爲，去聲。**疏曰：**（一）怒，努誤切，又上聲。義同氣憤也。（二）責，畜厄切，誚讓也。（三）職，音織，執掌也。分（分，讀去聲）所應爲之事。（四）蓋，箇艾切，發語詞，又與（五）盍同，何不也。盍，讀如合。

願承（一）閒而自察兮，思待清宴（二），自解說也。［補］曰：閒音閑。《莊子》曰：今日宴閒（三）。察，明也。**疏曰：**（一）承，乘也。（二）宴，倚顯切。又去聲，義同，安也。又與晏音義同。（三）"今日宴閒"，見《莊子》下四《知北游》篇。心震悼（一）而不敢；志恐動悸（二），心中怛（三）也。**疏曰：**（一）悼，傷也。（二）悸，讀如季，心動也。（三）怛，《辭源》：多遏切，悲慘也（參看下二句注），又驚愕也。

悲夷猶而冀進兮，意懷猶豫，幸擢（一）拔（二）也。**疏曰：**（一）擢，音濁。引也，拔也。（二）拔，步滑切，擢也。心怛傷之憺憺。肝（一）膽（二）剖破，血凝滯（三）也。［補］曰：怛，當割切，悲慘（四）也。憺，談敢切，安静也。**疏曰：**（一）肝，見上"獨永歎而增傷"疏。（二）膽，雜敢切。腹内器官之一，形如囊，聚蓄肝臟分泌之膽汁者，在肝臟右半扇之近旁，有管通於肝臟①，以運送膽汁。（三）滯，音彘，凝也，謂凝聚而不流通也。（四）慘，參上聲，傷也，痛也。

校勘記：①"臟"，原誤作"膽"，今據《辭源》改。

茲歷（一）情以陳辭兮，發此憤思，列謀謨（二）也。一作"歷茲情"。**疏曰：**（一）歷，離櫛切，盡也。（二）謨，音模，謀也。蓀詳聾而不聞。君耳不聽，若風過（一）也。蓀，一作荃。詳，一作佯。［補］曰：詳，詐也。與佯同。**疏曰：**（一）過，音戈，作去聲非。

固切（一）人之不媚（二）兮，琢（三）瑳（四）羣佞，見憎惡也。**疏曰：**（一）切，七噎切。急迫也，貼近也。（二）媚，音寐，諂也。（三）琢，音斲，治玉也。（四）瑳，音磋，玉色鮮白也。凡物鮮盛亦曰"瑳"。衆果以我爲患（一）。諂諛（二）比己，干①（三）劍（四）戟（五）也。［補］曰：患，音還。**疏曰：**（一）患，憂也。（二）諛，音臾，諂也。（三）干，犯也。（四）劍，見前《九歌·東皇太一》"撫長劍兮玉珥"疏。（五）戟，見

《九歌·國殤》“操吴戈兮披犀甲”疏五。[②]

姚鼐曰：已上自叙所陳不當君心，皆由於君有餘怒未忘，人以代白爲戒。[③]

校勘記：①“干”，李刻本、明翻宋本、汲古閣本作“于”。以下文疏證曰“干，犯也”，今不改。②此句上頁眉戴之麟題校補時地云：丁亥七月十四日上午，韓左个牆陰。③此句出林雲銘《楚辭燈》，非姚鼐語。

初吾所陳之耿(一)著(二)兮，論説政治，道明白也。［補］曰：耿，古迥切。**疏曰：**（一）耿，明也。（二）著，音駐，明也。豈至今其庸(一)亡？文辭尚在，可求索(二)也。一云：豈不至今其庸止(三)。**疏曰：**（一）庸，音容，用也。（二）索，思郝切，求也。（三）止，朱注本作亡，止恐誤。

姚鼐曰：言所陳成敗得失，無不耿著。其言猶在，而至今不已驗乎？

何毒藥之謇謇兮？忠信不美，如毒(一)藥(二)也。一云：何獨樂斯之謇(三)謇兮。［補］曰：《書》曰：若藥不瞑(四)眩(五)，厥疾不瘳(六)(七)。《傳》曰：美疢(八)不如惡石(九)(十)。**疏曰：**（一）毒，杜沃切，惡也，害也。物之能害人者，皆曰毒。（二）藥，音躍，治病草也。凡物可以治病者，皆謂之藥。（三）謇，紀展切，正直之言也。（四）瞑眩，憒亂也。瞑，音冥。（五）眩，音衒，目無常主也。又惑也，亂也。（六）瘳，音抽，病瘉也。（七）“若藥不瞑眩”二句，見《書·説命上》，“不”作“弗”。（八）疢，音趁，病也。（九）惡石，麟按：此謂石之惡者，如砒霜可以已病也。（十）“美疢不如惡石”，見《左·襄公二十三年》：“八月己[①]卯仲孫速卒。冬十月乙亥，臧孫紇出奔邾”傳。願蓀美之可完。想君德化，可興復也。蓀，一作荃。完(一)，一作光。**疏曰：**（一）完，音丸，全也。宜叶光。

校勘記：①“己”，原誤作“乙”，今據《左傳》改。

望三(一)五(二)以爲像(三)兮，三王五伯，可修法也。**疏曰：**（一）三王，三代之王，謂夏禹、商湯、周文武也。（二）五伯，伯，一作霸，古代諸侯之强大而雄於一時者。有二：一，夏昆吾，商大彭、豕韋，周齊桓、晉文；二，齊桓、晉文、宋襄、秦穆、楚莊也。（三）像，習養切，形象也，肖似也。又摹仿也。伯與霸同，把也，把持天子之政令也。指彭咸(一)以爲儀(二)。先賢清白，我式(三)之也。**疏曰：**（一）彭咸，殷賢臣，諫其君不聽，投水死。（二）儀，逆奇切，儀式也。（三）式，音識，法也，樣也。取爲法也。

夫何極而不至兮，盡心修善，獲(一)官爵也。［補］曰：此言以聖賢爲法，盡心行之，何遠而不至也？**疏曰：**（一）獲，得也。麟按：補解是，謂人能如三王修善，何遠而不可至？非有獲官爵之心也。故遠聞而難虧(一)。功名布流，長不滅也。**疏曰：**（一）虧，音窺，缺也。麟按：此承上言，故實至名歸，傳遠而無虧缺也。

善(一)不由(二)外來兮，才德(三)仁義，從己出也。**疏曰：**（一）善，人生所固有也，故曰不由外來。（二）由，自也。（三）德者，行道而有得於心也。名不可以虛(一)作(二)。愚欲强(三)智不能及也。［補］曰：此言有實而後名從之。**疏曰：**（一）虛，曲於切，空也。（二）作，則郝切，爲也。（三）强，上聲，勉也。

孰無施(一)而有報(二)兮，誰不自施德而蒙福。［補］曰：施，矢豉切(三)。**疏曰：**（一）施，與也。（二）報，褒去聲，酬答也。麟按：（三）矢豉切，音義。與音“尸”亦可通用。孰不實(一)而有穫？空穗滿田，無所得也。以言上不施惠，則下不竭其力；君不履信誠①，則臣下僞惑也。穫(二)，一作獲(三)。**疏曰：**（一）實，草木之子也。（二）穫，胡郭切，刈穀也。（三）獲，得也。麟按：此謂物不結實，孰有收穫也，與“獲”異。

姚鼐曰：以上勸襄王復仇而不見聽，以下哀懷王之不返也。②

校勘記：①“信誠”，原誤作“誠信”，今據李刻本、明翻宋本、汲古閣本改。②此句出吴至父，非姚鼐語。

少歌曰：小吟①(一)謳(二)謡(三)，以樂志也。少，一作小。［補］曰：少，矢照切。《荀子》曰：其小歌也(四)。注云：此下一章，即其反辭，總論前意，反復説之也。此章有少歌，有倡(五)，有亂(六)。少歌之不足，則又發其意而爲倡。獨倡而無與和也，則總理一賦之終，以爲亂辭云爾。**疏曰：**（一）吟，宜琴切，咏也。凡言詩人皆謂之吟。

（二）謳，音歐，齊聲而歌。（三）謡，音遥，徒聲歌也。又有章曲曰歌，無章曲曰謡。（四）“其小歌也”，見《荀子·賦篇二十六》，原文“也”作“曰”。[②]（五）倡，與唱通，始事曰倡。（六）亂，路玩切，樂之卒章曰亂。

校勘記：①“吟”，明翻宋本、汲古閣本作“唫”。後文凡從李刻本作“吟”而他本皆作“唫”者，徑從李刻本不出校。②此句上頁眉戴之麟題校補時地云：丁亥六月二十六日午前，韓左个。

與美人抽怨[(一)]兮，爲君陳道，拔恨意也。**疏曰：**朱注本作“與美人之抽思兮”。麟按：（一）既名曰“抽思”，自不宜作“抽怨”。抽，音瘳，引也，拔也。俗謂於全部分之中，而取其若干，亦曰“抽”。并日夜而無正[(一)]。君性[①]不端，晝夜謬[(二)]也。并，一作棄。一云并憾日夜無正。［補］曰：并，並也。馮衍賦云：并日夜而憂思。**疏曰：**（一）正，是也，至聖切。此宜叶征。（二）謬，密幼切，差誤也。馮衍賦，見《遠游》“高陽邈以遠兮”疏。賦曰《顯志》，詳《後漢書》衍本傳。[②]

校勘記：①“性”，原誤作“心”，今據李刻本、明翻宋本、汲古閣本改。②此句上頁眉戴之麟題校補時地云：戊子四月七日午前，救院後庭宇下。

憍[(一)]吾以其美好兮，示我爵位及財賄[(二)]也。憍，一作驕[(一)]。**疏曰：**（一）憍、驕，音義同。（二）賄，虎腿切，財也。敖[(一)]朕[(二)]辭而不聽。慢[(三)]我之言，而不采聽也。敖，一作謷。［補］曰：敖，倨[(四)]也，與傲同。**疏曰：**（一）敖，宜從土從方從文。（二）朕，見前《離騷》第二句疏。（三）慢，暮晏切，倨也。（四）倨，舉豫切，不遜也。

倡曰：起倡發聲，造新曲[(一)]也。［補］曰：倡，與唱同。**疏曰：**（一）曲，區旭切，樂曲也。麟按：自詩而賦、而辭、而曲，其成專名，至元而始。《辭源》子集三九一頁十部七畫：“自金元入中國，所用胡樂嘈雜緩急之間，詞不能按，因變爲新聲，遂有元曲之名。其後江北漸染胡語，沈約‘四聲’遂闕其一，於是復變新體，號爲南曲。大抵北曲字多而調促，南曲字少而調緩；北宜和歌，南宜獨奏；北曲貫酸齋、馬東籬等所創，南曲則高則誠所創也。見王元美《蓺學卮言》。”麟按：王章句多不字斟句酌，隨意敷詞，此其一也，不一一正之。貫酸齋（元），本名小雲石海涯。父名貫只哥，遂以貫爲氏，自號酸齋。生而神采秀異，膂力絶人。及長，折節讀書，吐辭爲文，尤工樂府。仁宗時拜翰林侍讀學士，知制誥。稱疾辭還江南，賣藥錢塘市中。詭姓名，易服色，人無有識之者。卒謚文靖。見《中國人名大辭典》一〇四一頁十一畫貫部“貫雲石”。高則誠，名明，明平陽人。元至正進士，授處州録事，辟丞相掾。後旅寓鄞之櫟社。太祖聞其名，召之，以老病辭還。所著《琵琶記》，爲南曲之冠。又有《柔可齋集》。見《中國人名大辭典》八八〇頁十畫高。[①]王元美，名世貞，明忬子，太倉人。自號鳳洲，又號弇州山人。嘉靖進士，官刑部主事。楊繼盛下獄，時進湯藥，又代其妻草疏。既死，復棺殮之。好爲詩古文，始與李攀龍狎主文盟，攀龍没，獨主壇坫者二十年。其持論文必西漢，詩必盛唐，而藻飾太甚，晚年始漸造平淡。有《弇山堂别集》、《嘉靖以來首輔傳》、《觚不觚録》、《弇州山人四部稿》、《讀書後》、《王氏畫苑》、《畫苑》等。見《中國人名大辭典》八三頁四畫王。

校勘記：①此句上頁眉戴之麟題校補時地云：同下，己丑九月二十二日午前。

有鳥自南兮，屈原自喻(一)生楚國也。［補］曰：孔子曰：鳥則擇木(二)，木豈能擇鳥？子思曰：君子猶鳥也，疑(三)之則舉矣。色斯舉矣(四)，翔(五)而後集(六)。故古人以自喻。**疏曰：**（一）喻，音裕，譬也。（二）“鳥則擇木”二句，見《孔子家語》卷九《正論第四十一[①]》，“木”下有“乎”字。（三）疑，音宜，與擬通。謂擬向之也，色向之也。（四）“色斯”二句，見《論語》上《鄉黨》篇。（五）翔，回飛也。（六）集，止也。

來集漢北。雖易(一)水土，志不革也。［補］曰：《禹貢》(二)：嶓冢(三)導漾(四)，東流爲漢。《周禮》：荆州，其川江、漢(五)。漢，楚水也。《水經》及《山海經》注云：漢水出隴西坻道縣嶓冢山(六)，初名漾水，東流至武都(七)沮(八)縣，始爲漢水。東南至葭萌(九)，與羌(十)水合，至江夏(十一)安陸縣，名沔水。故有漢沔之名。又東至竟陵(十二)，合滄浪(十三)之水，又東過三澨(十四)，水觸大别山(十五)，南入於江也。**疏曰：**（一）易，入聲，改也。革，亦改也。（二）《禹貢》，《尚書》篇名。（三）嶓冢，山名，見前《九歌·湘君》“使江水兮安流”疏，參看後《思美人》“指嶓冢之西隈兮”疏。（四）漾，音恙，水名。在陝西寧羌縣，即漢水之源。（五）“荆州，其川江、漢”，見《周禮精華》卷四、三十頁“職方氏”三節，原文作“正南曰荆州”，下有“其山鎮……曰雲夢”十六字。② （六）“漢水”諸句，見《山海經》第二《西山經》“漢水出焉”句注，又見《水經》上“漾水”條，“漢”作“漾”。③ （七）武都，見後《漁父》“滄浪之水清兮”疏四④。陝西寧羌等縣是其地治。武都，故城在今甘肅成縣西，晉入楊氏。縣名：（甲）漢置爲武都郡治，故城見上。（乙）今縣，以階州改置，屬甘肅渭川道。（八）沮，足於切。出陝西留壩縣西，西流經鳳縣，折西南流，經沔縣北境，至畧陽折東南流，經沔縣西境，入於沔，即《漢書》“沮郡”之沮水，乃漢水别源也。沮縣屬陝西。（九）葭萌，縣名，故城在四川昭化縣東南五十里。（十）羌，欺央切，古之桓水，亦曰墊江，今曰白水江，源出甘肅臨潭縣西南西傾山。屈曲東南流經武都文縣，合清江，又東南至四川昭化縣，與嘉陵江合。（十一）江夏，郡名。漢置在今湖北雲夢縣東南，後漢置在今湖北黄岡縣西北。晉置，今湖北安陸縣北。何時徙今治，舊志皆不詳。清爲湖北德安府治，今屬湖北江漢道。（十二）竟陵，地名，本楚地，秦置縣，宋、齊置郡，梁末廢。故城在今湖北天門縣西北。（十三）滄浪，水名。滄，音倉。（十四）三澨，水名。《辭源》子集三三頁一部二畫：“今竟陵有三参水，俗云是三澨水。按今澨水，源出湖北京山縣之潼泉山，爲司馬河，西流折南流至天門縣，名汊水。又東流至漢川縣入漢。”滄浪，見前《離騷》“齊桓聞以該輔”疏。（十五）大别，山名。在今湖北漢陽縣東北，一名魯山，《書》“内方至于大别”即此。澨，音誓。

校勘記：①“四十一”，原誤作“三十八”，今據《孔子家語》改。②此句上頁眉戴之麟題校補時地云：戊子二月十七日午間，韓左个。戊子九月六日午後，縣中校。己丑三月二十八日上午又。③此句旁頁邊戴之麟題校補時地云：戊子六月二十日午後，捄飉補録。④“四”，原作“三”，以後文已調整疏證順序，改作“四”。

好姱佳(一)麗(二)兮，容貌説(三)美，有俊德也。**疏曰：**（一）佳，音皆，美也。（二）麗，音隸，偶也。美好也，音離。（三）説，音義同悦。牉獨處(一)此異域(二)。背離鄉(三)黨(四)，居他邑也。牉(五)，一作叛(六)，一作柈(七)。［補］曰：牉，音泮，舊音伴。**疏曰：**（一）處，上聲。（二）域，余洎切。國邦之稱，又疆界也。（三）鄉，音香，古以萬二千五百家爲鄉。清地方自治制，以人口不滿五萬之區域爲鄉。（四）黨，朵榜切。五百家爲黨。（五）牉，半也，分也。（六）叛，離叛也。（七）析，與析同，先擊切，分也。麟按：作“叛”非。

既惸(一)獨而不羣兮，行與衆異，身孤特(二)也。［補］曰：惸，渠縈切，無弟(三)兄①也。**疏曰：**（一）惸，音瓊，憂也。（二）特，惰核切，挺立曰特。凡事物之異於衆者皆曰特。（三）弟，上聲。又無良媒在其側。左右嫉妬，莫衒(一)鬻(二)也。**疏曰：**（一）衒，音縣。自矜也，自媒也。（二）鬻，音育，賣也。

校勘記：①“弟兄”，原誤作“兄弟”，今據李刻本、明翻宋本、汲古閣本改。

道卓遠而日忘兮，卓(一)，一作逴(二)。**疏曰：**（一）卓，音琢，高也。（二）逴，音踔，遠也。願自申(一)而不得。**疏曰：**（一）申，音身。重也，重説也。

望北山而流涕兮，瞻(一)仰高景，愁悲泣也。北山，一作南山。**疏曰：**（一）瞻，音詹，仰視也。臨(一)流水而太息。顧念舊故，思親戚也。流水，一作深水。**疏曰：**（一）臨，音林，及也。謂正當其時也。

望孟夏之短夜兮，四月之末，陰盡極也。［補］曰：上云曼遭夜之方長，此云望孟(一)夏之短夜者，秋夜方長，而夏夜最短，憂不能寐，冀夜短而易曉也。**疏曰：**（一）孟，暮更切，長也。夏月，三四月居首，故曰孟夏。麟按：春三月，正月三陽，二月四陽，三月五陽，四月六陽，此故云“陰盡極”。何晦明之若歲！憂不能寐(一)，常倚立也。**疏曰：**（一）寐，密肄切。卧也，息也。

姚鼐曰：遭夜方長、秋風動容，屈子作此篇之時令也。孟夏短夜，則代設懷王夢歸之幻境也。①

校勘記：①此句出吴至父，非姚鼐語。

惟郢路之遼(一)遠兮，隔以江湖，幽僻(二)側也。**疏曰：**（一）遼，音僚，遠也。(二)僻，披益切，非平正通達人所共由者謂之僻。魂一夕而九逝(一)。精魂夜歸，幾(二)滿十也。**疏曰：**(一)逝，音誓。往也，去也。(二)幾，平聲。

姚鼐曰：此承上文，言我初陳言，明知施報之不爽，而君乃不聽，安得無昌乎？懷王入秦，渡漢而北。故托言有鳥，而悲傷其南望郢而不得反也。故曰雖放流，睠顧楚國，効忠懷王，不忘欲返。①

校勘記：①此句上頁眉戴之麟題校補時地云：上午前，韩寝左个。

曾(一)不知路之曲直兮，忽往忽來，行亟疾(二)也。一本云：曾不知路之曲直兮，魂識路之營營。何靈魂之信(三)直兮，南指月與列星。願徑逝而未得兮，人之心不與吾心同。**疏曰：**(一)曾，音層，乃也。(二)疾，速也。麟按：(三)信，原作婞。南指月與列星。參差(一)轉運，相遞(二)代也。**疏曰：**(一)參差，音撐癡，不齊也。(二)遞，音悌，更迭也。

願徑(一)逝而未得兮，意欲直還，君不納(二)也。未，一作不①。**疏曰：**(一)徑，經去聲，直也。(二)納，儺拉切，收納也，引申之曰受。麟按：此謂願直往遷所而不得，由觀上文"曾不知"句自明，非欲直還也。果如逸解，既由郢出，尚有不知曲直之理乎？魂識路之營營。精靈主行，往來數(一)也。或曰：識路，知道路也。營，一作煢。[補]曰：《詩》注云：營營(二)，往來貌。煢煢，憂也，音瓊。**疏曰：**此謂直往不得，至魂識路，猶營營來往不定也。(一)數，音朔，不一次也。(二)"營營"注句，見《詩·小雅·青蠅》第一章。②

校勘記：①"未，一作不"，原脱，今據李刻本、明翻宋本、汲古閣本補。②此句上頁眉戴之麟題校補時地云：戊子十月十日上午，球左補録。

何靈魂之信直兮，質(一)性忠正，不枉(二)曲也。**疏曰：**(一)質，之乙切，稟性也。(二)枉，行悦切，邪曲也。人之心不與吾心同！我志清白，衆泥(一)濁也。**疏曰：**(一)泥，溺倪切。水和土也，引申爲昏濁也。

理(一)弱而媒不通兮，知友劣(二)弱，又鄙樸也。**疏曰：**（一）理，音里，媒也。又治獄官也。（二）劣，音埒，弱也。尚不知余之從容(一)。未照我志之所欲也。［補］曰：言尚不知己志，况能召我也？**疏曰：**（一）從容，舒緩貌。從，趨邕切。

姚鼐曰：言懷王以信直而爲秦欺矣，又無行理，爲通一言。王尚不知余之心，所謂以此見懷王之終不悟也。懷王昔者所任用，蓋皆小人爲利者耳。一旦重遭憂辱，則棄而忘之。冀得如瑕生之於晉惠，子展、子鮮之推挽衛獻者，安可得哉？屈子所以痛心於理弱也，與《離騷》之理弱托意異矣。

亂曰：長瀨(一)湍流，泝江潭兮。湍(二)，亦瀨也。逆流而上曰泝(三)。潭，淵也。楚人名淵曰潭。言己思得君命，緣湍瀨之流，上泝江淵，而歸郢也。［補］曰：瀨見《九歌》。《説文》：逆流而上曰泝洄。泝，向也。水欲下，違之而上也。潭水出武陵(四)。一説楚人名深曰潭。徒含切，又音淫。**疏曰：**（一）瀨，音賴，水流沙上也。（二）湍，讀如貪，急流也。[①]（三）泝，音訴。麟按：此亦謂往還所經之路也，解謂歸郢非。郢蓋指江陵以外之郢而言，如鄢郢、郊郢之類。例如吾鍾石牌附近火山，傳爲原跡曾經之説。石牌則在漢北，鍾爲郊郢，是其一證。瀨，見《九歌·湘君》"石瀨兮淺淺"注。（四）武陵，《辭源》辰集一九九頁止部四畫："一、郡名。漢置，五代時廢，今湖南常德縣。二、縣名。隋置，清爲湖南常德府治，民國改爲常德縣。三、山名。苗嶺之分支也。其脈自貴州貴筑縣東境，東北迤於烏、沅二江間，入湖南境，迤於沅、澧二江間，迄洞庭湖西岸而止。今通稱曰武陵山脉。"[②]

校勘記：①此句上頁眉戴之麟題校補時地云：丁亥七月二十七日上午，韓左个。②此句上頁眉戴之麟題校補時地云：己丑五月十七日午前，新庭。

狂顧南行，聊以娱心兮。狂，猶遽(一)也。娱(二)，樂也。君不肯還己，則復遽走南行，幽藏山谷，以娱己之本志也。一無"聊"字。**疏曰：**（一）遽，音詎。急也，疾也，卒也。（二）娱，音虞。

軫石崴嵬，蹇吾願兮。軫(一)，方也。故曰：軫之方也，以象地。崴嵬，崔巍，高貌也。言雖放棄，執履忠信，志如方石，終不可轉，行度益高，我常願之也。嵬，一作裹(二)。［補］曰：軫石，謂石之方者，如車軫耳。《集韻》：崴，音隈。嵬，吾回[①]切。

又崴，烏皆切。嵬，音懷。崴嵬，不平也。一曰：山形崴。舊音委誰切。褰[②]，音淮。**疏曰：**（一）軫，音診，車後横木之專名。通言之，合與下三面之材，與后横木成正方，亦曰軫。麟按：此謂山石高危，如己志方正也。（二）褰，袖也，又藏也。嵬作褰非。

校勘記：①“回”，原誤作“懷”，今據李刻本、明翻宋本、汲古閣本改。②“褰”，原誤作“嵬”，今據李刻本、明翻宋本、汲古閣本改。

超回志度，行隱進兮。超（一），越（二）也。言己動履正直，超越回邪，志其法度，隱（三）行忠信，日以進（四）也。［補］曰：《説文》：隱，安也。**疏曰：**（一）超，敕妖切。（二）越，音粵，踰也。（三）隱，殷上聲。麟按：此謂志向態度超越回邪，行爲安然向前進行也。（四）進，宜叶見。

低佪夷猶，宿北姑兮。夷猶，猶豫也。北姑（一），地名。言己所以低佪（二）猶豫、宿北姑者，冀君覺寤而還己也。低，一作俳。**疏曰：**（一）北姑，未詳。（二）低佪，留戀也，猶徘徊。

煩冤瞀容，實沛徂兮。瞀，亂也。實，是也。徂（一），去也。言己憂愁思念煩冤，容貌憒亂，誠[①]欲隨水沛（二）然而流去也。［補］曰：瞀，音茂。**疏曰：**（一）徂，叢吾切。（二）沛，破貝切。

校勘記：①“誠”，原脱，今據李刻本、明翻宋本、汲古閣本補。

愁歎苦神，靈遥思兮。愁歎苦（一）神者，思舊鄉而神勞也。靈遥（二）思者，神遠思也。**疏曰：**（一）苦，勞也。（二）遥，遠也。

路遠處（一）幽，又無行媒（二）兮。路遠處幽者，道遠處僻（三）也。無行媒者，無介紹[①]（四）也。**疏曰：**（一）處，上聲。（二）媒，宜叶“迷”之陰平聲。（三）僻，幽也。（四）介紹，居間招待之人也。介，皆械切。紹，市擾切。

校勘記：①“介紹”，李刻本、明翻宋本、汲古閣本作“紹介”。以下文疏證曰“介紹，居間招待之人也”，今不改。

道思作頌(一)，聊以自救(二)兮。一無“以”字。**疏曰：**（一）頌，音誦，詩體之一，如《周頌》、《商頌》。阮元説頌即容也，謂樂之兼有舞容者，與風、雅之徒歌者有别。周曰頌，古曰夏，是也。又稱揚功德之文曰頌，王褒有《聖主得賢臣頌》。麟按：此四六兼有韻之文也。（二）救，江南人音近“教”，與“告”恰叶。

憂心不遂，斯言誰告兮。道思者，中道作頌，以舒佛(一)鬱之念，救傷懷之思也。憂心不遂，不達也。誰告者，無所告愬(二)也。**疏曰：**（一）佛，音佛，鬱貌。（二）愬，與訴同，速誤切。

姚鼐曰：懷王之事不可追矣，聊作頌爲戒，以救襄王，尚可及也，故曰冀幸君之一悟。此篇悲傷懷王之拘困於秦，其詞致爲悽切，既自抒忠愛，亦所以厲頃襄報仇之心。而是時君臣方躭逸樂，惡聞國恥，此令尹子蘭所以聞之大怒也。

懷　沙

此章言已雖放逐，不以窮困易其行。小人蔽賢，羣起而攻之。舉(一)世之人，無知我者。思古人而不得見，伏①(二)節死義而已。太史公曰：乃作《懷沙》之賦，遂自投汨羅以死。原所以死，見於此賦，故太史公獨載之。**疏曰：**（一）舉，居語切，合也。引申之爲全，謂全世也。（二）伏，音服，受法也。引申爲死，謂死節也。

校勘記：①“伏”，金陵書局本作“仗”。

滔滔孟夏兮，滔滔，盛陽貌也。《史記》作陶陶(一)。[補]曰：《説文》：滔，水漫漫大貌，他刀切。又滔，聚也，音陶。前云方仲春而東①遷，此云滔滔孟夏者，屈原以仲春去國，以孟夏徂南土也。**疏曰：**（一）陶陶，音義同滔滔。又驅馳貌。又相隨行之貌。又長也。麟按：此當作“長”解，謂孟夏之日正長也。②草木莽莽。言孟夏四月，純陽用事，煦(一)成萬物。草木之類，莫不莽莽(二)盛茂③。自傷不蒙君惠，而獨放棄，曾④不若草木也。［補］曰：莽，莫補切。**疏曰：**（一）煦，虚羽切。烝也，熱也，恩也。（二）莽莽，草深貌。

校勘記：①“東”，原誤作“來”，今據李刻本、明翻宋本、汲古閣本改。②此句上頁眉戴之麟題校補時地云：戊子四月二十二日上午，捄左終校。③“盛茂”，原誤作“茂盛”，今據李刻本、明翻宋本、汲古閣本改。④“曾”，原脱，今據李刻本、明翻宋本、汲古閣本補。

傷懷永哀兮，懷，思也。永，長也。汩徂南土。汩，行貌。徂，往也。言己見草木盛長，而己獨汩然放流，往居江南之土，僻遠之處，故心傷而長悲思也。土，一作去。［補］曰：汩，越筆切，見《騷經》(一)。**疏曰：**（一）見前《離騷》“汩余若將不及兮”疏。

姚鼐曰：點出沈水之時地。①

校勘記：①此句出林雲銘《楚辭燈》，非姚鼐語。

眴兮杳杳，眴，視貌也。杳杳，深冥貌也。《史記》作(一)窈窈(二)。［補］曰：眴，與瞬(三)同。《説文》云：開闔目數(四)摇也。**疏曰：**（一）“《史記》作”句，係指原本傳記載此文，以下均同。①（二）窈，音義同杳。（三）瞬，音舜，目動也。（四）數，音朔，頻也。孔静幽(一)默。孔，甚也。《詩》曰：亦孔之將(二)。默默，無聲也。言江南山高澤深，視之冥冥(三)，野甚清浄，漠②無人聲。一云孔静兮。《史記》默作墨(四)。**疏曰：**（一）幽，昧也。（二）“亦孔之將”，見《詩・正月》篇。③（三）冥冥，晦暗也。（四）墨，義同默。

校勘記：①此句上頁眉戴之麟題校補時地云：己丑五月十七日午前，新庭。②“漠”，原誤作“淡”，今據李刻本、明翻宋本、汲古閣本改。③此句旁行間戴之麟題校補時地云：丁亥得穀日，時地同上。

鬱結紆軫兮，紆(一)，屈也。軫(二)，痛也。《史記》紆作冤(三)。**疏曰：**（一）

紆，音迂。（二）軫，音診。（三）冤，音鴛。屈也，仇恨也。離慜而長鞠(一)。慜，痛也。鞠，窮也。言己愁思，心中鬱結紆屈而痛，身遭疾病，長窮困苦，恐不能自全也。《史記》慜作愍(二)，而作之。［補］曰：離，遭也。慜，與愍同。**疏曰：**（一）鞠，音菊。（二）愍，音閔。

撫情效志兮，撫(一)，循(二)也。効，猶覈(三)也。**疏曰：**（一）撫，音拊。（二）循，音旬，率循也。（三）覈，音核，驗也。考事得實曰覈。冤屈而自抑。抑，按也。言己身多病長窮，恐遂顛沛，撫己情意，而考覈心志，無有過失，則屈志自抑，而不懼也。《史記》云：俛(一)詘(二)以自抑。**疏曰：**（一）俛，同俯，曲也。（二）詘，音義同屈。此句見《史記八十四・屈原賈生列傳第二十四》原本傳《懷沙賦》。①

姚鼐曰：已上六句，言傷懷永哀之實。②

校勘記：①此句上頁眉戴之麟題校補時地云：戊子九月二十日上午，抹左補録。②此句出林雲銘《楚辭燈》，非姚鼐語。

刓方以爲圜兮，刓，削(一)。［補］曰：刓，吾官切，圜(二)削也。**疏曰：**（一）削，下宜加"也"字。削，息約切。斜拂之曰削。（二）圜，與圓同，于權切。麟按：圜則方之對，作削解，不如解爲圓形之直當。常度未替。度，法也。替，廢也。言人刓削方木，欲以爲圜①，其常法度尚未廢也。以言讒人譖(一)逐放己，欲使改行，亦終守正而不易(二)也。**疏曰：**（一）譖，簪去聲，愬也。直告其事曰愬，加誣曰譖。（二）易，入聲。

校勘記：①"圜"，原作"圓"，今據李刻本、明翻宋本、汲古閣本改。

易(一)初本迪兮，《史記》迪(二)作由(三)。一無"初"字。**疏曰：**（一）易，讀入聲。（二）迪，音狄，道也。（三）由，移囚切，事之原因也。君子所鄙。鄙(一)，恥也。言人遭世遇變，易初行，遠離常道，賢人君子之所恥，不忍爲也。**疏曰：**（一）鄙，讀如比，厭薄之也。

章畫(一)志墨(二)兮，章，明也。志，念也。《史記》志作職。［補］曰：畫，音獲。**疏曰：**（一）畫，描寫之也，計策也。麟按：此謂明計暗念也。（二）墨，同默。前圖未改。圖，法也。改，易也。言工明於所畫，念其繩墨，修前人之法，不易其道，則曲木直而惡木好也。以言人遵先聖之法度(一)，修其仁義，不易其行，則德譽(二)興而榮名立也。《史記》圖作度。**疏曰：**（一）度，亦法也。（二）譽，音余，稱人之美也。

内厚質正兮，《史記》作内直質(一)重兮。**疏曰：**（一）質，之乙切，物之本體皆曰質。大人所盛。言人質性敦(一)厚，心志正直，行無過失，則大人(二)君子所盛美也。**疏曰：**（一）敦，都温切，厚也。（二）大人，有德者之稱；又有位者之稱；又尊長之稱。

巧倕不斲兮，倕，堯巧工也。斲(一)，斫(二)也。《史記》作巧匠。斲，一作劉，一作斷。［補］曰：倕，音垂。《書》曰：垂，汝共工(三)(四)。《莊子》曰：工倕旋而蓋規矩(五)。《淮南》曰：周鼎(六)著倕(七)，使銜其指。《説文》云：斲，斫①也。劉，殺也。作斲者是。**疏曰：**（一）斲，音琢。（二）斫，音灼，擊也。（三）共工，水官也，又工官也。《書》（四）“垂，汝共工”，馬融注：“爲司空，共理百工之事。”見《書·堯典》。（五）“工倕旋而蓋規矩”，見《莊子》下一《達生》篇。（六）鼎，見後《大招》“鼎臑盈望”疏。（七）“周鼎著倕”，見《淮南子》八《本經訓》，“周鼎”周上有“故”字。孰察其撥正。察，知也。撥(一)，治也。言倕不以斤斧斲斫，則曲木②不治(二)，誰知其工巧者乎？以言君子不居爵位，衆亦莫知其賢能也。《史記》作揆正。［補］曰：《説文》曰：撥，治也，比末切，揆(三)度(四)也。**疏曰：**朱注本同。（一）撥，音鉢。（二）治，平聲，整理也。（三）揆，音跪。（四）度，讀如鐸。

校勘記：①“斫”，原誤作“削”，今據李刻本、明翻宋本、汲古閣本改。②“木”，原脱，今據李刻本、明翻宋本、汲古閣本補。

玄文處幽兮，玄，墨也。幽，冥也。《史記》作幽處(一)。**疏曰：**（一）處，讀上聲。矇瞍(一)謂之不章；矇(二)，盲者也。《詩》云：矇瞍奏(三)工(四)。章，明也。言持玄墨之文，居於幽冥①之處，則矇瞍之徒，以爲不明也。言持賢知②之士，居於山谷，則衆愚以爲不賢也。瞍，一作瞜(五)。《史記》無“瞍”字。[補]曰：有眸(六)子而無見曰矇，無眸子曰瞍。**疏曰：**(一)瞍，音叟。(二)矇，音蒙。(三)奏，子候切，進也。又作樂曰奏，又樂一更端曰奏，故九成謂之九奏。(四)“矇瞍奏工”，見《詩·靈台》篇，惟“工”作“公”。(五)瞜，瞍本字。(六)眸，音牟，目中瞳人也。

校勘記：①“冥”，原誤作“暗”，今據李刻本、明翻宋本、汲古閣本改。②“知”，原作“智”，今據李刻本、明翻宋本、汲古閣本改。

離婁微睇兮，離婁，古明目者也。《孟子》曰：離婁之明(一)。睇，眄之也。[補]曰：《淮南》曰：離朱之明(二)。即離婁也。黄帝時人，明目能見百步之外，秋豪(三)之末。睇，音弟。《説文》曰：目小視也。南楚謂眄曰睇。**疏曰：**(一)“離婁之明”句，見《孟子》中《離婁》篇上，朱即婁之轉音。趙岐《孟子注》：“黄帝亡其玄珠，使離婁索之。”麟按：以其目明也。(二)“離朱之明”，見《淮南子》一《原道訓》。(三)豪，與毫通。秋毫，鳥獸之毛，至秋更生，細而末鋭，謂之秋豪。《孟子》：“明足以察秋毫之末。”(見《孟子》上《梁惠王上》篇。)故喻事物之微細，亦曰秋毫。瞽(一)以爲無明(二)。瞽，盲(三)目者也。《詩》云：有瞽有瞽(四)。言離婁明目無所不見，微有所眄，盲人輕之，以爲無明也。言賢者遭困厄，俗人侮之，以爲癡(五)也。[補]曰：《説文》：瞽，目但有朕也。**疏曰：**(一)瞽，音古。(二)明，宜叶茫。(三)盲，音萌。(四)“有瞽”句，見《詩·有瞽》篇。(五)癡，敕醫切，不慧也。

變白以爲黑兮，世以濁爲清也。《史記》以作而。倒上以爲下。俗人以愚爲賢也。[補]曰：下，音户(一)。**疏曰：**(一)户，讀上聲。

鳳皇在笯兮，笯，籠落也。徐廣(一)曰：笯，一作郊。[補]曰：笯，音暮。《釋文》音奴，又女家切。《説文》曰：籠也，南楚(二)謂之笯。**疏曰：**(一)徐廣，見前《離騷》“武丁用而不疑”疏。(二)南楚，《史記一百二十九·貨殖列傳第六十九》謂“衡山、九江、江南、豫章、長沙，此南楚也。”又《漢書》卷一上《高帝紀第一上》“羽自立爲西楚霸王”注：“孟康曰：‘舊名江陵爲南楚。’”①雞鶩翔②舞。言聖人困厄，小人得志也。《史記》鶩作雉。［補］曰：鶩[一]，梟[二]屬，音木。**疏曰：**（一）鶩，鴨也。（二）梟，見前《天問》“并驅③擊翼”疏。

校勘記：①此句上頁眉戴之麟題校補時地云：戊子十月八日午前，摭左補録。②“翔”，原誤作“同”，今據李刻本、明翻宋本、汲古閣本改。③“驅”，原誤作“趨”，今據前文改。

同糅玉石兮，賢愚雜厠[一]。［補］曰：糅，雜也，女救切。**疏曰：**（一）厠，音次，一作則。厠，今曰便所。又音側，側足也，今謂托足曰側足也。側足，即厠足，謂與（去聲）聞其事也。一槩[一]而相量[二]。忠佞不異。［補］曰：槩，平斗斛[三]木，古代切。**疏曰：**（一）《辭源》曰義取齊物，故引申爲不論何物之義。（二）量，讀平聲。（三）斛，胡禄切，量器名。古謂十斗曰斛，今以五斗爲斛。其面及底皆爲正方形，面小而底大，其式爲宋賈似道所創。今通作權度法，用營造尺庫平制，每斛合萬國權度通制之五一．七三四四公升。

夫惟黨人鄙固兮，楚俗狹[一]陋。鄙一作交。《史記》云：夫黨人之鄙妬兮。**疏曰：**（一）狹，音狎，隘也。羌不知余之所臧。莫照我之善意也。《史記》曰：羌不知吾所臧[一]。**疏曰：**（一）臧，音張，善也。

姚鼐曰：已上追言己獨守正，而世俗顛倒日甚，所以見放。①

校勘記：①此句出林雲銘《楚辭燈》，非姚鼐語。

任重載盛兮，［補］曰：盛，多也。言所任者重，所載者多也。重，直用切。陷滯而不濟。陷[一]，没也。濟，成也。言己才力盛壯，可任重載，而身放棄，陷没沈滯，不得成其本志。**疏曰：**（一）陷，咸去聲。

懷瑾握瑜兮，在衣爲懷，在手爲握。瑾、瑜，美玉[一]也。［補］曰：傳云：鍾山之玉[二]，瑾、瑜爲良。瑾，音僅。瑜，音逾。**疏曰：**（一）玉，音獄。（二）鍾山，即崑崙山之又名，與今安徽、河南、江西者不同。“鍾山”二句，考《山海經》卷二《西山經》第四十三欵，有“而投之鍾山之陽。瑾瑜之玉爲良”二語，殆即此歟？[①] 窮不知所示。示(一)，語也。言己懷持美玉之德，遭世闇惑，不别善惡，抱寶窮困，而無所語也。《史記》云：窮不得余所示。**疏曰：**（一）示，垂示也，以事告人曰示。

校勘記：①此句上頁眉戴之麟題校補時地云：丁亥七月一日午前，韓左个。戊子重陽日上午，𢳚左校。

邑犬之羣吠兮，吠所怪也。言邑(一)里(二)之犬，羣而吠(三)者，怪非常之人而噪(四)之也。以言俗人羣聚毁(五)賢智者，亦以其行度異，故羣而謗之也。一云：邑犬羣[①]兮，吠所怪也。《史記》無“之”字。一本此句與下文無“也”字。**疏曰：**（一）邑，衣吸切，都邑也。大曰都，小曰邑。（二）里，離矣切。五家爲鄰，五鄰爲里。（三）吠，附穢切，犬鳴也。（四）噪，音燥，喧呼也。（五）毁，虎委切，訾也。謂言人之不善也。

校勘記：①“羣”下，原衍“吠”字，今據李刻本、明翻宋本、汲古閣本删。

非(一)俊疑傑兮，千人才爲俊，一國高爲傑也。《史記》云：誹(二)駿(三)疑桀(四)。［補］曰：《淮南》云：知(五)過(六)萬人謂之英(七)，千人謂之俊，百人謂之豪，十人謂之傑。**疏曰：**（一）非，訾也，即誹也。（二）誹，音非上聲，非議也。（三）俊、駿通。（四）桀、傑同。（五）知，讀去聲。（六）過，讀平聲。（七）“知過萬人”四句，見《淮南子》第二十《泰族訓》，“知”作“智”，上有“故”字。[①] 固庸態也。庸，廝(一)賤之人也。言衆人所謗，非傑異之士，斯庸夫惡態之人也。何者，德高者不合於衆，行異者不合於俗，故爲犬之所吠，衆人之所訕(二)也。**疏曰：**（一）廝，音斯，廝役也，謂析薪養馬者。亦作廝。（二）訕，音山，又去聲，毁謗也。

校勘記：①此句上頁眉戴之麟題校補時地云：丁亥六月二十一日午間，韓左个。

文質(一)疏内兮，《史記》疏作疎。［補］曰：内，舊音訥。疏，疏通也。訥，木訥也。《釋文》：内(二)，如字。**疏曰：**（一）質，體也。（二）内，裏也，中也。此謂體文中疏，外觀美而内亦疏通。對言之，與前“内厚質正”句同。如此方與下句合。衆不知余之異采(一)。采，文采也。言己能文能質，内以疏達，衆人不知我有異藝之文采也。《史記》余作吾。徐廣曰：異，一作奧(二)。**疏曰：**（一）采，宜叶止，與下“有”讀“以”方合。王注“言己能文能質”二句，似宜如上拙解。（二）奧，阿告切。凡義蘊深祕不易窺見者，皆曰奧，如奧旨、粵義。

材朴委積兮，條直爲材，壯大爲朴(一)。壯，一作庬(二)。《史記》朴作樸。積，一作質。［補］曰：《説文》云：朴①，木皮也。樸(三)，木素也。**疏曰：**（一）朴，音樸，落葉喬木。高四五丈，葉橢圓，端尖，花黄而小，實爲小圓肉果，黄赤色，味甘可食，其材可作器具及薪炭之用。此假喻材大如朴，委棄堆積而不用也。（二）庬，音龙。豐也，厚也。引申爲壯大之義，故《史記》壯作庬。（三）樸，與朴通，質也。樸，落葉喬木，高數丈，葉橢圓而粗糙，實圓大如豆，熟則黑，味甘可食。莫知余之所有。言材木委積，非魯班(一)則不能别其好醜。國民衆多，非明君則不知我之能也。**疏曰：**（一）魯班（一作般），即公輸班。《孟子》趙注：“公輸子，魯班，魯之巧人也。或以爲魯昭公之子。”《墨子》作公輸盤。《史記集解》、《後漢書》注、《文選》注皆引作般。

校勘記：①“朴”，原脱，今據李刻本、明翻宋本、汲古閣本補。

重仁襲義兮，重(一)，累也。襲(二)，及也。［補］曰：《淮南》云：聖人重仁襲恩(三)。注云：襲亦重累。**疏曰：**（一）重，平聲。（二）襲，音習。（三）“聖人”句，見《淮南子》十三《氾論訓》，原文“聖人”上有“此”字，下有“所以”二字。①謹厚以爲豐。謹，善也。豐，大也。言衆人雖不知己，猶復重(一)累仁德，及興禮義，修行謹善，以自廣大也。**疏曰：**（一）重，平聲。

校勘記：①此句上頁眉戴之麟題校補時地云：丁亥六月二十一日午前，韓左个。

重華(一)不可迕兮，迕，逢(二)。一作遻。《史記》作悟。［補］曰：迕、遻，當作遻。音忤，與迕(三)同。《列子》：遻物而不慴(四)。是也。《釋文》：遻，五各切。心不欲見而見曰遻，於義頗迂。**疏曰：**（一）重華，虞舜之號。《書》："曰若稽古帝舜，曰重華協于帝。"言繼堯而有光華也。麟按：（二）"逢"下宜加"也"字。（三）迕，音義同遻，遇也。"若稽古帝舜"諸句，見《書·舜典》。"遻物"句，見《列子》卷二《黃帝第二》，"遻"上有"是故"二字。①（四）慴，音摺，懼也。孰知余之從容！從容(一)，舉動也。言聖辟(二)重華，不可逢遇，誰得知我舉動欲行忠信也。**疏曰：**（一）從容，舒緩貌。從，趨邕切。（二）辟，音璧，君也。

姚鼐曰：已上言見放之後，復遭誹謗，通國無一知其能，故不復見召。然自度本領，實非世俗所能知，又難專咎黨人也。②

校勘記：①此句上頁眉戴之麟題校補時地云：己丑五月七日下午，新庭。②此句出林雲銘《楚辭燈》，非姚鼐語。

古固有不並兮，並，俱(一)。［補］曰：此言聖賢有不並時而生者，故重華不可迕，湯、禹不可慕也。**疏曰：**（一）"俱"下宜加"也"字別之。俱，音拘，偕也。豈知其何故？言往古之世，忠佞之臣不可俱並事君，必相剋(一)害。故曰：豈知其何故。一本此與下句末皆有"也"字。《史記》云：豈知其故也。**疏曰：**（一）剋，音刻，勝也。與克通，謂制之也。麟按：此云忠、佞之臣，不可與並事君，與上句注云"此言"句矛盾，宜從本句解，方與下文合。

湯禹久遠兮，邈而不可慕。慕，思也。言殷(一)湯、夏(二)禹聖德之君，明於知人，然去久遠，不可思慕而得事之也。《史記》云①：邈(三)不可慕也。**疏曰：**（一）殷，商盤庚遷殷之改號也，衣斤切。其地曰殷墟，即朝歌。見前《天問》"湯謀易旅，何以厚之"疏。（二）夏，讀上聲。（三）邈，模岳切。遠也，渺也。

校勘記：①"云"，原脱，今據李刻本、明翻宋本、汲古閣本補。

懲連改忿兮，懲(一)，止也。忿，恨也。《史記》連(二)作違(三)(四)。**疏曰：**（一）

懲，音承。(二) 連，離延切，難也。從流上而忘反，謂之連。(三) 違，音愇，背也。兩義均可通。(四) 朱注本同。抑心而自强。抑，按也。言己知禹、湯不可得，則止己留連之心，改其忿恨，按慰己心，以自强勉①也。强(一)，《史記》作彊。[補] 曰：强，巨兩切。**疏曰：**(一) 强、彊同。

校勘記：①"强勉"，金陵書局本作"勉强"。

離慜而不遷兮，慜(一)，病①也。遷，徙也。慜，《史記》作湣(二)。一作閔(一)。**疏曰：**(一) 慜、閔，音義同。(二) 湣，音昏，湣湣未定貌。又昏去聲，水濁也。願志之有像。像(一)，法也。言己自勉修善，身雖遭病，心終不徙，願志行流於後世，爲人法也。《史記》像作象(一)。**疏曰：**(一) 像、象，均讀上聲，義同。

校勘記：①"病"，原誤作"痛"，今據李刻本、明翻宋本、汲古閣本改。

進路北次兮，路，道也。次(一)，舍(二)也。**疏曰：**(一) 次，七四切，師止曰次。《左傳》："凡師一宿爲舍，再宿爲信，過信爲次。"麟按："凡師一宿爲舍"諸句，見《左・莊三年》"冬，公次于滑"傳。① (二) 舍，始野切，止息也。日昧昧其將暮。昧，冥也。言己思念楚國，願得君命，進道北行，以次舍止，冀遂還歸，日又將暮，不可去也。**疏曰：**以次舍止，非。不如解作"路向北進而止息，或經數宿，每當日暮也"較直捷。

校勘記：①此句上頁眉戴之麟題校補時地云：丁亥六月二十七日午後，韓左个。

舒憂娱哀兮，娱(一)，樂(二)。《史記》云：含憂虞(一)哀。**疏曰：**(一) 虞、娱，音義同，安也，樂也。(二)"樂"下宜加"也"字别之。限之以大故。限，度也。大故(一)，死亡也。言己自知不遇，聊作辭賦，以舒展憂思，樂己悲愁，自度以死亡而已，終無他志也。[補] 曰：《孟子》云：今也不幸至於大故(二)。**疏曰：**(一) 大故，猶言大事，謂父母之喪也。又猶言大罪也。麟按：此當從後解。(二)"今也"句，見《孟子》上《滕文上》篇。

姚鼐曰： 已上言前不見古人，後當以示來者。汨羅自沈，必不可已。[①]

校勘記： ①此句出林雲銘《楚辭燈》，非姚鼐語。

亂曰：浩浩[(一)]沅湘，《史記》此句末至明告君子，並有“兮”字。**疏曰：**（一）浩浩，水大貌，何老切。分流汩兮。浩浩，廣大貌也（“也”字可删）。汩，流也。言浩浩廣大乎沅、湘之水，分汩而流，將歸乎海。傷己放棄，獨無所歸也。分，一作汾[(一)]。［補］曰：汩，音骨者，水聲也；音鶻者，涌波也。《莊子》曰：與汩俱出[(二)]。郭象[(三)]云：洄伏而涌出者，汩也。**疏曰：**（一）汾，音墳，水名。與此殊覺無關，不可從。（二）“與汩俱出”，見《莊子菁華》下卷一《達生》篇，“俱”作“偕”。（三）郭象，《古今人名大辭典》一〇五三頁一一畫：“晉河南人，字子玄。少有才理，好老莊，能清言。不就辟召，以文論自娛。後辟司徒掾，稍遷至黄門侍郎。東海王引爲太傅主簿，任職當權，薰灼内外，由是士論去之。永嘉末卒。先是向秀嘗爲《莊子解義》，惟《秋水》、《至樂》二篇未竟而卒。象以秀義不傳於世，遂略事點竄，竊爲己注，其後秀義别本出。故今有向、郭二《莊》，其義一也。”[①]

校勘記： ①此句上頁眉戴之麟題校補時地云：戊子七月五日午後，抹𠫊補録。

脩路幽蔽，道遠忽兮。脩，長也。言己雖在湖澤之中，幽深蔽闇[(一)]，道路甚遠，且久長也。《史記》蔽作拂[(二)]。自道遠忽兮以下，有“曾吟恒[①]悲兮，永歎慨兮，世既莫吾知兮，人心不可謂兮”[(三)]四句。**疏曰：**（一）闇，音義同暗。（二）拂，敷勿切，絶也，戾也。（三）此四句不宜有。

校勘記： ①“恒”，原誤作“懷”，今據李刻本、明翻宋本、汲古閣本改。

懷質抱情，《史記》云：懷情抱質[(一)]。**疏曰：**（一）朱注本同。獨無匹兮。匹，雙也。言己懷敦篤之質，抱忠信之情，不與衆同，故孤煢獨行，無有雙匹也。匹，俗作疋(一)。**疏曰：**(一)疋，本雅正之雅，作匹音者，布帛之一端也。近有二三丈餘，或五丈、十丈之異，不可從。雅正之雅作疋，布帛一端曰疋，與疋少異。

伯樂既没，驥焉程兮？伯樂，善相(一)馬也。程，量(二)也。言騏(三)驥(四)不遇伯樂，則無所程量其才力也。以言賢臣不遇明君，則無所施其智能也。《史記》没作歿。"焉"(五)上有"將"字。［補］曰：《戰國策》云：昔騏驥駕鹽車(六)，上(七)吴坂(八)，遷延負轅(九)而不能進。遭伯樂，仰而鳴之，知伯樂之知己也。《淮南子》曰：造父(十)不能爲伯樂(十一)。注云：伯樂善相馬，事秦繆公。又王逸云：孫陽，伯樂姓名。而張晏(十二)云：王良，字伯樂。非也。王良善馭①，事趙簡子(十三)。**疏曰：**(一)相，去聲。(二)量，平聲。(三)騏，音其，馬之青黑色者，駿馬也。(四)驥，音冀，千里馬也。(五)焉，讀煙。安也，何也。(六)"昔騏驥"諸句，原書無，僅卷十七《楚四》篇中有"夫驥之齒至矣"諸句，與之大同小異。② (七)上，上聲。(八)吴坂，即吴山，在今山西安邑縣東南，跨夏縣、平陸縣界，中條山支阜也。亦名虞山，又曰虞坂、鹽坂。自上及下，七山相重，爲伯樂遇騏驥駕鹽車之地。《寰宇記》："太行山有路，名曰虞坂，周武王封仲雍之後虞仲於夏墟，因虞爲稱，謂之虞坂。"春秋晉假道於虞以伐虢，即此路也。俗謂之青石槽。石崖險峻，今爲孔道。坂，音反，坡坂，俗曰斜坡。(九)轅，見前《九歌·東君》"駕龍輈兮乘雷"疏。(十)造父，古之善御者。周穆王時，以御八駿之功封趙城，由此爲趙氏。(十一)"造父不能爲伯樂"，見《淮南子》二《俶真訓》。(十二)張晏，見前《離騷》第一句疏。(十三)趙簡子，晉趙襄後。

校勘記：①"馭"，原作"御"，今據李刻本、明翻宋本、汲古閣本改。②此句上頁眉戴之麟題校補時地云：戊子端午午間，救左補録。

萬民之生，各有所錯兮。錯(一)，安也。言萬民稟受天命，生而各有所錯，安其志。或安於忠信，或安於詐僞，其性不同也。一云：民生有命。《史記》民作人。一云：民生稟命。**疏曰：**(一)錯，音措。

定心廣志，余何畏懼兮？言己既安於忠信，廣我志意，當復何懼乎？威不能動，法不能恐也。

曾傷爰哀，永歎喟兮。爰(一)，於也。喟，息(二)也。言己所以心中重傷，於是歎息自恨，懷道不得施用也。曾，一作增①。［補］曰：曾，音增。喟，丘愧切。**疏曰：**（一）爰，音元。（二）息，聲息也。

校勘記：①“增”，原誤作“憎”，今據李刻本、明翻宋本、汲古閣本改。下文“曾，音增”同此。

世溷濁莫吾知，人心不可謂兮。謂，猶說也。言己遭遇亂世，衆人不知我賢，亦不可户告人說。一云：念不可謂兮。《史記》云：世溷不吾知，心不可謂兮。一云：世溷莫知，不可謂兮。

知死不可讓，願勿愛兮。讓，辭也。言人知命將終，可以建忠伏①節死義，願勿辭讓，而自愛惜之也。［補］曰：屈子以爲知死之不可讓，則捨生而取義可也。所惡(一)有甚於死者，豈復愛七尺之軀(二)哉？**疏曰：**（一）惡，去聲。（二）軀，音區，身也。

校勘記：①“伏”，金陵書局本作“仗”。

明告君子，吾將以爲類兮。告，語也。類(一)，法也。《詩》云：永錫爾類(二)。言己將執忠死①節，故以此明白告諸君子，宜以我爲法度。一本“明”下有“以”字。**疏曰：**（一）類，種類也，又疇類也。此謂明告已往君子，吾將與之爲疇類也。如此方與上文合。（二）“永錫爾類”，見《詩·既醉》篇。

姚鼐曰：已上總申前意，而自述其不怖死之衷，此投水絶命之辭也。②

林西仲曰：此靈均絶筆之文，最爲鬱勃，亦最爲哀慘。

校勘記：①“死”，原誤作“守”，今據李刻本、明翻宋本、汲古閣本改。②此句出林雲銘《楚辭燈》，非姚鼐語。

思美人

此章言己思念其君，不能自達，然反觀初志，不可變易，益自修飭(一)，死而後已也。**疏曰：**（一）飭，音敕，謹貌。又治也。

思美人兮，言己憂思，念懷王也。擥睇而佇①眙。佇立悲哀，涕(一)交横也。［補］曰：擥，猶拔也(二)。竚(三)，直吕切，久立也。眙，直視也，丑吏切。《文選》注云：佇眙，立視也。今市②聚人，謂之立眙。**疏曰：**（一）涕，音體，目汁出也。（二）“擥，猶拔也”，無考，於義尤不通。麟按：擥，亦作擥。擥，音覽，義同。謂總持也，或撮取也，又采也。撮，音粗豁切，以指取物曰撮，引申之謂以手指撮取涕而揮之也。（三）竚，音佇，企也。義同佇，故文作“佇泣③”，作“竚眙”。

校勘記：①“佇”，明翻宋本、汲古閣本作“竚”。下文“佇立悲哀”同此。②“市”，原誤作“世”，今據李刻本、明翻宋本、汲古閣本改。③“泣”，疑當作“立”。

媒絶路阻兮，良友隔絶，道壞(一)崩(二)也。一云：媒絶而道路阻(三)。《文苑》(四)作路絶而媒阻。**疏曰：**（一）壞，懷去聲。毀也，敗也。（二）崩，卜登切，山壞也。事物毀壞亦謂之崩。（三）阻，音俎，水隔曰阻。又止也。（四）《文苑》，蓋指《古文苑》，見前《九歌》“天時墜兮威靈怒”疏。言不可結而詒(一)。祕(二)密之語，難傳誦也。一無“而”字。**疏曰：**（一）詒，音怡，又去聲，與貽通。貽，遺也，遺傳也。（二）祕，音閟，密也。凡不可知或不使人知，皆曰祕。

蹇蹇(一)之煩(二)冤(三)兮，忠謀盤紆(四)，氣盈胷(五)也。冤，一作惋(六)。［補］曰：《易》曰：王臣蹇蹇(七)。**疏曰：**（一）蹇，音搴，艱難之貌。與“謇謇”同。（二）煩，音樊，不簡也，與繁同。（三）冤，音鴛，屈也。枉曲也，仇恨也。（四）盤紆，屈曲也。盤，音蒲完切。紆，音迂。（五）胷，虚邕切，身之前面，頸下腹上之部分也。引申爲人之懷抱曰胸，如胸襟、胸次。原同胸。（六）惋，音腕，駭恨也。（七）“王臣蹇蹇”，見《易下經·蹇卦》。陷滯而不發。含辭鬱結，不得揚也。陷(一)，一作滔①(二)。［補］曰：《懷沙》云：陷滯(三)而不濟。**疏曰：**（一）陷，咸去聲。穽也，没也。（二）滔，音叨，水大貌。又慢也，聚也。於本句義難通。（三）滯，音彘，凝聚不通也。

校勘記：①“滔”，金陵書局本作“淊”。

申旦以舒中情兮，誠欲日日陳己心也。以，一作不。［補］曰：《九辯》云：申(一)旦(二)而不寐。五臣云：申，至也。**疏曰：**（一）申，音身，重也。（二）旦，得案切，天明時也。此合下句解，謂累於天明時，以舒伸中情，志沈菀終，莫得達也。志沈菀(一)而莫達。思念沈積，不得通也。一無“志”字。［補］曰：（一）菀，音鬱，積也。

願寄(一)言於浮雲兮，思託要謀於神靈也。**疏曰：**（一）寄，託也。遇豐隆(一)而不將(二)。雲師徑游，不我聽也。**疏曰：**（一）豐隆，雲師名。（二）將，音漿。承也，奉也。此謂願寄言雲師，乃不承受也。

因歸鳥而致辭兮，思附(一)鴻(二)鴈(三)，達中情也。**疏曰：**（一）附，扶務切，寄也。（二）鴻，音洪，水鳥名。較鴈爲大，背與頸灰色，翅黑腹白。性勇，聽覺敏鋭，喜集湖邊，食菱、芡等物。（三）鴈，義諫切，水鳥名。狀似鵝，嘴長微黄，背褐色，翼帶青灰色，腳部有黑斑。鳴聲嘹亮，飛時自成行列，秋來春去，故謂之候鳥。古以鴻、鴈爲二鳥，今無别。羌宿(一)高而難當。飛集山林，道徑(二)異也。一云：羌迅(三)高而難寓(四)。［補］曰：當，值也。**疏曰：**（一）宿，音夙，夜止也。宿高，朱注本作“高遠”，較合。（二）徑，經去聲，小路也。（三）迅，言速疾也。狼子有力者曰迅。（四）寓，音遇。寄也，居也。不如當。

姚鼐曰：已上叙思君所以擥涕竚眙之故。①

校勘記：①此句出林雲銘《楚辭燈》，非姚鼐語。

高辛之靈盛兮，帝嚳之德茂神靈也。盛，一作晟，一作威。［補］曰：《史記》：帝嚳(一)高辛(二)者，黄帝之曾孫。生而神靈，自言其名。張晏曰：高辛，所興之地名也。**疏曰：**（一）帝嚳，古帝名。生而神異，年十五，佐顓頊，受封於辛。後代高陽氏爲天子，稱（二）高辛氏。都於亳，在今河南偃師縣。或即伊尹耕處，曰有莘，在河南陳留縣東。古莘國，今陝西郃陽縣東南。又山東曹縣北有莘城，亦古莘國，帝嚳所封。未知孰是。參看前《天問》“有莘爰極”疏。辛、莘，音同。“帝嚳高辛者”諸句，見《史記一·五帝本紀第一》“帝顓頊高陽者”篇。第二句原文有“也”字，下節去“高辛父”等四十五字。①遭玄鳥而致詒。嚳妃吞燕卵以生契也。言殷(一)契合神靈之祥知而生，於是性有賢仁，爲堯三公。屈原亦得天地正氣而生，自傷不遭聖主，而遇亂世也。**疏曰：**（一）殷，見前《懷沙》“湯禹久遠兮”疏。言殷契不合，以“殷”係後世改號也。

校勘記：①此句上頁眉戴之麟題校補時地云：戊子九月十六日上午，捄左補録。

欲(一)變節以從俗兮，念改忠直，隨讒佞也。**疏曰：**（一）欲，願也。媿易(一)初而屈志。慙(二)恥本行，中回傾也。［補］曰：媿(三)，與傀(四)同。志，音之，叶韻。**疏曰：**（一）易，讀入聲。（二）慙，同慚，慈藍切，義同愧。（三）媿，固位切，與愧同，羞慚也。（四）傀，姑隈切，又古委切，音義均與愧異。

獨歷年而離愍兮，修德累歲，身疲(一)病也。**疏曰：**（一）疲，音皮，勞乏也。羌馮心猶未化(一)。憤懣守節，不易性也。［補］曰：馮與憑(二)同。**疏曰：**（一）化，花去聲，變也。以下句之“爲”而言，宜叶揮。（二）憑，皮蠅切。依倚也，依託也。

寧(一)隱閔(二)(三)而壽考兮，懷智佯愚，終年命也。**疏曰：**（一）寧，泥形切，願詞。①（二）隱閔，言無形兆也。隱，殷上聲。（三）閔，音敏。何變易(一)之可爲！心不改更(二)，死忠正也。一云：何變初而可爲。**疏曰：**（一）易，入聲。（二）更，平聲。

校勘記：①此句上頁眉戴之麟題校補時地云：六月二十八日，韓庭。

知前轍(一)之不遂兮，比干、子胥，蒙禍(二)患也。轍，一作道。**疏曰：**（一）轍，音澈，車輪之迹也。（二）禍，音火。未改此度。執①心不回，志彌(一)固也。**疏曰：**（一）彌，弭平聲，益也。

校勘記：①“執”，原誤作“熱”，今據李刻本、明翻宋本、汲古閣本改。

車既覆而馬顛兮，君國傾側，任(一)小人也。車以喻君，馬以喻(二)臣。言車覆者，君國危也；馬顛仆者，所任非人。**疏曰**：(一)任，用也。(二)喻，音裕，譬也。蹇獨懷此異路。遭逢艱難，思忠臣也。

姚鼐曰：已上叙思君欲伸其志，又不能變節求媒，而行不當由之路。①

校勘記：①此句出林雲銘《楚辭燈》，非姚鼐語。

勒(一)騏驥而更駕(二)兮，舉用才德，任俊賢也。**疏曰**：(一)勒，羅劾切，馬絡頭也。有嚼口者曰勒，無曰羈。(二)駕，音嫁，以馬駕車也。造父爲(一)我操之。御民以道，須明君也。[補]曰：《史記》：秦之先造父，以善御幸(二)於周繆(三)王。得驥、温驪(四)、驊騮(五)、騄耳(六)之駟(七)，西巡狩(八)(九)。父，音甫。操，七刀切。**疏曰**：(一)爲，去聲。(二)幸，荷耿切，爲天子所私愛也。(三)繆，同穆。(四)驪，音離，馬色純黑者。(五)驊騮，良馬，色如華而赤，亦名棗騮。驊，音華；騮，音留。(六)騄耳，良馬名。騄，音録。(七)駟，音四，一車四馬也。古人駕車皆用四馬，兩服兩驂，故謂之駟。(八)巡狩，天子巡行諸國也，謂巡察其所職守也。巡，音旬；狩，音獸。(九)“秦之先”諸句，見《史記五·秦本紀第五》。原文無“秦之先”三字，上作“衡父生造父，造父以善御”云云。①

校勘記：①此句上頁眉戴之麟題校補時地云：戊子九月十七日上午，捄左補録。

遷逡次而勿驅兮，使臣以禮，得中和也。[補]曰：遷逡，猶逡巡，行不進貌。再宿爲信，過(一)信爲次。《説文》曰：次，不前也。逡，七旬切。**疏曰**：(一)過，平聲。聊假日以須旹。朞月考功，知德化也。[補]曰：假日，見《騷經》。須，待也。旹，古時字。**疏曰**：假日，見前《離騷》“聊假日以媮樂”疏。

指嶓冢之西隈(一)兮，澤流山野，被流沙也。嶓冢，山名。《尚書》：嶓冢導漾(二)。隈，一作隅(三)。[補] 曰：嶓，音波。《禹貢》：導嶓冢至于荆山(四)。注云：嶓冢，在梁州(五)。指嶓冢之西隈，言日薄(六)於西山也。**疏曰：**（一）隈，音煨，水曲也。山曲處亦曰隈。（二）"嶓冢導漾"，見《書・禹貢》。嶓冢，參看前《九歌・湘君》"使江水兮安流"疏。（三）隅，音虞，邊側之地曰隅。（四）荆山有四，此指今陝西富平縣西南者而言。（五）梁州，古九州之一，今陝西之漢中道及四川省是。曰梁州者，應劭曰："西方金剛，其氣强梁。"一説漢中有梁山，州以此名。蜀漢以後，置梁州於漢中，隋廢。（六）薄，迫近也。與纁黄以爲期。待閒静時，與賢謀也。纁黄，蓋黄昏時也。纁，一[1]作曛。[補] 曰：纁，淺[2]絳(一)也。其爲色黄而兼赤。曛，日入餘光。並音薰。**疏曰：**（一）絳，音降，赤色也。

校勘記：①"一"，原脱，今據李刻本、明翻宋本、汲古閣本補。②"淺"，原脱，今據李刻本、明翻宋本、汲古閣本補。

開春發歲兮，承陽施惠，養百姓也。白日出之悠悠(一)。君政温仁，體光明也。**疏曰：**（一）悠悠，眇邈無期貌。悠，音由。

吾將蕩志而愉(一)樂兮，滌(二)我憂愁，弘(三)佚(四)豫(五)也。將，一作且。[補] 曰：愉，音逾。**疏曰：**（一）愉，顔色和悦也。又樂也。（二）滌，音狄，洒也。洗濯去垢曰滌。（三）弘，同宏，大也。（四）佚，音義同逸，不勞也。（五）豫，音預，安樂也。遵(一)江夏以娱憂。循兩水(二)涯，以娱志也。**疏曰：**（一）遵，讀如尊，循也。（二）兩水，謂江與夏也。夏，今縣，即漢口鎮，當漢水入江之口。亦曰沔口、魯口，爲中國四大鎮之首。清置廳，屬湖北武昌府，民國改縣。

擥(一)大薄之芳茝兮，欲援芳(二)茝，以爲佩(三)也。擥，一作攬(一)。茝，一作芷。[補] 曰：薄，叢薄也。**疏曰：**（一）擥、攬，音覽，義同。（二）芳，香也。（三）佩，帶也。搴長洲(一)之宿莽。采取香草，用飾己也。楚人名冬生草曰宿莽(二)。**疏曰：**（一）洲，音周，水渚也。水中可居者曰渚。（二）莽，母朗切，草也。

惜吾不及(一)古人兮，生後殷湯、周文王也。惜，一作然。一云：古之人。**疏**

曰：（一）及，忌熠切，至也。自後而及曰至。吾誰與玩此芳草？誰與竭節，盡忠厚也。此，一作斯。［補］曰：玩，五換切。《説文》：弄也。

解萹薄與雜菜兮，萹，萹畜（一）也。雜菜，雜香之菜。［補］曰：萹，音匾。《爾雅》曰：竹萹蓄。注云：似小藜，赤莖節，好生道旁。《本草》云：亦呼爲萹竹。萹薄，謂萹蓄之成叢者。按萹蓄、雜菜，皆非芳[①]草。此言解（二）去萹菜而備芳茝、宿莽以爲交佩也。**疏曰：**（一）萹蓄，一年生草，多生於道旁，莖高尺許，葉狹長而厚，略似竹葉，故亦稱扁竹。夏月，葉腋開淡紅花，甚細嫩，葉可入藥。萹，音篇。蓄，音畜。麟按：宿莽及萹蓄，雜草，皆非香草。故宿莽曰搴，搴，拔去也。萹蓄曰（二）解，解去也。言江夏長洲之地，芳茝與宿莽、萹蓄等雜生，拔而解去，獨取芳茝，備以爲交佩也。補注欠酌。[②]備以爲交佩。交，合也。言己解折萹蓄，雜以香菜[③]，合而佩之，言修飾彌盛也。備，一作脩。**疏曰：**此句疏見上句疏。

校勘記：①“芳”，原誤作“香”，今據李刻本、明翻宋本、汲古閣本改。②此句上頁眉戴之麟題校補時地云：丁亥七月二十一日午前，韓左个。③“菜”，原誤作“葉”，今據李刻本、明翻宋本、汲古閣本改。

佩繽紛以繚轉兮，德行純美，能絶異也。以，一作其。［補］曰：繽，匹賓切。繚，音了，繚繞也。遂萎絶而離異。終以放斥而見疑也。［補］曰：萎，於危切。**疏曰：**合上句言，佩帶香草以繚轉，乃遂萎敗而離異。謂寓德行純美，終以放斥之意可也，直曰四句欠明。

吾且儃佪以娛憂兮，聊且游戲，樂所志也。儃佪（一），一作俳佪[①]。**疏曰：**（一）儃佪，猶袛徊也。儃，音蟬。觀南人之變態（一）。覽察楚俗，化改易也。**疏曰：**（一）態，妥愛切，狀態也。

校勘記：①“俳佪”，明翻宋本、汲古閣本作“徘徊”。

竊（一）快在[①]中心兮，私懷僥倖（二），而欣喜也。一無“在”字。一云：吾竊快在其中心兮。一無“吾”字。**疏曰：**（一）竊，音切，私也。（二）僥倖，即徼幸，覬非所望也。徼，求也。幸，謂所不當得而得者。徼，音叫。僥，音堯。揚(一)厥憑(二)而不俟[②]。思舒憤懣，無所待也。**疏曰：**（一）揚，音陽，發也。（二）憑，音凭。司馬相如賦“心憑噫而不舒兮”注：謂氣懣結塞也。故王注曰憤懣。麟按：此賦名《長門》，見李善注《文選》卷十六哀傷類，注與此不同，作“憑噫，氣滿貌。”[③]

校勘記：①“在”下，原衍“其”字，今據李刻本、明翻宋本、汲古閣本刪。②“俟”，明翻宋本、汲古閣本作“竢”。後文凡從李刻本作“俟”而他本皆作“竢”者，徑從李刻本不出校。③此句上頁眉戴之麟題校補時地云：己丑四月二十三日燈下，新庭。

芳與澤其雜糅兮，正直温仁，德茂盛也。羌芳華自中出。生含天姿(一)，不外受也。［補］曰：出，尺類切，自中而外也。**疏曰：**（一）姿，音咨，與資同。天資、資性也。

紛郁郁(一)其遠承兮，法度文辭，行四海也。一曰：行度文辭，流四海也。承，一作蒸(二)。［補］曰：《説文》：郁，有章也。承，奉也。**疏曰：**（一）郁郁，文章盛貌。音紆菊切。（二）蒸，音烝，火氣上達也。朱注本作蒸。滿内而外揚。修善於身，名譽起也。

情與質信可保兮，言行相副(一)，無表(二)裹(三)也。**疏曰：**（一）副，否去聲，稱也。稱，去聲。（二）表，外也。（三）裹，内也。無表裹者，内外如一也。[①]羌居蔽而聞章。雖在山澤，名宣布也。居，一作重。一云：居重蔽而聞(一)章(二)。**疏曰：**（一）聞，音問，聲所至也。（二）章，表白之，音彰。

姚鼐曰：已上叙志之伸，不論窮達，但得保其前度，所得已多。[②]

校勘記：①此句上頁眉戴之麟題校補時地云：同上午前，韓寢左个。②此句出林雲銘《楚辭燈》，非姚鼐語。

令薜荔以爲理(一)兮，意欲升高，事貴戚(二)也。以，一作而。**疏曰：**（一）理，媒也。（二）貴戚，謂人君之内外親族也。麟按：戚爲外姻。貴戚，外姻之貴者，如漢之竇、王，唐之武氏。憚舉趾而緣(一)木。憚，難也。誠難抗足，屈踡跼(二)也。**疏曰：**（一）緣，音圓，循也。（二）踡跼，拳縮不伸也。踡，音權。跼，音局。①

校勘記：①此句上頁眉戴之麟題校補時地云：丁亥七月二十一日午前，韓左个。

因芙蓉(一)而爲媒兮，意欲下求，從風俗(二)也。因，一作用。**疏曰：**（一）芙蓉，見前《離騷》"纍芙蓉以爲裳"疏。（二）風俗，上之所化爲風，下之所化爲俗。憚褰裳(一)而濡(二)足。又恐汗①(三)涅(四)，被垢濁也。［補］曰：《莊子》曰：褰裳躩(五)步②(六)。褰，起③虔切。蓋讀若褰，謂摳(七)衣也。足，一作之。**疏曰：**（一）裳，音常，下帬也。（二）濡，音儒。漬也，溼也。（三）汗，音翰，動物皮膚所排泄之液體也。（四）涅，助岳切。濡也，漬也。（五）躩，屈縛切，足盤辟而爲敬也。又跳也。（六）"褰裳躩步"，見《莊子・外篇・山木》，"褰"作"褰"。④（七）摳，溤謳切，挈也。

校勘記：①"汗"，李刻本、明翻宋本、汲古閣本作"汙"。以下文疏證曰"汗，音翰"，今不改。②"步"，原誤作"足"，今據李刻本、明翻宋本、汲古閣本改。下文疏證徑改不出校。③"起"，原誤作"超"，今據李刻本、明翻宋本、汲古閣本改。④此句上頁眉戴之麟題校補時地云：己丑五月十七日午前，新庭。

登高吾不説(一)兮，事上得位，我不好(二)也。**疏曰：**（一）説，同悦。（二）好，去聲。入下吾不能(一)。隨俗顯榮，非所樂也。**疏曰：**（一）能，宜叶尼。

固朕(一)形之不服兮，我性婞直(二)，不曲撓(三)也。**疏曰：**（一）朕，見前《離騷》第一句疏。（二）婞直，猶剛直也。婞，荷耿切，與悻同，很也。（三）撓，你皾切，又平聲。擾也，屈也。然容與而狐疑。徘徊進退，觀衆意也。

廣遂前畫兮，恢(一)廓(二)仁義，弘聖道也。［補］曰：畫，音獲，計策也。**疏曰：**（一）恢，音魁，大也。（二）廓，音擴，大也。未改此度也。心終不變，内自守也。一無“也”字。［補］曰：度，徒故切。

命則處(一)幽，吾將罷兮，受禄當窮，身勞苦也。一無“則”字。［補］曰：罷，讀疲。**疏曰：**（一）處，上聲。願及白日之未暮。思得進用，先年老也。一本(一)句末有“也”字。**疏曰：**（一）朱注本句末有“也”字。麟按：此謂願及時見用，恐年老也。原注謂先年老，未當。

獨煢煢而南行兮，思彭咸之故也。

姚鼐曰：已上叙無求媒伎倆，輾轉思維，舍死諫一着，别無他途可行。①②

校勘記：①此句出林雲銘《楚辭燈》，非姚鼐語。②此句上頁眉戴之麟題校補時地云：丁亥七月十四日上午，韓左个牆陰。

惜往日

此章言己初見信任，楚國幾(一)於治矣。而懷王不知君子小人之情狀，以忠爲邪，以僭(二)爲信，卒見放逐，無以自明也。**疏曰：**（一）幾，平聲。（二）僭，尖去聲，與譖同，讒言也。

惜往日之曾信兮，先時見任，身親近也。［補］曰：《史記》云：原博聞(一)强志(二)，明於治亂，嫻於辭令。入則與王圖議國事，以出號令；出則接遇賓客，應對諸侯，王甚任之。**疏曰：**（一）此見《史》屈原本傳。（二）志，記也。受命詔(一)以昭詩。君告屈原，明典文也。詩(二)，一作時。［補］曰：《國語》曰：莊王(三)使士亹(四)(五)傅太子箴(六)(七)，問於申叔時(八)，叔時曰：教之詩，而爲之導廣顯德，以耀明其志。**疏曰：**（一）詔，音照，告也。謂教導之也。又詔書也。古時上命其下，皆用詔。秦漢以下，惟天子稱之。朱注本（二）詩作時。麟按：此謂受君詔以使時昭明，非受詔教太子以詩也。（三）莊王，穆王子，名旅。時晋之靈、成、景、厲昏庸相繼，霸業不競，莊王遂興霸業，滅庸、伐宋、伐陳、圍鄭、討陸渾戎。觀兵於周郊，周定王使王孫滿勞王，王問鼎之大小輕重，隱有圖周之意。在位二十年。（四）亹，音尾，美也。（五）士亹，春秋楚大夫。莊王使亹傅太子箴，辭曰："臣不材，無能益焉。"王曰："賴子之善善之也。"對曰："夫善在太子。太子欲善，善人將至；若不能善，則不善人將至。故堯有丹朱，舜有商均，啓有五觀，湯有太甲，文王有管、蔡。是五王者，皆元德也。而有姦子，夫豈不欲其善？不能故也。"王卒使傅之。（六）箴，音斟。與針、鍼並同，綴衣所用也。又規戒也。（七）"莊王使士亹傅"諸句，魯文公十四年《楚語》"莊王使士亹傅太子"傳，按：中間節去二十八句。[①]（八）申叔時，春秋楚大夫。莊王殺夏徵舒，因縣陳，時自齊反曰："夏徵舒弑其君，其罪大矣。討而戮之，君之義也。今縣陳，貪其富也，無乃不可乎？"王曰："善。"乃復封陳。

校勘記：①此句上頁眉戴之麟題校補時地云：丁亥七月八日午前，韓左个。

奉先功以照下(一)兮，承宣祖業，以示(二)民也。**疏曰：**（一）下，上聲。（二）示，指也。明法度之嫌疑(一)。草創憲(二)度(三)，定衆難也。［補］曰：《史記》云：懷王使屈原造爲憲令(四)，屬草藁未定。上官大夫見而欲奪之，屈平不與，因讒之曰：王使屈平爲令，衆莫不知，每一令出，平伐(五)其功，曰：非我莫能爲也。王怒，而疏屈平。**疏曰：**（一）嫌疑，疑似之義。謂處於可疑之地也。嫌，奚蚶切。（二）憲，音獻，法令也。（三）度，法也。（四）此亦見《史記》原本傳。（五）伐，誇也。

國富强而法立兮，楚以熾(一)盛，無盜(二)姦(三)也。**疏曰：**（一）熾，音幟，盛也。（二）盜，音導，竊人財物者。（三）姦，皆删切，詐也。又淫也。又惡人也。屬貞[①]臣而日娭。委政忠良，而游息也。［補］曰：屬音燭，付也。娭，音嬉，戲也。一作娱，非是。

校勘記：①"貞"，原誤作"忠"，今據李刻本、明翻宋本、汲古閣本改。

祕[①]密(一)事之載(二)心兮，天災(三)地變(四)，乃存念也。祕，一作移。**疏曰：**（一）祕密，不使人知者。（二）載，音再，識也。（三）天災，謂日月食、隕星之類。（四）地變，謂山崩、川竭、地震之類，非祕密事也。麟按：此指王使原造爲憲令之事。

雖過失猶弗治。臣有過差，赦(一)貰(二)寬也。弗，一作不。［補］曰：治，音持。**疏曰：**（一）赦，音舍。置也，釋也，宥也。（二）貰，音世，赦也。

曾滌生曰：此節疑後人僞託，多俗句。

吴至父曰：曾文正謂此篇不類屈原之詞，而識别其淺句。今更推衍文正之指，蓋他篇皆奇，此則平衍而寡藴，其隸字亦不能深醇。文正之識卓矣。

姚鼐曰：已上叙得懷王之知遇。②

校勘記：①"祕"，明翻宋本、汲古閣本作"秘"。②此句出林雲銘《楚辭燈》，非姚鼐語。

心純庬而不泄兮，素性敦厚，慎語言也。泄，一作貰。［補］曰：庬，厚也，莫江切。泄，漏也，音薛。遭讒(一)人而嫉之。遭遇靳尚及上官也。嫉(二)之，一作妎嫉。**疏曰：**（一）讒，岑咸切。崇飾惡言，以毁善害能也。（二）嫉，音疾，害賢曰嫉。

君含怒而待臣兮，上懷忿恚(一)，欲刑殘(二)也。**疏曰：**（一）恚，郁睡切。恨也，怒也。（二）殘，害也。不清澈其然否。内弗省察，其侵(一)冤(二)也。澈(三)，一作瀓(四)。［補］曰：澈，音轍。瀓，音澄。**疏曰：**（一）侵，犯害也。（二）冤，枉曲也。（三）澈，水澄也。（四）瀓，一作澂，與澄同。水静而清也。

蔽晦君之聰明兮，專擅(一)威恩，握(二)主權也。**疏曰：**此謂讒人蔽遮，闇晦君之耳聰目明也。（一）擅，音繕，專也。謂以己意處置其事也。（二）握，音渥，搤持也。在外曰持，在内爲握。虚惑誤又以欺。欺罔戲弄，若轉丸(一)也。一云：惑虚言又以欺。**疏曰：**（一）丸，音完，彈丸也。凡物小而圓者皆曰丸。

弗參(一)驗以考實兮，不審(二)窮覈(三)其端(四)原(五)也。**疏曰：**（一）參，差庵切，驗也。（二）審，音沈，熟究也。（三）窮，渠融切。極也，研究也。覈，音核，考事得實曰覈。（四）端，頭也。（五）原，本也。遠遷(一)臣而弗思。放逐徙我，不肯還也。**疏曰：**（一）遷，音千，徙官曰遷。又謫也，放逐也。

信讒諛(一)之溷濁兮，聽用邪僞，自亂惑也。溷濁，一作浮説(二)。**疏曰：**（一）諛，音俞，諂也。（二）浮説，無根據之説也。盛氣志[①]而過之。呵(一)罵遷怒，妄(二)誅(三)戮(四)也。盛，古作晠。［補］曰：《漢書》曰：聞將(五)軍有意督(六)過之(七)。**疏曰：**（一）呵，黑阿切。責也，怒也。（二）妄，音望，誕也。（三）誅，音株。殺也，罰也，責也。（四）戮，音六。殺也，辱也，責也。（五）將，去聲。將軍，謂項羽。（六）督，責也。（七）“聞將軍”句，見《漢書·項羽本紀》。

林雲銘[②]曰：已上叙懷王信讒放己於外，把富强法立之業忽然中廢，所以可惜。[③]

校勘記：①“氣志”，原誤作“志氣”，今據李刻本、明翻宋本、汲古閣本改。②“林雲銘”，原脱，今據《楚辭燈》補。③此句上頁眉戴之麟題校補時地云：戊子四月二十一日上九時，縣中終校。戊子重陽日午前，地同上校。

何貞(一)臣之無辠(二)兮，忠正之行，少愆(三)忒(四)也。辠，一作罪。**疏曰：**（一）貞，知嬰切，正也。（二）辠，古罪字，音粗賄切。（三）愆，欺焉切。過也，罪也。（四）忒，音慝，差也。[①]被離(一)謗而見尤。虚蒙誹(二)訕(三)，獲過愆也。離，一作讟。**疏曰：**（一）離，間也。言用術間隔之，使不相合也。間，去聲。（二）誹，非上聲，非議也。（三）訕，音山，毁謗也。讟，音讀，怨謗也，朱注本作此。[②]

校勘記：①此句上頁眉戴之麟題校補時地云：庚寅二月十八日午前。②此句上頁眉戴之麟題校補時地云：己丑九月一日午前。

慙光景之誠信兮，質性謹厚，貌純慤(一)也。［補］曰：《説文》云：景(二)，光也。此言己誠信甚著，小人所慙也。**疏曰：**（一）慤，音搉。謹也，誠也，願也，質實也。（二）景，古影字。謂時光速去，事業未就，誠可慙也。[①]身幽隱而備(一)之。雖處(二)草野，行彌篤也。［補］曰：此言身被放棄，多讒謗也。**疏曰：**（一）備，讀若被，戒嚴曰備。（二）處，上聲，謂處幽隱猶戒備之，恐有外虞也。

校勘記：①此句上頁眉戴之麟題校補時地云：庚寅十月十九日上午。

臨沅湘之玄(一)淵(二)兮，觀視流水，心悲惻(三)也。沅，一作江。**疏曰：**（一）玄，穴員切，黑色也。（二）淵，紆涓切，回水也。又深也。（三）惻，音測。愴也，痛也。遂自忍而沈流。遂赴深水，自害賊也。遂，一作不(一)。**疏曰：**（一）遂作不非，觀上下句自明。

卒没身而絶名兮，姓字斷絶，形體没也。一云：名字斷絶，形朽(一)腐(二)也。没身，一作沈身。**疏曰：**（一）朽，休上聲，木腐也。物腐皆曰朽。（二）腐，音輔，朽爛也。惜壅(一)君之不昭(二)。懷王壅蔽，不覺悟也。古本壅皆作廱。**疏曰：**（一）壅，本音雍。故一本作廱，音同。又上聲，塞也，蔽也，淤也。麟按：此宜從後音後解。（二）昭，宜叶周。

君無度而弗察兮，上無撿(一)押(二)，以知下也。［補］曰：撿押，隱括(三)也。押，音狎。**疏曰：**（一）撿，音斂。巡察也，搜也，技也，舉也。（二）押，按也。（三）括，音聒，搜求也。使芳草爲藪幽。賢人放竄，棄草野也。［補］曰：《説文》：藪(一)，大澤也。**疏曰：**（一）藪，音叟，又物之所聚也。

焉舒情而抽信兮，安所展(一)思，拔(二)愁苦也。**疏曰：**（一）展，知輦切。舒也，開也。（二）拔，步滑切，抽也。恬死亡而不聊(一)。忍不貪生，而顧老也。［補］曰：恬，安也。言安於死亡，不苟生也。**疏曰：**（一）聊，料平聲，賴也。宜叶留。

獨鄣壅而蔽隱兮，遠放隔塞，在裔(一)土也。鄣，一作彰(二)，音如鄣。壅，一作雍。**疏曰：**（一）裔，音曳，邊遠之地也。（二）彰，無隔塞義。鄣作彰，非。使貞臣爲無由。欲竭(一)忠節，靡(二)其道也。爲，一作而。**疏曰：**（一）竭，音傑，盡也。（二）靡，敏蟻切，無也。

姚鼐曰：已上言頃襄之放己，爲人隱蔽，不加察而致死止，將來貞臣，必不能用以保其國。①②

校勘記：①此句出林雲銘《楚辭燈》，非姚鼐語。②此句上頁眉戴之麟題校補時地云：己丑三月二十八日午前，又校圖書館。

聞百里之爲虜(一)兮，［補］曰：晉獻公虜虞君與其大夫百里傒，以百里傒(二)爲秦繆公(三)夫人媵(四)。百里傒亡秦走宛，楚鄙人執之。繆公聞百里傒賢，以五羖羊皮贖之，釋其囚，與語國事，繆公大説，授之國政，號曰五羖(五)大夫。《孟子》曰：百里奚自鬻於秦養牲者五羊之皮(六)，食牛以要秦繆公。《莊子》曰：秦穆公以五羊之皮籠(七)百里奚(八)。**疏曰：**（一）虜，音魯，戰時所捕敵人也。凡生得曰虜。（二）百里奚，春秋秦臣，本虞人，字井伯。少時家甚貧，流落不偶，出游以干諸國。嘗之齊，齊不用。又之周，周不用。又轉而之他，後歸虞，事虞公，爲大夫。知其將亡，不諫而先去之。適秦，穆公將以爲媵，奚恥之，去宛。楚鄙人執之，穆公聞其賢，以五羖羊皮贖之，授以國政，相秦七年而霸。及其没也，秦國男女流涕，童子不歌謡，舂者不相杵。澤流於後世，而秦卒賴焉，人號爲五羖大夫。（三）秦穆公，見前《惜誦》"待明君其知之"疏。（四）媵，音孕，送也。以姪娣送女也。（五）羖，音古，黑羊皮也。（六）"百里奚自鬻"等句，見《孟子》中《萬章》篇上。（七）籠，音聾，竹器也。引申之爲籠絡之也。《孟》、《莊》各異，傳聞不同耳。（八）"秦穆公以五羊之皮"二句，見《南華經解》貞集《庚桑楚》篇末。①伊尹烹於庖(一)厨(二)。**疏曰：**（一）庖，抱平聲，厨也。（二）厨，庖屋也。

校勘記：①此句上頁眉戴之麟題校補時地云：戊子四月二十九日傍晚，救庭補録。

吕望屠於朝歌兮，朝，知苗切(一)。**疏曰：**（一）知苗切，讀潮，此宜作"知妖切"，讀遭，早也。古云："邑號朝歌，墨翟回車。"謂早朝即歌，歌非其時也。今河南淇縣。甯戚歌而飯(一)牛。見《騷經・天問》(二)。**疏曰：**（一）飯，上聲，謂畜放之也。見《離騷》"甯戚之謳歌兮"二句。（二）《天問》無甯戚事。①

校勘記：①此句上頁眉戴之麟題校補時地云：丁亥七月十三日午前，韓左个。

不逢湯武與桓繆兮，世孰云而知之(一)。**疏曰：**（一）之，宜叶周。

吳信讒而弗味兮，宰嚭(一)阿諛，甘如蜜(二)也。弗，一作不。［補］曰：《淮南》云：古人味而不貪(三)，今人貪而不味。此言貪嗜讒諛，不知忠直之味也。**疏曰：**（一）宰，太宰，官名。嚭，其人名也，讒子胥者。見前《離騷》"長太息以掩涕兮"及《天問》"少離散亡"疏。（二）蜜，音密，蜂蜜也。爲蜜蜂採取花中甘液所釀成，藏於蜂房，人收取之，以供食及入藥者。（三）"古人味而不貪"二句，見《淮南子》十《繆稱訓》，惟第一句末有"也"字。子胥死而後憂。竟爲越國所誅滅①也。**疏曰：**此謂吳王被執，有悔不用子胥之諫，遂以滅亡之憂也。麟按：子胥之死，由諫吳王不允越和，賜屬鏤之。注云亦非。

校勘記：①"滅"，原誤作"戮"，今據李刻本、明翻宋本、汲古閣本改。

介子(一)忠而立(二)枯(三)兮，介子，介子推也。**疏曰：**（一）《左傳》作介之推，一作介推。春秋時人，從晉文公出亡，歷游各國，凡十九年。文公還國爲君，禄賜不及之推，與母隱於緜山，公求之不得，焚山，之推死。（二）立，離熠切，即也。（三）枯，酷烏切。槁也，乾也。引申之爲死也。文君寤(一)而追求。文君，晉文公也。寤，覺也。昔文公被孋姬之譖①，出奔齊、楚，介子推從(二)行，道乏糧，割股肉以食文公。文公得國，賞諸從(二)行者，失忘②子推。子推遂逃介山(三)隱。文公覺寤，追而求之，子推遂不肯出。文公因燒其山，子推抱樹燒而死，故言立枯也。《七諫》中推自割而食③君，亦解此也。**疏曰：**（一）寤，音誤。（二）兩從字，去聲。（三）介山，見下句疏。

校勘記：①"譖"，原誤作"讒"，今據李刻本、明翻宋本、汲古閣本改。②"忘"，原誤作"亡"，今據李刻本、明翻宋本、汲古閣本改。③"食"，原誤作"死"，今據李刻本、明翻宋本、汲古閣本改。

封介山(一)而爲之禁兮，一無"而"字。報大德之優游。言文公遂以介山之民封子推，使祭祀之。又禁民不得有言燒死，以報其德，優游其靈魂也。［補］曰：《史記》：晉初定(二)，賞從(三)亡，未至隱者介子推，推亦不言禄，禄亦不及。介子推從(三)者，乃懸書(四)宮門。文公出，見其書，曰：此介子推也。吾方憂王室，未圖其功。使人召之，則亡。遂求其所在，聞其入緜上山中。於是文公環緜上山中而封之，以爲介推田，號曰介山。以記①吾過，且旌善人。《莊子》曰：介子推至忠也(五)，自割其股，以食文公。公後背之，子推怒而去，抱木而燔死。《淮南》曰：介子歌龍蛇(六)，而文君垂泣也。封介山而爲之禁者，以爲介推田也。逸説非是。優游，大德之貌。**疏曰：**（一）介山，在今山西沁源、靈石、介休三縣之界，亦名緜山，盤亘百里。春秋時，晉介子推與其母隱於此山，下有“緜上聚”。（二）“晉初定”諸句，見《史記三十九·晉世家第九》，係撮取書詞，亦與此小異。②（三）從，去聲。（四）書，詞爲“有龍矯矯，而失其所。有蛇從之，而啖其口。龍既升雲，蛇獨泥處。”見同此二句分注。（五）“介子推至忠也”諸句，見《莊子·盜跖》篇。（六）“介子歌龍蛇”二句，見《淮南子》十六《説山訓》，末無“也”字。

校勘記：①“記”，原作“紀”，今據李刻本、明翻宋本、汲古閣本改。②此句上頁眉戴之麟題校補時地云：戊子九月二十四日上午，捄左補録。

思久故之親身兮，因縞素而哭之。言文公思子推親自割其身，恩義尤篤。因爲變服，悲而哭之也。［補］曰：親身，言不離左右也。縞(一)，音杲。《説文》云：縞素，白緻(二)繒(三)也。**疏曰：**（一）縞，白色生絹也。縞素，喪服也。（二）緻，音治，密也。又繒之屬，練也，以細練得名。（三）繒，音增，絲織物之總名。古謂之帛，漢謂之繒。《説文》繒與帛互訓。後漢馬皇后衣大練裙，曰：“此繒特宜染色。”猶今泛稱綾羅之屬爲綢也。

或忠信而死節兮，仇牧(一)、荀息(二)與梅伯(三)也。**疏曰：**（一）仇牧，春秋宋閔公時大夫。宋萬弑公，仇牧趨至，遇於門，手劍而叱之，爲萬所害。（二）荀息，春秋時晉人。（三）梅伯，周人。或訑謾而不疑。張儀(一)詐欺，不能誅也。訑，一作詑。［補］曰：訑、謾，皆欺也。上音移，下謨官切。**疏曰：**（一）張儀，戰國時魏人。相秦惠王，以連衡之策説六國，使背從約而事秦。惠王卒，六國復合從，儀出相魏，卒。麟按：此當指上官大夫、鄭袖及子蘭、子椒輩而言。

弗省察而按實兮，君不參錯(一)而思慮也。［補］曰：省，息井切。**疏曰：**（一）錯，雌郝切，交也。聽讒人之虚辭。諂諛毁訾(一)，而加誣也。**疏曰：**（一）訾，音子，詆毁也。

芳與澤(一)其雜糅兮，質性香潤，德之厚也。**疏曰：**（一）澤，水所滙也，引申爲卑污之義。謂芳香之物與卑污之物雜糅而不分，喻正邪不别也。孰申旦(一)而别之？世無明智，惑賢愚也。**疏曰：**（一）旦，天明時也。引申爲明白，謂孰能重申明白而分别其邪正也。

姚鼐曰：已上分别人君之能察不能察，貞臣之得用不得用，申明上文"使貞臣而無由"句。①

校勘記：①此句出林雲銘《楚辭燈》，非姚鼐語。

何芳草之早殀兮，賢臣被讒，命不久也。殀(一)，一作夭。**疏曰：**（一）殀、夭通，倚表切，短命也。微霜降而下戒。嚴刑卒(一)至，死有時也。下，一作不。**疏曰：**（一）卒，音猝，忽也。

諒(一)聰不明而蔽壅兮，君知淺短，無所照也。一云：不聰明。［補］曰：《易》噬嗑(二)、夬(三)卦皆曰：聰，不明也。**疏曰：**（一）諒，良去聲，原情揣意之詞。（二）噬嗑，合也，《易》卦名。噬，音誓。嗑，音盍。象頤中有物，噬而後合也。（三）夬，讀若快，《易》卦名，決也。使讒諛而日得。佞人位高，家富饒(一)也。家，一作蒙(二)。**疏曰：**（一）饒，音堯。多也，豐厚也。（二）蒙，受也。解爲受饒亦通。

自前世之嫉賢兮，憎惡忠直，若仇怨也。謂蕙(一)若(二)其不可佩。賤棄仁智，言難用也。［補］曰：若，杜若也。**疏曰：**（一）蕙，見前《離騷》"豈惟紉夫蕙茝"疏。（二）若，見《九歌・雲中君》"華采衣兮若英"疏。

妬佳冶之芬芳兮，嫉害美善之婉容也。佳(一)，一作娃(二)。［補］曰：娃，于佳切。吴、楚之間，謂好曰娃。冶，妖冶，女態(三)。《易》曰：冶容誨淫(四)。**疏曰：**（一）佳，音皆。美也，好也。（二）娃，音乖，義同佳。（三）"女態"下宜加"也"字别之。（四）"冶容"句，見《易・繫辭上傳》第八章。嫫①母(一)姣而自好。醜嫗自飾以粉(二)黛(三)也。［補］曰：嫫，音謨。《説文》云：嫫母，都醜也。一曰黄帝妻，貌甚醜。姣，妖媚也，音絞。好，音耗。**疏曰：**（一）嫫母，黄帝第四妃。（二）粉，分上聲。顔料之白色者，用以爲化裝品。（三）黛，音代，畫眉黑色也。粉黛，粉以傅面，黛以畫眉，二者皆婦女之粧飾品，世固稱婦女爲粉黛。

校勘記：①“蔞”，原誤作“蘲”，今據李刻本、明翻宋本、汲古閣本改。

雖有西施之美容兮，世有好女之異貌也。［補］曰：西施，越之美女。《越絶書》(一)曰：越王句踐得采薪二女西施(二)、鄭旦(三)，以獻吴王。**疏曰：**（一）《越絶書》，書名，不著撰人姓氏。《四庫提要》以爲漢袁康撰，吴平所定。其文縱横曼衍，與《吴越春秋》相類，而博麗奥衍則過之。原本二十五篇，今佚五篇，凡十五篇。麟按：原本既稱二十五篇，五篇、十五篇必有一誤。《吴越春秋》，書名，漢趙煜撰。頗近小説家言，然詞頗豐蔚。自是漢、晉間稗官雜記之體，有徐天祐注，於事跡異同多所攷證。凡十卷。（二）西施，春秋越苧蘿村西鬻薪之女，有姿容。越王句踐敗於會稽，范蠡取西施獻於吴王夫差。吴亡，西施復歸范蠡，從游五湖。或云：吴亡，沈西施於江，以報鴟夷(四)。未知孰是。（三）鄭旦，亦苧蘿山鬻薪之女，《吴越春秋》謂同西施獻於吴王者。（四）鴟夷，見前《涉江》“伍子逢殃”疏，指子胥死事也。讒妬入以自代。衆惡推遠，不附近也。

願陳情以白(一)行兮，列己忠心，所趨(二)務(三)也。**疏曰：**（一）白，步額切，告語也。述事陳義曰白。（二）趨，取平聲。向也，嚮往也。（三）務，無附切，專力也。得罪(一)過(二)之不意。譴(三)怒横異，無宿戒也。**疏曰：**有心犯之曰（一）罪，無心曰（二）過。（三）譴，音遣，謫問也。

情冤見之日明兮，行度清白，皎(一)如素(二)也。冤，一作宛(三)。**疏曰：**（一）皎，音矯。白也，明也。（二）素，音訴，白色也。又平昔也。（三）宛，音婉，又音同冤，曲折宛轉也。引申之，義與冤亦同。如列(一)宿(二)之錯(三)置(四)。皇天羅宿，有度(五)數(六)也。［補］曰：宿，音秀。錯，倉各切。**疏曰：**（一）列，力孽切，行列也。凡排比多數之次第，直者曰行，横者曰列。（二）宿，星也。（三）錯，音措。安也，置也。音倉各切，誤也。此當讀措。（四）置，讀如智，安放也。（五）度，音渡。（六）數，目也。謂列宿距離之度數名也。①

姚鼐曰：已上分别貞臣之死節於忠信，讒諛之得志於訑謾。追②論懷王聽讒後，法度之廢已久，以致嫉賢日甚，無以自白。申明上文“鄣廱而隱蔽”句。③

校勘記：①此句上頁眉戴之麟題校補時地云：丁亥十二月十四日午後，韓左个。②“追”，原誤作“逭”，今據《楚辭燈》改。③此句出林雲銘《楚辭燈》，非姚鼐語。

乘騏驥而馳(一)騁(二)兮，如駕駑(三)馬而長驅也。［補］曰：騏驥，駿①馬也。**疏曰**：（一）馳，音池，車馬疾驅曰馳。（二）騁，音逞，直馳也。又奔放皆曰騁。（三）駑，音奴，最下之馬也。逸解全誤。無轡(一)銜(二)而自載(三)；不能制御，乘車將仆。［補］曰：《詩》云：六轡(四)如琴(五)。《説文》：銜，馬勒口中，行馬者也。**疏曰**：（一）轡，音祕，馬勒曰轡。（二）銜，音含。（三）載，音再，舟車運物也。（四）六轡，古一車四馬，馬各二轡。其兩服馬之内轡，繫於軾前不用，謂之軜。御者但執其他之六轡，故經、傳多言六不言八也。（五）“六轡如琴”句，見《詩·車舝》篇。

校勘記：①“駿”，原誤作“良”，今據李刻本、明翻宋本、汲古閣本改。

乘氾泭以下流兮，乘舟氾船而涉渡也。編竹木曰泭。楚人曰柎，秦人曰橃①(一)也。乘，一作椉(二)。泭，一作柎。［補］曰：氾，音泛。泭，音敷。《説文》云：編木以度②。柎與泭同。**疏曰**：（一）橃，音伐，海中大船。（二）椉，古乘字。無舟楫而自備。身將沈没③而危殆也。楫，一作檝(一)。［補］曰：《説文》云：楫，舟櫂也。**疏曰**：（一）檝，同楫，見前《涉江》“齊吴榜以擊汰”疏。

校勘記：①“橃”，李刻本、汲古閣本作“撥”。以下文疏證曰“橃，音伐，海中大船”，今不改。②“度”，原作“渡”，今據李刻本、明翻宋本、汲古閣本改。③“没”，原誤作“墜”，今據李刻本、明翻宋本、汲古閣本改。

背法度而心治兮，背棄聖制，用愚意也。治，一作殆(一)。**疏曰**：（一）殆，音待，危也。作“殆”非。辟與此其無異。若乘船車無轡櫂也。辟，一作譬。［補］曰：辟，喻也。與譬同。**疏曰**：此謂背法度而任心治，終必有害。與載無轡銜、備無舟楫，必不能行無異也。

寧溘(一)死而流亡兮，意欲淹(二)没，隨水去也。**疏曰：**（一）溘，克盍切，奄忽也。（二）淹，衣詹切，没也。恐禍(一)殃(二)之有再(三)。罪及父母與親屬也。**疏曰：**（一）禍，讀上聲。（二）殃，音央，禍也。（三）再，宜叶志。

不畢辭而赴淵兮，陳言未終，遂自投(一)也。**疏曰：**（一）投，音頭，入也。惜壅君之不識。哀上愚蔽，心不照也。識，一作明。［補］曰：識，音試，亦音志。馮衍(一)賦云：韓盧(二)抑而不縱兮，騏驥絆而不試。獨慷慨(三)而遠覽兮，非庸庸(四)之所識。亦叶韻也。**疏曰：**（一）馮衍，見後《遠游》"高陽邈以遠兮"疏。賦名《顯志》，"韓盧"四句見此賦。①賦詳《後漢書》五十八下衍本傳。②（二）韓盧，《博物志》："韓國有黑犬名盧。"（三）慷慨，與忼慨同，激昂之義。慷，可黨切。慨，可愛切。（四）庸庸，常也，音容。

姚鼐曰：已上言治國必以法度爲本，法度亡而國隨之。應篇首"明法度"句，以結作此篇之意。③

校勘記：①此句上頁眉戴之麟題校補時地云：戊子六月十三日午前，捄左補録。②此句上頁眉戴之麟題校補時地云：戊子十月九日午後，捄左補録。③此句出林雲銘《楚辭燈》，非姚鼐語。

橘　頌(一)

美橘之有是德，故曰頌。《管子》篇名有《國頌》。説者云：頌，容也。陳爲國之形容。**疏曰：**（一）頌，音誦。《管子》共八十六篇，《國頌》係其《牧民》篇第一篇名。

后皇嘉樹，橘徠服兮。后，后土也。皇，皇天也。服，習也。言皇天后土生美橘(一)樹，異於衆木，來服習南土，便其風氣。屈原自喻才德如橘樹，亦異於衆也。便其風氣，一云便且遂也，一云便其性也。［補］曰：《禹貢》：淮海惟揚州(二)，厥包橘柚(三)錫貢。《漢書》：江陵(四)千樹橘與千户侯等。《異物志》(五)云：橘爲樹，白華赤實。

皮既馨香，又有善味。徠與來同。《説文》云：周所受瑞麥來麰[①]，天所來也。故爲行來之來。**疏曰：**（一）橘，音居聿切。常緑灌木，幹高一二丈，莖有刺，葉作長卵形，端尖，葉柄有翼狀小片，花白五瓣。初冬結實，扁圓，色紅或黄，皮薄而光滑易剥，味微甘酸。産閩、色紅者俗稱福橘。其較大而兼黄赤者，皮粗厚，瓤多液而甘，别稱蜜橘。廣東亦謂之柑。（二）揚州，古九州之一，今江蘇、安徽、江西、浙江、福建之地。（三）柚，逸救切。常緑灌木，産於閩、廣。幹高丈餘，枝有刺，葉爲長卵形，葉柄有翼狀小片，花白五瓣，實徑四五寸，形圓頂高。色正黄，皮極厚，不易剥脱，種類甚多，味甘者貴。今福建漳州之文旦、廣西容縣之沙田，柚尤著名。江浙稱柚之味酸者曰泡，閩中則凡柚皆稱泡，亦作抛。（四）江陵，今縣名。本春秋楚渚宫地，漢置縣，歷代因之，後魏以江陵封後梁，唐置江陵郡，宋置江陵府，皆在此。清爲湖北荆州府治，今屬湖北荆西道。楚文王自丹陽徙此，後九世平王城之，十世秦拔我郢，徙東。莽曰江陸。見《漢書》卷二十八《地理志八》“南郡”條“江陵”注。[②]千户侯，言封侯而食邑千户也。“江陵”句，見《漢書卷九十一·貨殖傳第六十一》，原文“江陵”上有“蜀、漢”二字，“橘”下有“淮北、滎南、河濟”九句，及“此其人皆”四字。[③]（五）《異物志》，宋膺作，見《史記評林》123卷《大宛列傳》“安息國”節注。參看《招魂》“翡翠珠被”疏。[④]

朱子曰：舊説屈原自比志節如橘，不可移徙，是也。

劉須溪曰：此賦與荀子《鍼賦》俱後來詠物之祖。

吴至父曰：此篇疑屈子少作，故有“幼志”及“年歲雖少”之語，未必已被讒也。

校勘記：①“麰”，原作“麳”，今據李刻本、明翻宋本、汲古閣本改。②此句旁頁邊戴之麟題校補時地云：己丑六月二十四日午間。③此句上頁眉戴之麟題校補時地云：戊子十月三日迫莫，捄左補録。④此句上頁眉戴之麟題校補時地云：己丑五月三日上午，新庭。

受命不遷，生南國兮。南國，謂江南也。遷，徙也。言橘受天命，生於江南，不可移徙。種[①]於北地，則化而爲枳[(一)]也。屈原自比志節如橘，亦不可移徙。**疏曰：**（一）枳，音紙。常緑灌木，高數丈，枝多刺，葉爲長卵形，花白。秋間實熟，初採者爲枳實，皮厚而中實；晚採者爲枳殻，皮厚而中虚，並可入藥。

校勘記：①“種”，原脱，今據李刻本、明翻宋本、汲古閣本補。

深固難徙，更壹志兮。屈原見橘根深堅固，終不可徙，則專一己志，守忠信也。

緑葉素榮，紛其可喜兮。緑，猶青也。素，白也。言橘青①葉白華，紛然盛茂，誠可喜也。以言己行清②白，可信任也。榮，一作華。［補］曰：《爾雅》：草謂之榮，木謂之華。此言素榮，則亦通稱也。曹植(一)賦曰：朱實不萌，焉得素榮。李尤(二)《七歎》曰：白華緑葉，扶疎冬榮。金衣素裏，班理内充。皆謂橘也。**疏曰：**（一）曹植，見前《哀郢》“悲江介之遺風”疏。（二）李尤，後漢廣漢雒人，字伯仁。少以文章顯，和帝時拜蘭臺令史，有詩、賦、銘、誄二十八篇，年八十二卒。

校勘記：①“青”，原誤作“素”，今據李刻本、明翻宋本、汲古閣本改。②“清”，原誤作“潔”，今據李刻本、明翻宋本、汲古閣本改。

曾枝剡棘，圓果摶兮。剡，利也。棘，橘枝①，刺若棘也。摶，圜②也。楚人名圜爲摶。言橘枝重累，又有利棘，以象武也。其實圜摶，又象文也。以喻己有文武，能方圜也。圓果，一作圓實。摶，一作槫。［補］曰：曾，音增，重也。剡，音琰。《方言》曰：凡草木刺人，江湘③之間謂之棘。注④引曾枝剡棘。《説文》云：摶，圜也，其字從手。槫，柩車也，其字從木。音同，義異。

校勘記：①“枝”，原誤作“皮”，今據李刻本、明翻宋本、汲古閣本改。②“圜”，原作“圓”，今據李刻本、明翻宋本、汲古閣本改。下文徑改不出校。③“湘”，原誤作“湖”，今據李刻本、明翻宋本、汲古閣本改。④“注”，原脱，今據李刻本、明翻宋本、汲古閣本補。

青黄雜糅，一作揉(一)。**疏曰：**（一）揉，音柔，雜亂也。義同糅。文章(一)爛(二)兮。言橘葉青，其實黄，雜糅俱盛，爛然而明。以言己敏達道德，亦爛然有文章也。［補］曰：橘實初青，既熟則黄，若以青爲葉，則上文已言緑葉矣。**疏曰：**（一）

文章，謂文采也。《考工記》："畫繪之事，青與赤謂之文，赤與白謂之章。"（二）爛，宜叶平聲，明也。

精色内白，類(一)可任兮。精，明也。類，猶貌也。言橘實赤黄，其色精明，内懷潔白。以言賢者亦然，外有精明之貌，内有潔白之志，故①可任以道，而事用之也。一云：類任道兮。［補］曰：青黄雜糅，言其外之文；精色内白，言其中之質也。**疏曰：**（一）類，語助詞，猶言大率也。《史記》："類名湮没而不章。"此謂橘内質精白，大率可任用也。類，又隨也。《左傳》"晉君類能而使之"，謂隨所能也。此亦可解爲隨所質而任之。逸解爲貌，非。"類能而使之"，見《左・襄公九年》"秦人侵晉"傳。"類名"句，見《史記六十一・伯夷列傳第一》，原文"類"上有"若此"二字，"章"作"稱"。②

校勘記：①"故"，原脱，今據李刻本、明翻宋本、汲古閣本補。②此句上頁眉戴之麟題校補時地云：戊子九月二十日上午，捄左補録。

紛緼宜脩，一作修(一)。**疏曰：**（一）古修、脩不分。姱而不醜(一)兮。紛緼，盛貌。醜，惡也。言橘類紛緼而盛，如人宜修飾，形容盡好，無有醜惡也。［補］曰：紛，音墳。緼，音氲。《集韻》：菮(二)藴，積也。姱，好也。**疏曰：**（一）醜，宜叶寸。（二）菮，音義同紛。

姚鼐曰：以上頌橘之素具。①②

校勘記：①此句出林雲銘《楚辭燈》，非姚鼐語。②此句上頁眉戴之麟題校補時地云：丁亥七月十四日午前，韓左个。

嗟(一)爾幼志，有以異兮。爾，汝也。幼，小也。言嗟乎衆臣，女少小之人，其志易徙，有異於橘也。**疏曰：**（一）嗟，即些切，贊美之詞。此美橘之幼小，其質志有不同於凡果，非直幼小之臣女也。爾，即指橘。

獨立不遷，豈不可喜兮？屈原言己之行度，獨立堅固，不可遷徙，誠可喜也。

［補］曰：自此以下，申前義，以明己志(一)。**疏曰：**（一）補説不合。謂以下隱喻己志也，可。謂申前義以明己志，則不可。不然則本題安在？頌體安在？橘淩冬不雕，是其獨立不遷，誠可喜也。①

校勘記：①此句上頁眉戴之麟題校補時地云：戊子正月三十日午前，縣中教員室。戊子四月二十日午前，縣中又校。

深固難徙，廓(一)其無求兮。［補］曰：凡與世遷徙者，皆有求也。吾之志舉世莫得而傾(二)之者，無求於彼故也。**疏曰：**（一）廓，音擴，大也。（二）傾，區營切，陷害也。此亦謂橘質堅，不易爲時易，以其廓大無求也。

蘇世獨立，横而不流兮。蘇，寤也。言屈原自知爲讒佞所害，心中覺寤，然不可變節，猶①行忠直，横立自持，不隨俗人也。［補］曰：死而更生曰蘇。《魏都賦》(一)曰：非蘇世而居正。**疏曰：**（一）《魏都賦》，左思太冲作。此亦謂橘獨立於世，若有覺寤，雖被風雪横摧，而不爲變節也。

校勘記：①“猶”，原誤作“獨”，今據李刻本、明翻宋本、汲古閣本改。

閉心自慎，不終①失過兮。言己閉心捐欲，敕慎自守，終不敢有過失也。一云：終不過兮。一云：終不失過②兮(一)。［補］曰：閉，必結切，闔也。俗作閇（即閉字），非是。**疏曰：**（一）朱注本作“終不過失兮”，是，與下“地”叶“的”合。此亦謂橘終無過失，以其能閉心自慎也。

校勘記：①“不終”，原誤作“終不”，今據李刻本、明翻宋本、汲古閣本改。②“失過”，原誤作“過失”，今據李刻本、明翻宋本、汲古閣本改。

秉德無私，參(一)天地兮。秉，執也。言己執履忠正①，行無私阿②，故參配天地，通之神明，使知之也。［補］曰：天無私覆，地無私載，秉德無私，則與天地參矣。**疏曰：**（一）參，差庵切，即三也，與天地並爲三也。此亦謂橘之德足與天地參並也。

校勘記：①“正”，原誤作“信”，今據李刻本、明翻宋本、汲古閣本改。②“私阿”，原誤作“阿私”，今據李刻本、明翻宋本、汲古閣本改。

願歲並謝，與長友（一）兮。謝，去也。言己願與橘同心并志，歲月雖去，年且衰老，長爲朋友，不相遠離也。［補］曰：《説文》云：謝，辭去也。此言己年雖與歲月俱逝，願長與橘爲友也。**疏曰：**此原自明己志也。（一）友，叶以。

淑離（一）不淫，梗其有理兮。淑，善也。梗，强也。言己雖設與橘離别，猶善持己行，梗然堅强，終不淫惑而失義也。**疏曰：**（一）離，明也。原言願與爲友，内更善明不邪，梗直而有條理也。

年歲雖少，可師長兮。言己年雖幼少，言有法則，行有節度，誠可師用長（一）老而事之。［補］曰：言可爲人師長。**疏曰：**（一）長，上聲。此言橘之年歲雖不多，然表裏均美，不惟可友，且可奉爲師長也。補説是。

行比伯夷，置以爲像（一）兮。像，法也。伯夷，孤竹（二）君之子也。父欲立伯夷，伯夷讓弟叔齊，叔齊不肯受，兄弟棄國，俱去之首陽山下。周武王伐紂，伯夷、叔齊扣①馬諫之曰：父死不葬，謀及干戈，可謂孝乎？以臣弑君，可謂忠乎？左右欲殺之，太公曰：不可。引而去之。遂不食周粟而餓死。屈原亦自以脩飾潔白之行，不容於世，將餓餒（三）而終。故曰：以伯夷爲法也。［補］曰：行，下孟切。比，音鼻（四），近也。韓愈曰：伯夷者，特立獨行，亘萬世而不顧者也。屈原獨立不遷，宜與伯夷無異。乃自謂近於伯夷，而置以爲像，尊賢之辭也。**疏曰：**（一）像，亦讀上聲，俗作去聲誤。（二）孤竹，古國名。神農之後，今直隸盧龍至朝陽一帶之地。《史記索隱》：“孤竹君，商湯所封。應劭曰：‘姓墨胎氏。’”（三）餒，内上聲，飢餓也。（四）鼻，去聲，俗讀入聲誤。麟按：此謂橘行潔白，與伯夷比類，可常置以爲法像也。

姚鼐曰：已上頌橘之處變，亦不易其所素具。②

校勘記：①"扣"，原誤作"叩"，今據李刻本、明翻宋本、汲古閣本改。②此句出林雲銘《楚辭燈》，非姚鼐語。

悲回風

此章言小人之盛，君子所憂，故託游天地之間，以泄(一)憤懣，終沈汨羅，從(二)子胥、申徒，以畢其志也。**疏曰：**（一）泄，音曳，散也。與渫、洩並同，漏也。（二）從，去聲。[①]

校勘記：①此句上頁眉戴之麟題校補時地云：戊子四月二十一日午間，救左終校。

悲回風之搖蕙兮，回風爲飄，飄風回邪，以興(一)讒人[①]。**疏曰：**（一）興，去聲。心冤結而内傷。言飄風動搖芳草，使不得安。以言讒人亦別[②]離忠直，使得罪過也。故己見之，中心[③]冤結，而傷痛也。冤(一)，一作宛(二)。**疏曰：**（一）冤，音鴛。（二）宛，音婉，古韻與鬱通。

校勘記：①"回風爲飄，飄風回邪，以興讒人"，原誤作"回風爲飄風，回風以興讒人"，今據李刻本、明翻宋本、汲古閣本改。②"別"，原誤作"間"，今據李刻本、明翻宋本、汲古閣本改。③"中心"，原誤作"心中"，今據李刻本、明翻宋本、汲古閣本改。

物有微而隕性兮，隕(一)，落也。言芳草爲物，其性微眇，易以隕落。以言賢者用志精微，亦易傷害也。**疏曰：**（一）隕，音允。又音運，義同。聲有隱而先倡。倡(一)，始也。言讒人之言隱匿其聲，先倡導君，使亂惑也。**疏曰：**（一）倡，音唱，始事曰倡。此叶昌。

朱子曰：首四句言秋令已行，微物彫隕，風雖無形，實先爲之倡。世之治亂，道之興廢，亦猶是也。次四句，因回風之有實而搖蕙，遂感彭咸之志，萬變不易，亦以其有實也。若涉虛僞，則不能久矣。

夫何彭咸之造思兮，暨志介而不忘！暨，與也。《尚書》曰：讓于稷契（一），暨皋陶。介，節也。言己見讒人倡君爲惡，則思念古世彭咸，欲與齊志節，而不能忘也。［補］曰：暨，其冀切。此言物有微而隕性者，己獨不忘彭咸之志節。**疏曰：**（一）“讓于”句，見《書·舜典》。

萬變其情豈可蓋兮，蓋，覆也。言讒人長於巧詐，情意萬變，轉易（一）其辭，前①後反復，如明君察之，則知其態也。一云：萬變情豈②其可蓋兮。［補］曰：蓋，古太切，掩也。**疏曰：**（一）易，入聲。孰虚僞之可長！言讒人虚造人過，其行邪僞，不可久長，必遇禍也。［補］曰：此言聲有隱而先倡者③，然明者察之，則虚僞安可久長④乎？

姚鼐曰：已上單表彭咸於不可爲之時而獨爲，以明可以爲法之意。⑤

校勘記：①“前”，原誤作“而”，今據李刻本、明翻宋本、汲古閣本改。②“豈”，原脱，今據李刻本、明翻宋本、汲古閣本補。③“者”，原脱，今據李刻本、明翻宋本、汲古閣本補。④“久長”，原誤作“長久”，今據李刻本、明翻宋本、汲古閣本改。⑤此句出林雲銘《楚辭燈》，非姚鼐語。

鳥獸鳴以號羣（一）兮，號，呼也，音豪。**疏曰：**（一）羣，渠云切，獸三爲羣。又輩也，朋也。草苴比而不芳。生曰草，枯①曰苴。比，合也。言飛鳥走獸，羣鳴相呼，則芳草合其莖葉，芬芳以不暢也。以言讒口衆多，盈君之耳，亦可令忠直之士失其本志也。［補］曰：苴，《釋文》：七古切，茅藉祭也。鮑欽止（一）本云：七間、子旅二切。林德祖本云：反賈、士加二切。比，音鼻（二）。**疏曰：**（一）鮑欽止，見前“《楚辭補》十七卷”疏。（二）鼻，去聲，俗作入聲非。

校勘記：①“枯”，原誤作“死”，今據李刻本、明翻宋本、汲古閣本改。

魚葺（一）鱗（二）以自别兮，葺，累也。［補］曰：别，彼列切。**疏曰：**（一）葺，音緝。（二）鱗，音鄰。魚身保護之具，爲透明之角質，由真皮變化而成，排列如覆瓦狀。魚之産淡水或近海者，以易於觸傷，故鱗片厚大；産遠洋者反是。其細微者，隱於皮中，視之如裸體；至全無鱗者，甚稀也。蛟龍隱其文章。言衆魚張其鬐(一)尾，葺累其鱗，則蛟龍隱其文章而避之也。言俗人朋黨恣其口舌，則賢者亦伏①匿而深藏也。**疏曰：**(一) 鬐，音耆，魚脊鰭也。

校勘記：①“伏”，原誤作“隱”，今據李刻本、明翻宋本、汲古閣本改。

故荼(一)薺(二)不同畮兮，二百四十步爲畮(三)。言枯草荼薺，不同畮而俱生。以言忠佞亦不同朝而俱用也。薺，一作若。若，一作苦。［補］曰：荼，音徒。《爾雅》：荼，苦菜。疏引《易緯》(四)云：苦菜，生於寒秋，經冬歷春，得夏乃成。《月令》(五)：孟夏苦菜秀。是也。葉似苦苣(六)(七)而細，花黄似菊，堪食，但苦耳。又《爾雅》云：蒫(八)，薺實。疏引《本草》云：薺，味甘，人取其菜，作葅及羹。《詩》云：誰謂荼苦(九)，其甘如薺。又云：堇①(十)荼如飴(十一)(十二)。此言荼苦而薺甘，不同畮而生也。若，杜若也。**疏曰：**(一) 荼，蔬類植物，即苦菜。道旁荒地到處産生，莖高三四尺，中空，葉濶而黄，柔軟，鋸齒甚深。莖葉皆有白汁，與苦蕒無異。惟春夏之間，開黄花之期不同，以此爲别。嫩莖葉可食。(二) 薺，齊上聲。蔬類植物，到處産生。葉在下部者，羽狀分裂；在上部者，有缺刻。嫩時可食，老後莖高尺餘，花四瓣，色白，實扁平，三角形，中有細子。(三) 畮，音某，量田之法。以縱横各五尺爲方步，二百四十方步爲畮。一畮之面積，凡六千方尺。逸注爲二百四十步，誤。(四)《易緯》，緯書至唐代皆佚，惟《易緯》獨存。一、《乾坤鑿度》；二、《易緯乾鑿度》；三、《易緯稽覽圖》；四、《易緯辨終備》；五、《易緯通卦驗》；六、《易緯乾元序制紀》；七、《易緯是類謀》；八、《易緯坤靈》。原書皆鄭康成注，惟今多殘缺不完，亦有爲後人輯佚而成者。(五)《月令》，《禮記》篇名。(六) 苦苣，即苦蕒。蔬類植物，野生，家栽者謂之苦苣。莖高一二尺，葉倒卵形，抱莖而生，有粗鋸齒，莖葉皆柔軟，折之有白汁。秋開黄花成簇，嫩莖葉可爲蔬。(七) 苣，音巨。(八) 蒫，音瘥。又音嵯，義同。(九)“誰謂荼苦”二句，見《詩·谷風》篇。(十) 堇，音謹，蔬類植物，一名旱芹，俗稱堇堇菜。莖高尺許，葉濶，夏日開花，淡紫色。莖葉味苦，瀹之則甘而滑。(十一) 飴，音怡，餳之屬。今亦謂之糖漿，鍾祥俗曰打糖。(十二)“堇荼”句，見《詩·緜》篇。蘭(一)茝(二)幽而獨芳。以言賢人雖居深山，不失其忠正之行。茝，一作芷。**疏曰：**(一) 蘭，見前《離騷》“紉秋蘭以爲佩兮”疏。(二) 茝，見同上“豈惟紉夫蕙②茝”疏。

姚鼐曰：已上言楚當日正值回風摇蕙之時，以起下文。③

校勘記：①“堇”，明翻宋本、汲古閣本作“堇”。②“蕙”，原誤作“佩”，今據前文改。③此句出林雲銘《楚辭燈》，非姚鼐語。

惟佳人之永都兮，佳人，謂懷、襄王也。邑有先君之廟曰都(一)也。**疏曰：**(一) 都，篤烏切。美也，盛也。此謂佳人之長美盛也。以後“惟佳人之獨懷兮”證之可見，謂非有先君之廟也。“都”下“也”字可删。更統世而自貺。更，代也。貺，與也。言己念懷王長居郢都，世統其位，父子相舉，今不任賢，亦將危殆也。[補] 曰：更(一)，平聲。貺，虛王切。叶韻。**疏曰：**(一) 更，固孟切。再也，益也。念甚之辭，引申爲並且或益加之意。此謂並加以統世而自與，蓋承上句而益甚之辭。解作更代世統似迂。①

校勘記：①此句旁頁邊戴之麟題校補時地云：丁亥五月二十七日午前，韓左个。

眇遠志之所及兮，言己常眇然高志，執行忠直，冀上及先賢也。憐浮雲之相羊。相羊，無所據依①之貌也（“也”可删）。言己放棄，若浮雲之氣，東西無所據依也。羊(一)，一作徉。**疏曰：**(一) 徉、羊，音義同。

校勘記：①“據依”，原誤作“依據”，今據李刻本、明翻宋本、汲古閣本改。下文徑改不出校。

介眇志之所惑兮，介(一)，節也。言己能守耿介之眇節，以自惑誤，不用於世也。**疏曰：**(一) 介，皆械切，耿介也。謂心志耿耿，惑疑不能決，惟賦詩以自明而已。竊賦詩之所明。賦(一)，鋪也。詩，志也。言己守高眇之節，不用於世，則鋪陳其志，以自證明也。[補] 曰：古詩之所明者，與今所遇同，故屈原賦之。**疏曰：**(一) 賦，本詩之一體，又有古今體及騷體之分。惟此“賦”字，引申爲作“賦詩”，即作詩。謂私自作詩，以自明己志也。

姚鼐曰：已上思彭咸之初諫以爲法。①

校勘記：①此句出林雲銘《楚辭燈》，非姚鼐語。

惟佳人之獨懷兮，懷，思。**疏曰：**“思”下宜加“也”字别之。此“佳人”與上“佳人”均原自指，非懷、襄王也。謂惟有佳人之獨有所懷思也。折若椒以自處(一)。處，居也。言己獨念懷王，雖見放逐，猶折香草，以自修飭，行善終不怠(二)也。若，一作芳(三)。**疏曰：**（一）處，上聲。（二）怠，音待。懈也，不經意也。（三）朱注本“若”作“芳”。

曾歔(一)欷(二)之嗟嗟(三)兮，歔欷，㖒(四)貌。曾，一作增。**疏曰：**（一）歔欷，悲泣氣咽而抽息也。歔，音虚，鼻出氣爲歔。（二）欷，音希。又去聲，義同。（三）嗟，嘆聲。（四）㖒，古啼字。獨隱伏而思慮。言己思念懷王，悲啼歔欷，雖獨隱伏，猶思道德，欲輔助之也。伏，一作居。

涕泣交而淒淒兮，淒淒(一)，流貌。一云：交下而淒淒。下，一作流。[補] 曰：淒，寒涼也，音妻。**疏曰：**（一）淒淒，愴也。與下一句謂鼻目汁交下而心悽愴，至於不眠而達旦也。思不眠以至曙。曙(一)，明也。以，一作而。至(二)，一作極。**疏曰：**（一）曙，音署。曉也，東方明也。（二）至，到也。作“極”非。

終長夜之曼曼兮，曼曼，長貌。[補] 曰：曼，莫半切。掩此哀而不去。心常悲慕。[補] 曰：掩(一)，撫也，止也。**疏曰：**（一）掩，音奄。遮也，又蓋也。

寤從(一)容以周流兮，覺立徙倚而行步也。以，一作而。**疏曰：**（一）從，音冲。聊(一)逍遥以自恃(二)。且徐游戲，内自娱也。**疏曰：**（一）聊，且也。（二）恃，音市，依賴也。謂且逍遥以自依賴也。

傷太息之愍憐兮，憂悴(一)重歎，心辛苦也。一作愍歎。**疏曰：**（一）悴，音萃，憂傷也。氣於邑而不可止。氣逆憤懣，結不下也。[補] 曰：顔師古云：於邑(一)，短氣，上音烏，下烏合切。一讀皆如本字。**疏曰：**（一）於邑，悲傷鬱結也。

姚鼐曰：已上思彭咸既諫見拒，而己之哀思不能自遣，有相符者。①

校勘記：①此句出林雲銘《楚辭燈》，非姚鼐語。

紉思心以爲纕兮，紉，戾(一)也。纕(二)，佩帶也。一作瓖。［補］曰：紉(三)，繩三合也。瓖，玉名，一曰馬帶玦。**疏曰**：（一）戾，音麗，扭轉也。（二）纕，音襄。瓖音同。（三）紉，音吉酉切。編愁苦以爲膺。編，結也。膺，胷[①]也。結胷者，言動以憂愁自係結也。一注云：膺，絡胷者也。［補］曰：編，音邊。

校勘記：①"胷"，原誤作"服"，今據李刻本、明翻宋本、汲古閣本改。

折若木以蔽光兮，光，謂日光。隨飄風之所仍。仍，因也。言己願折若木以蔽日，使之稽留，因隨羣小而游戲也。［補］曰：《騷經》云：飄風屯其相離。亦此意。

存髣髴而不見兮，髣髴(一)，謂形貌也。一云：不得見。［補］曰：髣髴，形似也。髴，沸(二)、拂(三)二音。**疏曰**：（一）髣髴，與"仿佛"同，見不真切而疑似也。髣，音紡。（二）沸，音誹去聲，又音弗。[①]（三）拂，音弗。心踊躍(一)其若湯(二)。言己設欲隨從羣小，存其形貌，察其情志，不可得知，故中心[②]沸熱若湯也。踊躍，一作沸熱。**疏曰**：（一）踊躍，狀歡樂也。踊，音勇，跳也。躍，音藥，跳也。又激動之也。此謂心悸跳動也。（二）湯，朱注本作"傷"。

校勘記：①此句上頁眉戴之麟題校補時地云：丙戌六月二十九日上午，韓庭。②"察其情志，不可得知，故中心"，原脱，今據李刻本、明翻宋本、汲古閣本補。

撫珮衽以案志兮，整飭衣裳，自寬慰也。［補］曰：衽，衣衿(一)也，音稔。案，抑也，與按同。**疏曰**：（一）衿，音今，與衿同，衣小帶也。又衣交領也。超惘惘(一)而遂行。失志偟(二)遽，而直逝也。［補］曰：惘，音罔。**疏曰**：（一）惘惘，中心如有所失也。（二）偟，胡光切，仿偟也。猶躊躇徘徊也。

歲曶曶其若頹兮，年歲轉去，而流没也。[補] 曰：曶，音忽(一)。頹，徒回切，下墜也。**疏曰：**(一) 忽，輕忽也。時①亦冉冉(一)而將至。春秋更到，與老會也。**疏曰：**(一) 冉冉，行貌，音染。

校勘記：①“時”，明翻宋本、汲古閣本作“旹”。

薠(一)蘅槁而節離兮，喻己年衰，齒隨落也。一云蘋蘅(二)，一云蘋蘩。[補] 曰：槁，音考。**疏曰：**(一) 薠，音煩。《説文》：“青萍似莎者。”(二) 蘅，音行。即杜蘅，亦作杜衡。芳以歇而不比。志意已盡，知慮闕也。以，一作已。[補] 曰：比，合也，音鼻(一)。**疏曰：**(一) 鼻，讀畀，去聲。俗誤讀入聲。

憐思心之不可懲(一)兮，履信被害，志不乂(二)也。[補] 曰：乂，音乂。**疏曰：**(一) 懲，音澄，戒也。(二) 乂，懲也。證(一)此言之不可聊(二)。明己之謀不空設也。**疏曰：**(一) 證，蒸去聲，證實其事也。(二) 聊，賴也，叶留。

寧逝死而流亡兮，意欲終命，心乃快也。逝，一作溘①(一)。**疏曰：**(一) 朱注本“逝”作“溘”。不忍爲此之常愁。心情悁悁(一)，常如愁也。一云：此心之常愁②。**疏曰：**(一) 悁悁，憂思也，音娟。

校勘記：①“溘”下，原衍“音磕，奄忽也”一句，今據李刻本、明翻宋本、汲古閣本删。②“一云：此心之常愁”，原脱，今據李刻本、明翻宋本、汲古閣本補。

孤子唫而抆淚兮，自哀煢獨，心悲愁也。抆，一作收。[補] 曰：唫，古“吟”字，歎也。抆，音吻，拭也。放子出而不還。遠離父(一)母，無依歸也。屈原傷己無安樂(二)之志，而有孤放之悲也。**疏曰：**(一) 父，上聲。(二) 樂，入聲。

孰能思而不隱兮，誰有悲哀而不憂也。隱(一)，憂也。《詩》曰：如有隱憂(二)。

疏曰：（一）隱，音殷上聲。（二）“如有隱憂”，見《詩·柏舟》篇。照彭咸之所聞。覩見先賢之法則也。照，一作昭(一)。**疏曰：**朱子集注本“照”作“昭”。

姚鼐曰：已上言屈原之愁思，不能無言。與彭咸同。

登石巒以遠望兮，昇(一)彼高山，瞰(二)楚國也。[補] 曰：山少(三)而鋭(四)曰巒，落官切。**疏曰：**（一）昇，音義同升。（二）瞰，音坎去聲，俯視也。（三）少，當改“小”。（四）鋭，音喻歲切，上小下大曰鋭。路眇眇之默默。郢道遼(一)遠，居僻陋也。[補] 曰：眇眇，遠也。默默，寂(二)無人聲也。**疏曰：**（一）遼，音僚，遠也。（二）寂，讀如夕。

入景響之無應兮，竄(一)在山野，無人域也。[補] 曰：景(二)，於境切，物之陰影也。葛洪(三)始作影響。或作嚮，古字借用。**疏曰：**（一）竄，音爨，逃匿也。（二）影，由物體不透光而成。（三）葛洪，字稚川，晋句容人。好學，博覽典籍，元帝召爲丞相掾，以功賜爵關内侯。從祖玄傳煉丹祕術於鄭隱，洪就隱學，悉得其法。著《抱朴子》，言神仙非虚妄，人能服氣養神，製煉丹藥，可得仙道。聞省想而不可得。目視耳聽，歎寂默也。[補] 曰：省，息井切。察也，審也。

愁鬱鬱之無快兮，中心①煩冤，常②懷忿也。之，一作而。快，一作決(一)。**疏曰：**（一）決，定也。居戚戚(一)而不可解。思念憔悴，相連接也。一無“可”字。[補] 曰：解，除也，居隘切。**疏曰：**（一）戚戚，憂貌。

校勘記：①“中心”，原誤作“心中”，今據李刻本、明翻宋本、汲古閣本改。②“常”，原誤作“嘗”，今據李刻本、明翻宋本、汲古閣本改。

心鞿羈而不形兮，肝膽係結，難解釋也。形，一作開(一)。[補] 曰：鞿羈(二)，見《騷經》。不形，謂中心係結，不見於外也。**疏曰：**（一）形，朱注本作“開”。（二）鞿羈，見前《離騷》“余雖好修姱”句疏。氣繚轉而自締。思念緊卷而成結也。緊卷，一作繾綣(一)。[補] 曰：繚，音了，纏也。締(二)，丈爾切，又音啼，結不解也。《集韻》引此。**疏曰：**（一）繾綣，牢固相著之意。繾，音遣。綣，勸上聲。（二）締，音第。

穆眇眇之無垠兮，天與地合，無垠(一)形也。［補］曰：賈誼賦云：沕穆無間(二)。沕穆，深微貌。垠，音銀。**疏曰：**（一）垠，厓也，岸也，界限也。（二）“沕穆”句，見賈誼《服鳥賦》。莽(一)芒芒之無儀。草木彌望，容貌盛也。［補］曰：芒，莫郎切。芒芒，廣大貌。《詩》曰：宅(二)殷(三)土芒芒(四)。儀，匹也。見《爾雅》。**疏曰：**（一）莽，母①朗切，草也。（二）宅，音澤，定也。（三）殷，即商朝别名。（四）“宅殷土”句，見《詩・玄鳥》篇。

校勘記：①“母”，原誤作“丑”，今據《辭源》改。

聲有隱而相感(一)兮，鶴鳴九皐(二)，聞於天也。**疏曰：**（一）感，歌坎切，動也。（二）“鶴鳴于九皐”，見《詩・鶴鳴篇》。鶴，音貉，見前《九歌・東皇太一》“吉日兮辰良”疏。九皐，水澤深處也。《詩》“鶴鳴于九皐”箋：“皐，澤中水溢出所爲坎，自外數至九，喻深遠也。”物有純而不可爲。松柏(一)冬生，稟氣純也。［補］曰：此言天地之大，眇眇芒芒①，然②聲有隱而相感者，己獨不能感君何哉？物有純而不可爲者，己之志節亦非勉强而爲之也。**疏曰：**（一）松柏，見前《九歌・山鬼》“飲石泉兮蔭松柏”疏。

校勘記：①“芒”下，原衍“也”字，今據李刻本、明翻宋本、汲古閣本删。②“然”，原脱，今據李刻本、明翻宋本、汲古閣本補。

藐蔓蔓之不可量(一)兮，八極道理，難算計也。一作邈漫漫(二)。［補］曰：藐，音邈(三)，遠也。**疏曰：**（一）量，平聲。（二）漫漫，無涯際之貌。音同蔓。（三）邈，音莫，義同。藐蔓蔓，《漢書》“蔓蔓日茂”注：“言其長久，日以茂盛也。”音暮玩切。“蔓蔓日茂”諸句，見《漢書》卷二十二《禮樂志・郊祀歌・齊房十三》。①縹緜緜(一)之不可紆。細微之思，難斷絶也。［補］曰：縹，匹妙切。紆，音迂，縈也。**疏曰：**（一）緜緜，長不絶也。音棉。

校勘記：①此句上頁眉戴之麟題校補時地云：戊子十月一日上午，球左補録。

愁悄悄(一)之常悲兮，憂心慘慘(二)，常涕泣也。［補］曰：悄，親小切。《詩》云：憂心悄悄(三)。**疏曰：**（一）悄悄，憂貌。（二）慘慘，憂慍憔悴之貌。音參上聲。（三）"憂心"句，見《詩·出車》篇，又《柏舟》篇。翩(一)冥冥(二)之不可娱。身處(三)幽冥，心不樂也。［補］曰：翩，疾飛也。《揚子》曰：鴻飛①冥冥(四)。此言己欲疾飛而去，無可以解憂者也。**疏曰：**（一）翩，音篇。（二）冥冥，謂遠空也，音銘。（三）處，上聲。（四）"鴻飛冥冥"，見揚子《法言·問明卷第六》。

校勘記：①"鴻飛"，原誤作"飛鴻"，今據李刻本、明翻宋本、汲古閣本改。

淩(一)大波而流風兮，意欲隨水而自退也。［補］曰：言乘風波而流行也。**疏曰：**（一）淩，音陵，歷也。託彭咸之所居。從古賢俊，自沈没也。

姚鼐曰：已上言屈原愁思之不可聊，不能不死。①

校勘記：①此句出吴至父，非姚鼐語。

上(一)高巖(二)之峭(三)岸(四)兮，升彼山石之峻(五)峭也。峭，一作陗(六)。［補］曰：並七笑切。**疏曰：**（一）上，上聲，升也。（二）巖，宜銜切，山之高峻者曰巖。（三）峭，音俏，山峻拔峭絶也。（四）岸，餓翰切，水厓而高者。（五）峻，音俊，高也。（六）陗，砌要切，義同峭。處(一)雌蜺之標顛。託乘風氣，游天際也。［補］曰：標，杪也。其字從木。顛，頂也。蜺(二)，見《騷經》。**疏曰：**（一）處，上聲。（二）蜺，見前"離騷經章句第一"疏。

據(一)青冥(二)而攄(三)虹兮，上至玄冥(四)，舒光耀也。［補］曰：攄，舒也。**疏曰：**（一）據，音倨。杖持也，依也。（二）青冥，天也。（三）攄，音樗。（四）玄冥，水神。又黑闇也。殆亦謂天。玄，音穴員切，北方曰玄天。遂儵忽(一)而捫天。

所至高眇，不可逮也。［補］曰：儵，音叔。捫，音門，撫(二)也。**疏曰：**（一）儵忽，與倏忽同。言其急速，非意計所及也。（二）撫，音拊。又摩吾切，摹也。

吸(一)湛露之浮源兮，湛(二)，厚也。[①]《詩》曰：湛湛露斯(三)。源(四)，一作涼(五)。**疏曰：**（一）吸，音翕，引氣入内也。引申之爲收。（二）湛，直喊切。（三）“湛湛露斯”，見《詩·湛露》篇。（四）源，音元，水泉本也。（五）涼，音良，薄寒也。朱注本“源”作“涼”，此謂露厚而薄寒浮起也，作源久切。漱凝霜之雰雰。雰雰，霜貌也（“也”宜删）。言己雖升青冥，猶能食霜露之精，以自潔也。［補］曰：漱，縮又切。《説文》曰：蕩口也。雰，音芬。《詩傳》：雰雰，雪貌(一)。**疏曰：**（一）“雰雰，雪貌”，見《詩》五《信南山》二章“雨雪雰雰”句注。[②]

校勘記：①此句旁頁邊戴之麟題校補時地云：丁亥五月二十七日午後，韓左个。②此句上頁眉戴之麟題校補時地云：己丑九月十七日下午。

依風穴(一)以自息兮，伏聽天命之緩急也。［補］曰：《歸藏》(二)曰：乾者，積石(三)風穴之翏翏(四)。《淮南》曰：鳳皇羽翼弱水(五)，暮宿風穴。注云：風穴，北方寒風從地出也。宋玉賦云：空穴來風(六)。**疏曰：**（一）風穴，凡山之有穴者，皆有風。吾邑東北山穴皆然，非第鳳皇所宿之地也。（二）《歸藏》，見前《天問》“羿焉彈日”疏。（三）積石，山名。有二：一曰大積石，即今大雪山，在青海南境，番名阿木尼瑪勒占木遜山，蒙古語曰木素鄂拉。禹導河至此；一曰小積石，在今甘肅導河縣西北，古唐述山也。此未知所指。（四）翏翏，長風貌，音聊。又音六，義同。（五）“鳳皇羽翼”諸句，見《淮南子》六《覽冥訓》“鳳皇之翔，至德也”諸句。（六）“空穴來風”，見宋玉《風賦》。忽傾(一)寤(二)以嬋媛(三)。心覺自傷，又痛惻也。嬋媛，一作撣援，一作擅徊(四)。**疏曰：**（一）傾，側也。（二）寤，音誤，寐覺也。（三）嬋媛，牽引貌。嬋，音禪。媛，音元。撣援，音義同。（四）擅徊，同儃佪。此謂傾側覺寤，心有所牽引也。

馮(一)崑崙以瞰霧兮，遂處(二)神山，觀濁亂之氣也。一云：瞰霧露。一云：瀓(三)霧露。［補］曰：馮，登也。瞰，視也。苦濫切[①]。**疏曰：**（一）馮，同憑。（二）處，上聲。（三）瀓，同澂、澄。隱㟪山以清江。隱，伏也。㟪山，江所出也。《尚書》曰：岷山導江(一)。言己雖遠游戲，猶依神[②]山而止，欲清澄邪惡者也。岷，一作崏，一作汶。［補］曰：岷、崏、汶，並與岷同。《書》曰：岷山(二)導江。岷山，在蜀郡氐道縣，大江所出。《史記》作汶山。《列子音義》引《楚辭》：隱汶[③]山之清江。隱，依據也。**疏曰：**（一）"岷山導江"，見《書·禹貢》，"岷"作"岷"。（二）岷山，見前《九歌·湘君》"使江水兮安流"疏二。

校勘記：①"苦濫切"，原脱，今據李刻本、明翻宋本、汲古閣本補。②"神"，原誤作"岷"，今據李刻本、明翻宋本、汲古閣本改。③"汶"，原作"岷"，今據李刻本、明翻宋本、汲古閣本改。

憚涌湍之磕磕兮，憚(一)，難也。涌(二)湍(三)，危阻也。以興讒賊，危害賢人也。磕，一作磕(四)。［補］曰：磕，苦[①]蓋切，石聲。**疏曰：**（一）憚，音但，畏懼也。（二）涌，音勇。騰也，泉上溢也。或作"湧"。（三）湍，讀如貪，疾瀨也。急流曰湍。（四）磕，音義同磕。聽波(一)濤[②](二)之洶洶(三)。水得風而波，以喻俗人言也。己欲澄清[③]邪惡，復爲讒人所危，俗人所謗訕也。［補］曰：洶，音凶，水勢。**疏曰：**（一）波，逋倭切，水紋也。（二）濤，音陶，大波也。（三）洶洶，水聲也。作"水勢"非。

姚鼐曰：以上言上天而風忽吹落，以下言隱江而波濤無定。[④]

校勘記：①"苦"，原誤作"古"，今據李刻本、明翻宋本、汲古閣本改。②"濤"，明翻宋本、汲古閣本作"聲"。以下文疏證曰"濤，音陶"，今不改。③"澄清"，原誤作"清澄"，今據李刻本、明翻宋本、汲古閣本改。④此句出吴至父，非姚鼐語。

紛容容之無經(一)兮，言己欲隨衆容容，則無經(二)緯(三)於世人也。［補］曰：此言楚國變亂舊常，無定法也。容容，變動之貌。**疏曰：**（一）經，音基丁切，常也。凡道義法制之不可易者，皆謂之經。又道路以南北爲經。（二）經，音徑。（三）東西爲緯。又直線謂之經，横線謂之緯。此謂波濤洶湧，紛亂無常，喻國亂之無定也。逸注不合。罔芒芒之無紀。又欲罔(一)然芒芒，與衆同志，則無以立紀綱，垂號謚(二)也。［補］曰：此言楚國上下昏亂，無綱紀也。**疏曰：**（一）罔，武紡切，無依據也。此喻言國無法紀，無所依據也。（二）諡，音示，人死將葬，誄列其行而爲之立號以易名也。

軋（一）洋洋（二）之無從兮，言欲軋沕（三）己心，仿佯（四）立功，則其道無從至也。軋，一作乹。注云：乹愓（五）己心。［補］曰：《釋文》：軋，於八切。此言懷亂之勢，如水洋洋，雖欲軋絶之而無由也。沕，潛藏也。**疏曰：**（一）軋，音握，車輾也。凡由圓軸壓逼而過，皆謂之軋。（二）洋洋，大水貌。（三）沕，音物，深微貌。又塵濁也。（四）仿佯，游散之意。佯，亦作徉。（五）愓，音剔。敬也，懼也。懷亂，"懷"字似宜作"壞"。①馳委移之焉止。雖欲長驅，無所及也。一作馳逶蛇（一）之焉至。［補］曰：委，音逶。焉（二），於乹切。**疏曰：**（一）逶蛇，從容自得之貌。委移，殆與此同。（二）焉，宜讀煙。何也，安也。讀若言，止詞，如俗語"呢"。

校勘記：①此句上頁眉戴之麟題校補時地云：戊子六月十三日午前，拯廳補録。

漂翻翻（一）其上（二）下兮，登山入水，周六合（三）也。漂，一作飄。翻，一作旛（四），一作潘（五）。［補］曰：漂，浮也，音飄。**疏曰：**（一）翻，音番，覆轉也。（二）上，上聲。此亦謂水之翻轉上下，飄動無定，非謂登山入水也。（三）六合，天地四方也。（四）旛，音義同翻。（五）潘，判平聲。又音翻，義同。翼（一）遥遥（二）其左右（三）。雖遠念君在旁側也。［補］曰：翼，疾趨也。《語》曰：趨進，翼如也（四）。**疏曰：**（一）翼，音弋，翅也。翅在鳥身左右，亦狀水之左右動盪不止也。（二）遥，音謠，遠也。重言之，遠而又遠也。（三）右，叶以。（四）"趨進"二句，見《論語》上《鄉黨》篇，謂孔子趨進，手之張拱如鳥之張翼也。

氾潏潏其前後兮，思如流水，游楚國也。［補］曰：氾，濫也，音泛。潏（一），涌出也，音決。**疏曰：**（一）潏，又音聿，義同。伴張（一）弛（二）之信期（三）。伴，俱也。弛，毀也。言己思君念國，而衆人俱共毁己，言内無誠信，不可與期也①。［補］曰：伴，讀若背畔之畔。言己嘗以弛張②之道期於君，而君背之也。**疏曰：**（一）張，緊張也。（二）弛，音豕，緩也。此合上句，亦狀水之形，或緊張，或從緩，俱信如潮之有期也。（三）期，叶豈。

姚鼐曰：已上言憫憫而行，於天上亦無可著力處。③④

校勘記：①“也”，原脱，今據李刻本、明翻宋本、汲古閣本補。②“弛張”，原誤作“張弛”，今據李刻本、明翻宋本、汲古閣本改。③此句出林雲銘《楚辭燈》，非姚鼐語。④此句上頁眉戴之麟題校補時地云：丁亥七月十四日午前，韓左个。

觀炎氣之相仍(一)兮，窺(二)煙液(三)之所積。炎氣，南方火也。火氣煙上(四)天爲雲，雲出湊(五)液而爲雨也。相仍者，相從也。煙液所積者，所聚也。［補］曰：液，音亦。《神異經》曰：南方(六)有火山(七)，晝夜火然。《抱朴子(八)》曰：南海蕭丘(九)之中，有自生之火，常以春起而秋滅。**疏曰：**（一）仍，平聲，俗讀去聲誤。（二）窺，讀如虧，小視也。（三）液，移籍切，汁也。凡流質皆謂之液。（四）上，上聲。（五）湊，音輳，聚也。（六）“南方”二句，見是書《南荒經》，“方”作“荒外”，“山”下有“其中生不晝之木”，“然”作“燃”。①（七）火山，《山海經》卷十六《大荒西經》六八頁云：“昆侖之丘……其外有炎火之山，投物輒然。”《神異經》：“南荒之外，有火山，其中皆生不燼之木，晝夜火然，雖暴風雨不滅。”《魏書》：“悦般國，其先匈奴北單于之部落，國南界有火山。山旁石皆焦鎔，流數十里，乃堅凝。人取爲藥，即石硫黄也。”以上皆火山之見於古籍者，近代地學家謂因地熱之作用，地球内部熔融之巖漿及水蒸氣隨地噴湧而出，在山頂者，尤顯著易見，謂之火山。噴湧時，灰石飛散，四圍室廬人物皆被淹没，輒成巨災。地文學上謂地殼中熔巖等噴湧之徑涂，聯接如帶，而成火山脈，延亘於太平洋之東西兩岸及大西洋羣島間。昔時火山之噴火最盛者爲夏威夷之克老伊山，出地最高者爲意大利之維蘇威山。“南荒”諸句見同上。惟“燼”作“盡”，“晝夜”句作“得暴風不猛，猛雨不滅”。“悦般國”諸句，見《魏書》卷一百二列傳第九十《西域·悦般國傳》。案：原文“悦般國”下有“在烏孫西北，去代一萬九百三十里”十四字，“落”下有“也”字及“爲漢車騎將軍竇憲……其”九十二字，“其”字下方接“國”字，“旁”作“傍”，“焦”作“燋”。②（八）抱朴子，即葛洪别號，見上“入景響之無應③兮”疏。（九）按今浙江有蕭山縣，以山名。清屬紹興府，未知即此山否。④

校勘記：①此句下頁腳戴之麟題校補時地云：己丑九月二十一日午前。②此句上頁眉戴之麟題校補時地云：己丑正月八日下午，新堂。③“應”，原誤作“從”，今據前文改。④此句上頁眉戴之麟題校補時地云：戊子二月三日午前，韓左个。

悲霜雪之俱①下兮，聽潮(一)水之相擊。言己上觀炎陽煙液之氣，下視霜雪江潮之流，憂思在心，而無所告也。［補］曰：《七發》(二)云：江水逆流，海水上(三)潮。**疏曰：**（一）潮，馳遥切，海水定時漲落之稱。其故由於日月之吸力，而月距地近，功用尤見。在正對方向，海水被吸隆起，越水平綫；在反對方向，地球被掣退縮，離水平綫，均成高潮。而同時相距之九十度之兩方，因海水被引他移，潮最低落。每晝夜地球自轉一週，故潮水之漲落凡二度。又朔望日月兩吸力相合，潮最大。上下弦日月兩吸力互消，潮最小。（二）《七發》，枚乘作。説七事以起發楚太子，故稱“七發”。乘，漢人。其體始於楚辭之《七諫》。後人多仿爲之，如傅毅之《七激》、張衡之《七辯》、崔駰之《七依》、曹植之《七啓》，皆是。（三）上，上聲。

校勘記：①“俱”，原誤作“交”，今據李刻本、明翻宋本、汲古閣本改。

借光景(一)以往來兮，施黄棘之枉策。黄棘(二)，棘刺也。枉，曲也。言己願借神光電景，飛注往來，施黄棘之刺，以爲馬策。言其利用急疾也。［補］曰：言己所以假延日月，往來天地之間，無以自處者，以其君施黄棘之枉策故也。初，懷王二十五年，入與秦昭王盟約於黄棘，其後爲秦所欺，卒客死於秦。今頃襄信任姦回，將至七國(三)，是復施行黄棘之枉策也。黄棘，地名。**疏曰：**（一）景，即影字。（二）黄棘，戰國地名，即棘陽。故城在今河南新野縣東北。戰國秦、楚盟於此。（三）七國，齊、楚、燕、韓、趙、魏、秦也。補解是。

求介子之所存兮，介子推也。**疏曰：**見前《惜往日》“介子忠而立枯兮”疏。見伯夷之放迹。伯夷，叔齊兄也。放(一)，遠也。迹，行也。一云：放，放逐也。**疏曰：**（一）放，以逸注爲是。

心調度而弗去兮，弗，一作不。［補］曰：調度，見《騷經》。**疏曰：**參看前《離騷》“皇覽揆余初度兮”，又“何不改此度也”及“和調度以自娱兮”疏。刻著志之無適。無適，言己思慕子推、伯夷清白之行(一)，剋(二)心遵樂，志無所復適也。[補]曰：刻，勵也。著，立也。**疏曰：**(一)行，去聲。(二)剋，與刻通，苛急也。

曰：吾怨(一)往昔之所冀兮，冀(二)，幸也。言己怨往古以邪事君，而幸蒙富貴也。一無"昔"字。**疏曰：**(一)怨，悔也。言己始悔往昔之所期冀於君者。(二)冀，期望也。悼來者之悐悐。悐悐(一)，欲利貌也("也"可删)。言傷今世人見利，悐悐然欲競之也。悐，一作逖(二)。[補]曰：悐，他的切，勞也。**疏曰：**(一)悐，《説文》本作"惕"，或從"狄"。朱子注謂憂懼貌。(二)逖，音踢。遠也，悼傷也。謂傷方來之憂甚遠也。王解非。

浮江(一)淮(二)而入海兮，從(三)子胥而自適。適，之(四)。[補]曰：《越絶書》(五)曰：子胥死，王使捐於大江，乃發憤馳騰，氣若奔馬，乃歸神大海。自適，謂順適己志也。**疏曰：**(一)江，見前《九歌·湘君》"使江水兮安流"疏。(二)淮，見前《天問》"齊桓九會"疏。(三)從，去聲。(四)"適，之"下宜加"也"字别之。蓋謂欲自沈於江，隨從子胥而死，以自適其志也。(五)《越絶書》，見前《惜往日》"雖有西施之美容兮"疏一①。

校勘記：①"一"，原作"六"，以前文已調整疏證順序，改作"一"。

望大河之洲渚兮，悲申徒之抗迹。申徒狄也。遇闇君遁(一)世離俗，自擁石赴河，故言抗迹也。[補]曰：《莊子》云：申徒狄(二)諫而不聽，負石自投於河。《淮南》注云：申徒狄，殷末人也(三)。不忍見紂亂，自沈於淵。**疏曰：**(一)遁，音鈍，與遯通。逃也，迴避也。(二)申徒，姓；狄，名。徒亦作屠。"申徒狄"二句，見《莊子·盗跖》篇。(三)"申徒狄，殷末人也"諸句，見《淮南子》卷十六《説山訓》六頁"申徒狄負石……"句注，首句無"也"字，三句"自"上有"故"字。①

校勘記：①此句上頁眉戴之麟題校補時地云：丁亥六月二十五日午後，韓左个。己丑九月二十日午前。

驟諫君而不聽兮，驟，數(一)也。一本作而君。**疏曰：**（一）數，讀朔。重任石之何益。任，負也。百二十斤爲石。言己數諫君，而不見聽。雖欲自任以重石(一)，終無益於萬分也。一云任重石（朱注本）。石，一作秙。［補］曰：秙，當作祏，音石，百二十斤也。稻一祏，爲粟二十升。禾黍一祏，爲粟十六升。大升半。又三十斤爲鈞，四鈞爲石。秙，音庫，禾不實也。義與此異。《文選·江賦》云：悲靈鈞之任石。注引：重任石之何益，懷沙礫而自沈。懷沙，即任石也。與逸説不同。**疏曰：**（一）石，讀十，俗讀旦誤，衡石也。衡，秤桿；石，秤錘。所以稱物之輕重者。《史記》："始皇剛戾自用，事無大小，皆決於上。以衡石量書，日夜有程，不中程不得休息。"以此推之，蓋謂驟諫不聽，如雖負重至石之多，亦無益也。或古人作事，有衡書自程，始皇效之耳。如謂懷石自沈無益，則屈子之意乖矣。洪注不合。麟按：近以百斤爲石。"始皇剛戾自用"諸句，係節録"盧生相與謀曰"諸語，見《史記六·始皇本紀》"三十五年，始皇帝幸梁山宫"下。[①]《江賦》，晉郭璞景純作，見《文選》本十二。《晉中興書》曰："璞以中興，王宅江外，乃著《江賦》，述川瀆之美。"[②]

校勘記：①此句上頁眉戴之麟題校補時地云：戊子八月九日午前，捄左補録。②此句上頁眉戴之麟題校補時地云：戊子二月五日午前，韓左个。

心絓結而不解兮，絓(一)，懸（下宜加"也"字）。一作結絓。**疏曰：**（一）絓，原枯歪切，又音卦。止也，有所礙也。或作罣。思蹇産而不釋。蹇産，猶詰[①]屈也。言己乘水蹈波，乃愁而恐懼，則心懸結詰屈(一)而不可解。一本無此二句。**疏曰：**（一）詰屈，猶屈曲也。此合上"驟諫君"二句，謂君不見聽，重任何益？然心終思念不釋放，非謂乘水蹈波也。逸説非。

姚鼐曰：已上言頃襄王玩日愒歲，不能自强於政治，棄賢任姦，危亡日近。念念以必死自矢，但欲求合於彭咸，不忘其志介而已。[②]

校勘記：①"詰"，原誤作"詘"，今據李刻本、明翻宋本、汲古閣本改。②此句出林雲銘《楚辭燈》，非姚鼐語。

吴至父曰：《九章》自《懷沙》以下，不似屈子之辭。子雲《畔牢騷》所仿，自《惜誦》至《懷沙》而止。蓋《懷沙》乃投汨羅時絶筆，以後不得有作。《橘頌》或屈子少作，以篇末有“年歲雖少”之語。《悲回風》文字奇縱，而少沈鬱譎變之致，疑亦非屈子作。所謂佳人，乃屈子也。眇志所惑，則作者自言。蓋諫君不聽，任石何益？即眇志所惑也。然則此殆弔屈子者之所爲歟？

楚辭補注疏卷第五

遠游章句第五　離騷

遠游者，屈原之所作也。屈原履方直之行，不容於世。上爲讒佞所譖(一)毀，下爲俗人所困極，章皇(二)山澤，一作徫徨(二)山野。無所告訴。乃深惟元一，修執恬漠。思欲濟世，則意中憤然，文采鋪一作繡，一作秀。發，遂叙妙思，託配(三)仙人，與俱游戲，周歷天地，無所不到。然猶懷念楚國，思慕舊故，忠信之篤，仁義之厚也。是以君子珍重其志，而瑋(四)其辭焉。《古樂府》(五)有《遠游》(六)篇，出於此。

疏曰：（一）譖，簪去聲，愬也。直告其事曰愬，加誣曰譖。（二）章皇、徫徨，約與"彷徨"同。彷徨，徘徊也。（三）配，肧去聲，匹也。（四）瑋，音偉，玉名。此謂珍貴之也。（五）《古樂府》，元左克明（豫章人）編，十卷。與郭茂倩《樂府集》互相出入。然郭書終於唐末，務窮其流；此書終於陳、隋，務溯其源，用意迥别。據克明自序，蓋病楊維楨所作《樂府》破壞古律，故以此書正之也。《古樂府》十卷，《四庫全書總目》卷一百八十八："元左克明編。克明自稱豫章人，其始末未詳。自序題至正丙戌，則順帝時也。是書録古樂府詞分爲八類，曰古歌謡，曰鼓吹曲，曰横吹曲，曰相和曲，曰清商曲，曰舞曲，曰琴曲，曰雜曲。自序謂冠以古歌謡詞者，貴其發乎自然。終以雜曲者，著其漸流於新聲……"下略。[①]麟按：漢武帝定郊祀之禮，乃立樂府，以李延年爲協律都尉，"樂府"之名始此。其後朝廟所用樂章，皆謂之樂府。又其後歌曲皆稱樂府，如漢高祖之《大風歌》，謂之《三侯之章》；項羽之《垓下歌》，謂之《力拔山操》。其他如鐃歌、鼓吹，凡被於管絃者，皆以"樂府"名之。唐、宋之長短句，金、元之南北曲，亦樂府之變體也。（六）《遠游》篇，樂府雜曲歌辭，曹植所作。王逸云屈原履方直之行，不容於世，困於讒佞，無所告訴，乃思與仙人同游戲，周歷天地，無所不至焉。曲名本此。北周王褒有《輕舉篇》，亦出於此。[②]郭茂倩《樂府詩集》，一百卷。

《欽定四庫全書總目》卷一百八十七："宋郭茂倩撰。《建炎以來繫年要録》載茂倩爲侍讀學士郭褒之孫，郭源中之子。其仕履未詳。本鄆州須城人。此本題曰太原，蓋署郡望也。是集總括歷代樂府，上起陶唐，下訖五代，凡郊廟歌辭十二卷，燕射歌辭三卷，……其題辭征引浩博，援據精審，宋以來考樂府者無能出其範圍。……終不以寸朽棄也。"③楊維楨，《中國人名大辭典》一二八一頁十三畫楊部："諸暨人，字廉夫。父宏築樓鐵崖山，植梅百株，聚書數萬卷，去梯，俾讀書五年，因自號鐵崖。元泰定進士，署天台尹。狷直忤物，十年不調。會修遼、金、宋三史，維楨作《正統辨》千言，總裁官歐陽功玄讀之歎曰：'百年後公論定於此矣！'值兵亂，浪跡浙西山水間，張士誠招之不赴，徙居松江。明興，詔徵遺逸之士修纂禮樂，維楨被召，謝曰：豈有老婦將就木而再理嫁者耶？賦《老客婦謡》以進。太祖賜安車詣闕，留百一十日，所纂叙例略定，即乞歸。抵家卒，年七十三。維楨詩名擅一時，號鐵崖體。古樂府出入少陵、二李間，尤號名家。善吹鐵笛，自稱鐵笛道人。又曰抱遺老人。有《春秋合題著説》、《史義拾遺》、《東維子集》、《鐵崖古樂府》、《復古詩集》、《麗則遺音》。"李延年，同書三九三頁七畫李部："漢中山人，李夫人兄。初給事狗監，以夫人貴。善歌，爲變新聲。武帝方興天地諸祠，延年承意造詩曲，爲協律都尉，佩印綬，與卧起。漸與中人亂。李夫人卒，愛弛，遂被誅。"④

校勘記：①此句旁頁邊戴之麟題校補時地云：己丑八月四日下午。②此句上頁眉戴之麟題校補時地云：戊子七月十日午間，捄左補録。③此句旁頁邊戴之麟題校補時地云：己丑八月四日午後。④此句上頁眉戴之麟題校補時地云：己丑後七月二十一日午前。

悲時俗之迫阨兮，哀衆嫉妬，迫脅(一)賢也。阨，一作隘。[補]曰：阨，音厄，或讀作隘(二)。**疏曰：**（一）脅，希楫切，又喜刼切。以威力迫人也。（二）隘，倚賣切，與阨同。願輕舉而遠游。高翔(一)避世，求道真也。**疏曰：**（一）翔，音詳，回飛也。

質菲薄而無因兮，質性鄙陋，無所因(一)也。因，一作由(二)。**疏曰：**（一）因，衣巾切，由也。故一作由。（二）由，自也，用也。焉(一)託乘而上(二)浮。將何引援而升雲也。[補]曰：乘，時證切。**疏曰：**（一）焉，音煙，何也。（二）上，上聲。

遭沈濁而汙穢兮，逢遇闇主，觸[一]讒佞也。而，一作之。**疏曰：**（一）觸，處旭切，以角抵物也。凡撞擊皆曰觸。**獨鬱結其誰語！**思慮煩冤，無告陳[一]也。**疏曰：**（一）陳，音存，説也。

夜耿耿而不寐兮，憂以愁戚，目不眠[一]也。耿耿[二]，猶儆儆[三]，不寐貌也（“也”可删）。《詩》云：耿耿[四]不寐[五]。耿，一作炯。［補］曰：耿、炯，並古茗切。一云：耿耿，不安也。**疏曰：**（一）眠，音綿。翕目也，寐也。（二）耿，讀如梗。（三）儆，音景，戒也。亦與警通。（四）“耿耿不寐”，見《詩·柏舟》章。（五）寐，讀如袂，卧也。**魂煢煢而至曙。**精魂[一]怔忪不寐，故至曙也。煢[二]，一作營[三]。**疏曰：**（一）魂，音渾，人之精神也。《左傳》：“人生始化曰魄[四]，既生魄，陽曰魂。”附形之靈爲魄，附氣之靈爲魂。（二）煢，音瓊。本作焭，或作惸、嬛。《玉篇》：“憂思也。”（三）營，音塋，《前漢·王莽傳》“人民正營”注：“師古曰：‘正營，惶恐不安之意也。’”正，音征，怔同。恐懼、心動不定貌，驚也。（四）“人生始化”諸句，見《左·昭公七年》“子産聘于晉”傳。

惟天地之無窮兮，乾[一]坤[二]體固，居常寧[三]也。**疏曰：**（一）乾，天也。（二）坤，地也。（三）寧，安也。**哀人生之長勤。**傷己命祿[一]，多憂患也。［補］曰：此原憂世之辭。唐李翺[二][三]用其語，作《拜禹言》。**疏曰：**（一）祿，音鹿，福也。（二）李翺，唐趙郡人，一作成紀人，字習之，貞元進士。元和初，爲國子博士、史館修撰，再遷考功員外郎。性峭鯁，仕不顯。怫鬱無所發，嘗面責宰相李逢吉之過，出爲廬州刺史。後拜中書舍人，歷山南東道節度使，卒。翺始從韓愈爲文章，辭致渾厚，見推當時，故亦謚曰文。有《論語筆解》、《五木經》、《李文公集》。（三）翺，音敖。李逢吉，《中國人名大辭典》四二二頁七畫李部：“唐隴西人，字虚舟，第進士。憲宗時累官同中書門下平章事，性忌刻險譎。裴度討淮西，逢吉慮成功，密圖阻止，趣和議者請罷諸道兵。憲宗知而惡之，出爲劍南東川節度使。穆宗召爲兵部尚書。敬宗時，其黨有張又新等八人，傅會者又八人，皆任要劇，號八關十六子。有所求請，先賂關子，後達於逢吉，無不得所欲。終尚書左僕射。卒謚成。”①

校勘記：①此句上頁眉戴之麟題校補時地云：己丑後七月二十一日午前。

往者余弗及兮，三皇(一)五帝(二)，不可逮(三)也。**疏曰：**（一）三皇之名見於《周禮》，而其説有六：一，天皇、地皇、人皇，見《三五曆》，俗多從之。二，天皇、地皇、泰皇，見《史記》。三，伏羲、神農、女媧，見《春秋運斗樞》。鄭康成從之。四，伏羲、神農、祝融，見《白虎通》。五，譙周以燧人、伏羲、神農爲三皇。六，孔安國以伏羲、神農、黄帝爲三皇。（二）五帝，古帝之稱，亦曰五人帝。有三説：甲，以太昊、神農、黄帝、少昊、顓頊爲五帝，見《禮·月令》。乙，以黄帝、顓頊、帝嚳、堯、舜爲五帝，見《大戴禮》及《史記》。丙，以少昊、顓頊、帝嚳、堯、舜爲五帝，見《帝王世紀》。（三）逮，音代，及也。《春秋運斗樞》，明孫瑴編輯，係《古微書·春秋緯》之一。來者吾不聞(一)。後雖有聖(二)，我身(三)不見也。一云：吾不可聞。一云：余弗聞。**疏曰：**（一）聞，耳所聽見，目所視也。見、聞，義異。（二）聖，試政切，謂事無不通也。又修養人格，造乎至極之地，謂之聖。（三）身，身體也，亦不可云見。"後雖"二句，蓋謂其後雖有聖人，親身不得目見也。①

姚鼐曰：已上言時俗不可與處。人生短景，當放眼看破，以求度世。②

校勘記：①此句上頁眉戴之麟題校補時地云：己丑五月十七日午後，新庭。②此句出林雲銘《楚辭燈》，非姚鼐語。

步(一)徙倚(二)而遥思兮，彷徨東西，意愁憤也。**疏曰：**（一）步，泊誤切，徒行也。（二）徙倚，低徊也。彷徨，義同。怊惝怳而乖懷。惆悵(一)失望，志乖(二)錯也。[補]曰：怊，音超，悵恨也。惝，昌兩切。怳，詡往切，驚貌。**疏曰：**（一）惆悵，悲哀也。惆，音抽。悵，音暢，失意也，亦作懒。懒，音敞，驚貌。或省作淌。（二）乖，古歪切，背也。言一彼一此，不合也。

意荒忽而流蕩兮，情思罔兩(一)，無據依①也。[補]曰：荒，呼廣切。**疏曰：**（一）罔兩，又影外微陰也。心愁悽而增(一)悲。愴(二)然感結，涕沾(三)懷也。悽，一作淒(四)。[補]曰：悽，痛也。**疏曰：**（一）增，加也。（二）愴，音創，悲傷也。（三）沾，音占，通霑。漬也，濡也。（四）淒，音妻，寒涼也。

校勘記：①"據依"，原誤作"依據"，今據李刻本、明翻宋本、汲古閣本改。

神儵忽而不反兮，魂靈遠逝，游四維(一)也。儵，一作倏。反，一作返。**疏曰：**（一）四維，堪輿家所用羅經有二十四方向，除十二支、八干外，其四隅以乾、坤、巽、艮爲記號，謂之四維。形枯槁而獨留。身體寥廓(一)，無識知也。**疏曰：**（一）寥廓，天上寬廣之處。寥，音聊，空虚也。廓，音擴，大也，空也。

内惟省以端(一)操兮，捐(二)棄我情，慮專一也。一云林素(三)我情。［補］曰：操，七到切。**疏曰：**（一）端，都剜切。直也，正也。（二）捐，卷平聲，棄也。除去之曰捐。（三）林素，索解不得。求正氣之所由。棲(一)神藏情，治(二)心術也。由，一作繇(三)。**疏曰：**（一）棲，止息也。（二）治，讀平聲，修治也。（三）繇，古由字。

漠(一)虚静以恬(二)愉(三)兮，恬然自守，内樂佚(四)也。**疏曰：**（一）漠，音莫，清也。（二）恬，音甜。安也，静也。（三）愉，音腴。和悦也，樂也。（四）佚，音義同逸。澹(一)無爲而自得。滌(二)除嗜欲，獲(三)道實也。**疏曰：**（一）澹，惰濫切。澹泊，恬静寡欲也。（二）滌，音狄，洒也。洗濯去垢曰滌。（三）獲，音胡陌切，得也。

聞赤松之清塵兮，想聽真人(一)之徽(二)美也。塵，一作虚。［補］曰：《列仙傳》(三)：赤松子，神農時爲雨師，服水玉，教神農，能入火自燒。至崑山上，常止西王母石室，隨風雨上下。炎帝少女追之，亦得仙俱去。張良(四)欲從(五)赤松子游，即此也。**疏曰：**（一）真人，見前《天問》“延年不死”疏。（二）徽，音揮，美也。（三）《列仙傳》，見前《天問》“安得夫良藥”疏三①。（四）張良，漢高祖功臣。（五）從，去聲。願承風乎遺則(一)。思奉長生之法式(二)也。**疏曰：**（一）則，法也。（二）式，音識，法也。

校勘記：①“三”，原作“四”，以前文已調整疏證順序，改作“三”。

貴真人之休德兮，珍(一)瑋(二)道士壽無窮極。真，一作至(三)。［補］曰：休(四)，美也。**疏曰：**（一）珍，音真，寶貴之也。（二）瑋，音偉，義與珍同。（三）至，止肄切，極也。至人，猶言聖人，謂其德至極之人也。（四）休，音修。美往世之登仙。羨門子喬(一)(二)，古登真也。美，一作羨。仙，一作僊(三)。子喬，一作子高。**疏曰：**（一）羨門子喬，古之仙人。《前漢書》“始皇東游海上，求仙人羨門之屬”注：“應劭曰：‘羨門，名子高，古仙人也。’”羨，音習彦切，貪欲也。又心有所愛慕也。（二）喬，音橋，義同高。（三）僊，古仙字。①“始皇”諸句，《前漢書》二十五上《郊祀志》作“於是始皇遂東游海上，行禮祠名山川及八神”，下同。②

校勘記：①此句上頁眉戴之麟題校補時地云：戊子四月二十一日午後，吉康終校。②此句旁行間戴之麟題校補時地云：戊子十月二日上午，捄左補録。

與化(一)去而不見兮，變易形容，遠①藏匿(二)也。**疏曰：**（一）化，花去聲，物之變易形性曰化。（二）匿，尼弋切，藏也。凡不使人知曰匿。②名聲著而日延(一)。姓字(二)彌(三)章(四)，流千億(五)也。著，一作彰。**疏曰：**（一）延，讀若賢，長行也。（二）字，讀如自，表字也。《禮》：“男子二十冠而字。”字者，表其取名之義，如孔子之子名鯉，字伯魚是也。（三）彌，音迷，益也。（四）章，明也，同彰。流，傳也。（五）千億，謂年代也。億音一，十萬曰億，近算家以萬萬爲億。“男子”句，見《曲禮上第一》③

校勘記：①“遠”，原誤作“速”，今據李刻本、明翻宋本、汲古閣本改。②此句上頁眉、句旁頁邊戴之麟題校補時地云：丁亥五月二十八日上午，韓左个。七月二日，韓庭。丁亥十二月十六日午前，韓左个。戊子正月三十日午間，韓左个。戊子重陽午後，縣中校。己丑三月二十八日午後，終校圖書館。己丑九月三日上午。庚寅二月十九日午間。③此句旁行間戴之麟題校補時地云：己丑後七月二日午前。

奇傅説(一)之託(二)辰星兮，賢聖雖終，精著天也。傅説，武丁(三)之相(四)。辰星、房星，東方之宿，蒼龍(五)之體也。傅説死後，其精著於房尾(五)也。［補］曰：大火(五)，謂之大辰。大辰(五)，房心尾也。《莊子》曰：傅説得之(六)，以相武丁，奄有天下。乘東維，騎箕尾(五)，而比於列星。《音義》云：傅説死，其精神乘東維，託龍尾(五)。今尾上有傅説星。其生無父母，登假三年而形遯(七)。《淮南》云：傅説之所以騎辰尾(八)。是也。**疏曰：**（一）説，讀越。（二）託，牠郝切，寄也。（三）武丁，商王。（四）相，去聲。（五）蒼龍、房尾、大火、大辰、箕尾、龍尾，皆星名。（六）“傅説”等句，見《莊子·大宗師》篇。（七）遯，同遁。（八）“傅説之所以”句，見《淮南子》卷六《覽冥訓》。“傅”上有“此”字，少“是”字。羡韓衆之得一，喻古先聖，獲道純也。羡，一作美。衆，一作終。［補］曰：羡，似面切，貪慕也。《列仙傳》：齊人韓終，爲王採藥，王不肯服(一)，終自服之，遂得仙也。**疏曰：**（一）服，食用也。

形穆穆(一)以浸(二)遠兮，卓絶鄉黨，無等倫也。**疏曰：**（一）穆穆，深遠之意。（二）浸，即蔭切，漸也。離人羣而遁(一)逸(二)。遁去風俗(三)，獨隱存也。**疏曰：**（一）遁，逃也。（二）逸，去也。（三）風俗，上之所化曰風，下之所習爲俗。

姚鼐曰：以上言輕舉在氣而不在形，歷引古之登仙者，以明其非妄。①

校勘記：①此句出林雲銘《楚辭燈》，非姚鼐語。

因氣變而遂曾舉兮，乘風蹈霧，升皇庭(一)也。［補］曰：曾，音增，高舉也。**疏曰：**（一）皇庭，謂神人庭堂也。忽神奔(一)而鬼怪，往來奄忽，出杳冥也。怪，一作恠(二)。［補］曰：《淮南》云：鬼出電(三)入。又曰：電奔而鬼騰。皆神速之意。**疏曰：**（一）奔，本平聲，疾走也。（二）恠，古怪字。（三）電，音殿，萬物所具之一種感應力也。有陰電、陽電之分，或稱正電、負電。當物體静止時，陰陽二電互得其均勢，故不外顯，一受外界作用而失其均勢，則起現象，謂之發電。既發電，則必引異性之電，以劑於平。其引力甚大而速，能發極烈之光熱，如雷電即雲際天然之發電也。今利用之以代人力者，則爲人造電。其發電法分二種：由機械摩擦而生者，如電車、電燈等多用之。由物質化合而生者，如電報、電鍍等多用之。雷，則電氣盪激空氣所發之大聲也，音盧回切。“鬼出電入”，見《淮南子》卷一《原道訓》。“電奔”句，見《淮南子》第六《覽冥訓》。①

校勘記：①此句上頁眉戴之麟題校補時地云：丁亥七月十七日午前，韓左个。

時髣髴以遥見兮，託貌雲飛，象其形也。［補］曰：《説文》云：髣髴(一)，見不諟(二)也。**疏曰：**（一）髣髴，與仿佛同。髣音方，髴音拂。（二）諟，音是，審也。不諟，俗謂不的確也。精晈晈以往來(一)。神靈照耀，晈如星也。晈(二)，一作皎。《釋文》作皦(三)。以，一作而。**疏曰：**（一）來，叶去聲。（二）晈，音儌，言日之白也，與皎同。又音叫，義同。（三）皦，音義同皎。

絶氛埃(一)而淑尤兮，超越垢穢，過(二)先祖也。淑，善也。尤，過也。言行道修善，所以過先祖也。絶，一作超。尤，一作郵(三)。［補］曰：氛，妖氣。《左傳》曰：楚氛惡(四)。淑尤，言其善有以過物也。**疏曰：**（一）"絶氛埃"，朱注本作"超塵氛"，謂己若能與神仙遇，足以超過塵俗妖氛，而將過尤可善，非謂能過先祖也。尤，過也。（二）過，音个，讀平聲，超過也。（三）郵，音義同尤。（四）"楚氛惡"，見《左傳·襄公二十七年》"夏，叔孫豹會晉趙盾，楚屈建、……諸侯之大夫於宋"，此處"氛"下少一"甚"字。終不反(一)其故(二)都。去背①舊都，遂登仙也。其，一作乎。**疏曰：**（一）反，音義同返。（二）故，舊也。

校勘記：①"背"，原誤作"避"，今據李刻本、明翻宋本、汲古閣本改。

免衆患而不懼兮，得離羣小，脱艱難也。世莫知其所如(一)。奮翼高舉，昇天衢(二)也。自此以上，皆美仙人超世離俗，免脱患難(三)，屈原想慕其道，以自慰緩，愁思復至，意志悵然，自傷放逐，恐命不延，顧念年時，因復吟歎也。**疏曰：**（一）如，之也，往也。（二）衢，音劬，四達道也。（三）患難，難字去聲。

恐天時之代(一)序兮，春秋迭(二)更，年老暮也。**疏曰：**（一）代，更也。（二）更，音庚，改也。耀靈曄而西征。託乘雷電，以馳騖(一)也。靈曄①，電貌。《詩》云：曄曄震電(二)。西方少陰(三)，其神蓐(四)收，主(五)刑(六)罰(七)。屈原欲急西行者，將(八)命於神務寬大也。［補］曰：《博雅》(九)云：朱明(十)耀靈。東君，日也。張平子(十一)云：耀靈忽其西藏。潘安仁(十二)云：耀靈曄而遄(十三)邁(十四)。皆用②此語。曄，音饁，光也。征，行也。逸説非是。**疏曰：**（一）騖，音木，又無附切，疾也。（二）"曄曄"句，見《詩·十月之交》篇。麟按："曄曄"，《詩》作"爗爗"。（三）少陰"少"，去聲。（四）蓐，音辱，陳草復生繁縟也。（五）主，掌管也。（六）刑，即大辟、刵、劓、刖、徙、流等刑。（七）罰，罰工、罰鍰也。（八）將，承也，奉也。（九）《博雅》，見前《抽思》"心鬱鬱之憂思兮"疏。（十）夏爲朱明，《廣雅》："日也。"（十一）張平子，名衡，後漢西鄂人。善屬文，作《兩京賦》，構思十年乃成。尤精天文、曆算，作渾天儀，機巧爲後世所稱。（十二）潘安仁，名岳，晉中牟人。美姿儀，嘗出洛陽道，婦人遇之者皆連手縈繞，投之以果。爲文詞藻絶麗，尤長於哀誄；有悼亡詩三首，爲世傳誦。累官著作郎，轉散騎侍郎。散騎侍郎隸屬門下省，故稱潘黄門。惟輕躁，諂事賈謐。後孫秀誣以謀反，族誅。（十三）遄，殊員切，往來頻數而疾速也。（十四）邁，音賣，往也。"耀靈"句，見張衡《思玄賦》。"耀靈曄"句，見潘安仁《寡婦賦》，句末有"兮"字。③

校勘記：①"暴"，原誤作"曜"，今據李刻本、明翻宋本、汲古閣本改。②"用"，原誤作"引"，今據李刻本、明翻宋本、汲古閣本改。③此句上頁眉戴之麟題校補時地云：丁亥七月十七日午後，韓左个。

微霜降而下淪兮，淪者，諭上用法之刻深也。［補］曰：淪，沈也，音倫。悼(一)芳草之先零。不誅邪僞，害仁賢也。古本零作蘦(二)。［補］曰：零，落也。**疏曰：**（一）悼，音導。傷也，憐惜也。（二）蘦，音靈，與零音義同。

聊仿佯而逍遥兮，聊且戲蕩，而觀聽也。［補］曰：仿佯，旁羊二音。永歷年而無成。身以過老，無功名也。**疏曰：**此謂長過歲年，而無所成就，非謂年過老也。屈子死年未六十，逸説非。

誰可與玩(一)斯遺芳兮，世莫足與議忠貞也，斯遺芳，一作此芳草(二)。**疏曰：**（一）玩，五换切，珍也。（二）朱注本作"此芳草"。晨向風而舒情。想承君命，竭誠信也。晨，一作長(一)。向，一作鄉(二)。**疏曰：**（一）晨，朱注本作長。（二）鄉，音義同向。

高陽邈以遠兮，顓頊久①矣，在其前也。以，一作已。［補］曰：屈原，高陽氏之苗裔也。馮衍賦(一)云：高陽懇(二)其超遠兮，世孰可與論茲。注引《史記》：高陽氏[②]沈深而有謀，疏通而知事，故欲與之論事。**疏曰：**（一）馮衍，後漢野王孫，字敬通。幼有奇才，年二十，博通羣書。王莽遣廉丹征山東，馮衍爲掾。衍因説丹棄莽興漢，丹不能用，乃亡命河東。後與鮑永從更始（係劉玄年號）[③]，領狼孟長。更始没，罷兵歸光武，帝怨衍不時至，黜之。頃之命爲曲陽令，有功當賞，以讒不行，尋遣司隸從事，又以附陰就被廢。妻北地任氏女，悍妬不得蓄媵妾，老竟逐之，遂埳壈以終。有文五十篇，賦名《顯志》。"高陽氏"諸句，考《史記卷一・五帝本紀第一》"帝顓頊"節，作"帝顓頊高陽者，黄帝之孫而昌意之子也。静淵以有謀，疏通而知事。"[④]鮑永，《中國人名大辭典》一六二九頁十六畫鮑部："後漢宣子，字君長。少有志操，事後母至孝。初爲郡功曹，更始時官尚書僕射，徵行大將軍事，持節安集河東、並州、朔部，封中陽侯。光武即位，拜諫議大夫，累以功封關内侯，爲司隸校尉。以事劾趙王良，朝廷肅然。尋出爲東海相，終兖州牧。[⑤]（二）懇、邈同。余將焉(一)所程(二)。安取法度，修我身也。焉，一作安。［補］曰：《説文》：程，品也。十髮爲程，一程爲分[⑥]。**疏曰：**（一）焉，音煙，安也。（二）程，音城，法也。

姚鼐曰：以上承上文"求正氣之所由"句，申明所以化去之理，以學之無成爲患。[⑦]

校勘記：①"久"，原誤作"遠"，今據李刻本、明翻宋本、汲古閣本改。②"氏"，原誤作"兮"，今據李刻本、明翻宋本、汲古閣本改。下文疏證徑改不出校。後文凡"氏"誤作"兮"或"兮"誤作"氏"者，皆徑改不出校。③此句上頁眉戴之麟題校補時地云：戊子三月三十日上午，救院後庭。④此句上頁眉戴之麟題校補時地云：己丑十月三日下午。⑤此句上頁眉戴之麟題校補時地云：己丑後七月八日午後。⑥"焉，一作安。［補］曰：《説文》：程，品也。十髮爲程，一程爲分"，原脱，今據李刻本、明翻宋本、汲古閣本補。⑦此句出林雲銘《楚辭燈》，非姚鼐語。

重曰：憤懣未盡，復陳辭也。［補］曰：重(一)，直用切，見《騷經》(二)。**疏曰：**依逸解，（一）重則宜讀從，直用切則讀衆，非。（二）見《騷經》，係指"又重之以修能"句。春秋忽其不淹(一)兮，四時(二)運轉，往若流也。**疏曰：**（一）淹，音安，留也。（二）言春秋夏冬，自在其中，故曰四時。奚久留此故(一)居(二)？何必舊鄉，可浮游也。**疏曰：**（一）故，舊也。（二）居，住所也。

軒(一)轅(二)不可攀援兮，黄帝以往，難引攀(三)也。軒轅，黄帝號也。始作車服，天下號之，爲軒轅氏也。［補］曰：《史記》：黄帝，姓姬①(四)，名②軒轅。援，音爰。**疏曰：**（一）軒，音掀，大夫以上之乘車也。《説文》謂"曲輈③而有藩蔽者"，又"車前高曰軒"。（二）轅，見前《九歌》"駕龍舟兮乘雷"疏。（三）攀，盼平聲，或作扳，自下援上也。又挽留也。（四）"黄帝，姓姬"句，見《史記·五帝本紀第一》，原文作"姓公孫，名曰軒轅"。④

吾將從(一)王喬而娱戲！上從(一)真人，與戲娱也。娱，一作游。［補］曰：《列仙傳》：王子喬，周靈王太子晉也。好(二)吹笙(三)，作鳳鳴，游伊洛間，道士(四)浮邱公(五)接上(六)嵩高山。三十餘年後，來於山上，見桓良曰：告我家，七月七日，待我緱氏山(七)頭。果乘白鵠(八)住山顛，望之不得到，舉手謝時人，數日去。《淮南》云：王喬赤松(九)，去塵埃之間，離羣慝(十)之紛，吸(十一)陰陽之和，食天地之精，呼(十二)而出故，吸而求新，蹀虚輕舉，乘雲游霧，可謂養性矣。戲，音嬉。**疏曰：**（一）二從字，皆去聲。（二）好，亦去聲。（三）笙，音生，樂器也。古以瓠爲之，共十三管，列管瓠中，施簧管端，吹之以發聲也。（四）道士之義有三：一、泛指有道之士也。二、謂奉道教之士。三、謂方士也。此爲後二者之稱。（五）浮丘公，古之仙人。或曰黄帝時人，與容成子游；或曰即列子所稱壺丘子；或曰周靈王時人；或曰《漢書》浮丘伯，申公所從受《詩》者。其説不一。浮丘爲姓，而失其名，《巢縣志》、《濟南府志》皆作李姓，似出附會。麟按：喬、浮丘既同時，當非漢之浮丘伯。（六）上，上聲。（七）緱氏山，在今河南偃師縣南，亦曰緱嶺，又曰撫父堆、覆釜堆。緱，音鉤。（八）鵠，音斛，見前《天問》"緣鵠飾玉"疏。（九）"王喬赤松"諸句，見《淮南子》卷二十《泰族訓》。（十）慝，音忒。邪也，讒人也。（十一）吸，入氣也。（十二）呼，出氣也。

校勘記：①"姬"，李刻本、明翻宋本、汲古閣本作"公孫"。以下文疏證曰"原文作'姓公孫，名曰軒轅'"，今不改。②"名"下，原有"曰"字。以下文疏證曰"原文作'姓公孫，名曰軒轅'"，今不補。③"輈"，原誤作"轉"，今據《説文解字》改。④此句上頁眉戴之麟題校補時地云：戊子九月十七日上午，拯左補録。

餐六氣(一)而飲沆瀣兮，遠(二)棄五穀(三)，吸道滋(四)也。［補］曰：餐，吞也，七安切。飲，歠(五)也，音陰。沆，胡朗切。瀣，音械。**疏曰：**（一）六氣，見下句注。（二）遠，去聲。（三）五穀説各不同：一，稻、黍、稷、麥、菽，見《周禮》鄭注；二，麻、黍、稷、麥、豆，見《禮·月令》；三，黍、秫、菽、麥、稻，見《管子》；四，麥、黍、稷、稻、豆，見《素問》；五，稻、稷、麥、豆、麻，見《楚辭》王逸注。（四）滋，音兹，液也。（五）歠，音啜，飲也。漱正陽而含朝霞。餐吞日精，食元符也。《陵陽子明經》言：春食朝霞。朝霞者，日始欲出赤黄氣也。秋食淪陰。淪陰者，日没以後赤黄氣也。冬飲沆瀣。沆瀣者，北方夜半氣也。夏食正陽。正陽者，南方日中氣也。並天地玄黄之氣，是爲六氣也。含，一作食。［補］曰：《莊子》云：御六氣之辨(一)。李云：平旦爲朝霞，日中爲正陽，日入爲飛泉，夜半爲沆瀣，天玄，地黄，爲六也。《大人賦》(二)云：呼吸沆瀣兮餐朝霞。《琴賦》(三)云：餐沆瀣兮帶朝霞。五臣注云：沆瀣，清露。朝霞，赤雲。**疏曰：**（一）"御六氣之辨"，見《莊子·逍遥游》篇，"御"上有"而"字。（二）《大人賦》，漢司馬相如作。（三）《琴賦》，傅毅、蔡邕、嵇康皆有此作。此句不見傅、蔡賦中。

保神明之清澄兮，常吞天地之英(一)華(二)也。**疏曰：**（一）英，衣京切。物之精華者曰英，又華也，美也。（二）華，胡窊切，光華也。精氣入而麤(一)穢(二)除。納(三)新吐故，垢濁清也。［補］曰：麤，聰徂切，物不清(四)也。**疏曰：**（一）麤與粗音義同。（二）穢，烏喙切。惡也，汙也。除，去也。（三）納，儺拉切，入也。引申爲吸收也。（四）清，宜作精。

順凱風以從(一)游兮，乘風戲①蕩，觀八區(二)也。南風曰凱風。《詩》曰：凱風自南(三)。**疏曰：**（一）從，去聲。（二）八區，猶八方也。區，音驅。别也，域也。（三）"凱風自南"，見《詩·凱風》篇。至南巢(一)而壹息。觀視朱雀之所居也。［補］曰：《山海經》：丹穴之山有鳥焉(二)，五彩而文，曰鳳鳥。南巢，豈南方鳳鳥之所巢乎？成湯放桀於南巢，乃廬江(三)居巢(四)，非此南巢也。**疏曰：**（一）南巢，見前《天問》"妹喜何肆"疏。（二）"丹穴之山"，見《山海經》利集卷一、七頁，係節録。"山"下删去"其上"等十六字，"鳥"下删去"其狀如雞"四字。②（三）廬江，郡名。故城有六：甲、漢置，在今安徽廬江縣西一百二十里；乙、漢末置，在今安徽潛山縣北皖城；丙、晉置，在今安徽霍丘縣西五十五里；丁、南朝宋置，在今安徽霍山縣東北三十里；戊、隋置，在今安徽合肥縣治。又縣名，清屬安徽盧州府，今屬安徽安慶道。（四）居巢，地名。巢，亦作鄛。秦縣，故城在今安徽巢縣。楚范增爲居鄛人。麟按：此謂湯放桀之南巢。謂欲遠游至此，以觀陳迹而資休息也。若謂鳳鳥之巢，巢若何大，而可游息乎？

校勘記：①"戲"，原誤作"游"，今據李刻本、明翻宋本、汲古閣本改。②此句上頁眉戴之麟題校補時地云：戊子二月十六日上午，韓左个。

見王子而宿之兮，屯車留止，遇子喬也。**疏曰**：此亦喻言，謂南巢或有如子喬之仙人而遇之，與之留宿乎？審壹（一）氣之和德。究問元精之祕要也。**疏曰**：（一）壹，專一也。天得壹以清，地得壹以寧，謂天地之氣純一不雜也。

曰：道可受兮，言易者也，一曰：云無言也。不可傳；誠難論也。一云：而不可傳。朱注本作而不可傳。［補］曰：曰者，王子①之言也。謂可受以心，而不可傳以言語也。《莊子》曰：道可傳而不可受。謂可傳以心，不②可受以量數也。**疏曰**："道可傳"句，見《莊子・大宗師》篇，原文作："夫道，有情有信，無爲無形；可傳而不可受。"

校勘記：①"子"下，原衍"喬"字，今據李刻本、明翻宋本、汲古閣本删。②"不"上，原衍"而"字，今據李刻本、明翻宋本、汲古閣本删。

其小無内兮，靡（一）兆（二）形也。**疏曰**：（一）靡，敏蟻切，無也。（二）兆，直擾切，形象也。其大無垠（一）；覆（二）天地也。［補］曰：《淮南》云：深閎（三）廣大，不可爲外；析（四）豪（五）剖（六）芒（七），不可爲内（八）。垠，音銀。**疏曰**：（一）垠，界限也。（二）覆，音缶，蓋也。（三）閎與宏，音義同。（四）析，音錫，分也。（五）豪，音毫。義亦同，十鳌也。（六）剖，中分也。普毆切，又敷武切。（七）芒，音亡，草端也。引申爲細微也。（八）"深閎廣大"二句，見《淮南子》二《俶真訓》。

無滑而魂兮，亂爾精也。無，一作毋（一）。滑，一作淈。一云：無淈滑而魂。［補］曰：淈、滑，並音骨。淈，濁也。滑，亂也。**疏曰**：（一）無、毋同。彼將自然；應氣臻(一)也。**疏曰：**（一）臻，音榛。至也，及也。

壹氣孔神(一)兮，專己心也。［補］曰：《列子》曰：心合於氣(二)，氣合於神。壹，專也。孔，甚也。**疏曰：**（一）神，舌寅切，不可知之謂。《易》："陰陽不測之謂神。"（二）"心合於氣"諸句，見《列子·仲尼第四》。於中夜存(一)；恒(二)在身也。［補］曰：孟子曰：梏(三)之反復(四)，則其夜氣不足以存。夜氣不足以存，則其違(五)禽獸不遠矣。**疏曰：**（一）存，在也。（二）恒，常也。（三）梏，讀若穀，手械也。又貫頸也，亂也。《孟子》"梏亡"疏："利欲之制善，使不得爲，猶梏之制手也。"言爲利欲所制，而亡其本心也。（四）"梏之反復"各語，見《孟子》下《告子上》篇。（五）違，音幃，離也。

虛以待(一)之兮，執(二)清净也。［補］曰：《莊子》曰：氣者(三)，虛而待物者也。**疏曰：**（一）待，音殆，竢也。（二）執，持守也。（三）"氣者"句，見《莊子·人間世》篇。無爲之先(一)；閑情欲也，［補］曰：此所謂感而後應，迫而後動，不得已而後起。**疏曰：**（一）傳、然、先爲韻，垠、存、門爲韻，此開詞中隔句爲韻之先例也。

庶類(一)以成兮，衆法陳也。**疏曰：**（一）庶類，類，一作彙，庶物也。庶，衆也。此德之門。仙路徑(一)也。［補］曰：《老子》曰：玄之又玄(二)，此德之門。**疏曰：**（一）徑，經去聲，小路也。（二）"玄之又玄"二句，見老子《道德經》第一章。

姚鼐曰：以上言取外氣、審内氣，皆求正氣下手工夫。①

校勘記：①此句出林雲銘《楚辭燈》，非姚鼐語。

聞至貴而遂徂(一)兮，見彼王(二)侯(三)而奔鶩也。［補］曰：《莊子》曰：獨有之人(四)，是之謂至貴。屈子聞其風而往焉。**疏曰：**（一）徂，祚平聲，住也。（二）王侯，至貴也。王，余狂切，君也，主也。天下歸往之謂王。三代時，惟有天下者稱王，吴、楚之稱王，皆僭妄也。漢以下君主稱皇帝，皇族及功臣得封王爵。（三）侯，後平聲，五等爵之第二位也。（四）"獨有之人"諸句，見《莊子》上四《在宥》篇。忽乎吾將行(一)。周視萬宇(二)，涉(三)四遠也。［補］曰：《天台賦》(四)云：覩靈驗而遂徂，忽乎吾之將行。仍羽人於丹丘，尋不死之福庭。**疏曰：**（一）行，叶杭，周遍也。（二）宇，音禹，屋邊也。猶言簷下。又凡所以覆庇人者曰宇。（三）涉，水行也，此泛言行也。《天台賦》則直勦此四句而略易其字。補引無味，又將行作本音。（四）《天台賦》，孫綽爲永嘉太守作，《文選》賦類卷十一作《孫興公游天台山賦》。山在浙江台州府天台縣。永嘉，今温州府。山高一萬八千尺。興公，綽字，太原人。爲章安令，稍遷散騎常侍，領著作郎，尋轉廷尉卿，卒。此爲賦注，不言爲永嘉太守。

仍(一)羽人(二)於丹丘兮，因就衆仙於明光也。丹丘(三)，晝夜常明也。《九懷》曰：夕宿乎明光。明光，即丹丘也。《山海經》言有羽人之國，不死之民。或曰：人得道，身生羽(四)毛也。[補]曰：羽人，飛仙也。《爾雅》曰：距(五)齊州以南，戴日爲丹穴(六)。**疏曰：**（一）仍，音成，因也。（二）羽人，仙人之稱，一曰仙人。著（音作）羽衣，故曰羽人。《拾異記》："燕昭王夢有人衣服並皆毛羽，因名羽人。夢中與語，問以上仙之術。"道士亦稱羽人，又曰羽客、羽士，以其學仙也。《拾異記》，《四庫全書總目》卷一百四十二："秦王嘉撰。嘉，字子年，隴西安陽人。"① （三）丹丘，海外神仙地。（四）羽，余乳切，鳥毛也。每本密生小枝，有如細鉤相聯綴，不易分裂，且常有光澤，故亦用爲裝飾品。（五）距，離也。（六）丹穴，《爾雅》注："言去中國以南，北户以北，值日之下，其處名丹穴。"麟按：此以齊州爲中國也。"羽人之國"二句，按《山海經》無此二語，只卷二有羽民國。人作民，殆避唐諱。又卷十六《大荒西經》第二十一條有"三面之人、不死"之語，蓋指此歟?② 留不死之舊鄉。遂居蓬萊(一)，處崑崙(二)也。[補]曰：忽臨(三)睨(四)夫舊鄉。謂楚國也。留不死之舊鄉，其仙聖之所宅乎？**疏曰：**（一）蓬萊，仙山名。《史記卷二十八·封禪書③第六》曰："蓬萊、方丈、瀛洲，此三神山者，在渤海中。蓋嘗有至者，諸仙人及不死藥在焉，其物禽獸盡白，而黄金白銀爲宫闕。"麟按，此係撮取。（二）崑崙在西，此謂居蓬萊，處（上聲）崑崙則失之矣。（三）臨，音林，居上視下也。（四）睨，音詣，邪視也。

校勘記：①此句上頁眉戴之麟題校補時地云：丙戌七月二日午前，韓寢左个。②此句上頁眉戴之麟題校補時地云：丁亥六月二十四日上午，韓左个。③"封禪書"，原誤作"天官書"，今據《史記》改。

朝濯髮於湯谷兮，朝沐浴於温泉(一)。湯谷(二)，在東方少陽(三)之位。《淮南》

言：日出湯谷(四)，入虞淵(五)也。［補］曰：湯，音暘。**疏曰**：（一）温泉，泉水較其地温度高，且能保其温度，或因地熱，或因含有礦物質而熱。其泉多可以治病，大約火山近處最多。（二）湯谷，見前《離騷》“總余轡兮扶桑”疏。（三）少陽，指數之七也。《易》九爲老陽，七爲少陽。（四）“日出湯谷”二句，見《淮南子》三《天文訓》，“湯”作“暘”，“入”下有“于”字。（五）虞淵，見前《離騷》“吾令羲和弭節兮”疏。夕晞余身兮九陽。晞(一)我形體於天垠也。九陽，謂天地之涯。兮，一作乎。［補］曰：晞，日氣乾（音甘）也。仲長統(二)云：沆瀣當餐，九陽代燭(三)。注云：九陽，日也。陽谷上有扶木，九日居下枝，一日居上枝。《九歌》曰：晞汝髮兮陽之阿。張衡賦曰：晞余髮於朝陽(四)。**疏曰**：（一）晞，音希，乾也。（二）仲長統，漢高平人，字公理。倜儻敢直言，語默無常，時人以爲狂生。爲尚書郎，每論及時事，恒發憤歎息，因著論，名曰《昌言》。（三）燭，音竹。以膏爲之，燃以取光者也。近今以烏柏脂及魚牛脂膏製之，名曰臘。（四）“晞余髮”句，見張衡《思玄賦》。

吸飛泉之微液兮，含吮(一)玄澤之肥潤也。［補］曰：六氣(二)，日入爲飛泉。又張揖云：飛泉，飛谷也，在崑崙西南。**疏曰**：（一）吮，音儁，又音盾，義同。以口吸之，如小兒之食乳也。（二）六氣，見上“漱正陽”句注。懷琬琰之華英(一)。咀嚼(二)玉英，以養神也。［補］曰：琬，音宛。琰，音剡。皆玉名。《黄庭經》(三)曰：含漱①金醴(四)吞玉英。**疏曰**：（一）英，叶央。（二）咀嚼，謂嚼而吸其所含之味也。咀，音沮。又平聲，義同。嚼，集藥切，以齒碎之也。（三）《黄庭經》，道經名，《唐書·藝文志》：“《老子黄庭經》一卷。”陶隱居《真誥》：“《上清真經》，南岳魏夫人授其弟子，數傳之後，因濟浙江，遇風淪溧，惟《黄庭》一篇得存。”按：《黄庭經》有四種：一爲《黄庭内景經》，即魏夫人所傳者；一爲《黄庭外景經》，乃世傳王羲之所書以换鵞者。此外有《黄庭遁甲緣身經》、《黄庭玉軸經》，世俗均稱爲《黄庭經》。《書史》云：“《黄庭經》是六朝人書。”逸少（羲之字）以晉穆帝升平五年卒，後哀帝興寧二年，始降黄庭於世，安得逸少預書之？考《晉書·王羲之傳》山陰道士云：“爲寫《道德經》，當舉羣相贈。”初未嘗言寫《黄庭》也。李白詩云：“山陰道士如相見，應寫黄庭换白鵞。”失之未考。麟按：此二句見《太白集》卷十七古近體詩四十四首《送賀賓客歸越》。②（四）醴，音禮，甜酒也。又甘泉也。

校勘記：①“漱”，原誤作“受”，今據李刻本、明翻宋本、汲古閣本改。

②此句上頁眉戴之麟題校補時地云：已丑六月十日午後，新庭。

玉色頩以脕顔(一)兮，面目光澤，以鮮(二)好也。脕，一作豔，一作曼。［補］曰：頩，美貌。一曰斂容。普茗①、普經二切。脕，澤也，音萬。豔，美色也。曼，色理曼澤也。《黄庭》曰：顔色生光金玉澤。**疏曰：**（一）顔，眼平聲。額角也，眉目之間也，又彩色也。（二）鮮，平聲。"斂容"下宜加"貌"或"也"字以别之。精(一)醇(二)粹(三)而始壯。我靈强健而茂盛也。［補］曰：班固(四)云：不變曰醇，不雜曰粹。又醇，厚也，美也。**疏曰：**（一）精，音晶，心神也。（二）醇，音純。（三）粹，素位切。（四）班固，見前"《楚辭補注》十七卷"疏 34。

校勘記：①"茗"，原作"名"，今據李刻本、明翻宋本、汲古閣本改。

質(一)銷(二)鑠以汋約兮，身體癯(三)瘦，柔媚善也。［補］曰：汋，音綽。汋約，柔弱貌。《莊子》曰：肌膚若冰雪(四)，綽約①若處子(五)。質銷鑠，謂凡質盡也。司馬相如(六)曰：列仙之儒(七)，形容甚臞。**疏曰：**（一）質，之乙切，體也。凡物之本體皆曰質。又稟性也。（二）銷，音消，鑠金也。引申之，凡消損之義皆曰鑠。（三）癯，音劬，與臞同，瘠也。即瘦也。（四）"肌膚若冰雪"二句，見《莊子·逍遥游》篇。（五）處子，未嫁之女也。處，音楚。（六）司馬相如，見前"離騷經章句第一"疏。（七）儒，縟于切，學者之稱。《禮·儒行》釋文："儒之言優也，和也。言能安人，能服人也。"又宗孔子之道者也。又通天地人之謂儒。《儒行》，《禮記》篇名。"列仙之儒"二句，見相如《大人賦》。《史記評林卷一百十七·司馬相如列傳第五十七》原作"列仙之傳，居山澤間，形容甚臞"。注："《索隱》謂'小顔及劉氏並作儒。'"神要眇以淫放。魂魄漂然而遠征也。漂(一)，一作飄。［補］曰：眇與妙同。要眇，精微貌。《廣雅》曰：淫，游也。**疏曰：**（一）漂、飄，音義均同。

姚鼐曰：已上言内氣既審，將從事遠游。又取外氣，皆有成效。②

校勘記：①"約"，原誤作"弱"，今據李刻本、明翻宋本、汲古閣本改。②此句出林雲銘《楚辭燈》，非姚鼐語。

嘉(一)南州(二)之炎德(三)兮，奇美太陽，氣和正也。**疏曰：**（一）嘉，音加。美也，善也。以爲美善亦曰嘉。（二）南州，約指湖南而言。又廳名，清以洞庭湖漲沙，并割華容、安鄉二縣地置廳①，屬湖南。民國改爲南縣。（三）南方屬火，曰炎德。炎，音鹽，火光上也。麗(一)桂(二)樹之冬榮(三)。元氣温煖②，不殞零也。［補］曰：桂淩(四)冬不凋。《山海經》：桂林(五)八樹在賁禺東。注云：番禺(六)也。**疏曰：**（一）麗，音離，美也。（二）桂，見前《離騷》“雜申椒與菌桂兮”疏。（三）冬日不凋故曰冬榮，音營，草木茂盛也。（四）淩，音陵，侵犯也。又乘也，升也，引申之爲當也。（五）桂林，郡名，秦置。今廣西桂林、蒼梧二道及柳江道東部之地。“桂林八樹”句，見《山海經》第十《海内南經》第三條。③（六）番禺，今縣名。秦置，以番山、禺山名，隋改置南海縣，唐復置。明清時與南海並爲廣東省治及廣州府治。民國廢府，移南海治佛山，仍以番禺爲省治，將軍巡按使及粵海道皆駐之。南臨珠江，爲南部中樞，貿易極盛，九廣、粵漢兩鐵路皆起點於此。城南之沙面，清道光二十二年《中英南京條約》訂定通商，爲沿海五口之一。番，音潘。禺，音虞。

校勘記：①“廳”，原誤作“縣”，今據《南縣志》改。②“煖”，原作“暖”，今據李刻本、明翻宋本、汲古閣本改。③此句上頁眉戴之麟題校補時地云：戊子五月二十九日午前，捄庭補録。戊子九月十日上午，捄左校。

山蕭條(五)而無獸(三)兮，溪(一)谷(二)寂寥而少禽(四)也。**疏曰：**（一）溪，乞鷖切，與谿同。山瀆無所通者曰溪。（二）谷，姑屋切，兩山間流水之道也。《爾雅》：“水注谿曰谷。”凡深穴亦謂之谷。（三）獸，走獸也，四足而走之動物。（四）禽，二翅而飛之動物。古禽、獸二字不分，故逸謂無獸爲少禽也。（五）蕭條，寂寥也。野寂(一)漠(二)其無人。林澤空虚，罕(三)有民也。寂，一作宊(一)。漠，一作寞(二)。其，一作乎。**疏曰：**原本宊作家，漠作莫，皆誤。（一）宊，古寂字。（二）漠、寞，音義均同。（三）罕，呵侃切，少也。

載(一)營魄而登霞兮，抱我靈魂而上升也。霞謂朝霞，赤黄氣也。魄，一作魂。［補］曰：《老子》曰：載營魄。説者曰：陽氣充魄則爲魂，魂能運動則生金(二)矣。**疏曰：**（一）載，音再，乘也。“載營魄”，見《老子道德經》第十章。（二）金，氣也。肺屬金，主氣，故曰生金。掩(一)浮雲而上(二)征。攀緣(三)蹈氣而飄騰也。征(四)，一作升。**疏曰：**（一）掩，音奄，遮也。（二）上，上聲。（三）緣，音圓。因也，循也。（四）征，往也。上征，即向上往也。[①]

校勘記：①此句上頁眉戴之麟題校補時地云：己丑三月三十日上午，終校新庭。

命天閽[(一)]其開關兮，告帝[(二)]衛臣啓禁門[(三)]也。其，一作而。**疏曰：**（一）天閽，天門也。又帝王之宫門亦曰天閽。閽，音昏，守門之隸也。以昏閉門，故云禮閽者，守門之賤者也。《周禮》天官之屬有閽人，司晨昏以啓閉，使刑人守之。後世概稱守門人曰閽人。此尊稱閽人，故曰天閽，非謂門也。門其可命而自開關乎？逸謂衛臣近似。（二）帝，上帝也。（三）禁，今去聲。皇帝所居曰禁，故門曰禁門。[①]排閶闔[(一)]而望予。立排天門而須[(二)]我也。閶闔，一作闔閶。［補］曰：排，推也。《大人賦》[(三)]曰：排閶闔而入帝宫。**疏曰：**（一）閶闔，天門也，一説楚人名門曰閶闔，不專指天門也。又天子宫門之正門亦稱閶闔，見《三輔黄圖》。閶，音昌，門也。闔，音盍，門扇也。又閉也。《三輔黄圖》，《辭源》子集四三頁一部二畫三："書名，不著撰人名氏，蓋六朝舊本而唐人修補之者。記漢代三輔古蹟，於宫殿苑囿尤詳，凡六卷。"[②]（二）須，音胥，待也。（三）《大人賦》，司馬相如作。

校勘記：①此句上頁眉戴之麟題校補時地云：己丑後七月三日上午。②此句上頁眉戴之麟題校補時地云：戊子二月四日午後，韓左个。

召豐隆[(一)]使先導[(二)]兮，呼語雲師，使清道[①][(三)]也。**疏曰：**（一）豐隆，雲師也。（二）導，音到，引也。（三）道，音倒，路也。清道，清潔道路也。問大[(一)]微[(二)]之所居。博訪天庭在何處也。大，一作太。［補］曰：《大象賦》云：矚[(三)]太微之崢嶸[(四)]，啓端門[(五)]之赫[(六)]弈[②][(七)]。何宫庭之閎敞，類[(八)]乾坤之翕[(九)]闢[(十)]。注云：太微宫垣，十星，在翼軫[(十一)]北。天子之宫廷，五帝之座[③][(十二)]，十二諸侯[(十三)]府也。其外蕃[(十四)]，九卿[(十五)]也。**疏曰：**（一）大，古亦作太。（二）太微，星垣名，三垣之一。（三）矚，音燭，視也。（四）崢嶸，高峻貌。崢，岑崩切。嶸，音榮。（五）端門，殿之正門也。《漢書》："謁者持戟衛端門。"又星名。《晉書・天文志》："太微，天子庭也。南蕃中二星間曰端門。"端，都剜切。（六）赫，呵格切，顯赫也。（七）弈，音亦。大也，美也。（八）類，似也。（九）翕，合也。（十）闢，開也。（十一）翼軫，星名。（十二）座，位也。（十三）十二諸侯，殆指春秋十二大國而言，與周同姓者爲魯、衛、晉、鄭、曹、蔡、燕；異姓者爲齊、宋、陳、楚、秦。《史記》有《十二諸侯年表》。（十四）蕃，音煩，與藩通，屏藩也。（十五）九卿，三代皆有九卿。《通典》："周之九卿，即少師、少傅、少保、冢宰、司徒、宗伯、司馬、司寇、司空也。"秦以奉常、郎中令、衛尉、太僕、廷尉、典客、宗正、治粟内史、少府爲九卿。漢改奉常爲太常，郎中令爲光禄勳，典客爲大鴻臚[4]，治粟内史爲大司農。歷代因之，亦曰九寺。北齊改廷尉爲大理，少府爲大府。明改宗正爲宗人府，廢衛尉、司農、大府，而以六部尚書、都察院、都御史、通政司使、大理寺卿爲九卿。卿，欺英切，稱謂也。又官名，三代之時，天子、諸侯皆置之，分上、中、下三級。麟按：此合十二諸侯，皆以名星也。"謁者"句，見《漢書卷四十・張陳王周傳第十・周勃傳》，原文"謁"上有"有"字，"者"下有"十人"二字。[5]

校勘記：①"道"，李刻本、明翻宋本、汲古閣本作"路"。以下文疏證曰"道，音倒"，今不改。②"弈"，汲古閣本作"奕"。③"座"，明翻宋本、汲古閣本作"坐"。④"臚"，原誤作"禄"，今徑改。⑤此句上頁眉戴之麟題校補時地云：己丑正月二十九日上午，新庭。

集重陽（一）入帝宮兮，得升五帝之寺（二）舍也。一本"入"上有"以"字。［補］曰：《文選》云：重陽集清氣。又云：集重陽之清徵。注云：言上止於天陽之宇。上爲陽，清又爲陽，故曰重陽。余謂積陽爲天，天有九重，故曰重陽。**疏曰：**（一）重，音從。"重陽"句，見《文選》卷三十一顔延之《侍宴》。"集重陽"句，見《文選》卷二、四頁張平子《兩京賦》，"徵"作"瀓"。原注"上"上有"乃"字，下有"清瀓之中"四字。（二）寺，詳後《九懷・尊嘉》"河伯兮開門"疏。[1]造旬始而觀清都（一）。遂至天皇之所居也。旬始，皇天名也。一云：旬始，星名。《春秋考異郵》（二）曰：太白，名旬始，如雄雞也。［補］曰：造，至也。《大象賦》注云：鎮星（三）之精爲旬始，其怒青黑，象狀如鼈，見則天下兵起。李奇（四）曰：旬始，氣如雄雞，見北斗（五）旁。《列子（六）》曰：清都、紫微、鈞天、廣樂（七），帝之所居。**疏曰：**（一）清都，天帝所居宮闕也。（二）《春秋考異郵》，明孫瑴《古微書・春秋緯》十六部之一。按：書中無"太白"句。《古微書》，詳前"雷師告余以未具"句疏。[2]（三）鎮星，土星之别名。《史記》："太歲在甲寅，鎮星在東壁。”鎮，讀如震。（四）李奇，《淮南子》十九《脩務訓》注云：“古之名倡。”麟按：倡、唱同，古之善歌唱者也。《漢書叙例》作南陽人，當係著作家，惟不詳身世。③（五）北斗，星名，有七。參看下“舉斗柄以爲麾”疏一。（六）列子，名禦寇。戰國鄭人，與莊周同時。其學本於黄帝、老子，有《列子》一卷，多寓言，舊本題爲其所撰也。（七）紫微、鈞天、廣樂，同見《列子·周穆王第三》。“太歲”句，見《史記》二十七《天官書第五》。④

姚鼐曰： 上帝之居游畢。⑤

校勘記： ①此句上頁眉戴之麟題校補時地云：丁亥六月十九日午後，韓左个。己丑六月三日上午，正寢。②此句下頁腳戴之麟題校補時地云：戊子四月七日午間，救庭宇下。③此句下頁腳戴之麟題校補時地云：己丑六月二十四日上午。④此句上頁眉戴之麟題校補時地云：丁亥七月二十三日午前，韓左个。己丑七月二十八日下午。⑤此句出林雲銘《楚辭燈》，非姚鼐語。

朝發軔（一）於太儀兮，旦早趨駕於天庭也。太儀，天帝之庭，習威（二）儀（三）之處也。**疏曰：**（一）軔，音仞，以木支輪而止其轉者曰軔，故車始啓行曰發軔。（二）威，有可畏者。（三）儀，有可象也。夕始臨乎於微閭。暮至東方之玉山也。《爾雅》曰：東方之美者，有醫無閭之珣（一）玗（二）琪（三）焉。《釋文》：於，於其切。一云：微母閭。［補］曰：《周禮》（四）：東北曰幽州（五），其山鎮曰醫無閭。《爾雅疏》云：《地理志》遼東郡（六），無慮（七）縣。應劭曰：慮，音閭。顔師古曰：即所謂醫巫①閭，是縣因山爲名。**疏曰：**（一）珣，音荀，玉類。（二）玗，音干，美石之次於玉者也。（三）琪，音其，玉也。（四）《周禮》，見前《離騷》“折瓊枝以爲羞兮”疏。（五）幽州，古十二州之一。舜分②冀州東北爲幽州，今直隸、奉天二省。《釋名》：“幽州，在北幽昧之地。”周、漢皆置幽州。周兼有山東舊登州、萊州二府之地。漢兼有朝鮮之地。後漢幽州刺史治薊，即今直隸大興縣。晉幽州治涿，即今直隸涿縣。後魏復以幽州治薊，歷代至唐，遂專以今京兆爲幽州。（六）遼東郡，秦置。今奉天東南境，在遼河之東，故名。其地伸出於渤海、黄海之間，今稱遼東半島。在半島之西，與大陸相距者爲遼東灣。灣之東岸，山勢崇峭，多著名灣澳。（七）無慮，縣名，屬遼東郡，見《後漢注》。當在今奉天境。“東北”二句，見《周禮》卷四《夏官·司馬③·職方氏》第八節。④

校勘記：①“巫”，原誤作“無”，今據李刻本、明翻宋本、汲古閣本改。②“分”，原誤作“爲”，今據《辭源》改。③“司馬”，原誤作“司命”，今據《周禮》改。④此句上頁眉戴之麟題校補時地云：丁亥七月四日午前，韓左个。

屯余車之萬乘(一)兮，百神侍從(二)，無不有也。**疏曰：**（一）乘，音剩，車也，謂一車四馬也。故物四數亦曰乘。作平聲誤。（二）從，去聲。紛溶與而並馳。車騎籠(一)茸(二)而競(三)驅也。［補］曰：溶，音容，水盛也。《大人賦》(四)曰：紛鴻溶而上(五)厲(六)。溶，音甬。**疏曰：**（一）籠，音聾，包舉之曰籠。（二）茸，讀如戎，聚貌。又散亂貌。（三）競，忌映切，争逐也。（四）《大人賦》，司馬相如作。①（五）上，上聲。（六）厲，音例，上也。引申爲上涌也。

校勘記：①此句上頁眉戴之麟題校補時地云：己丑五月十八日午前，新庭。

駕八龍之婉婉(一)兮，蚪(二)螭(三)沛(四)艾(五)，屈偃蹇也。婉，《釋文》作蜿，音菀。**疏曰：**（一）婉，音宛。婉婉，龍飛貌。（二）蚪，見前“離騷經”疏。（三）螭，見前《離騷》“吾令羲和弭節兮”疏。（四）沛艾，高大貌。沛，音霈。（五）艾，餓蓋切。載雲旗之逶蛇。旄(一)旐(二)竟天，皆霓霄(三)也。此二句見《騷經》。**疏曰：**（一）旄，音毛。《説文》：“幢也。”旗之注旄牛尾於干者曰旄。（二）旐，音兆，淄廣充幅，長尋曰旐。（三）霄，音宵，《説文》：“雨霓曰霄。”又日旁氣也。

建(一)雄虹之采(二)旄兮。係綴(三)蝃蝀(四)，文紛錯(五)也。**疏曰：**（一）建，堅去聲。立也，置也。（二）采，與彩同。（三）綴，竹衛切。連也，緝也。（四）蝃蝀，虹之别名。《爾雅》：“蝃蝀，虹也。”一作螮蝀。蝃，音帝。蝀，音東。螮與蝃同。（五）錯，交錯也。五色雜而炫燿。衆采雜廁(一)，而明朗也。［補］曰：炫，音縣①，明也。燿，音曜，照也。**疏曰：**（一）廁，讀如次。間也，次也。

校勘記：①“縣”，原作“懸”，今據李刻本、明翻宋本、汲古閣本改。

服偃蹇以低昂(一)兮，驂馬駮(二)駿(三)，而鳴驤(四)也。**疏曰：**（一）昂，音印，高也。（二）駊，音叵。（三）騀，音我，馬摇頭也。又高大貌。（四）驤，音襄，馬疾行而首昂舉也。又躍也。驂連蜷以驕驁。驂騑[一]驕驁，怒顛狂也。［補］曰：《説文》云：騑，驂，旁馬。則騑、驂，一也。初駕馬者，以二馬夾轅[二]，謂之服。又駕一馬，與兩服爲驂，故謂之驂。又駕一馬，乃謂之駟。故《説文》云：驂，駕三馬也。駟，一乘[三]也。兩服爲主，參之兩旁二馬，遂名爲驂，總舉一乘，則謂之駟。指其騑馬，則謂之驂。《詩》曰：兩驂如舞[四]。是二馬皆稱驂也。服馬夾轅，其頭負軛[五]，兩驂在衡[六]外，挽靷助之。服，兩首齊驂首差退也。連蜷，句蹏①也。蜷，巨圓切。驕驁，馬行縱恣也。上居召、下五到切。**疏曰：**（一）騑，音非。（二）轅，音袁，見前《懷沙》“伯樂既没”疏。（三）乘，去聲。（四）“兩驂如舞”，見《詩・鄭風・叔于田》章。（五）軛，音厄，車衡兩端作缺月形以扼馬頭者。亦作軥。（六）衡，音行，加於牛角之木，所以防觸者。又車轅端横木也。與横同。

校勘記：①“蹏”，明翻宋本、汲古閣本作“蹄”。

騎膠葛以雜亂兮，參差[一]駢[二]錯，而縱[三]横也。一作轇轕。以，一①作其。［補］曰：騎，奇寄切。轇，音膠，轕，音葛。車馬喧雜貌。一云：猶交加也。一曰長遠貌，一曰驅馳貌。**疏曰：**（一）參差，不齊貌。（二）駢，便平聲，二馬相比也。（三）縱，音平聲。斑漫衍而方行[一]。繽紛容裔[二]，以並升也。漫，一作曼。［補］曰：斑，駮[三]文也。漫，莫半切。衍，弋戰切。漫衍，無極貌。《前漢書》云：漫衍之戲[四]。**疏曰：**（一）行，叶杭。（二）容裔，與容與同。裔，音曳。衣末邊也，邊遠之地也。（三）駮，音剥。猛獸名，能食虎豹，見《山海經》。與駁通。馬青白雜色者曰駮。（四）“漫衍”句，謹案《漢書卷九十六下・西域傳第六十六下》“車師都尉國”篇，僅有“作巴俞都盧、海中碭極、漫衍魚龍、角抵之戲以觀視”諸語，此殆節取也。②

校勘記：①“一”，原脱，今據李刻本、明翻宋本、汲古閣本補。②此句上頁眉戴之麟題校補時地云：己丑二月十七日下一時，新庭。

撰[一]余轡而正策[二]兮，我欲遠馳，路何從也。［補］曰：撰，見《九歌》。疏曰：（一）撰，助莞切，持也。（二）策，音册，馬箠也。“［補］曰：撰，見《九歌》”，係指《東君》“撰余轡兮高駝翔”句。吾將過[一]乎句芒。就少陽神於東方也。句[二]，一作鉤。[補] 曰：《山海經》：東方句芒(三)，鳥身人面，乘兩龍。注云：木①神也。昔秦穆公(四)有明德，上帝使句芒賜書，壽九十年。《左傳》曰：木正爲句芒(五)。《月令》曰：其帝太皞，其神句芒。注云：此木帝之君，木官之佐，自古以來著德立功者也。《太公金匱》(六)曰：東海之神曰句芒。《墨子(七)》云：鄭繆公(八)晝日處(九)廟，有神人面鳥身，素服，面狀正方。神曰：帝厚汝明德，使錫汝壽十年，使若(十)國昌。公問神名，曰：予爲句芒也。**疏曰：**(一) 過，平聲。(二) 句，有鉤音，義同通用。(三)"東方句芒"三句，見《山海經》卷九《海外東經》第末欵。② (四) 秦穆公，見前《惜誦》"待明君其知之"疏。(五)"木正爲句芒"，見《左·昭公二十九年》"龍見於絳郊"傳。(六) 太公，即吕尚，齊之始祖也。《太公金匱》，《隋書》卷三十四《經籍》謂二卷。③ (七) 墨子，見前王逸原序。(八) 鄭繆公，名蘭，文公子。春秋鄭賢君，在位二十二年。一作穆。(九) 處，上聲 (十) 若，汝也。

姚鼐曰：此由帝居而游至東方。④

校勘記：①"木"，原誤作"水"，今據李刻本、明翻宋本、汲古閣本改。後文凡作"水"而他本皆作"木"者，徑改不出校。②此句上頁眉戴之麟題校補時地云：丁亥七月一日午前，韓左个。③此句上頁眉戴之麟題校補時地云：戊子七月十二日午前，採左補録。④此句出林雲銘《楚辭燈》，非姚鼐語。

歷太皓以右轉兮，遂過庖犧(一)，而諮(三)訪(四)也。東方甲乙，其帝太皓（皞通），其神句（同鉤）芒(二)。太皓始結空（即網）罟(五)，以畋(六)以漁，制立庖厨，天下號之爲庖犧氏。皓，一作皞。**疏曰：**(一) 庖犧，即伏羲。伏，一作宓。蓋生有功德於民，死而祀爲神者。(二) 句芒各神均同。(三) 諮，音資，與咨同，謀也。又問也。(四) 訪，赴妄切，就而問之也。(五) 罟，音古，密網也。(六) 畋，音田，獵也。前飛廉(一)以啓路。風伯先導，以開徑也。啓，一作燭。**疏曰：**(一) 飛廉，風伯也。飛一作蜚，同。

陽(一)杲杲(二)其未光兮，日耀①旭(三)曙(四)，旦欲明也。其，一作亦。[補] 曰：《詩》云：杲杲出日(五)。**疏曰：**(一) 陽，指日也。(二) 杲杲，明貌。杲，音縞。(三) 旭，音勗，日出光明也。(四) 曙，音署。曉也，東方明也。(五)"杲杲出日"，見《詩·伯兮》篇。淩(一)天地以徑度。超越乾坤之形體也。徑，一作俓。[補] 曰：徑，直也，與侄同。**疏曰：**（一）淩，音陵，歷也。

校勘記：①“耀”，原作“曜”，今據李刻本、明翻宋本、汲古閣本改。

風伯爲余先驅兮，飛廉奔馳而在前也。先，一作前。［補］曰：爲，去聲。《詩》云：爲王前驅(一)。《淮南》曰：令雨師灑道(二)，風伯掃塵。**疏曰：**（一）“爲王前驅”，見《詩·伯兮》篇。（二）《淮南》二句，見前《九歌·大司命》“使涷雨兮灑塵”疏。[①]氛(一)埃(二)辟而清涼。掃除霧霾(三)與塵埃也。一曰辟氛埃。［補］曰：辟，除也，必亦切。**疏曰：**（一）氛，音分，氣也。（二）埃，音哀，塵也。凡風起而揚沙皆曰埃。（三）霾，音埋，風與土也，謂大風揚塵，從而上下也。

校勘記：①此句上頁眉戴之麟題校補時地云：丁亥六月二十日午後，韓左个。

鳳皇翼其承旂兮，俊鳥夾轂(一)而扶輪也。**疏曰：**（一）轂，音谷，車輪中心圓木，以爲利轉者也。遇蓐(一)收乎西皇。遌少(二)陰神於海津(三)也。西方庚辛，其帝少皓，其神蓐收。西皇，即少昊也。《離騷經》曰：召西皇使涉予。知[①]西皇所居，在於西海之津也。乎，一作於。［補］曰：《山海經》：西方神蓐收(四)，左耳有蛇，乘兩龍，人面白色，有毛，虎爪，執鉞(五)，金神也。《太公金匱》（見上“吾將過乎句芒”疏六[②]）曰：西海之神曰蓐收。《國語》曰：虢公夢在廟(六)，有神，人面白色虎爪，執鉞，立於西阿(七)。召史嚚占之，對曰：如君之言，則蓐收也。《左傳》云：金正爲蓐收(八)。**疏曰：**（一）蓐，音辱。（二）遌，音誤，遇也。（三）津，晉平聲，濟渡處也。（四）“西方神”諸句，見《山海經》卷七《海外[③]西經》末條。[④]（五）鉞，音越，大斧也。（六）“虢公夢在廟”等句，見魯僖公二年《晉語》“虢公夢在廟”傳。（七）西阿，《史記》四十三《趙世家第十三》“成侯……與燕會阿”注：“《正義》：‘《括地志》云：“故葛城，一名依城，又名西阿城。在瀛州高陽縣西北五十里。以徐、兖二水並過其西，又徂經其北，曲曰阿，以齊有東阿，故曰西阿城。”《地理志》云：“瀛州屬河間，趙分也。”’”[⑤]（八）“金正爲蓐收”，見《左·昭公二十九年》“龍見於絳郊”傳。

姚鼐曰：此由東方而逃至西方。[⑥]

校勘記：①“知”，原脱，今據李刻本、明翻宋本、汲古閣本補。②“六”，原作“四”，以前文已調整疏證順序，改作“六”。③“外”，原誤作“内”，今據《山海經》改。④此句旁頁邊戴之麟題校補時地云：丁亥六月二十三日午前，韓左个。⑤此句下頁腳戴之麟題校補時地云：戊子八月二十四日上午，捄左補録。⑥此句出林雲銘《楚辭燈》，非姚鼐語。

擥（一）彗星（二）以爲旍兮，引援孛（三）光以翳（四）身也。擥，一作攬。旍（五），一作旗。［補］曰：旍，即旌字。**疏曰：**（一）擥，音義同攬，總持也。（二）彗星，見前《九歌·少司命》“登九天兮撫[①]彗星”疏。彗，叙鋭切。（三）孛，音勃，即彗星也。（四）翳，壹計切，凡隱蔽之皆曰翳。（五）旍、旌，音義同。舉斗（一）柄（二）以爲麾。握持招摇，東西指也。［補］曰：《天文志》（三）：北斗七星，杓攜龍角。杓（四），斗柄也。麾，旗屬，吁爲切。**疏曰：**（一）斗，即北斗，星名。共七星：一天樞，二琁，三璣，四權，五衡，六開陽，七摇光。一至四爲魁，五至七爲杓，合而爲斗。見《春秋運斗樞》。道家亦名天罡星。（二）柄，兵去聲。柯也，物之可執處也。（三）《天文志》，爲《漢書》篇名，班固未卒而没，其妹大姑續成之。[②]（四）杓，音標。《春秋運斗樞》，係《春秋緯》之一，明孫瑴輯。[③]

校勘記：①“撫”，原誤作“擁”，今據前文改。②此句上頁眉戴之麟題校補時地云：戊子二月四日午後，韓左个。③此句上頁眉戴之麟題校補時地云：戊子六月十三日午後，捄臁補録。

叛陸離其上（一）下兮，繚（二）隸（三）叛散，以别分也。［補］曰：叛，音判（四）。**疏曰：**（一）上，上聲。（二）繚，讀如了，纏繞也。（三）隸，音麗，附屬也。又閲也。與肄通，習也。按之此句，義皆不合。（四）判，分别也。游驚霧之流波（一）。蹈履雲氣，浮游清波也。一曰浮澂（二）清也。**疏曰：**（一）波，宜叶皮。（二）澂，同澄。

時曖曃其曭莽（一）兮，日月掩[①]黮而無光也。曖曃，一作晻曀，一作黤黮。［補］曰：曖，音愛。曃，音逮。曭，音儻，日不明也。莽，莫朗切。晻，烏感切，日無光也。曀，於計切，陰而風爲曀。黤，音晻，深黑色。黮，徒感切，黑也。**疏曰：**（一）

莽，草木深邃之處也。召玄武而奔屬(一)。呼太陰神而承衛也。［補］曰：《禮記》曰：行前朱鳥②(二)，而後玄武(四)。二十八宿(三)，北方爲玄武。説者曰：玄武，爲龜蛇。位在北方，故曰玄；身有鱗甲，故曰武。蔡邕曰：北方玄武，介蟲之長。《文選》注云：龜與蛇交，曰玄武。屬，音燭。**疏曰：**（一）屬，連也，續也。（二）朱雀，南方宿名，即指井、鬼、柳、星、張、翼、軫七星也。合角、亢、氐、房、心、尾、箕，斗、牛、女、虛、危、室、壁，奎、婁、胃、昴、畢、觜、參，是謂（三）二十八宿。（四）“行前朱雀”句，見《禮記上第一》。“龜與蛇交”句，見《文選》卷十五張平子《思玄賦》“玄武縮於殼中兮”注。“玄武”二句注引，見蔡邕《月令章句》。③

校勘記：①“掩”，明翻宋本、汲古閣本作“晻”。②“鳥”，原誤作“雀”，今據李刻本、明翻宋本、汲古閣本改。③此句上頁眉戴之麟題校補時地云：己丑六月四日午前，新寢。

後文昌使掌行兮，顧命(一)中宫，勑(二)百官也。天有三宫，謂紫宫、太微、文昌也。故言中宫。紫宫，一作紫微。［補］曰：《大象賦》云：文昌制戴匡之位。注云：文昌六星如匡(三)形。故史遷《天官書》云：斗魁戴匡。六星，曰文昌宫，其中六星司禄。此天之六府，計集所會也。《晉・天文志》：文昌六星，在北斗魁前。一曰上將(四)，二曰次將(四)，三曰貴相(五)，四曰司禄，五曰司命，六曰司寇。掌行，謂掌領從(六)行者，故下(七)文云。**疏曰：**（一）顧命，天子之遺詔曰顧命。謂將死去，回顧而爲語也。《書》有《顧命》篇：周成王將崩，召大臣，命立康王也。（二）勑，恥億切，誡也。與敕同。（三）匡，枯汪切，方正也。又與眶同，目眶也。（四）兩“將”字，及（五）“相”字，皆去聲。（六）從，去聲。（七）下，上聲。選署衆神以並轂。召使羣靈皆侍從(一)也。［補］曰：署，常恕切，置也。《大人賦》曰：悉徵(二)靈圉(三)而選之兮，部署(四)衆神於摇(五)光。**疏曰：**（一）從，去聲。（二）徵，讀若增，召集也。（三）靈圉，仙人名，見司馬相如賦。曰：“靈圉燕於閒館。”“靈圉”句，見司馬相如《上林賦》。①（四）部署，分部而署置也。（五）摇，當作瑶。瑶光，北斗第七星之名。

姚鼐曰：已上言遠游，自南州上征至帝宫，而東而西，且爲水游娱樂之地。②

校勘記：①此句上頁眉戴之麟題校補時地云：戊子正月八日午後，韓左个。②此句出林雲銘《楚辭燈》，非姚鼐語。

路曼曼其修(一)遠兮，天道蕩蕩(三)，長無窮也。修，一作悠(二)。［補］曰：曼曼，見《騷經》(四)。**疏曰：**（一）修，長也。（二）悠義同。（三）蕩蕩，廣大也，惰郎切。（四）“［補］曰：曼曼，見《騷經》”，係指“路曼曼其修遠兮”疏。徐弭節(一)而高厲。按心抑意。徐，從(二)容也。徐，一作颯(三)。［補］曰：厲，渡也。《大人賦》①：紛鴻溶而上(四)厲。**疏曰：**（一）弭節，猶言駐節，今多指爲達官貴人稅駕其地而言。弭，讀如米。節，符節也，古使執以示信之物。《周禮注疏》卷十五《地官司徒・掌節》：“掌節，掌守邦節而辨其用，以輔王命。”（二）從，音沖。（三）颯，思答切，風聲也。又衰也。颯沓，衆盛貌。皆與徐義不合。（四）上，上聲。

校勘記：①“賦”下，原衍“曰”字，今據李刻本、明翻宋本、汲古閣本刪。

左雨師使徑侍兮，告使屏翳(一)，備下虞(二)也。**疏曰：**（一）屏翳，雨師也。（二）下虞，俟考。右雷公以爲衛(一)。進近猛將(二)，任威武也。**疏曰：**（一）衛，喻贅切，防護也。（二）將，去聲。

欲度世以忘歸兮，遂濟(一)於世，追先祖也。一本“欲”上有“遂”字。一云：欲遠度世。一云：遂遠度世。［補］曰：度世，謂僊(二)去也。**疏曰：**（一）濟，度也。（二）僊，同仙。意恣睢以担撟。縱心肆志，所願高也。撟，一作矯。［補］曰：恣，千咨切。睢，許鼻切。恣睢，自得貌。恣，一音資二切。《大人賦》云：掉(一)指橋以偃蹇。《史記索隱》云：指(二)，居桀切。橋，音矯。張揖云：指橋，隨風指靡也。担，《釋文》云：音丘列切，舉也。橋，居廟切。《史記》作撟(三)。其字從手。**疏曰：**（一）掉，音調。摇也，振也。（二）指，當係担字之誤，音朅。“指，居桀切”諸句，考《史記評林》一百十七《相如傳第五十七》，注爲“《索隱》曰：‘掉，徒弔切。橋，音居夭切。’”無第一句，下亦不同。“蹇”下有“兮”字。惟“指橋”注同，“張揖”作“漢書音義”，見《漢書評林》卷五十七下《相如傳二十七下》，此句注亦同《史記》注。①（三）撟，舉也。

校勘記：①此句上頁眉戴之麟題校補時地云：己丑四月十一日午後，新庭。

内欣欣(一)而自美兮，忠心悦喜，德純深也。而，一作以，一云：德絶殊(二)也。**疏曰：**（一）欣，音昕。亦作忻，喜也。（二）殊，音書，異也。聊媮娛以自樂(一)。且戲觀望以忘憂也。自，一作淫(二)。［補］曰：媮，樂也，音俞。**疏曰：**（一）樂，音要。（二）淫，過也。

涉青雲以汎(一)濫(二)游兮，隨從豐隆，而相佯(三)也。一無“以”字，一無“游”字。**疏曰：**（一）汎，音氾。與泛通，浮也。（二）濫，勒但切，水延漫也。又溢也。（三）相佯，即徜徉。忽臨睨(一)夫舊鄉。觀見楚國之堂殿(二)也。**疏曰：**（一）睨，音詣，斜視也。（二）殿，見前《九章・哀郢》“曾不知夏之爲丘兮”疏。

僕夫(一)懷(二)余心悲兮，思我祖宗，哀懷王也。**疏曰：**（一）僕夫，給事者也。仕於公，曰臣；仕於家，曰僕。今謂使令之人曰僕。又御車曰僕，此御車者也。僕，步沃切。（二）懷，念也。此謂僕夫亦知懷念其心所悲傷也。邊馬顧而不行(一)。馳驂徘徊，睨故鄉也。［補］曰：邊，旁也。**疏曰：**（一）行，叶杭。

姚鼐曰：此《離騷》歸宿之言也。①

校勘記：①此句出吴至父，非姚鼐語。

思故舊以想像(一)兮，戀(二)慕朋(三)友(四)，念(二)兄弟(五)也。以，一作而。像，一作象(一)。**疏曰：**（一）像、象，音義同。音想，讀去聲誤。（二）戀、念，音義同。（三）朋，同門者。（四）友，同志也。（五）弟，上聲。長太息而掩涕。喟(一)然增歎，泣(二)沾(三)裳(四)也。屈原謂修身念道，得遇仙人，託與俱游，周歷萬方，升天乘雲，伇(五)使百神，而非所樂，猶思楚國，念故舊，欲竭忠信，以寧國家。精誠之至，德義之厚也。**疏曰：**（一）喟，庫位切，歎聲。（二）泣，欺揖切。無聲出涕也，哭之細也。（三）沾，音占。漬也，濡也。通作霑。（四）裳，音常，下帬也。（五）伇，與役同，使也。

氾容與而遐(一)舉兮，進退俛(二)仰，復欲去也。［補］曰：氾，音泛。**疏曰：**（一）遐，音霞，遠也。（二）俛，音義同俯。聊抑(一)志而自弭(二)。且自厭(三)抑而踟蹰[四]也。**疏曰：**（一）抑，按也。（二）弭，止也，叶去聲。（三）厭，同壓，牙去聲。以手按下也。（四）踟蹰，猶佪徘也。踟，音馳。蹰，音厨。

指炎神而直馳兮，將候祝融，與諮謀也。南方丙丁，其帝炎帝，其神祝融。炎神，一作炎帝[一]。**疏曰：**（一）朱注本作炎帝。吾將往乎南疑。過[一]衡山[二]而觀九疑[三]也。疑，一作娭[四]。**疏曰：**（一）過，平聲。（二）衡山，見前《九歌·大司命》“導帝之兮九坑”疏。（三）九疑，見前《離騷》“就重華而敶辭”及同篇“九疑繽其並迎”疏。（四）娭，音熙，婦人賤稱。又戲也。

姚鼐曰：此由西方而游至南方。①

校勘記：①此句出林雲銘《楚辭燈》，非姚鼐語。

覽[一]方外[二]之荒忽兮，遂究率土[三]，窮海嵎[四]也。**疏曰：**（一）覽，南上聲，觀也。（二）方外，猶言世外，又異域也。今謂僧道爲方外。（三）率土，謂境域以内也。率，音色。（四）嵎，音虞，山曲曰嵎。沛[一]罔象而自浮[二]。水與天合，物漂流也。罔象，《釋文》作㓻瀁，上摩朗、下以養切。［補］曰：沛，流貌。《文選》云：㰌[三]汩飄[四]淚[五]，沛以罔象兮。注云：罔象，即仿像也。又云：罔象相求。注云：虛無，罔象然也。**疏曰：**（一）沛，破貝切。（二）浮，叶肥。（三）䰉，《集韻》：“音域，疾貌。”（四）飄，同飂，音聊。高風貌。（五）淚，與戾通，急流貌。“㰌汩飄淚”句，見《文選》卷十五張衡《思玄賦》。①“罔象相求”句，見《文選》卷十七王子淵《洞簫賦》。②

校勘記：①此句上頁眉戴之麟題校補時地云：丁亥七月四日午前，新寢。②此句上頁眉戴之麟題校補時地云：戊子四月二十二日上午，救左終校。

祝融戒而還衡[一]兮，南神止①我，令北征也。還衡，一作蹕御[二]。一云戒其趕禦。［補］曰：《山海經》：南方祝融[三]，獸身人面，乘兩龍，火神也。《國語》曰：夏[四]之興也[五]，祝融降於崇山[六]。《太公金匱》曰：南海之神曰祝融。揚雄賦云：迴軫還衡。衡，轅前横木。《大人賦》云②：祝融警③而蹕御[七]。注云：蹕，止行人也。御，禦也。**疏曰：**（一）衡，指車也。（二）蹕御、趩禦同。（三）“南方祝融”三句，見《山海經》卷六《海外南經》第末欵。[④]（四）夏，上聲。朱子集注本作“蹕禦”。（五）“夏之興也”二句，見魯莊公三十二年《周語上》“十五年，有神降于莘”傳。“夏”上有“昔”字。（六）崇山，在今湖南大庸[⑤]縣西南。《通典》：“澧陽縣有崇山，即放驩兜之所。”按：澧陽，即今澧縣治。（七）“祝融”句，《文選》卷七《甘泉賦》作“肸蠁豐融，懿懿芬芬。炎感黄龍兮，熛訛碩麟。”[⑥]騰告鸞鳥迎虙[（一）]妃。馳呼洛神，使侍予也。**疏曰：**（一）虙，音伏。虙妃，即洛神也。

校勘記：①“止”，原誤作“指”，今據李刻本、明翻宋本、汲古閣本改。②“迴軫還衡”至“《大人賦》云”，原脱，今據李刻本、明翻宋本、汲古閣本補。③“警”，原誤作“驚”，今據李刻本、明翻宋本、汲古閣本改。④此句旁頁邊戴之麟題校補時地云：丁亥七月一日午前，韓左个。⑤“庸”，原誤作“康”，今據《辭源》改。後文凡涉此誤者，徑改不出校。⑥此前文戴之麟漏抄自“迴軫還衡”至“《大人賦》云”數句，故以爲“祝融”句出揚雄賦，又僅在揚雄《甘泉賦》中覓得“豐融”一詞，故云。

張[（一）]《咸池》奏[（二）]《承雲》兮，思樂黄帝與唐堯也。《咸池》，堯樂也。《承雲》即《雲門》，黄帝樂也。屈原得祝融止己，即時迎車，將即中土，乃使仁賢若鸞鳳之人，因迎貞女，如洛水之神，使達己於聖君，德若黄帝、帝堯者，欲與建德成化，制禮樂，以安黎庶[（三）]也。一云：張樂《咸池》。［補］曰：《周禮》有《大咸》，堯樂也[（四）]。《樂記》[（五）]云：《咸池》備矣[（六）]。注云：黄帝所作樂名。堯遵修而用之。咸，皆也。池之爲言施也。言德無不施也。又《吕氏春秋》[（七）]云：帝顓頊令飛龍作樂，效八風之音，命之曰《承雲》。《淮南》云：有虞氏其樂《咸池》[（八）]、《承雲》、《九韶》。注云：舜兼用黄帝樂。**疏曰：**（一）張，施弓弦也，凡施弦皆曰張。（二）奏，子候切，作樂曰奏。（三）黎庶，即民也。（四）“《大咸》，堯樂也”，見《周禮注釋·大司樂》第一節注，原作“《大咸賦》、《咸池》，堯樂也。”（五）《樂記》，係《禮記》第十九篇名。（六）“咸池備矣”，見《禮記》十九《樂記》。[①]（七）《吕氏春秋》，見前《離騷》“攬茹蕙以掩涕兮”疏。（八）“有虞氏”二句，見《淮南子》卷十一《齊俗訓》。“有虞氏”下尚有“之祀”等十二字。二女御《九韶[（一）]》歌[（二）]。美堯二女，助成化也。《韶》，舜樂名也。九成，九奏也。屈原美舜遭值[（三）]於堯，妻以二女，以治天下。内之大麓[（四）]，任之以職，則百僚[(五)]師師[(六)]，百工惟時，於是遂禪[(七)]以位，升爲天子。乃作《韶》樂，鐘鼓鏘鏘[②(八)]，九奏乃成。屈原自傷不值於堯，而遭濁世，見斥逐也。［補］曰：御，侍也。《孟子》所謂二女婐[(九)]也。《書》曰：《簫韶》九成[(十)]，鳳皇來儀。《周禮》曰：九德之歌[(十一)]，九磬之舞。**疏曰：**（一）韶，時遥切。（二）歌，叶規。（三）值，逢也。（四）麓，音禄，山足曰麓。（五）僚，音聊，通作寮。官僚也。（六）師師，謂相師法也。（七）禪，讓也。（八）鏘鏘，聲也，音瑲。（九）婐，女果切，女侍也。與《孟子》"二女果"通，别作倮。"二女婐"，見《孟子》下《盡心》篇。（十）"《簫韶》九成"，見《書·益稷》篇。（十一）"九德"二句，見《周禮·春官宗伯·大司樂》"凡樂"節。[③]

校勘記：①此句上頁眉戴之麟題校補時地云：丁亥七月十九日午前，韓左个。②"鏘鏘"，李刻本、明翻宋本、汲古閣本作"鏗鏘"。以下文疏證曰"鏘鏘，聲也，音瑲"，今不改。③此句上頁眉戴之麟題校補時地云：戊子九月十日午前，縣中校。

使湘靈鼓瑟兮，百川之神[①]，皆謡歌也。［補］曰：上言二女，則此湘靈乃湘水之神，非湘夫人也。令海若舞[(一)]馮夷。河海之神，咸相和也。海若，海神名也。馮夷，水仙人。《淮南》言馮夷得道[(二)]，以潛[(三)]於大川也。令，一作命。［補］曰：海若[(四)]，《莊子》所稱北海若也。馮夷，河伯也。**疏曰：**（一）舞，見前《九歌序》疏。（二）"馮夷"二句，見《淮南子》卷十一《齊俗訓》。惟"馮"上有"昔者"，"潛"下無"於"，"川"下無"也"諸字。[②]（三）潛，漸平聲，藏也。凡不使人見皆曰潛，又魚之所息曰潛。（四）海若，見《莊子·秋水》篇。

校勘記：①"神"，原誤作"靈"，今據李刻本、明翻宋本、汲古閣本改。②此句上頁眉戴之麟題校補時地云：戊子七月二十二日上午，捄鷹補録。

玄螭蟲象並出進兮，鬼魅神獸，喜樂逸豫也。螭[(一)]，龍類也。象，罔象[(二)]也，皆水中神物。一云：列螭象而並進兮。［補］曰：螭，丑知切。《國語》曰：水之怪龍罔象。**疏曰：**（一）螭，見前《離騷》"吾令羲和弭節兮"疏。（二）罔象，水怪名。《星槎勝覽》："鬼子魔天，與一罔象青面紅身赤髮相合。"《星槎勝覽》，不詳。"水之怪"句，見《國語》卷第五《魯語下·季桓子穿井》篇。惟"怪"下有"曰"字。形蟉虯而逶蛇(一)。形體蜿蟺(二)，相銜(三)受也。蛇，一作迆。［補］曰：上於九、下巨九切。蟉虯，盤曲(四)貌。**疏曰：**（一）逶蛇，衺去貌。一作迆。又作逶移、委蛇，義並同。（二）蜿蟺，蚯蚓之異名。蜿，音鴛。蟺，音善。（三）銜，音咸，口含物也。[①]（四）盤曲，摇動貌。

校勘記：①此句上頁眉戴之麟題校補時地云：丁亥七月二十一日午前，韓左个。

雌蜺便娟以增撓兮，神女周旋，侍左右也。娟，一作蜎。［補］曰：蜺，見《騷經》。便，讀作㛹，毗連切。娟，於緣切。便娟，輕麗貌。《爾雅疏》引"雌蜺㛹嬛"。嬛，與娟同。《釋文》：嬛，虚捐切。撓，而照切。《釋文》從手。《集韻》(一)：撓，纏也。**疏曰：**（一）《集韻》，見前《離騷》"惟庚寅吾以降"疏。鸞鳥軒(一)翥而翔飛。鵾鵬(二)玄鶴，奮翼舞也。軒，一作騫。［補］曰：《方言》：翥，舉也。楚謂之翥，章庶切。**疏曰：**（一）軒翥，飛舉貌。音掀，與騫音義同。（二）鵾鵬，《埤雅》："鳳鳥也。"與"鵾鷄"異。注誤"鷄"爲"鵬"。

音樂博衍(一)無終極兮，五音(二)安舒，靡(三)有窮也。［補］曰：衍，廣也，達也。**疏曰：**（一）衍，音演。（二）五音：宫、商、角、徵（音止）、羽也。（三）靡，無也。焉(一)乃逝以俳佪。遂往周流，究九野(二)也。以，一作而。［補］曰：焉，辭也，尤虔切。**疏曰：**（一）焉，應讀煙。安也，何也。讀尤虔切則爲語止辭，即俗曰呢。（二）九野，謂九州也，又九天亦曰九野。

姚鼐曰：已上言遠游由南方而他行，得遂其游流波之樂。[①]

校勘記：①此句出林雲銘《楚辭燈》，非姚鼐語。

舒并節以馳騖(一)兮，縱舍轡銜而長驅也。［補］曰：《淮南》云：縱志舒節(二)，以馳大區。《大人賦》云：舒節出乎北垠。注云：舒，緩也。**疏曰：**（一）騖，音務，奔馳也。（二）"縱志舒節"二句，見《淮南子》卷一《原道訓》。"縱"上有"俱"字。逴絶垠乎寒門。經過(一)后土(二)，出北區也。寒門，北極之門也。逴，《釋文》作踔，敕孝切。乎，一作兮。［補］曰：逴，遠也，敕角切。《淮南》曰：出於無垠鄂(三)之門(四)。注云：垠鍔，端崖也。李善曰：絶垠，天邊之際也。《淮南》曰：北方北極之山曰寒門(五)。《大人賦》曰：軼先驅於寒門。**疏曰：**（一）過，平聲。（二）后土，神名，謂皇地祇。又中央神也。（三）鄂，音諤，邊際曰鄂。鍔，音咢。器物之起線曰鍔，與堮義同。（四）"出於無垠鄂之門"，見《淮南子》一《原道訓》。案：原書"出"上有"下"[①]字，無"鄂"字。（五）"北方北極"句，見《淮南》四《地訓形》。[②]

校勘記：①"下"，原誤作"上"，今據《淮南子》改。②此句上頁眉戴之麟題校補時地云：丙戌七月三日□午，韓庭。按：此頁眉裁邊，闕一字。

軼迅風於清源(一)兮，遂入八風(二)之藏府也。源，一作涼。［補］曰：軼，音逸。《三蒼》(三)曰：從後出前也。迅，疾也。《思玄賦》(四)云：且余沐於清原(五)。**疏曰：**（一）清源，今縣名。隋置，明廢，入徐溝，民國復置，屬山西冀寧道。（二）八風，八方之風也。《淮南子》："何謂八風？東北曰炎風，東方曰條風，東南曰景風，南方曰巨風，西南曰涼風，西方曰飂風，西北曰麗風，北方曰寒風。"《説文》："東曰明庶風，東南曰清明風，南曰景風，西南曰涼風，西曰閶闔風，西北曰不周風，北曰廣漠風，東北曰融風。"按：融風，《易·通卦驗》作調風，《白虎通》作條風。段玉裁謂調風、條風、融風，一也。又《吕氏春秋》風有八等：炎風、滔風、熏風、巨風、淒風、飂風、厲風、寒風。又佛家語，謂利、衰、毁、譽、稱、譏、苦、樂也。《大藏法數》謂此八法，世間所愛所憎，而能煽惑人心，名之爲風。麟按：此非佛家語。麟按[①]：《易·通卦驗》係《易緯》書之一，見前《悲回風》"故荼薺不同畝兮"疏。[②]（三）《三蒼》，《辭源》子集二七頁一部二畫："一、漢初字書，有《倉頡篇》、《爰曆篇》、《博學篇》三種。其後《爰曆》、《博學》兩篇與《倉頡篇》合并，仍稱爲《倉頡篇》，又稱《三倉》。二、魏晉以後字書，以《倉頡篇》爲上卷，揚雄之《訓纂篇》爲中卷，賈魴《滂喜篇》爲下卷。亦稱《三倉》。"[③]（四）《思玄賦》，漢張衡平子作。（五）清原，春秋地名，在今山西稷山縣西北。晉文公蒐於清原，作五軍以禦狄。又荀罃、士魴逆周子於京師而立之，大夫立於清原，皆此地。又按：此未知所指。從(一)顓頊乎增冰。過(二)觀黑帝之邑宇也。［補］曰：北方壬癸，其帝顓頊，其神玄冥。《太公金匱》（見上"吾將過乎句芒"疏六[④]）曰：北海之神曰顓頊。《淮南》曰：北方有凍寒積冰雪雹霜霰水之野。**疏曰：**（一）從，去聲。（二）過，平聲。麟按，今北冰洋有終古未化冰雪，昆崙山亦有之。"北海有凍寒積雪”句，見《淮南子》四《地形訓》。⑤

姚鼐曰： 此由南方而游至北方。⑥

校勘記： ①“按”，原脱，今徑補。②此句上頁眉戴之麟題校補時地云：己丑五月十七日午後，新庭。③此句旁頁邊戴之麟題校補時地云：戊子正月六日午後，韓左个。④“六”，原作“四”，以前文已調整疏證順序，改作“六”。⑤此句下頁腳戴之麟題校補時地云：己丑五月二十七日午後，新庭。⑥此句出林雲銘《楚辭燈》，非姚鼐語。

歷玄冥以邪徑兮，道絶幽都(一)，路窮塞(二)也。［補］曰：《左傳》：水正(三)爲玄冥。**疏曰：**（一）幽都，朔方也，見《書經》注。幽州范陽郡有幽都縣，今京兆宛平縣治。（二）塞，音色，隔絶而不通也。（三）水正，治水之官。正，音征，長也。“水正”句，見《左・昭二十九年》“龍見於絳”傳。乘間維以反顧。攀(一)持天紘(二)，以休息也。［補］曰：《孝經緯》(三)云：天有七衡(四)，而六間相去合十一萬九千里。《淮南》云：兩維之間(五)，九十一度。注云：自東北至東南，爲兩維，帀①四維，三百六十五度，一度二千九百三十二里。**疏曰：**（一）攀，音潘。（二）紘，音宏。（三）《孝經緯》，《辭源》子集一部一畫：“二、緯書之類有七，即：《易緯》、《書緯》、《詩緯》、《禮緯》、《樂緯》、《春秋緯》，《孝經緯》②。”皆托名孔子所作。今所傳者，皆非完本矣。（四）七衡、六間，俟考。麟按：近世測地球者，將地球之圓周分爲三百六十度，其起算之處，各國多用英國格林威池天文臺爲中線，我國則以北京觀象台爲中線，在其西者曰西經，在其東者曰東經。各自零度起而相遇於一百八十度③。又將與赤道相距之度數劃爲緯線，從赤道起算，在南者曰南緯，在北者曰北緯，各自零度起至九十度而達於南北極，則與古異。又按：每度爲二百里，亦不同。（五）“兩維之間”二句，見《淮南子》三《天文訓》。

校勘記： ①“帀”，原誤作“而”，今據李刻本、明翻宋本、汲古閣本改。②“孝經緯”，原脱，今據《辭源》補。③“度”，原誤作“里”，今據《辭源》改。

召黔羸而見之兮，問造化之神以得失。［補］曰：《大人賦》云：左玄冥而右黔雷。注云：黔嬴也，天上造化神名，或曰水神。《史記》作含靁。黔，其炎切。**疏曰：**麟按："嬴"原作"嬴"，中從女，音盈，誤。中從羊，音雷，故改正。爲余先乎平路。開軌(一)導我入道(二)域也。一本"先"下有"道"(三)字。**疏曰：**（一）軌，音鬼，車路也。上（二）道字，理也，音倒。下（三）道字，音到，引也。

經營(一)四荒(二)兮，周徧①八極(三)。**疏曰：**（一）經營，猶言建築。《詩》："經之營之。"後通稱謀作曰經營。（二）四荒，四方荒遠之地。（三）八極，八方極遠之處也。"經之營之"，見《詩·靈臺》篇。周(一)流六漠。旋(三)天一帀(二)。天，一作地。[補]曰：《漢樂歌》作六幕。謂六合也。**疏曰：**（一）周，徧也。（二）帀，音札，通匝。環繞一周曰周匝。（三）旋，繞也。

校勘記：①"徧"，明翻宋本、汲古閣本作"遍"。後文凡從李刻本作"徧"而他本皆作"遍"者，徑從李刻本不出校。

上至列缺兮，窺天間(一)隙。[補]曰：缺與缺同。《陵陽子(二)明經》云：列缺，去地一千四百里。《大人賦》云：貫列缺之倒影。注云：列缺，天閃也。《文選》云：列缺曄其照夜(三)。應劭曰：列缺，天隙電照也。**疏曰：**（一）間，去聲，孔隙也。（二）陵陽子，古之得道之人。（三）"列缺"句，見張衡《思玄賦》。①降(一)望大壑(二)。視海廣狹(三)。[補]曰：《列子》曰：渤海(四)之東有大壑焉，實惟無底之谷，名曰歸墟。注引《山海經》：東海之外有大壑。**疏曰：**（一）降，下也。（二）壑，音豁。（三）狹，音狎，隘也。廣之對。（四）渤海，見前《天問》"東流不溢，孰知其故"疏。"東海之外有大壑"，見《山海經》卷十四第一條，無"有"字。"渤海之東"諸句，見《列子·湯問第五》，"東"下有"不知幾億萬里"句。②

校勘記：①此句上頁眉戴之麟題校補時地云：丁亥七月二十一日午前，韓左个。②此句上頁眉戴之麟題校補時地云：丁亥六月二十五日上午，韓左个。

下(一)崢嶸而無地兮，淪(二)幽虛也。嶸，一作嶒(三)。[補]曰：顏師古云：崢嶸，深遠貌也。上仕耕切，下(一)音宏。**疏曰：**（一）下，均上聲。（二）淪，音倫，陷落也。（三）嶒，同嶸。① 上寥廓而無天。空無形也。寥，一作嵺(一)。[補] 曰：寥廓，廣遠也。**疏曰：**（一）嵺，音義同寥。

校勘記：①此句上頁眉戴之麟題校補時地云：丁亥六月二十三日午間，韓左个。

視儵忽而無見兮，目瞑眩(一)也。**疏曰：**（一）瞑眩，憒亂也。瞑，音麪。眩，音衒。聽惝怳而無聞。窈無聲也。[補] 曰：師古云：惝(一)怳(二)，耳不諦(三)也。《淮南》云：若士曰：我游乎罔㝗(四)之野，北息乎沈墨之鄉，西窮冥冥之黨，東開臨①濛之光，此其下無地而上無天。聽焉無聞，視焉無眴。**疏曰：**（一）惝，音敞。（二）怳，許枉切。（三）諦，音帝，審也。（四）罔㝗，即罔養。養，一作瀁。㝗，音朗，空虚也。罔、瀁，義同。眴與眩通，又目摇動也。（四）“若士曰”諸句，見《淮南子》十二《道應訓》，原文“我”上有“若”字。第一“冥”字作“窅”，“臨”作“鴻”。

校勘記：①“臨”，李刻本、明翻宋本、汲古閣本作“鴻”。以下文疏證曰“‘臨’作‘鴻’”，今不改。

超(一)無爲以至清兮，登天庭也。[補] 曰：《淮南》云：契(二)大渾(三)之樸(四)，而立至清(五)之中。**疏曰：**（一）超，音操，越也。（二）契，音憩，合也。（三）大渾，地也。（四）“契大渾之樸”二句，見《淮南子》七《精神訓》。（五）至清，天也。與泰(一)初而爲鄰。與道并也。[補] 曰：《列子》云：太(一)初者(二)，氣之始也。《莊子》曰：泰初有無(三)，無有無名。按《騷經》《九章》皆託游天地之間，以泄憤懣，卒從彭咸之所居，以畢其志。至此章獨不然，初曰“長太息而掩涕”，思故國也。終曰“與太初而爲鄰”，則世莫知其所如(四)矣。**疏曰：**（一）泰、太，音義同。（二）“太初”諸句，見《列子·天瑞第一》。（三）“泰初”諸句，見《莊子》上五《天地》篇。①（四）如，之也。

姚鼐曰：已上言遠游至北方而極，且以上文所游之樂，總收一段，見得當求度世，以免時俗迫阨之患。②③

校勘記：①此句上頁眉戴之麟題校補時地云：丁亥後二月二十五日午間，韩左个。②此句出林雲銘《楚辭燈》，非姚鼐語。③此句上頁眉戴之麟題校補時地云：戊子正月三十日午後，縣中辦公廳。

楚辭補注疏卷第六

卜居章句第六　離騷

《卜(一)居》者，屈原之所作也。屈原體(二)忠貞之性，體，一作履(三)。性，一作節。而見嫉妒。念讒佞之臣，承君順非①，而蒙富貴。已執(四)一作獨。忠直，而身放棄，心迷意惑，不知所爲，乃往至太卜(五)之家，稽(六)問神明，決(七)之蓍(八)龜，卜己居世何所宜行，冀聞異策，聞，一作審。異，一作要。以定嫌疑(九)。故曰《卜居》也。五臣云：卜己宜何所居。

疏曰：（一）補屋切，問龜曰卜。謂欲知事之吉凶，灼龜以取兆也。又凡預兆皆曰卜，如以蟲鳥之鳴卜陰晴是也。（二）音涕，察也。又包涵之也，又本也。（三）音里，踐也，行爲也。（四）守也。（五）官名，殷已置之，爲六大之一。周時屬春官，爲卜筮官之長，亦稱卜正（音征）。《左氏·隱公十一年》“春，滕侯、薛侯來朝”傳：“滕侯曰：‘我，周之卜正也。’”秦漢有太卜令，後漢并於太史，自後無聞。北齊有太卜局丞，隋唐曰太卜令，宋以後不置。（六）音雞，考也。（七）定也。（八）音尸。高二三尺，葉細長分裂，花白或淡紅，略似菊花，莖多者一株五十餘，古取其莖以爲占筮之用。古灼龜甲以卜，故謂卜爲龜。龜，姑追切。（九）疑似之義，謂處可疑之地位也。近世法律名詞有嫌疑犯，本此。謂刑事上有犯罪之嫌疑而尚未得實在證據者。②

校勘記：①“承君順非”，原誤作“承順君非”，今據李刻本、明翻宋本、汲古閣本改。②此句上頁眉戴之麟題校補時地云：己丑四月十日午間，圖書館。

屈原既放三年，遠出郢(一)都，處山林也。**疏曰：**（一）郢，鄢郢也，爲今宜城。楚昭十二年已由江陵遷此，各注謂江陵，失考。今宜城南三里有宋大夫墓，余親至其地，足證。不得復見。道路僻(一)遠，所在險(二)也。**疏曰：**（一）僻，音癖，非平正通達人所共由者之謂。（二）險，苦掩切，阻難也。①

姚鼐曰：此卜居之由。②

校勘記：①此句上頁眉戴之麟題校補時地云：戊子六月十三日午後，抹曬補録。②此句出林雲銘《楚辭燈》，非姚鼐語。

竭知(一)盡忠，建立策謀(二)，披(三)心胷(四)也。知，一作智(一)。**疏曰：**（一）知、智通。（二）策，計也。（三）披，劈漪切，開也。（四）胷、胸同。而蔽(一)鄣(二)於讒。遇諂佞也。一無"而"字。**疏曰：**（一）蔽，音閉，障隔也。（二）鄣，同障，至漾切，蔽也。

姚鼐曰：忠爲讒蔽，提出篇旨。①

校勘記：①此句出沈伯經《古文辭類纂評注》，爲沈氏於頁眉所作評注，非姚鼐語。

心煩(一)慮①亂，慮憒悶也。慮(二)，一作意。**疏曰：**（一）煩，雜也。（二）慮，思也。不知所從。迷所著(一)也。一云迷瞀(二)眩也。**疏曰：**（一）著，音駐，明也。（二）瞀，音茂，目不明也。又亂也。

姚鼐曰：不知所從，領許多寧字、將字。②

校勘記：①"慮"，原誤作"意"，今據李刻本、明翻宋本、汲古閣本改。②此句出沈伯經《古文辭類纂評注》，爲沈氏於頁眉所作評注，非姚鼐語。

往見太卜稽神明也。一此句上有"乃"字。鄭詹尹工姓名也。曰："余有所疑，意遑(一)惑也。**疏曰：**（一）遑，音黄，又急遽也。願因先生(一)決之。"斷(二)吉凶(三)也。**疏曰：**（一）先生，稱師也。《曲禮上第一》"從於先生，不越路而與人言"注："先生，老人、教學者。"又有道者之稱。《韓詩外傳》："古謂知道者曰先生，猶言先醒也。不聞道術之人則冥於得失，眊眊乎其猶醉也。故世人有先生者，有後生者，有不生者。"今沿爲普通之稱，謂如彼此互以先生相稱是也。又年老者之稱。《孟子》"先生將何之"注："尊老之曰先生。"麟按：此語殆尊稱之詞。（二）斷，定也。（三）凶，不吉也。"古謂知道"諸句，見《外傳》卷六、四頁"問者曰"則。[①]

校勘記：①此句上頁眉戴之麟題校補時地云：己丑三月三十日午前，圖書館。己丑五月二十八日午後，新庭攷得。

詹尹(一)乃端(二)策(三)拂(四)龜，整容儀也。五臣云：策，蓍也。立蓍拂龜，以展(五)敬也。［補］曰：《龜策傳》(六)曰：擭(七)策定數，灼龜觀兆(八)。**疏曰：**（一）詹尹，古占筮之官也。詹，音占，義同。尹，音永，長也。（二）端，正也。（三）策，音册。（四）拂，音弗，拭也。（五）展，音輾，布陳也。（六）《龜策傳》，見《史記》。（七）擭，音逢，奉也。兩手執蓍，分而扐之。扐，音勒，筮者著蓍於指間也。（八）兆，直擾切。古以龜卜視坼裂之文，以定吉凶，故凡以占驗吉凶者皆謂之兆。麟按：謂可以先見先知也。如今人言吉凶之有先見者曰先兆，是。曰："君(一)將何以教之？"願聞其要。一無"將"字。**疏曰：**（一）君，音軍。後學稱先達曰君，又彼此通稱。麟按：係尊稱。

屈原曰：吐辭情也。[①]"吾寧(一)悃悃欵欵，志純一也。欵，一作款。五臣云：悃欵，懃苦貌。［補］曰：悃，苦本切。款，苦管切，誠也。俗作欵。**疏曰：**（一）寧，音林，願也。朴以忠乎？竭誠信也。五臣云：朴，質也。

校勘記：①此句上頁眉戴之麟題校補時地云：庚寅正月二十七日上午補。

將送往勞來，追俗人也。［補］曰：勞(一)，去聲。來，如字。**疏曰：**（一）勞，安慰也。斯無(一)窮(二)乎？不困貧也。五臣云：以此二事，問其所宜，以下類此。［補］曰：上句皆原所從也，下句皆原所去也。卜以決疑，不疑何卜。而以問詹尹何哉？時之人，去其所當從，從其所當去，其所謂吉，乃吾所謂凶也。此《卜居》所以作也。**疏曰：**（一）無，作不解。麟按：（二）此窮不可解作困貧，當作"盡"解。謂將一生送往勞來，斯不盡乎？

姚鼐曰：首聯總意送勞，謂周旋世故。[①]

校勘記：①此句出沈伯經《古文辭類纂評注》，爲沈氏於頁眉所作評注，非姚鼐語。

寧誅(一)鋤草茅(二)，刈(三)蒿(四)菅(五)也。鋤(六)，一作鉏。［補］曰：鋤，士魚切。《釋名》(七)曰：去穢(八)助苗也。**疏曰：**（一）誅，音株。治也，翦除也。（二）茅，模肴切，草名。有白、黄、青菁數種。（三）刈，音乂，割也。（四）蒿，好平聲，草名。（五）菅，音姦，見《離騷[①]》"荃蕙化而爲茅"疏。據上疏觀之，則菅、茅雖同爲草，實各一物也，未可任意爲之。原注多類此，此其尤者。（六）鋤[②]、鉏，音義同。（七）《釋名》，《爾雅》篇名。（八）穢，烏喙切。蕪也，田中雜草也。以力耕乎？種稼(一)穡(二)也。**疏曰：**（一）稼，音駕，種穀曰稼。又禾之秀實爲稼。（二）穡，音色，穀可收曰穡。

校勘記：①"離騷"，原作"同上"，上文有"艾，見前《離騷》'户服艾以盈要兮'疏"，後戴之麟以本段不涉"艾"將之删去，而"同上"二字未改，今改之。②"鋤"，當作"鉞"，以戴之麟曰"音義同"，今不改。

將游大人，事貴戚(一)也。五臣云：大人，謂君之貴幸者。**疏曰：**（一）貴戚，謂人君之内外親戚也。《孟子》："有貴戚之親。"貴幸，謂君貴而寵幸者。"有貴戚之親"，見《孟子》中《萬章下》。以成名乎？榮(一)譽(二)立(三)也。**疏曰：**（一）榮，光也。（二）譽，音余，名譽也。（三）立，成也。

姚鼐曰：兩短聯，從出處遞到事人。[①]

校勘記：①此句出沈伯經《古文辭類纂評注》，爲沈氏於頁眉所作評注，非姚鼐語。

寧正言不諱(一)，諫君惡也。**疏曰：**（一）諱，音卉，隱也。謂隱其事而不敢宣之也。以危(一)身乎？被刑戮(二)也。**疏曰：**（一）危，害也。（二）戮，音六。辱也，責辱也。又殺也，與勠通。

將從俗富貴，食重禄(一)也。**疏曰：**（一）禄，音鹿。俸也，居官所給廩也。以媮(一)生乎？身安樂(二)也。［補］曰：媮，樂(二)也，音俞。**疏曰：**（一）媮，一作偷，透平聲，苟且也。謂苟且以生於世也，較切。（二）二“樂”字，音洛。

寧超然高舉，讓官爵(一)也。疏曰：（一）爵，封爵也，如公、侯、伯、子、男之類。以保(一)真乎？守玄默(二)也。**疏曰：**（一）保，守也。（二）玄默，深沉寡言也。

將哫訾栗斯，承顔色也。栗，一作慄。斯，一作嘶。一作促訾粟斯。［補］曰：哫、促，並音足。唐本子禄切。訾，音貲①。哫訾，以言求媚也。慄，音栗，謹敬也。粟，讀若慄，音粟，詭隨(一)也。斯，讀若廝，音斯，斯慄也。並見《集韻》。**疏曰：**（一）詭隨，不顧是非而妄隨人也。詭，音癸。喔咿儒兒，强(一)笑噱(二)也。一作嚅唲。［補］曰：喔，音握。咿，音伊。嚅，音儒。唲，音兒。皆强(一)笑之貌。一云：喔咿，强(一)顔貌。唲，曲從貌。**疏曰：**（一）三“强”字，皆上聲。（二）噱，極虐切，大笑也。以事婦人乎？詘(一)蜷(二)局(三)也。五臣云：以事婦人，謟君之所寵者。**疏曰：**（一）詘，音屈，屈也。（二）蜷，音權，蟲行詘屈也。（三）局，巨欲切。拘也，促也。

校勘記：①“貲”，原作“資”，今據李刻本、明翻宋本、汲古閣本改。

寧廉(一)潔正直，志如玉也。潔，一作絜(二)。**疏曰：**（一）廉，音年，清正也。（二）絜，音結，與潔音義同。以自清乎？修潔白也。

將突梯(一)滑稽，轉隨俗也。［補］曰：《文選》注云：突，吐忽切，滑也。滑，音骨。稽，音雞。五臣云：委曲順俗也。揚雄以東方朔爲滑稽之雄(二)，又曰：鴟夷(三)滑稽。顔師古曰：滑稽，圓轉縱捨無窮之狀。一云酒器也。轉注吐酒，終日不已。出口成章，詞不窮竭，若滑稽之吐酒。**疏曰：**（一）突梯，無隅角者謂之突梯。梯，音替平聲。(二)"東方朔爲滑稽之雄",見《前漢書》列傳第三十五卷《東方朔傳贊》,非揚雄所爲。(三)鴟夷,詳前《涉江》"伍子逢殃"疏。"鴟夷滑稽",見《前漢書》列傳第六十二《陳遵傳》。[①]如脂(一)如韋(二),柔弱曲也。五臣云:能滑柔也。[補]曰:韋,柔皮也。**疏曰:**(一)脂,音支,膏之凝者謂之脂,謂其滑澤也。(二)韋,音圍。以潔楹乎?順,滑澤也。《文選》作絜。五臣云:絜楹(一),謂同諂諛也。絜,苦結切。**疏曰:**(一)絜楹,圓滑之意。楹,音盈,堂室間之四經柱,其前兩柱旁無依者謂之楹。

姚鼐曰:三疊長短參差之聯,俱主事人説,尤歷落可誦。[②③]

校勘記:①此句上頁眉戴之麟題校補時地云:戊子八月七日上午,捄左補録。②此句出沈伯經《古文辭類纂評注》,爲沈氏於頁眉所作評注,非姚鼐語。③此句旁行間戴之麟題校補時地云:丁亥五月二十八日午前,韩左个。

寧昂昂,志行高也。昂,一作卬。[補]曰:昂、卬,音同。若千里之駒乎?才絶殊也。五臣云:千里駒,展才力也。昂昂,馬行貌。[補]曰:漢武帝(一)謂劉德(二)爲千里駒。顔師古云:言若駿馬可致千里也。**疏曰:**(一)武帝,名徹,文帝子。(二)劉德,即河間獻王之姓名也。

姚鼐曰:東以兩短聯,即申駒鳧類作比體。[①]

校勘記:①此句出沈伯經《古文辭類纂評注》,爲沈氏於頁眉所作評注,非姚鼐語。

將氾氾(一),普愛衆也。氾,一作泛。五臣云:氾氾,鳥浮貌。**疏曰:**(一)氾、泛,音義同。若水中之鳧乎(一),羣戲游也。一無"乎"字。[補]曰:鳧(二),野鴨也。**疏曰:**(一)"乎"字宜無。(二)鳧,音扶,見前《天問》"並驅擊翼"疏。與波上(一)下,隨衆卑高。**疏曰:**(一)上,上聲。偷以全吾軀(一)乎?身免憂患。偷,一作愉。[補]曰:愉與偷同,苟且也。**疏曰:**(一)軀,音區,身體也。

寧與騏驥(一)亢軛(二)乎?沖(三)天區也。亢(四),一作抗。五臣云:騏驥抗軛,謂與賢才齊[①]列也。抗,舉也。[補]曰:軛,于革切,車轅前也。**疏曰:**(一)騏驥,見前《離騷》“乘騏驥以馳騁兮”疏。（二）軛，音厄，車衡兩端作缺月形，以扼馬頭者。亦作軥(五)。（三）沖，與冲同，音蟲，飛而直上也。俗亦借爲衝字。[②]（四）亢，音抗。太過也，義無所卑屈也。抗、亢同。抗，可浪切。抵也，敵也。宜從後義，不可作“舉”解。（五）軥，音劬，又音鉤，義同。又與拘同。將隨駑馬之迹乎？安步徐也。五臣云：駑(一)馬，喻不才之臣。**疏曰：**（一）駑，音奴，最下之馬也。

校勘記：①“齊”，原誤作“並”，今據李刻本、明翻宋本、汲古閣本改。②此句上頁眉戴之麟題校補時地云：戊子六月十四日午前，捄左補録。庚寅二月二十日午間。

寧與黄鵠(一)比(二)翼(三)乎？飛雲嵎(四)也。五臣云：黄鵠，喻逸士也。比翼，猶比肩也。［補］曰：漢始元(五)中，黄鵠下建章宫(六)太液池(七)中。師古云：黄鵠，大鳥，一舉千里。**疏曰：**（一）黄鵠，見前《天問》“緣鵠飾玉”及《九歌·東皇太一》“吉日兮辰良”疏。（二）比，去聲，並也。（三）翼，入聲，翅也。（四）嵎，音虞，山曲也。（五）始元，漢昭帝年號。（六）建章宫，《三輔黄圖》：“武帝太初元年，柏梁殿災，粤巫勇之曰：‘粤俗有火災，即復大起屋以厭（同壓）勝之。’帝於是作建章宫，度爲千門萬户。宫在未央宫西、長安城外。”（七）太液池，在陝西長安縣西北。漢武帝作建章宫，其北治大池漸臺，命曰太液池。中有蓬萊、方丈、瀛洲以象海中神山。昭帝時，黄鵠下建章宫太液池中，公卿上壽。顔師古曰：“太液池者，言其津潤所及廣也。”將與雞鶩争食乎？啄糠(一)糟(二)也。五臣云：雞鶩，喻讒夫。争食，争食禄[①]也。鶩(三)，鴨也。**疏曰：**（一）糠，穀皮也，音康。（二）糟，酒滓也，音遭。（三）“鶩”下宜加“野”字。

姚鼐曰：請卜之辭止此。[②]

校勘記：①“食禄”，原誤作“禄食”，今據李刻本、明翻宋本、汲古閣本改。②此句出林雲銘《楚辭燈》，非姚鼐語。

此孰(一)吉孰凶？誰喜憂也。**疏曰：**（一）孰，誰也。[①]何(一)去何從？安所由也。**疏曰：**（一）何，安也。[②]

姚鼐曰：應篇首“心煩慮[③]亂，不知所從”句。[④]

校勘記：①此句上頁眉戴之麟題校補時地云：同上午前，韓寢左个。②此句上頁眉戴之麟題校補時地云：己丑九月四日上午。③“慮”，原誤作“意”，今據前文及《楚辭燈》改。④此句出林雲銘《楚辭燈》，非姚鼐語。

世溷濁而不清，貨[(一)]賂[(二)]行也。五臣[(三)]注《文選》，改“世”爲“俗”以避諱[(四)]。**疏曰：**（一）貨，宜讀火，上聲，財也。（二）賂，音路。遺也，以財與人也。唐太宗名世民，（三）吕延祚五人爲唐臣，故改以避之。（四）諱，音卉，生曰名，死曰諱。《禮》：“卒哭乃諱。”《左傳》疏：“自殷以來，未有諱法。諱始於周，周人尊神之，故爲之諱名。……諱則臨時言語，有所諱耳。至於制作經典，則直言不諱。”麟按：清代奉之最嚴，臨文行言均避。世家至有家諱之舉，偶於其著述中見之。“自殷以來”五句，見《左傳注疏·桓公六年》“九月丁卯，子同生”傳“周人以諱事神名”句疏。[①]

姚鼐曰：請卜之後，又發一端感慨，自言所以求卜之由也。一篇應首“竭知盡忠，而蔽障於讒”句。[②]

校勘記：①此句上頁眉戴之麟題校補時地云：戊子六月二十三日午後，採廳補録。②此句出林雲銘《楚辭燈》，非姚鼐語。原文與此少異。

蟬[(一)]翼爲重，近佞讒也。［補］曰：李善[(二)]云：蟬翼，言薄也。**疏曰：**（一）蟬，音禪，蟲之善鳴者。四翅，膜質透明，故薄。（二）李善，《辭源》辰集八九頁木部三畫李：“唐江夏人。淹貫古今，不能屬辭，人號爲書簏。顯慶中兼沛王侍讀，爲《文選注》，敷衍淵洽，表上之。居汴、鄭間講授，諸生四遠至，傳其業，號‘文選學’。”[①]

千鈞[(一)]爲輕；遠忠良也。五臣云：隨俗顛倒，重小人輕君子也。**疏曰：**（一）鈞，音均，古衡名，三十斤也。

校勘記：①此句旁頁間戴之麟題校補時地云：戊子二月二十日午後，韓左个。

黄鐘毁棄，賢者匿也。五臣云：黄鐘[一]樂器，喻禮樂之士。［補］曰：《國語》云：黄鐘所以宣[二]養六氣[三]九德[四]也[五]。**疏曰：**（一）黄鐘，十二律之一。鐘，一作鍾。《禮》："仲冬之月，……律中黄鐘。"《周禮》："桌氏爲量，……其聲中黄鐘之宫。"謂以律管之度爲量器之度以起算也。（二）宣，胥淵切。通也，布也，散也。（三）六氣，見前《遠游》"漱正陽而含①朝霞"疏。（四）九德，謂寬而栗、柔而立、願而恭、亂而敬、擾而毅、直而温、簡而廉、剛而塞、彊而義②也。又《逸周書》："一忠、二慈、三禄、四賞、五民之利、六商工受貲、七袛民之始、八無奪農、九足民之財。"麟按：此當從第一義。"仲冬"等句，見《禮記・月令第六》。（五）"黄鐘所以"句，見魯昭公二十一年"春，周景王將鑄無射"傳。瓦釜[一]雷鳴；羣言獲進。一云：愚讙[二]訟[三]也。五臣云：瓦釜，喻庸下之人。雷鳴者，驚衆也。**疏曰：**（一）釜，音父，烹飪之器。《古史考》："黄帝始作釜。"（二）讙，音歡，誼譁也。（三）訟，音頌。争也，争辨曲直於官吏也。

校勘記：①"而含"，原誤作"兮"，今據前文改。②"義"，原誤作"毅"，今據《尚書》改。

讒人高張，居朝堂也。［補］曰：張[一]，音帳。自侈[二]大也。《左傳》：隨[三]張必棄小國[四]。**疏曰：**（一）張，猶熾盛也。（二）侈，讀若齒。奢也，大也。（三）隨，國名。即今隨縣，屬湖北德安府，原爲州。民國改爲縣，屬湖北江漢道。（四）"隨張必棄小國"，見《左・桓公六年》"楚武王侵隨"傳。賢士無名。身窮困[一]也。**疏曰：**（一）困，坤去聲。苦也，難也。

吁嗟默默兮，世莫論也。吁[一]，一作于。默[二]，一作嘿。五臣云：嘿嘿，不言貌。**疏曰：**（一）吁、于，音義同。（二）默、嘿同。誰知吾之廉貞[一]！"不别賢也。**疏曰：**（一）貞，音征，正也。①

校勘記：①此句上頁眉戴之麟題校補時地云：己丑三月三十日午前，終校圖書館。

詹尹乃釋策而謝，愚不能明也。五臣曰：釋，捨也。謝，辭也。曰："夫尺有所短，騏驥不驟(一)中庭。**疏曰：**(一) 驟，酬去聲，馬疾步也。寸有所長，雞鶴知時而鳴。［補］曰：《莊子》云：梁麗(一)可以充城，而不可以①窒(二)穴，尺有所短也；騏驥、驊騮(三)，一日而馳千里，捕鼠不如貍(四)狌(五)，寸有所長也。**疏曰：**(一) 梁麗，《莊子》注："屋棟。"一云車名。"梁麗"句，見《莊子》上十《秋水》篇，"充"作"衝"。(二) 窒，音至，塞也。(三) 驊騮，良馬，色如華而赤。亦名棗騮，周穆王八駿之一。(四) 貍，音釐，獸名，貓屬。種類甚多，有貓貍、香貍、九節貍、玉面貍等數種。或專稱貓貍爲貍。(五) 狌，音星，獸名。同鼪，即鼬鼠。又與猩同，即猩猩也。其狀如禺而白耳，伏行人走。

校勘記：①"以"，原脱，今據李刻本、明翻宋本、汲古閣本補。

物有所不足，地毁東南。［補］曰：《列子》曰：物有不足(一)。天傾西北，地不滿東南。**疏曰：**(一)"物有"諸句，見《列子・湯問第五》。按：係節原文。①智有所不明，孔子厄於陳也。［補］曰：校人(一)曰：孰謂子産智(二)！予既烹而食之。智有所不明也。**疏曰：**(一) 校人，主池沼小吏，又馬官之長也。(二)"孰謂子産智"二句，見《孟子》中《萬章》篇上。

校勘記：①此句上頁眉戴之麟題校補時地云：丁亥後二月二十五日午後，韓左个。

數(一)有所不逮(二)，天不可計量(三)也。［補］曰：《史記》曰：人雖賢，不能左畫圓、右畫方。**疏曰：**(一) 數，計也，疏羽切。(二) 逮，音代，及也。(三) 量，平聲。"人雖賢"二句，見《史記卷一百二十八・龜策列傳第六十八》第八頁。惟"圓"作"方"，"方"作"圓"。①神有所不通。日不能夜光也。［補］曰：神龜能見夢於元君(一)，不能避余且(二)之網。智有所困，神有所不及也。**疏曰：**(一) 元君，《道經》云："當爲仙者，男爲真人，女爲元君。"如魏夫人爲紫虚元君，后土夫人爲碧霞元君，皆是。(二) 余且，《莊子菁華》下卷八《外物》篇注，據《釋文》云："余，音預。且，子餘反。姓余名且也。"麟按：爲宋元君時漁者。"神龜"諸句，見同上篇。

校勘記：①此句上頁眉戴之麟題校補時地云：己丑六月七日午間，新庭。

用君(一)之心，所念慮也。**疏曰**：（一）君，稱屈原。行君之意，遂(一)本操也。**疏曰**：（一）遂，順也，如也。龜策誠不能知事。"不能決(一)君之志也。一云：知此事(二)。**疏曰**：（一）決，定也。（二）此事，指卜事也。

姚鼐曰：答處反只渾然無圭角，皆闢生境。①

林西仲曰："蔽障於讒"四字，是一篇之綱。又曰：中段八箇"寧"字，八箇"將"字，語意低昂，隱隱可見。又曰：篇中計六易韻，亦《騷》之遺音。其"呢訾慄斯"、"喔伊嚅唲"、"突梯"、"絜楹"等語，向不知其所出，先輩謂當以意會之，斯得之矣。

浦二田曰：別用"乎"字，與二《招》之用"些"用"只"，皆騷之變調，亦騷體也。而是篇又爲《客難》、《答賓》、《解嘲》諸文開泒。其篇法，排比中具條理。②

校勘記：①此句出沈伯經《古文辭類纂評注》，爲沈氏於頁眉所作評注，非姚鼐語。②此句上頁眉戴之麟題校補時地云：丁亥十二月十七日午後，韓庭除。

楚辭補注疏卷第七

漁父章句第七　離騷

《漁父》者，屈原之所作也。屈原放逐，在江、湘之間，憂愁歎吟，儀容變易。而漁父避世(一)隱(二)身，釣(三)魚江濱，欣然自樂。時遇屈原川澤之域，怪而問之，遂相應答。楚人(四)思念屈原，因叙其辭以相傳焉。《卜居》、《漁父》，皆假設問答以寄意耳。而太史公《屈原傳》、劉向《新序》、嵇康(五)《高士傳》或採《楚辭》、《莊子》漁父之言以爲實録(六)，非也。

疏曰：（一）避世，不欲與世相接，避而隱也。（二）隱，倚謹切，顯之反。謂不可明見者也。（三）釣，音弔，以鉤取魚也。（四）與首句矛盾。[①]（五）三國魏銍人，字叔夜。早孤，有奇才，博洽多聞，長好《莊》《老》。與魏宗室婚，拜中散大夫。常修養性服食之事，著《養生論》。彈琴詠詩，自足於懷。與山濤、阮籍、阮咸、王戎、向秀、劉伶爲竹林之游，世號“竹林七賢”。後吕安以事繫獄，辭相引證，遂見收被害。又有《中散集》。麟按：稽康無《高士傳》之作。《高士傳》，晉皇甫謐撰，三卷。所載皆古高隱之士，原本七十二人，今多至九十六人，乃後人所竄亂也。又按：《舊唐書》卷四十六《經籍志上・雜傳》載康撰之外又有謐撰，作七卷。又盧盤佐二卷，與此異。[②]（六）謂良史紀載翔實也。又史體名稱，專紀帝王一人之事跡者也。又私人紀先世之事亦曰實録，如唐李習之《皇祖實録》，則記其先祖之事是也。

校勘記：①此句上頁眉戴之麟題校補時地云：己丑五月十八日午間，新庭。②此句上頁眉戴之麟題校補時地云：己丑四月十六日午間，新庭。

屈原既放，身斥(一)逐也。**疏曰：**（一）斥，音尺。逐也，遠也，屏拒也。游於江潭(一)，戲水側(二)也。疏曰：（一）潭，音覃，深水也。（二）側，音札色切，旁也。行吟(一)澤(二)畔，履(三)荆棘(四)也。**疏曰：**（一）吟，宜琴切。哦也，咏也。凡言詩人皆謂之吟，如吟髭、吟肩之類。器物與詩人相屬者亦曰吟，如吟燈、吟鞭之類。（二）澤，音宅，水所匯也。（三）履，讀如里，踐也。（四）棘，音亟。小棗叢生者。木堅，色赤。刺粗而長者曰馬棘，色白者爲白棘，實酸者曰樲。棘，見《本草》。

姚鼐曰：吟其所作。①

校勘記：①此句出林雲銘《楚辭燈》，非姚鼐語。

顏(一)色憔(二)悴(三)，皯黴，黑也。［補］曰：皯，古旱切。黴，力遲切。**疏曰：**（一）顏，眼平聲。額角也，眉目之間也。采色曰顏，題字於額亦曰顏。（二）憔，音樵。（三）悴，音萃。衰弱不振之意，又困苦也。形容枯槁。癯(一)瘦(二)瘠(三)也。［補］曰：槁，音考。**疏曰：**（一）癯，音劬，與臞同，瘠也。（二）瘦，所救切，本作瘦，肥之反。肌肉不豐也。（三）瘠，音脊，瘦也。

漁父見而問之，怪(一)屈原也。**疏曰：**（一）怪，固拜切，疑駭也。
姚鼐曰：引漁父諷己。①

曰："子非三閭大夫與？謂其故(一)官。《史記》作歟(二)。**疏曰：**（一）故，音固，舊也。（二）與、歟，音義同。何故(一)至於斯？"曷爲遭(二)此患(三)也。**疏曰：**（一）故，原因也。（二）遭，音糟，遇也。（三）患，音宦。憂也，禍也。

校勘記：①此句出沈伯經《古文辭類纂評注》，爲沈氏於頁眉所作評注，非姚鼐語。

屈原曰："舉(一)世皆濁(二)衆貪(三)鄙(四)也。一作：世人皆濁。《史記》作：舉世混(五)濁，而我獨清，衆人皆醉，而我獨醒。**疏曰：**（一）舉，居語切。皆也，合也。（二）濁，音濯，水不清也。（三）貪，音探也，探取情實也。又凡求得無厭皆曰貪。（四）鄙，音卑旨切。陋也，厭薄之也。（五）混，户穩切，雜流也。我獨清，志潔己也。衆人皆醉惑財賄（一）也。一云：巧佞曲也。**疏曰：**（一）賄，虎腿切，財也。又以財贈人也。我獨醒，廉自守也。是以見放。”棄草野也。一本此句末有“爾”字。

漁父（一）曰：隱士（二）言也。**疏曰：**（一）漁父，老漁之稱。漁，音魚，捕魚也。父，上聲，長老之稱。（二）隱士，不仕之人也。隱，見上小序疏二。“聖人不凝（一）滯（二）於物，不困辱其身也。《史記》云：夫聖人者（三）。一本物上有“萬”字。**疏曰：**（一）凝，宜澄切，水堅也。凡液體之物漸結爲固體皆曰凝。（二）滯，音彘，謂凝聚而不流通也。麟按：此謂固執不圓通也。（三）“夫聖人者”句，見《史記卷八十四・屈原賈生列傳第二十四》原作是篇，此處少“夫”、“者”二字。① 而能與世推移。隨俗推移（一）。**疏曰：**（一）推移，遷移也。推，退平聲。

校勘記：①此句上頁眉戴之麟題校補時地云：己丑六月六日午間，新寢。

世人皆濁，人貪（一）婪（二）也。一作舉世皆濁。《史記》云：舉世混（三）濁。**疏曰：**（一）貪，音探，愛財曰貪。又見上“舉世皆濁”疏。（二）婪，羅含切，貪也。亦作惏。（三）混，户穩切，雜流也。俗亦謂攙和夾雜曰混。何不淈其泥同其風也。《史記》作：隨其流。［補］曰：淈（一），古没切，又乎没切，濁也。**疏曰：**（一）淈，音骨，又水出貌。而揚其波？與沈浮也。五臣云：淈泥揚波（一），稍隨其流也。**疏曰：**（一）波，逋俄切，水紋也。

衆人皆醉，巧佞曲也。何不餔其糟從其俗也。［補］曰：餔（一），布乎切。**疏曰：**（一）餔，音逋，又音布，與哺通，以食食人也。而歠其釃？食其禄也。《文選》釃作醨。五臣云：餔糟歠醨，微同其事也。餔，食也。歠，飲也。糟、醨，皆酒滓也。［補］曰：釃，力支切，以水䴡（一）糟也。醨，薄酒也。**疏曰：**（一）䴡，子禮切，手搦酒也。《玉篇》：“手出其汁。”

何故深思高舉，獨行忠直。五臣云：深思，謂憂君與民也。自令放（一）爲？”遠在他域（二）。《史記》云：何故懷（三）瑾（四）握（六）瑜（五）而自令見放爲？**疏曰：**（一）放，付妄切。還也，棄也。（二）域，余洫切，疆界也。（三）懷，抱也。（四）瑾、（五）瑜，美玉也。瑾，音僅。瑜，音俞。（六）握，烏角切，持也。在外爲持，在内爲握。

屈原曰："吾聞之，受聖人之制（一）也。**疏曰：**（一）制，職藝切，成法曰制。新沐者必彈冠，拂土坌（一）也。［補］曰：《荀子》云：新浴者振（二）其衣，新沐者彈（三）其冠，人之情也。其誰能以己之僬僬（四），受人之掝掝（五）者哉。**疏曰：**（一）坌，笨去聲，塵也。（二）振，音震，抖擻之以去塵也。（三）彈，駝寒切，用爪撥弄曰彈。（四）僬僬，明察貌，音焦。又樵去聲，趨走促數，不爲容止。"新浴"諸句，見《荀子》卷一《不苟篇第三》。（五）掝掝，惛也。新浴者必振衣。去塵穢也。

安能以身之察察，己清潔也。五臣云：察察，潔白也。《史記》云：又誰能以身之察察。受物之汶汶者乎？蒙垢塵也。［補］曰：汶，音門。汶，濛（一），沾辱也。一音昬。《荀子》注引此作惛惛。惛惛，不明也。惛，門、昬二音。**疏曰：**（一）濛，音蒙，微雨貌。濛濛，元氣未分貌。

寧赴湘流，自沈淵也。《史記》作常流。常，音長。葬於江魚之腹（一）中。身消爛（二）也。一無"之"字。《史記》云：而葬乎江魚腹中耳。**疏曰：**（一）腹，音福，胸部以下曰腹。（二）爛，音濫，壞也。

安能以皓皓之白，皓皓，猶皎皎也。皓（一），一作皎。五臣云：皓、白，喻貞潔。**疏曰：**（一）皓，音浩。而蒙世俗之塵埃乎？"被點汙也，一無"而"[①]字。塵埃，《史記》作温蠖。説者曰：温蠖，猶惛憒（一）也。**疏曰：**（一）憒，音潰，心亂也。

校勘記：①"而"，原誤作"爾"，今據李刻本、明翻宋本、汲古閣本改。

漁父莞爾而笑，笑離齗（一）也。莞，一作莧（二）。［補］曰：莞爾，微笑（三）。胡板切。**疏曰：**（一）齗，音銀，齒根肉也。（二）莧，《説文》音桓，山羊細角也，無笑義。查《字典》八畫有莧，注音未詳，笑也。或此之訛。（三）"笑"下宜加"也"字。鼓（一）枻（二）而去，叩（三）船舷也。枻，一作栧（二）。［補］曰：枻，音曳。舷（四），船邊也。**疏曰：**（一）鼓，音古，擊也。凡有所擊搏曰鼓。右"支"作"支"。（二）枻、栧同。(三)叩，口、扣二音，擊也。(四)舷，音賢。**歌曰：**一本“歌”上有“乃”字。

“滄浪之水清兮，喻世昭明。[補]曰：浪，音郎。《禹貢》：嶓冢(一)導漾(二)，東流爲漢；又東爲滄浪(三)之水。注云：漾水至武都(四)爲漢；至江夏(五)，謂之夏水；又東，爲滄浪之水，在荆州(六)。孟軻(七)云：有孺子歌曰(八)：滄浪之水清兮，可以濯我纓；滄浪之水濁兮，可以濯(九)我足。清斯濯纓(十)，濁斯濯足矣，自取之也。《水經》云：武當縣(十一)西北漢水中有洲，名滄浪洲。《地説》(十二)曰：水出荆山(十三)，東南流爲滄浪之水①。是近楚都，故《漁父》歌云云。余按：《尚書·禹貢》言導漾水東流爲漢，又東爲滄浪之水。不言過而言爲者，明非它水。蓋漢、沔水自下有滄浪通稱耳。漁父歌之，不達(十四)水地，宜以《尚書》爲正。**疏曰：**(一)嶓冢，見前《九歌·湘君》“使江水兮安流”疏。(二)漾，音恙，水名，在陝西寧羌縣，即漢水之源。(三)滄浪，在今均州北三十里，若以爲在夏水之東，誤之遠矣。(四)武都。山名，在四川綿竹縣北。郡名，漢置，今甘肅之武都、文、成、徽及陝西寧羌等縣是其地，治武都，故城在今甘肅成縣，西晉入楊氏。縣名，漢置，爲武都郡治。今縣，以階州改置，屬甘肅渭川道。(五)江夏，郡名，又縣名。此指郡名，若指縣名而言，則在吾鍾之下。漢水已改名滄浪，既在荆山，不應在夏水之東。或當時吾鍾屬江夏郡乎？(六)荆州，古九州名。《書·禹貢》：“荆及衡陽爲荆州。”《爾雅》：“漢南曰荆州。”《釋名》以爲取荆山之名。今湖南、湖北及四川舊遵義、重慶二府，……廣東之連縣皆其地。後漢荆州刺史治漢壽，故城在今湖南武陵縣東北。三國吴徙治南郡，歷代遂以其地爲荆州（此荆州蓋指此）。宋爲江陵府，元改中興路，明爲荆州府，清因之，屬湖北省。民國廢。今江陵縣，即舊府治也。(七)孟軻，即孟子，戰國鄒人。(八)“有孺子歌曰”諸句，見《孟子》中《離婁》篇上。(九)濯，音濁，澣也。(十)纓，音嬰，冠係也，所以結冠之組。(十一)武當，縣名。漢置，故城在今湖北均縣北，元時移置，明廢，即今均縣治。又山名，在今湖北均縣南一百里。一曰太和山，其秀峰曰參嶺，高出雲表，縣殆以此爲名也。(十二)《地説》，未詳。(十三)荆山，在今湖北南漳縣西，漳水所出。古豫州在荆山北，荆州在荆山南。楚都當是指今宜城，宜城在當時爲鄢郢，非江陵故都也。(十四)達，音答，明也。可以濯吾纓；沐浴升朝(一)廷也。吾，一作我。五臣云：清喻明時，可以修飾(二)冠纓而仕(三)也。**疏曰：**(一)朝，音潮。(二)飾，音識，刷治而清潔之亦曰飾。(三)仕，事矣切，宦也。

校勘記：①"水"下，原衍"是也"二字，今據李刻本、明翻宋本、汲古閣本删。

滄浪之水濁兮，喻世昏闇(一)。**疏曰：**（一）闇，同暗，不明也。可以濯吾足。宜隱遁(一)也。吾，一作我。五臣云：濁喻亂世，可以抗(二)足遠去。**疏曰：**（一）遁，音鈍，與遯通。逃也，隱去也。（二）抗，可浪切，舉也。

姚鼐曰：四句指點出不凝滯而能推移本領。①

校勘記：①此句出林雲銘《楚辭燈》，非姚鼐語。

遂去，不復與言。合道真也。［補］曰：《藝文志》(一)云：《屈原賦》二十五篇。然則自《騷經》至《漁父》皆賦也。後之作者苟得其一體，可以名家矣。而梁(二)蕭統作《文選》，自《騷經》、《卜居》、《漁父》之外，《九歌》去其五，《九章》去其八。然司馬相如《大人賦》率用《遠游》之語，《史記·屈原傳》獨載《懷沙》之賦，揚雄作《伴牢愁》，亦旁(三)《惜誦》至《懷沙》。統所去取，未必當（去聲）也。自漢以來，靡麗(四)之賦，勸百而諷(五)一，無復惻隱(六)古詩之義。故子雲（雄字）有曲終奏雅之譏(七)，而統乃以屈子與後世辭人(八)同日而論，其識如此，則其文可知矣。**疏曰：**（一）《藝文志》，史志以當時所存典籍彙録於一篇，謂之《藝文志》。漢班固始依劉歆《七畧》爲之，爲《漢書》八志之一。其後各史及志乘多仿此例。正史中有《藝文志》者凡六：《漢書》、《隋書》、新舊《唐書》、《宋史》、《明史》也。清侯康補《後漢書》、《三國志》藝文志；文廷式補《晉書·藝文志》；顧懷之補《五代史·藝文志》；金門詔、倪燦皆補遼、金、元《藝文志》；錢大昕補《元史·藝文志》，皆另刊行世。（二）梁，蕭衍受齊禪爲帝國號，凡四主五十五年，禪於陳。統，即其子也。（三）旁，通傍，依傍也。《伴牢愁》，一作《畔牢騷》。①（四）靡麗，謂奢華也。靡，敏蟻切。（五）諷，風去聲。謂不用正言，託詞以感人也。（六）惻隱，謂見之惻然不忍也。惻，音測。愴也，痛也。（七）譏，音機。誚也，非責之也。（八）辭人，善爲文辭之人也。始見《漢書》"辭人之賦麗以淫"。

姚鼐曰：各成其事。②

林西仲曰：篇中有"葬於江魚腹中"之語，意已決矣。故借漁父問答，發明己意。“獨”、“醉”二字，畫出當日仕楚羣臣真面目。在原非不知和光同塵可以免於罪，但自惟得此清醒之體，費卻許多洗濯工夫，原非易事。若入於濁醉之中，何異新沐者復受衣冠垢汙？與未沐浴同矣。是漁父以不入耳之談，來相勸勉也。及自言其志，而漁父亦不以爲然，長歌而去。此時舉世無一可語之人，雖欲不自沈，不可得矣。此通篇之大旨也。③

校勘記：①此句上頁眉戴之麟題校補時地云：丁亥七月望日上午，韓左个牆陰。②此句出林雲銘《楚辭燈》，非姚鼐語。③此句上頁眉戴之麟題校補時地云：戊子四月二十二日午間，救左終校。

楚辭補注疏卷第八

九辯章句第八　楚辭

《九辯》者，楚大夫(一)宋玉之所作也。辯者，變也，謂陳(二)道德以變説君也。《史記》曰：原死之後，楚有宋玉、唐勒(三)、景差(四)之徒，皆好辭而以賦見稱。皆祖屈原之從容辭令，終莫敢直諫。辯，一作辨。辯，治也。辨，别①也。説，音税。九(五)者，陽之數，道之綱紀(六)也。五臣云：宋玉惜其師忠信見放，故作此辭以辯之，皆代原之意。九義亦與《九歌》同。故天有九星(七)，以正機衡；地有九州(八)，以成萬邦；人有九竅(九)，以通精明。屈原懷忠貞之性，而被讒邪，傷君闇蔽，一作昧。國將危亡，乃援天地之數，列人形之要，而作《九歌》、《九章》之頌，以諷諫懷王。明己所言，與天地合度，可履而行也。宋玉者，屈原弟子也。閔惜其師，忠而放逐，故作《九辯》以述其志。至於漢興，劉向、王褒之徒，咸悲其文，依(十)而作辭，故號爲"楚辭"。亦采(十一)其九以立義焉。采，一作承。

疏曰：（一）爵位名，秦所制，以賞功勞。漢因之，在第五級，列位從大夫，故名。又古官名，官有鄉大夫、遂大夫、朝大夫、冢大夫。晉有公族大夫。《左傳》："趙衰爲原大夫，狐溱爲温大夫。"注云："公邑稱大夫，私邑稱宰。"又尊稱之詞，東方朔文："今之大夫，修先王之術。"又太醫院長官，列五品，階爲大夫，故稱太醫爲大夫。北人稱醫生皆曰大夫，蓋本於此，見《常談叢録》。參看前《離騷》"齊桓聞以該輔"疏。（二）與陳同。（三）未詳。（四）戰國時楚人，好辭賦，事頃襄王爲公族大夫，詞章之最古者，漢人常與宋玉並稱。差，亦作瑳。（五）《易》明陰陽，陽稱九，故云。（六）上音岡，網之大繩爲綱。又凡以總而御分者皆曰綱。又貨物之結幫同行者曰綱，如花綱、茶綱、鹽綱之類。下音己，謂别理絲縷，使不亂也。又法也。（七）《逸周書》：

"王曰:'余不知九星之光。'周公旦曰:'九星,星、辰、日、月、四時、歲,是謂九星;九星九光。'"又謂北斗也,亦曰九魁。《徐整長曆》云:"北斗七星,星間相去九千里,皆在日月下。其二陰星不見者,相去八千里。"《雲笈七籤》:"天有九星,兩星隱。"又術數家以貪狼、巨門、禄存、文曲、廉貞、武曲、破軍、左輔、右弼爲九星,亦稱九曜。麟按:此謂北斗,北斗三曰璣,五曰衡。《逸周書》,《辭源》酉集一九七頁辵部八畫:"書名,舊題《汲冢周書》。謂晉太康二年,汲郡人得於魏安釐王冢中者。然考漢魏人所著書,引此書頗多。蓋漢時已有之,非出於汲冢也。陳振孫《書録解題》以爲戰國時人所爲。今本凡十卷,宋以來已無善本,蓋亡佚脱爛久矣。"《徐整長曆》,考《舊唐書》卷四十六、八頁《經籍上》雜史類,徐整所作之曆三:一、《三五曆》二卷;二、《通曆》二卷;三、《雜曆》五卷。無《長曆》之名。[②]《雲笈七籤》,《辭源》戌集一六六頁雨部四畫:"書名,宋張君房撰。君房校正祕閣道書,撮其精要,以成是書。其稱'雲笈七籤'者,蓋道家言。以《天寶君説洞真》爲上乘,《靈寶君説洞元》爲中乘,《神寶君説洞神》爲下乘。《太元》、《太平》、《太清》三部爲輔經。又《正一法文遍陳三乘》别爲一部。總爲七部也,凡一百二十卷。"[③](八)見前《九歌·大司命》"紛總總兮九州"疏。(九)見前《天問》"圜則九重"疏。(十)據也。(十一)取也。

校勘記:①"别",原誤作"説",今據李刻本、明翻宋本、汲古閣本改。②此句旁行間戴之麟題校補時地云:己丑五月二十八日上午,新庭。③此句上頁眉戴之麟題校補時地云:己丑五月二十七日午後,新庭。

悲哉秋之爲氣也!寒氣聊(一)戾(二),歲將暮也。哉,一作夫。**疏曰:**(一)聊,耳鳴也,引申爲風鳴勁疾也。(二)戾,音麗,勁疾也。

姚鼐曰:首章只就秋寫,首句全領四五行一氣。[①]

校勘記:①此句出沈伯經《古文辭類纂評注》,爲沈氏於頁眉所作評注,非姚鼐語。

蕭瑟(一)兮陰冷[①]促(二)急,風疾暴(三)也。五臣云:蕭瑟,秋風貌。言屈原枉見放逐,其情如秋節之悲,故託言秋之爲狀而盛述之。**疏曰:**(一)蕭瑟,蕭條瑟縮也。(二)促,趨旭切。迫也,急也。(三)暴,泊傲切,疾也。草木摇落華(一)葉隕零,肥潤去也。一本句末有“兮”字。**疏曰：**（一）華，音義同花。而變衰，形體易②色，枝葉枯槁(一)也。自傷不遇，將與草木俱(二)衰老也。**疏曰：**（一）槁，枯也。（二）俱，偕也。

校勘記：①“陰冷”，原誤作“隱令”，今據李刻本、明翻宋本、汲古閣本、金陵書局本改。②“易”，原誤作“異”，今據李刻本、明翻宋本、汲古閣本改。

憭慄兮思念暴戾，心自傷也。五臣云：憭慄(一)，猶悽(二)愴(三)也。［補］曰：憭，舊音流，又音了。**疏曰：**（一）憭慄，寒意。亦作憀慄。朱熹詩：“憭慄起寒襟。”憭，又音聊。慄，音栗，戰懼也。（二）悽，音妻，悲也。（三）愴，音創，悲傷也。朱熹，即宋大儒朱夫子。若在遠行，遠客出去，之(一)他方也。**疏曰：**（一）之，往也。登山臨(一)水兮陞高遠望，視江河也。**疏曰：**（一）臨，音林，居上視下也。送將歸，族(一)親別逝，還故鄉也。**疏曰：**（一）族，祚木切，屬也。同姓之親，自三從以外皆稱爲族。

泬寥兮泬寥，曠蕩空虚也。或曰：泬寥猶蕭條。蕭條，無雲貌。寥，《釋文》作嵺(一)。［補］曰：泬，音血。嵺，高貌。**疏曰：**（一）嵺，音聊，山聳貌。又廣遠也。天高而氣清(一)，秋天高朗，體清明也。言天高朗，照見無形。傷君昏亂，不聰明也。氣清，一作氣平。［補］曰：清，疾正切。《説文》云：無垢薉(二)也。古本作瀞。**疏曰：**（一）清，不讀平聲，宜作凊，與瀞、净音義同。以下句“清”字言，重韻，宜作凊，叶清可也。（二）薉，音義同穢。

宗廖兮源瀆(一)順流，漠無聲也。宗，一作寂。廖，一作漻。五臣云：寂漻，虚静貌。［補］曰：《説文》云：宗，無人聲，與寂同。廖，空虚也，與寥同。漻，深清也。並音聊。一云：廖，崖(二)虚也。**疏曰：**（一）瀆，音讀，溝也。古謂江、河、淮、濟爲四瀆，謂獨流入海也。（二）崖，宜鞋切。與厓同，山邊也。收潦而水清，溝(一)無溢(二)濫(三)，百川净也。言川水夏濁而秋清，傷人君無有清明之時也。五臣云：潦，雨水(四)，音老。**疏曰：**（一）溝，音鉤，田間水道也。（二）溢，音逸，滿也。加於内曰益，出於外曰溢。（三）濫，勒淡切，水延漫也。（四）“水”下宜加“也”字。

憯悽增欷兮愴痛感動，歎累息也。五臣云：憯悽，悲痛貌。欷，泣歎。［補］曰：憯，七感切。欷，虚毅切，歔欷(一)也。**疏曰：**（一）歔欷，悲泣氣咽而抽息也。歔，音虚，鼻出氣也。欷，音希，嗟歎聲。薄(一)寒之中人，傷我肌(二)膚(三)，變顔色也。五臣云：薄，迫也。有似迫寒之傷人。［補］曰：中，去聲。**疏曰：**（一）薄，音亳，厚之反也。凡輕微狹小皆謂之薄，此當作輕微解。謂當秋時，輕寒中人也。（二）肌，音飢，膚肉也。（三）膚，音夫，謂身體之表皮也。

愴怳懭悢兮，中情悵(一)惘(二)，意不得也。五臣云：愴怳、懭悢，皆悲傷也。［補］曰：愴怳，失意貌。上初兩、下(三)許昉切。懭悢，不得志。上口廣切，下(三)音朗，又音亮。**疏曰：**（一）悵，音暢，亦作惝。（二）惘，音網。均失意貌。（三）兩“下”字均上聲。去故而就(一)新，初會鉏鋙①(二)，志未合也。五臣云：去故就新，别離也。**疏曰：**（一）就，劑宥切，即也。（二）鉏鋙，與齟齬同，不相入之貌。鉏，崇魚切。鋙，音語。

校勘記：①“鉏鋙”，原作“齟齬”，今據李刻本、明翻宋本、汲古閣本改。

坎(一)廩兮數遭患禍，身困極也。廩，一作壈(二)，五臣云：坎壈，困窮也。［補］曰：廩，力敢切。坎廩，失志，一曰不平。**疏曰：**（一）坎，可感切。（二）壈，藍上聲。坎壈，不得志也。廩，《字典》有力甚切，力錦切，無力敢切。①

姚鼐曰：失職略逗，只滚和在悲秋裹。②③

貧(一)士失職亡財遺物，逢寇(二)賊(三)也。貧，一作窮。**疏曰：**（一）貧，彼銀切，窮也。（二）寇，音叩，羣行攻刦曰寇。（三）賊，字刻切，竊盜曰賊。而志不平，心常憤懣，意未服也。

校勘記：①此句上頁眉戴之麟題校補時地云：戊子六月十四日上午，抹左補録。②此句出沈伯經《古文辭類纂評注》，爲沈氏於頁眉所作評注，非姚鼐語。③此句上頁眉戴之麟題校補時地云：丁亥七月七月望日上午，韓庭階下。

廓落兮喪(一)妃(二)失偶(三)。塊(四)獨立也。五臣云：廓落，空寂也。**疏曰：**（一）喪，去聲，失也。（二）妃，音霏，匹也。與配同。（三）偶，音義同耦，儕輩曰偶。（四）塊，庫誨切，又庫怪切，孑然獨立也。一本云：塊，楚人謂我也。羇旅(一)而無友生。遠客寄居，孤單特也。羇，一作羈。一無“生”字。［補］曰：羇旅(二)，寓也。**疏曰：**（一）羇旅，旅客也。羇，與羈同，吉漪切。（二）旅，又寄也。

惆悵兮後黨失輩，惘愁毒也。五臣云：惆(一)悵(二)，悲哀也。**疏曰：**（一）惆，音抽。（二）悵，見上“愴怳”句疏。而私自憐(一)。竊(二)内念己，自憫傷也。**疏曰：**（一）憐，憫也，叶林。（二）竊，音切，私也。

姚鼐曰：至此一頓。①

校勘記：①此句出沈伯經《古文辭類纂評注》，爲沈氏於頁眉所作評注，非姚鼐語。

燕(一)翩翩(二)其辭歸兮，將入大海，飛回翔也。五臣云：言秋深也。翩翩，飛貌。**疏曰：**（一）燕，見前《天問》“玄鳥致貽”句疏。（二）翩，音篇，鳥飛輕疾貌。蟬(一)宋漠(二)而無聲。螗(三)蜩①(四)斂翅②，而伏藏也。宋漠，一作寂寞。**疏曰：**（一）蟬，見前“楚辭補注卷第一”疏。（二）宋漠、寂寞音義同。（三）螗，音唐，蟬屬。亦稱螗蜩，小於馬蜩，背青緑色，頭有斑紋，其聲清圓如言“鳥友鳥友”者是。見《爾雅義疏》。（四）蜩，音迢，蟬之總名。有馬蜩、茅蜩、螗蜩、寒蜩數種。

校勘記：①“螗蜩”，原誤作“蜩螗”，今據李刻本、明翻宋本、汲古閣本改。②“翅”，原誤作“翼”，今據李刻本、明翻宋本、汲古閣本改。

鴈(一)廱廱(二)而南游兮，雄雌和樂①，羣戲行(四)也。廱，一作嗈，一作癰(三)。［補］曰：廱與嗈同。《詩》曰：嗈嗈鳴鴈(五)。鴈陰起則南，陽起則北，避寒就燠也。**疏曰：**（一）鴈，見前《思美人》“因歸鳥而致辭兮”疏。（二）廱廱，和也，音雍。（三）癰音同，古不分。（四）行，叶杭。（五）“嗈嗈鳴鴈”，見《詩·匏有苦葉》篇。“廱”作“雝”。鵾雞(一)啁(二)哳而悲鳴。奮翼鳴呼，而低昂也。夫燕蟬遇秋寒，將入水穴處，而懷憂懼，候鴈鵾雞喜樂而逸豫，言己無有候鴈鵾雞之喜樂，而有蟬燕之憂懼也。［補］曰：鵾鷄似鶴，黄白色。啁哳，聲繁細貌。上竹交(三)，下陟轄(三)。**疏曰：**（一）鵾雞，長頸赤喙，見《駢雅訓纂》。鵾，音昆。（二）啁，音嘲。又知優切，義同。（三）"交"、"轄"下宜各加"切"字。

校勘記：①"樂"，原誤作"鳴"，今據李刻本、明翻宋本、汲古閣本改。

獨申(一)旦而不寐兮，夜坐視瞻(二)而達明也。坐，一作起。五臣云：申，至也。**疏曰：**（一）申，音身。（二）瞻，音占，視也。達，到也。哀(一)蟋蟀(二)之宵征。見蜻(三)蛚(四)之夜行，自(五)傷放棄，與昆(六)蟲爲雙也。或曰：宵征，謂"七月在野(七)，八月在宇，九月在户，十月蟋蟀，入我牀下(八)"。是其宵征。征，行也。五臣云：宵，夜也。**疏曰：**（一）哀，音唉，悲也。（二）蟋蟀，蟲名，亦名促織。長六七分，全體黑色。雄者前翅左下右上相重疊，連接處有剛强之聲器，末端有尾毛二，較雌者爲長。雌者翅短，尾毛之間，並有産卵管一。秋夜鳴聲甚厲。蟋，音悉。蟀，音率，疏聿切。（三）蜻，音精，同蜻。（四）蛚，音列。《酉陽雜俎》："蛚屬卻行。"蟋蟀一名也。（五）麟按：此文係宋玉作，上二句注"己"字及本句注"自"字皆誤，後"己"、"自"字注倣此。（六）昆，姑温切，衆也。本作蚰。（七）"七月"五句，見《詩·豳風》篇。（八）下，上聲。

時亹亹而過中兮，時已過(一)半，日進往①也。亹亹，進貌。《詩》云：亹亹文王(二)。五臣云：亹亹，行貌。過中，謂漸衰暮也。［補］曰：亹，音尾。**疏曰：**（一）過，平聲。（二）"亹亹"句，見《詩·大雅·文王》篇。蹇淹(一)留而無成。雖久壽考(二)，無成功也。五臣云：蹇，語詞也。念己將老，淹留草澤，無所成也。**疏曰：**（一）淹，衣詹切，久留也。（二）考，可懊切，老壽也。

姚鼐曰：篇尾其聲稍變，就物景摇曳之，結句引下。②

校勘記：①"往"，原誤作"行"，今據李刻本、明翻宋本、汲古閣本改。②此句出沈伯經《古文辭類纂評注》，爲沈氏於頁眉所作評注，非姚鼐語。

悲憂窮戚兮修德見過，愁懼惶(一)也。戚，一作慼。《文選》作蹙。[補] 曰：戚、慼、蹙，並倉歷、子六二切。迫也，促也，憂也。獨處廓，孤立特止，居一方也。五臣云：廓(二)，空也。謂己窮蹙處於空澤。[補] 曰：處，昌舉切。**疏曰：**（一）惶，音皇，恐也。（二）廓，音擴。

姚鼐曰：次章拈出人來，又一提頭起，突兀。①②

有美一人兮位尊(一)服好，謂懷王也。**疏曰：**（一）尊，音珍，貴也。心不繹。常念弗解，内結藏也。五臣云：繹(一)，解(二)也，言思君之心常不解也。[補] 曰：繹，抽絲也，陳也，理也。**疏曰：**（一）繹，叶灼，釋也。（二）解，皆矮切，亦釋也。

校勘記：①此句出沈伯經《古文辭類纂評注》，爲沈氏於頁眉所作評注，非姚鼐語。②此句上頁眉戴之麟題校補時地云：丁亥七月望日上午，韓庭階下。

去鄉離家①兮偝(一)違邑(二)里(三)，之(四)他邦(五)也。[補] 曰：離，去聲。**疏曰：**（一）偝、背同。（二）邑，衣吸切，都邑也。大曰都，小曰邑。又古稱王畿曰邑。又侯國之稱。又大夫采地亦曰邑。今稱縣曰邑。（三）里，離矣切。邑也，居也。五家爲鄰，五鄰爲里。（四）之，往也。（五）邦，逋紅切，國也。又封國曰邦。徠遠客，去郢南征(一)，濟(二)沅、湘也。徠(三)，一作來。**疏曰：**（一）征，音貞，行也。（二）濟，音季，渡也。（三）徠、來同。②超(一)逍遥(二)兮遠去浮游，離州(三)域(四)也。五臣云：無所依。**疏曰：**（一）超，敕妖切，躍而過之也，又凡出其上曰超。又不囿於常格也。又遠也。（二）逍遥，徜徉自得也。逍，音宵。遥，音謡。（三）州，支侯切，行政區域之名。又五黨爲州。又古之一州，猶今之一省。又水中可居者曰洲。又聚也。（四）域，余洫切，疆界也。界别之曰域。又邦國之稱。今焉薄？欲止無賢，皆讒賊也。五臣云：焉(一)，何也。薄(二)，止也。**疏曰：**（一）焉，讀煙，何也。（二）薄，音亳。

校勘記：①"去鄉離家"，原誤作"去家離鄉"，今據李刻本、明翻宋本、汲古閣本改。②此句上頁眉戴之麟題校補時地云：己丑三月三十日午間，終校圖書館。

專思君兮執(一)心壹(一)意，在胸臆(二)也。思，一作恖(三)。**疏曰：**(一) 執、壹，皆專也。(二) 臆，音[①]億，謂當胷之處。通作意，心所計慮也。又料也。又私意也，疑也。(三) 恖，古思字。不可化(一)，同姓親聯，恩義篤也。五臣云：化，變也。[補] 曰：化，舊音花。**疏曰：**(一) 化，宜叶訛。

姚鼐曰：思君不知篇眼。[②]

君不知兮聰明淺短，志迷惑也。可奈何！頑嚚難啓(一)，長歎息也。**疏曰：**(一) 啓，開也，音起。

校勘記：①“音”，原誤作“因”，今徑改。②此句出沈伯經《古文辭類纂評注》，爲沈氏於頁眉所作評注，非姚鼐語。

蓄(一)怨兮積思(二)，結恨在心，慮憤鬱也。**疏曰：**(一) 蓄，音畜。聚也，藏也。通作畜。(二) 思，音伺。意思也，怨恨也。心煩憺兮忘食事。思君念主[①]，忽不食也。[補] 曰：憺，徒濫切，憂也。食事，謂食與事也。

校勘記：①“思君念主”，原誤作“思念君主”，今據李刻本、明翻宋本、汲古閣本改。

願一見兮道(一)余意，舒寫(二)忠誠，自陳列也。余，一作我。**疏曰：**(一) 道，上聲，言也。(二) 寫，洗野切。傾也，盡也，輸洩也。君之心兮與余異。方圓殊(一)性，猶白黑也。五臣云：願一見君，道忠信之意。君心以是爲非，故與余異矣。**疏曰：**(一) 殊，音舒，異也。

車既駕兮朅而歸，回逝(一)言邁(二)，欲反(三)國也。一無“既”字。[補] 曰：朅，丘傑切，去也。**疏曰：**(一) 逝，音誓，往也。(二) 邁，讀賣，遠行也。(三) 反，同返。

姚鼐曰：“車駕”四語，歎其遠。[①]

不得見兮心傷悲。自傷流離，路隔塞(一)也。一本“心”下無“傷”字。五臣云：將去歸國，而君不見察，故心悲也。**疏曰：**（一）塞，音色，阻也。

校勘記：①此句出沈伯經《古文辭類纂評注》，爲沈氏於頁眉所作評注，非姚鼐語。

倚結軨(一)兮長太息，伏車重軾(二)，而涕泣也。一無“長”字。［補］曰：軨，音零，車轖間横木。**疏曰：**（一）軨，車闌也。車箱内三面以木一直一横爲方格，如窗櫺也。《説文》引司馬相如説，軨從霝，字亦作轜。又車輪也。（二）軾，音拭，輿前横木也。涕潺(一)湲(二)兮下霑軾。泣下交流，濡(三)茵(四)席也。一本“霑”(五)上無“下”字。五臣云：潺湲，流涕貌。軾，車上所憑者。**疏曰：**（一）潺，讀如讒，水流貌。（二）湲，音員，義同潺。（三）濡，音儒，漬也。（四）茵，音因，車重席也。（五）霑，音義同沾，音占，漬也。

忼(一)慨絶兮不得(二)，中情恚(三)恨，心剥(四)切也。忼，一作慷(一)。［補］曰：忼慨，壯士不得志(五)。忼，口朗切。**疏曰：**（一）忼、慷，音義同。（二）得，讀如的。（三）恚，郁睡切。恨也，怒也。（四）剥，音駁。削也，落也。又擊也。（五）“志”字下宜加“貌”别之。

姚鼐曰：“忼慨”四句掣轉，達得三閭心事出。①

中瞀亂兮迷惑。思念煩惑，忘南北也。五臣云：歎與相絶而不見，使中昏亂迷惑也。瞀，昏也。［補］曰：瞀，音茂。

校勘記：①此句出沈伯經《古文辭類纂評注》，爲沈氏於頁眉所作評注，非姚鼐語。

私自憐兮何極，哀禄(一)命(二)薄，常含慼也。私，一作思。五臣云：自憐，失志也。極，窮也。**疏曰：**（一）禄，音鹿。福也，善也。（二）命，寐映切，生命也。禄命，言人生禄食運數也。心怦怦(一)兮諒直。志行中正，無所告也。五臣云：心存諒(二)直，終日不足。怦怦，心不足貌。［補］曰：怦，披繃切，心急。一曰忠謹貌。**疏曰：**（一）怦，鋪庚切，忠直貌。又心動貌。（二）諒，良去聲。信也，實也。

皇天平分四時兮，何直(一)春生，而秋殺也。**疏曰：**（一）直，轍弋切，但也。

姚鼐曰：三章，秋與人雙行起。①

竊獨悲此廩(一)秋。微霜淒愴，寒栗洌(二)也。廩，一作凜。五臣云：秋氣凜然而萬物搖落。喻己爲讒邪所害，是以播遷，故竊悲此也。［補］曰：廩，與凜同，寒也。**疏曰：**（一）廩，里飲切。（二）栗洌，風寒也。洌，音列，水清也。宜作冽，音同，義同栗。

校勘記：①此句出沈伯經《古文辭類纂評注》，爲沈氏於頁眉所作評注，非姚鼐語。

白露既下百草兮，萬物羣生，將被(一)害也。下，一作降。一云下降。**疏曰：**（一）被，音備，受也。

姚鼐曰：四提秋威殺草。①

奄離披(一)此梧(二)楸。痛傷茂木，又芟刈也。披，一作被。五臣云：言秋氣傷物之甚也。奄同離，羅②也。既凋百草，而梧楸同罹此患。百草喻百姓，林木喻賢人。［補］曰：奄，忽也，遽也。離披，分散貌。被與披同。梧桐、楸梓(三)，皆早凋。**疏曰：**（一）"奄"及"離披"宜從補解。（二）梧，梧桐也，見前《九歌·東皇太一》"吉日兮辰良"疏。（三）楸、梓，均見《哀郢》"望長楸而太息兮"疏。

校勘記：①此句出沈伯經《古文辭類纂評注》，爲沈氏於頁眉所作評注，非姚鼐語。②"羅"，原作"罹"，今據李刻本、明翻宋本、汲古閣本改。

去白日之昭昭兮，違離天明，而湮(一)没也。五臣云：白日喻君，言放逐去君。**疏曰：**（一）湮，音因，埋没也。襲(一)長夜之悠悠(二)。永處(三)冥冥(四)，而覆蔽也。五臣云：襲長夜，謂因受覆蔽(五)也。悠悠，無窮也。［補］曰：襲，因也，入也。**疏曰：**（一）襲，音昔。（二）悠，音憂。（三）處，上聲。（四）冥冥，幽暗也。（五）覆蔽，遮蓋也。

離芳藹之方壯兮，去己盛美之光容(一)也。［補］曰：藹，繁茂也，於蓋切。**疏曰：**（一）容，音融，儀也。余萎約而悲愁。身體疲(一)病，而憂貧也。萎，《文選》作委。五臣云：言離去芳盛之德，方壯之任，使余委棄而悲愁也。約，棄也。［補］曰：萎，於爲切，草木枯也。約，窮也。**疏曰：**（一）疲，音皮，勞乏也。麟按：此句宜從原解。

姚鼐曰：承四提人事愁況。①②

校勘記：①此句出沈伯經《古文辭類纂評注》，爲沈氏於頁眉所作評注，非姚鼐語。②此句上頁眉戴之麟題校補時地云：丁亥七月望日上午，韓庭階下。

秋既先戒(一)以白露兮，君不弘德，而嚴令(二)也。一本"戒"下有"之"字。**疏曰：**（一）戒，音介，警也。（二）令，禁令也。

姚鼐曰："秋既"十二句，承秋説，而所感在失時，與人事相關。①

冬又申之以嚴霜。刑罰刻峻，而重(一)深也。五臣云：喻暴虐相濟爲害也。申，重也。**疏曰：**（一）重，平聲。

校勘記：①此句出沈伯經《古文辭類纂評注》，爲沈氏於頁眉所作評注，非姚鼐語。

收恢台(一)之孟夏(二)兮，上無仁恩以養民也。夫天制(三)四時，春生夏長(四)，人君則(五)之，以養萬物。秋殺冬藏，亦順其宜，而行刑罰。故君賢臣忠，政合大中，則品庶(六)安寧，萬物豐茂。上闇(七)下僞，用法殘虐，則貞良被害，草木枯落。故宋玉援引天時，託譬草木。以茂美之樹，興(八)於仁賢，早遇霜露，懷德君子，忠而被害也。台，一作炱，一作炲①。五臣云：恢台，長養也。《釋文》：台，他來切。［補］曰：《舞賦》(九)云：舒恢炱②之廣度。注云：恢炱，廣大貌。炱與台，古字通。黄魯直(十)云：恢，大也。台，即胎也。言夏氣大而育物。《爾雅》曰：夏爲長贏(十一)是也。《集韻》：炱，煤塵也。臺、胎二音。**疏曰：**（一）恢台，宜從黄解。（二）孟夏，四月也。（三）制，定也。（四）夏長"長"字，上聲。（五）則，法也。（六）品庶，民衆也。（七）闇，與暗同。（八）興，去聲。（九）《舞賦》，見《文選》賦類。宋玉作，攷賦中無此句。（十）黄魯直，名庭堅，宋人。與蘇軾同時。（十一）贏，音盈，滿也。然欿傺(一)而沈(二)藏。民無駐足，竄(三)巖穴也。楚人謂住曰傺也。欿本多作坎。《釋文》：藏，作臧，音藏。五臣云：坎，陷。傺，止也。言收斂長養之氣，使陷止沈藏，但以秋氣殺物矣。皆喻楚之君臣也。［補］曰：欿，與坎同。**疏曰：**（一）傺，恥藝切。（二）沈，音澄。（三）竄，穿也，匿也。

校勘記：①"炲"，明翻宋本、汲古閣本作"炱"。②"炱"，原作"台"，今據李刻本、明翻宋本、汲古閣本改。下文"恢炱，廣大貌"同。

葉菸(一)邑(二)而無色兮，顔容變易，而蒼(三)黑也。邑，一作悒(二)。五臣云：言草木殘瘁也。菸悒，傷壞也。［補］曰：菸，音於，臭(四)草也。悒，草傷壞也。**疏曰：**（一）菸，又於去聲，萎也。又音煙，草名。亦曰煙草，亦曰淡巴菰，即補所謂臭草也。（二）邑、悒古通。（三）蒼，雌岡切。凡深青色皆曰蒼，又髮斑白曰蒼。（四）臭，音抽去聲。香解爲臭，猶亂之解爲治也。麟按：菸不當如補解。枝煩挐(一)而交横(二)；柯條糾錯，而崱(三)嶷(四)也。五臣云：煩挐，擾亂也。［補］曰：挐，女除切，牽引也，煩也。**疏曰：**（一）挐，一作拏，音義同。又尼牙切。兹從尼牙切，擾亂也。從補音則爲牽引，於義欠合。（二）横，叶黄。（三）崱，札色切，高峻貌。（四）嶷，音宜，高貌。與交横義不合。

顔淫溢而將罷兮，形貌羸(一)瘦，無潤澤也。五臣云：顔，容也。淫溢，積漸也。罷，毁也。［補］曰：罷，乏也，音疲。**疏曰：**（一）羸，音雷，瘦也。柯彷彿而萎(一)黄；肌肉空虚，皮乾腊(二)也。萎，一作委(一)，一作痿(一)。五臣云：柯，枝也。痿黄葉凋。［補］曰：彿，音費。痿，枯死也。**疏曰：**（一）萎、委、痿，音同，音威，又音尾。（二）腊，音昔，乾肉也，俗稱臘肉。臘，音蠟。以多製於臘月，故名。

蓷櫹槮之可哀兮，華葉已落，莖獨立也。蓷，一作橚。［補］曰：蓷，音梢。蓷蔘，木枝竦也。《釋文》、《文選》並音朔。蓷櫂，木無枝柯，長而殺(一)者。櫹，音蕭。槮，音森。櫹槮，樹長貌。《文選》云橚爽、櫹槮是也。橚，與蓷同。**疏曰：**（一）殺，讀去聲。形銷鑠(一)而瘀傷。身體燋(二)枯，被病久也。五臣云：瘀，病(三)，皆喻己離愁苦。［補］曰：瘀，於去切，血瘀也。**疏曰：**（一）鑠，同爍，消也，音灼。（二）燋，同焦，枯也。（三）"病"下宜加"也"字别之。

惟其紛糅而將落兮，蓬茸顛仆，根蠹(一)朽(二)也。糅，一作楺。而，一作之。五臣云：惟，思也。紛糅，衆雜也。言思姦邪衆雜，將或毁落。［補］曰：糅，女救切。蓬，蒲孔切。茸，仁勇切。**疏曰：**（一）蠹，音妬，侵耗財物曰蠹。本蟲名，體小，被銀白色細鱗，尾毛三，其長相等。能蝕衣服、書籍之屬。麟按：書中獨多，名曰蠹魚。（二）朽，音修上聲，壞也。恨其失時而無當(一)。不值聖王，而年老也。五臣云：又悵(二)失其明時，不與賢君相當。**疏曰：**（一）當，值也。值，音直，逢也。（二）悵，音暢，失意也。一作憋。

擥騑轡而下節(一)兮，安步徐行，而勿驅也。擥，一作掔，音啓妍切。五臣云：爲此擥轡按節徐行，游涉草澤也。下節，按節也。［補］曰：擥，力敢切，持也。掔，啓妍切，亦持也。其字從臤，作擥誤矣。騑，音菲。**疏曰：**（一）節，見前《遠游》"徐弭節而高厲"疏。王夫之曰："節，策也。"策，馬鞭也。宜從夫之解。聊逍遥以相佯。且徐徘徊，以游戲也。一作徜佯，一作相羊。［補］曰：相佯，徙倚也。

姚鼐曰："擥騑"十二句，承人説而所悲在不時與秋意相會。①②

校勘記：①此句出沈伯經《古文辭類纂評注》，爲沈氏於頁眉所作評注，非姚鼐語。②此句上頁眉戴之麟題校補時地云：丁亥七月望日上午，韓庭階下。

歲忽忽(一)而遒盡兮，年歲逝往，若流水也。遒，一作逝。五臣云：忽忽，運行貌。［補］曰：遒，即由、即秋二切，迫也，盡也。**疏曰：**（一）忽，倏忽也，謂迅疾出於不意也。重言之，尤見其迅速。作運行不合。恐余壽之弗將。懼我性命之不長也。弗，一作不。五臣云：將(一)，長也。［補］曰：將，有漸之辭。**疏曰：**（一）將，從長解爲宜。

悼(一)余生之不時兮，傷己幼少(二)，後三王也。**疏曰：**（一）悼，音導，傷也。（二）少，去聲。逢此世之俇攘。卒遇譖讒，而遽惶也。五臣云：俇攘，憂懼貌。一作恇勷(一)，一作迋𨅎(一)。［補］曰：俇，音匡。攘，而羊切，狂(二)也，遽也。**疏曰：**（一）恇勷、迋𨅎同。（二）狂，乞業切，怯本字。多畏也，弱也。與此不合。

澹容與而獨倚兮，煢煢(一)獨立，無朋黨也。五臣云：澹，徒敢切。澹容與，徐步也。倚，立也。**疏曰：**（一）煢，音羣，獨立貌。蟋蟀(一)鳴此西堂。自傷閔(二)己，與蟲並也。**疏曰：**（一）蟋蟀，見上"哀蟋蟀"句疏。（二）閔，音敏，傷念也。

心怵惕而震盪兮，思慮惕(一)動，沸若湯也。盪，一作蕩。五臣云：怵惕震(二)盪，自驚①動也。［補］曰：怵，音黜。盪，音蕩，摇動貌。**疏曰：**（一）惕，音剔。敬也，懼也。（二）震，真去聲，動也。何所憂之多方！内念君父(一)及兄弟(一)也。五臣云：方，猶端(二)也。**疏曰：**（一）父、弟，均上聲。（二）端，都剜切。段也，條件也。

校勘記：①"驚"，原誤作"警"，今據李刻本、明翻宋本、汲古閣本改。

卬(一)明月而太息兮，上告昊(二)旻①(三)，愬神靈也。卬，一作仰(一)。太(一)，一作大(一)。［補］曰：卬，望也，音仰。**疏曰：**（一）卬、仰，太、大，古通用。（二）昊，何老切，元氣博大也。故稱天曰昊天。（三）旻（無此字）宜作旻，音民，秋天也。步(一)列宿②(二)而極明。周覽九天，仰觀星宿，不能卧寐，乃至明也。［補］曰：明，舊音亡。**疏曰：**（一）步，音捕，徒走也。（二）列宿，衆星也。宿，音秀。謂徒步月下，仰觀衆星而明極也。

校勘記：①"旻"，明翻宋本、汲古閣本作"旻"。②"宿"，李刻本、明翻宋本、汲古閣本作"星"。以下文疏證曰"宿，音秀"，今不改。

竊悲夫蕙(一)華(二)之曾敷兮，蕙草芬芳，以興(三)在位之貴臣也。五臣云：曾，重(四)也。敷，布也。**疏曰：**（一）蕙，一本作繁。（二）華、花同。（三）興，去聲。（四）重，平聲。

姚鼐曰：四章秋意、人事融和，寫以蕙之飄零，黏合君之棄絶。①

紛旖旎乎都房。被服盛飾於宫殿也。旖旎，盛貌。《詩》云：旖旎其華(一)。《文選》作猗②柅。上音倚，下女綺切。五臣云：都，大也。房，花房也。喻君初好善布德，有如此也。旖，一作旑，於可切。旎，乃可切。［補］曰：《集韻》：旑，倚可切，其字從可。旑旎，旌旗貌。旖，音倚。其字從奇。旖旎，旌旗從風貌。天子所宫曰都。**疏曰：**（一）“旖旎”句，見《詩·隰有萇楚》篇，“旖旎”作“猗儺”，原句宜從王解。

校勘記：①此句出沈伯經《古文辭類纂評注》，爲沈氏於頁眉所作評注，非姚鼐語。②“猗”，原誤作“倚”，爲承襲李刻本之誤，以下文曰“上音倚”，今據明翻宋本、汲古閣本改。

何曾華(一)之無實(二)兮，外貌若忠，而心佞(三)也。**疏曰：**（一）曾華，重花也。（二）實，舌逸切，草木之子曰實。（三）佞，溺定切，巧諂捷給也。從(一)風雨而飛颺。隨君嗜(二)欲，而回傾也。夫風爲號令，雨爲德惠，故風動而草木摇，雨降而萬物殖。故以風雨喻君。言政令德惠，所由出也。五臣云：喻其後隨佞人之言。**疏曰：**（一）從，去聲。（二）嗜，音侍，貪也。

以爲君獨服(一)此蕙兮。體受正氣，而高明也。**疏曰：**（一）服，音伏，佩也。羌無以異於衆芳。乃與佞臣之同情也。五臣云：我(一)謂君獨好美行，乃無異於衆人之心，而受其佞也。**疏曰：**（一）“我”與以上各“自”、“己”字皆宜改“屈原”方合。

閔奇思之不通兮，傷己忠策(一)，無由入也。思，一作恖(二)。五臣云：閔，自傷也。奇思，謂忠信也。**疏曰：**（一）策，音册，計也。（二）恖，古思字。將去君而高翔(一)。適彼樂土，之(二)他域也。五臣云：高翔，遠去也。**疏曰：**

（一）翔，音詳，回飛也。（二）之，往也。

心閔憐之慘（一）悽（二）兮，内自哀念，心隱惻（三）也。**疏曰：**（一）慘、參上聲。傷也，痛也。（二）悽，音妻，悲也。（三）惻，音測。愴也，痛也。

姚鼐曰：“心閔”以下，就奇思不通申之，筆筆曲。①②

願一見而有明。分别貞正與僞惑也。五臣云：心之憂傷，願見君而自明。

校勘記：①此句出沈伯經《古文辭類纂評注》，爲沈氏於頁眉所作評注，非姚鼐語。②此句上頁眉戴之麟題校補時地云：丁亥七月望日上午，韓庭階下。

重無怨而生離兮，身無罪過，而放逐也。五臣云：重，念也。自念無怨咎（一）於君，而生離隔。[補] 曰：重，去聲。《九歌》云：悲莫悲兮生别離。**疏曰：**（一）咎，音臼，歸罪之意。中結軫（一）而增傷。肝膽破裂，心剖（二）𤺌（三）也。傷，一作慯。五臣云：心中結怨，軫憂而增悲傷。[補] 曰：慯，痛也，憂也。𤺌，普逼切。**疏曰：**（一）軫，音診，痛也。（二）剖，普毆切。判也，中分也。（三）𤺌，音愎，判也。

豈不鬱陶（一）而思君兮？憤念蓄積，盈胷臆也。思，一作息。[補] 曰：《書》云：鬱陶乎予心（二）。**疏曰：**（一）鬱陶，鬱悶思念也。鬱，音菀。陶，音桃。哀思也。（二）“鬱陶乎予心”，見《書·五子之歌》。君之門以九重（一）。閨闌（二）扃閉，道路塞也。一云閨（三）闌。五臣云：雖思見君，而君門深邃①，不可至也。[補] 曰：《月令》（四）云：九門磔（五）攘（六），天子有九門，謂關門、遠郊門、近郊門、城門、臯門、庫門、雉門、應門、路門也。**疏曰：**（一）重，平聲。（二）闌，勒寒切，門遮也。通作欄。（三）閨，音圭，小户也。上圓下方似圭，故曰閨。古稱金馬門爲金閨，又女子所居曰閨。（四）《月令》，《禮記》篇名。（五）磔，讀如摘，裂也。又古時裂牲以祭神曰磔。（六）攘，音穰。除也，排去之也。“磔攘”云者，殆謂裂牲祭神，以拂除不祥也。

校勘記：①“邃”，原誤作“遠”，今據李刻本、明翻宋本、汲古閣本改。

猛(一)犬狺狺而迎吠(二)兮，讒佞讙呼而在側也。五臣云：狺狺，開口貌。迎吠，拒賢人使不得進也。［補］曰：狺，音垠，犬争。一云吠聲。**疏曰：**（一）猛，萌上聲，惡也。（二）吠，附穢切，犬鳴也。關(一)梁(二)閉(三)而不通。閽人(四)承指(五)，呵(六)問急也。五臣云：閉①關，喻塞賢路也。**疏曰：**（一）關，以木横持門户也，引申之爲閉。又界上門也，古者設關於界上以稽行旅，其後兼爲設險守國之用。（二）梁，音良，横木曰梁。（三）閉，音嬖，闔門也。（四）閽人，司門者也。（五）指，指使也。又意旨也。（六）呵，黑阿切。責也，怒也。②

校勘記：①“閉”，原誤作“門”，爲承襲李刻本之誤，今據明翻宋本、汲古閣本改。②此句上頁眉戴之麟題校補時地云：□□七月四日上午，韓庭。按：此頁眉裁邊，闕二字。

皇天淫溢而秋霖(一)兮，久雨連日，澤深厚也。**疏曰：**（一）霖，音林，雨不止。又凡雨過三日曰霖。

姚鼐曰：淫霖獨守，人與秋雙融。①

后土(一)何時而得漧(二)！山阜(三)濡澤，草木茂也。而，一作兮。漧，一作乾(二)。五臣云：后土，地也。［補］曰：漧，與乾同。**疏曰：**（一）后，音厚。后土，爲土神。此當從地解。（二）漧、乾，同音干。（三）阜，音負，大陸曰阜。又土山也。

校勘記：①此句出沈伯經《古文辭類纂評注》，爲沈氏於頁眉所作評注，非姚鼐語。

塊獨守此無澤(一)兮，不蒙恩施，獨枯槁也。**疏曰：**（一）澤，音宅，恩德之及於人者曰澤。仰浮雲而永(一)歎。愬(二)天語神，我何咎也。古本仰作印。五臣云：衆人皆蒙君澤，而我獨不霑，故仰望而長歎也。［補］曰：歎，平聲。**疏曰：**（一）永，長也。（二）愬，速誤切，與訴同，告訴也。又讀如色。

何時俗之工(一)巧兮，世人辯慧(二)，造詐僞也。**疏曰：**（一）工，音公。巧也，善其事也。(二) 慧，音惠。智也，敏也。

姚鼐曰：五章刺讒比也。秋與人俱脱首單領。①

背(一)繩墨而改錯！違廢聖典，背仁義也。夫繩墨(二)者，工之法度也。仁義者，民之正路也。繩墨用，則曲木截(三)；仁義進，則讒佞滅。二者殊(四)義，不可不察也。五臣云：喻信詐僞，棄忠正，易置禮法也。[補] 曰：錯，置也，七故切。**疏曰：**(一) 背，布誨切，違反也。(二) 繩墨，見前《離騷》"背繩墨以追曲兮"疏二。(三) 截，集醔切，斷也。又整齊也。(四) 殊，音舒，不同也。

校勘記：①此句出沈伯經《古文辭類纂評注》，爲沈氏於頁眉所作評注，非姚鼐語。

卻(一)騏驥而不乘兮，斥(二)逐子胥與比干也。不(三)，一作弗。乘，一作椉(四)。五臣云：騏驥，良馬，喻賢才也。**疏曰：**(一) 卻，斥逐也。(二) 斥，音尺。(三) 不、弗，義同。(四) 椉，古乘字。

姚鼐曰：通首驥鳳雙舉，此層比讒而去也。①

策駑駘而取路。信任豎貂②(一)與椒蘭也。五臣云：喻疏賢才，而親不肖(二)也。駑駘，喻不肖。**疏曰：**(一) 豎貂，齊桓佞臣。(二) 不肖，不賢也。肖，音孝。

校勘記：①此句出沈伯經《古文辭類纂評注》，爲沈氏於頁眉所作評注，非姚鼐語。②"貂"，原作"刁"，今據李刻本、明翻宋本、汲古閣本改。下文疏證徑改不出校。

當世豈無騏驥兮，家有稷、契與管、晏(一)也。**疏曰：**(一) 晏，晏平仲也，名嬰，齊景公賢臣。誠莫之能善御①。世無堯、舜及桓、文(一)也。五臣云：言豈無賢才，但君不能用也。御，謂御馬者。[補] 曰：古者，車駕四馬，御之爲難。故爲六藝(二)之一也。**疏曰：**(一) 文，晉文公也，名重耳。獻公之子，晉之賢君，五霸之一。(二) 六藝：禮、樂、射、御、書、數也。

姚鼐曰：次層驥鳳雙承，比去後低徊。②

校勘記：①“御”，原作“禦”，今據李刻本、明翻宋本、汲古閣本改。②此句出沈伯經《古文辭類纂評注》，爲沈氏於頁眉所作評注，非姚鼐語。

見執(一)轡者非其人兮，遭值桀、紂之亂昏也。一無“者”字。**疏曰：**(一)執，持也。故駶跳而遠去。被髪爲奴(一)，走横奔也。一作駒跳，一作駶䠷。五臣云：言見君非好善之主，故賢才皆避而遠去。駒，即騏驥也。跳，走貌。［補］曰：馬立不常謂之駶，音局。一本駒亦音衢六切。《釋文》：跳，徒聊切，躍也。䠷，徒浩切，馬三歲名。**疏曰：**(一)奴，訥吾切，古罪人之女，從坐而没入官，以給役使，謂之奴婢。今僕隸下人價賣而依主人之姓者亦曰奴。

鳧鴈皆唼夫粱藻兮，羣小在位，食重禄也。鴈，《釋文》作鵞。一無“夫”字。五臣云：粱，米。藻(一)，水草。［補］曰：唼喋(二)，鳧鴈食貌。上音翣，下音霅(三)。**疏曰：**(一)藻，音早，水草之總稱。“米”、“草”下宜各加“也”字。(二)喋，音牒。(三)霅，直狎切。鳳愈飄翔而高舉。賢者遯世，竄山谷也。愈(一)，一作俞。飄翔，一作飄飄。［補］曰：俞與愈同。《荀子》曰：“其身俞危”(二)是也。舉，音倨。**疏曰：**(一)愈，音庾，益甚也。(二)“其身”句，見《荀子·儒效篇八》。①

校勘記：①此句上頁眉戴之麟題校補時地云：丁亥六月二十六日午前，韓左个。

圜鑿而方枘兮，正直邪枉，行殊則也。五臣云：若鑿圓穴，斫(一)方木内(二)之，而必參差不可入，喻邪佞在前，忠賢何由能進。［補］曰：鑿，音造，鏨(三)也。枘，音汭，柄也。**疏曰：**(一)斫，音灼，以刃擊物也。(二)内，同納，入也。(三)鏨，音暫，小鑿也。又鐫石也。吾固知其鉏鋙而難入。所務不同，若粉(一)墨也。一無“其”字。五臣云：鉏鋙，相距貌。［補］曰：鉏，狀所、牀舉二切。鋙，音語，不相當也。**疏曰：**(一)粉，分上聲，米粉也。凡物質之研細成末者皆曰粉。又顏料之白色者，亦用以爲化粧品，如粉黛、脂粉。

衆鳥皆有所登棲(一)兮，羣佞並進，處(二)官爵也。**疏曰：**（一）棲，音妻，止也。（二）處，上聲，居也。鳳獨遑遑(一)而無所集。孔子棲棲(二)，而困厄也。一無"獨"字。一作惶惶(一)。五臣云：賢才竄逐，獨無所託。遑遑，不得所貌。**疏曰：**（一）遑遑、惶惶，音義同。（二）棲棲，見《論語》下《憲問》篇。棲，音息鷖切，棲棲，不安居貌。

願銜枚而無言兮，意欲括囊，而静默也。願，一作顧。五臣云：銜枚(一)，所以止言者也。［補］曰：《周禮》有銜枚氏(二)。枚狀如箸，横銜之。**疏曰：**（一）枚，音梅。（二）銜，音含，義同。銜枚氏，官名，見《周禮·秋官司寇》："下士二人，徒八人。"上接庭氏。①

姚鼐曰：雙嘅。②

嘗被君之渥(一)洽(二)。前蒙寵遇，錫(三)祉(四)福也。五臣云：我亦欲不言而自棄，爲昔者嘗受君之厚澤，故復不能已。渥，厚也。洽，澤也。**疏曰：**（一）渥，音握。（二）洽，音狹。（三）錫，音昔，賜也。（四）祉，音止，福也。

校勘記：①此句上頁眉戴之麟題校補時地云：庚寅三月十九日日暮。②此句出沈伯經《古文辭類纂評注》，爲沈氏於頁眉所作評注，非姚鼐語。

太公九十乃顯榮兮，吕尚(一)耆(二)老，然後貴也。**疏曰：**（一）吕尚，即太公。（二）耆，讀如祁，老也。誠未遇其匹(一)合(二)。遭值文王，功冠(三)世也。五臣云：太公吕尚，年九十而窮困，遭西伯(四)而用之。當未遇之時，故無匹偶，而與相合也。言己所以棄逐者，其行亦不與君意同也。**疏曰：**（一）匹，偶也。（二）合，同也。（三）冠，去聲。（四）西伯，即周文王。伯，長也，爲西方諸侯之長也。

謂騏驥兮安歸？躊躇(一)吴坂(二)，遇伯樂(二)也。**疏曰：**（一）躊躇，猶豫貌。躊，音儔。躇，音除。（二）吴坂、伯樂，見前《懷沙》"伯樂既没"疏。

姚鼐曰：三層用两排調，爲騏鳳排解。①

謂鳳皇兮安棲？集棲(一)梧桐，食竹實(二)也。五臣云：騏驥安歸，在於良樂；鳳皇安棲，在於聖明。自喻時無知己也。**疏曰：**（一）棲，止也。（二）實，子也。

校勘記：①此句出沈伯經《古文辭類纂評注》，爲沈氏於頁眉所作評注，非姚鼐語。

變古易俗兮世衰，以賢爲愚，時闇惑也。五臣云：代衰之時，則必變古之法，易(一)常之道。**疏曰：**（一）易，入聲，變也。今之相者兮舉肥。不量(一)才能，視顔色也。五臣云：將相士而用舉肥美者，不言其才行(二)，此疾(三)時之深。［補］曰：相，視也，去聲。**疏曰：**（一）量，音良，稱量也。（二）行，去聲。（三）疾，惡之也。

騏驥伏匿而不見兮，仁賢幽處(一)，而隱藏也。五臣云：騏驥伏匿，而不見至。雖願忠其焉(二)得？皆喻己也。**疏曰：**（一）處，上聲。（二）焉，音煙。鳳皇高飛而不下。智者遠逝(一)，之(一)四方也。［補］曰：下，音户(二)。**疏曰：**（一）逝、之，均往也。（二）户，上聲。

鳥獸猶知懷德兮，慕(一)歸堯、舜之聖明也。《釋文》：懷(一)，作褱(二)。**疏曰：**（一）慕、懷，均念也。（二）褱，同懷。何云賢士之不處(一)？二老(二)太公，歸文王也。**疏曰：**（一）處，上聲。（二）二老，謂伯夷、太公也。此云二老又只言太公，非。

驥不驟(一)進而求服兮，干木(二)闔門，而辭相(三)也。五臣云：服，御也。**疏曰：**（一）驟，抽去聲，遽也。（二）干木，即段干木。戰國芮城人，與卜子夏、田子方皆爲魏文侯師，文侯過其閭必式。（三）相，去聲。鳳亦不貪餧而妄食。顔闔(一)鑿坏(二)，而逃亡也。坏，一作培(三)。［補］曰：餧，於僞切。揚子曰：食其不妄(四)。説者曰：非義不妄食。引此爲證。**疏曰：**（一）顔闔，戰國魏人。魯君遣使致幣，闔曰："恐聽誤而遺使者罪，不若審之。"使者還問復來，求之則不得矣。（二）坏，音培。牆壁也，鑿牆以逃也。（三）培，音陪，音瓿，小阜也。與坏異，作培非。（四）"食其不妄"，見《揚子法言·問神卷第五》。

君弃遠而不察兮，介推(一)割股，而自放也。弃，一作棄。**疏曰：**（一）介推，見前《惜往日》"介子忠而立枯兮"疏。弃，古棄字。雖願忠其焉(一)得？申生至孝，而被謗[①]也。**疏曰：**合上句，於文義均不合。（一）焉，音煙。

校勘記：①"謗"，原誤作"讒"，今據李刻本、明翻宋本、汲古閣本改。

欲寂漠而絶端(一)兮，甯武(二)佯愚，而不言也。漠(三)，一作嗼，一作寞(三)。五臣云：寂寞，止息貌。［補］曰：《廣雅》：嗼，音莫，安也[①]。《説文》：啾嗼，無聲。**疏曰：**（一）端，音丹，頭也。（二）甯武事亦不合。（三）漠、寞，音義同。竊不敢忘初之厚德。嘗受禄惠，識(一)舊德也。五臣云：言我將心不思於君，不能忘君昔之厚德耳。**疏曰：**（一）識，音至，記也。

姚鼐曰：承排解意，收出忠不忘君心事。[②③]

校勘記：①"安也"，原脱，今據李刻本、明翻宋本、汲古閣本補。②此句出沈伯經《古文辭類纂評注》，爲沈氏於頁眉所作評注，非姚鼐語。③此句上頁眉戴之麟題校補時地云：丁亥七月望日上午，韓庭階下。

獨悲愁其傷人兮，思念纏(一)結，摧(二)肝肺(三)也。**疏曰：**（一）纏，音殘，綿也。（二）摧，音崔，折傷也。（三）肝肺，見前《抽思》"獨永歎乎增傷"疏。馮鬱鬱其何極！憤懣盈胷。終年歲也。馮(一)，一作憑。其，一作之。何，一作安。五臣云：憑鬱鬱，愁心滿結也。極，窮也。**疏曰：**（一）馮、憑，音義同。

姚鼐曰：結聯，秋意亦該。[①]

校勘記：①此句出沈伯經《古文辭類纂評注》，爲沈氏於頁眉所作評注，非姚鼐語。

霜露慘悽而交下兮，君政嚴急，刑罰峻也。慘，一作憯(一)。**疏曰：**（一）憯、慘，音義同。心尚孴(一)其弗濟(二)。冀(三)過不成，得危脱也。孴，一作幸。尚孴，一云徜徉。［補］曰：幸，《説文》作孴。當以幸爲正。**疏曰：**（一）幸，古作孴，希望也。（二）濟，音記，成也。[①]（三）冀，幸也，音記。

校勘記：①此句上頁眉戴之麟題校補時地云：己丑五月十八日午後，新庭。

霰雪雰糅(一)其增加兮，威怒益盛，刑酷(二)烈也。其，一作而。［補］曰：雰雰(三)，雪貌。**疏曰：**（一）糅，柔上聲，雜也。（二）酷，音哭。虐也，慘也。（三）雰，音分。乃知遭(一)命之將至。卒(二)遇誅戮，身顛(三)沛(四)也。**疏曰：**（一）遭，音糟，遇也。（二）卒，音促。突也，顛沛傾覆流離也。（三）顛，音典平聲。（四）沛，破貝切。

願徼幸(一)而有待兮，冀蒙貰(二)赦(三)，宥(四)罪法也。宥，一作止。［補］曰：徼，古堯切。**疏曰：**（一）徼幸，覬非所望也。徼，求也。幸，謂所不當得而得也。（二）貰，音世，赦也。（三）赦，音舍。釋也，宥也。（四）宥，音又，寬赦也。泊莽莽與壄草同死。將與百卉俱徂落(一)也。一云：泊莽莽兮與埜草同死。一作林草。泊，一作汩。［補］曰：泊，止也。莽莽，莫古切，草盛(二)。壄、埜，並野字。**疏曰：**（一）徂落，死也。徂，音祚，平聲。一作殂。（二）"盛"下宜加"貌"字別之。

願自往而徑(一)游兮，不待左右之紹介(二)也。一云：願自直而徑往(三)。**疏曰：**（一）徑，直也。（二）紹介，爲人引進也。紹，市[①]擾切。（三）朱注之本作"願自直而徑往兮"。路壅(一)絶而不通。讒臣嫉妬，無由達(二)也。**疏曰：**（一）壅，雍上聲，塞也。（二）達，通也。

校勘記：①"市"，原誤作"布"，今據《辭源》改。

欲循(一)道(二)而平驅兮，遵放衆人，所履爲也。欲，一作願。**疏曰：**（一）循，音旬，依也。（二）道，上聲，路也。又未知其所從。不識(一)趣[①](二)舍，何所宜也。**疏曰：**（一）識，音十，認也。（二）趣，向也。

校勘記：①“趣”，原誤作“趨”，今據李刻本、明翻宋本、汲古閣本改。下文疏證徑改不出校。

然中路而迷惑兮，舉足猶豫，心回疑也。自壓桉而學誦。弭情定志，吟詩禮也。壓，一作厭。桉，一作按。一作壓塞。［補］曰：《集韻》：壓，益①涉切，按也。桉與按同，抑也，止也。《釋文》：厭，於鹽切，安也。誦(一)，疾恭切。**疏曰：**（一）誦，讀也。本音頌，疾恭切係叶韻。

校勘記：①“益”，原誤作“宜”，今據李刻本、明翻宋本、汲古閣本改。

性愚陋以褊淺兮，姿質鄙鈍，寡所知也。［補］曰：褊，畢善切，急也，狹(一)也。**疏曰：**（一）狹，音峽，窄也。信未達乎從容。君不照察其真僞也。乎，一作兮，一作於。一本云：然中路而迷惑兮，悲躊躇而無歸(一)。性愚陋以褊淺兮，自壓桉而學詩(一)。蘭蓀雜於蕭艾兮，信未達其從容。**疏曰：**（一）歸、詩二字，不與誦、容諸字叶，不可從。

竊美申包胥之氣盛兮，申包胥(一)，楚大夫也。昔伍子胥得罪於楚，將適於吴，見申包胥①謂曰：“我必亡郢。”申包胥答曰：“子能亡之，我能存之。”遂出奔吴，爲吴王闔閭②臣。興兵而伐楚，破郢。昭王出奔，於是申包胥乃之秦，請救兵，鶴立(二)於秦庭，啼③呼悲泣，七日七夜不絶聲，勺飲不入於口。秦伯哀之，爲發兵救楚。昭王復國，故言氣盛也。古本盛(三)皆作晟。**疏曰：**（一）申包胥，楚昭王臣，其生地爲今之京山，其祠現在京山城東門外。（二）鶴善久立，申氏七日夜立秦庭，故云。（三）盛，一作晠，與晟音義並同。申包胥事詳《左傳》。按包胥姓公孫，封於申，故稱申包胥。恐時世之不固(一)。時人執(二)誓(三)，多不堅也。**疏曰：**（一）固，一作同。朱注本以此二句屬上，合下爲一章，韻叶而義亦屬。（二）執，守也。（三）誓，信誓也，又願辭也。

校勘記：①“見申包胥”，原脱，今據李刻本、明翻宋本、汲古閣本補。②“閭”，原作“廬”，今據李刻本、明翻宋本、汲古閣本改。③“啼”，原誤作“號”，今據李刻本、明翻宋本、汲古閣本改。

何時俗之工巧兮？静言譏譏[一]，而無信也。**疏曰：**（一）譏譏，巧讒貌，音箋。單言諂也，善言也。滅規[一]榘[二]而改鑿[三]。棄捐仁義，信讒佞也。［補］曰：鑿，音造。**疏曰：**（一）規，音圭，所以爲圓之器也。（二）榘，同矩，音舉，所以爲方之器也。如今木工之曲尺。（三）鑿，本音作，穿木器也。引申之凡穿物皆曰鑿。

獨耿介[一]而不隨兮，執節守度，不枉傾[二]也。**疏曰：**（一）耿介，有志節而不與人苟合之意。耿，音梗。介，音在。（二）傾，邪也。音頃平聲。願慕先聖之遺教。循行道德，遵典經[一]也。**疏曰：**（一）典經，常道也。又書名，如《堯典》、《舜典》與《詩》、《書》、《易經》，是。先聖遺教，皆詳其中也。①

校勘記：①此句上頁眉戴之麟題校補時地云：丁亥十二月十八日午前，韓庭除。戊子正月三十日午後，縣中教員室。

處[一]濁世而顯榮兮，謂仕亂君，爲公卿也。**疏曰：**（一）處，上聲。①非余心之所樂[一]。彼雖富貴，我不願也。［補］曰：樂，五孝切②。**疏曰：**（一）樂，五孝切。

校勘記：①此句上頁眉、句旁頁間、句下頁腳戴之麟題校補時地云：□□七月五日，韓庭。丁亥六月二十九日午前，韓左个。戊子四月二十二日午後，救左終校。戊子九月十日午後，縣中校。己丑三月成日，終校圖書館。己丑九月五日上午。庚寅二月二十一日午前。按：此頁眉截邊，闕二字。②“［補］曰：樂，五孝切”，原脱，今據李刻本、明翻宋本、汲古閣本補。疑下文“疏曰”當即“補曰”。

與其無義而有名兮，宰[一]嚭專吴，握[二]君權[三]也。**疏曰：**（一）宰，太宰，官名。（二）握，掌也。（三）權，政柄也。寧窮處[一]而守高。思從夷、齊於首陽也。［補］曰：高，孤到切，一苦浩切。即枯槁之槁。**疏曰：**（一）處，上聲。

食不媮[一]而爲飽兮，何必秔[二]粱與芻豢也。一無“而”字。［補］曰：媮[一]，他鉤切，巧也。**疏曰：**（一）媮，同偷。（二）秔，音庚，稻之不黏而晚熟者。俗作粳。衣不苟而爲温。非貴錦(一)繡(二)，及綾(三)紈(四)也。一無“而”字。**疏曰：**（一）錦，金上聲，雜色織文也。古以厚繒爲地，别以五綵絲織之，素地曰素錦，朱地曰朱錦，其不用地者，别名織。成漢時産於陳留，三國以來，蜀錦最著，宋時織造尤精。（二）繡，音秀，五采備也。以絲刺成五彩曰繡。（三）綾，音陵，絲織物。其文望之如冰凌也。（四）紈，音桓，熟絲織物。《漢書》晉灼注謂之白熟，即今之熟絹。粗厚者謂之練，輕細者謂之紈，古亦謂紗爲紈。麟按：《漢書》二十八下《地理志第八下》“齊地”節“故其俗彌侈”二句注：“如淳曰：紈，白熟也。”又卷百《叙傳第七十上》“在於綺襦紈绔之間”二句注：“晉灼曰：白綺之襦，冰紈之絝。”與此異。①陳留，《辭源》戌集一二二②頁八畫：“今縣名，秦置，明清皆屬河南開封府，今屬河南開封道。《漢書·地理志》注：‘瓚曰：宋亦有留，留屬陳，故曰陳留。’按宋之留即漢高祖以侯張良者，今爲留城鎮，在江蘇沛縣東。”③

校勘記：①此句下頁脚戴之麟題校補時地云：己丑後七月一日上午。②“二”，原誤作“三”，今據《辭源》改。③此句上頁眉戴之麟題校補時地云：己丑五月二十五日上午，新寢。

竊慕詩人之遺風兮，勤身修德，樂《伐檀》(一)也。**疏曰：**（一）《伐檀》，《詩·魏風》篇名，刺在位者無功而受禄也。檀，見前《九歌·國殤》“帶長劍兮挾秦弓”疏。願託志乎素(一)餐(二)。不空食禄，而曠官也。《詩》云：彼君子兮，不素餐兮(三)。謂居位食禄，無有功德，名曰素餐也。《釋文》作飧，音孫。**疏曰：**（一）素，音樹，白也。（二）餐，食也。本音參，叶孫。（三）“彼君子兮，不素餐兮”，見《詩·伐檀》篇。

蹇充倔而無端(一)兮，媒理(二)斷絶，無因緣也。［補］曰：倔，倶物、巨物二切。《儒行》(三)云：不充詘於富貴。充詘，喜失節貌。**疏曰：**（一）端，緒也。（二）理，亦媒也。（三）《儒行》，《禮記》篇名，第四十一。泊莽莽而無垠。幽處(一)山野，而無鄰也。泊，一作洦。［補］曰：垠，岸①也，音銀。**疏曰：**（一）處，上聲。

校勘記：①“岸”，原誤作“津”，今據李刻本、明翻宋本、汲古閣本改。

無衣裘（一）**以御冬兮，**言己飢寒，家困貧也。御，一作禦。［補］曰：御，魚據切。《詩》云：我有旨蓄（二），亦以御冬。注云：御，禦也。以禦冬月乏① 無時也。**疏曰：**（一）裘，音求，以獸皮爲裏之衣也。（二）"我有旨蓄"二句，見《詩·谷風》篇。**恐溘**（一）**死不得見乎陽春**（二）。懼命奄忽，不踰（三）年也。一本自"霜露慘悽而交下"至此，爲一章。**疏曰：**（一）溘，音盍，奄忽也。（二）陽春，謂春日也。（三）踰，讀魚去聲，越也。

校勘記：①"乏"，原誤作"之"，今據李刻本、明翻宋本、汲古閣本改。

靚（一）**杪秋之遥① 夜兮，**盛陰修（二）夜，何難曉（三）也。［補］曰：靚音静。杪，末也。**疏曰：**（一）靚，即静字。原裝飾也，又召也。（二）修，長也。（三）曉，天明也。**心繚悷而有哀。**思念糾戾，腸（一）折摧也。悷，一作悧。［補］曰：繚，音了。繚繞（二）。悷，盧帝切，又音列。懍悷②，悲吟。悧，音列，憂也。**疏曰：**此句謂心憂繚繞而有餘悲也。（一）腸，音長，大腸小腸也。小腸分十二指腸、空腸、回腸三部，上連胃之下口，盤曲至腹下，右側連接大腸。大腸分盲腸、結腸、直腸三部，末端爲肛門。小腸主消化，大腸主貯小腸排出之廢物。（二）"繞"下宜加"也"字别之。

校勘記：①"遥"，原誤作"長"，今據李刻本、明翻宋本、汲古閣本改。②"悷"，原誤作"悧"，今據李刻本、明翻宋本、汲古閣本改。

春秋逴逴而日高兮，年齒（一）已老，將晚暮也。［補］曰：逴，竹角切，遠也。**疏曰：**（一）齒，音此，年齡也。又動物口齗骨用齧物者。人類之齒有門齒、犬齒、臼齒，皆外包琺瑯質，内爲白堊質。其數，小兒二十，謂之乳齒；成人三十二，謂之永久齒。可據以判人之老幼，故曰年齡。**然惆悵而自悲。**功名不立（一），自矜（二）哀也。**疏曰：**（一）立，成也。（二）矜，憐也。

四時遞① 來而卒（一）**歲兮，**冬夏更（二）運，去若頽（三）也。遞，一作迭。［補］曰：遞，更易也。本作遰。**疏曰：**（一）卒，終也。（二）更，平聲。（三）頽，推之陽平聲，衰也。**陰陽不可與儷偕**（一）。寒往暑來②，難追逐也。《釋文》陰作霒（二）。［補］

曰：儷，偶也，音戾。**疏曰：**（一）儷偕，偶同也。（二）霒，古陰字。

校勘記：①“逓”，原作“遞”，今據李刻本、明翻宋本、汲古閣本改。②“寒往暑來”，原誤作“寒來暑往”，今據李刻本、明翻宋本、汲古閣本改。

白日晼晚其將入兮，年時欲暮，才力衰也。［補］曰：晼，音宛，景昳(一)也。**疏曰：**（一）昳，音耋，日昃也。明月銷(一)鑠(二)而減毀(三)。形容減少，顏貌虧也。［補］曰：日出於東方，入於西極，故言入。月三五而盈，三五而缺，故言減毀。**疏曰：**（一）銷，音宵，削也。（二）鑠，音灼，以火消金也。（三）毀，音灰。月，地球之衛星，受地心吸力以繞地，並隨地以繞日。常以半面而受日光，與地正向則見滿月，爲望；斜向則見半月，爲上下弦；相背則光不見。古不明其理，故曰“三五而盈，三五而缺”也。三五，十五，即每月望日也。

歲忽忽而遒(一)盡兮，時去晻晻(二)，若鶩馳也。忽，一作曶。**疏曰：**（一）遒，音酋，王夫之曰急也。（二）晻晻，日光漸微也，音阿感切。老冉冉(一)而愈弛。年命逝往，促急危也。老，一作壽。愈，一作俞。《釋文》弛作施。［補］曰：俞與愈同。施與弛(二)同。**疏曰：**（一）冉冉，行貌，音染。（二）弛，本弛，音豕，弓解也。引申爲廢弛之義。

心搖悅而日幸兮，意中私喜，想用施也。搖，一作遥，一作愮。幸，一作幸。［補］曰：搖，動也。愮，憂也。無喜悅義①。幸與幸同。然怊(一)悵而無冀(二)。内無所恃，失本義也。［補］曰：怊，音超。**疏曰：**（一）怊，悵恨也。（二）冀，音記，望也。

校勘記：①“義”，原作“□”，今據李刻本、明翻宋本、汲古閣本改。下文“失本義也”同。

中憯惻之悽愴兮，志願不得，心肝沸(一)也。之，一作而。一注云：心傷慘也。**疏曰：**（一）沸，音誹去聲。流質受熱發氣泡時爲沸，如水熱至攝氏寒暑表百度則沸是也。長太息而增欷。憂懷感結，重歎悲也。[補] 曰：欷，虛毅切。

年洋洋(一)以日往兮，歲月已盡，去奄忽也。以，一作而。**疏曰：**(一) 洋洋，無所歸貌。老嵺廓而無處(一)。亡官失禄，去家室①也。嵺，一作廖。[補] 曰：《玉篇》(二)云：廖廓，空也。力幺切。**疏曰：**(一) 處，上聲。(二)《玉篇》，見前《離騷》"攬茹蕙以掩涕兮" 疏。

校勘記：①"家室"，原誤作"室家"，今據李刻本、明翻宋本、汲古閣本改。

事亹亹(一)而覬進兮，思想君命，幸復位也。[補] 曰：覬(二)，音冀。**疏曰：**(一) 亹亹，見上"時亹亹而過中兮"疏。(二) 覬，幸也，非分之望也。蹇淹留而躊躇(一)。久處無成，卒放棄也。[補] 曰：躊躇，進退貌。躇，丈呂切。舊本自"霜露慘悽而交下兮"至此，爲一章。**疏曰：**(一) 躊，音儔，與躇合詞，猶豫也，欲進而不進也。

何氾濫(一)之浮雲兮，浮雲晻翳，興(二)讒佞也。[補] 曰：氾與泛同。**疏曰：**(一) 氾濫，漫溢無定貌。(二) 興，去聲。猋壅蔽此明月！妨遮忠良，害仁賢也。夫浮雲行則蔽月之光，讒佞進則忠良壅(一)也。[補] 曰：猋，卑遥切，犬走貌。**疏曰：**(一) 壅，雍上聲。塞也，妨害也。

忠昭昭(一)而願見兮，思竭蹇蹇(二)，而陳誠也。**疏曰：**(一) 昭昭，明也。(二) 蹇蹇，與謇謇同，艱難之貌。然霒曀(一)而莫達(二)。邪僞推排，而隱蔽也。然，一作蔽。霒，一作雰。[補] 曰：霒，音陰，雲覆①日也。曀，陰風也。**疏曰：**(一) 曀，音咽。(二) 達，叶跌。

校勘記：①"覆"，原誤作"蔽"，今據李刻本、明翻宋本、汲古閣本改。

願皓日之顯(一)行兮，思望聖君之聘(二)請也。日以喻君。《詩》云：杲杲(三)出日[四]。[補] 曰：皓，光也，明也，日出貌也。**疏曰：**（一）顯，音憲，光明也。（二）聘，品去聲，訪問也。耳聞其人而敬禮之，以幣帛致意也。（三）杲杲，高明也，音縞。（四）"杲杲"句，見《詩·伯兮》篇。雲蒙蒙[一]而蔽之。羣小專恣，掩君明也。蒙，一作濛[二]。**疏曰：**（一）蒙蒙，盛貌。又暗也。（二）濛濛，微雨貌。

竊不自聊而願忠兮，意欲竭死，不顧生也。聊，一作料。[補] 曰：料，量[一]也，音聊。**疏曰：**（一）量，平聲。或黕點[一]而汙之。讒人誣謗，被以惡名也。[補] 曰：黕，《說文》：都感切，滓[二]垢也。又陟甚切，汙也。汙，烏故切。。**疏曰：**（一）點，音玷，汙也。（二）滓，音紙，渣滓也。又澱也，濁也。

堯舜之抗[一]行兮，聖迹顯著，高無顛[二]也。**疏曰：**（一）抗，音伉，高尚也。（二）顛，點平聲，極頂也。瞭冥冥[一]而薄天。茂德煥炳，配乾坤也。瞭，一作杳。[補] 曰：瞭，音了，明也。一音杳，薄[二]，附也。**疏曰：**（一）冥冥，遠空也。（二）薄，迫也。

何險巇[一]之嫉妬兮，亂惑之主，嫉其榮也。**疏曰：**（一）巇，音羲，危險也。被以不慈之僞[一]名？言堯有不慈[二]之過，以其不傳丹朱[三]也；舜有卑父之謗，以其不立瞽瞍[四]也。**疏曰：**（一）僞，微去聲，假也。（二）慈，次平聲，愛也。（三）丹朱，堯子，名朱，封於丹，即河南丹水縣。（四）瞽瞍，舜父，無目。

彼日月之照明兮，三光[一]照察，鏡[二]幽冥也。**疏曰：**（一）三光，日、月、星也。（二）鏡，照也。音竟，取影之物也。古以銅爲之，今用玻璃。又玻璃之稱鏡，本謂其回光者，然則透光者亦概稱鏡。鏡能取影，故引申爲照也。尚黯黮而有瑕[一]。雲霓之氣，蔽其精也。[補] 曰：黯，鄔感切。黮，徒感切。雲黑[二]。**疏曰：**（一）瑕，音霞。玉玷也，精光也。（二）黑下宜加"貌"字。

何況一國之事兮，衆職叢[一]務[二]，君異政也。**疏曰：**（一）叢，音從，聚也。（二）務，專也。亦多端[一]而膠[二]加。賢愚反戾，人異形也。[補] 曰：《集韻》：膠加，戾[三]也。膠，音豪。加，丘加切。王逸説。**疏曰：**（一）端，頭緒也。（二）膠，見後《大招》"白皓①膠只"疏。（三）戾，音麗，違背也。

校勘記：①"皓"，原誤作"浩"，今據後文改。

被荷裯之晏晏兮，荷，芙蕖也。裯，袛裯（一）也。若襜褕（二）矣。晏（三）晏，盛貌也。《藝文類聚》（四）作"披荷裯之炅（五）炅"。［補］曰：被，音披，又如字。裯，音刀。《説文》：袛裯，短衣①。《方言》：汗襦（六），自關而西謂之袛裯。《爾雅》：晏晏，柔也②。**疏曰**：（一）袛裯，短衣也。袛，音低。裯，本音儔。（二）襜褕，郭璞云："蔽膝也。"《説文》《字林》並謂之短衣。襜，音幨，褕，音俞。（三）晏，讀如燕。（四）《藝文類聚》，書名。唐歐陽詢奉勑撰，百卷。中有蘇味道、李嶠、宋之問、沈佺期詩，皆後人竄入也。凡四十八門，以事實居前，詩文列後，在諸類書中，體例最善。（五）炅，古迥切，光也。（六）襦，音儒，短衣也。汗，音翰。汗襦，即今所謂汗衫也。然潢洋而不可帶。潢洋，猶浩蕩。不著（一）人貌也。言人以荷葉爲衣，貌雖香好，然浩浩蕩蕩，而不可帶，又易敗③也。以喻懷王自以爲有賢明之德，猶以荷葉爲衣，必壞敗④也。［補］曰：潢，音晃，户廣切，水深廣貌。洋，音養。滉瀁，水貌。**疏曰**：（一）著，音灼。

校勘記：①"衣"，原誤作"貌"，今據李刻本、明翻宋本、汲古閣本改。②"也"，原誤作"貌"，今據李刻本、明翻宋本、汲古閣本改。③"敗"，原誤作"改"，今據李刻本、明翻宋本、汲古閣本改。④"壞敗"，原誤作"敗壞"，今據李刻本、明翻宋本、汲古閣本改。

既驕美而伐（一）武兮，懷王自謂有懿德，又勇猛也。驕，一作憍（二）。**疏曰**：（一）伐，誇也。（二）憍，通驕，矜也。負左右之耿介（一）。恃怙①衆士（二），被甲（三）兵（四）也。懷王内無文德，不納忠言；外好（五）武備，而無名將（五）。所以爲秦所誘，客死不還。［補］曰：耿，古幸切，明也。逸以介爲介胄。**疏曰**：（一）介，皆械切。堅確也，節義也。此謂左右本非明義者，懷王誤以爲深明節義之人，而恃負之也。（二）士，兵也。（三）甲，見前《九歌·國殤》"操吴戈兮被犀甲"疏。（四）兵，兵器也。（五）好、將，皆去聲。

校勘記：①“恃怙”，原誤作“怙恃”，今據李刻本、明翻宋本、汲古閣本改。

憎(一)愠(二)惀(三)之修美兮，惡孫叔敖(四)與子文(五)也。[補] 曰：愠，紆粉切。惀，力允切。**疏曰：**（一）憎，惡也。惡，去聲。（二）愠，含怒也，恚恨也。（三）惀，論去聲，瀎也。（四）孫叔敖，春秋時楚之賢相。兒時見兩頭蛇，殺而埋之。虞丘相進之于楚莊王以自代，施教導民，上下和合，三得相而不喜之，去相而不愠。（五）子文，春秋楚人，姓鬬，名穀於菟，官令尹。楚方有内亂，子文自毁其家，以紓楚國之難，三仕三已，無喜愠之色。舊令尹之政，必以告新令尹。孔子稱之曰“忠”。麟按：二人皆非懷王時臣，王假以喻其不用賢臣也。下句囊瓦、莊蹻義同。好(一)夫人之慷慨(二)。愛重囊瓦(三)與莊蹻(四)也。《釋文》：慨作礚(五)。莊蹻，一作椒蘭。**疏曰：**（一）好，去聲。（二）慷慨，與忼慨同，激昂之義。俗亦謂用財無所吝惜曰慷慨。慷，可黨切。慨，可愛切。（三）囊瓦，春秋楚莊王子子囊後，字子常，仕平王爲令尹。平王卒，立昭王。蔡昭侯有佩與裘，唐成公有兩肅爽馬，二君如楚，囊瓦欲之，弗與，皆止之。及唐人獻馬，蔡人獻佩，乃歸蔡侯、唐侯。後二君從吴伐楚，囊瓦與戰不克，遂奔鄭，吴人入郢。（四）莊蹻（音去遥切），戰國人。楚莊王苗裔，爲威王將軍。威王使略巴、黔中以西，至滇池，以兵威定屬楚。會秦擊奪楚巴、黔中郡，道塞，因王滇。漢武帝時，滇王始與漢通，後降漢，以其地爲益州郡。（五）礚，《説文》同磕，石聲，音嘅。無慨義，不可從。

衆踥蹀(一)而日進兮，無極(二)之徒，在帷幄也。踥，一作躍。《釋文》作啑諜。[補] 曰：踥，思協切。蹀，音牒。**疏曰：**（一）踥蹀，競進貌。（二）無極，姓費，春秋楚大夫。善讒，嘗讒蔡大夫朝吴，出蔡侯朱，譖太子建，殺連尹伍奢。其後又讒左尹郤宛於令尹囊瓦，瓦殺郤宛，人謗令尹，沈尹戌言於瓦，謂其愛讒自危，瓦於是殺無極，滅其族，謗乃止。美超遠而逾邁(一)。接輿(二)避世，辭金玉也。逾，一作愈。**疏曰：**（一）邁，讀賣，遠行也。又過也。（二）接輿，見前《涉江》“接輿髡首兮”疏。

農夫輟(一)耕而容與兮，愁苦賦(二)斂(三)之重數(四)也。**疏曰：**（一）輟，音啜，止也。（二）賦，音付，田賦也。（三）斂，税也。（四）數，音朔，繁多也。恐田野之蕪穢。失不耨(一)鋤，亡(二)五穀(三)也。**疏曰：**（一）耨，音漏，鋤草也。（二）亡，同無。（三）五穀，稻、黍、稷、麥、菽也。

事緜緜(一)而多私兮，政由細微以亂國也。緜，一作綿。**疏曰：**（一）緜緜，長不絶也，音棉。竊悼(一)後之危敗。子孫絶嗣(二)，失社(三)稷(四)也。**疏曰：**（一）悼，音導，哀也。（二）嗣，音似，續也。（三）社，土神。（四）稷，穀神也。

世雷同(一)而炫曜①兮，俗人羣黨，相稱舉也。［補］曰：《曲禮》云：毋雷同(二)。注云：雷之發聲，物無不同時應者。**疏曰：**（一）雷同，謂隨聲附和也。（二）"毋雷同"，見《曲禮上》篇第一。何毀(一)譽(二)之昧昧(三)！論善與惡，不分枿(四)也。**疏曰：**（一）毀，謗也。（二）譽，稱也。（三）昧昧，不明也。（四）枿，即析字。

校勘記：①"曜"，原作"燿"，今據李刻本、明翻宋本、汲古閣本改。

今修飾而窺(一)鏡兮，言與行副，面①不慙(二)也。今，一作余。窺，一作視。**疏曰：**（一）窺，義同視。（二）慙，愧也。後尚可以竄(一)藏。身雖②隱匿，名顯彰也。［補］曰：竄，逃也，匿也。**疏曰：**（一）竄，穿去聲。

校勘記：①"面"，原誤作"而"，今據李刻本、明翻宋本、汲古閣本改。②"雖"，原誤作"難"，今據李刻本、明翻宋本、汲古閣本改。

願寄(一)言夫流星(二)兮，欲託忠策(三)於賢良也。**疏曰：**（一）寄，託也。（二）流星，星體散布天空，或與他星球相近而被其攝引，則成流星。其被地球攝引而下墜者，稱爲隕石。當下墜時，因空氣之摩擦而發光，其流行之速度，每秒約九十里，距地球二百二十二里時，發熱最大而生火，至距一百五十里而消滅。古稱奔星，亦名彴約。（三）策，計劃也。羌儵忽(一)而難當(二)。行疾去亟，路不值也。［補］曰：儵，音倐。**疏曰：**（一）儵忽，疾亟也。（二）當，值也。值，逢也。

卒壅蔽此浮雲兮，終爲讒佞所覆冒(一)也。卒，一作上。**疏曰：**（一）冒，音毳。以物自蔽而前也，覆也。下(一)暗漠而無光。忠臣喪(二)精，不識謀也。**疏曰：**(一)下，上聲。(二)喪，去聲，失也。朱注本以"何氾濫之浮雲兮"至此爲一章。

堯舜皆有所舉任兮，稷、契、禹、益(一)與咎繇(二)也。舉，一作專。**疏曰：**(一)益，舜臣。(二)咎繇，即皋陶，音同。故高枕(一)而自適(二)。安卧垂拱，萬國治也。**疏曰：**(一)枕，斟上聲，卧時薦首之具也。又去聲，以首枕物曰枕。(二)適，安也。

諒(一)無怨於天下(二)兮，己之行度，信無尤(三)也。**疏曰：**(一)諒，音量，信也。(二)下，上聲。(三)尤，怨也。心焉(一)取此怵惕(二)？内省審(三)己，無畏懼也。焉，一作安。**疏曰：**(一)焉，讀煙，安也。(二)怵惕，警懼也。怵音黜，惕音剔。(三)審，察也。

椉騏驥之瀏瀏(一)兮，衆賢並進，職事修也。椉，一作六(二)。[補]曰：椉與乘同。瀏，流、柳二音，水清也。**疏曰：**(一)瀏瀏，風疾貌，此引申爲騏驥之行疾速也。(二)六，於義無取。馭(一)安用夫强策(二)？百姓成①化，刑不用也。策，一作筞②(四)。[補]曰：强，巨良切。策，馬箠(三)。所以驅策。**疏曰：**(一)馭，駕也。(二)策，今稱馬鞭。(三)箠，音垂，義同。多以竹紮革條爲之，故二字首皆從竹。(四)筞，查《字典》無此字。

校勘記：①"成"，原誤作"咸"，今據李刻本、明翻宋本、汲古閣本改。②"筞"，李刻本、金陵書局本作"筴"。

諒城郭(一)之不足恃兮，信哉險阻，何足恃也？**疏曰：**(一)郭，音椁，外城也。雖重介之何益？身被甲(一)鎧(二)，猶爲虜也。[補]曰：介，甲也。**疏曰：**(一)甲，見上"負左右之耿介"疏。(二)鎧，見前《九歌·國殤》"操吴戈兮被犀甲"疏六。

邅(一)翼翼(二)而無終(三)兮，竭身恭敬，何有極也。[補]曰：邅，行不進。**疏曰：（一）邅，音旃，轉也。（二）翼翼，壯健貌，音弋。（三）終，極也。忳惛惛而愁約（一）。憂①心悶瞀（二），自約束也。［補］曰：忳，徒渾切。惛，音昏。《説文》：怓（三）也。愁約，謂窮約而悲愁也。《語》曰：不可以久處約（四）。疏曰：（一）約，叶要。（二）瞀，音茂，昏也。（三）怓，音鐃，亂也。（四）“不可以久處約”，見《論語》上《里仁》篇。

校勘記：①“憂”，原誤作“委”，今據李刻本、明翻宋本、汲古閣本改。

生天地之若過（一）兮，忽若雲馳，駟（二）過隙（三）也。疏曰：（一）過，平聲。（二）駟，音四，一車四馬也。（三）隙，欺戟切，壁際孔也。“駟過隙”，言其速也。功不成而無効（一）。道德不施，志不遂也。疏曰：（一）効，系貌切，俗效字，功也。

願沈滯（一）而不見兮，思欲潛匿，自屏（二）棄也。不，一作無。疏曰：（一）滯，音彘，凝也。謂凝聚而不流通也。（二）屏，音丙，棄也。尚欲布（一）名乎天下。敷（二）名四海，垂號（三）謚（四）也。［補］曰：下，音户。疏曰：（一）布，敷也。（二）敷，音夫。垂，留也。（三）號，名字也。（四）謚，音示，人死將葬，誄列其行，而爲之立號以易名也。美惡皆有，美如周之文、武，惡如幽、厲是也。

然潢洋（一）而不遇兮，俍（二）倡（三）後時，無所逮（四）也。疏曰：按：（一）潢，音黄。又音光，與洸同，水流光也。又音幌，水深廣貌。洋，水盛貌。此謂如水之廣盛，不易遇也。（二）俍，音良，長貌。（三）倡，狂也，音倘。（四）逮，音殆。及也，至也。俍倡殊不可解。直恂愗（一）而自苦。守死忠信，以自畢也。《釋文》作怉愗（二）。苦，一作若，一作善。［補］曰：恂，遘、寇二音。愗，音茂。疏曰：（一）恂愗，愚貌。恂音吼。（二）愗，與瞀通。

莽洋洋而無極兮，周行曠（一）野，將何之（二）也。疏曰：（一）曠，狂去聲，空也。（二）之，往也。忽翱翔之焉（一）薄（二）？浮游四海，無所集（三）也。疏曰：（一）焉，音煙，安也。（二）薄，止也。（三）集，亦止也。

國有驥而不知乘兮，推遠(一)周(二)召①(三)，與伊摯(四)也。［補］曰：曹子建(五)以此爲屈子語。**疏曰：**（一）遠，去聲。（二）周，周公。（三）召，召公。（四）伊摯，伊尹也。（五）曹子建，見前《哀郢》“悲江介之遺風”疏。麟按：周召、伊摯，亦取喻也。焉皇皇(一)而更索(二)？不識賢愚，尚暗昧也。［補］曰：更，平聲。**疏曰：**（一）皇皇，心不定也。（二）索，求也。

校勘記：①“召”，李刻本、明翻宋本、汲古閣本作“邵”。以下文疏證曰“召，召公”，今不改。

甯戚(一)謳(二)於車下兮，飯(三)牛而歌，廝(四)賤役也。一本“謳”下有“歌”字。**疏曰：**（一）甯戚，見前《離騷》“甯戚之謳歌兮”疏。（二）謳，音歐，歌也。齊聲而歌曰謳。（三）飯，上聲，飼牛也。（四）廝，音斯，役也。謂析薪養馬者。亦作斯。此謂用人也。桓公(一)聞而知之。言合聖道，應經術也。**疏曰：**（一）桓公，見前《離騷》“齊桓聞以該輔”疏。

無伯樂(一)之善相(二)兮，驥與駑鈍，幾(三)不別也。**疏曰：**（一）伯樂，見前《懷沙》“伯樂既没”疏。（二）相，去聲。（三）幾，平聲，將及也。今誰使乎譽之。後世歎譽，稱其德也。譽(一)，一作訾。［補］曰：訾(二)，音貲，思也。亦通。**疏曰：**（一）譽，音余，又去聲，義同，稱人之美也。（二）訾，音子，又平聲，本詆毀也。

罔(一)流涕(二)以聊慮(三)兮，愴然深思，而悲泣(四)也。**疏曰：**（一）罔，音枉，無不也。（二）涕，目汁也。（三）聊慮，精心也。（四）泣，無聲之哭也。惟著(一)意而得之。知天生賢，不虚出也。［補］曰：著，明也，立也，定也。**疏曰：**（一）著，音芍，重也。本音駐。

紛純(一)純之願忠兮，思碎首腦(二)，而伏(三)節也。一作紛忳(四)忳而願忠。**疏曰：**（一）純，音醇，不雜也。（二）腦，音惱，頭髓也。形橢圓，正中有溝，分爲左右兩半，其色灰白。充滿頭蓋腔之全部者爲大腦，主知覺、運動。在大腦後下方，形如小球者曰小腦，專主運動。在大腦之底與大腦結合者爲中腦，下連脊髓者爲延髓。（三）

伏，音腹，受法也。(四)忳，音屯。悶也，亂也，憂也。本作諄。諄諄，誨人不倦也。妬被離(一)而鄣(二)之。讒邪妬害，而壅遏(三)也。被，一作披。鄣，一作彰。［補］曰：被，音披。《反離騷》(四)云：亡春風之被離。鄣，音章。舊本自"何氾濫之浮雲兮"至此爲一章。**疏曰：**朱注本自"堯舜"句至"還及君之無恙"爲一章。(一)被離，枝葉散亂貌。(二)鄣，同障，壅遏也。(三)遏，阻也。(四)《反離騷》，漢揚雄作。

願賜不肖(一)之軀(二)而别離兮，乞丐(三)骸(四)骨，而自退也。**疏曰：**(一)肖，音笑，似也。不肖，不賢也。(二)軀，音區，身也。(三)乞、丐，皆求也。俗謂沿門求食之人。丐，音蓋。(四)骸，音諧，脛骨也。又枯骨也。又形體之總稱。放游志乎雲中。上從(一)豐隆(二)而觀望也。志，一作意。**疏曰：**(一)從，去聲。(二)豐隆，雲師也。

窫精氣之摶摶(一)兮，託載日月之光耀也。楚人名圜曰摶也。摶，一作槫(二)。［補］曰：摶，度官切。**疏曰：**(一)摶摶，下垂貌。(二)槫，音義同摶。騖(一)諸神之湛湛(二)。追逐羣靈之遺(三)風①也。［補］曰：湛，舊音羊戎切。**疏曰：**(一)騖，音務，奔馳也。(二)湛湛，厚重貌。(三)遺，垂留也。

校勘記：①"風"，原誤作"法"，今據李刻本、明翻宋本、汲古閣本改。

驂白霓之習習(一)兮，驂駕素虹而東西也。言己雖去舊土，猶修潔白以厲(二)身也。驂，一作參，一作六(三)。**疏曰：**(一)習習，和舒貌，音襲。(二)厲，音例，勸勉之也。(三)六，於義無取。①歷羣靈之豐豐(一)。周過列宿，存六宗(二)也。靈，一作神。**疏曰：**(一)豐豐，多也，敷翁切。(二)六宗，見前《惜誦》"戒六神與嚮服"疏。②

校勘記：①此句上頁眉戴之麟題校補時地云：戊子九月十一日上午，捄左校。②此句上頁眉戴之麟題校補時地云：丁亥三月十八日午前，韓庭除。

左朱雀之茇茇兮，朱雀(一)奉送，飛翩翻也。茇，《釋文》作芺，於表切。一作茷，音蒲艾切。一云左朱雀之拔拔。［補］曰：《集韻》拔、茷、茇，皆有旆音。**疏曰：**（一）朱雀，南方星名，即指井、鬼、柳、星、張、翼、軫也。又名朱鳥。右蒼龍（一）之躍躍。青虬負轂而扶轅也。躍，《釋文》作躩，音同。［補］曰：躍躍，行貌，其俱切。《廣韻》引此。**疏曰：**（一）蒼龍，東方七宿之名，即角、亢、氐、房、心、尾、箕七宿也。麟按：此殆泛指乘車上所擁旌旗繪畫之物也。若指爲南東星宿，則方位不合矣。

屬雷師之闐闐兮，整理車駕而鼓嚴也。［補］曰：屬，朱欲切，連也。闐，音田，鼓聲。通飛廉（一）之衙衙。風伯次且（二）而埽①塵也。通，一作道。［補］曰：衙衙，行貌，舊五呼切，又牛吕切。《集韻》音魚。**疏曰：**（一）飛廉，風伯也。（二）次且，行不進也。次，音刺。且，音咨。或作趑趄，亦作跙跙。

校勘記：①“埽”，明翻宋本、汲古閣本作“掃”。後文凡從李刻本作“埽”而他本皆作“掃”者，徑從李刻本不出校。

前輊（一）輬之鏘鏘（三）兮，軒（二）車先導，聲轔轔①（四）也。輊，一作輕。［補］曰：輊，音致。《詩》曰：如輊如軒（五）。《説文》云：輬，卧車，音涼。《招魂》云：軒輬既低。注云：軒、輬，皆輕車名。則作輕輬，亦通。**疏曰：**（一）輊，車後低也。（二）軒，音掀，車前高也。義固有别，此則借以爲車耳。（三）鏘鏘，金聲也，音槍。（四）轔轔，車聲也，音鄰。（五）“如輊如軒”，見《詩·六月》篇。後輜乘②之從從（一）。輜軿（二）侍從，響雷震也。［補］曰：《説文》：輜，軿車前，衣車後也。從，楚江切。**疏曰：**（一）從從，髻高貌，此引申爲高義。（二）輜軿，婦人之車，四面有屏蔽者。《後漢書》：“宫衛周備，出有輜軿之飾。”輜，音淄，有衣之車也。軿，音瓶，又音駢，義同，衣車也。車有帷以爲屏蔽，爲婦人所乘者。“宫衛周備”二句，見琴川毛氏本《後漢書》十四《宗室四王三侯列傳第四·齊武王縯傳》“章和元年，有司奏請免晃、剛爵爲庶人”事下。

校勘記：①“轔轔”，李刻本、明翻宋本、汲古閣本作“轉轔”。以下文疏證曰“轔轔，車聲也，音鄰”，今不改。②“乘”，原誤作“車”，今據李刻本、明翻宋本、汲古閣本改。

載雲旗之委蛇(一)兮，旂旗[①]盤紆，背雲霄也。委，一作逶。**疏曰：**（一）委蛇，從容自得之貌。蛇，音移。扈(一)屯騎之容容(二)。羣馬分布，列前後也。［補］曰：屯，徒渾切。**疏曰：**（一）扈，音户，尾也。后從曰扈。（二）容容，飛揚之貌。[②]

校勘記：①"旗"，原誤作"旌"，今據李刻本、明翻宋本、汲古閣本改。②此句上頁眉戴之麟題校補時地云：己丑四月二十九日午前，新庭。

計專專之不可化兮，我心匪(一)石，不可轉也(二)。［補］曰：化，舊音花。**疏曰：**（一）匪，非上聲，義同非。（二）注二句，見《詩・柏舟》篇。願遂推而爲臧(一)。執履忠信，不離善也。**疏曰：**（一）臧，音張，善也。

賴皇天之厚德兮，靈神覆祐(一)，無疾病也。**疏曰：**（一）祐，音右，保祐也。還及君之無恙。願楚無憂，君康寧也。言己雖陞雲遠游，隨從百神，志猶念君，而不能忘也。［補］曰：恙(一)，舊音羊。《説文》：恙，憂也。一曰蟲[①]入腹食人心，古者草居多被此毒[②]，故相問：無恙乎？《蘇鶚演義》(二)引《神異經》(三)云：北方大荒中，有獸食人，吩人則病，羅人則疾，名曰㺊(四)。㺊者，恙也。黄帝上章奏天，從之。於是北方人[③]得無憂無疾，謂之無恙。**疏曰：**（一）恙，噬蟲，能食人心，見《風俗通》。（二）《蘇鶚演義》，見前《天問》"焉得彼塗山女，而通之於台桑"疏。（三）《神異經》，見前《天問》"八柱何當"疏二[④]。（四）㺊，音漾，《廣韻》："獸，如獅子，食虎豹及人。""北方"諸句，見是書《中荒經》第四則，原作"北方有獸焉，其狀如獅子，食人，吹人則病，名曰㺊。"音恙。[⑤]

孫月峰曰：首章攢簇景物，句句警策，一層逼一層，音調最悲切，骨氣最遒緊，以下諸篇，莫能及也。

陳眉公曰：舉物態而覺哀怨之傷人，叙人物而見蕭條之感候。梗概既具，情色斯章，足令循聲者知冤，感懷者興悼。[⑥]

吴至父曰：《楚辭釋文》本《離騷》第一，《九辯》第二。王逸注《九章》云："皆解於《九辯》中。"知仲師目次與《釋文》略同，是舊本次此篇於《離騷》之後，《九章》之前，吾疑固屈子之文。嘗以語張濂卿，濂卿頗然吾説。《九辯》、《九歌》兩見《離騷》、《天問》，皆取古樂章爲題，明是一人之作。又曰：曹子建《陳審舉表》引屈平曰"國有驥"云云，洪《補注》亦載此語，則子建固以《九辯》爲屈子作，不用王氏"宋玉閔師"之説。又曰：詞爲宋玉作，則固宋玉之自悲，乃又以爲閔屈，其説進退失據。宜用曹子建説，定爲屈子之詞。

浦二田曰：一片秋聲，一泒天籟。⑦

校勘記：①"蟲"，明翻宋本、汲古閣本作"虫"。後文凡從李刻本作"蟲"而他本皆作"虫"者，徑從李刻本不出校。②"毒"，原誤作"患"，今據李刻本、明翻宋本、汲古閣本改。③"人"，原脱，今據李刻本、明翻宋本、汲古閣本補。④"二"，原作"四"，以前文已調整疏證順序，改作"二"。⑤此句上頁眉戴之麟題校補時地云：己丑九月二十一日午前。⑥此句上頁眉戴之麟題校補時地云：丁亥七月望日上午，韓庭階下。⑦此句上頁眉戴之麟題校補時地云：戊子三月三十日上午，救院後庭補。

楚辭補注疏卷第九

招魂章句第九魂，一作䰟。下同。**疏曰：**䰟同魂。　楚辭

《招魂》者，宋玉之所作也（一）。李善以《招魂》爲《小招》，以有《大招》故也。招者，召也。以手曰招，以言曰召。魂者，身之精也。宋玉憐哀屈原，忠而斥棄，愁懣一作憂愁。山澤，魂魄一作䰟。放佚，厥命將落。故作《招魂》，欲以復其精神，延其年壽，外陳四方之惡，内崇楚國之美，以諷諫懷王，冀其覺悟而還之也。太史公讀《招魂》，悲其志（二）。

疏曰：（一）麟按：朱子主屈原所作，又有謂係自招其魂者。按之原文，確非宋玉所作，謂玉作者，以與原文均不類。惟考玉諸作品，亦無類此者。又篇中所陳外惡内美，惡者怪力亂神，美者聲色貨利。原豈畏怪力亂神，好聲色貨利之人？以此歆動警駭其師，決不宜此。自招其魂説頗近似，以内美外惡揆之，亦非所宜。蓋懷王不聽原言，客死於秦，頃襄繼立，用子蘭等讒去原，原忠不忘君，於其君死，猶望其反楚也。此蓋作於頃襄逐原之時，觀末段"獻歲"二句可知，末"目極千里"二句尤可見。則所招者係懷王之魂，非玉招原魂，且即《原傳》（太史公）"屈原死，楚有宋玉、景差"之言觀之，玉又何從而招魂，使懷王悟而還之？此爲原行江南招懷王之魂，可無疑矣。並非原自招其魂，亦可斷言矣。（二）見《史記・屈原列傳》。

朕幼清以廉潔兮，朕（一），我也。不求曰清，不受曰廉，不汙曰潔，潔（二），一作絜。五臣云：皆代原爲辭。**疏曰：**自此至"乃下招曰"皆叙其作此之由。（一）朕，原自我也。秦以前君民不分，故得稱朕也。始皇方定爲皇帝專稱。（二）潔、絜通。

姚鼐曰：代屈語起，幼清服義，《離騷》所謂"内美"也。麟按：首句誤。①②

身服義而未沬。沬，已也。言我少小修清潔之行，身服仁義，未曾有懈已之時也。[補] 曰：沬，莫貝切。《易》曰：日中見沬(一)。注云：沬，微昧之明也。一云日中而昏也。**疏曰：**(一)“日中見沬”，見《易經》下《豐卦》。

校勘記：①此句出沈伯經《古文辭類纂評注》，爲沈氏於頁眉所作評注，非姚鼐語。②此句上頁眉戴之麟題校補時地云：丁亥七月望日上午，韓庭階下。

主此盛德兮，牽於俗而蕪穢。牽，引也。不治曰蕪。多草曰穢。言己施行常以道德爲主，以忠事君，以信結交，而爲俗人所推引。德能蕪穢，無所用之也。五臣云：主，守也。言己主執(一)仁義忠信之德，爲讒佞所牽迫，使荒蕪穢汙而不得進。**疏曰：**(一)執，亦守也。

上無所考此盛德兮，考，校(一)。五臣云：上，君也。考，察也。**疏曰：**(一)“校”下宜加“也”字。音教，考察也。

姚鼐曰：不考德，讒之蔽也。①

長離殃而愁苦。殃，禍也。言己覆行忠信，而遇暗主。上則無所考校己之盛德，長遭殃禍，愁苦而已也。離(一)，一作罹。五臣云：罹，羅也。**疏曰：**(一)離、罹，皆遭也。罹，音泥。羅，勒莪切，捕鳥之網也，亦有遭罹意。

校勘記：①此句出沈伯經《古文辭類纂評注》，爲沈氏於頁眉所作評注，非姚鼐語。

帝告巫陽帝，謂天帝也。女曰巫，陽其名也。巫，一作巠。五臣云：玉假立天帝及巫陽以爲辭端。[補] 曰：《山海經》云：開明(一)東有巫彭、巫抵、巫陽、巫凡①、巫相、巫履。注云：皆神醫(二)也。**疏曰：**(一)開明，謂東方之地也。《淮南子》：“東方曰東極之山，曰開明之門。”注：“明者，陽也，日之所出，故曰開明之門。”(二)神醫，以神道施醫，如今老婦爲兒醫病而施行種種咒語，並事推拿，或出小方者也。麟按：此非玉假辭，原自假也，合後《大招》，吾另有辯，定此爲原招懷王已死之魂。“東方曰東極”二句，見《淮南子》第四《墜形訓》。“開明東”等句，見《山海經》卷十一《海内西經》第十八條。

姚鼐曰： 下人招魂事。②③

曰：“有人在下(一)，在，一作於。**疏曰：**（一）下，叶虎。我欲輔之。人(一)，謂賢人，則屈原也。宋玉上設天意，祐助貞良，故曰：帝告巫陽，有賢人屈原在於下方，我欲輔成其志，以厲(二)黎民(三)也。**疏曰：**（一）人，謂楚王也。帝爲天帝，楚王亦可以下稱之，帝言亦欲輔之也。（二）厲，勉也。（三）黎民，百姓也。黎，音離，黑色。民首色黑，故曰黎民。第三句謂宋玉誤。④

校勘記： ①“凡”，明翻宋本、汲古閣本作“几”。②此句出沈伯經《古文辭類纂評注》，爲沈氏於頁眉所作評注，非姚鼐語。③此句上頁眉戴之麟題校補時地云：丁亥六月二十一日午後，韓左个。④此句上頁眉戴之麟題校補時地云：庚寅二月二十二日午後，歸自柏留處。

魂魄離散，汝筮予之！魂者，身之精也。魄者，性之決也。所以經(一)緯五藏(二)(三)，保守形體也。筮，卜問也。蓍(四)曰筮。《尚書》曰：決之蓍龜。言天帝哀閔屈原魂魄離散，身將顛沛，故使①巫陽筮問求索，得而與之，使反其身也。予(五)，一作與。[補]曰：予，去聲。下同。**疏曰：**（一）經，去聲。（二）五藏，心、肝、脾、肺、腎也。（三）藏，去聲，與臟同。（四）蓍，見前“卜居”疏。（五）予、與同。此原假帝言，亦哀懷王，欲其魂反楚也。“決之蓍龜”，《書》無考。②

校勘記： ①“使”，原誤作“稱”，今據李刻本、明翻宋本、汲古閣本改。②此句上頁眉戴之麟題校補時地云：己丑四月一日上午，終校新庭。

巫陽對曰：“掌𢉩(一)。巫陽對天帝言，招魂者，本掌(二)𢉩之官所主職也。𢉩，一作夢(一)。**疏曰：**（一）𢉩、夢同。（二）掌，張上聲，主管也。《周禮》有掌夢之官，曰夢人。上帝其難從。言天帝難從掌𢉩之官，欲使巫陽招之也。一云其命難從。一云命其難從。[補]曰：難，《文選》讀作去聲。**疏曰**①**：** 麟按：此巫陽呼語上帝，謂上帝曰："此係掌夢職守！帝命，巫陽不易從也。"蓋推謝自謙之詞，觀下句語氣自見。

姚鼐曰：巫呼招魂之帝，言魄散而既難從矣。必筮而予，恐後矣，不能復矣。

若必筮予之，恐後之謝，一云謝之。一無"之"字。**疏曰：**上句謂帝命難從，若必不得已而筮予，此次辭謝，乃最後恐懼也。不能復用巫陽焉。"謝，去也。巫陽言如必欲先筮問求魂魄所在，然後與之，恐後世怠懈[②]，必去卜筮之法，不能復修用，但招之可也。五臣云：若必筮而招之，恐後代懈怠，去卜筮之法，但以招魂爲事。陽意不欲以筮與招相次而行，以爲不筮而招，亦足可也。**疏曰：**此承上句，謂恐招之反使巫陽不能復用其術，亦謙詞也。

校勘記：①"疏曰"，原脱，今徑補。②"怠懈"，原誤作"懈怠"，今據李刻本、明翻宋本、汲古閣本改。

乃下招曰：巫陽受天帝之命，因下招屈原之魂。乃，一作因。**疏曰：**屈原之魂，當曰懷王之魂，蓋原被讒去國，懷王已客死於秦也。

姚鼐曰：帝乃亟令招焉，四句總提。[①]

魂兮歸來[(一)]！還歸屈原之身。一作徠[(一)]歸。**疏曰：**（一）來、徠通，此謂召懷王之魂，反故國也。去君[(一)]之恒幹，恒，常也。幹[(二)]，體也。《易》曰：貞者事之幹[(三)]。五臣云[②]：君，謂原也。**疏曰：**（一）君，稱懷王，下倣此。（二）幹，干去聲。（三）"貞者"句，見《易上經·乾卦》。何爲[③]四方些？言魂靈[④]當扶人養命，何爲去君之常體，而遠之四方乎？夫人須魂而生，魂待人而榮。二者别離，命則霣零也。或曰：去君之恒閈。閈，里也。楚人名里曰閈[(一)]也。一云：何爲乎四方。乎，一作兮。一注云：魄待人而榮。［補］曰：些，蘇賀[⑤]切。《説文》云：語詞也。沈存中[(二)]云：今夔峽[(三)]湖湘及南北江獠人[(四)]，凡禁呪[(五)]句尾，皆稱些，乃楚人舊俗。**疏曰：**（一）閈，音翰，又垣也。（二）沈存中，名括。見前《九歌·東皇太一》"吉日兮辰良"疏。（三）夔峽，四川有三峽，夔其一也。峽在夔州。夔，今奉節縣。峽，音狎，兩山夾水也。（四）獠人，西南夷謂之獠，《博物志》："荆州極西南界至蜀，諸民曰獠子。"《酉陽雜俎》："嶺南溪洞中，往往有飛頭者，故有飛頭獠子之説。"獠子即獠人也，音老。（五）

呪，一作咒，至宥切，義亦同，詛也。梵書有經有呪，呪本釋教文體之一，今驅鬼治病之口訣，亦謂之呪。[⑥]《酉陽雜俎》，《辭源》酉集二五三頁酉部："書名，唐段成式撰。其書多詭怪不經之談，荒渺無稽之物，而遺文秘籍，亦往往錯出其間，其曰"酉陽雜俎"者，取訪酉陽之逸語。凡二十卷，續記十卷。"[⑦]

校勘記：①此句出沈伯經《古文辭類纂評注》，爲沈氏於頁眉所作評注，非姚鼐語。②"云"，明翻宋本、汲古閣本作"曰"。③"爲"下，原衍"乎"字，今據李刻本、明翻宋本、汲古閣本删。④"魂靈"，原誤作"靈魂"，今據李刻本、明翻宋本、汲古閣本改。⑤"賀"，原誤作"貨"，今據李刻本、明翻宋本、汲古閣本改。⑥此句上頁眉戴之麟題校補時地云：同上地午前。⑦此句上頁眉戴之麟題校補時地云：己丑後七月七日上午。

舍君之樂處，而離彼不祥些！舍，置也。祥，善也。言何爲舍君楚國饒[(一)]樂之處，而陸離[(二)]走不善之鄉，以犯觸衆惡也。舍，一作捨。離，一作罹。五臣云：捨[①]，去也。罹[(三)]，羅也。**疏曰**：（一）饒，繞平聲，足也。（二）陸離，光怪貌，又劍紛披貌。謂何爲舍去饒樂之地，反遭不善也。離，不必解作陸離。（三）離、罹音義同，遭也。

姚鼐曰：樂處提後"脩門"，不祥提上下四方。[②③]

校勘記：①"捨"，原作"舍"，今據李刻本、明翻宋本、汲古閣本改。②此句出沈伯經《古文辭類纂評注》，爲沈氏於頁眉所作評注，非姚鼐語。③此句上頁眉戴之麟題校補時地云：丁亥七月望日上午，韓庭階下。

魂兮歸來！東方不可以託些。託，寄也。《論語》曰：可以託六尺之孤[(一)(二)]。言東方之俗，其人無義，不可託命而寄身也。**疏曰**：（一）孤，音姑，幼而無父也。（二）"可以託"句，見《論語·泰伯》篇。

姚鼐曰：各方所述，不必黏滯，但爲東方言日出即貼切，餘語倣此。[①]

校勘記：①此句出沈伯經《古文辭類纂評注》，爲沈氏於頁眉所作評注，非姚鼐語。

長人千仞，惟魂是索些。七尺曰仞。索，求也。言東方有長人之國，其高千仞，主求人魂而食之也。惟(一)，一作唯。五臣云：皆假立其惡而甚言之。［補］曰：《山海經》云：東海之外(二)，大荒之山①，有大人之國。**疏曰：**（一）惟、唯，音義同。（二）“東海之外”諸句，見《山海經》卷十四《大荒東經》第三條，原文“山”作“中”，中有“有山”等十五字。②

校勘記：①“山”，李刻本、明翻宋本、汲古閣本作“中”。以下文疏證曰“原文‘山’作‘中’”，今不改。②此句上頁眉戴之麟題校補時地云：丁亥六月二十三日午間，韓左个。

十日代出，代，更(一)。**疏曰：**（一）更，平聲，下宜加“也”字。流金鑠石些。鑠，銷也。言東方有扶桑之木，十日(一)並在其上，以次更行，其熱酷烈，金石堅剛，皆爲銷釋也。［補］曰：《莊子》曰：昔者十日並出(二)，萬物皆照。十日，見《天問》。代出，言一日至，一日出，交會相代也。**疏曰：**（一）日，謂君也。按地皇氏兄弟十人，相繼爲帝，故云。天地間焉有十日之事乎？此蓋誤引。十日，見前《天問》“羿焉彈日”疏。（二）“昔者十日並出”二句，見《莊子·齊物論》篇。

彼皆習(一)之，魂往必釋(二)些。釋，解也。言彼十日之處，自習其熱。魂行往到，身必解爛也。皆，一作自。**疏曰：**（一）習，慣也。（二）釋，叶灼。

歸來兮①！不可以託些。言魂魄宜急(一)來歸，此誠不可以託附而居之也。一無“兮”字。一云：歸來歸來。**疏曰：**（一）急，音及，速也。

校勘記：①“歸來兮”，原誤作“魂兮歸來”，今據李刻本、明翻宋本、汲古閣本改。

魂兮歸來！南方不可以止些。言南方之俗，其人甚無信，不可久留也。

姚鼐曰：南方多厭蠱毒物。①

校勘記：①此句出沈伯經《古文辭類纂評注》，爲沈氏於頁眉所作評注，非姚鼐語。

雕題黑齒，雕，畫也。題，頟(一)也。黑，一作墨。五臣云：雕，鏤(二)也。［補］曰：《禮記》：南方(三)曰蠻(四)，雕題交趾(五)。注云：雕題，刻其肌，以丹青(六)涅(七)之。**疏曰：**（一）頟，與額同。（二）鏤，音漏，刻也。（三）“南方”二句，見《禮記·王制》五。（四）蠻，模頑切。不守法律，徒恃勇力者，俗謂之蠻。（五）交趾，參看前《天問》“厥利惟何”疏，麟按：趾，足趾也。趾與趾有相交者，如婦女纏足，其趾相交是也。希臘説交趾即“對住”意，未必是。①（六）丹青，顔料也。（七）涅，音列，染塗之也。按：今軍隊中或以藍靛塗之者，蓋其遺俗也。聞今東南各省猶是雕題之俗。得人肉以祀，以其骨爲醢些。醢(一)，醬(二)也。言南極之人，雕畫其額，齒牙盡黑，常食蠃蜂，得人之肉，用祭祀先祖，復以其骨爲醢醬也。一云：而祀。一云：得人以祀。無“肉”字。五臣云：醢，肉醬也。**疏曰：**（一）醢，音海。（二）醬，音將去聲。或以豆，或以麥餌蒸溜發酵，加鹽水以曬成者。

校勘記：①此句上頁眉戴之麟題校補時地云：丁亥七月二十一日午前，韓左个。

蝮蛇蓁蓁，蝮(一)，大蛇也。蓁蓁，積聚之貌。［補］曰：《山海經》：蝮蛇(二)，色如綬文①，大者百餘斤。一名反鼻蛇。《爾雅》：蝮虺②，博三寸，首大如擘。《本草》引張文仲(三)云：蝮蛇形乃不長，頭扁口尖，人犯之，頭足貼著。蝮，音覆。蓁，音臻。**疏曰：**（一）蝮，見《天問》“雄虺九首”疏。（二）“蝮蛇”句，見《山海經》利集一卷三頁“多蝮虫”分注。③（三）張文仲，唐洛陽人，以醫顯武后時，官至尚藥奉御特進，論風與氣尤精。封狐千里些。封(一)狐(二)，大狐也。言炎土之氣，多蝮虺(三)惡蛇，積聚蓁蓁，争欲齧人。又有大狐，健走，千里(四)求食，不可逢遇也。五臣云：大狐其長千里。**疏曰：**（一）封音風，大也。（二）狐見前《離騷④》“又好射夫封狐”疏。（三）虺見《天問》⑤“雄虺九首”疏。（四）千里當從原注。

校勘記：①“文”，原作“紋”，今據李刻本、明翻宋本、汲古閣本改。②“虺”，原誤作“蛇”，今據李刻本、明翻宋本、汲古閣本改。③此句上頁眉戴之麟題校補時地云：戊子二月十六日午間，韓左个。④“離騷”，原誤作“天問”，今據前文改。⑤“見《天問》”，原作“同上”，以上文“天問”已改“離騷”，今改作“見《天問》”。

雄虺九首，首，頭也。五臣云：虺，亦蛇名。［補］曰：《天問》已見（“雄虺九首”句）。虺，許鬼切。**疏曰**：見上句疏。[①]往來儵忽，吞人以益其心些。儵忽，疾急貌也（可删）。言復有雄虺，一身九頭，往來奄忽，常喜吞人魂魄，以益其心，賊害之甚也。儵，一作倏。五臣云：益[(一)]其心，助其毒也。**疏曰**：（一）益，加也。

校勘記：①此句上頁眉戴之麟題校補時地云：庚寅二月二十四日上午。

歸來兮！不可以久淫些。淫，游也。言其惡如此，不可久游，必被害也。一云：魂兮歸來。一云：歸來歸來，不可久淫。無“以”字。五臣云：淫，淹[(一)]也。**疏曰**：（一）淹，衣詹切，久留也。

魂兮歸來！西方之害，流沙千里些。流沙，沙流而行也。《尚書》曰：餘波入于流沙[(一)]。言西方之地，厥土不毛[(二)]，流沙滑滑，晝夜流行，從[(三)]廣[(四)]千里，又無舟航[(五)]也。從廣，一作縱横。**疏曰**：（一）“餘波入于流沙”，見《書·禹貢》。（二）不毛，謂不生植物也。（三）從，音宗，直也。（四）廣，横也。與縱横同。（五）航，音杭，行也。

姚鼐曰：弱水在西方，其地去中土又最曠遠。[①]

校勘記：①此句出沈伯經《古文辭類纂評注》，爲沈氏於頁眉所作評注，非姚鼐語。

旋入雷淵，旋，轉也。淵，室也。淵，《文選》作泉。［補］曰：旋，泉絹切。唐避諱[(一)]，以淵爲泉。《山海經》云：雷澤中有雷神[(二)]，龍身而人頭。**疏曰**：（一）唐高祖名淵，故以“泉”諱之也。（二）“雷澤中”二句，見《山海經》卷十三《海内東經》第六條。[①]靡散而不可止些。靡，碎也。言欲涉流沙，少止則回入雷公[(一)]之室，轉還而行，身雖靡碎，尚不得休息也。靡，一作靡。《釋文》作糜。一作麋，非是。［補］曰：靡，靡爲切，爛也，壞也。**疏曰：**（一）雷公，司雷之神。《論衡》：“畫工圖雷之象，纍纍如連鼓形。又圖一人，若力士之容，謂之雷公，使之左手引連鼓，右手推椎。”世人信之，莫不爲然。今寺廟中有此偶相，皆虛妄也。

校勘記：①此句上頁眉戴之麟題校補時地云：丁亥六月二十三日午間，韓左个。

㚔而得脱，其外曠宇些。曠，大也。宇，野也。言從雷淵雖得免脱，其外復有曠遠之野，無人之土也。㚔[(一)]，一作幸。**疏曰：**（一）㚔、幸同。

赤螘若象[(五)]，螘，蚍蜉也。小者爲螘[(一)]，大者謂之蚍[(二)]蜉[(三)]也。螘，一作蟻。［補］曰：《山海經》：大蜂其狀如螽[(四)]，朱蛾[①]狀如蟻[(六)]。**疏曰：**（一）螘，蟻俗字。亦作蛾，音義同。蟲名，體分頭、胸、腹三部。赤蟻長不及一分，色黄赤；大黑蟻長四五分；山蟻長四分，紫黑色，有光澤。聚羣而居，分女王蟻、雄蟻、職蟻三種。女王蟻、雄蟻主生殖，職蟻爲不完全之雌體，一主營巢取食，謂之工蟻；一主戰鬬，謂之兵蟻，其組織尤勝於蜂。女王多數同居，亦不似蜂王之嫉妬專制。雌蟻至交尾期生翅，職蟻無翅。多在地下營巢，藏食其中。（二）蚍，音琵。（三）蜉，音浮。（四）螽，即蜂。麟按：近奉天山林中有大蟻，能嚙人至死，人行林中，必蒙面以物，若墜其穴中，鮮得幸免，其遺矢堆如土阜，其大可知。此宦其地邑人彭養光爲余言之。（五）此言若象，殆極言之耳。（六）“大蜂”二句，見《山海經》卷十二《海内北經》第八條，“蜂”作“𧒂”。玄𧒂若壺些。壺，乾[(一)]瓠[(二)]也。言曠野之中，有赤蟻，其狀如象。又有飛𧒂，腹大如壺。皆有蠚毒，能殺人也。𧒂，一作蜂[(三)]。《釋文》作螽 。五臣云：壺，器名。［補］曰：𧒂，音峰。《方言》云：螽，大而蜜謂之壺螽。蠚[(四)]，音壑。**疏曰：**（一）乾，音干，燥也。（二）瓠，音胡，又去聲，義同，蔬類植物。其實長大，首尾粗細略同，一名瓠瓜，又稱壺蘆。又一種上部細長，一端圓大者，謂之懸瓠，老熟者剖之爲瓢，村里以舀茶酒，俗稱茶酒瓢。麟按：此即所謂乾瓠也。（三）蜂，益蟲，亦曰蜜蜂。有雌蜂、雄蜂、職蜂三種，聚群而居。雌雄蜂皆黑色，翅灰色而透明，雌者尾端有毒針，以産卵管而兼御敵之用。職蜂暗褐色，全體皆密生長毛。雌蜂每羣一頭，體長五分許，通稱蜂王。雄蜂亦少數，體較短而翅大，但營生殖作用，不事工作，亦稱游蜂。職蜂最多，爲不完全之雌體，專營築巢、採蜜、育兒等事，並保護其羣，亦稱工蜂。取花蜜釀而成蜜，以之哺子；食花粉及蜜，變質成蠟，以之營巢。飼蜂者常割取其蜜及蠟，以資食用。其他如細腰蜂、赤蜂、胡蜂等亦爲益蟲。凡蜂類，腹後大都有毒針，能螫人。（四）蠚，亦作蛇，蟲毒。又螫也。又音釋，又音哲，義並同。②

校勘記：①“蛾”下，原衍“其”字，今據李刻本、明翻宋本、汲古閣本删。②此句上頁眉戴之麟題校補時地云：戊子四月二十三日上午，救左終校。

五穀不生，藂菅是食些。柴棘爲藂（一）。菅，茅也。言西極之地，不生五穀，其人但食柴草，若羣牛也。藂，一作叢。菅，一作葌（三）。［補］曰：藂，草叢生也。菅（四）、葌，並音姦。《説文》：葌草，出吴林山（二）。**疏曰：**（一）藂，音重，古叢字。（二）《山海經》第五《中山經》：“又東百二十里，曰吴林之山。”郝懿行案：“《地理志》云：‘河東郡大陽：吴山在西，上有吴城’，《史記正義》引《括地志》云：‘雷首山亦名吴山’，即此也。……在今山西平陸縣。”（三）葌，又山名。《山海經》：“昆吾山又西百二十里曰葌山，葌水出焉。”麟按：此二句，見同吴山《中山經第五》，第六頁。①（四）菅，見前《卜居》“寧誅鋤草茅，以力耕乎”疏。“昆吾山”諸句，見《山海經》貞集卷五、四頁②，“山”下節去“其上多赤銅，……食之不眯”等語。③

校勘記：①此句旁頁邊戴之麟題校補時地云：己丑五月二十五日清晨。②前言“第六頁”，此言“四頁”，或以戴之麟前後參考版本不同故也。③此句上頁眉戴之麟題校補時地云：戊子二月十六日上午，韓左个。

其土爛人，求水無所得些。言西方之土，温暑而熱，燋爛人肉。渴欲求水，無有源泉，不可得之也。［補］曰：《前漢·西域傳》：烏弋（一）地暑熱莽平。又，天竺（二）卑濕暑熱。**疏曰：**（一）烏弋，即烏弋山離之簡稱，國名。見《漢書·西域傳》。《辭源》按爲亞歷山大里亞之聲轉。即今之阿考西亞，在阿富汗東南，印度河西，或簡稱烏弋，《後漢書》所謂“前世漢使皆自烏弋以還，莫有至條支”是也。《唐書·地理志》有烏弋州，即以國名爲州名。（二）天竺，印度之古稱。《西域記》：“天竺之稱，異議糾紛，舊云身（音捐）毒，或云賢豆，今從正音，宜云印度。”舊屬中國，今歸英屬，有中及東西南北五印度之稱。

彷徉無所倚，廣大無所極些。倚，依也。言欲彷徉東西，無民可依。其野廣大，行不可極也。一云：言西方之土，廣大遥遠，無所臻(一)極。雖欲彷徉，求所依止，不可得也。一作仿佯。五臣云：仿佯，游行貌。極，窮也。［補］曰：《廣雅》云：彷徉，徙倚也。彷，蒲忙切。**疏曰：**（一）臻，音真。

歸來兮！恐自遺賊些。賊，害也。言魂魄欲往者，自予(一)賊害也。一云：歸來歸來。［補］曰：遺(二)，已季切。**疏曰：**（一）予，音與，與也。（二）遺，義同。

魂兮歸來！北方不可以止些。增冰峨峨，飛雪千里些。言北方常寒，其冰重累，峨峨如山。涼風急時，疾雪隨之。飛行千里，乃至地也。五臣云：增，積也。峨峨，高貌。［補］曰：《神異經》：北方有曾(一)冰萬里，厚百丈。《尸子》(二)曰：朔方之寒，地凍厚六尺。北極(三)左右，有不釋之冰。**疏曰：**（一）曾、增通。（二）《尸子》，見前《離騷》“心猶豫而狐疑”疏。（三）北極，地軸之北端也，南端曰南極。天球上亦有之，即由地軸引長之與天際相交之點也。磁針向北之一端，亦曰北極；向南之一端，亦曰南極。又北冰洋，五大洋之一。又爲歐、美、亞三洲北境沿海之總稱，面積約五萬方哩。北極圈以内，四時皆冰，雖屢經探險，其實境終未明了。探險之地以西元一八九五年南森所至八十六度十四分之處爲最遠。飛雪千里，蓋謂降雪地之面積至方千里，非謂飛行千里乃至地也。“北方”二句，見是書《北荒經》第二則，原作“北方層冰萬里”，下同。① 所引“朔方”各句，原書卷下十頁作“朔方之寒，冰厚六尺，木皮三寸”，末二句同。②

姚鼐曰：北方只説寒最簡。③

校勘記：①此句上頁眉戴之麟題校補時地云：己丑九月二十一日午前。②此句上頁眉戴之麟題校補時地云：庚寅三月八日上午。③此句出沈伯經《古文辭類纂評注》，爲沈氏於頁眉所作評注，非姚鼐語。

歸來兮！不可以久些。言其寒殺人，不可久留也。一云：歸來歸來。一云①：

不可以久止。

校勘記：①“一云”，原脱，今據李刻本、明翻宋本、汲古閣本補。

魂兮歸來！君無上(一)天些。天不可得上(一)也。**疏曰：**（一）兩上字皆上聲。**姚鼐曰：**從天弔下，讀之失笑，切上方。[①] **疏曰：**按弔應作釣方合。弔下，如魚鉤之釣下也。釣，原音弔，俗讀平聲非。

校勘記：①此句出沈伯經《古文辭類纂評注》，爲沈氏於頁眉所作評注，非姚鼐語。

虎豹九關，五臣云：關，鑰(一)。**疏曰：**（一）鑰，梭上聲。以銅爲之，其式甚多。寺廟多以木爲之，載於門上，左右各一，内凹其孔，置以竹片，用竹匙透入轉捩，以爲關閉之用。“鑰”下宜加“也”字。啄害下(一)人些。啄，齧也。言天門凡有九重，使神虎豹執其關閉，主啄齧天下(一)欲上之人，而殺之也。**疏曰：**（一）兩下字皆上聲，上亦上聲。

一夫九首，拔木九千些。言有丈夫(一)一身九頭，强梁(二)多力，從朝至暮，拔大木九千枚(三)也。**疏曰：**（一）丈夫，謂婦人可倚仗之人也。丈、仗均音掌。丈，仗也。夫，人也。（二）强梁，猶强横也。（三）枚，箇也，引申之爲株。

豺(一)狼(二)從目，往來侁侁些；侁侁，往來聲也。《詩》曰：侁侁征夫(三)。言天上有豺狼之獸，其目皆從，奔走往來，其聲侁侁，争欲啗(四)人也。侁，一作莘。五臣云：從，竪也。侁侁，衆貌。[補]曰：南北曰從，即容切。《釋文》足用切，與注意不合。侁，所臻切。**疏曰：**（一）豺，一作犲，音儕，獸名。與狼同類異種，狀如犬而身瘦，毛黄褐色，口吻深裂，尾長下垂。其身有一種臭氣，吠聲能聞於遠，殘猛與狼同。（二）狼，音郎，獸名。狀類犬，毛色深黄，頭鋭，喙尖，頰有白色小斑點，後足稍短，尾粗大下垂。性猛惡，飢則襲人，常食哺乳類、鳥類動物。（三）“侁侁征夫”，見《詩·皇皇者華》篇，“侁侁”作“駪駪”。（四）啗，惰覽切，食也。

懸人以娭，懸，《釋文》作縣(一)。娭(二)，一作嬉(二)，一作娛。［補］曰：娭，許其切。**疏曰：**（一）縣，同懸。（二）娭、嬉，音義同。娛，音于，樂也。**投之深淵些。**投，擿也。言豺狼得人，不即啗食，先懸其頭，用之娭①戲。疲倦已後，乃擿(一)於深淵之底②而棄之也。**疏曰：**（一）擿，知戹切，搔也。又與擲同，投也。

校勘記：①“娭”，原誤作“娛”，今據李刻本、明翻宋本、汲古閣本改。②“底”，原誤作“府”，今據李刻本、明翻宋本、汲古閣本改。

致命於帝，然後得瞑些。瞑，卧也。言投人已訖，上致(一)命於天帝，然後乃得眠卧也。瞑，一作眠。五臣云：致，送也。送人之命於天帝。［補］曰：瞑，音眠，又音銘。**疏曰：**（一）致，交與之也，引申之謂回覆命於天帝也。

歸來！往恐危身些。往即逢害，身危殆也。一云：歸來歸來。一云：魂兮歸來。

魂兮歸來！君無下此幽都些。幽都，地下(一)后土(二)所治(三)也。地下(一)幽冥，故稱幽都。一無“此”字。**疏曰：**（一）注二“下”字皆上聲。（二）后土，土神也。（三）治，平聲。

土伯九約，其角觺觺些。土伯，后土之侯伯也。約，屈也。觺觺，猶狺狺(一)，角利貌也(二)。言地有土伯，執衛門户，其身九屈，有角觺觺，主觸害人也。觺，一作㕦。五臣云：觺觺，銛(三)利貌。［補］曰：觺，音疑，又牛力切。**疏曰：**（一）狺狺，開口貌，言垠，犬争。一云犬聲。（二）“角利貌”下“也”字可删。（三）銛，音纖，利也。

姚鼐曰：土神如蛇，切下方。①

校勘記：①此句出沈伯經《古文辭類纂評注》，爲沈氏於頁眉所作評注，非姚鼐語。

敦脄血拇，敦，厚也。脄，背也。拇，手母指也。脄，一作脢。［補］曰：脄、脢，音梅，又音妹[①]，脊側之肉。《説文》云：背肉也。《易》：咸其脢(一)。一曰：心上口下(二)。拇，莫垢切。**疏曰：**（一）“咸其脢”，見《易下經・咸卦》。（二）下，上聲。**逐人駓駓些**。駓駓，走貌也（“也”宜删）。言土伯之狀，廣肩厚背，逐人駓駓，其走捷(一)疾，以手中血漫汙人也。［補］曰：駓，音丕。**疏曰：**（一）捷，音接，速也。

校勘記：①“妹”，原誤作“昧”，今據李刻本、明翻宋本、汲古閣本改。

參(一)目虎首，其身若牛(二)些。言土伯之頭，其貌如虎，而有三目，身又肥大，狀如牛也。參，一作三(一)。［補］曰：參，蘇甘切。《博雅》云：參，三也。**疏曰：**（一）參、三，古今字。（二）牛，叶宜。

此皆甘人，歸來(一)！恐自遺災(二)些。甘，美也。災，害也。言此物食人以爲甘美，往[①]必自與(三)害，不旋踵(四)也。歸來，一云：歸來歸來。一作：歸來兮。災，《釋文》作菑。［補］曰：遺，與也，去聲。菑與災同。**疏曰：**（一）作歸來應斷句。（二）災，宜叶基。（三）與害“與”字，去聲，參與也。（四）踵，終上聲，足後跟也。

姚鼐曰：以上攄開不祥。[②③]

校勘記：①“往”，明翻宋本、汲古閣本作“徑”。②此句出沈伯經《古文辭類纂評注》，爲沈氏於頁眉所作評注，非姚鼐語。③此句上頁眉戴之麟題校補時地云：丁亥七月望日午前，韓庭階下。

魂兮歸來！入修門些。修門，郢城門也。宋玉設呼屈原之魂歸楚都，入郢門。欲以感激懷王，使還之也。［補］曰：修門，已見《九章》龍門注中。**疏曰：**《史記・原傳》末云：“屈原死後，楚有宋玉、景差之徒。”則是宋玉在原死後，方有其人。屈原二次被遷，懷王已死於秦，玉安得招而還之？又按懷王時已遷都，都，今宜城，本篇末段所言，多與自宜由鍾抵漢，上湘至羅、汨路合，決不可作爲玉作，又不可作原自招其魂，當爲原招懷王已死之魂也。

姚鼐曰：“入修門”拉轉“樂處”，十句領局。[①②]

校勘記：①此句出沈伯經《古文辭類纂評注》，爲沈氏於頁眉所作評注，非姚鼐語。②此句上頁眉戴之麟題校補時地云：時地同上評語。按：即“丁亥七月望日午前，韓庭階下。”

工祝招君(一)，背行先些。工，巧也。男巫曰祝。背，倍也。言選擇名工巧辯之巫，使招呼君，倍道先行，導以在前，宜隨之也。五臣云：工祝，良巫也。君謂原，言良巫背行在先，君宜隨後。［補］曰：背，音倍。**疏曰**：（一）君謂懷王，前後君字皆同。

秦篝齊縷，篝絡，縷綫也。篝，《釋文》作篝。［補］曰：篝，古侯切。籠也，笿(一)也。笿，音落。可熏(二)衣。**疏曰**：（一）笿，即篝，盛杯器也。又束也。（二）熏，音義同薰。火煙上出也，又灼也。鄭綿絡些。綿，纏也。絡，縛也。言爲君魂作衣，乃使秦人織其①篝絡，齊人作綵縷，鄭國之工纏而縛之，堅而且好也。綿，一作緜。［補］曰：《説文》：緜，聯微切②(一)。**疏曰**：（一）聯微切，考《説文》第十二篇“緜”注“聯微也”，係解其義。下曰“从系帛”，分注曰“武延切”。此注誤。麟按：此合上句，篝縷必秦、齊、鄭，視其所出爲佳，故取以爲衣，非使各國人工爲之也。③

校勘記：①“織其”，原脱，今據李刻本、明翻宋本、汲古閣本補。②“切”，李刻本、明翻宋本、汲古閣本作“也”。以下文疏證曰“考《説文》第十二篇‘緜’注‘聯微也’”，今不改。③此句上頁眉戴之麟題校補時地云：已丑五月二十二日下午，新寢。

招具該備，永嘯呼些。該，亦備也。言撰設甘美，招魂之具，靡不畢備。故長嘯(一)大呼，以招君也。夫嘯者，陰也。呼者，陽也。陽主魂，陰主魄。故必嘯呼以感之也。**疏曰**：（一）嘯，音笑。

魂兮歸來！反故居些。反，還也。故(一)，古也。言宜急來歸還古昔之處也。**疏曰**：（一）故，舊也。

天地四方，多賊姦些。賊，害也。姦，惡也。言天有虎豹，地有土伯，東有長人，西有赤蟻，南有雄虺，北有增冰，皆爲姦惡，以賊害人也。地，一作墬(一)，一作墜(一)。**疏曰：**（一）二字皆古“地”字。

姚鼐曰：“天地”四句，蒙上起下，引起宮室、飲食兩大偶。①

校勘記：①此句出沈伯經《古文辭類纂評注》，爲沈氏於頁眉所作評注，非姚鼐語。

像設君室，像(一)，法也。君，一作居。**疏曰：**（一）像，香上聲，謂設君象於室安之也。靜閒安些。無聲曰静，空寬曰閒。言乃爲君造設第室，法像舊廬，所在之處，清静寬閒而安樂也。［補］曰：閒，音閑。**疏曰：**此謂舊居静閒且安，非重造也。即此觀之，爲原招楚懷已死之魂尤明。

高堂邃宇，邃(一)，深也。宇，屋也。**疏曰：**（一）邃，音碎，深遠也。

姚鼐曰：“高堂”以下一偶，言宫室之華飾。①②

檻層軒些。檻，楯(一)也。從(二)曰檻，横曰楯。軒(三)，樓版也。言所造之室，其堂高顯，屋甚深邃。下(四)有檻楯，上有樓版③，形容異制，且鮮明也。五臣云：檻，欄，層，重(五)也。軒，檻樓上版。［補］曰：一云檐宇之末曰軒。**疏曰：**（一）楯，音盾，闌檻也。（二）從，音宗，直也。（三）軒，音掀，殿堂前檐特起，曲椽無中梁者曰軒。天子不御正殿而御平臺曰臨軒。又長廊之有窗者。今亦謂小室曰軒。（四）下，上聲。（五）重，平聲。

校勘記：①此句出沈伯經《古文辭類纂評注》，爲沈氏於頁眉所作評注，非姚鼐語。②此句上頁眉戴之麟題校補時地云：丁亥七月望日午前，韓庭階下。③“版”，明翻宋本、汲古閣本作“板”。

層臺累榭，層、累，皆重(一)也。無木謂之臺，有木謂之榭(二)。［補］曰：《説文》：臺，觀四方而高者。榭，臺有屋也。一曰凡屋無室曰榭。**疏曰：**（一）重，音從。

（二）榭，音謝。又藏樂及講武之所也。臨高山些。言復作重（一）層之臺，累石之榭，其顛眇眇（二），上乃臨於高山也。或曰：臨高山而作臺榭也。**疏曰：**（一）重，平聲。（二）眇眇，難辨識也，音秒。①

校勘記：①此句上頁眉戴之麟題校補時地云：己丑四月一日午前又，圖書館。

網户朱綴，網户，綺文（一）鏤（二）也。朱，丹也。綴（三），緣也。網，一作罔。五臣云：織網于户上，以朱色綴之。**疏曰：**（一）綺，遣倚切，文繒也。綺文，屋上承塵（俗名天花板），板爲井形，飾以丹青，如綺文也。（二）鏤，音漏，刻也。（三）綴，竹衛切。連也，緝也。縫布帛之類，使之連屬也。刻方連些。刻，鏤也。横木關柱爲連。言門户之楣（一），皆刻鏤綺文，朱丹其緣，雕鏤連木，使之方好也。五臣云：又刻鏤横木爲文章，連於上，使之方好。［補］曰：連，《集韻》作槤，門持關。**疏曰：**（一）楣，音眉，屋材。即俗所稱二梁。又門户上横梁，《爾雅》"楣謂之梁"是也。故俗稱門楣。《釋文》云："或作楣，亡報切。"又《説文》訓楣與櫋字、梠字同，則今檐口横版，以緜連屋椽，使幹平者也。麟按：即今所稱橑簷條子。連，里演切，同璉。又音連。本木名，産廣州，果曰璉子。

冬有突厦，突，複室也。厦，大屋也。《詩》云：於我乎夏屋渠渠（一）。厦，一作夏。五臣云：突厦，重屋。［補］曰：突，深也，隱暗處。《爾雅》：東南隅謂之窔，厦，胡雅切。突、窔（二），並於鬥切。**疏曰：**（一）"夏屋"句，見《詩・權輿》篇。渠渠，深廣貌，羣余切。夏，上聲，大也。重，平聲，複也。（二）突、窔並音杳，無，於門切。

夏室寒些。言隆冬凍寒，則有大屋，複突温室。盛夏暑熱，則有洞達陰堂，其内寒涼也。室，一作屋。［補］曰：夏（一），胡駕切。**疏曰：**（一）夏時含四、五、六月也。與上"夏"上聲作"大"解者不同。

川谷徑復，流源爲川，注谿爲谷。徑，過也。復，反也。川（一），一作谿。徑，一作俓(二)。五臣云：徑，往也。［補］曰：《爾雅》：水注谿爲谷。《説文》：泉出通川爲谷(三)。**疏曰：**（一）川，音穿，水之穿地而流者。又流水之通稱。（二）俓，音徑，直也，堅也，同徑。又音婭，急也。麟按：此謂川谷往反流動也。（三）谷，姑屋切，兩山間流水之道也。流潺湲(一)些。言所居之舍，激導川水，徑過園庭，回通反復，其流急疾，又潔净也。**疏曰：**（一）潺湲，水流貌。又沸流貌。潺，音讒，湲，音元。

光風轉蕙，光風，謂雨已日出而風，草木有光也。轉，搖也。五臣云：日光風氣轉，汎(一)薄(二)於蘭蕙之叢(三)。**疏曰：**（一）汎，同泛。（二）薄，迫也。（三）叢，聚處也。氾崇蘭些。氾猶汎。汎，搖動貌也（“也”宜删）。崇，充也。言天雨霽(一)日明，微風奮發，動搖草木，皆令有光，充實蘭蕙，使之芬芳，而益暢茂也。五臣云：崇，高也。［補］曰：氾，音泛。**疏曰：**（一）霽，音擠，雨止也。

經堂入奧，西南隅謂之奧。經，一作徑。古本作陞(一)。奧，《釋文》作隩(二)。五臣云：言自蘭蕙經入於此矣。［補］曰：奧，烏到切。**疏曰：**（一）陞，同升，登也。（二）隩，音奧，水隈崖也。又厓内爲隩，外爲隈。朱塵筵些。朱(一)，丹也。塵，承塵(二)也。筵(三)，席也。《詩》云：肆筵設席①(四)。言升殿過堂，入房至室奧處，上則有朱畫(五)承塵，下則有簟筵好席，可以休息也。或曰：朱塵筵，謂承塵搏壁，曼延相連接也。搏，一作薄。［補］曰：鋪陳曰筵，藉之曰席。《説文》：筵，竹席也。**疏曰：**（一）朱，赤色也，丹與之近。（二）承塵，俗名天花板，謂承接灰塵也。（三）筵，音延。（四）肆，語詞，又遂也。“肆筵”句，見《詩·行葦》篇。（五）畫，音獲，描寫也。

校勘記：①“席”，明翻宋本、汲古閣本作“机”。

砥室翠(一)翹，砥，石名也。《詩》曰：其平如砥(二)。翠，鳥名也。翹，羽也。五臣云：以砥石爲室，取其平也。又以翠羽相飾之。［補］曰：砥，音咫，礪石也。《書傳》云：砥細於礪(三)，皆磨石也。《穀梁》云：天子之桷(四)，斲(五)之礱(六)之(七)，加①密石焉。注云：以細石磨(八)之。翹，祈堯切，鳥尾長毛也。**疏曰：**（一）翠，措位切。翡翠，鳥名。其青羽者俗稱翠鳥，亦名鴗，其羽可爲裝飾品。參看前《九歌·少司命》“孔蓋兮翠旍”疏。又美玉之緑色者亦名翡翠。（二）“其平如砥②”，《詩》未見。（三）

“砥細於礪”，見《尚書注疏》第六《夏書・禹貢》“礪砥砮丹”傳。③（四）桷，音角，椽之方者曰桷。一曰：屋角斜枋也。又平柯也。（五）斲，音義同琢。（六）礱，音龍，磨也。（七）“天子”二句，見《穀梁・莊公二十四年》“春三月，刻桓宮④桷”傳。⑤（八）磨，音摩。挂曲瓊（一）些。挂，懸也。曲瓊，玉鉤也。言内卧之室，以砥石爲壁，平而滑澤。以翠鳥之羽，雕飾玉鉤，以懸衣物也。或曰：僵室，謂僵佪曲房也。挂，一作絓。五臣云：玉鉤挂於室中。［補］曰：絓，罥（二）也，古賣切。**疏曰：**（一）瓊，叶匡。（二）罥，音睊，挂也。謂挂礙難行也。

校勘記：①“加”，原誤作“如”，爲承襲李刻本之誤，今據明翻宋本、汲古閣本及《穀梁傳》改。②“砥”，原誤作“坻”，今徑改。③此句上頁眉戴之麟題校補時地云：戊子六月二十三日上午。④“宮”，原誤作“公”，今據《穀梁傳》改。⑤此句上頁眉戴之麟題校補時地云：丁亥七夕上午，韓左个。

翡翠珠（一）被，雄曰翡，雌曰翠。被，衾（二）也。［補］曰：翡，赤羽雀。翠，青羽雀。《異物志》（三）云：翠鳥形如燕，赤而雄曰翡，青而雌曰翠。翡大於翠，其羽可以飾幃（四）帳（五）。顔師古曰：鳥各别異，非雌雄異名也。**疏曰：**（一）珠，見前《離騷》“豈珵美之能當”疏。（二）衾，大被也。（三）《異物志》，《隋書》卷三十三《經籍志》謂“一卷，後漢議郎楊孚撰”，上有“交州”二字。①（四）幃，音揮，又音韋，單帳也。又香囊。（五）帳，讀障，張也，張施於牀上也。又幕也。爛齊光些。齊，同也。言牀上之被，則飾以翡翠羽及珠璣（一），刻畫衆華（二）。其文爛（三）然，而同光明也。五臣云：以珠翠飾被，光色爛然相齊。**疏曰：**（一）璣，音機，珠之不圓者也。（二）華，同花。（三）爛，瀾去聲，明也。與物腐曰爛義異。

校勘記：①此句上頁眉戴之麟題校補時地云：戊子七月十二日午前，捄左補録。

蒻阿拂壁，蒻，蒻席也。阿，曲隅也。拂，薄也。五臣云：以蒻席替壁之曲。［補］曰：蒻，音弱，蒲（一）也，可以爲席。**疏曰：**（一）蒲，婆吾切。即香蒲，多年生草，植池澤中，高五六尺，葉細長而尖，有平行脈。花單性，花序如燭形，雌花在下，雄花在上，花蕊如金粉，謂之蒲黄。其葉可織席扇及裹物之包，實可爲引火之火絨，其嫩莖古以爲葅，謂之蒲蒻。参看前《天問》“莆雚[①]是營”疏。**羅幬張些**。羅，綺屬也。張，施也。言房内則以蒻席薄牀，四壁及與曲隅，復施羅幬，輕且涼也。［補］曰：幬，禪[(一)]帳也，音儔。《爾雅》：幬謂之帳。**疏曰：**（一）禪，音單，衣之無裏者曰禪。又與單通，獨也。

校勘記：①“莆雚”，原誤作“雈莆”，今據前文改。

纂組綺縞，纂組[(一)]，綬[(二)]類也。一作綦，一作綦[(三)]。五臣云：縞[①]，練也。［補］曰：纂，作管切，似組而赤。組，音祖。綺，文繒也。縞，音杲，素也。一曰細繒。綦，蒼白色。一曰青黑文。《禮記》有綦組綬[(四)]。**疏曰：**（一）組，猶今之絲條，即絲帶也。又聯合之曰組。（二）綬，音受，即絲條以承印環者。（三）綦，音其，屨繫也。（四）“綦組綬”，見《禮記·玉藻第十三》“天子佩白玉而玄組綬”節。[②]**結琦璜些**。璜，玉名也。言幬帳之細，皆用綺縞。又以纂組結束玉璜，爲帷帳之飾也。琦，一作奇。［補］曰：琦，玉名。璜，半璧[(一)]也。**疏曰：**（一）璧，音辟，玉之平圓形而有孔者，其徑六寸。《爾雅》：“肉倍好謂之璧。”肉，邊也。好，孔也。賈疏：“謂其孔三寸，兩邊亦各三寸也。”

校勘記：①“縞”，原誤作“綺”，今據李刻本、明翻宋本、汲古閣本改。②此句上頁眉戴之麟題校補時地云：戊子五月十七日上午，捄左補録。

室中之觀，多珍怪些。金玉爲珍，詭[(一)]異爲怪。言縱觀房室之中，四方珍奇玩好怪物，無不畢具也。珍，一作珎。怪，一作恠。［補］曰：珎、恠，皆俗字。**疏曰：**（一）詭，音癸，奇異也。

姚鼐曰：“室中”四句，是段内過接。“二八”以下，陳侍女之美，即以充宫室而遣蕭寂者。解者另起一頭，誤矣。[①]

校勘記：①此句出沈伯經《古文辭類纂評注》，爲沈氏於頁眉所作評注，非姚鼐語。

蘭膏明燭，蘭膏，以蘭香煉(一)膏也。燭，一作爥(二)。**疏曰：**（一）煉，音練，以火灼治物也。與鍊同。（二）爥、燭通。華容備些。容，貌也。言日暮游宴，然[①]香蘭之膏，張施明燭。觀其鐙(一)錠，雕鏤百獸，華奇好備也。五臣云：華容，謂美人也。［補］曰：錠(二)，都定切。**疏曰：**（一）鐙，音登，膏鐙也。其制似登，故名。《急就篇》注云："其形若杅中施釭。"今通作燈，與薦熟食之器不同。（二）錠，鐙之有足者也，音訂。麟按：華容不可謂美人，美人下文諸句言之。

校勘記：①"然"，明翻宋本、汲古閣本作"燃"。後文凡從李刻本作"然"而他本皆作"燃"者，徑從李刻本不出校。

二八侍宿，二八(一)，二[①]列也。言大夫有二列之樂，故晉悼公(二)賜魏絳(三)女樂(四)二八，歌鍾二肆(五)也。**疏曰：**（一）二八，乃言女子之年幼者，欣懷王也。非指二列言。（二）晉悼公，名周，襄公曾子，在位十五年。（三）魏絳，春秋晉大夫。悼公時，山戎無終子納虎豹之皮以請和，絳因言和戎五利，晉侯乃使絳盟諸戎，晉無戎患，得專力諸夏，因以復霸。（四）女樂，歌伎也。（五）肆，音四，鐘磬全列曰肆。射遞[②]代些。射，厭[③]也。《詩》云：服之無射(一)。遞，更也。言使好女十六人，侍君宴宿，意有厭倦，則使更(二)相代也。或曰：夕遞代。夕，暮也。遞，一作遆。五臣云：君或猒(三)之，則遞代進矣。［補］曰：射，音亦。**疏曰：**（一）"服之無射"，見《詩·葛覃》篇。（二）更，平聲。麟按：此謂君，逸自忘其所主爲招屈原矣。故以爲原招懷王，決無疑義。（三）猒、厭同。

校勘記：①"二"，原誤作"一"，今據李刻本、明翻宋本、汲古閣本改。②"遞"，明翻宋本、汲古閣本作"遆"。下文凡作"遞"者皆同此。③"厭"，明翻宋本、汲古閣本作"猒"。

九侯淑女，淑，善(一)。［補］曰：九侯，謂九服之諸侯也(二)。**疏曰：**（一）"善"下宜加"也"字。（二）九服，即侯服、甸服、男服、采服、衛服、蠻服、夷服、鎮服、藩服也。服，服事天子也。皆服事天子，故曰九服。如以爲玉招原，原家焉有此乎？多迅衆些。迅，疾也。言復有九國諸侯好善之女，多才長意，用心齊疾，勝於衆人也。五臣云：其來迅疾，衆(一)多於此。**疏曰：**（一）衆，宜叶叢。

盛鬋不同制，鬋，鬢(一)也。制，法也。五臣云：盛飾①理鬢，其制不同。［補］曰：鬋，音翦，女鬢②垂貌。**疏曰：**（一）鬢，音病，額兩旁髮際也。實滿宮些。宮，猶室也。《爾雅》曰：宮，謂之室。言九侯之女，工巧妍雅，裝飾兩結垂鬢鬘下髮，形貌奇異，不與衆同，皆來實滿，充後宮也。一云垂髮鬢下鬋(一)。一云垂鬘(二)下鬅。［補］曰：鬘，髮美也。鬅(三)，首飾也。**疏曰：**（一）鬋，音翦，剔治須髮也。（二）鬘，音鑾，髮好貌。（三）鬅，音拂，婦人首飾也；音費，髮亂也。以此言之，皆諸侯所有事，逸亦自忘其所主張也。

校勘記：①"飾"，原誤作"飭"，今據李刻本、明翻宋本、汲古閣本改。②"鬢"，原誤作"髮"，今據李刻本、明翻宋本、汲古閣本改。

容態好(一)比，態，姿也。比，親也。五臣云：比，密也。［補］曰：好，王逸作美好之好。五臣作好愛之好。**疏曰：**（一）好，作愛，與比皆去聲。順彌(一)代(二)些。彌，久也。言美女衆多，其貌齊同，姿①態好美，自相親比，承順上意，久則相代也。代，一作世。五臣云：彌，猶次也。好相親密和順②，次以相代也。［補］曰：作世者非。**疏曰：**（一）彌，音迷，益也。謂侍宿樂女和順，益加更代也。（二）代，叶地。③

校勘記：①"姿"，原誤作"恣"，今據李刻本、明翻宋本、汲古閣本改。②"和順"，原脱，今據李刻本、明翻宋本、汲古閣本補。③此句上頁眉戴之麟題校補時地云：戊子四月二十三日上九時，縣中終校。

弱顏固植，固，堅也。植(一)，志也。植，一作立。**疏曰：**（一）植，音直。謇其有意些。謇，正言貌也（"也"宜删）。言美女内多廉耻，弱顏易愧①，心志②堅固不可侵犯，則謇然發言，中禮意也。謇(一)，一作蹇。五臣云：謇，正直貌。有意禮則之意。**疏曰：**麟按：若遵逸解，謂内陳楚國之美之意，以歆動之，此謂美女自語，與之不合。（一）謇，語詞。謂女多弱顏，立志不回，均注意於懷王也。

校勘記：①“愧”，明翻宋本、汲古閣本作“媿”。②“心志”，原脱，今據李刻本、明翻宋本、汲古閣本補。

姱容修態，姱，好貌。修，長也。［補］曰：姱(一)，苦瓜切。**疏曰**：（一）姱，又叶户，又叶枯，義同。絙洞房些。絙，竟也。房，室也。言復有美好之女，其貌姱好，多意長智，羣聚羅列，竟[①]識洞達，滿於房室也。絙(一)，一作緪。五臣云：洞，深也。［補］曰：絙，與亙同。《文選》云：洞房叫窱(二)而幽[②]邃(三)。**疏曰**：（一）絙、緪同，亙平聲，大索也。又急也，又急張弦也。此引申爲竟，與亙同也。（二）叫窱，深邃也。叫原作窌，音叫，窱音調。（三）“洞房叫窱而幽邃”，見《文選》王文考《靈光殿賦》。[③]

校勘記：①“竟”，原誤作“意”，今據李刻本、明翻宋本、汲古閣本改。②“幽”，原誤作“深”，今據李刻本、明翻宋本、汲古閣本改。下文疏證徑改不出校。③此句上頁眉戴之麟題校補時地云：丁亥六月十五日上午，韓左个牆陰。

蛾眉曼睩，曼，澤也。睩，視貌。蛾，一作娥(一)。睩，一作睇(二)。五臣云：曼，長也。［補］曰：李善云：曼，輕細也，音萬。睩，音禄。《説文》云：目睞(三)謹也。**疏曰**：（一）娥，音蛾，好也。又女名。（二）睇，音第，目小視也。（三）睞，音賚，視也。又瞳子不正也。目騰光些。騰，馳也。言美女之貌，蛾眉玉白，好目曼澤，時睩睩然視，精光騰馳，驚惑人心也。五臣云：騰(一)，發也。**疏曰**：（一）騰從五臣解合，音豚。[①]

校勘記：①此句上頁眉戴之麟題校補時地云：戊子正月三十日午後，韓左个。

靡顔膩理(一)，靡，緻也。膩，滑也。五臣云：靡，好也。［補］曰：《吕氏春秋》(二)：靡曼皓齒。注云：靡曼，細理弱肌美色也。膩，女吏切。**疏曰**：（一）理，音里，肌膚之間也。（二）《吕氏春秋》，見前《離騷》“攬茹蕙以掩涕”疏。“靡曼”句，見是書《本生》篇，原注作“靡曼，細肌美色也”。[①] 遺視矊些。遺，竊視也。矊，脈也。言諸美女顔容脂細，身體夷(一)滑，心中矊脈，時時竊視，安詳審諦，志[②]不可動也。矊，一作矏，一作矕。五臣云：矊，目中瞳子。言目清澈，炯然見其瞳子。［補］曰：《方言》：黸(二)瞳之子謂之矊。注云：矊，邈也，音綿。《廣韻》：瞳子黑也。又：矊，眇遠視（宜加“也“字）。**疏曰：**（一）夷，逸尼切，平也。又悦也，安也。（二）黸，音盧，齊謂黑爲黸。

校勘記：①此句上頁眉及句旁行間戴之麟題校補時地云：丁亥六月一日午前，韓左个。己丑十月二十八日午前。②“志”，原脱，今據李刻本、明翻宋本、汲古閣本補。

離榭修幕，離，别也。修，長也。幕(一)，大帳也。**疏曰：**（一）幕，音謨。[①]侍君之閒些。閒，静也。言願令美女於離宫别觀(一)帳幕之中，侍君閒静而宴游也。［補］曰：閒，音閑。**疏曰：**（一）觀，去聲，宫觀也。[②]

姚鼐曰：“侍君”句勒過衆女，下仍歸到宫室，并及器物。[③]

校勘記：①此句上頁眉戴之麟題校補時地云：己丑四月一日午前，赴訓育途中又。②此句上頁眉戴之麟題校補時地云：庚寅二月二十二日午後，歸自柏留處。③此句出沈伯經《古文辭類纂評注》，爲沈氏於頁眉所作評注，非姚鼐語。

翡帷翠帳，飾高堂些。言復以翡翠之羽，雕飾幬帳，張之高堂，以樂(一)君也。帳，一作幬(二)。飾，一作餝。［補］曰：在旁曰帷。餝與飾同。**疏曰：**（一）樂，音落。（二）幬，音儔，帳也。

紅壁沙版，紅，赤白色也。沙，丹沙(一)也。**疏曰：**（一）丹沙，即朱砂也，用以塗飾器物也。玄玉梁些。玄，黑也。言堂上四壁，皆堊色令之紅白，又以丹沙畫(一)飾軒版，承以黑玉之梁，五采分别也。一云：玄玉之梁。五臣云：黑玉飾于屋梁。**疏曰：**（一）畫，音獲，描寫也。

仰觀刻桷(一)，［補］曰：《左傳》：丹楹(二)刻桷(三)。《文選》云：龍角雕鏤(四)。《説文》：椽方曰桷，音角。**疏曰：**（一）桷，見上“砥室翠翹”疏。（二）楹，音盈。堂室間之四經柱，其前兩柱旁無所依者謂之楹。（三）“丹楹刻桷”，見《左・莊公二十四年》“春王三月，刻桓宮桷①”傳。（四）“龍角雕鏤”，見《文選》卷十一王文考《魯靈光殿賦》。② 畫(一)龍蛇(二)些。言仰觀視屋之榱橑(三)，皆刻畫龍蛇，而有文章也。**疏曰：**（一）畫，見上句疏。（二）蛇，宜叶移。（三）橑，音老，又音聊，椽也，檐前木。

校勘記：①“桷”，原誤作“楹”，今據《左傳》改。②此句上頁眉戴之麟題校補時地云：丁亥七月一日上午，韓左个牆陰。

坐堂伏檻，檻，楯(一)也。**疏曰：**（一）檻、楯，見上“檻層軒些”疏。臨曲池些。言坐於堂上，前伏檻楯，下臨(一)曲水清池，可漁釣(二)也。**疏曰：**（一）臨，音林，涖也。（二）釣，音弔。

芙蓉始發，芙蓉，蓮華(一)也。**疏曰：**（一）華、花同。雜芰荷些。芰(一)，蔆也。秦人謂之薢茩(二)。言池水之中有芙蓉，始發其華，芰蔆雜錯，羅列而生，俱盛茂①也。或曰：倚荷，謂荷立②生水中持倚之也。五臣云：芰，水草。荷，芙蓉之莖(三)。**疏曰：**（一）芰，見前《離騷》“製芰荷以爲衣兮”疏。（二）薢茩同。（三）莖，音徑，草木幹也，草曰莖。

校勘記：①“盛茂”，原誤作“茂盛”，今據李刻本、明翻宋本、汲古閣本改。②“立”，原誤作“夏”，今據李刻本、明翻宋本、汲古閣本改。

紫莖屏風，屏(一)風，水葵也。［補］曰：《本草》：鳧葵即莕菜，生水中，俗名水葵。又防風，一名屏風。**疏曰：**（一）屏，音萍。文緣波些。言復有水葵(一)，生於池中，其莖紫色，風起水動，波緣其葉上而生文也。或曰；紫莖，言荷莖紫色也。屏風，謂荷葉鄣風也①。緣，《文選》作緑。五臣云：風起吹之，生文於緑波中也。**疏曰：**（一）葵，渠帷切，水葵葉似蓴。麟按：此從逸解較直捷。蓴，音純，蔬類植物。江浙湖澤中産生尤多，葉橢圓形，有長柄，莖及背葉皆有黏液被之，可以爲羹，夏日開紅紫花。亦作蕍，一名水葵。

校勘記：①“也”，原脱，今據李刻本、明翻宋本、汲古閣本補。

文異豹飾(一)，豹，猶虎豹。［補］曰：《詩》云：羔裘豹飾(二)。**疏曰：**（一）飾，音識，物成而加以文采也。（二）“羔裘”句，見《鄭風·羔裘》篇。侍陂陁些。陂陁，長陛(一)也。言侍從之人，皆衣(二)虎豹之文，異采之飾，侍君堂隅，衛階陛也。或曰：侍陂池①，謂侍從(二)於君游陂池之中，赫然光華也。陁，一作陀。［補］曰：陂，音頗。陀，音駞。不平也。《文選》陂，音波。**疏曰：**（一）陛，音婢，天子階也。麟按：此從或解爲是，以陛爲天子之階，與陂陁不合也。（二）從、衣，皆去聲。

校勘記：①“池”，原誤作“陁”，今據李刻本、明翻宋本、汲古閣本改。

軒輬既低，軒、輬，皆輕車名也。低，屯(一)也。一曰：低，俛(二)也。［補］曰：軒，曲輈(三)藩(四)車也。輬，音涼，卧車也。**疏曰：**（一）屯，音豚，聚也。勒兵而守曰屯。又豬春切，難也。（二）俛，古俯字。（三）輈，音舟，車轅也。大車謂之轅，兵車、田車、乘車謂之輈。《考工記》車人爲大車之轅，輈人爲輈，皆所以駕車者也。其制一端爲方形，置於軸之中央，其面凸處入於輿底，所開方孔，與左右兩伏兔齊平者，謂之當兔。自輿底前出，漸曲爲穹窿形，方椽亦漸刓，束縛之以爲固，謂之檕。輈凡五檕，一端置横木，謂之衡。衡兩端作缺月形，以夾貼馬頸者，謂之軛，亦謂之軥。（四）藩，音煩，車之有障蔽者曰藩車。麟按：低，從屯解。步騎羅些。徒行爲步，乘馬爲騎(一)。羅，列也。言官屬之車，既已屯止，步騎士衆，羅列而陳，竢須①君命也。**疏曰：**（一）騎，平聲。以此言之，非大夫所有，且以“俟須君命”句觀之，其爲原至湘招懷王之魂，尤無疑義。

校勘記：①“竢須”，原誤作“須俟”，今據李刻本、明翻宋本、汲古閣本改。下文疏證徑改不出校。

蘭薄户樹，薄，附也。樹，種(一)也。五臣云：木叢生曰薄。**疏曰：**謂蘭依附户而栽種也。（一）種，去聲。瓊木籬[一]些。柴落爲籬。言所造舍種樹蘭蕙，附於門户，外以玉木爲其籬落[二]，守禦堅重，又芬香也。五臣云：言夾户種叢蘭，又栽木爲藩籬，以自蔽。瓊者，美言也。**疏曰：**（一）籬，宜叶羅。（二）落，即籬也。

魂兮歸來！何遠爲[一]些？遠爲四方而久不歸也。五臣云：此足可安居，何用遠去爲也。**疏曰：**五臣解是。（一）爲，宜叶訛。

姚鼐曰：東句整對後偶，截畫分明。①

校勘記：①此句出沈伯經《古文辭類纂評注》，爲沈氏於頁眉所作評注，非姚鼐語。

室家遂宗[一]，宗，衆也。［補］曰：宗，尊也。**疏曰：**（一）宗，祖翁切，主也。謂室家既衆，有所宗主，意無其他也。食多方些。方，道也。言君九族[一]室家，遂以衆盛，人人曉味，故飲食之和，多方道也。五臣云：營造飲食，亦多方畧[二]。**疏曰：**（一）九族，即高、曾、祖、父、身、子、孫、玄、曾也。（二）略，法也。

姚鼐曰：室家以下一偶，言飲食之精美。①

校勘記：①此句出沈伯經《古文辭類纂評注》，爲沈氏於頁眉所作評注，非姚鼐語。

稻粢穱麥，稻，稌[一]。粢[二]，稷[三]。穱，擇也。擇麥中先熟者也。［補］曰：顔師古云：《本草》所謂稻米者，今之稉米耳。《説文》云：稻，稌也。又《急就篇》云：稻黍秫[四]稷。左太冲[五]《蜀都賦》云：粳稻漠漠[六]。益知稻即稉，共粳並出矣。粢，子夷切。《本草》云：稷，即穄也。今楚人謂之稷。穱，音捉。稻處種麥也。**疏曰：**（一）稌，音徒，粳稻也。（二）粢，音咨，穀之供祭祀者。六穀亦謂六粢。（三）稷，音即，高粱也。江淮以北農田多種之，通呼之曰秫秫苗，有紅白二種，紅者種之尤多，故又曰紅粱。實粗硬不如黍稻之美，故亦謂之粗粱。其莖幹高大，似蘆穗，聚而上出。古今著録所述形態不同，漢以後皆誤以粟爲稷，唐以後又誤以黍爲稷。穀類中種之最早，古稱爲百穀之長，故農官名稷，穀神亦名稷。麟按：高粱非稷，乃黍之糯者，可釀酒，實似粟。粟，俗名小米，音訛爲徐，實即粟，粟亦有黏糯之分。此老農爲余言之。（四）秫，音術。《爾雅·釋草》“衆，秫”疏：“衆，一名秫，謂黏粟也。北人用之釀酒，其莖稈似禾而粗大者是也。”麟按：乃今糯米。糯、稬，怒卧切，稻之黏者。俗作穤、糯。（五）左太冲，名思，晉臨淄人。博學能文，詞藻壯麗，造《齊都賦》，一年成之，又作《三都賦》，十年乃成。張華謂爲班、張之流，豪貴之家競相傳寫，洛陽爲之紙貴。（六）漢字疑訛，考《文選》卷四賦類《蜀都賦》，“漢漠”作“莫莫”，注曰“茂也”，是。“粳”作“稉”，注“古衡”。按：漠、莫通。[①] 挐黄粱些。挐，糅[(一)]也。言飯[(二)]則以秔[(三)]稻糅稷，擇新麥糅以黄粱，和而柔糯，且香滑也。［補］曰：挐，女居切。《記》云：飯[(二)]黍[(四)]稷稻粱白黍黄粱[(五)]。《本草》：黄粱出蜀、漢，商、浙間亦種之，香美逾於諸粱，號爲竹根黄。**疏曰：**（一）糅，雜也。（二）兩飯字，上聲。（三）秔，音庚，稻之不黏而晚熟者。俗作粳，鍾祥名黏米。（四）黍，音暑，禾屬而黏者也。以大暑時種之，宜植旱田。葉細長而尖，實有赤、白、黄、黑數種，今北人通呼爲黄米子。其粒均齊無大小，故昔人定分寸、度空徑皆用以爲準。縱黍百，當營造尺十寸；横黍百，當營造尺八寸一分。又古衡法以百黍爲銖，二十四銖爲一兩，當今之半兩也。見《幾暇格》篇。麟按：實與粟似稷實，色烏。（五）“飯黍稷稻粱”，見《禮記》二十七《内則》。[②]

校勘記：①此句上頁眉戴之麟題校補時地云：己丑六月三日上午，新寢。②此句上頁眉戴之麟題校補時地云：戊子六月二十八日上午，捄廳補録。

大苦醎酸，大苦，豉[(一)]也。醎，一作鹹。五臣云：鹹，鹽也。酸[(二)]，酢[(三)]也。大苦鹹酸辛甘，皆和之，使其味行。［補］曰：《本草》：豉味苦，故逸以大苦爲豉。然説左氏者曰：醢醢[(四)]鹽梅[(五)]，不及豉。古人未有豉也，《内則》及《招魂》，備論飲食，言不及豉。史游《急就篇》曰：及有無夷[(六)]鹽豉，盖秦、漢以來始爲之耳。據此，則逸説非也。又《爾雅》云：蘦，大苦。郭氏以爲甘草。又《詩》云：隰有苓[(七)]。陸機《草木蟲魚疏》云：苓，大苦也，可爲乾菜。此所謂大苦，盖苦味之甚者爾。**疏曰：**（一）豉，讀如侍，豆豉也。以豆和鹽造之，名鹽豉；不用鹽者，名淡豉。（二）酸，蘇劒切，醋味也。（三）酢，音昨，又音措，醋之本字。（四）醢，音海，肉醬也。凡人、物經臠割者皆曰醢。（五）梅，梅實也，可以造酸味。（六）無夷，約春秋時齊邑名，出鹽者也。（七）“隰有苓”，見《詩》卷二《邶風·簡兮》章。[①] 辛[(一)]甘[(二)]行[(三)]些。辛，謂椒薑也。甘，謂飴(四)蜜也。言取豉汁和以椒(五)薑(六)，醎酢和以飴蜜，則辛甘之味，皆發而行也。**疏曰：**（一）辛，音新，辣味也。（二）甘，歌擔切，甜也。（三）行，叶杭。（四）飴，音怡，餳之屬。今亦謂之糖漿，以麥或穀製之，鍾祥人俗名打糖。②（五）椒，音蕉，有花椒、胡椒數種，皆含辣味者。（六）薑，音江，蔬類植物，亦稱生薑。苗高二尺許，葉狀如箭鏃，對生，花被大小不整，色淡黄，地下莖色黄，味辛，秋初茁新芽，尤嫩美可食，烹飪時多用以調和，或蜜漬食之。曝乾者稱乾薑，入藥用。

校勘記：①此句上頁眉戴之麟題校補時地云：戊子五月十六日上午，逑左補録。②此句上頁眉戴之麟題校補時地云：戊子四月二十三日上午十二時，縣中終校。

肥牛之腱，腱(一)，筋(二)頭也。五臣云：腱，筋肉。［補］曰：腱，居言切，膂(三)腱肉也。一曰筋之大者。**疏曰：**（一）即隨意筋之兩端堅勁狹小之部分，色白無彈性，爲筋肉附骨之媒介，最强大之腱在腓腸筋下端，與足跟相連。凡獸類之蹄筋以爲珍饌者，皆腱也。（二）筋，音斤，高等動物外皮内紅色柔軟之物，周於全身，或圍繞内臟之壁，分爲兩種：一成大小束，有横紋聯結諸骨，因其收縮力以成關節之運動，曰横紋筋，又曰隨意筋；一不成束，無紋，由本體之收縮力爲運動，曰無紋筋，又曰不隨意筋。（三）膂，音吕，脊骨也。臑若芳些。臑若，熟爛①也。言取肥牛之腱，爛熟之，則肥濡臇(一)美也。若，一作弱。臑，一作腝，一作胹。臑，仁珠切。臑，音耎。胹，音而。《釋文》作煼，而兖切。［補］曰：《集韻》腝、炣、胹、臑，皆有而音。《説文》云：爛也。一曰臑，嫩耎貌。臇，蘇本切。**疏曰：**（一）臇，音損。《説文》："切熟肉内於血中和也。"《廣韻》："切熟肉再煮也。"

校勘記：①"熟爛"，原誤作"爛熟"，今據李刻本、明翻宋本、汲古閣本改。

和酸若苦，陳吴羹些。言吴人工作羹，和調甘酸，其味若苦而復甘也。五臣云：酸苦皆得中。［補］曰：若，猶及也。羹，音郎，臛(一)也。《集韻》云：《魯頌》、《楚辭》、《急就篇》，羹與房漿爲韻。《淮南》曰：荆吴芬馨，以嚂(二)其口(三)。嚂，音藍。又云：煎熬焚炙(四)，調齊和之適，以窮荆(五)吴甘酸之變(六)。注云：二國善①醎酸之和。**疏曰：**（一）臛，音霍，肉羹也，又爊也。（二）嚂，音濫，貪食也。又與喊同，言聲說所利之事也。（三）“荆吴”二句，見《淮南子》卷十一《齊俗訓》。（四）炙，音汁，燔也。（五）荆，即楚之先國名也。（六）“煎熬”四句，見《淮南子》卷八《本經訓》。

校勘記：①“善”，原誤作“美”，今據李刻本、明翻宋本、汲古閣本改。

胹鼈炮羔，羔，羊子也。胹，一作膈。《釋文》作濡，而朱切。五臣云：濡，煮也。［補］曰：濡，《集韻》音而，亨(一)肉和湇(二)也。炮，蒲交切，合毛炙物。一曰裹物燒。**疏曰：**（一）亨，同烹。（二）湇，音泣，羹汁也。有柘漿些。柘(一)，藷蔗(二)也。言復以飴蜜胹鼈炮羔，令之爛熟，取藷蔗(三)之汁，爲漿飲也。或曰：血鼈炮羔，和牛五藏爲羔臛，鶩爲羹者也。柘，一作蔗。一注云：胹鼈炮羔，和牛五藏臛爲羹者也。［補］曰：相如賦云：諸柘巴苴。注云①：柘，甘柘也。**疏曰：**（一）柘，音蔗，柘漿。《辭源》：“即蔗漿。”引《南方草木狀》(四)謂“諸柘，一名甘蔗”證之。麟按：柘則落葉灌木，産北地，幹疏直。木裏有紋，葉厚而尖，稍硬於桑，葉亦可飼蠶，實如桑葚而圓，樹皮煎汁可染黄赤色。（二）藷蔗，張衡賦：“藷蔗薑䪤(五)。”藷蔗，甘蔗也。一說藷即藷萸。衡賦四物並言，藷當爲藷萸本字。《漢書音義》訓甘蔗，則四字爲三物，恐非。《山海經》注：“草藷萸，今江南單呼曰藷，語有輕重耳。”藷，音燭於切。麟按：藷今到處有之，有赤白二種，味甜，赤者尤勝，與藷萸别。藷萸即薯，可入藥，味不甜。則此藷當作俗謂紅藷，另一物也。（三）蔗，音柘，即甘蔗。多年生草本，閩廣多栽種之，大者高丈許，葉狹而尖，長二三尺，花單性，雄花生於莖梢，雌花生於葉腋，有巨苞包之。爲製糖之原料，莖如竹有節，中實，可生食。（四）《南方草木狀》，張南皮《書目答問》地理類雜地志之屬云“三卷，晉稽含撰”。②“草藷萸”二句，見《山海經》第三《北山經·北次三經》，係“北望少澤”句文及注，原文作“北望少澤，其上多草藷萸”。“今江南”二句，係節取原注。③（五）“藷蔗”句，見衡所作《南都賦》，詳《文選》卷四。④“諸柘”句，見相如《子虛賦》。⑤

校勘記：①“云”，原脱，今據李刻本、明翻宋本、汲古閣本補。②此句上頁眉戴之麟題校補時地云：戊子五月三日上午，救左補録。③此句上頁眉戴之麟題校補時地云：戊子六月二十日午後，捄歷補録。④此句上頁眉戴之麟題校補時地云：己丑四月二十三日午後，新庭。⑤此句上頁眉戴之麟題校補時地云：己丑三月三十日夜，新庭。

鵠酸臇鳧，臇，小臛也。［補］曰：鵠(一)，鴻鵠也。臇，子兗切。臛，少汁也。鳧(二)，野鴨也。**疏曰：**（一）鵠，見前《天問》“緣鵠飾玉”疏。（二）鳧，見同上“並驅擊翼”疏。煎鴻鶬些。鴻，鴻鴈也。鶬(一)，鶬鶴也。言復以酸酢烹鵠爲羹，小臇臛鳧煎熬鴻鶬令之肥美也。［補］曰：鶬，音倉，麋(二)鴰(三)也。此言以酢漿烹鵠鳧爲羹，用膏煎鴻鶬也。**疏曰：**（一）鶬，鳥名。一名鶬雞，俗稱灰鶴。身比丹頂鶴爲高，全體青灰色，頭頸、肩翼皆白，額頰全赤，嘴微緑，産西北利亞東部。又鸛形似鶴，色灰白，俗亦稱灰鶴。（二）麋，音眉，似鹿而大。（三）鴰，音括。鴰鹿，鶬之別名，關西呼爲鴰鹿，亦謂鴰捋，皆象其鳴聲也。此謂麋鴰，殆倒言之耳。

露雞臛蠵①，露雞，露棲之雞也。有菜曰羹，無菜曰臛。蠵(一)，大龜之屬也。蠵，一作蠵②。［補］曰：《鹽鐵論》(二)曰：煎魚切肝，羊淹雞寒。臛，字書作膗，呼各切。又音霍，肉羹也。《集韻》：涪陵郡出大龜，一名靈蠵。音攜，又以規切。**疏曰：**（一）亦名蠵龜，一名蠵。蠵體形扁濶，背甲皆相密接，不作覆瓦狀，腹甲扁平，尾露甲外，四肢成鰭，有爪，大者至五六尺。舉動遲鈍，常居海洋之中。分兩種，背暗緑有主紋片十二枚，而食植物者曰保蠵龜；赤褐色有主紋片十五枚，而食軟體動物者赤蠵龜。其腹甲常以之充玳瑁。（二）《鹽鐵論》，漢桓寬撰，凡十二卷六十篇。“煎魚”二句，見是書卷七《散不足第二十九》。③厲而不爽(一)些。厲，烈也。爽，敗也。楚人名羹敗曰爽。言乃復烹露棲之肥雞，臛蠵龜之肉，則其味清烈不敗也。［補］曰：爽，音霜，協韻。《老子》曰：五味(二)令人口爽(三)。**疏曰：**（一）爽，霜上聲，快也。（二）五味：酸、鹹、苦、辛、甘也。（三）“五味令”句，見《老子》第十二章。

校勘記：①“蠵”，原作“蠵”，今據李刻本、明翻宋本、汲古閣本改。下文凡作“蠵”者皆同此。②“蠵”，原作“蠵”，今據李刻本、明翻宋本、汲古閣本改。③此句上頁眉戴之麟題校補時地云：丁亥七月二十一日午前，韓左个。戊子七月三日午前，捄廳又補録。

粔籹蜜餌，有餦餭些。餦餭，餳(一)也。言以蜜和米麪熬煎作粔籹，擣黍作餌，又有美餳，衆味甘美也。攟黍，一作攟麥，一作揉米。［補］曰：粔，音巨。籹，音女，又音汝。粔籹，蜜餌也。吴謂之膏環餌，粉餅也。《方言》曰：餌謂之餻，餳謂之餦餭。注云：即乾飴也。音張皇。一曰餅也，一曰餌也。**疏曰：**（一）餳，音唐，又讀若情，用麥糵或穀芽同諸米熬煎而成者。

瑶漿蜜勺，瑶，玉也。勺，沾也。古本蜜作䖒(一)。［補］曰：勺，音酌。一云丁狄、時斫二切。沾，音添。**疏曰：**（一）䖒，蜜古字。實羽觴些。實，滿也。羽，翠羽也。觴，觚(一)也。言食已復有玉漿以蜜沾之，滿于羽觴，以□① 口也。五臣云：勺，和也。觴，酒器也。插羽于上。［補］曰：杯上綴(二)羽，以速飲也。一云：作生爵形，實曰觴，虚曰觶(三)。**疏曰：**（一）觚，音孤，酒器也，《考工記》："梓人爲飲器，爵一升，觚三升，獻以爵而酬以觚。"舊圖作八角形，與今所傳古彝器不同。（二）綴，音竹衛切。連也，緝也。（三）觶，音寘，又平聲。以木爲之，飾以象骨者曰象觶，飾以角者曰角觶。

姚鼐曰：先穀食肉食，而統之以酒醴。

校勘記：①"□"，原誤作"嗽"，今據李刻本、明翻宋本、汲古閣本改。

挫糟凍飲，挫，捉也。凍，冰也。五臣云：糟，酒滓(一)也。可以凍飲。李善云：凍，冷也。［補］曰：挫，宗卧切。**疏曰：**（一）滓，音淄。澱也，濁也。酎清涼些。酎，醇酒也。言盛夏則爲覆蹙乾(一)釀，提去其糟，但取清醇，居之冰上，然後飲之。酒寒涼，又長味，好飲也。［補］曰：酎，直又切。三重(二)釀酒。《月令》：孟夏，天子飲酎。注云：春酒至此始成。**疏曰：**（一）乾，音干。（二）重，平聲。麟按：酒性熱，言寒涼非。

華酌既陳，酌，酒斗也。陳，一作敶(一)。五臣云；華酌，謂置華於酒中。［補］曰：華，采也。《説文》云：酌，盛(二)酒行觴也。**疏曰：**（一）敶，古陳字。（二）盛，音成，裝也。有瓊漿些。言酒罇(一)在前，華酌陳列，復有玉漿，恣(二)意所用也。**疏曰：**（一）罇，酒杯也。（二）恣，音資四切，縱也。此謂縱意所用也。

歸來反故室，敬而無妨些。妨，害也。言君魂急來歸還，反所居故室，子孫承事恭敬，長無禍(一)害也。一云：歸來歸來。一云：歸反故室。無“來”字。**疏曰：**（一）禍，音火，俗誤去聲。

姚鼐曰：“歸反”四句，段内轉韻過接。

肴羞未通，魚肉爲肴。羞(一)，進也。［補］曰：肴，骨體，又葅也。致滋味(二)爲羞。**疏曰：**（一）羞，音修。（二）致滋味，即進也。**女樂羅些。**言肴膳已具，進舉在前，賓主之禮，殷勤未通，則女樂倡蕩，羅列在堂下也。**疏曰：**羞固有進解，此當解爲食物之有滋味者。肴羞未通者，謂有滋味之魚肉，尚未致君前，女樂已先羅列也。既云招魂，何賓主之有乎？

姚鼐曰：下文又陳女樂事，即“以侑飲食而佐娱嬉”者，亦非另起一頭也。①

校勘記：①此句出沈伯經《古文辭類纂評注》，爲沈氏於頁眉所作評注，非姚鼐語。

敶鐘按鼓，按(一)，徐。敶(二)，一作陳。按，一作桉。五臣云：按，猶擊也。**疏曰：**（一）按，無徐解，如五臣解爲是。（二）敶，古陳字。**造新歌些。**言乃奏樂作音，而撞鐘徐(一)鼓，造爲新曲之歌，與衆絶異也。**疏曰：**（一）徐當作緩擊解。

《涉江》《采菱》，發《揚荷》些。楚人歌曲也。言已涉渡大江，南入湖池，采取菱芰，發揚荷葉。喻屈原背去朝堂，隱伏草澤，失其所也。菱，一作蔆。《文選》作陽荷。注云：荷，當作阿。《涉江》、《采菱》、《陽阿》皆楚歌名。［補］曰：《淮南》云：歌《采菱》(一)，發《陽阿》。又云：足蹀陽阿之舞(二)。注云：陽阿，古之名倡。又云：欲美和者必先始於《陽阿》(三)、《采菱》。注云：《陽阿》、《采菱》，樂曲之和聲(四)。**疏曰：**逸注既以《涉江》、《采菱》、《陽荷》爲楚曲，下乃言“屈原背去”等句，亦自相矛盾，不可通矣，解作樂舞爲是。（一）“歌《采菱》”二句，見《淮南子》卷十八《人間訓》。（二）“足蹀”句，見《淮南子》卷第二《俶真訓》。（三）“欲美和者”，見《淮南子》卷十六《説山訓》。（四）和聲“和”字，去聲。

美人既醉，朱顔酡些。朱，赤也。酡，著(一)也。言美女飲啗(二)醉飽，則面著赤色而鮮好也。酡，一作酏。一本云：當作袉，徒何切，著也。爲酏者非。［補］曰：酡①，音馱，飲而赭色著面。**疏曰：**（一）著，立灼切。（二）啗，惰濫切，食也。

校勘記：①“酡”，原誤作“駝”，今據李刻本、明翻宋本、汲古閣本改。

娭光眇視，娭，戲也。眇，眺(一)也。娭(二)，一作嬉，一作娛(三)。**疏曰：**（一）眺，挑去聲，視也。（二）娭、嬉音義同。（三）娛，音于，戲樂也。目曾波些。波(一)，華也。言美女酣樂，顧望娭戲，身有光文，眺視曲眄(二)，目采盼然，白黑分明，若水波而重(三)華也。五臣云：言美人既爲戲樂，光彩横出，眇然遠視，目若水波。［補］曰：曾，重(三)也。**疏曰：**（一）波，水紋也。目之送情，如水波之層遞也。古人狀女子之目清如秋水，故曰秋波。蘇軾詩“佳人未肯回秋波”是也。麟按：此當爲美女以目送情也，不必解爲光華之華。（二）眄，音麪，又上聲，衺視也。（三）兩“重”字，平聲。

被(三)文服(一)纖，文，謂綺繡也。纖(二)，謂羅穀也。［補］曰：纖，細也。**疏曰：**（一）服，著也。（二）纖，音籤。（三）被，亦著也。麗而不奇些。麗，美好也。不奇，奇也。猶《詩》云：不顯文王(一)。不顯，顯也。言美女被服綺繡，曳羅穀，其容靡①麗，誠足奇怪也。一云：被茲文服，纖麗不奇。**疏曰：**此謂美麗而不失之奇怪也。（一）“不顯”句，係逸詩。

校勘記：①“靡”，原誤作“美”，今據李刻本、明翻宋本、汲古閣本改。

長髪曼鬋，曼，澤（宜加“也”字）。髪，一作鬢。［補］曰：曼，音萬。鬋(一)，音翦。**疏曰：**（一）鬋，音煎，女鬢垂貌。麟按：此謂鬢也，不當作剔治解。作剔治解音翦。豔陸離些。豔，好貌也（“也”可删）。《左氏傳》曰：宋華督(一)見孔父(二)之妻，目逆而送之(三)，曰：美而豔。言美人長髪工結，鬋鬢滑澤，其狀豔美，儀貌陸離(四)，而難具形也。**疏曰：**（一）華督，春秋宋大夫。（二）孔父，名嘉，孔子之六世祖。（三）“宋華督”四句，見①《左傳注疏·桓公元年》“宋華父督”傳。②（四）陸離，光彩分披貌。

姚鼐曰：上寫媚態，下寫歌舞，類及玩具，仍勒女樂，歸還飲食。以作歌盡致。[③]

校勘記：①“見”，原脱，今徑補。②此句上頁眉戴之麟題校補時地云：戊子六月二十三日午後，捄魘補録。③此句出沈伯經《古文辭類纂評注》，爲沈氏於頁眉所作評注，非姚鼐語。原文與此少異。

二八齊容，齊，同（宜加“也”字）。［補］曰：二八已見。《舞賦》[(一)]云：鄭女出進，二八徐侍。**疏曰：**（一）《舞賦》，楚宋玉作，一云傅武仲[①]作準，按其内明言“宋玉對楚王”，則當爲玉作品。起鄭舞些。鄭舞，鄭國之舞也。言二八美女，其儀容齊一，被服同飾，奮袂[(一)]俱起而鄭舞也。或曰：鄭舞，鄭重屈折而舞也。［補］曰：相如賦云：鄭女曼姬[(二)]。邊讓[(三)]賦云：齊倡列，鄭女羅。《戰國策》云：被鄭國之女，粉白黛[(四)]黑，立於衢[(五)]間，非知而見之者[(六)]，以爲神。《淮南子》注云：鄭袖，楚懷幸姬[(七)]，善歌工舞，因名鄭舞。鄭重殷勤也。**疏曰：**（一）袂，袖也，米藝切。（二）“鄭女曼姬”，見相如《子虛賦》，“鄭”上有“於是”二字。（三）邊讓，後漢浚儀人，字文禮。善屬文，作《章華賦》，多艷麗之辭，而終之以正。爲九江太守。初平中，王室大亂，讓去官還家，恃才氣，不屈曹操，多輕侮之言，操殺之，文多遺失。（四）黛，音代，畫眉黑色也。（五）衢，音劬，四連道也。（六）“被鄭國之女”諸句，見《戰國策》十六《楚三》“張儀之楚”節，“被”作“彼”，是。“國”作“周”，“間”作“閭”。[②]麟按：“齊倡”二句，見讓作《章華賦》。[③]（七）“鄭袖，楚懷王幸姬”，見《淮南子》第十九《修務訓》“今鼓舞者”句分注。[④]

校勘記：①“武仲”，原誤作“仲武”，今徑改。②此句上頁眉戴之麟題校補時地云：戊子端午上午，救左補録。③此句上頁眉戴之麟題校補時地云：戊子五月三日上午，救左補録。端午午後攷正。④此句上頁眉戴之麟題校補時地云：丁亥六月二十三日上午，韓左个。

衽若交竿，竿，竹竿也。衽[(一)]，一作袵。［補］曰：而甚切。**疏曰：**（一）衽，音壬，衣襟也。又袖也。袵、衽字通。撫案下些。撫，抑也。言舞者迴旋，衣衽掉搖，回轉相鉤，狀若交竹竿，以手抑案而徐來下也。一云：撫，抵也。以手抵案而徐下行也。五臣云：袵，衣襟也。言舞人迴[①]轉，衣襟相交如竿也。以手撫案[②]其節，而徐行也。［補］曰：下，音户。唐段安節《樂録》(一)曰：舞者樂之容。古有《大垂手》、《小垂手》。**疏曰：**（一）段安節，唐成式子。乾寧中官至朝議大夫，守國子司業，善音律，能自度曲，有《樂府雜録》。云《樂録》者，其簡稱耳。[③]《辭源》辰集一六八頁木部十一畫："書名，唐段安節撰，凡一卷。首列樂部，次列歌舞俳優，次列樂器，次列樂曲舊本，末附五音二十八調圖。今佚其圖，惟説存焉。"[④]

校勘記：①"迴"，原作"回"，今據李刻本、明翻宋本、汲古閣本改。後文凡作"回"而他本皆作"迴"者，徑改不出校。②"案"，原作"按"，今據李刻本、明翻宋本、汲古閣本改。③此句上頁眉戴之麟題校補時地云：丙戌七月六日午前，韓庭左个。④此句上頁眉戴之麟題校補時地云：己丑後七月七日午前。

竽(一)瑟(二)狂(三)會，狂，猶並也。**疏曰：**（一）竽，見前《九歌·東君》"鳴篪兮吹竽"疏。（二）瑟，見前《九歌·東皇太一》"陳竽瑟兮浩倡[①]"疏。（三）狂，渠王切，聲之盛大者也。麟按：此謂竽瑟合奏，聲音壯盛也。搷鳴鼓些。搷，擊也。言衆樂並會，吹竽彈瑟。又搷擊鳴鼓，以進八音，爲之節也。搷，一作嗔[②]。《文選》作槙(一)，徒年切。［補］曰：搷，田、殿二音。《集韻》：嗔，音田。引《詩》振(二)旅(三)嗔嗔(四)(五)。**疏曰：**（一）槙，音巔，木頂也。又帝甸切。（二）振，音震，起也。（三）旅，師衆也。（四）嗔嗔，厚重貌。又雷聲也。又音真。（五）"振旅"句，見《詩·采芑》篇，"嗔"作"闐"。

校勘記：①"倡"，原誤作"蕩"，今據前文改。②"嗔"，原誤作"填"，今據李刻本、明翻宋本、汲古閣本改。

宫(一)庭(二)震驚，震，動也。驚，駭(三)也。**疏曰：**（一）宫，音弓，室也，穹隆然也。黄帝作宫室以避寒暑，今專指天子所居曰宫。（二）庭，音廷，堂階前也。（三）駭，音海。發《激楚》些。激(一)，清聲也。言吹竽擊鼓，衆樂並會，宫庭之内，莫不震動驚駭，復作《激楚》之清聲，以發其音也。［補］曰：《淮南》曰：揚鄭(二)、衛(三)之浩樂(四)，結《激楚》之遺風。注云：結激清楚之聲也。《舞賦》(五)云：

《激楚》結風，《陽阿》之舞。五臣云：激，急也。楚，謂楚舞也。舞急縈結其風。李善云：《激楚》，歌曲也。《列女傳》曰：聽《激楚》之遺風。《上林賦》(六)云：鄢郢(七)繽紛，《激楚》結風。文穎(八)曰：激，衝激急風也。結風，迴風，亦急風也。楚地風既自漂疾，然歌樂者猶復依激結[①]之急風爲節，其樂浞迅哀切也。**疏曰：**（一）激，音擊。（二）鄭，音正，國名。本周西都畿内地，宣王封弟桓公友於此，在今陝西華縣境。後遷於新鄭，爲春秋鄭國，即今河南新鄭縣，戰國時爲韓所滅。今自河南之開封以西至成皋故關，皆其地也。（三）衛，見前《離騷》"甯戚之謳歌兮"疏。（四）"揚鄭、衛"二句，見《淮南子》卷一《原道訓》。（五）《舞賦》，見上"二八齊容"句疏。[②]（六）《上林賦》，相如作。（七）鄢郢，見前"後漢校書郎臣王逸章句"疏。（八）文穎，見前《離騷》"百神翳其備降兮"疏六。

校勘記：①"結"，原誤作"楚"，今據李刻本、明翻宋本、汲古閣本改。②此句上頁眉戴之麟題校補時地云：戊子六月十四日午後，捄曬補録。

吴歈蔡謳，吴(一)、蔡(二)，國名也。歈、謳，皆歌也。［補］曰：歈，音俞。古賦云：巴俞(三)宋、蔡。《説文》云：歈，歌也。徐鉉(四)曰：渝水之人善歌舞，漢高祖采其聲，後人因加此字。按：《楚辭》已有此語，則歈蓋歌之别稱耳。徐説非是。[①]**疏曰：**（一）吴，國名，周王季長兄泰伯後，今江蘇吴縣。參看前《天問》"吴獲迄古"疏。（二）蔡，周蔡叔後，今河南汝南、上蔡、新鄭等縣地。參看《九懷·匡機》"蓍蔡兮"疏。（三）巴俞，俞一作渝，舞名。《史記》注："巴渝之人，剛勇好舞，高祖用之克平三秦，美其功力，使樂府習之，因名巴。"即秦巴郡，今四川巴縣。渝，亦即今四川巴縣。麟按：歈以歌爲是。（四）徐鉉，南唐廣陵人，字鼎臣。仕南唐，官至吏部尚書，隨[②]後主歸宋，爲太子率更令。精小學，著《説文解字篆韻譜》，與弟鍇同有名於江左，號二徐，鉉稱大徐，鍇稱小徐。奏大吕些。大吕(二)，六律(一)名也。《周官》曰：舞《雲門》(四)，奏大吕。言乃復使吴人歌謡，蔡人謳吟(三)，進雅樂，奏大吕。五音六律，聲和調也。《文選》奏作秦。五臣云：吴、蔡、秦，皆國名。［補］曰：大吕非秦聲，五臣説非是。**疏曰：**（一）六律，律管合陽聲者也。一曰黄鐘，二曰太簇，三曰姑洗，四曰蕤賓，五曰夷則，六曰亡射。亡，亦作無。（二）大吕，乃六吕名，陰律也。即大吕、夾鐘、仲吕、林鐘、南吕、應鐘也。逸謂六律名誤。麟按：（三）使吴人、蔡人亦誤，謂能爲吴人、蔡人樂舞也。（四）"舞《雲門》"二句，見《周禮注疏》二十二《春官宗伯下》，原文作"乃奏黄鐘，歌大吕，舞《雲門》"。[③]

校勘記：①此句上頁眉戴之麟題校補時地云：戊子九月十一日午前，縣中校。②“隨”，原誤作“隋”，今徑改。③此句上頁眉戴之麟題校補時地云：戊子六月二十八日上午，捄䜾補録。

士女雜坐，亂而不分些。言醉飽酣[一]樂，合罇[二]促[三]席，男女雜坐，比肩齊膝，恣意調戲，亂而不分别也。**疏曰：**（一）酣，音邯，飲酒而樂也。又盛也。（二）罇，酒盃也。（三）促，趨旭切。迫也，近也，密也。

放敶組纓，組，綬（宜加“也”字）。敶（古陳字），一作陳。［補］曰：纓[一]，冠系也。**疏曰：**（一）纓，音嬰。班其相紛些。紛，亂也。言男女共坐，除去威嚴，放其冠纓，舒敶印綬，班然相亂，不可整理也。班[一]，一作斑[一]。**疏曰：**（一）班、斑均音般。班，分與之也，位次也，列也，徧也，齊等貌，别也，相牽不進貌，雜色也，詳《字典》玉部。斑，駁文也，雜色曰斑，詳《字典》文部，稍異於班。

鄭衛妖玩，鄭、衛，國名也。妖玩，好女也。［補］曰：許慎[一]云：鄭、衛，新聲所出國也。**疏曰：**（一）許慎，見前《惜誦》“魂中道而無杭①”疏。來雜陳些。雜，廁[一]也。陳，列也。言鄭、衛二國，復遣妖玩之好女，來雜廁俱坐而陳列也。陳，一作敶（陳古字）。**疏曰：**（一）廁，讀如次，亦作厠。間也，次也。又便所，牀邊側也。

校勘記：①“杭”，原誤作“行”，今據前文改。

《激楚》之結，激，感也。結，頭髻[一]也。［補］曰：結，古詣切，束髮也。**疏曰：**（一）髻，音計，又音結。總髮也，挽髮而束之於頂也。獨秀先[一]些。秀，異也。言鄭、衛妖女，工於服飾，其結殊形，能感楚人，故異之而使之先進也。五臣云：秀，異而先進於前。**疏曰：**（一）先，叶新。

菎蔽象棊[一]，菎，玉也。蔽，簙箸以玉飾之也。或言菎蕗，今之箭囊也。菎，一作琨，一作箟。［補］曰：菎[二]，音昆，香草也。琨，玉名。篦，竹名。蔽，《集韻》作簸，其字從竹。《方言》：簙謂之蔽。秦、晉之間謂之簙，吴、楚之間謂之蔽。或謂之箭裏，或謂之基。《博雅》云：博箸謂之箭。**疏曰：**（一）棊，一作棋或碁。象棊，戲具，斲木爲之，近有以象牙爲之或石爲之者，形圓如錢，白黑各十六，板畫局道而中分之，將、帥居中，輔以士、相，又有車、馬、砲、兵、卒等爲攻守之用。麟按：（二）菎，當玉解。蔽飾，蓋以玉鑲棊子，如晚近棊子中爲象牙，外嵌以紫檀木也。有六簙些。投六箸，行六棊，故爲六簙也。言宴樂既畢，乃設六簙，以菎蔽作箸，象牙爲棊，麗而且好也。簙，一作博。［補］曰：《説文》云：局戲也，六箸、十二棊也。鮑宏（一）《博經》（二）云：所擲頭謂之瓊。瓊有五采，刻爲一畫者謂之塞；刻爲兩畫者謂之白；刻爲三畫者謂之黑；一邊不刻者，五塞（三）之間謂之五塞。《列子》曰：擊博樓上（四）。注云：擊，打也。如今雙陸棊[①]也。古《博經》云：博法，二人相對，坐向局，局分爲十二道，兩頭當中名爲水，用棊十二枚，六白六黑，又用魚二枚，置於水中，其擲采以瓊爲之，瓊畟方寸三分，長寸五分，鋭其頭，鑽刻瓊四面爲眼，亦名爲齒，二人互擲采行棊，棊行到處即竪之，名爲驍棊。即入水食魚，亦名牽魚。每牽一魚獲二籌，飜一魚獲二籌。畟（五），音側。**疏曰：**（一）鮑宏，隋郯人，字潤身。善屬文，嘗和梁湘東王繹詩，繹嗟賞不已，引爲中記室。後仕周，甚爲明帝所禮，陳伐齊之策。帝受禪，進爵爲公。歷利、印二州刺史，有遺集。（二）《博經》，《唐書・藝文志》謂一卷，唐貞元人董叔經[②]注。（三）塞，一作簺，即骰。箸，亦骰也。骰，音色。（四）"擊博樓上"，見《列子・説符第八》。[③]（五）畟，又音即，博具，今作骰。以菎蔽作箸非，此言戲具，不可混入，解已見上句。

校勘記：①"棊"，明翻宋本、汲古閣本作"碁"。下文凡作"棊"者皆同此。②"經"，原脱，今據《新唐書・藝文志》補。③此句上頁眉戴之麟題校補時地云：丁亥六月二十五日上午，韓左个。

分曹並進，曹，偶（一）。**疏曰：**言相與對敵之人，如分曹射覆是也。（一）"偶"下宜加"也"字。遒相迫些。遒（一），亦迫。言分曹列偶，並進技巧，投箸行棊，轉相遒迫，使不得擇行也。或曰：分曹並進者，謂並用射禮進也。五臣云：遒，急也。言務以求勝。**疏曰：**（一）遒，音酋，聚也。又健也，勁也。合上句謂分别部曹並進，羣聚精神，健勁而爲此戲也。至或曰解，尤不可從。[①]

校勘記：①此句上頁眉戴之麟題校補時地云：丁亥十二月十九日午前，韓庭除。

成梟(一)而牟，倍勝爲牟(二)。《文選》梟作梟。［補］曰：《漢書》梟騎。注云：梟，勇也，若六博之梟。作梟非是。《淮南》曰：善博者不欲牟(三)，不恐不勝。注云：博其棊不傷爲牟。梟，堅堯切。牟，過也，進也，大也。**疏曰：**（一）《説文》："古者烏曹作博。"又："行棊相塞謂之簺。"《廣雅》："箸，簺也。"今名骰子，博以五木爲簺，有梟、盧、雉、犢、塞五者，爲勝負之采。據此則梟爲簺中之一種，猶今骰子，以六點勝於五及一點也。（二）牟，音謀。（三）"善博"二句，見《淮南子》卷十四《詮言訓》。"梟騎"注，見《前漢書》一上《高本紀》四年秋八月"北貉燕人來致梟騎助漢"諸句注。①呼五白些。五白，簙齒也。言己棊已梟，當成牟勝，射張食棊，下兆於屈，故呼五白，以助投也。兆於屈，一作逃於窟(一)。［補］曰：《列子》云：樓上博者(二)，射明瓊張中。説者曰：凡戲争能取中，皆曰射。明瓊齒五白也。中，去聲。射，食亦切②。**疏曰：**（一）窟，音哭，穴也。（二）"樓上博者"諸句，見《列子·説符第八》，原文作"俠客相隨而行，樓上博者，射明瓊張中，反兩㩮魚而笑。"③

校勘記：①此句上頁眉戴之麟題校補時地云：戊子七月二十九日午後，縣中廳事補録。②"切"，原脱，今據李刻本、明翻宋本、汲古閣本補。③此句上頁眉戴之麟題校補時地云：丁亥六月二十五日上午，韓左个。

晋(一)制犀(二)比，晋，國名也。制，作也。比，集也。［補］曰：比，頻二切。**疏曰：**（一）晋，見前《天問》"伯林雉經"疏二。（二）犀，見前《九歌·國殤》"操吴戈兮"句疏。費白日些。費，光貌也（可删）。言晋國工作簙棊箸，比集犀角，以爲雕飾，投之皜然如日光也。［補］曰：費(一)，秏(二)也。昲，日光也，芳未切。**疏曰：**（一）費，消秏也，謂爲各戲可以消遣白晝也。日，晝也。（二）秏，音號。

鏗鍾①摇簴，鏗，撞也。摇，動也。鏗，《釋文》作鎗。簴，一作虡。五臣云：虡，懸鍾格(一)，言擊鍾則摇動其格。［補］曰：鏗、鎗，並苦②耕切。虡，奇舉切。**疏曰：**（一）格，歌赫切，庋架也，如書架一層曰一格也。揳梓瑟些。揳，鼓也。言衆賓既集，共僔以相娱樂，堂下復鳴大鍾，左右歌吟，鼓瑟琴也。五臣云：揳，撫也。以梓木爲瑟。[補] 曰：揳，古入③切，轢(一)也。《書》亦作戛(二)。**疏曰：**（一）轢，音歷，欺壓也。又以勺掠釜曰轢。（二）戛與揳同。又吉錫切，義與擊同。

校勘記：①“鍾”，原作“鐘”，今據李刻本、明翻宋本、汲古閣本改。後文凡作“鐘”而他本皆作“鍾”者，徑改不出校。②“苦”，原誤作“共”，今據李刻本、明翻宋本、汲古閣本改。③“入”，原誤作“噎”，今據李刻本、明翻宋本、汲古閣本改。

娱酒不廢，娱(一)，樂(二)。**疏曰：**（一）娱，音于。（二）樂，音落，下宜加“也”字。沈日夜些。言雖以酒相娱樂(四)，不廢政事，晝夜沈湎，以忘憂也。或曰：娱酒不發。發，旦也。《詩》云：明發不寐(一)。言日夜娱樂(四)。又曰：和樂(二)(四)且湛(三)。言晝夜以酒相樂(四)也。夜，一作夕。**疏曰：**（一）“明發”句，見《詩・小宛》篇。（二）“和樂”句，見《詩・常棣》篇。（三）湛，直喊切，與耽同，樂也。（四）樂均音落。

蘭膏明燭，一作爥(一)。**疏曰：**（一）爥，同燭。華鐙錯(一)些。言鐙錠(二)盡雕琢錯鏤，飾設以禽①獸，有英華也。鐙，一作雕。五臣云：似(三)蘭漬(四)膏，取其香也。華，謂有光華。[補] 曰：鐙，音登。《説文》曰：錠也。徐鉉曰：錠中置燭，故謂之鐙。又《説文》曰：錯，金涂(五)也。亦支錯。**疏曰：**（一）錯，雌郝切，又交錯也。又音措，安也，置也。（二）錠，音訂，薦熟酒之器，豆之有足者。麟按：（三）似蘭“似”字，當係以字之誤。（四）漬，集義切，漚也。謂沈浸其中，使之沁入也。此謂以油浸蘭，取其光而香，鐙又雕以鳥獸狀，其文交錯也。（五）涂，同塗，抹也。“亦支錯”，考《説文》十四篇上金部“錯”注只有“金涂也”一句，無此三字。②

校勘記：①“禽”，原誤作“鳥”，今據李刻本、明翻宋本、汲古閣本改。②此句上頁眉戴之麟題校補時地云：己丑五月十九日午間，新庭。

結撰至思，撰(一)，猶博也。五臣云：言我能撰深心以思賢人。[補] 曰：撰，述也，定也，持也。**疏曰：**（一）撰，助莞切，具也。又猶事也。麟按：此謂結事推極其思以娱樂也，非思賢人也，若謂我能思賢人，則與内崇楚國之美意背。蘭芳假（一）些。假，至也。《書》曰：假[①]于上下（二）。蘭芳，以喻賢人也。言君能結撰博專至之心，以思賢人，賢人即自至也。［補］曰：假，音格。**疏曰：**（一）假，宜叶互。此合上句，謂同娱樂之人其氣相投，若蘭之芳香而至也。上日夜“夜”字，宜叶恕。（二）“假于上下”，見《書·堯典》，“假”作“格”。

校勘記：①“假”，原作“格”，今據李刻本、明翻宋本、汲古閣本改。

人有所極，同心賦些。賦，誦也。言衆坐之人，各欲盡情，與己同心者，獨誦忠信與道德也。五臣云：極，盡也。賦，聚也。賢人盡至，則同心相聚，君可選也。［補］曰：《釋名》曰：敷布其義謂之賦。《漢書》曰：不歌而誦謂之賦（一）。五臣以賦爲聚，盖取賦斂之義。**疏曰：**此謂與樂之人，各盡其技，結爲同心，可以誦同心句也。（一）“不歌”句，見《前漢書》三十《藝文志第十》“詩賦家”結語，上有“傳曰”二字。[①]

校勘記：①此句上頁眉戴之麟題校補時地云：戊子七月二十九日上午，縣中廳事補録。

酎飲盡歡，樂先故些。故，舊也。言飲酒作樂，盡己歡欣者，誠欲樂我先祖及與故舊人也。酎（一），一作酌。一本“盡”上有“既”字。五臣云：樂君先祖及故舊。**疏曰：**（一）酎，音胄，醇酒也。謂重釀之酒，今謂之雙套酒。

魂兮歸來！反故居（一）些。言魂神宜急來歸，還反楚國，居舊故之處，安樂無憂也。**疏曰：**（一）居，宜叶具。

姚鼐曰：束句整對前偶，又應領局“故居”字。[①]

校勘記：①此句出沈伯經《古文辭類纂評注》，爲沈氏於頁眉所作評注，非姚鼐語。

亂曰：獻歲發春兮獻(一)，進(二)。**疏曰：**（一）獻，音憲。（二）進下宜加“也”字。汩吾南征，征，行也。言歲始來進，春氣奮揚，萬物皆感氣而生，自傷放逐，獨南行也。五臣云：汩，疾也。亦代原爲詞。［補］曰：汩，于筆切。《文選》自此至“白芷生”，句末皆有“些”字。一本至“誘騁[①]先”有“些”字。**疏曰：**此非玉代原之詞，乃原自言其被放南行，因思懷王客死而招其魂也。

姚鼐曰：亂辭追溯往日與王校獵之樂，尤沈痛不可卒讀。收三語，則一部杜詩所從出也。[②]

校勘記：①“騁”，原誤作“逞”，今據李刻本、明翻宋本、汲古閣本改。②此句出《古文辭類纂》吳至父語，非姚鼐語。

菉蘋齊葉兮菉，王芻(一)也。蘋，一作蘋。［補］曰：菉(二)，音緑，見《騷經》。**疏曰：**（一）芻，音初。（二）菉，見《騷經》“薋菉葹”句疏。白芷生。言屈原放時，菉蘋之草，其葉適齊，白芷萌芽，方始欲生，據時所見，自傷哀也。猶《詩》云“昔我往矣，楊柳(一)依依(二)”也。**疏曰：**（一）“楊柳”二句，見《詩·采薇》篇。（二）依依，柔弱貌，又不忍舍之貌，音衣。麟按：此原自述其行時所見之物。

路貫廬江兮左長薄，貫，出也。廬江(一)、長薄(二)，地名也。言屈原行先出廬江，過歷長薄。長薄[①]在江北，時東行，故言左也。五臣云：在其左也。［補］曰：《前漢·地理志》：廬江出陵陽東南，北入江。**疏曰：**（一）廬江，郡名，故城有六：甲、漢置，在今江南廬江縣西一百二十里；乙、漢末置，在今安徽潛山縣北皖城；丙、晉置，在今安徽霍邱縣西五十里；丁、南朝宋置，在今安徽霍山縣東北三十里；戊、隋置，今安徽合肥縣治；己、南齊置，陳廢，改舒縣曰廬江，即今廬江縣治。又今縣名。（二）長薄，俟考。麟按：此原自述其所經之路也。[②]

校勘記：①“長薄”，原脱，今據李刻本、明翻宋本、汲古閣本補。②此句上頁眉戴之麟題校補時地云：己丑四月一日午後，爲訓育募捐歸，留飲於黄子餘家又。

倚沼(一)畦(二)瀛(三)兮，沼，池也。畦，猶區也。瀛，池中也。楚人名池澤中曰瀛。五臣云：倚，立也。**疏曰：**（一）沼，音早，圓池也。（二）畦，音西。（三）瀛，音嬴。遥望博。遥，遠也。博，平也。言己循江而行，遂入池澤，其中區瀛遠望平博，無人民也。

青驪結駟兮，純(一)黑爲驪。結，連也。四馬爲駟。［補］曰：驪，吕知切。**疏曰：**（一）純上宜加“馬”字。齊千乘，齊，同也。言屈原嘗①與君俱獵於此，官屬齊駕駟②馬，或青或黑③，連千乘，皆同服也。［補④］曰：自此以下，盛言畋獵之樂，以招之也。**疏曰：**楚自昭王遷都，曰鄢郢，即今宜城。原爲懷王時人，懷王在昭王後，原被斥出行，當由鄢郢。此係原自叙被斥，行及近廬江之雲夢與懷王畋獵處，不勝今昔之感也。自鄢赴夢必經吾鍾祥，鍾祥漢西石碑附近，昔有原廟，可以見矣。蓋原初仕，史固明言王甚任之，則與之同樂固也。雲夢在今湖北孝感之西，應城之東，原自鄢出發，固當自漢而下，以達沅、湘，或當時漢道不利，迂道出之。諸書皆以原之出發，係在楚初都江陵，大非。若自江陵，則沿江東下，何事迂道乎？余已另有詳論。

校勘記：①“嘗”，原脱，今據李刻本、明翻宋本、汲古閣本補。②“駟”，原作“四”，今據李刻本、明翻宋本、汲古閣本改。③“黑”，原误作“驪”，今據李刻本、明翻宋本、汲古閣本改。④“補”，原誤作“或”，今據李刻本、明翻宋本、汲古閣本改。

懸火延起兮玄顔烝。懸火，懸鐙也。玄，天也。言己時從君夜獵，懸鐙林木之中，其火延及，燒于野澤，煙上(一)烝天，使黑色也。烝，一作蒸。［補］曰：顔，容也。《説文》：烝，火氣上(一)行也。蒸，進也，衆也①。**疏曰：**（一）兩“上”字，上聲。麟按：玄，天也。顔，色也。此謂火懸林中，連延薰蒸，使天色爲之變也。

校勘記：①“進也，衆也”，原誤作“衆也，進也”，今據李刻本、明翻宋本、汲古閣本改。

步及驟處兮，驟，走也。處(一)，止也。**疏曰：**（一）處，上聲。誘騁(一)先，誘(二)，導也。騁，馳也。言獵時有步行者，有乘馬走騾者，有處止者，分以圍獸，己獨馳騁，爲君先導也。**疏曰：**（一）騁，音逞，直馳也。（二）誘，音右。

抑騖若通兮，抑，止也。騖(一)，馳也。若，順也。五臣云：止馳騖者，使順通獵事。**疏曰：**（一）騖，音務。引車右還。還，轉也。言抑止馳騖者，順通共獲[①]，引車右轉，以遮獸也。還，一作旋。一云引右運，無“車”字。［補］曰：還(一)，音旋。**疏曰：**（一）還、旋通。

校勘記：①“獲”，原誤作“獵”，今據李刻本、明翻宋本、汲古閣本改。

與王趨夢兮課後先。夢，澤中也。楚人名澤中爲夢中。《左氏傳》曰：楚大夫鬬伯比(一)與䢵(二)公之女[①]婬而生子(三)，棄諸夢中。言己與懷王俱獵於夢澤之中，課第羣臣，先至後至也。一注云：夢，草中也。［補］曰：夢，音蒙，又去聲。楚謂草澤曰夢。《爾雅》曰：楚有雲夢。先儒云：《左傳》楚子與鄭伯田于江南之夢(四)。《地理志》：南郡華容縣(五)南有雲夢澤。杜預(六)云：南郡枝江縣(七)西有雲夢城。江夏安陸縣亦有雲夢(八)。或曰：南郡華容縣東南有巴丘湖。江南之夢，雲夢一澤，而每處有名者，司馬相如《子虛賦》云：雲夢者方八九百里。則此澤跨江南北，每處名存焉。《左傳》：楚昭王寢瘳于雲中，則此澤亦得單稱雲，單稱夢也。沈存中云：《書》曰：雲土夢作乂(九)。孔安國(十)注《書》云：雲夢[②]在江南。不然也。據《左傳》，吳人入郢(十一)(十二)，楚子涉睢(十三)濟江，入于雲中。王寢，盜攻之，以戈擊王，王奔鄖。楚子自郢西走涉睢，則當出於江南，其後涉江入于雲中，遂奔鄖，鄖則今之安州(十四)。涉江而後至雲，入雲然後至鄖，則雲在江北也。《左傳》：鄭伯如楚(十五)，王以田江南之夢。曰江南之夢，則雲在江北明矣。江南則今之公安、石首、建寧(十六)等縣。江北則玉沙(十七)、監利、景陵(十八)等縣也。**疏曰：**（一）鬬伯比，春秋楚大夫，羋姓，若敖熊義之後。武王伐隨，隨少師侈，伯比請羸師以張之。後二年，隨少師有寵，伯比因請伐隨，遂敗隨師。屈瑕伐羅，伯比送之，還，謂其御曰：“莫敖必敗。舉趾高。心不固矣。”莫敖果敗死。（二）䢵，音云，春秋漢南國名，在今湖北安陸縣境。（三）“楚大夫鬬伯比與䢵公之女”等語，見《左・宣四[③]年》“秋七月戊戌，楚子與若敖氏戰于皋滸”傳。（四）“楚子與鄭伯田于江南之夢”，見《左・昭公三年》“十月”傳。（五）華容縣，在今湖北監利縣西北。（六）杜預，見前《離騷》“縱欲而不忍”疏。（七）枝江縣，今屬湖北，江夏、安陸同。昔爲郡，今爲縣。安陸今爲縣。（八）雲夢同。南北九十餘里，東西不過三十里，蓋一平原地也。篇中所云蓋指此。（九）“雲土夢作乂”，見《書·禹貢》。[④]（十）孔安國，見前《惜誦》“戒六神與嚮服”疏。（十一）郢，音引。按此謂鄢郢，今宜城。（十二）“吴人入郢”諸句，見《左·定四[⑤]年》“冬十有一月庚午，蔡侯以吴子及楚人戰于柏舉”傳。[⑥]（十三）睢，讀如麾，又去聲，水名，故蒗蕩渠支津也。舊自河南開封，歷歸德及安徽之鳳陽、泗洲，至江蘇徐州入泗。又今湖北之沮水古亦作睢，沮音苴，出湖北保康縣西南，東流經南漳、遠安、當陽，與漳水合，又東南經江陵縣西境，入於江。《左傳》：“江漢[⑦]沮漳，楚之望也。”此睢即此。（十四）安州，元置，明清皆屬直隸保定府，民國改爲安新縣。麟按：此指今湖北安陸縣，公安、石首、監利皆今湖北縣。（十五）“鄭伯如楚”，《魯昭三年》“鄭伯如楚”傳原文作“王以田江南之夢”。[⑧]（十六）建寧，屬福建省，今建甌縣。（十七）玉沙，未詳。（十八）景陵，今天門縣。《地理志》，麟按：係指《漢書》篇目，其二十八卷上“南郡”條内載華容，其下注曰：“雲夢澤在南。”似與此合。[⑨]

校勘記：①“女”，原誤作“子”，今據李刻本、明翻宋本、汲古閣本改。②“夢”，原誤作“澤”，今據李刻本、明翻宋本、汲古閣本改。③“四”，原誤作“三”，今據《左傳》改。④此句上頁眉戴之麟題校補時地云：丁亥六月二十七日午後，韓左个。⑤“四”，原誤作“九”，今據《左傳》改。⑥此句旁頁邊戴之麟題校補時地云：丁亥六月二十八日午前，韓左个。⑦“漢”，原誤作“淮”，今據《左傳》改。⑧此句上頁眉戴之麟題校補時地云：時地同後“吴人入郢”。按：以疏證順序已調整，當改作“同前”。⑨此句上頁眉戴之麟題校補時地云：戊子九月二十九日上午，捄左補録。

君王親發兮發，射[(一)]。**疏曰：**（一）射下宜加“也”字。憚青兕[①]，憚，驚也。言懷王是時親自射獸，驚青兕[(一)]牛而不能制也。以言嘗侍從君獵，今乃放逐，歎而自傷閔也。兕，一作兕[②]。五臣云：憚，懼也。時君王親射青兕，懼其不能制，我佐君殺之。［補］曰：憚，當割切[(二)]。《莊子》云：憚赫千里[(三)]。《音義》云：千里皆懼。《爾雅》：兕似牛。注云：一角，青色，重千斤。**疏曰：**（一）兕，讀如似，見前《九歌·國殤》“操吴戈兮被犀甲”疏。兕當叶焉。（二）憚，當割切。攷《字典》及《説文》無之，《辭源》心部：“一、渡岸切，音但。二、朵餓切，多去聲。”[③]（三）“憚赫千里”，見《莊子菁華》下卷八《外物》篇。

校勘記：①“兕”，明翻宋本、汲古閣本作“兕”。下文“兕，一作兕”同此。②“兕”，汲古閣本作“兕”。③此句上頁眉戴之麟題校補時地云：戊子二月二十三日上午，韓左个。己丑五月二十一日下午，新寢。

朱明承夜兮朱明，日也。承，續也。時不可以淹。淹(一)，久也。言歲月逝往，晝夜相續，年命將老，不可久處，當急來歸也。一云：時不淹。一云：時不可淹。一云：時不見淹。五臣云：日夜相承，四時不得淹止。**疏曰：**（一）淹，衣詹切，久留也。麟按：此謂日夜易逝，不可以久留，望懷王之魂之速歸也。

姚鼐曰：兕比讒人。皋蘭阻路，子蘭影象。①

校勘記：①此句出沈伯經《古文辭類纂評注》，爲沈氏於頁眉所作評注，非姚鼐語。

皋蘭被徑兮皋，澤也。被，覆也。徑，路也。斯路漸。漸，没也。言澤中香草茂盛，覆被徑路①，人無采取者，水卒(一)增溢，漸没其道，將至棄捐②也。以言賢人久處(二)山野，君不事用，亦將隕顛也。五臣云：埋没凋落。[補]曰：漸，音尖，流入也。**疏曰：**（一）卒，音促，忽然也。（二）處，上聲。此謂澤蘭覆路，路没不見也。不必言水，更不必有“以喻賢人”等句。

校勘記：①“徑路”，原誤作“路徑”，今據李刻本、明翻宋本、汲古閣本改。②“棄捐”，原誤作“捐棄”，今據李刻本、明翻宋本、汲古閣本改。

湛湛江水兮湛(一)湛，水貌。**疏曰：**（一）湛，直喊切，又多庵切，深貌。上有楓(一)，楓，木名也。言湛湛江水，浸潤楓木，使之茂盛。傷己不蒙君惠，而身放棄，曾不若樹木得其所也。或曰：水旁林木中，鳥獸所聚，不可居之也。[補]曰：楓，音風。《爾雅》：楓欇欇①(二)。注云：似白楊，葉圓而歧，有脂而香。《本草》云：樹高大，商、洛間多有。《説文》云：楓木，厚葉弱枝，善摇。漢宫殿中多植之。至霜後，葉丹可愛，故騷人(三)多稱之。**疏曰：**（一）楓，叶分。（二）欇欇，約動搖貌，讀如失，又音業。麟按：此謂行時所見景物，覩物懷人，不能已於招也。（三）騷人，謂詩人。

姚鼐曰：楓暗魂歸，仍然鬼趣。②

校勘記：①"欇欇"，明翻宋本、汲古閣本作"攝攝"。②此句出沈伯經《古文辭類纂評注》，爲沈氏於頁眉所作評注，非姚鼐語。

目極千里兮傷春心。言湖澤博平，春時草短，望見千里，令人愁思而傷心也。或曰：蕩春心。蕩，滌也，言春時澤平望遠，可以滌蕩愁思之心也。一作傷心悲。［補］曰：心(一)，舊音蘇含切。按《詩》"遠送於南"(二)與①"實勞我心"叶韻，正與此同。**疏曰：**（一）此心不如仍本音，下句"南"字叶"音"，與上句楓音分方合。（二）"遠送于南"二句，見《詩・燕燕》篇。

校勘記：①"與"，原脱，今據李刻本、明翻宋本、汲古閣本補。

魂兮歸來哀江南！言魂魄當急來歸①，江南土地僻遠，山林嶮②阻，誠可哀傷，不足處也。五臣云：欲使原復歸於郢，故言江南之地，可哀如此，皆諷君之詞。［補］曰：庾信(一)《哀江南賦》取此爲名。**疏曰：**原第二次去國，懷王已客死於秦，宋玉既原死後之人，何從而招之？何從而諷之？此蓋原二次已抵江南，望而哀之，哀而不能已於招也。又按：近人游國恩《楚辭概論》："'哀江南'，舊解以爲哀此江南之地。嘗考其説，多不可通。今覽圖經，湘陰縣有大小哀洲，二妃哭舜而名。又《長沙湘陰志》云：'哀江在縣南三十五里'，正與汨羅相近，因知其所指，乃言哀江之南，以見入修門之爲虚，而沈湘之爲實，此一篇之結穴也。"據此則尤見原之忠，不忍其君之魂久留於秦，望其歸來哀江之南，與己同處也。（一）庾信，南北朝新野人，字子山。博覽羣書，文章摛藻艷麗，與徐陵齊名，時稱徐庾體。梁元帝時以右衛將軍使西魏，被留不遣，爲有鄉關之思，因作《哀江南賦》。

姚鼐曰：哀江南，含意深長。③

劉須溪曰：華妙奇鬱，此貂錦耳，非素手繡紋可就。

張濂卿曰：《招魂》招懷王也，屈子蓋深痛懷王之客死，而頃襄宴安淫樂，置君父恥仇於不問。其詞至爲深痛。④

校勘記：①“來歸”，原誤作“歸來”，今據李刻本、明翻宋本、汲古閣本改。②“嶮”，原作“險”，今據李刻本、明翻宋本、汲古閣本改。後文凡作“險”而他本皆作“嶮”者，徑改不出校。③此句出沈伯經《古文辭類纂評注》，爲沈氏於頁眉所作評注，非姚鼐語。④此句上頁眉戴之麟題校補時地云：戊子四月二十三日午間，縣中終校。

楚辭補注疏卷第十

大招章句第十　楚辭

《大招》者，屈原之所作也。或曰景差，疑不能明也。屈原賦二十五篇，《漁父》以上是也。《大招》恐非屈原作。屈原放流九年，憂思[①]煩亂，精神越散，與形離别，恐命將終，所行不遂，故憤然大招其魂，盛稱楚國之樂，崇懷、襄之德，以比三王，能任用賢，公卿明察，能薦舉一無“明”字。人，宜輔佐之，以興至治，因以風(一)諫，達己之志也。

疏曰：（一）風，同諷，去聲。不用正言，托詞以感人也。[②]

校勘記：①“思”，明翻宋本、汲古閣本作“悤”。②此句上頁眉戴之麟題校補時地云：己丑四月一日午後，圖書館終校。下至末頁同。

青春受謝，青，東方春位，其色青也。謝，去也。謝(一)，一作謝(一)。［補］曰：《淮南》曰：扶桑(二)受謝[①](三)，日照[②]宇宙(四)。照照之光，輝燭四海。《文選》云：陰謝陽施(五)。注引此語[③]。**疏曰：**（一）謝、謝同，音習夜切。（二）扶桑，見前《離騷》“總余轡乎[④]扶桑”疏。（三）“扶桑受謝”，見《淮南子》卷十二《道應訓》。（四）宇宙，謂上下四方，古往今來也。（五）“陰謝陽施”，見潘安仁《閑居賦》。安仁名岳，晉武帝時人。白日昭只。昭，明也。言歲始春，青帝(一)用事，盛陰已去，少陽(二)受之，則日色黄白，昭然光明，草木之類，皆含氣，芽[⑤]蘖而生。以言魂魄亦宜順陽氣而長養也。［補］曰：只，音止，語已詞。**疏曰：**（一）青帝，見前《九歌》“東皇太一”疏。（二）少陽，九爲老陽，六爲老陰，七爲少陽，八爲少陰，見《易學啓蒙》。陽數至九而極，陰數至六而極，故云老也。麟按：冬至，一陽生，至春正月則三陽，故曰少陽。少，去聲。

校勘記：①"謝"，原作"謝"，今據李刻本、明翻宋本、汲古閣本改。下文"陰謝陽施"同此。②"照"，明翻宋本、汲古閣本作"炤"。③"語"，原誤作"證"，今據李刻本、明翻宋本、汲古閣本改。④"轡乎"，原誤作"佩兮"，今據前文改。⑤"芽"，原誤作"萌"，今據李刻本、明翻宋本、汲古閣本改。

春氣奮發，春，蠢(一)也。發，洩(二)也。**疏曰：**（一）蠢，春上聲，動也。（二）洩，音曳，發也。萬物遽(一)只。遽，猶競(二)也。言春陽氣奮起，上帝發洩，和氣温燠(三)，萬物蠢然，競起①而生，各欲滋(四)茂，以言精魂亦宜奮發精②明，令已盛壯也。［補］曰：遽，其據切。**疏曰：**（一）遽，宜叶交。（二）競，渠映切，争也。（三）燠，音郁，温也。（四）滋，音支，生也。

校勘記：①"起"，原誤作"氣"，今據李刻本、明翻宋本、汲古閣本改。②"精"，原誤作"清"，今據李刻本、明翻宋本、汲古閣本改。

冥淩浹行，冥，玄冥，北方之神也。淩(一)，猶馳也。浹(二)，徧也。**疏曰：**（一）淩，音零。（二）浹，即貼切。魂無逃只。逃，竄(一)也。言歲始春，陽氣上陞，陰氣下降，玄冥之神，徧行淩馳於天地之間，收其陰氣，閉而藏之，故魂不可以逃，將隨太陰下而沈没也。一作伏陰。**疏曰：**（一）竄，川去聲。太陰，《獨斷》："冬爲太陰。"伏陰，夏令猶伏陰氣，言天時之不正也。《獨斷》，書名，三國蔡邕作，二卷。

魂魄歸徠(一)！無遠遥只。遥，猶漂遥，放流貌也（可删）。魂者，陽之精也。魄者，陰之形也。言人體含陰陽之氣。失之則死，得之則生。屈原放在草野，憂心愁悴，精神散越，故自招其魂魄。言宜順陽氣始生而徠歸己，無遠漂遥，將遇害也。一作䰟鬼，一作徠歸。**疏曰：**此篇亦係原招懷王之魂，與《招魂》異者，此則懷王未死，如近時小兒受驚失魂，巫爲招之之爲，前篇則已客死於秦而招，觀此篇末數段可知。若係已死，焉能如"血氣"等段所爲？且篇中所言聲色貨利，亦諸侯所有事。原自招其魂，或人招之，均不應以不合道德之事欣動之。故吾以此決爲原招懷王之魂，且其招時在未死之前也。（一）徠、來同。

魂乎歸徠！無東無西，無南無北只。言我(一)精魂[①]可徠歸矣，無散東西南北，四方異俗，多賊害也。古本“乎”皆作“兮”。一作徠歸。一云：魂乎歸兮。一云：無東西而南北只。**疏曰：**（一）我，宜作懷王。

姚鼐曰：四方總挈。又曰：東南西北四條，承“無遠遥”來，比《小招》以簡勝。[②③]

校勘記：①“魂”，原誤作“神”，今據李刻本、明翻宋本、汲古閣本改。②此句出沈伯經《古文辭類纂評注》，爲沈氏於頁眉所作評注，非姚鼐語。③此句上頁眉戴之麟題校補時地云：丁亥七月望日午前，韓庭階下。

東有大海，溺水浟浟只。浟浟，流貌也（可删）。言東方有大海，廣遠無涯，其水淖(一)溺，沈没萬物，不可度越，其流浟浟，又迅(二)疾也。［補］曰：浟，音悠。**疏曰：**（一）淖，音鬧，泥也。（二）迅，音信，疾也。

螭龍並流，上(一)下悠悠只。悠悠，螭龍(二)行貌也（可删）。言海水之中，復有螭龍神獸，隨流上下，並行游戲，其狀悠悠，可畏懼也。悠，一作攸。古作修修。**疏曰：**（一）上，上聲。（二）螭龍，龍無角者也。

霧雨淫淫，地氣發泄(一)，天氣不應曰霧(二)。淫淫，流貌也（可删）。**疏曰：**（一）泄，同洩。（二）霧，音務。近於地面之蒸氣遇冷而凝爲微細水點也，與雲同理。遠地爲雲，近地爲霧。參看前《離騷經章句第一》疏。白皓[①]膠(一)只。皓膠，水凍貌也（可删）。言大海之涯，多霧惡氣，天常甚雨，如注甕水，冬則凝凍，皓然正白，回錯膠戾，與天相薄也。皓，一作浩。［補］曰：膠，戾(二)也，音豪。**疏曰：**（一）膠，見前《天問》“何踐吾期”疏。（二）戾，音利，違背也。

校勘記：①“皓”，原作“浩”，今據李刻本、明翻宋本、汲古閣本改。下文“皓膠，水凍貌也”同此。後文凡作“浩”而他本皆作“皓”者，徑改不出校。

魂乎無東！湯谷宋(一)只。言魂神不可東行，又有湯谷(二)日之所出，其地無人，視聽宋①然，無所見聞。或曰：宋，水蘸之貌。乎，一作兮。一本"宋"下有"寥"字。[補] 曰：蘸(三)，没②也。**疏曰：**（一）宋，古"寂"字，"宋"下有"寥"字方叶，朱注本如此。（二）湯谷，見前《離騷》"總余轡乎扶桑"疏。（三）蘸，斬去聲，以水沾物也。

姚鼐曰：東不加提句，三方加提，獨參差見古。

校勘記：①"宋"，原作"寂"，今據李刻本、明翻宋本、汲古閣本改。②"没"，原誤作"浸"，今據李刻本、明翻宋本、汲古閣本改。

魂乎無南！南有炎火千里，炎，火盛貌也（可删）。《尚書》曰：火曰(一)炎上(二)。**疏曰：**（一）"火曰"句，見《書·洪範》篇。（二）上，上聲。蝮(一)蛇蜒只。蜒，長貌也（以後"貌"下"也"字皆可删，不復注）。言南方太陽，有積火千里，又有惡蛇，蜿蜒而長，有蠚(二)毒也。[補] 曰：蜿，音鴛。蜒，音延。**疏曰：**（一）蝮，見前《離騷》"吾令鴆爲媒兮"疏。（二）蠚，一作螫，見前《招魂》"玄①蜂若壺些"疏。

校勘記：①"玄"，原誤作"懸"，今據前文改。

山林險隘，林，一作陵。虎豹蜿只。蜿，虎行貌也。言南方有高山深林，其路險阨，又多虎豹，匍匐蜿蜒，以候伺人也。

鰅鱅短狐，鰅鱅(一)，短狐(二)類也。短狐，鬼蜮也。[補] 曰：鰅，魚恭切。鱅，以恭切。鰅鱅，狀如犂①牛。又鰅，魚名，皮有文。鱅魚，音如彘鳴。**疏曰：**（一）鱅，音慵。産於江湖，似鰱而黑，頭甚大，俗呼黑鰱，又稱"鰱胖頭"。（二）短狐，即蜮，音域。相傳能含沙射人爲災，形似鼈，亦名射工。王虺騫只。王虺，大蛇也。《爾雅》曰：蟒，王蛇也。騫，舉頭貌也。言復有鰅鱅、鬼蜮，射②傷害人，大蛇羣聚，舉頭而望，其狀騫然也。[補] 曰：騫，讀若騫(一)，音軒。**疏曰：**（一）第二"騫"字誤。

校勘記：①“犂”，明翻宋本、汲古閣本作“犁”。②“射”，原誤作“能”，今據李刻本、明翻宋本、汲古閣本改。

魂乎無南！蜮傷躬(一)只。蜮，短狐也。《詩》云：爲鬼爲蜮(二)。言魂乎無敢南行，水中多蜮鬼，必傷害於爾躬也。乎，一作兮。［補］曰：穀梁子曰：蜮(三)，射人者也。《前漢·五行志》云：蜮生南越，亂氣所生，在水旁，能射人。甚者至死。陸機云：一名射影。人在岸上，影見①水中，投②人影則射之。或謂含沙射人。孫真人(四)云：江東江南有蟲名短狐，谿毒，亦名射工。其蟲無目，而利耳能聽，在山源谿水中，聞人聲便以口中毒射人。《説文》云：蜮，似鼈，三足，以氣射害人。音蜮（宜作“域”），又音或。**疏曰：**（一）躬，宜叶捐。（二）“爲鬼爲蜮”句，見《詩·小雅·彼何人斯》章。（三）蜮，射人者也。見《穀梁·莊公十八③年》“秋有蜮”傳。（四）孫真人，名思邈，唐華原人。通百家説，善言《莊》《老》，獨孤信異之曰：“聖童也，顧器大難爲用耳。”及長，居太白山。隋文帝輔政，以國子博士召，不拜。顯慶中復召，見拜諫議大夫，稱疾還山。永淳初卒，年百餘歲。思邈於陰陽推步、醫藥無不善，有《千金要方》。又世傳《銀海精微》亦思邈所撰。《千金要方》，思邈撰。孫思邈謂人命至重，貴於千金，一方濟之，德踰於此，故此書以“千金”爲名。原本三十卷，又《千金翼方》三十卷，此本混合爲一，乃廣至九十三卷，其爲原書與否，已不可詳。要之思邈之方，仍散在此編内也。見《辭源》子集十部一畫。《銀海精微》，《辭》戊集金部六畫言二卷，爲眼科書，亦孫撰。④

校勘記：①“見”，原誤作“在”，今據李刻本、明翻宋本、汲古閣本改。②“投”，原誤作“見”，今據李刻本、明翻宋本、汲古閣本改。③“八”，原誤作“九”，今據《穀梁傳》改。④此句上頁眉戴之麟題校補時地云：己丑十一月一日午後。

魂乎無西！西方流沙，漭洋洋只。洋洋，無涯貌也。言西方有流沙，漭然平正，視之洋洋，廣大無涯，不可過也。［補］曰：漭，母朗切，水大貌。

豕首縱目，縱，一作從。［補］曰：南北曰縱(一)，將容切。**疏曰：**（一）縱，直也。被髮鬤只。豕，豬也。首，頭也。鬤，亂貌也。鬤，古作長。［補］曰：鬤，而羊切。

長爪踞牙，誒笑狂只。誒，猶强[一]也。言西方有神，其狀豬頭從目，被髮鬤鬤，手足長爪，出齒倨牙，得人强笑憙而狂獝也。或曰：誒，笑樂也。謂得人憙樂也。此蓋蓐收神之狀也。一云豕爪。踞，一作倨[二]。誒，一作娭。［補］曰：踞，音據，蹲[三]也。誒，音僖。《説文》云：可惡之辭。《漢書》嘻笑[四]注云：强笑也。**疏曰：**（一）强，詳上聲。（二）倨，音踞。倨牙，謂獸牙倨曲也。（三）蹲，音存，踞也。（四）“嘻笑”二句，見《前漢書卷五十二·竇田灌韓列傳第二十二·灌夫傳》“因嘻笑曰”注。①

校勘記：①此句上頁眉戴之麟題校補時地云：戊子十月六日上午，捄左補録。

魂乎無西！多害傷只。言西方金行[一]，其神獸剛强，皆傷害人也。**疏曰：**古以十干分配中央及四方，甲乙木屬東方，丙丁火屬南方，庚辛金屬西方，壬癸水屬北方，戊己土屬中央，故注云：（一）“西方金行”，以金、木、水、火、土稱五行也。

魂乎無北！北有寒山，逴龍赩只。逴龍[一]，山名也。赩，赤色，無草木貌也。言北方有常寒之山，陰不見日，名曰逴龍。其土赤色，不生草木，不可過[二]之，必凍殺人也。或曰：逴龍，色逴越也。赩，懼也。言起越寒山，赩然而懼，恐不得過也。逴，一作卓。［補］曰：逴，音卓，遠也。《山海經》：西北海之外，有章尾山[一]，有神身長千里，人面蛇身而赤，是燭九陰，是謂燭龍。疑此逴龍即燭龍也。赩，許力切，大赤也。**疏曰：**（一）逴龍、章尾，《山海經》卷十七《大荒北經》末謂均在赤水之北。（二）過，平聲。

代水不可涉，深不可測只。言復有代[一]水廣大，不可過度，其深無底，不可窮測，沈没人也。代，一作伐。**疏曰：**（一）代，渡礙切，今縣名。漢雁門郡地，初名代州，清爲直隸州，屬山西，民國改縣，爲山西雁門道治。

天白顥顥，顥顥，光貌。［補］曰：顥，音皓。《説文》：白貌。寒凝凝[一]只。

凝凝，水凍貌也。言北方冬夏積雪，其光顥顥，天地皆白，冰凍重(二)累，其狀凝凝，其寒酷烈，傷肌骨也。凝，一本及《釋文》並作嶷。魚力切。**疏曰：**（一）凝，宜叶疑。（二）重，平聲。

魂乎無往！盈北極只。盈，滿也。北極，太陰之中，空虛之處也。言我(一)魂歸乎北極，空虛不可盈滿。往必隕[①]墜，不得出也。［補］曰：《淮南》云：北極之山曰寒門(二)。**疏曰：**（一）我，宜改“懷王”，蓋原招懷王也。（二）“北極”句，見《淮南子》卷四《墬形訓》。

校勘記：①“隕”，原誤作“顛”，今據李刻本、明翻宋本、汲古閣本改。

魂魄歸徠！閒以静只。言己(一)魂魄宜急徠還，歸我(一)之身，隨己游戲，心既閒樂，居清静也。一作徠歸。**疏曰：**（一）此“己”、“我”及後“己”、“我”，均宜作懷王爲是。

姚鼐曰：“魂魄”十句，束前遞後，文有章程。[①]

校勘記：①此句出沈伯經《古文辭類纂評注》，爲沈氏於頁眉所作評注，非姚鼐語。原文與此少異。

自恣荆楚，安以定只。言四方多害，不可以游，獨荆(一)楚饒樂，可以恣意，居之安定，無危殆也。**疏曰：**（一）荆，即楚之原名。

逞志究欲，逞(一)，快也。究(二)，窮也。**疏曰：**（一）逞，音成，放也。（二）究，有上、去二聲，俗讀鳩。心意安只。欲，嗜欲也。言楚國珍奇所聚集，尤多姣(一)女，可以快志意，窮情欲，心得安樂，而無憂也。**疏曰：**（一）姣，交上聲，美好也。

窮身永樂，年壽延只。言居於楚國，窮身長樂，保延年壽，終無憂患也。永，一作安。

魂乎歸徠！樂不可言只。言楚國饒樂，不可勝(一)歟也。一作徠歸。**疏曰：**(一)勝，平聲，盡也。

五穀六仞，五穀，稻、稷、麥、豆、麻也。七尺曰仞(一)。［補］曰：《説文》云：仞，伸臂(二)一尋(三)，八尺也。**疏曰：**(一)仞，日印切。古以周尺八尺爲仞，合營造尺六尺四寸八分，又作四尺。(二)臂，箄义切，自肩及腕曰臂。(三)尋，習淫切，度名。八尺曰尋。設菰(一)粱只。設，施也。苽粱，蔣(二)實，謂雕葫也。言楚國土地肥美，堪用種植五穀，其穗長六仞，又有苽①粱之飯，芬香且柔滑也。或曰：仞，因也。以五穀因苽粱廁爲飯也。菰，一作苽。［補］曰：菰、苽，並音孤。此言積穀之多爾，非謂穗長六仞也。**疏曰：**(一)菰，蔬類植物。生於陂澤，高五六尺，葉如蒲葦，春秋兩季中心生白莖，狀如藕而軟，曰菰菜，俗謂之茭白。秋間開花，成長穗，結實如米，謂之菰米，亦曰雕胡米，色白而滑膩，儉歲以爲飯。古本作苽，爲六穀之一，與菌類植物不同。(二)蔣，音將，菰屬。

姚鼐曰：此下十四條，承心安身樂羅列之。又曰：列飲膳之精，凡四條。②

校勘記：①"苽"，原作"菰"，今據李刻本、明翻宋本、汲古閣本改。②此句出沈伯經《古文辭類纂評注》，爲沈氏於頁眉所作評注，非姚鼐語。

鼎臑盈望，和致芳只。臑，熟也。致，致鹹酸也。芳，謂椒薑也。言乃以鼎(一)鑊①(二)臑熟羹臛，調和鹹酸，致其芬芳，望之滿案，有行列也。臑，一作胹。《釋文》作腩，徒南切。［補］曰：腩，膗也。**疏曰：**(一)鼎，音頂，古器。三足兩耳，以金類爲之，大小不同，其用亦異。夏禹收九州之金，鑄爲九鼎，遂以爲傳國之重器，故得天下曰定鼎。又食器，笵銅爲之，其形制、刻飾，種種不同。通常皆三足兩耳，横貫鼎耳之木榦謂之鼎扃，所以扛鼎者。以金飾其扛木謂之鉉。古或以爲旌功之器。又古之酷刑以烹人者。(二)鑊，音檴，釜屬，所以煮食物者。又煮之也。

校勘記：①"鑊"，原作"鑊"，今據李刻本、明翻宋本、汲古閣本改。下文疏證徑改不出校。

内鶬鴿鵠，鶬(一)，鶬鶴也。鴿似鳩而小，青白。鵠，黄鵠也。内，一作肭。

［補］曰：内與納同。肭，肥也。鶬，音倉。《爾雅》鶬麋鴰(二)注云：即鶬鴰①也。徐朝(三)《七喻》云：雲鶬水鵠，禽蹯豹胎。鵠有白鵠，有黄鵠。**疏曰：**（一）鶬，鳥名。一名鶬雞，俗稱灰鶴。（二）鴰，音括，又音刮，怪鳥。一身、九頭、九尾、逆毛，亦稱鶬鴰。（三）徐朝，考無。②味豺羹(一)只。豺似狗。言宰夫巧於調和，先定甘酸，乃内鶬鴿③黄鵠④，重以豺肉，故羹味尤美也。［補］曰：豺，狼屬，狗聲。**疏曰：**（一）羹，湯汁也，叶郎。

校勘記：①"鴰"，原誤作"鴣"，今據李刻本、明翻宋本、汲古閣本改。②此句上頁眉戴之麟題校補時地云：戊子五月十三日午後，捄左補録。③"鴿"，原誤作"鴰"，今據李刻本、明翻宋本、汲古閣本改。④"鵠"，原誤作"鶴"，今據李刻本、明翻宋本、汲古閣本改。

魂乎歸徠！恣所嘗只。嘗，用也。言羹飯既美，魂宜急①徠歸，恣意所用，快己之口也。一作徠(一)歸。**疏曰：**（一）徠，同來。

校勘記：①"宜急"，原誤作"急宜"，今據李刻本、明翻宋本、汲古閣本改。

鮮蠵甘雞，生潔爲鮮(一)。蠵(二)，大龜也。《釋文》作觿(二)。**疏曰：**（一）鮮，平聲。（二）蠵、觿同，見前《招魂》"露雞臛蠵"①疏。和楚酪只。酪(一)，酢(二)截也。言取鮮潔大龜，烹之作羹，調以飴蜜，復用肥雞之肉，和以酢酪②，其味清烈也。［補］曰：酪③，乳漿也。截，音載，漿也。**疏曰：**（一）酪，音洛。（二）酢，音昨，醋之本字。

校勘記：①"露雞臛蠵"，原誤作"露蠵臛雞"，今據前文改。②"酪"，原誤作"醬"，今據李刻本、明翻宋本、汲古閣本改。③"酪"，原誤作"駱"，今據李刻本、明翻宋本、汲古閣本改。

醢豚苦狗，醢，肉醬也。苦，以膽和醬也。世所謂膽和者也。豚，古作豩，補曰：《集韻》作臄，音同。**膾苴蓴只**。苴蓴，蘘荷也。言乃以肉醬啗烝①豚，以膾和醬，啗狗肉，雜用膾(一)炙，切蘘荷以爲香，備衆味也。蓴，一作蒪。［補］曰：苴，即魚切。蓴，普各、匹沃二切。《本草》：蘘荷，葉似初生甘蔗，根似薑牙。《博雅》云：蓴苴，蘘荷也。《九歎》蘘荷注云：蓴，菹(二)也。或作蓴，非是。**疏曰：**（一）膾，音檜，細切肉也。（二）菹，側魚切，酢菜也，俗謂之鹽菜，與齏同。又細切曰齏，全物曰酢。麟按：今之酢菜係以全蔬菜爲之，惟不只用鹽，又雜酸辛兩味，與此小異。鹽菜今謂之醃菜，第用鹽漬之，不雜他味也。

校勘記：①“烝”，原作“蒸”，今據李刻本、明翻宋本、汲古閣本改。後文凡作“蒸”而他本皆作“烝”者，徑改不出校。

吴酸蒿蔞，蒿(一)，蘩草也。蔞(二)，香草也。《詩》曰“言采其蔞”(三)也。一作芼蔞。注云：芼(四)，菜也。言吴人善爲羹，其菜若蔞，味無沾薄，言其調也。［補］曰：《爾雅》云：蘩(五)皤蒿，即白蒿也，可以爲菹。陸機(六)云：春生，秋乃香美可食。又蔞，蒿也，葉似艾，生水中，脆(七)美可食。蔞，龍珠切。以菜和羹曰芼。**疏曰：**（一）蒿，好平聲，見前《離騷》“今直爲此蕭艾也”疏。（二）蔞，蔬類植物，亦名扶留。葉尖而柔，味甘多汁，粤人食檳榔必以爲佐，子如桑葚，熟時色正青，亦名蒟子。以作醬能和五味。（三）“言采其蔞”，《詩》無考。（四）芼，音帽，菜也。以之作羹，名曰芼羹，謂用菜雜肉爲湯也。《禮》“芼羹”疏：“按《公食大夫禮》，三牲皆有芼，牛藿、羊苦、豕薇也。”又搴也，擇也。（五）蘩，同蘋，見前《九歌·湘夫人》“白蘋兮騁望”疏。（六）陸機，見前《九歌·湘君》“蓀壁兮紫壇”疏。（七）脆，音翠。《公食大夫禮》，係《儀禮》第九篇名。①**不沾薄只**。沾，多汁也。薄，無味也。言吴人工(一)調醎酸，爚蒿蔞以爲齏②，其味不濃不薄，適甘美也。或曰：吴酸沓醢。沓醢，榆(二)醬也。一云吴酢沓醢。［補］曰：沾，音添，益也。沓，音模。醢，音途。**疏曰：**（一）工，音公，善也。（二）榆，音俞，落葉喬木。高八九丈，皮褐色，有扁平之裂痕，可剥脱，葉橢圓而大，有鋸齒，花淡紫色，花後結實，周圍果皮伸長如鳥翅。舊稱榆莢，以其形扁圓，垂垂成串，又謂之榆錢。木材堅實，可製器具。古人春取其火，今人采其白皮爲榆麵，水調，和以香劑，黏滑勝於膠漆。麟按：旱亂時人磨麵爲餅餌食之，所謂榆醬，殆以其麵製之耳。

校勘記：①此句上頁眉戴之麟題校補時地云：戊子六月二十八日上午，拯廳補録。②"齏"，明翻宋本、汲古閣本作"虀"。

魂兮歸徠！恣所擇只。言衆味盛多，恣魂志意擇用之也。一作魂乎徠歸。

炙鴰烝鳧，鴰(一)，一作鵠。鳧，一作梟。［補］曰：炙，音柘，燔肉也。鴰，麋鴰也，古活切。**疏曰：**（一）鴰，見上"内鶬鴿鵠"疏。䑙鶉敶只。䑙，爚(一)也。言復炙鶬鴰，烝鳧鴈(二)。䑙爚鶉鷃(三)，敶(四)列衆味，無所不具也。［補］曰：䑙，音潛，沈肉於湯也。**疏曰：**（一）爚，同灼，音酌，炙也，燒也。（二）鳧、鴈爲二物。（三）鶉、鷃亦二物。逸不加分別，非是。類此者不一。鳧見前《天問》"並驅擊翼"疏。鴈見前《思美人》"因歸鳥而致辭兮"疏。鶉，音淳，鳥名。形如雞雛，頭小，尾禿，嘴腳均短。背濃褐色，翼黄褐色，皆有黑斑，腹赤白色。性活潑，喜跳躍，猛鷙能搏鬭，有馴養之以爲游戲者。與鵪不同，今混稱鵪鶉，誤。鷃，音宴，鳥名，鵪也。鵪音諳，本作鶕。雞屬，與鶉同類異種，狀亦相似，惟羽無斑點，頸腳皆長，棲息於茅葦之間，捕食小蟲、魚，舊有鷃駕、斥鷃等稱。（四）敶，古陳字。

煎鰿臛雀，鰿，鮒(一)。臛，一作臛。［補］曰：鰿，舊音積。《集韻》賾、責二音，小魚也。**疏曰：**（一）鮒，下宜加"也"字，音附。即鯽魚，似鯉，無觸鬚，脊隆起而狹，鱗圓滑，頭與口皆小，背青褐色，腹白，産於淡水，長者至尺餘。遽爽存只。遽，趣(一)也。爽，差(二)也。存，前也。言乃復煎鮒魚，臛黄雀，勅趣宰人，差次衆味，持之而前也。**疏曰：**（一）趣，同促，催也。（二）差，音癡，等差也。

魂乎歸徠！麗以先(一)只。言先進靡麗美物，以快神心也。麗，一作進。**疏曰：**（一）先，叶辛。

四酎(一)並孰(二)，醇酒爲酎。並，俱也。**疏曰：**（一）酎，音胄，謂重釀之酒，今謂之雙套酒。（二）孰，同熟。不澀嗌只①。嗌，餶也。言乃醞釀醇酒，四器俱熟，其味甘美，飲之釀②滑，入口消釋，不苦澀，令人不餶滿也。澀(一)，一作濇(一)。［補］曰：澀，不滑也。嗌，於革切，又音益，咽喉也。餶，飫也，於泫切。一作饐。**疏曰：**

（一）翜、澀音義同。

校勘記：①“只”，原誤作“止”，今據李刻本、明翻宋本、汲古閣本改。後文凡涉此誤者，徑改不出校。②“醲”，原作“濃”，今據李刻本、明翻宋本、汲古閣本改。

清馨凍歙，馨，香之遠聞者也。凍，猶寒也。歙(一)，一作飲(一)。［補］曰：《集韻》作歙(一)。**疏曰**：（一）𩟗、歙、飲音義並同。不歠(一)役只。歠，飲也。役，賤也。言醇醲之酒，清而且香，宜於寒飲，不可以飲役賤之人。即以飲役賤之人，即易醉顛仆，失禮敬。**疏曰**：（一）歠，音啜。

吴醴(一)白櫱，再宿[1]爲醴。櫱(二)，米麴也。［補］曰：《説文》云：醴，酒一宿熟。**疏曰**：（一）醴，音禮，甜酒也，以糯米爲之。（二）櫱，音遏。和楚瀝只。瀝，清酒也。言使吴人醲醴，和以白米之麴，以作楚瀝，其清酒尤醲美也。

校勘記：①“宿”，原誤作“熟”，今據李刻本、明翻宋本、汲古閣本改。

魂乎歸徠[1]！不遽惕只。言飲食醲美，安意遨游，長無惶遽怵惕(一)之憂也。一作徠歸。**疏曰**：（一）怵惕，恐懼貌。怵音黜，惕音剔。

校勘記：①“徠”，原作“來”，今據李刻本、明翻宋本、汲古閣本改。

代秦鄭衛，鳴竽張只。言代、秦、鄭、衛之國，工作妙音，使吹鳴竽篪，作爲衆樂(一)，以樂(二)君也。代，一作岱。**疏曰**：（一）“衆樂”之“樂”，音岳；（二）“以樂”之“樂”，音洛。

姚鼐曰：列歌曲之盛二條。[1]

校勘記：①此句出沈伯經《古文辭類纂評注》，爲沈氏於頁眉所作評注，非姚鼐語。

伏戲《駕辯》，楚《勞商》只。伏戲，古王者也。始作瑟。《駕辯》、《勞商》，皆曲名也。言伏戲氏作瑟，造[①]《駕辯》之曲。楚人因之作《勞商》之歌。皆要妙之音，可樂聽也。或曰：《伏戲》、《駕辯》，皆要妙歌曲也。勞，絞(一)也。以楚聲絞商音，爲之清激[②]也。［補］曰：《文選》云：或超《延露》而《駕辯》(二)。**疏曰：**（一）絞，音狡，兩絲相交而捩之，使之緊急也。（二）"或超"句，見《文選》五左太沖《吴都賦》。[③]

校勘記：①"造"，原誤作"進"，今據李刻本、明翻宋本、汲古閣本改。②"激"，原誤作"澈"，今據李刻本、明翻宋本、汲古閣本改。③此句上頁眉戴之麟題校補時地云：丁亥七月二十二日上午，韓左个。

謳和《揚阿》，徒歌曰謳。揚，舉也。阿，曲也。［補］曰：《揚阿》，即《陽阿》。已見《招魂》(一)。**疏曰：**（一）见前《招魂》"發揚荷些"疏。趙簫(一)倡只。趙(二)，國名也。簫，樂器也。先歌爲倡，言樂人將歌，徐且謳吟，揚舉善曲，乃俱相和。又使趙人吹簫先倡，五聲乃發也。或曰：《謳和》、《揚阿》，皆歌曲也。**疏曰：**（一）簫，見前《九歌·湘君》"吹參差兮誰思"疏。（二）趙，見前《離騷》"朝發軔於蒼梧兮"疏。

魂乎歸徠！定空桑只。空桑，瑟名也。《周官》云：古者絃空桑(一)而爲瑟。言魂急徠歸，定意楚國，聽瑟之樂也。或曰：空桑，楚地名。一作徠歸，下(二)並同。**疏曰：**（一）空桑，見前《天問》"水濱"句疏。《周官》所云，原書僅有"空桑之琴瑟"一句，見《周禮精華》卷三《春官宗伯·大司樂》"凡樂"節。[①]（二）下，上聲。

校勘記：①此句上頁眉戴之麟題校補時地云：己丑四月九日午後，新庭。

二八(二)接舞，接，聯也。舞，一作武(一)。**疏曰：**（一）武，步也。投詩賦只。投，合也。詩賦，雅樂也。古者以琴瑟歌詩賦爲雅樂，《關雎》、《鹿鳴》(一)是也。言有美女十六人，聯接而舞，發聲舉足，與詩雅相合，且有節度也。**疏曰：**（一）《關雎》、《鹿鳴》，皆《詩》篇名。（二）二八，指幼女，非大夫女樂二八也。

叩鐘(一)調磬，叩，擊也。金曰鍾，石曰磬(二)也。**疏曰：**（一）鐘，古作鍾。（二）磬形作，與今磬圓形不同。娱人亂只。娱，樂也。亂，理也。言美女起舞，叩鍾擊磬。得其節度，則諸樂人各得其理，有條序也。

四上競氣，四上(一)，謂上四國，代、秦、鄭、衛也。［補］曰：四上，謂聲之上者有四，謂代、秦、鄭、衛之鳴竽也，伏戲之《駕辯》也，楚之《勞商》也，趙之簫也。**疏曰：**（一）四上，聲調也。按樂調有七，即宫、商、角、徵、羽、少宫、少商也。後人代以凡、工、尺、上、一、四、合七字，四上蓋七調中之徵，少宫二調也。詳見清乾隆時臨川紀大奎《古律經傳附考》卷五。極聲變只。言四國(一)競發，善氣，窮極音聲，變易其曲，無終已也。**疏曰：**（一）四國見上句，誤。

魂乎歸徠！聽歌譔只。譔(一)，具也。言觀聽衆樂，無不具也。**疏曰：**（一）譔，讀若絢。

朱脣皓齒，皓，白(一)。朱脣，一作美人。**疏曰：**（一）"白"下宜加"也"字。嫭以姱(一)只。嫭、姱，好貌也。言美人朱脣白齒，嫭眄美姿，儀狀姱好可近，而親侍左右也。嫭，一作嫮。［補］曰：嫭，音護。姱，苦花切。**疏曰：**（一）姱，宜叶枯。①

姚鼐曰：另列歌者容色之麗五條。②

校勘記：①此句上頁眉、句旁頁間、句下頁腳戴之麟題校補時地云：丙戌七月七日午前，韓庭左个。丁亥六月二日午前，韓左个。丁亥十二月二十日午前，韓庭除。戊子正月三十日夜，韓正寢。戊子四月二十二日午後一時，縣中終校。戊子九月十一日午後，校於縣中。己丑九月六日午前。庚寅二月二十四日上午。②此句出沈伯經《古文辭類纂評注》，爲沈氏於頁眉所作評注，非姚鼐語。

比德好閒，習以都(一)只。言選擇美人，比其才德、容貌，都閒習於禮節，乃敢進也。［補］曰：比，必寐切。閒，音閑。《漢書》曰：閒雅甚都。**疏曰：**（一）都，美也。麟按：此“閒雅”句，見《前漢書》五十七上《司馬相如傳》。[①]

姚鼐曰：《小招》以居與食分統女侍。此以女侍置在中間，以食與居管在兩頭，意同法變。[②]

校勘記：①此句上頁眉戴之麟題校補時地云：戊子七月十七日上午，捄釐補録。②此句出沈伯經《古文辭類纂評注》，爲沈氏於頁眉所作評注，非姚鼐語。

豐肉微骨，豐，厚也。微，細也。調以娱只。言[①]美人肥白潤澤，小骨厚肉，肌膚柔弱，心志和調，宜侍燕居[(一)]，以自娱樂也。**疏曰：**（一）燕居，私居也 。

校勘記：①“言”，原誤作“古”，爲承襲李刻本之誤，今據明翻宋本、汲古閣本改。

魂乎歸徠！安以舒只。言美女鮮[(一)]好，可以安意舒緩憂思也。**疏曰：**（一）鮮，平聲。

嫮目宜笑，嫮，眄瞻[(一)]貌。［補］曰：嫮，與嫭同。**疏曰：**（一）瞻，視也。娥眉曼只。曼，澤也。言復有異女，工於嫮眄，好口宜笑，娥眉曼[(一)]澤，異於衆人也。**疏曰：**（一）曼，讀平聲。

容則秀雅，則，法也。秀，異也。稺朱顔只。稺，幼也。朱，赤也。言美女儀容閒[①]雅，動有法則，秀異於人，年又幼稺[(一)]，顔色赤白，體香潔也。**疏曰：**（一）稺，同稚，音致。

校勘記：①“閒”，原誤作“秀”，今據李刻本、明翻宋本、汲古閣本改。

魂乎歸徠！静以安只。言美好之女，可以静居安精神也。

姱修滂浩，修，長也。滂浩，廣大也。一作修廣娩心。娩，一作遠。麗以佳(一)只。佳，善也。言美女身體修長，用意廣大，多於所知，又性婉順，善心腸也。**疏曰：**（一）佳，宜叶追。

曾頰倚耳，曾，重(一)也。倚，辟(二)也。**疏曰：**（一）重，平聲。（二）辟，音壁，偏也。曲眉規只。規，圜①也。言美女之面，丰(一)容豐滿，頰肉若重，兩耳郭(二)辟，曲眉正圜，貌絶殊也。郭，一作卻(三)。**疏曰：**（一）丰，音封，色采也。（二）郭，同廓，耳輪廓也。（三）卻，乞約切。

校勘記：①"圜"，原作"圓"，今據李刻本、明翻宋本、汲古閣本改。後"曲眉正圜"同此。

滂心綽態，綽，猶多也。態，姿也。滂，一作漫。綽，一作淖。**疏曰：**淖，音鬧，和也。綽約，美好也。姣麗施只。姣，好也。言美女心意廣大，寬能容衆，多姿綽態，調戲不窮，既好有智，無所不施也。

小腰秀頸，若鮮卑只。鮮卑，衮①帶頭也。言好女之狀，腰支細少②，頸鋭秀長，靖然而特異，若以鮮卑之帶，約而束之也。[補]曰：《前漢(一)·匈奴(二)傳(三)》：黄金犀毗。孟康(四)曰：要(五)中大帶也。張晏(六)曰：鮮卑郭洛帶，瑞獸名也。東胡好(七)服之。師古曰：犀毗，胡帶之鉤。亦曰鮮卑。《魏書》(八)曰：鮮卑，東胡(九)之餘也。别保鮮卑山(十)，因號焉。**疏曰：**（一）前漢，即西漢，别於後漢言之。（二）匈奴，北狄之一種。秦漢時最盛，領有今内外蒙古之地，後分南北。北匈奴爲漢竇憲所破，遠走西方。西史中古之初有匈族，其王遏③的剌屨攻羅馬、日耳曼諸族，皆爲所迫，即北匈奴遺裔也。南匈奴歸漢，漢之季世，雜居今山西省之北部，漸次繁殖。魏時分五部，晉初勢力益增，劉淵崛起，遂爲五胡亂華之首云。（三）傳，去聲。班固作。（四）孟康，三國魏廣宗人，字公休。明帝時爲散騎侍郎、弘農守，領郡吏二百餘人。涉春遣休，常四分遣一分，無宿諾。後至中書監，封廣陵亭侯。嘗注《漢書》。（五）要，同腰。（六）張晏，見前《離騷》第一句疏。（七）好，去聲。（八）《魏書》，北齊魏收撰。宋時已亡二十九篇，劉恕、范祖禹等以他書補之。今本凡一百十四卷，收素輕薄，撰述以意爲好惡，有"穢史"之稱。（九）東胡，指扶餘、鮮卑、朝鮮等地。（十）鮮卑山，在今内蒙古科爾沁右翼西三十里，土人呼蒙格。

姚鼐曰：若鮮卑，奇趣。

校勘記：①“衮”，原誤作“裘”，今據李刻本、明翻宋本、汲古閣本改。②“少”，原誤作“小”，今據李刻本、汲古閣本改。③“遏”，原誤作“過”，今據《辭源》改。

魂乎歸徠！思怨移只。移，去也。言美女可以忘憂，去怨思也。思，一作恖(一)。古本作怨思移只。**疏曰：**(一) 恖，古思字。

易中利(一)心，以動作只。言復有美女，用志滑易，心意和利，動作合禮，能順人意，可以自侍也。[補] 曰：易，以豉切。**疏曰：**屈原爲忠君愛國之人，焉有溺情聲色之舉？即曰失魂，又豈可以聲色招復乎？故余決定爲原招懷王之魂。(一) 利，朱注本作和。

粉白黛黑，施芳澤只。言美女又工妝①飾，傅著脂粉，面白如玉，黛畫眉鬢，黑而光净，又施芳澤，其芳香鬱(一)渥(二)也。**疏曰：**(一) 鬱，香也。(二) 渥，厚也。

校勘記：①“妝”，原誤作“裝”，今據李刻本、明翻宋本、汲古閣本改。

長袂拂面，袂，袖也。拂，拭也。善留客只。言美女工舞，揄(一)其長袖，周旋屈折，拂拭人面，芬香流衍，衆客喜樂，留不能去也。**疏曰：** (一) 揄，音俞，引也。

魂乎歸徠！以娱昔只。昔，夜也。《詩》云：樂酒今昔(一)。言可以終夜自娱樂也。昔，一作夕。**疏曰：**(一)“樂酒”句，係逸詩。

青色直眉，美目媔只。媔，黠也。言復有美女，體色青白，顔眉平直，美目竊眄，媔然黠慧，知人之意也。[補] 曰：青色，謂眉也。媔，音綿，美目貌。

靨輔奇牙，宜笑嘕只。嘕，笑貌也。言美女頰(一)有靨輔，口有奇牙，嘕然而笑，尤媚好也。輔，一作酺。［補］曰：靨，於牒切。酺，與輔同，扶羽切，頰車也。《左氏》：輔車相依(二)。《淮南》云：奇牙出(三)，䤈[①]酺摇。注云：將笑，故好齒出。䤈酺，頰邊文，婦人之媚也。又云：靨輔在頰前則好(四)。嘕，虚延切。**疏曰：**（一）頰，音夾，兩旁也。俗謂嘴巴，又酒窩。（二）"輔車相依"，見《左傳·僖五年》"春，晉侯殺其世子申生"傳。（三）"奇牙出"二句，見《淮南子》卷十九《修務訓》。[②]（四）"靨輔"句，見《淮南子》卷十七《説林訓》，"靨輔"作"靨酺"。[③]

校勘記：①"䤈"，原作"靨"，今據李刻本、明翻宋本、汲古閣本改。下文"䤈酺，頰邊文"同此。②此句上頁眉戴之麟題校補時地云：同上時地。③此句上頁眉戴之麟題校補時地云：戊子十月二十日上午，捄左補録。

豐肉微骨，體便娟只。便娟，好貌也。已解於上。［補］曰：便，平聲。

魂乎歸徠！恣所便只。便，猶安也。言所選美女五人，儀貌各異，恣魂所安，以侍棲宿也。［補］曰：便，平聲。

姚鼐曰："豐肉微骨"兩見，前言歌舞之容，此言留客娱夕之樂。

夏(一)屋廣大，沙堂秀只。沙，丹沙(二)也。言乃爲魂造作高殿峻屋，其中廣大，又以丹沙朱畫其堂，其形秀異，宜居處(三)也。**疏曰：**（一）夏，上聲，大也。（二）丹沙，即朱沙也。（三）處，上聲，居也。

姚鼐曰：列宫囿花鳥之備二條。[①②]

校勘記：①此句出沈伯經《古文辭類纂評注》，爲沈氏於頁眉所作評注，非姚鼐語。②此句上頁眉戴之麟題校補時地云：丁亥七月望日午前，韓庭。

南房小壇，房，室也。壇，猶堂也。［補］曰：壇，音善。觀絶霤只。觀，猶樓也。霤，屋宇也。言復有南房别室，閑静小堂，樓觀特高，與大[①]殿宇絶遠，宜游宴也。［補］曰：觀，音貫。《釋名》曰：觀者，於上觀望也。霤，音溜。《説文》曰：霤，屋水流也。《禮記》中霤(一)注云：古者複穴，是以名室爲霤云。**疏曰：**（一）中霤，見《禮記・郊特牲第十一》。②

校勘記：①“大”，原誤作“夫”，今據李刻本、明翻宋本、汲古閣本改。②此句上頁眉戴之麟題校補時地云：丁亥七夕午前，韓左个。

曲屋步壛，曲屋，周閣也。步壛，長砌(一)也。壛，一作櫚。［補］曰：《上林賦》(二)：步櫚周流。李善云：步櫚，長廊也。《集韻》：櫚，與檐同。壛，與閻(三)同。**疏曰：**（一）砌，七計切，階甃也。謂以玉飾砌也。亦作墄。（二）《上林賦》，司馬相如作。（三）閻，音鹽，里中門也。宜擾畜只。擾(一)，謹也。言南堂之外，復有曲屋周旋，閣道步壛，長砌其路，險狹宜乘擾謹之馬，周旋屈折，行游觀也。畜，一作嘼，一作獸。［補］曰：畜，音嗅。師古云：嘼者，人之所養，獸是山澤所育。故《爾雅》説牛、馬、羊、豕，即在《釋畜》；論麋、鹿、虎、豹，即在《釋獸》。《説文》云：嘼，犍(二)也。六畜之字，本自作嘼，後乃借畜養字爲之。**疏曰：**（一）擾，音澆，馴也，安也，順也。又畜養也。麟按：此謂曲屋步壛宜擾養牲畜也。六畜養之曰牲，用之曰嘼。又獸之初生謂之鼻。又陳、楚之間，凡人獸乳而雙產，謂之釐孳。《周禮・天官》“獸醫”注疏：“在山曰獸，在水曰畜。”（二）犍，音産，畜牲也，通作産。“嘼，犍也”諸句，見《説文句讀》卷三。此係撮取，原文作“犍，畜牲也。”①

校勘記：①此句上頁眉戴之麟題校補時地云：戊子七月二日午後，捄䕺補録。

騰駕步游，騰，馳(一)。**疏曰：**（一）馳下宜加“也”字。獵春囿只。春草始生，囿(一)中平易也。言從曲閣之路，可駕馬騰馳，而臨平易，又可步行遂往，田獵於春囿之中，取禽獸也。**疏曰：**（一）囿，音右，苑有垣也。《詩・大雅》“王在靈囿”疏：“囿者，築牆爲界域，而禽獸在其中也。”“王在”句，見《大雅・靈臺》篇。

瓊轂錯衡，金銀爲錯(一)。瓊，一作瑤。［補］曰：《詩》云：約軧(二)錯衡(三)。**疏曰：**（一）錯，昔各切。錯衡，文衡也，金涂也。（二）軧，音邸，大車後也。又音池，車兩尾也。（三）“約軝錯衡”，見《詩·采芑》篇。英華假(一)只。假，大也。言所乘之車，以玉飾轂，以金錯衡，英華照燿，大有光明也。假，一作嘏。［補］曰：假，大也。嘏，亦大也。**疏曰：**（一）嘏，宜叶故。

茝蘭桂樹，鬱彌(一)路只。言所行之道，皆羅桂樹，蘭香草，鬱鬱然滿路，動履芳潔，德義備也。茝，亦作芷。**疏曰：**（一）彌，音迷，徧也。

魂乎歸徠！恣志慮只。言魂乎徠歸[①]，居有大殿，宴有小堂，游有園囿，恣君所志而處(一)之也。慮，一作處。**疏曰：**（一）處，上聲。

校勘記：①“徠歸”，原誤作“歸徠”，今據李刻本、明翻宋本、汲古閣本改。

孔雀盈園，畜鸞皇只。畜，養也。言園中之禽，則有孔雀(一)羣聚，盈滿其中，又養鸞鳥、鳳皇，皆神智之鳥，可珍重也。畜，《釋文》作慉(二)。［補］曰：畜(三)，神六切。**疏曰：**（一）孔雀，見前《九歌》“孔蓋兮翠旌”疏。（二）慉，音畜，養也。（三）畜，攷《字典》無神六切。

鵾鴻羣晨，鵾(一)，鵾雞。鴻，鴻(二)鶴(三)也。**疏曰：**（一）鵾，音昆。似鶴，黄白色，長頸赤喙。（二）鴻，見前《思美人》“因歸鳥而致辭兮”疏。（三）鶴，見前《悲回風》“聲有隱而相感兮”疏。雜鶖鶬只。鶖(一)鶬(二)，鶬鶖[①]也。《詩》云：有鶖在梁(三)。言鵾雞鴻鶴，羣聚候時。鶴知夜半，鵾雞晨鳴，各知其職也。雜以鶖鶬之屬，鳴聲啾啾，各有節度也。［補］曰：鶖，音秋。**疏曰：**（一）鶖，即禿鶖，水禽，頭頸皆無毛，故名。亦作鶬鶬。狀如鶴，色蒼灰，張翼度五六尺。頭高六七尺，頂有皮，色紅，喙扁而黄，項下有胡囊，好啖蛇，性極貪惡。（二）鶬，見前“内鶬鴿鵠”疏。（三）“有鶖在梁”，見《詩·白華》下篇。

校勘記：①“鶖”，原作“鶬”，今據李刻本、明翻宋本、汲古閣本改。

鴻鵠代游，曼鷫鷞只。曼，曼衍也。鷫鷞(一)，俊鳥也。言復有鴻鵠，往來游戲，與鷫鷞俱飛，翩翻曼衍，無絶已也。曼，一作漫。鷞，一作鸘。［補］曰①：鷞、鸘，並音霜。鷫鷞，長頸緑身，其形似鴈。一曰鳳皇别名。馬融曰：其羽如紈，高首而修頸。《説文》曰：西方神鳥也。東方發明(二)，南方焦明(三)，西方鷫鷞，北方幽昌，中央鳳皇。**疏曰：**（一）鷫鷞，水鳥名，鴈屬。似鴈，長頸，羽色緑，皮可爲裘，霜時至暖地就暖。見《爾雅翼》。（二）發明，《説文》："鳥喙，大頸。"（三）焦明，亦作鷦鵬，形狀與幽昌均無考。《爾雅翼》，《辭源》巳集二二四頁爻部十畫："書名，宋羅願撰，洪焱祖音釋。三十二卷，凡《釋草》、《釋木》、《釋鳥》、《釋獸》、《釋蟲》、《釋魚》六篇，考據精博，體例精嚴，王應麟後序稱其即物精思，體用相涵，本末靡遺。非溢美也。"②

校勘記：①"補曰"，原脱，今據李刻本、明翻宋本、汲古閣本補。②此句旁行間戴之麟題校補時地云：己丑五月二十七日午後，新庭。

魂乎歸徠！鳳皇翔只。言所居園圃(一)，皆多俊大之鳥，咸有智謨(二)，魂宜來歸，若鳳皇之翔歸有德，就同志也。或曰①鸞、皇以下，皆大鳥，以喻仁智之士。言楚國多賢，魂宜來歸也。**疏曰：**（一）圃，音浦，又去聲，園也。種蔬菜曰圃，樹果蓏亦曰圃。又場所也。（二）謨，音模，議謀也，猶言計策。又謀爲也。

校勘記：①"曰"，原誤作"以"，今據李刻本、明翻宋本、汲古閣本改。

曼澤怡面，怡，懌(一)貌也。怡，一作台(二)。注云：台，澤貌也。**疏曰：**（一）懌，音亦，悦也。（二）台，音怡。血氣盛只。言魂來歸，已(一)則心志説樂，肌膚曼緻(二)，面貌怡懌，血氣充盛，身體强壯也。盛，一作晠(三)。**疏曰：**（一）已，當作懷王。曾是忠如屈原，自招其魂，而可以聲色、狗馬、貨利、游樂爲乎？（二）緻，音致，細膩也。（三）晠，古盛字。以下已字均倣此。

姚鼐曰："曼澤"八句，配前"姱修"十句章法。①

校勘記：①此句出沈伯經《古文辭類纂評注》，爲沈氏於頁眉所作評注，非姚鼐語。原文與此少異。

永宜厥身，保壽命只。言魂既還歸[1]，則與己身相共俱(一)生，長保壽命，終百年也。一云長保命只。**疏曰：**（一）俱，音居，平聲。

校勘記：①“還歸”，原誤作“歸還”，今據李刻本、明翻宋本、汲古閣本改。

室家(一)盈廷，爵禄盛只。言己(二)既保年壽，室家宗族，盈滿朝廷，人有爵禄，豪强族盛也。**疏曰：**（一）此室家指懷王言。對人民言，則爲國家；以懷王言，則仍室家也。（二）己，當指懷王。

魂乎歸徠！居室(一)定只。言官爵既崇，宗族既盛，則居家之道，大安定也。**疏曰：**（一）室，詳上句。

姚鼐曰：此上尚未出《小招》牢籠，此下五條鋪張善治，上追三王，非騷人恒徑矣。[1]

校勘記：①此句出沈伯經《古文辭類纂評注》，爲沈氏於頁眉所作評注，非姚鼐語。原文與此少異。

接徑千里，出若雲只。言楚國境界，徑路交接，方千餘里，中有隱士(一)，慕己徠出，集聚若雲也。**疏曰：**（一）隱士，有才德而隱居不出之人也。此謂楚地廣大，出産若雲之盛，足供祀神濟民之用，未可曲解。

三圭重侯，三圭(一)，謂公、侯、伯也。公執桓圭，侯執信圭，伯執躬圭，故言三圭也。重侯，謂子、男也，子、男共一爵，故言重侯也。［補］曰：公、侯、伯、子、男，同謂之諸侯。三圭比子、男爲重。**疏曰：**（一）圭，見前《天問》“伯昌號衰”疏。聽(一)類(二)神只。言楚國所包，中有公、侯、伯、子、男執玉圭之君，明於知人，聽愚賢[1]之類，别其善惡，昭然若神，能薦達賢人也。**疏曰：**（一）聽，順從也。（二）類，祭也。謂懷王之魂既復振作有爲，他國君侯，俱來順承，共祀神也。

校勘記：①"愚賢"，原誤作"賢愚"，今據李刻本、明翻宋本、汲古閣本改。

察篤(一)夭隱，篤，病也。早死爲夭。隱，匿也。夭，一作殀。**疏曰：**（一）察，考也。篤，厚也。謂考察夭隱，加以厚恩也。孤寡存只。言三圭之君，不但知賢愚之類，乃察知萬民之中，被篤疾病早殀①死，及隱逸之士，存(一)視孤寡而振贍之也。［補］曰：篤，厚也。**疏曰：**（一）存，恤也，謂並存恤孤寡也。

校勘記：①"殀"，原作"夭"，今據李刻本、明翻宋本、汲古閣本改。

魂兮歸徠！正始昆只。昆(一)，後也。言楚國公侯昭明，魂宜來歸，遂忠信之志，正終始之行，必顯用也。兮，一作乎。**疏曰：**（一）昆，音坤。

姚鼐曰："始昆"一條領起。①

校勘記：①此句出沈伯經《古文辭類纂評注》，爲沈氏於頁眉所作評注，非姚鼐語。

田邑千畛，田，野也。畛，田上道也。邑(一)，都邑也。《詩》云：徂隰(二)(三)徂畛。［補］曰：畛，之忍切。**疏曰：**（一）邑，里也。（二）"徂隰"句，見《詩・載芟》篇。徂，平聲，往也。又及也。（三）隰，音習，下濕地也。又新發田也。人阜昌只。阜(一)，盛也。昌，熾也。言楚國田野廣大，道路千數，都邑衆多，人民熾盛，所有肥饒，樂於他國也。**疏曰：**（一）阜，音負。

姚鼐曰：阜民肅法一條。①

校勘記：①此句出沈伯經《古文辭類纂評注》，爲沈氏於頁眉所作評注，非姚鼐語。

美冒衆流，冒，覆(一)。**疏曰：**（一）覆下宜加"也"字。德澤章只。章，明也。言楚國有美善之化，覆冒羣下(一)，流於衆庶，德澤之惠，甚①著明也。**疏曰：**

(一) 下，上聲。

校勘記：①"甚"，原誤作"最"，今據李刻本、明翻宋本、汲古閣本改。

先威後文，威，武(一)。**疏曰：**(一) 武下宜加"也"字。善美明(一)只。言楚國爲政，先以威武嚴民，後以文德撫之，用法誠善美，而君明臣直，魂宜還①歸也。**疏曰：**(一) 明，叶茫。

校勘記：①"還"，原誤作"來"，今據李刻本、明翻宋本、汲古閣本改。

魂乎歸徠！賞罰當只。言君明臣正，賞善罰惡，各當其所也。一作徠歸。[補] 曰：當(一)，平聲。**疏曰：**(一) 當，去聲，宜曰叶平聲。

名聲若日，照四海只。言楚王方建道德名聲，光輝若日之明，照見四海，盡知賢愚。照，一作昭。

姚鼐曰：德教遠被一條。①

校勘記：①此句出沈伯經《古文辭類纂評注》，爲沈氏於頁眉所作評注，非姚鼐語。

德譽配天，萬民理只。言楚王修德於内，榮譽(一)外發，功德配(二)天，能理萬民之冤結也。理，一作治。一本此二句次"善美明只"之後。**疏曰：**(一) 譽，音余，又去聲，稱人之美也。(二) 配，坏去聲。匹也，對也。

北至幽陵，幽陵，猶幽州也。**疏曰：**見下"東窮"句疏。南交阯只。交阯①(一)，地名。[補] 曰：《記》云：南方曰蠻(二)，雕題、交趾。注云：交趾，足相鄉(三)。《後漢書》云：其俗男女同川而浴(四)，故曰交阯。阯與趾同。《輿地志》(五)云：其夷足大指開析，兩足並立，指則相交。**疏曰：**(一) 交阯，見前《天問》"厥利惟何"疏。(二)"南方"二句，見《禮記・王制第五》。(三) 鄉，讀去聲，同向。(四)"其俗”二句，見《後漢書卷一百十六·南蠻西南夷傳第七十六·南蠻傳》。[②]（五）《輿地志》，《舊唐書》卷四十六《經籍上》地理類：“三十卷，顧野王撰。”[③]

校勘記：①“阯”，明翻宋本、汲古閣本作“趾”。②此句上頁眉戴之麟題校補時地云：戊子十月八日上午，捄左補録。③此句上頁眉戴之麟題校補時地云：己丑五月二十八日上午，新庭。

西薄羊腸，羊腸，山名。［補］曰：《戰國策》注云：羊腸（一），趙（二）險塞名，山形屈辟，狀如羊腸。今在太原晉陽（三）之西北。**疏曰：**（一）羊腸極細，狀其路徑之險窄似之，非謂其山形也。（二）趙，見前《離騷》“朝發軔於蒼梧兮”疏。（三）太原晉陽，在今山西省。“羊腸”諸句，見《戰國策·周二》“即趙羊腸以上危”注，句末有“也”字。[①]東窮海只。言榮譽流行，周徧四極，無遠不聞也。［補］曰：《書》云：東漸于海（一），西被于流沙，朔南暨聲教訖于四海。《史記》曰：北至于幽陵（二），南至于交阯（三），西至于流沙，東至于蟠木（四）。《淮南》曰：南至交阯（五），北至幽都（六），東至陽谷，西至三危。**疏曰：**（一）“東漸”諸句，見《書·禹貢》。（二）幽陵，即幽州。顓頊制九州，北至幽陵。參看前《遠游》“夕始臨乎於微閭”疏。（三）“北至於幽陵”諸句，見《史記一·五帝本紀第一》“帝顓頊高陽者”節。[②]（四）蟠木，東海中山也。“高辛氏建九州”注：“領萬國，西至流沙，東至蟠木。”麟按：殆指扶桑也。（五）“南至交阯”四句，見《淮南子》卷九《主術訓》。（六）幽都，《書》：“朔方曰幽都。”唐幽州范陽郡有幽都縣，今京兆宛平縣治。

校勘記：①此句上頁眉戴之麟題校補時地云：戊子五月四日上午，救左補録。②此句旁頁邊戴之麟題校補時地云：戊子九月十一日午後，捄左補録。

魂乎歸徠！尚賢士只。言魂急歸徠，楚方尚進賢士，必見進用也。一作徠歸。一云：尚進士只。一云：進賢士只。

姚鼐曰：“尚賢士”拖出下條登崇賢俊，招引尤切。[①]

校勘記：①此句出沈伯經《古文辭類纂評注》，爲沈氏於頁眉所作評注，非姚鼐語。原文與此少異。

發政獻行，獻，進(一)。**疏曰：**（一）進下宜加“也”字。禁苛暴(一)只。言楚王發教施令①，進用仁義之行，禁絶苛刻暴虐之人也。禁，一作絶。**疏曰：**（一）暴，宜叶卑。

校勘記：①“楚王發教施令”，原誤作“楚國發政施令”，今據李刻本、明翻宋本、汲古閣本改。

舉傑壓陛，一國之高爲傑。壓，抑也。陛(一)，階次也。壓，一作厭。陛，一作階。［補］曰：厭，於甲切。**疏曰：**（一）陛，弼禮切。誅譏罷只。譏，非也。罷，駑(一)也。言楚國選舉，必先升用傑俊之士，壓抑無德，不由階次之人，非惡罷駑，誅而去之。［補］曰：罷，音疲。**疏曰：**（一）駑，音奴，最下之馬也。引申之，凡才能下等者曰駑。

直贏在位，贏，餘(一)。［補］曰：贏，音盈。《説文》云：有餘賈(二)利也。**疏曰：**（一）餘下宜加“也”字。（二）賈，音古。麟按：此謂正直之人在位，綽有餘也。近禹麾(一)只。禹，聖王，明於知人。麾，舉手也。言忠直之人，皆在顯位，復有贏①餘賢俊，以爲儲(二)副(三)，誠近夏禹指麾取士，一國之人，悉進之也。一云誠近夏(四)禹所稱(五)，舉賢人之意也。**疏曰：**（一）麾，音揮。（二）儲，音除。（三）副，音赴。佐也，貳也，助也。言相助爲理者也，猶俗言副手。（四）夏，上聲。（五）稱，去聲，適物之宜也，猶言合式。

校勘記：①“贏”，原誤作“盈”，今據李刻本、明翻宋本、汲古閣本改。

豪傑執政，千人才曰豪，萬人才曰傑。傑，一作俊。執，一作理。流澤施只。言豪傑賢士，執持國政，惠澤流行，無不被其施(一)也。**疏曰：**（一）施，行也。

魂乎徠歸！國家爲只。言魂乎急徠歸，爲國家作輔佐也。［補］曰：據注，爲(一)，去聲。**疏曰：**（一）爲，宜讀平聲，作爲也。此謂懷王魂宜急歸，舉用賢才，佐理國家也。

雄雄赫赫，天德明(一)只。雄雄赫赫，威勢盛也。言楚王有雄雄之威，赫赫之勇，德配天地，體性高明，宜爲(二)盡節也。**疏曰：** 此謂懷王之魂既復，舉賢任能，共爲國家，聲勢自必雄赫，天賦之德益明也。（一）明，叶茫。（二）“宜爲”句欠酌。

姚鼐曰： 末條寫出明廷雄穆氣象，歸宿全文，高絶。[①]

校勘記： ①此句出沈伯經《古文辭類纂評注》，爲沈氏於頁眉所作評注，非姚鼐語。原文與此少異。

三公(一)穆穆，穆穆，和美貌。**疏曰：**（一）三公，太師、太傅、太保也。登降堂只。言楚有三公，其位尊高，穆穆而美，上(一)下玉堂，與君議政，宜急徠歸，處履之也。降，一作玉。**疏曰：** 楚僭王已久，故可稱其執政或曰三公。（一）上，上聲。

諸侯畢極[①]，立九卿(一)只。言楚選置三公，先用諸侯，盡極，乃立九卿(二)以續之，用士有道，不失其次序也。**疏曰：**（一）卿，叶匡。（二）九卿，見前《遠游》“問太微之所居”疏。此謂俊傑在位，政修國强，諸侯畏威咸至，足王天下，立九卿。指爲宋玉招屈子可乎？

校勘記： ①“極”，原誤作“集”，今據李刻本、明翻宋本、汲古閣本改。

昭質既設，昭質，謂明旦也。［補］曰：《記》云：質明而始行事(一)。**疏曰：**（一）“質明”句，見《禮記·禮器第十》，又《聘義第四八》。大侯張只。侯，謂所射布也。王者當制服諸侯，故名布爲侯而射之。古者，選士必於鄉射。心端忠[①]正，射則能中(一)，所以别賢不肖也。言楚王選士，必於鄉射，明旦既設禮，張施大侯，使衆射之，中(一)則舉進，不中(一)退卻，各以能陞，民無怨望也。［補］曰：射侯，見《周官·考工記》(二)、《禮記·射義》(三)。**疏曰：**（一）三“中”字，去聲。（二）《考工記》，《周禮》篇名。（三）《射義》，係《禮記》第四十六篇。

校勘記： ①“忠”，金陵書局本作“志”。

執弓挾矢，挾，持也。矢，箭也。揖辭讓(一)只。上手爲揖，言衆士將射，已持弓箭，必先舉手以相辭讓，進退有禮，不失威儀也。一云：揖讓辭只。**疏曰：**（一）讓，叶襄。此謂諸侯或來聘問，舉宴禮，行射儀，必相揖讓，用以歆懷王，冀其魂之必復也。

魂乎徠歸！尚三王只。尚，上也。三王，禹、湯、文王也。言魂急徠歸，楚國舉士，上法夏(一)、殷、周，衆賢並進，無有遺失也。**疏曰：**（一）夏，上聲。

姚鼐曰：尚三王，點眼法，洵得屈原心事。① 麟按：此語最合，故吾斷爲屈子作，另有辯。

朱子曰：起六句言春氣既發，幽暗冰凍之地，無不周浹流行。故魂之散而未盡者，亦隨時感動，而無所逃祭義。雨露既濡，必有怵惕之心，意亦如此。非嘗覃思於有無動静之間者，不能知也。②

張皐文曰：《大招》，設頌之詞也。若曰能用屈子，則樂與人同，而王業成耳。"青春受謝，白日昭只"，君明政新也。

吴至父曰：文字古質，而義則視《招魂》爲儉，奇麗亦稍遜之。

浦二田曰：《大招》，亦招魂也。朱子稱醇古深靖，近於儒者。蓋喜其不爲悲颯之音，而要之致王也。其南風之競乎？兩《招》一艷一雅，決當兩存。**按：**合吴評均節録。

校勘記：①此句出沈伯經《古文辭類纂評注》，爲沈氏於頁眉所作評注，非姚鼐語。原文與此少異。②此句上頁眉戴之麟題校補時地云：丁亥七月二十一日午前，韓左个。

楚辭補注疏卷第十一

惜誓章句第十一　楚辭

《惜誓》者，不知誰所作也。或曰賈誼，疑不能明也。《漢書》：賈誼，洛陽人。文帝召爲博士，議以誼任公卿。絳灌(一)之屬毀誼，天子亦疏之，以誼爲長沙王太傅(二)。意不自得，及度湘水，爲賦以弔屈原。賦云：所貴聖之神德兮，遠濁世而自藏。使麒麟可係而羈兮，豈云異夫犬羊。又曰：鳳皇翔于千仞兮，覽德煇[①]而下之。見細德之險微兮，遥增擊而去之。彼尋常之汙瀆兮，豈容吞舟之魚。横江潭之鱣鯨兮，固將制於螻蟻。與此語意頗同。惜者，哀也。誓者，信也，約也。言哀惜懷王(三)，與己信約，而復背之也。古者君臣將共爲治，必以信誓相約，然後言乃從一作從之。而身以親也。蓋刺懷王有始而無終也。

疏曰：（一）絳，絳侯周勃也。灌，灌夫也。（二）《史記索隱》曰："誼爲傅，是吴芮之玄孫差襲長沙之時也，非景帝長沙王發也。《荆州記》：'長沙城西北隅有賈誼祠及誼坐石牀在也。'"《正義》曰："傅爲長沙靖王差之二十七年也。誼宅在長沙縣南三十步。"參看前卷一篇目"惜誓第十一"疏四。[②]（三）即本文"惜余"句，與言哀惜懷王句觀之，誼死年僅三十餘，又不與懷王同時，何用刺爲？亦不能言己謂爲原代作，則小序"與己信約，而復背之"句欠通，作夏五郭公之闕可耳。

校勘記：①"煇"，原作"輝"，今據李刻本、明翻宋本、汲古閣本改。②此句上頁眉戴之麟題校補時地云：戊子九月十二日上午，捄左校。

惜余年老而日衰兮，歲忽忽而不反。言哀己年歲已老，氣力衰微，歲月卒(一)過(二)，忽然不還，而功不成，德不立也。**疏曰：**（一）卒，音促。（二）過，平聲。

朱子曰：瓌①異奇偉。

校勘記：①“瓌”，原誤作“瑋”，今據《楚辭集注》改。

登蒼天而高舉兮，歷衆山而日遠。言己想得道真，上(一)升蒼天，高抗志行，經歷衆山，去我鄉邑，日以遠也。**疏曰：**（一）上，上聲。

觀江河之紆(一)曲兮，離(二)四海之霑濡。言己遂見江河之紆曲，志爲(三)盤結；遇四海之風波，衣爲(三)濡濕。心愁身苦，憂悲且思也。遇，一作過(四)。**疏曰：**（一）紆，音迂，屈曲縈繞也。（二）離，遭也。（三）兩“爲”字，去聲。（四）過，平聲。

攀北極而一息兮，吸沆瀣以充虛。言己周流行求道真，冀得上攀北極之星，且中休息，吸清和之氣，以充空虛，療飢渴也。以，一作㠯(七)。［補］曰：《晉志》(一)云：北極(四)五星，天運無窮。三光迭(五)耀，而極星不移。故曰居其所(二)而衆星共(六)之。沆瀣(三)，已見。**疏曰：**（一）《晉志》，唐房喬等撰《晉書》中之一種，共二十卷。（二）“居其所”句，見《論語》上《爲政》篇。（三）沆瀣，見前《遠游》“餐六氣而飲沆瀣兮”疏。（四）北極，參看同上“舉斗柄以爲麾兮”疏。“北極五星”五句，見《晉書》卷十一《天文志》“中宮”條，“五星”下節“鉤陳六星，皆在紫宮中。北極，北辰最尊者也，其紐星天之樞也”諸句。《晉書》，唐太宗撰，此志爲其二十志之一。①（五）迭，更也。（六）共，音拱，向也。（七）㠯，古以字，可通用。麟按：北辰即北斗，以年言可指十二方，如正月指寅；以日言可指十二時，如子時。指北方是。

校勘記：①此句上頁眉戴之麟題校補時地云：戊子八月七日午間，縣中補録。

飛朱鳥使先驅兮，駕太一之象輿。言己吸天元氣，得其道真。即朱雀神鳥爲我先導，遂乘太一(一)神象之轝(二)，而游戲也。［補］曰：《淮南》云：左青龍(三)，右白虎，前朱鳥①，後玄武。注云：角、亢爲青龍，參、伐②爲白虎，星、張爲朱鳥，斗、牛爲玄武。沈存中云：朱雀莫知何物，但謂鳥而朱者，羽族赤而翔上，集必附木，此火之象也。或云：鳥，即鳳也。然天文家朱鳥，乃取象於鶉。南方七宿，曰鶉首、鶉火、鶉尾是也。**疏曰：**（一）太一，見前《九歌》"東皇太一"疏。（二）轝，同輿。（三）"左青龍"四句，見《淮南子》十五《兵略訓》。

校勘記：①"鳥"，原誤作"雀"，今據李刻本、明翻宋本、汲古閣本改。②"伐"，原誤作"井"，今據李刻本、明翻宋本、汲古閣本改。

蒼龍蚴虯於左驂兮，白虎騁（一）而爲右騑（二）。言己德合神明，則駕蒼龍，驂白[①]虎，其狀蚴虯有威容也。［補］曰：蚴，於糾切。虯，渠糾切。騑，音妃。**疏曰：**（一）騁，音逞，直馳也。（二）騑，驂馬也。一轅四馬，中兩馬曰服，旁兩馬曰驂，亦曰騑。

校勘記：①"白"，原誤作"北"，今據李刻本、明翻宋本、汲古閣本改。

建日月以爲蓋兮，載玉女於後車。言己乃立日月之光，以爲車蓋。載玉女於後車，以侍棲宿也。［補］曰：《大人賦》（一）云：載玉女（二）而與之歸。張揖（三）曰：玉女，青要、乘弋等也。**疏曰：**（一）《大人賦》，司馬相如作。（二）玉女，仙女也。（三）張揖，見前《遠游》"耀靈曄而西征"疏。

馳騖於杳冥之中兮，休息虖（一）崑崙之墟（二）。言己雖馳騖杳冥之中，修善不倦，休息崑崙之山，以游觀也。騖，一作鶩。虖，一作乎。［補］曰：《說文》：虛（二），大丘也。丘於切。崑崙丘，或謂之崑崙虛。或從土。**疏曰：**（一）虖，古乎字，後同。（二）虛、墟古通。

姚鼐曰：居益高而所見愈廣也。[①]

校勘記：①此句出沈伯經《古文辭類纂評注》，爲沈氏於頁眉所作評注，非姚鼐語。原文與此少異。

樂窮極而不猒（一）兮，願從（二）容虖神明（三）。言己周行觀望，樂（四）無窮極，志猶不猒，願復與神明俱游戲也。虖，一作乎。**疏曰：**（一）猒，同厭，平聲，足也。（二）從，音沖。（三）明，叶茫。（四）樂，音洛。

涉丹水而駝騁兮，丹水(一)，猶赤水也。《淮南》言赤水(二)出崑崙也。駝，一作馳。**疏曰：**（一）丹水，即丹淵。見前《離騷》"遵赤水而容與"疏。（二）"赤水"句，見《淮南子》卷四《墜形訓》，原作"赤水出其东南陬"，承上文而言也，無"崑崙"二字，多一"也"字。右大夏(一)之遺風(二)。大夏，外國名也。在西南。言己復渡丹水而馳騁，顧見大夏之俗，思念楚國也。［補］曰：《淮南》云：九州(三)之外有八殥(四)。西北方曰大夏。**疏曰：**（一）夏，上聲。大夏亦曰海澤，西域古國名，希臘人所建，在阿母河南，本無大君長，兵弱畏戰，后臣於月氏。西史稱爲巴克特里亞，即今阿富汗北部之地。又晉時十六國之一，匈奴赫連勃勃稱大夏天王，據朔北，統萬城，有今陝西北部、甘肅東北部及內蒙古鄂爾多斯之地，凡三主，二十五年。又宋時李元昊亦稱大夏，皆沿其稱也。又河名，爲今之三岔河，在甘肅狄道縣西北，入於洮河。又古之灕水，今曰大夏河，源出循化縣東南青海境內，番名阿拉藏河，北流折東南，入導河縣，又東流折北，入於黄河。又縣名，漢置，唐没於吐番，故城在甘肅導河縣東南，前涼張駿置大夏郡於此。（二）風，叶方。（三）"九州"二句，見《淮南子》卷四《墜形訓》。（四）八殥，《淮南子》注："殥，猶遠也。"殥，讀若胤嗣之胤。亦作八寅、八演。

黄鵠之一舉兮，知山川①之紆曲。再舉兮，睹天地之圜方。言黄鵠(一)養其羽翼，一飛則見山川之屈曲，再舉則知天地之圜方。居身益高，所睹愈遠也。以言賢者亦宜高望遠慮，以知君之賢愚也。黄，一作鴻。一，或作壹。睹，一作覩，一作知。［補］曰：始元(二)中，黄鵠下建章宫太液池中。師古云：黄鵠，大鳥，一舉千里，非白鵠也。**疏曰：**（一）黄鵠，見前《天問》"緣鵠飾玉"疏。（二）始元，漢昭帝年號。

校勘記：①"山川"，原誤作"天地"，今據李刻本、明翻宋本、汲古閣本改。

臨中國之衆人兮，託回飇乎尚羊。尚羊，游戲也。言己臨見楚國之中，衆人貪佞，故託回風，遠行游戲也。一云：託回風乎倘佯。［補］曰：尚，音常，與倘同。

飈，《集韻》作飆，音標。

乃至少原之壄兮，少(一)原之壄(二)，仙人所居。壄，一作野。**疏曰：**（一）少，去聲。（二）壄，古野字。赤松王喬皆在旁。言遂至衆仙所居，而見赤松子(一)與王喬也。喬，一作僑。［補］曰：《淮南》云：王喬(二)、赤松去塵埃之間(三)，離羣慝之紛，吸陰陽之和，食天地之精。蹀虛輕舉，乘雲游霧。**疏曰：**（一）赤松，見前《遠游》"聞赤松之清塵兮"疏。（二）王喬，見前《天問》"安得夫良藥"疏。（三）"王喬"七句，見《淮南子》第二十《泰族訓》，"食天地"句下有"呼而出故，吸而入新"八字。①

校勘記：①此句上頁眉戴之麟題校補時地云：丁亥六月二十一日午後。

二子擁瑟而調(一)均(二)兮，均，亦調也。［補］曰：《國語》云：律者，所以立均出度也。**疏曰：**（一）調，音條，和也。（二）均，古韻字，謂赤、王二仙抱瑟而調和其聲韻也。"律者"句，見《國語三・周語下》景王二十三年（即魯昭公二十年）"王將鑄無射"傳。①余因稱乎清商。清商(一)，歌曲也。言赤松、王喬見己歡喜，持瑟調弦而歌。我因稱清商之曲最爲善也。**疏曰：**（一）清商，音調也。律調有七：宮、商、角、徵、羽、少宮、少商，清商或即少商也。商主西方悲音，故曰"稱乎清商"。

校勘記：①此句上頁眉戴之麟題校補時地云：戊子五月十四日午後，拯左更正。

澹然而自樂兮，澹，一作淡。吸衆氣而翺翔。衆氣，謂朝霞(一)、正陽、淪陰、沆瀣之氣也。言己得與松喬相對，心中澹(二)然而自欣樂(三)，倶吸衆氣而游戲。**疏曰：**（一）朝霞等氣，見前《遠游》"餐六氣而飲沆瀣兮"疏。（二）澹、淡同。（三）樂，音洛。

念我長生而久僊兮，不如反余之故鄉。言屈原設去世離俗，遭遇真人，雖得長生久僊(一)，意不甘樂，猶思楚國，念故鄉。忠信之至，恩義之篤也。**疏曰：**（一）僊，同仙。

黄鵠後時而寄處兮，鴟梟羣而制之。言黄鵠一飛千里，常集高山茂林之上，設後時而欲寄處，則鴟梟羣聚，禁而制之，不得止也。言賢者失時，後輩亦爲讒佞所排逐。一作鴻鵠。［補］曰：鴟，稱脂切。鴟鵂(一)，怪鳥。梟，堅堯切，不孝鳥。**疏曰：**（一）鵂，同梟，見前《天問》“鴟龜曳銜”疏。

神龍失水而陸居兮，爲(一)螻蟻(二)之所裁(三)。螻，螻蛄也。蟻，蚍蜉也。裁，制也。言神龍常潛深水，設其失水，居於陵陸之地，則爲(一)螻蟻①、蚍蜉所裁制，而見啄齧②也。以言賢者不居廟堂，則爲(一)俗人所侵害也。蟻，一作螘(四)。［補］曰：螻，音樓。《管子》曰：蛟龍(五)，水蟲之神者也。乘於水則神立，失於水則神廢。《莊子》曰：吞舟之魚(六)碭(七)而失水，則蟻能苦之。**疏曰：**（一）各“爲”字，去聲。（二）螻蟻，見前《招魂③》“赤螘若象”疏。（三）裁，叶之。（四）蟻、螘古通用。（五）蛟龍，見前《離騷》“麾蛟龍使津梁兮”疏。“蛟龍”句，見《管子·形勢解第六十四》。（六）“吞舟之魚”諸句，見《莊子·庚桑楚》篇。（七）碭，音宕，蕩溢也。

校勘記：①“蟻”，原誤作“蛄”，今據李刻本、明翻宋本、汲古閣本改。②“齧”，原作“囓”，今據李刻本、明翻宋本、汲古閣本改。③“招魂”，原誤作“天問”，今據前文改。

夫黄鵠神龍猶如此兮，況賢者之逢亂世哉(一)！言黄鵠能飛翔，神龍能存能亡，奄(二)然失所，爲(三)鴟梟、螻蟻所制，其困如此。何況賢者，身無爵禄，爲俗人所困侮(四)，固其宜也。**疏曰：**（一）哉，叶基。（二）奄，忽也。（三）爲，去聲。（四）侮，音武，辱也。

姚鼐曰：轉入正文。

壽冉冉(一)而日衰兮，固儃回而不息。儃回，運轉也。言己年壽日以衰老，而楚國羣臣承順君非，隨之運轉，常不止息也。固，一作國。儃，一作邅。**疏曰：**（一）冉冉，行貌，音染。麟按：第二句承上言歲月流行不止，乃牽及楚臣何也？又何以處下句乎？

俗流從而不止兮，衆枉聚而矯直。枉，邪也。矯(一)，正也。言楚國俗人流從諂諛，不可禁止(二)，衆邪羣聚，反欲正忠直之士，使隨之也。**疏曰：**（一）矯，讀如皎。僞造、妄託曰矯。（二）止，息也。謂流俗人居心枉曲不止，反僞造妄託，使正直不見用於世也。

或偷合而苟進兮，或隱居而深藏。言士有偷合於世，苟欲進取，以得爵位。或有修行德義，隱藏深山，而君不照知也。

苦稱量之不審兮，稱所以知輕重，量所以别多少。［補］曰：稱、量，並平聲。同權槩而就衡(一)。槩，平也。權、衡，皆稱也。言患苦衆人，稱物量穀，不知審其多少，同其稱平，以失情實，則使衆人怨也。以言君不稱量士之賢愚，而同用之，則使智者恨也。［補］曰：權，稱錘也。槩，平斛(二)木也。衡，平也。**疏曰：**（一）衡，叶杭。麟按：此謂用人若量穀稱物，當使各得其平，今苦於不審也。（二）斛，音忽，量名。或曰五斗，或曰十斗。

或推迻而苟容兮，或直言之諤諤。言臣承順君非，可推可迻，苟自容入以得高位。有直言諤諤，諫正君非，而反放棄之也。迻(一)，一作移。諤(二)，《釋文》作讍。**疏曰：**（一）迻、移同。（二）諤、讍同。①

校勘記：①此句上頁眉戴之麟題校補時地云：戊子四月二十四日上午，拺左補録。

傷誠是之不察兮，並紉茅絲以爲索。單爲紉，合爲索。言己誠傷念君待遇苟合之人與忠直之士，曾無别異，猶並紉絲與茅共爲索也。一云：並繩絲以爲索。注云：單爲繩，合爲索。［補］曰：紉(一)，女巾切。**疏曰：**（一）紉，猶俗言搓或紡也。

方世俗之幽昏兮，幽昏，不明也①。眩白黑之美惡。眩，惑也。言方今之世，君臣不明，惑於貪濁，眩於白黑，不能知人善惡之情也。一本"眩"下(一)有"於"字。**疏曰：**（一）下，上聲。

校勘記：①“幽昏，不明也”，原脱，今據李刻本、明翻宋本、汲古閣本補。

放山淵之龜玉兮，龜可以決吉凶，故人亦瑤(一)之。放，棄也。**疏曰**：（一）瑤，古寶字。相與貴夫礫(一)石(二)。小石爲礫。言世人皆棄崑山之玉，大澤之龜，反相與貴重小石也。言闇君貴佞僞，賤忠直也。**疏曰**：（一）礫，音歷。（二）石，叶灼。

梅伯數(一)諫而至醢兮，已解於《離騷經》。醢，一作菹。一云：至菹醢兮。［補］曰：梅，音浼(二)。**疏曰**：（一）數，音朔。（二）浼，音美，又音免。來革順志而用國。來革，紂(一)佞臣也。言來革佞諛，從順紂意，故得顯用，持國權也。**疏曰**：（一）紂，音走。

悲仁人之盡節兮，反爲小人之所賊。言哀傷梅伯盡忠直之節，諫正於紂，反爲(一)來革所譖(二)，而被賊害也。**疏曰**：（一）爲，去聲。（二）譖，音正，進讒言也。

比干忠諫而剖心兮，剖，一作割。箕子被髮而佯狂。已解於《九章》。佯，一作詳。［補］曰：詳，與佯同。

水背流而源竭兮，竭，《釋文》作渴。［補］曰：渴，音竭，水盡也。木去根而不長。言水横流，背其源泉，則枯竭，木去其根株，則枝葉不長也。以言人背仁義、違忠信，亦將遇害也。

非重軀以慮難兮，惜傷身之無功(一)。言己非重愛①我身，以慮難而不竭忠，誠傷生於世間，無功德於民也。軀，一作體。**疏曰**：（一）功，叶光。

校勘記：①“愛”，原誤作“憂”，今據李刻本、明翻宋本、汲古閣本改。

已矣哉！獨不見夫鸞鳳之高翔兮，乃集大皇之壄(一)。大皇之壄，大荒之藪(二)。一無“夫”字。大，一作太。壄，一作野。一注云：皇，美也。大，美之藪。**疏曰：**（一）壄，古野字。（二）藪，水草叢生處也。不可從，以非鸞鳳之所集也。

姚鼐曰：通篇瓌異偉奇，不愧少年之才。

循四極而回周兮，見盛德而後下。言鸞鳥、鳳皇乃高飛於大荒之野，循於四極，回旋而戲，見仁聖之王，乃下來集歸於有德也。以言賢者亦宜處(一)山澤之中，周流觀望，見高明之君，乃當仕也。回，一作佪。而回周兮，一作以周覽兮。**疏曰：**（一）處，上聲。

彼聖人之神德兮，遠濁世而自藏。言彼神智之鳥，乃與聖人合德。見非其時，則遠藏匿跡。言己亦宜①効(一)之也。**疏曰：**（一）効，俗效字。效，法也。此當作法解。

校勘記：①“宜”，原誤作“欲”，今據李刻本、明翻宋本、汲古閣本改。

使麒麟(一)可得羈而係兮，一無“得”字。一本“係”下有“之”字。**疏曰：**（一）麒麟，見前《離騷》“乘騏驥以馳騁兮”疏。又何以異虖犬羊？言麒麟仁智之獸，遠見避害，常藏隱①不見，有聖德之君乃肯來出。如使可得羈係而畜之，則與犬羊無異，不足貴也。言賢者亦以不可枉屈爲高，如可趨走，亦不足稱也。虖(一)，一作乎，一作夫。**疏曰：**（一）虖，古乎字。②

校勘記：①“藏隱”，原誤作“隱藏”，今據李刻本、明翻宋本、汲古閣本改。②此句上頁眉戴之麟題校補時地云：戊子二月一日上午，韓左个。

楚辭補注疏卷第十二

招隱士章句第十二　楚辭

《招隱士》者，淮南小山之所作也。昔淮南王安，博雅好（一）古，招懷天下俊偉之士。《漢書》：淮南王安好書，招致賓客數千人，作爲内外書甚衆。自八公（二）之徒，咸慕其德，而歸其仁，《神仙傳》曰：八公詣門，王執弟子之禮。後八公與安俱仙去。各竭才智，竭，一作擅。著作篇章，分造辭賦，以類相從，故或稱小山，或稱大山。其義猶《詩》有《小雅》、《大雅》（三）也。《漢·藝文志》（四）有淮南王羣臣賦四十四篇。小山之徒，閔傷屈原，又怪其文昇天乘雲，役使百神，似若仙者，雖身沈没，名德顯聞，與隱處（五）山澤無異，故作《招隱士》之賦，以章其志也。也，一作云邇。**疏曰：**邇，宜作爾方合。

疏曰：（一）去聲。（二）晉初以太宰、太傅、太保、太尉、司徒、司空、大司馬、大將軍爲八公。《神仙傳》："淮南王安好儒學方技，有八公往詣之，化爲十五童子，露髻著鬢，色如桃花。王徒跣出迎。"按《小學紺珠》："淮南八公：左吴、李尚、蘇飛、田由、毛被、雷被、晉昌、伍被。"非必皆神仙也。見《辭源》子集二七〇頁八部，并據逸此序，謂爲文學之士，蓋固文學後或仙去者也。（三）見前"楚辭補注卷第一"疏。（四）班固撰，見前《漁父》"遂去，不復與言"疏。（五）上聲。

桂樹叢生兮，桂樹芬香，以興（一）屈原之忠貞也。［補］曰：郭璞（二）云：桂（三），白華（四），叢生山峰，冬常青，間無雜木。**疏曰：**（一）興，去聲。（二）郭璞，見前"楚辭補注卷第一"疏。（三）桂，見前《離騷》"雜申椒與菌桂兮"疏。（四）華，同花。山之幽，遠(一)去朝(二)廷，而隱藏也。**疏曰：**（一）遠，去聲。（二）朝，音曹。

偃蹇(一)連蜷(二)兮，容貌美好，悳(三)茂盛也。蜷，一作卷。［補］曰：音權。**疏曰：**（一）偃蹇，夭矯也，沿用爲傲慢之義。《左傳》："彼皆偃蹇"。凡物之高盛者皆曰偃蹇。又前《東皇太一》篇注："舉貌。"王逸賦："飛梁偃蹇以虹指。"注："曲貌。"（二）連蜷，長曲貌。揚雄賦："蛟龍連蜷於山厓兮"，亦作"連卷"。又巫迎神道引貌。麟按：此謂桂幹高盛而枝長曲也。（三）悳，古德字。"蛟龍"句，見《文選》七《甘泉賦》。① "彼皆偃蹇"，見《左・哀六年》"春，晉伐鮮虞"傳。② "飛梁"句，見《文選》十一《魯靈光殿賦》，注引《後漢書・逸傳》謂其子延壽作，壽字文考。③ 枝相繚。仁義交錯，條理成也。以言才德高明，宜輔賢君爲貞幹也。五臣云：皆樹之美貌，亦喻原之美行。［補］曰：繚(一)，紐(二)也，居休切。**疏曰：**（一）繚，繞也。（二）紐，你有切。系也，結也。

姚鼐曰：以"桂樹"與"桂枝"句兩應，有情。尋常春草，略加咏嘆，一往情深，試思其故。

校勘記：①此句上頁眉戴之麟題校補時地云：戊子二月八日午間，韓左个。②此句上頁眉戴之麟題校補時地云：戊子五月十六日上午，捄左補録。③此句旁頁邊戴之麟題校補時地云：同"蛟龍"句日地午後。

山氣巃嵸兮，岑(一)崟(二)嵾嵯(三)，雲滃(四)鬱也。巃(五)，一作巄。五臣云：巃嵸，雲氣貌。［補］曰：巃，力孔切。嵸，音總①，山孤貌。**疏曰：**（一）岑，鋤涇切，山小而高也。（二）崟，魚今切，凡地方高險者皆曰崟。（三）嵾嵯，音撐癡，不齊貌。（四）滃，烏孔切，雲氣起也。（五）巃、巄同。石嵯峨。嵯(一)峨(二)，巀嶭(三)，峻蔽日也。五臣云：嵯峨，高貌。**疏曰：**（一）嵯，音磋。（二）峨，音鵝。（三）巀嶭，山峻高貌。巀，昨結切。嶭，五割切，又牙入切。

校勘記：①"總"，明翻宋本作"揔"，汲古閣本作"摠"。

谿谷嶄巖兮，崎嶇閜(一)寫(二)，嶮阻僻(三)也。五臣云：嶄巖，險峻貌。［補］曰：

嶄，鉏咸切。閜，呼雅反[①]。嵃，于軌反。傄，苦滑反。**疏曰：**（一）閜，大開也。又門傾也，又大杯也。（二）嵃，音蔿，屋貌。又姓也。（三）傄，《康熙字典》無考。水曾波。踊躍澧[(一)]沛[(二)]，流迅疾也。曾，一作增。**疏曰：**（一）澧，音豐，水名，無他解。一作豐，大也。或謂水波之大也。（二）沛，破貝切，盛大之貌。又水生草曰沛。

校勘記：①"反"，原作"切"，今據李刻本、明翻宋本、汲古閣本改。下"于軌反"同此。

猨狖羣嘯兮，禽獸所居，至樂佚也。猨[(一)]，一作蝯。［補］曰：狖，以狩切。**疏曰：**（一）猨、蝯同。虎豹嗥[(一)]。猛獸爭食，欲相囓也。以言山谷之中，幽深險阻，非君子之所處，猨狖虎豹，非賢者之偶，使屈原急來也。［補］曰：嗥，胡高切，咆[(二)]也。**疏曰：**（一）嗥，叶囚。（二）咆，蒲傚切，獸怒嗥也。

攀援桂枝兮，登山引木，遠望愁也。一云：引持美木，喻美行也。五臣云：援，持也。言原引持美行，淹留於此，以待明君。聊淹留。周旋中野，立踟[(一)]躕[(二)]也。**疏曰：**（一）踟，音馳。（二）躕，音厨。踟躕，猶裵回也。

王孫[(一)]游兮，隱士避世，在山隅也。游，一作遊。五臣云：原與楚同姓，故云王孫。［補］曰：樂府有《王孫遊》，出於[①]此。**疏曰：**王逸既斷此爲淮南小山所作，必係當時隱士中有如八公之徒，尚未來歸，故招之。指爲招屈原，大非。原死已久，招之何從？若謂原同楚姓，故曰王孫，則漂母謂韓信爲王孫，其何所出？（一）指爲王孫者，尊青年之詞，如清季稱青年爲大相公。不歸，違偝[(一)]舊土，棄室家也。**疏曰：**（一）偝，與背同。

校勘記：①"於"，原脱，今據李刻本、明翻宋本、汲古閣本補。

春草生兮，萬物蠢動，抽萌芽也。萋萋[(一)]。垂條吐葉，紛華榮也。五臣云：萋萋，草色。**疏曰：**（一）萋，音棲。萋萋，草盛貌。[①]

校勘記：①此句上頁眉戴之麟題校補時地云：戊子四月二十四日上午，救左又校。

歲暮兮，年齒已老，壽命衰也。不自聊，中心煩亂，常含憂也。［補］曰：聊(一)，音留。**疏曰：**（一）聊，賴也。

蟪蛄鳴兮，蜩(一)蟬得夏，喜呼號也。五臣云：蟪蛄，夏蟬。［補］曰：《莊子》云：蟪蛄(二)不知春秋。説者云：寒蟬也。一名蝭蟧，春生夏死，夏生秋死。或曰：山蟬，秋鳴者不及春，春鳴者不及秋。《廣雅》云：蟪蛄，蛁蟧(三)，即《楚辭》所云寒螿(四)者也。《方言》云：蛥蚗，齊謂之螇螰，楚謂之蟪蛄。**疏曰：**（一）蜩，音迢，蟬之總名。（二）蟪蛄，蟬之屬。體長七分許，色青紫，翅有黑白紋，甚美麗而不透明。夏末自早至暮，鳴聲不息。蟪亦作惠。古謂之蜓蚞。蛄，音孤。"蟪蛄"句，見《莊子南華經》元集《逍遥游》。①（三）蛁蟧"蟧"一作蟟，蟲名。長一寸三分許，色黑，翅無色透明。夏秋間鳴於高樹。蛁，音凋。蟧，音勞。蟬之小者。蟟，音遼。（四）螿，音將。啾啾。秋節將至，悲嘹噍也。以言物盛則衰，樂極則哀，不宜久隱，失盛時也。［補］曰：啾啾，衆聲，音揫。

校勘記：①此句上頁眉戴之麟題校補時地云：戊子五月十九日上午，韓左个。

坱兮軋，霧氣昧也。［補］曰：坱(一)，烏朗切。軋，於黠切。賈誼賦云：坱圠(二)無垠(三)。注云：其氣坱圠，非有限齊也。《集韻》：軮軋，遠相映貌。**疏曰：**（一）坱，塵埃。又分明也。（二）圠，音軋，土密凝也。坱圠，無限際貌，亦作圠坱。坱、軋同。昧，不明也。（三）"坱圠"句，見誼《鵩鳥賦》。山曲岪，盤詰屈(一)也。［補］曰：岪，音佛，山曲也。一音皮筆切。**疏曰：**（一）詰屈，屈曲也。屈，一作詘。

心淹留兮，志望絶也。恫慌忽。亡妃(一)匹也。一作洞荒忽。五臣云：憂思深也。［補］曰：恫，音通，痛也。慌，上聲。**疏曰：**（一）妃，音霏，匹也，與配同。朱注本作"心淹留兮恫"句、"慌忽罔兮沕"句。

罔兮沕，精氣失也。五臣云：失志貌。[補] 曰：沕，潛藏也，美筆切。《文選》音勿。**疏曰：**麟按：此與下句叶，讀美筆切。憭兮栗，心剥(一)切也。栗，一作慄。[補] 曰：憭，音了，又音聊，一音留。**疏曰：**（一）剥，音駁。削也，落也，去皮也，擊也，開解牲體也。虎豹穴，嵺(一)穿峷(二)也。穴，一作峷。五臣云：既危苦，又進虎豹之穴。[補] 曰：《淮南》云：虎豹襲穴而不敢咆(三)。襲，入也。咆，嗥也。嵺，音料。峷，音血。**疏曰：**（一）嵺，山聳貌。又廣遠也。一作嶚，或作寥。（二）峷，山穴也，穿穴也。（三）"虎豹"句，見《淮南子》第六《覽冥訓》。①

校勘記：①此句上頁眉戴之麟題校補時地云：丁亥六月二十一日午前，韓左个。

叢薄深林兮，攢(一)刺棘也。[補] 曰：深草曰薄。**疏曰：**（一）攢，音巑，又去聲，聚也。人上慄。恐變色也。上(一)，一作之。五臣云：慄，戰也。**疏曰：**（一）上，上聲。

嶔岑碕礒兮，山阜峨(一)嵎。嶔，一作嶔。岑，一作崯。碕礒，一作崎嶬。[補] 曰：嶔，音欽。岑，音吟。碕，音綺。礒，音蟻，又音錡。嶔岑，山高險也。碕礒，石貌。崎嶬，山形。**疏曰：**（一）峨，音子于切，高崖也。又作嵯。硱磳(一)磈硊(二)，崔嵬(三)嶵(四)嵺(五)。[補] 曰：硱，綺矜切。《釋文》苦本切，非也。硱，從困。硱，從困。磳，七冰切。磈，於鬼切。硊，魚毁切。並石貌。**疏曰：**（一）硱磳，石危貌。（二）磈硊，石山貌。（三）崔嵬，土山之戴石者。吾回切，高不平也。（四）嶵，音劉，山屈曲貌。（五）嵺，音讞，高峻貌。

姚鼐曰：極寫山中之幽陰，以"不可留"三字結住，警絶。詞意俱好。

樹輪相糾兮，交錯扶疏。糾(一)，一作糺。扶疏(二)，一作糾紛。五臣云：輪，横枝也。**疏曰：**（一）糺、糾同。（二）扶疏，繁茂也，又槃跚貌。疏，一作疎。林木茷骫。枝條盤紆。一無"林木"二字。茷，一作芟，一作柭，一作茷(一)。[補] 曰：芟、柭、茷，並音跋。茷，木枝葉盤紆貌，通作芟。骫，音委。骫(二)骳(三)，屈曲也。**疏曰：**（一）茷，一作筏，筏必誤。（二）骫，一作骫。骫骳，邪曲也。（三）骳，音被。

青莎雜樹兮，草木雜居。[補] 曰：《本草》云：莎(一)，古人爲詩多用之，此草根名香附子，荆(二)襄(三)人謂之莎草。**疏曰：**（一）莎，音蓑。一年生草，産道旁及園圃中，甚多。莖三角形，高尺許，葉細長而硬，多由根出。夏日莖頂别生三葉，開黄褐色小白花，成穗。葉可爲笠及蓑衣，舊稱其根爲香附子。麟按：香附子，藥名。其草莖吾鍾呼爲回頭青。（二）荆州區域甚大，見前《九歌序》疏。此荆殆指荆州府屬而言。（三）襄，今屬湖北省。昔爲道或府，今爲縣。

薠草靃靡，隨風披敷。薠(一)，一作蘋(二)。靃(三)，一作萑，一作藿。[補] 曰：靃靡，弱貌。藿，草木花敷貌。**疏曰：**（一）薠，音煩。《説文》："青薠，似莎者。"（二）蘋，音頻，見前《九歌·湘夫人》"鳥何萃①"句疏。（三）靃、藿，音霍。

校勘記：①"萃"，原誤作"登"，今據前文改。

白鹿麏麚兮，衆獸並游。麚，一作麡。[補] 曰：麏，音君，麞(一)也。麚，音加，牝鹿。**疏曰：**（一）麞，音章，與獐同，獸名。亦名麕，又謂之麇。似鹿而小，無角，毛褐色，其革細軟，用與鹿皮同。或騰或倚。走住異趨。一云：走跸(一)殊也。**疏曰：**跸，即阼字，無走義。

狀皃(一)崟崟兮峨峨，頭角甚殊。峨峨，一作巇巇，音巇。五臣云：頭角高貌。**疏曰：**（一）皃，即貌字。凄凄兮漇漇。衣毛若濡也。兮，一作而。漇，一作縰(一)。[補] 曰：漇，疏綺切，潤也。**疏曰：**（一）縰，與纚同，色綺切，衆多之貌。

獮猴兮熊羆，百獸俱也。[補] 曰：羆，音陂，如熊，黄白文。慕類兮以悲。哀己不遇也。從此以上，皆陳山林傾危，草木茂盛，麇鹿所居，虎兕所聚，不宜育道德，養情性，欲使屈原還歸郢也。五臣云：言山中之獸，猶慕儔類，而悲哀放棄獨處，實難爲心也。

攀援桂枝兮，配託香木，誓同志也。援，一作折。一無"援"字。聊淹留，踟躕低佪，待明時也。一云倚立躑(一)躅(二)，待明時也。**疏曰：**（一）躑，音擲，住足也。(二)躅，同躅，音獨。蹢躅，不行也。**虎豹鬭兮**，殘賊之獸，忿争怒也。**熊羆咆**(一)，貪殺之獸，跳梁吼也。[補]曰：咆，蒲交切，嗥也。**疏曰：**(一)咆，宜叶休。**禽獸駭兮**，雉兔之羣，驚①奔走也。**亡**(一)**其曹**(二)。違離黨輩，失羣偶也。**疏曰：**(一)亡，同無。(二)曹，叶愁，類也。

校勘記：①“驚”，原誤作“争”，今據李刻本、明翻宋本、汲古閣本改。

王孫兮歸來！旋反舊邑，入故宇①也。一作來歸。**山中兮不可以久留。**誠多患害，難隱處(一)也。**疏曰：**(一)處，上聲。

吴至父曰：此疑爲小山之徒，戒王憂讒之作。《反騷》云：“枳棘之蓁蓁兮，猨狖擬而不敢下。”即此恉也。文中“王孫”謂王安也。我嘗以《諫伐越書》證淮南之不反，本傳淮南之獄，乃公孫宏、孫審卿等所構也。麟按：題明曰“招隱士”，必係招如八公之屬，安可牽涉淮南乎？②

浦二田曰：意似從屈子《遠游》脱换來。體分兩片，一溯之，一呼之也。語勢犖确，高出《惜誓》、《哀時命》之上。

姚鼐曰：王逸以爲淮南小山之辭，蓋《藝文志》所云淮南王羣臣賦也。《文選》直題爲淮南王安作。鼐疑昭明之世，容有班固、賈逵所解《楚辭》，或據異説題之。③

校勘記：①“宇”，原誤作“宅”，今據李刻本、明翻宋本、汲古閣本改。②此句上頁眉戴之麟題校補時地云：丁亥七月望日午前，韓左个。戊子七月二十三日上午，捄廳補録。③此句上頁眉戴之麟題校補時地云：丁亥十二月二十日午前，韓庭除。

楚辭補注疏卷第十三

七諫章句第十三　楚辭

《七諫》者，東方朔(一)之所作也。昔枚乘(二)作《七發》，傅毅(三)作《七激》，張衡作《七辯》①，崔駰(四)作《七依》，曹植(五)作《七啓》，張協(六)作《七命》，皆《七諫》之類。李善云：《七發》者，説七事以起發太子也。猶《楚辭・七諫》之流。五臣云：七者，少陽之數，欲發陽明於君也。《前漢》：東方朔，字曼倩，爲太中大夫，免爲庶人。後常爲郎，上書自訟不得大官，欲求試用。諫者，正也，謂陳法度以諫正君也。古者，人臣三諫不從，退而待放。屈原與楚同姓，無相去之義，故加爲《七諫》，慇懃之意，忠厚之節也。或曰：《七諫》者，法天子有争臣七人也。東方朔追憫屈原，故作此辭，以述其志，一作意。所以昭忠信、矯(七)曲朝也。

疏曰：（一）漢厭次人，善詼諧滑（音谷）稽。武帝時爲金馬侍中，時以諷諫救帝之過。長於文辭，常作《答客難》一篇，揚雄以下多倣之。厭次，今山東陽信縣。（二）見“楚辭補注目録”疏。（三）後漢茂陵（今陜西興平縣東北）人，字武仲。博學能文，以明帝求賢不篤，士多隱處，嘗作《七激》以諷章臺，以爲蘭臺令史，拜郎中。與班固、賈逵共典校書，文雅顯於朝廷。永和初，竇憲請爲主記室，及憲爲大將軍，復以爲司馬。早卒。（四）東漢安平（屬今直隸）人，字亭伯。博學有才，善屬文，與班固、傅毅齊名。嘗擬揚雄《解嘲》，作《達旨》，著詩賦銘頌之類，合二十一篇。（五）見前《哀郢》“悲江介之遺風”疏。（六）晉載弟，字景陽。少有儁才，與載齊名。官至河間内史，時世已亂，遂棄絶人事，以屬韻自娱。（七）正也。

校勘記：①“張衡作《七辯》”，原脱，今據李刻本、明翻宋本、汲古閣本補。

初 放

平生於國兮，平，屈原名也。一本國上有"中"字。長(一)於原壄(二)。高平曰原，坰(三)外曰野(二)。言屈原少(四)生於楚國，與君同朝(五)，長大見遠(四)，棄於山野，傷有始而無終也。**疏曰：**（一）長，上聲。（二）壄、野同，叶鼠或許。（三）坰，音扃，《爾雅》："林外謂之坰。"（四）少、遠二字，皆去聲。（五）朝，音曹。

言語訥譅兮，出口爲言，相答曰語。訥者，鈍也。譅者，難也。譅，一作澀，《釋文》作譅①。［補］曰：並所立切。《集韻》作嗇，口不能言也。通作澀。又無彊輔。言己質性忠信，不能巧利辭令，言語訥鈍，復無彊友黨輔，以保達己志也。彊(一)，一作强。**疏曰：**（一）彊、强同。

校勘記：①"譅"，原誤作"濇"，今據李刻本、明翻宋本、汲古閣本改。

淺智褊能兮，褊，狹(一)也。［補］曰：褊，必善切。《説文》：衣小也。聞見又寡。寡，少也。屈原多才有智，博聞遠見，而言淺狹者，是其謙(二)也。**疏曰：**（一）狹，音狎，隘也。（二）謙，欠平聲，卑遜而不自滿也。

數言便事兮，見怨門下(一)。門下(一)，喻親近之人也。言己(二)數(三)進忠言，陳便宜之事以助治(四)，而見怨恨於左右，欲害己也。一作數諫便事。**疏曰：**（一）兩"下"字，上聲。麟按：（二）言己"己"字宜作"原"，首句明言"平"矣，則追憫之意自明，何可注之曰己？後凡言"己"同。（三）數，音朔，不止一次也。（四）治，平聲，理也。

王不察其長利兮，卒①見棄乎原壄(一)。言懷王不察己忠謀可以安國利民，反信讒言，終棄我(二)於原野而不還也。一無"見"字。壄，一作野。**疏曰：**（一）壄，讀牙上聲，同野。後倣此。（二）"我"字亦當作"原"，後同。

校勘記：①“卒”，原誤作“率”，今據李刻本、明翻宋本、汲古閣本改。

伏念思過兮，無可改者(一)。言己伏自思念，行無過失①可改易(二)也。**疏曰**：(一) 者，渣上聲。(二) 易，入聲。

旡三欠一生曰：以上言原之名居，及見疏之故。

校勘記：①“失”下，原衍“不”字，今據李刻本、明翻宋本、汲古閣本删。

羣衆成朋兮，羣，一作群(一)。**疏曰**：(一) 群，羣俗字。上浸(一)以惑(二)。上，謂君也。浸，稍也。言佞人相與羣聚，朋黨成衆，君稍以惑亂而不自知也。**疏曰**：(一) 浸，即蔭切。漬也，潤也，漸也。謂上爲羣衆朋黨漸漬，爲其所惑也。(二) 惑，叶力。

巧佞在前兮，賢者滅息。滅，消也。言佞臣巧好其言，順意承旨，旦夕在於君前，而使忠賢之士心懷恐懼，吞聲小語，消滅謇謇(一)之氣，以避禍患也。**疏曰**：(一) 謇謇，正直之言也，紀展切。

堯舜聖已没兮，一無“聖”字。孰爲忠直？言堯、舜聖明，今已没矣，誰爲盡忠直也？［補］曰：爲，去聲。**疏曰**：謂君無堯舜之聖，盡忠直將孰爲也？

又曰：此借言屈原遭時不偶。

高山崔巍兮，崔巍，高貌。［補］曰：上徂回、下五回切。水流湯湯。湯湯，流貌。言己仰視高山，其形崔巍，而不知頹(一)弛(二)。俛(三)視水流，湯焉流行，而不知竭。自傷不如山川之性，身將顛沛(四)也。［補］曰：《書》云：湯湯(五)洪水方割(六)。湯，音商①。**疏曰**：(一) 頹，推陽平聲。(二) 弛，音豕，傾壞也。(三) 俛，古俯字。(四) 顛沛，傾覆流離也。(五) “湯湯”句，見《書·堯典》。(六) 割，害也，音給去聲。

校勘記：①“商”，原作“傷”，今據李刻本、明翻宋本、汲古閣本改。

死日將至兮，與麋鹿同坑。陂池曰坑。言己年歲衰老，死日將至，不得處國朝，輔政治，而與麋鹿同坑(一)，鳥獸爲伍，將墜陷坑穽，不復久也。［補］曰：坑，字書作抗①，丘庚切，俗作坑②。**疏曰**：（一）坑，讀如康。

又曰：此上言原不用，將以死自誓。

校勘記：①“抗”，金陵書局本作“坑”。②“坑”，明翻宋本、汲古閣本作“阬”。

塊(一)兮鞠，塊，獨處(二)貌。匍匐(三)爲鞠。一作塊鞠兮。［補］曰：塊，古對切。**疏曰**：（一）朱《集注》謂塊，楚人自稱也。（二）處，上聲。（三）匍匐，伏行也。匍，婆吾切。匐，音伏，又步匊切。當道宿，夜止曰宿。言己孤獨無耦，塊然獨處，鞠然匍匐，當道而躓(一)卧，無所棲宿也。**疏曰**：（一）躓，音至，仆也。

舉世皆然兮，舉(一)，一作與。**疏曰**：（一）舉，滿也，全也。余將誰告？舉，與也。言舉當世之人皆行佞僞，當何所告我忠信之情也？一無“余”字。［補］曰：告，姑沃切。《易》：初筮告(一)。**疏曰**：（一）“初筮告”，見《易上經·蒙卦》。

又曰：以上言苦無所告。①

校勘記：①此句上頁眉戴之麟題校補時地云：□□□月九日午□，□庭左个。按：此頁眉截邊，闕五字。

斥逐鴻(一)鵠(二)兮，鴻鵠，大鳥。近習鴟梟(三)，鴟梟(四)，惡鳥。一無“習”字。梟，一作鴞。［補］曰：斥，音赤。梟，不孝鳥。鴞，于驕切，惡聲之鳥也。**疏曰**：（一）鴻，見前《思美人》“因歸鳥而致辭兮”疏。（二）鵠，見前《天問》“緣鵠飾玉”疏。（三）梟，即鴞。（四）鴟梟，見前《天問》“鴟龜曳銜”疏。

斬伐橘柚兮，橘柚(一)，美木。［補］曰：《尚書》：厥包橘柚(二)。小曰橘，大曰柚。柚似橙而實酢(三)。《吕氏春秋》：果之美者，有雲夢之柚。**疏曰：**（一）橘、柚，見前《橘頌》。麟按：二物均須移接，否則實漸小。（二）“厥包”句，見《禹貢》。（三）酢，音昨，醋本字。列樹(一)苦桃(二)。苦桃，惡木。言君親近貪賊姦惡之人，而遠仁賢之士也。［補］曰：桃自有苦者，如苦李(三)之類。《本草》云：羊桃味苦。陶隱居（即弘①景）云：山野多有之。《詩》“隰有萇楚”(四)是也。**疏曰：**（一）樹，栽植也。（二）桃，音陶，落葉亞喬木。高丈餘，葉橢圓而長，春時開花，色有紅有白，果夏熟，味甘酸。（三）李，音里，落葉亞喬木。高丈餘，葉橢圓而長，春日開花，色白，五瓣，實圓，全熟則赤，味略酸。按：二物亦須移接，否則實小而酸。（四）“隰有萇楚”，見《詩·檜風·隰有萇楚》章。

又曰：以上借言楚懷王之遠賢親佞。

校勘記：①“弘”，原誤作“宏”，今徑改。

便娟之修(一)竹兮，寄生乎江潭(二)。便娟，好貌。屈原以竹自喻，言有便娟長好之竹，生於江水之潭，被蒙潤澤而茂盛，自恨放流而獨不蒙君之惠也。乎，一作於。［補］曰：便，平聲。娟，烏玄切。**疏曰：**（一）修，長也。（二）潭，音覃，深水也，叶尋。麟按：“屈原以竹自喻”句，宜曰“朔以竹喻屈原”方合。

上葳蕤①而防露兮，葳蕤，盛貌。防，蔽也。［補］曰：葳，音威。蕤，儒佳切，草木垂貌。《集韻》作“蕤”。下(一)泠泠而來風(二)。泠泠，清涼貌。言竹被潤澤，上則葳蕤而防蔽霧露，言能有所覆也。下則泠泠清涼，可休庇也。以言己(三)德上能覆蓋於君，下能庇廕②於民。［補］曰：泠，音靈。**疏曰：**（一）下，上聲。（二）風，叶分。（三）己，宜作原。

校勘記：①“蕤”，原作“蕤”，今據李刻本、明翻宋本、汲古閣本改。下文凡作“蕤”者皆同此。②“廕”，原作“蔭”，今據李刻本、明翻宋本、汲古閣本改。

孰知其不合兮，孰，一作固。若竹(一)柏(二)之異心。竹心空，屈原自喻(三)

志通達也。柏心實，以喻君闇塞也。言己性達道德，而君閉塞，其志不合，若竹柏之異心也。**疏曰：**（一）竹，諸郁切，多年生植物。種類不一，高者四五丈，圓而直，亦有方者，中空有節，質堅紉，可供製器、建築之用。葉狀如箭鏃，有並行脉。春月生筍，外裹以籜，可食。麟按：竹六十年方花，花後結實，多死。俗以爲不祥，未習其性也。（二）柏，音百，有扁、側、檜、羅漢之列，常緑植物也。其葉新生，舊者方凋，人不之覺，故曰"後凋"。（三）注謂"屈原自喻"不合，當曰"朔代原爲言"，前後言"己"、"我"者，皆倣此。柏，參看前《九歌·山鬼》"飲石泉兮蔭松柏"疏。

又曰：以上申言見疏之故。

往者不可及兮，謂聖明之王堯、舜、禹、湯、文、武也。來者不可待(一)。欲須(二)賢君，年齒已老，命不可待也。**疏曰：**（一）待，叶俟，或俟之訛。（二）須，音虚，待也。

悠悠(一)蒼天兮，莫我振(二)理。悠悠，憂貌。振，救也。言己憂愁思想，則呼蒼天。言己懷忠正，而君不知，羣下無有救理我之侵冤者。［補］曰：太史公《屈原傳》云：人窮則反本，故勞苦倦極，未嘗不呼天也。**疏曰：**（一）悠悠，眇遠無期貌，音由。謂天之眇遠不可期，必非憂思而呼天也。（二）振，真去聲。

竊怨①君之不寤兮，吾獨死而後已。言己私怨懷王用心闇惑，終不覺寤(一)，令我獨抱忠信，死於山野之中而已。**疏曰：**（一）寤，音務，覺也。

又曰：以上言懷王不悟，卒不可待，惟於放後，以一死塞責而已。

校勘記：①"怨"，原誤作"願"，今據李刻本、明翻宋本、汲古閣本改。

沈　江

惟往古之得失兮，言己思念古者，人君得道則安，失道則危，禹、湯以王(一)，桀、紂以亡。**疏曰：**（一）王，去聲，謂王天下也。覽私微之所傷。傷，害也。言己又觀人君私愛佞讒，受其微言，傷害賢臣者，國以危殆也。楚之無極(一)、吴之宰嚭(二)是也。**疏曰：**（一）無極，姓費，平王佞臣也。（二）宰嚭，吴太宰，名嚭，夫差佞臣也。

旡三欠一生曰：首句總冒下文。

堯舜聖而慈仁兮，後世稱而弗忘。言堯舜所以有聖明之德者，以任賢能，慈愛百姓，故民至今稱之也。弗，一作不。

又曰：以上言往古之得。

齊桓失於專任兮，夷吾忠而名彰。夷吾，管仲名也。管仲將死，戒桓公曰：豎刁自割(一)，易牙烹子(二)，此二臣者不愛其身，不慈其子，不可任也。桓公不從，使專國政。桓公卒，二子各欲立其所傅公子。諸公子並争，國亂無主，而桓公尸不棺，積六十日，蟲流出户，故曰失於專任，夷吾忠而名著也。**疏曰：**（一）自割，自去其前陰也。（二）烹子，殺其子烹而進之桓公也。參看前《天問》"齊桓九會"疏四、五。

晉獻惑於孋姬兮，申生孝而被殃。已解於《九章》篇中。孋，一作驪。［補］曰：並力支切。

偃王行其仁義兮，荆文寤而徐亡。荆，楚也。徐(一)，偃王國名也。周宣王之舅申伯所封也。《詩》曰：申伯(二)番番(三)，既入于徐。周衰，其後僭號稱王也。偃，謚也。言徐偃王修行仁義，諸侯朝之三十餘國，而無武備。楚文王見諸侯朝徐者衆，心中覺悟，恐爲所并，因興兵擊之而滅徐也。故《司馬法》(四)曰：國雖强大，忘戰必危。蓋謂此也。［補］曰：《史記》：周穆王(五)西巡狩(六)，徐偃王作亂，造父爲穆王御，長驅歸周以救亂。《淮南子》云：徐偃王被服慈惠(七)，身行仁義，然而身死國亡，子孫無類。注云：偃王於衰①亂之世，修行仁義，不設武備，楚文王(八)滅之。徐國，今下邳徐僮是也。又曰：徐偃王好行仁義，陸地而朝者三十二(十一)國。王孫厲謂楚莊王(九)曰：王不伐徐，必反朝徐。乃舉兵伐徐，遂滅之。《後漢書》曰：徐夷僭號，率九夷以伐宗周，西至河上，穆王畏其方熾，乃分東方諸侯，命徐偃王(十)主之。偃王行仁義，陸地而朝者三十六(十一)國。穆王後得②驥騄之乘，乃使造父御以告楚，令伐徐，一日而至。於是楚文王大舉兵而滅之。《博物志》云：偃王既治其國，仁義著聞，江淮諸侯服從者三十六國。穆王聞之，遣使乘駟，一日至楚，使伐之。偃王仁③，不忍鬬其民，爲楚所敗。《元和姓纂》(十二)云：伯益之子，夏時受封於徐，至偃王爲楚所滅。按：徐偃王當周穆王時，楚文王乃春秋時，相去甚遠。豈春秋時自有一徐偃王邪？然諸書稱偃王多云穆王時人，唯《博物志》、《姓纂》但云爲楚敗滅，不指文王，其説近之。《後漢書》乃以穆王與楚文王同時，大謬。**疏曰：**（一）徐，音習余切。今江蘇舊徐州府及邳縣，山東舊兖州府，安徽之宿縣、泗縣，皆其地。（二）“申伯”句，見《詩·嵩高》篇。申伯，周宣王母舅。申國之伯，爲周賢卿士，築城於謝，尹吉甫作《嵩高》之詩贈之。崧、嵩同。（三）番番，勇也，讀如波。（四）《司馬法》，書名。舊題司馬穰苴撰，證以《史記》，蓋齊威王諸臣集古兵法爲之，而附穰苴於其中耳。其時去古未遠，三代兵制，可以考見。見《辭源》丑集一九頁口部二畫。④（五）穆王，名滿。（六）“周穆王西巡狩”諸句，見《史記卷四十三·趙世家第十三》，係撮取，與原文多異。⑤（七）“徐偃王被服慈惠”諸句，見《淮南子》十三《氾論訓》。“徐偃王好行仁義”二句，見同上十八《人間訓》，“而”作“之”。（八）楚文王，名貲。（九）楚莊王，名侶，周定王時人。均不與穆王同時。（十）“徐偃王”諸句，見《後漢書卷八十五·東夷列傳第七十五》，中有刪節。⑥（十一）三十六、三十二，又歧，無攷。攷《楚世家》靈王有伐徐之事。參看前《天問》“穆王巧梅”疏。（十二）《元和姓纂》，見前“離騷經章句第一”疏四。

校勘記：①“衰”，原誤作“喪”，今據李刻本、明翻宋本、汲古閣本改。②“得”，原誤作“爲”，今據李刻本、明翻宋本、汲古閣本改。③“仁”，原脱，今據李刻本、明翻宋本、汲古閣本補。④此句旁頁邊戴之麟題校補時地云：丁亥六月二十日上午，韓左个。⑤此句上頁眉戴之麟題校補時地云：戊子八月二十日上午，捄左補録。⑥此句上頁眉戴之麟題校補時地云：己丑九月十七日午前。

紂暴虐以失位兮，周得佐乎吕望。卒(一)怒曰暴，賊善曰虐。言殷紂暴虐以失其位，周得吕望而有天下也。**疏曰：**（一）卒，音促，忽也。

又曰：此上言往古之失。

修往古以行恩兮，封比干之丘壟(一)。小曰丘，大曰壟。言武王修先古之法，敬愛賢能，克紂，封比干之墓以彰其德，宣示四方也。壟，一作隴(二)。［補］曰：《集韻》壟有籠音。**疏曰：**（一）丘壟，墓也。（二）隴，與壟同，此宜叶龍。

賢俊慕而自附兮，日浸淫而合同。才敵(一)千人爲俊。浸淫(二)，多貌也(三)。言天下(四)賢能英俊，慕周之德，日來親附，浸淫盛多，四海並合，皆同志也。浸，一作侵。[補] 曰：浸，音侵。浸淫，漸漬。**疏曰：**（一）敵，匹也。（二）浸淫，以補説爲是，惟漬下宜加“也”字。（三）貌下“也”字宜删。（四）下，上聲。

明法令而修理兮，蘭芷幽而有芳。言周家選賢任士，官得其人，法令修理，故幽隱之士皆有嘉(一)名也，一云：法令修而循理兮。**疏曰：**（一）嘉，音加，好也。

又曰：此上言楚果能法往古之得，則楚可治。①

校勘記：①此句旁行間戴之麟題校補時地云：丁亥六月四日午前，韓左个中。

苦衆人之妬予兮，言己患苦楚國衆人妬我忠直，欲害己也。箕子寤而佯狂。箕子，紂之庶兄(一)，見比干諫而被(二)誅，則被髮佯狂以脱其難也。佯，一作詳。[補] 曰：詳與佯同。**疏曰：**（一）庶兄，庶母所生長於己者也。庶，衆也。（二）被，與披同。①

又曰：此下至“得當”，言原爲衆妬，如往古先哲。

校勘記：①此句上頁眉戴之麟題校補時地云：己丑上十有二初戊日。庚寅二月二十五日午前。按：畲族以祭祖日正月初八爲上十日，上十有二即正月初十，考1949年正月初十，正爲戊辰日，亦爲當月首戊日，與此合。

不顧地以貪名兮，心怫鬱而内傷。言己欲效箕子佯狂而去，不顧楚國之地，貪忠直之名，念君闇昧，心爲傷痛而怫鬱也。[補] 曰：怫，音佛，鬱也，又音費，忿也。①

校勘記：①此句上頁眉戴之麟題校補時地云：戊子四月二十四日上九時，縣中終校。

聯蕙芷以爲佩兮，過(一)鮑(二)肆(三)而失香。①言仁人聯結蕙芷，服之於身，過鮑魚之肆，則失其性而不芬香也。以言己積絫忠信，爲讒人所毁，失其忠名也。芷，一作若。佩，一作珮。香，一作芳。［補］曰：古人云：與不善人居，如入鮑魚之肆。謂惡人之行，如鮑魚之臭也。**疏曰：**（一）過，音戈。（二）鮑，音鞄，薄絞切，饐魚也。如今醃魚濕者，其氣腥臭。（三）肆，貿易處也。

校勘記：①此句上頁眉戴之麟題校補時地云：己丑四月二日午前，終校新庭。

正臣①端其操行兮，反離謗而見攘。謗，訕(一)也。攘，排也。言正直之臣，端其心志，欲以輔君，反爲(二)讒人所謗訕，身見排逐而遠放也。［補］曰：操，七到切。行，下孟切。攘，而羊切。**疏曰：**（一）訕，音山，又去聲，毁謗也。（二）爲，去聲。

校勘記：①“臣”，原誤作“直”，今據李刻本、明翻宋本、汲古閣本改。

世俗更(一)而變化兮，而，一作以。**疏曰：**（一）更，平聲。伯夷餓於首陽。言當世俗人皆改其清潔，化爲貪邪，當如伯夷餓於首陽，而身垂功名也。［補］曰：馬融(一)云：首陽山在河東蒲坂(二)華山(三)之北，河曲之中。《蘇鶚演義》云：蒲坂有雷首山(四)，伯夷、叔齊所居，故云首陽山。又隴西地名首陽，東有鳥鼠山，亦謂之首陽。又杜預云：洛陽之東，首陽山之南，有小山，西瞻宫闕，北望夷、齊。又阮籍(五)詩云：步出上東門(六)，遥望首陽岑。下(七)有採薇(八)士，上有嘉樹林。據夷、齊所居此山是矣。《論語》注以蒲坂爲是，恐誤。又《後漢》注亦云首陽山(九)在洛陽東北。**疏曰：**（一）馬融，見前《九歌·湘君》“遺余佩兮①醴浦”疏。（二）蒲坂，古地名。帝舜之都，故城在今山西永濟縣，亦曰虞都城。（三）華山，見前《九歌·大司命》“導帝之兮九坑”疏。（四）雷首山，在永濟縣南。（五）阮籍，三國魏尉氏人，字嗣宗。才藻艷逸而倜儻不羈，嗜酒放蕩。或閉户著書累月不出，或登山玩水竟日忘歸，每至途窮輒痛哭而反。尤好《老》《莊》。官至步兵校尉，人稱阮步兵。（六）“步出”諸句，見《文選》二十三②阮嗣宗《詠懷十七首》第十節，“遥”作“北”。③（七）下，上聲。（八）薇，見前《天問》“驚女采薇，鹿何祐”疏。（九）“首陽山”句，見《後漢書·帝紀第六·孝順帝》陽嘉元年“遣大夫、謁者詣嵩高、首陽山”句注，“北”下有“也”字。④

校勘記：①“兮”，原誤作“夫”，今據前文改。②“三”，原誤作“二”，今據《文選》改。③此句上頁眉戴之麟題校補時地云：戊子二月八日傍晚，韓左个。④此句上頁眉戴之麟題校補時地云：己丑四月十七日上午，新庭。

獨廉潔而不容兮，叔齊久而逾(一)明(二)。叔齊，伯夷弟(三)也。言己獨行廉潔，不容於世，雖飢餓而死，幸若叔齊久而有榮名也。逾，一作愈。**疏曰：**（一）逾、愈音義同。（二）明，叶忙。（三）弟，上聲。

浮雲陳而蔽晦兮，使日月乎無光。言讒佞陳列在側，則使君不聰明也。乎，一作兮。

忠臣貞(一)而欲諫兮，讒諛毁而在旁。言忠臣正其心欲諫其君，讒毁在旁，而不敢言也。**疏曰：**（一）貞，音徵，正也。

秋草榮其將實兮，其，一作而。微霜下而夜降(一)。微霜殺物，以喻讒諛。言秋時百草將實，微霜夜下而殺之，使不得成熟也。以言讒人晨夜毁己，亦將害己身，使其忠名不得成也。**疏曰：**（一）降，叶平聲。

商風肅而害生兮，商風(一)，西風。肅，急貌。一作肅肅。**疏曰：**（一）五音商主西方，故商風即西風也。百草育而不長(一)。言秋氣起，則西風急疾而害生物，使百華不得盛長，以言君令急促，剗傷百姓，使不得保其性命也。育，一作墮(二)。**疏曰：**（一）長，上聲，叶常。（二）墮，落也。較好。

衆並諧(一)以妬賢兮，諧，同也。**疏曰：**（一）諧，音偕。孤聖特而易傷。言衆佞相與並同，以妬賢者。雖有聖明之智，孤特無助，易傷害也。一云：聖孤特。［補①］曰：易，以豉切。

校勘記：①“補”，原誤作“疏”，今據李刻本、明翻宋本、汲古閣本改。

懷計謀而不見用兮，巖(一)穴處而隱藏。士曰隱，寶曰藏。言己懷忠信之計，不得列見，獨處(二)巖穴之中，隱藏而已。**疏曰：**（一）巖，讀安之陽平聲。（二）處，上聲。

成功隳而不卒兮，隳，壞也。［補］曰：翾規切。子胥死而不葬。言子胥爲吴伐楚破郢，謀行功成，後用讒言，賜劍棄死，故言死而不葬也。［補］曰：吴王取子胥尸，盛以鴟夷(一)革，浮之江中，故曰死而不葬也。葬，音藏(二)，瘞也。顔師古：音臧(二)。**疏曰：**（一）鴟夷，見前《九章·涉江》“伍子逢殃兮”疏。（二）藏、臧，均宜曰叶。

世從俗而變化兮，隨風靡而成行(一)。言當世之人，見子胥被害，則變心從俗，以承上意，若風靡(二)草，羣聚成行而羅列。**疏曰：**（一）行，叶杭。（二）靡，音美，披倒也。

信直退而毁敗兮，虚僞進而得當。言信直①之臣，被蒙譖毁，而身敗棄。虚僞之人，進用在位，而當顯職也。

校勘記：①“信直”，原誤作“忠信”，今據李刻本、明翻宋本、汲古閣本改。

追悔過之無及兮，之，一作而。無，一作不。豈盡忠而有功。言君進用虚僞之臣，則國傾危，追而自悔，亦無所及也。己欲盡忠直之節，終不能成其功也。豈，一作覬(一)。**疏曰：**（一）覬，音冀，希望也。

又曰：此下言原被妬，懷王不寤，決志沈江，死而後已。

廢制度而不用兮，務行私而去公。言在位之臣，廢先王之制度，務從私邪，背去公正，争欲求利也。

終不變而死節兮，惜年齒之未央(一)。言己執守清白而死忠直，終不變節，惜年齒尚少(二)，壽命未盡，而將夭逝也。**疏曰：**（一）央，叶雍，盡也。未央，未盡也，不可曰將夭逝。（二）少，去聲。

將方舟而下流兮，冀幸君之發矇。大夫方舟，士特(一)舟。矇，僮矇也。言我將方舟隨江而浮，冀幸懷王開其矇惑之心而還己也。方，一作舫。矇，一作蒙。[補]曰：舫與方同。《説文》云：方，併舟也(二)。亦作舫。《素問》(三)曰：發蒙解惑，未足以論。**疏曰：**（一）特，孤也，一也。（二）“方，併舟也”，見《説文句讀》卷十六“方”注。①（三）《素問》，見前《天問》“八柱何當”疏。“發蒙”二句，見《内經・素問・氣穴論篇第五十八》，原文“論”下有“也”字。②

校勘記：①此句上頁眉戴之麟題校補時地云：戊子七月二日下午，捄臚補録。②此句上頁眉戴之麟題校補時地云：戊子四月四日午前，捄臚補録。

痛忠言之逆耳兮，恨申(一)子之沈江(二)。申子，伍子胥也。吴封之於申，故號爲申子也。哀痛忠直之言忤逆君耳，使之恚怒，若申胥諫，吴王殺而沈之江流也。**疏曰：**（一）申，音身，地名。上海之吴淞江亦曰春申江，俗因稱上海曰申。（二）江，叶工。

願悉心之所聞兮，心，一作余。遭值君之不聰。悉，盡也。聽遠曰聰。言己欲盡忠竭其所聞，陳列政事，遭值①懷王闇②不聰明，而不見納(一)也。**疏曰：**（一）納，受也。

校勘記：①“值”，原脱，今據李刻本、明翻宋本、汲古閣本補。②“闇”，原誤作“聞”，今據李刻本、明翻宋本、汲古閣本改。

不開寤而難道兮，道(一)，一作導。**疏曰：**（一）道、導同，引也。不别横之與縱(一)。緯曰横，經(二)曰縱。言君心常惑而不可開寤，語以政道，尚不别繒布經緯横縱，不能知賢愚亦明矣。[補]曰：别，彼列切。**疏曰：**（一）縱，音宗。（二）經，去聲。

聽姧臣之浮説兮，姧(一)，一作奸。**疏曰：**（一）姧、姦同。絶國家之久長。言君好聽邪説之臣虚言浮説，以自誤亂，將絶國家累世久長之禄也。

滅規榘(一)而不用兮，背繩墨之正方。言君爲政，滅先聖之法度而不施用，背棄忠直之臣，以自傾危。**疏曰：**（一）榘，同矩。

離憂患①而乃寤兮，離(一)，一作罹。**疏曰：**（一）離、罹音義同。若縱火於秋蓬。蓬(一)，蒿(二)也，秋時枯槁。言君信任佞諛②，不慮艱難，卒遭憂患，然後乃覺，若放火於秋蒿，不可救制也。**疏曰：**（一）蓬，草名。莖高尺餘，葉如柳葉，有鋸齒，花甚小，色白，秋枯槁後，風捲而飛，故又名飛蓬。蓬，蒲紅切。（二）蒿，好平聲。見前《離騷》“户服艾以盈要兮”疏。

校勘記：①“患”，原誤作“思”，今據李刻本、明翻宋本、汲古閣本改。②“諛”，原誤作“讒”，今據李刻本、明翻宋本、汲古閣本改。後文凡作“讒”而他本皆作“諛”者，徑改不出校。

業失之而不救兮，尚何論乎禍凶？言君施行業以失道，身將危殆，尚①復論國之禍凶，豈不晚哉？

校勘記：①“尚”，原誤作“何”，今據李刻本、明翻宋本、汲古閣本改。

彼離畔(一)而朋黨兮，獨行之士其何望(二)？言彼讒佞①相與朋黨，並食重禄，獨行忠直之士當復何望？宜窮困也。［補］曰：望，平聲。**疏曰：**（一）畔，違背也。（二）望，宜叶庸。

校勘記：①“佞”，原誤作“邪”，今據李刻本、明翻宋本、汲古閣本改。

日漸染而不自知兮，稍積爲漸，汙變爲染。積(一)，一作漬。［補］曰：漸，音尖。**疏曰：**（一）積、漬音同。上聚也，下没也。秋毫微哉而變容。鋭①毛爲毫(一)，夏落秋生。言君用讒邪，日以漸染，隨之變化，而不自知，若秋毫更生，其容微眇，而日長大也。毫，一作豪(一)。一無"哉"字。哉，一作裁。［補］曰：《莊子》：秋豪雖小(二)。司馬云：兔豪在秋而成。一云：毛至秋而耎②細，故以喻小。《説文》云：豪，豕鬣如筆管者。毫，長鋭毛。**疏曰：**（一）毫、豪通，即脊毛或尾尖毛，較常毛尖而健者，俗曰棕毛。（二）"秋毫雖小"，見《莊子·知北游》，原文"雖"作"爲"。③

校勘記：①"鋭"，原誤作"獸"，今據李刻本、明翻宋本、汲古閣本改。②"耎"，原誤作"突"，今據李刻本、明翻宋本、汲古閣本改。③此句上頁眉戴之麟題校補時地云：丁亥六月二十五日午間，韓左个。

衆輕積而折軸兮，原(一)咎雜而累(二)重。咎，過也。言車載衆輕之物，以折其軸而不可乘，其過咎由重(三)絫(二)雜載衆多之故也。以言國君聽用羣小之言，則壞敗法度，而自傾危也。原，一作厚。［補］曰：《戰國策》云：積羽沈舟(四)，羣輕折軸(五)。累，《釋文》力瑞切。**疏曰：**（一）原，由也。（二）累、絫同。（三）重，叶平聲。（四）"積羽"二句，見《戰國策》第二十二《魏一》"張儀爲秦連横"，"積"上有"臣聞"二字。又見《淮南子》卷十《繆稱訓》，"積"上有"故"字。（五）軸，車心也。

赴湘沅之流澌兮，恐逐波而復東。言己心清潔，不能久居濁世，故赴湘、沅之水，與流澌俱浮，恐遂乘波而東入大海也。［補］曰：《説文》：澌(一)，水索也。凘(二)，流冰也。此當從仌(三)。**疏曰：**（一）澌，音斯，盡也。（二）凘，音斯，冰之解而流者。（三）仌，即冫，音兵。

懷沙礫而自沈兮，不忍見君之蔽壅。礫，小石也。言己所以懷沙負石，甘樂死亡，自沈于水者，不忍久見懷王壅蔽於讒佞也。壅(一)，一作雍。［補］曰：壅，塞也，音雍。**疏曰：**（一）壅、雍通。

怨　世世，一作上。

世沈淖而難論兮，沈，没也。淖，溺也。難，一作不。［補］曰：淖，泥也，女孝切。俗岭峨而嵾嵳。岭峨、嵾嵳，不齊貌。言時世之人沈没財利，用心淖溺[①]，不論是非，不别忠佞，風俗毁譽，高下(一)嵾嵳，賢愚合同，上不任賢，化使然也。岭，一作岑。［補］曰：並[②]魚今切。嵾，楚岑切。嵳，叉[③]宜切，一音倉何切。**疏曰：**(一) 下，上聲。

校勘記：①“溺”，原誤作“泥”，今據李刻本、明翻宋本、汲古閣本改。②“並”，原誤作“音”，今據李刻本、明翻宋本、汲古閣本改。③“叉”，原誤作“又”，今據李刻本、汲古閣本改。

清泠泠而殲滅兮，清泠泠(一)，以喻潔白，殲，盡也。滅，消也。殲，一作瀸，一作纖。一云：而日瀸兮。［補］曰：殲，盡也。瀸，泉一見一否。並音尖。**疏曰：**(一) 泠泠，水聲也，又音聲洋溢也，音零。溷湛湛而日多。溷(一)湛湛(二)，喻貪濁也。言泠泠清潔之士，盡棄銷[①]滅，不見論用；貪濁之人，進在顯位，日以盛多。**疏曰：**(一) 溷，魂去聲，亂也。(二) 湛湛，露重貌。又厚重貌，又深貌。直喊切。

校勘記：①“銷”，原作“消”，今據李刻本、明翻宋本、汲古閣本改。

梟鴞既以成羣兮，玄鶴弭(一)翼而屏移(二)(三)。言貪狼之人，並進成羣；廉潔之士，歛節而退也。以，一作已。［補］曰：鴞，于驕切。《釋文》：何苗切。《史記》：師曠(四)鼓琴，有玄鶴二八，舞于廊門。《山海經》：雷山有玄鶴，粹黑如漆。其壽滿三百六十歲，則色純黑。昔黄帝習樂於崑崙山，有玄鶴飛翔。**疏曰：**(一) 弭，音米，止也。(二) 屏移，無考。以意揣之，屏，退也，又止也。移，動也。殆謂玄鶴收翼且止，或動或退，行止不定也。(三) 移，宜叶何。[①] (四) 師曠，見後卷十六《九歎·離世》“立師曠俾端辭兮”疏。“師曠鼓琴”諸句，見《史記》二十四《樂書第二》，係撮取。

校勘記：①此句上頁眉戴之麟題校補時地云：戊子九月二十日上午，救左補録。

蓬艾親入御於牀笫兮，笫，牀簀(一)也。以喻親密。一無“入”字。［補］曰：

笫，音姊，牀也。《方言》：陳、楚謂之笫。又阻史切。《說文》：牀簀也。**疏曰：**（一）簀，音責，席也。馬蘭(一)踸踔而日加(二)。馬蘭，惡草也。踸踔，暴長貌也（宜删）。加，盛也。言蓬蒿蕭艾入御房中，則[①]馬蘭之草踸踔暴長而茂盛也。以言佞諂[②]見親近，則邪僞之徒踊躍而欣喜也。［補］曰：踸，勑錦切。踔，勑角切，又丑角切。《說文》云：踸踔[③]，行無常貌。《本草》云：馬蘭生澤旁，氣臭，花似菊而紫。楚辭以惡草喻惡人。**疏曰：**（一）馬蘭，蔬類植物。田野自生，春日生苗，葉爲長卵形，端尖，甚粗糙，有大脉三條，鋸齒甚淺，人取以爲蔬。入夏高二三尺，開紫花，與鷄兒腸同，惟有冠毛，甚多。（二）加，叶掩。

校勘記：①"則"，原脱，今據李刻本、明翻宋本、汲古閣本補。②"諂"，原誤作"讒"，今據李刻本、明翻宋本、汲古閣本改。後文凡作"讒"而他本皆作"諂"者，徑改不出校。③"踸踔"，原脱，今據李刻本、明翻宋本、汲古閣本補。

棄捐葯芷與杜衡兮，余柰世之不知芳何。言棄捐芳草忠正之士，當柰世人不知賢何。葯(一)，一作蘭。衡，一作蘅。一本"余"下有"今"字。一云：余柰夫世不知芳何。一云：余柰夫不知芳何。《釋文》：葯音約。**疏曰：**（一）药，同藥。

无三欠一生曰：此上言世溷濁，由於不辨賢否。

何周道(一)之平易兮，然蕪穢而險戲。險戲，猶言傾危也。言周家建立德化，其道平直公方，所履無失，而言蕪穢傾危者，心惑意異也。以平直爲傾危，則以忠正爲邪枉也。《詩》曰：周道如砥(二)，其直如矢(三)。［補］曰：易，以豉切。戲，音希。**疏曰：**（一）周道，大道也，道路也。謂大路之平易，忽然蕪穢而傾危，猶《詩》云"鞠爲茂草"，以喻世之忽亂也。（二）砥，音紙，磨石也。又平也。（三）矢，音始，箭也。"周道"二句，見《詩·小雅·大東》篇。"鞠爲茂草"，見《詩·大東》篇，又《小弁》篇。

高陽無故而委塵兮，高陽，帝顓頊也。委(一)塵，坋(二)塵也。言帝顓頊聖明克讓，然無故被塵翳。言與帝共工争天下也。《淮南子》曰：顓頊與共工争爲帝(三)。**疏**

曰：(一) 委，棄也。(二) 坋，音憤，塵起也。又拌也。通作坌。(三)“顓頊”句，見《淮南子》三《天文訓》，原文作“昔者，共工與顓頊争爲帝”。唐虞點灼而毁議。點，汙也。灼，炙(一)也。猶身有病，人點炙之。言堯、舜至聖，道德擴被，尚點炙謗毁。言有不慈之過，卑父(二)之累也。[補] 曰：《集韻》議有儀音。**疏曰：**(一) 炙，音久，艾灼也。既謂灼炙，點即不可曰汙，當謂以火然之，喻毁傷也。(二) 父，上聲。

誰使正其真是兮，言佞人妄論，以善爲惡，乃非訕聖王，當誰使正其真僞乎？己以忠被罪，固其宜也。雖有八師而不可爲。八師，謂禹、稷、卨(一)、皐陶、伯夷、倕(二)、益、夔也。言[①]堯、舜有聖賢之臣八人，以爲師傅，不能除去虚僞之謗乎？疾讒之辭也。**疏曰：**(一) 卨，音契。(二) 倕，一作垂。

又曰：此上言世已如此，雖古之賢君臣出，亦不可爲。

校勘記：①“言”，原脱，今據李刻本、明翻宋本、汲古閣本補。

皇天保其高兮，后土持其久(一)。言皇天保其高明之姿，不可踰越也。后土持其久長，不可掘(二)發也。賢人守其志分(三)，亦不可傾奪也。一云不可輕脱。**疏曰：**(一) 久，叶以。(二) 掘，音闕，以鐵器起土也。(三) 分，去聲，職也。

服清白以逍遥兮，偏與乎玄英異色。玄英，純黑也，以喻貪濁。言己被服芬香，履修清白，偏與貪濁者異行，不可同趣也。色，一作采(一)。[補] 曰：《爾雅》：冬爲玄英。**疏曰：**(一) 色、采，均叶止。

西施媞媞而不得見兮，西施，美女也。媞媞，好貌也。《詩》曰“好人媞媞”(一)也。[補] 曰：《淮南》云：嫫母有所美(二)，西施有所醜。又曰：曼頰皓齒(三)，形夸骨佳，不待脂粉芳澤而性可説者，西施、陽文(四)也。媞，大奚切。媞媞，安也。一曰美好。**疏曰：**(一)“好人”句，見《詩·葛屨》篇，“媞媞”作“提提”。(二)“嫫母”諸句，見《淮南子》十六《説山訓》。(三)“曼頰皓齒”，見同上十九《脩務訓》。(四) 陽文，美女，未詳。蓌母勃屑而日侍。蓌母，醜女也。勃屑，猶媻姍，膝行貌。言西施媞媞，儀容姣好，屏不得見。蓌母醜惡，反得媻姍而侍左右也。以言親近小人，斥逐君子也。日，一作近。[補] 曰：蓌，音謨。屑，蘇骨切。勃屑，行貌。媻[①]姗[(一)]，一作蹣跚[(二)]。**疏曰：**（一）媻姗，匍匐上下也。媻，音槃。姗，忍安切。（二）蹣跚，跛行貌。蹣，音盤，又音瞞。跚，音珊。

校勘記：①“媻”，原誤作“磐”，今據李刻本、明翻宋本、汲古閣本改。

桂蠹不知所淹留兮，桂蠹[(一)]，以喻食[①]禄之臣也。言桂蠹食芬香，居高顯，不知留止，妄欲移徙，則失甘美之木，亡其處[(二)]也。以言衆臣食君之禄，不建忠信，妄行佞諂[②]，亦將失其位，喪[(三)]其所[(四)]也。[補] 曰：蠹，音妬，木中蟲。**疏曰：**（一）蠹，見前《九辯》“惟其紛糅而將”句疏。（二）處，上聲。（三）喪，去聲，失也。（四）所，處也。蓼[(一)]蟲不知徙乎葵菜[(二)]。言蓼蟲處辛烈，食苦惡，不能知徙於葵菜，食甘美，終以困苦而癯瘦也。以喻己修潔白[③]，不能變志易行，以求禄位，亦將終身貧賤而困窮也。知，一作能。[補] 曰：蓼，辛[(三)]菜也，音了。《魏都賦》[(四)]云：習蓼蟲之忘辛。李善引《楚辭》：蓼蟲不知從乎葵藿。**疏曰：**（一）蓼，一年生草。多生於水邊，葉味辛香。古人食饌以調和，烹鷄、豚、魚、鼈皆用之。後世但以爲觀賞品，種類甚多：水蓼、馬蓼、辣蓼等。（二）菜，叶几。（三）辛，音新，辣也。（四）《魏都賦》，左太沖思作。

校勘記：①“食”，原誤作“貪”，今據李刻本、明翻宋本、汲古閣本改。②“妄行佞諂”，原誤作“棄於諂佞”，今據李刻本、明翻宋本、汲古閣本改。③“白”，原脱，今據李刻本、明翻宋本、汲古閣本補。

處[(一)]溷溷之濁世兮，今安所達乎吾志。言己居濁溷之世，無有達我清白之志也。溷[(二)]，一作涽。一無“乎”字。一云：今安達乎吾志。[補] 曰：溷，音昬[①]。**疏曰：**（一）處，上聲。（二）溷、涽同。

校勘記：①“昬”，原作“昏”，今據李刻本、明翻宋本、汲古閣本改。

意有所載而遠逝兮，固非衆人之所識[(一)]。識，知也。言己心載忠正之志，欲遠去以求賢人君子，固非衆人所能知也。［補］曰：識，音志。**疏曰：**（一）識，本音失，志係叶。

又曰：此上言原雖在亂世，得守常不變。

驥躊躇於弊輂兮，躊躇，不行貌。輂(一)，一作轝，一作輦。［補］曰：輂(二)，拘玉切，大車駕馬。**疏曰：**（一）輂、轝同。輦，連上聲，車之以人挽者曰輦，天子之車曰輦。又挽也。（二）輦，當係輂字之誤。遇孫陽而得代(一)。孫陽，伯樂(二)姓名也。言衆人不識騏驥，以駕敗車，則不肯進，遇伯樂知其才力，以車代之，則至千里，流名德也。以言俗人不識己志，亦將遇明君，建道流化，垂功業也。**疏曰：**（一）代，叶地。（二）樂，入聲。

吕望窮困而不聊生兮，遭周文而舒志。甯戚飯(一)牛而商歌兮，桓公聞而弗置。皆解於《離騷經》。弗，一作不。［補］曰：聊，賴也。**疏曰：**（一）飯，音反。路室女之方桑兮，路室，客舍也。孔子過(一)之以自侍。言孔子出游，過於客舍，其女方采桑，一心不視，喜其貞信，故以自侍。過，一作遇。**疏曰：**（一）過，音戈。

吾獨乖剌而無當兮，乖，差也。剌，邪也。［補］曰：剌，戾也，力達切。心悼怵而耄思。耄，亂也，九十曰耄。言古賢俊皆有遭遇，我獨乖差，與時邪剌，故心中自傷怵惕，而思志爲①耄亂。［補］曰：思，去聲。

又曰：以上言原遇讒妬，終望懷王之寤，如古之吕、甯。

校勘記：①"爲"，原誤作"當"，今據李刻本、明翻宋本、汲古閣本改。

思比干之怦怦兮，怦怦，忠直之貌。［補］曰：怦，披①耕切，忼慨也。哀子胥之慎事。子胥臨(一)死曰：抉吾兩目，置吴東門，以觀越兵之入也。死不忘國，故言慎事也。［補］曰：子胥慎事吴王而見殺，故哀之。**疏曰：**（一）臨，將也，當也。②

校勘記：①"披"，原誤作"振"，今據李刻本、明翻宋本、汲古閣本改。

②此句上頁眉戴之麟題校補時地云：戊子九月十二日午前，縣中校。

悲楚人之和氏兮，獻寶玉以爲石（一）。遇厲武之不察兮，厲，厲王。武，武王。羌兩足以畢斮。斮，斷也。昔卞和得寶玉之璞（二），而獻之楚厲王，或毀之以爲石，王怒，斷其左足。武王即位，和復獻之，武王不察視，又斷其右足。和乃抱寶泣於荆山（三）之下，悲極血出，於是暨成王，乃使工人攻之，果得美玉，世所謂和氏之璧也。或曰：兩足畢索。索，盡也。以言玉石易别於忠佞①，尚不能知，己之獲罪，是其常也。一本云：兩足以之畢斮。［補］曰：斮，仄略切。劉向《新序》云：荆人卞和，得玉璞而獻之荆厲王，王使工尹相之，曰：石也。王以和爲謾，而斷其左足。厲王薨，武王即位，和復奉玉璞而獻之武王，王②使工③尹（四）相之，曰：石也。又以爲謾（五），而斷其右足。武王薨，共王即位，和乃奉玉璞而哭於荆山中，三日三夜，泣盡而繼之以血。共王聞之，乃使人理其璞而得寶焉。又《淮南子》注（六）云：楚人卞和，得美玉璞於荆山之下，以獻武王，王以示玉人，玉人以爲石，刖（七）其左足。文王即位，復獻之，以爲石，刖其右足。抱璞不釋而泣④血。及成王即位，又獻之，成王曰：先君⑤輕刖而重剖石。遂剖視之，果得美玉，以爲璧，蓋純白夜光，故曰和氏之璧。又《琴操》（八）曰：卞和得玉璞，以獻楚懷王，使樂正子占之，言非玉，以其欺謾，斬其一足。懷王死，子平王立，和復抱其璞而獻之。平王復以爲欺，斬其一足。平王死，和欲獻，恐復見斷，乃抱其玉而哭荆山之中。諸説不同。按《史記·楚世家》：武王卒，子文王立。文王卒，子熊囏立，是爲杜敖。其弟弑杜敖自立，是爲成王。則《淮南子》注爲是。《新序》之説與朔（九）同，然與《史記》不合，今並存之。**疏曰：**（一）第二句末“石”字宜叶灼。（二）璞，玉之未琢者。（三）荆山，在今湖北南漳縣西，漳水所出。古豫州在荆山北，荆州在荆山南。（四）工尹，尹正也。工，長官也。（五）謾，欺也，音漫。又音瞞。（六）考《楚世家》及《六國表》，楚無厲王。《新序》所云各王昭穆失次，當以《淮南》注爲當。（七）刖，音月，斷足也，古肉刑名。（八）《琴操》，《辭源》午集玉部八畫：“書名，蔡邕、孔衍各有《琴操》一卷，桓譚有《琴操》二卷。”無原書可考，不知所出。⑥（九）朔，指東方朔也。

校勘記：①“佞”，原誤作“信”，今據李刻本、明翻宋本、汲古閣本改。②“王”上，原衍“武”字，今據李刻本、明翻宋本、汲古閣本删。③“工”，李刻本、明翻宋本、汲古閣本作“王”，柳刻本作“玉”。以下文疏證曰“工，長官也”，今不改。④“泣”，原誤作“注”，今據李刻本、明翻宋本、汲古閣本改。⑤“君”，原作“王”，今據李刻本、明翻宋本、汲古閣本改。⑥此句上頁眉戴之麟題校補時地云：戊子五月二十日上午，拺左補録。

小人之居勢兮，志狹智少，爲小人也。視忠正之何若？言小人智少慮狹，苟欲承順求媚，以居位勢，視忠正之人當何如乎？甚於草芥（一）也。之，一作其。**疏曰：**（一）芥，音戒，蔬類植物。葉似油菜（俗曰臘菜）而有缺刻，葉面常皺縮粗糙。秋末下種，冬時可食，宜作齏。春深開小黄花，結實成莢，子如粟粒。研之成末，味極辛烈，食饌中用以調和，亦爲藥用。

改前聖之法度兮，前，一作先。喜囁嚅而妄作。囁嚅，小語謀私貌也（宜删）。言小人在位，以其愚心改更先聖法度，背違仁義，相與耳語謀利[①]，而妄造虚僞[②]以譖毁賢人也。囁嚅，或作噂沓。［補］曰：囁，如葉切。嚅，如朱切。《説文》云：噂，聚語也。引《詩》“噂沓（一）背憎（二）”。**疏曰：**（一）噂沓，語聲雜沓也。噂，音撙。（二）“噂沓”句，見《詩·十月》篇。[③]

校勘記：①“相與耳語謀利”，原脱，今據李刻本、明翻宋本、汲古閣本補。②“虚僞”，原誤作“僞虚”，今據李刻本、明翻宋本、汲古閣本改。③此句上頁眉戴之麟題校補時地云：戊子四月二十四日上十時，縣中三下教室課文終校。

親讒諛[①]而疏賢聖[②]兮，訟謂閭娵爲醜惡。讙譁爲訟。閭娵，好女也。言君親信讒諛之臣，斥逐忠正，背先聖法度，衆人讙譁之訟，以好爲惡，心惑意迷而不自知也。一無“謂”字。娵，一作娶。［補］曰：《荀子》曰：閭姝子奢，莫知媒兮。亦作閭娵。韋昭（一）云：梁王魏瞿（二）之美女。娵，音鄒。《集韻》：娶音須，人名，引《荀子》“閭娶子奢”。**疏曰：**（一）韋昭，三國吴雲陽人，字弘嗣。史爲晉諱，改曜。少好學，能屬文。歷遷太子中庶子，嘗承令爲《博奕論》，爲時所稱。孫皓立爲侍中，領國史，以持正爲皓所殺。有注《孝經》、《論語》，《洞記》、《官職訓》、《辨〈釋名[③]〉》、《國語注》。（二）魏瞿，俟考。“閭姝”二句，又見《國策》十七《楚四》“客説春申君曰”節語。[④]

校勘記：①“諛”，原誤作“佞”，今據李刻本、明翻宋本、汲古閣本改。後文凡作“佞”而他本皆作“諛”者，徑改不出校。②“賢聖”，原誤作“聖賢”，今據李刻本、明翻宋本、汲古閣本改。③“釋名”，原脱，今據《辭源》補。④此句上頁眉戴之麟題校補時地云：己丑正月七日上午，新後正寢。

愉(一)近習而蔽遠兮，孰知察其黑白。言君近諂諛，習而信之，蔽遠賢者，言不見用，誰當知己之清白，彼之貪濁也。愉，一作俞(二)。［補］曰：愉，音愈。**疏曰**：（一）愉，樂也。又顔色和悦也。（二）俞，音余，然也。

卒不得效(一)其心容兮，卒，一作來。**疏曰**：（一）效，音校，以力自效也。安眇眇(一)而無所歸薄。薄，附也。言己放流，不得内竭忠誠，外盡形體，東西眇眇，無所歸附也。**疏曰**：（一）眇，音秒。眇眇，難辨識也。

又曰：此上言懷王爲讒佞終誤，己無所望，不知歸附。

專精爽以自明兮，晦冥冥而壅蔽。言己專壹忠情，竭盡耳目之精明，欲以助君，而爲佞人之所壅蔽，不得進也。

年既已過(一)太半兮，然埳軻而留滯。埳①軻，不遇也。言己年已過(一)五十，而埳軻沈滯，卒無所逢遇也。埳，一作轗，一作輡。［補］曰：埳，苦闇切。軻，苦箇②切。又音坎可。轗，音坎。埳坷，不平也。輡軻，車行不平。一曰不得志。**疏曰**：（一）兩“過”字均音戈。

校勘記：①“埳”，明翻宋本、汲古閣本作“輡”。下“而埳軻沈滯”同此。②“箇”，明翻宋本、汲古閣本作“个”。

欲高飛而遠集兮，恐離罔(一)而滅敗。罔以喻法。言己(二)欲高飛遠止他方，恐遭罪法以滅敗忠厚之志也。離，一作罹。**疏曰**：（一）罔，音枉，法也。（二）注前後各“己”字，皆當易“原”字。

獨冤抑而無極兮，傷精神而壽夭。壽[一]命夭[二]也。**疏曰：**（一）壽，年也。（二）夭，歿也。謂年歿也。

皇天既不純[一]命兮，余生終無所依。依，保也。一本無上四句。**疏曰：**（一）純，音淳，全也。

願自沈於江流兮，絶横流而徑逝。徑[一]，一作遠。**疏曰：**（一）徑，音經去聲，直也。

寧爲江海之泥塗兮，安能久見此濁世？言己思委命於江流，沈爲泥塗，不忍久見貪濁之俗也。

又曰：此以不願居濁世作結。

怨　思

賢士窮而隱處[一]兮，士，一作者。廉[二]方正而不容。言時貪亂者衆，賢者隱蔽，廉正之士不能容於世也。**疏曰：**（一）處，上聲。（二）廉，音年，方也，又潔也。此謂潔也。

子胥[一]諫而靡[二]軀[三]兮。**疏曰：**（一）子胥事，見前《天問》"勲闔夢生"疏。（二）靡，音敏義切。此音縻，密夷切，滅也，縻爛也。（三）軀，身也，謂滅絶其身也。軀，音區。比干[一]忠而剖[二]心。**疏曰：**（一）比干事，見前《九章·涉江》"比干菹醢"疏。（二）剖，音普毆切，又敷武切，義同判也。中分爲剖，謂剖分其心也。

子推[一]自割[二]而飤[三]君兮，德[四]日忘而怨[五]深。已解於《九章》也。一云：推自割而食君兮。［補］曰：靡，美皮切。飤，音寺，糧也。食音同。**疏曰：**（一）子推事，見前《九章·惜往日》"介子忠而立枯兮"疏。（二）割，音葛，以刀裂之也。（三）飤，《玉篇》："食也，與飼同。"《增韻》："以食食人也。"此謂介子推從晉文公出亡，割肉以飤文公也。通作食，又或作飴。《晉書·王薈傳》："以私米作饘粥以飴餓者。"飴，音嗣。《六書故》："飭、飾，皆從飤爲聲。"飼，俗讀遲，非。（四）德，原音近的，職韻。俗讀亦非。（五）怨，音苑，願韻；又平聲，元韻。義同讎也，恨也。此合上三句，謂吴王、商紂、晉文忘子胥之忠、比干之諫、子推之割，反怨之深也。

行(一)明白而曰黑兮，荆棘聚而成林。荆(二)棘(三)多刺，以喻讒賊。言己修行清白，皎然日明，而讒人聚而蔽之謂之暗，使不得進也。聚，一作藂(四)。**疏曰：**（一）行去聲，與行異。行平聲，爲也，作也，行事之已成也。（二）荆，音京。（三）棘，見《天問》"何繁鳥萃棘①"疏。（四）藂，音從，聚也。與叢同。

旡三欠一生曰：此上言原怨思之由。

校勘記：①"棘"，原誤作"集"，今據前文改。

江離棄於窮巷兮，蒺藜(一)蔓(二)乎東廂(三)。牆①序(四)之東爲東廂。以言賢者棄捐閭巷，小人親近左右也。藜，一作蔾。［補］曰：曼，音萬。廂，廡(五)也。**疏曰：**（一）蒺藜，二年生草。生於海濱沙地，莖平卧，葉爲偶數羽狀複葉，夏日開小花，五瓣，色黄，實大約三分許，有刺。一種白蒺藜出陝西之沙苑者，莢長寸許，子大如脂麻，謂之沙苑蒺藜。皆可入藥。藜、蔾同。（二）蔓，植物之莖細而延長者也。如纏繞莖、葡萄莖②等是。麟按：蔓，草本植物。葉莖皆有刺，不可近，亦不易除，非掘其根不死。花落結莢，老則紅，實藏莢中，如胡椒子，不種即生，隨處有之。此則引申爲形容詞也。（三）廂，音相，廊也，東西序也。廊側之房，今謂之廂房。（四）序，音緒。《爾雅》："東西牆謂之序。"今廊廡之屬亦曰東西序，謂堂側之廂也。即東堂西堂之隔牆，取序列内外之義，《書·顧命》"東序西嚮，西序東嚮"是也。（五）廡，音武，堂下周屋，亦謂之廊。又宇也。

校勘記：①"牆"，明翻宋本、汲古閣本作"廧"。②"葡萄莖"，當作"匍匐莖"。

賢者蔽而不見兮，讒諛進而相朋。相朋，一作在位。朋，一作明。

梟鴞並進而俱鳴兮，鳳皇飛而高翔。言小人相舉而論議，賢智隱而深藏也。**疏曰：**麟按："翔"與"廂"隔句爲韻。"朋"與下二句"通"爲韻，亦隔句叶也。

願壹往而徑逝兮，壹，或作一。道壅絶而不通。言己思壹見君，盡忠言而遂徑去，障蔽於讒佞而不得至也。

又曰：此上言徒思無益，不如他逝以了之。

自　悲

居愁懃其誰告兮，獨永思而憂悲。言己放在山澤，心中愁苦，無所告愬，長憂悲而已。懃，一作苦。

内自省而不慙兮，操愈堅而不衰。言己自念懷抱忠誠，履行清白，内不慙①於身，外不愧②於人，志愈堅固不衰懈也。

校勘記：①"慙"，原作"慚"，今據李刻本、明翻宋本、汲古閣本改。②"愧"，明翻宋本、汲古閣本作"媿"。

隱三年而無決兮，歲忽忽其若頽。言己放在山野，滿三年矣。歲月迫促，去若頽下，年且老也。古者人臣三諫不從，待放三年，君命還則復，無則遂行也。

憐余身不足以卒意兮，憐，一作怜(一)。卒，《釋文》作猝(二)。**疏曰：**（一）怜，即憐。（二）猝、卒同，終也。冀一見而復歸。言己自憐身老，不足以終志意。幸復一見君，陳忠言，還鄉邑也。

哀人事之不幸兮，幸(一)，愛(二)。**疏曰：**（一）幸，慶也，福也。（二）愛下宜加"也"字。作愛非。屬天命而委之咸池。咸池，天神也。言己自哀不能修人事以見愛於君，屬禄命於天，委之神明而已。［補］曰：言己遭時之不幸，無可奈何，付之天命而已。逸説非是。屬，音燭，付也。《淮南》云：咸池者(一)，水魚之囿也。注云：

水魚，天神。**疏曰：**（一）“咸池”句，見《淮南子》卷三《天文訓》。參看前《離騷》“飲余馬於咸池兮”疏。①

旡三欠一生曰：此上言自悲之由。

校勘記：①此句上頁眉戴之麟題校補時地云：戊子二月一日午前，縣中辦公廳。

身被疾而不閒兮，閒，差也。［補］曰：閒，瘳（一）也，音諫。差，楚懈切。**疏曰：**（一）瘳，病愈也。心沸熱其若湯。言己修行仁義，身反被病而不閒差。憂道不立，心中怛（一）然而氣熱，若湯之沸。沸，一作怫。［補］曰：怫，音費，忿貌。**疏曰：**（一）怛，多遏切，悲慘也，驚愕也。又勞也。

冰炭不可以相並兮，並，併也。吾固知乎命之不長。言冰見炭則消，炭得冰則滅，以喻忠佞不可並處（一），則相傷害，固知我命之不得長久，將消滅也。一云：固知余命之不長。一云：吾乎固知命之不長。**疏曰：**（一）處，上聲。

哀獨苦死之無樂（一）兮，惜予年之未央。自哀惜死年尚少（二）也。予，一作余。**疏曰：**（一）樂，音洛。（二）少，去聲。①悲不反余之所居兮，一本“不”下有“得”字。恨離予之故鄉。不得歸郢見故居也。②

又曰：此上言悲在異鄉。

校勘記：①此句上頁眉戴之麟題校補時地云：縣中三下教室課文又校。②此句上頁眉戴之麟題校補時地云：己丑四月二日午前，圖書館終校。

鳥獸驚而失羣兮，飛者爲鳥，走者爲獸。羣，一作群（一）。［補］曰：《禮記》云：今是大鳥獸，失喪（二）其羣匹（三），越月踰時焉，則必反巡，過（四）其故鄉，翔回焉，鳴號（五）焉，蹢躅（六）焉，踟蹰（七）焉，然後乃能去之。**疏曰：**（一）群，俗羣字。（二）喪，去聲。（三）“今是大鳥獸”諸句，見《禮記·三年問第三十八》，“失”上有“則”字。（四）過，平聲。（五）號，平聲。（六）蹢躅，行不進也。蹢，音擲。躅，同躅，柱欲切。(七) 踘蹰，猶裴裏也。猶高飛而哀鳴。言鳥獸失其羣偶，尚哀鳴相求，以刺同位之人，曾無相念之意也。

狐死必首丘兮，夫人(一)孰能不反其真情。真情，本心也。言狐狸之死猶嚮丘穴，人年老將死，誰有不思故鄉乎？言己尤甚也。**疏曰：**(一) 夫，此也。夫人即此人也，猶若人也。

又曰：此上假物以寫相悲。

故人疏而日忘兮，新人近而俞好(一)。言舊故忠臣，日以疏遠；讒諛新人，日近而見親也。俞，一作愈。一云：新人愈近而日好。［補］曰：俞，與愈同。**疏曰：**(一) 好，叶去聲。

莫能行於杳冥兮，孰能施於無報？言衆人誰能有執(一)心正行於杳冥之中，施於無報之人乎？言皆苟且而行，以求利也。［補］曰：《傳(二)》曰：行乎冥冥，施乎無報。**疏曰：**(一) 執，守也。(二) 傳，去聲。

苦衆人之皆然兮，乘回風而遠游。言己患苦衆人皆行苟且，故乘風而遠去也。

淩(一)恒山其若陋兮，淩，乘也。恒山(二)，北嶽也。陋，小也。［補］曰：恒，胡登切。恒山在中山曲陽縣西北。**疏曰：**(一) 淩，音陵，歷也。(二) 恒山，見前《九歌·大司命》"導帝之兮①九坑"疏。聊愉(一)娱以忘憂。言己乘騰高山，以爲庳(二)小，陟險猶易，聊且愉樂，以忘悲憂也。愉，一作媮(一)。［補］曰：並音俞。**疏曰：**(一) 愉、媮音義同，樂也。(二) 庳，音卑，下也。

校勘記：①"兮"，原誤作"乎"，今據前文改。

悲虛言之無實兮，讒言無誠，君不察也。苦衆口之鑠金(一)。已解於《九章》中。**疏曰：**(一) "衆口鑠金"，見《九章·惜誦》"故衆口其鑠金兮"疏，詳《文選》文三十九《鄒陽獄中上書》。

過故鄉而一顧兮，泣歔欷[一]而霑[二]衿[三]。言己遠行，猶思楚國，而悲泣也。**疏曰：**（一）歔欷，悲泣氣咽而抽息也。歔，音虛。欷，音希。（二）霑，音占，同沾，濡也。又漬也。（三）衿，音今，交衽也。謂衣下旁掩裳際處，與衽署同。本作衿，亦作襟。又衣交領也。

厭白玉以爲面兮，厭，著[一]也。［補］曰：厭，於葉切，一音淹[①]。**疏曰：**（一）著，音作，猶傅也。懷琬[一]琰[二]以爲心。言己施行清白，心面若玉，内外相副。**疏曰：**（一）琬，音宛，圭之無鋒芒者也。《周禮》："瑞圭九寸而繅，以象德。"言諸侯有德，王命賜之，使者致琬圭以爲命也。"瑞圭九寸"諸句，見《周禮注疏》四十一《冬官·考工記下》"玉人"節，原文"瑞"作"琬"。[②]（二）琰，音剡，璧上起美色也，圭之鋭上者。《周禮》："琰圭九寸，判規以除慝，以易行。"言諸侯有爲不義，使者征之，執以爲瑞信也。此同上。[③]

校勘記：①"淹"，原誤作"掩"，今據李刻本、明翻宋本、汲古閣本改。②此句上頁眉戴之麟題校補時地云：戊子六月二十八日上午，捄屭補録。③此句上頁眉戴之麟題校補時地云：己丑十一月九日午前。

邪氣入而感内兮，施玉色而外淫。淫，潤也。言讒邪之言，雖自内感己志，而猶不變，玉色外潤，而内愈明也。

又曰：此上言原居異鄉，無可近之人，愈覺可悲。

何青雲之流瀾兮，瀾，一作爛。微霜降之蒙蒙[一]。蒙蒙，盛貌。《詩》云：零雨其蒙[二]。言遭佞人羣聚，造作虚辭，君政用急，天早下霜，則害草木，傷其貞節也。之，一作而。蒙，一作濛。注同。**疏曰：**（一）蒙作濛，與下句"湯"爲韻，叶茫。（二）"零雨"句，見《詩·東山》篇。

徐風至而徘徊兮，而，一作之。一作俳佪。疾風過[一]之湯湯[二]。風爲號令。言君命[①]寬則風舒，風舒則己徘徊而有還志也。令急風疾，則己惶遽，欲急去也。湯，一作蕩。一云：疾[②]風舒之蕩蕩。**疏曰：**（一）過，音戈。（二）湯湯，流貌，音商。蕩蕩，廣大也。作蕩蕩，亦宜叶商。

校勘記：①“命”，原脱，今據李刻本、明翻宋本、汲古閣本補。②“疾”，原誤作“急”，今據李刻本、明翻宋本、汲古閣本改。

聞南藩樂而欲往兮，藩，蔽也。南國諸侯爲天子藩蔽，故稱藩也。唐本無“樂而”二字。［補］曰：樂，五効切。往讀作入聲。至會稽而且止。會稽（一），山名也。言己聞南國饒樂，而欲往至會稽山，且休息也。**疏曰：**（一）會稽，見前《九歌·大司命》“導帝之兮九坑”疏二[①]。

校勘記：①“二”，原作“三”，以前文已調整疏證順序，改作“二”。

見韓衆（一）而宿之兮，問天道之所在（二）。韓衆，仙人也。天道，長生之道也。衆，一作終。**疏曰：**（一）衆，讀平聲。韓衆，見前《遠游》“羨韓衆之得一”疏。（二）在，叶以。

借浮雲以送予兮，載雌霓而爲旌。旌（一），旗也。有鈴爲旌也。載，一作戴。一云：載虹霓而爲旍（一）。［補］曰：《梁書（二）·王筠（三）傳》：沈約製《郊居賦》，要筠讀“至雌霓連蜷”，約曰：僕常恐人呼爲霓。上五激，下五鷄切。**疏曰：**（一）旌、旍同。（二）《梁書》，書名，唐姚思廉撰，凡五十六卷。其父察在陳嘗修梁、陳二史未就，貞觀三年，思廉受詔與魏徵續成之，叙事簡嚴，足稱良史。（三）王筠，梁琅玡臨淮人，字元禮。幼警敏，七歲能屬文。及長，好學。年六十九，以盜攻其家，懼墜井死。終司徒左長史，著書甚富。

駕青龍以馳鶩兮，班衍衍（一）之冥冥。言極疾也。**疏曰：**（一）衍衍，行貌，音演。

又曰：此上言原欲離南方他之，以抒其悲。以下至“爲室”，承上言他之庶可長生以待時。

忽容容(一)其安之(二)兮，超慌忽其焉(三)如(四)。不知所之也。焉，一作安。［補］曰：如，去聲。**疏曰：**（一）容容，苟且求容也，又飛揚之貌。（二）之，往也。（三）焉，音煙。（四）如，亦往也。

苦衆人之難信兮，願離羣而遠舉(一)。舉，去也。言苦見俗①人多言無信，不可據任，故願離衆而遠去也。［補］曰：舉，有據音。**疏曰：**（一）舉，叶余方合。

校勘記：①“俗”，原誤作“行”，今據李刻本、明翻宋本、汲古閣本改。

登巒山而遠望兮，巒(一)，小山也。一云登巒，無“山”字。**疏曰：**（一）山小鋭曰巒。好桂樹之冬榮。南方有不死之草，北方有不釋之冰也(一)。一云：好桂茂而冬榮。**疏曰：**（一）“南方”二句，見前《天問》“何所冬暖”句疏。①

校勘記：①此句上頁眉戴之麟題校補時地云：己丑六月二十五日午間。

觀天火之炎煬兮，聽大壑之波聲。大壑，海水也。言己仰觀天火，下覩海水，心愁思也。［補］曰：煬，以讓切。炙，燥(一)也。**疏曰：**（一）燥，音邵，乾也。

引八維以自道兮，天有八維(一)，以爲綱紀也。道，一作導。**疏曰：**（一）八維，即八隅也。含沆瀣以長生。言己乃攣持八維，以自導引，含沆瀣之氣，以不死也。［補］曰：沆，胡①亢；瀣，胡介切，本作瀣。居不樂以時思兮，以，一作而。一云思時。食草木之秋實。秋實，謂棗(一)栗(二)之屬也。**疏曰：**（一）棗，音早，落葉亞喬木。長二丈許，葉作卵形，互生。花小而黄，實橢圓。産於直隸山東省者，謂之北棗，有紅黑二色，紅者味甘美。産於浙江金華者，謂之南棗，形長，色紫，味甘、微酸，爲棗中佳品。（二）栗，吏逸切。落葉喬木，幹高四五丈，葉如箭鏃。初夏開花，實有殼斗甚大，刺如蝟毛，霜降后熟，外有硬殼，紫黑色。一苞内或單、或雙、或三四仁，淡黄色，可食。其材堅緻可以製器。又有每苞一實而形小者，爲栗之原種，謂之栵，其實曰芧栗，訛作茅栗，俗稱橡栗。

校勘記：①“胡”，原誤作“音”，今據李刻本、明翻宋本、汲古閣本改。

飲菌(一)若(二)之朝露兮，構(三)桂木而爲室。言飲食潔清，所處芬香也。［補］曰：菌，音窘。**疏曰**：（一）菌，見前《離騷》“雜申椒與菌桂兮”疏。（二）若，見前《九歌·雲中君》“華采衣兮若英”疏。（三）構，結也。

雜橘柚以爲囿兮，囿，一作圃。列新夷與椒楨。雜聚衆善，以自修飾也。［補］曰：新夷，即辛夷也。楨，女貞(一)也。**疏曰**：（一）女貞，常緑小灌木。幹高者六七尺，葉卵形，質厚，夏開小白花，花冠下部連合爲圓錐花序，實長橢圓形，色紫黑如鼠矢。近時花圃中多植此樹，以爲短籬。

鵾鶴孤而夜號(一)兮，哀居者之誠貞。言鵾雞、鶬鶴大鳥猶知賢良，哀惜己之履行正直，而不施用也。**疏曰**：（一）號，平聲。

又曰：此以原之他鄉不改貞操，雖物類亦知其悲，見其悲終無已時作結。①

校勘記：①此句上頁眉戴之麟題校補時地云：□□□月十日午□，韓庭左个。按：此頁眉截邊，闕四字。

哀　命一作哀時命。

哀時命之不合兮，傷楚國之多憂。言己自哀生時禄命，好(一)行公正，不與君合，憐傷楚國無有忠臣，國家多憂也。**疏曰**：（一）好，去聲。内懷情之潔白兮，潔，一作質。遭亂世而離尤。言己懷潔白之志，以得罪過於衆人也。而，一作以。

惡耿介之直行兮，世溷濁而不知。言衆人惡(一)明正之直士，以君闇昧，不知用之故也。**疏曰**：（一）惡，去聲。何君臣之相失兮，上(一)沅湘而分離。言讒佞害己，使明君放逐忠臣，上下(二)分離，失其所也。**疏曰**：（一）上沅湘“上”字，上聲。（二）下，亦上聲。

旡三欠一生曰：以上言原將去故國而往汨羅。

溯汨羅之湘水兮，汨水在長沙羅縣，下注湘水中。［補］曰：汨，音覓。知時固而不反。言己沈身汨水，終不還楚國也。傷離散之交亂兮，遂側身而既[①]遠。遂去而流遷也。

校勘記：①“既”，原誤作“隱”，今據李刻本、明翻宋本、汲古閣本改。

處[（一）]玄舍[（二）]之幽門兮，穴巖石而窟[（三）]伏。巖，穴[（四）]也。言己修德不用，欲伏巖穴之中，以自隱藏也。**疏曰：**（一）處，上聲。（二）玄舍，殆猶玄宮。玄宮，人君恭默思道之宮也。（三）窟，音哭。（四）穴，洞也。從水蛟而爲徒兮，與神龍乎休息。自喻德如蛟龍而潛匿也。乎，一作而。

何山石之嶄[（一）]巖兮，靈魂屈而偃蹇[（二）]。言山石高巖，非己所居，靈魂偃蹇難止，欲去之也。嶄，一作嶃。［補］曰：並士銜切。**疏曰：**（一）嶄，高峻貌，與巉同。（二）偃蹇，舉貌。又夭矯貌，沿用爲傲慢之義。含素水而蒙深兮，日眇眇而既遠。素水，白水也。言雖遠行，不失清白之節也。蒙深，一作濛濛。

又曰：此上言原已至汨羅，所見之景絶異，益足動哀。

哀形體之離解兮，解，一作懈[（一）]。［補］曰：解[（二）]，音懈。**疏曰：**（一）怠也。（二）解，分也。神罔兩而無舍[（一）]。罔[①]兩，無所據依[②]貌也（宜删）。舍，止也。自哀身體陸離，遠行解[③]倦，精神罔兩，無所據依而舍止也。罔，一作罔。［補］曰：郭象[（二）]曰：罔两，景[（三）]外之微陰也。**疏曰：**（一）舍，叶處。（二）郭象，晉河南人，字子玄。少有才理，好《老》《莊》，後官黄門侍郎，任職當權，薰灼内外，永嘉末卒。嘗竊纂向秀《莊子解義》爲己有云。（三）景，古影字。惟椒蘭之不反兮，椒，子椒也。蘭，子蘭也。不，一作無。魂迷惑而不知路[④]。言子椒、子蘭不肯反己，魂魄迷惑，不知道路當如何也。

校勘記：①"罔"，原作"罓"，今據李刻本、明翻宋本、汲古閣本改。下文"罔两，景外之微陰也"同此。②"據依"，原誤作"依據"，今據李刻本、明翻宋本、汲古閣本改。下文"無所據依而舍止也"同此。③"解"，原作"懈"，今據李刻本、明翻宋本、汲古閣本改。④"路"，原誤作"故"，今據李刻本、明翻宋本、汲古閣本改。

願無過之設行兮，《釋文》：行，户更切。雖滅没之自樂。言願設陳己行，終無過惡，雖身没名①滅，猶自樂不改易也。［補］曰：樂，去聲。痛楚國之流亡兮，哀靈修之過到。言懷王之過（一），已至於惡（二），楚國將危亡，失賢之故也。［補］曰：到，至也。**疏曰：**（一）過，無意之失。（二）惡，則有意爲之之失也。

校勘記：①"名"，原誤作"不"，今據李刻本、明翻宋本、汲古閣本改。

固時俗之溷濁兮，志瞀迷而不知路。瞀，悶也。迷，惑也。言己遭遇亂世，心中煩惑，不知所行也。［補］曰：瞀，音茂。念私門之正匠兮，匠（一），教也。**疏曰：**（一）匠，牆去聲，工匠也。遥涉江而遠去。言己念衆臣皆營其私，相教以利，乃以其邪心欲正國家之事，故己遠去也。①

又曰：此上言楚之君臣終之不寤，決無返理。②

校勘記：①此句上頁眉戴之麟題校補時地云：丁亥七月二十一日午前，韓左个。②此句上頁眉戴之麟題校補時地云：戊子四月二十四日午前，課餘又校。

念女嬃之嬋媛（一）兮，涕泣流乎於悒。於悒，增歎貌也（宜删）。已解於《離騷經》。悒，一作邑。［補］曰：於悒，音見《九章》（二）。**疏曰：**（一）嬋媛，見《離騷》"女嬃之嬋媛兮"疏。（二）《九章》作"於邑"，見《悲回風》"氣於邑而不可止"疏。我決死而不生兮，雖重追吾何及。言亦無所復還也。一云：吾其何及。

戲疾瀨之素水兮，望高山之蹇産（一）。言己履清白，其志如水，雖遇棄放，猶志仰高遠而不懈也。高山，一作喬（二）木。**疏曰：**（一）蹇産，同巑岏，詳《九章·悲回風》"思蹇嵯之不釋"疏。（二）喬，音橋，高大也。哀高丘之赤岸兮，遂没身而不反。言己哀楚有高丘之山，其岸峻嶮，赤而有光明，傷無賢君，將以阽(一)危，故沈身於湘流而不還也。没(二)，一作歿。**疏曰：**（一）阽，音顔，亦危也。（二）没、歿同。

又曰：此以原以所見而念及姊，終將不返，愈見己命之可哀作結。

謬　諫謬(一)，一作繆。

疏曰：（一）謬、繆，音義同。

怨靈修之浩蕩兮，已解於《離騷經》。夫何執操之不固。操，志也。固，堅也。言己念懷王信用讒佞，志數變移而不堅固也。［補］曰：操，七到切。悲太山之爲隍兮，隍，城下池也。《易》曰"城復于隍"也。隍，一作湟。［補］曰：《説文》：城池有水曰池，無水曰隍。孰江河之可涸。涸，塞也。言太山將頽(一)爲池，以喻君且失其位，用心迷惑，過惡已成，若江河之決(二)，不可涸塞也。［補］曰：涸，乎固切，水竭也。**疏曰：**（一）頽，傾斜也。（二）決，潰破也。"城復于隍"，見《易上經・泰卦》。

願承閒而效志兮，志，一作忠。［補］曰：閒，音閑。恐犯忌而干諱。所畏爲忌，所隱爲諱。干，觸也。言己願承君閒暇之時，竭效忠言，恐犯上忌，觸衆人諱，而見刑誅也。卒撫情以寂寞兮，寞，一作漠。然怊悵而自悲。怊悵，恨貌也（宜删）。言己終撫我情，寂寞不言，然怊悵自恨，心悲毒(一)也。［補］曰：怊，音超。**疏曰：**（一）毒，音獨，怨也。

旡三欠一生曰：以上代原言君不可諫，惟有自悲而已。

玉與石其同匱兮，匱(一)，匣(二)也。其，一作而。**疏曰：**（一）匱，巨位切，藏物器之大者，俗作櫃。（二）匣，音狎，藏物之器。大者曰箱，小者曰匣。貫魚眼與珠璣。圜(一)澤爲珠，廉(二)隅(三)爲璣。以言君不知賢愚忠佞之士，猶同玉石雜、魚眼與珠璣同貫而不别也。一云：麤(四)嵎(五)爲璣。［補］曰：璣字音機，珠不圓也。**疏曰：**（一）圜，同圓。（二）廉，音年，正也。（三）隅，角也。皆不圓之義也。（四）麤，同粗。（五）嵎，同隅。駑駿雜而不分兮，駑，頓馬也。良馬爲駿。［補］曰：頓，與鈍同。服罷牛而驂驥。在轅爲服，外騑爲驂。言君選士用人，雜用駑駿，不異賢愚，若駕罷牛，驂以騏驥，才力不同也。［補］曰：罷(一)，音皮。**疏曰：**（一）罷，疲也。

年滔滔而自遠兮，滔滔，行貌。遠，一作往。壽冉冉而愈衰。自傷不遇，年衰老也。愈，一作俞。［補］曰：俞，與愈同。衰(一)，所淚切，一所戾切。**疏曰：**（一）衰下宜加“叶”。心悇憛而煩寃兮，悇憛，憂愁貌也（宜删）。寃，一作怨，《釋文》作宛，於袁切。［補］曰：悇，他胡切。憛，他闇切。一曰：禍福未定。屈草自覆曰宛。蹇超摇而無冀。蹇，辭也。超摇，不安也。言己自念年老，心中悇憛，超摇不安，終無所冀望也。

又曰：此上言原知諫之不可，遂定計他之。

固時俗之工巧兮，滅規榘而改錯。［補］曰：錯，七故切。**疏曰：**自首句“固”字至此，間句叶韻。“固”、“涸”、“錯”叶，“諱”、“驥”、“冀”叶，“悲”、“璣”、“衰”叶。

卻騏驥而不乘兮，策駑駘而取路。當世豈無騏驥兮，誠無王良之善馭①。見執轡者非其人兮，故駶跳而遠去。皆已解在《九辯②》。［補］曰：許慎(一)云：王良，晉大夫御無恤(二)子良也。所謂御良也。一名孫無政，爲趙簡子御，死而託精於天駟(三)星。天文有王良星是也。**疏曰：**（一）許慎，見前《招魂》“鄭衛妖玩”疏。（二）無恤，簡子名，周春秋人。麟按：無恤子良也，當有脱簡。（三）天駟，房宿之别名。《爾雅》：“天駟，房也。”郭注：“龍爲天馬，故房四星謂之天駟。”按：房宿在二十八宿中爲東方蒼龍七宿之一。

校勘記：①“馭”，原誤作“遇”，今據李刻本、明翻宋本、汲古閣本改。②“辯”，原誤作“章”，今據李刻本、明翻宋本、汲古閣本改。

不量鑿而正枘兮，恐榘矱(一)之不同。已解於《離騷經》。同，一作周。［補］曰：鑿，才到切。枘，而鋭切。榘，俱雨切。矱，烏郭切。**疏曰：**（一）矱，度也。不論世而高舉兮，恐操行之不調(一)。調，和也。言人不論世之貪濁，而高舉清白之行，恐不和[①]於俗，而見憎(二)於衆也。**疏曰：**（一）調，叶通。（二）憎，惡也。

校勘記：①“和”，原作“合”，今據李刻本、明翻宋本、汲古閣本改。

弧弓弛而不張兮，弛，解(一)。弧一作故，弛一作施。《釋文》作弜。［補］曰：弧，音胡。《説文》：木[①]弓也。一曰：往體多、來體寡曰弧。弛、弜，並音矢。**疏曰：**（一）解下宜加“也”字别之。孰云知其所至？言弧弓雖强，弛而不張，誰知其力之所至乎？以言賢者不在職位，亦不知其才德也。無傾危之患難兮，焉知賢士之所死？言國無傾危之難，則不知賢士之伏節死義。［補］曰：《老子》云：國家昏亂有忠臣(一)。**疏曰：**（一）“國家昏亂有忠臣”，見《老子道德經·薄俗第十八》。

校勘記：①“木”，原誤作“大”，今據李刻本、明翻宋本、汲古閣本改。後文凡作“大”而他本皆作“木”者，徑改不出校。

俗推佞而進富兮，節行張而不著。張，一作明。［補］曰：著，張慮切。賢良蔽而不羣兮，朋曹比而黨譽。［補］曰：比(一)，音鼻。**疏曰：**（一）比，偏私也。

邪説飾而多曲兮，正法弧而不公(一)。弧，戾也。言世俗之人，推佞以爲賢，進富以爲能，故君之正法膠戾不用[①]，衆皆背公而鄉(二)私也。一本“邪”下有“枉”字。［補］曰：膠，音豪，戾也。**疏曰：**（一）公，叶光。（二）鄉，去聲，同嚮、向。直士隱而避匿兮，避(一)，一作辟。**疏曰：**（一）辟、避同。讒諛登乎明堂。明堂，布政之宫也。言忠直之士隱身避世，讒諛之人反登明堂而爲政也。［補］曰：《左傳》：勇則害上(一)，不登於明堂。**疏曰：**（一）“勇則”二句，見《左·文二年》“春王二月甲子，晉侯及秦師戰于彭衙，秦師敗績”傳。

又曰：此上言楚君臣上下皆習於非，正直之人宜去。

校勘記：①"用"下，原衍"隱身避世"一句，今據李刻本、明翻宋本、汲古閣本删。

棄彭咸之娱樂兮，言棄彭咸清潔之行，娱樂風俗，則爲貪佞也。［補］曰：彭咸以伏節死義爲樂(一)，而時人棄之。**疏曰：**（一）樂，音洛。滅巧倕之繩墨。言工滅巧倕之繩墨，則枉直失其制也。言君偝(一)先王之法，則自亂惑也。**疏曰：**（一）偝，同背。菎(一)蕗雜於黀蒸兮，枲翮曰黀，煏竹曰蒸。言持菎蕗香直①之草，雜於黀蒸，燒而然之，則不識於物也。以言取忠直棄之林野，亦不知賢也。一作箟(二)簬(三)。黀，一作菆，一作靡，一作蘔，一作叢，一作藂。一云：菎蔬雜於黀筵。［補］曰：菎，音昆。蕗，音路。箟，與箘同。箘，簬也，音窘，亦音昆。黀，麻藍(四)也。菆，麻蒸也。並音鄒。蒸，折麻中幹也。筵，竹炬也。並音烝。蘔、叢、藂，並與叢同，草叢生也。菆，亦音叢。靡，音縻。**疏曰：**（一）菎，音昆，香草也。菎蕗，今之箭囊也。（二）箟，古文箘。《山海經》注："箘亦篠類，中箭。"又竹名，出雲夢之澤，皮特黑色。又竹筍也。又箘桂，《本草》："花白蕊黄，正圓如竹箘。"又博荼也。（三）簬，古文簵，音路，美竹。中作箭。或作䕡。蕗，草名。《急就篇》："甘草一名蕗。"（四）麻藍，即麻莖也。藍，胡八切，音轄。又音皆，禾藁去皮穎也。或作稭。"箘亦篠"句，見《山海經》第五《中山經》"又東南一百八十里曰暴山，其木多椶柟"句注。②機蓬矢以射革。矢，箭也。言張强弩之機，以蓬蒿之箭，以射犀革之盾，必摧折而無所能入也。言使愚巧任政，必致荒亂，無所能成也。**疏曰：**此合上句，見《哀時命》篇。

校勘記：①"香直"，原脱，今據李刻本、明翻宋本、汲古閣本補。②此句上頁眉戴之麟題校補時地云：己丑正月二十五日午前，新庭。

駕蹇驢而無策兮，蹇，跛也。策，箠(一)也。**疏曰：**（一）箠，竹鞭也。又何路之能極？極，竟也。言君任駑頓①之臣，使在顯職，如駕跛蹇之驢，又無鞭箠，終不竟(一)道，將傾覆也。**疏曰：**（一）竟，終也。以直鍼而爲釣兮，釣(一)，一作鉤。［補］曰：鍼，音針。**疏曰：**（一）釣，音弔，俗讀刁，非。又何魚之能得(一)？言君不能以禮敬聘請賢者，猶以直鍼釣魚，無所能得也。**疏曰：**（一）得，音的，與極叶。

校勘記：①“頓”，原作“鈍”，今據李刻本、明翻宋本、汲古閣本改。後文凡作“鈍”而他本皆作“頓”者，徑改不出校。

伯牙之絶弦兮，伯牙，工鼓琴也。［補］曰：《列子》：伯牙（一）善鼓琴（二），鍾子期善聽。**疏曰：**（一）伯牙，春秋之善琴者，學於成連（嘗往來蓬萊山，援琴教伯牙），與鍾子期善。子期死，伯牙不復鼓琴，痛世無知音也。《吕氏春秋》注：“伯姓、牙名。”鍾子期，春秋楚人。伯牙鼓琴，志在高山流水，子期聽而知之。子期死，伯牙鼓瑟絶絃，謂無賞音者。麟按：伯牙琴臺遺址在今漢陽縣西門外半里許，余曾游其地，月湖在其側，風景頗佳。（二）“伯牙善鼓琴”二句，見《列子・湯問第五》。無鍾子期而聽之。鍾子期，識音者也。言鍾子期死，伯牙破琴絶絃，不肯復鼓，以世無知音也。言己不遇明君識忠直者，亦宜鉗（一）口而不語[①]言也。**疏曰：**（一）鉗，奇炎切，用以取物者，如今火鉗、夾鉗。引申之，凡以勢力挾持人者曰鉗，如鉗制、鉗忌。此猶言緘封也。

校勘記：①“語”，原誤作“能”，今據李刻本、明翻宋本、汲古閣本改。

和抱璞（一）而泣血兮，一云和氏。**疏曰：**（一）璞，玉之未琢者。和、璞，見前《怨世》“悲楚人”句疏。安得良工而剖之？和，卞和也。剖，猶治也。已解於上篇也。安，一作焉（一）。剖，一作刊（二），一作刑。**疏曰：**（一）焉，音煙，義同安。（二）刊，音堪，與刑義均同。同音者相和（一）兮，謂清濁也。**疏曰：**（一）和，去聲。同類者相似。謂好惡（一）也。以言君清明則潔白之士進，君闇昧則貪濁之人用。《易》曰：方以類聚（二），物以羣分。似，一作仇。**疏曰：**（一）好、惡，皆去聲。（二）“方以”二句，見《易經・繫辭上傳》。飛鳥號（一）其羣兮，鹿鳴求其友（二）。同志爲友。言飛鳥登高木，志意喜樂，則和鳴求其羣而呼其耦。鹿得美草，口甘其味，則求其友而號其侣也。以言在位之臣，不思賢念舊，曾不若鳥獸也。《詩》曰：嚶（三）其鳴矣（四），求其友聲。又曰：呦呦鹿鳴（五），食野之苹（六）。**疏曰：**（一）號，平聲。（二）

友，叶以。(三) 嚶，阿耕切，鳥鳴也。(四)“嚶其”二句，見《詩·伐木》篇。(五)“呦呦”二句，見《詩·鹿鳴》篇。呦呦，鹿鳴聲，音幽。(六) 苹，音平，白蒿屬，又萍也。

故叩宮而宮應兮，彈角而角動。叩，擊也。彈，揳(一)也。宮、角，五音也。言叩擊五音，各以其聲感而相應也。以言君求仁則仁至，修正則下(二)直也。一云：叩宮而商應，彈角而徵(三)動。［補］曰：《莊子》云：鼓宮宮動(四)，鼓角角動，音律同矣。《淮南》云：調絃者叩宮宮應(五)，彈角角動，此同聲相和(六)者也。注：叩大宮則少(七)宮應，彈大角則少(七)角動。**疏曰：**(一) 揳，吉噎切，與戛同，謂轢之也。又與擊同。(二) 下，上聲。(三) 徵，音只。(四)“鼓宮宮動”二句，見《莊子菁華下》卷六《徐無鬼》篇。(五)“調①絃者叩宮宮應”三句，見《淮南子》卷十一《齊俗訓》，“調”作“故”，“聲”作“音”，“和”作“應”，無“者”字，“宮”、“角”中各有“而”字。(六) 和，去聲。(七) 兩“少”字，均去聲。

校勘記：①“調”，原誤作“謂”，今據上文改。下文“‘調’作‘故’”同此。

虎嘯(一)而谷風至兮，虎，陽物也。谷風，陽氣也。言虎悲嘯而吟，則谷風至而應其類也。以言君修德行正，則百姓隨而化也。**疏曰：**(一) 嘯，音笑，鳴也。龍舉而景雲(一)往。龍(二)，介蟲①，陰物也。景雲，大雲而有光者。雲亦陰也。言神龍將舉陞天，則景雲覆而扶之，輔其類也。言君好賢士，則英俊往而並集也。［補］曰：《詩》云：習習谷風(三)。《易》曰：雲從龍(四)，風從虎。《新序》(五)：孔子曰：虎嘯而谷風起，龍興而景雲見。《淮南》曰：虎嘯而谷風至(六)，龍舉而景雲屬。注云：虎，土物也。谷風，木風也。木生於土，故虎嘯而谷風至。龍，水也。雲生水，故龍舉而景雲屬。《管輅(七)別傳》云：徐季龍(八)與輅共論，龍動則景雲起，虎嘯則谷風至。以爲火星者龍，參星者虎，火出則雲應，參出則風到，此乃陰陽之感化，非龍虎之所致也。輅言：若以參星爲虎，則谷風更爲寒霜之風，非東風之名。是以龍者陽精，以潛爲陰，幽靈上通，和氣感神，二物相扶，故能興雲。夫虎者，陰精而居于陽，依木長嘯，動於巽林，二數相感，故能運風。況龍有潛飛之化，虎有文明之變，招雲召風，何足爲疑？季龍言：龍之在淵，不過一井之底。虎之悲嘯，不過百步之中。形氣淺弱，所通者近，何能漂景雲而馳東風？輅言：君不見陰陽燧在掌握之中，形不出手，乃上引太陽之火，下引太陰之水，嘘吸之間，煙景以集，自然之道，無有遠近。**疏曰：**（一）景雲，《瑞應圖》："太平之應也。一曰慶雲，非氣非烟，五色絪緼。"《瑞應圖》，《辭源》午集三五頁玉部九畫："《瑞》，書名。《隋·經籍志》有《瑞應圖》二卷，《瑞圖讚》二卷。"② （二）龍，閭容切。舊説爲鱗蟲之長，能興雲雨，利萬物，故爲四靈之一。西人恒闢其説，謂無是物。惟清季宜昌曾於山洞掘見化石，與龍無異，斷爲古非虚説。博物家折衷言之，謂古有今無，理或然歟？（三）"習習谷風"，見《詩·谷風》篇，又《小旻》篇。（四）"雲從龍"二句，見《易上經·乾卦》。風則空氣動蕩而成，非虎所能爲也。不過虎大行迅，亦可鼓動成風耳。雲雨，亦空氣爲日光薰蒸遇冷而成，非龍所能興，不過龍之出現必隨雲雨。故曰"雲從龍，風從虎"也。（五）《新序》，书名，汉刘向撰。今本十卷，所録皆春秋至漢初軼事，可爲法戒者。其大旨主於正紀綱，迪教化，惟傳聞異詞、姓名、時代不免有與諸書牴牾之處。（六）"虎嘯"二句，見《淮南子》三《天文訓》。（七）管輅，三國魏平原（縣名，屬今山東濟南府）人，字公明。明《周易》，善卜筮，所占無不應。嘗言"吾恐四十八間不見男婚女嫁也"，果年四十八而卒。（八）徐季龍，《三國志·魏志卷二十九·管輅傳》"清河令"段注云"字開明，有機才。與輅相見，共論"云云。按：徐曾爲清河令，不載何地人，係魏晉時人。③ "習習"句，見《邶風》"習習谷風"章。

校勘記：①"蟲"，汲古閣本作"虫"。②此句上頁眉戴之麟題校補時地云：戊子二月四日午後，韓左个。③此句旁頁邊戴之麟題校補時地云：戊子七月十二日上午，捄左補録。

音聲之相和（一）兮，言物類之相感也。言鳥獸相呼，雲龍相感，無不應其類而從（一）其耦（二）也。傷君獨無精誠之心以動賢也。一云：音擊而相和兮。一無"言"及"也"字。**疏曰：**（一）和、從，皆去聲。（二）耦，同偶，匹也。

又曰：此上言原冀楚王之悟，聽己之諫，國未始不可爲。

夫方圜之異形兮，一云：若夫。圜（一），一作圓。**疏曰：**（一）圜，古圓字。勢不可以相錯。言君性所爲，不與己合，若方與圜不可錯雜，勢不相安也。列子隱身而窮處（一）兮，列子，古賢士也。［補］曰：列子，名禦寇，其書曰《子列子》（二）。

窮，容貌有飢色，居鄭圃①四十年，人無識者。**疏曰：**（一）處，上聲。（二）《列子》，見前《遠游》“造旬始而觀清都”疏。其書唐天寶元年詔號爲《沖虛真經》，宋景德中又加稱《沖虛至德真經》。晉張湛爲之注，凡八卷。②世莫可以寄託。言列子所以隱佚不仕而窮處者，以世多詐僞，無可以寄命託身也。以，一作與。

校勘記：①“圃”，原誤作“國”，今據李刻本、明翻宋本、汲古閣本改。②此句上頁眉戴之麟題校補時地云：己丑九月八日午前。

衆鳥皆有行列兮，鳳獨翔翔而無所薄。已解於《九辯》也。翔翔，一作翺翔，一作洋洋。薄，一作合。［補］曰：行，胡岡切。經濁世而不得志兮，願側身巖穴而自託。言己歷貪濁之世，終不得展其志意，但甘處巖穴之中而隱伏也。一無“側身”二字，有“依”字。

欲闔口而無言兮，嘗被君之厚德（一）。闔，閉也。言己欲閉口結舌而不復言，以嘗被君之厚禄，故不能默也。**疏曰：**（一）德，音的。獨便悁而懷毒①兮，愁鬱鬱之焉（一）極。言憂愁之無窮。便（二）悁，一作申旦。愁，一作慦。［補］曰：悁，忿也，音淵。**疏曰：**（一）焉，音煙。（二）便，平聲。

校勘記：①“毒”，原誤作“獨”，今據李刻本、明翻宋本、汲古閣本改。

念三年之積思兮，願壹見而陳辭。思一見君而陳忠言也。壹，或作一。［補］曰：麋信以爲屈原著辭，見放①九年，今東方朔《謬諫》之章云：三年積思願壹見。愚謂此言朔自爲也。案《漢書・朔傳》亦鬱邑於不登用，故因名此章爲《謬諫》。若云謬語，因託屈原以諷漢主也（一）。諷，一作誣。麋信，魏樂平（二）太守（三）也。一作庾信（四）。予按《卜居》云：屈原既放，三年不得復見。則三年積思，正謂屈原也，唯以《謬諫》名篇，當如麋信之説爾。**疏曰：**（一）麟按：信託屈原以諷漢主語，極是。（二）樂平，屬山西。（三）太守，等於清之知府。信曾作《春秋説要》、《春秋穀梁傳注②》、《春秋漢議》。（四）庾信，見前《招魂》“魂兮歸來哀江南”疏。不及君而騁説兮，騁，馳也。世孰可爲明之。言己不及賢君，而騁極忠説，則時世闇蔽，無可爲明真僞也。［補］曰：爲，去聲。

校勘記：①“放”，原誤作“於”，今據李刻本、明翻宋本、汲古閣本改。②“注”，原脱，今據《中國人名大辭典》補。

身寢疾而日愁兮，寢，卧也。情沈抑而不揚。言己身被疾病，卧而愁思，自傷忠誠沈抑而不得揚達也。衆人莫可與論道兮，悲精神之不通(一)。言當世之人，無可與議事君之道者，哀我精神所志，而不得通於君也。**疏曰：**（一）通，叶湯。**又曰：**此代原言楚君不悟，絶難進諫，惟自退處緘默而已，用以作結。

鮑慎思(一)云：篇目當在亂曰之後。按古本《釋文》，《七諫》之後，亂曰别爲一篇。《九懷》《九思》皆同。**疏曰：**（一）鮑慎思，俟考。

亂曰：鸞皇孔鳳日以遠兮，孔，孔雀也。一云：鸞孔鳳皇。畜梟駕鵝。一云：畜梟駕鵝。［補］曰：駕，音加。《博雅》：鳴鵝，雁也。鳴，音加。郭璞云：駕鵝，野鵝也。雞鶩滿堂壇兮，高殿敞揚爲堂，平場廣坦爲壇。揚，一作陽。［補］曰：壇，音善。鼃(一)黽(二)游乎華池(三)。鼃，蝦蟇也。華池，芳華之池也。言君推遠孔鳳，斥逐賢智，畜養鵝鶩，親近小人，滿於堂庭。鼃黽，諭①讒諛弄口得志也。**疏曰：**（一）鼃，一作䵷，古文蛙字。烏乖切，又烏瓜切。水陸兩棲之脊椎動物也。體短濶，上鋭下廣，喜居於陰濕地。雄者大都能鳴，雌者則否。種類甚多，有金線蛙、蟾蜍、蝦蟆、山蛤等，皆捕食害蟲，於農家有益，其子即蝌蚪。（二）黽，音猛，兩棲動物，即金線蛙。麟按：鼃，俗名青蛙。蝦蟇，俗名癩蝦蟇。蝦，俗讀客。蟇，俗讀媽。（三）池，叶駝。此三句爲一韻。

校勘記：①“諭”，原脱，今據李刻本、明翻宋本、汲古閣本補。

要褭(一)奔亡兮，騰駕橐駝。要，一作騕。［補］曰：並音杳。應劭曰：騕褭，古之駿馬，赤喙玄身，日行五千里。橐，音託，又音駱。**疏曰：**（一）褭，音泥了切。①鉛刀進御兮，遥棄太阿(一)。要褭，駿馬。太阿，利劍也。言君放遠要褭英俊之士，[②]而駕槖駝，任使罷駑頓朽之人，而棄明智之士也。［補］曰：賈誼云：莫邪爲鈍兮[(二)]，鉛刀爲銛，鉛，音沿，青金也。**疏曰：**（一）太阿，亦作泰阿。《越絶書》："楚令風胡子之吴，見歐冶子、干將，使人作鐵劍。歐冶子、干將鑿茨山，洩其谿，取鐵英，作爲鐵劍三枚：一曰龍淵（淵或作泉），二曰泰阿，三曰工布。"（二）"莫邪"二句，見《弔[③]屈原》。"銛"，朱注本作"銛"。

校勘記：①此句上頁眉戴之麟題校補時地云：戊子九月十二日午間，由校反寓中、寓至校途中校。②此句上頁眉、句旁頁間、句下頁腳戴之麟題校補時地云：丙戌七月十一日，韓庭左个。丁亥六月三日午前，韓左个牆陰。戊子二月一日午前，縣中教員室。戊子四月二十四日午間，縣中終校。己丑四月二日午後，終校圖書館。庚寅二月二十六日上午。③"弔"，原誤作"哀"，今徑改。

拔搴玄芝兮，玄芝，神草也。［補］曰：搴[(一)]，音蹇，《本草》：黑芝，一名玄芝。**疏曰：**（一）搴，音愆，取也。列樹[(一)]芋[(二)]荷。**疏曰：**（一）樹，栽植也。（二）芋，余遽切。蔬類植物，植於水田，地下莖多肉，供食，葉略似荷葉而長，一端有大缺刻，葉柄肥大，花爲肉穗花序，有巨苞包之，葉柄色緑者爲青芋，色紫紅者爲紫芋。[①]橘柚委枯兮，橘柚，美木也。苦李旖旎[(一)]。旖旎[(二)]，盛貌也（宜删）。言君乃拔去芝草，賤[②]棄橘柚，種植芋荷，養育苦李，愛重小人，斥逐君子也。［補］曰：旖，烏可切。當作旖。旎，儺可切，見《九辯》。**疏曰：**（一）旎，叶羅。（二）旖旎，參看前《九辯》"紛旖旎乎都房"疏。[③]

校勘記：①此句上頁眉戴之麟題校補時地云：丁亥十二月二十一日午前，韓左个。②"賤"，原誤作"賊"，今據李刻本、明翻宋本、汲古閣本改。③此句上頁眉戴之麟題校補時地云：己丑九月八日上午。

瓨甌登於明堂兮，瓨甌，瓦器名也。［補］曰：瓨，音邊，《方言》：自關而西，盆盎小者曰瓨也。甌，小盆也。周鼎潛乎深淵[(一)]。周鼎[(二)]，夏禹所作鼎也。《左氏傳》曰：昔夏[(三)]禹之有德也[①]，遠方圖物，貢金九牧，鑄鼎象物。桀有昏德，鼎遷於商，商紂暴虐，鼎遷於周，是爲周鼎。言甂甌之器登明堂，周鼎反藏於深淵之水。言小人任政，賢者隱匿也。乎，一作于。［補］曰：《漢·郊祀志》云：宋太丘社亡，而鼎没於泗水(四)彭城(五)下(三)。**疏曰：**（一）淵，叶因。（二）鼎，見前《大招》“鼎臑盈望”疏。（三）夏、下，皆上聲。“昔夏之有德也”諸句，見《左·宣公三年（即周定元年）》“楚子伐陸渾之戎”傳，“鑄鼎”下、“桀有”上中間節去“百物而爲之備”八句。② （四）泗水，《辭源》巳集五九頁水部五③畫：“出山東泗水縣陪尾山，四源並發，故名。胡渭曰：‘泗水自泗水縣歷曲阜、滋陽、濟寧、鄒縣、魚臺、滕縣、沛縣、徐州、邳州、宿遷、桃源，至清河縣入淮，此禹跡也。今其故道自徐州以南，悉爲黄河所占。’《清一統志》：‘明萬曆以前，舊漕河自徐州歷沛縣而北即泗水也。其支流與汴水合，下接於淮，則泗水尚入淮也。自萬歷二十二年開迦河以避黄河水道，由是泗專入運，不復達淮。’按泗水入淮之故道，舊亦稱南清河，金元以來，嘗爲黄河所占，舊兖州、徐州二府間之舊漕河及舊徐州、淮安二府間之淤黄河，皆其故跡。今之泗河，歷泗水、曲阜、滋陽、濟寧，東流入運河，乃古泗水之上游也。”泗水縣，清屬山東兖州府。（五）彭城，詳《天問》“彭鏗斟雉”句疏。麟按：“鼎没”在周顯王四十二年。④ 《郊祀志》，係《漢書》第二十五卷《志第五》。自古而固然兮，吾又何怨乎今之人！言往古嫉妬忠直而不肯進用，我何爲獨怨今世之人乎？自慰之辭。**疏曰：**慰，威去聲。麟按：此“亂”多竄入《九辯》語。

又曰：此文意既不新，詞多竄取，宜朱子《集注》之不採入也。

校勘記：①“也”，李刻本、明翻宋本、汲古閣本無。以下文疏證曰“‘昔夏之有德也’諸句”，今不删。②此句上頁眉戴之麟題校補時地云：戊子五月十七日上午，捄左補録。③“五”，原誤作“四”，今據《辭源》改。④此句下頁脚戴之麟題校補時地云：戊子八月八日上午，縣中補録。

楚辭補注疏卷第十四

哀時命章句第十四　楚辭①

《哀時命》者，嚴夫子之所作也。夫子名忌，忌，會稽吴人，本姓莊，當時尊尚，號曰夫子，避漢明帝諱曰嚴。一云名忌，字夫子。與司馬相如俱好(一)辭賦，客游於梁，梁孝王(二)甚奇重之。忌哀屈原受性忠貞，一云受命而生。不遭明君而遇暗世，斐然作辭，歎而述之，一云追以述之。故曰《哀時命》也。

疏曰：（一）去聲。（二）名武，文帝子，竇后生。

校勘記：①此句上頁眉戴之麟題校補時地云：戊子正月二十三日夜，韓左个。

哀時命之不及古人兮，夫何予①生之不遘時。遘，遇也。《詩》云：遘閔既多(一)。言己自哀生時年命，不及古賢聖之出遇清明之時，而當貪亂之世也。遘，一作遭。閔(二)，一作愍。**疏曰：**（一）"遘閔"句，見《詩·柏舟》篇。（二）閔、愍同。往者不可扳援兮，倈者不可與期。言往者聖帝不可扳引而及，後世明王亦不可須待與期，傷生不遇時，遭困厄也。扳，一作攀。倈(一)，一作來。［補］曰：扳與攀同，引也。**疏曰：**（一）倈、來同。

校勘記：①"予"，原作"余"，今據李刻本、明翻宋本、汲古閣本改。

志憾恨而不逞兮，憾，亦恨也。《論語》曰：與朋友共(一)，弊(二)之而無憾。

逞，解也。［補］曰：逞，丑郢切。《説文》：逞，通也，楚謂疾行爲逞。一曰快也。**疏曰：**（一）“與朋友”二句，見《公冶》篇。（二）弊，作敝，壞也。“逞，通也”，見《説文句讀》卷四。杼中情而屬詩。屬，續也。言己上下無所遭遇，意中憾恨，憂而不解，則杼我中情，屬續詩文，以陬己志也。杼(一)，一作抒(二)。［補］曰：杼，常與切。屬，音燭。**疏曰：**（一）杼，音苧，織具。又薄也，又綢也，又泄水槽也。（二）抒，音杼，挹也，即掏也。又泄也，除也。麟按：二字音義同，故可通用也。①夜炯炯而不寐兮，懷隱憂②而歷兹。言己中心愁怛，目爲炯炯(一)而不能眠，如遭大憂，常懷戚戚，經③歷年歲，以至於此也。炯，一作炯(二)。《釋文》作烱。隱，一作殷。［補］曰：炯，古茗切，光也。烱，俱永切，炎蒸也。隱，痛也。殷，大也。注云：大憂，疑作殷者是。**疏曰：**（一）炯炯，光明貌，一作耿耿。（二）炯字，無考。

校勘記：①此句旁頁間戴之麟題校補時地云：丁亥六月五日午前，韓左个牆陰。②“隱憂”，原誤作“憂隱”，今據李刻本、明翻宋本、汲古閣本改。③“經”，原誤作“沿”，今據李刻本、明翻宋本、汲古閣本改。

心鬱鬱而無告兮，衆孰可與深謀(一)？言己心中憂毒，而無所告語，衆皆諂諛，無可與議忠信也。**疏曰：**（一）謀，叶迷。欿愁悴而委惰兮，欿，愁貌也（宜删）。委惰，懈倦也。惰，《釋文》作㥩。［補］曰：欿，音坎，不自滿足意。老冉冉而逮(一)之。言己欲行忠信而不得進，欿然愁悴，意中懈倦，年復已過(二)，爲(三)老所及，而志不立也。**疏曰：**（一）逮，音殆，及也。（二）過，平聲。（三）爲，去聲。

无三欠一生曰：此上言原行忠直，既不得進，所以可哀。

居處(一)愁①以隱約兮，居，一作凥(二)。以，一作㠯(二)。**疏曰：**（一）處，上聲。（二）凥、㠯，古居、以字。志沈抑而不揚。言己放於山澤，隱身守約，而志意沈抑，不得揚見於君，而永憂恨也。道(一)壅塞而不通兮，通，一作達。**疏曰：**（一）道，讀上聲。江河廣而無梁。言己欲竭忠謀，讒邪壅塞而不得達，若臨②江河無橋梁以濟也。願至崑崙之懸圃兮，采鍾山之玉英(一)。鍾山，在崑崙山西北。《淮南》言鍾山之玉，燒之三日，其色不變(四)。言己自知不用，願避世遠去，上(二)崑崙山，游於懸圃，采玉英咀而嚼之，以延壽也。［補］曰：《淮南》云：鍾山之玉(三)，炊以鑪③炭，三日三夜而色澤不變，則至德天地之精也。許慎云：鍾山北陸無日之地，出美玉。《援神契》(五)曰：玉英，玉有英華之色。**疏曰：**（一）英，叶央。（二）上，上聲。（三）“鍾山之玉”諸句，見《淮南子》二《俶真訓》，“鍾山”上有“譬若”二字，（四）前三句蓋即此節言之。（五）《援神契》，見前《九章・涉江》“登崑崙兮食玉英”疏。“玉英”句，詳前《九章・涉江》“登崑崙兮食玉英”句疏。④

校勘記：①“愁”，原誤作“窮”，今據李刻本、明翻宋本、汲古閣本改。②“臨”，原誤作“決”，今據李刻本、明翻宋本、汲古閣本改。③“鑪”，原作“爐”，今據李刻本、明翻宋本、汲古閣本改。④此句上頁眉戴之麟題校補時地云：戊子五月十二日平明，抹左補録。己丑八月八日午前。

擥瑤木之橝枝兮，擥(一)，一作掔。橝，一作撢。［補］曰：橝，大男切，木名。**疏曰：**（一）擥、掔同，音覽，總持也。又采也。撢，音探，又平聲，與探同。橝曰木名非。其上曰瑤木，下曰橝木，以全句言，明明謂瑤木之枝扶疏也，故曰非。望閬風之板桐。板桐，山名也，在閬風之上。言己既登崑崙，復欲引玉樹之枝，上望閬風、板桐之山，遂涉天庭而游戲也。板，一作阪(一)。［補］曰：《博雅》云：崑崙虛(二)有三山，閬(一)風、板(一)桐、玄(一)圃。《水經注》：崑崙三級(三)，下(四)曰樊桐，一名板松；二曰玄圃，一名閬風；上曰層城，一名天庭。《淮南》云：懸(一)圃、涼(一)風、樊(一)桐，在崑崙閶闔之中。樊，讀如飯。**疏曰：**（一）懸、玄、閬、涼、板、阪、樊、扳，皆翻譯，異字同音，或稍異。如近日以中文譯外文，音同字異，或音稍異之類。（二）虛，與墟同。（三）“崑崙三級”七句，見《水經》卷一“崑崙墟在西北”注，原文“玄”作“元”，“層”作“增”，“天庭”之下，“是爲太帝之居”，首句作“昆崙之山三級”。①（四）下，上聲。“懸圃、涼風”諸句，見《淮南子》卷四《墬形训》。②弱水汩其爲難兮，《尚書》曰：道弱水至于合黎(一)也(二)。［補］曰：汩，音骨，一于筆切。應劭曰：弱水出張掖刪丹，西至酒泉，合黎，餘波入于流沙。師古曰：弱水，謂西域絶遠之水，乘毛車以渡者耳，非張掖弱水也。**疏曰：**（一）合黎，山名。在今甘肅張掖、山丹、高台、酒泉四縣之北，延長三百餘里，以産茶有名，其側有合黎水，即張掖河也。亦作合離。（二）“道弱水”句，見《書・禹貢》。路中斷而不通。言己想得登神山，顧以娱(一)憂，迫弱水不得涉渡，路絶不通，所爲無可也。斷，一作絶。**疏曰：**（一）娱，樂也。置此與文義不合。

校勘記：①此句上頁眉戴之麟題校補時地云：己丑後七月二日上午。②此句上頁眉戴之麟題校補時地云：戊子六月十七日午間，捄驪補録。

勢不能淩波以徑度兮，以，一作而。度(一)，一作渡。**疏曰**：（一）度、渡通。又無羽翼而高翔。言己勢不能爲船乘波渡水，又無羽翼可以飛①翔，當亦窮困也。然隱憫而不達兮，憫(一)，一作閔。**疏曰**：（一）憫、閔同。獨徙倚而彷徉。徙倚，猶低佪也。言己隱身山澤，内自憫傷志不得達，獨徘徊彷徉而游戲也。一作仿佯。

校勘記：①"飛"，原誤作"高"，今據李刻本、明翻宋本、汲古閣本改。

悵惝罔以永思兮，以，一作而。［補］曰：惝，昌掌切，驚貌。心紆軫而增傷。言己含憂彷徉，意中悵然，惝罔長思，心屈纏痛，苦重傷也。［補］曰：軫，當作軫(一)。**疏曰**：（一）軫，音診，痛也。俗作軫。倚躊躇以淹留兮，以，一作㠯。日饑(一)饉而絶糧。蔬不熟曰饉。言己欲躊躇久留，恐百姓饑餓，糧食絶乏也。絶，古本作㡭。糧(二)，一作粻(二)。［補］曰：㡭，古絶字，反㡭爲繼。或作𢇍，非是。**疏曰**：（一）饑，穀不熟也。此言日虞年荒，至於穀蔬均不熟而絶糧。（二）糧、粻同。

廓抱景而獨倚兮，超永思乎故鄉。言己在於山澤，廓然無耦，獨抱形景(一)而立，長念楚國，心不能已，惝罔長思故鄉也。乎，一作兮。一云：超永思乎此故鄉。**疏曰**：（一）景，古影字。廓落寂而無友兮，誰可與玩此遺芳？玩，習也。言己居處(一)廓落，又無知友，當誰與講習忠信之謀也？**疏曰**：言此遺棄山澤芳香之物，誰與共玩賞也。原注只解其喻意。（一）處，上聲。

白日晼晚其將入兮，哀余壽之弗將。將，猶長也。言日月西流，晼晚(一)而歿①，天時不可留，哀我年命不得長久也。弗，一作不。［補］曰：晼，音苑。**疏曰**：（一）晼晚，見前《九辯》"白日晼晚其"句疏。車既弊而馬罷兮，蹇邅②佪而不能行(一)。言己周行四方，車以弊敗，馬又③罷極，蹇然邅佪，不能復前，而不遇賢君也。佪，一作迴。［補］曰：罷，音疲。**疏曰**：（一）行，叶杭。

校勘記：①“歿”，原作“没”，今據李刻本、明翻宋本、汲古閣本改。②“邅”，原作“儃”，今據李刻本、明翻宋本、汲古閣本改。下文“蹇然邅佪”同此。③“又”，原誤作“以”，今據李刻本、明翻宋本、汲古閣本改。

身既不容於濁世兮，不知進退之宜當。言己執貞潔之行，不能自入貪濁之世，愁不知進止之宜，當何所行也。冠崔嵬而切雲(一)兮，劍淋離①而從(二)横(三)。淋離，長貌也（宜删）。言己雖不見容，猶整飭衣服，冠則崔嵬上摩於雲，劍則長好，文武並盛，與衆異也。［補］曰：崔，音摧。淋，音林。**疏曰**：（一）切雲，見前《九章》“冠切雲之崔嵬”②疏。（二）從，音宗。（三）横，叶黄。

校勘記：①“離”，原誤作“漓”，今據李刻本、明翻宋本、汲古閣本改。下文“淋離，長貌也”同此。②“冠切雲之崔嵬”，原誤作“冠崔嵬而切雲兮”，今據前文改。

衣攝葉以儲與兮，攝葉、儲與，不舒展貌。［補］曰：攝，之葉切，曲折也。儲，音宁，又音佇。左袪挂於榑桑。袪，袖也。《詩》云：羔裘豹袪(一)。言己衣服長大，攝葉儲與，不得舒展，德能弘廣，不得施用，東行則左袖挂於榑桑，無所不覆也。挂，一作絓。榑，一作扶。桑，一作桒(二)。［補］曰：榑與扶同。**疏曰**：（一）“羔裘豹袪”，見《詩・唐風・羔裘》篇。（二）桒、桑同。右衽拂於不周兮，六合不足以肆(一)行(二)。六合，謂天地四方也。言己西行則右衽(三)拂於不周之山，以六合爲小，不足肆行，言道德盛大無所不包也。**疏曰**：（一）肆，放也。（二）行，叶杭。（三）衽，音壬，衣襟也。又袖也、袂也。又披襟也，又卧席也。

上同鑿枘於伏戲兮，戲，一作羲。下(一)合矩矱於虞(二)唐(三)。言己德能純美，宜上輔伏戲，與同制量，下左堯、舜，與合法度而共治也。合，一作同。矩，一作規。**疏曰**：（一）下，上聲。（二）虞，舜有天下之號。（三）唐，堯有天下之號。言制物上同伏戲，非輔之也，法度下合唐虞也。左，同佐。①願尊節而式(一)高兮，志猶卑(二)夫禹湯。言己雖不見用，猶尊高節度，意卑禹、湯，不欲事也。**疏曰**：（一）式，敬也。（二）卑，賤視也。

校勘記：①此句上頁眉戴之麟題校補時地云：戊子六月十六日午前，捄釃補録。

雖知困其不改操兮，終不以邪枉害方。言己雖自知貧賤困極，不能變志易(一)操，終不能邪枉其身，以害公方之行也。**疏曰：**（一）易，入聲。世並舉而好朋兮，壹斗斛而相量(一)。言今世之人，皆好朋黨，並相薦舉，持其貪佞之心，以量清潔之士。壹，或作一。斗，一作升。**疏曰：**　（一）量，平聲，揭也。揭，音印。

衆比周以肩迫兮，比(一)，親也。周，合也。以，一作而。**疏曰：**（一）比，去聲。賢者遠而隱藏。言衆佞相與合同，並肩親比，故賢者遠逝而藏匿也。一云隱而退藏。

又曰：此上言原遭時不偶，雖被服高潔，無益於國，實覺可哀。

爲鳳皇作鶉籠兮，雖翕(一)翅其不容。爲鳳皇作棲以鶉鴳之籠，雖翕其翅翼，猶不能容其形體也。以言賢者遭世亂，雖屈其身，亦不能自容入。一本"作"上有"而"字。翅，一作翼。［補］曰：翕，虚及切。**疏曰：**（一）翕，合也。靈皇其不寤知兮，一無"寤"(一)字。**疏曰：**（一）寤，音誤，寐覺也。焉陳詞而効忠？言懷王闇蔽，心不覺寤，安所陳詞，効己之忠信乎？詞，一作辭(一)。**疏曰：**（一）辭、詞同。

俗嫉妬而蔽賢兮，孰知余之從容？言楚國風俗嫉妬蔽(一)賢，無有知我進退執守忠信也。**疏曰：**（一）蔽，遮也。願舒志而抽馮(一)兮，馮，一作憑，一作懣，一作愁。［補］曰：馮音憑，亦音憤。**疏曰：**（一）抽，音瘳。除也，拔也，引也。抽馮，謂欲除去憤懣也。庸詎知其吉凶？庸，用也。言己思舒志意，援引憤懣，盡極忠信，當何緣知其逢吉將被凶也？

璋珪雜於甑窐兮，璋珪，玉名也。窐(一)，甑，土孔。一作珪璋。［補］曰：甑，子孕切。窐，音攜，又音黿。《淮南》云：弊箄(二)甑瓾(三)，在袇(四)茵(五)之上(六)。注云：瓾，甑帶，音黿。**疏曰：**（一）窐，音圭，甑孔也。（二）箄，音卑，小籠也，捕魚之器。又音牌，大桴也。（三）甈，音猛，又讀鼃黽之黽。（四）袝，音髯，本衣緣也，又婦蔽膝也。（五）茵，音因，車重席也。（六）“弊箄”二句，見《淮南子》卷十六《説山訓》。[①] 隴廉與孟娵同宫。隴廉，醜婦也。孟娵，好女也。言世人不識善惡，乃以甂窒之土雜厠圭玉，又使醜婦與好女同室也。以言君闇惑，不别賢愚也。［補］曰：娵，女名，音鄒，一音須。舉世以爲恒俗兮，恒，常[(一)]。**疏曰：**（一）常下宜加“也”字。固將愁苦而終窮。言舉世不識賢愚，以爲常俗，我固當終身窮苦而已。

校勘記：①此句上頁眉戴之麟題校補時地云：戊子六月十八日午前，球驪補録。

幽獨轉而不寐兮，惟煩懣而盈匈[(一)]。懣，憤也。言己愁思展轉而不能卧，心中煩憤，氣結滿匈也。**疏曰：**（一）匈，同胸。見前《九章·思美人》“蹇蹇之煩冤兮”疏五。䰟眇眇而馳騁兮，心煩冤之憹憹。言己精魂眇眇獨馳，心中煩懣，憹憹[(一)]而憂也。䰟，一作魂。之，一作而。［補］曰：憹，丑弓切。**疏曰：**（一）憹憹，見前《九歌·雲中君》“極勞心”句疏。

又曰：此上言原身處困窮，其心猶不忘故國之可哀。

志欿憾而不憺兮，憺，安[(一)]。［補］曰：大暫切。**疏曰：**（一）安下宜加“也”字别之。路幽昧而甚難。言己心中欿[①]恨，意志不安，欲復遠去，以道路深冥，難數移也。塊獨守此曲隅兮，然欿切而永歎[(一)]。言己獨處山野，塊然守此山曲，心爲切痛，長歎而已。**疏曰：**（一）歎，叶談。

校勘記：①“欿”，原作“坎”，今據李刻本、明翻宋本、汲古閣本改。

愁修[(一)]夜而宛轉兮，而，一作之。**疏曰：**（一）修，長也。氣涫[(一)]瀪[(二)]其若波。言己心憂宛轉而不能卧，愁夜之長，氣爲涫瀪，若水之波也。其，一作安。波，一作湯。［補］曰：涫，沸也。《釋文》音館。《集韻》官、貫二音。瀪與沸同。**疏曰：**（一）或曰涫即滚字。（二）瀪，音鋪，謂水之滚熱而瀪出也。握[①]剞劂而不用兮，剞劂，刻鏤刀也。［補］曰：剞，居綺切。劂，居衛切，又九月切。應劭曰：剞，曲刀。劂，曲鑿。《説文》曰：剞劂，曲刀也。操規榘而無所施（一）。言己懷德不用，若工握剞劂而無所②刻鏤，持方圜而無所錯（二）也。一云：而無施。**疏曰：**（一）施，叶拖。（二）錯，同措，音處。

校勘記：①“握”，原誤作“掘”，今據李刻本、明翻宋本、汲古閣本改。下文“若工握剞劂而無所刻鏤”同此。②“所”，原脱，今據李刻本、明翻宋本、汲古閣本補。下文“持方圜而無所錯也”同此。

騁騏驥於中庭兮，焉能極夫遠道？言騏驥壹馳千里，乃騁之中庭促狹之處，不得展足以極遠道也。以言使賢者執灑（一）掃之役，亦不得展志意也。**疏曰：**（一）灑，衰上聲。置猨狖於欞檻兮，夫何以責其捷巧？言猨狖當居高木茂林，見其才力，而置之欞檻之中，迫局之處，責其捷巧，非其理也。以言君子當在廟堂爲政，而棄之山林，責其智能，亦非其宜也。猨，一作蝯（一）。狖（二），一作貁。捷，一作捷。［補］曰：欞，音零，階際欄。**疏曰：**（一）蝯，同猨。（二）狖，音柚，猴屬。

駟跛鼈而上（一）山兮，吾固知其不能陞。言己念君信用衆愚，欲①以致治，猶若駕跛鼈而欲上山，我固知其不能登也。［補］曰：跛，波可切。**疏曰：**（一）上，上聲，由下而升也。釋管晏而任臧獲兮，臧，爲人所賤繫也。獲，爲人所係得也。賤繫，一作殘②擊。［補］曰：《方言》云：臧獲、奴婢，賤稱也。駡奴曰臧，詈婢曰獲，男而聟（一）婢曰臧，女而婦奴曰獲。亡奴謂之臧，亡婢謂之獲。**疏曰：**（一）聟，思計切，與壻同。何權衡之能稱？言君欲爲政，反置管仲、晏嬰，任用敗軍賤辱係獲之士，何能稱權衡興至治乎？或曰；臧，守藏（一）者也。獲，生禽（二）者也。皆卑賤無知之人。**疏曰：**（一）藏，去聲，置財物處也。（二）禽，同擒。按：二者既爲擒獲之人，當如犯罪者没入官婢，非盡無知之人也。

校勘記：①“欲”，原脱，今據李刻本、明翻宋本、汲古閣本補。②“殘”，原誤作“賤”，今據李刻本、明翻宋本、汲古閣本改。後文凡作“賊”而他本皆作“殘”者，徑改不出校。

筐簬雜於黀蒸兮，機蓬矢以軼(一)革(二)。已解於《七諫》也(三)。筐，竹也。一作筐簬。黀，一作菆，一作藂，一作廱。軼，一①作射(一)。**疏曰：**（一）軼、射同。（二）革，皮去毛也。（三）此二句解見前《七諫·謬諫》篇。負檐荷(一)以丈尺兮，欲伸要而不可得。背曰負，荷曰檐。言己居於衰亂之世，常低頭俛視，若以背肩負檐，丈尺而步，不敢伸要仰首，以遠罪過也。檐，一作擔(二)。［補］曰：檐、擔，並都濫切，負也。擔，又都甘切。《釋名》曰：任也，任力所勝也。要與腰同。**疏曰：**（一）荷，上聲，作去聲非。（二）擔，讀旦，重百斤也，俗曰擔子。讀都甘切，肩挑也。此謂以丈或尺之物荷百斤擔子，難勝其任，故欲伸腰而不可得也。

校勘記：①"一"，原脱，今據李刻本、明翻宋本、汲古閣本補。

外迫脅於機臂(一)兮，迫脅，近附也。機臂，弩身也。於，一作以。臂，一作辟。［補］曰：《莊子》云：中(二)於機辟。辟(一)，毗亦切。疏云：辟，法也，機關之類。**疏曰：**（一）執此解，臂、辟似相通也。（二）中，去聲。"中於機辟"句，見《莊子·逍遥游》篇。上牽聯於矰隿。言己居常怖懼，若附强弩機臂，畏其妄發，上恐牽聯於隿射，身被矰繳(一)也。隿，一作弋。［補］曰：聯音連，矰音增。隿與弋同。**疏曰：**（一）矰繳，弋鳥之具，以繩繫矢而射也。繳，音灼。弋，音亦，義同。矰繳，又取也。肩傾側而不容兮，一云不得容。［補］曰：《孟子》云：脅肩諂笑(一)。**疏曰：**（一）"脅肩"句，見《孟子》上《滕文公》篇下。脅肩，竦體强笑也。脅，虚業切。固陿腹而不得息。言己欲傾側肩背，容頭自入，又不見納，故陿腹小息，畏懼患禍也。陿，一作愜。腹，一作腸。［補］曰：陿，音狹，隘也。

務光自投於深淵兮，務光，古清白之士也。［補］曰：務光(一)，見《莊子》。**疏曰：**（一）務光，夏人。湯克桀，以天下讓之，不受，負石自沈蓼水(二)，已而自匿。後四百餘歲，至武丁時復見。武丁欲以爲相，復隱去。見《列仙傳》。《荀子》作牟光。（二）蓼水，《山海經》第五《中山經》二頁："又東十五里曰渠豬之山。"注曰："《太平寰宇記》云：'永樂縣渠豬水一名蓼水，今名百丈澗，源出縣北中條山。'今案《括地志》，中條山亦雷首之異名也。"麟按：永樂，《辭源》巳集一二頁水部一畫云："係城名，在陝西米脂縣西。宋种諤築，後改爲銀川砦，爲宋夏交争之地。"①不獲世之塵垢(一)。言古有賢士務光，憎惡濁世，言不見從，自投深淵而死，不爲讒佞所塵汙，己慕其行也。垢，一作埃。［補］曰：《屈原傳》：不獲世之滋垢。**疏曰：**兩“傳”字均去聲。(一) 垢，上聲，叶武。孰魁摧(一)之可久兮，願退身而窮處(二)。言己爲諛佞所譖，被過魁摧，不可久止，願退我身，處於貧窮而已。**疏曰：**(一) 魁摧，或同魁堆，高貌。(二) 處，上聲。

又曰：此上言原決計窮退，由於己不見用，非果於忘國。

校勘記：①此句旁頁邊戴之麟題校補時地云：己丑五月二十四日午後，新寢。

鑿山楹而爲室兮，楹，柱(一)。而，一作以。**疏曰：**(一) 柱下宜加“也”字。下被衣於水渚。渚，水涯也。言己雖窮，猶鑿山石以爲室柱，下洗浴水涯，被己衣裳，不失清潔也。霧露濛濛其晨降兮，一作朦朦。雲依斐而承宇。言幽居山谷，霧露濛濛而晨來下，浮雲依斐承我屋霤，晝夜闇冥也。斐，一作霏。一云：雲衣斐斐而承宇。［補］曰：斐音非。虹霓紛其朝霞兮，霓，一作蜺。夕淫淫而淋雨。言天雲雜色，虹霓揚光，紛然炫燿，日未明旦，復有朝霞，則夕淋雨，愁且思也。［補］曰：《詩》云：朝隮于西(一)，崇朝(二)其雨。**疏曰：**(一)“朝隮”二句，見《詩·蝃蝀》篇。隮，與躋同，即鷖切，虹也。又登也，又墜也。(二) 崇朝，自旦至食時也。

怊茫茫而無歸兮，茫，一作芒。悵遠望此曠野(一)。言己幽居遇雨，愁思茫茫，無所依歸，但見曠野草木盛茂也。曠，一作廣。**疏曰：** (一) 野，當讀雅。下“者”字當叶渣上聲。下(一)垂釣於谿谷兮，上要(二)求於僊(三)者。言己幽居無事，下則垂釣(四)餌①於谿谷；上則要結僊人，從之受道也。求，一作結。［補］曰：要，平聲。**疏曰：**(一) 下，上聲。(二) 要，結也。(三) 僊，古仙字。(四) 釣，音弔。

校勘記：①“餌”，原脱，今據李刻本、明翻宋本、汲古閣本補。

與赤松(一)而結友兮，一無“而”字。比王僑(二)而爲耦。言己執守清潔，遂與二子爲羣黨也。**疏曰：**(一) 赤松，見前《遠游》“聞赤松之清塵兮”疏。(二) 王子僑，見前《天問》“白蜺嬰茀”疏。[①]使梟楊先導兮，梟楊，山神名，即狒狒(一)也。導，一作道。［補］曰：《説文》：周成王(二)時州靡國(三)獻狒，人身反踵，自笑，笑則上脣掩其目，食人。《爾雅》：狒狒如人，被髮迅走，食人。注云：梟羊也。《山海經》曰：其狀如人，面[②]長脣黑，身有毛，反踵，見人則笑。狒，父費切。《淮南》云：山出嘄陽(四)。注云：山精也。一説云：梟羊，大口，其初得人喜而笑，卻(五)脣上覆額，移時而後食之。張衡《玄圖》(六)曰：梟羊喜獲，先笑後愁。謂人鑿其脣於額而得禽之也。**疏曰：**（一）狒狒，獸名。猴類，多産於非洲，體長三尺許，頭似犬，口吻突出，故亦稱狗頭猴，頭側及頸有長毛密生，尾短，以肢步行，容貌獰惡，兇暴多力，生長於深山之中。（二）周成王，武王子，名誦。即位時年幼，周公攝政，制禮作樂，營東都洛邑，周室之事大成，故謚曰成。（三）州靡國，未詳。（四）“山出”句，見《淮南子》卷十三《氾論訓》注，小異。“其狀如人”諸句，見本經貞集卷十、四十四頁，係節録，“羊”作“陽”，“如人”作“其爲人人面”，參看前《九歌》“山鬼”疏。[③]（五）卻，乞約切。（六）《後漢書》卷八十九衡本傳，“玄”作“懸”。注曰：“蓋玄與懸通。”不言卷數。[④]白虎爲之前後。

校勘記：①此句上頁眉戴之麟題校補時地云：己丑四月三日上午，終校新庭。②“面”，金陵書局本作“而”。③此句上頁眉戴之麟題校補時地云：戊子二月十四日午後，韓左个。④此句上頁眉戴之麟題校補時地云：己丑六月二日午後，新寢。

浮雲霧而入冥兮，騎白鹿而容與。言己與仙人俱出，則山神先道，乘雲霧、騎白鹿而游戲也。

又曰：此上代原言既退處之環境及幻想。

魂眐眐以寄獨兮，眐眐，獨行貌也。［補］曰：眐(一)，音征，從目。眐眩，獨視也。《博雅》云：眐眐，行也，其字從耳。**疏曰：**（一）眐，宜從行解。汩徂往而不歸。言我魂神眐眐[①]獨行，寄居而處(一)，汩然遂往而不還也。［補］曰：汩，於筆切。**疏曰：**（一）處，上聲。處(一)卓卓而日遠兮，卓卓，高貌。卓，一作逴。遠，一作高。［補］曰：逴，音卓。**疏曰：**（一）處，上聲。志浩蕩而傷懷。言己隨從(一)仙人，上(二)游所居，卓卓日以高遠，中心浩蕩，罔然愁思，念楚國也。**疏曰：**

（一）從，去聲。（二）上，上聲。

校勘記：①“眐眐”，原脱，今據李刻本、明翻宋本、汲古閣本補。

鸞鳳翔於蒼雲兮，故矰繳（一）而不得加（二）。一無“而”字。［補］曰：繳，音酌。**疏曰：**（一）繳，見上“上牽聯於矰隿①”疏。（二）加，宜叶哥。蛟龍潛於旋淵兮，身不挂於罔羅。言鸞鳳飛於千仞，蛟龍藏於旋淵，故矰繳不能逮，羅罔②不能加也。以言賢者亦宜高舉隱藏，法令不能拘也。旋，一作深。罔（一），一作網。［補］曰：《淮南》云：藏志乎九旋之淵（二）。注云：九迴之淵，至深者也。**疏曰：**（一）罔、網同。（二）“藏志乎九旋之淵”，見《淮南子》十五《兵畧訓》，“藏”上有“而”字。

校勘記：①“隿”，原誤作“繳”，今據前文改。②“羅罔”，原誤作“罔羅”，今據李刻本、明翻宋本、汲古閣本改。

知貪餌而近死兮，不如下游乎清波。清波，清潔之流，無人之處也。言蛟龍明於避害，知貪香餌必近於死，故下游於清波無人之處也。以言賢者亦不宜貪禄位以危其身也。而，一作之。寧幽隱以遠禍兮，孰侵辱之可爲（一）？言己亦寧隱身幽藏，以遠患禍，不能久被侵辱，誠爲難也。**疏曰：**（一）爲，叶訛。子胥死而成義兮，屈原沈於汨羅。**疏曰：**成義，舍生也。以此句言之，蓋嚴忌自哀其遭時不偶，舍命不猶也。

雖體解其不變（一）兮，其，一作而。豈忠信之可化？［補］曰：化，音花。**疏曰：**（一）變，易也。志怦怦（一）而内直兮，怦，一作恲。［補］曰：披耕切。**疏曰：**（一）怦怦，忠直貌。履繩墨而不頗（一）。皆已解於《離騷》、《九辯》、《七諫》。**疏曰：**（一）頗，叶巴。執權衡而無私兮，稱（一）輕重而不差（二）。差，過也。言己如得執持權衡，能無私阿，稱量賢愚，必不過差，各如其理也。［補］曰：差，七何切。**疏曰：**（一）稱，以秤量物也。上化字，音花。（二）差字宜讀本音。

又曰：此上言原果得任用，雖死不悔。①

校勘記：①此句上頁眉戴之麟題校補時地云：同上地午前。

摡塵垢之枉攘兮，枉攘，亂貌。摡，一作慨。一作狂攘，一作枉攘(一)。摡，滌也。**疏曰：**（一）注：枉攘與文同，宜删。除穢累而反真。言己又欲摡激濁亂之臣，使君除去穢累，而反於清明之德。真，一作悳(一)。**疏曰：**（一）悳，古德字，不可從，以與下清字不叶也。形體白而質素(一)兮，中皎潔而淑(二)清。言己自念形體潔白，表裏如素，心中皎潔，内有善性清明①之質也。**疏曰：**（一）素，常也。（二）淑，善也。

校勘記：①"明"，原誤作"白"，今據李刻本、明翻宋本、汲古閣本改。

時猒(一)飫(二)而不用兮，且隱伏而遠身。言時君不好忠直之士，猒倦其言而不肯用，故且隱伏山澤，斥遠己身也。［補］曰：飫，於據切。**疏曰：**（一）猒，同厭，惡也。（二）飫，私也。聊竄端而匿跡兮，嘆寂默而無聲。言己竭忠而不見用，且逃頭匿①足，竄伏自藏，執守寂寞，吞舌無聲也。嘆，一作漠，一作歎，一作嘆。一云：歎寂漠。［補］曰：嘆音莫，《説文》：呶②(一)，嘆(二)也。**疏曰：**（一）呶，音尼敖切，喧嘩聲也。（二）嘆，静也，安定也。

校勘記：①"匿"，原誤作"立"，今據李刻本、明翻宋本、汲古閣本改。②"呶"，李刻本、明翻宋本、汲古閣本作"啾"。以下文疏證曰"呶，音尼敖切"，今不改。

獨便悁而煩毒兮，便(一)悁，一作悁悒。**疏曰：**（一）便，平聲。焉(一)發憤而抒情。言己懷忠直之志，獨悁悒(二)煩毒，無所發我憤懣，泄己忠心也。**疏曰：**（一）焉，音煙。（二）悁悒，憂憤也。悒，一作邑。時曖曖(一)其將罷兮，曖，一作薆。［補］曰：罷，音皮。**疏曰：**（一）曖曖，昏昧貌，薆同。遂悶歎而無名。言己遭時不明，行善罷倦，心遂煩悶，傷無美名以流後世也。歎，一作漠，一作嘆。

伯夷死於首陽兮，一作首山。一云首陽之山。卒夭隱而不榮。言伯夷餓於首陽，夭命而死，不饗其爵禄，得其榮寵也。夭，一作殀。［補］曰：夭，於表切。太公不遇文王兮，身至死而不得逞。言太公不遇文王，至死不得解於斯賤。一無“得”字。［補］曰：逞，丑京切，縱也。

懷瑶象而佩瓊兮，願陳列而無正(一)。言己懷玉象，履忠信，願陳列己志，無有明正之君聽而受之也。**疏曰：**（一）正，叶征。生天墬(一)之若過(二)兮，忽爛(三)漫而無成。爛漫，猶消散也。言己生於天地之間，忽若風雨之過，晻(四)然而消散，恨無成功也。爛，一作瀾(五)。**疏曰：**（一）墬，古地字。（二）過，平聲。（三）爛，有闌、濫二音：平聲，燦爛也；仄聲，敗壞也，引申爲消散，亦同。（四）晻，阿感切，不明也。又音奄，陰雨也。（五）瀾，大波也。

邪氣襲余之形體兮，一無“體”字。疾憯怛(一)而萌生。襲，及也。言己常恐邪惡之氣及我形體，疾病憯痛横發而生，身僵仆也。［補］曰：怛，多達切。**疏曰：**（一）憯，音慘，痛也。又助詞，曾也。憯怛，痛悼也。願壹見陽春之白日兮，恐不終乎永年(一)。言己被疾憂懼，恐隨草木徂落，不能至陽春見白日，不終年命，遂委棄也。**疏曰：**（一）年，叶鄰。

又曰：此上言原終不見用，退處又困窮，可哀之至。

又曰：此文亦有竄入他人之句，如“筐簬雜於黀蒸”等是，或當時世俗流傳之語歟？按：序中明謂嚴夫子爲哀屈原受性忠貞，不遭明君而作，而注偏全云“己”，似出原手，未免自相矛盾。篇中各“己”字，均宜爲“原”字，或代原言爲是。又按：文中有“屈原沈於汨羅”之句，又有子胥、伯夷、太公諸語，當係嚴夫子假原自哀，小序“忌哀屈原”等句似誤。①

校勘記：①此句上頁眉戴之麟題校補時地云：戊子二月一日午前，韓左个。

楚辭補注疏卷第十五

九懷章句第十五　楚辭

《九懷》者，諫議大夫王褒之所作也。褒，字子淵，蜀人也，爲諫大夫。懷者，思也，言屈原雖見放逐，一作流放。猶思念其君，憂國傾危而不能忘也。褒讀屈原之文，嘉其温雅，藻采敷衍，執握金玉，委之汙瀆，遭世溷濁，溷，一作泥。莫之能識。追而愍之，一作諸。故作《九懷》，以裨①(一)其詞。《釋文》作埤，作詈(二)。埤(三)，頻彌切。史官録第，遂列於篇。一作編。

疏曰：（一）裨字之譌，音卑。按：益也。又與也，附也，補也。（二）《集韻》同“詞”。（三）音皮，附也，增也，厚也。又牆也，高曰牆，低曰埤。又下濕也。又上聲，女牆也。麟按：俗曰城垛子。

校勘記：①“裨”，明翻宋本、汲古閣本作“禆”。

匡　機匡，一作主。

極運兮不中(一)，周轉求君，道不合也。**疏曰：**（一）中，去聲。來將屈兮困窮。還就農桑，修播植也。來，一作求，一作永。余深愍兮慘怛，我内①憤傷，心切剥也。愍(一)，一作愍。慘，一作憤。**疏曰：**（一）愍，無考。願一列兮無從。欲陳忠謀，道隔塞也。

无三欠一生曰：此上言機無可匡，下四句言原既知無可匡之機，遂願去而之他。

校勘記：①“内”，原誤作“心”，今據李刻本、明翻宋本、汲古閣本改。

乘日月兮上(一)征，想託神明，陞天庭也。**疏曰**：（一）上，上聲。顧游心兮鄗酆。回眄周京，念先聖也。文王都酆(一)，武王都鄗(二)，二聖有德，明於用賢，故顧其都，冀遭逢也。顧，一作願。［補］曰：鄗，下老切，在長安西上林苑中。酆在京兆杜陵(三)西南。**疏曰**：（一）酆，亦作豐，在今陝西鄠縣境。《辭源》云：“即今酆縣。”（二）鄗，音皜，春秋晉邑名，在今直隸柏鄉縣境。又音敲，山名，在今河南滎澤縣境。一作鎬，今陝西長安縣。按：以此爲是。周文當日所有國，當不在河南。①（三）杜陵，今陝西長安縣。彌覽兮九隅，歷觀九州，求英俊也。彷徨兮蘭宮。游戲道室，誦五經(一)也。一作仿偟。**疏曰**：（一）五經，《詩》、《書》、《易》、《禮》、《春秋》也。②

校勘記：①此句上頁眉戴之麟題校補時地云：戊子四月二十五日上午，救庭終校。己丑九月八日午後又。②此句上頁眉戴之麟題校補時地云：戊子九月十三日上午，捄左校。

芷閭兮葯房，居仁履義，守忠貞也。閭，一作室。奮摇兮衆芳。動作應禮，行馨香也。衆，一作種(一)。**疏曰**：（一）種二義均與本句不合，當作衆。菌閣兮蕙樓，節度彌高，德成就也。觀道兮從(一)横。衆人瞻望，聞功名也。［補］曰：横，音黄，叶。**疏曰**：（一）從，音中，直也。

寶金兮委積，志意堅固，策謀明也。美玉兮盈堂。懿(一)譽光明，滿朝(二)廷也。**疏曰**：（一）懿，音逸，美也。（二）朝，音曹。桂水兮潺湲，芳流衍溢，周四境也。揚流兮洋洋。潔白之化，動百姓也。

蓍蔡兮踴躍，蓍龜喜樂，慕清高也。蓍(一)，筮(二)也。蔡，大龜也。《論語》曰：臧文仲(三)居蔡(四)。［補］曰：《淮南》云：大蔡神龜(五)。注云：大蔡，元龜所出地名，因名其龜爲大蔡。《家語》云：臧氏有守龜(六)，其名曰蔡。《文選》云：搏耆龜(七)。注云：耆，老也。龜之老者神，引“耆蔡兮踴躍”。據此，則蓍當作耆。然注以爲蓍龜之蓍。蓍雖神草，安能踴躍乎？**疏曰：**（一）蓍，見前《卜居序》疏。（二）筮，音誓，以蓍草占休咎之術也。（三）臧文仲，春秋魯大夫，名辰。居蔡爲室，以藏卜筮之龜也。（四）蔡，見前《招魂》"吴歈蔡謳"疏。麟按：今襄陽東八里有蔡州，王維詩："江山空蔡州。"見《襄陽縣志》。"臧文仲居蔡"，見《論語》上《公冶》篇。（五）"大蔡神龜"，見《淮南子》十六《説山訓》。（六）"臧氏有守龜"二句，見《孔子家語》卷二第十，"氏"下有"家"字，"龜"下有"焉"字，無"其"字。（七）"搏耆龜"，見《文選·張衡西京賦》。[①] 孔鶴兮回翔。畏怖(一)羅網，陞青雲也。鶴，一作鵠。**疏曰：**（一）怖，音布，懼也。

校勘記：①此句上頁眉戴之麟題校補時地云：丁亥六月十五日上午，韓左个牆陰。

撫檻(一)兮遠望，登樓撫楯(二)，觀楚郢也。**疏曰：**（一）檻，荷險切，闌檻也。軒窗下爲櫺曰闌，以板曰軒、曰檻。（二）楯，横檻也，音盾。念君兮不忘。思慕懷王，結中情也。不，一作弗。怫鬱兮莫陳，忠言藴積，不列聽也。莫，一作弗。陳，一作敶。［補］曰：怫，音佛。永懷兮内傷。長思切切，中心痛也。

又曰：此言原雖遠之，猶冀君悟，有機之可匡。

通 路

天門兮墬(一)户，金闈(二)玉閨(三)，君之舍也。墬，一作墜(一)，一作地。**疏曰：**（一）墬、墜，古地字。（二）闈，音韋，宫中之門。（三）閨，居爲切，特立之户，上圓下方似圭。孰由兮賢者(一)？誰當涉[①]履英俊[②]路也。**疏曰：**（一）者，宜叶渚。無正兮溷厠，邪佞雜亂，來並居也。懷德兮何覩？忠信之士不見用也。

校勘記：①"涉"，原誤作"陟"，今據李刻本、明翻宋本、汲古閣本改。②"俊"，原誤作"傑"，今據李刻本、明翻宋本、汲古閣本改。

假寐兮愍斯，衣冠而寢，自憐傷也。不脱冠帶而卧曰假寐。《詩》云：假寐永歎(一)。慜，一作愍(二)。**疏曰：**(一)“假寐”句，見《詩·小弁》篇。(二)愍，無考。誰可與兮寤語？衆人愚闇，誰與謀也。一無“與”字。痛鳳兮遠逝，仁智之士，遁世去也。畜鴳兮近處(一)。畜養佞諛而親附也。鴳(二)，《釋文》作鷃。[補]曰：鷃，音晏，雇也。**疏曰：**(一)處，上聲。(二)鴳，音晏。《説文》：“雇也。”《玉篇》：“鴽鴳也。”《爾雅·釋鳥》“扈鴳”注：“今鴳雀。”《吕覽》：“有菟生雉，雞亦生鴳。”高誘曰：“一名冠雀。”《埤雅》：“鴳不擇木而處，故謂之鴳。”麟按：鴽、鴳、鷃，同爲一物，見前《大招》“鮎鶉陳只”[①]疏。鴽，本作鴽。雇，音户，即扈。

校勘記：① “《大招》‘鮎鶉陳只’”，原誤作“《招魂》“黏鶉陳只”，今據前文改。後文凡涉此誤者，徑改不出校。

鯨鱏兮幽潛，大賢隱匿，竄林藪也。鱏，一作鱓。[補]曰：鯨(一)，音勍，海大魚也。鱏(二)，音尋。鱓(三)，音善，皮可爲鼓。**疏曰：**(一)鯨，音擎，海獸名。種類甚多，居海洋中，外形如魚，實獸類也。大者長六七十丈，頭扁平濶大，幾占全身三分之一。皮膚平滑而厚，中多脂肪，前肢全成鰭狀，無後肢，尾扁平，鼻孔在頂，時浮水面，呼出空氣，望之如噴霧。肉及皮可食，油可製肥皂、蠟燭、香油等，需用甚廣。有真甲[①]鯨、露脊鯨、一角鯨數種。(二)鱏，與鱘同，今江東人呼爲鱘黄魚。名電鱏者，能發電之魚也。口在頷下，大者長七八尺。又音淫。(三)鱓，與鱔同。從(一)蝦(二)兮游陼(三)。小人並進，在朝廷也。鯨鱏，大魚也。蝦，小魚也。陼，一作渚。[補]曰：蝦，《釋文》音遐。《説文》云[②]：蝦，蟆也(四)。一曰：蝦蟲與水母(五)游。**疏曰：**(一)從，去聲。(二)蝦，音呀。節足動物之長尾者，體分頭部、胸部、腹部，背甲爲圓筒狀，[③]青黑色，薄而透明。前端有長棘突出，觸角二對甚長，俗謂之鬚。腹部環節六，兩側有游泳器，謂之橈足。種類頗多，有草蝦、龍蝦、班節蝦等。(三)陼，同渚。(四)《説文》曰：“蝦，蟆也。”蟆爲蝦蟆，作蝦爲蟆非。蝦蟆，另一物兩棲者也。“蝦，蟆也”句，見《説文句讀》第三十五“蝦蟆”解。[④](五)水母，即海蜇，又謂之蛇，腔腸動物也。産於近海，大者徑尺餘，種類甚多。最普通者上面高凸，狀如張繖，平滑而軟，色淡藍，其薄皮俗稱海蜇皮，下有八腕，延長如柄，色淡紅，俗稱雞冠海蜇。腕上觸手叢生，觸手之間有無數細口，内通胃腔，繖之邊緣有耳及目，以司感覺。常浮游水面，衆蝦附之以爲棲息，古稱“水母目蝦”，謂其以蝦爲目，實非。

旡三欠一生曰：此承上章，言原既去國之彷徨不息，所謂歧路徘徊也。

校勘記：①“甲”，原誤作“金”，今據《辭源》改。②“云”，原脱，今據李刻本、明翻宋本、汲古閣本補。③此句上頁眉戴之麟題校補時地云：戊子七月二日下午，救曬補録。④此句上頁眉戴之麟題校補時地云：己丑五月二十一日午前，新庭。

乘虯(一)兮登陽，意欲駕龍而陞雲也。載象(二)兮上(三)行。遂騎神獸，用登天也。神象白身赤頭，有翼能飛也。［補］曰：行，胡岡切，叶。**疏曰：**（一）虯，音求。見前“離騷經章句第一”疏。（二）象，見前《天問》“一①蛇吞象”疏。（三）上，上聲。朝發兮葱嶺，旦發西極之高山也。［補］曰：《後漢書》云：西至葱嶺(一)。注云：葱嶺②，山名，其山高大，生葱，故名。**疏曰：**（一）葱嶺，見前《離騷》“邅吾導夫崑崙兮”疏。“西至”句，見《後漢書卷八十八・西域傳第七十八》“西域内屬”節。原文本句下無“山名”十字。③夕至兮明光。暮宿東極之丹巒也。

校勘記：①“一”，原誤作“靈”，今據前文改。②“注云：葱嶺”，原脱，今據李刻本、明翻宋本、汲古閣本補。③此句上頁眉戴之麟題校補時地云：戊子重陽上午，捄左補録。

北飲兮飛泉(一)，吮(二)嗽天液之浮源也。［補］曰：張揖云：飛泉在崑崙西南。**疏曰：**（一）飛泉，見前《遠游》“吸飛泉之微液兮”疏。（二）吮，音雋，又音盾，以口汲之，如小兒之食乳也。南采兮芝英。咀嚼(一)靈草，以延年也。**疏曰：**（一）咀，音沮。咀嚼，謂嚼而吸其所含之味也。嚼，即藥切，以齒碎之也，又凡辨其味曰嚼。宣游兮列宿，徧歷六合，視衆星也。［補］曰：《文選》云：將北渡而宣游(一)。宣，徧也。**疏曰：**（一）“將北”句，見張衡《思玄賦》。①順極兮彷徉。周繞北辰，觀天庭也。

校勘記：①此句上頁眉戴之麟題校補時地云：丁亥六月十五日午前，韓左个。

紅采兮騂衣，婆娑(一)五彩，芬華英也。古本：虹采兮霓衣。［補］曰：騂，思營切，赤色。**疏曰：**（一）婆娑，舞貌。又往來蹀躞貌，又安坐也。婆，音蒲訛切。娑，思阿切。翠縹兮爲裳。衣色瓌瑋(一)，耀青葱也。［補］曰：縹，疋沼切，帛青白色。**疏曰：**（一）瓌，與瑰同；瑋，與偉同，音瑰瑋，猶言珍奇也。舒佩兮綝纚，緩帶徐步，五玉(一)鳴也。一本“舒”下有“余”字。［補］曰：綝，林、森二音。纚，力知、所宜二切，衣裳毛羽垂貌。**疏曰：**（一）五玉即五瑞，以五玉爲節信也。有二説：一、《尚書疏》：“公執桓圭，侯執信圭，伯執躬圭，子执穀璧，男執蒲璧。”二、《白虎通》：“何謂五瑞？谓珪、璧、琮、璜、璋。”① 竦余劍兮干將。握我寶劍，立延頸也。［補］曰：張揖云：干將，韓王劍師也。《博物志》：干將陽龜文，莫耶陰漫理，此二劍吴王(一)使干將(二)作之。莫耶，干將妻也。夫婦善作劍。**疏曰：**（一）吴王，爲闔廬。（二）干將，春秋吴人，善作劍。其妻莫邪，斷髪翦爪投於爐中，金鐵乃濡，遂成二劍。陽曰干將，陰曰莫邪，獻之闔廬。②

校勘記：①此句上頁眉戴之麟題校補時地云：己丑五月二十一日午前，新寢。②此句上頁眉戴之麟題校補時地云：丁亥六月十一日午後，韓左个。同前年月十六日上午，同地牆陰。

騰蛇(一)兮後從(二)，神虵侍從，慕仁賢也。騰，一作滕①。一云從後。［補］曰：《荀子》云：螣蛇無足而飛(三)。《文子》(四)曰：騰蛇無足而騰。郭璞云：螣，龍類，能興雲霧而游其中。**疏曰：**（一）騰蛇，神蛇也。《山海經》謂之飛蛇，《淮南》謂之奔蛇。（二）從，去聲。（三）“螣蛇”句，見《荀子》卷一《勸學篇第一》。（四）《文子》，十二卷，宋杜道堅撰《纘義》。道堅字南谷，當塗人，武康計籌山昇元觀道士也，清紀昀定爲理宗時人。書中載文子與老子問谷，蓋道家者流歟？“騰蛇”句，篇内無之。② 飛駏兮步旁。駏驉(一)奮飛，承轂輪也。［補］曰：駏，音巨。《淮南》云：北方有獸(二)，其名曰蹷，常爲蛩蛩(三)駏驉取甘草，蹷有患，蛩蛩駏驉必負而走。郭璞曰：邛邛似馬而青。《穆天子傳》：邛邛距虚，日走五百里。**疏曰：**（一）駏驉，似騾而小，牝騾牡馬所生。（二）“北方有”句，見《淮南子》卷十二《道應訓》。（三）蛩，音邛，蝗也。蛩蛩，獸也，色白似馬，一作卬卬。蹷，菊嚱切。微觀兮玄圃，上睨帝圃，見天園也。覽察兮瑶光。觀視斗柄與玉衡也。瑶，一作摇。［補］曰：《淮南》云：瑶光者(一)，資糧萬物者也。注云：瑶光，北斗(二)杓第七星也，居中而運，歷指十二辰，擿起陰陽，以殺生萬物者也。**疏曰：**（一）“瑤光者”句，見《淮南子》八《本經訓》。（二）北斗，見前《遠游》“舉斗柄”句疏。

校勘記：①“滕”，金陵書局本作“臆”。②此句上頁眉戴之麟題校補時地云：戊子四月二十五日上午，救左又校。

啓匱兮探筴，發匣引籌，考禄相也。筴（一），《釋文》作箣。**疏曰：**（一）筴，音策，與策同，又簡書也。箣、筴、策同。其制長二尺，短者半之，其次一長一短，兩編下附，單執一札，謂之爲簡，連編諸簡，乃名爲策。凡書字有多有少，一行可盡者，書之於簡；數行可盡者，書之於方；方所不容者，乃書於策。相，去聲。悲命兮相當。不獲富貴，值流放也。相，一作所。

又曰：以上言無路可通，故先作冥思，游於上下四方。

紉蕙兮永辭，結草爲誓，長訣行也。［補］曰：紉，女巾切。將離兮所思。背去九族（一），遠懷王也。**疏曰：**（一）九族，高、曾、祖、父、身、子、孫、玄、曾也。浮雲兮容與，天氣滃滃，乍東西也。道（一）余兮何之？來迎導（一）我，難隨從（二）也。**疏曰：**（一）道、導同。（二）從，去聲。

遠望兮仟（一）眠，遥視楚國，闇未明也。一作芊瞑，一作晦昏。［補］曰：《集韻》云：仟瞑遥視。**疏曰：**（一）仟，音千。聞靁（一）兮闐闐（二）。君好妄怒，威武盛也。［補］曰：闐，音田。**疏曰：**（一）靁，即雷。（二）闐闐，聲也。陰憂兮感余，内愁鬱伊，害我性也。憂，一作愁。惆悵兮自怜（一）。悵然失志，嗟厥命也。**疏曰：**（一）怜，音憐。

又曰：此言原思通路不得，只得自怜。

危 俊危，一作苞（一）。

疏曰：（一）苞，音包，即席草也。又音保，花梗下部之葉片也。又木也，又草木叢生也。

林不容兮鳴蜩(一)，國不養民，賢宜避也。**疏曰：**（一）蜩，叶周。余何留兮中州？我去諸夏(一)，將遠逝也。**疏曰：**（一）夏，上聲，中國也。陶(一)嘉月兮總駕，嘉及吉時，驅乘駟也。總，一作緫[①]，一作驅。**疏曰：**（一）陶，音桃，樂也。又哀[②]思也。搴[③]玉英兮自脩。采取瓊華，自脩飾也。脩，一作修(一)。**疏曰：**（一）脩、修古通用。

校勘記：①"緫"，明翻宋本作"揔"，汲古閣本作"摠"。②"哀"，原誤作"忘"，今據《康熙字典》改。③"搴"，原文誤作"蹇"，今據李刻本、明翻宋本、汲古閣本改。

結榮茝兮逶逝，束草陳信，遂奔邁也。逶，一作遠。將去烝兮遠游。違離於君，之(一)四裔(二)也。《爾雅》曰：林烝君也。或曰：烝，進也。言去日進而遠也。**疏曰：**（一）之，往也。（二）四裔，四方極遠之國也。裔，音曳。

无三欠一生曰：此承上文，言原求通路，以上事遠游。[①]

校勘記：①此句上頁眉戴之麟題校補時地云：己丑九月八日午後。

徑岱(一)土兮魏闕(二)，行出北荒，山高桀(三)也。闕，一作國。［補］曰：岱，泰山也。注云：北荒，疑"岱"本"代"字。《春秋傳》曰：魏(四)，大名也。一曰象魏，闕名。許慎[①]云：巍巍高大，故曰魏闕。**疏曰：**（一）岱作代，（二）闕作國，是謂北游也。（三）桀，與傑同，儁桀也。才過萬人曰桀。（四）魏，見前《涉江》"帶長鋏之陸離兮"疏。"魏，大名也"，見《左・閔公》"晉侯作二軍"傳。代，古國，爲趙襄子所滅。在常山北，今改爲縣，屬山西省。歷九曲(一)兮牽牛。過觀列宿(二)，九天際也。［補］曰：《爾雅》：河鼓謂之牽牛(三)。**疏曰：**（一）九曲，軍名，在今甘肅巴城縣也。又池名，在江蘇江寧縣北。此指爲九天，未知所本。（二）宿，音秀，星也。（三）牽牛，星名。在天河側，與織女星相對，三星平列，俗謂之扁擔星。一名何鼓，一名河鼓[②]，又名黄姑。聊假日兮相佯，且徐游戲，頦(一)年歲也。頦，一作消。相，一作徜。《釋文》作徜，音祥。**疏曰：**（一）頦，與須同。遺光燿兮周流。敷揚榮華，垂顯烈[③]也。

校勘記：①“慎”，原誤作“重”，今據李刻本、明翻宋本、汲古閣本改。②“鼓”，原誤作“街”，今據《辭源》改。③“垂顯烈”，原誤作“重顯列”，今據李刻本、明翻宋本、汲古閣本改。

望太一兮淹息，觀天貴將止①沈滯也。紆余轡兮自休。綏(一)我馬勒，留寢寐也。**疏曰**：(一)綏，安也。晞(一)白日兮皎皎(二)，天精光明而照察也。晞，一作睎。皎，一作晈(三)。[補]曰：晞，明之始升也。睎，望也。**疏曰**：(一)晞，音希，乾也。又將旦之時，日之光氣始升於上，謂日之(二)皎皎始上也，非望。(三)皎、晈同。彌遠路兮悠悠。周望八極，究(一)地外也。**疏曰**：(一)究，讀上、去二聲，俗讀平聲誤。

校勘記：①“止”，原誤作“上”，爲承襲李刻本之誤，今據明翻宋本、汲古閣本改。

顧列孛(一)兮縹縹，邪視彗星，光瞥瞥(二)也。[補]曰：孛，薄没切。縹，匹妙切。**疏曰**：(一)孛，即彗星。(二)瞥，音擘，過目也，暫見也。觀幽雲兮陳浮。山氣滃鬱而羅列也。陳，一作敶。鉅寶遷兮砏磤(一)，太歲轉移，聲磕磑(二)也。[補]曰：砏，普貧、披班二切。磤，音殷，又於謹切，石聲。**疏曰**：(一)砏磤，聲也。又石聲也，又大雷也。音彬，石也。(二)磑，讀如礙。即今石皿，碎物之器，引申作石聲。雉咸雊兮相求。飛鳥驚鳴，雌雄合也。[補]曰：雊，音遘。《前漢・郊祀志》云：秦文公(一)獲若石云①，于陳倉(二)北阪城祠之。其神或歲不至，或歲數。來也常以夜，光輝若流星，從東方來，集於祠城，若雄雉，其聲殷殷云，野鷄夜鳴。以一牢(三)祠之，名曰陳寶。又曰：漢興，世世常來，光色赤黄，長四五丈，直(四)祠而息，音聲砰(五)隱，野雞皆雊。此陽氣舊祠也。注云：陳寶若來而有聲，則野雞皆鳴以應之。又揚雄《校獵賦》云：追天寶，出一方，應駍(五)聲，擊流光。壄盡山窮，囊括其雌雄。注云：天寶，陳寶也。陳寶神來下時，駍然有聲，又有光精也。下時窮極山川天地之間，然後得其雌雄。雄在陳倉，雌在南陽，故云野盡山窮也。**疏曰**：(一)秦文公，名失，襄公子，在位五十年。(二)陳倉，縣名。秦置，北周廢，故城在今陝西寶雞縣東，文公築。(三)牢，牲也。牛曰太牢，羊曰少牢。又牛羊豕具曰太牢，羊一豕一少牢也。(四)直，同值，當也。(五)砰、駍同。《郊祀志》，係《漢書》卷第二十五《志第五》。

校勘記：①“云”，原脱，今據李刻本、明翻宋本、汲古閣本補。

泱莽莽兮究志，周望率土，遠廣大也。［補］曰：泱，於朗切。懼吾心兮懤懤。惟我憂思，意愁毒也。［補］曰：懤，憂也，音儔。步余馬兮飛柱，徘徊神山，且休息也。覽可與兮匹儔。歷觀羣英，求妃合也。二人爲匹，四人爲儔。儔，一作疇。一云：一人爲匹。卒莫有兮纖介(一)，衆皆邪佞，無忠直也。**疏曰：**（一）纖介，微小也。永余思兮怞怞。愁心長慮，憂無極也。［補］曰：怞，憂貌，音由。

又曰：此上言原欲遠游幻想，終不失危俊之態。

昭　世

世溷兮冥昏，時君闇蔽，臣貪佞也。一云：世溷濁兮。違君兮歸真。將去懷王，就仁賢也。一云：臣違君兮。乘龍兮偃蹇，驂駕神獸，拏①紛紜也。高回(一)翔兮上(二)臻(三)。行戲遨游，遂至天也。回，一作迴(一)。**疏曰：**（一）回、迴同。（二）上，上聲。（三）臻，至也。

校勘記：①“拏”，金陵書局本作“挐”。

襲(一)英衣兮緹䌜，重我絳袍，采色鮮(二)也。襲，一作龍。［補］曰：緹，音提。䌜，音習。《集韻》緹，赤色。䌜，緶(三)衣也，七入切，又音妾。**疏曰：**（一）襲，重也。重，平聲。（二）鮮，平聲。（三）緶，房連切，《説文》：“交枲也。”又縫也。披華裳①兮芳芬。徐曳文衣，動馨香也。《詩》曰：婆娑其下(一)。**疏曰：**（一）此句見《詩·東門之枌》篇，與本文及注均不合。

无三欠一生曰：此承上文，言原遠游，猶被服清潔，意在昭世。

校勘記：①“裳”，原誤作“衣”，今據李刻本、明翻宋本、汲古閣本改。

登羊角兮扶輿，陞彼高山，徐顧眄也。輿，一作與。［補］曰：《莊子》：摶扶摇羊角而上者九萬里(一)。疏云[①]：旋風曲戾，猶[②]如羊角。《音義》云：風曲上(二)行曰羊角。《相如賦》云：扶輿猗靡(三)。《史記》注云：郭璞曰：《淮南》所謂曾(四)折摩地，扶輿猗委也。按：今《淮南子》云：曾撓摩地(五)，扶於猗那(六)。**疏曰：**（一）"搏扶搖"句，見《莊子·逍遥游》篇。（二）上，上聲。（三）"扶輿猗靡"，見相如《子虛賦》。（四）曾，同層。（五）"曾撓摩地"二句，見《淮南子》卷十九《修務訓》。（六）猗靡、猗那義同。浮雲漠兮自娱。乘雲歌吟而游戲也。或曰：浮雲漢。漢，天河也。握[③]神精兮雍容，握持神明，動容儀也。一云握精明，一云接精神，一云按神明，一云按精明。雍(一)，一作癰。**疏曰：**（一）雍、癰同。與神人[④]兮相胥(一)。留待松(二)、喬(三)，與伴儷也。**疏曰：**（一）胥，待也。（二）松，赤松子。（三）喬，王喬也。赤松，見前《遠游》"聞赤松之清塵兮"原注。王喬，見前《天問》"白蜺嬰茀"疏。[⑤]

校勘記：①"疏云"，原脱，今據李刻本、明翻宋本、汲古閣本補。②"猶"，原脱，今據李刻本、明翻宋本、汲古閣本補。③"握"，原誤作"掘"，今據李刻本、明翻宋本、汲古閣本改。下文皆徑改不出校。④"神人"，原誤作"人神"，今據李刻本、明翻宋本、汲古閣本改。⑤此句上頁眉戴之麟題校補時地云：丁亥六月七日午後，韓左个。戊子六月十五日午後，捄廳補録。

流星墜兮成雨，陰精並降，如墮[①]雨也。［補］曰：《春秋》：夜中星隕(一)如雨。《公羊》曰：如雨者，狀似雨。**疏曰：**（一）隕，落墜也。此事見《春秋五傳·莊公七年》："夏四月辛卯，恒星不見，夜中星墜如雨。"《左氏》無傳。進瞵盼兮上(一)丘墟。天旦欲明，至山溪也。進，一作集。古本無"上"字。［補］曰：瞵，力辰切，視貌。盼，普莧切。**疏曰：**（一）上，上聲。覽舊邦兮滃鬱，下見楚國之亂危[②]也。覽，一作臨。［補］曰：滃，鄔孔切，雲氣起也。余安能兮久居！將背舊鄉，之九夷也。**疏曰：**九夷，見前《離騷》"指西海以爲期"疏五。

校勘記：①"墮"，原作"墜"，今據李刻本、明翻宋本、汲古閣本改。②"亂危"，原誤作"危亂"，今據李刻本、明翻宋本、汲古閣本改。

志懷逝兮心懰慄，心中欲去，内傷悲也。一無"懰"字。［補］曰：懰，音留。

懰慄，憂貌。紆余轡兮躊躇。緩我馬勒，而低佪也。一云情躊躇。聞素女(一)兮微歌，神仙謳吟，聲依違也。**疏曰：**（一）素女，係黄帝之女。①聽王后兮吹竽。伏妃(一)作樂，百蟲至也。**疏曰：**（一）伏妃，即宓妃，見前《離騷》"求宓妃之所在"疏。魂悽愴兮感哀，精神惆悵，而思歸也。腸回回兮盤紆。意中毒悶，心紆屈也。回，一作迴。

校勘記：①此句上頁眉戴之麟題校補時地云：庚寅二月二十七日午前。

撫余佩兮繽紛，持我玉帶，相糾結也。高太息兮自憐。長歎傷己遠放棄也。使祝融兮先行，俾南方神開軌轍也。令昭明兮開門。炎神前驅，闢梁發也。

馳六蛟兮上(一)征，乘龍直驅，陞閶闔也。**疏曰：**（一）上，上聲。竦(一)余駕兮入冥。遂馳我車，上寥廓也。**疏曰：**（一）竦，胥勇切，上也。又與聳同。歷九州兮索合，周徧天下(一)，求雙匹也。索，一作寡。**疏曰：**（一）下，上聲。誰可與兮終生？莫足與友，爲親密也。

忽反顧兮西囿，見彼隴(一)蜀(二)，道阻阨也。**疏曰：**（一）隴，指甘肅。（二）蜀，指四川。覩軫丘兮崎(一)傾。山陵嶔岑(一)，難涉歷也。軫丘，一作丘陵。［補］曰：軫丘，猶《九章》言軫石也。崎，音欹。**疏曰：**（一）嶔岑、崎，解詳《招隱士》。横垂涕兮泫流，悲思念國，泣雙下也。［補］曰：泫，胡犬切，涕流貌。悲余后兮失靈。哀惜①我后(一)，違天法也。**疏曰：**（一）后，君也。

又曰：此上言原遠游四方，冀世之昭，終於不果。

校勘記：①"惜"，原誤作"泣"，今據李刻本、明翻宋本、汲古閣本改。

尊　嘉

季春(一)兮陽陽，三月温和，氣清明也。**疏曰：**（一）春凡三月。正，孟春。

二，仲春。三，季春。列草兮成行(一)。百卉垂條，吐榮華也。**疏曰：**（一）行，叶杭。余悲兮蘭生，哀彼香草，獨隕零也。生，一作萃。一作悴。委積兮從(一)横(二)。枝條摧折，傷根莖也。**疏曰：**（一）從，音宗。（二）横，叶黄。

江離(一)兮遺捐，忠正之士，棄山林也。**疏曰：**（一）江離，見前《離騷》“扈江離與辟芷兮”疏。辛夷(一)兮擠臧。仁智之士，抑沈没也。臧，一作將。［補］曰：擠，子雞切，排也。臧，音藏，匿也。**疏曰：**（一）辛夷，見《離騷》“畦留夷與揭車兮”疏。伊(一)思兮往古，惟念前世諸賢俊也。**疏曰：**（一）伊，發語詞。亦多兮遭殃。仁義遇罰，禍及身也。遭，一作逢。

伍胥兮浮江，吴王棄之於江濱也。屈子兮沈湘。懷沙負石，赴汨[①]淵也。**疏曰：**《七諫》中言屈原，此言屈子，及後《九歎·逢紛》之“諒皇直之屈原”，與《惜賢》之“覽屈子之《離騷》兮”，及《憂苦》“歎《離騷》以揚意兮”諸句觀之，足見各作皆假原以明己之遭際，後人不察，皆注以爲屈子，大誤。各當作假原可也。運余兮念兹，轉思念此，志煩冤也。心内兮懷傷。腸中惻傷，摧肝肺也。

无三欠一生曰：此承上文，假言原遠游之時，當春不禁悲傷，而動尊嘉之念。[②]

校勘記：①“汨”，原誤作“湘”，今據李刻本、明翻宋本、汲古閣本改。②此句上頁眉戴之麟題校補時地云：戊子六月十五日午後，捄歷補録。

望淮兮沛沛，臨水恐慄，畏禍患也。一云淵沛沛(一)。［補］曰：沛，普貝切。**疏曰：**（一）沛沛，水流盛大貌。濱流兮則逝。意欲隨水而隱遁也。榜舫兮下流，乘舟順[①]水，游海濱也。榜舫，一作榜艕，一作榜舡(一)，一作摘艕，一作摘舫。［補］曰：榜，音謗，進船也。舫，音方，併船也。艕，補孟切，船也。東坡本作榜舫。《釋文》榜作摘。摘，取也。**疏曰：**（一）舡，希江切，船也。東注兮磕磕[②]。濤波踊躍，多險難也。磕，一作磕。《釋文》作磕。［補］曰：並苦[③]蓋切，石聲。

校勘記：①“順”，原誤作“流”，今據李刻本、明翻宋本、汲古閣本改。②“磕磕”，原誤作“溘溘”，今據李刻本、明翻宋本、汲古閣本改。③“苦”，原誤作“普”，今據李刻本、明翻宋本、汲古閣本改。

蛟龍兮導引，虯螭水禽（一）馳在前也。又作文蛇在前也。一云：蛟龍沃兮。**疏曰：**（一）古者禽、獸不分，猶飲、食之可互言。蛟龍，水族，故可言水禽也。文魚兮上（一）瀨。巨鱗扶己渡涌湍也。文，一作大。**疏曰：**（一）上，上聲。抽蒲兮陳坐，拔草爲席，處（一）薄單也。**疏曰：**（一）處，上聲。援芙蕖（一）兮爲蓋。引取荷華以覆身也。一云：援英兮爲蓋。一云：拔英。**疏曰：**（一）芙蕖，荷也。

水躍兮余旌，風波動我，摇旗旛（一）也。旌，一作旍。**疏曰：**（一）旛，音翻，旗帛下垂者也。繼以兮微蔡。續以草芥入己船也。以，一作㠯（一）。［補］曰：蔡，草也。**疏曰：**（一）㠯，古以字。雲旗兮電騖①，遂乘風電，驅横奔也。儵忽（一）兮容裔（二）。往來亟疾，若鬼神也。［補］曰：儵，音叔。**疏曰：**（一）儵忽，鬼神也。（二）容裔，同容與。裔，叶艾。

又曰：此上至末，言歷春而夏，游將不反，望尊嘉之實現。②

校勘記：①“騖”，原誤作“霧”，今據李刻本、明翻宋本、汲古閣本改。②此句上頁眉戴之麟題校補時地云：戊子六月十五日午後，捄驪補録。

河伯兮開門，水君俟望，開府（一）寺（二）也。**疏曰：**（一）府，聚也。官屬聚以辦事之處也。（二）寺，音嗣，官舍也。凡府廷所在皆謂之寺，如漢御史府亦稱御史大夫寺，後此官署有太常寺、鴻臚寺。又衆僧所居曰寺，漢明帝時，攝摩騰自西域以白馬馱經來，初止鴻臚寺，遂取寺名，創立白馬寺，後遂以浮屠所在皆曰寺。又宦寺也。此謂官舍也。迎余兮歡欣。喜笑迎己，愛我善也。顧念兮舊都，還視楚國，思郢城也。懷恨兮艱難（一）。抱念恚恨，常欲還也。**疏曰：**（一）難，叶銀。竊哀兮浮萍，自比如蘋，生水瀕（一）也。萍（二），一作荓（二）。**疏曰：**（一）瀕，同濱。（二）荓、萍同。汎淫兮無根。隨水浮游，乍東西也。一作沈淫，一作汎摇。［補］曰：摇，當作淫，舊音羊瞻切（一）。巴東有淫預石。通作灩。又《相如賦》云：汎淫泛濫（二）。汎，音馮，浮也。一讀作泛灩，一讀作馮淫，皆通。汎，一作沈。淫，一作摇。皆非是。**疏曰：**（一）羊瞻切，當爲“灩”字本音。灩，一音淫。（二）“汎淫泛濫”，見相如《上林賦》。

汎，一作沈。

蓄 英

秋風兮蕭蕭，陰氣用事，天政急也。舒芳兮振條。動摇[①]百草，使芳熟也。微霜兮眇眇，霜凝微薄，寒深酷也。病殀兮鳴蜩。飛蟬[(一)]卷[(二)]曲而寂默也。**疏曰：**（一）蟬，即蜩也。（二）卷，平聲。

无三欠一生曰：此去猶就秋言，言既無尊嘉，猶欲遠覽蓄英，以待君悟而自輔。

校勘記：①“動摇”，原誤作“摇動”，今據李刻本、明翻宋本、汲古閣本改。

玄鳥[(一)]兮辭歸，燕將入海，化爲蛤[(二)]也。**疏曰：**（一）玄鳥，燕也。（二）蛤，音鴿，介屬，俗謂蛤蜊。按《禮·月令》作“雀入大水爲蛤”，此謂“燕入海爲蛤”，未知所據。飛翔兮靈丘。悲鳴神山，奮羽翼也。望谿兮滃鬱，川谷吐氣，雲闇昧也。熊羆兮呴嘷[(一)]。猛獸應秋，將害賊也。呴，一作昫。［補］曰：呴，音吼，一音雊，一音烏角切。嘷，胡刀切。**疏曰：**（一）嘷，宜叶休。唐虞兮不存，堯、舜已過[(一)]，難追逐也。**疏曰：**（一）過，平聲。何故兮久留？宜更求君，之他國也。**疏曰：**此言他之隱處，如注言。非屈子也。

又曰：此言當他游之由，以動君蓄英之念。[①]

校勘記：①此句上頁眉戴之麟題校補時地云：戊子六月十五日午後，毬屬補録。

臨淵兮汪洋，瞻望大川，廣無極也。［補］曰：汪洋、晃養二音。顧林兮忽荒。回視喬木，與山薄[(一)]也。［補］曰：荒，火晃切。**疏曰：**（一）薄，草叢生處也。修余兮袿衣，整我衫[(一)]裳，自結束也。修，一作脩。［補］曰：袿，音圭。《廣雅[①]》：袿，長襦也。《釋名》：婦人上服曰袿，其下垂者上廣下狹，如刀圭[(二)]。**疏曰：**（一）

袗，音軫，又去聲，單衣也。又玄服也，音真。（二）刀圭，藥物量名。一刀圭爲十分方匕之一，見《本草綱目·序例》。《金丹玄學》："醫書言方寸匕，又言刀圭者，刀頭圭角，些[②]子而已。"《池北偶談》："《署里雜存》云：'買得古錯刀三枚，形似今之剃刀。其上一圈如圭璧之形，中一孔即貫索之處。蓋服食家舉刀取藥，僅滿其上之圭，言其少耳。'"圭，姑睽切，玉之削上方下者。國有大事，執之以爲瑞者。又量名，升之十萬分之一也，古以六十四黍爲圭。又衡名，十粟重也。璧，玉之平圓形而有孔者。方寸匕，即俗曰一茶匙也。《本草綱目》，見《九歌·雲中君》"華采衣兮若英"疏。《池北偶談》，《辭源》巳集二三頁水部三畫："書名，清王士禎撰，凡《談故》四卷，皆述朝廷殊典及衣冠勝事，亦間及古制；《談獻》六卷，紀名臣、碩德、疇人、列女；《談藝》九卷，皆論詩文；《談異》七卷，皆記神怪。謂之池北者，因其宅西有池，建屋藏書，以'池北書庫'名之。旁有石帆亭，常與賓客聚談其中也。凡三十四卷。"[③]騎霓兮南上(一)。託乘赤霄，登張翼也。［補］曰：上，一音常。**疏曰：**（一）上，讀上聲，與上荒作火晃切合。若上叶常，則荒宜作本音，且與下强韻叶。棄雲兮回回，載氣溶溶，意中惡也。棄，一作乘。亹亹(一)兮自强。稍稍陞進，遂自力也。强，一作彊。**疏曰：**（一）亹亹，强勉也，又進貌，音尾。

校勘記：①"雅"，原誤作"韻"，今據李刻本、明翻宋本、汲古閣本改。②"些"，原誤作"皆"，今據《辭源》改。③此句上頁眉戴之麟題校補時地云：己丑五月二十七日午後，新庭。

將息兮蘭皐(一)，且欲中休[①]，止方(二)澤也。**疏曰：**（一）皐，水曲也。（二）方，當作芳。止蘭皐，以蘭爲芳香之物。失志兮悠悠。從高視下(一)，目眩惑也。悠悠，一作調調(二)。**疏曰：**（一）下，上聲。（二）調調，枝葉摇動貌。若作調，調宜叶周。葐蕴兮黴黧，愁思蓄積，面垢黑也。葐，一作紛。［補］曰：葐，音墳。蕴，於雲切。葐蕴，蕴積也。黴(一)，音眉，物中久雨青黑。一曰[②]敗也。黧，憐題切，黑黄。**疏曰：**（一）黴，即今所謂菌，下等植物。得濕氣即發芽，初生時爲白色之絲狀體，能吸養料，成熟后絲之各部生小囊，囊中胞子最多，有緑、黑、紅、黄等色。陳熟之果餌及垢穢之器物、衣服上皆有之。亦賴其作用以製飴醬等物。若寄生人體，則常致斑癬，在稻麥桑梨等之上，則有麥角鏽斑之害，惟種類各異耳。按細菌或亦稱黴菌，而餅餌等物上寄生之黴菌，或謂之黴。菌，音窘。思君兮無聊。想念懷王，忘寢食也。

［補］曰：聊，音留。

又曰：此上假言原遠游，見君不蓄英，仍不忘君。③

校勘記：①“中休”，原誤作“休息”，今據李刻本、明翻宋本、汲古閣本改。②“曰”，原誤作“旦”，今據李刻本、明翻宋本、汲古閣本改。③此句上頁眉戴之麟題校補時地云：戊子六月十五日午後，捄廳補録。

身去兮意存，體遠情近，在胷臆也。存，一作在。愴恨兮懷愁。心中憂恨，内悽惻也。

思　忠思，一作申，一作由，一云游思。

登九靈兮游神，想登九天，放精神也。神，一作精。静女歌兮微晨。神女夜吟，聲激清也。

无三欠一生曰：此章單即冬假言，一歲既終，君仍不悟，原終思忠其君，不忘所以爲賢。

悲皇丘兮積葛，皇，美(一)。《釋文》丘作北(二)。**疏曰：**（一）美下宜加“也”字别之。（二）北，古丘字。衆體錯兮交紛。言己見美大之丘，葛(一)草緣之而生，交錯茂盛，人不異而采取，則不成絺(二)綌(三)也。以言楚國士民衆多，君不異而舉用，則不知其有德也。**疏曰：**（一）葛，音割，見前《九歌·山鬼》“石磊磊兮葛蔓蔓”疏。（二）絺，音敕依切，細葛布也。（三）綌，音隙，粗葛布也。貞枝抑兮枯槁，貞，正(一)。**疏曰：**（一）正下宜加“也”字。枉車登兮慶雲(一)。慶雲，喻尊顯也。言葛有正直之枝，抑棄枯槁而不見采。枉壞惡者，滿車陞進，反見珍重，御尊顯也。以言貞正之人，棄於山野，佞曲之臣，陞於顯朝。枉，一作桂。登，一作升。［補］曰：《漢·天文志》：若煙非煙，若雲非雲，郁郁紛紛，蕭索輪囷，是謂慶雲。**疏曰：**（一）慶雲，太平之應也，即景雲。一作卿雲。《天文志》，係《漢書》卷第二十六《志第六》。

感余志兮慘慄，動踊我心，如析割也。慘，一作憀。［補］曰：憀，力周、力彫二切。心愴愴兮自憐。意中切傷，憂悲楚也。一云：心悲兮。

又曰：此上假言冬令已至，游仍不免，致興忠思。①

校勘記：①此句上頁眉戴之麟題校補時地云：戊子六月十五日午後，捄飃補録。

駕玄螭兮北征，將乘山神而奔走也。曏吾路兮葱嶺(一)。欲踰高山，度阻險也。路，一作道。葱，一作蔥(二)。［補］曰：曏，屬也，音向。**疏曰：**（一）嶺，叶林。（二）蔥，《康熙字典》作蔥，據《博雅》謂蒲英也。按：即葱字之譌，即此句可以爲證也。連五宿兮建旄，係續列星，爲旗旐也。［補］曰：宿，音秀。揚氛氣兮爲旌。舉布霾(一)霧，作旗表也。氛，一作雰。旌，一作旍。**疏曰：**（一）霾，音埋。大風揚沙，白晝爲昏，不見人也。

歷廣漠兮馳騖，徑(一)過(二)長沙(三)，馳馹馬也。**疏曰：**（一）徑，直也。（二）過，平聲。（三）長沙，今湖南省會。覽中國兮冥冥。顧視諸夏(一)，尚昧晦①也。**疏曰：**（一）夏，上聲，謂中國也。玄武步兮水母(一)，天龜水神侍送余也。天，一作大。**疏曰：**（一）水母，見前《通路》"從蝦兮游陼"疏。與吾期兮南榮。與己爲誓，會炎野也。南方冬温，草木常茂，故曰南榮。

又曰："吾期"句伏下章。

校勘記：①"昧晦"，原誤作"晦昧"，今據李刻本、明翻宋本、汲古閣本改。

登華蓋兮乘陽，上攀北斗，躡房星也。乘，一作椉。［補］曰：《大象賦》云：華蓋於是乎臨映。注云：華蓋七星，其柢(一)九星，合十六星，如蓋狀，在紫微(二)宫中，臨句陳(二)上，以蔭帝坐。**疏曰：**（一）柢，音邸，木之根也，又底也。（二）紫薇、句陳，均星名。紫薇，三垣之一。十五星，天帝之座也。聊逍遥兮播光。且徐游戲，布文采也。抽庫婁兮酌醴(一)，引持二星以斟酒也。［補］曰：《大象賦》注云：庫樓十星，五柱十五星，衡四星，合二十九星，在角南。《晉·天文志》云：庫樓十星，六大星爲庫，南四星爲樓。按庫樓形似酌酒之器，故云。王逸誤以[①]天庫及二十八宿之婁以爲庫婁耳。**疏曰：**（一）醴，音禮，甜酒也。**援瓟瓜兮接糧**。啗食神果，志猒飽也。瓟，一作匏。糧，一作粮。［補］曰：《大象賦》云：瓟瓜薦果於震閨。注云：五星在離珠北，天子之果園，占大光潤則歲豐，不爾則瓜果之實不登。《洛神賦》(一)云：歎匏瓜之無匹。注引《史記》曰：四星在危南。（麟按：此句見《史記》二十七《天官書第五》，"四星"上原文有"杵臼"二字。）瓟瓜，《天官星占》(二)曰：瓟瓜一名天雞，在河鼓東。**疏曰：**（一）《洛神賦》，曹植思甄后作，原名《感甄賦》，魏明帝見而改名《洛神》。（二）《天官星占》，《隋書卷三十四·經籍志第二十九·經籍三》天文類："十卷，陳卓撰。梁《天官星占》二十卷，吴襲撰。"[②]

校勘記：①"以"下，原衍"爲"字，今據李刻本、明翻宋本、汲古閣本删。②此句上頁眉戴之麟題校補時地云：己丑七月六日下午。

畢休息兮遠逝，周徧留止而復去也。**發玉軔兮西行**(一)。引支車木，遂驅馳也。［補］曰：（一）行，胡岡切。**惟時俗兮疾**(一)**正，弗可久兮此方**。世憎(一)忠信，愛諂諛也。此，一作北。**疏曰：**（一）疾、憎，皆惡也。疾，又同嫉。[①]

校勘記：①此句上頁眉戴之麟題校補時地云：戊子四月二十五日上九時，縣中終校。戊子九月十三日午前，縣中校。

寤辟摽兮永思，心常長愁，拊心踊也。辟，拊心貌也（宜删）。辟，一作擗。［補］曰：《詩》云：寤辟有摽(一)。注云：辟，拊心也。摽，婢小切，擊也。張景陽(二)《七命》云：縈[①]嫠爲之擗摽。擗，避辟切。摽，避櫂切，驚心也。**疏曰：**（一）"寤辟"句，見《詩·柏舟》篇。（二）張景陽，晉載弟，名協。少有儁才，與載齊名，官至河間内史，時世已亂，遂棄絶人事，以屬詠自娱。**心怫鬱兮内傷**。憂思積結，肝腑[②]爛也。［補］曰：怫，音佛。

又曰：此上實言原之冬游，恐終不反，至於忠思不已。[③]

校勘記：①"縈"，原作"熒"，今據李刻本、明翻宋本、汲古閣本改。後文凡作“煢”而他本皆作“甇”者，徑改不出校。②“腑”，原誤作“肺”，今據李刻本、明翻宋本、汲古閣本改。③此句上頁眉戴之麟題校補時地云：丁亥十二月二十三日午前，韓左个。己丑四月三日午前，終校圖書館。庚寅二月二十七日午前。

陶　壅壅，一作廱，音同。

覽杳杳兮世惟，觀楚泥濁，俗愚蔽也。惟，一作維。［補］曰：惟，謀也。余惆悵兮何歸？罔①然失志，無依附也。

无三欠一生曰：此承上章“吾期”句而暢言之。

校勘記：①“罔”，原作“惘”，今據李刻本、明翻宋本、汲古閣本改。

傷時俗兮溷亂，哀愍當世，衆貪暴也。將奮翼兮高飛。振翅翺翔，絶塵埃也。駕八龍兮連蜷，乘虬翺翔，見容貌也。蜷(一)，一作踡(一)。［補］曰：並音權。**疏曰：**（一）義並同。建①虹旌兮威夷(一)。樹蝃蝀旗，紛光耀也。旌，一作旍。**疏曰：**（一）威夷，獸名，長脊而劣弱。又西方陵名、謂險阻也。按之此皆不合，殆通作逶迤，亦當時譯音字異也。

校勘記：①“建”，原誤作“見”，今據李刻本、明翻宋本、汲古閣本改。

觀中宇兮浩浩，大哉天下(一)，難徧照也。**疏曰：**（一）下，上聲。紛翼翼兮上(一)躋。盛氣振迅，陞天衢也。**疏曰：**（一）上，上聲。浮溺水兮舒光，遂渡沈流，揚精華也。溺，與弱同。淹低佪兮京沶。且留水側，息河洲也。水中可居爲洲，小洲爲渚，小渚爲沶。京沶，即高洲也。一作衹徊。低，一作徘。京，一作洲。一注云：小渚爲沚，小沚曰沶。［補］曰：京，人所爲絶高丘也。一曰大也。沶，直尸切。沚與沚同。**疏曰：**按沶爲小渚，其不高可知，以意度之，殆沶而名京乎？

屯余車兮索友，住我之駕，求松、喬也。［補］曰：索，所革切。**疏曰：**松，赤松子。喬，王喬也。覩皇公兮問師。遂見天帝，諮秘要也。覩，一作睹。道莫貴兮歸真，執守無爲，修朴素也。貴，一作遺。羡余術兮可夷。念己道藝，可悦樂也。《詩》云：既見君子(一)，我心則夷。夷，喜也。**疏曰：**（一）“既見君子”二句，見《詩·鄭風·風雨》篇。

又曰：此言四方靡止，惟有南游，期壅可陶。①

校勘記：①此句上頁眉戴之麟題校補時地云：戊子六月十五日午後，捄䕫補録。

吾乃逝兮南娭，往之太陽，游九野也。逝，一作游。［補］曰：娭，音熙①。《大人賦》(一)云：吾欲往乎南娭。**疏曰：**（一）《大人賦》，司馬相如作。道幽路兮九疑(一)。涉歷深山，過(二)舜墓也。疑，一作嶷。**疏曰：**（一）九疑，舜墓所在也。（二）過，平聲。越炎火兮萬里，積熱彌(一)天，不可處也。處(二)，一作渡。**疏曰：**（一）彌，音迷，滿也。（二）處，上聲。過(一)萬首兮嶷嶷(二)。見海中山數萬頭也。海中山石，嶷嶷嶽嶽，萬首交跱也。萬首，一作千首。嶷嶷，一作旌旌。一注云：萬首，海中山名。［補］曰：嶷，音擬，又魚力切。**疏曰：**（一）過，平聲。（二）嶷，高貌。

校勘記：①“熙”，原作“嬉”，今據李刻本、明翻宋本、汲古閣本改。

濟江海兮蟬蜕(一)，遂渡大水，解形體也。［補］曰：《淮南》云：蟬飲而不食(二)，三十日而蜕。**疏曰：**（一）蜕，音税，褪皮也。（二）“蟬飲”二句，見《淮南子》卷十七《説林訓》。絶北梁兮永辭。超①過海津，長訣去也。辭，一作詞。［補］曰：江淹(一)《别賦》用此語。**疏曰：**（一）江淹，見前《涉江》“船容與而不進兮”疏。浮雲鬱兮晝昏，楚國潰亂，氣未除也。霾(一)土忽兮塺塺。風俗塵濁，不可居也。塺，一作梅。［補］曰：霾，音埋。塺，音梅，塵也。**疏曰：**（一）霾，見上《思忠》“揚氛氣兮爲旌”疏。

校勘記：①“超”，原誤作“趨”，今據李刻本、明翻宋本、汲古閣本改。

息陽城兮廣夏(一)，遂止炎野大屋廬也。**疏曰：**（一）夏，上聲，大屋也。衰色罔兮中怠(一)。志欲懈倦，身疲勞也。色，一作氣。［補］曰：怠，有胎音。**疏曰：**（一）怠，叶怡。意曉陽兮燎寤，心中燎明，内自覺也。燎，一作半。《釋文》作憭。［補］曰：憭，音了。乃自訸兮在兹。徐自省視至此處也。訸，一作眎(一)。在，一作存。自訸，一作息軫(二)。恐非。［補］曰：訸，視也，當作診①。**疏曰：**（一）眎，古視字。（二）軫，念也。

校勘記：①“診”，原誤作“訸”，今據李刻本、明翻宋本、汲古閣本改。

思堯舜兮襲(一)興，喜慕二聖，相繼代也。**疏曰：**（一）襲，重也。幸咎繇(一)兮獲謀(二)。冀遇虞舜，與議道也。**疏曰：**（一）咎繇，即臯陶，舜臣也。（二）謀，叶迷。悲九州兮靡(一)君，傷今天下無聖主也。**疏曰：**（一）靡，無也。撫軾(一)歎兮作詩。伏車浩歎，作風(二)雅(三)也。**疏曰：**（一）軾，車前可憑之處也。（二）風，《國風》也。（三）雅，二《雅》也。即《詩經》中之二名也。

又曰：此言原既南游，庶異日君悟而壅可陶，以抒己懷，而卒不得。

株　昭

昭，一作明，一作招，一云珠昭，一云林招。一本篇目在“亂曰”之後。

悲哉于嗟兮，愁思憤懣，長歎息也。心内切(一)磋(二)。意中激感，腸痛惻也。**疏曰：**（一）切，以刀鋸切之也。（二）磋，音搓，以鑢錫磋之也，此治骨角者所有事也。見《詩·衛風·淇澳》篇。按此借用謂爲切痛也。

无三欠一生曰：此承上章，言原又無所見，不禁興感。

欵冬而生兮，物叩盛陰，不滋育也。［補］曰：欵(一)，叩(二)也。**疏曰：**（一）欵，寬上聲，至也。（二）叩，音口。凋彼葉柯(一)。傷害根莖，枝卷(二)曲也。**疏曰：**（一）柯，音歌，草木之枝莖也。又斧柄也。（二）卷，平聲。瓦礫進寶兮，佞僞愚戇(一)侍帷(二)幄(三)也。**疏曰：**（一）戇，竹绛切，愚也，剛直也。（二）帷，余逵切，幔也，以幅帛圍繞障蔽之也。（三）幄，烏角切，帳幕也。上下四方悉周曰幄。捐棄隨(一)和。貞良君子，棄山澤也。［補］曰：隋侯之珠，和氏之璧。**疏曰：**（一）隨、隋通。隨，漢東國姬姓諸侯也。隨侯見大蛇傷斷，以藥傅而塗之，後蛇於夜中銜大珠以報之，因曰隨侯之珠。楊素即天子位，以隨從辶似去，不祥，故去辶作隋。今湖北隨縣也，與鍾祥東北接壤。楊素，即隋文帝也。

鉛刀厲御兮，頑嚚之徒，任政職也。頓(一)棄太阿(二)。明智忠賢，放斥逐也。［補］曰：頓，音鈍，不利也。**疏曰：**（一）頓，遽也，猶俗言立時也。此謂立時將太阿捐棄也，作不利不合。（二）太阿，劍也，歐冶子所鑄者也。驥垂兩耳兮，雄俊佯愚，閉口目也。［補］曰：賈誼賦云：驥垂两耳(一)，服鹽車兮。**疏曰：**（一）“驥垂”二句，見誼作《弔屈原》。中坂蹉跎。衆無知己，不盡力也。［補］曰：坂，音反。《説文》：坡者曰阪①，一曰澤障，一曰山脅也。蹉跎，失足(一)。**疏曰：**（一）足下宜加“也”字。

校勘記：①“阪”，原作“坂”，今據李刻本、明翻宋本、汲古閣本改。

蹇驢服駕兮，駑鈍之徒，爲輔翼也。服(一)，一作艆①。《釋文》作舩。［補］曰：艆、舩，並與服同。**疏曰：**（一）服，月從舟，故同。無用日多。僮蒙並進，塡滿國也。修潔處(一)幽兮，執履清白，居陋側也。**疏曰：**（一）處，上聲。貴寵沙劘。權(一)右(二)大夫，佯不識也。［補］曰：沙，蘇何切，摩抄也。劘，音磨，削也。**疏曰：**（一）權，執政柄也。（二）右，音又，古時以右爲尚，故曰權右。

校勘記：①“艆”，明翻宋本、汲古閣本作“般”。下文“艆、舩，並與服同”同此。

鳳皇不翔兮，賢智隱處(一)，深藏匿也。**疏曰：**（一）處，上聲。鶉鴳飛揚。小人得志，作威福也。乘虹驂蜺兮，託駕神氣而遠征也。載雲變化。陞高去俗，易形貌也。［補］曰：化，音花。曹子建《橘賦》化與家同韻。

鷦鵬開路兮，仁士智鳥，導在前也。一作焦明。［補］曰：《博雅》：鷦鵬，鳳也。

音明。《揚子》：鷦明[①]冲天[(一)]，不在六翮[(二)]乎？**疏曰：**（一）“鷦明冲天”，見《揚子法言・寡見卷第七》。（二）翮，音核，羽莖也。羽本謂之翮。後屬青蛇[(一)]。介蟲之長[(二)]，衛惡姦也。屬，一作厲。**疏曰：**（一）蛇，讀殺。[②]（二）長，上聲。步驟桂林兮，馳逐正道，德香芬也。超驤卷阿[(一)]。騰越曲阜，過阨難也。［補］曰：卷，曲也，音拳。**疏曰：**（一）卷阿，曲阜也。

校勘記：①“明”，原作“鵬”，今據李刻本、明翻宋本、汲古閣本改。②此句旁行間戴之麟題校補時地云：丁亥六月六日午前，韓左个牆陰。

丘陵翔儛兮，山丘踴[①]躍而歡喜也。儛，一作舞。［補］曰：翔舞[(二)]，亦丘陵之勢也。谿谷悲歌。川瀆作樂，進五音[(一)]也。［補］曰：悲歌[(二)]，亦謂水聲。**疏曰：**（一）五音，宫、商、角、徵、羽也。（二）翔舞、悲歌皆譬喻。翔舞，喻山勢之高危如鳥之飛舞。悲歌，水流嗚咽若悲歌也。

又曰：以上言原處窮株守，猶自修潔，至於感物悲歌。

校勘記：①“踴”，原作“踊”，今據李刻本、明翻宋本、汲古閣本改。

神章靈篇兮，《河圖》[(一)]、《洛書》[(二)]，緯讖文也。緯，一作經。**疏曰：**（一）《河圖》，見前《離騷》“啓《九辯》與《九歌》兮”疏。（二）《洛書》，大禹治水，理龜負文列於背，有數至九，禹遂因而第之以成九疇。其文戴九履一，左三右七，二四爲肩，六八爲足，而五居中。按《漢書・五行志》言《周書・洪範》篇“初一曰五行”以下六十五字皆《洛書》本文。《書正義》引劉向説謂三十八字爲本文，劉歆説謂二十字爲本文。漢儒之説，皆謂《洛書》有文字而不言圖。《大戴禮》載明堂古制，有二九四七五三六一之文。此九宫之法爲後世方伎所依託，而即附會之以爲《洛書》，後儒遂沿襲其説也。[①]赴曲相和。宫商並會，應琴瑟也。**疏曰：**全篇皆“五歌”韻，前化字宜叶訛，蛇叶梭，下二句加宜叶歌方合。余私娱兹兮，我誠樂[(一)]此，發中心也。娱，一作樂。**疏曰：**（一）樂，音洛。孰哉復加[(一)]。天下[(二)]歡悦，莫如今也。**疏曰：**（一）加，叶戈。（二）下，上聲。

校勘記：①此句上頁眉戴之麟題校補時地云：丁亥七月二十一日午前，韓左个。

還顧世俗兮，回視楚國及衆民也。壞敗罔羅。廢棄仁義，修謟諛也。罔，一作網。[①]卷佩將逝兮，袪(一)衣束帶，將横奔也。**疏曰：**（一）袪，曲於切，衣袂也。又舉袖貌。涕流滂沲(一)。思君念國，泣霑衿(二)也。流，一作泗。**疏曰：**（一）沲，同沱。（二）衿，同襟。

又曰：此褒言讀原遺文，亦不覺爲之悲傷，其昭世之終始株守不變。

校勘記：①"還顧"、"壞敗"二句及其注，原脱，今據李刻本、明翻宋本、汲古閣本補。

亂曰：皇門[①]開兮，王門啓闢，路四通也。一云皇開門兮。照下(一)土，鏡(二)覽幽冥，見萬方也。**疏曰：**（一）下，上聲。（二）鏡，照也。株穢除兮邪惡已消，遠逃亡也。株，一作珠。蘭芷覩。俊乂英雄，在朝(一)堂也。**疏曰：**（一）朝，音曹。四佞放兮驩(一)、共(二)、苗(三)、鮌(四)，竄四荒也。**疏曰：**（一）驩，驩兜也。（二）共，共工也。（三）苗，三苗也。（四）鮌，禹父也。後得禹，乃獲文命(一)，治(二)江河也。**疏曰：**（一）文命，禹名。（二）治，平聲，理也。聖舜攝兮重華(一)秉政，執紀綱也。舜，一作𦱤(二)。**疏曰：**（一）重華，舜名。重，平聲。（二）𦱤，古舜字。昭[②]堯緒，著明唐(一)業，致時雍也。**疏曰：**（一）唐，堯國號。孰能若兮誰能知人，如唐虞(一)也。**疏曰：**（一）虞，舜有天下之號。願爲輔。思竭忠信，備股肱也。

旡三欠一生曰：此合全文咏歎之，庶乎時君不如楚懷，又得賢如屈原輔治，後人亦可代原自慰。[③]

校勘記：①"門"，原脱，今據李刻本、明翻宋本、汲古閣本補。②"昭"，原誤作"紹"，今據李刻本、明翻宋本、汲古閣本改。③此句上頁眉戴之麟題校補時地云：丙戌七月十日午前，韓庭右个。戊子二月一日午前，韓左个。

楚辭補注疏卷第十六

九歎章句第十六　楚辭

《九歎》者，護左都水使者(一)光禄大夫(二)劉向之所作也。向以博古敏達，典校經書，辯章舊文，辯(三)，一作辨。追念屈原忠信之節，故作《九歎》。歎者，傷也，息也。言屈原放在山澤，猶傷念君，歎息無已，所謂②讚賢以輔志，騁辭以曜德者也。讚，一作贊(四)。輔(五)，一作鋪(六)。曜(七)，一作燿。**疏曰：**（一）、（二）見前"楚辭補注目録"後"漢護都水使者"疏。（三）辯、辨同。（四）讚、贊同。（五）助也，陳也。（六）鋪，無輔音，有陳義，亦可作。（七）曜、燿同。

校勘記：①"逝"，明翻宋本、汲古閣本作"游"。②"謂"，原誤作"以"，今據李刻本、明翻宋本、汲古閣本改。

逢　紛

伊伯庸(一)之末冑(二)兮，冑，後也。《左氏傳(三)》曰：戎子駒支(四)，四嶽(五)之裔(六)冑也。**疏曰：**（一）伯庸，原父。（二）冑，周去聲。（三）傳，去聲。（四）"戎子駒支"，見《左・襄十四年》"春，吴告敗于晉"傳。原文"四"上有"是"字，二句是節録。①（五）四嶽，唐堯時宫也。嶽，一作岳。（六）裔，亦後也。諒皇直之屈原。諒(一)，信也。《論語》曰：君子貞而不諒(二)。言屈原承伯庸之後，信有忠直美德，甚於衆人也。直，一作貞。**疏曰：**（一）諒固有信解，惟所引《論語》諒字大誤，《論語》諒，固執也。（二）見《論語・衛靈》篇。云余肇祖于高陽兮，惟楚懷之嬋連。嬋連(一)，族親也。言屈原與懷王俱顓頊之孫，有嬋連之族親，恩深而義篤也。嬋，一作嬋。[補] 曰：嬋連，猶牽連也。**疏曰：**(一) 參看前《離騷》"女嬃之嬋媛兮"疏。

无三欠一生曰：此上言原受生既異，既不至逢紛。

校勘記：①此句上頁眉戴之麟題校補時地云：丁亥六月二十七日午後，韓左个。

原生受命于貞節兮，鴻永路有嘉名。鴻，大也。永，長也。路，道也。言屈原受陰陽之正氣，體合大道，故長有美善之名也。有，一作以。齊名字於天地兮，謂名平、字原也。並光明於列星。謂心達道要，又文采光耀，若天有列星也。[補] 曰：《九章》云：與日月兮齊①光。

校勘記：①"齊"，原誤作"争"，今據李刻本、明翻宋本、汲古閣本改。

吸精粹而吐氛濁兮，氛，惡氣也。《左氏傳》曰：楚氛甚惡(一)。言己吸天地清明之氣，而吐其塵濁，内潔净也。**疏曰：**(一)"楚氛甚惡"，見前《遠游》"絶氛埃①而淑尤兮"疏。麟按："己"字當作"原"，以下"己"、"我"字同。横邪世而不取容(一)。言己體清潔之行，在横邪貪枉之世，而不能自容人②于衆也。一無"取"字。**疏曰：**(一) 容，叶榮。行叩(一)誠而不阿兮，叩，擊也。阿，曲也。叩，一作切。**疏曰：**(一) 叩，誠懇也，作切甚是。遂見排而逢讒(一)。言己心不容非，以好叩擊人之過，故遂爲讒佞所排逐也。**疏曰：**(一) 讒，宜叶誠。麟按：上句謂行爲誠懇而不阿曲，視王解較直捷。

又曰：此上言原行修名立，又不至逢紛。

校勘記：①"絶氛埃"，原誤作"超塵氛"，今據前文改。②"人"，原脱，今據李刻本、明翻宋本、汲古閣本補。

后聽虚而黜實兮，黜，貶也。實，誠也。不吾理而順情。言君聽讒佞虚言，以貶忠誠之實，不理我言，而順邪僞之情，故見放流也。腸憤悁而含怒兮，［補］曰：悁，烏玄切，忿也。志遷蹇而左傾(一)。言己執忠誠而見貶黜，腸中憤懣，悁悒而怒，則志意遷移，左傾而去也。一云：志徙倚而左傾。**疏曰：**（一）傾，向也。

心儻慌其不我與兮，儻慌，無思慮貌。慌，一作怳。其，一作而。［補］曰：儻慌(一)，失意。上坦朗、下(二)呼晃切。**疏曰：**（一）儻慌，以原解爲是。（二）下，上聲。躬速速其不吾[①]親。速速，不親附貌也（宜删）。言君心儻慌而無思慮，不肯與我謀議，用志速速，不與己相親附也。其，一作而。辭靈修而隕志兮，隕，墮也。《易》曰：有隕自天也(一)。辭(二)，一作詞。志，一作意。**疏曰：**（一）"有隕"句，見《易下經·姤卦》，原文無"也"字。（二）辭、詞同。吟澤畔之江濱。畔，界也。濱，涯也。言己與懷王辭訣，志意墮落，長吟江澤之涯而已。

校勘記：①"吾"，原誤作"我"，今據李刻本、明翻宋本、汲古閣本改。

椒桂羅以顛覆兮，顛，頓也。覆，仆也。有竭信而歸誠。言己見先賢，若椒桂之人以被禍，其身顛(一)仆，然猶竭信歸誠，而志不懼也。**疏曰：**（一）顛，自上而下也，俗謂之倒。讒夫藹藹而漫著兮，藹藹，盛多貌也（宜删）。《詩》曰：藹藹王多吉士(一)。漫，汙也。一無"夫"字。漫，一作曼[①](二)。注云：曼，汙也。曼汙以自著(三)。**疏曰：**（一）"藹藹"句，見《詩·卷阿》篇。（二）漫、曼，同音蠻。（三）著，音灼，依附也。曷其不舒予情。曷，何也。言讒人相聚，藹藹而盛，欲漫汙人以自著，明君何不舒我忠情以詰(一)責之乎？**疏曰：**（一）詰，問也。

又曰：以上言即身世而屢言不至逢紛，乃竟逢紛，係劉向作文之由。

校勘記：①"曼"，明翻宋本、汲古閣本作"㬅"。下"曼，汙也"同此。

始結言於廟堂兮，結，猶聯也。廟者，先祖之所居也。言人君爲政舉事，必告於宗廟，議之於明堂(一)也。**疏曰：**（一）明堂，見前《九章·涉江》"登崑崙兮食玉英"疏。信中塗而叛之。塗，道也。叛，背(一)也。言君始嘗與己結議連謀於明堂之上，今信用讒言，中道而更背我也。塗(二)，一作涂。**疏曰：**（一）背，違也。（二）塗、涂，音義同。“我”改“原”爲是，他“我”、“己”字倣此。懷蘭蕙與衡芷兮，衡(一)，一作蘅。**疏曰：**（一）衡、蘅同。行中壄(一)而散之。言己懷忠信之德，執芬香之志，遠行中野，散而棄之，傷不見用也。壄，一作野。**疏曰：**（一）壄，古野字。

聲哀哀而懷高丘兮，心愁愁而思舊邦(一)。言己放斥山野，發聲而唫(二)，其音哀哀，心愁思者，念高丘之山，想歸故國也。**疏曰：**（一）邦，叶弓。（二）唫，古吟字。願承閒而自恃兮，徑[①]淫曀而道壅[②]。淫曀，闇昧也。《詩》云：不日有曀(一)。言己思承君閒暇，心中自恃，冀得竭忠，而徑路闇昧，遂以壅塞。［補］曰：閒，一音諫，據注音閑。曀，於計切。壅(二)，音雍。**疏曰：**（一）“不日有曀”，見《詩·終風》篇。（二）壅、壅，古通用。

校勘記：①“徑”，原誤作“經”，今據李刻本、明翻宋本、汲古閣本改。②“壅”，原作“廱”，今據李刻本、明翻宋本、汲古閣本改。下文徑改不出校。

顔黴黧以沮敗兮，黧，黑也。沮，壞也。黧，《釋文》作藜(一)。［補］曰：黴，音眉。沮，音咀。**疏曰：**（一）藜，一年生草。莖高五六尺，葉心赤色卵形，有鋸齒，嫩時可食，花小而黄緑，莖老可爲杖。古讀書燃藜，以其光最明，可傳火徹夜。又名萊。《詩》：“北山有萊。”俗稱紅心灰藋。麟按：藜色深緑近黑，故黧一作藜。“北山有萊”，見《詩·南山有台》篇。精越裂而衰耄。越，去也。裂，分也。耄，老也。言己欲進不得，中心憂愁，顔色黧黑，面目壞敗，精神越去，氣力衰老也。裳襜襜而含風兮，襜襜，搖貌。［補］曰：襜，蚩占切，衣動貌。衣納納而掩露。納納，濡濕貌也（宜删）。上曰衣，下(一)曰裳。言己放行山野，下裳襜襜而含疾風，上衣濡濕而掩霜露，單行獨處(二)，身苦寒也。［補］曰：《説文》云：納，絲濕納納也。**疏曰：**（一）下，上聲。（二）處，上聲。

赴江湘之湍流兮，順波湊而下(一)降。湊，聚也。言己乘船赴江、湘之疾流，順聚波而下行，身危殆也。一云：赴江湘而横流。［補］曰：湊，千[①]候切。降，下也，乎攻切。**疏曰：**（一）下，上聲。徐徘徊於山阿兮，阿，曲隅也。徘，一作低。

飄風來之洶洶。洶洶(一)，讙聲也。言己至於山之隈曲，且徐徘徊，冀想君命。飄風卒至，復聞讒佞洶洶，欲來害己也。洶，一作匈。［補］曰：洶，音凶，水勢。**疏曰：**(一)洶，湧也。謂勢如水之洶湧，不可謂讙聲也。

校勘記：①“千”，原誤作“于”，今據李刻本、明翻宋本、汲古閣本改。

馳余車兮玄石，玄石(一)，山名。**疏曰：**(一)玄石，《水經注》：“石魚山下多玄石，色黑而理若雲母。開發一重，輒有魚形，燒之作魚膏腥。”殆或謂此歟？又赤磁名。①步余馬兮洞庭。洞庭(一)，水名。［補］曰：謂洞庭之山。**疏曰：**(一)洞庭，見前《離騷》“濟沅湘以南征”疏。本湖名，即此解當做山，湖中有君山，當可步馬也。②平明發兮蒼梧(一)，夕投宿兮石城(二)。石城，山名也。言己動履大水，宿止名山，用志清潔且堅固也。**疏曰：**(一)蒼梧，即九疑。在今湖南寧遠縣，即舜崩葬處。非郡縣名。(二)石城，城名，即鍾祥西門，爲晉羊祜所築，與作縣名、山名石頭城之簡稱不同。縣則或屬江西，或屬安徽，或屬廣東。山名則在四川。石頭城即建業，原當日不至之此各地，惟鍾祥爲原由鄢郢往汨羅必經之途，以此定爲鍾祥。距蒼梧甚遠，旦發不能夕至，此殆狀其速耳。

无三欠一生曰：以上言原既逢紛，已之四方，而紛不已，仍欲於此而歸故城。③

校勘記：①此句上頁眉戴之麟題校補時地云：丁亥七月二十一日午前，韓左个。②此句上頁眉戴之麟題校補時地云：戊子二月一日午前又，地同。③此句上頁眉戴之麟題校補時地云：戊子四月二十五日午前十二時，歸途及救庭又。

芙蓉蓋而蔆華車兮，蓋，一作葢。［補］曰：蔆，與菱同，花黄白色。紫貝闕而玉堂。紫貝(一)，水蟲名。《援神契》(二)曰：江水出大貝也。一云：白玉堂。**疏曰：**(一)紫貝，見前《九歌·湘夫人》“蓀壁兮紫壇”疏。(二)《援神契》，見前《九章·涉江》“登崑崙兮食玉英”疏。“江水”句，考是書卷下十頁，一曰江生大貝，一曰漢水出大貝，均與此小異。①薜荔飾而陸離薦兮，陸離，美玉也。薦，卧席也。飾，一作餝(一)。薦，古作蘮。**疏曰：**(一)餝，同飭，音敕。修治也，整備也。魚鱗衣而白蜺裳。魚鱗衣，雜五綵②爲衣，如鱗文也。言所居清潔，被服芬芳，德體如玉，文綵燿明也。

校勘記：①此句上頁眉戴之麟題校補時地云：戊子正月十八日午後，韓左个。己丑八月八日上午。②“綵”，原作“彩”，今據李刻本、明翻宋本、汲古閣本改。

登逢龍(一)而下(二)隕兮，逢龍，山名，逢，一作逄，古本作蓬。［補］曰：逢，符容切。蓬，皮江切。**疏曰：**（一）逢龍，俟考。（二）下，上聲。違故都之漫漫。言己登逢龍之山，而遂下顧，去楚國之遼遠也。漫(一)，一作曼(一)。［補］曰：漫，莫半切。**疏曰：**（一）漫、曼同。思南郢之舊俗兮，腸一夕而九運(一)。言己思念郢都邑里故俗，腸中愁悴，一夕九轉，欲還歸也。**疏曰：**（一）運，轉也。宜叶還。

揚流波之潢潢兮，潢潢，大貌。［補］曰：潢，音晃，水深廣貌。體溶溶而東回。溶溶，波貌也（宜删）。言己隨流①而行，水盛廣大，波高溶溶，將東入於海也。心怊悵以永思兮，意晻晻(一)而日頹。言己將至於海，心中怊恨②而長思，意晻晻而稍下，恐不復還也。日，一作自。頹，一作隤。［補］曰：晻，烏感切。頹，下墜也，與隤同。**疏曰：**（一）晻晻，日光漸微也。又暗貌。

校勘記：①“流”，原誤作“波”，今據李刻本、明翻宋本、汲古閣本改。②“恨”，原誤作“悵”，今據李刻本、明翻宋本、汲古閣本改。

白露紛以塗塗兮，塗塗，厚貌。一作紛紛。秋風瀏以蕭蕭(一)。瀏，風疾貌也（宜删）。言四時欲盡，白露已降，秋風急疾，年歲且老，愁憂思也。一云瀏瀏。［補］曰：瀏，音流。**疏曰：**（一）蕭，叶休。身永流而不還兮，䰟長逝而常愁。言己身隨水長流，不復旋反，則䰟鬼遂去，常愁念楚國也。䰟，一作魂。

又曰：以上言原恐回故郢，被服清潔，終不免於逢紛。

歎曰：譬彼流水，紛揚磕兮。磕，一作磕。［補］曰：並丘蓋切，石聲。波逢洶涌，濆滂沛兮。水性清潔平正，順而不争，故以喻屈原也(一)。言水逢風紛亂，揚波滂沛，失其本性，以言屈原志行清白，遭逢貪佞，被過放逐，亦失其本志也。濆，一作紛。［補］曰：洶，詡拱切。洶涌[①]，水聲。濆，扶刎、扶文二切，涌也。**疏曰：**（一）即此注“故以”句言之，前注各“己”字皆宜作“原”無疑。如下“讒人”句，宜改爲“讒人亦揚原過”。

校勘記：①“涌”，原作“湧”，今據李刻本、明翻宋本、汲古閣本改。

揄揚滌盪，漂流隕往，觸崟石兮。崟，鋭也。言風揄揚，水流隕往，觸鋭利之石，使之危殆，以言讒人亦揚己過，使得罪罰也。崟，一作岑。［補］曰：岑，鉏簪切，山小而鋭。龍邛脟[（一）]圈，繚戾宛轉，阻相薄兮。言水得風則龍邛繚戾，與險阻相薄，不得順其流性也。以言忠臣逢讒人，亦匡攘惶遽而竄伏也。脟，一作綸[（二）]。［補］曰：脟，音臠。圈，懼免切。繚，音了。戾，力結切，曲也。**疏曰：**（一）脟，音劣，割也。又脅肉也，又腸間肥也。（二）綸，音倫，釣絲也。又音古頑切，青絲綬爲巾也。按之此句均不易解。上句石，宜叶灼。

遭紛逢凶，蹇離尤[（一）]兮。言己遭逢紛濁之世，而遇[①]百凶，以蹇蹇之故，遂以得過也。尤，一作郵。**疏曰：**（一）尤，叶宜。垂文揚采，遺將來[（一）]兮。言己雖不得施行道德，將垂典雅之文，揚美藻之采，以遺將來賢君，使知己志也。**疏曰：**（一）來，叶尼。

又曰：一歎祇徊猶豫，紛終不免，故思垂名將來。

校勘記：①“遇”，原誤作“逢”，今據李刻本、明翻宋本、汲古閣本改。

離　世

一作《靈懷》，與諸本異。又以《怨思》爲《離世》，《遠逝》爲《怨思》，移《遠逝[①]》在第五，皆非是。

靈懷其不吾知兮，靈懷其不吾聞。言懷王闇惑，不知我之忠誠，不聞我之清白，反用讒言而放逐己也。**就靈懷之皇祖兮，愬**(一)**靈懷之鬼神**。言己所言忠正而不見信，願就懷王先祖告語其冤，使照己心也。鬼神明察，故欲愬之以自證明也。**疏曰：**（一）愬，告語也，音素。

靈懷曾不吾與兮，與，一作知。**即聽夫人之諛辭**。言懷王之心，曾不與我合，又聽用讒諛之言，以過怒己也。即，一作惻(一)。夫，一作讒。一云夫讒人。［補］曰：即，就也。**疏曰：**（一）惻，宜作側。側聽，偏聽也。惻，愴也，痛也。**余辭上參於天墜兮，旁引之於四時**。言己所言上參之於天，下(一)合之於[①]地，旁引四時之神，以爲符(二)驗也。一無"辭"字。墜(三)，一作墬(三)。一無"之"字。**疏曰：**（一）下，上聲。（二）符，音扶，見前《天問後叙》。又瑞徵也。（三）墜、墬，均古地字。

无三欠一生曰：以上言楚王之不信屈原，由於不知。

校勘記：①"於"，原脱，今據李刻本、明翻宋本、汲古閣本補。

指日月使延照兮，延，長也。照，知也。**撫招摇以質正**(一)。招摇，北斗杓星也。斗主建(二)天時。言己上指語日月，使長視己之志，撫北斗之杓柄，使質(三)正我之志，動告神明以自徵驗也。以，一作使。［補］曰：《禮記》：招摇在上(四)。注云：在北斗杓間指時者。《隋志》云：招摇一星(五)，在北斗杓間。**疏曰：**（一）正，叶征。（二）建，斗柄所指也。（三）質，正也，就正以定其是非也。（四）"招摇在上"，見《禮記・曲禮上第一》。（五）"招摇一星"二句，見《隋書卷十九・天文志第十四・天文上》"文昌六星"條，原文作"招摇一星在其北"，中節去"一曰矛楯，主胡兵。占與梗河略相類也。""在北斗杓間"作"招摇與北斗杓間，曰天庫星"。《隋書》，唐魏征等撰，志三十則，長孫無忌撰。其《天文》《律歷》《五行》三志，則李淳風獨作也。[①] **立師曠俾端辭兮**，師曠，聖人也，字子壄，生無目而善聽，當晉平公(一)時。端，正也。**疏曰：**（一）平公，名彪，悼公子，在位二十六年。**命咎繇使並聽**。言己之言信而有徵，誠可據行，願立師曠使正其辭，令咎繇並而聽之，二聖聰明，長於人情，知真僞之心也。

校勘記：①此句上頁眉戴之麟題校補時地云：戊子八月八日上午，縣中補録。

兆出名曰正則兮，卦發字曰靈均。言己生有形兆①，伯庸名我爲正則以法天。筮而卜之，卦得坤，字我曰靈均以法地也。［補］曰：兆，龜拆兆也。**疏曰：**此二句與前《離騷》第七、八句少異，參看疏注可也。余幼既有此鴻(一)節兮，長(二)愈固而彌純。言己幼少(三)有大節度以應天地，長大修行而彌純固也。鴻，一作洪(一)。愈，一作逾(四)，一作俞。［補］曰：俞，與愈同。**疏曰：**（一）鴻、洪同，大也。（二）長，上聲。（三）少，去聲。（四）逾，與愈同。

又曰：以上言原既不見用，惟有指天誓日以明己心。

校勘記：①“形兆”，原誤作“兆形”，今據李刻本、明翻宋本、汲古閣本改。

不從(一)俗而詖行兮，詖，猶傾也。［補］曰：詖，彼寄切。**疏曰：**（一）從，去聲。直躬指而信志。言己執履忠信，不能隨從俗人，傾易其行，直身而言，以信(一)己之志終不回移也。**疏曰：**（一）信，音申，伸也。不枉繩以追曲兮，屈情素以從事。言己心正直，不能枉性以追曲俗，屈我素志以從衆(一)人而承事之也。**疏曰：**（一）從衆“從”字，去聲。

端余行其如玉兮，述皇輿之踵(一)跡(二)。言思正我行，令之如玉，不匿瑕惡，以承述先王正治之法，繼續其業而大之也。［補］曰：行，户更切。**疏曰：**（一）踵，追述也。（二）跡，事也。羣阿容以晦光兮，晦，冥也。光，明也。羣，一作群(一)。**疏曰：**（一）群，俗羣字。皇輿覆以幽辟。幽辟，闇昧也。言羣臣皆行枉曲，以蔽君之聰明，使楚國闇昧，將危覆也。［補］曰：辟，匹亦切。

又曰：以上承上指天誓日，明其終不改行。

輿中塗(一)以回畔兮，駟馬驚而横犇。馬以喻賢臣也。言君爲無道，國人中道倍畔而去之。賢臣驚怖(二)奔亡，争欲遠也。犇(三)，一作奔。**疏曰：**（一）塗，道路也。（二）怖，懼也。（三）犇，古奔字。亡，逃也。執組者不能制兮，執組，猶織組也。織①組者，動之於此，而成文(一)於彼，善御者亦動之於手，而盡馬力也。《詩》

云：執轡如組。一無“能”字。［補］曰：組，綬屬。《列女傳》曰：《詩》云：執轡如組(二)，两驂如舞。孔子曰：信若是詩，則可以治(三)天下(四)也。言執之於此，而成文於彼。**疏曰：**（一）文，紋也，章彩也。（二）“執轡”二句，見《詩·簡兮》篇，又《太叔于田》篇。（三）治，平聲。（四）下，上聲。必折軛而摧輈。言駟馬驚奔，雖有執轡之御，猶不能制，必摧車軛②而折其輈也。以言賢臣奔亡，使國荒亂而傾危也。［補］曰：軛(一)，輈前也，於革切。輈，輈(二)也。**疏曰：**（一）車衡兩端作缺月形以扼馬頸者，亦作軥，音劬。（二）輈，音俯，車轅也。

校勘記：①“織”，原誤作“執”，今據李刻本、明翻宋本、汲古閣本改。②“軛”，原誤作“軏”，今據李刻本、明翻宋本、汲古閣本改。

斷鑣銜目馳鶩兮，鑣，勒也。銜，飾口鐵也。斷，一作絶。目(一)，一作以。［補］曰：鑣，彼苗切。**疏曰：**（一）目，古以字。暮去次而敢止。暮，夜也。次，舍(一)也。止，制也。言車敗馬奔，鑣銜斷絶，猶自馳鶩，至於暮夜乃舍，無有制止之者也。以言人臣一去君，亦不復得拘留也。去，一作者。**疏曰：**（一）舍，止也。路蕩蕩其無人兮，蕩蕩，平易貌也（宜删）。《尚書》曰：王道蕩蕩(一)。**疏曰：**（一）“王道”句，見《書·洪範》篇。遂不禦乎千里。禦，禁也。言君國之道路蕩蕩，空無賢人，以不待遇之故，遂行千里遠之(一)他方也。**疏曰：**（一）之，往也。

身衡陷而下(一)沈兮，衡，横也。下沈，一作不行。不可獲而復登。言己遠去千里，身必横陷沈没，長不可復得登引而用之也。**疏曰：**（一）下，上聲。

又曰：以上言原雖明心志，楚王不悟，皆爲離世之由，以下即此實寫離世。

不顧身之卑賤兮，惜皇輿之不興。言己遠行千里，不敢顧念身之貧賤，欲慕高位也。惜君國失賢，道德不盛也。

出國門而端指兮，冀壹寤而錫還。言己放出國門，正心直指，執履誠信，幸君覺寤，賜己以還命也。一本“冀”上有“方”字。錫(一)，一作賜。**疏曰：**（一）錫，賜也。①哀僕夫之坎毒兮，坎，恨也。毒，恚也。坎，一作歁。［補］曰：歁，音坎，食不滿也。屢(一)離(二)憂而逢患。屢，數也。言己不自念惜身之放逐，誠哀僕御之夫，坎然恚恨，以數逢憂患，無已時也。［補］曰：患，平聲。**疏曰：**（一）屢，音吕。（二）離，逢也。[②]

校勘記：①此句上頁眉戴之麟題校補時地云：戊子九月十三日午前，縣中一上作文校。②此句上頁眉戴之麟題校補時地云：己丑四月二日午前，地同上。

九年之中不吾反兮，思彭咸之水游。言己放出九年，君不肯反我，中心愁思，欲自沈於水，與彭咸俱游戲也。惜師(一)延(二)之浮渚兮，師延，殷紂之臣也，爲紂作新聲北里之樂(三)。紂失天下，師延抱其樂器，自投濮水而死也。［補］曰：《史記》：衛靈公(四)至於濮水(五)之上，夜半聞鼓琴聲，召師涓聽而寫之。乃之晋，見晉平公，令師涓援琴鼓之，師曠曰：此亡國之聲，師延所作也，與紂爲靡靡之樂。武王伐紂，師延東走，自投濮水之中。**疏曰：**（一）師，樂師也。（二）延，名。（三）樂字音岳。（四）衛靈公，名元，周春秋時獻公孫，在位四十二年。（五）濮水，在今河南延津、滑二縣境，本大河水流。《春秋》所謂“桑間濮上”者即此，今湮。又山東濮縣亦有濮水。赴汨羅之長流。言己復貪慕師延自投於水，身浮渚涯，冀免於刑誅，故[①]遂赴汨水長流而去也。

校勘記：①“故”，原脱，今據李刻本、明翻宋本、汲古閣本補。

遵(一)江曲之逶移兮，逶移(二)，長貌。一云：遵曲江之逶蛇(二)。**疏曰：**（一）遵，循也。（二）逶移、逶蛇，音義同。觸石碕而衡(一)游。言己願循江水逶移而行，反觸石碕而復横流，所爲無可也。［補］曰：碕，曲岸，音祈。**疏曰：**（一）衡，音義同横。波灃灃而揚澆兮，灃灃，波聲也。回波爲澆也。灃(一)，唐本作灃(二)。［補］曰：澆，女教切，湍(三)也。一曰水回波[①]，見《集韻》。舊音叫[②]。**疏曰：**（一）灃，音里。（二）灃，音豐，水名。（三）湍，音禿剜切，讀如貪，疾流也。順長瀨(一)之濁流。言己横流而行，水波灃灃，回而揚澆，邪引己船，則順長瀨之流，以避其難(二)也。**疏曰：**（一）瀨，音賴，水流沙上也。又水石湍急之處。（二）難，去聲，患也。

校勘記：①“波”，原誤作“貌”，今據李刻本、明翻宋本、汲古閣本改。②“叫”，原作“吽”，今據李刻本、明翻宋本、汲古閣本改。

淩黄沱而下低兮，黄沱，江别名也，江别爲沱也。沱(一)，《釋文》作沲(一)。[補]曰：沱，唐何切，江别流出㟭(二)山東，别爲沱。低，脂市切。**疏曰**：（一）沱、沲，同音駝，水别流也。又江名，在四川境，岷江之支流也。一稱外江，又名雒江，自灌縣南分岷江東流，經崇寧、郫縣、新繁、成都、新都、金堂、簡陽、資陽、資中、内江、富順各縣，至瀘縣入江，即《禹貢》之沱也。又《禹貢》荆州之沱，爲今湖北之夏水。（二）㟭，同岷。《水經注釋地補遺下》：“在四川直隶州茂州，今爲縣，屬四川西川道。”①思還流而復反。言己淩乘黄沱，低船而下，將入於海，心思還水之流，冀幸復旋反也。還，一作遠。玄輿馳而並集兮，玄者，水也。身容與而日遠。言己以水爲車，與船並馳而流，故身容與日以遠也。

校勘記：①此句上頁眉戴之麟題校補時地云：己丑後七月三日上午。

櫂(一)舟杭以横濿兮，濿，渡也。由帶以上爲濿。杭，一作航。以，一作而。濿，一作厲。一注云：由膝以上爲厲。[補]曰：濿，履石渡水。通作厲。**疏曰**：（一）櫂，同棹。湠湘流而南極。湠，亦渡也。言己乃櫂船横行，南渡湘水，極其源流也。湠(一)，一①作濟。而，一作於。[補]曰：湠，《集韻》作澨。**疏曰**：（一）古濟字。立江界而長吟兮，愁哀哀而累息。言己還入大江之界，遠望長吟，心中悲歎而太息，哀不遇也，界(一)，一作介。累(二)，一作絫。**疏曰**：（一）界、介同。（二）累、絫同。

校勘記：①“一”，原誤作“亦”，今據李刻本、明翻宋本、汲古閣本改。

情慌忽以忘歸兮，神浮游以高厲。言己心愁，情志慌忽，思歸故鄉，則精神浮游高厲而遠行也。心蛩蛩而懷顧兮，蛩蛩(一)，懷憂貌。心，一作志。**疏曰**：（一）蛩，音卭。魂眷眷而獨逝。眷眷，顧貌①。《詩》云：眷眷懷顧(一)。言己心中蛩蛩，常懷大憂，内自顧哀，則魂神眷眷，獨行無有還意也。眷，一作睠。[補]曰：

睠，古倦切，顧也。**疏曰：**（一）“眷眷”句，見《詩·小明》篇，“眷眷”作“睠睠”。

校勘記：①“貌”，原誤作“也”，今據李刻本、明翻宋本、汲古閣本改。

歎曰：余思舊邦，思，一作恖(一)。**疏曰：**（一）恖，古思字。心依違兮。**又曰：**此下言原雖離世，終念舊邦。

日暮黄昏，羌幽悲兮。言我思念故國，心中依違(一)，不能遠去。日暮黄昏，無所歸附，中心①悲愁而憂思也。羌(二)，一作嗟。**疏曰：**（一）依違，不决也。（二）羌，音匡，發語詞。嗟，歎詞。

校勘記：①“中心”，原脱，今據李刻本、明翻宋本、汲古閣本補。

去郢東遷，去，一作王(一)。**疏曰：**（一）王，費解。余誰慕兮？讒夫黨旅，其以兹故兮。旅，衆也。言己去郢東徙，我誰思慕而欲遠去乎？誠以讒夫朋黨衆多之故而見放棄也。

河水淫淫，情所願兮。淫淫，流貌。顧瞻郢路，終不返兮。言河水淫淫，流行日遠，誠我中心之所願慕也。觀視楚郢之道路，終不復還反，内自哀傷也。

怨　思思，一作世。

惟鬱鬱之憂毒兮，志坎壈而不違。坎壈，不遇貌也（宜删）。言己放逐，心中鬱鬱，憂而愁毒，雖坎壈不遇，志不離於忠信也。[補] 曰：壈(一)，力感切。**疏曰：**（一）壈，俗讀如廪。身憔悴而考旦兮，憔悴(一)，憂貌也（宜删）。考，猶終。旦，明也。**疏曰：**（一）憔悴，困苦也。又枯槁貌。日黄昏而長悲。言己心憂憔悴，從夜終明，不能寢寐。日入黄昏，復涕泣而長悲也。

閔空宇之孤子兮，宇，居也。無父(一)曰孤。**疏曰：**（一）父，音甫。哀枯楊之冤鶵。冤，煩冤也。生哺曰㲉(一)，生啄曰鶵。言己既放傷念，坐於空室之中，孤孑煢煢，東西無所依歸，又悲哀飛鳥生鶵，其身煩冤而不得出，在於枯楊之樹，居危殆也。言己有孤子之憂，冤鶵之危也。［補］曰：鶵，崇初切。生噣(二)，鶵鳥子生而能自啄者。**疏曰：**（一）㲉，音遘，又音寇，鶵鳥須母哺而食者曰㲉。（二）噣，同啄，本音智宥切，鳥喙也，與咮同。孤雌吟於高墉兮，墉，牆也。《易》曰：射隼(一)于高墉之上(二)。言冤鶵之生，早失其雄，其母孤居，吟於高牆之上，將復遇害也。言己亦失其所居，在於林澤，居非其處，恐顛仆也。**疏曰：**（一）隼，音筍，鳥名。鷹類中最小者，毛色、斑紋與鷹同，惟胸腹灰白，畧帶赤色。（二）"射隼"句，見《易經下·解卦》，原文"射"上有"公用"二字。鳴鳩棲於桑榆。言鳩鳥輕佻巧利，乃棲於桑(一)榆(二)，居茂木之上，鼓翼而鳴，得其所也。以言讒佞弄口妄説，以居尊位，得志意也。**疏曰：**（一）桑，思罔切。落葉喬木，每歲刈取，故枝幹低亞。葉爲卵形，肥大，以飼蠶，江浙舊湖州府所接者最良，謂之湖桑。雌雄花皆爲穗狀，淡黄緑色，實畧似棗形，謂之葚，熟則子黑，味甘可食。其材可製農具什器，皮可製紙，野生者較高大而葉小。（二）榆，音俞，見前《大招》"不沾薄只"疏。

无三欠一生曰：以上言原既思離世，不覺見時物而觸起怨思。

玄蝯(一)失於潛林兮，獨偏棄而遠放。言玄蝯材力捷敏，失於高深之林，則獨偏遇放棄，忘其能也。以言賢人棄在山澤，亦失其志也。**疏曰：**（一）蝯，音袁，禺屬。征夫勞於周行(一)兮，行，道也。《诗》云：苕苕(二)公子，行彼周道。**疏曰：**（一）行，音杭。（二）苕苕，高貌。音調，草名，《爾雅》："苕，陵苕，黄華蔈，白華茇。"一名蔆時，以花色異名，按《本草》唐注，即淩霄也，亦名紫葳。《詩》"卭有旨苕"、"苕之華"，皆指此。又葦華也，本作芀，抽條生華而無莩萼，今人取之爲帚，曰苕帚。"苕苕"句，見《詩·大東》篇，"苕"作"佻"。"卭有旨苕"，見《詩·防有鵲巢》篇。"苕之華"，見《詩·苕之華》篇。處婦憒而長望。言征行之夫，罷(一)勞周道，行役過(二)時而不得歸，則處(三)婦憒憹，長望而思之也。以言己放在山澤之中，曾無思之也。**疏曰：**（一）罷，同疲。（二）過，平聲。（三）處，上聲。

又曰：此上言原見勞人而觸起怨思。

申誠信而罔違兮，情素潔於紐帛。申，重(一)也。罔，無也。紐，結束也。

《易》曰：束帛戔戔(二)。言己放棄，雖無有思之者，然猶重行誠信，無有違離，情志潔净，有如束帛也。一云情結素。《釋文》：紐，女九切。[補]曰：紐，系也。一曰：結而可解。或作紉，非是。**疏曰：**(一)重，平聲。(二)“束帛戔戔”，見《易經上·賁卦·六五》。①光明齊於日月兮，文采燿於玉石(一)。言己耳目聰明，如日月之光，無所不照。發文序辭，爛然成章，如玉石有文采也。**疏曰：**(一)石，宜叶灼。

校勘記：①此句上頁眉戴之麟題校補時地云：己丑九月十日午前。

傷壓次而不發兮，壓，鎮壓也。次(一)，失次也。壓，一作厭。《釋文》：於甲切。**疏曰：**(一)師止曰次，此殆引申爲止，作失次似非。思沈抑而不揚。言己懷文、武之質，自傷壓鎮失次，不得發揚其美德，思慮沈抑而不得揚見也。芳懿懿而終敗兮，懿懿，芳貌。名靡散而不彰。靡散，猶消滅也。言己有芬芳懿美之德，而放棄不用，身將終敗，名字消滅，不得彰明於後世也。靡，一作糜。[補]曰：靡，音眉。

又曰：此上言原怨思之下，欲以自陳，終不能明。

背玉門以犇鶩兮，玉門，君門。犇，一作奔。蹇離尤而干詬。干，求也。言己背君門奔馳而去者，以己忠信之故，得過於衆，而自求辱也。詬，一作訽。[補]曰：並音苟，辱也。又許候、胡遘、丘候三切。若龍逄①(一)之沈首兮，[補]曰：逄，音龐。王子比干(二)之逢醢(三)。聖賢忠諫而見誅也。**疏曰：**(一)龍逄，見前《離騷》“固前修以菹醢兮”疏。(二)王子比干，見同上“自前世而固然”疏。(三)醢，宜叶吼。

校勘記：①“逄”，原作“逢”，今據李刻本、明翻宋本、汲古閣本改。下文徑改不出校。

念社稷之幾危兮，幾(一)，一作機。**疏曰：**(一)幾，平聲，俗曰差不多。反爲讎而見怨。言己念君信用讒佞，社稷幾危，以故正言極諫，反爲(一)衆臣所讎，而見怨惡(一)也。**疏曰：**(一)爲、惡，均去聲。思國家之離沮兮，躬獲愆而結難。言己思念國家綱紀將以離壞，而竭忠言，身以得過，結爲患難也。[補]曰：沮，將緒切。難，乃旦切。

若青蠅之僞(一)質兮，僞，猶變也。青蠅(二)變白使黑，變黑成白，以喻讒佞。《詩》云：營營(三)青蠅。**疏曰：**(一) 僞，爲去聲，詐也。(二) 青蠅，體長三寸許，金緑色，複眼，眼赤褐色或黑褐色，胸下藍緑色，背有黑毛，甚細。蠅，移陵切。(三) 營營，往來貌。"營營"句，見《詩·青蠅》篇。晉驪姬之反情。言讒人若[①]青蠅變轉其語，以善爲惡，若晉驪姬(一)以申生(二)之孝，反爲悖逆也。**疏曰：**(一) 驪姬，晉獻公夫人。(二) 申生，其長子也。參看前《九章·惜誦》"晉申生之孝子兮"下句疏。恐登階之逢殆兮，之，一作而。故退伏於末庭。末，遠也。言己思欲登君階陛(一)，正言直諫，恐逢危殆，故復退身於遠庭而竄伏也。**疏曰：**(一) 陛，音婢，天子階也。麟按：此二句非。屈子兩次放棄，皆君所使，彼亦不畏危殆者也。

又曰：以上言原情不能明，所以退處，自怨而已。

校勘記：① "若"下，原衍"遇"字，今據李刻本、明翻宋本、汲古閣本删。

孽臣之號咷兮，號咷，讙呼。臣，一作子。[補] 曰：號，乎高切。咷，音逃。孽，音逆傑切，庶出(一)也，惡因也。**疏曰：**(一) 庶出，謂庶母所生也。本朝(一)蕪而不治。言佞臣妖孽，委曲其聲[①]，相聚讙譁，君以迷惑，國將傾危，朝(二)用蕪薉(三)而不治也。[補] 曰：治，平聲。楊惲(四)曰：田彼南山(五)，蕪穢(三)不治。**疏曰：**(一) 本朝，劉向失言。楚國也，未可言朝。余向主此作爲向自傷不遇，即此"朝"字，言之益明。[②] (二) 朝，音曹。(三) 薉、穢同。(四) 楊惲，漢宣帝時人。敞子，字子幼。宣帝時任爲郎，霍氏謀反，惲以聞，霍氏誅，封平通侯，遷中郎將，居殿中，廉潔無私。然伐其行治，又性刻害，好發人陰伏，由是多怨，爲人所告，免爲庶人。惲失爵家居，治産業，起室宅，以財自娱。友人孫會宗以書戒之，惲報書，辭語怨懟，宣帝見而惡之，當惲大逆無道，坐腰斬。惲，音蘊。(五) "田彼"二句，見惲報孫書中。田，去聲，耕種也。犯顔色而觸諫兮，反蒙辜而被疑。言己以犯君之顔色，觸禁而諫，反蒙罪辜而被猜疑，不見信也。一無"色"字。諫，一作諱(一)。**疏曰：**(一) 諱，音誨，忌也。

校勘記：①“聲”，原誤作“身”，今據李刻本、明翻宋本、汲古閣本改。②此句上頁眉戴之麟題校補時地云：己丑四月三日午前，新寢。

菀蘼蕪與菌若兮，菀，積。蘼，一作靡。［補］曰：菀，音鬱。漸(一)虆本於洿瀆。洿瀆，小溝也。洿，一作汙。［補］曰：漸(一)，子廉切。《荀子》云：蘭茝虆[①]本(二)，漸於蜜醴，一佩易之。漸，浸也。《管子》云：五沃之土[②](三)，五臭疇生，蓮與蘪蕪，虆本白芷。《本草》云：虆本(四)，莖葉根味與芎藭小别，以其根上苗下似禾虆，故名之。**疏曰：**（一）漸，漬也。（二）“蘭茝虆本”諸句，見《荀子卷十九・大畧篇第二十七》，末句作“一佩易之”。（三）“五沃之土”二句，見《管子・地員第五十八》，中間去“若在丘在山”二十餘句。（四）虆本，一年生草。山野自生，高三四尺，莖葉皆有稀疏之細毛，葉羽狀分裂，夏日出小梗如絲，開白花五瓣，根可入藥，古人用莖葉爲香料。亦作槀本。[③]淹芳芷於腐井兮，淹，漬也。腐，臭也。棄雞駭於筐簏。雞駭，文犀也。筐簏，竹器也。言積漬衆芳於汙泥臭井之中，棄文犀之角，置於筐簏而不帶佩，蔽其美質，失其性也。以言棄賢智之士於山林之中，亦失其志也。一作駭雞。簏，《釋文》作箓，音録。［補］曰：《集韻》並音鹿，竹高篋也。《戰國策》：楚獻雞駭之犀(一)、夜光之璧於秦。《援神契》云：神靈滋液(二)，則犀駭雞。宋哀(三)曰：角有光，雞見而駭也。《後漢》傳大秦(四)國有駭雞犀。注引《抱樸[④]子》云：通天犀角[⑤]有一赤[⑤]理如綖(五)者，以盛米，置羣雞中。雞欲往啄米，至輒驚卻，故南人名爲駭雞。**疏曰：**（一）“楚獻”二句，見《戰國策卷五・楚二》十四章，“獻”上無“楚”字，“秦”下有“王”字。（二）“神靈滋液”句，見是書卷下十一，“液”下截“百寶用”三字，“則”下“犀”上，又節去“珠母見”等四十字。[⑥]（三）宋哀，《文選》卷五《吴都賦》五頁“其琛賂”條“駭雞之珍”注作宋衷。注謂雞駭曰“角有光，雞見而驚駭也。”徵此，哀自宜改衷。宋衷，《中國人名大辭典》三五三頁七畫：“後漢南陽章陵人，字仲子。爲荆州五業從事，與劉表共定《五經章句》。有《世本注》。”（四）大秦，見前《離騷》“指西海以爲期”疏八。“大秦國”諸句，見《後漢書卷八十八・西域傳第七十八・大秦國傳》，原注“犀”下無“角”字，“赤”作“白”，“啄”作“喙”。[⑦]（五）綖，音延，冕前後垂覆也。

校勘記：①“虆”，明翻宋本、汲古閣本作“槀”。②“土”，金陵書局本作“上”。③此句上頁眉戴之麟題校補時地云：丁亥七月二十日午前，韓左个。戊子正月十八日午後。④“樸”，原誤作“璞”，今據李刻本、明翻宋本、汲古閣本改。⑤“角”、“赤”，李刻本、明翻宋本、汲古閣本無。以下文疏證曰“原注‘犀’下無‘角’字，‘赤’作‘白’”，今不删。⑥此句上頁眉戴之麟題校補時地云：戊子四月二十八日上午，救左終校。己丑六月二十二日下午。己丑八月八日午前。⑦此句下頁脚戴之麟題校補時地云：戊子八月二十日上午，捄左補録。

執棠谿㠯刜蓬兮，棠谿，利劍也。刜，斫(一)也。㠯，一作以。［補］曰：刜，斷也，音拂。**疏曰：**（一）斫，音灼。棄干將以割肉。干將，亦利劍也。利劍宜以爲威，誅無狀以征不服，今乃用斫蓬蒿、割熟肉，非其宜也。以言使賢者爲僕隸之徒，非其宜也。《論語》曰：割(一)雞焉(二)用牛刀(三)。**疏曰：**（一）割，音格去聲。（二）焉，音煙，何也。（三）“割雞”句，見《論語·陽貨》篇。筐澤瀉以豹鞹兮，筐，滿也。澤瀉(一)，惡草也。鞹，革也。《論語》曰：虎豹之鞹(二)。言取澤瀉惡草盛於革囊，滿而藏之，無益於用也。以言養育小人，置之高堂，亦無益於政治也。［補］曰：鞹，去毛皮也。《本草》：澤瀉葉狹長，叢生淺水中，多食病人眼。**疏曰：**（一）《辭源》：“澤瀉，多年生草。俗稱野慈姑，葉似慈姑而小，初夏莖端結蕊，淡碧色，形似如意，此時苗嫩可食，閩人謂爲如意菜。花白色，地下球莖可供藥用。”（二）“虎豹”句，見《論語》下《顏淵》篇。破荆和以繼築。築，大杵(一)也。言破和氏之璧，以繼築杵而舂，敗玉寶，失其好也。以言取賢人刑傷使執厮役，亦害忠良，失其宜也。**疏曰：**（一）杵，音楚，舂杵也，以木爲之。

又曰：以上言原怨思已極，至於悲號；忠君念國，情靡有已。

時溷濁猶未清兮，時，一作旹(一)。**疏曰：**（一）旹，古時字。世殽亂猶未察。察，明也。言時世貪濁，善惡殽亂，尚未清明也。［補］曰：殽，一作淆，並乎交切，雜也。欲容與以俟時兮，時，一作旹，一作之。懼年歲之既晏(一)。晏，晚也。言己欲游戲以待明君，恐年歲已晚，身衰老也。晏，一作旰(二)。**疏曰：**（一）晏，宜叶狹。（二）旰，音幹，晚也。

顧屈節以從(一)流兮，心鞏鞏而不夷。鞏鞏，拘攣(二)貌也（宜删）。夷，悦也。言思屈己忠直之節，隨俗流行，心中拘攣，仁義不舒，而志不悦樂。顧，一作願。鞏，一作蛩(三)。［補］曰：鞏，音拱，以韋(四)束也。**疏曰：**（一）從，去聲。（二）拘攣，病名。手足拘彎而發劇痛，因痛風、慢性僂麻質斯及各種神經病而起，宜轉地療養或用電氣治之。又束縛之義。（三）蛩，音蕞。蛩蛩，憂思貌。（四）韋，音圍，皮革之製成而柔軟者。寧(一)浮沅而馳騁兮，下江湘①以邅迴。邅迴，運轉也。言己不能隨俗，寧浮身於沅水，馳騁而去，遂下湘江，運轉而行也。以，一作而。**疏曰：**（一）寧，願也。

又曰：以上言原自怨自艾，又欲俟時，而恐歲不我與。

校勘記：①“江湘”，原誤作“湘江”，今據李刻本、明翻宋本、汲古閣本改。

歎曰：山中檻檻(一)，余傷懷兮。檻檻，車聲也。《詩》云：大車檻檻(二)。言己放去山中，車行檻檻，鳴有節度，自傷不遇，心愁思也。［補］曰：檻，音艦，上聲。**疏曰：**（一）檻檻，車行聲。（二）“大車”句，見《詩·大車》篇。征夫皇皇，其孰依兮。皇皇，惶遽貌。言己惜征行之夫，心常惶遽，一身獨處(一)，無所依附也。征夫，一作征征。**疏曰：**（一）處，上聲。

又曰：時既難俟，怨亦徒然，惟有他之以洩之耳。爲下章作張本。

經營原野，杳冥冥兮。南北爲經(一)，東西爲營。言己放行山野之中，但見草木杳冥，無有人民也。**疏曰：**（一）經，音逕。乘騏騁驥，舒吾情兮。言己願欲乘騏驥，馳騁以求賢君，舒肆忠節，展我之情也。乘，一作椉(一)。**疏曰：**（一）椉，古乘字。“原願欲往”各句不合。

歸骸舊邦，莫誰語兮。言己思念故鄉，雖死欲歸骸骨於楚國，無所告語，達己之心也。長辭(一)遠逝，乘湘去兮。言己欲歸骸骨於楚國而衆不知，故復長訣，乘水而欲遠去也。辭，一作詞(二)。**疏曰：**（一）辭，謝也。（二）詞，言詞也。不可作詞。

遠　逝逝，一作游。

志隱隱而鬱怫兮，隱隱，憂也。《詩》云：憂心殷(一)殷(二)。一作隱隱。**疏曰：**(一)殷殷，憂也。(二)"憂心"句，見《詩・北門》篇。愁獨哀而冤結。言己放流，心中隱隱而憂愁，思念怫鬱，獨自哀傷，執行忠信而被讒邪，冤結曾無解已也。一云愁獨哀哀。腸紛紜以繚轉兮，紛紜，亂貌也（宜删）。繚，繞也。［補］曰：繚，音了。涕漸漸其若屑。漸漸，泣流貌也（宜删）。言己憂愁，腸中迴亂繚繞而轉，涕泣交流，若磑屑之下，無絶時也。［補］曰：漸，側銜切。

情慨慨而長懷兮，慨慨，歎貌也（宜删）。《詩》云：慨我寤歎(一)。**疏曰：**(一)"慨我"句，見《詩・下泉》篇。"慨"作"愾"。信上皇而質正。上皇，上帝也。言己中情憤懣，慨然長歎，欲自信(一)理於上帝，使天正其意也。質，一作貞。［補］曰：信，音伸(一)。正，平聲，叶。**疏曰：**(一)信、伸，音義同。合五嶽與八靈兮，五嶽，五方之山也，王者巡狩考課政化之處也。東爲泰山，西爲華(一)山，南爲衡山，北爲恒山，中央爲嵩山。八靈，八方之神也。**疏曰：**(一)華，去聲。訊九鬿與六神。訊，問也。《詩》云：執訊獲醜(一)。九鬿，謂北斗九星也。言己忠直而不見信用，願合五嶽與八方之神，察己之志，上問九鬿六宗之神，以照明之也。訊，一作誶。鬿，一作魁。［補］曰：訊，音信。誶，息醉切。鬿，音祈，星名也。北斗七星，輔一星，在第六星旁。又招搖一星，在北斗杓端。**疏曰：**(一)"執訊獲醜"，見《詩・采芑》篇。

指列宿以白情兮，訴五帝以置辭。言己願復指語二十八宿，以列己清白之情，告訴五方之帝，令受我辭而聽之也。置，一作宣(一)。**疏曰：**二十八宿，角、亢、氐、房、心、尾、箕、斗、牛、女、虚、危、室、壁、奎、婁、胃、昴、畢、觜、參、井、鬼、柳、星、張、翼、軫也。第一七星即蒼龍，第二七星即玄武，第三七星即白虎，第四七星即朱雀。(一)宣，布也。北斗爲(一)我折中兮，折，一作質(二)。［補］曰：折中，平也。中，音衆。**疏曰：**(一)爲，去聲，下同。(二)質，正也。太一爲余聽之。折，正也。言己[①]乃復使北斗爲我正其中和，太一之神聽其善惡也。

无三欠一生曰：此承上言怨思無益，指誓難明，不得不出於遠逝。

校勘記：①"己"，原脱，今據李刻本、明翻宋本、汲古閣本補。

云服陰陽之正道兮，陽爲仁也，陰爲義也。御后土之中和。土色黄，其味甘，故言中和也。言羣神勸我承天奉地，服循仁義，處(一)中和之行，無有違離也。**疏曰：**（一）處，上聲。佩蒼龍之蚴虯兮，蚴虬，龍貌。［補］曰：於糾[①]、渠糾二切。帶隱虹之逶蛇。隱，大也。逶蛇，長貌。［補］曰：蛇(一)，唐何切。**疏曰：**（一）虵，同蛇。

校勘記：①"糾"，原作"虯"，今據李刻本、明翻宋本、汲古閣本改。下文"渠糾二切"同此。

曳彗星之晧旰兮，曳，引也。晧旰，光也。彗，一作篲。晧(一)，一作皓(一)。［補］曰：晧，下老切。旰，音汗。相如云：采色澔(一)汗(二)。**疏曰：**（一）晧、皓、澔同。（二）"采色"句，《文選》八《上林賦》。[①]撫朱爵[②]與鵔鸃。朱爵、鵔鸃，皆神俊之鳥也[③]。言己動以神物自喻，諸神勸我行[④]當如蒼龍，能屈能申；志當如大虹，能揚文采；精當若彗星，能耀光明；舉當若鵔鸃，飛能沖天也。［補］曰：鵔鸃，浚儀[⑤]二音。《釋文》：鵔，音迅。師古云：鷩(一)也，似山雞而小。**疏曰：**（一）一曰鷩雉，今稱錦雞，狀似雉而羽尤美麗，雄者頭青茶色，胸腹紅銅色，背尾金黄色，尾甚長；雌者胸腹黑斑較少。游清靈之颯戾兮，颯戾，清涼貌。靈，一作霧。服雲衣之披披。披披，長貌也（宜删）。言積德不止。乃上游清冥清涼之庭，被服雲氣而通神明也。服(一)，一作舣。［補］曰：《黄庭經》云：恍惚之間至清靈。舣，與服同。**疏曰：**（一）服，原作舣，詳《字典》舟部。

校勘記：①此句上頁眉戴之麟題校補時地云：戊子二月八日午前，韓左个。②"爵"，原誤作"雀"，今據李刻本、明翻宋本、汲古閣本改。下"朱爵、鵔鸃"同此。③"也"，原脱，今據李刻本、明翻宋本、汲古閣本補。④"行"，原脱，今據李刻本、明翻宋本、汲古閣本補。⑤"儀"，原作"義"，今據李刻本、明翻宋本、汲古閣本改。

杖玉華與朱旗兮，華，一作策。垂明月之玄珠。朱，赤也。黑光曰玄也。舉霓旌之墆翳兮，墆翳，蔽隱貌。旌，一作旍。［補］曰：墆，音帝。《博雅》云：障蔽也。建黄纁之總旄(一)。總，合也。黄纁，赤黄也。天氣玄黄，故曰黄纁也。言己修善彌固，手乃杖執美玉之華，帶明月之珠，揚赤霓以爲旌，雜五色以爲旗旄，志行清明，車服又殊也。纁，一作昏。注云：黄昏時天氣玄黄，故曰黄昏。**疏曰：**（一）旄，音毛，犛牛尾也，旗之注旄牛尾於干者。麟按：宜叶旗。

躬純粹而罔愆兮，承皇考之妙儀。儀，法也。言己行度純粹而無過失，上以承美先父高妙之法，不敢解也。一本“承”上有“永”字。妙，一作眇。注云：高遠之法。

惜往事之不合兮，横汨羅而下濿。言己貪惜以忠事君，而志不合，故欲横渡汨水，以自沈没也。濿(一)，一作厲。**疏曰：**（一）濿，見前《離世》“櫂舟航以横濿兮”疏。

乘隆波而南渡兮，隆，盛也。乘，一作乘。渡，一作度。逐江湘①之順流。赴陽侯之潢洋兮，下石瀨而登洲。言己願乘盛波，逐湘江之流，赴陽侯之大波，過(一)石瀨之湍，登水中之洲，身歷危殆，不遑安處(二)也。［補］曰；潢，户廣切。洋，以掌②切，水深貌。**疏曰：**（一）過，平聲。（二）處，上聲。

校勘記：①“江湘”，原誤作“湘江”，今據李刻本、明翻宋本、汲古閣本改。②“掌”，原誤作“堂”，今據李刻本、明翻宋本、汲古閣本改。

陵魁堆以蔽視兮，魁堆，高貌。陵，一作陸。魁，一作魁。［補］曰：陵，大阜。陸，高平地。雲冥冥而闇前。山峻高以無垠兮，遂曾閎而迫身(一)。垠，岸涯也。曾，重(二)也。閎，大也。言己所在之處，前有高陵，蔽不得視，後有峻大之山，迫附於己，幽藏山野，心中愁思也。**疏曰：**（一）身，叶捐。（二）重，平聲。

雪雰雰而薄木兮，雰雰，雪貌。木，一作林。雲霏霏而隕集。隕，下也。

集，會也。阜隘狹而幽險兮，大陵曰阜。狹，陋也。石嵾嵯以翳日。翳，蔽也。言己居隘險之處，山石蔽日，霜雪並會，身既憂愁，又寒苦也。［補］曰：嵾嵯(一)，楚岑、又宜二切，山不齊。**疏曰：**（一）同參差。

悲故鄉而發忿兮，忿，恚也。去余邦之彌久。言己不得還歸，中心發恚，自恨去我國邑之甚久也。背龍門而入河兮，龍門，郢東門也。登大墳而望夏首。言己虛被讒言，背郢城門而奔走，將入大河，登其高墳以望夏水之口，泄思念也。大，一作高。

又曰：以上言遠逝所經之路。

横舟航而浛湘兮，浛(一)，一作濟。**疏曰：**（一）浛，古濟字。耳聊啾而戃慌。聊啾，耳鳴也。戃慌①，憂愁也。言己願乘舟航濟渡湘水，寂無人聲，耳中聊啾而自鳴，意中憂愁而戃慌，無所依歸也。一作黨荒。［補］曰：聊，音留。戃，他朗②；慌，呼③晃切。波淫淫而周流兮，鴻溶溢而滔蕩。滔蕩，廣大貌也（宜删）。言己愁思戃慌，又見水中流波，淫淫相隨。鴻溶廣大，悵然失志也。鴻，一作澒。［補］曰：澒、鴻，並乎孔切。溶，音勇，水盛也。《大人賦》云：紛鴻溶而上(一)厲。**疏曰：**（一）上，上聲。

校勘記：①“戃慌”，原誤作“慌惚”，今據李刻本、明翻宋本、汲古閣本改。②“他”上“朗”下，原衍“音”、“切”二字，今據李刻本、明翻宋本、汲古閣本删。③“呼”上，原衍“音”字，今據李刻本、明翻宋本、汲古閣本删。

路曼曼其無端兮，周容容而無識(一)。言己所行山澤廣遠，道路悠長，周流容容(二)而無知識也。［補］曰：識，音志。**疏曰：**（一）識，宜音十，知識也。音志，記也。當曰叶。（二）容容，謂苟且求容也。引日月以指極兮，極，中也，謂北辰星也。少須臾(一)而釋思(二)。釋，解也。言己施行正直，願引日月使照我情，上指北辰，訴告於天，冀君覺寤，且解憂思須臾之間也。**疏曰：**（一）須臾，頃刻也。（二）思，叶四。

水波遠以冥冥兮，眇不睹其東西。睹(一)，一作覩。**疏曰：**（一）睹、覩同。順風波以南北兮，霧宵晦以紛紛(一)。宵，夜也。《詩》云：肅肅宵征(二)。言己渡廣水，心迷不知東西，霧氣晦冥，白晝若夜也。紛紛，一作紛闇。**疏曰：**（一）紛，叶欺。（二）"肅肅"句，見《詩·小星①》篇。肅，敬也。又疾也，又嚴正也。

校勘記：①"小星"，原誤作"采芑"，今據《詩經》改。

日杳杳以西頹兮，頹(一)，一作隤(一)。**疏曰：**（一）頹、隤同。路長遠而窘迫。言日已西頹，年歲卒盡，道路長遠，不得復還，憂心迫窘，無所舒志也。欲酌醴以娛憂兮，醴(一)，醴酒也。《詩》云：爲酒爲醴(二)。憂，一作意。**疏曰：**（一）醴，見前《九懷·思忠》"抽庫婁兮酌醴"疏。（二）"爲酒爲醴"，見《詩·載芟》篇。蹇騷騷而不釋(一)。蹇，難也。言己欲酌醴酒以自娛樂，心中愁思不可解釋也。**疏曰：**（一）釋，叶灼。

又曰：此上實寫遠逝，見原終不忘君。

歎曰：飄風蓬龍，埃坲坲兮。蓬龍，猶蓬轉風貌也（宜删）。坲坲，塵埃貌。蓬，一作逢。坲，一作浡。［補］曰：坲，音佛，塵起也。浡音同。中木揺落，中，一作草。［補］曰：中，與草同。時槁悴兮。槁，枯也。悴，病也。言飄風轉運，揚起塵埃，摇動草木，使之迎時枯槁，莖葉被病，不得盛長(一)也。以言讒人亦運轉其言，埃塵忠直，使之被病而傷形也。［補］曰：悴，音遂律切。**疏曰：**（一）長，上聲。

又曰：反復咏嘆，身日遠而情無極。

遭傾遇禍(一)，不可救兮。**疏曰：**（一）禍，讀上聲，俗讀去聲非。長吟永欷，涕究究(一)兮。究究，不止貌也（宜删）。言己遭傾危之世而遇患禍，不可復救，故長歎歔欷而涕滂流①，不可止也。究，一作瞏。古本作究。**疏曰：**（一）究，與救叶，不可作瞏，同复。

校勘記：①"流"，原誤作"沱"，今據李刻本、明翻宋本、汲古閣本改。

舒情敶詩，冀(一)以自免兮。頽流下隕，身日遠兮。言己舒展中情，敶序志意，冀得脱免患禍，然身頽流日遠，不得還也。一云：頽流下逆，身日以遠兮。一云：頽流下隕，身逝遠兮。**疏曰：**（一）冀，望也。

惜　賢

覽屈氏之《離騷》兮，心哀哀而怫鬱。言己觀屈原所作《離騷》之經，博達温雅，忠信懇惻，而懷王不寤，心爲(一)之悲而怫鬱也。**疏曰：**（一）爲，去聲。即此觀之，足見向之作此，係陳序其遭遇不辰，非代原作。注中各“我”、“己”字，皆當改爲“原”也。

无三欠一生曰：此章向自述見原之忠不見用、用以致惜之由。

聲噭噭以寂寥兮，噭噭，呼聲也。寂寥，空無人民之貌也（宜删）。噭，一作嗷。《釋文》作寂嵺。上七到，下音老。一作啾嘐。音同。［補］曰：嗷嗷，衆口愁也。噭，呼也，音叫。《集韻》：啾，音寂。嘷嘐，寂静也，音草老。顧僕夫之憔悴。言己思爲屈原訟理冤結，噭噭①而呼，山野寂寥，空無人民，顧視僕御，心皆憔悴而有憂色也。［補］曰：悴，遂律切。**疏曰：**即此“己”觀之，原注已知向之志趣矣，不知各注何以誤會，異哉！撥諂諛而匡邪兮，撥，治也。匡，正也。諂，一作讒。切淟涊之流俗。切，猶槩也。淟涊，垢濁也。言己如得進用，則治讒諛之人，正其邪僞，槩(一)貪濁之俗，使之清净也。［補］曰：淟，他典切。涊，乃典切。**疏曰：**（一）槩，音溉，平也。盪渨涹之姦咎兮，盪，滌也。渨涹，汙薉(一)也。亂在内爲姦。咎，惡也。［補］曰：渨，烏回切。涹，烏禾切。《博雅》：渨，穢(一)也。涹，濁也。**疏曰：**（一）薉、穢同。夷蠢蠢之溷濁。夷，滅也。蠢蠢(一)，無禮義貌也（宜删）。《詩》云：蠢爾蠻荆(二)。言己欲盪滌讒佞汙穢之臣，以除姦惡，夷滅貪殘無禮義之人也。［補］曰：蠢，出尹切。**疏曰：**（一）蠢蠢，蟲動貌，愚也。本作惷。（二）“蠢爾”句，見《詩·采芑》篇。

校勘記：①“噭噭”，原誤作“嗷嗷”，今據李刻本、明翻宋本、汲古閣本改。

懷芬香而挾蕙兮，挾，持[一]。芬，一作芳。**疏曰：**（一）持下宜加“也”字。佩江蘺之斐斐[①]。一作菲菲。［補］曰：斐，音霏。《説文》：往来斐斐貌。握申椒與杜若兮，冠浮雲之峨峨[一]。峨峨，高貌也（宜删）。言己獨懷持香草，執忠貞之行，志意高厲，冠切浮雲，不得而施用也。峨，一作峩。**疏曰：**（一）峨，宜叶義。[②]登長陵而四望兮，覽芷圃之蠡蠡。圃[一]，野樹也。《詩》云：東有圃草[二]。蠡蠡，猶歷歷，行列貌也（宜删）。言己登高大之陵，周而四望，觀香芷之圃，歷歷而有行列，傷人不采而佩帶也。言己亦修德行義，動有節度，而不見進用也。一無樹字[三]。［補］曰：蠡，禮戈切。**疏曰：**（一）圃，音補，園也。參看前《大招》“鳳皇翔只”疏。（二）“東有圃草”，見《詩・車攻》篇。“圃”作“甫”。蠡，從本音。（三）無樹字是。[③]

校勘記：①“斐”，原誤作“斐”，今據李刻本、明翻宋本、汲古閣本改。下“斐，音霏”同此。②此句上頁眉戴之麟題校補時地云：丙戌七月十三日午前，韓庭。戊子四月二十五日午間，縣中終校。③此句旁頁間、句下頁腳戴之麟題校補時地云：丁亥六月七日午前，韓左个。戊子二月一日午間，縣中辦公廳。戊子九月十三日午間，往來途中及立校門校。己丑九月八日午前。庚寅二月二十八日上午。

游蘭皐與蕙林兮，睨玉石之嵾嵯。顧視爲睨。玉石，以喻君門也。嵾嵯，不齊[①]貌也（宜删）。言己放流，猶喜居蘭皐蕙林芬芳之處，修行清白，動不離身，上睨天門，賢愚並進，嵾嵯不齊也。揚精華以眩燿[一]兮，眩燿，光貌。一作耀[一]。**疏曰：**（一）耀、燿同。芳鬱渥而純美。渥，厚[一]。芳，一作芬。**疏曰：**（一）厚下宜加“也”字。[②]

校勘記：①“齊”，明翻宋本、汲古阁本作“亝”。下文“嵾嵯不齊也”同此。②此句上頁眉戴之麟題校補時地云：己丑四月三日午前，終校新庭。

結桂樹之旖旎兮，旖旎，盛貌。《詩》云：旖旎其華[一]。一作猗狔。［補］曰：於綺、乃綺二切。《集韻》：猗狔，弱貌。**疏曰：**（一）“旖旎”句，見《詩・隰有萇楚》

篇，“旖旎”作“倚儺”。紉荃蕙與辛夷。言己揚耳目之精，其明炫燿，姿質①純美，猶復結桂枝，索蘭蕙，修善益固，德行彌盛也。荃蕙，一作蕙草。芳若兹而不御(一)兮，捐林薄(二)而菀(三)死。菀，積也。言己修行衆善若此，而不見用，將棄林澤菀積而死，恨功不立而志不成也。［補］曰：菀，音鬱(三)。**疏曰：**（一）御，用也。（二）薄，草叢生處，非澤也。（三）菀、鬱同。

又曰：此上言原被服修潔，志行不苟，終不免菀死，所以可惜。

校勘記：①“姿質”，原誤作“質姿”，今據李刻本、明翻宋本、汲古閣本改。

驅子僑(一)之犇走兮，驅，馳也。子僑，王子僑也。犇，一作奔。申徒(二)狄之赴淵。申徒狄，賢者，避世不仕，自沈赴河也。言己修善不見進用，意欲驅馳，待王子僑隨之奔走，以學道真。又見申徒狄避世赴河①，意中紛亂，不知所行也。**疏曰：**（一）僑，前作喬。（二）徒，前作屠。若由夷之純美兮，由，許由也。夷，伯夷也。一作夷由。介子推之隱山。言己又有清高之行如許由，堯讓以天下，辭而不肯受。伯夷、叔齊讓國而餓死。介子推逃晉文公之賞，隱身深山，無爵位而有顯名也。

校勘記：①“河”，原誤作“淵”，今據李刻本、明翻宋本、汲古閣本改。

晉申生(一)之離殃兮，殃，一作讒。荆和氏(二)之泣血。**疏曰：**（一）申生，見前《惜誦》“晉申生之孝子兮”疏。（二）荆和氏，見前《七諫·怨世》“悲楚人之和氏”諸句疏。吴申胥之抉(一)眼兮，一作子胥(二)。［補］曰：抉，烏決切。**疏曰：**（一）抉，娟悦切，音觖，挖出也。（二）“吴申胥”作“子胥”是。麟按：子胥，吴王曾封於申，故亦作申胥。見《天問①》“勲闔夢生”疏，又見前《涉江》“伍子逢殃”疏。王子比干之横廢(一)。皆已解於《九章》。**疏曰：**（一）廢，宜叶撇。

校勘記：①“天問”，原誤作“離騷”，今據前文改。

欲卑身而下體兮，心隐①惻而不置。言己欲卑身下體，以順風俗，心中惻然而痛，不能置中正而行佞諛也。方圜殊而不合兮，鉤繩用而異態(一)。言方與圜不同，鉤曲繩直，其態殊異而不可合也。以言忠佞異志，猶鉤繩也。**疏曰：**（一）態，叶替。

又曰：以上歷举古賢菀死，不獨屈原，是推開作勢。

校勘記：①“隱”，原誤作“憶”，今據李刻本、明翻宋本、汲古閣本改。

欲俟時於須臾兮，日陰曀其將暮。日以喻君，陰曀闇昧也。言己欲待盛世明時，君又闇昧，年歲已暮，身將老也。時遲遲其日進兮，遲遲，行貌。《詩》云：行道遲遲(一)。其，一作而。**疏曰：**（一）“行道”句，見《詩·邶風》篇，又《谷風》篇，又《采薇》篇。年忽忽而日度。度，去也。言天時運轉日進，遲遲而行，己年忽去，日以衰老也。而，一作以。［補］曰：辰去速而來遲。遲遲，來遲也。忽忽，去速也。

妄周容而入世兮，内距閉而不開。言己欲妄行周比(一)苟容，自入於君，心内距閉而意不開，敏於忠正而愚於讒諛也。**疏曰：**（一）比，去聲，偏私也。俟時風之清激兮，風以喻政。激(一)，感也。**疏曰：**（一）激，起也，謂風之起而清，作感不合。愈氛①霧其如壓。壓，塵也。言己欲待明君之政，清潔之化，以感激風俗，而君愈貪濁，如氛霧之氣來塵壓人也。愈(一)，一作逾(一)。［補］曰：壓，音梅。**疏曰：**（一）愈、逾同。此二句謂欲待清風之揚起而不得，反來霧氛而壓人也。

校勘記：①“氛”，原誤作“風”，今據李刻本、明翻宋本、汲古閣本改。

進雄鳩之耿耿兮，耿耿，小節貌。讒介介而蔽之。言己欲如雄鳩，進其耿耿小節之誠信，讒人尚復介隔，蔽而障之，況有鸞鳳之志，當獲譖毀，固其宜也。介，一作紛。注云：分隔。默順風以偃仰兮，默，寂(一)。**疏曰：**（一）寂下宜加“也”字。尚由由而進之。由由，猶豫也。言己欲寂默不語，以順風俗，隨衆俛(一)仰，而不敢毁譽，然尚猶豫不肯進也。**疏曰：**（一）俛，古俯字。

心懭悢以冤結兮，懭悢，失志貌也（宜删）。心，一作志。懭，一作熿。［補］曰：懭，苦晃切。悢，音朗。熿，胡晃切。情舛錯以曼憂。言己欲隨從(一)風俗，尚不肯進，意中懭悢，心爲(一)冤結，情意舛(二)錯而長憂苦也。［補］曰：舛，尺兗切。曼(三)，音萬。**疏曰：**（一）從、爲，皆去聲。（二）舛，猶錯也。（三）曼，長也。搴薜荔於山野兮，采撚支於中洲。撚支，香草也。言己雖憂愁，猶采取香草以自約束，修善不怠也。支，一作枝。洲，一作州。［補］曰：撚，音煙。相如賦云：枇杷(一)橪柿[①](二)。其字從木。郭璞云：橪支，木也。**疏曰：**（一）枇杷，常緑亞喬木，高二丈餘，葉長橢圓形，鋸齒甚細，互生。背有褐色毛，甚密。冬月開小花，色白五瓣。夏初實熟，形圓色黄，皮有細毛，味甘酸，皮肉淡黄色者俗稱白沙枇杷，尤爲甘美，江蘇洞庭山所産最著名。（二）"枇杷"句，見相如《上林賦》，"柿"作"柹"。橪，音煙。橪支、橪柿，均未詳。考《漢書·列傳二十七·相如傳》此句賦注："師古曰：'此二句總論樹木，不得雜以香草，郭説得之。'"麟按：此句下有"亭柰厚朴"，故曰"二句"。[②]

校勘記：①"柿"，李刻本、明翻宋本、汲古阁本作"柹"。以下文疏證曰"'柿'作'柹'"，今不改。②此句上頁眉戴之麟題校補時地云：戊子八月八日上午，𢭏左補録。

望高丘而歎涕兮，悲吸吸(一)而長懷。言己遥望楚國而不得歸，心爲(二)悲歎，涕出長思也。下而，一作其。**疏曰：**（一）吸吸，動貌，音翕。（二）爲，去聲。孰契契而委棟(一)兮，契契，憂貌也（宜删）。《詩》云：契契寤歎(二)。契，一作挈(三)。［補］曰：《爾雅》：佻佻(四)契契，逾遐(五)急也。契，苦絜切。注云：賢人憂歎，遠益急也。**疏曰：**（一）委棟，未詳。（二）"契契"句，見《詩·大東》篇。（三）挈，與契通。（四）佻，音刁上聲。（五）遐，遠也。日晻晻而下頽。言誰有契契憂國念君，欲委其樑棟之謀若己者乎？然日頽暮，傷不得行也。［補］曰：晻，音奄，日無光也。

又曰：以上言原爲時所蔽，不得見用，實屬可惜。

歎曰：江湘油油，長流汩兮。油油，流貌也（宜删）。《詩》云：河水油油(一)。言己見江、湘之水油油長流，將歸於海，自傷放流，獨無所歸也。一云：油油江湘。［補］曰：汩，于筆切。**疏曰：**（一）"河水油油"，係逸詩。

又曰：此向言惜原至於流涕，有悲原用以自悲之意。

挑揄(一)揚汰，盪迅疾兮。言水尚得順其經脈，揚蕩其波，使之迅疾，自傷不得順其天性，揚其志意，而常屈伏。汰，一作波。［補］曰：挑，撓也，坦彫切。揄，動也。汰，音太，一音大。**疏曰：**（一）揄，音俞，引也。又音由，抒臼也。

憂心展(一)轉，愁怫鬱兮。展轉，不寤(二)貌。《詩》云：展轉反側(三)。言己放棄，不得竭其忠誠，心中愁悶，展轉怫鬱，不能寐也。一曰：愁鬱鬱兮。［補］曰：今《詩》作輾(一)。卧而不周曰輾。**疏曰：**（一）展、輾通。（二）寤，宜作寐。寤，寐覺也，即俗謂睡醒也，音務。（三）"展轉"句，見《詩·關雎》篇。冤結未舒，長隱忿(一)兮。言己抱守冤結，長隱山野①，心中忿恨無已時也。**疏曰：**（一）忿，宜叶律。

校勘記：①"野"，原誤作"海"，今據李刻本、明翻宋本、汲古閣本改。

丁時逢殃，可奈何(一)兮。丁，當也。言己之生當逢遇殃咎，安可奈何？自閔而已。一本"可"上有"孰"字。**疏曰：**（一）末句謂無可奈何也。勞心悁悁(一)，涕滂沱①兮。言欲竭節盡忠，終不見省，但勞我心，令我悁悒(二)悲涕而横流也。［補］曰：悁，音絹。**疏曰：**（一）悁悁，憂思也。（二）悁悒，憂憤也。悒，一作邑。悒，音邑，不安也，又憂也。②

校勘記：①"沱"，明翻宋本、汲古閣本作"沲"。②此句上頁眉戴之麟題校補時地云：丁亥十二月二十四日午前，韓左个。

憂苦

悲余心之悁悁兮，哀故邦①之逢殃。言己(一)所以悲哀，心中悁悒者，哀念楚國信用讒佞，將逢殃咎也。悁悁，一作悁邑。**疏曰：**（一）"己"當改"原"，下同。辭九年而不復兮，辭(一)，一作詞(一)。**疏曰：**（一）辭、詞固通，惟此辭作謝解，不可作詞。獨煢煢②而南行(一)。煢煢，獨貌也（宜删）。言己與君辭訣而出，至今九年，不肯反己，常獨煢煢南循江也。**疏曰：**（一）行，叶杭。

旡三欠一生曰：此上言原南行之由。

校勘記：①“邦”，原誤作“鄉”，今據李刻本、明翻宋本、汲古閣本改。②“煢煢”，明翻宋本、汲古閣本作“縈縈”。後文凡從李刻本作“煢煢”而他本皆作“縈縈”者，徑從李刻本不出校。

思余俗之流風兮，風(一)，化(二)。**疏曰：**（一）風，民相習者也。（二）化下宜加“也”字。心紛錯而不受。紛錯，憒亂也。言己念我楚國風俗餘化，好(一)行讒佞，心爲(一)憒亂，不能受其邪僞也。**疏曰：**（一）好、爲，皆去聲。遵壄莽以呼風兮，莽，草(一)。**疏曰：**（一）草下宜加“也”字。步從(一)容於山廋。廋(二)，限也。言己循山野之中，以呼風俗之人，欲語以忠正之道，故徐步山隈(三)，游戲以須之也。廋，一作庾(二)，一作藪(四)。**疏曰：**（一）從，音充。（二）廋、庾同。（三）隈，音煨，水曲也，又山曲也。（四）藪，水草叢生處也。

巡陸夷之曲衍兮，大阜曰陸。夷，平也。衍，澤也。幽空虛以寂寞。言己巡行陵陸，經歷曲澤之中，空虛杳冥，寂寞無人聲也。倚石①巖以流涕兮，憂憔悴而無樂。言己依附巖(一)石之山，悲而涕流②，中心憔悴，無歡樂(二)之時也。**疏曰：**（一）巖，安陽平聲。（二）樂，音洛。

校勘記：①“石”，原誤作“山”，今據李刻本、明翻宋本、汲古閣本改。②“涕流”，原誤作“流涕”，今據李刻本、明翻宋本、汲古閣本改。

登巑岏以長企兮，巑岏，鋭山也。企，立貌。《詩》云：企予望之(一)。［補］曰：巑，徂丸切。岏，吾官切。**疏曰：**（一）“企予”句，見《詩·河廣》篇。望南郢而闚之。闚，視也。言己乃登高鋭之山，立而長望，顧視南郢楚邦，悲且思①也。山修(一)遠其遼遼兮，遼遼，遠貌。**疏曰：**（一）修，長也。塗漫漫其無時。塗，道也。言己遥視楚國山林長遠，遼遼難見，道路漫漫(一)，誠無時至也。一作曼曼(一)。

疏曰：（一）漫漫、曼曼通。

校勘記：①“思”，原誤作“怒”，今據李刻本、明翻宋本、汲古閣本改。

聽玄鶴之晨鳴兮，於高岡之峨峨。玄鶴，俊鳥也。君有德則來，無德則去，若鸞鳳矣。故師曠鼓[①]琴，天下玄鶴皆銜明月之珠以舞也。言己聽玄鶴振音晨鳴，乃於高岡之上，峨峨（一）之顛，見有德之君，乃來[②]下也。以言賢者亦宜自安處（二），以須明君禮敬己[③]，然後仕也。一作峩峩（一）。**疏曰：**（一）峨、峩同。（二）處，上聲。獨憤積而哀娱兮，翔江洲而安歌。言己在山澤之中，思慮憤積，一哀一樂，故游江水之中洲，安意歌吟，自寬慰（一）也。**疏曰：**（一）慰，音未。[④]

校勘記：①“鼓”，原誤作“聽”，今據李刻本、明翻宋本、汲古閣本改。②“來”，原脱，今據李刻本、明翻宋本、汲古閣本補。③“己”，原脱，今據李刻本、明翻宋本、汲古閣本補。④此句旁行間戴之麟題校補時地云：丁亥六月七日午前，韓左个。

三鳥飛以自南兮，一云飛飛。覽其志而欲北。言己在於湖澤之中，見三鳥飛從南來，觀察其志，欲北渡江，縱恣自在也。自傷不得北歸，曾不若飛鳥也。［補］曰：《博物志》：王母來見武帝（一），有三青鳥如烏大，夾王母。三鳥，王母使（二）也（三），出《山海經》。韓愈（四）詩云：浪憑三鳥通丁寧。用此也。**疏曰：**（一）武帝，漢文帝子，名徹。（二）使，去聲，隨從也。（三）“三鳥，王母使也”，見《山海經》卷十六《大荒西經》：“一名曰大鵹，一名曰小鵹（音黎），一名曰青鳥。”注云：“皆西王母所使也。”[①]（四）韓愈，字退之，唐文人。願寄言於三鳥兮，去飄疾而不可得。言己既不得北歸，願因三鳥寄善言以遺（一）其君，去又急疾而不可得，心爲（一）結恨也。**疏曰：**（一）遺，爲，皆去聲。

校勘記：①此句上頁眉戴之麟題校補時地云：丁亥七月一日午間，韓左个。

欲遷志而改操（一）兮，心紛結其未離。言己欲徙意改操，隨俗佞僞，中心亂結，未能離於忠信也。其，一作而。**疏曰：**（一）操，去聲，守也。外彷徨而游覽兮，内惻隱而含哀。言己外雖彷徨於山野之中以游戲，然心常惻隱含悲而念君也。

聊須臾以時忘兮，一作忘時。心漸漸其煩錯。言己且欲須臾以忘憂思，中心漸漸錯亂，意[①]不能已也。其，一作而。[補] 曰：漸，子廉切，流入也。願假簧以舒憂兮，笙中有舌曰簧（一）。《詩》云：吹笙鼓（二）簧（三）。**疏曰：**（一）簧，彈簧也，樂器顫動以成聲者也。（二）鼓，動也。（三）"吹笙"句，見《詩·鹿鳴》篇。志紆鬱其難釋（一）。紆，屈也。鬱，愁也。言己欲假笙簧吹以舒憂，意中紆鬱誠難解釋也。**疏曰：**（一）釋，叶灼。

又曰："塗漫漫"以上，言原隱沅湘所處之至苦。此以上言原感物興悲，憂苦尤甚。

校勘記：①"意"，原誤作"哀"，今據李刻本、明翻宋本、汲古閣本改。

歎《離騷》以揚意兮，猶未殫於《九章》。殫，盡也。言己憂愁不解，乃歎唫（一）《離騷》之經以揚己志，尚未盡《九章》之篇，而愁思悲結也。猶，一作獨。**疏曰：**前篇首句言"覽屈氏之《離騷》"，此篇又有此二句，則各注所言"己"者，皆非屈原。其爲向悲時不遇，而假以自況可見。（一）唫，同吟。長嘘吸以於悒兮，嘘吸、於（一）悒，皆嗁（二）泣貌也（宜删）。嘘，一作呼。**疏曰：**（一）於，音烏。（二）嗁，同啼。涕横集而成行（一）。言己[①]吟歎《九章》未盡，自知言不見省用，故長嘘吸而嗁，涕下交集，自閔傷也。**疏曰：**（一）行，叶杭。

校勘記：①"己"下，原衍"欲"字，今據李刻本、明翻宋本、汲古閣本删。

傷明珠之赴泥兮，魚眼璣之堅藏。言忠良棄捐，讒佞珍用也。

又曰：此上代原言憂苦不已，所以作賦自明己意。

同駑羸與椉駔兮，馬母驢父生子曰羸(一)。椉駔，駿①馬也。［補］曰：駔，作朗切(二)，牡(三)馬。**疏曰：**（一）羸，同騾。（二）駔，作朗切，考《字典》作子朗切、子党切，又徂古切，聰徂切，牀魚切，無作朗切。（三）牡，雄也。雜班②駮與闒茸(一)。班駮，雜色也。闒茸，駑頓也。言君不明智，斥逐忠良而任用佞諛，委棄明珠而貴魚眼，乘駑羸，雜駿馬，重班駮，喜闒茸，心迷意惑，終不悟也。班，一作斑。［補］曰：闒茸，劣也，上託盍、下(一)乳勇切。**疏曰：**（一）下，上聲。宜叶讓，陽平聲。

校勘記：①“駿”，原誤作“俊”，今據李刻本、明翻宋本、汲古閣本改。②“班”，原作“斑”，今據李刻本、明翻宋本、汲古閣本改。下文“班駮，雜色也”、“重班駮”皆同此。

葛藟(一)虆於桂樹兮，藟，葛荒也。虆，緣也。《詩》曰：葛藟虆之(二)。虆，一作纍。一注云：藟，巨荒也。［補］曰：藟，力水切。虆，倫追切，蔓也。**疏曰：**（一）葛藟，葉似艾。《詩·周南》此句陸璣云：“藟，一名巨苽，似燕薁，亦延蔓生。”又《博雅》：“藟，藤也。”《本草》：“千歲藟。”《唐書(三)·方技傳》：“姜撫服常春藤，使白髮還鬒①。”常春藤者，即千歲藤也。虆，纏繞也，謂葛藤纏於桂樹也。葛，見前《九歌·山鬼》“石磊磊兮葛蔓蔓”疏。（二）“葛藟虆之”，見《詩·樛木②》篇。葛荒、巨荒，無考。但以陸璣云“藟，一名巨苽”，則荒似苽之譌。又《詩》有“葛藟荒之”句，注曰掩也，則荒有掩義，引申之蓋謂葛藟攀緣掩覆於桂樹也。（三）此《唐書》是《新唐書》，姜撫見是書《方技列傳第一百二十九》。③鴟鴞集於木蘭。④鴟鴞，鸋(一)鴂(二)，貪鳥也。言葛藟惡草，乃緣於桂樹，鴟鴞(三)貪鳥，而集于木蘭。以言小人進在顯位，貪佞升爲公卿也。［補］曰：鴞，于驕切。郭璞云：鸋鴂，鴟類。**疏曰：**（一）鸋，音寧。（二）鴂，音決。（三）鴟，見前《天問》“鴟龜曳銜”疏。鴞，同梟，鷙鳥也。偓促談於廊廟兮，偓促，拘愚之貌。［補］曰：偓促，迫也。一曰小貌。於角、楚角二切。律魁放乎山間。律，法也。魁，大也。言拘愚蔽闇之人，反談論廊廟之中；明於大法賢智之士，棄在山間而不見用也。乎，一作於。

校勘記：①“鬒”，原誤作“鬢”，今據《新唐書·方技列傳》改。②“樛木”，原誤作“葛藟”，今據《詩經》改。③此句上頁眉戴之麟題校補時地云：丁亥六月三日午後，韓左个牆陰。④此句上頁眉戴之麟題校補時地云：庚寅二月二十九日上午。

惡虞氏之簫《韶》兮，好遺風之《激楚》。言世人愚惑，惡(一)虞舜簫《韶》之樂(二)，反好(一)俗人淫泆《激楚》之音也。猶言惡《典》(三)《謨》(四)中正之言，而好諂諛之説也。**疏曰：**（一）好、惡，皆去聲。（二）樂，本字。（三）《典》，如《堯典》、《舜典》。（四）《謨》，如《大禹謨》、《皐陶謨》也。潛周鼎於江淮兮，爨土鬵於中宇。爨，炊竈也。《詩》云：執爨踖踖(一)。鬵，釜也。《詩》云：溉之釜鬵(二)。言乃藏九鼎於江、淮之中，反炊土釜於堂宇之上，猶言棄賢智，近愚頑者也。［補］曰：鬵，音潛。又才淫切，大釜也。一曰鼎大上小下，若甑。**疏曰：**（一）“執爨”句，見《詩・楚茨》篇。（二）“溉之釜鬵”，見《詩・匪風》篇。

且人心之持舊兮，持，一作有。而不可保長。言賢人①君子，其心所志，自有舊故，執守信義，不可長保而行之也。一無“而”字。邅(一)彼南道兮，征夫宵行(二)。言己放流，轉彼江南之道，晨夜而行，身勤苦也。一本“征”上有“以”字。**疏曰：**（一）邅，音旃，轉也。（二）行，叶杭。

校勘記：①“人”，原誤作“才”，今據李刻本、明翻宋本、汲古閣本改。

思念郢路兮，還顧睠睠(一)。涕流交集兮，泣下漣漣。漣漣，流貌也（宜删）。《詩》云：泣涕漣漣(二)。言己思念楚郢之路，冀得復歸，還顧眄視，心中悲感，涕泣交會，漣漣而流也。［補］曰：睠，音眷。**疏曰：**（一）睠，叶權。（二）“泣涕”句，見《詩・氓》篇。

又曰：以上向取古物以譬原賢，無異明珠暗投。不獨原自憂苦，覽其遺文，亦當涕泣漣漣。

歎曰：登山長望，中心悲兮。言己登於高山，長望楚國，則心中悲思而結毒也。菀彼青青(一)，泣如頹兮。菀，盛貌也（宜删）。《詩》云：有菀者柳(二)。言己觀彼山澤草木，莫不茂盛，青青而生，己獨放棄，身將萎枯，故自傷悲，涕泣俱下也。菀，一作苑(三)。[補] 曰：菀，音鬱。青，音菁。**疏曰：**（一）青青，盛也。（二）“有菀”句，見《詩·菀柳》篇。（三）苑，音怨，與菀通。又凡薈萃之處曰苑，如女苑、藝苑。

留思北顧，涕漸漸(一)兮。言己所以留精思，常北顧而視郢都，想見鄉邑，思念君也，故涕漸漸而下流。[補] 曰：漸，仄銜切。**疏曰：**（一）漸，音仄銜切。下濫字，宜叶南。折鋭摧矜[①]，凝氾濫(一)兮。摧，挫也。矜，嚴也。凝，止也。氾濫，猶沈浮也。言己欲折我精鋭之志，挫我矜嚴[②]忠直之心，止與俗人更相沈浮，而意[③]不能也。[補] 曰：氾，音泛。**疏曰：**（一）氾濫，水横流無所歸也。

校勘記：①“矜”，原誤作“精”，今據李刻本、明翻宋本、汲古閣本改。②“矜嚴”，原脱，今據李刻本、明翻宋本、汲古閣本補。③“意”，原誤作“竟”，今據李刻本、明翻宋本、汲古閣本改。

念我煢煢，䰟誰求兮？言己自念煢煢東西，䰟䰨(一)惶遽，而求忠直之士，欲與事君，亦誰乎？此不能沈浮之道也。一作魂。**疏曰：**（一）䰟䰨，即魂魄。僕夫慌悴，散若流兮。慌，亡也。言己欲求賢人而未遭遇，僕御之人感懷愁悴，欲散亡而去，若水之流，不可復還也。[補] 曰：慌，音荒。《博雅》云：忘也。

愍　命愍，一作閔。命，一作念。

昔皇考之嘉志兮，喜登能而亮(一)賢。言昔我美父伯庸，體有嘉善之德，喜升進賢能，信愛仁智，以爲行也。**疏曰：**（一）亮，信也。情純潔而罔薉兮，[補] 曰：薉，與穢同。姿盛質而無愆。言己受先人美烈，情性純厚，志意潔白，身無瑕穢，姿質茂盛，行無過失也。情純潔，一云外清潔。姿，一作資。質，一作實。

放佞人與諂諛兮，斥讒夫與便嬖。便，利也。嬖，愛也。以言君如使己爲政，則放遠巧佞諂諛之人，斥逐讒夫與便利嬖愛之臣，而去之也。[補] 曰：便，毗連切。嬖，卑義切。賤而得幸曰嬖。親忠正之悃誠兮，悃，厚也。正，一作政。之，一作與。［補］曰：政，與正同。悃，苦本切。招貞良與明智。言己如得秉執國政，則使君親任忠正之士，招致幽隱明智之人，令與(一)衆職也。**疏曰：**（一）令與"與"字，音預，參加也。

心溶溶其不可量(一)兮，溶溶，廣大貌。其，一作而。**疏曰：**（一）量，音良。情澹澹其若淵。澹澹，不動貌也（宜删）。言己之心，智謀溶溶，廣大如川，不可度(一)量(二)，情意深奥，澹澹若淵，不可妄動。**疏曰：**（一）度，音奪。（二）量，見上句疏。回邪辟而不能入兮，誠願藏而不可遷。言己執志清白淵静，回邪之言，淫辟之人，不能自入於己，誠願執藏此行，以承事君，心終不移①也。［補］曰：辟，匹亦切。

校勘記：①"移"，原誤作"疑"，今據李刻本、明翻宋本、汲古閣本改。

逐下袟於後堂兮，下袟，謂妾御也。［補］曰：《集韻》：袟，音秩，祭有次也。迎虙妃於伊雒。虙妃，神女，蓋伊雒水①之精也。言己願令君推逐妾御出之，勿令亂政，迎虙妃(一)賢女於伊雒(一)之水，以配於君，則化行也。雒，一作川。**疏曰：**（一）虙妃、伊雒，分見前《離騷》"求宓妃之所在②"等句疏。刜讒賊於中廇兮，刜，去也。中廇(一)，室中央也。廇，一作霤。一注云：堂中央也。［補］曰：廇，音淵(二)，中庭也。刜，斷也，音拂。**疏曰：**（一）廇，音畱去聲。與《爾雅・釋訓》"凡曲爲罶"之罶通，謂曲梁也。霤亦通。無（二）淵音。選吕管於榛(一)薄(二)。吕，吕尚也。管，管仲也。言己欲爲君斫③去讒賊之臣於堂廇之中，選進吕尚、管仲之徒以爲輔佐，則邦國安寧也。薄，《釋文》音博。**疏曰：**（一）榛，音臻。落葉喬木，高二三丈，葉甚闊，略圓，端尖，有細齒，春日開花如長穗。其實作苞，一苞一實，味略似胡桃，通稱榛子。（二）薄，林薄也。

校勘記：①"水"，原脱，今據李刻本、明翻宋本、汲古閣本補。②"在"，原誤作"止"，今據前文改。③"斫"，原誤作"所"，今據李刻本、明翻宋本、汲古閣本改。

叢林之下(一)無怨士兮，江河之畔無隱夫。畔，界也。言己欲舉士，必先於叢林側陋之中，使無怨恨，令江河之界無隱佚之夫，賢人盡升，道可興也。**疏曰：**（一）下，上聲。三苗之徒以放逐兮，三苗，堯之佞臣也。《尚書》曰：竄三苗於三危(一)。**疏曰：**（一）"竄三苗"句，見《書·舜典》。伊皋之倫以充廬。伊，伊尹也。皋，皋陶也。充，滿也。言放逐佞諛之徒若三苗者，置之四裔，進用伊尹、皋陶之徒，使満①國廬，則讒邪道塞也。［補］曰：自此以上，皆言皇考之美。自此以下(一)，言今之不然也。**疏曰：**（一）下，上聲。麟按：補與注於各篇均指原，與此皇考指伯庸，皆非，他日當詳論之。

无三欠一生曰：原初爲懷王信任，無異古時會合，以見命之猶人，尚不可哀。是本章反面文字。

校勘記：①"満"，原誤作"充"，今據李刻本、明翻宋本、汲古閣本改。

今反表以爲裏兮，顛裳以爲衣。顛，倒也。言今世之君，迷惑讒佞，反表以爲裏，倒裳以爲衣，而不能知也。戚(一)宋萬於兩楹兮，宋萬，宋閔公(二)之臣也。與閔公博，争道，以手搏之，絶其脰。戚，親也。楹，柱也。兩楹之間，户牖之前，尊者所處(三)也。一云：宋萬戚於兩楹兮。**疏曰：**（一）戚，切激切。哀也，憂也，惱也，憤恚也。麟按：此當引申爲迫蹙解，不可如逸注。（二）宋閔公，名捷，莊公子，在位十一年。閔，《史記》作湣。又湣公共，厲公父也。又按：《史記》凡如晉閔公、齊閔之"閔"字皆作"湣"，不獨此也。此見《史記卷三十八·宋微子世家第八》。①（三）處，上聲。廢周邵於遐夷。不用曰廢。周，周公旦也。邵，邵公奭也。遐，遠也。言君反親愛篡逆之臣若宋萬者，置於兩楹之間，與謀政事，廢棄仁賢若周公、邵公者，放於遠夷之外而不近也。

校勘記：①此句上頁眉戴之麟題校補時地云：己丑四月十七日上午，圖書館。

卻騏驥以轉運兮，卻，退也。轉，移也。騰驢羸以馳逐。騰，乘也。言退卻騏驥以轉徙重車，乘駕頓驢羸反以奔走，馳逐急疾，失其性也。以言役使賢者，令之負檐(一)，進用頑愚，以任政職，亦失其志也。**疏曰：**（一）檐，音鹽，屋檐也。宜作擔，肩挑也。蔡女黜而出帷兮，蔡(一)女，蔡國賢女也。黜，貶也。一本“女”下(二)有“疾”字。**疏曰：**（一）蔡，見前《九懷・匡機》“蓍蔡兮踴躍”疏。（二）下，上聲。戎婦入而綵繡服。戎，戎狄也。言蔡女美好①，反見貶黜而去離帷幄。戎狄醜婦，反入椒房(一)，被五綵之繡，衣(二)夫人之服也。**疏曰：**（一）椒房，《漢書》注：“殿名，在未央宫，皇后所居。”《爾雅翼》：“椒實多而香，漢世皇后稱椒房，取其實蕃延盈升。以椒塗屋，亦取温暖。”椒房，《漢書卷六十八・霍金傳第三十八・光傳》“有椒房中宫之重”，又九十七下《外戚傳第六十七下・孝成許后傳》“即飭椒房及掖庭耳”，又九十三《佞幸傳第六十三・董賢傳》“以配椒房云”，各注均與此不合。②（二）衣，去聲。

校勘記：①“好”，原誤作“女”，今據李刻本、明翻宋本、汲古閣本改。②此句旁頁邊戴之麟題校補時地云：己丑九月十五日上午。

慶忌囚於阱室兮，慶忌，吴之公子，勇而有力。阱，深陷也。［補］曰：阱，疾郢、囚性①二切。《淮南》云：王子慶忌死於劍(一)。注云：吴王僚之弟(二)子闔廬殺僚，慶忌勇健，亡在鄭，闔廬畏之，使要離(三)刺慶忌也。**疏曰：**（一）“王子慶忌”句，見《淮南》十四《詮言訓》。（二）弟，上聲。（三）要離，春秋時之刺客。陳不占戰而赴圍。陳不占(一)，齊臣，有義而怯，聞其君戰，將赴之，飯則失匕，上車失軾，既至，聞鍾鼓之聲，因怖而死。言乃囚勇猛之士若吴慶忌於阱陷之中，使陳不占赴圍②而戰，軍必敗也。以言君用臣顛倒，失其人也。③**疏曰：**（一）陳不占，齊莊公時人。破伯牙之號鍾(一)兮，號鐘(一)，琴名。號，一作号(二)。［補］曰：乎④高切。**疏曰：**（一）鍾、鐘同。（二）号，俗寫。挾人筝而彈緯(一)。挾，持也。筝(二)，小瑟也。緯，張絃也。言乃破伯牙號鍾所鼓之鳴琴，反持凡人小筝，急張其弦而彈之也。以言世憎惡大賢之言，親信小人之語也。［補］曰⑤：《軒轅本紀》云：黄帝之琴名號鍾(三)。傅玄(四)《琴賦》云：齊桓公有鳴琴曰號鍾。《長笛賦》(五)云：號鍾高調。《風俗通》(六)云：筝，蒙恬(七)所造。一云：秦人薄義，父子争瑟(八)而分之，因以爲名。《文選》注引“挾⑥秦筝而彈徽”。人筝，一作介筝。小瑟，一作小琴。**疏曰：**（一）緯，宜叶揮。（二）筝，音争，樂器。古十二絃，後爲十三絃。有彈筝、搊筝兩種。（三）按：《史記》有《五帝本紀第一》，首述黄帝事，無“黄帝”一句。（四）傅玄，晉北地人，字休奕。勤學善屬文，州舉秀才，稍遷至司隸校尉。每有劾奏，或值日暮，捧白簡，整簪帶，竦踊不寐，坐而待旦，於是貴游懾服，臺閣生風。雖顯貴而著述不廢，所著書曰《傅子》。（五）《長笛賦》，漢馬融季長[⑦]作。（六）《風俗通》，見前《離騷》“吾令豐隆乘雲兮”疏。（七）蒙恬，秦始皇時名將。（八）“父子争瑟”，《因話録》作“兄弟争瑟”。

校勘記：①“性”，原誤作“郢”，今據李刻本、明翻宋本、汲古閣本改。②“圍”，原誤作“鬬”，今據李刻本、明翻宋本、汲古閣本改。③此句上頁眉戴之麟題校補時地云：丁亥六月十一日午間，韓左个。④“乎”，原作“呼”，今據李刻本、明翻宋本、汲古閣本改。後文凡作“呼”而他本皆作“乎”者，徑改不出校。⑤“曰”，原誤作“云”，今徑改。⑥“挾”，原脱，今據李刻本、明翻宋本、汲古閣本補。⑦“長”，原誤作“良”，今徑改。

藏瑉石[①]於金匱兮，瑉石，次玉者。匱，匣也。瑉，一作珉。［補］曰：並音旻。捐赤瑾於中庭。赤瑾，美玉也。言乃藏瑉石置於金匱，反棄美玉於中庭，言不知别於善惡也。言人而不别玉石，則不知忠佞之分也。［補］曰：瑾，音近。韓信蒙於介冑兮，韓信(一)，漢名將(二)也。介，鎧也。冑，兜鍪也。**疏曰：**（一）韓信，高祖功臣，三傑之一。（二）將，去聲。下注各將字均同。行夫將而攻城。言使韓信猛將被鎧兜鍪(一)守於屯陣，藏其智謀，令行伍怯夫反爲將軍而攻城，必失利而無功也。［補］曰：行，胡朗切。**疏曰：**（一）兜鍪，首鎧也。戰時所著之冠，以禦兵刃者也。古謂之冑，秦謂之兜鍪，俗謂之盔。古用革，後或以鐵爲之。亦作兜矛，兜，鬬平聲。鍪、矛，音謀。

校勘記：①“石”，原誤作“白”，今據李刻本、明翻宋本、汲古閣本改。

莞芎棄於澤洲兮，莞(一)，夫離也。芎，芎窮(二)也。皆香草也。夫離，一作符離。［補］曰：莞，音丸。《本草》：白芷，一名莞，一名芙蘺。《爾雅》：莞，芙蘺。注云：蒲也。**疏曰：**（一）莞，多年生草，植於水田，又名水葱。莖高五六尺，纖細而圓，上部小葉如鱗片。夏開黄緑色小花，花序爲小穗狀，集生莖端，其葉可織席。（二）芎窮，越年生草，野生。多産於蜀中，亦稱川芎。莖高一二尺，葉似芹，分裂尤細，秋開細白花，五瓣，爲複傘形花序，全體芬馥，根可入藥。芎，音藭，俗讀作雄。藭，音窮。**瓟瓥蠹於筐簏**。瓟，瓠也。瓥，瓢也。方爲筐，圓爲簏。言棄夫離芎藭于水澤之中，藏枯瓠之瓢置於筐簏，令之腐蠹，言愛小人憎君子也。或曰：蠹，囊也。瓟，一作匏。瓥，一作蠡。［補］曰：《方言》：瓥，陳、楚、宋、魏之間或謂之瓢。注云：瓠，勺也，音麗。瓟，與匏同，一音雹。**麒麟奔於九皐**(一)**兮**，麒麟，仁獸也。君有德則至，無德則去也。**熊羆羣而逸囿**(二)。熊羆，猛獸，以喻貪殘也。囿，苑也。言麒麟奔竄於九皐之中，熊羆逸踊於君之苑也。以言斥遠仁德之士，而養貪殘之人也。逸，一作溢。注云：滿溢君之苑。**疏曰：**（一）九皐，見前《九章·悲回風》“聲有隱而相感兮”疏。（二）囿，叶入。

折芳枝與瓊華兮，樹枳(一)**棘與薪柴**。小棗爲棘，枯枝爲柴。**疏曰：**（一）枳，見前《橘頌》“受命不遷”疏。**掘荃蕙與射干**(一)**兮**，射干，香草。［補］曰：掘，具物切。射，音夜。《荀子》曰：西方有木焉(二)，名曰射干，莖長四寸，生於高山之上，而臨百仞之淵，木莖非能長也，所立者然也。注引陶弘[①]景云：花白莖長，如射人之執竿。又引阮公詩云：夜干臨層城。是生於高處也。據《本草》在草部中，又生南陽川[②]谷。此云木，未詳。**疏曰：**（一）射干，多年生草。自生於原野，高二三尺，葉狀如箭而闊，有平行脈，六月開花，紅黄色，瓣上有深紫色細點，結實成房，子黑色。又有一種，二月開白花，瓣有黄點，謂之白花射干。其根皆可作藥。據此則爲草本，非木本明矣。惟依《荀子》觀之，木亦有此名也。又獸名，見《文選·子虚賦》注。（二）“西方有木焉”諸句，見《荀子·勸學篇第一》。[③]**耘藜藿與蘘荷**(一)(二)。耘，耔也。《詩》云：千耦其耘(三)。蘘荷，蓴葅也。藿，豆葉也。言折棄芳草及與玉華，列[④]種柴棘，掘拔射干，而耨耘藜藿，失其所珍也。以言賤棄君子而育養小人也。［補］曰：蘘，而羊切。蓴，普各切，即《大招》所稱苴蓴也。**疏曰：**（一）荷，宜叶懷。（二）蘘荷，多年生草。山野自生，高二三尺，葉尖長，絶類薑葉，夏月開花，花被大小不整，色淡黄，由地下莖而生，其根可爲葅。（三）“千耦其耘”，見《詩·載芟[⑤]》篇。

又曰：此上雜言人物賢否，賢之不容於否，曠世皆然；命之不猶，古今同慨。以下方實寫愍命。

校勘記：①“弘”，原誤作“宏”，今據李刻本、明翻宋本、汲古閣本改。②“川”，原誤作“州”，今據李刻本、明翻宋本、汲古閣本改。③此句上頁眉戴之麟題校補時地云：丁亥六月二十六日上午，韓左个牆陰。④“列”，原誤作“别”，今據李刻本、明翻宋本、汲古閣本改。⑤“載芟”，原誤作“良耜”，今據《詩經》改。

惜今世其何殊兮，何殊，一作舛異。遠近思而不同。言己[①]哀惜今世之人，賢愚異性，其思慮或遠或近，智謀不同也。或沈淪其無所達兮，淪，没(一)。**疏曰：**(一)没下宜加“也”字。或清激其無所通。清，明也。激，感也。言或有耳目[②]沈没，無所照見，或有欲感激行於清明，亦復不能通達分别其臧(一)否(二)也。一本無兩“所”字。［補］曰：此言沈淪於世俗者，困而不能達。清激以自厲者，介而不能通。**疏曰：**(一)臧，善也。(二)否，音鄙，不善也。

校勘記：①“己”，原誤作“既”，今據李刻本、明翻宋本、汲古閣本改。②“耳目”，原脱，今據李刻本、明翻宋本、汲古閣本補。

哀余生之不當兮，獨蒙毒而逢尤(一)。言哀我之生，不當昭明之世，舉賢之時，獨蒙苦毒而遇罪過也。**疏曰：**(一)尤，叶宜。雖謇謇以申志兮，君乖差而屏(一)之。言己雖竭忠謇謇，以重達其志，君心[①]乃乖差而不與我同，故遂屏棄而不見用也。謇，一作蹇。差，一音楚嫁切。**疏曰：**(一)屏，音丙，放棄也。

校勘記：①“心”，原脱，今據李刻本、明翻宋本、汲古閣本補。

誠惜芳之菲菲兮，反以兹爲腐(一)也。腐，臭也。言己自惜被服芳香，菲菲而盛。君反以此爲腐臭不可用。一無“也”字。**疏曰：**(一)腐，叶否。懷椒聊之蔎蔎兮，在衣曰懷。椒聊，香草也。《詩》曰：椒聊(一)且蔎。蔎，香貌。蔎，一作藹。一注云：在袖曰懷。［補］曰：蔎，桑葛切。《集韻》引此。**疏曰：**(一)椒聊，即椒，俗曰花椒。此句見《詩·唐風·椒聊》篇。乃逢紛以罹詬也。言己懷持椒聊，其香蔎蔎，身修行潔，動有節度，而逢亂世，遂爲讒佞所害而見恥辱也。罹，一作離。詬(一)，一作詾(一)。一本句末無“也”字。［補］曰：詬，呼[①]候切。**疏曰：**(一)詬、詾同。

校勘記：①“呼”上，原衍“音”字，今據李刻本、明翻宋本、汲古閣本删。

歎曰：嘉皇既歿[①]，終不返兮，嘉，美也。皇，君也。以言懷王不用我謀，以歿於秦，遂死而不歸，終無遺命使己得還也。**疏曰：**此指懷王誤。己指屈原，前後皆誤，已見前疏。

又曰：即前文加以哀吟，實覺其命可愍。

校勘記：①“歿”，原作“没”，今據李刻本、明翻宋本、汲古閣本改。下文“以歿於秦”同此。

山中幽險，郢路遠兮。言己被放在此山澤深險之處，去我郢道甚遼遠也。

讒人諓諓，孰可愬兮。諓諓，讒言貌也（宜删）。《尚書》曰：諓諓靖言。言讒人諓諓，承順於君，不可告以忠直之意也。［補］曰：諓，音翦，巧言也。**疏曰：**靖，與竫同，細也，音静。“諓諓靖言”，按《尚書》無此句，《説文句讀》卷二十四作：“《周書》曰：‘戔戔巧言。’”注曰：“《秦誓》‘截截善諞言’，言部引之。《公羊傳》作‘諓諓善竫言’，王逸注《九歎》引作‘諓諓靖言’。戔戔又諓諓之省，巧蓋諞字。”據此則此言即《秦誓》句也。[①]征夫罔極，誰可語兮。言己放逐遠行，憂愁無極，衆皆佞諛，不可與語忠信也。

校勘記：①此句上頁眉戴之麟題校補時地云：戊子七月二日下午，球驪補録。

行唫[(一)]累欷，聲喟喟兮。欷，歎貌。喟，歎聲也。累[(二)]，一作絫[(二)]，一作纍[(二)]。**疏曰：**（一）唫，同吟。（二）累、絫、纍同。懷憂含戚，一云：心懷憂戚。何侘傺兮。言己行常歌唫，增歎累息，懷憂含戚，悵然侘傺而失意也。［補］曰：上丑加、下[(一)]丑利切。**疏曰：**（一）下，上聲。[①]

校勘記：①此句上頁眉戴之麟題校補時地云：己丑四月五日上午，終校新庭。

思　古

冥冥深林兮，樹木鬱鬱。山參差以嶃巖兮，阜杳杳以蔽日。言己放在中[①]野，處於深林冥冥之中，山阜高峻，樹木蔽日，望之無人，但見鳥獸也。參差[(一)]，一作嵾嵳[②(一)]。**疏曰：**（一）參差、嵾嵳同。

校勘記：①"中"，原誤作"中"，今據李刻本、明翻宋本、汲古閣本改。②"嵾嵳"，明翻宋本、汲古閣本作"嵾嵾"。以下文疏證曰"參差、嵾嵳同"，今不改。

悲余心之悁悁兮，一作悄悄。目眇眇而遺泣。遺，墮也。言己居於山林，心中愁思，目視眇眇而泣下墮也。風騷屑以摇木兮，騷屑，風聲貌。雲[①]吸吸以湫戾。吸吸，雲動貌也（宜删）。湫戾，猶卷戾也。言己心既憂悲，又見疾風動摇草木，其聲騷屑，浮雲吸吸卷戾而相隨，重[②]愁思也。湫，一作啾。戾，一作淚。［補］曰：湫，子小切。戾，力結切，曲也。

无三欠一生曰：此上言以觸時發思古之幽情。

校勘記：①"雲"，原誤作"霧"，今據李刻本、明翻宋本、汲古閣本改。②"重"，原誤作"並"，今據李刻本、明翻宋本、汲古閣本改。

悲余生之無歡兮，愁倥傯於山陸。倥傯，猶困苦也。言悲念我之生，遭遇亂世，心無歡樂之時，身常困苦於山陸之中也。［補］曰：倥傯，苦貢、走貢二切，困苦也。又音孔傯，事多也。旦徘徊於長阪兮，夕仿偟而獨宿。言己旦起徘徊，行於長阪之上，夕暮獨宿山谷之間，憂且懼也。

髮披披以鬤鬤兮，披披、鬤鬤[①]，解亂貌也。鬤，古本作㔩。［補］曰：鬤，而羊切。驃，匹昭切。躬劬勞而瘏悴。劬，亦勞也。《詩》云：劬勞于野(一)。瘏，病也。《詩》云：我馬瘏矣(二)。言己履涉風露，頭髮解亂，而身罷(三)病也。［補］曰：瘏，音徒。**疏曰：**（一）“劬勞于野”，見《詩·鴻雁》篇。（二）“我馬瘏矣”，見《詩·卷耳》篇。（三）罷，同疲，音皮。魂俇俇而南行兮，俇俇，惶遽之貌。魂，一作魂。行，一作征。［補］曰：俇，具往切。泣霑襟而濡袂。袂，袖也。言己中心憂戚，用志不安，魂𩳁俇俇，惶遽南行，悲感②外發，涕泣交下，霑衣袖也。濡，一作掩。

校勘記：①“鬤鬤”，原誤作“蘘蘘”，今據李刻本、明翻宋本、汲古閣本改。②“感”，原誤作“戚”，今據李刻本、明翻宋本、汲古閣本改。

心嬋媛而無告兮，口噤閉而不言。閉口爲噤也。言己愁思，心中牽引而痛，無所告語，閉我之口不知所言，衆皆佞僞，無可與謀也。［補］曰：噤，巨蔭切。違郢都之舊閭兮，閭(一)，里(二)。**疏曰：**（一）閭，吕平聲，古者二十五家爲閭。又里門也，二十五家侣居，名其閭門曰閭，約如今漢口里分狀況。（二）里下宜加“也”字。回湘沅而遠遷。言己放逐，去我郢都故閭，回於湘、沅之水而遠移徙，失其所之也。回，一作過①。

又曰：此上言原爲古賢，爲時不用，處於荒遠之可憐。

校勘記：①“過”，原誤作“迴”，今據李刻本、明翻宋本、汲古閣本改。

念余邦之横陷兮，［補］曰：横，户孟①切。宗鬼神之無次(一)。同姓爲宗。次，第也。言我思念楚國任用讒佞，將横陷危殆，己②之宗族先祖鬼神，失其次第而不見祀也。**疏曰：**（一）次，宜叶癡。閔先嗣之中絶兮，嗣，繼(一)。**疏曰：**（一）繼下宜加“也”字。心惶惑而自悲。言己傷念先祖，乃從屈瑕(一)建立基功，子孫世世承而繼之，至於己身而當中絶，心爲(二)惶惑，内自悲哀也。**疏曰：**（一）瑕，春秋楚武王時大夫。（二）爲，去聲。

校勘記：①“孟”，原作“猛”，今據李刻本、明翻宋本、汲古閣本改。②“己”上，原衍“知”字，今據李刻本、明翻宋本、汲古閣本删改。

聊浮游於山陘兮，陘，山側也。[補] 曰：與峽同。步周流於江畔(一)。畔，界(二)。**疏曰：**(一) 宜叶潘。(二) 界下宜加“也”字。臨深水而長嘯兮，且倘佯而氾觀。氾，博也。言己憂愁不能寧處，出升山側，游戲博觀，臨①水長嘯，思念楚國而無解②已也。[補] 曰：倘，音常。氾，音泛。

校勘記：①“臨”，原誤作“涉”，今據李刻本、明翻宋本、汲古閣本改。②“解”，原誤作“能”，今據李刻本、明翻宋本、汲古閣本改。

興《離騷》之微文兮，冀靈修之壹悟。還余車於南郢兮，復往軌於初古。軌，車轍也。《月令》(一)曰：車同軌。言己雖見放逐，猶興《離騷》之文以諷諫其君，冀其心一寤，有命還己，己復得乘車周行楚國，修古始之轍跡也。[補] 曰：“車同軌”(二)，今《中庸》文也。古，音故。**疏曰：**(一)《月令》，《禮記》第六篇名，篇内無“車同軌”句。(二)“車同軌”，見《中庸》第二十八章。《禮記》中載有《中庸》，故補曰“今《中庸》文也”。

道修遠其難遷兮，傷余心之不能已。言己後或歸郢，其路長遠，誠難遷徙，然我心中想①念於君，不能已也。背三五之典刑兮，典，常(一)。刑，法(一)。**疏曰：**(一) 常、法下宜各加“也”字。絶《洪範》之辟紀。《洪範》，《尚書》篇名，箕子所爲武王陳五行之道也。言君施行，背三皇五帝之常典②，絶去《洪範》之法紀，任意妄爲，故失道也。[補] 曰：辟，婢亦切。

校勘記：①“想”，原誤作“懸”，今據李刻本、明翻宋本、汲古閣本改。②“典”，原誤作“道”，今據李刻本、明翻宋本、汲古閣本改。

播規榘以背度兮，播，棄(一)。**疏曰：**(一) 棄下宜加“也”字。錯權衡而任意。錯，置也。衡，稱也，所以銓(一)物輕重也。言君棄先王之法度而不奉①循，猶置衡稱不以量(二)物，更任其意而商輕重，必失道徑、違人情也。[補] 曰：錯，七故切。意有臆②音。**疏曰：**(一) 銓，音全，衡也，量也。(二) 量，平聲。操繩墨而放棄兮，傾(一)容(二)幸而侍側。側，旁也。言賢者執持法度而見放棄，傾頭容身讒諛之人，反得親近侍於旁側也。幸，一作達③。**疏曰：**（一）傾，邪也。（二）容，容悦也。謂傾邪容悦之人也。

校勘記：①“奉”，原誤作“率”，今據李刻本、明翻宋本、汲古閣本改。②“臆”，原誤作“憶”，今據李刻本、明翻宋本、汲古閣本改。③“達”，原誤作“連”，今據李刻本、明翻宋本、汲古閣本改。

甘棠枯於豐草兮，甘棠（一），杜也。《詩》云：蔽芾（二）甘棠。［補］曰：《爾雅》：杜，甘棠。注云：今之杜棃①。**疏曰：**（一）甘棠，即棠梨，俗名野梨。落葉亞喬木，枝幹似梨，葉作卵形，有鋸齒，春初開小白花，實如楝實，稍小，味甘酸可食，園藝家常以此樹接梨。（二）蔽芾，小貌。《家語》芾作菲，芾音沸。“蔽芾甘棠”句，見《詩·甘棠》篇。藜棘樹（一）於中庭。堂下謂之庭。言甘棠香美之木，枯於草中而不見御，反種蒺藜（二）（三）棘（四）刺之木滿於中庭（五），以言遠（六）仁賢近讒賊也。**疏曰：**（一）樹，栽種也。（二）蒺藜，見前《七諫·怨思》“蒺藜蔓乎東厢”疏。（三）藜，見前《九歎·逢紛》“顔黴以沮敗兮”疏。②（四）棘，見前《天問》“負子肆情”疏。二物與蒺藜異，此將藜解蒺藜，棘解爲刺欠合。（五）庭，俗曰天井。（六）遠，去聲。西施斥於北宫兮，仳倠倚於彌楹。西施，美女也。仳倠，醜女也。彌，猶徧也。楹，柱也。言西施美好，棄於後宫不見進御，仳倠醜女，反倚立徧兩楹之間，侍左右也。［補］曰：仳，步浼；倠，虎猥切。又：仳音毗。倠，呼維切。《説文》云：醜面也。《淮南》注云：仳倠，古之醜女，音靡也。

校勘記：①“棃”，明翻宋本、汲古閣本作“梨”。②此句上頁眉戴之麟題校補時地云：丁亥六月九日午前，韓左个。

烏獲戚而驂乘兮，燕公操於馬圉。烏獲，多力士也。燕（一）公，邵公也。封於燕，故曰燕公也。養馬曰圉。言與多力烏獲同車驂乘，令仁賢邵公執役養馬，失其宜也。［補］曰：《孟子》曰：舉烏獲之任（二）。許慎云：秦武王之力士。**疏曰：**（一）燕，音煙，有二：曰南燕，姞姓，國名，在今河南衛輝府汲縣；曰北燕，姬姓，國即召公始封，後奄有今奉天、直隸及朝鮮北部之地，後滅於秦。（二）“舉烏獲之任”，見《孟子》

下《告子下》章。蒯聵登於清府兮，咎繇(一)棄而在壄(二)。蒯聵，衛靈公太子也，不順其親，欲害其後母。清府，猶清廟也。言使蒯聵無義之人，登於清廟而執綱紀①，放棄聖人咎繇於外野，政必亂，身危殆也。一作棄於壄外。一作外野。［補］曰：蒯，苦怪；聵，五怪切。**疏曰：**（一）咎繇，即皐陶，虞舜五臣之一。（二）壄，古野字，叶與。

校勘記：①"綱紀"，原誤作"紀綱"，今據李刻本、明翻宋本、汲古閣本改。

蓋見兹以永歎兮，以，一作而。欲登階而狐疑。言己見君親愛惡人，斥逐忠良，誠欲進身登階，竭盡謀慮，意中狐疑，恐遇患害也。椉①白水而高鶩兮，椉，一作乘。因徙弛(一)而長辭。言己恐登階被害，欲乘白水高馳而遠游，遂清潔之志，因徙弛(二)卻退而長訣也。弛，一作弛，一作施。**疏曰：**（一）弛，音豕。（二）徙弛，約同徙倚，低佪也。

又曰："復往軌於初古"以上，言見原騷賦，不禁動其思古之幽情。此上言楚王知賢不用，古今如出一轍，以見古益可思。

校勘記：①"椉"上，原衍"身"字，今據李刻本、明翻宋本、汲古閣本删。

歎曰：倘佯(一)壚(二)阪(三)，沼水深兮。倘佯，山名也。壚，黄黑色土也。沼，池也。《詩》云：王在靈沼(四)。言倘佯之山，其阪土玄黄，其下有池，水深而且清，宜以避世而長隱身也。［補］曰：《説文》：壚，黑剛土也。**疏曰：**（一）倘佯山，無考。當解作低佪，謂低佪於黑剛之山阪也，且以下句"容與"句按之尤合。（二）壚，音盧。（三）阪，音反，與坂同，山坡也。（四）"王在靈沼"，見《詩·靈臺》篇。

又曰：此歎韻末皆煞以虚字，以極致望古之思。

容與漢渚，涕淫淫(一)兮。漢(二)，水名也。《尚書》曰：嶓冢導漾(三)，東流爲漢。言己將欲避世，游戲漢水之岸，心中哀悲而不能去，涕流淫淫也。**疏曰：**（一）淫淫，流貌。又往來貌，又增進貌。（二）漢，見前《九歌・湘君》“使江水兮安流”疏。（三）“嶓冢”二句，見《尚書・禹貢》。嶓冢，見前《九歌・東君》“操余弧兮[1]反淪降”疏。以此句容與解作游戲證之，益見倘佯之非山名。

校勘記：①“兮”，原脱，今據前文補。

鍾牙（一）已死，誰爲聲兮？鍾，鍾子期。牙，伯牙也。言二子曉音，今皆已死，無知音者，誰爲（二）作善聲也。以言君不曉忠信，亦不可爲（二）竭謀盡誠也。**疏曰：**（一）鍾牙，見前《七諫・謬諫》“伯牙之絶絃兮”疏。（二）各“爲”字皆去聲。[1]纖阿不御，焉（一）舒情兮？纖阿，古善御者。言纖阿不執轡而御，則馬不爲（二）盡其力。言君不任賢者，賢者[2]亦不盡其節。**疏曰：**（一）焉，音煙。（二）爲，去聲。

校勘記：①此句上頁眉戴之麟題校補時地云：丁亥六月九日午前，韓左个。②“者”，原脱，今據李刻本、明翻宋本、汲古閣本補。

曾哀悽欷，心離離兮。離離，剥（一）裂貌。**疏曰：**（一）剥，音博。還顧高丘，泣如灑兮。言己不遭明君，無御用者，重（一）自哀傷，悽愴累息，心爲剥裂，顧視楚國，悲慼[1]泣下，如以水灑地也。［補］曰：灑，所宜切。**疏曰：**（一）重，平聲，解上首句“曾”字。

校勘記：①“慼”，原作“戚”，今據李刻本、明翻宋本、汲古閣本改。

遠　游游，一作逝。

悲余性之不可改兮，屢（一）懲艾而不遂。言己體受忠直之性，雖數（二）爲讒人所懲艾，而心終不移易也。艾，一作忞，一作苾（三）。遂，一作移。［補］曰：艾、忞，並音乂。遂，遷徙也，通作移。**疏曰：**（一）屢，音吕。（二）數，音朔，不一次也。（三）苾字無考。服覺晧以殊俗兮，覺（一），較也。《詩》云：有覺德行（二）。晧，猶明也。晧，一作浩，一作酷，注並同。**疏曰：**（一）覺、較，並音教，明也。（二）“有覺”句，見《詩·抑》篇。貌揭揭以巍巍。揭揭，高貌也（宜删）。巍巍，大貌也（宜删）。言己被服衆芳，履行忠正，較然盛明，志願高大，與俗人異也。巍，《釋文》作魏(一)，音危。[補] 曰：揭，居謁切。**疏曰：**（一）魏，本音謂，高也。本作巍。①

校勘記：①此句上頁眉戴之麟題校補時地云：戊子四月二十六日上午，救左終校。戊子九月十四日上午，地同。己丑四月五日上午，新庭又。己丑九月十日午後。

譬若王僑之乘雲兮，載赤霄(一)而淩太清。言己志意高大，上切於天，譬若仙人王僑乘浮雲載赤霄，上淩太清，游天庭也。淩，一作凌。**疏曰：**（一）霄，音宵，天空之境也。又日旁氣也。欲與天地參壽兮，一無“欲”字。與日月而比榮。言己①修行衆善，冀若仙人王僑得道不死，遂與天地同其壽命，與日月比其光榮，流名於後世，不腐滅也。一無“而”字。

校勘記：①“己”，原誤作“我”，今據李刻本、明翻宋本、汲古閣本改。後文凡作“我”而他本皆作“己”者，徑改不出校。

登崑崙而北首兮，首，鄉(一)。[補] 曰：首，音狩。**疏曰：**（一）鄉下宜加“也”字。悉靈圉而來謁。悉，盡也。靈圉，衆神也。言己設得道輕舉，登崑崙之上，北向天門，衆神盡來謁見，尊有德也。圉，《釋文》作圄。[補] 曰：並魚吕切。《大人賦》(一)云：悉徵靈圉而選之兮。張揖曰：靈圉，衆仙號也。《淮南》云：騎蜚廉而從敦圄(二)。注云：敦圄，仙人名。郭璞云：靈圉、淳圉，仙人名也。**疏曰：**（一）《大人賦》，司馬相如作。（二）“騎蜚廉”句，見《淮南子》卷二《俶真訓》。選鬼神於太陰兮，登閶闔於玄闕。言己乃選擇衆鬼神之中行忠①正者，與俱登於天門，入玄闕，拜天皇，受勑(一)誨也。**疏曰：**（一）勑，音飭，戒令也。

校勘記：①“忠”，原誤作“中”，今據李刻本、明翻宋本、汲古閣本改。

回朕車俾西引兮，褰虹旗於玉門。褰(一)，袪也。玉門，山名也。言乃旋我之車而西行，褰舉虹旗，驅① 上(二) 玉門(三) 之山，以趣疾也。**疏曰：**（一）褰，音愆，同搴，揭也。謂揭虹旗也。（二）上，上聲。（三）玉門，古關名，在龍勒縣西，爲西域門户。按：在今甘肅敦煌縣西一百五十里，陽關之西北，古爲通西域要道，關殆因山爲名。馳六龍於三危兮，三危(一)，西方山也。**疏曰：**（一）三危，見前《天問》“三危安在②”疏。朝西靈於九濱。朝(一)，召也。濱，水涯也。言乃馳騁六龍，過於三危之山，召西方之神，會於大海九曲之涯也。西，一作四。**疏曰：**（一）朝，音潮。臣見君曰朝，引申之謁見尊敬之人亦曰朝。此謂朝見西靈於九濱之地也。

校勘記：①“驅”，原脱，今據李刻本、明翻宋本、汲古閣本補。②“在”，原誤作“只”，今據前文改。

結余軫於西山兮，横飛谷以南征。結，旋也。飛谷，日所行道也。言乃旋我車軫，横度飛泉之谷以南行① 也。軫，一作車。絶都廣以直指兮，都廣(一)，野名也。《山海經》曰：都廣在西南(二)，其城方三百里，蓋天地之中也。［補］曰：《淮南》曰：建木在都廣(三)，蓋天地之中也。注云：都廣，南方山名。又曰：八殯之外有八紘②。南方曰都廣。注云：國名，山在此國，因復曰都廣山。**疏曰：**（一）都廣，《山海經》卷十八《海内經》謂在“西南黑水之間”。磒，《字典》無此字，有殯字，音寅，引《淮南子・地形》篇“九州之外，乃有八殯。八殯之外，乃有八紘”，《註》：“殯，猶遠也。”（二）“都廣在西南”諸句，《山海經》卷十八《海内經》第七欵云“西南黑水之間，有廣都之野”二句，此殆其所撮録。“其城”以下諸句，乃分注。③（三）“建木”句，見《淮南》四《墬形訓》。歷祝融於朱冥④。朱，赤色也。言己行乃横絶於都廣之野，過(一) 祝融之神於朱冥之野也。［補］曰：《莊子》曰：南冥者(二)，天池也。傳(三) 曰：南海之神曰祝融。**疏曰：**（一）過，平聲。（二）“南冥者”句，見《莊子・逍遥游》篇。（三）傳，去聲。

旡三欠一生曰：以上言原初志不達，故欲遠游，尚係統言；四方以下方分言。

校勘記：①“行”，原誤作“征”，今據李刻本、明翻宋本、汲古閣本改。②“紘”，原誤作“紘”，今據李刻本、明翻宋本、汲古閣本改。③此句上頁眉戴之麟題校補時地云：丁亥七月一日午前，韓左个。④“冥”，原誤作“明”，今據李刻本、明翻宋本、汲古閣本改。下“過祝融之神於朱冥之野也”同此。

枉玉衡於炎火兮，枉，屈也。衡，車衡也。委兩館于咸唐。委，曲也。館，舍也。咸唐，咸池也。言己從炎火，又曲意至於咸池，而再舍止宿也。貫澒濛以東朅兮，澒濛，氣也。朅，去也。澒，一作鴻。［補］曰：澒、鴻，並乎孔切。濛，蒙孔切，大水也。朅，丘[①]列切。維六龍於扶桑。言遂貫出澒濛之氣而東去，繫六龍於扶桑(一)之木。扶，一作榑。［補］曰：《春秋命歷序》(二)曰：皇伯登扶桑日之陽，駕六龍以上下。**疏曰：**（一）扶桑，見前《九歌·東君》“照吾檻兮扶桑”疏。（二）《春秋命歷序》，明孫瑴《古微書·春秋緯》十六部之一。《古微書》，詳前《離騷[②]》“雷師告余以未具”句疏。

校勘記：①“丘”，原誤作“上”，今據李刻本、明翻宋本、汲古閣本改。②“離騷”，原誤作“遠游”，今據前文改。

周流覽於四海兮，志升降以高馳。言己既周行徧於四海之外，意欲上(一)下高馳，以求賢士也。升(二)，一作陞(二)。**疏曰：**（一）上，上聲。（二）升、陞同。徵九神於回極兮，徵，召也。回，旋也。極，中也。謂會北辰之星於天之中也。建虹采以招指(一)。虹，采旗也。招指，指麾(二)也。旗，所以招指[①]語人也。言己乃召[②]九天之神，使會北極之星，舉虹采以指麾四方也。一作采虹。**疏曰：**（一）指，宜叶之。（二）麾，音義同揮。

校勘記：①“指”，原誤作“摇”，今據李刻本、明翻宋本、汲古閣本改。②“召”，原作“招”，今據李刻本、明翻宋本、汲古閣本改。

駕鸞鳳以上(一)游兮，從(二)玄鶴與鷦明(三)。鷦明，俊鳥也。**疏曰：**（一）上，上聲。（二）從，去聲。（三）明，叶茫。鷦明，見下句疏。孔鳥飛而送迎兮，一作庭迎。騰羣鶴於瑶光。鶴，靈鳥也，以喻潔白之士。言己乃駕乘鸞鳳明智之鳥，從(一)鷦明(二)羣鶴潔白之士，過於瑶光之星，質己修行之要也。鶴，一作鵠。瑶，一作摇。一注云：鶴，白鳥也。［補］曰：瑶光，北斗杓星也。**疏曰：**（一）從，去聲。（二）鷦明，鳳也。鷦，一作焦。

排帝宫與羅囿兮，羅囿，天苑（一）。**疏曰：**（一）苑下宜加“也”字。升縣[①]圃以眩滅（一）。言遂排開天帝之宫，入其羅囿，出升縣圃之山而望，目爲（二）炫燿[②]，精明消滅，心愁思也。升，一作陞。縣（三），一作懸（三）。［補］曰：縣，音玄。**疏曰：**（一）滅，叶密。（二）爲，去聲。（三）縣、懸，古通用。結瓊枝以雜佩兮，立長庚以繼日。長庚（一），星名也。《詩》云：西有長庚（二）。言己精明雖消滅，猶結玉枝[③]，申[④]修忠誠，立長庚之星，以繼日光，晝夜長行，志意明也。一作繼曜。**疏曰：**（一）長庚，即金星也。亦名太白，晨起東方曰啓明，昏見西方曰長庚，實即一星也。八大行星之第二星，其軌道在水星與地球之間，自地球視之最明，故亦名明星。（二）“西有”句，見《詩·大東》篇。

校勘記：①“縣”，原誤作“玄”，今據李刻本、明翻宋本、汲古閣本改。②“炫燿”，原作“眩耀”，今據李刻本、明翻宋本、汲古閣本改。③“枝”，原誤作“樹”，今據李刻本、明翻宋本、汲古閣本改。④“申”，原誤作“思”，今據李刻本、明翻宋本、汲古閣本改。

淩驚靁（一）以軼駭（二）電兮，一無“以”字。［補］曰：軼，音佚。**疏曰：**（一）靁，古雷字。（二）駭，音海。綴鬼谷於北辰。綴，係也。北辰，北極星也。《論語》曰：譬如北辰（一），居其所而衆星拱之。言遂淩乘驚駭之雷，追逐奔軼之電，以至於天，使北辰係綴百鬼，勿令害賢者也。鬼谷，一作百鬼。**疏曰：**（一）“譬如”二句，見《論語》上《爲政》篇。拱，《論語》作共，同拱，向也。鞭風伯使先驅兮，因靈玄於虞淵。

遡高風以低佪兮，遡，一作泝。一云：遡（一）高風以徘徊。［補］曰：泝、遡一也。泝，向也，逆流而上（二）曰泝洄（三）。**疏曰：**（一）遡，音索，溯同。（二）上，上聲。（三）洄，音回，水流貌。覽周流於朔方。靈玄，玄帝也。虞淵，日所入也。《淮南》言日出湯谷（一），入于虞淵。言乃鞭風伯使之埽塵，因玄帝之神使無陰冥，周徧流行於北方也。**疏曰：**（一）“日出”二句，見《淮南子》十七《説林訓》。就顓頊而陳辭兮，考玄冥於空桑。空桑(一)，山名也。玄冥，太陰之神，主刑殺也。言乃就聖帝顓頊，陳列己辭，考問玄冥之神於空桑之山，何故害賢也。**疏曰：**（一）空桑，今河南杞縣西有空桑城，伊尹生於此，見《寰宇記》。

又曰：此上言遠游北方。

旋車逝於崇山兮，崇山(一)，驩兜所放山也。逝，一作游。**疏曰：**（一）崇山，在今湖南大庸縣西南，《通典》：“澧陽縣有崇山，即放驩兜之所。”按：澧陽即今澧縣治。奏虞舜於蒼梧。言己從崇山見驩兜，以佞故囚，至蒼梧告愬聖舜，己行忠直，而遇斥棄，冀蒙異謀也。虞，一作帝。浛(一)楊舟於會稽兮，楊，木名也。《詩》云：汎汎楊舟(二)。會稽，山名也。浛，一作濟。**疏曰：**（一）浛，古濟字。（二）“汎汎”句，見《詩·采菽》篇。就申胥於五湖。湖，大池也。言己復乘楊木之輕舟，就伍子胥於五湖之中，問志行之見者也。一本揖大禹於江濱。一注：伍子胥作申包胥。然上文有申子，注云子胥(一)也。**疏曰：**（一）作子胥是，以子胥有沈尸事，吴王曾封子胥於申也。①

校勘記：①此句上頁眉戴之麟題校補時地云：七月十四日，韓庭。

見南郢之流風兮，殞余躬於沅湘。言還見楚國風俗，妬害賢良，故自沈於沅、湘而不悔也。望舊邦之黯黮兮，黯黮，不明貌也（宜删）。邦，一作鄉。［補］曰：黯，烏感；黮，都感切。時溷濁其猶未央。言己望見故國，君闇不明，羣下(一)貪亂，其化未盡，心憂愁也。一無“其”字。**疏曰：**（一），下，上聲。

又曰：此上言遠游南方。

懷蘭茝之芬芳兮，妬被離而折之。言己懷忠信之行，故爲衆佞所妬，欲共被離摧折而棄之也。被(一)，一作披(一)。［補］曰：被，音披。**疏曰：**（一）被，義亦同披。張絳(一)帷以襜襜兮，風邑邑而蔽之。邑邑，微弱①貌也（宜删）。言君張朱帷，襜襜(二)鮮(三)明，宜與賢者共處(四)其中，而政令微弱，適以自蔽者也。**疏曰：**（一）絳，音降，赤色也。（二）襜襜，摇動貌，又温文爾雅也，音憺。（三）鮮，平聲。（四）處，上聲。

校勘記：①“弱”，原誤作“風”，今據李刻本、明翻宋本、汲古閣本改。

日暾暾其西舍兮，其，一作而。陽焱焱而復顧。言日暾暾西下，將舍入太陰之中，其餘陽氣，猶尚焱焱，而顧欲還也。以言己年亦老暮，亦思還返故鄉也。焱，一作炎。［補］曰：暾，他昆切。焱，火華也，音琰。炎，音同。聊假日以須臾兮，何騷騷(一)而自故。言己思年命欲暮，願且假日游戲須臾之間，然中心愁思如故，終不解也。故，一作苦。**疏曰：**（一）騷騷，急疾之貌，又風動貌，音繅。

又曰：此上言遠游西方。

歎曰：譬彼蛟龍，乘雲浮兮。一云：譬彼雲龍。無“乘雲浮兮”一句。一云：乘雲游兮。一云：乘浮雲兮。

又曰：此歎總結上文。

汎淫澒①溶，紛若霧兮。言己懷德不用，譬若蛟龍潛於川澤，忽然乘雲汎淫而游，紛紜若霧，而乃見之也。汎，一作沈。澒，一作鴻。［補］曰：汎淫，已見《九懷》。澒、鴻，並乎孔切。溶，弋孔切。潺湲轇轕，轇，一作膠。［補］曰：轕，音葛。雷動電發，馺高舉兮。言蛟龍升天，其形潺湲，若水之流，縱横轇轕，遂乘雷電而高舉也。以言己亦②想遭明時，舉而進用。［補］曰：馺，素合切。《方言》：馺，馬馳也。注云：疾貌。

校勘記：①“澒”，原誤作“洪”，今據李刻本、明翻宋本、汲古閣本改。②“亦”，原脱，今據李刻本、明翻宋本、汲古閣本補。

升虚淩冥，沛濁浮清，入帝宫兮。言龍能登虚無，淩清冥，棄濁穢，入天帝之宫。言己亦想升賢君之朝(一)，斥去貪佞之人也。升，一作登。沛，一作棄。**疏曰：**（一）朝，音曹。摇翹①奮羽，馳風騁雨，游無窮兮。言龍既升天，奮摇翹羽，馳使風雨。言己亦願奮竭②智謀，以輔事賢君，流恩百姓，長無窮極也。

校勘記：①“翹”，原誤作“翠”，今據李刻本、明翻宋本、汲古閣本改。②“竭”，原誤作“厥”，今據李刻本、明翻宋本、汲古閣本改。

楚辭補注疏卷第十七

九思章句第十七　楚辭

《九思》者，王逸之所作也。逸，南陽人，一作南郡。博雅多覽，讀《楚辭》而傷愍屈原，故爲(一)之作解。又以自屈原終没之後，忠臣介士游覽學者讀《離騷》、《九章》之文，莫不愴然，心爲(二)悲感，高其節行，妙其麗雅。至劉向、王襃之徒，咸嘉其義，一云：咸嘉歎之。作賦騁辭，以讚其志。則皆列於譜録，世世相傳。皮日休(三)《九諷叙》云：屈平既放，作①《離騷經》，正詭俗而爲《九歌》，辨窮愁而爲《九章》。是後辭人摭②而爲之，若宋玉之《九辯》，王襃之《九懷》，劉向之《九歎》，王逸之《九思》，其爲清怨素豔，幽快古秀③，皆得芝蘭之芬芳，鸞鳳之毛羽也。揚雄有《廣騷》，梁竦(四)有《悼騷》，不知王逸奚罪其文，不以二家之述爲《離騷》之兩派也。逸與屈原同土共國，悼傷之情與凡有異。竊慕向、襃之風，作頌一篇，號曰《九思》，以裨其辭。未有解説，故聊叙訓誼(五)焉。一無"叙"字。辭曰：逸不應自爲(六)注解，恐其子延壽之徒爲(六)之爾。

疏曰：（一）（二）均去聲。（三）皮日休，唐襄陽人。能文章，舉進士，與孟浩然隱鹿門山，自號醉士，又曰酒民。與陸龜蒙爲友，有《松林倡和詩集》。（四）後漢松弟，字叔敬。少習《孟氏易》，坐松事徒九真，歷江、湖，濟沅、湘，感悼伍子胥、屈原，作《悼騷賦》。後詔聽還本郡，閉門自養，以經籍爲娱，著書數篇，名曰《七序》。建中初爲竇氏所陷，死獄中。見《中國人名大辭典》一〇〇〇頁十一畫"梁"。④（五）與"義"同。（六）平聲。

校勘記：①"屈平既放，作"，原脱，今據李刻本、明翻宋本、汲古閣本補。②“摭”，原誤作“推”，今據李刻本、明翻宋本、汲古閣本改。③“秀”，原誤作“香”，今據李刻本、明翻宋本、汲古閣本改。④此句上頁眉戴之麟題校補時地云：己丑後七月八日午間。

逢　尤逢，一作見。

悲兮愁，哀兮憂。傷不遇也。天生我兮當闇時(一)，君不明也。**疏曰：**(一)時，當叶頭。被諑譖兮虛獲尤。爲佞人所傷害也。諑，毀也。尤，過也。[補]曰：諑，音卓。

旡三欠一生曰：《九思》分目極有層次，與《七諫》、《九懷》、《九歎》不同，以上歷言所逢皆尤。

心煩憒兮意無聊，愁君迷蔽，忿姦興也。憒，亂也。聊，樂也。[補]曰：憒，音潰。聊，音留(一)。**疏曰：**(一)當曰叶。嚴載駕兮出戲游。將以釋憂憒也。周八極兮歷九州，求賢君也。求軒轅(一)兮索重(二)華(三)。覬(四)遇如黄帝、堯(五)、舜之聖明也。**疏曰：**(一)軒轅，黄帝也。(二)重，平聲。重華，舜名也。(三)華，叶浮，之也①，陰平聲。(四)覬，音冀，望也。(五)原句無堯，加“堯”字非。

校勘記：①按：此“之也”疑戴之麟誤解《説文》“渾言之也”一句。

世既卓兮遠眇眇(一)，去前聖遠然不可得也。卓，遠也。卓，一作逴。[補]曰：逴，音卓。**疏曰：**(一)眇，叶漠。握佩玖(一)兮中路躇。懷寶不舒，悵仿偟也。[補]曰：躇，音除。**疏曰：**(一)玖，音九，石之似玉黑色者。羨(一)咎繇兮建典謨(二)，樂(三)古賢臣遇明君也。咎，一作皋。**疏曰：**(一)羨，慕也。(二)謨，音模，議謀也。如《大禹謨》、《皋陶謨》所載是。(三)樂，音落。懿(一)風后兮受瑞圖。懿，深也。屈原之喻也。風后，黄帝師，受天瑞者也。**疏曰：**(一)懿，美也。愍余命兮遭六極，愍(一)，一作惘(一)。**疏曰：**(一)愍、惘同。六極，窮極惡事也。《書》：“威用六極(二)。一曰凶短折，二曰疾，三曰憂，四曰貧，五曰惡，六曰弱。”又上下四方亦曰六極。(二)“威用六極”，見《尚書·洪範》。委玉質兮於泥(一)塗。見放逐汙辱，若陷泥塗中也。泥，一作埿[一]。**疏曰：**（一）泥、埿同。

又曰：以上言尤既逢，欲求免尤之地而不得。

遽傽遑兮驅林澤，遽，一作遂。傽，一作章[一]，一作慞[一]，一作憒[一]。［補］曰：《集韻①》：傽偟[二]，行不正。**疏曰：**（一）章、慞、憒義通，惟憒音潰。（二）傽偟，同傽遑。步屏營[一]兮行丘阿。憂憒②不知所爲，徒經營奔走也。［補］曰：屏，音并，卑盈切，征伀[二]也。**疏曰：**（一）屏營，惶恐也。（二）征伀，遑遽也。征，音正平聲。伀，音鍾。車軏折兮馬虺頹[一]，驅騁不能寧定，車弊而馬病也。軏，一作軸。［補］曰：《語》云：小車無軏[二]。軏，車轅，耑③持衡者。一作軌，非是。虺，音灰。《集韻》作虺隤[一]。**疏曰：**（一）虺頹，病也。虺隤，音義同。（二）"小車"句，見《論語·爲政》篇。惷悵立兮涕滂沲[一]。憂悴而涕流也。惷，一作贛，一作惆，一作怊。［補］曰：惷，丑江切。贛，音同，視不明也。一曰直視。**疏曰：**（一）沲，同沱。

校勘記：①"集韻"，原脱，今據李刻本、明翻宋本、汲古閣本補。②"憒"，原誤作"慘"，今據李刻本、明翻宋本、汲古閣本改。③"耑"，原誤作"專"，爲承襲李刻本之誤，今據明翻宋本、汲古閣本改。

思丁文兮聖明哲，丁，當也。文，文王[一]也。心志不明，願遇文王時也。**疏曰：**（一）文王，名昌。周王季子，武王父。原爲西伯，武既滅商，追爲王也。哀平差兮迷謬愚。平，楚平王；差，吴王夫差也。平王殺忠臣伍奢，奢子員[一]仕吴以破楚。夫差不用子胥，而爲越所滅也。**疏曰：**（一）員，奢第二子，其長子名尚。吕[一]傅[二]舉兮殷[三]周興，吕，吕望。傅，傅説。兩賢舉用，而二代以興盛也。**疏曰：**（一）吕，周武臣。（二）傅，殷高宗臣説。（三）殷，即商，盤庚遷於殷所改之號，今河南朝歌，音衣斤切。忌嚭專兮郢吴虚。忌，楚大夫費無忌[一]。嚭①，吴大夫宰嚭。虚[二]，空也。忌、嚭佞僞，惑其君而敗，二國空虚。郢，楚都也。嚭，一作噽。［補］曰：普美切。《集韻》從喜。**疏曰：**（一）費無忌，《左傳》忌作極，楚平王臣。（二）虚，同墟，邱墟也。

校勘記：①“嚭”，原作“嚭”，今據李刻本、明翻宋本、汲古閣本改。下“吴大夫宰嚭”同此。

仰長歎兮氣餲結，仰，將訴天也。餲，結也。［補］曰：餲，於結切。《説文》：飰窒也。與噎同。**疏曰：**飰，俗字。訛作餲。悒殟絶兮咶復蘇。憤忿晻絶，徐乃蘇也。殟，《釋文》作愠。咶，一作活，一作恬。蘇，《釋文》作穌①(一)。［補］曰：殟，《廣雅》云：極也，音温。咶，息也，乎刮切。**疏曰：**(一)穌、蘇同，死而復生也。②虎兕争兮於廷中，廷，朝(一)廷也。虎兕，惡獸，以喻姦臣。**疏曰：**(一)朝，音曹。豺狼闘兮我之隅。隅，旁也。言衆佞辯③争，常在我傍(一)也。**疏曰：**(一)傍，宜作旁。傍，依傍也。

又曰：此上言本欲免尤，不得，而益逢尤。

校勘記：①“穌”，原誤作“穌”，今據李刻本、明翻宋本、汲古閣本改。②此句上頁眉戴之麟題校補時地云：丁亥六月七日午後，韓左个。③“辯”，原誤作“辨”，今據李刻本、明翻宋本、汲古閣本改。

雲霧會兮日冥晦，衆僞蔽君，如雲霧之隱日，使不可得見也。飄風起兮揚塵埃(一)。回風爲飄，以喻小人造設姦僞，賊害仁賢，爲君垢穢，如回風之起塵埃也。**疏曰：**(一)埃，宜叶余。走𠔃罔兮乍東西，動觸諂毁，東西趣走。一作𠔃党(一)，一作暢党。一本云：党，敞音，又主尚切。［補］曰：《集韻》有党，敞、尚二音，距也，蹋也。有党，音餉，正也。**疏曰：**(一)党，音撑，與掌、撑同。“有党”下“敞、尚二音”，“二”字宜改“三”字方合。①欲竄伏兮其焉(一)如。無所逃難。**疏曰：**(一)焉，音煙。念靈閨兮隩重(一)深，靈，謂懷王閨闥②也。言欲訴論，輒爲羣邪所逆，不能得通達。隩(二)，一作奥(二)，一作窈。**疏曰：**(一)重，平聲。(二)隩、奥同，隱也。靈謂指懷王亦非，另見論著。願竭節兮隔無由(一)。**疏曰：**(一)由，宜叶虞。

校勘記：①此戴之麟誤以爲党有堂、敞、尚三音，非是。②“闥”，明翻宋本、汲古閣本作“閤”。

望舊邦兮路逶隨，逶隨，迂遠也。近而障隔，則與迂遠同也。逶，一作委。憂心悄兮志勤劬(一)。悄，猶慘也。劬，勞也。志，一作以。［補］曰：悄，子小切。**疏曰：**（一）劬，音瞿，宜叶勞。冤煢煢兮不遑寐，冤，一作魂。目脈脈兮寤終朝。脈脈，視貌也。終朝，自旦及夕，言通夜不能瞑也。脈，一作脉，一作眩。［補］曰：脈，目財(一)視貌，音脉。**疏曰：**（一）原本"財"字恐誤。

又曰：此上言尤既難免，惟有不遑假寐，冀君或有免日也。

怨 上

令尹兮謷謷，令尹，楚官掌政者也。謷謷，不聽話言而妄語也。［補］曰：謷，五高切。羣司兮譨譨。羣司，衆僚。譨譨，猶愢愢也。言皆競於佞也。羣，一作群(一)。［補］曰：譨譨，多言也，奴侯切。**疏曰：**（一）群，俗字。

旡三欠一生曰：此承上文，言尤不得免，惟有怨上之不明。起四句皆怨之由。

哀哉兮淈淈，淈淈，一國並亂也。［補］曰：淈，音骨。上下(一)兮同流。君臣俱愚，意無別也。**疏曰：**（一）下，上聲。

菽(一)藟兮蔓衍，菽藟，小草也。蔓(二)衍，廣延也。［補］曰：菽，《釋文》音焦。藟，力水切。**疏曰：**（一）菽，音叔，豆之總名。（二）蔓，草名。又纏繞也。藟[①]，又與蕾通，花苞也。芳藭兮挫(一)枯。藭，香草名也。挫枯，棄不用也。［補］曰：藭，許苗切。《本草》：白芷，一名藭。《説文》：楚謂之蘺，晉謂之藭，齊謂之茝。**疏曰：**（一）挫，音初去聲，折也。[②]朱紫兮雜亂，曾莫兮別諸。君不識賢，使紫奪朱，世無別知之者。[③]

校勘記：①"藟"，原脱，今據上下文意補。②此句上頁眉戴之麟題校補時地云：戊子二月一日夜，韓正寢。③此句上頁眉戴之麟題校補時地云：戊子四月二十六日六時，縣中終校。己丑九月十日午後。

倚此兮巖穴，退遁逃也。永思兮窈悠。長守忠信，念無違而塗悠遠也。悠，一作窕。嗟懷兮眩惑，懷(一)，懷王也。爲衆佞所欺曜(二)，目盡迷瞀。**疏曰：**(一)懷，非懷王，另詳論著。(二)曜，宜作眩。用志兮不昭(一)。獨行忠信，無明己者。昭，一作照。**疏曰：**(一)昭，宜叶周。[1]

校勘記：①此句上頁眉戴之麟題校補時地云：庚寅三月二十九日上午。

將喪兮玉斗，遺失兮鈕(一)樞(二)。鈕樞，所以校玉斗(三)，玉斗既喪，將失其鈕樞。言放棄賢者逐去之。一注云：鈕樞、玉斗，皆所寶者。［補］曰：《釋文》：鈕，女有切。一作劍，非是。**疏曰：**(一)鈕，音狃，印鼻也。謂提攜之處，凡物鉤固者皆曰鈕。(二)樞，宜叶收。樞，又户樞也，俗曰門轉榫。(三)玉斗，酒器。我心兮煎熬，惟是兮用憂。熬，亦煎也，憂無已也。煎熬，一作熬鬻。《釋文》作敖。［補］曰：並音炒。

又曰：以上言懷王信讒，必致失國，由憂君國而怨之。

進惡兮九旬(一)，紂爲九旬之飲，而不聽政。惡，一作思。進惡，一作集慕。九旬，一作仇荀。一注云：紂爲長夜之飲。［補］曰：仇荀，謂仇牧(二)荀息(三)也。**疏曰：**(一)旬，十日也。(二)仇牧，見前《惜往日》“或忠信而死節兮”疏。(三)荀息，春秋時晉獻公忠臣。復顧兮彭務。彭，彭咸。務，務光。皆古介士，恥受汙辱，自投於水而死也。復，一作退。務，一作瞀。注同。《釋文》音牟。擬斯兮二蹤，擬，則也。蹤，跡也。言願効此二賢之迹，亦當自沈。未知兮所投。

又曰：此四句言悲之無益，惟有自決。

謠吟兮中壄，未得所死，且仿徨也。壄，一作野。上察兮璇璣。璇，一作旋，一作琁機。［補］曰：北斗魁四星爲璇璣。大火兮西睨，攝提兮運低。璇璣天中，故先察之。大火西流，攝提運下，夜分之候。愁思不寐，起視星辰，以解戚者也。流(一)，一作匿。［補］曰：大火，房心尾也。《晉志》：攝提六星，直(二)斗杓之南，主建時節。**疏曰：**(一)此二句無“流”字，當“睨”字之誤。(二)直，同值，當也。《晉志》，此爲《天文志》，《晉書》各志之一，列《晉書》卷十一，分上、中、下三篇。

雷霆兮硠礚，雷聲。［補］曰：上音郎，下苦蓋切。雹霰兮霏霏。霏霏，集貌。[①]奔電兮光晃，涼風兮愴悽。獨處(一)愁思不寐，見雹電涼風之至，益憂多也。晃，一作照。**疏曰：**（一）處，上聲。

校勘記：①此句上頁眉戴之麟題校補時地云：己丑四月五日午前，圖書館。

鳥獸兮驚駭(一)，相從(二)兮宿棲(三)。言鳥獸驚惶，尚相從就，傷己單獨，心用悲也。**疏曰：**（一）駭，音海。（二）徙，去聲。（三）棲，宿也。鴛鴦兮噰(一)噰，和鳴貌也（宜删）。**疏曰：**（一）噰，音雍，音聲和也。狐狸兮徾徾。相隨貌。［補］曰：徾，《釋文》音眉。一作嶽(一)，非。**疏曰：**（一）嶽，五角切。嶽嶽，長角貌，《前漢·朱雲傳》："五鹿嶽嶽，朱雲折其角。"與此欠合。按：《朱雲傳》見《前漢書·列傳卷三十七》。

哀吾兮介特，介特，獨也。一"吾"下(一)有"子"字。**疏曰：**（一）下，上聲。獨處(一)兮罔依。罔，無也。**疏曰：**（一）處，上聲。螻蛄(一)兮鳴東，蝨蠽(二)兮號西。**疏曰：**（一）螻蛄，害蟲。體長寸餘，褐色，有軟毛，甚短。前翅小，後翅較大，常疊於背，末端細長似尾。前肢頗强，利於掘地。能鳴而跳躍，晝常穴居土中，夜出飛翔，喜就燈火，爲稻麥之害。螻，音樓。蛄，音姑。（二）蝨蠽，食禾稼之蟲也，《詩傳》："食根曰蟊，食節曰賊。"蝨，亦作蟊。蠽，通賊。蝨，音謀。蠽，俗蠿字，音子列切，矛蜩，注："江東呼爲茅截。"

蛓(一)緣兮我裳，蠋(二)入兮我懷。**疏曰：**（一）蛓，音刺，《説文》："毛蟲也。"《爾雅疏》："一名毛蠹，今俗呼爲毛蛓。"（二）蠋，音柱欲切，害蟲，蛾蝶類之幼蟲也，本作蜀。蟲豸兮夾余，惆悵兮自悲。言己獨處(一)山野，與衆蟲爲伍，心悲感也。一作蟊蠽。蛓，一作蠚。懷，一作衣。豸，一作豸。［補］曰：螻蛄，婁姑二音。蝨蠽，矛節二音[①]。蝨蟲，食草根者。《爾雅》：蠽，茅蜩，似蟬而小，青色，音截。蛓，音次。《説文》云：毛蟲有毒，螫人。蠋，音蜀。豸，直氏切。有足謂之蟲，無足謂之豸。**疏曰：**（一）處，上聲。佇立兮忉怛，佇，停(一)。［補］曰：忉(二)，音刀，憂勞也。怛，丁葛切。**疏曰：**（一）停下宜加"也"字。（二）忉，右宜作刀。[②]心結縎兮折摧。［補］曰：縎，結也，音骨。

又曰： 以上言原怨上無極，至於星夜悲啼，物類亦爲之感動，而君卒不悟。

校勘記： ①“蝨蠹，矛節二音”，原脱，今據李刻本、明翻宋本、汲古閣本補。②“忉”，原作“㤝”，後戴之麟全改作“忉”，此疏當删。

疾　世世，一作俗。

周徘徊兮漢渚，言居山中愁憤，復之(一)漢水之涯，庶欲以釋思念也。渚，一作濱。**疏曰：**（一）復之“之”字，往也。求水神兮靈女。冀得水中神女，以慰思念。嗟此國兮無良，此國(一)，楚國也。言君臣無善，皆凶愚也。**疏曰：**（一）此國指楚國，爲屈原事，非。媒女詘兮謰謱。謰謱，不正貌。一云謀女。一云媒拙訥兮。［補］曰：詘①，與訥同。《方言》：謰謱，拏(一)也，南楚曰謰謱，音連縷。注云：言譇(二)拏也。一曰：謰謱，語亂也。**疏曰：**（一）拏，尼牙切，俗作拿。（二）譇，知鴉切，音奓。《説文》：“譇拏，羞窮也。”

校勘記： ①“詘”，原誤作“拙”，今據李刻本、明翻宋本、汲古閣本改。

鴳雀列兮譁讙，鴳(一)雀，小鳥，以喻小人列位也。言小人在位，患失之，競爲佞諂，聲呶呶也。鴳，一作鷃。**疏曰：**（一）鴳，音晏，同鷃，見前《大招》“鵾鶤陳只”疏。鴝鵒鳴兮聒余。鴝鵒(一)，鴳雀類也。多聲亂耳爲聒。［補］曰：鴝，音劬。**疏曰：**（一）鴝鵒，鳥名。全體俱黑，兩翼有白點，巢於樹穴及人家屋脊中，剪其舌端令圓，能效人言，俗名八哥，亦作鸜鵒。鵒，音欲。聒，音姑豁切，語雜聲嚚也。八哥，先祖吉昌公時曾蓄一隻，且能銜錢買物，先是同里有水煙店，與之約，八哥至，取銜錢以包水煙，繫其頸或足，載以歸。每銜制錢二，購包一。一日店主故匿之，家人尋問至，八哥呼曰：“我在這裏”，因取回。此可證其能言也。抱昭華兮寶璋，昭華，玉名。璋，一作章。［補］曰：《淮南》云：堯贈舜以昭華之玉(一)。**疏曰：**（一）“堯贈”句，見《淮南子》卷二十《泰族訓》，“堯”下删“乃”等三十三①字。欲衒鬻兮莫取。行賣曰衒(一)。鬻(二)，賣也。言己竭忠信以事君而不見用，猶抱此昭華寶璋衒賣之。璋(三)，玉名也。**疏曰：**（一）衒，音縣，自矜也，自媒也。（二）鬻，音欲。（三）璋，音章，半珪也。

校勘記：①“三”，原誤作“一”，今據《淮南子》改。

言旋邁兮北徂，己不見用，欲遠去也。旋，一作逝。一云：逝言邁兮。叫我友兮配耦(一)。叫，急叫也。言此國已無良人，庶北行遇賢友，而以自耦也。**疏曰：**（一）耦，同偶，伴侶也，音藕。配合也，宜叶汝。日陰曀兮未光，北方多陰。陰，一作霒(一)。**疏曰：**（一）霒，古陰字。闃①睄窕兮靡睹。闃，窺也。睄窕，幽冥也。一作闃腤霘②。［補］曰：闃，古覓切。睄，與宵同。窕，徒了切，深也。

旡三欠一生曰：此承上章言怨上無益，欲將避世，乃世竟昏濁可疾。

校勘記：①“闃”，明翻宋本、汲古閣本作“閴”。下文凡作“闃”者皆同此。②“腤霘”，原作“睄窕”，今據李刻本、明翻宋本、汲古閣本改。

紛載驅兮高馳，適北無所遇，故欲馳而去。將諮詢兮皇羲。皇羲，羲皇也。諮，問。詢，謀。所以安己也。一云：羲，伏羲。伏羲稱皇也。遵河皋兮周流，路變易兮時乖(一)。所志不遇，無所用其志也。時，一作旹(二)。**疏曰：**（一）乖，宜叶規。（二）旹，古時字。

濿滄海(一)兮東游，沐盥(二)浴兮天池(三)。天池，則滄海也。濿，一作厲。［補］曰：濿，與厲同。**疏曰：**（一）滄海，郡名，今奉天興東道之地，或謂當在今朝鮮南部。又海水蒼色，故曰滄海。此殆後解。（二）盥，音欵，洗也。（三）天池：一、海也。二、地名，在今山西静樂縣北，唐於此置縣，宋廢。三、水名，在山西寧武縣治西南管涔山上，池周八里，俗名祁連泊。《清一統志》：“按天池乃桑乾河源之最遠者。”此殆爲第一解。訪太昊兮道要，太昊(一)，東方青帝也。將問天道之要務。云靡貴兮仁義。太昊答惟仁義爲上。［補］曰：義，有儀音。**疏曰：**（一）昊，一作皓或皞。太昊，參看前《遠游》“歷太皓以右轉兮”原注。①

校勘記：①此句上頁眉戴之麟題校補時地云：丁亥六月七日午後，韓左个。

志欣樂（一）兮反征，就周文兮邠岐。聞惟仁義，故欣喜復之西方，就文王也。邠岐（二），周本國。邠，一作豳。**疏曰：**（一）樂，音洛。（二）邠岐，見前《天問》"何令徹彼岐社"疏。秉玉英兮結誓，願與文王約信，以玉英爲贄幣（一）也。**疏曰：**（一）贄，音至，初見時所執物也，今謂之見面禮。古者男贄玉帛禽鳥，女贄榛栗棗脩。亦作摯。幣，音弊，帛也，古爲餽贈之常物。又財用也，上古以珠玉爲上幣，黄金爲中幣，刀布爲下幣，漢以後則以錢爲幣。日欲暮兮心悲。日暮而歲邁，年①將老，悲不見進②用也。

校勘記：①"年"，原脱，今據李刻本、明翻宋本、汲古閣本補。②"進"，原脱，今據李刻本、明翻宋本、汲古閣本補。

惟天禄兮不再，福不再至，年歲一過（一），則終訖也。**疏曰：**（一）過，平聲。背我信兮自違。若背忠信以趨時俗，則違本心，故不忍爲。踰隴堆兮渡漠，隴堆（一），山名。漠，沙漠（二）也。一云：漢，漢水也。**疏曰：**（一）隴堆，殆指隴山。按《辭源》："隴山，亦名隴坻、隴坂。隴山在陝西隴縣西北，跨甘肅清水縣，山高而長，延亘隴縣、静寧、鎮原、清水之境，隨地異名。關中四塞，此爲西面之險地。"（二）沙漠，在内外蒙古之間，幅員八百里，與隴近，以漠爲是。過（一）桂車（二）兮合黎（三）。桂車、合黎，皆西方山之名。**疏曰：**（一）過，平聲。（二）桂車，未詳。（三）合黎，見前《哀時命》"弱水汩其爲難兮"疏。

赴崑山兮馽①騄，崑山，崑崙也。言渡隴堆，適②桂車、合黎，乃至崑崙，取駿馬而絆之。騄，駿馬名。崑，一作昆。馽（一），一作褁。［補］曰：馽，竹及切，絆（二）馬也。騄耳，馬名，音緑。**疏曰：**（一）馽，與縶同，絆馬之足也。（二）絆，音潘去聲。從邛遨兮棲遲（一）。邛，獸名。遨，游也。馽騄從（二）邛而棲遲，顧望也。一云：從盧敖（三）兮。［補］曰：邛，謂邛邛駏虛（四）也。**疏曰：**（一）棲遲，謂游息也。（二）從，去聲。（三）盧，音路平聲。盧敖，秦時隱士。《密州圖經》："盧山有盧敖洞。敖，秦博士，避難此洞，故得名。"盧氏山在今河南陝州。據此則爲逸自況益明。《淮南子·道應訓》注謂爲燕人，始皇召爲博士，使求仙不反。《道應訓》，係第十二篇名。（四）駏虛，似巏而小，牝騾牡馬而生，見《古今注》。吮玉液兮止渴，齧(一)芝華兮療飢。玉液，瓊蘂之精氣。芝，神草也。渴啜玉精，飢食芝華，欲僊去也。渴，《釋文》作澈。[補] 曰：吮，常兖切，哌(二)也。又子兖切，漱也。澈，與渴同。**疏曰：**（一）齧，音列，同嚙，咬也。（二）哌，音邸。《説文》："苛也。"《玉篇》："呵哌也。"本作詆，《廣韻》音低，《集韻》音題，義並同。按：吮不宜從前解，以從後解漱爲是。

校勘記：①"㠯"，明翻宋本、汲古閣本作"㡀"。下文凡作"㠯"者皆同此。②"適"，原誤作"通"，今據李刻本、明翻宋本、汲古閣本改。

居嵺廓兮尠疇，嵺廓，空洞而無人也。尠(一)，少也。疇，匹也。言獨行而抱影也。[補] 曰：嵺，音寥。**疏曰：**（一）尠，音蘚。遠梁昌兮幾(一)迷。梁昌，陷據失所也。迷惑欲還也。陷據，一作蹈慺。**疏曰：**（一）幾，平聲。望江漢(一)兮濩渃，濩渃，大貌也（宜删）。還見江、漢水大也。漢，一作海。[補] 曰：濩，音穫。渃，音若，大水也。心緊絭兮傷懷。緊絭，糾繚①也。望舊土而心感傷也。絭，一作鲞。一作繾綣。[補] 曰：緊、繾，並袪引切。鲞、綣，並苦②遠切，纏綿也。**疏曰：**（一）江漢，見前《九歌·湘君》"使江水兮安流"疏。

又曰：此上言因疾世而上下四方周流，仍無可駐足，惟有深望故國也。

校勘記：①"繚"，原誤作"纏"，今據李刻本、明翻宋本、汲古閣本改。②"苦"，原誤作"若"，爲承襲李刻本之誤，今據明翻宋本、汲古閣本改。

時昢昢兮旦旦，日月始出，光明未盛爲昢。昢，一作朏。一云旦旦，一云且旦。[補] 曰：昢，日將曙。朏，月未盛明。並普突切。且，子魚切。塵莫莫兮未晞。莫莫，合也。晞，消也。朝陽未開，霧氣尚盛。莫，一作漠。憂不暇兮寢食，吒增歎兮如雷。吒，一作咤。增，一作曾。[補] 曰：吒，竹嫁切，吐(一)怒也。**疏曰：**（一）吐，宜作叱。

又曰：結四句望故國而仍不旦，以見舉世皆是。①

校勘記：①此句上頁眉戴之麟題校補時地云：丁亥十二月二十五日午前，韓左个。

憫　上憫，一作閔。

哀世兮睩睩，睩睩，視貌。賢人不用，小人持勢也。［補］曰：睩，目睞(一)謹也，音禄。**疏曰：**(一) 睞，音賚，視也。又目童子不正也。諓諓兮嗌喔。諓諓(一)，竊言。嗌喔，容媚之聲。［補］曰：嗌，音益。喔，於角切，又音屋。**疏曰：**(一) 諓諓，小善之貌，又巧讒貌。音箋，諂也，又善言也。衆多兮阿媚，阿，曲(一)。**疏曰：**(一) 曲下宜加"也"字。骫靡兮成俗。委靡，面①柔也。骫(一)，一作委。**疏曰：**(一) 骫，音委，曲也。又锺聚也，又蟠曲貌。

校勘記：①"面"，原誤作"而"，今據李刻本、明翻宋本、汲古閣本改。

貪枉兮黨比，貞良兮煢(一)獨。《詩》云：獨行煢煢(二)。煢，一作惸(一)。**疏曰：**(一) 煢、惸，並音瓊。(二)"獨行"句，見《詩·杕杜》篇。鵠竄兮枳棘，鵜集兮帷幄。木帳曰帷。言大人處卑賤，小人在尊位也。鵠，一作鶴。鵜，一作鵝，一作鵜。［補］曰：鵜，音啼(一)，與鵜同。《説文》：鵜鶘(二)也。**疏曰：**(一) 啼，同啼。(二) 鵜鶘，水鳥也，一名鵜。體大於鵝，色灰白，頷白色，頭裸出無毛，嘴長尺餘，頷下有大喉囊，腳短力强，四趾有蹼，能竭小水取魚，先則連水吞入貯喉囊中，後吐其水而食之。

无三欠一生曰：此承上章言舉世皆然，君不必怨，轉而可閔。可閔者，以阿媚者多如鵜集帷幄，鵠反竄枳棘也。

蔮蘃兮青蔥①(一)，蔮蘃，草名。青苍(一)，見養有光色也。［補］曰：蔮，居滯切。蘃，女猪切。《集韻》：蔮蘃似芹，可食。蔥，當作葱(一)。**疏曰：**(一) 蔥、苍、葱同。槀本兮萎(一)落。槀本(二)，香草也。喻賢愚易(三)所。落，舊音格。**疏曰：**(一) 萎，平聲。(二) 槀本，見前《九歎·怨思》"漸槀本於洿瀆"疏。(三) 易，入聲。覩斯兮僞惑，惑，一作盛。一云：疾斯兮②僞忒。心爲(一)兮隔錯(二)。隔錯，失其性也。**疏曰：**(一) 爲，去聲。(二) 錯，入聲。③

校勘記：①“蕙”，明翻宋本、汲古閣本作“菘”。下“蕙，當作葱”同此。②“兮”，原脱，今據李刻本、明翻宋本、汲古閣本補。③此句旁行間戴之麟題校補時地云：丁亥六月八日午前，韓左个。

逡巡兮圃藪，藂(一)林曰藪。**疏曰：**(一) 藂，古叢字。率彼兮畛陌。田間道曰畛(一)。陌，塍(二)分界也。**疏曰：**(一) 畛，音診。(二) 塍，舌蠅切，稻田畦也。

又曰：“鵠竄”二句以鳥爲喻，此四句以植物爲喻。

川谷兮淵淵，深貌。山𡶒兮峉峉。峉峉，長而多有貌也（宜删）。𡶒，一作阜，一作屈。峉，一作硌(一)。［補］曰：𡶒，即阜字。𡶒，舊音五結切，《集韻》作𡶒，山高也。峉，音額，山高大貌。硌，音落。**疏曰：** (一) 硌，大石也。又石堅不相入貌。

叢林兮崯崯，崯崯，衆饒(一)貌。崯，一作岭。［補］曰：並音吟。**疏曰：**(一) 饒，多也。株榛(一)兮岳岳。岳岳，衆木植也。株，一作林。［補］曰：《博雅》：木叢生曰榛。**疏曰：**(一) 榛，音臻。又植物，見前《九歎·愍命》“選①吕管於榛薄”疏。霜雪兮漼溰，積聚貌(一)。一作溰溰(二)，一作漄漄(三)。［補］曰：漼，音摧。溰，五來切，霜雪積聚貌。**疏曰：** (一) “積聚貌”上宜加“漼溰”二字。(二) 溰，音沂。(三) 漄，音厓，同涯，水畔也。冰凍兮洛澤。洛，竭也。寒而水澤竭成冰。［補］曰：《集韻》：冰謂之洛澤，其字从仌(一)，上音洛，下大洛切。又曰：澤，冰結也。引此云：冬冰兮洛澤。**疏曰：**(一) 仌，冰本字。《説文》：“象水凝之象。”

校勘記：①“選”，原誤作“遷”，今據前文改。

東西兮南北，罔所兮歸薄(一)。言四方皆無所停止也。**疏曰：**(一) 薄，止也。庇廕兮枯樹，匍匐(一)兮巖石。穴可居者。**疏曰：**(一) 匍匐，伏行貌，匍，音蒲。匐，音福，又步刻切。

跧跼(一)兮寒局數，一云：跧跼兮數年。一云：跧跼兮寒風數。[補] 曰：數，音促。**疏曰：**(一) 跧跼，拳縮不伸也。跧，音權。跼，音局。此三句一韻，未免破體。獨處(一)兮志不申，跧，傴僂(二)也。**疏曰：**(一) 處，上聲。(二) 傴僂，脊梁彎曲之貌。傴，汙主切。僂，音樓，又去聲，又音縷。年齒盡兮命迫促(一)。**疏曰：**(一) 促，音搓，入聲。魁壘擠摧兮常困辱，魁壘，促迫也。擠摧，折屈也。壘，一作纍。[補] 曰：魁，苦罪切。壘、纍，並音磊。魁壘，盤結也。擠，子奚切。含憂强(一)老兮愁不樂(二)。愁早老曰强也。不，一作無。**疏曰：**(一) 强，上聲。(二) 樂，音落。"愁早老曰强也"，費解。

又曰：此上言原所見山川無色，益見上之可閔。

鬚髮薴顇兮顠鬢白，薴，亂也。顠，雜白也。鬚，一作鬢。薴，一作蔓。鬢，一作額。[補] 曰：薴，音獰，草亂也。顇，音悴，顦顇(一)也。顠，疋沿切(二)，髮亂貌。**疏曰：**(一) 顦顇，同憔悴。(二) 疋沿切，沿誤，查《康熙字典》"顠"字，注引此句作"疋招切"，是作"招"，與剽、漂、縹諸音均不合。①思靈澤兮一膏沐。靈澤，天之膏潤也。蓋喻德政也。靈，一作雲。懷蘭英兮把瓊若，英，華。瓊若，食也。蘭，一作華。待天明兮立躑躅。言懷蘭把若，無所施之，欲待明君，未知其時，故屏營(一)躑躅(二)。一作蹢躅(二)。[補] 曰：上文隻、下文局切。**疏曰：**(一) 屏營，惶恐也。(二) 躑躅、蹢躅音義同，行不進也。

校勘記：①此句上頁眉戴之麟題校補時地云：己丑五月二十二日午前，新寢。

雲蒙蒙兮電儵爍，儵爍，疾(一)也。闇多而明少也。蒙，一作濛。[補] 曰：爍，書灼切。**疏曰：**(一) 疾，速也。孤雌驚兮鳴呴呴。雌，一作雛。[補] 曰：呴，音握。思怫鬱兮肝切剥，忿悁悒兮孰訴告(一)。一云：於悒悒兮。[補] 曰：怫，音佛。悁，一緣切。告，入聲。**疏曰：**(一) 告，音谷，與上文呴、躅、沐叶，又白 (叶灼)、若、爍、剥音亦叶，此特與各作不同也。

又曰：此上逸假言閔上如原，已爲哀思無窮，將孰與語?

遭　厄

悼屈子兮遭厄，子，男子之通稱也。沈玉躬兮湘汨。賢者質美，故以比玉。湘(一)、汨，皆水名。[補] 曰：汨，音覔。**疏曰：**（一）湘，見前《離騷》“濟沅湘以南征兮”①疏。

旡三欠一生曰：此章爲逸言作《九思》之由，由憶及原之遭厄。

校勘記：①“濟沅湘以南征兮”，原誤作“濟湘沅兮南征”，今據前文改。

何楚國兮難化，言楚國君臣之亂，不可曉喻也。兮，一作之。迄于今兮不易(一)。政教荒阻，不可變也。于，一作乎。**疏曰：**（一）易，音一，變也。

士莫志兮羔裘(一)，言政穢則士貪鄙，無有素絲(二)之志，皎潔之行(三)也。**疏曰：**（一）羔裘，黑羊皮衣也。（二）素絲，見《詩·干旄》篇。（三）行，去聲。競佞諛兮讒閱。閱，不相聽。一云讒閱閱。[補] 曰：閱，虛的切。指正義兮爲曲，訿玉璧兮爲石。一作璧玉。[補] 曰：訿(一)，音紫。**疏曰：**（一）訿，詆毀也。

又曰：逸，楚人，所遭如原，故作此篇。所謂借他人之酒杯，澆一己之塊壘也。

鴷(一)鵰(二)游兮華屋，鴷，一作鶻(三)。**疏曰：**（一）鴷，《字典》無此字，有鴷字，音列，即啄木鳥也，常啄樹食蟲。（二）鵰，音貂，本音雕，鷙鳥也，一名鷲。嘴强大，中央鉤曲，大者之翼平展至七八尺，其腳有毛羽覆之，性較鷹爲更獰猛，常攫食獐、鹿等動物，其羽可製扇，可爲箭翎，有豹鷲、兔鷲數種。（三）鶻，音滑，鷙鳥也。鵔鸃棲兮柴蔟。鵔，一作駿。棲，一作指，一作蒨，音竄。[補] 曰：鵔，素俊切。鸃，音儀。蔟，千木切。①起奮迅兮奔走，違羣小兮謑訽。謑，耻辱垢陋之言也，訽，一作呴。[補] 曰：謑，音傒。訽，許候切，又胡豆切。《荀子》：無廉恥而忍謨訽(一)。注云：謂罵辱也。謨，音奚。一云：謑詬，小人怒。**疏曰：**（一）“無廉恥”句，見《荀子卷三·非十二子第六》，“謨”作“謑”，與“謑”同。

校勘記：①“鵷鶵棲兮柴蔟”一句及其注，原脱，今據李刻本、明翻宋本、汲古閣本補。

載青雲兮上(一)昇(二)，適昭明兮所處(一)。終無所舒情，故欲乘雲升(二)天，就日處矣。昭明，日暉。昇，一作陞(二)。**疏曰：**（一）上、處，均上聲。（二）升、昇、陞同。躡天衢兮長驅，踵九陽兮戲蕩(一)。衢，路也。九陽，日出處也。**疏曰：**（一）蕩，宜叶祖。越雲漢兮南濟，秣余馬兮河鼓。河鼓，牽牛别名。［補］曰：《爾雅》：河鼓謂之牽牛。《晋志》(一)曰：河鼓三星，在牽牛北。**疏曰：**（一）《晉志》，見上《怨上》“大火兮西睨”句疏。

雲霓紛兮晻翳，雲，一作霄①。翳，一作鬱。参辰回兮顛倒。參、辰，皆宿名，夜分而易次，故顛倒失路也。［補］曰：《揚子》：吾不覩參(一)、辰(二)之相比(三)(四)。**疏曰：**（一）參，師音切，二十八宿之一，今冬至節，子初三刻五分之中星。（二）辰，音晨，東方之宿，即房星，蒼龍之體也。又大火星，古謂之辰，即心宿也。又北辰。此殆指房也。（三）比，去聲。（四）“吾不覩”句，見《揚子法言·學行卷第一》，末有“也”字。逢流星(一)兮問路，顧我指兮從左(二)。流星，發所從也。一云：顧指我兮。**疏曰：**（一）流星，見前《九辯》“願寄言夫流星兮”疏。（二）左，宜叶早。②

校勘記：①“霄”，原誤作“霧”，今據李刻本、明翻宋本、汲古閣本改。②此句上頁眉戴之麟題校補時地云：戊子二月二日上午，韓左个。

侄(一)娵觜(二)兮直馳，觜，一作訾。［補］曰：娵，酒于切。觜，音訾。《爾雅》：娵觜之口，營室東壁也。**疏曰：**（一）侄，《字彙》同徑，《集韻》：“音婭，急也。”又古定切，直也，堅也。（二）娵訾，星次之名。《爾雅》注：“自尾十六度至奎四度爲娵訾，衛之分野，屬并州。”訾、觜同。御者迷兮失軌(一)。**疏曰：**（一）軌，宜叶好。①遂踢達兮邪造，流星雖甚，猶不得道。踢達，誤過也。邪，一作衺。［補］曰：踢，音湯。達，他達切。一音跌。跌踢，行不正貌。林云：踢，徒郎、大浪二切。與日月兮殊道。

校勘記：①此句上頁眉戴之麟題校補時地云：己丑四月五日午前，終校圖書館。

志闕絶兮安如(一)，志望已訖，不知所之。如，一作歸。［補］曰：闕(二)，音遏。**疏曰**：(一) 如，往也。(二) 闕、遏同。哀所求兮不耦(一)。**疏曰**：(一) 耦，宜叶與。攀天階兮下視，下，一作俛(一)。**疏曰**：(一) 俛，古俯字。見鄢郢兮舊宇。鄢、郢(一)，楚都也。言上天所求不得，意欲還，下視見舊居也。［補］曰：鄢，於建切，地名，在楚。音偃者在鄭，音焉者在潁川(二)。《釋文》音𢡃。**疏曰**：(一) 鄢、郢，見前"後漢校書郎臣王逸章句"疏。(二) 潁川，郡名，秦置。今河南舊許州、汝寧、汝州諸府州以及禹縣至陽武各縣皆是，治陽翟，故韓都也。

意逍遥兮欲歸，衆穢盛兮杳杳(一)。衆穢，諭佞人。言將復害己。**疏曰**：(一) 杳，宜叶汝。思哽饐兮詰詘，饐(一)，一作咽(一)。**疏曰**：(一) 咽、饐同。涕流瀾(一)兮如雨。還爲衆僞所害，故悲泣也。**疏曰**：(一) 瀾，音蘭，又勒岸切，大波也。

又曰：以上逸言憶及原遭厄不獨在己國，即之他國亦然，所謂所如不合也，厄不已極乎？己之遭厄，自在言外。

悼　亂一作《隱思》，一作《散亂》。

嗟嗟兮悲夫，傷時昏惑。殽(一)亂兮紛拏①。君任佞巧，競疾(二)忠信，交亂紛拏也。殽，一作散。《釋文》：殽，乎巧切。［補］曰：拏，女居切。**疏曰**：(一) 殽，通淆，亂也。(二) 疾，惡也。茅絲兮同綜，不别好惡。綜，一作緃。［補］曰：綜，子宋切，機縷也。《列女傳》曰：推而往、引而來者，綜也。冠屨(一)兮共絇。上下無别。屨，一作屣。［補］曰：絇，具于切。鄭康成云：絇，謂之拘，著舄(二)屨頭以爲行戒。**疏曰**：(一) 屨，音句，麻履也。(二) 舄，音昔，履也。

校勘記：①"拏"，明翻宋本、汲古閣本作"挐"。下文凡作"拏"者皆同此。

督萬兮侍宴，華督(一)、宋萬(二)二人，宋(三)大夫，皆弑(四)其君者也。**疏曰：**(一)(二)督、萬皆春秋時人，督弑殤公，萬弑閔公。(三)宋，見前《天問》“何繁鳥萃棘[①]”疏二[②]。(四)下殺上曰弑。周邵兮負蒭(一)。周公、邵(二)公。言楚君使忠賢如周、邵者負蒭，反以督、萬之人侍宴。［補］曰：《説文》：蒭，刈草也。**疏曰：**(一)蒭，音初，同芻，草也。(二)邵、召同。白龍兮見射[③]，靈龜兮執拘。白龍，川神。靈龜，天瑞。［補］曰：河伯(一)化爲白龍，羿射之，眇其左目。神龜見夢於宋元君(二)，曰：“予爲清江使河伯之所，漁者余且(三)得予。”**疏曰：**(一)河伯，見前《九歌》“河伯”疏。(二)宋元君，《莊子菁華》下卷八《外物》篇注據《釋文》引李云：“元公也。案：元公名佐，平公之子。”(三)余且，詳前《卜居》“神有所不通”疏。

校勘記：①“棘”，原誤作“集”，今據前文改。後文凡涉此誤者，徑改不出校。②“二”，原作“六”，以前文已調整疏證順序，改作“二”。③“射”，明翻宋本、汲古閣本作“䠶”。後文凡從李刻本作“射”而他本皆作“䠶”者，徑從李刻本不出校。

仲尼兮困厄，仲尼，聖人，而厄於陳(一)、蔡(二)也。**疏曰：**(一)陳，見前《天問》“何繁鳥萃棘”疏。(二)蔡，見前《招魂》“吴歈蔡謳”疏。孔子在陳、蔡絶糧，故曰困厄。鄒衍兮幽囚。鄒衍(一)，賢人，而爲佞邪所攝，齊遂執之。**疏曰：**(一)鄒衍，見前《九歌·大司命》“紛總總兮九州”疏。伊余兮念兹，伊，惟也。兹，此也。奔遁[①]兮隱居。欲避(一)世也。**疏曰：**(一)避，逃也。

无三欠一生曰：此上逸言時亂，歷舉古例，隱居爲宜。

校勘記：①“遁”，原誤作“逸”，今據李刻本、明翻宋本、汲古閣本改。

將升兮高山，升，一作陟(一)，一作階。**疏曰：**(一)陟，音只，升也。上有兮猴(一)猿。**疏曰：**(一)猴，見前《九歌·東皇太一》“吉日兮辰良”疏。欲入兮深谷，下(一)有兮虺(二)蛇(三)。**疏曰：**(一)下，上聲。(二)虺，見前“雄虺九首”疏。(三)蛇，叶賢。此合上二句，每二句爲韻。

左見兮鳴鵙，右睹兮呼梟。鵙，伯勞也。山有猴猿[①]，谷有虺蛇，左右衆鳥，闃無人民，所以愁懼也。［補］曰：鵙(一)，古覔切。**疏曰：**（一）鵙，音決，見前《離騷》“恐鵜鴂之先鳴兮”疏。惶悸兮失氣，悸，懼也。失氣，晻然而將絶。［補］曰：悸，其季切。踊[②](一)躍(二)兮距(三)跳。以泄憤懣也。［補］曰：跳，徒招切。**疏曰：**（一）踊，音勇，跳也。（二）躍，義同。（三）距，音巨，雞爪也。按：脛後爪也，俗曰子爪。此作抵禦也，與拒同。

校勘記：①“猴猿”，原誤作“猿猴”，今據李刻本、明翻宋本、汲古閣本改。②“踊”，原作“踴”，今據李刻本、明翻宋本、汲古閣本改。下文疏證徑改不出校。

便旋兮中原，旋，一作絶。仰天兮增歎。仰(一)，一作卬(一)。**疏曰：**（一）仰、卬同。菅(一)蒯(二)兮壄莽，壄(三)，一作野(三)。［補］曰：菅，音姦。蒯，苦怪切。**疏曰：**（一）菅，見前《離騷》“荃蕙化而爲茅兮”疏。（二）蒯，草名。菅類，莖高四尺許，叢生，葉長尺餘，有平行脈，秋日開小花，茶褐色，多生於水邊，其莖可以編籬。（三）壄、野同。雚(一)葦(二)兮仟(三)眠。一作千眠，一作仟玄。仟，一作阡[①]。**疏曰：**（一）雚，無考。以意揣之，音與萑近，荻也。又與莞近。莞，見上《九歎》“莞芎棄於澤洲兮”疏一。《字典》無雚字，且恒見“萑”、“葦”二字連用。[②]（二）葦，音偉，大葭也，一名蘆。（三）仟，同千。仟仟，森森也。仟眠，此殆引申爲茂盛也。

校勘記：①“阡”，原誤作“鵮”，爲承襲李刻本之誤，今據明翻宋本、汲古閣本改。②此句上頁眉戴之麟題校補時地云：己丑五月二十二日午間，新寢。

鹿蹊兮躖躖，貒(一)貉(二)兮蟫蟫。蟫蟫，相隨之貌。鹿蹊，一作玄鹿。躖，一作蹝。躖躖，一作繼踵。［補］曰：蹊，徑也。蹝，吐管切。《集韻》作蹪。《説文》云：禽獸所踐處也。貒，音湍，似豕而肥。一音歡。蟫，淫、潭二音。**疏曰：**（一）貒，即猪貛，俗曰野豬。（二）貉，亦作狢，音鶴。似狸，鋭頭尖鼻，性好睡，日伏夜出，捕食蟲類，毛色斑駁，其文上圓下方，質深厚温滑，可爲裘。鸇(一)鷂(二)兮軒軒，軒軒，將止之貌。［補］曰：鷂，音燿。**疏曰：**（一）鸇，音饘，鷙鳥。似鷂，羽色青黄，燕頷鉤喙，向風摇翅，常擊鳩、鴿、燕、雀食之。（二）鷂，似鷹而小，體長尺餘，羽灰色，腹白，有黄黑或赤白色之斑點，尾有淡黑色横條，人蓄養之以捕小鳥，雄者脚極長。鷂，《辭源》亥集八六頁鳥部十畫："又雉之屬，《爾雅》：'青質五采皆備成章曰鷂。'"① 鶉鵮（一）兮甄甄（二）。甄甄，小鳥飛貌。鵮，一作鶬。一云：鶉鴳兮飄飄。一作鶉鴿。［補］曰：鵮，烏甘切。**疏曰：**（一）鶉鵮，見前《大招》"鮎鶉陳只"及《九懷·通路》"畜鴳兮近處"疏。（二）甄，音真。

校勘記：①此句上頁眉戴之麟題校補時地云：己丑九月十二日午前。

哀我兮寡獨，靡有兮齊倫。齊，偶（一）。齊，一作匹。**疏曰：**（一）偶下宜加"也"字。偶，匹也。意欲兮沈吟，迫日兮黄昏。意且欲遲，望又促暮，當棲宿也。迫，一作白。

玄鶴兮高飛，鶴，一作鸛（一）。一云鵾（二）雞。**疏曰：**（一）鸛，音貫。似鶴而頂不丹，頭嘴皆長，全身色灰白，翼尾黑色，巢於高樹。（二）鵾，音昆，見前《九辯》"鵾雞啁哳"句疏。曾逝兮青冥。青冥，太清（一）。曾，一作增。逝，一作游。**疏曰：**（一）清下宜加"也"字。鶬鶊兮喈喈，鶬鶊（一），黄鸝也。喈喈，鳴之和。**疏曰：**（一）鶬鶊，即黄鶯，見前卷一《離騷經第一》疏一。① 山鵲（一）兮嚶嚶。嚶嚶，鳴之清也。**疏曰：**（一）山鵲，形畧似鵲，色深青，有文采，白冠白尾，嘴赤色，尾長於體，棲息深山，食穀物及果實。參看前《離騷》"雄鳩之鳴逝兮"疏。

校勘記：①此句上頁眉戴之麟題校補時地云：己丑四月七日午後，新庭。

鴻鸕兮振翅，鴈之大者曰鴻（一）。鸕（二），鸕鷀也。振翅，將飛也。**疏曰：**（一）鴻，見前《思美人》"因歸鳥而致辭兮"疏二。①（二）鸕，音盧，水鳥。形似鴉而黑，喉白，裸出無毛，頷下有小喉囊，嘴長，末梢曲，善潛水取魚，一名烏鬼，俗稱水老鴉。歸鴈兮于征。征，行也。言將去。吾志兮覺悟，懷我兮聖京。垂屣兮將起，跓竢（一）兮碩（二）明。垂，《釋文》作亟，測夾切。碩，一作須。［補］曰：屣，所爾切。跓，竹句切。《集韻》：重主切，停足。**疏曰：**（一）竢，同俟。（二）碩，大也，音石。

又曰：以上逸言隱居所遭，又無一善類可與同處，不禁作忽然之想，哀悼屈子至斯極矣。

校勘記：①此句上頁眉戴之麟題校補時地云：丁亥七月十日上午，韓左个牆陰。

傷 時

惟昊天兮昭靈，昊天，夏天也。昭，明也。靈，神也。陽氣發兮清明。風習習兮和①煖，煖，一作暝(一)，古作燸②。［補］曰：乃管切。**疏曰：**（一）暝，即煖字。百草萌兮華榮。榮，一作英。堇(一)荼(二)茂兮扶疏(三)，堇，葥③也。荼，苦菜也，扶，一作敷。［補］曰：《爾雅》：齧苦堇。注云：今堇葵也。**疏曰：**（一）堇，音謹，蔬類植物。一名旱芹，俗稱堇堇菜。莖高尺許，葉闊，夏日開花，淡紫色，莖葉味苦，瀹之則甘而滑。（二）荼，音塗，即苦菜。莖高三四尺，中空，葉闊而黃，柔軟，鋸齒甚深，莖葉皆有白汁，與苦蕒無異，惟春夏之間開黃花，花期不同，以此爲别，嫩莖葉可食。（三）扶疏，茂盛貌。蘅芷彫兮瑩嫇(一)。蘅(二)，杜蘅。芷(三)，若(四)芷。皆香草。嫇，一作冥。［補］曰：瑩，於銘切。嫇，音銘。**疏曰：**（一）瑩嫇，明净貌。瑩，一作嫈，音縈。又音冥。（二）蘅，見前《離騷》“雜杜衡與芳芷兮”疏。（三）芷，見前《離騷》“扈江離與辟芷兮”疏。（四）若，當係“白”字之訛。

无三欠一生曰：此以天時原屬清明作起。

校勘記：①“和”，明翻宋本、汲古閣本作“龢”。後文凡從李刻本作“和”而他本皆作“龢”者，徑從李刻本不出校。②“燸”，原作“曘”，今據李刻本、明翻宋本、汲古閣本改。③“葥”，原作“蕑”，今據李刻本、明翻宋本、汲古閣本改。

愍貞良兮遇害，將夭折兮碎糜。一作靡(一)。**疏曰：**（一）靡、糜同音眉。

時混混兮澆(一)饡，饡，餐也。混混，濁也。言如澆饡之亂也。餐，一作飧。［補］曰：饡，音贊。《説文》云：以羹澆飯。**疏曰：**（一）澆，音驕，以水沃之也。哀當世兮莫知。

又曰：此上言時昏方見可傷。

覽往昔兮俊彥(一)，**疏曰：**（一）彥，義戰切，音唁，美士也。亦詘辱兮係纍(一)。《釋文》作累，力①桂切。又係也。**疏曰：**（一）纍，事相緣及也。管束縛兮桎梏(一)，**疏曰：**（一）桎梏，刑具，所以拘罪人者。在足曰桎，在手曰梏。桎，音質；梏，音谷。百貿易兮傅賣(一)。傅，一作傳。［補］曰：《淮南》云：伯里奚(二)轉鬻(三)。注云：伯里奚知虞公不可諫，轉行自賣於秦(四)，爲穆公相。傅亦有轉音。**疏曰：**（一）賣，宜叶妹，與上"纍"、下"慰"叶韻。（二）伯里奚，見前《惜往日》"聞百里之爲虜兮"疏。（三）"伯里奚轉鬻"，見《淮南子》十九《脩務訓》。（四）秦，今地。見前"離騷經章句第一"疏。

校勘記：①"力"，原誤作"刀"，今據李刻本、明翻宋本、汲古閣本改。

遭桓繆(一)兮識舉，管，管仲(二)。百，百里奚也。管仲爲魯所囚，齊桓(二)釋而任之。百里奚晉徒役(三)，秦繆以五羖(四)之皮贖之爲相(五)也。［補］曰：繆，音木。**疏曰：**（一）繆、穆同。（二）齊桓、管仲，見前《離騷》"齊桓聞以"句疏。原注"管，管仲"，申上二句"管"、"百"也。（三）伇，同役。（四）羖，音古，黑色羊也。（五）相，去聲。按：《孟子》作奚以"五羊之皮食牛，以要秦穆公"，自當以《孟子》爲據。才德用兮列施。德，一作得。且(一)從(二)容兮自慰(三)，以古賢者皆然，緩己憂也。**疏曰：**（一）且，姑且也，暫也。謂暫且從容，用自安慰也。（二）從，音充。（三）慰，音未，安也。玩琴書兮游戲。［補］曰：戲，音希。**疏曰：**此即上句所謂用以自慰事也。

迫中國兮迮(一)陿，無所用志，故云窄①陿。一作窄(一)陜(二)。**疏曰：**（一）迮、窄同。（二）陜，與狹、陿同。吾欲之兮九夷。子欲居九夷(一)，疾時之言也。**疏曰：**（一）九夷，見前《離騷》"指西海以爲期"疏。"子欲"句，見《論語·子罕》篇。

超五嶺兮嵯峨，超，越[一]也。將之九夷，先歷五嶺[二]之山，言艱難也。**疏曰：**（一）越，過也。（二）五嶺，見前《天問》"西北辟啓"疏。觀浮石兮崔嵬。東海有浮石[一]之山。崔嵬，山形也。**疏曰：**（一）浮石，一作浮山。一在今安徽盱眙縣西一百二十里，《寰宇記》："山下爲穴，淮水泛溢，其穴即高，水減復低，有似山浮，故名。"梁武帝築淮堰，欲灌壽陽，南起浮山，北抵巉石。又在廣東增城、博羅二縣境。《後漢書·郡國志》注："博羅縣有浮山，自會稽浮來，傅於羅山，故置傅羅縣。"晉時始作博羅。《元和志》："羅山之西有浮山，蓋蓬萊之一阜，浮海而至，與羅山並體，故曰羅浮。"②

校勘記：①"窄"，原誤作"迮"，今據李刻本、明翻宋本、汲古閣本改。②此句上頁眉戴之麟題校補時地云：□□□月十六日午□，□庭左个。按：此頁眉裁邊，闕五字。

陟丹山兮炎野，復之南方。丹山[一]、炎野[二]，皆在南方也。**疏曰：**（一）一、赤山也。袁山松[三]《宜都記》有丹山，山間時有赤氣籠蓋林嶺，如丹色，因以爲名；二、謂丹穴之山，距齊州以南，戴日爲丹山。（二）炎野，謂熱地也。（三）袁山松，見前《離騷》"女嬃之嬋媛兮"疏。屯[一]余車兮黄支[二]。一本此句在"就祝融兮稽疑"之下。［補］曰：《揚子》曰：黄支之南[三]。**疏曰：**（一）屯，音滕。（二）黄支，古國名，在南海中，漢平帝時來獻犀牛。應劭曰："黄支，在日南之南，去長安三萬里。"（三）"黄支之南"，見《揚子法言·孝至卷第十三》。就祝融兮稽疑，黄支，南極國名也。祝融，赤帝之神，稽[一]合所以折謀，求安己之處也。**疏曰：**（一）稽，音雞，考也。嘉己行兮無爲。嘉，善也。言祝融善己之處。

乃回朅兮北逝，復旋至北方也。回，一作迴。［補］曰：朅[一]，去竭切。**疏曰：**（一）朅，去也。遇神孈兮宴娭[一]。孈，北方之神名也。言遇神宴而待之。孈，一作㜕。《釋文》作孈，音攜。**疏曰：**（一）娭，音熙，戲也。又婢也。欲静居兮自娱，言己遇神而宴樂[一]，亦欲安居自娱也。**疏曰：**（一）樂，音洛。心愁慼[一]兮不能。慼，一作戚。**疏曰：**（一）慼，音戚，憂也。戚同。

放余轡兮策駟，復欲去也。放，一作收。忽飆(一)騰兮浮雲。一云：忽風騰兮雲浮①。**疏曰：**（一）飆，音標，暴風也，同飇。蹠飛杭(一)兮越海，蹠，一作跖(二)。**疏曰：**（一）杭，與航同，舟也。（二）跖，音隻，適也，蹈也。蹈舟以飛越海也。從(一)安期兮蓬萊。蓬萊(二)，海中山名也。安期生(三)，仙人名也。言欲往求仙也。**疏曰：**（一）從，去聲。（二）蓬萊，見前《遠游》“留不死之舊鄉②”疏。（三）安期生，秦琅玡人，賣藥海上，與始皇語三日，號抱璞子。緣天梯兮北上(一)，登太一兮玉臺。登，一作升。**疏曰：**（一）上，上聲。

校勘記：①“雲浮”，原誤作“浮雲”，今據李刻本、明翻宋本、汲古閣本改。②“鄉”，原誤作“邦”，今據前文改。

使素女(一)兮鼓簧(二)，太一，天帝所在，以玉爲臺也。**疏曰：**此二句宜注在上二句下。（一）素女，古神女名，《史記》二十八《封禪書第六》：“太帝使素女鼓五十絃瑟，悲，帝禁不止，破其瑟爲二十五絃。”（二）簧，音黄，竽笙管中之薄葉，用銅片爲之，吹之以發聲者也。乘戈和兮謳謡。乘戈，仙人也。和素女而歌也。［補］曰：張晏云：玉女、青要、乘弋(一)等也。戈字從弋。**疏曰：**（一）青要、乘戈，未詳。聲噭誂兮清和，噭誂，清暢貌。噭，《釋文》作激，音叫。誂，他弔切。［補］曰：噭，呼也。楚謂兒啦(一)不止曰噭咷。咷，音糶。**疏曰：**（一）啦，同泣。音晏(一)衍(二)兮要婬。要婬，舞容也。［補］曰：《説文》：婬(三)，曲肩貌。《方言》：婬，游也。江、沅之間，謂戲爲婬。**疏曰：**（一）晏，音燕，鮮盛貌。又安也。（二）衍，音演，水行旁推曲暢之貌。又充滿也，又延長也，又美也，又澤也。①（三）婬，音淫。麟按：尤韻字，恒與蕭、肴、豪三韻通叶，《字典》故引此，與上句“謡”叶。

校勘記：①此句上頁眉戴之麟題校補時地云：丁亥七月二十一日午前，韓左个。

咸欣欣兮酣(一)樂，余眷眷(二)兮獨悲。言天神衆舞，皆喜樂(三)，獨①己懷悲哀也。**疏曰：**（一）酣，漢平聲，暢也。（二）眷眷，心嚮往貌，與睠睠通，音卷。（三）樂，音落。顧章華兮太息，章華(一)，楚臺名也。太息，憂歎也。**疏曰：**（一）

章華，在今湖北監利縣西北，《左傳·昭公七年》"三月，楚子成章華之臺，願與諸侯落之"，即此。志戀戀兮依依。戀，一作鬱。

又曰："玩琴書兮游戲"以上，言賢不遭時，自古有然，未可爲傷，以展文勢。此上言時不可待，故去而他之，終不得時，是爲可傷。

校勘記：①"獨"，原脱，今據李刻本、明翻宋本、汲古閣本補。

哀歲

旻天兮清涼，秋天爲旻天。秋節至，故清且涼也。玄氣兮高朗(一)。秋冬(二)陽氣升，故高朗也。朗，一作明。**疏曰：**（一）朗，叶郎。（二）秋冬有别，旻天屬秋，不可混言冬。

无三欠一生曰：一起即覺蒼涼可哀。

北風兮潦洌，寒節至也。洌，一作烈。[補]曰：潦，音寮。草木兮蒼唐(一)。始凋也。草，一作艸(二)。唐，一作黄。**疏曰：**（一）唐，音堂，空也。（二）艸，古草字。

蛜蚗(一)兮噍噍(二)，促寒將蟄，故噍噍鳴。**疏曰：**（一）蛜蚗，查《字典》爲二物。蛜，原爲蛜，省作蛜。蛜委，鼠婦也。蚗，音玦，蟲名。《博雅》："蛜蚗，蜇也。"《説文》："蛜蚗，蟠也。"《辭源》蟠作蟟，謂此蟲長一寸三分許，色黑，翅無色透明，夏秋間鳴於高樹。蜇，音斯，爬蟲類，長六七寸，頭扁，有四脚，似壁虎，俗名四脚蛇，囓人最痛。與此不合。（二）噍，劑耀切，急也。又齧也，嚼也。蝍蛆(一)兮穰穰(二)。將變貌。**疏曰：**（一）蝍蛆，蜈蚣也。《爾雅·釋蟲》："蒺藜，蝍蛆。"注："似蝗而大腹長角，能食蛇腦。"蝍，音即。蛆，音苴，蠅類之幼蟲也。（二）穰穰，禾實豐盛也，引申爲凡物豐盛之意。音讓，又日陽切，此當引申作衆多解。歲忽忽兮惟暮，暮，末(一)。**疏曰：**（一）末下宜加"也"字。余感時兮悽愴。感時以悲思也。

傷俗①兮泥濁，矇蔽兮不章。寶彼兮沙礫，捐(一)此兮夜光(二)。夜光，明珠也。**疏曰：**（一）捐，棄也。（二）夜光，見前《天問》“夜光何德”疏。

校勘記：①“俗”，原誤作“時”，今據李刻本、明翻宋本、汲古閣本改。

椒瑛（一）兮湟①（二）汙，葈耳兮充房。葈耳（三），惡草名也。充房，侍近君也。**疏曰：**（一）瑛，音英，玉光也。又石之透明者，如水晶之屬。（二）湟，音黄。（三）葈耳，葈一作枲，思②矣切，一名蒼耳。一年生草，野生，葉爲卵形，端尖，有缺刻及鋸齒，互生。夏日開緑花，單性，雌雄同株，雄花在花軸之上部，列爲小頭狀花序，雌花隱於囊狀總苞之内，總苞滿生小刺，鉤著人衣。嫩苗及實，遇儉歲人多食之。參看前《離騷》“薋菉葹以盈室兮”疏。攝衣兮緩帶，操我兮墨陽。墨陽，劍名。

校勘記：①“湟”，明翻宋本、汲古閣本作“涅”。以下文疏證曰“湟，音黄”，今不改。②“思”，原誤作“惠”，今據《辭源》改。

昇車兮命僕，將馳兮四荒。四裔謂之四荒。

又曰：歲合四時而成，時既可傷，歲或可冀，乃至歲更荒涼，欲不哀不得。爲下章預作伏筆。

下堂兮見蠆，蠆（一），土螽（二）也。喻佞人欲害賢，如蠆之有螫毒。**疏曰：**（一）蠆，恥寨切。蠍屬，其毒在尾，可以螫人。螫，音釋，施毒也。（二）螽，音終。出門兮觸蠭（一）。**疏曰：**（一）蠭，即蜂字。益蟲，亦曰蜜蜂。又有細腰、赤胡等蜂之名。腹後大都有毒針，能螫人。有雌、雄與工之别，王亦屬雌蜂。

巷有兮蚰蜒（一），邑多兮螳螂（二）。**疏曰：**（一）蚰蜒，節足動物，俗稱蓑衣蟲，與蜈蚣同類。體長八九分，暗黄緑色，有黑斑，脚細長，共十五對，最後一對尤長，夜出壁間捕食昆蟲，往來極速，其脚易脱。食烏蠋等害蟲，與蜈蚣同。蚰，音由。蜒，音延。又蜒蚰，軟體動物之有肺者，與蝸同類異種。居於温暖陰濕之地，體爲圓筒形，長三寸許，無殼，頭有觸角四，驚則縮入，背有淡紫色之縱綫，雌雄同體，其經行處輒留粘液之跡，如蝸牛，爲植物之害。（二）螳螂，益蟲名。螂，一作蜋。體頗長，腹部肥大，頭爲三角形，複眼高突，前胸延長如頸，前肢變形爲鐮，有棘刺，便於捕獲他蟲，有益於農事。秋季産卵，簇聚成房，以麥麩狀之物堅著枝莖，謂之螵蛸。睹斯兮嫉(一)賊(二)，心爲兮切傷。**疏曰：**(一)嫉，音急，惡也。(二)賊，音則，匪也，害也。

俛念兮子胥(一)，仰憐兮比干(二)。投劍兮脱冕，龍屈兮蜿蟤(三)。蜿蟤，自迫促貌。**疏曰：**(一)子胥，見前《九章·涉江》"伍子逢殃兮"注。(二)比干，見同上"比干菹醢"注。[①] (三)蜿蟤，龍屈貌，又蛇名。蜿，宛平聲。蟤，音跧，又音全，宜叶專。

校勘記：①此句上頁眉戴之麟題校補時地云：丁亥六月七日午後，韓左个。

潛藏兮山澤，匍匐兮叢(一)攢。叢攢(二)，羅布也。**疏曰：**(一)叢，音從。(二)攢，音占。窺見兮溪澗，流水兮沄沄(一)。沄沄，沸流(二)。**疏曰：**(一)沄，音云，宜叶元。(二)流下宜加"也"字。黿(一)鼉(二)兮欣欣，鱣(三)鮎(四)兮延延。**疏曰：**(一)黿，見前《九歌·河伯》"乘白黿兮逐[①]文魚"疏。(二)鼉，音駝，爬蟲，與鱷魚爲近屬。俗稱鼉，又曰豬婆龍。長二丈餘，四足，背尾鱗甲俱似鱷魚，惟後足祇具半蹼，生於江湖，我國之特産也。相傳力猛能損蝕隄岸，鳴聲驚人，其皮可冒鼓。通作鱓。(三)鱣，音邅，即鱘鰉[②]，鱣屬，一名鮪。長者丈餘，背無甲，色青，腹下白，鼻長等身，頷下有青斑紋，肉色純白，味亞於鱣，産江河及近海之深水中。(四)鮎，音拈，俗稱鮑魚。體圓長，頭大尾扁，無鱗，多黏汁，口曲而闊，兩顎生細齒，有鬚，背蒼黑色，腹白，長尺餘，産於淡水。

校勘記：①"逐"，原誤作"從"，今據前文改。②"鰉"，原誤作"鱣"，今據《辭源》改。

羣行兮上(一)下，駢(二)羅(三)兮列陳。自恨兮無友，特處(一)兮煢煢(四)。獨行貌。**疏曰：**(一)上、處，均上聲。(二)駢，音便，平聲。(三)羅，音洛。駢羅，並列也。(四)煢，音瓊。

冬夜兮陶陶，長貌。雨（一）雪兮冥冥。神光兮熲熲（二），鬼火（三）兮熒熒。神光，山川之精，能爲光者也，熒熒，小火也。**疏曰：**（一）雨，去聲。（二）熲熲，火光也，同耿，舉迥切。（三）鬼火，燐火也。《淮南子》十三《氾論訓》“人血爲燐”注：“許慎云：‘兵死之血爲鬼火。燐者，鬼火。’”今譯化學原質之爲燐，多取自牛羊之骨，自能發光，見空氣即燒燃，故火柴多用之。

修德兮困控，將誰困控，言無引己也。愁不聊兮遑生。遑，暇（一）。**疏曰：**（一）暇下宜加“也”字。憂紆兮鬱鬱，惡（一）所兮寫情。**疏曰：**（一）惡，音烏，何也。

又曰：以上言所見所聞，無一可者，所以可哀。

守　志

陟玉巒兮逍遥①，玉巒，崑崙山也。山脊曰巒。逍遥，須臾也。覽高岡兮嶢嶢。山嶺曰岡。嶢嶢（一），特高也。**疏曰：**（一）嶢，音堯。

无三欠一生曰：此承上章“昇車”二句來，言歲時如斯，物類如斯，原之所遇，哀傷所由，以終上章之意。

桂樹列兮紛敷，崑崙山多桂樹，樹紛錯敷衍。吐紫華兮布條。桂華紫（一）色，布敷條枝。**疏曰：**（一）今見之桂，只有白、深黄之分。

校勘記：①此句上頁眉戴之麟題校補時地云：戊子四月二十六日下午課前，歸途及縣中終校。此下至末“嶢嶢”，終校於救左。

實孔鸞兮所居，孔鸞（一），大鳥。**疏曰：**鳥下宜加“也”字。（一）孔鸞，見前《離騷》“鳴玉鸞之①啾啾”疏及“離騷經章句第一”疏。今其集兮惟鴞。鴞（一），小鳥也。以言名山宜神鳥處（二）之，猶朝（三）廷宜賢者居位，而今惟小人，故云鴞萃（四）之也。**疏曰：**（一）鴞，見前《離騷》“各興心而嫉妒”疏。（二）處，上聲。（三）朝，音曹。（四）萃，集也。烏（一）鵲（二）驚兮啞啞（三），神鳥至，則衆鳥集從。今反鴞往②

處之，故驚而鳴也。**疏曰：**烏、鵲，二鳥也。（一）烏，似鴉，稍小，體全黑，能反哺，曰孝鳥。（二）鵲，見前《離騷》"雄鳩之鳴逝兮"疏。（三）啞啞，烏鴉鳴聲。又上聲，不言也。又阿格切，笑聲。余顧瞻兮怊怊(一)。怊怊，四遠貌。**疏曰：**（一）怊，音超，悵恨也。《辭源》引此作悵恨之義是。

校勘記：①"之"，原誤作"兮"，今據前文改。②"往"，原誤作"而"，今據李刻本、明翻宋本、汲古閣本改。

彼日月兮闇昧，日月無光，雲霧之所蔽。人君昏亂，佞邪之所惑。障覆天兮祲(一)氛(二)。祲，惡氣貌。**疏曰：**（一）祲，即音切，又去聲，陰陽氣相侵也，妖氛也。（二）氛，音分，又音汾，氣也。又兇氣也。按：當叶風。伊(一)我后兮不聰，后，君(二)。**疏曰：**（一）伊，乙飢切，發語詞。（二）君下宜加"也"字。焉(一)陳誠兮効(二)忠。**疏曰：**（一）焉，音煙。（二）効，盡力也。

攄羽翮兮超俗，無所効其忠誠，故飜(一)飛而去也。**疏曰：**（一）飜，同翻。游陶遨兮養神。陶遨，心無所繫。乘六蛟兮蜿蟬，蜿蟬(一)，羣蛟之形也。龍無角曰蛟(二)。**疏曰：**（一）蜿蟬，盤曲貌。蜿，音鴛。（二）蛟，見前《離騷》"麾蛟龍使梁津兮"疏。六蛟，猶言六龍也。遂馳騁兮陞雲。

又曰：此上言邪佞盈朝，由於君上之不明，惟有他之以明己志。

揚彗光兮爲旗，秉電策兮爲鞭。復欲升天，求仙人也。朝晨發兮鄢郢(一)，郢，楚都也。**疏曰：**（一）鄢郢，楚昭王遷都也，參看上《遭厄》"見鄢郢兮舊宇①"疏。食時至兮增泉。增泉，天漢(一)也。**疏曰：**（一）天漢，天河也。

校勘記：①"宇"，原誤作"都"，今據前文改。

繞曲阿兮北次，次，舍(一)。**疏曰：**（一）舍，止也。下宜加"也"字。造我車兮南端。復適(一)南方也。**疏曰：**（一）適，往也。謁(一)玄黄兮納(二)贄，玄黄，中央之帝也。**疏曰：**（一）謁，乙歇切，告也，請也，見也。（二）納，儺拉切，入也，獻也。崇忠貞兮彌堅。雖遥蕩天際之間，不失其忠誠也。

歷九宫(一)兮偏觀，九宫，天之宫也。**疏曰：**（一）九宫，有三：一曆中九宫：天蓬星太一坎水白，天芮星攝提坤天黑，天衡星軒轅震木碧，天輔星招摇巽木緑，天禽星天符中土黄，天心星青龍乾金白，天柱星咸池兑金赤，天任星太陰艮土白，天英星天一離火紫，見《唐會要》。按：唐宋皆祀九宫貴神，謂其司九州水旱災福之事。又曲中九宫與夫明堂九宫，玆不贅述。《唐會要》，《辭源》辰集五九頁日部九畫：“《會要》，書名。記一代之制度，及其損益沿革者。自唐蘇冕始撰高祖至德宗九朝《會要》。楊紹復等又採德宗至宣宗事爲《續會要》。今所行之《唐會要》，則宋王溥因兩書而新編，附以唐末之事者也，凡一百卷。溥又撰《五代會要》三十卷。皆足補史文之缺。其他如《宋六朝會要》、《中興會要》、《國朝會要》，皆仿其體爲之。徐天麟之《兩漢會要》，考訂尤爲詳密，凡一百十卷。”①睹祕藏兮寶珍。就傅説兮騎龍，傅説(一)，殷王武丁之賢相也。死補辰宿。**疏曰：**（一）傅説，見前《遠游》“奇傅説之託辰星兮”疏。與織女(一)兮合婚。**疏曰：**（一）織女，星名。《晉書·天文志》：“織女三星，在天紀東。”

校勘記：①此句上頁眉戴之麟題校補時地云：己丑九月十二日午後。

舉天罼兮掩邪，罼(一)，宿名也。畢有囚姦名，故欲以掩取邪佞之人也。**疏曰：**（一）罼、畢同，二十八宿之一，今小雪節子正二刻二分之中星。彀(一)天弧(二)兮射姦。弧，亦星名也。弧矢弓弩(三)，故欲以射姦人也。**疏曰：**（一）彀，音遘，弓滿也。（二）弧，音胡。《史記·天官書》注：“弧①九星在狼東南②，天之弓也。以伐叛懷遠。”《天官書》是《史記》卷第二十七《書》第五。（三）弩，怒上聲。弓之有臂者，設爲機巧，鉤弦發矢，力强可以及遠，相傳爲黄帝所作。隨真人(一)兮翺翔，真，仙人也。**疏曰：**（一）真人，修真得道之人也。食元氣兮長存。元氣，天氣(一)。**疏曰：**（一）氣下宜加“也”字。

校勘記：①“弧”，原脱，今據《史記》補。②“南”，原誤作“北”，今據《史記》改。

望太微兮穆穆，太微(一)，天之中宫。穆穆，和順也。**疏曰：**（一）太微，星垣名，三垣之一，形方。睨三階(一)兮炳分。太微之階。**疏曰：**（一）三階，即泰階也。《漢書》："願陳《泰階六符》。"注："《黄帝泰階六符經》曰：'泰階者，天之三階也，上階爲天子，中階爲諸侯公卿大夫，下階爲士庶人。上階上星爲男主，下星爲女主。中階上星爲諸侯三公，下星爲卿大夫。下階上星爲元士，下星爲庶人。三階平則陰陽和，風雨時，社稷神祇咸獲其宜，天下大安，是爲太平。'"參看前《九歌》"大司命"疏。"願陳《泰階六符》"等句，見《漢書卷六十五・東方朔傳第三十五》，係節取。是書一卷。①相輔政兮成化，建烈業兮垂勳。當與衆仙共輔天帝，成化而建功也。

校勘記：①此句上頁眉戴之麟題校補時地云：己丑二月四日午間，新庭。

目瞥瞥(一)兮西没，道遐迥兮阻歎(二)。志稸(三)積兮未通，悵敞罔兮自憐。言陞仙之事，迫而不通，故使志不展而自傷也。**疏曰：**（一）瞥，音擘，過目也，暫見也。（二）歎，平聲。（三）稸，同畜，積也。

又曰：以上言上下周流，庶幾有遇，得伸己志，以貞其守完結全篇，筆意周匝。

亂曰：天庭明兮雲霓藏，三光朗兮鏡(一)萬方。天清則雲霓除，日月星辰昭，君明下理，賢愚得所也。**疏曰：**（一）鏡，音竟，照也。

旡三欠一生曰：此歎贊原忠貞，庶幾格天，世足以治，而酬原志。此又無聊之思，或然之想，當玩其弦外之音，不可謂其與文不合也。

斥蜥蜴(一)兮進龜龍，策謀從兮翼機衡(二)。蜥蜴，喻小人。龜龍，喻君子。璇璣玉衡，以喻君能任賢，斥去小人，以自輔翼也。一云：奮策謀兮。**疏曰：**（一）蜥蜴，長六七寸，頭扁，有四腳，似壁虎，俗名四腳蛇。雌者褐色，雄者青緑色，舌短，尾易斷，斷後複生。常棲於石壁之隙，捕食細蟲，故又名石龍。蜥，音錫。蜴，音亦。（二）衡，叶杭。配稷(一)契(二)兮恢唐(三)功，配，匹也。恢，大唐堯也。稷、契，堯佐也。言遇明君，則當與稷、契恢夫堯、舜之善也。一曰恢虞功。**疏曰：**（一）稷，周之始祖。（二）契，商之始祖。（三）唐，爲堯之國號。不應連言舜，注恒有此失。嗟(一)英俊兮未爲雙。雙，匹也。**疏曰：**（一）嗟，音無考。《字典》口部六畫有咾字，音老，聲也。或誤此乎?[①]

校勘記：①此句上頁眉戴之麟題校補時地云：戊子九月十四日午前，縣中校。

毛表題識

今世所行《楚辭》，率皆紫陽(一)注本，而洪氏(二)《補注》絶不復見。紫陽原本六義(三)，比事屬辭，如堂觀庭，如掌見指，固已探古人之珠囊(四)，爲來學之金鏡(五)矣。然慶善(六)少(七)時即得諸家[①]善本，參較異同，後乃補王叔師(八)《章句》之未備者而成書，其援據該博，考證[②]詳審，名物訓詁，條析無遺，雖紫陽病其未能盡善。而當時歐陽永叔(九)、蘇子瞻(十)、孫莘老(十一)諸君子之是正，慶善師承其説，必無剌[③]謬。表(十二)方舞勺(十三)，先人手《離騷》一篇教表曰："此楚大夫屈原所作，其言發於忠正，爲百代辭章之祖。子長[④](十四)有言，"《國風》好色而不淫，《小雅》怨誹而不亂，若《離騷》者，可謂兼之"。我之從事鉛槧(十五)，自此書昉(十六)也。小子識(十七)之。"壬寅(十八)秋，從友人齋見宋刻(十九)洪本，黯然於先人之緒言(二十)，遂借歸付梓(二一)。其《九思》(二二)一篇，晁補之以爲不類前人諸作，改入《續楚辭》，而紫陽並謂《七諫》(二三)、《九歎》(二四)、《九懷》(二五)、《九思》(二六)平緩而不深切，盡刪去之，特增賈長沙二賦，則非復舊觀矣。洪氏合新舊本爲篇第，一無去取，學者從[⑤]紫陽而究其意指，更從洪氏而溯其源流，其於是書，庶無遺憾。汲古(二七)後人毛表奏叔識。

疏曰：（一）山名，在安徽歙縣城南，宋朱松讀書其上，後其子熹居福建之崇安，榜廳事曰"紫陽書室"，後人因於歙縣建紫陽書院。方回作《紫陽書院記》，各省相繼者頗多，後世因稱朱子爲紫陽，與陝西今縣名異。[⑥]朱子注《楚辭》凡八卷，《辯證》二卷，《後語》六卷。（二）詳見卷首"《楚辭補注》十七卷"下。（三）《詩》有風、雅、頌、賦、比、興，謂之六義。（四）《唐實録》："千秋節賜四品以上金鏡珠囊。"（五）見上四，殆以珠爲囊，以金爲鏡也。古銅亦稱金，非以金爲也。（六）見同上二。（七）去聲。(八)見前卷首“後漢校書郎臣”條。(九)見前《楚辭補注十七卷提[7]要》疏二七。(十)見前《楚辭補注》,同九。(十一)見同上九疏二八。(十二)見同上十一疏三二。(十三)《禮》:“十有三年,學樂、誦詩、舞勺。”《勺》本《周頌》篇名,古爲樂舞之一種,小學内習之者也。今亦稱未成童者曰舞勺之年。麟按:此表自述年方十三歲也。(十四)即史公司馬遷之字。(十五)皆古人紀録文字之具,鉛所以書,槧,木板也。《西京雜記》:“揚雄懷鉛提槧,從諸計吏,訪殊方絶俗之語,作《方言》。”鉛,音沿,金屬,化學原質之一。色灰白,質軟,爪之有痕,置空氣中即生薄鏽,富延展性,入硫酸、鹽酸及水中均不起變化,惟入硝酸則溶化,以製槍彈及鉛管、鉛板、鉛粉、鉛丹、合金之屬,爲用最廣。麟按:此係以鉛製筆寫字,如今之鉛筆。槧,字覽切,削木爲牘以書文字者。(十六)音傚,始也。(十七)音志,記也。(十八)清光緒四年冬日金陵書局印行《史記》首載汲古閣重修經史年月,最後爲順治丙申。按:丙申爲順治十三年,順治在位十八年,以次數之爲康熙元年。[8](十九)宋代刻行之書,今所謂宋體也。(二十)《莊子》:“孔子曰:‘曩者先生有緒言而去。’”近世著書,其首篇籠統説全書大旨或序其作書之意者,多名之曰緒言。(二一)俗謂刻文字於木板曰梓,蓋沿《周禮》梓人爲“攻木之工”而稱之也。(二二)王逸作。(二三)東方朔作矣。(二四)劉向作。(二五)王褒作。(二六)同二二。(二七)見前《楚辭補註十七卷提要[9]》疏[10]。[11]

校勘記:①“諸家”,原脱,今據李刻本、汲古閣本、金陵書局本補。②“證”,原誤作“正”,今據李刻本、汲古閣本、金陵書局本改。③“剌”,原誤作“刺”,今據李刻本、汲古閣本、金陵書局本改。④“子長”,汲古閣本、金陵書局本作“昔人”。⑤“從”,汲古閣本、金陵書局本作“得”。下文“更從洪氏而溯其源流”同此。⑥此句上頁眉戴之麟題校補時地云:丁亥七月望日午後,韓左个。⑦“提”,原誤作“撮”,今據前文改。⑧此句上頁眉戴之麟題校補時地云:戊子九月十三日日晡,捄中補録。⑨“提要”,原誤作“撮言”,今據前文改。⑩“疏”,原脱,今據前文補。⑪此句上頁眉戴之麟題校補時地云:丙戌七月十七日□午,韓庭。丁亥六月九日午前,韓左个牆陰。丁亥十二月二十六日午前,韓左个。戊子二月二日上午,韓左个,惟後六頁係昨夜預問於韓正寢。己丑四月五日午後,終校圖書館。己丑九月十一日午前。庚寅二月三十日午後,日曜日。按:此頁眉截邊,闕一字。

楚都考見《戰國策校註卷三·秦·張儀説秦王》"破荆襲郢"注。

《路史》，宋羅泌作。熊繹初封丹陽，今秭歸。武徙枝江，亦曰丹陽。楚文王都南郢，即江陵，又謂故郢。昭王避吴遷鄀，今宜城，爲北郢，即郢州。惠王遷鄢，在宜城。曾氏謂屈瑕亂鄢以濟者，鄀、鄢非久都。故惠王末，墨翟重繭趨郢。宣王時，王宫遇盜，郢軍見絀。懷王入秦，齊使郢中立王，皆昭、惠後事。按：《楚辭·哀郢》，莊辛説襄王，郢都必危，白起拔郢，始徙陳。知懷、襄之世，亦仍都南郢也。考烈王徙壽春，命曰郢。又《年表》考烈徙都鉅陽。《大事記》謂，春申君用朱英策，自陳徙壽春，不云自鉅陽也。據此，楚不止五都，鮑因誤文。又以其時在徙陳前，故徙陳以下不論，而其説亦不明，故爲正之。庚寅三月二十一日上午録於生活時，正各鄉郵機關團體鼓吹前過，不顧及也。

附　　録

一、戴之麟致鍾祥縣圖書館董館長信

董館長暨諸同志：

拙作前後繕正三份，二次所繕，已贈貴館，内容稍簡，且有闕文，雖經彌補，終不免，抱歉！諸同志諒已予以鑒原。又二份稍充詳贍经 5 年增改，一份數月前已呈毛主席核閲，此部拟贈省屈原馆：公同好，一也；就有道，二也。冀屈先生有靈，加以默相，俾真相明顯於世，不至紛紛争訟，靡所底止耳。屈先生生於秭歸，孝者悉知，而服務國家，則在懷、襄兩世，此時都遷今之宜城已久，後學對此，慢不加查，東塗西抹，南轅北轍，於其遺著，靡有定見。例如《史記》明示二十五篇，而後人終以《九歌》爲十一篇《九歌》固分十一則，惟一則係迎神詞，末則送神曲，不在正篇之數，故爲歧説，以滋後惑。不佞費數十年心血，旁求博採，不聞寒暑，幸而告成。遲回有年，不敢問世。兹者花開鳥鳴，承先覺後，古典文學，無不注重，則拙作似不可長眠箱篋，徒飽蠹魚，應響應號召，公諸屈館，就正有道，俾成完璧。諸同志以爲然否？順祝

健康。

芝靈匆白　九月十二日。

交

董館長　收

（原附鍾祥市圖書館藏《楚辭補注疏》稿本末）

二、戴之麟散見詩文

關於免費科之意見書

文科學員　戴芝靈　鍾祥

《中庸》云："凡事預則立，不預則廢。"此一定之理、必然之勢也。竊謂不預固廢，預而不善，究未見其不廢。與其預而不善，終至於廢，毋寧稍稽時日，集衆思、廣衆益，以蘄至於不廢之爲得。此編譯社於設立免費科，所以有意見之徵求。蒙不敏，敢貢盲瞽之説也。按此科爲普及通信教授而設，所有學費、講義費、郵費，一律豁免，惟報名入學時，須繳證金三元，此費畢業發還，中途輟學者否。夫既免各費以廣招徠，復收證金以防輟學，意美法良，誰得横生意見、妄肆雌黄者？然蒙之陳説，則别有所見，而理固有衷，編譯社如不棄芻蕘，則亦萬一之裨也。免費科函授之科目，爲作文、作詩、填詞、作小説、寫信五法。講義則爲油印，油印亦可，惟所見屢次通告，大半模糊，識認既難，又不雅觀。夫審美之心，盡人同具，講義如此，學者勢必望而生厭，尚冀其喜而好之乎？且適以啓學者輕之之心也，何則？學者而得如此講義，必謂文、專二科講義，皆用鉛印，此則獨否。在設立之人，已覺輕視，吾輩何事鄭重之？此心一存，免費科不幾虚設耶？雖爲節省經費計，不得不爾，然何妨多收證金，以資彌縫乎？此科講義，定爲十日一寄，每期二十頁，一年三十六期，當共寄七百二十頁，每頁以制錢三文計算，每年每份需錢二千一百六十文。以三元證金之息，供印刷講義之費，自屬不敷。蒙意擬加至十二元，改作一月一寄，借權子母。是證金四倍於原定，印資之敷，自不待言；其足堅學者向學之心，更無論已。至於科目，蒙意當將作詩、填詞删去，參以第一次之簿記、商律、銀行論，推廣營業法、廣告術、商品學等，以開一般普通人必須之智識，使之知各自謀生之道，卓爾自立，庶乎不虚此一設。作詩、填詞，胡爲宜删去也？學者之入此科也，其不能長作騷人墨客可知矣。若謂爲延緒起見，則有文、專二科學者在，何絶滅之足慮？夫證金月繳一元，學者不難籌措，而精美之講義由之産出，推之學者之心理，自必以先覩爲快，專心研究，日有所得，有必然者。科目而删去作詩、填詞，加入簿記等目，則日用文字可以粗通，商業智識可以輸入，謀生有具，自立匪艱。國家因之少多數分利之人，由是生之者衆，食之者寡，爲之者急，用之者舒。民足國足，奚待龜卜？《中庸》所謂"凡事預則立"，其斯之謂歟？

（原載《中華編譯社社刊》1917 年第 1 期，第 5 頁，中華編譯社印行）

陽春書院石額感言

本社函授部文科第一九〇號學員　戴芝靈

於虖！謂遇有常乎？吾不得而知也；謂遇無常乎？吾亦不得而知也。謂遇爲有常，何聖賢如孔、孟，周游列國而所如不合；謂遇爲無常，何才器如馮（異）、徐（達），一晤英主而立得重任？無他，胥視乎時而已，吾人惟當静以俟之。孔、孟之不克即償夙願、大行其道者，時未至也；馮、徐之得以立博重任、克壯厥猷者，時既至也。故時未至，縱能揮魯陽之戈，終難回已昃之日；時既至，或竟以一言之契，不難博九卿之任。此余於陽春書院石額，不禁感慨繫之矣。是額修五尺，廣尺五，厚四寸，中書"陽春書院"四字，字徑七寸，出勝朝（《文學講義》"勝朝"作"有清"）。康熙時郡守楊緑綬手。不知何年月日，淪於治城内之覺皇菴。菴近日半就傾圮，遂爲不正當行爲者之巢穴。歷來官廳，不事過問。本年秋仲，邑宰周樹基以其有礙風化，驅逐之。大興土木，改修公廨，額困以出。里人鄧郎中九峰爲余言，始知之。即獨步往，則見斜卧地面，側雜瓦礫，表蒙糞穢。愍焉傷之，徘徊不忍去，蓋傷其不能即出水火而登袵席也。返校，商諸校長吴德祖，擬請於官廳，移本校以資保存。德祖然之，而不果行。此爲八月間事。今十一月，周宰即菴之廢址，作商店四，所有權隸諸（《文學講義》"諸"作"之"）勸學所。於是月乙亥督工之便涖校，坐甫定，余首以是請，周許可。越翌日，命工作者八人舁至校，位於明倫堂内之上方。雖不及當時冠於門楣之榮，然過於曩日屈在瓦礫之場遠矣！攷（《文學講義》"攷"作"考"）書院在治城内西北隅陽春臺上，創建於康熙戊子秋季，内列齋房數拾楹，爲七屬諸生讀書之所（鍾祥治與安陸府治同城。清初，天門、京山、潛江、荆門、當陽、沔陽皆屬之）。當時得士，號稱極盛。道光末圮，同治初廢。宣統中，余濫乙種農校講席，暇輒與儕輩往游（校址爲舊縣黌，距臺不過三百武），但知有書院之名，至求一斷瓦殘磚，亦不可得，初何計及是額尚在人間哉！乃時機一至，以區區一言而是額有特遇焉，非得時之徵乎？當余之與德祖商也，德祖固認可而遲回不發者，非德祖靳之，德祖方以謀公益故，爲同類攻擊，不敢再以保存古物，致啓他人口實耳，此殆時未至而有此波折乎？故曰"時未至，縱能揮魯陽之戈，終難回已昃之日；時既至，或竟以一言之契，不難博九卿之任""吾人當静以俟之"也。嗚呼！天下之當作如是觀者殊衆，寧獨是額也哉！寧獨是額也哉！

（原載《學生周刊》1917年第6期，《文藝》第5—6頁，上海中國學生聯合會印行；亦載《文學講義》第2期，《函授部成績》第29—30頁，中華編譯社1918年再版）

王湘綺不應入《清史》説

本社函授部文科第一九〇號學員　戴芝靈

《荀彧傳》，《後漢書》與孔融等同卷，此以爲漢臣也；陳壽《三國志》，列於夏侯惇、曹仁之後，與荀攸、賈詡同卷，則以爲魏臣矣。爲漢爲魏，各執一説，莫有折衷。清趙翼爲之略迹原心，力申范氏之旨，厥後遂有《荀彧傳》不應入《三國志》之論，而“爲漢”之説以定。近日王湘綺氏歿，竟有本此立論，謂當作傳入於《清史·文苑》者。忠厚爲懷，固所應爾，然究何當於“《春秋》責備賢者”之旨？夫湘綺在清末葉曾登賢書，一時名公鉅卿，如曾、郭、丁諸人，嘗爲推轂，雖未登仕版、食清禄，例以“女已適人，終身不改”之義，王當清社既屋，即不能作仰藥之荀彧，或爲吾道計，不得不留以有待，亦當隱跡不出，乃皆不然。民國成立，竟應修編國史之聘。以爲間曹乎？則館長爲中央法定之職官；以爲舍我其誰乎？則大名鼎鼎之林紓、梁啓超猶存。竊謂其蒲輪入京，心無清室久矣。然有謂“王去館時，移館篆於楊度，亟面署以‘四品京堂’，其心固不知有民國，更何論乎袁氏？其去館也，實以袁有帝制自爲之心，乃心無不在清室，於此可見一斑。作傳而入之《清史》，宜也。”余應之曰：“帝制發生之後，拍電勸進，真贋姑不具論。館長一職，没後方解，生前並不力辭，館穀之悉受可知。既食其穀，猶得稱首陽義士乎？王果心乎清室，或以道自任，宋儒‘餓死事小，失節事大’之言尚在，胡不身體力行耶？”史稱荀彧爲曹操表請勞軍，留壽春，操遣人饋食，發之空器也。遂仰藥而卒。明年，操乃爲魏公。故范氏得提出列於《後漢書》，趙氏復引申其説，推爲平心之論。若王以考終，既無仰藥之舉，復乏採薇之行，比之女已再醮，出與廟絶，不得私歸。吾敢斷言之曰：王湘綺不應傳入《清史》。

（原載《學生周刊》1917 年第 6 期，《文藝》第 6—7 頁，上海中國學生聯合會印行）

愁城記

本科第一九〇號學員　戴芝靈　鍾祥

烏有之國，子虛之郡，有愁城焉。餓鄉犄其北，飢道出其南，愚溪經其東，陋巷毘其西，窮廬位其中。古昔大人先生，於不得志時，嘗身入之，而以騷人墨客爲多。一入其間，莫不著作等身，名噪一時。攷此城之建，其當周之衰乎？上古之時，民風沕穆，飢則索食，飽則棄餘，優游泮奐，不知所愁。厥後人心澆離，世道淩夷，抱挽救人心世道之志者，恒不能砥柱中流，危支大廈。於是愛國愛民者流，相率築此城於烏有國子虛郡，著書立説，作背城借一之舉：寧游餓鄉、居窮廬，或溯洄愚溪、徘徊陋巷而不悔，若屈靈均其魁也。觀於“心愁愁而思舊邦”之句，此城已具雛形矣。自漢以後，愁城之名方成立，張養浩云“一退愁城萬里降”，非其明證乎？居此城者之子孫，遂聯爲異姓昆弟，慮其日久疏遠，乃易其姓爲“愁”，有愁腸、愁緒、愁懷、愁霖、愁眉錦、愁婦草。其不安厥居，背乃祖考彝訓者，以“莫”冠其姓，曰“莫愁”，徙湖洲，不與愁城通。然此城雖時作捍禦外侮計，從不嚴其關禁，仍予人以自由居住之權。郊郢樠山書傭，嘗慕其城大有人在，曾於廿年前徙居之。甫入城，即現一種愁慘氣象：所謂大人先生、騷人墨客，類比户而居，盱衡時艱，悲歎之聲，達於户外。久之，造廬進謁，則皆獎掖後進，不遺餘力。第其悲天憫人之概，時見於眉端，縱鐵石人見之，無不代爲扼腕。書傭與之游者十年，暇則領餓鄉風味，管同之言不誣也；訪憂庵遺跡，戴名世之記猶新也；窮愚溪來源，柳宗元其人恍在也。惟至陋巷，則樂道顔子尚誦聲琅琅，至簞食瓢飲不繼，無絲毫愁態。巷雖近城咫尺，儼若雷池，終其身不越一步。書傭乃爽然悟曰：“士各有志，顔子樂者在道，大人先生輩，愁者亦道。天地之大，並行不悖，原不可是彼而非此。余何人斯，既無古人之學，敢入著作之林，自詡能干城斯城也哉？”爰退居樠山下，濡筆記其大概云。

（原載《中華編譯社社刊》1917 年第 7 期，《成績》第 9—10 頁，中華編譯社印行）

世伯母戴孺人壽序

戴芝靈

世俗之壽人者，靡不曰壽之爲言酬也，所以酬有德也。余讀董子《繁露》，則曰："壽者，酬也。壽有長短，由養有得失。"乃知世俗之諛人，皆未覩董子原文。操觚之士，弗加深考，遂謂董子真有此言，何其謬耶？夫姚虞英皇，姬周任姒，數千年之人，猶想見之，則謂其壽數千歲可也；植物之松，動物之鶴，雖其無量之壽，而人視之若無物焉，則謂其夭折亦無不可。然則人之壽夭，固不必以其享年之永不永爲定論，而爲文壽人者，亦不必拘於其母難之日，但使其人有至德畸行，則隨時隨地皆可壽之。此即古人奉觴上壽之義，余因竊取之以壽孺人也。孺人之子慕顔，與余爲總角之交，故知其家事最稔。慕顔本姓陳氏，其曾大父科九公，以樸學教授鄉里，邑之名公鉅卿，多出其門，學者尊如山斗。秉一封翁，即先生冢孫也。封翁幼承家學，致力諸經，尤精於《易》，風鑑、岐黄諸書，莫不瀏覽，遠近羡之，僉謂陳氏有子矣。咸豐中，捻匪寇郢，翁未弱冠，爲賊所得，以智脱。孺人父吉昌公奇之曰："是兒能自脱於虎狼之口，其智足多。"請於先生，欲贅以爲子。先生曰："淳于豪士，實開此端。近代黎樾喬京卿，亦循此軌，湘鄉相國，不以爲非，姑徇子請可也。"戴固素封，孺人又爲吉昌公愛女，乃絶不以先人蔭庇之隆驕其夫壻，舉案進食，奉匜請盥，略無自挾態。翁性剛方，孺人以柔濟之，是豈生長富貴者所能耶？光緒中，吉昌公即世，家遂中落。孺人躬親紡績無懈色，閨房之中有慰藉而無怨尤。斯時翁之本宗近支子姓，喪亡殆盡，其戚鄰或勸翁歸宗，翁不聽。孺人感翁意，爲陳氏列祖立主，春秋致祀。翁之仁足動物，孺人之能行恕道，更於此可見矣。初，吉昌公保赤心篤，嘗仿後唐太祖故事，養他人子以爲己子。若輩驕奢性成，盡耗家財，財盡身歿，子孫有不免凍餒者，孺人仰體翁意，收撫存養，且爲之授室。里黨之無告者，亦不時量力佽助。慕顔久嫺母教，亦慈善爲懷。午後孺人予青蚨六枚，爲果餌之費，慕顔忍飢不食，盡予乞丐，同人以“戴獃”呼之，慕顔不顧也。乙巳孟夏，余與慕顔並受知於李柳溪侍郎，補博士弟子員。發落後，同人多命輿謁見鄉先生，慕顔獨徒步走謁，同人怪而詢之，慕顔曰：“吾母謂吾初發軔，乘輿易長驕氣，不許。故不爾也。”明年，慕顔就學於山南東道。瀕行，雪不止，孺人促之行，絶少顧惜意。慕顔行後，孺人待遇諸孫，一如昔日之待慕顔。小有過差，立加呵責，無世俗姑息之習。又明年，慕顔在道校卒業，當道聘主尋常小學及乙種農業講席。十年間，迭荷教育長官褒獎，孺人處之，不以爲異。又常語慕顔曰：“子婦不敢私與，禮也。但族中不乏孤貧者，宜時加賙恤，不必事事取進止也。”慕顔謹受教，族人益頌孺人之德。余每訪慕顔，時聞後堂紡車聲，輒歎息不置。夫士大夫不能修身齊家，致家人優游坐食，不以物力爲艱，入其室非喝雉呼盧聲，即拍案叫罵聲，否則喃喃諷經聲耳。求一如孺人者而不可得，可不謂之賢乎？孺人生平衹一女，擇壻亦不徇俗見。慕顔有弟子楊仲煊，馴謹異常，孺人愛之甚，商於翁，以女妻之。楊投身商界，饒經濟才，富商争以重幣聘之。孺人預有卓見，洵非常人可幾及矣。往者孺人六十初度，戚鄰以物壽之，慕顔愀然不樂，謂以俗物見遺，不如其已。其至好李子章君供職京都，曾以書實告，李稱道不已。余不揣以不工之文，爲孺人壽，孺人工書史，見余文無祝嘏意，當笑其不倫而爲之浮一大白也。

（原載《文學講義》第 1 期，《函授部成績》第 8—11 頁，中華編譯社 1918 年再版）

與友人論文書

戴芝靈

某白某君足下：某伏處窮鄉，垂四十年矣。所事者，帖括之師；所友者，庸腐之流。聞人論文，怦怦心動，而未知致力之方。曩者混跡鄂渚，得與足下周旋，始知某等等所謂文者，非宇宙間之至文也。及叩以至文所在，則又云還而求之六經。夫某雖駑下，六經之書，蓋已童而習之。又豈惟某習之，即吾帖括之師，庸腐之友，又何嘗不童而習之？顧何以昌黎、柳州諸賢能得其奧窔，而某與帖括之師、庸腐之友，反不能得其皮毛？反復思之，覺足下之言不足信。然足下欺某，柳、韓必不欺某，況足下行誼，衆口交推，庸有欺人之事哉！越年，再游鄂渚，得蘇批《孟子》，讀之狂喜。而張南皮相國著《輶軒語》，謂明人評經，亦以評時文之法評之，詆其侮經。某則謂明人評經，未可厚非，特不當"以評時文之法評之"耳。曾文正，近儒之通者也。其所著《經史百家雜鈔》，人或駭之，此由尊經太過而不自知其陋。夫一部十三經，惟《周易》爲四聖之書，《周禮》爲周公所著；《爾雅》、《孟子》及《左》、《公》、《穀》三傳，爲一人自著；此外如《尚書》、《論語》、《儀禮》、《禮記》，則非出自一手；《詩經》則羈人、怨婦、女侍、巷伯、手跡無不層入。不敢致力，亦奴性太深矣。雖然，六經豈易求哉？一經有一經之例，即有一經之面目。袁隨園云："孟學孔子，孔學周公，三人文章，頗不相同。"隨園文人，經師輕之，今觀其言，於經學用力甚深，而舉世不知隨園通經，隨園亦以文苑中人自處，羞與章箋句釋者爲伍，豈知其窮經之術，别有在哉！某又讀《曾文正日記》，云讀《尚書·吕刑》，"惜不能盡通其讀"。夫句尚不能盡通，何能監文之腦？文正且感如是之困難，後生小子，愈不敢問津矣。然某等今日爲作文計，非爲窮經計，窮經忌讀節本，作文則可不拘此例。滬上文法諸書，粲然具在，物色一二，伏面讀之，一二年後，然後取家絃户誦之六經，選而評之，有未是處，改之又改，平生精力悉注於是。再數年後，必有所得，把筆爲文，縱不能力追古人，較之規漢撫魏及抱杜尊韓者，當有間矣！某頓首。

（原載《文學雜誌》創刊號，《成績》第10—11頁，中華編譯社1919年印行）

郢中竹枝詞 鍾祥古稱郊郢，沿呼“郢中”仍之

戴芝靈

兒傍桑陰學種瓜，每逢瓜熟奉爹爹。有人扶杖問晴雨，一語未完便“兩家”。（郢俗呼父爲爹爹，爹、爹字形相近，故訛爺爲爹，“兩家”爲尊人之稱，亦俗語。）

張家有女妙年華，新婦于歸髻擁鴉。偏遇鬧房惡作劇，喜娘連説“尊作些”。（俗於完婚之日，聽人鬧房，遇惡少予以難堪，喜娘必曰“相公尊作些”。）

一年容易又年終，新飯炊來祭祖公。更爲年跟燒帋角，不知大祫本古風。（除夕炊飯數椀，陳諸供案，稱新飯。人定後焚紙角於庭，謂之年跟紙。按此即古大祫之禮。）

兒生七歲上籠頭，雜字千文讀不休。盼到靈均投水日，端陽飯後看龍舟。（兒童入學多係七歲，是日父兄送子弟謁師，稱爲“上籠頭”。每年端午，師必治具宴諸生，稱爲“端陽飯”。）

採來芹菜舉家歡，迎賀禮行財力殫。戰敗秋闈豪氣盡，代人襄禮淚

偷彈。（補博士弟子者，張筵宴客，稱爲迎賀。老大無成，則爲喪家襄禮。涂椿田先生有句云："老而不死成何用，走到喪家做相公。"）

多收十石豆和麥，袍袴鮮明棟宇輝。亦有家貧貸印子，生辰嫁娶喜張威。（近來俗尚奢侈，貧家趨時，則貸印子錢以宴客。）

迷信雖除愚可嗤，二郎夏祭秋祖師。旌旗高颭銅鉦響，疑是漁陽來禄兒。（俗以二郎爲狼神，又以真武爲郢産，每年六月二十六日，祀二郎於城東楊家廟，九月初旬，往均州武當山謁真武，凡往祀者，必摇旗鳴鉦。）

婦女相逢甘苦話，"家家大士"口頭禪。爲教夫婿封侯覓，不讀青蓮《行路》篇。（郢俗家家供觀音，故遇事之相類者，輒云"家家觀世音"。近自西學輸入，婦女多勸夫遠出，故言。）

忙罷卻來拜灶神，喃喃細語欠分明。似云鎮日勤勞甚，但願天陰不願晴。（近來雇工多不力作，嘗向社公祝天陰，有"遲些亮，早些黑"、"一日三餐少不得"及"但願天陰不願晴"等語，故云。）

（原載《文學雜誌》創刊號，《成績》第21—22頁，中華編譯社1919年印行）

《向曉山房詩草》序

戴之麟

《虞書》："詩言志。"《詩》三百篇，多男女相悦之辭，此有託而然。孔子以"一言蔽之，曰思無邪"，凡以明詩人之志也。屈原《離騷》，借美人香草以喻君子，太史公稱其得風雅之旨，故曰“其志潔，其稱物芳”，又曰“推此志，足與日月争光”，殆以託興遥深，語在此而意在彼也。郭謙谷先生，清咸同間人，曾補博士弟子員。原籍隨州，後家吾邑東北豐隆鄉九華寨之薛山坡。時洪、楊亂作，海宇鼎沸，先生撫時感世，託詠歌以抒其侘傺抑鬱之氣。嘗手録所作詩，釐爲六卷，隨孝廉劉炳藜及高曉亭茂才爲之序。甲子仲冬，余客東鄉長吉小學，與座客李光渤慕白論詩，慕白亟稱先生，且言“先生無後，手輯本近存某家，擬付報章，次第登載，藉資表揚”。余求而讀之，温柔敦厚，深合詩教。先生嘗自謂所歷覽不過鄉村里巷、隴畝郊原之地，所惓惓不過家庭骨月、親戚師友之間，可見先生之志矣！抑余考其詞，間有涉於綺麗者，《隱恨歌》一首，亦似有託而然，第揆諸“無邪”之旨，不免稍有戾焉。余惟《閑情》一賦，昭明且以爲白璧之瑕，倘一概裒存，讀先生詩者，或不能竟明其志，非所以愛先生也。爰就全稿删去一百九十三首，計存七百五十八首，卷仍其舊。嗚呼！即此亦可以傳先生矣。

（原載李權《鍾祥藝文考》卷3第13—17頁，1928年李氏雙槐盧鉛活字印本。此據《地方經籍志彙編》影印1928年李氏雙槐盧鉛活字印本《鍾祥藝文考》，第45册569—571頁，北京圖書館出版社2008年版）

《醫學筆記》序

戴之麟

先嚴知醫，醫書靡不瀏覽，有得則筆之於書，語多獨到。先嚴存日，之麟尚未知其寶貴也。己未仲秋棄養，之麟以舌耕不能讀父書，自憾不肖等趙括，都先嚴所有庋藏之。於今年乙丑，六易裘葛，幾忘其中尚有手澤存焉耳。春仲，石兒病瘟，幾不起，日更數醫，其用此症忌藥如柴胡、羌活、葛根等，爲昔日聞諸先嚴者，慮不確，乃發其書參考之，先嚴手澤猶新，憶父歿而不能讀父書語，不禁泫然涕下，幸考證有資，石兒以瘥，於是將昔日所庋藏者，録其筆記，彙成一帙，上書原作，下注何書、何篇、何條，以便繙閱，公諸世人，先嚴其亦許我乎？

（原載李權《鍾祥藝文考》卷 4 第 13 頁，1928 年李氏雙槐廬鉛活字印本。此據《地方經籍志彙編》影印 1928 年李氏雙槐廬鉛活字印本《鍾祥藝文考》，第 45 册 603—604 頁，北京圖書館出版社 2008 年版）

關母黄孺人墓表

清戴之麟撰文　鄧爲霖書丹　民國十年

表云：關孺人母家氏黄，清咸同間鍾祥鄉貢進士關先生榕妻也。關先生少負文名而家貧，居城内，宅後僅隙地畝餘。孺人于歸，荆布藜藿自甘，闢隙地，萩蔬菜，出所餘易米鹽，供朝夕，先生無生計累，因得肆力於學，有稱于時焉。初，咸豐四年甲寅，賊逼縣城，家人散之四方，孺人有身，屆分娩，獨先生與孺人母兄留，擬畀城外戚家坐草。孺人止，以華屋賊將擾，不可居，覓居陋室中，已而分娩。速先生與兄避，二人徘徊不忍去，孺人曰："君二人必以弱女子故，遷延誤大事耶？少延，吾與若屬俱斃矣！"出長子與其兄曰："此四齡子賴舅負以逃。事急，與若父分竄，或得倖生也。"甫行而城陷，孺人襁負其嬰，間道行，匿城東叢林中者十日。賊退，家人始求得之。孺人在叢林中同匿某婦，指嬰語孺人曰："賊踪跡至，一身不可保，烏庸此呱呱者貽累爲，盍棄諸？"孺人泣曰："妾夫與四齡長子存亡莫必，先生二子，皆不育，翁姑憂與禱併，幸再有此，妾所不遽死者，正欲藉斯以免關家爲若敖氏之續耳！卿何言之不識重輕歟？果如卿語，是滋妾罪戾也。"幸無言，嬰以是獲與家人生還。嬰長，名兆福，邑諸生，有聲庠序間。福生四子，其伯慶龍，亦諸生，能世其業。與麟爲總角交，備悉孺人生平，因撮其犖犖大者表於阡。

論曰：嗟乎！世稱婦女之賢者，不過率其烹飪、澣濯、紡績、補綴之恒，以義豐家，以禮正内而已。至當危急存亡之頃，能從容布置，不計一身，輕死重義者，雖在鬚眉，猶或難之，遑問閨閣弱質哉！孺人崎嶇亂離，忍死獲生，後卒佐夫教子，蔚爲人望，倘所謂賢母非耶？

（原載1937年修《鍾祥縣志》卷15第18頁，屬《藝文下·金石》）

三、林紓《戴秉彝墓表》

戴秉彝墓表

林紓撰文　陳錫賡書丹

公諱世堃，秉彝其字也。本姓陳氏，祖文運，邑諸生；父紹章，以樸學授鄉里。先世由閩遷湖北，爲鍾祥人，後襲其外舅之姓，爲戴氏。方公之未嗣戴氏也，漂泊無所依賴。同治初年，捻匪犯鍾祥，見公幼願，乃置之馬上而去，至東南之永灤河。鮑春霆方與賊夾河而軍，鮑軍既渡河，以精騎撲賊。公據鞍四眄，官軍矛及公背，騎賊猝引公下馬，矛不及背者咫尺耳。明年，賊敗，東北竄。公脱賊中，歸。寄食於族兄宏錦家，族舅戴公光裕器之，故公遂壻於戴氏。舅無子，因襲其姓。命習岐黄術於張光榮先生家，先生課《靈》、《素》之書，二鼓命息燭寢，公潛然之，伏讀至於夜午。又心好堪輿家言，受學於叔舅瀛公；浙人濮某精星卜學，公又從而師之，故習知己之命運盡何時也。嘗犯雪造同業故人周御卿家，日暮雪盛，行迷失道，髣髴有巨燐爲導，將抵家，腰腳盡僵且仆，家人聞號争出，將入就火，迨明而蘇，然火灼及腰，痏焉。謂其子之麟曰："此阨吾命宫所宿定者，予知之所不能幸而免也。吾命在己未，汝善識之！"已而果然。娶戴孺人，即光裕公長女，仁而善家。有女弟適某氏，以産子亡。孺人取其孤而子之，庖偶得肉，孺人必先擇其精者飼妹子，而後始奉光裕公。光裕公樂，以爲“重此無母之雛，即所以重我”，於是三黨間稱孺人爲女曾子，善其能養志也。公既以醫名其州，而又長於已腹疾，恒謂脹之爲疾，法不宜攻，當徐培元氣，輔以消導之法，一求速愈，匪不殆者。邑某公有孫二，咸病蠱，公曰：“緩用吾法，當愈。”某公不審公術之良，易他醫，二孫皆不起。然公以其術治人，匪不驗也。公遇之麟極嚴，嘗以課讀扚其額，誤中目，公撫之而泣曰：“吾莫繼先業而爲儒，欲儒汝，督責過深，是吾過也。爾善體吾意者，或不以吾爲酷也。”聲與淚俱。公雖以堪輿名，顧未嘗炫其術，問輒漫應之。以爲葬親而求福，是人天雜矣，又焉得驗之。之麟求學，則力靳之。之麟既長官學，公恒節其禄俸所入以贍親黨。民國己未八月，公以疾卒於里第，命焚券。券蓋鄉人十年中所假貸者，決其莫還，因曰：“焚之，勿貽後人爲構訟資也。”享壽六十有八歲。子之麟，女適楊氏。孫四：長大仁，六歲夭，次大斗、大升、寶石，遺命以寶石後陳氏。辛酉三月，之麟葬公於樠嶺。予樂之麟之孝，因爲文以表其阡。

（原載李權《鍾祥金石考》卷 8 第 21—22 頁，1933 年李氏雙槐廬鉛活字印本。此據《歷代碑誌叢書》影印 1933 年李氏雙槐廬鉛活字印本《鍾祥金石考》，第 21 册 680 頁，江蘇古籍出版社 1998 年版）